Mary Ryan

Mondstunden

Roman

Aus dem Englischen von Ulrike Werner

Weltbild

For Megan

1. KAPITEL

Dublin, September 2001

Die Krähen lauerten. Sie hockten auf den Telegrafenmasten entlang der vierspurigen Straße, äugten von Bäumen und Hecken. Plötzlich flogen sie auf. Eins der Tiere prallte gegen die Windschutzscheibe, glitt über das Autodach und hinterließ eine blutige Spur. Kate konnte den Kopf der Krähe deutlich sehen, nahm den Schnabel, die starren Augen wahr und hörte das vorwurfsvolle Krächzen ihrer Artgenossen.

»Um Gottes willen«, wisperte Eva.

Kate trat das Gaspedal durch. Im Rückspiegel erkannte sie die gefiederten Überreste des Tieres auf der Straße. Die anderen Vögel waren davongeflogen und nur noch als dunkle Umrisse im Westen zu erkennen. Kate warf ihrer Tochter einen Blick zu.

»Was um alles in der Welt?«

Eva schüttelte den Kopf.

»Das hätte nicht geschehen dürfen. Dafür sind sie zu intelligent!«

Am Kreisverkehr verlangsamte Kate ihre Fahrt und bog in die Ausfahrt zum Flughafen ein. Ihre Hände waren schweißnass, ihre Kehle ausgetrocknet.

»Geh nicht!«

Die Worte entfuhren ihr, ehe sie darüber nachdenken konnte.

»Aber Mami!«, rief Eva. »Lass dich doch von so etwas nicht aus der Fassung bringen!«

Aus dem Augenwinkel konnte Kate erkennen, wie aufgeregt Eva war. Sogar ihr Körper schien in Richtung Flughafen zu drängen. Reiß dich zusammen, befahl sie sich.

»Das kommt davon, dass du dir noch nie über schlimmere Dinge als ein zusammengefallenes Soufflé Sorgen machen musstest«, fügte Eva mit einem tiefen Seufzen hinzu. »Aber Fliegen ist wirklich eine sichere Sache. Schon immer!«

Kate stoppte den Wagen vor der Abflughalle und drehte sich zu ihrem einzigen Kind um.

»Tschüss, Mami!« Eva beugte sich vor und drückte ihr einen Kuss auf die Wange. »Entschuldige meine freche Bemerkung. Bis in zwei Wochen!«

Sie sprang aus dem Auto.

»Tschüss, Liebes. Grüß Julian von mir.«

Eva wuchtete ihren schweren Koffer aus dem Kofferraum und warf ihrer Mutter noch eine Kusshand zu, bevor sich die Automatiktüren zur Abflughalle vor ihr öffneten. Im letzten Augenblick wandte sie sich noch einmal um. Sie schien kurz zu zögern, als ob sie sich plötzlich Sorgen machen würde. Dann verschwand ihr wippender Lockenkopf im Flughafentrubel.

Kate fädelte sich in den fließenden Verkehr ein und machte sich auf den Weg zurück in die Stadt. Als sie an einer Ampel halten musste, fischte sie ein Taschentuch aus dem Handschuhfach und wischte sich die Hände ab.

Hysterische alte Ziege, schalt sie sich. Der Morgen ist schön. Alles ist bestens. Fliegen ist sicher. Julian ist ein feiner Kerl und liebt meine Eva von ganzem Herzen. Und nächsten Juni feiern wir Hochzeit in Rathcormac. Hoffentlich spielt das Wetter mit.

Doch die merkwürdige Leere ließ sich nicht verdrängen. Irgendetwas stimmte nicht. Es ist fast wie ein Omen, dachte sie, dabei glaube ich doch eigentlich gar nicht an so einen Unsinn. Trotzdem verspürte sie nicht die geringste Lust, in ihr leeres Haus zurückzukehren. Sie griff nach ihrem Handy und blätterte durch die Einträge, bis sie Joans Nummer gefunden hatte. Joan wohnte in Bray und war mit Kate zur Schule gegangen; »verrücktes Zeitalter«, pflegte Eva gerne über die Schulzeit ihrer Mutter zu lästern. Joan war sofort am Telefon.

»Hättest du vielleicht Zeit, mit mir zu Mittag zu essen?«

»Heute nicht, Kate. Gleich kommt jemand wegen der Heizung, und ich möchte nicht, dass die mir das ganze Haus in die Luft jagen!«

Kate lachte pflichtschuldigst.

»Nicht schlimm. War auch nur so eine Idee!«

»Du klingst irgendwie bedrückt.«

»Ich habe Eva gerade zum Flughafen gebracht. Sie trifft sich zum ersten Mal mit ihren zukünftigen Schwiegereltern.«

»Mach dir keine Sorgen, Katie. Du warst immer schon viel zu ängstlich. Erinnerst du dich an deine Albträume? Du hast ja wirklich mehr als einmal so laut geschrien, dass der ganzen Schlafsaal geweckt wurde!«

Kate lachte zwar, aber Joan hatte mit dieser Bemerkung unabsichtlich in einer ihrer Wunden gebohrt. Ihre Albträume waren alte Bekannte, liefen immer gleich ab und weckten sie regelmäßig nachts auf.

»Fahr doch ein bisschen durch die Gegend und gönn dir irgendwo ein nettes Mittagessen«, schlug Joan vor. »Und denk an unser Bridge-Treffen am Samstag.«

Kate versprach, es nicht zu vergessen. Sie schaltete ihr Handy ab und entschloss sich, dem Rat ihrer Freundin zu folgen. Alles war besser, als vor sich hinzubrüten oder nach

Rathcormac zu fahren, wo ihr Cathals Geist auf Schritt und Tritt folgte. Obwohl sein Tod inzwischen über ein Jahr zurücklag, war er in ihren Gedanken immer noch absolut präsent. Bis auf heute. Heute musste sie ständig an Eva und den merkwürdigen Vorfall auf dem Weg zum Flughafen denken. Sie durchquerte die Stadt in Richtung Süden. Im *Glen of the Downs* wollte sie einen ihrer Lieblings-Orte aufsuchen.

Ihr fiel wieder ein, auf welch merkwürdige Weise sich Julian und Eva kennen gelernt hatten: in einem Internet-Chatroom. Ihre hart arbeitende Eva, die eine Geschäftsbeteiligung anstrebte, hatte wenig Zeit für soziale Kontakte und sich der Technologie anvertraut, um einen Partner zu finden. Wie durch Magie war Julian in ihrem Leben aufgetaucht – ein herbeigerufener Flaschengeist.

»Er ist einfach toll, Mami«, hatte Eva nach dem ersten Treffen geschwärmt. »Ein vollendeter Gentleman!«

»Die alte Welt hinterlässt eben doch ihre Spuren in der neuen«, hatte Kate zu ihrer Tochter gesagt. »Trotzdem, Liebes – sei vorsichtig! Du kennst ihn kaum!«

Inzwischen wusste Kate, dass Julian Lynch in Rhode Island geboren worden war. Er war NAN-Administrator – Eva hatte ihrer Mutter geduldig erklärt, dass es sich dabei um die Abkürzung für Networking Wide Area handelte – und arbeitete für Intel in Leixlip in der County Kildare. Somit hatte er nicht nur Arbeit im Land seiner Vorfahren gefunden, sondern sogar genau in der Grafschaft, aus der die Familie stammte. »Cill Dara – Kirche der Eiche«; er benutzte die Worte der alten Sprache wie eine Art Mantra.

Jetzt arbeitete er in New York. Für Eva schien er der perfekte Partner zu sein. Sie vergötterte den schlaksigen jungen Mann und lachte über seine Schrullen.

Kate versuchte, der Ursache für ihre Unruhe auf den Grund

zu gehen. Der hässliche Zusammenprall mit der Krähe; die Art, wie ihre Tochter Julian kennen gelernt hatte, der trotz allem in gewisser Weise noch immer ein Fremder war; das Gefühl, dass in ihrem Inneren etwas zu brodeln schien und offenbar mit den Albträumen zu tun hatte. In der letzten Zeit war es schlimmer geworden. Oft wachte sie nachts schweißgebadet auf.

»Wechseljahre«, hatte ihr Arzt lapidar festgestellt. »Vielleicht sollten wir eine neue Pille ausprobieren!«

»Lieber nicht«, war ihre Antwort gewesen.

Er hatte ihren Blutdruck gemessen und ihr Herz abgehorcht.

»Ich gebe Ihnen eine Überweisung für ein EKG«, erklärte er anschließend mit professionellem Stirnrunzeln. »Kein Grund, sich Sorgen zu machen. Die gute alte Pumpe muss eben ab und zu überprüft werden.«

Ehe sie sich versah, war Kate im *Glen of the Downs* angelangt. Seine Schönheit berührte sie, wie jedes Mal. Die zartblättrigen Bäume links und rechts der Schnellstraße zeigten die ersten rotgoldenen Tönungen des nahen Herbstes.

Kate parkte vor dem Avoca Centre, gönnte sich eine üppige Portion Lachs mit Brokkoli, schmökerte im Buchladen herum und kaufte ein Wok-Kochbuch. Anschließend machte sie einen Spaziergang unter den alten Eichen – möglicherweise Relikte eines alten Waldes. Doch das Unbehagen vom Morgen kam wieder. Eva kommt doch in zwei Wochen zurück, versuchte sie sich zu beruhigen. Sei vernünftig, fahr nach Hause und füttere die Katze.

Sie setzte sich wieder ans Steuer und fuhr die N 11 entlang; in *Merrion Gates* bog sie ab und nahm die Straße, die nach *Sandymount* und zum Meer führte, zur *East Link Bridge,* der Enge von *Howth* und nach ›Rathcormac‹.

Kate hatte das Tor offen gelassen. Sie fuhr die Auffahrt hinauf und stellte fest, dass das Unkraut schon wieder spross, obwohl sie erst zwei Wochen zuvor gesprüht hatte. Als sie vor dem Haus anhielt, schoss ihre Katze Ming aus einem Blumenbeet hervor und versteckte sich in den Büschen.

»Puss, puss, puss.« Kate stieg aus dem Auto und lockte die Katze. »Komm her, Dummerchen.«

Ming ließ sich überreden. Nachdem Kate die Haustür aufgeschlossen hatte, sauste die Katze schnurstracks in Richtung Küche.

Kate blieb in der Eingangshalle stehen. Der Raum war groß und hing voller Gemälde, deren Anblick ihr jedes Mal von neuem Freude bereitete. Rechts lag das Wohnzimmer, dessen Panoramafenster eine weite Aussicht über die Bucht von Dublin bot, links das Esszimmer, das mit einer Falttür von der Bibliothek getrennt war. Früher hatte die Bibliothek ihrer Mutter und ihrem Großvater als Atelier gedient, sie selbst benutzte den Raum dagegen einfach als zusätzliches Wohnzimmer.

Ein buntes Bogenfenster in der Treppenkehre warf farbige Lichttupfer auf den verblichenen rosa Teppich. Ziemlich staubig hier, dachte Kate. Ich bin eine miserable Hausfrau. Kein Wunder, bei meiner ständigen Müdigkeit. Die Standuhr ihres Großvaters surrte und schlug drei Uhr.

In der Küche miaute Ming ihre leere Schüssel an und warf Kate einen vorwurfsvollen Blick zu. Gibt es heute etwa kein Mittagessen?, schien sie zu fragen. Ich bin eine nette Katze, warum werde ich so schlecht behandelt?

»Ich bin ja schon da!«, sagte Kate, als das Maunzen sich in Fauchen verwandelte. Sie öffnete eine Dose Katzenfutter, löffelte es in Mings Schüssel und setzte den Wasserkessel auf, während Ming in Sekundenschnelle alles verschlang.

Sie sah auf die Uhr. Evas Flugzeug war mittags gestartet. Die Hälfte der Flugzeit hatte sie jetzt schon hinter sich. Julian würde sie am JFK abholen.

Kate nahm ihren Tee mit in den Garten, trank ihn, während sie ihre Blumenrabatten inspizierte, stellte dann den leeren Becher auf einem Steintisch ab und ging auf das niedrige Tor zu, das zum Pfad über die Klippe führte. Auf der gegenüberliegenden Seite der Bucht ging man in dem an grüne Hügel gelehnten Dublin den High-Tech-Geschäften nach.

Kaum hatte sie den Schutz der hohen Lorbeerhecke verlassen, peitschte der Wind Kate das Haar ins Gesicht und nahm ihr fast den Atem. Sie wanderte den steinigen Pfad entlang, lauschte der grollenden See und freute sich, als sie Tom Ruane traf. Tom war ihr Nachbar und ebenfalls verwitwet. Mit seinem Labrador Sunny kam er Kate entgegen.

»Hallo Tom. Der Wind pustet einem ja heute jedes Zipperlein weg!«

»Für Zipperlein bist du noch viel zu jung.«

Sein Leben in der akademischen Welt hatte dem hochgewachsenen Mann aus Cork eine leicht gebeugte Haltung verliehen, doch er war topfit. Jeden Tag lief er mehrere Meilen.

»Ich war eben schon mal bei dir, um dich zu fragen, ob du ein Stück mit mir laufen magst, aber du warst nicht da.«

»Ich habe Eva zum Flughafen gebracht. Sie ist auf dem Weg nach Amerika.«

»Die Schwiegereltern kennen lernen? Sie werden hingerissen sein!«

»Hättest du nicht Lust, heute Abend zum Abendessen zu kommen – ich meine, wenn du Zeit hast?«

Sein Gesicht strahlte vor Vergnügen.

Kate ging nach Hause, bewaffnete sich mit einem Staubwedel und einer Dose Möbelpolitur und machte sich über das Mobiliar her. Schnell waren Wohn- und Esszimmer von ihrem leicht vernachlässigten Aussehen befreit. In der Bibliothek fing Kate bei den Fotos an. Eva bei der Abschlussfeier mit der Entlassungsurkunde, ein Hochzeitsfoto von ihr selbst und Cathal. Sie staubte die älteren Fotos in ihren Silberrahmen ab. Da war das dezent sepiafarbene Hochzeitsbild ihrer Großeltern aus dem Jahr 1912. Die Jungvermählten wirkten stocksteif. Großmutter Ellen trug ein Seidenkleid mit Puffärmeln, der Bräutigam einen unnachgiebig gestärkten Kragen. Ein noch älteres Foto zeigte Ellen in jüngeren Jahren mit taillenlangem Haar; sie hatte sich bei ihrem Bruder Harry und ihrer Cousine Franny eingehängt.

In der Stille der Bibliothek fühlte sich Kate sanft von einem Gespür für andere Zeiten und andere Menschen berührt, das sie schon als junges Mädchen oft fasziniert hatte.

Um kurz nach sieben kam Tom durch die Öffnung in der Hecke, trat in die Küche und stellte eine Flasche *Côtes du Rhône* sowie einen Beutel mit Schokoriegeln auf die Anrichte. Sunny war bei ihm, klemmte aber erschrocken den Schwanz ein, als Ming ihn anfauchte.

»Ich fürchte, du musst draußen warten, alter Junge«, erklärte Tom dem Hund. »Hier ist das Reich von Prinzessin Ming!«

Kate lachte. Sie schnitt eine Gurke klein.

»Sie ist ein ganz schön strenger Chef!«

»Kann ich dir helfen?«

»Du kannst den Tisch decken. Ich wollte es eigentlich schon längst gemacht haben, aber die Vergangenheit hat mir aufgelauert.«

»Fühlst du dich vielleicht ein bisschen so, als hätte man

dir etwas weggenommen, Kate?«, fragte Tom leise, während er das Besteck verteilte.

»Woher weißt du das?«

»Ist mir auch schon passiert!«

Kate fragte sich, ob er seinen Sohn Peter meinte, einen Wissenschaftler, der im französischen Staatsdienst arbeitete. Peter lebte in Paris und war die Quelle für den Wein und die dunkle Schokolade.

»Ich weiß, es ist dumm«, sagte Kate. »Eva ist nur vierzehn Tage weg. Sie kommt zusammen mit Julian zurück, und dann müssen wir uns schon bald um die Hochzeit kümmern. Der Empfang soll hier stattfinden. Ich dachte da an ein großes Zelt …«

Das Abendlicht beleuchtete die Anrichte aus Pinienholz, auf der blau gemusterte Teller aufgereiht standen. Ming saß mit vollem Bauch zufrieden in ihrem Körbchen und putzte sich. Kate und Tom aßen Eiersalat mit Schinken und Vollkornbrot mit Camembert und gönnten sich dazu den *Côtes du Rhône.*

Zum Kaffee setzten sie sich in die Bibliothek. Kate schloss das Fenster, trotzdem blieb ein zarter Duft nach Blüten und Seewind in der Luft. Kate schenkte Tom und sich einen Brandy ein. Er leerte seine Kaffeetasse, bevor er sich mit geschlossenen Augen dem Brandy widmete.

»Das Leben könnte schlimmer sein«, sagte er schwermütig, während er mit Kennermiene den guten Tropfen kostete.

Kate musste lachen. »Schön, wie du einen immer wieder aufheitern kannst, Tom!«

»Du lieber Himmel!«, rief ihr Gast, als er schließlich die Augen wieder öffnete. »Wohin man auch blickt – nichts als Porträts der teuren Verblichenen! Du hast wohl ein Faible für deine Vorfahren, Kate. Hast du sie etwa zu deinen Vorbildern erkoren? Macht dich ihr Anblick nie melancholisch?«

»Manchmal schon. Aber ich darf sie nicht stören. Eva sagt, sie sind ein Teil von uns. Sie sagt, sie möchte, dass ihre Kinder sie kennen lernen.«

Der Gedanke blieb wieder wie ein seltsames Omen für die Zukunft im Raum hängen: Evas Kinder. Kate betete, dass die Hochzeit so verlaufen würde, wie sie es geplant hatte. Noch nie hatte sie ihre Tochter so glücklich und so sicher erlebt. Doch dann fiel ihr plötzlich wieder Evas letzter, hilfloser Blick am Flughafen ein.

Tom erzählte vom Leben seines Sohnes in Paris. Obwohl die Wohnungspreise ständig stiegen, hatte Peter sich an der Grenze zum 16. Arrondissement eine Wohnung mit zwei Schlafzimmern gekauft.

»Gemessen an Dubliner Verhältnissen ganz gute Qualität. Sind Eva und Julian mit ihrer Wohnung am Fluss weitergekommen?«

Kate nickte. »Im Hafenviertel von Dublin – das will schon was heißen!«

»Ein Schaukasten!«, frotzelte Tom. Er wies auf die Fotos ringsum. »Kannst du dir vorstellen, wie die Leutchen hier auf die Vorstellung, oberhalb der Liffey zu wohnen, reagiert hätten?«

Kate lachte. »Sie lebten in einer ganz anderen Welt, Tom. Einer Welt voller Unannehmlichkeiten wie Rebellion, Bürgerkrieg, massenhafter Auswanderung und Schinderei …«

»… und sie hatten keine Computer«, fügte Tom hinzu. Er liebte es, im Internet zu surfen. »Wir haben es wirklich gut!« Er hob sein Glas und prostete den hohen Kragen und den seit langer Zeit toten Augen zu.

»Möchtest du noch einen Brandy, Tom?«

»Nein danke, meine Liebe.«

Er seufzte zufrieden, stand auf und dankte Kate für das Abendessen. Sie begleitete ihn zur Küchenveranda, wo Sunny sofort aufsprang und sie schwanzwedelnd begrüßte. Kate beugte sich hinunter, um den Hund zu streicheln.

»Warum bist du so außer Atem, Katie McBride?«, erkundigte sich Tom mit leiser Stimme.

»Mir geht es bestens! Weißt du, Tom«, fügte sie hinzu, als Tom keinerlei Anstalten machte, zu gehen, sondern sie besorgt musterte, »ich glaube, es liegt daran, dass ich heute Morgen auf dem Weg zum Flughafen etwas Komisches erlebt habe. Ein merkwürdiger Unfall … und dann auch noch mit einer Krähe!« Sie lachte verlegen.

»Erzähle.«

Sie schilderte ihm den Vorfall. Danach fühlte sie sich besser. Tom schüttelte den Kopf.

»Wir Menschen versuchen immer, einen Sinn hinter allem zu finden, Kate. Aber es waren nur Vögel, unvernünftige Vögel. Am besten, du gehst jetzt ins Bett und schläfst dich richtig aus.«

Er küsste sie auf die Stirn und verschwand mit Sunny durch die Hecke. Doch Tom schwante nichts Gutes. In der irischen Mythologie standen Krähen als Symbol für die Morrigan, die Macht des Bösen. Sie verkündeten Krieg, Verderben und Verzweiflung.

Kate ging in die Bibliothek zurück, knipste eine weitere Lampe an und schenkte sich einen zweiten Brandy ein. Sie wünschte, Eva würde endlich anrufen und sagen, dass sie gut angekommen war. Trotz der Lampen schienen die Schatten tiefer zu werden. Kate betrachtete das Porträt ihrer Mutter über dem Kamin. In ihrem perlgrauen Kleid sah sie sehr elegant aus.

Mein Gott, Mama, du warst so schön! Weißt du noch – der Tag, an dem wir Boston verließen? Du warst aufgeregt wie ein Kind, weil es endlich nach Hause ging. Ich war dreizehn. Und Vater freute sich auf seine neue Tätigkeit als Arzt in St. Vincent.

Die schöne Frau im Abendkleid schien Kate versonnen anzuschauen.

Ach, wärst du doch noch hier, Mama. Eva hätte dir bestimmt gefallen.

Kate nippte an ihrem Brandy. Ihr Blick glitt zum nächsten Foto.

Die Großeltern Michael und Ellen starrten sie aus dem Rahmen heraus an. Neben ihnen stand ihre Tochter Mary. Kate hatte die Tante immer nur in den Sommerferien gesehen, da diese in England gelebt hatte.

»Wohin seid ihr nur alle verschwunden?«, fragte Kate laut. Du liebe Zeit!, dachte sie. Habe ich etwa einen Schwips? Sie brachte Kaffeetassen und Gläser in die Küche. In diesem Augenblick klingelte das Telefon.

»Hallo, Mama!« Evas Stimme klang klar und deutlich. »Ich wollte dir nur sagen, dass ich heil und gesund angekommen bin. Julian hat am Flughafen auf mich gewartet, und wir waren zusammen essen. Er hat sich heute freigenommen.«

Kate legte die Hand schnell über die Sprechmuschel, damit Eva ihren erleichterten Seufzer nicht mitbekam.

»Ist ja toll, Liebes! Hast du keinen Jetlag?«

Eva lachte. »Kein bisschen! Wir haben uns am Flughafen ein Taxi genommen und sind an ganz vielen kleinen Holzhäusern vorbeigekommen. Es war wie im Kino. Und dann die Wolkenkratzer! Schon vom Hochschauen wird man schwindelig! Manchmal denke ich, ich bin auf einem fremden Planeten gelandet.« Sie senkte die Stimme. »Morgen ist es so weit.

Julian hat morgens einen Termin in Manhattan. Ich gucke mich in der Zwischenzeit ein bisschen in der Stadt um. Nach seinem Termin treffen wir uns, gehen irgendwo im hundertsten Stockwerk essen und fahren dann nach Rhode Island zu seinen Eltern. Hoffentlich mögen sie mich.«

»Keine Sorge, sie mögen dich bestimmt. Richte ihnen einen schönen Gruß von mir aus und sage ihnen, dass ich mich darauf freue, sie bald kennen zu lernen.«

»Ich rufe dich morgen Abend an. So gegen zehn Uhr eurer Zeit.«

»Das ist lieb von dir.«

»Tschüss, Mami. Ich hab dich lieb!«

Sie legte auf.

Unwillkürlich rechnete Kate nach, wann Eva zurückkommen würde. Am fünfundzwanzigsten. Die Zeit bis dahin schien ihr unendlich lang. Aber morgen würde Eva wieder anrufen. Und auf Eva konnte man sich immer verlassen.

Aufgemuntert machte sie sich auf den Weg nach oben. Langsam stieg sie die Treppe hoch und öffnete die knarrende Tür zu dem etwas angestaubten Zimmer, in dem sie die unvollendeten Gemälde ihres Großvaters, die frühen Werke ihrer Mutter und einige Aquarelle von Großmutter Ellen und Cousine Franny aufbewahrte.

Unter dem Oberlicht stand ein viktorianischer Damensessel mit einem wackeligen Bein, ein Fundstück vom Trödelmarkt. Eva wollte ihn in ihre neue Wohnung mitnehmen. »Ein paar Antiquitäten müssen einfach sein, Mama«, hatte sie gesagt. »Für ein charaktervolles Ambiente.« Kate hatte beschlossen, den Sessel während Evas Abwesenheit restaurieren zu lassen und sie damit zu überraschen. Letzte Woche hatte sie bei Murrays den perfekten Stoff gefunden und auch schon einen Kostenvoranschlag erhalten.

Kate zog den Sessel an die Tür. Dabei hätte sie beinahe einen Karton voller Krimskrams umgeworfen – Zeug, das schon vor ihrer Geburt dort verstaubt war. Neben verblichenen Drucken in angeschlagenen Rahmen und einem Stapel alter Postkarten entdeckte Kate ein in Leder gebundenes Tagebuch mit einem verrosteten Schloss. Sie nahm das Büchlein in die Hand. Als Kind hatte das Schloss sie immer von weiteren Forschungen abgehalten, doch als sie jetzt drückte, sprang es plötzlich auf. Sie fühlte sich fast wie eine Grabschänderin. Trotzdem wischte sie sich den silbrigen Staub von den Fingern, öffnete das Tagebuch und sah, dass Seite um Seite dicht mit einer altmodischen Handschrift bedeckt war. Kate blätterte zum letzten, mit grüner Tinte geschriebenen Eintrag.

»Mein Name ist Ellen, und heute ist mein fünfzehnter Geburtstag.«

Aus dem Tagebuch fiel ein kleines, vergilbtes Foto. Kate hob es auf und betrachtete den jungen, schnurrbärtigen Offizier. Sie drehte das Bild um. Auf der Rückseite stand in verblichener Tinte ein Name: Guy.

»Und wer warst du?«, fragte sie das leblose Gesicht. Sie rätselte noch einen Moment, dann steckte sie das Foto zurück in das staubige Tagebuch.

Eines Tages würde sie das Tagebuch lesen, nahm sie sich vor. Sie schleppte den Sessel bis zum Treppenabsatz, kam dabei ziemlich außer Atem und setzte sich deshalb für einen Augenblick auf die oberste Treppenstufe, bevor sie hinunterging, Ming in den Garten ließ und die Haustür abschloss. Dann ging sie zu Bett.

Sie träumte ein wirres Durcheinander: Tom, der ihr über sein Brandyglas hinweg zulächelte, Großmutter Ellen in einem Kleid aus der Zeit König Edwards, Eva, die ihr mit einer Krähe auf der Schulter zum Abschied zuwinkte. Kate versuchte, sie zurückzuhalten, doch Eva verlor sich in einer Menschenmenge.

Erschrocken fuhr Kate auf, knipste die Nachttischlampe an und starrte auf die feinen Risse in der Decke. Ihr Herz raste.

Nie würde eine Krähe sich auf ein lebendes Wesen setzen. Nur auf einen Toten.

Kate lauschte den nächtlichen Geräuschen. Blätter rauschten vor dem Fenster, der Wassertank gluckerte, und ab und zu knarrte es leise. Vielleicht gingen irgendwo im Haus Gespenster um. Kate störte es nicht. Bei Gespenstern konnte es sich nur um ihre schöne Mutter Hannah oder um andere Mitglieder der Familie handeln. Ellen vielleicht, oder die mysteriöse Franny.

Behütet meine Eva, flüsterte sie den unsichtbaren Wesen zu. Ich spüre, dass da etwas nicht stimmt.

2. KAPITEL

September 1901

Ellen lehnte ihr Fahrrad im Torfschuppen neben das von Harry, nahm ihre Bücher und ging durch den nassen Garten zur Hintertür. Die Hortensien, die ihre Tante so sehr liebte, trieften vor Nässe. Aus der Dachrinne gluckerte Wasser in die Regentonne.

Ellen schwelgte in Hochgefühlen. Der Schulmeister hatte heute ihre außerordentlichen Leistungen im Umgang mit den Schülern gelobt, und außerdem hatte sich ihr Vater zum Abendessen angemeldet; sie hatte ihn ein halbes Jahr nicht gesehen. Sie öffnete die Küchentür. Anheimelnde Wärme umfing sie.

»Ach, du bist es!« Maggie, die am Herd stand, drehte sich um. »Sehr nass geworden?«

»Teilweise, Maggie. Ich kann nur noch nicht genau ausmachen, welche Teile.«

Sie nahm Hut und Regenmantel ab, hängte sie an einen Haken an der Hintertür und setzte sich, um die Schnürbänder ihrer Stiefel zu lösen. In der Küche duftete es nach brennendem Torf, frisch gebackenem Brot und leckerer Pilzsuppe.

»Ist das etwa meine Lieblingssuppe, Maggie?«

»Ich war nicht ganz sicher, wie üppig die Ernte heute Morgen ausfallen würde«, erwiderte das Mädchen. »Aber Franny hat es geschafft, vor den Maden da zu sein.«

Sie hob den Deckel des schweren Eisentopfs, rührte mit einem Holzlöffel darin herum und fügte im Flüsterton hinzu: »Sie ist völlig aus dem Häuschen. Dein Vater bringt jemanden mit.«

Ellen sah sie an.

»Wen denn?«

Maggie legte einen Finger auf die Lippen. Die Küchentür wurde geöffnet. Das Mädchen verschwand in der Vorratskammer. Tante Harriet trat ein, dicht gefolgt von Ellens Bruder Harry.

Ellens Tante war recht beleibt, trug ihr graues Haar in einem Nackenknoten und legte meistens eine ziemlich strenge Miene an den Tag. Von ihren Dienstboten wurde sie ausnahmslos respektiert, weil sie sich immer fair verhielt.

»Ich wünsche dir alles Gute zum Geburtstag, mein liebes Kind.«

»Danke sehr, Tante.«

»Es gibt da ein paar Neuigkeiten. Dein Vater bringt heute jemanden mit, der dich kennen lernen möchte.«

Ellen fiel der veränderte Tonfall der Tante sofort auf. Sie

tauschte einen bedeutsamen Blick mit Harry, der ein lautes Stöhnen hören ließ.

»Es ist diese Witwe, die ihr Gepäck verloren hatte, Schwesterherz. Vater erwähnte sie in seinem letzten Brief. Sie hat ihre Krallen nach ihm ausgestreckt!«

»Du befleißigst dich einer ziemlich bildhaften Ausdrucksweise, Harry«, rügte die Tante. »Du wirst sie begrüßen müssen, genau wie ihren Stiefsohn.«

»Stiefsohn?«, wiederholte Harry befremdet. »Wie alt ist denn der kleine Störenfried?«

Die Tante seufzte. »Achtzehn, glaube ich.«

»Tante Harriet«, begann Ellen und blickte ihre leicht verärgerte Tante offen an, »glaubst du, dass Vater diese Frau heiraten will?«

»Ich weiß es nicht, Ellen. Aber er wird euch sicher alles erzählen.«

Nachdem die Tante die Küche verlassen hatte, drehte sich Harry grinsend zu seiner Schwester um.

»Ich habe deinen Geburtstag nicht vergessen, Schwesterherz. Franny und ich haben dir ein Geschenk besorgt. Sie ist gerade dabei, eine Karte dazu zu malen – du wirst dich also noch ein wenig gedulden müssen. Aber du bekommst es sicher noch vor heute Abend.« Und mit gespielter Lässigkeit setzte er hinzu: »Dann will Vater uns also heute seine Herzdame vorstellen. Könntest du dir vorstellen, dass wir … dass wir vielleicht wieder eine Familie werden?«

»Ach Harry, es wäre doch nicht mehr das Gleiche. Mutter ist doch nun schon sieben lange Jahre tot.«

Vor einiger Zeit hätte die Aussicht, wieder bei ihrem Vater leben zu dürfen, Ellen noch in Entzücken versetzt. Doch nach den vielen Jahren unter dem Dach ihrer Tante war sie sich nicht mehr so sicher. Sie und Harry gehörten inzwischen fest zur Familie der Murphys und wurden wie Geschwister ihrer beiden Cousinen Clare und Francis behandelt; ihr Vater war ihnen fremd geworden. Sie sehnten sich zwar immer noch nach ihm, vermissten ihn aber mittlerweile immer seltener, da sie ihn so gut wie nie sahen. Dass er sich überhaupt wieder einer Frau zugewandt hatte, empfand Ellen beinahe als Verrat.

»Und außerdem hat Mrs Forrister bereits einen Stiefsohn«, erinnerte sie ihren Bruder. Harrys Grinsen wurde breiter.

»Vielleicht interessiert sie sich ja für ein neueres Modell. Wie könnte sie einem derart gut aussehenden und netten Menschen wie mir widerstehen?«

In diesem Augenblick stürmte Franny in die Küche. Die Dreizehnjährige ähnelte mit ihrem rötlich braunen Haar und den grünen Augen ihrer Schwester Clare, die in Dublin wohnte; für deren außergewöhnliche Schönheit war sie allerdings noch zu kindlich. Als ausgemachter Wildfang wagte sie als Einzige in der Familie, ihre Mutter herauszufordern.

»Selbstlob stinkt!«, bemerkte sie zu Harry gewandt.

Wie üblich wirkte sie ein wenig zerzaust. Das in einen Zopf geflochtene dichte Haar hatte sich gelöst und wippte über ihre Schultern, und auf ihrer Schürze prangten Farbflecke; wahrscheinlich hatte sie den Pinsel daran abgewischt. In der Hand hielt sie etwas, das sie sofort hinter ihrem Rücken verbarg, als sie Ellen bemerkte.

»Ich wusste nicht, dass du schon da bist, El«, lachte sie. »Ich bin gerade dabei, dir eine Karte zu malen, aber du darfst sie nicht sehen, ehe wir dein Geschenk verpackt haben.« Leiser fügte sie hinzu: »Hat Mutter dir schon erzählt, dass euer Vater eine Dame mitbringt?«

Ellen nickte. »Sie hat uns auch ermahnt, nett zu ihrem Stiefsohn zu sein.«

»Er heißt Guy«, vertraute Franny ihnen mit spöttischer Stimme an. »Hätten sie ihm nicht einen vernünftigen Namen geben können?«

Maggie trat aus der Vorratskammer, und Ellen nutzte die Gelegenheit, um sich nach oben davonzumachen. Sie war gespannt auf das Geschenk. Zwischen Franny und Harry hatte sich vom ersten Tag an eine Komplizenschaft entwickelt, die inzwischen fester Bestandteil der Hausgemeinschaft war. Voller Erwartung sah Ellen dem Besuch ihres Vaters und der beiden Fremden entgegen. Doch ihre Gefühle waren zwiespältig, denn sie erinnerte sich noch besser als Harry an die Zeiten, als sie beide eine richtige Familie gehabt hatten.

Ellens Zimmer ging zur Vorderseite des Hauses hinaus, sodass man vom Fenster die Weiden überblicken konnte, die sich sanft zum Fluss hin absenkten. Sie hatte das Zimmer von ihrer Cousine Clare geerbt. Clare war seit einem Jahr mit Frank Ahern verheiratet, der als Journalist beim *Irish Independent* arbeitete, und erwartete gerade ihr erstes Kind.

Im Zimmer standen eine Schubladenkommode, auf der Ellen ihr einziges Familienfoto aufgestellt hatte, ein beweglicher Spiegel, ein weißes Eisenbett mit Messingknäufen, ein Toilettentisch mit Schüssel und Krug, beide mit schwarzen Schiffen auf blauem Wasser bemalt, und der rechteckige Tisch mit ihren Schulbüchern. Ellen betrachtete sich im Spiegel und suchte nach Anzeichen einer neu erworbenen Reife. Doch der Spiegel zeigte immer noch das gleiche, scheue Gesicht mit den großen graublauen Augen.

Stattdessen entdeckte sie etwas anderes. Auf dem Bett hinter ihr lagen zwei in braunes Papier verpackte Päckchen. Sie drehte sich um. Entzückt erkannte sie, dass auf beiden Paketen ihr Name stand: Miss Ellen Healy.

Als Erstes betastete sie das Päckchen, das von ihrem

Vater beschriftet war. Es war hart und fühlte sich wie ein Buch an. Das andere Päckchen war weich. Sie wusste, was sich darin verbarg, und riss das braune Papier auf. Wie erwartet fand sie darin das Geburtstagsgeschenk ihrer Tante, ein neues Kleid, das Mrs Lacey, die beste Schneiderin der Stadt, nach einem Schnittmuster genäht hatte. Das Kleid war etwas ganz Besonderes, ein Kleid für sonntags. Ellen hatte noch nie ein so extravagantes Stück besessen. Normalerweise trug sie Clares abgelegte Kleider auf. Sie nahm das Kleid aus dem Seidenpapier, genoss den Duft des neuen Stoffes und schüttelte es glatt. Eilig schlüpfte sie aus Rock und Bluse, streifte das Kleid über, kämpfte erfolglos mit den Rückenverschlüssen, legte den Gürtel um ihre Taille und stellte sich vor den Spiegel. Das Kleid war aus zart puderig blauer Merinowolle. Biesen zierten das Vorderteil; die Ärmel waren oberhalb der Ellbogen leicht gepufft und der hohe Fischbeinkragen aus Batist gearbeitet. Der wadenlange Saum war mit einem Volant besetzt. Die Farbe des Kleides harmonierte mit Ellens Augen und betonte ihre schmale Taille. Irgendwie hatte sie sich plötzlich verändert; sie sah beinahe wie eine Dame aus. Nun ja, nicht ganz, dachte Ellen und begutachtete ihren kindlich flachen Busen. Aber eines Tages würde es so weit sein.

Sie beschloss, das Kleid an diesem Abend zu Ehren ihres Vaters zu tragen, und drehte sich vor dem Spiegel in alle Richtungen, um ihre neue Pracht zu bewundern. Was würde er wohl für ein Gesicht machen, wenn er sah, dass seine Tochter beinahe zur Frau herangereift war?

Ellen hörte das Poltern von Rädern, lief zum Fenster und hob eine Ecke der Spitzengardine. Doch nicht ihr Vater fuhr vor, sondern Krämer O'Hara in seinem Pferdekarren. Ellen beobachtete, wie O'Haras Lehrling das Pferd am Geländer festband, die Kiste mit den Bestellungen aus dem Wagen hob, das Tor in der Lorbeerhecke öffnete und über den Gartenweg nach hinten zum Kücheneingang verschwand. Ihm folgte Jimmy Horan, der junge Nachbar, der jeden Tag nach den Stallungen sah. Fröhlich pfeifend betrat er in Gummistiefeln und Kappe den Garten. Als er die Bewegung hinter der Gardine entdeckte, blickte er hoch und begann mit unbekümmerter Tenorstimme lauthals zu singen.

Ellen lachte, ließ die Gardine fallen und wandte ihre Aufmerksamkeit dem zweiten Geschenk zu. Sie wusste, dass es ein Buch sein musste – das hatte sie bereits ertastet. Doch erst beim Auspacken erkannte sie es. Es war das mit einem winzigen Messingschloss versehene Tagebuch, das einst ihrer Mutter gehört hatte.

Der Brief, den ihr Vater beigelegt hatte, war länger als seine üblicherweise kurzen Mitteilungen.

Liebste Ellen,

zunächst einmal herzlichen Glückwunsch zum Geburtstag. Ich möchte dir etwas schicken, von dem ich hoffe, dass du Freude daran hast. Sicher kennst du es und weißt, von wem es stammt, vor allem, wenn du es liest. Deine Mutter hätte bestimmt gewollt, dass du es bekommst; ganz besonders in Anbetracht deiner hervorragenden Schulleistungen. Vor allem die geschichtlichen Aspekte werden dich sicher interessieren – die persönlichen natürlich auch. Beim Lesen fällt dir wahrscheinlich auf, welch ausgezeichnete Chronistin deine Mutter war. Ich hoffe sehr, dass wir uns an deinem Geburtstag sehen, schicke das Geschenk jedoch vorsichtshalber mit der Post, falls ich wider Erwarten verhindert sein sollte.

Dieses Mal komme ich nicht allein zu Besuch. Mrs Forrister wird mich begleiten. Wir beabsichtigen, im kommen-

den Frühling zu heiraten, und so ist es an der Zeit, dass sie Harry und dich kennen lernt. Sie ist eine liebenswerte Frau. Die Aussicht auf eine gemeinsame Zukunft macht mich sehr glücklich, und ich bin sicher, ihr werdet sie beide willkommen heißen. Ich brauche wohl nicht zu erwähnen, dass ich das Andenken an eure Mutter immer in Ehren halten werde.

Ellen fuhr mit der Hand über das in Leder gebundene Bändchen. Der Einband war während der langen Zeit weich und an den Ecken dunkel geworden. Beim Anblick der angelaufenen Messing-Schließe griff sie noch einmal nach dem Päckchen und suchte nach dem Schlüssel. Sie fand ihn in einem Umschlag. Schmerzliche Erinnerungen stiegen in ihr auf. Diesen kleinen Messing-Schlüssel hatte sie nur allzu gut gekannt. Sie erinnerte sich an ihre Mutter, wie sie aufrecht im Bett saß, das dunkelrote Haar zu einem dicken Zopf geflochten, und in das Büchlein schrieb, das nun in Ellens Händen lag. Ellen steckte den Schlüssel ins Schloss und drehte ihn um. Die Schließe sprang auf, und das Buch, das Leben ihrer Mutter, lag offen vor ihr. Sie blätterte zum letzten Eintrag, dessen Schrift so zittrig wirkte, als hätte das Schreiben unendliche Mühe gekostet.

Bald habe ich es überstanden. Vater im Himmel, tröste meinen John. Liebster Herr Jesus, erbarme dich meiner armen Kinder.

Noch einmal empfand Ellen Trauer und Bestürzung, noch einmal machte sie sich Vorwürfe, dass sie in gewisser Weise Schuld an der Misere gewesen war. Sie ging zur Kommode und nahm das Familienfoto in die Hand. Es war vor ungefähr zehn Jahren aufgenommen worden und zeigte die jungen Eltern mit ihren drei kleinen Kindern Louise, Ellen und Harry, der damals fast noch ein Baby gewesen war. Ihre hübsche, junge Mutter stand sehr aufrecht, um ihr Kleid mit Turnüre, engem Mieder und spitz zulaufenden Ärmeln ins rechte Licht zu rücken.

Kurz nachdem das Bild aufgenommen worden war, hatte die Tragödie ihren Anfang genommen. Louise war mit gerade einmal dreizehn Jahren gestorben, im Jahr darauf folgte die Mutter ihr ins Grab. Sie hatte darauf bestanden, dass man ihr Bett ins Gartenhaus brachte, das zuvor leer geräumt und für die Kranke vorbereitet worden war.

»Nicht hereinkommen, meine Süßen! Mir geht es nicht gut.«

»Lauft, Kinder. Seid lieb, geht spielen«, hatte Mrs Corrigan, das Kindermädchen, gesagt. Aber sie waren dageblieben und hatten miterlebt, wie ihre Mutter von einem Hustenkrampf geschüttelt wurde. Und obwohl sie ein Tuch vor ihr Gesicht hielt, hatten die entsetzten Kinder die roten Blutflecken gesehen. Nachdem die Mutter sich den Mund abgewischt hatte legte sie sich erschöpft zurück.

»Seht ihr«, hatte sie geflüstert, »ich habe eine ganz schlimme Erkältung, aber sicher geht es mir bald besser. Bitte, meine Süßen, geht zurück ins Haus. Und kommt besser nicht mehr her.«

Am nächsten Tag beschwerte sich das Mädchen, das mit Ellen eine Schulbank teilte, mit vorwurfsvollem Blick: »Mama hat mir erzählt, dass deine Mutter Tuberkulose hat. Ich mag nicht mehr neben dir sitzen …«

An das Begräbnis erinnerte Ellen sich kaum. Nur die schwarze Kutsche mit dem Sarg der Mutter und die beiden glänzenden Pferde mit Federbüschen auf dem Kopf hatten sich ihrem Gedächtnis eingeprägt. Tante Harriet war ebenfalls auf dem Friedhof gewesen. Ihr schwarzer Mantel hatte nach Mottenkugeln gerochen, und sie hatte Harry und Ellen später mit zu sich nach Hause genommen. In der Dunkelheit waren sie mit dem Zug gefahren.

»Von jetzt an wohnt ihr bei mir.«

Es hatte geregnet. Harry war eingeschlafen. Das Abteilfenster spiegelte eine müde Frau mit zwei Halbwaisen wider.

Viele Wochen lang waren die beiden Kinder sehr blass und sprachen kaum. Ihre Welt war zusammengebrochen. Sie hatten alles verloren: die Mutter, den Vater und ihr Zuhause. Doch nach und nach zeigte sich, dass Harry und Franny immer besser miteinander zurechtkamen. Die ältere Cousine Clare, die damals vierzehn gewesen war, machte dagegen keinen Hehl aus ihrer Abneigung gegenüber dem Familienzuwachs, bis sich ihr Misstrauen schließlich in Mitleid verwandelte.

Es dauerte mehrere Monate, bis sich Ellen damit abfand, dass der Tod ihrer Mutter zu einem nach ihrem Verständnis verborgenen göttlichen Plan gehörte. Allmählich fühlten die Geschwister sich in ihrer neuen Schule heimisch und gewöhnten sich an die unregelmäßigen Besuche des Vaters. Er arbeitete zweihundert Meilen entfernt in Tralee und hielt den Kontakt hauptsächlich mit Briefen aufrecht. Irgendwann lief es auf einen einzigen Brief im Monat hinaus, der immer dann kam, wenn der Vater seiner Schwester den Scheck für den Unterhalt der Kinder übersandte.

Seine Abwesenheit verlieh ihm einen geradezu mythischen Status; Ellen und Harry sehnten sich nach der Aura von Macht und Sicherheit, die ihn zu umgeben schien.

Eines Tages war er in der dunkelgrünen Uniform der Polizeitruppe *Royal Irish Constabulary* zu Besuch gekommen. Sogar seine Waffe hatte er getragen. Sie waren vor Stolz fast geplatzt, doch ihre Tante zeigte sich ganz und gar nicht beeindruckt.

»Ich zöge es vor, wenn du hier nicht in Uniform erscheinen würdest.«

Später hatte Ellen sie gefragt, warum sie ihn nicht in Uniform sehen wollte. Tante Harriet hatte mürrisch geantwortet, dass sie in ihrem Haus keinen bis zu den Zähnen bewaffneten Menschen sehen wollte.

Ellen wusste nicht, dass in dem Land, in dem ihr Vater Polizist war, große Veränderungen vor sich gingen. Während der vergangenen zehn Jahre war das Interesse an der alten, dreihundert Jahre zuvor aufgehobenen gälischen Verfassung erwacht. Mit Begeisterung wandte man sich auch wieder der gälischen Sprache zu, deren Gebrauch die englische Regierung mit so viel Mühe unterdrückt hatte. Dank einer mit Stolz auf ihre ritterliche Vergangenheit gepaarten Vaterlandsliebe verhielten sich die Bürger zunehmend kritisch gegenüber der Polizeitruppe, die in Irland die Ordnung im Sinne einer fremden Macht aufrechterhielt.

John Healy hatte beide irischen Traditionen im Blut. Sein Vater war gälischer Abstammung, während seine Mutter aus einer Familie kam, deren englische Vorfahren im siebzehnten Jahrhundert von der Zerstörung der alten Kultur profitiert und irische Ländereien beschlagnahmt hatten. Sie war im Schloss ihrer anglo-irischen Großeltern geboren, aber später enterbt worden, weil sie ihren katholischen Hauslehrer geheiratet hatte. Dennoch hatte John die Polizeilaufbahn bei der *Royal Irish Constabulary* eingeschlagen und der englischen Königin den Treue-Eid geleistet.

Ellen hatte nur noch ganz wenige Erinnerungen an ihren Vater, diese aber hütete sie in ihrem Gedächtnis wie einen Schatz. So erinnerte sie sich zum Beispiel, wie er lachend mit ihrer Mutter am Kamin gesessen hatte. Sie und Harry waren damals noch ganz klein gewesen. Sie erinnerte sich, dass er sie an einem Wintermorgen zur Schule begleitet hatte, nachdem sie zuvor auf dem eisglatten Bürgersteig ausgerutscht war. Und sie erinnerte sich auch an die beängstigenden Geräusche, die er gemacht hatte, als er am offenen Sarg der Mutter stand und ihr Gesicht betrachtete. Diese ganzen Bilder waren jedoch nur bruchstückhaft. Im Gegensatz zu diesen Erinnerungsfetzen hatte sie aber auch glücklicherweise einige Bilder jüngeren Datums noch sehr lebhaft vor Augen. Zum Beispiel wie Harry vor zwei Jahren – er war gerade zwölf – zum ersten Mal versucht hatte, den Vater herauszufordern.

»Vater, was ist ein Bullenschwein?«

»Ein ziemlich unfreundlicher Ausdruck für einen Polizisten«, hatte der Vater seufzend geantwortet.

»Die Jungs in der Schule hassen Bullenschweine«, hatte Harry sich noch weiter vorgewagt und seinen Vater dabei bekümmert angeschaut.

»Pöbelhafte Ansichten, mein Junge, nichts als pöbelhafte Ansichten!«

»Du meinst sicher ›populäre Ansichten‹, Vater …«

Ellen hatte alles mit angehört, und es stieg eine Angst in ihr hoch, die sich fast bis zur Übelkeit steigerte. Maggie hatte ihr erzählt, dass der Vater vor einigen Monaten angegriffen worden war; zwei Männer, die aus dem Nichts erschienen waren und sofort wieder verschwanden, hatten auf ihn geschossen. Die beiden Männer waren nie gefasst worden. An seiner Verletzung hatte der Vater monatelang herumlaboriert.

»Ellen?«

Harry und Franny standen an der Tür.

»Dürfen wir reinkommen?«

Ellen schlug das Tagebuch zu und bedeckte es schnell mit

ihrem Arm. Sie wollte es nicht mit ihrem Bruder teilen – es wäre zu schmerzhaft gewesen. Und zu privat für die Cousine.

»Du siehst aus wie eine Prinzessin«, sagte Harry. Er pfiff durch die Zähne, als seine Schwester aufstand und eine Pirouette drehte, um ihr neues Kleid vorzuführen.

»Es ist wunderhübsch«, pflichtete Franny ihm bei, die das Kleid schon bei der letzten Anprobe gesehen hatte. »Wir wollten dir unser Geschenk bringen.« Sie hielt Ellen ein schmales, in braunes Papier verpacktes und mit einer rosa Schleife zusammengebundenes Päckchen entgegen. »Herzlichen Glückwunsch!«

»Wir haben ganz schön dafür gespart«, brummte Harry. »Sieh also zu, dass es dir gefällt.«

Ellen nahm das Päckchen, knüpfte die Schleife auf, entfernte das Papier und fand eine Schachtel und eine Karte mit gemalten Stiefmütterchen und der Aufschrift »Unserer liebsten Ellen alles Gute zum Geburtstag«.

»Oh! Batist-Taschentücher!«, rief sie, nachdem sie die Schachtel geöffnet und die sorgfältig gefalteten, weißen, mit einer kleinen Stickerei verzierten Tücher in Augenschein genommen hatte. »Wie entzückend! Sie müssen ein Vermögen gekostet haben!«

Sie fiel ihrem Bruder und ihrer Cousine um den Hals. Liebe empfand sie als etwas sehr Wertvolles und nahm sie nie selbstverständlich hin.

»Ich werde sie aufbewahren, bis ich erwachsen bin.«

»Ich frage mich wirklich, wie du dich in einen so engen Fummel zwängen kannst, ohne zu kotzen«, stellte Harry fest. »Willst du das Kleid anbehalten, bis Vater kommt?«

Ellen nickte. »Aber ich brauche jemanden, der mir mit den Verschlüssen hilft.«

Harry erklärte, er wolle noch mit Jimmy reden, und verdrückte sich schnell. Frances half Ellen, die Verschlüsse einzuhaken.

»An deinem Geburtstag solltest du nicht weinen«, sagte sie streng. »Was sollen denn dein Vater und die Gäste denken?«

»Sollen sie doch denken, was sie wollen.«

»Mutter hat erzählt, dass der Stiefsohn einen Freund in Clonmore House hat und deshalb mitkommt.« Clonmore war das prächtige Herrenhaus der Familie Wallace, die lokalen Großgrundbesitzer. »Vermutlich ist er ziemlich vornehm«, fügte sie hinzu, während sie das letzte Häkchen zuschnappen ließ. »Aber trotzdem scheint er neugierig auf irische Kobolde zu sein.«

Ellen musste lachen. Franny trat einen Schritt zurück, um ihr Werk zu begutachten. Ellen gefiel ihr Spiegelbild so gut, dass sie unwillkürlich zu summen begann.

Plötzlich hörten sie unten Hufgetrappel, knirschende Räder, das Quietschen des Tors und Stimmengewirr. Ellen und Franny sahen sich an und stürzten zum Fenster.

Von ihrem Ausguck hinter der Gardine sah Ellen, wie ihr Vater aus der Kutsche auf den feuchten Kies sprang. Schmerzliche Sehnsucht stieg in ihr auf. Er streckte die Hand aus und half einer Lady beim Aussteigen. Das Gesicht der Dame konnte sie nicht erkennen, da es von einem Hut mit modisch gebogener Krempe verdeckt war. Sie trug einen lockeren Mantel, schwarze Handschuhe und ließ ein leises, sinnliches Lachen vernehmen. Franny knuffte ihre Cousine in die Seite, als hinter der Dame ein junger Mann auftauchte. Alles, was sie von ihm sehen konnten, war seine aufrechte Haltung, dunkles Haar, dass er eine Brille trug und eine große Kiste schleppte.

»Da ist der Stiefsohn mit dem ulkigen Namen«, flüsterte

Franny und flitzte zur Tür. »Ich gehe runter und erzähle es Harry.«

»Warte, bis ich dich gekämmt habe. Und zieh die schmutzige Schürze aus!«

Aber Franny war schon losgestürmt. Auf dem Weg zur Treppe zerrte sie sich die Schürze vom Kleid.

Ellen band ihr eigenes Haar mit dem weißen Seidenband zurück, das sie sonst nur sonntags benutzte, und machte sich dann nervös auf den Weg hinunter ins Wohnzimmer.

3. KAPITEL

Die Fremden nahm Ellen nur am Rande wahr – die Dame mit dem eng geschnürten Kleid im Sessel neben dem Kamin und den jungen Mann, der gelangweilt am Fenster stand –, sie hatte nur Augen für ihren Vater. Sein letzter Besuch lag mehr als sechs Monate zurück. Ihr fiel auf, dass er in der Zwischenzeit gealtert war; sein Haar hatte mehr graue Strähnen als früher. Doch in seinem dunkelgrauen Anzug wirkte er sehr elegant. Auf seiner Weste prangte die vertraute Taschenuhr mit der silbernen Kette. Ellens sehnsüchtige Liebe zu ihm wallte in diesem Moment heftig in ihr auf und überwältigte sie so sehr, dass sie an der Türschwelle stehen blieb.

»Danke für das Tagebuch, Vater«, sagte sie schließlich mit zitternder Stimme. Und obwohl sie sich fest vorgenommen hatte, sich nicht lächerlich zu machen, brach sie in Tränen aus, lief auf den Vater zu und schlang ihre Arme um seinen Hals.

John Healy umarmte seine Tochter, zog ein Taschentuch hervor und wischte damit über ihre Augen.

»Mein liebes Kind«, sagte er leise. »Du musst dich nicht so aufregen!«

»Entschuldige, Vater! Es ist nur – wir haben uns so lang nicht gesehen, und mit Mutters Tagebuch kamen all die Erinnerungen wieder. Ich weiß ja, dass du sehr beschäftigt bist«, fuhr sie fort und tat ihr Bestes, sich zu fassen.

Schüchtern wandte sie sich der neben ihrer Tante sitzenden fremden Frau zu, die sie mit leicht zur Seite geneigtem Kopf und einem nachsichtigen Lächeln betrachtete.

»Lilian, meine Liebe, das ist meine Tochter Ellen«, stellte ihr Vater sie vor. Mit einer ausholenden Handbewegung bezog er auch Harry und Franny in die Vorstellung seiner Familie mit ein, die gerade das Zimmer betreten hatten. »Und das sind mein Sohn Harry und meine Nichte Frances. Kinder, darf ich euch mit meiner Verlobten Mrs Lilian Forrister bekannt machen …«

Ellen hörte die raue Zärtlichkeit in der Stimme ihres Vaters und bemerkte überrascht, dass sie plötzlich verstand, wie einsam er war. Sie sah in die Augen der Frau, die er heiraten wollte. Mrs Forristers draller Körper steckte in einem modischen, waldgrünen Kleid, dessen Saum über den Boden fegte. Aus dem hohen Spitzenkragen blickte ein hübsches Allerweltsgesicht. Ellen griff nach der ausgestreckten Hand der Frau. Sie war warm und schlaff.

»Schön, dich kennen zu lernen, Ellen. Ich habe schon viel von dir gehört – genau wie von Harry«, fügte sie hinzu, während sie Harry ebenfalls die Hand reichte. »Und natürlich auch von Frances …«

Harry wandte sich dem jungen Mann am Fenster zu. Mit einer gewissen Großspurigkeit, die seine Schüchternheit überspielen sollte, sagte er: »Sie müssen Forrister sein. Gestatten Sie, dass ich mich selbst vorstelle – mein Name ist Harry Healy, und das ist meine Cousine Franny.«

Guy tauschte mit beiden einen Händedruck.

»Und das ist meine Schwester Ellen.«

Guy nahm ihre Hand und führte sie an die Lippen. Ellen wurde puterrot.

»Ellen ist nicht an deine kontinentale Lebensart gewöhnt, Guy«, rief Mrs Forrister tadelnd. »Guy verbringt den Sommer immer in Frankreich«, fügte sie hinzu und blickte mit perlendem Lachen in die Runde. »Dort behandelt man junge Damen sehr galant.«

»Ich dachte, Sie wohnen in England«, warf Harry ein.

»In England bin ich zur Schule gegangen, aber in Frankreich besitze ich ein Haus«, erwiderte der junge Mann mit einem Anflug lässiger Arroganz. »Ein verstorbener Cousin meines Vaters hat es mir vererbt. Bis zu meinem einundzwanzigsten Geburtstag wird es von einem Treuhänder verwaltet.«

Er lächelte Ellen freundlich zu – wie einem schüchternen Kind. Doch Ellen hatte absolut keine Lust, sich wieder in Verlegenheit bringen zu lassen, und zwang sich, seinen Blick zu erwidern.

»Heißt das, Sie sprechen französisch, Mr Forrister?«, fragte sie.

Er nickte. »In der Tat. Aber bitte, nennen Sie mich doch Guy.«

»Ich kann kein Wort französisch«, platzte Franny heraus. »Ich bin von der Schule geflogen, wissen Sie? Jetzt unterrichtet mich meine Mutter. Hätten Sie vielleicht Lust, sich den Garten anzusehen?«, fügte sie hinzu, nachdem sie einen Blick ihrer Mutter aufgefangen hatte. »Dort bin ich wahrscheinlich am besten aufgehoben.«

»Meine Mutter kümmert sich so gut wie ganz allein um den Garten«, erklärte Franny Guy einige Minuten später, mit der

Hand über die prächtigen Blumenbeete wedelnd. Guy sagte, dass er einen schönen Garten wirklich zu schätzen wisse, aber von Gärtnerei absolut nichts verstehe.

»Gärtnern Sie ebenfalls, Miss Healy?«, wandte er sich dann an Ellen, die ein Stück zurückgeblieben war. Ellen erwiderte, sie habe zu wenig Zeit. Daraufhin erklärte Harry, die Gärtnerei sei nur etwas für Weicheier und er persönlich finde, Männer sollten lieber angeln gehen, wobei er Guy Beifall heischend anblickte.

»Der einzige Fluss, in dem ich je gefischt habe, ist die Themse«, sagte Guy. »In der Nähe von Oxford.«

»Sie Glückspilz!«, rief Harry. »Ich habe es bisher nur bis zum Smolteen gebracht – das ist unser Dorfbächlein.«

»Der Smolteen ist kein Bächlein«, beschwerte sich Franny. »Es ist ein richtiger Fluss. Du hast dort schon Lachse gefangen!«

Inzwischen hatten sie die Rückseite des Hauses erreicht. Plötzlich schallte Maggies Stimme aus der offenen Tür: »Harry, junger Freund, ich brauche Torf! Würdest du bitte deinen Allerwertesten herbewegen und dich ein wenig nützlich machen?« Mit einem Weidenkorb erschien sie auf der Schwelle und stützte die Hände auf die Hüften. Als sie jedoch Guy Forrister erblickte, verschwand sie sofort wieder in der Küche.

»Den Korb zu füllen ist meine Aufgabe«, erklärte Harry. »Entschuldigen Sie mich – ich bin gleich wieder da.«

»Ich helfe dir!«, rief Franny und rannte hinter ihm her.

Guy und Ellen blieben allein. Keiner von beiden sagte ein Wort; sie sahen sich nicht einmal an. Ihr Schweigen war angenehm und freundschaftlich, doch beide spürten eine merkwürdige Spannung. Als ob er die intime Stimmung bewusst durchbrechen wollte, zeigte Guy linkisch auf die Rosenbeete neben dem Haus und die blühenden Hortensien vor der Stallmauer.

»Ganz sicher haben Sie mehr Anteil an diesem herrlichen Garten, als Sie zugeben.«

»Leider nein. Ich muss lernen.«

»Tatsächlich?«

»Ich will mich um ein Stipendium bewerben.«

Ellen errötete. Plötzlich befürchtete sie, einen absonderlichen Eindruck auf ihn zu machen.

»Und um was für ein Stipendium wollen Sie sich bemühen?«

»Ich möchte Lehrerin werden. Zuerst muss ich noch meine Oberschulprüfungen ablegen, und danach sind die Prüfungen für das Lehrerstipendium an der Reihe.«

»Gehen Sie anschließend zur Universität?«

Seine Frage zeigte Ellen, wie wenig er über Irland wusste.

»In Irland gibt es keine Universitäten für Katholiken«, murmelte sie. »Selbst wenn sie Mädchen annähmen! Ich müsste nach Frankreich oder Belgien gehen, aber das kann mein Vater sich nicht leisten.«

»Ich dachte immer, der größte Teil der irischen Bevölkerung wäre katholisch.«

»Ist er auch, aber das zählt nicht.«

»Das finde ich sehr merkwürdig«, sagte Guy stirnrunzelnd.

Ellen wollte dem Gespräch unbedingt eine andere Wendung geben und wechselte das Thema.

»Möchten Sie vielleicht den Obstgarten sehen?«, fragte sie. »Ich könnte Ihnen auch die Stallungen zeigen. Wir besitzen ein sehr hübsches Pony. Allerdings möchte ich meine neuen Schuhe nicht unbedingt schmutzig machen.«

Als sie am Stall ankamen, stand Jimmy Horan am Tor und fegte den Mist aus. Er begrüßte sie freundlich.

»Ein wunderschöner Tag heute, nicht wahr?«, rief er zu ihnen hinüber.

»Recht hast du, Jimmy«, antwortete Ellen. »Das war Jimmy Horan«, erklärte sie auf dem Weg zum Obstgarten, in dem sich ein ausgetretener Pfad um die ausladenden Bäume schlängelte. »Er besitzt einen kleinen Bauernhof in der Nähe und hilft uns ab und zu bei der Arbeit, weil meine Tante ihm eine Weide überlassen hat. Er ist mit Harry befreundet.«

Die Bäume im Obstgarten bogen sich unter Äpfeln, Birnen und Pflaumen. Guy nahm Ellens Angebot von den Früchten zu kosten an, wählte eine dicke rote Pflaume und biss herzhaft in das saftige Fruchtfleisch.

»Nächste Woche ernten wir«, erklärte Ellen. »Die Pflaumen werden verkauft, aber die Äpfel lagern wir über den Winter ein.«

Nachdem Guy die Pflaume mit sichtlichem Genuss verzehrt hatte, wischte er sich den Mund mit einem Taschentuch ab und folgte seiner Führerin durch den Obstgarten. Das ungemähte Gras stand hoch, die Pfade waren überwuchert. Ellen drehte sich um und lächelte ihren Gast an. Plötzlich streckte er den Arm aus und griff nach ihrer Hand.

»Wie finden Sie Mrs Forrister, Ellen?«

»Sie ist … nett«, antwortete Ellen nach einer kurzen Pause. Sie wollte ihn nicht spüren lassen, wie unangenehm ihr die Frage war – und auch nicht, wie aufgeregt sie war, dass er ihre Hand hielt. Dann fügte sie hinzu: »Aber Mrs Forrister ist Ihre Stiefmutter. Sie kennen sie natürlich besser als ich.«

»Sie wurde vor zwei Jahren meine Stiefmutter und zwölf Monate später die Witwe meines Vaters. Für sie waren es zwei bewegte und ziemlich lukrative Jahre.«

Ellen wusste nicht, wie sie auf diese ungewöhnliche Bemerkung reagieren sollte. Erstaunt blickte sie ihren Gast an.

»Ich kann mir also denken, wie Sie sich fühlen«, fuhr Guy fort, »Sie und Ihr Bruder.«

»Ich habe Ihnen doch gar nicht gesagt, wie ich mich fühle.«

»Doch, Ellen, das haben Sie getan. Und zwar in dem Augenblick, als Sie ins Wohnzimmer kamen.«

»Normalerweise bin ich eigentlich keine Heulsuse«, murmelte sie. »Sie müssen mich für ziemlich dämlich halten …«

Sie löste ihre Hand aus seiner, ging ein paar Schritte vor, drehte sich um und fügte verlegen hinzu: »Aber wir sollten nicht über mich sprechen. Es tut mir sehr Leid, dass Sie Ihren Vater verloren haben. Es muss schrecklich für Sie gewesen sein. Ich weiß nicht, was ich täte, wenn mein Vater sterben würde …« Sie begegnete seinem Blick und sagte hastig: »Genau genommen kommt es mir ein wenig so vor. Jetzt heiratet er, als ob er Mutter vergessen hätte. Und irgendwie habe ich das Gefühl, dass Mrs Forrister uns nicht will.«

Guy schwieg und wartete. Vielleicht verstand er, dass sie sich nach einem Zuhörer sehnte. Doch sein Mitgefühl zerstörte das Vertrauen, das sie ihm gegenüber eben noch verspürt hatte.

»Sie müssen mich wirklich für ziemlich lächerlich halten«, sagte sie knapp und wischte sich mit dem Handrücken ein paar Tränen ab.

»Mich hat sie auch nicht gewollt«, erwiderte Guy. »Aber nachdem ich ein beträchtliches Vermögen geerbt habe, akzeptiert sie mich als schmückendes Beiwerk.« Er zog sein mit Pflaumensaft beflecktes Taschentuch hervor, bot es ihr schüchtern an und sah zu, wie sie sich über die Augen wischte.

»Sind Sie deshalb mitgekommen?«, fragte Ellen leise. »Um ihr als schmückendes Beiwerk zu dienen?«

Guy errötete.

»Ganz bestimmt nicht. Ich bin mit einem Schulfreund verabredet, der in der Nähe wohnt, wollte aber die neue Familie meiner Stiefmutter kennen lernen. Ich bin froh, dass ich es getan habe«, fügte er mit ruhiger Stimme hinzu, »und möchte mich entschuldigen, falls ich in einer für Sie sowieso schon schwierigen Situation Ihre Gefühle verletzt habe.«

Er reichte ihr seinen Arm.

»Sollen wir umkehren?«

Im Esszimmer hatte man kurz zuvor das Feuer im Kamin angezündet; in der Luft lag der rauchige Duft von Torf. Ellen bemerkte, dass der Tisch mit Tante Harriets bester Damastdecke, dem Besteck mit den Elfenbeingriffen und den Kristallgläsern gedeckt war – alles Dinge, die ihr Dasein normalerweise in der Chippendale-Vitrine in der Ecke fristeten.

Ihr Vater und die Tante saßen sich an den Tischenden gegenüber. Mrs Forrister war rechts neben Tante Harriet platziert worden, Guy zu ihrer Linken. Ellen wiederum saß neben Guy. Maggie brachte die Suppe, die Guy schon nach dem ersten Löffel sehr lobte. Franny, die den Platz ihm gegenüber eingenommen hatte, bat ihn, den Satz auf Französisch zu wiederholen.

»Ich möchte nur sicherstellen, dass Sie uns keine Märchen erzählen«, erklärte sie ernst. »Es gibt schließlich eine Menge Leute, die behaupten, sie könnten Französisch.«

»Franny!«, mahnte ihre Mutter mit warnendem Unterton.

»La soupe est vraiment délicieuse, Mademoiselle!«, sagte Guy und grinste zum allgemeinen Gelächter.

Ellen löffelte schweigend ihre Suppe. Sie fühlte sich wohl in Gegenwart dieses zweisprachigen Fremden, der im Obstgarten voller Mitgefühl mit ihr geredet und ihre Hand gehalten hatte, als wäre es das Selbstverständlichste auf der Welt. Sie warf Harry einen Blick zu. Er saß ihr gegenüber und taxierte den Gast, ohne ein Wort zu sagen. Ihren Blick erwiderte er nicht.

Lilian Forrister redete angeregt auf ihre Gastgeberin ein, wobei sie lächelnd lange Zähne entblößte. Doch Ellen beobachtete, wie ihre Augen ununterbrochen im Zimmer umherwanderten und vom Silber auf dem Sideboard bis hin zu den Miniaturen aus dem achtzehnten Jahrhundert über dem Kamin alles abschätzten.

»Das müssen Ihre protestantischen Großeltern sein – wie interessant«, sagte sie gerade. »Waren sie wohlhabend?«

Die Frage blieb unangenehm im Raum stehen, ohne beantwortet zu werden.

»John erzählte mir, dass Sie in Amerika reiche Verwandte haben«, fuhr Mrs Forrister vergnügt fort.

John Healy tauschte einen verlegenen Blick mit seiner Schwester und wechselte das Thema.

Der Lammbraten duftete köstlich nach Rosmarin. John Healy übernahm es, das Fleisch zu zerlegen, und Ellen erkannte, wie viel Freude ihm diese Aufgabe machte.

»Ein knuspriges Stück für dich, meine Liebe«, sagte er zu Mrs Forrister und reichte ihren Teller weiter. Seine Miene zeigte dabei eine nachdenkliche Zärtlichkeit, die seine Tochter erstaunte. Maggie kam mit zwei offenen Weinflaschen und stellte sie auf den Tisch.

»Sehr freundlich von Ihnen, Guy, uns eine Kiste Wein mitzubringen«, rief Mrs Murphy und zeigte auf die beiden Flaschen. »Einen solchen Luxus sind wir gar nicht gewöhnt.«

»Guy ist ein ausgezeichneter Weinkenner«, erklärte Mrs

Forrister. »Seine Frankreich-Aufenthalte haben ihre Spuren hinterlassen.«

»Gute Weinkenntnis erfordert mehr Jahre, als ich alt bin«, sagte Guy leise. »Aber diesen Wein habe ich aus einem ganz bestimmten Grund ausgesucht. Wenn Sie einen Blick auf das Etikett werfen, Mrs Murphy, werden Sie den Grund schnell erraten.«

Die Gastgeberin griff nach einer Flasche.

»Cuvée O'Byrne«, las sie laut und sah Guy fragend an. »Sagen Sie, Guy, das ist doch nicht etwa irischer Wein? Auf dem Etikett steht Bordeaux Supérieur.«

»Der Wein stammt wirklich aus Frankreich«, antwortete er. »Aber der Weinberg gehört Leuten mit irischen Vorfahren. In der Gegend von Bordeaux leben viele Iren – manche tragen sogar französische Adelstitel.«

»Ich weiß, warum!«, rief Harry mit glänzenden Augen. »Es handelt sich wahrscheinlich um Nachkommen der Wildgänse!« Er wandte sich an Guy und erklärte wie aus der Pistole geschossen: »Das ist der Spitzname der Iren, die im siebzehnten Jahrhundert nach Frankreich geflohen sind. Die armen Teufel, die zu Hause geblieben sind, hatten nichts mehr zu beißen, nachdem dieser Scheißkerl, König Willie, mit ihnen fertig war.«

»König Willie?«, fragte Guy verständnislos. »Welchen Willie meinen Sie?«

»Wilhelm von Oranien.«

»Ich wusste gar nicht, dass er Irland ausgebeutet hat.«

John Healy hüstelte, warf seinem Sohn einen strengen Blick zu, verkündete der Runde, dass es sich um einen wirklich köstlichen Wein handele, und bot Ellen zur Feier ihres Geburtstags ein Glas an. Erfreut willigte sie ein. »Die Franzosen trinken so etwas wahrscheinlich jeden Tag«, meinte sie an Guy gewandt.

»Wissen Sie, dort drüben fließt der Wein sozusagen in Strömen. Darf ich einen Toast auf Sie ausbringen?«

»Bitte nicht«, wehrte Ellen errötend ab.

»Wenn Sie wollen, dürfen Sie aber gerne auf mein Wohl trinken«, mischte sich Franny ein. »In Romanen trinken die Helden immer auf das Wohl der Ladys.«

»Und was machen Sie so, Frances?«, fragte Guy und hob ihr lachend sein Glas entgegen. »Wie verbringen Sie Ihre Zeit, da Sie ja nicht zur Schule gehen?«

»Ich lese. Und Mutter unterrichtet mich. Aber ich weiß schon, was ich werden will, wenn ich erwachsen bin!«

Guy hob die Augenbrauen. »Ach, wirklich?«

»Ich werde Suffragette!«

»Im Gegensatz zu Ihrer stillen Cousine hier neben mir?«

Frances sah ihn mitleidig an. »Ich muss Sie enttäuschen, Guy Forrister. Ich glaube, hier im Zimmer befindet sich niemand, der ehrgeiziger ist als Ellen – außer Ihnen vielleicht.«

Ellen schämte sich für Frannys vorlautes Mundwerk in Grund und Boden. Männer, das wusste sie, hielten Weiblichkeit und Intelligenz für unvereinbar. Trotzdem erklärte sie: »Ich hoffe eben, einen Studienplatz am Carysfort College zu bekommen.«

»Das ist ein College in Dublin«, erklärte Franny mit einem Seitenblick auf Harry. »Ausschließlich für Mädchen! Etwas so Schreckliches wie ein Junge wird dort nicht aufgenommen! Harry will übrigens auch Lehrer werden und geht ebenfalls nach Dublin. Natürlich in ein Männer-College. Mein Cousin und meine Cousine sind viel gescheiter als ich.«

Guy wandte sich zu Ellen und flüsterte ihr zu: »Es sind eben nicht alle wie Sie, Miss Healy – so ruhig und nachdenklich …«

»Mit Ihrem Scharfsinn schmeicheln Sie sowohl mir als auch sich selbst, Mr Forrister«, entgegnete Ellen ernst.

»Touché!«, gab er lachend zu.

»Und wenn ich die Möglichkeit hätte, würde ich ebenfalls Suffragette«, vertraute sie ihm an, nachdem sie sichergestellt hatte, dass niemand sie hören konnte. Sie lächelte ihn an, und er flüsterte ihr ins Ohr:

»Sie verfügen über genauso viel Witz wie Leidenschaft, Ellen.«

Ellen verspürte ein gewisses Komplizentum, das Gefühl, wahrgenommen und verstanden zu werden, und fand es gleichzeitig merkwürdig und wundervoll. In den fünfzehn Jahren ihres Lebens hatte sie sich noch nie so lebendig gefühlt wie während dieser letzten Stunde in Guy Forristers Gesellschaft.

Als Ellen jedoch aufblickte, sah sie, dass Lilian Forristers Augen auf sie geheftet waren. Sie errötete. Im Raum schienen Schwingungen zu liegen, die sie nicht einordnen konnte.

»Guy, mein Liebling, hör auf mit Ellen zu flüstern, und erzähl uns von deinem Haus in Frankreich«, rief Mrs Forrister. Ein Hauch von Enttäuschung glitt über Guys Gesicht.

Er liebte sein Haus in Frankreich, diesen unfassbaren Glücksfall, und hatte nicht die geringste Lust, es seiner Stiefmutter zuliebe auf den Präsentierteller zu heben. Da ihn die gesamte Tischgesellschaft jedoch schon erwartungsvoll anblickte, sagte er höflich:

»Der Name meines Hauses ist Fontebelle. Es liegt südlich von Bordeaux und wurde 1850 von meinem französischen Vetter für seine junge Ehefrau erbaut, die dann allerdings im Kindbett starb.«

»Und dann litt er bis zu seinem Lebensende an seinem gebrochenen Herzen«, fügte Franny atemlos hinzu.

»Du liest zu viele Romane«, sagte ihre Mutter lachend.

»Vielleicht hat sie ja Recht«, wandte Guy ein. »Immerhin hat mein Cousin nicht wieder geheiratet.«

»Wie romantisch!«, seufzte Franny. »Ist es hübsch?«

»Warum kommen Sie nicht und urteilen selbst? Zum Eingang führt eine richtiggehende Lavendelallee, und es gibt einen eigenen Park …«

»Wie gelingt es Ihnen, überhaupt Zeit dort zu verbringen?«, fragte Mrs Murphy. »Bei der Entfernung?«

»Guy wird in Zukunft tatsächlich sehr wenig Zeit für seinen französischen Besitz aufbringen können«, warf Lilian Forrister ein. »Er beginnt demnächst mit seiner Kadettenausbildung in Sandhurst.«

»Der königlichen Militär-Akademie«, fügte John Healy hinzu.

»Immerhin gibt es jedes Jahr Sommerferien«, murrte Guy. »Und wenn jemand von Ihnen Lust verspürt, nach Frankreich zu reisen, darf er mich gern begleiten.«

»Dürfen wir, Mutter?«, bettelte Franny.

»Die Reise ist teuer und lang. Zunächst geht es hinüber nach England, dann weiter nach Calais und schließlich quer durch ganz Frankreich … Ich glaube kaum, dass einer von uns Fontebelle je zu Gesicht bekommen wird, Guy. Trotzdem herzlichen Dank für die Einladung.«

Nein, dachte Ellen, ich werde diesen magischen Ort wohl nie sehen. Mit einem Mal erschien ihr ihre eigene, von Fleiß geprägte Existenz völlig unbedeutend. Sie würde sich ihr Leben lang plagen müssen, nur um einfach leben zu können, doch der junge Mann hier neben ihr, der nur drei Jahre älter war als sie, besaß bereits ein romantisches Haus mit eigenem Park und durfte ganze Sommer voller endlosen Sonnenscheins in einem Land genießen, in dem der Wein in Strömen floss.

»Sie sind plötzlich so still geworden«, flüsterte Guy ihr zu. »Einen Penny für Ihre Gedanken!«

»Sie sind erheblich mehr wert«, antwortete sie. »Aber wohl nur für mich.«

Ellen hatte das Gespräch zwischen Harry und ihrem Vater nicht verfolgt, bis der Vater plötzlich streng die Stimme erhob:

»Ich wünsche nicht, dass mein eigener Sohn solche Gefühle zulässt!«

Da wusste Ellen, dass ihr Bruder es wieder getan hatte. Das Gesicht des Vaters war sehr rot, und er ärgerte sich sichtlich. Doch Harry schien sich nicht daran zu stören.

»Tatsache ist doch, Vater«, fuhr er unbeirrt fort, »dass man unter Vaterlandsliebe die Liebe zur Geschichte, Kultur und Sprache des eigenen Landes versteht. Auf keinen Fall kann es die Liebe zu einer fremden Macht sein, die sich hemmungslos bedient, die ihr Möglichstes tut, das Land auszulöschen, und über die Überbleibsel noch Witze reißt.«

John Healy sah aus, als würde er jeden Moment explodieren.

»Vorsicht, mein Junge. Immerhin sprichst du von deiner Regierung und deinem König.«

»Meine Regierung? Mein König? Du liebe Zeit, Vater!«, zischte Harry, sprang vom Stuhl auf und warf die Serviette auf den Tisch. »Warum bist du so blind? Warum fragst du dich nicht endlich, was wirklich in diesem Land geschieht?«

Er drehte sich um, sah seine Tante mit einer Art bestürzten Bedauerns an und stürmte aus dem Zimmer.

»Wie konnte es nur so weit kommen?«, fragte John Healy seine Schwester anklagend. »Es wird jedes Mal schlimmer. Eine wachsende Unzufriedenheit …«

»Aber das betrifft nicht nur Harry«, wandte Lilian Forrister ein. »Es ist überall das Gleiche. Vor einiger Zeit waren John und ich in Dublin im Theater. Das Stück strotzte nur so von politischen Untertönen. Es gab *Caithlin Ni Houlinhan* von William Butler Yeats.«

»Und was hat euch nicht daran gefallen?«, fragte Guy ausgesprochen interessiert.

»Es war unverantwortlich!«, erregte sich John Healy. »Die Titelrolle wurde von Maud Gonne gespielt, und genau genommen könnte man das Stück durchaus als Propaganda und flammenden Aufruf zur irischen Rebellion bezeichnen. Der Inhalt ist mythologisch verbrämt und daher nur Einheimischen verständlich. Leider hat man deshalb auch keine Handhabe gegen den Autor. Eigentlich müsste man ihn verhaften.«

»Würden Sie ihn etwa ins Gefängnis werfen?«, fragte Guy leise. »William Butler Yeats?«

Am Tisch erhob sich leises Lachen.

»Ich mache mir lediglich Sorgen, dass mein Sohn vielleicht in die Fänge des Radikalismus gerät«, sagte John Healy und warf seiner Schwester einen scharfen Blick zu. »Könnte es sein, dass er Dinge zu lesen bekommen hat, die ihn auf diese dummen Gedanken bringen? Ich habe Sullivans *Geschichte* im Wohnzimmer gesehen!«

»Das Buch gehört Jimmy Horan, einem jungen Nachbarn«, antwortete seine Schwester, »und es steht nichts als die reine Wahrheit darin. Allerdings zugegebenermaßen mit Leidenschaft berichtet. Aber wenn man uns in den Schulen unsere eigene Geschichte vorenthält, kann ich es den jungen Leuten nicht verübeln, dass sie selbst danach suchen! Und wenn ihr mich jetzt bitte entschuldigen würdet – ich gehe den Jungen holen.«

Mrs Murphy stand auf und verließ das Zimmer. Wenige Minuten später kehrte sie zurück. Den zerknirschten Harry schob sie vor sich her. Harry entschuldigte sich linkisch und kehrte schweigend zu seinem Platz zurück.

Ellen fürchtete sich beinahe, die Gäste anzusehen. Sie erhaschte einen Blick auf Mrs Forrister, die Harry mit unverhohlener Ablehnung und zusammengekniffenen Lippen betrachtete.

»In England diskutieren wir beim Abendessen weder über Politik noch über Religion«, verkündete die Dame nach einer Weile.

»Deshalb sind Abendessen in England auch immer so unendlich langweilig«, sagte Guy darauf lakonisch. »War es nicht Oscar Wilde, der festgestellt hat, dass Politik und Religion die einzig besprechenswerten Themen sind?«

Die Erwachsenen warfen sich skeptische Blicke zu, aber Harry sah den jungen Engländer dankbar an.

»Ach übrigens«, sagte Guy zu Harry, »Sie haben mir doch vorhin erzählt, dass Sie die besten Fischgründe der Umgebung kennen. Mit Ihrer freundlichen Erlaubnis würde ich sie gerne ausprobieren. Und dann habe ich gehört«, wandte er sich wieder an Ellen, »Sie hätten eine wunderschöne Stimme. Ich würde mich freuen, Sie auf dem Klavier begleiten zu dürfen.«

Kurze Zeit später kehrten sie ins Wohnzimmer zurück. Guy studierte das Notenblatt, das Ellen ihm vorlegte. Auf sein Zeichen hin begann sie zu singen und konnte den Blick nicht von seinen langen, geschmeidigen Fingern lösen, die die Tasten liebkosten.

Bevor sich John Healy an diesem Abend zurückzog, nahm er seinen Sohn beiseite.

»Bei dem Essen handelte es sich heute um ein gesellschaftliches Ereignis«, schalt er ihn. »Ohne Guy wäre dieser Abend ein Fiasko geworden.«

Harry biss sich auf die Lippen.

»Meine Aufgabe ist es, das Gesetz durchzusetzen«, fuhr sein Vater mit strenger Stimme fort. »Ich maße mir weder an, es infrage zu stellen, noch die Geschichte umzuschreiben. Ich diene meinem Land hier und jetzt.«

»Ich wollte dich nicht verärgern, Vater«, erwiderte Harry notgedrungen und warf einen Blick auf die sich nähernden Forristers.

John Healy ging zur Garderobe und holte den Mantel seiner Verlobten. Guy nahm Harry beiseite, um Angelpläne zu schmieden. Lilian Forrister drapierte ihren langen Seidenschal und sagte leise zu Ellen:

»Nett, dich endlich kennen gelernt zu haben. Vor allem dein Gesang hat mich sehr beeindruckt. Guy übrigens auch.«

»Vielen Dank.«

»Eigentlich sollte er in Clonmore bei den Wallaces übernachten. Der Erbe des Anwesens ist ein Schulfreund von ihm. Doch jetzt hat er sich eine Unterkunft hier im Ort besorgt, um morgen mit deinem Bruder fischen zu gehen.«

Ellen wusste, dass den Wallaces von Clonmore das gesamte Land sowie der größte Teil der Stadt gehörten.

»Ich warne dich, mein Mädchen«, fuhr Mrs Forrister kaum hörbar fort, als wolle sie Ellen ein Geheimnis anvertrauen. »Hüte dich, deine Netze nach Guy auszuwerfen. Es wäre sowieso sinnlos. London ist voll mit jungen Damen, und zwar reichen jungen Damen …«

Ach, Vater, dachte Ellen, was hast du dir nur dabei gedacht, dich mit einer solchen Frau zu verloben?

Nachdem die Gäste gegangen waren, schwatzte Franny munter drauflos und tröstete Harry, der sich vor Gram fast verzehrte.

»Den Krach mit deinem Vater hast du doch nur dieser schrecklichen Mrs F. zu verdanken«, sagte sie. »Sie ist eine blöde Kuh.«

»Du weißt, dass ich in diesem Haus keine solchen Ausdrücke dulde, Frances«, rügte ihre Mutter streng. »Du hast mich heute Abend schon genug enttäuscht. Du warst sehr vorlaut.«

»Ich soll also nur gesehen, aber nicht gehört werden.«

»Ganz genau. Und nun ab ins Bett. Du hast morgen einen Termin beim Zahnarzt. Er ist wahrscheinlich der einzige Mensch auf der Welt, der dich wenigstens für kurze Zeit zum Schweigen bringen kann.« Sie wandte sich an Harry. »Und was dich angeht, du siehst ja selbst, wie elend du dich fühlst, nachdem du deinen Vater derart provoziert hast. Hättest du dich nicht für die kurze Zeit seines Besuchs ein wenig im Zaum halten können? Du solltest ihm morgen schreiben, wie sehr du dich über seine und Mrs Forristers Anwesenheit hier gefreut hast.«

»Guy kommt morgen nach der Schule. Er wohnt drüben im *Royal.* Wir haben uns zum Angeln verabredet.«

Mrs Murphy schnalzte mit der Zunge.

»Du hast Besseres zu tun, als diesem jungen Mann die Zeit zu vertreiben.«

Als Ellen endlich im Bett lag, konnte sie nicht einschlafen. Sie ließ den Abend noch einmal Revue passieren: Guys Hand, die nach ihrer griff, seine Stimme in ihrem Ohr, das Gefühl, Komplizen zu sein. Plötzlich fiel ihr auf, dass sie ganz vergessen hatte, ihr Abendgebet zu sprechen. Sie kletterte aus dem Bett und kniete sich auf den Boden.

»Gegrüßet seist du Maria, voll der Gnade,
der Herr ist mit dir,
du bist gebenedeit unter den Weibern …«

Sie betete für ihre verstorbene Mutter, für ihren Vater, für Harry, ihre Tante und ihre Cousinen. Und dann betete sie auch für Guy Forrister, den sie an diesem Abend kennen gelernt hatte.

Durch die geschlossenen Vorhänge drang das Mondlicht ins Zimmer und verlieh ihm eine geisterhafte Atmosphäre. Sie ließ ihren Blick über das alte Familienfoto auf der Kommode und das Tagebuch ihrer Mutter gleiten, das sie auf dem Kaminsims hatte liegen lassen.

Nachdem Ellen ihr Gebet gesprochen hatte, stand sie auf und trat ans Fenster. Die Landschaft wurde vom unsteten Mondlicht erhellt. Wolken im Westen kündigten den nächsten Regen an. Vielleicht würde Guy nicht zum Fischen gehen können, und das, obwohl er den Besuch bei seinen Freunden verschoben und ein Zimmer in der Stadt genommen hatte.

Ellen sah das glänzende Grau des Flusses, der um das Haus der Horans mäanderte. In dem Bauernhaus brannte noch ein kleines Licht. Vielleicht war das Jimmy, dachte sie. Er las oft bei Kerzenlicht. Wenn man Harry glauben konnte, las Jimmy alles, was er in die Finger bekam. Sein Buch war es gewesen, das Vaters Zorn heraufbeschworen hatte. Jimmy war ein wesentlich besserer Angler als Harry – eigentlich hätte er Guy die besten Fischgründe zeigen sollen.

Der Mond tauchte hinter einer Wolke auf. Ellen sah eine männliche Gestalt, die langsam die Straße vor dem Haus entlangschlenderte. Sie versuchte zu erkennen, wer es war, doch der Mann verbarg sich im Schatten der Lorbeerhecke und blickte zu den Schlafzimmerfenstern hoch, ehe er sich umwandte und ging.

4. KAPITEL

Als Ellen am nächsten Morgen zur Schule radelte, drehten sich ihre Gedanken fast ausschließlich um den Vortag. Sie dachte an Guy, an ihren Vater und seine Heiratsabsichten und an Mrs Forristers wunderliche Warnung.

Ihre Netze nach Guy auswerfen! Das klang wie aus einem von Frannys Romanen. Allein die Vorstellung, sie könne eine derartige Macht besitzen, erschien Ellen atemberaubend. Glaubte Mrs Forrister allen Ernstes, dass sie sich Guy angeln könnte, wenn sie ihre Netze nach ihm auswarf – als handele es sich bei dem jungen Mann um einen Lachs? Aber noch viel interessanter war die Frage, ob Mrs Forrister ihre Netze nach Vater ausgeworfen hatte, und falls ja, warum. Ellen dachte mit Wehmut an ihren Vater. Wie oft würden sie und Harry ihn wohl noch zu Gesicht bekommen, wenn er erst einmal mit der an Netzfang glaubenden Mrs Forrister verheiratet war? Wahrscheinlich würde er nach der Hochzeit für sie endgültig verloren sein.

Ihr altes Fahrrad schepperte die mit Pfützen übersäte Straße entlang. Der Weg schien heute kein Ende nehmen zu wollen. Der *Smolteen* sang sein brausendes Lied. Ellen dachte an Jimmy, dessen Wiesen unter Wasser stehen würden, sollte der Fluss über die Ufer treten.

Es war ein Schultag wie viele andere. Gegen Mittag setzte Regen ein. Der Schulmeister, Mr Corrigan, gesellte sich zu Ellen und der Hilfslehrerin Mrs Gallagher, die sich an der offenen Feuerstelle im Klassenzimmer wärmten. Über dem rauchgeschwärzten Sims hing ein verblichenes Bildnis der verstorbenen Königin. Die Kinder tobten draußen herum, aßen ihre mitgebrachten Butterbrote unter dem Schutz des

Vordachs oder jagten einander lachend durch den Nieselregen.

Der Schulmeister schimpfte über das Wetter. Ellen dachte an den ins Wasser gefallenen Angelausflug. Guy Forrister würde seiner Wege gehen, und sie würde ihn nie mehr wiedersehen.

Nach der letzten Schulstunde beeilte sich Ellen nicht sonderlich. Sie korrigierte einige Aufsätze für Mrs Gallagher und holte ihr Fahrrad erst aus dem Schuppen, als der Regen nachließ. Dann fuhr sie nach Hause.

Ellen liebte den Anblick der Kamine von Kilcrannagh. Wenn sie von der Schule kam, sah sie sie nach einer kurzen Steigung langsam über den Baumwipfeln auftauchen. Sie dachte an die gemütlich geheizte Küche und fragte sich mit knurrendem Magen, ob Maggie ihr Versprechen, Pfannkuchen zu backen, wahr gemacht hatte.

Sie erreichte den Torfschuppen, stellte das Fahrrad an die gewohnte Stelle, sah, dass Harry noch nicht von der Schule zurück war, und rannte über den Hof.

Schon beim Berühren der Klinke, und obwohl sie ihn nicht gesehen hatte, spürte sie, dass Guy da war. Er saß neben dem Herd und unterhielt sich mit Maggie, die Pfannkuchenteig rührte. Ellen fiel ein, dass Tante Harriet mit Franny beim Zahnarzt war – deshalb also hatte Maggie den Besucher in die Küche gelassen.

Als sie eintrat, stand Guy auf. Er sah, wie das Wasser von ihrer Kapuze tropfte. Ihre aufrechte Körperhaltung und der scheue Charme ihres Lächelns bezauberten ihn. Anders gekleidet und ein bisschen älter hätte sie auf jedem gesellschaftlichen Ereignis eine gute Figur gemacht. Schade, dass ein so wunderbares Wesen fast am Ende der Welt im Regen versauerte!

»Hallo Guy!«

Er machte einen höflichen Diener. »Sehen Sie, es ist wirklich schwer, mich wieder loszuwerden.«

Diese Maggie sollte man erwürgen!, schimpfte Ellen innerlich. Die Küche war nicht aufgeräumt, der Tisch mit Mehl bestäubt, die Pfanne stand auf dem heißen Herd, und am Kamin, der nach Bügeleisen roch, hing Wäsche zum Trocknen.

»Kommen Sie«, sagte Guy, »ich helfe Ihnen aus den nassen Sachen.«

Ellen legte ihre Bücher ab und ließ sich aus dem Mantel helfen. Er berührte sie an der Schulter. Ein seltsames Beben durchfuhr sie bis in die Zehenspitzen.

Als Harry aus der Schule kam, fand er seine Schwester in der Küche, wo sie mit Guy Forrister am Herd saß und sich an Tee und heißen Pfannkuchen gütlich tat. Maggie bügelte. Harry seufzte. Er hatte keine Lust auf Gesellschaft und hatte insgeheim gehofft, dass Guy den geplanten Ausflug absagen würde. Seine rechte Hand schmerzte. Bruder O'Flaherty, der cholerische Mathematiklehrer, hatte sie wegen Unaufmerksamkeit mit dem Rohrstock malträtiert.

»Wir sind hier nicht in einer Opiumhöhle, Healy! Kaum auszudenken, dass ausgerechnet ein Tagträumer wie du Lehrer werden will … Ha!« Jeder Schlag mit dem Rohrstock wurde von einem solchen »Ha!« begleitet, bis vier schmerzende Striemen Harrys Handfläche zierten. Die Hand war inzwischen angeschwollen und pochte. Harry sehnte sich danach, sie in kaltem Wasser zu kühlen.

»Ich dachte, bei diesem Wetter hättest du vielleicht gar keine Lust, angeln zu gehen …«

»Wenn du mir heute die besten Stellen zeigst, kann ich mein Glück morgen allein versuchen«, sagte Guy. »Es wird ja wohl nicht ewig regnen.«

»Da wäre ich nicht so sicher. Schließlich sind wir hier in Irland!«

Ellen hörte den gequälten Unterton in seiner Stimme und fragte sich sofort, ob er mal wieder eine Abreibung mit dem Rohrstock bekommen hatte.

»Guy hat mir gerade von seiner Schule in England erzählt«, versuchte sie ihren Bruder abzulenken. »Man hat den Eindruck, es ist schlimmer als beim Militär.«

»Also genau wie bei uns!«, brummte Harry. Scharf zog er dem Atem durch die Zähne und verbarg die schmerzende Hand in der Tasche. »Ist unsere arme alte Franny noch beim Zahnarzt?«

Maggie nickte, während sie ein gefaltetes Bettlaken mit dem langsam auskühlenden Bügeleisen bearbeitete.

Ellen stand auf.

»Ich überlasse Sie unserem Angelexperten«, sagte sie zu Guy. »Ich muss jetzt lernen, sonst schaffe ich mein Pensum nicht.«

Guy nutzte die Zeit, in der sich Harry aus seinem Mantel schälte, um Ellen zuzuflüstern: »Wenn ich morgen wiederkomme, sehe ich Sie dann?«

Ellen wurde puterrot, nickte schnell, griff nach ihren Büchern und verließ die Küche. Im Flur blieb sie stehen. Sie hörte, wie Harry eine Stelle beschrieb, wo sich immer und ganz bestimmt Forellen versteckten: »... die kleinen Mistviecher – sie denken, sie sind in Sicherheit, weil es dort einen Überhang gibt ...« Guys tiefere Stimme erwiderte irgendetwas. Maggie schien frischen Tee aufzubrühen, Ellen hörte das Klappern des Teegeschirrs. Plötzlich mischte sich das Mädchen in das Gespräch ein: »Geht bloß nicht in die Nähe von *Duff's Pool.* Jimmy sagt, das Wasser ist dort tückisch.«

Ellen riss sich los, ging in ihr Zimmer und schloss die Tür. Das Gespräch mit Guy ging ihr nicht aus dem Kopf, es war so vertraut gewesen. Er hatte ihr Einblicke in sein Leben gewährt; sie konnte seine Gefühle beim Tod seines Vaters, eines Anwalts, vor zwei Jahren nachempfinden und bekam eine Vorstellung von seinem älteren Bruder Nigel, der heiraten wollte, sobald der Krieg in Südafrika vorbei war. Nigel würde ein Anwesen namens *Linthorpe* ihres Onkels in Yorkshire übernehmen, Guy hingegen freute sich auf eine Karriere bei der Armee.

»Das liegt bei uns in der Familie«, hatte er stolz verkündet, als sie ihn fragte, was ihn an einem Soldatenleben reizte.

»Heißt das, Sie werden nicht auf Ihrem hübschen Besitz in Frankreich leben?«

»Fontebelle hebe ich mir für meine alten Tage auf.« Er straffte die Schultern und fügte hinzu: »Wissen Sie, Ellen, es ist eine große Ehre, Offizier des Königs sein zu dürfen!«

»Was ist mit Ihrem Freund in Clonmore House? Hat er ebenfalls militärische Ambitionen?«

Guy musste unwillkürlich lachen. »Bertie? Bestimmt nicht. Er ist wohl eher der Typ, der eine Weltreise macht und dann für den Rest seines Lebens den Großgrundbesitzer spielt. Kennen Sie ihn?«

»Ich habe ihn nur ein einziges Mal gesehen«, hatte Ellen unbehaglich geantwortet.

Aber an dieses eine Mal erinnerte sie sich sehr genau. Es war ein Sonntagmorgen im Winter gewesen. Die Menschen auf dem Weg zur Messe stoben plötzlich vor der von zwei braunen Wallachen gezogenen Clonmore-Equipage auseinander. Alle, bis auf einen. Es war ein alter Mann. Er hieb mit seinem Stock nach der Kutsche, die in wenigen Zentimetern Abstand an ihm vorbeibrauste, spuckte aus und rief dem Gefährt eine gälische Verwünschung hinterher.

Vom Gesicht des jungen Mannes, der durch das kleine Rückfenster der Kutsche hinausgesehen hatte, war Ellen nur eins im Gedächtnis geblieben: die zu einem herablassenden Lächeln verzogenen Lippen.

»Und auch nur ganz kurz«, fügte sie schnell hinzu, da Guy offensichtlich ihre Einschätzung seines Freundes zu erwarten schien.

Sie schob den Tisch ans Fenster und breitete die Bücher aus. Doch unwillkürlich spitzte sie die Ohren in Richtung der Hintertür. Und tatsächlich: Kaum ließ der Regen ein wenig nach, hörte sie Schritte. Die beiden hoffnungsvollen Angler stapften in Ölzeug und Gummistiefeln durch den Vorgarten. Harry hatte seine Angelrute dabei, Guy war mit einem Netz bewaffnet. Die beiden plauderten wie alte Freunde.

Ellen vertiefte sich in ihre Arbeit und merkte nicht, wie die Zeit verging. Plötzlich hörte sie, wie der Einspänner vorfuhr. Fran ist zurück!, dachte sie. Sie blickte aus dem Fenster und sah Jimmy, der vom Kutschbock sprang und die Trittstufe herunterklappte. Tante Harriet schüttelte ihren Schirm. Franny presste ein Tuch gegen ihre Wange und sah so aus, als könne sie jeden Augenblick ohnmächtig werden. Jimmy stützte sie mit brüderlicher Fürsorge und half ihr ins Haus.

Dieser Jimmy ist ein Geschenk des Himmels, dachte Ellen. Sie hatte keine Ahnung, wie er immer wieder die Zeit fand, sich neben der Arbeit auf den eigenen, steinigen 36 Hektar Land noch um die Murphys zu kümmern. Er schien über endlose Energiereserven zu verfügen.

»Jimmy ist die Sorte Mann, der die Quellen des Nils aufgespürt hätte«, pflegte Harry zu sagen, »wenn ihm nicht jemand zuvorgekommen wäre.«

Ellen rannte die Treppe hinunter. Seit Wochen schon hatte Franny Probleme mit einem Weisheitszahn gehabt, bis Harry sie schließlich überzeugen konnte, ihn ziehen zu lassen.

Franny war auf einem Küchenstuhl zusammengesunken. Sie sah bleich und krank aus, und das Tuch, das sie vor den Mund presste, hatte Blutflecken. Tante Harriet, noch in Hut und Mantel, rührte etwas in eine Tasse. Der stechende Geruch von Laudanum hing in der Küche.

»Arme Fran!«

»Am liebsten würde ich sterben«, wimmerte Franny. »Ach, El, er hat mir den Zahn geradezu herausgerissen! Den ganzen Heimweg über hat es schrecklich geblutet!«

»Nimm das!«, sagte die Mutter mit sachlicher Stimme. »Es hilft gegen die Schmerzen.« Löffelweise verabreichte sie ihrer Tochter das Laudanum.

Franny verzog das Gesicht. »Pfui Teufel!«

»So, und jetzt marsch ins Bett. Schlaf ist immer noch die beste Medizin.«

Ellen füllte eine Bettflasche mit heißem Wasser aus dem Kessel, umwickelte sie mit einem Tuch von der Wäscheleine und half ihrer Cousine die Treppe hinauf.

»Danke, Ellen, sehr lieb von dir. Ich komme gleich nach.« Tante Harriet brach ab und blickte sich um. »Wo ist denn dein Bruder? Ist er noch nicht aus der Schule zurück?«

»Er ist mit Guy Forrister zum Angeln gegangen.«

»Der junge Mann scheint wirklich zu glauben, Harry hätte nichts Besseres zu tun, als ihm die Zeit zu vertreiben«, meinte Tante Harriet kopfschüttelnd. »Und noch dazu bei diesem Wetter!«

»Er wollte dem jungen Herrn unbedingt *Duff's Pool* zeigen«, murmelte Maggie. »Ich konnte ihn nicht daran hindern«, fügte sie nach einem missbilligenden Blick ihrer Dienstherrin kleinlaut hinzu.

Ellen brachte Franny ins Bett, zog die Vorhänge zu und stellte einen Spucknapf ans Kopfende.

»Nicht weggehen!«, flüsterte Franny, nachdem sie sich in die Kissen gekuschelt hatte. »Erzähl mir von Guy.«

»Was soll es da zu erzählen geben?«

»El, er ist deinetwegen zurückgekommen. Ich bin sicher, die Fische sind ihm völlig egal ...«

Das Eintreten der Tante ersparte Ellen die Antwort. Tante Harriet schob ihrer Tochter ein zweites Kissen unter den Kopf, nahm ihre Hand und streichelte sie.

Frannys Augen fielen langsam zu. »Das Laudanum beginnt zu wirken«, flüsterte die Tante. »Jetzt geht es ihr besser – vorausgesetzt, die Blutungen setzen nicht wieder ein. Einer von uns sollte bei ihr bleiben.«

»Das tue ich gern. Ich kann auch hier lernen.«

Ellen holte das Mathematikbuch und einen Gedichtband aus ihrem Zimmer, setzte sich an Frannys Fenster und hob eine Ecke des Vorhangs, um besser zu sehen. Sie musste ein Stück aus Tennysons *Mort D'Arthur* auswendig lernen. Die Verse klangen wie Musik, und schnell nahm die Geschichte sie gefangen: der majestätische sterbende König, der das Schwert Excalibur in den See warf; die geheimnisvolle Hand, die aus dem Wasser auftauchte und das Schwert auffing.

Nach etwa einer halben Stunde hatte Ellen die Verse sicher im Gedächtnis und wandte sich ihren Geometrieaufgaben zu. Plötzlich wälzte sich Franny mit einem sanften Seufzer schläfrig in ihren Kissen und flüsterte verschlafen:

»El, ist Harry schon zurück?«

»Nein, noch nicht.«

Ellen warf einen Blick in den grau verhangenen Himmel. Der Regen hatte aufgehört. Allmählich wurde es dunkel. Bald würde es Abendbrot geben. Sie sah, dass Franny wieder eingeschlafen war, und ging in ihr eigenes Zimmer hinüber. Vom Fenster aus konnte sie die Straße überblicken.

In einiger Entfernung tauchten zwei junge Männer aus dem Schatten der Alleebäume auf. Sie hob den Vorhang, lehnte sich aus dem Fenster und versuchte zu erkennen, warum die beiden so merkwürdig liefen. Fast wirkte es, als wären sie betrunken.

»Da muss etwas passiert sein!«, flüsterte sie. Mit wenigen Schritten war sie aus der Tür und stürzte die Treppe hinunter.

Ellen stürmte durch die Hintertür und rief nach Jimmy. Der junge Mann hatte seine Arbeit im Stall beendet und wollte gerade das Pony hineinbringen.

»Jimmy! Jimmy! Komm schnell!«

Jimmys Blicke folgten ihrem ausgestreckten Arm. Sofort ließ er die Trense fallen und sprang mit einem Satz über den Zaun, der die Weide begrenzte. Ellen sah, wie er ihren Bruder aus den Armen des taumelnden Guy nahm, sich den Jungen auf die Schulter lud und zum Haus lief. Tante Harriet, die vom Lärm alarmiert auf die Schwelle getreten war, griff sich mit der Hand ans Herz, als Jimmy ihren Neffen anschleppte.

»Leg ihn auf die Couch ins Wohnzimmer«, kommandierte sie und rauschte ins Haus.

Ellens Stimme versagte. Sie versuchte zu rennen, doch ihre Beine fühlten sich an, als wären sie aus Holz. Guy erreichte das Tor. In seinen Stiefeln stand Wasser, die nassen Kleider klebten an einem bebenden Körper.

»Abgerutscht in den Fluss ... hat sich wohl den Kopf gestoßen«, flüsterte er. Ellen antwortete nicht. Da legte er seine eiskalte Hand in ihre und zog sie zur offenen Eingangstür. Jimmy bog auf Harrys Fahrrad um die Hausecke.

»Ich hole den Doktor!«, rief er und trat stehend in die Pedale.

»Ich habe ihn so schnell es ging herausgezogen und Wiederbelebungsversuche gemacht«, sagte Guy plötzlich. »Wir haben das in der Schule gelernt. Ich glaube, in seiner Lunge ist kein Wasser mehr.«

Ellen erkannte seine Unsicherheit. Wieder einmal befand sie sich in diesem schrecklichen, wohlbekannten Raum, in dem alle Realität nur Illusion war und einem Menschen, die man liebte, plötzlich entglitten. Nur allzu gern hätte sie von Guy gehört, dass es Harry gut ginge, doch Weltgewandtheit und Standesbewusstsein waren wie von Zauberhand von Guy abgefallen; plötzlich war er nichts weiter als ein frierender, verängstigter Junge.

Maggie kam mit einem Stapel Handtücher. Ellen überließ ihr den triefenden Guy und ging ins Wohnzimmer, wo Jimmy ihren Bruder in die Nähe des Feuers gebettet hatte.

Tante Harriet hatte Harry bereits von seinen nassen Kleidern befreit und in Decken gehüllt. Ellen ging neben ihm in die Knie und griff nach seiner Hand. Bis auf die Blutkruste am Haaransatz sah er aus, als schliefe er. Tante Harriet, die gerade im Kamin gestochert hatte, richtete sich auf und nahm ihre Nichte in die Arme.

»Meine arme Kleine, mach dir nicht solche Sorgen. Harry ist unterkühlt und hat möglicherweise eine Gehirnerschütterung. Das Wichtigste ist jetzt, ihn warm zu halten und zu beten, dass er keine inneren ...«

Da brach sich Ellens Anspannung Bahn, und sie begann, hemmungslos zu weinen. Tränen strömten über ihr Gesicht und benetzten ihre Lippen.

Mit einem Mal sah sie, wie Harrys Augenlider zu beben begannen.

»El?«

Er verzog das Gesicht, stöhnte, hob die Hand, betastete

die dicke Beule auf seiner Stirn, murmelte »Du lieber Himmel!« und blickte sie verwirrt an.

»Du bist in den Fluss gefallen.«

Vom Hauseingang her war Doktor Dempseys Stimme zu hören.

Da Ellen ihren Bruder in fachmännischen Händen wusste, ging sie in die Küche, wo Maggie Tee und Schinkenbrote auf den Tisch gestellt hatte. Die Atmosphäre war äußerst gespannt. Guys Haare trockneten zu einem wilden Durcheinander. Er trug einen alten Bademantel, der früher Onkel Matthew, Tante Harriets verstorbenem Gatten, gehört hatte. Jimmy stand am Herd, noch immer sehr rot im Gesicht und außer Atem von seiner Fahrradfahrt.

»Wie konnte das passieren?«, fragte er mit einem langen Blick auf Guy.

»Die Erde an der Uferböschung hat plötzlich nachgegeben. Er ist mit dem Kopf auf einen Felsblock geprallt. Das Wasser ist ziemlich tief …«

»Gott sei Dank konnten Sie ihn herausziehen«, flüsterte Ellen.

»Und welcher Spinner hat ihn bitte schön überredet, mit ihm angeln zu gehen?«, fragte Jimmy verächtlich.

Guy grübelte nach einer passenden Antwort, ihm fiel jedoch nichts ein. Er beherrschte Jimmys Heimatdialekt nicht und scheute vor einem Wortgefecht zurück.

Der Doktor ging. Mrs Murphy erschien in der Küche und bat Jimmy, Harry in sein Bett zu bringen.

Ellen sprang auf und folgte den beiden. Harry schien wieder ganz bei sich zu sein. Als man ihm die Treppe hinaufhelfen musste, scherzte er sogar, dass er endlich das richtige Rezept gegen Langeweile gefunden hätte. Jimmy sah aus, als würde er vor Erleichterung jeden Moment in Tränen ausbrechen.

»Sag dem guten alten Guy, es täte mir Leid, dass ich unseren Ausflug versaut habe«, flüsterte Harry Ellen zu. »Und richte ihm ein Dankeschön dafür aus, dass er meine Haut gerettet hat.«

»Dein Bruder muss jetzt schlafen«, verfügte Tante Harriet, als Harry schließlich im Bett lag. »Ich bleibe noch einen Augenblick bei ihm. Und danke für deine Hilfe, Jimmy.«

Jimmy brummte, dass seine Kühe ihn wahrscheinlich sowieso längst für tot und verschollen hielten. Ellen begleitete ihn die Treppe hinunter zur Tür.

»Du hättest nicht so mit Guy reden dürfen«, warf sie ihm mit leiser Stimme vor. »Es war nicht sein Fehler. Und Gott allein weiß, was ohne ihn passiert wäre.«

»Ellen, wenn dieser feine englische Pinkel nicht darauf bestanden hätte, wäre Harry nie und nimmer bei solchem Wetter angeln gegangen! Was hat er überhaupt hier zu suchen? Wenn er nicht gerade deinen Bruder ins Unglück reitet, glotzt er dich an wie ein krankes Kalb.«

»Mach dich nicht lächerlich!«

»Falls es dir wichtig ist, bewundert zu werden«, fuhr Jimmy fort und berührte vorsichtig ihre Hand, »könntest du ganz in der Nähe fündig werden.«

Entrüstet schüttelte Ellen seine Hand ab. Sie schloss die Tür hinter ihm. Jimmys Stiefel knirschten über den Kies. Ellen kehrte in die Küche zurück, wo ein völlig zerzauster Guy neben dem Herd stand und seine langsam trocknenden Kleider befingerte.

»Machen Sie sich nichts aus Jimmys Gerede«, sagte Ellen. »Er hat sich ordentlich erschreckt. Sonst benimmt er sich nicht so.«

»Ehrlich gesagt ist mir ziemlich egal, ob dieser Mensch sich normalerweise so benimmt oder nicht.«

»Harry hat mich gebeten, Ihnen zu danken«, wechselte Ellen das Thema. »Sie waren sehr mutig.«

Sie begann zu zittern.

Guys Augen wurden weicher. »Ich hätte wohl kaum anders handeln können.« Er nahm ihre Hand und zog sie ans Feuer. »Arme kleine Ellen, Ihre Hände sind ja eiskalt!«, fuhr er fort. »Sie sollten längst im warmen Bett und ich auf dem Heimweg sein.«

Er musterte seine vor dem Feuer aufgehängten, zerknitterten Kleidungsstücke.

»Ihre Kleider triefen ja noch. Maggie macht Ihnen die Kammer zurecht.«

Schweigend standen sie eng beieinander und sahen sich stumm in die Augen. Zwischen ihnen entstand eine neue Spannung, die den ganzen Raum erfüllte.

»Dann gehe ich jetzt schlafen«, flüsterte er, als Maggies Schritte auf der Treppe zu hören waren.

Maggie reichte dem jungen Mann eine Kerze und zeigte Guy den Weg zum Kämmerchen, wo neben einigen aufeinander gestapelten Koffern ein schmales Bett bereitet worden war. Die Kammer war kalt, es roch nach Kampfer, und die Tür schloss nicht richtig. Guy stellte die Kerze auf einen alten Lederkoffer, ließ sich auf das Bett fallen und betrachtete die Risse in der Decke. Immer noch machte ihm die spitze Bemerkung des Bauern zu schaffen – vor allem, weil Ellen sie mit angehört hatte.

Aber der Tag war tatsächlich nicht zum Angeln geeignet gewesen, außerdem hatte er wirklich Hintergedanken gehabt. Er wollte in Ellens Nähe sein. Er wollte sich mit Harry anfreunden, um sich in der Nähe seiner Schwester aufhalten zu können. Er wollte ein Teil ihrer merkwürdigen kleinen Welt werden. Wie hätte er vorhersehen können, dass Harry in diesen blöden Fluss stürzen würde; die Strömung war so stark gewesen, dass es für beide durchaus anders hätte ausgehen können.

Guy hörte die Treppe knarren. Durch den Türspalt erkannte er Ellen, die mit einer Kerze in der Hand über den Treppenabsatz huschte. Vor einer Tür blieb sie stehen. Die Tante kam heraus, und die beiden unterhielten sich kurz. Schließlich ging das Mädchen weiter und verschwand im Zimmer neben seiner Kammer. Er lauschte ihren leisen Geräuschen, als sie sich für das Bett zurechtmachte. Guy schloss die Augen und stellte sich Ellen in einem weißen Nachthemd vor. Ein Engel aus Eis! Er stöhnte leise. Wie gerne hätte er sie in die Arme genommen, sie gewärmt, sie geliebt …

5. KAPITEL

Ellen war nach den dramatischen Ereignissen viel zu aufgeregt, um schlafen zu können. Das Haus hatte sich in ein Hospital verwandelt. In einem Zimmer lag Harry, der mit knapper Not dem Tod entronnen war, in einem anderen schlief die mit Laudanum voll gepumpte Franny. Und in der Kammer neben ihrem Zimmer ruhte ein erschöpfter Guy, der sein Leben riskiert hatte, um ihren Bruder zu retten. Ellen dachte darüber nach, wie sie sich von ihm wahrgenommen fühlte; er hatte ihr Zärtlichkeit gezeigt und überwältigende Gefühle in ihr erweckt, die durch seine körperliche Nähe stetig an Kraft zunahmen.

Irgendwann schlief sie dann schließlich ein, doch wirre Träume beunruhigten ihren Schlaf. Schon vor der Morgendämmerung war sie wieder wach. Sie erinnerte sich, dass im

Traum ihre Mutter zu ihr gekommen war und das Tagebuch von ihr zurückgefordert hatte. Bitterlich weinend hatte sie dann auf eine leere Seite Harrys Namen geschrieben und mit einem schwarzen Kringel umrandet.

Im Dämmerlicht sah Ellen, dass das Tagebuch noch an seinem Platz lag. Trotzdem blieb das Entsetzen des Traums. War Harry im Schlaf gestorben? Hatte die Mutter ihr das mitzuteilen versucht?

Ellen sprang aus dem Bett, schlich auf Zehenspitzen zu Harrys Zimmer, drehte den Türknauf und schlüpfte hinein.

Tante Harriet hatte die Lampe auf der Kommode brennen lassen. Harry lag auf dem Rücken. Einen Arm hatte er quer über das Kissen gelegt. Ellen lauschte. Sein Atem ging stark und regelmäßig.

Aus dem Garten drangen die ersten Laute des morgendlichen Vogelkonzerts.

Ellen wusch sich und zog sich hastig an. Vorsichtig ging sie die Treppe hinunter; sie wusste, dass eine Stufe knarrte, und wollte die anderen nicht wecken. Ob Guy schon wach war?

Sie fand ihn in der Küche. Er war mit einer ordentlichen Portion Porridge beschäftigt, die Maggie ihm vorgesetzt hatte, bevor sie sich wieder dem Ausfegen der Feuerstelle widmete. Guy bot in seinen zerknitterten, noch immer feuchten Kleidern einen Mitleid erregenden Anblick.

»Oh Guy«, rief Ellen erschrocken aus und schlug die Hand vor den Mund, »Ihre Kleidung ist ruiniert. Es tut mir ja so Leid!«

Er zuckte die Schultern.

»Sobald ich im Hotel bin, kann ich mich ja umziehen. Wie geht es Harry heute Morgen?«

»Er lebt, und das haben wir Ihnen zu verdanken.« Sie senkte die Stimme. »Aber ich hatte einen grässlichen Traum, in dem meine Mutter weinend seinen Namen schwarz umrandete.«

Maggie starrte sie an und schlug unwillkürlich ein Kreuzzeichen.

»Ich habe natürlich sofort nach ihm gesehen«, fuhr Ellen fort. »Es geht ihm gut.«

Maggie zog die Vorhänge zurück und öffnete die rauchgeschwärzten Läden.

»Heute bekommen wir einen schönen Tag«, murmelte sie. »Gott sei gedankt!«

Guy wollte aufbrechen, und Ellen forderte ihn auf, Harrys Fahrrad zu benutzen.

»Stellen Sie es einfach am Hotel ab. Jimmy kann es dann später abholen.«

»Vielen Dank.«

Doch als Maggie kurz in der Vorratskammer verschwand, flüsterte er hastig: »Ich würde Sie gern zur Schule begleiten, Ellen. Ich muss unbedingt mit Ihnen reden!«

Die Luft war frisch und rein. Die Türen vieler Cottages standen einen Spaltbreit auf, und die feuchten Strohdächer dampften in der Sonne. Im hellen Morgenlicht liefen Kinder barfuß, ihre mit einem Riemen zusammengebundenen Bücher über der Schulter, die nasse Straße entlang zur Schule.

»Da drüben wohnt Jimmy!« Ellen zeigte auf ein bescheidenes, strohgedecktes Haus, das ein wenig abseits der Straße lag. Ein steiniger Weg führte zur Haustür.

Jimmy bog mit einem Eimer in der Hand um die Ecke und holte Wasser aus einer der Regentonnen auf der Giebelseite. Guy musste sich insgeheim eingestehen, dass der junge Mann eine fast militärische Haltung an den Tag legte. Mit etwas Training würde er einen ausgezeichneten Soldaten abgeben, vorausgesetzt, er hielt seine Zivilistenzunge im Zaum. Ellen winkte, und Jimmy hob die Hand zum Gruß. Dann sah er Guy. Er nickte kurz und wandte sich ab.

Als sie die Steigung hinter sich gebracht hatten und außer Sichtweite waren, stieg Guy vom Fahrrad und fragte: »Macht es Ihnen etwas aus, ein Stück zu laufen?«

Ellen bremste und stieg ebenfalls ab. Mit scheuem Lächeln zogen ein paar barfüßige Kinder an ihnen vorbei. Jedes von ihnen trug einen dicken Torfbrocken.

»Guten Morgen, Miss Healy.«

»Wie halten ihre Füße das bloß aus?«, fragte Guy kopfschüttelnd. »Hier liegen so viele Steine! Und warum haben sie Torf dabei?«

»Nicht aus Spaß, das kann ich Ihnen versichern«, lächelte Ellen. »Diese Kinder kommen aus sehr armen Familien. Die Regierung hält die Preise für landwirtschaftliche Produkte künstlich niedrig, damit in England das Essen nicht zu teuer wird. Aber die Pacht für die Höfe hier wird trotzdem nicht gesenkt. Der Torf ist zum Beheizen der Klassenzimmer.«

Zum ersten Mal wurde ihr bewusst, wie merkwürdig ihm das Leben vorkommen musste, an das sie von Kindheit an gewöhnt war. Sie lachte. »Wir sind hier nicht in England, wissen Sie!«

»In England gibt es ebenfalls arme Menschen«, gab Guy zurück. »Allerdings nicht so viele wie hier. Hier sind es ganze Pfarrbezirke, ganze Grafschaften – das ganze Land!«

Ellen hob das Kinn. Er warf ihr einen Seitenblick zu. Ein stolzes und schönes Profil, dachte er. Er mochte auch ihre Locken, die ihr zu einem Pferdeschwanz gebunden über den Rücken fielen.

»Ellen«, sagte er, als die Kinder vorüber waren, »ich wollte ein wenig Zeit mit Ihnen allein verbringen. Nur aus diesem Grund bin ich gestern zurückgekommen.«

Ellen antwortete nicht. Sie konnte keinen klaren Gedanken mehr fassen, hörte nur die in seiner Stimme liegende Leidenschaft und wusste nicht, wie sie damit umgehen sollte.

»Sie faszinieren mich. Neben Ihnen kommen mir alle anderen Mädchen konturenlos und albern vor.«

»Sie kennen mich doch gar nicht«, sagte Ellen nach einer Weile. »Und genau genommen kenne ich Sie auch nicht«, setzte sie vorsichtig hinzu.

»Ich muss Sie unbedingt wiedersehen, Ellen! Ist das möglich?«

Ellen sah ihn kurz an, dann senkte sie den Blick.

»Guy, Sie reisen heute ab.«

»Aber Clonmore ist nur vier Meilen entfernt. Sie mögen mich doch auch, oder?«

Ellen nickte. Guy griff nach ihrer Hand, doch sie entzog sie ihm sofort wieder. Das Herz klopfte ihr bis zum Hals. Hier öffnete sich eine Welt, von der sie nie zu träumen gewagt hatte: die Aussicht auf eine große Liebe.

Das Schulgebäude kam in Sicht. Leise und drängend erkundigte sich Guy: »Wann werden Sie herausgelassen?«

»Es handelt sich hier nicht um ein Gefängnis«, antwortete sie lachend. »Der Unterricht ist gegen halb drei zu Ende. Aber ...«

»Um halb drei bin ich wieder da«, schnitt er ihr das Wort ab, stieg auf Harrys Fahrrad und trat in die Pedale.

Der Schulmeister stand an der Eingangstür der Schule und wartete auf Ellen. Er informierte sie, dass Mrs Gallagher an diesem Tag nicht kommen konnte und Ellen somit die unteren Klassen allein unterrichten müssen würde.

Ellen rief die Kinder in den großen Klassensaal, der den unteren Jahrgangsstufen als gemeinsamer Raum diente. Einer der größeren Jungen hatte bereits Feuer gemacht; es roch vertraut nach Torf und Kreide. Dennoch nahm Ellen ihre Umgebung kaum wahr.

Sie faszinieren mich …

Ellen stellte den älteren Kindern Rechenaufgaben, die mittlere Gruppe bekam ein Diktat, und mit den Jüngsten lernte sie lesen. Gegen elf kam Father O'Dowd, um die vom Erziehungsministerium gewährte halbe Stunde Katechismusunterricht abzuhalten. Pflichtbewusst hängte Ellen das vorgeschriebene Schild mit der Aufschrift RELIGIONSUNTERRICHT an die Tür. Nach der Schulstunde nahm der Priester sie zur Seite.

»Ellen, mir ist zu Ohren gekommen, dass Harry gestern einen Unfall hatte?«

»Oh ja, Father. Aber glücklicherweise war er nicht allein unterwegs, und sein Begleiter hat ihn gerettet. Ein Gast des Hauses …«

»Soviel ich weiß, handelt es sich um einen jungen Engländer. Er hat dich heute Morgen zur Schule begleitet, nicht wahr?«, setzte der Geistliche neckend hinzu. »Offenbar ein junger Herr mit vielen Fähigkeiten.«

»Er ist wirklich nett, Father.«

»Ich hoffe allerdings, dass er dir keine Flausen in den Kopf gesetzt hat.«

Ellen sah Staubkörnchen im Sonnenlicht tanzen.

»Nein, Father.«

»Gut«, sagte Father O'Dowd zufrieden. »Ich denke, ich muss einem vernünftigen Mädchen wie dir nicht erklären, wie man einen jungen Mann in die Schranken weist.«

Ellen blickte ihn vorwurfsvoll an.

»Er hat nichts Verwerfliches getan, Father.«

»Umso besser. Dann sehe ich dich also am Samstag bei der Beichte?«

Ellen nickte, doch in ihrem Herzen war nichts als Aufruhr.

Am Ende des Schultags kam der Schulmeister ins Klassenzimmer und sah zu, wie Ellen den unteren Jahrgängen Handarbeitsunterricht erteilte. Sie ging von einem Kind zum anderen, erklärte Saum- und Verbundstiche und zeigte den etwas älteren Mädchen, wie man eine Sockenferse strickt. Erfahrung im Handarbeitsunterricht war eine der Voraussetzungen für die Zulassung zum Carysfort College.

Mr Corrigan entließ die Kinder fünf Minuten vor der Zeit und wartete am Kamin, bis Ellen ihr eigenes Handarbeitszeug verstaut hatte. Sie fragte sich, was er von ihr wollte. Mr Corrigan war ein Mann mittleren Alters, der in seinem grauen Kammgarnanzug mit Weste wie die personifizierte Autorität wirkte. Ellen betete insgeheim, dass er nichts an ihrer Lehrtätigkeit auszusetzen hatte.

»Wie geht es Ihrem Bruder Harry, Ellen?«, fragte der Schulmeister jedoch bloß. »Father O'Dowd hat erzählt, dass er einen Unfall gehabt hat.«

»Er ist gestern in den Fluss gestürzt. Inzwischen geht es ihm aber wieder besser.«

»Dieser Junge war immer schon lebhafter, als es gut für ihn war«, murmelte der Schulmeister. »Ich erinnere mich noch gut an seine Zeit hier in der Schule. Er hatte immer eine vorschnelle Antwort bei der Hand, und draufgängerisch war er obendrein.«

Ellen seufzte. Sie dachte an Harrys Wutanfall beim Abendessen und seine Angeberei vor Guy, die mit ziemlicher Sicherheit zu dem Unfall geführt hatte.

»Will er immer noch Lehrer werden?«

Ellen bejahte, und der Schulmeister fuhr fort: »Gut, dass er nicht auf ein Stipendium angewiesen ist. Im Gegensatz zu Ihnen, Sie Ärmste.«

Ellen zuckte die Schultern.

»Das ist schon in Ordnung. Mein Vater kann sich die Collegegebühren für uns beide einfach nicht leisten.«

Dan Corrigan fragte sich, was geschehen würde, wenn Ellen ihren Traum nicht verwirklichen könnte. Das katholische Erziehungswesen hatte gegen viele Anfeindungen zu kämpfen. Seit einiger Zeit erhielten katholische Schüler kein Erasmus-Smith-Stipendium mehr, und Protestanten im ganzen Land wehrten sich vehement gegen Pläne einer Universität für Katholiken. Dank einer einseitig auf England ausgerichteten Regierung hatte sich das Volk einstmals begabter Literaten zu einem ungebildeten Haufen entwickelt. Sogar die Grundschulen hatte man ganz in den Dienst der Anglisierung gestellt. Dennoch hatten sich die Menschen über Jahrhunderte hinweg den drakonischen Strafen widersetzt und England zum Hohn auf dem Kontinent sechsundzwanzig irische Colleges gegründet – die allerdings nur denjenigen offen standen, die sich die hohen Schulgebühren leisten konnten.

»Ich weiß, dass Sie sich dieses Stipendium in den Kopf gesetzt haben«, sagte der Schulmeister freundlich, »aber Sie sind sich hoffentlich darüber im Klaren, dass es um die wenigen Plätze einen harten Kampf geben wird.«

Ellen dachte an den vor ihr liegenden Abend, den auf sie wartenden Bücherstapel und die langen Stunden des Lernens. Sie dachte an das Oberschul-Examen im kommenden Jahr und an die Zulassungsprüfung für das Stipendium in weiteren zwei Jahren.

Vom Kaminsims blickte das Porträt der verstorbenen Königin ernst auf sie herab. Erst im vergangenen Jahr war sie in Irland gewesen. Miss Maud Gonne, eine englische Schönheit, die zur glühenden irischen Patriotin geworden war, hatte sich an die Massen gewandt und sie zum Protest gegen die »Königin der Hungersnot« aufgerufen. Die Polizeitruppe war mit Schlagstöcken gegen die Menge vorgegangen; es hatte viele Verletzte gegeben. Ellen wusste nur zu gut, dass es auch ihren Vater hätte treffen können.

Nachdem der Schulmeister in sein eigenes Klassenzimmer zurückgegangen war, räumte Ellen die Unterrichtsutensilien in den dafür vorgesehenen, braun gestrichenen Schrank, zog ihre Schürze aus und hängte sie an den Haken. Dann hüllte sie sich in ihren Mantel und machte sich auf den Weg zu ihrem Fahrrad. Am Schultor blickte sie sich nervös um. Hatte Guy sein Versprechen gehalten? Ellen konnte ihn nirgends entdecken. In das bittere Gefühl, versetzt worden zu sein, mischte sich eine gewisse Erleichterung. Hätte der Schulmeister Guy zu Gesicht bekommen, wäre ihre Tante innerhalb kürzester Zeit auf dem Laufenden gewesen; ganz zu schweigen von Father O'Dowd, der die Sache sicher bei der Beichte zur Sprache gebracht hätte.

Außerdem gelang es ihr auch noch immer nicht, mit diesem von Guy ausgelösten Tumult in ihrem Inneren zurechtzukommen; am liebsten wollte sie jetzt allein sein. Das Gespräch mit dem Schulmeister hatte in ihr das Gefühl aufsteigen lassen, dass ihre Mühe vergeblich und ihre Zukunft düster und hoffnungslos war.

Aber Guy wartete doch auf sie. Als Ellen die Stelle passierte, an der von Hagebuttenhecken umstandene Wiesen ein geschütztes Tal bildeten, stand er mit Harrys Fahrrad am Straßenrand.

»Wenn uns hier jemand sieht, bekomme ich große Schwierigkeiten.«

Guy sah richtig glücklich aus. Er lehnte ihr Fahrrad gegen einen Baum.

»Eines Tages lachen wir ihnen mitten ins Gesicht«, sagte er und nahm ihre Hand. »Sie haben doch eigentlich gar nichts dagegen, dass ich hier auf Sie warte, oder?«

»Nein. Trotzdem sollten Sie jetzt besser gehen.«

»Vorher muss ich Ihnen noch etwas geben.«

Er drückte ihr ein winziges Kästchen in die Hand und schloss ihre Finger darum.

»Was ist das?«

»Ich habe es heute in der Stadt gekauft. Es ist ein Symbol für Weisheit. Wenn Sie es anschauen, sollen Sie immer an mich denken.«

Ellen betrachtete das Kästchen. Als sie den Kopf hob, fand sie sich unversehens in Guys Armen wieder. Sie überließ ihm ihren Mund. Ein unbekannter Hunger tief in ihrem Innern schrie sehnsüchtig nach der innigen Berührung.

»Wie kann ich Ihnen schreiben, ohne dass Ihre Tante die Briefe liest?«, flüsterte Guy, nachdem er sie losgelassen hatte.

»Sie liest meine Briefe nicht«, antwortete Ellen noch ganz atemlos. »Allerdings kommen alle Briefe für mich von meinem Vater. Ach Guy, ich sollte wirklich gehen!«

Er streckte die Hand aus und berührte ihr Haar.

»Alles, alles Gute, Ellen. Vergessen Sie mich nicht. Und vertrauen Sie mir.«

Als Ellen nach Hause kam, war Franny wieder auf den Beinen. Zwar sah sie noch ein wenig blass aus, doch sie gebärdete sich so übersprudelnd wie immer – als ob man ihr nie einen Zahn gezogen, ihr Laudanum eingeflößt und damit einen komatösen Schlaf aufgezwungen hätte, der das ganze gestrige Drama an ihr hatte vorbeirauschen lassen. In eine

Decke gewickelt saß sie in einem Sessel im Wohnzimmer und las. Sie berichtete Ellen, dass Harry noch im Bett lag, aber nur, weil ihre Mutter darauf bestanden hatte.

»Er hat eine riesige Beule«, sagte sie, »aber sonst geht es ihm gut. Jimmy ist oben bei ihm.«

Ellen zog ihre Stiefel aus und lief die Treppe hinauf. In der Tasche fühlte sie Guys kleines Geschenk. Doch jetzt wollte sie erst einmal ihren Bruder sehen.

Die Tür zu seinem Zimmer stand offen. »El!«, rief er begeistert.

Die Tante hatte Kissen hinter seinen Rücken gestopft. Um den Kopf trug er einen Verband. Jimmy saß neben ihm auf der Bettkante.

»Wie geht es dir?«, fragte Ellen, ohne Jimmy zu beachten. »Du siehst aus wie ein verwundeter Held.«

»Ich bin ja auch verwundet«, grinste Harry. »Nur das mit dem Heldentum kommt nicht ganz hin. Aber ich werde so sehr verwöhnt, dass ich mir ernsthaft überlege, ob ich überhaupt gesund werden will.«

Ellen verspürte plötzlich Gewissensbisse, dass sie Jimmy hatte links liegen lassen, und lächelte ihn an. Er wirkte unangenehm berührt und stand auf.

»Setz dich. Ich muss sowieso gehen.«

»Wo ist Guy?«, fragte Harry. »Ich habe mich noch gar nicht bei ihm bedankt.«

»Er ist in Clonmore. Ich habe ihm in deinem Namen gedankt.«

Ellen hoffte, dass Jimmy seine Meinung über Guy für sich behielt, und wurde nicht enttäuscht.

Franny tauchte an der Schlafzimmertür auf. Offensichtlich suchte sie Gesellschaft, doch Ellen entschuldigte sich. Sie schützte ihre Arbeit vor, verschwand in ihrem Zimmer, holte Guys Päckchen aus der Tasche und wickelte es aus. Es enthielt ein kleines schwarzes Kästchen und eine goldene Karte mit der Aufschrift: »Meinem einzigen Mädchen. Ich liebe dich für immer und ewig. Guy.«

Ellen öffnete das Kästchen. Auf schwarzem Samt lag ein Schmuckstück, wie sie noch nie zuvor eines gesehen hatte. »Wie seltsam!«, flüsterte sie, nahm es vorsichtig heraus und hielt es ins Licht. Es war ein goldener Ring in Form einer zusammengerollten Schlange. Ein Sonnenstrahl ließ die winzigen Diamanten entlang den Windungen und die beiden roten Steine der Schlangenaugen leuchten. Wie kleine Blutstropfen, dachte Ellen überwältigt.

Sie steckte den Ring an ihren linken Ringfinger und hielt die Hand hoch, um ihn im Spiegel zu bewundern. Ellen war so vertieft, dass sie nicht hörte, wie die Schlafzimmertür ihrer Tante und dann ihre eigene geöffnet wurde. Plötzlich stand Tante Harriet im Zimmer.

»Was ist denn das, Ellen?«, fragte die Tante sanft. »Hat dir jemand einen Ring geschenkt?«

Sie ging zum Bett, nahm Kästchen und Karte an sich, drehte sich zu ihrer Nichte um und streckte ihr die geöffnete Hand entgegen. Ellen gab ihr den Ring.

»Ach Ellen, dir ist hoffentlich klar, dass du ihn nicht behalten kannst. Du musst den Ring sofort zurückgeben.« Sie lachte leise und mitleidig. »Du kennst den Jungen doch erst seit drei Tagen.«

»Aber was er sagt, meint er ehrlich, Tante Harriet. Er hat mich gebeten, auf ihn zu warten«, sagte Ellen. Tränen liefen über ihr Gesicht.

»Natürlich meint er es ehrlich«, antwortete die Tante und betrachtete den Ring in ihrer Hand. »Er ist wunderschön. Das Geschenk eines jungen, sehr verliebten Mannes. Aber junge Männer verlieben sich oft, Ellen. Du darfst nicht zu viel erwarten.« Sie setzte sich neben ihre Nichte auf das Bett und legte ihr den Arm um die Schulter. »Ihr beide kommt aus völlig unterschiedlichen Welten. Er wird dich bald vergessen haben – und du musst ihn auch vergessen.«

»Du glaubst wohl, ich bin nur ein bisschen vernarrt«, sagte Ellen verärgert. »Aber er hat mich geküsst, und ich habe seine Küsse erwidert. Ich werde ihn bestimmt nicht vergessen«, fügte sie leiser hinzu. »Nie und nimmer werde ich ihn vergessen!«

6. KAPITEL

Oktober 1901

In Kilcrannagh kehrte das Leben zur Normalität zurück. Harry vergaß seine Begegnung mit dem Schicksal, und Ellen hörte nichts mehr von Guy. Die Tante hatte den Ring an sich genommen und ihr nahe gelegt, die ganze Sache so schnell wie möglich zu vergessen. Doch Tante Harriets Ratschlag zusammen mit Guys Schweigen machte ihn nur umso geheimnisvoller.

Mitte Oktober kam ein Telegramm von Clares Ehemann Frank. Bei Clare hatten vorzeitige Wehen eingesetzt. Am folgenden Morgen packte Tante Harriet ihre Koffer und brach nach Dublin auf. Es war ein nebliger Herbstsamstag. Harry brachte seine Tante zum Bahnhof. Als er nach Hause zurückkehrte, drehte sich alles nur noch um das Thema Geburt, ein typisches Frauengespräch, von dem er ausgeschlossen blieb.

»Es muss komisch sein, ein Baby zu bekommen«, mutmaßte Franny, legte ihr Buch beiseite und blickte auf die herbstlich verfärbten Bäume hinaus. »Arme Clare. Mutter ist immer so prüde. Sogar heute Morgen hat sie nicht ein Wort über die Sache verloren. Aber es muss schrecklich sein. Mit viel Blut und fürchterlichen Schmerzen …«

»Fran!«, mahnte Ellen. Sie saß neben dem Klavier und stopfte Strümpfe. Mit einer Kopfbewegung wies sie auf Harry.

»Erbarmen!«, flehte Harry mit jämmerlicher Stimme. Er saß auf dem Sofa und las bereits zum dritten Mal einen Brief seines Vaters.

»Männer wollen von der Realität nie was wissen«, konstatierte Franny missmutig. »Sie schustern sich ihre eigene Wirklichkeit so zurecht, dass sie ihnen zusagt. Und dann erklären sie sie für die einzig wahre.«

Sie blickte sich Hilfe suchend zu Ellen um, doch ihre Cousine schien verärgert und antwortete nicht. Ellen hatte aber gar nicht richtig zugehört, sondern vielmehr an Clare gedacht und sich gefragt, wie lange diese sich wohl würde quälen müssen. Frauen starben so häufig im Kindbett! Ellen betete stumm, dass bei Clare alles gut gehen möge.

Harry unterbrach das allgemeine Schweigen, indem er mit plötzlich schmeichelnder Stimme meinte: »Ich wäre übrigens einem Toast nicht abgeneigt. Franny, du kannst das doch so gut!«

»Vom Bedeutsamen zum Profanen!«, rief Franny, stand aber auf, ging in die Küche und kehrte mit einem Laib Brot, einem Messer und Butter zurück.

»Maggie macht uns Tee«, verkündete sie, kniete sich vor den Kamin, nahm die Toastgabel vom Haken, steckte eine dicke Scheibe Brot auf und hielt sie ins Feuer.

»Fran!«, sagte Ellen und blickte auf, als sich im Zimmer ein brenzliger Geruch ausbreitete. »Du lässt es ja verbrennen!«

Franny stieß einen Schreckensruf aus, legte die verbrannte

Scheibe auf einen Teller, spießte schnell eine neue Scheibe auf und hielt sie ins Feuer.

»Du bist in den letzten Tagen ziemlich unausstehlich, El«, schimpfte sie. »Das müsste nicht unbedingt sein.«

Frannys endloses Geschwätz zerrte an Ellens Nerven. Sie spürte selbst nur allzu deutlich, wie unausgeglichen sie momentan war. Sie fühlte sich wie in dichtem Nebel. Tante Harriet hatte den Ring an sich genommen, ihn gleich anschließend verlegt und beschuldigte nun Ellen, ihn heimlich wieder geholt zu haben. Sich zu verteidigen war verschwendete Zeit gewesen.

»Ich weiß genau, dass ich den Ring in die oberste Schublade meines Nachttischs gelegt habe, Ellen. Aber da ist er nicht mehr.«

»Ich finde es nicht richtig, Tante Harriet, dass du ihn verlierst und mir dann die Schuld in die Schuhe schiebst.«

Wochen waren vergangen. Kein Wort von Guy! Allmählich glaubte Ellen, dass ihre Tante Recht gehabt hatte. Wahrscheinlich hatte er über sie beide nachgedacht und war zu dem Ergebnis gekommen, dass er einer lächerlichen Gefühlsverwirrung zum Opfer gefallen war.

In der Küche wurden Stimmen laut. Die eine war Maggies, die andere klang nach Jimmy. Jemand ging durch die Eingangshalle, und dann trat Jimmy mit dem Teetablett ein.

»Ich hoffe, die illustre Gesellschaft lädt mich zu einer Tasse Tee ein«, witzelte er, stellte das Tablett ab und machte einen formvollendeten Diener. »Ladys … junger Herr …«

»Setz dich, Jimmy, und fühl dich ganz wie zu Hause«, sagte Franny frech. Sie wusste, dass sie sich solche Freiheiten nie hätte herausnehmen dürfen, wenn ihre Mutter da gewesen wäre.

Ellen legte das Stopfzeug beiseite und stand auf, um den

Tee zu servieren. Ihr fiel auf, wie schlank und hübsch ihr Besucher aussah, der seine Sonntagskleider trug. Seit seinem Ausbruch auf der Türschwelle an dem Abend, als Harry in den Fluss gefallen war, hatte sie sich in seiner Anwesenheit nicht mehr wohl gefühlt.

»Wieso hast du dich so fein gemacht, Jimmy?«, erkundigte sich Franny ungeniert.

»Er kommt soeben vom Sakrament der Buße«, sagte Harry. »Wenn einer es braucht, dann sicher er.«

»Kann man jetzt nicht einmal mehr in Ruhe zur Beichte gehen?«, gab Jimmy grinsend zurück. »Und außerdem statte ich meinen Freunden einen Besuch ab.« Er blickte Ellen an und lächelte weich. »Deshalb habe ich mich fein gemacht.«

»Ich freue mich trotzdem, dich zu sehen«, frotzelte Franny. »Ellen guckt schon die ganze Zeit wie drei Tage Regenwetter, und Harry nahm gerade den dritten Anlauf, einen Brief seines reizbaren Vaters zu verdauen.«

»Schlechte Nachrichten?«

»Geht so.« Harry seufzte und fügte hinzu: »Vater kündigt seinen Besuch an. Bestimmt wird er mir wieder die Leviten lesen.«

»Du bist nicht fair, Harry«, rief Ellen, während sie den Tee ausschenkte. »Was soll Vater denn machen? Schließlich hat er einen Eid auf das Gesetz geleistet und geschworen, die Ordnung in diesem Land zu sichern.«

»Ist es etwa Gesetz und Ordnung, wenn ein Regime ein Land Stück für Stück enteignet?«, entgegnete Harry düster. »Außerdem erwarte ich von einem Vater, dass er mehr tut, als jeden Monat Geld zu schicken, damit jemand seine Kinder für ihn hütet.«

»Er hatte doch keine andere Wahl!«

Franny steckte eine weitere Brotscheibe auf die Gabel. »Warum liest du uns den Brief nicht einfach vor?«, schlug sie vor.

»Ach, es ist nur die übliche väterliche Gardinenpredigt«, wehrte Harry ab, begann aber dann doch vorzulesen. Dabei imitierte er den würdigen Sprachduktus des Vaters, um sein Unbehagen über die wachsende Kluft zwischen ihnen zu kaschieren.

Sehr erleichtert nehme ich deine vollständige Genesung nach deinem Unfall zur Kenntnis. Ich habe an Guy geschrieben und mich für seinen aktiven Anteil an deiner Rettung bedankt. Hoffentlich sehen wir uns Ende dieses Monats. Im Augenblick hält uns eine wahre Flut von Vorfällen mit Viehtreibern in Atem …

»Was bedeutet das?«, fragte Franny und hielt Jimmy die Gabel mit einem fertigen Toast hin.

»Viehtreiben ist eine subversive Aktion«, erklärte Jimmy. »Gedacht ist es als Rache an Grundbesitzern, die Leute von ihrem Land vertrieben haben. Die Enteigneten kommen bei Nacht und Nebel, treiben das Vieh von den Wiesen und pflügen sie um, damit sie nicht mehr als Weideland benutzt werden können.«

»Armer Vater«, sagte Ellen. »Die Arbeit der Polizei ist wirklich gefährlich.«

»Das sagt er auch«, bestätigte Harry und nahm den Brief wieder auf. »Hier am Ende steht etwas darüber …«

Er las weiter vor. Ellen meinte fast, die müde Stimme ihres Vaters hören zu können.

Hüte dich vor gefährlichen Einflüssen, Harry. Volksverhetzung steht unter Strafe. Manchmal denke ich, dieses Land ist wie das Meer; ein heftiger Sturm – und schon kommt es zur Überschwemmung!

»Volksverhetzung!«, rief Franny lachend. Sie knabberte ein Stück Toast und leckte sich die geschmolzene Butter von den Fingern.

»Sei nicht immer so gierig, Franny! Mach mir lieber noch ein Brot!«, forderte Harry sie auf.

Darauf antwortete Franny, sie wäre nicht seine Sklavin und er solle sich seinen Toast selbst grillen. Doch Harry ging nicht darauf ein. Stattdessen wandte er sich an Jimmy und fragte geheimnisvoll: »Hast du es mitgebracht?«

Jimmy nickte, holte ein in braunes Papier geschlagenes Buch aus der Tasche und reichte es seinem Freund.

»Ich habe es vom alten Sweeney bekommen«, murmelte er. »Dem ehemaligen Hauptfeldwebel.«

»Was ist das für ein Buch?«, erkundigte sich Franny. Mit von der Hitze des Feuers geröteten Wangen saß sie im Schneidersitz auf dem Boden und trank ihren Tee.

»Höhere Mathematik.«

Dann verkündete Harry, dass er frische Luft brauchte. Er stand auf, worauf auch Jimmy sich erhob.

»Sonst noch jemand Lust auf einen Spaziergang?«, fragte er und blickte Ellen an.

»Ellen und ich müssen uns von Frau zu Frau unterhalten«, sagte Franny. Sie sah die beiden jungen Männer an, die es plötzlich gar nicht mehr so eilig hatten, und fügte hinzu: »Unter vier Augen!«

Nachdem Harry und Jimmy gegangen waren, blickte Ellen ihre Cousine liebevoll an. »Tut mir Leid, dass ich die ganze Zeit wie drei Tage Regenwetter aus der Wäsche geguckt habe. Aber was haben wir von Frau zu Frau zu besprechen?«

»Mehr als du zu träumen wagst. Zufällig befindet sich in meiner Tasche etwas, das dein Herz höher schlagen lassen wird.«

Sie stand auf, zog die Vorhänge zu, kam zurück, setzte sich zu Ellens Füßen, steckte die Hand in die Tasche und zog etwas hervor, das sie zunächst in der geschlossenen Faust verbarg.

»Was ist es denn?«

Franny öffnete die Finger. Auf ihrer Handfläche lag Guys Ring.

»Ich habe ihn von Mutters Frisierkommode geklaut. An dem Tag, als Guy abgereist ist, habe ich euer Gespräch belauscht. Ich fand es gemein, dass sie dich gezwungen hat, ihr sein Andenken zu überlassen.«

Ellen nahm den Ring. Einen Moment lang stellte sie sich die Frage, ob es nicht richtiger wäre, der Tante den Ring zurückzugeben. Doch Tante Harriet würde den Ring an Guy zurückschicken, der dann davon ausgehen musste, dass sie ihr Wort gebrochen hätte.

»Ellen«, platzte Franny besorgt heraus, »du wirst Mutter doch nicht erzählen, dass ich den Ring stibitzt habe, oder? Das fände ich ziemlich feige. Ich weiß, eigentlich sollten wir gute und gehorsame kleine Mädchen sein. Gehorsam aber bedeutet, es anderen Menschen recht zu machen. So gesehen ist es auf Dauer gesehen eher unmoralisch.«

Ellen lachte, versteckte den Ring in ihrem Handarbeitskorb und räumte das Nähzeug weg.

»Noch einen Augenblick!«, sagte Franny sichtlich erleichtert. »Ich bin noch nicht fertig, liebste Cousine.« Und mit diesen Worten zog sie einen Brief aus der Tasche. »Ein Schreiben für eine gewisse Miss Ellen Healy«, verkündete sie triumphierend. »Da es sich nicht um die Handschrift deines Vaters handelt, dürfte es wohl von einem Verehrer stammen. Ich habe den Brief vor einiger Zeit widerrechtlich abgefangen, hielt es aber für besser, mit der Weitergabe zu warten, bis Mutter aus dem Haus war.«

Aus dem Flur drangen Maggies energische Schritte. Ellen riss Franny den Umschlag aus der Hand, warf einen Blick auf die Schrift und stopfte ihn eilig in die Tasche.

»Ich weiß gar nicht, wie ich dir danken soll, herzallerliebste Franny. Du hast da ein ganz schönes Risiko auf dich genommen!«

Maggie trat ein, und die beiden Mädchen halfen ihr, Tassen und Teller abzuräumen.

»Na Maggie, wie gefiel dir unser Jimmy denn im Sonntagsstaat?«, fragte Franny verschmitzt. »Im schneeweißen Hemd und mit gewienerten Stiefeln?«

»Klar, das ist dir aufgefallen!«, antwortete Maggie.

»Hat er etwa ein Auge auf dich geworfen, Maggie?«

»Von wegen auf mich«, sagte das Mädchen und warf Ellen einen wissenden Blick zu. »Aber es gibt da jemanden, nicht allzu weit entfernt ...«

»Du hast hoffentlich Besseres zu tun, als dich mit so einem Unsinn zu beschäftigen, Maggie«, sagte Ellen.

»Über Unsinn kann man unterschiedlicher Meinung sein«, erklärte das Mädchen geheimnisvoll. »Aber zumindest tut es niemandem weh.«

Sie nahm das Tablett und ging. Franny rollte über den Teppich zum Sofa, suchte unter den Kissen nach dem Buch, das Jimmy mitgebracht hatte, fand es und klappte es neugierig auf.

»*Vom Kriege*«, las sie mit verblüffter Stimme vor. »Von einem gewissen Herrn von Clausewitz. Und ich dachte, es ginge um Mathematik. Sieh dir das an!«, sagte sie zu Ellen und hielt das Buch hoch. »Irgendwas Militärisches!«

Ellen murmelte, Jungen blieben eben immer Jungen, nahm ihren Handarbeitskorb und lief die Treppe hinauf. In ihrem Schlafzimmer steckte sie Guys Ring an den Finger. Dann öffnete sie den Brief. Er war fast drei Wochen alt.

Meine liebste Ellen,
selbst hier, im herrlichen Heim meines Freundes Bertie, weilen meine Gedanken ständig bei Ihnen. Gestern beim Ausreiten wurde ich vor einem Graben abgeworfen (ich gebe dem Pferd die Schuld!) und muss daher heute mein Knie schonen. Doch das gibt mir Gelegenheit, Ihnen zu schreiben.
Von meinem Zimmer aus habe ich eine wunderbare Aussicht auf den Park, in dem einige interessante, fremdländische Bäume stehen; sie wurden vor vielen Jahren importiert. Das Zimmer selbst ist mit antiken Möbeln ausgestattet – georgianisch und französisch –, das Bett aber ist eines Borgia würdig: aus Mahagoni mit einem karmesinroten Betthimmel!
Nächste Woche kehre ich nach England zurück. Meinen nächsten Brief werden Sie aus Sandhurst erhalten; nach Sandhurst können Sie mir auch schreiben. Oh, wie ich mich nach einigen Zeilen von Ihnen sehne! Alles, was ich gesagt habe, gilt jetzt und für immer. Vertrauen Sie mir, süße Ellen! Ich komme so bald wie möglich zurück.
In tiefer Liebe für immer und ewig.
Guy

Der Brief war wie eine Gnadenfrist, nachdem man schon alle Hoffnung hatte fahren lassen. Selig drückte Ellen den Ring an die Lippen, dann machte sie sich auf die Suche nach einem geeigneten Versteck.

7. KAPITEL

Zehn Tage später kehrte Harriet Murphy aus Dublin zurück, gleichermaßen entzückt und ein wenig verwirrt darüber, Großmutter eines kleinen Jungen geworden zu sein.

»Er heißt Mathew«, verkündete sie, nachdem sie Franny und Harry begrüßt hatte. »Ein ganz süßer kleiner Kerl. Clare hat sich gut erholt, und Frank wandelt wie auf Wolken.«

Ihre Nichte Ellen umarmte sie nicht. Als sie später allein waren, fragte die Tante mit kühler Stimme: »Ellen, hast du mir nichts zu sagen? Oder muss ich deinen Vater über dein Benehmen informieren?«

Ellen erschrak. Ein Blick in das Gesicht ihrer Tante zeigte, wie ernst es ihr war. Ellen wollte auf keinen Fall den Zorn ihres Vaters auf sich ziehen. Also senkte sie den Kopf und beichtete betreten, dass sie den Ring wiederhatte.

»Wenn ich daran denke, dass ich für deine Ehrlichkeit die Hand ins Feuer gelegt hätte!«, sagte Tante Harriet. »Versuch doch einmal, es von meinem Standpunkt aus zu sehen«, fügte sie hinzu, als Ellen verdrossen schwieg. »Ich trage die Verantwortung für ein junges Mädchen, das eine heimliche Beziehung zu einem jungen Mann pflegt. Verstehst du, dass ich sehr besorgt bin? Solche Dinge können sehr ernste Konsequenzen nach sich ziehen!«

»Aber ich pflege doch gar keine Beziehung, Tante Harriet!«

»Ellen, ich habe mehrere Brief von Guy Forrister an dich abgefangen. Der Inhalt lässt sehr deutlich darauf schließen, dass euch mehr als nur Freundschaft verbindet.«

Ellen kämpfte gegen die Tränen an. Guy hatte also immer wieder geschrieben. Er liebte sie noch immer. Er liebte sie!

»Bitte, Tante Harriet, gib mir diese Briefe«, sagte sie leise. »Sie gehören mir.«

»Sprich nicht in diesem Ton mit mir, mein Kind! Es ziemt sich nicht für einen Mann, einem anständigen jungen Mädchen den Kopf zu verdrehen. Wenn du mir den Ring gibst, überlege ich mir die Sache mit deinem Vater noch einmal.«

»Guy ist der einzige Mensch, der mich je verstanden hat ... der einzige, dem ich nicht egal bin!« Wütend wischte sich Ellen die verräterischen Tränen ab. »Bitte, gib mir die Briefe!«

Das Mienenspiel der Tante zeigte, wie sie innerlich zwischen Mitleid und Prinzipientreue rang.

»Wir schließen einen Handel ab, Ellen«, sagte sie schließlich seufzend. »Du gibst mir den Ring und versprichst mir, mich nie wieder zu enttäuschen. Ich bewahre den Schmuck für dich so lange auf, bis Guy und du älter geworden seid. Außerdem erlaube ich dir, ihm einen Brief zu schreiben, in dem du ihm mitteilst, dass ich über alles Bescheid weiß und jeden weiteren Brief von ihm öffnen werde.«

Ellen gab sich geschlagen.

»Gut«, sagte sie teilnahmslos.

»Und du versprichst mir, mir jeden weiteren Brief von ihm auszuhändigen?«

Ellen versprach es.

Noch am gleichen Abend schrieb Ellen an Guy.

Lieber Guy,
Tante Harriet wird Ihren Ring für mich aufbewahren, bis wir älter sind. Die Briefe, die Sie mir geschickt haben, wurden von ihr geöffnet; sie wird auch alle zukünftigen Briefe lesen. Meine Tante hat mich aufgefordert, Ihnen das mitzuteilen sowie Sie zu bitten, keinen Kontakt mehr zu mir

aufzunehmen, ohne sie zuvor zu informieren. Ich hoffe, Sie kommen mit Ihrem Studium gut voran, und wünsche Ihnen alles Gute. Hochachtungsvoll
Ihre Ellen Healy.

Tante Harriet überflog den Brief, steckte ihn in einen Umschlag und adressierte ihn an Guy.

»Ich verbiete dir, mit Franny über diese Angelegenheit zu reden«, sagte sie. »Das Mädchen ist exaltiert genug.«

Der Winter stand vor der Tür. John Healy besuchte seine Kinder erst nach Neujahr wieder. Er kam allein. Mrs Forrister war zu sehr mit den Hochzeitsvorbereitungen beschäftig, schickte jedoch kleine Geschenke. Harry fragte nach Guy, und Ellen lauschte interessiert dem Bericht von seinen Fortschritten in Sandhurst. Der Vater wusste nicht, wo der junge Mann Weihnachten verbracht hatte, vermutete aber, dass er mit Freunden in seinem Haus in Frankreich gewesen war.

»Er geht dort auf Wildschweinjagd«, erzählte er leise lachend. »Sicher eine nette Abwechslung gegenüber unseren armen, alten Füchsen …«

»Wildschweine!«, rief Harry begeistert. »Klingt ganz nach mittelalterlichem Potentat! Deshalb also war er Weihnachten nicht hier. Aber wer hat schon Lust auf Angeln, wenn er Wildschweine jagen kann!«

Ellen stellte sich vor, wie Guy wie ein Märchenprinz vor einem Kaminfeuer saß. Er hatte auf ihr kurzes Schreiben nicht geantwortet, aber seit die Tante den Wachhund spielte, wäre es sowieso sinnlos gewesen. Allmählich begriff sie, wie glamourös sich seine Welt im Vergleich zu ihrer eigenen gestaltete und dass es lächerlich und müßig war, ihn zu lieben.

»Vorgestern ist der alte Wallace gestorben«, erzählte Harry.

»Was glaubst du, Vater – wird Guy vielleicht zur Beerdigung des Vaters seines besten Freundes kommen?«

»Den ganzen langen Weg von Frankreich?« Der Vater schüttelte den Kopf. »Wie ist denn der neue Gutsherr?«

»Jung«, sagte Harry lakonisch, dem das Wort Gutsherr nicht gefiel; er hielt diesen Titel für eine importierte Bezeichnung.

Am ersten Schultag im Januar fiel Schnee. Eine dünne Schicht blieb fast den ganzen Tag auf den Feldern liegen. Die Kinder waren begeistert. In der Pause kratzten sie so viel Schnee wie möglich zusammen und bewarfen sich damit. Die Kälte schienen sie trotz bloßer Füße nicht zu spüren.

Ellen schwatzte mit Mrs Gallagher am Ofen im Klassenzimmer. Die Hilfslehrerin erzählte von ihren Weihnachtserlebnissen.

Der Schulmeister unterbrach ihre Plauderei, als er mit einer Fotografie des neuen Königs den Raum betrat. Er kletterte auf einen Stuhl und tauschte das Porträt von Königin Victoria gegen das Bild ihres Sohnes aus.

»Edward VII«, erklärte er salbungsvoll, »durch Gottes Gnade König von Großbritannien und Irland …«

Als die Kinder mit glühenden Wangen ins Klassenzimmer zurückkehrten, bemerkten sie die Veränderung sofort.

»Die alte Königin ist schon mindestens ein Jahr tot«, klärte der Drittklässler Dickie O'Brien seine Mitschüler verächtlich auf. »Trotzdem hat sie die ganze Zeit da oben rumgehangen und uns zugeguckt. Dabei hätte es längst der neue Kerl sein müssen.«

Zu Dickies Aufgaben gehörte es, die Tintenfässer nachzufüllen. Auf dem Weg zum Schrank mit der Tintenflasche flüsterte er Ellen zu: »Ich hab was für Sie, Miss. Ein Gentleman sagte, ich soll Ihnen das geben …«

Er griff in die Hosentasche und beförderte einen Umschlag zutage. Er war versiegelt, trug aber keine Aufschrift. Ellen nahm den Umschlag eilig an sich.

»Wo hast du den Gentleman getroffen?«

»Er kam in der Pause zum Tor geritten.«

Mrs Gallagher schrieb gerade etwas an die Tafel. Ellen murmelte eine Entschuldigung und ging nach draußen. Der schneidende Wind fuhr ihr durch Mark und Bein. Die Schneereste auf der Straße schmolzen allmählich zu Matsch. Auf dem Boden konnte sie Hufspuren erkennen, die Spuren eines Wagens und die Fußspuren vieler Kinder. Doch außer einem Mann, der mit einem Eselskarren unterwegs war, sah sie niemanden.

Ellen ging zurück ins Schulhaus. Vom Flur aus hörte sie, dass in der Klasse des Schulmeisters die Geografiestunde begonnen hatte. Wie hoch war Irlands höchster Berg? Wie lang der längste Fluss der britischen Inseln? Sie riss den Umschlag auf.

Geliebtes Mädchen,
trotz des eher traurigen Inhalts Ihrer Nachricht war es wunderbar, von Ihnen zu hören. Ich habe Ihnen unzählige Briefe geschrieben und bin froh, nun endlich den Grund für Ihr Schweigen zu kennen. Ich werde immer auf Sie warten – vorausgesetzt, Sie vergessen mich nicht.
Guy.

Zu Hause händigte Ellen ihrer Tante wortlos den Brief aus und ging in ihr Zimmer hinauf. Ihr Herz fühlte sich an, als müsse es zerspringen. Sie betrachtete die wartenden Algebrabücher, und dann schrieb sie den Namen des Jungen, den sie liebte, auf die Löschpapierrolle. Guy, Guy, Guy, Guy, Guy … bis die Rolle vom Tisch kullerte. Doch sie schrieb weiter, jetzt auf die Tischplatte. Es war ihr gleich, dass die Feder erbärmlich über das Holz kratzte und schließlich brach.

Einige Minuten später fand ihre Tante sie mit dem Kopf auf dem Tisch und rot geweinten Augen.

»Ich wollte mich bedanken, dass du Wort gehalten hast, Ellen.«

Ellen bemühte sich, die zerkratzte Tischplatte mit einem Schulheft zu bedecken, doch die Tante sah den immer wieder geschriebenen Namen auf der Löschpapierrolle.

»Ach, Ellen, du Ärmste! Ganz egal, was du denkst – ich verstehe dich wirklich.«

»Ich kann ihn einfach nicht vergessen, Tante Harriet!«

»Dennoch halten wir uns an die Ordnung. Überleg mal – warum hat er wohl einen solchen Eindruck bei dir hinterlassen? Und warum war er von dir so hingerissen? Ganz einfach: Weil er noch sehr jung ist!«

»Und du glaubst, das ist der Grund, warum er mich liebt, Tante?«, rief Ellen ärgerlich. »Weil er jung ist und keine Ahnung hat?«

Tante Harriet sah in Ellens jammervolles Gesicht. Ihre Züge wurden weich.

»Gehen wir doch einmal gemeinsam alle Einzelheiten durch, Ellen. Erstens seid ihr beide viel zu jung, um eine dauerhafte Beziehung eingehen zu können. Akzeptierst du diesen Punkt?«

Ellen seufzte. Diese Ansicht war typisch für Erwachsene, und sie teilte sie auf keinen Fall.

»Zweitens: Er ist reich. Das ist zwar kein unüberwindbares Hindernis, schafft aber Unausgewogenheit.«

Ellen zuckte die Schultern. »Wenn es ihn nicht stört, warum sollte ich mir dann darüber Gedanken machen?«

»Das Leben ist lang, und Menschen verändern sich! Es gibt aber noch einen dritten Punkt: Der Junge ist Protestant, und du bist Katholikin. Und du weißt ja, wie die Kirche zu Kindern aus Mischehen steht …«

»Vielleicht ist es ihm egal!«

»Mag sein, vielleicht aber auch nicht. Viertens: Er ist Engländer, du bist Irin. Ganz gleich, wie du darüber denkst – zwischen euch gibt es Abgründe, die nicht leicht zu überbrücken sind.«

»England befindet sich doch nicht auf dem Mond!«, begehrte Ellen auf. Ihr Ärger konzentrierte sich jetzt auf die Umstände, die sich offensichtlich in ihrer Gesamtheit gegen sie verschworen zu haben schienen.

»Das zwar nicht, aber Jahrhunderte des Blutvergießens haben unser Verhältnis geprägt, genau wie Mitleid und Angst. Es wird viel Zeit brauchen, unsere Geschichte zu heilen. Länger jedenfalls, als du leben wirst.«

Ellen fragte sich verzweifelt, warum ausgerechnet sie die Last der Vergangenheit nun am eigenen Leib zu spüren bekam. »Wenn das so ist, Tante Harriet«, brach es aus ihr heraus, »warum sagst du nicht einfach, dass ich den Ring zurückschicken und Guy nie mehr wiedersehen soll?«

Tante Harriet seufzte. »Ich sehe zwar die Stolperfallen, Ellen, aber ich gebe nicht vor, der liebe Gott zu sein.«

Nachdem die Tante gegangen war, kaute Ellen auf den Fingernägeln. Wieder und wieder dachte sie an Guys Worte: »Ich werde immer auf Sie warten …«

Plötzlich kam ihr eine verwegene Idee. Wie wäre es, wenn sie davonliefe? Nach England ginge, um Guy zu suchen? Sie hatte ein wenig Geld zurückgelegt, und Franny würde ihr bestimmt ihr Erspartes leihen. Guy könnte sie in sein Haus nach Frankreich schicken; dort würde sie auf ihn warten, bis sie alt genug zum Heiraten waren. Schon sah sie sich mit einem großen Strohhut Lavendel pflücken.

Doch ihre gute Laune angesichts dieser Möglichkeit dauerte nicht lange an. Ihre Vernunft sagte ihr, dass Tante Harriet mehr über das Leben wusste als sie. Dass sie wirklich noch zu jung war. Und dass Guy, wenn er es wirklich ernst meinte, wie versprochen auf sie warten würde.

Einige Tage später überquerte Guy Forrister den Paradeplatz der Militär-Akademie von Sandhurst. Er war müde; Weihnachten hatte er in Irland verbracht, doch die Feiertage waren vom plötzlichen Tod von Berties Vater Ernest Wallace überschattet worden. Außerdem war es ihm nicht möglich gewesen, Ellen zu sehen, obwohl sie nur vier Meilen entfernt wohnte. Er hatte seinen Aufenthalt sogar in der vagen Hoffnung, sie doch noch bei einem Ausflug in die Stadt zu Gesicht zu bekommen, um ein paar Tage verlängert. Am liebsten wäre ihm gewesen, er hätte einfach bei der Familie vorsprechen und Ellen im Familienkreis treffen können. Mrs Murphys übertriebene Vorsicht machte ihn zornig. Wofür hielt sie ihn? Einen Wegelagerer? Guy fragte sich, ob Ellen wenigstens den in der Schule abgegebenen Brief erhalten hatte. Zwar hatte er dem barfüßigen Jungen ein Geldstück in die Hand gedrückt und ihm eingeschärft, den Brief einzig und allein Miss Healy zu übergeben, aber man wusste ja nie! Vielleicht war der Brief abhanden gekommen. Vielleicht hatte er ihr aber auch noch mehr Ärger eingehandelt, obwohl er vorsichtshalber keinen Namen auf den Umschlag geschrieben hatte.

In der kalten Luft bildete sein Atem eine kleine Wolke vor seinem Mund. Seine Stiefel gaben harte Geräusche von sich. Er hörte die Rufe vom Rugby-Feld, sah die lang gestreckten Gebäude des *Royal Colleges,* die Säulenhalle des Eingangs, die weißen Gipsornamente, nahm die bewusst groß dimensionierte Architektur der Bauwerke wahr. Die Demonstration militärischer Stärke erfüllte Guy mit Stolz. Die Macht eines ganzen Reiches hing von der Maschinerie ab, die hier zur Schau gestellt wurde. Er liebte die Atmosphäre von Pflicht und Disziplin, von Kollektiv und unbesiegbarer Macht.

Der Tagesablauf war oft mühsam. Theorie, Drill, Nachtmärsche mit dem gesamten Bataillon, das Einbläuen strategischer Regeln. Er wurde von nicht bestallten Offizieren gegrüßt, die doppelt so alt waren wie er; sein gesamter Intellekt und alle Instinkte waren gefordert, wenn es darum ging, Menschenführung zu erlernen.

Aber das war noch längst nicht alles. Sandhurst und seine hierarchische Ordnung war ihm zur Heimat geworden. Dem Teil von ihm, der unter dem Tod des Vaters und zuvor unter dessen Eheschließung mit einer von ihm abgelehnten Frau gelitten hatte, war in der eng zusammengehörigen Gemeinschaft der Militär-Akademie ein neues Zuhause geschenkt worden. Hier hatte er seinen Platz gefunden; er verfügte über eine naturgegebene Autorität, machte eine gute Figur, wusste, wie man Vertrauen erweckt und wie man im Whist gewinnt, ohne sein Hemd aufs Spiel zu setzen. Wenn er ehrlich war, musste er sich als den geborenen »Kommiss-Kopp« bezeichnen.

Sandhurst hatte seine Fähigkeiten im Reiten und Fechten vervollkommnet. Guy war entschlossen, es bis ins College-Team zu bringen. Sein sportlicher Ehrgeiz ließ ihn jedoch keinesfalls die akademische Theorie vernachlässigen; je besser er in diesem Bereich abschnitt, desto höher stieg sein Wert, von dem später sowohl sein Dienstrang als auch sein Einsatzort abhängen würden. Doch obwohl er von seinem soldatischen Umfeld vollkommen beschlagnahmt wurde, hütete er tief in seinem Innern wie in einem Schrein das Bild des engelsgleichen Mädchens, das er in Irland kennen gelernt hatte.

»Wer zum Teufel ist sie?«, hatte Bertie ihn gefragt, nachdem Guy den Brief an Ellens Schule abgegeben, nach Clonmore zurückgekehrt war und Bertie törichterweise in den Grund seines Ausflugs eingeweiht hatte.

»Lass dir doch den Kopf nicht von so einem kleinen Biest verdrehen. Natürlich möchte man sich nach der Schule ein bisschen austoben, aber das Hirn sollten wir uns dabei nicht vernebeln lassen!«

Guy hatte sofort einen Rückzieher gemacht. Er war drauf und dran gewesen, Wallace seine tiefsten Gefühle zu offenbaren, doch die nächste Äußerung seines Freundes hatte ihn davon abgehalten.

»Wenn du wirklich so heiß auf die Kleine bist, warum nimmst du sie dir nicht einfach zur Brust?« Bertie musste lachen, als er Guys Gesichtsausdruck sah. »War ja nur ein Vorschlag …«

Guy fühlte sich in der Gesellschaft von Wallace immer weniger wohl. Als er sich in Harrow mit ihm angefreundet hatte, wurde Bertie oft wegen seiner irischen Herkunft gehänselt, die er jedoch standhaft leugnete.

»In mir fließt nicht ein Tropfen irisches Blut!«, betonte er mit einer übertrieben englischen Aussprache, die er sich angeeignet hatte, um seinen irischen Akzent zu überspielen. »Ich bin sowohl väterlicher- als auch mütterlicherseits zu hundertzehn Prozent Engländer.«

Je öfter Guy die Einladungen seines Freundes nach Clonmore angenommen hatte, desto unangenehmer fiel ihm die Gier auf, mit der Bertie sein Erbe beanspruchte. Er hatte das Gefühl, diesen Bertram Wallace of Clonmore nicht mehr zu kennen; diesen jungen Mann, der kaum um seinen Vater trauerte, sondern sich darin gefiel, das Personal zu schikanieren. Dabei würde er mit seinen neunzehn Jahren erst in zwei Jahren rechtmäßiger Besitzer von Clonmore werden.

Guy spürte, dass er sich durch seine Erfahrung unmerklich verändert hatte. Zwischen seinem früheren Wesen und dem Menschen, der er werden wollte, gab es jetzt eine Trennungslinie. Dass er seinen alten Freund nicht schon früher durchschaut hatte, ließ ihn an seinem Urteilsvermögen zweifeln, und das Wissen darum, dass er sich nur auf sich selbst verlassen konnte, verlieh ihm einen gewissen Zynismus.

Irland übte eine Art Sogwirkung aus. Es war etwas Besonderes an diesem Land, etwas, das so alt war wie die Welt – es wurzelte in der Landschaft und flüsterte im Wind. Es war das alte Irland, das seine Blütezeit vor langer Zeit gehabt hatte. Clonmore House, der große Herrensitz, schien auf einer Verwerfung zu stehen, auf einer Art Falte im Gewebe der Geschichte. Guy hatte in Frankreich einmal die Stadt Albi mit ihrer mächtigen Kathedrale mitten im Zentrum besucht. Die Kirche war im dreizehnten Jahrhundert erbaut worden, um die kathartischen Häretiker daran zu erinnern, dass Rom sie besiegt hatte und die Vorherrschaft beanspruchte. In gewisser Weise verhielt es sich mit Clonmore ähnlich.

Guy reifte schnell heran; mit jedem Tag zerplatzte einer seiner früheren Zukunftsträume. Erst wenige Monate waren vergangen, seit er von der ersten Leidenschaft seines Lebens überwältigt worden war, doch er wusste, dass er sich veränderte. Gewissheit siegte über Zweifel, und er fürchtete sich nicht länger vor Verantwortung. Das Beste aber war, dass er Vertrauen in seine Fähigkeit, erfolgreich zu sein, gewonnen hatte.

Er fragte sich, was Ellen mit seinem Brief gemacht hatte. Es war ihm ernst gewesen, als er schrieb, dass er auf sie warten wollte. Die Erinnerung an ihre reinen Lippen, ihre elfenhafte Würde, ihre ausgefallene Schönheit und ihre Andersartigkeit bewegte ihn noch immer. Eines Tages würde er zurückkehren und um ihre Hand anhalten – das schwor er sich. Doch gleichzeitig musste er sich eingestehen, dass es nur gerecht war, diesem jungen Mädchen die Luft zum Atmen zu lassen und ihm die Chance zu geben, erwachsen zu werden.

Dublin, September 2001

Als Kate aufwachte, war es noch dunkel. Sie stand auf, ging zum Fenster und setzte sich in den Sessel, den sie schon als Kind geliebt hatte. In der Ferne glitzerten die Lichter der Stadt. Am Himmel zeigte sich das erste Grau der Morgendämmerung.

Im Haus war es absolut still. Nur die Wanduhr ihres Großvaters sirrte und schlug die Stunde. Kate zählte mit. Sechs. In New York war es jetzt ein Uhr morgens.

Sie ging nach unten. Ming streckte sich wohlig in ihrem Körbchen, ehe sie zu Kate kam und sich hungrig um ihre Knöchel schmiegte. Kate gab ihr zu fressen, setzte Kaffee auf, fand in der Tiefkühltruhe noch ein Croissant, legte es in den Backofen und goss sich einen Orangensaft ein.

Nach dem Frühstück ging sie, immer noch im Morgenmantel und dicht gefolgt von Ming, mit der Gießkanne durch das Haus. Alle Pflanzen bekamen Wasser, angefangen bei der Schusterpalme über das Einblatt und die sich nach den Tropen sehnende Bananenstaude bis hin zu den Geranien, die trotz des vor der Tür stehenden Herbstes ihre rote Blütenpracht entfalteten.

Kates Augen brannten vor Müdigkeit, doch es machte keinen Sinn, wieder ins Bett zu gehen. Sie betrachtete die Bilder an den Wänden. Einige stammten von ihrem Großvater und einige von Hannah – ein Stillleben, eine Landschaft, einige Ansichten der Bucht von Dublin, die alle mit dem klar erkennbaren HM gezeichnet waren, als handele es sich um eine Art königliches Siegel.

Ein gewissenhaft ausgeführtes Aquarell trug Ellens Signatur.

Kate fragte sich, warum sie so müde war. In letzter Zeit fühlte sie sich oft müde. Sie hatte genau genommen noch nichts getan und mithilfe einer Valium trotz ihres Unwohlseins tief und traumlos geschlafen.

Wahrscheinlich lag es an Eva. Dabei war ihre Tochter doch heil in Amerika angekommen. Kate lenkte sich ab, indem sie sich in Gedanken mit der bevorstehenden Hochzeit beschäftigte. Bei gutem Wetter wäre ein Zelt geradezu perfekt – sollte es jedoch regnen, war das Haus groß genug, um es auch einer vielköpfigen Gesellschaft bequem zu machen.

Sie öffnete eine Schublade, nahm das Fotoalbum mit den Bildern ihrer eigenen Hochzeit heraus und blätterte es durch. Wie schlank und strahlend sie doch am Arm ihres jungen Ehemannes ausgesehen hatte! Sie erinnerte sich so deutlich an den Tag im September 1970, als wäre es erst gestern gewesen – Cathal, der mit einem Strauß kam, während sie selbst hinter den Gardinen ihres Zimmers hervorlugte. Sie wusste, dass er die Braut nicht sehen durfte – und sie selbst war die Braut!

Langsam tastete sich das erste Tageslicht ins Haus. Kate schaltete das Radio ein. Nach den Nachrichten folgte die Verkehrslage, und Kate bemitleidete die vielen Pendler, die jetzt in zahllosen Staus standen. Dann ging sie nach oben, um sich ein Bad einzulassen.

Sie hatte sich gerade angezogen, als sie hörte, wie Post auf die Fußmatte hinter der Tür fiel. Es waren zwei Briefe, die sie mit in die Küche nahm. Der eine kam von Readers Digest und versprach ihr einen Riesengewinn, der andere war ein kleiner, mit Schreibmaschine betippter Umschlag. Als sie ihn geöffnet hatte, kam ein einzelnes Blatt zum Vorschein.

Der Umschlag segelte genau vor Mings Nase, die ihn als Beuteobjekt ansah und sich seiner sofort bemächtigte.

»Dummes Kätzchen! Gib her!«

Der Brief trug den Briefkopf ihres Hausarztes.

Sehr geehrte Mrs McBride,
ich möchte Sie bitten, einen erneuten Termin zur Besprechung Ihrer EKG-Befunde zu vereinbaren.
Mit freundlichen Grüßen
Dr. John O'Driscoll

Kate musste sich setzen. Was sollte das heißen? Sie legte eine Hand auf die Herzgegend und spürte das sanfte Pochen. Immerhin arbeitet dieses Herz pflichtschuldigst, dachte sie und lächelte über ihre plötzliche Unruhe. Welche Befunde sollten da besprochen werden?

Sie drehte sich zu dem schwarz gerahmten Spiegel an der Wand hinter dem Tisch um. Sehe ich aus wie eine Kranke? Aus dem Spiegel starrten sie ihre eigenen, ängstlich aufgerissenen Augen an. Ich sehe doch ganz gut aus, sagte sie sich. Ein bisschen Verschleiß ist normal – schließlich bin ich siebenundfünfzig und eigentlich noch ganz gut in Schuss für mein Alter. Sie betrachtete ihre allmählich weiß werdenden Schläfen und stellte sich, wie schon so oft, die Frage, wann sie gealtert war. War sie nicht noch gestern eine blühende, selbstsichere Schönheit gewesen? Cathal hatte sie oft seinen »Schwan« genannt. Sie dachte an ihre ersten Treffen als Teenager und lächelte.

Kate öffnete die Tür zum Garten und ging in Hausschuhen hinaus. Der Morgen war frisch, der Himmel leicht bedeckt. Sie atmete tief durch. Die Vögel sangen, und vom Meer wehte eine sanfte Brise zu ihr herüber. Sie wandte sich zu Evas Fenster um. Früher, als Kind, hatte Eva immer zu ihr hinuntergewinkt. Wie oft hatte sie dort oben gesessen, den Kopf umrahmt von unbändigen Kringel-Löckchen, das Kinn auf die Faust gestützt!

Langsam ging Kate zum Gartentor, das auf den Klippenpfad führte. Der Seewind war kühl. Kate blickte über die Bucht zur Hauptstadt des neuen Irland, für das ihre Generation hart gearbeitet hatte. ›Keltischer Tiger‹ nannte man es, das Land mit den phänomenalen Wachstumsraten. Der Blick war atemberaubend. Ständig wechselte das Licht, der Himmel veränderte sich, und die rastlose See ging in blaue Berge über.

Unwillkürlich griff sich Kate an die Brust.

Bin ich vielleicht deshalb so nervös? Weil ich intuitiv gespürt habe, dass ich krank bin? Dass ich bald für immer gehen muss?

Der Gedanke kam ihr so absurd vor, dass sie fast lachen musste. Ich will noch nicht sterben, dachte sie. Nicht vor Evas Hochzeit.

»Hysterische Ziege!«, schalt sie sich laut und machte sich auf den Rückweg zum Haus. Unterwegs warf sie einen kurzen Blick nach Hillcrest hinüber, wo Tom wohnte.

In diesem Augenblick begann im Haus das Telefon zu klingeln, und sie rannte los.

8. KAPITEL

Kilcrannagh 1904

Der Tag der Entscheidung war da. Ellen hatte das Blatt des Küchenkalenders auf einen neuen Tag und einen neuen Monat umgeschlagen – es war der erste Juni des Jahres 1904.

Sie hatte die Prüfungen für das Lehrerstipendium absolviert, und heute sollten die Ergebnisse kommen. Beim Frühstück hatte sie ihre Anspannung mit keinem Wort erwähnt; jetzt stand sie am Küchenfenster und wartete. Eine im vergangenen Jahr gesäte Kletterpflanze breitete rosa Blüten über ein von Jimmy aufgestelltes, weiß gestrichenes Spalier. In einer Regenwasser-Pfütze badete ein gesprenkelter Star und schüttelte sein Gefieder. Aus dem Obstgarten drangen Harrys Stimme und Frannys Lachen zu ihr herüber.

Die Uhr schlug halb elf, als sie endlich das sehnsüchtig erwartete Geräusch hörte: Das Fahrrad von Mikey, dem Briefträger, knirschte über den kiesbestreuten Gartenweg, dann fielen Briefe auf die Fußmatte. Ellen hatte plötzlich ein mulmiges Gefühl im Magen. Maggie kam aus der Vorratskammer und blickte sie fragend an.

»Du bist bleich wie die Wand!«

»Meine Ergebnisse!«, krächzte Ellen. »Ich glaube, sie sind gerade gekommen.«

Tante Harriet kam in die Küche und reichte Ellen mit unbewegtem Gesicht zwei Umschläge. Doch Ellen starrte sie nur an.

»Würdest du sie bitte öffnen, Tante Harriet?«

Die Tante griff nach einem Messer, schlitzte den ersten Umschlag auf, nahm den Brief heraus, überflog ihn flüchtig und hielt ihn Ellen hin. »Ich glaube, das solltest du besser selbst lesen.«

Ellen sah den Briefkopf. »College Maria Barmherzigkeit, Carysfort Park, Blackrock, Co Dublin«, stand da. Sie nahm sich zusammen.

Liebe Miss Healy,
im Hinblick auf die Ergebnisse Ihrer nach der Bewerbung um ein Stipendium in unserem Hause anstehenden Prüfungen freuen wir uns, Ihnen mitteilen zu können, dass wir Ihnen einen von zwei im offenen Wettbewerb ausgeschrie-

benen Plätzen zur Verfügung stellen können. Die auf zwei Jahre befristete Ausbildung beginnt am 3. September dieses Jahres.
In der Anlage finden Sie die Statuten des Colleges sowie eine Liste der Dinge, die Sie mitbringen sollten.
Bitte lassen Sie uns bis zum 10. d. M. wissen, ob Sie das Stipendium annehmen. Mit freundlichen Grüßen
Schwester Maria Hogan

Der andere Brief enthielt die überdurchschnittlich guten Prüfungsergebnisse. Tante Harriet nahm Ellen in die Arme und flüsterte mit warmer Stimme: »Gut gemacht, mein liebes, mutiges Mädchen!«

»Na, wie fühlt sich unsere Heldin des Tages?«, fragte Franny, als sie sich zum Mittagessen setzten.

»Wie auf Wolke sieben!«

Ellens Euphorie war echt. Die Welt war schön, und sie fühlte sich unbesiegbar.

»Von jetzt an bist du frei wie ein Vogel!«

»Glaubst du?« Ellen lachte, zog die Liste mit den Fächern des ersten Jahres aus der Tasche und reichte sie ihrer Cousine. Franny las laut vor. Ihre zunächst ernste Stimme wurde glucksend und schlug schließlich in lautes Lachen um.

»Lesen, Schönschreiben, Rechtschreibung und Interpunktion, Grammatik, Aufsatz, Geographie, Englische Literatur, Rechnen und Arithmetik, Lehrtheorie, Lehrpraxis, Handarbeit, Musik, Zeichnen, Buchführung, Kochen, Wissenschaftsmethodik …« Sie sah Ellen mit erhobenen Augenbrauen an. »Ist das etwa alles?«

»Beeindruckend«, murmelte Harry. »Aber ein paar wichtige Dinge haben sie weggelassen.«

Ellen zuckte die Schultern. »Du meinst Geschichte. Und

Gälisch. Aber die Vergangenheit ist sowieso nichts als ärgerlich.«

»Nein, Ellen«, widersprach Harry sanft. »Sie ist die Wurzel unserer Identität. Die Matrix für die Zukunft.«

Franny gab Ellen die Liste zurück, aß einen Löffel Suppe und warf Harry einen zweifelnden Blick zu. Sie spürte, wie selbstsicher er plötzlich auftrat. Die Tatsache, dass sich Ellens Horizont erweiterte, schien ihm seinen eigenen Ehrgeiz, die Aussicht auf Unabhängigkeit und seine Männlichkeit bewusst gemacht zu haben. Der Gedanke ängstigte Franny. Alles um sie herum veränderte sich, nur sie selbst schien auf der immer gleichen Stelle stehen zu bleiben.

»Nächstes Jahr gehst du auch nach Dublin«, sagte sie nach einer Weile. »Dann habe ich niemanden mehr!«

»Ach Fran, du kommst einfach ab und zu Clare besuchen – dann sind wir zusammen wie in alten Zeiten«, antwortete Harry heiter und warb mit Blicken um das Einverständnis seiner Tante.

»Clare hat weiß Gott genug um die Ohren«, sagte Tante Harriet.

»Aber ich könnte ihr helfen, Mutter!«

»Sie hat ein Dienstmädchen, Liebes. Und außerdem sehr wenig Platz.«

»Mit anderen Worten, sie will mich nicht bei sich haben«, stellte Franny tonlos fest. »Ich habe bis heute ihr Baby nicht zu Gesicht bekommen. Sie kündigt zwar ständig an, mich einladen zu wollen, aber getan hat sie es noch nie.« Sie senkte den Kopf und raunte Harry zu: »Vielleicht sollte ich weglaufen.«

Harry setzte eine sorgenvolle Miene auf und warf seiner Tante einen flüchtigen Blick zu.

»Es hat nichts damit zu tun, dass sie dich nicht sehen will, Liebes …«, begann Mrs Murphy.

»… sondern damit, dass ich ihren hübschen, wohl geordneten Haushalt auf den Kopf stellen würde – das ist es doch, nicht wahr, Mutter?«

»Hör bitte endlich auf, dich so kindisch aufzuführen, Frances!«, rügte Tante Harriet, wandte sich ihrer Nichte zu und sagte: »Ellen, mein schlaues Mädchen, du solltest deinem Vater schreiben und ihm die wundervollen Neuigkeiten mitteilen.«

Nachdem der Tisch abgeräumt war, ging Ellen in ihr Zimmer, schloss die Tür hinter sich und betrachtete ihre Bücher und den Tisch, an dem sie so ausdauernd gearbeitet und auf dem sie einst Guy Forristers Namen eingraviert hatte. Mit dem Finger rieb sie über die Kratzer im Lack und fragte sich, was wohl aus ihm geworden war. Er schien weit weg zu sein; schon lange stand er nicht mehr im Mittelpunkt ihrer brennenden Wünsche.

Sie hatte ihn nie wieder gesehen seit jenem Tag vor drei Jahren, als er ihr den Ring geschenkt hatte, und der heimliche, von ihm selbst in der Schule abgelieferte Brief war die letzte persönlichere Nachricht von ihm gewesen. Jedes Jahr schickte er eine Weihnachtskarte mit freundlichen, höflichen Grüßen an die ganze Familie. Ob er sich wohl genierte, wenn er an seine heißen Liebesschwüre dachte? Eines Tages würden sie sich bestimmt wiedersehen und zusammen über ihre kindliche Gefühlsverwirrung lachen. Ob sie ihm sehr verändert vorkam? Würde er sie überhaupt wiedererkennen? Ellen betrachtete sich im Spiegel. Vor ihr stand eine junge Frau in knöchellangem Rock und hochgeschlossener Bluse. Das Mädchen im blauen Kleid, das längst zu klein geworden war, gab es schon lange nicht mehr. Und Guys Stiefmutter war jetzt auch die ihre.

Im Frühjahr 1902 hatte Ellens Vater Mrs Forrister geheiratet. Tante Harriet war zur Hochzeit in Dublin gewesen und hatte erzählt, dass es im Anschluss an die Trauung im Gresham Hotel einen Empfang für einige wenige Gäste gegeben hatte. Die Jungvermählten waren in die Flitterwochen nach Dunmore East gereist und von dort in ihr Haus nach Tralee zurückgekehrt.

»Jetzt haben wir Vater wohl zum letzten Mal gesehen«, hatte Harry damals verbittert festgestellt. »Nun hat die Gute ihn unter der Fuchtel und setzt allem ein Ende.«

»Wenn du aber auch jedes Mal anfängst mit ihm zu streiten, darf es uns nicht wundern, dass er uns nicht mehr besucht.«

Doch zwei Monate nach der Hochzeit war ihr Vater in Begleitung seiner neuen Frau zu Besuch gekommen. Die frisch gebackene Mrs Healy hatte ihren Stiefkindern großmütig erlaubt, sie Lilian zu nennen, als ob sie ihnen damit eine besondere Gunst zukommen ließ.

»Gibt es etwas Neues von Guy, Mrs F… ich meine, Lilian?«, hatte Harry sich beim Abendessen angelegentlich erkundigt. »Ich hoffe doch sehr, dass mein dummer Unfall beim Angeln ihn nicht davon abhält, noch einmal wiederzukommen.«

»Er hat sehr viel zu tun«, hatte Lilian daraufhin geäußert. »Er macht sich ganz ausgezeichnet in Sandhurst.«

»Nichts anderes hatte ich erwartet«, sagte Harry ein wenig hochtrabend. »Kommt er noch manchmal nach Clonmore?«

Lilians etwas zögerliche Antwort ließ darauf schließen, dass Guy tatsächlich manchmal auf Clonmore weilte, und Ellen fühlte sich auf schmerzliche Weise zurückgewiesen.

»Ab und zu fragt er nach euch«, fuhr Lilian mit sprödem Lachen und einem raschen Seitenblick auf Ellen fort. »Aber er verbringt so viel Zeit wie möglich auf seinem Besitz in Frankreich. Ich würde mich nicht wundern, wenn er eines Tages eine kleine Französin zur Frau nehmen würde.«

Der Hieb traf Ellen völlig unvorbereitet.

»Sind Sie jemals in Guys Haus in Frankreich gewesen, Mrs Forri… Lilian?«

»Himmel, nein! Es ist doch viel zu weit weg. Ich glaube kaum, dass ich zu einer so langen Reise in der Lage wäre.«

Er hat dich nie eingeladen, dachte Ellen mit einem Blick auf das Gesicht ihrer Stiefmutter. Du wärst mit fliegenden Fahnen hingefahren! Manchmal frage ich mich, ob er überhaupt noch Kontakt zu dir hält. Warum sollte er auch?

»Nun«, mischte sich John Healy ein, »vielleicht sollten wir es doch einmal wagen. Man sagt, dass Paris sehr sehenswert ist.«

An diesem Abend, nachdem Harry und Franny zu Bett gegangen waren, nahm Tante Harriet ihre Nichte beiseite. »Siehst du, Ellen, Guy jagt längst in anderen Fischgründen. Ich erwähne das nur, um dir zu zeigen, dass das, was vor drei Jahren geschehen ist, zum schmerzhaften Prozess des Erwachsenwerdens gehört. Ihr wart beide kaum den Kinderschuhen entwachsen.«

»Was soll ich mit seinem Ring machen? Hast du ihn überhaupt noch?«, fragte Ellen zögernd.

»Natürlich habe ich ihn noch. Aber du solltest den Zeitpunkt der Rückgabe sehr sorgfältig wählen. Du willst doch sicher kein Aufhebens um diese kindliche Episode machen. Irgendwann findest du sicher die Möglichkeit, ihn unauffällig zurückzugeben.«

Inzwischen musste sich Ellen eingestehen, dass ihre Tante in allen Punkten Recht gehabt hatte. Wie sie vorhergesagt hatte, war die Erinnerung an Guy längst nicht mehr so schmerzlich. Bald würde sie sich als Studentin in Carysfort einschreiben und eine der wenigen Karrieren anstreben, die Frauen offen standen. Sie war nicht mehr das kleine Mädchen, das sich von einem aufregenden Fremden den Kopf verdrehen ließ.

Ellen griff nach ihrer Feder.

Liebster Vater,
es gibt ausgezeichnete Neuigkeiten. Ich habe das ersehnte Stipendium in Carysfort bekommen! Noch kann ich es selbst kaum glauben, aber vor mir liegt ein Brief, der es mir bestätigt. Leider ist es nicht möglich, mit dem Stipendium alle Kosten abzudecken – mit den Ausgaben für Bücher, Kleidung und die Anreise werde ich wohl dich belasten müssen.

Sie seufzte und lehnte sich zurück. Sie hasste es, ihren Vater um Geld zu bitten.

Doch die Antwort ihres Vaters, die am Ende derselben Woche eintraf, drückte ausschließlich Stolz aus.

Ich beglückwünsche dich zu deinem Erfolg und sehe es als Privileg eines Vaters, für alle zusätzlichen Kosten aufzukommen.

Als Ellen am Abend mit Franny allein war, zeigte sie ihrer Cousine den Brief.

»Na, wenigstens bezahlt er dir die Extra-Ausgaben! Trotzdem finde ich es gemein, dass er Harrys Studium finanziert, deins aber nicht!«

»Fran, er tut, was er kann. Jungen müssen nun einmal einen Beruf erlernen! Von Frauen erwartet man, dass sie heiraten und von ihren Ehemännern ernährt werden.«

»Man gibt uns einfach in die Hände eines anderen Menschen«, zischte Franny. »Wenn man ernsthaft darüber nachdenkt, müsste man die Männer samt ihren unverschämten Regeln samt und sonders zum Teufel jagen!«

Ellen lachte. »Samt und sonders?«

»Außer Harry natürlich«, beeilte sich Franny einzulenken. »Na ja, und vielleicht noch zwei, drei anderen«, fügte sie grinsend hinzu, »wie zum Beispiel einen gewissen jungen Engländer!«

»Ach Fran, das ist doch längst vorbei!«

Während der Tage bis zu Ellens Abreise nach Dublin ging es sehr geschäftig zu. Sie fuhren in die Stadt, um neue Kleider, Unterwäsche, Handtücher und Bettwäsche zu kaufen. Jedes einzelne Teil musste mit dem Namen gekennzeichnet werden. Auf dem Boden von Ellens Zimmer stand eine offene Truhe, in die nach und nach die ordentlich gefalteten Stücke verstaut und von der Liste gestrichen wurden.

»Man könnte meinen, du wanderst aus!«, rief Franny, die es sich auf dem Boden bequem gemacht hatte und beim Packen half. Dabei wischte sie sich heimlich eine Träne aus dem Augenwinkel.

Ellen bemerkte ihre Verzweiflung. Schon seit Tagen weinte Fran wegen jeder Nichtigkeit.

»Ach Fran«, flüsterte sie und kniete sich neben ihre Cousine. »Nicht traurig sein! Natürlich muss ich jetzt nach Dublin, das bedeutet aber nicht, dass ich nicht immer für dich da bin.«

»Du hast es gut. Du brichst auf ins Abenteuer. Und nächstes Jahr geht Harry. Dann bin ich ganz allein hier. Kannst du dir das vorstellen, El? Nur meine Mutter und ich? Ganz allein? Hier? Und das für immer?«

Am nächsten Tag brachte Jimmy Ellen in die Stadt. Eigentlich hätte Fran mitfahren sollen, die jedoch über Kopfschmerzen klagte.

Jimmy beglückwünschte Ellen. »Gute Arbeit!«, sagte er

bewundernd. »Da hast du dir tatsächlich ein Stipendium an Land gezogen! Du bist eine unglaubliche Frau, Ellen Healy!«

»Du hast nicht damit gerechnet, dass ich es schaffe, nicht wahr, Jimmy?«

»Ganz im Gegenteil. Ich wusste genau, dass du es schaffst!«

Sie warf ihm einen Seitenblick zu. Als der Einspänner durch ein Schlagloch holperte, berührten sich ihre Knie. Ellen rutschte so weit wie möglich von ihm weg.

Jimmy bemerkte es und wünschte von ganzem Herzen, er hätte sich vor drei Jahren nicht voreilig den Mund verbrannt. Bis zu diesem Zeitpunkt waren Ellen und er dicke Freunde gewesen. Sie war der eigentliche Grund für seine unermüdliche Arbeit bei den Murphys gewesen, die inzwischen alle für selbstverständlich hielten. Inzwischen war er zweiundzwanzig und ein freier Bauer. Nach der letzten Gesetzesänderung hatte er den Wallaces sein Pachtland abgekauft; auch die Weide, die Mrs Murphy ihn früher hatte nutzen lassen, gehörte ihm inzwischen. Er wusste, dass ihn viele junge Frauen in der Gemeinde für einen attraktiven Heiratskandidaten hielten.

Doch er wusste auch, dass sein Herz nur einer Frau gehörte. Er konnte nichts dafür – es war einfach so. Dass die Frau seiner Träume allerdings fast nie Zeit für ihn hatte, empfand er fast als Fluch.

»Jimmy?« Ellen hatte den plötzlichen Anflug von Melancholie in seinen Augen sofort wahrgenommen. »Stimmt etwas nicht?«

»Wenn du weg bist, wird es hier nicht mehr so wie früher sein«, antwortete er kurz angebunden und hantierte nervös mit den Zügeln. Nach einer kurzen Pause fuhr er fort: »Du passt doch hoffentlich auf dich auf, Ellen? Dublin ist eine große Stadt …«

»Ach Jimmy, ich wohne in einem Nonnenkloster!«, antwortete sie lachend.

Er lächelte und setzte mit zögernder Stimme hinzu: »Außerdem solltest du diesem ... Engländer nicht zu viel Aufmerksamkeit schenken ... falls er in Dublin auftaucht.«

»Engländer?«, hakte Ellen nach. »Jimmy, falls du von Guy Forrister sprichst, dann brauchst du dir wirklich keine Sorgen zu machen. Er hat sich seit Jahren nicht mehr bei uns blicken lassen, obwohl es durchaus möglich gewesen wäre – immerhin besucht er regelmäßig seine Freunde in Clonmore.«

»Stimmt«, gab Jimmy leise zurück. »Weißt du eigentlich, wo die Wallaces herstammen, Ellen? Sie waren Vasallen von Oliver Cromwell. Nachdem die Hälfte der irischen Bevölkerung massakriert worden war, besetzten sie die Ländereien der O'Tooles. Dieses wunderbare Herrenhaus wurde in Zwangsarbeit errichtet.«

»Aber dafür kann Guy Forrister doch nichts!«, erwiderte Ellen. Sie musterte Jimmys strengen Mund und sein Adler-Profil und fragte sich, ob das, was er gesagt hatte, der Wahrheit entsprach. Oft, wenn Harry über die Geschichte Irlands sprach, hieß Tante Harriet ihn schweigen; Ellen hatte jedoch das Gefühl, dass sie es weniger aus Besorgnis um die Wahrheit tat als vielmehr, weil sie sich fürchtete. »Das alles ist ziemlich lang her.«

»Du glaubst also, dass ein Verbrechen nur lang genug zurückliegen muss, um Nutzen daraus ziehen zu dürfen?«

Ellen gefiel das Gespräch ganz und gar nicht. Ihrer Meinung nach sollten die Verbrechen der Vergangenheit möglichst in der Versenkung verschwinden.

»Ich sagte nur, dass das alles nichts mit Guy zu tun hat!«

»Der sicher ein anständiger Kerl ist«, nickte Jimmy. »Zweifellos ist er das.« Er sah sie an und fuhr fort: »Es gibt ein altes gälisches Sprichwort, Ellen, das du dir merken solltest, falls er wieder auftaucht. Und er wird wieder auftauchen!«

»Und wie lautet das Sprichwort?«, fragte sie nach einer Weile mürrisch.

Jimmy räusperte sich. »Hüte dich vor den Hörnern des Stiers, den Hufen des Pferdes und dem Lächeln der Engländer.«

Am 2. September 1904 fuhr Ellen mit dem Zug nach Dublin. Am Bahnhof wurde sie von Clares Ehemann Frank abgeholt. Beinahe hätte sie den jungen Mann im adretten Anzug mit hohem Hemdkragen und dem ordentlich gestutzten Schnurrbart nicht erkannt; sie hatte ihn bislang nur einmal zuvor gesehen. Doch er gewann schon bald ihr Vertrauen, indem er geduldig ihre vielen Fragen nach Clare und dem kleinen Matty beantwortete. Clare wollte sie unbedingt sehen, sagte er – ob sie vielleicht Sonntag zum Mittagessen kommen könne?

Ellen erklärte, dass das mit Sicherheit möglich sei.

»Wollen wir eine Droschke oder die Straßenbahn nehmen?«

Da ihre Truhe von einem Kofferträger direkt zu ihrer neuen Adresse transportiert wurde, entschied sich Ellen für die aufregend neue Straßenbahn, die auf Schienen fuhr und mit über die Straßen gespannten Stromdrähten verbunden war.

Sie erreichten die offenen Tore von Carysfort Park. Eine Allee führte durch einen Park auf das College zu. Es war ein ausgedehntes, dreistöckiges Gebäude aus rotem Backstein mit Kreuzen auf dem Dach. Ellen zeigte auf eine Weide, wo Kühe grasten. »Haben die Nonnen etwa einen Bauernhof, Frank?«

»Das Kloster versorgt sich selbst. Die Gründerin, Schwester Keenan, wollte demonstrieren, wie wichtig Bildung für Frauen ist«, erwiderte Frank grinsend, während sie die Granitstufen zum Haupteingang emporstiegen. »Ich verstehe gar nicht, warum!«

Ellen zeigte auf den romanischen Bogen mit dem Wappen des Ordens über der Tür. *Ad majorem gloriam Dei. A. D. 1901.* »Zur größeren Ehre Gottes. Darum.«

Frank drehte sich um und küsste sie auf die Wange. »Ich gehe dann. Bis Sonntag. Ich hole dich ab.«

»Bitte nicht. Ich komme allein. Schließlich bin ich jetzt ein großes Mädchen.«

Ellen sah Frank nach. Er drehte sich noch einmal um und winkte; sie winkte zurück. Dann überschritt sie die Schwelle zu ihrer Zukunft.

Die ersten Eindrücke, die Ellen von ihrem neuen Zuhause gewann, waren der Geruch von Bohnerwachs, glänzendes Parkett, ein üppiges Blumenarrangement vor der Marienstatue und gleißendes Licht, das durch hohe Fenster fiel. In der geräumigen Halle wimmelte es von Studentinnen, die wie sie selbst das vorschriftsmäßige schwarze Kleid mit weißem Kragen trugen; sie schwatzten und lachten miteinander oder schrieben Stundenpläne ab.

Nachdem die Truhe angekommen war, brachte Ellen ihre Sachen in den Schlaftrakt, wo man ihr eine Zelle zugewiesen hatte. Sie begutachtete das schmale Eisenbett, die Kommode, auf der eine Waschschüssel samt Wasserkrug standen, und den winzigen Schrank. Das also würde in den nächsten zwei Jahren ihr Zuhause sein.

Aus der Nachbarzelle kamen Geräusche. Ellen lugte um die Ecke.

Ihre Nachbarin faltete Blusen. Sie war schlank, blauäugig und hatte dickes, rotbraunes Haar. Über dem Kragen trug sie ein schwarzes Samtband mit einer Kamee. Sie lächelte mit Grübchen und streckte Ellen die Hand entgegen.

»Deirdre Callaghan«, stellte sie sich mit einem ausgeprägten Cork-Akzent vor.

»Ellen Healy.«

»Bitte bedien dich, Ellen«, sagte Deirdre und zeigte auf eine Dose mit Süßigkeiten, die auf dem ordentlich gemachten Bett stand. »Woher stammst du?«

»Monaghan. Und du?«

»Clonakilty.« Sie warf einen Blick in Ellens Zelle und setzte hinzu: »Wir sollten lieber dein Bett machen, ehe unser ›Feldwebel‹ die Runde macht.«

Sie machten das Bett, packten aus und informierten sich über den Stundenplan. Deirdre ging nachsehen, was als Nächstes anlag. Ellen unterhielt sich zunächst mit ein paar anderen Neuankömmlingen, ehe sie ans Fenster trat und sich einen Überblick über Carysfort Park zu verschaffen versuchte. Jenseits des weitläufigen Parks, auf der anderen Seite des Tores, erblickte sie eine Reihe stuckverzierter, viktorianischer Häuser. Zwei Polizisten patrouillierten vorbei. Das erinnerte sie an das Foto ihres Vaters in Uniform, das sie mitgebracht hatte. Sie holte es aus dem Schrank und stellte es auf den Nachttisch. Auf dem Bild trug der Vater seine Mütze mit dem Wappen und dem RIC-Emblem; sein Gesichtsausdruck zeigte Pflichtbewusstsein. Plötzlich sehnte sich Ellen nach ihm.

»Nach dem Gebet bekommen wir etwas zu essen«, verkündete Deirdre nach ihrer Rückkehr. Dann erblickte sie das Foto. »Wer ist denn der Bulle da, um Himmels willen?«

»Mein Vater.«

Deirdre errötete.

»Tut mir Leid!«

Doch Ellen hatte den Ausdruck auf dem Gesicht ihrer neuen Freundin sehr wohl bemerkt.

»Er ist ein guter Mensch«, sagte sie kühl.

»Ganz bestimmt ist er das. Es ist nur – wir hatten in der letzten Zeit zu Hause einige Probleme mit der RIC.«

»Ach ja?«

»Die Polizeitruppe hat sich an einer Zwangsräumung beteiligt, weißt du.«

»Zwangsräumungen sind keine angenehme Sache«, fügte sie nach einem Blick in Ellens Gesicht hinzu. »Einer Familie wird das Dach über dem Kopf genommen, und sie landet in der Gosse. Oft trifft es Leute, deren Familien seit hunderten von Jahren das Land selbst besaßen, dann aber widerrechtlich enteignet wurden. In diesem besonderen Fall ist einer der Polizisten erschossen worden.«

»Mein Vater hat noch nie etwas von Zwangsräumungen erzählt. Er ist in Tralee stationiert.«

»Auch in der Grafschaft Kerry werden Zwangsräumungen vorgenommen …«

Die zum Gebet läutende Glocke unterbrach das Gespräch.

Schweigend begaben sich die Studentinnen durch einen langen Flur zur Kapelle, wo die Stimmen der Nonnen zu brausenden Orgelklängen das *Tantum Ergo* anstimmten. Weihrauch stieg in duftenden Schwaden zum Gewölbedach empor. Ellen neigte den Kopf zum Gebet, als der Priester die goldene Monstranz über die versammelten Menschen erhob und eine weiß gekleidete Novizin auf den Altarstufen die Glocken erklingen ließ.

»Herr, schütze meinen Vater.«

Die Schönheit der bunten Glasfenster, die Blumen auf dem Marmoraltar und die herrliche Musik verhießen Frieden.

»Jesus, ich danke dir, dass ich hier sein darf, und vertraue dir meinen Vater, Harry, Franny und Tante Harriet an. Und Jimmy ebenfalls«, fügte sie hinzu. Sie erinnerte sich an Jimmys Worte auf dem Weg zum Bahnhof; voller Reue dachte sie an Guy und daran, wie dumm sie gewesen war. Dennoch musste sie sich eingestehen, dass sie unendlich viel dafür geben würde, ihn noch einmal sehen zu dürfen.

Genau in diesem Moment saßen Guy Forrister und Bertie Wallace in Clonmore und tranken Sherry.

9. KAPITEL

Franny radelte auf Ellens altem Fahrrad die Hauptstraße von Monaghan entlang, als plötzlich jemand ihren Namen rief.

»Miss Murphy … ich meine … Franny!«

Die Bremsen des Rads waren nicht mehr die besten. Sie streckte den Fuß aus, schlidderte mit dem Absatz über den feuchten Untergrund, sodass ihr Rock von oben bis unten mit Spritzern von Pferdedung übersät wurde. Die Stimme war männlich und englisch gewesen; Franny erkannte ihren Besitzer sofort und sah, dass er von einem Freund begleitet wurde. Die beiden jungen Männer trugen modische Jacketts, die so gar nicht in die Menge der Bauern und Stadtbewohner passen wollten, die an diesem Markttag die Straßen bevölkerten.

»Guy Forrister!«, rief Franny und ärgerte sich, dass sie eine so traurige Figur machte. »Sie mögen vielleicht älter und weiser geworden sein, aber Sie haben durch Ihr Geschrei soeben meinen besten Rock ruiniert!«

Sie schob ihr Fahrrad auf den Bürgersteig und blickte ihn

streng an. Das war also der junge Mann, für den sie einst um Ellens willen zu einer List gegriffen hatte. Ob man sie wohl wieder darum bitten würde? »Und auch wenn Sie inzwischen wirklich zackig aussehen, werde ich mich von Ihnen ganz bestimmt nicht einschüchtern lassen.«

Guy musste lachen. »Tut mir wirklich Leid, Franny. Aber Sie sollten unbedingt Ihre Bremsen reparieren lassen. Darf ich Ihnen meinen Freund Bertram Wallace vorstellen?« Er wandte sich dem schlaksigen jungen Mann an seiner Seite zu. »Bertie, das ist Miss Murphy.«

»Ich habe schon viel von Ihnen gehört«, sagte Bertram lakonisch, wippte auf seinen Absätzen und musterte das junge Mädchen gleichzeitig anerkennend und hochnäsig. Franny spürte, dass sie taxiert wurde, und errötete.

»Da ich leider noch nie von Ihnen gehört habe«, erwiderte sie spröde, »haben Sie mir einiges voraus. Aber ich nehme natürlich nur das Allerbeste von Ihnen an.«

»Mit Franny darfst du dich nicht auf ein Wortgefecht einlassen«, warnte Guy seinen Freund lachend. »Ich hoffe, es geht all Ihren Lieben zu Hause gut«, erkundigte er sich anschließend nonchalant bei Franny. »Ihrer Mutter, Harry und Ellen.«

»Ja, vielen Dank. Allerdings ist Ellen nicht mehr bei uns. Sie lebt jetzt in Dublin.«

»Dann hat sie das Stipendium also bekommen?«

»Ja natürlich!«

»Wie schön für sie. Darf ich Sie nach Hause bringen, Franny? Sie könnten den Drahtesel bei Kavanagh abgeben und die Bremsen reparieren lassen.« Er warf seinem Freund einen fragenden Blick zu. »Macht es dir etwas aus, wenn ich mir den Einspänner ausborge, um Miss Murphy nach Hause zu fahren?«

Bertram Wallace antwortete, er habe sowieso noch etwas

mit seinem Grundstücksmakler zu besprechen, tippte an seinen Hut, wünschte Franny einen guten Tag, verabredete sich mit Guy im *Royal* zum Lunch und ging.

Guy begleitete Franny zur Fahrradwerkstatt, wo man ihnen versicherte, dass sie das Fahrrad am nächsten Tag abholen könnten.

»Schicken Sie doch einfach Ihren Diener«, sagte Guy zu Franny. In der schmuddeligen Werkstatt roch es nach Maschinenteilen und Öl. Plötzlich wurde Guy bewusst, wie auffällig sein englischer Akzent war und dass es im Laden plötzlich sehr still geworden war. Die anderen Kunden musterten ihn stumm; die Atmosphäre hatte sich verändert.

»Jimmy Horan ist kein Diener«, entrüstete sich Franny. Ihr Gewissen meldete sich. Jeder hier im Laden kannte Jimmy, und natürlich kannte man auch sie. »Er ist ein Freund der Familie, ohne dessen Hilfe wir längst verloren wären.«

»Entschuldigung, Franny. Ich wollte wirklich niemanden beleidigen!«

Mrs Murphy begrüßte den früheren Schwarm ihrer Nichte so höflich, als ob sie ihm nie einen warnenden Brief geschrieben hätte. Franny ging sich umziehen, und Harry kam die Treppe hinuntergerannt. Freudestrahlend klopfte er Guy auf die Schulter.

»Ich frage mich schon seit langem, was aus Ihnen geworden ist. Falls Sie Lust auf eine Angeltour verspüren, verspreche ich, dass ich bei diesem Mal bestimmt nicht ins Wasser falle.«

Guy fiel auf, dass Harry gewachsen war. Seine Stimme klang zwar noch gebrochen, aber schon männlich, und auf der Oberlippe zeigte sich ein erster Flaum. Seine Sympathie für diesen Jungen, die er vom ersten Augenblick an verspürt hatte, erfüllte ihn mit neuer Wärme.

»Heute bin ich zum Essen verabredet, aber es gibt bestimmt noch andere Gelegenheiten. Die Fische werden nicht auf immer vor mir sicher sein.«

Wie mochte Ellen inzwischen aussehen?, überlegte Guy und sah sich im Zimmer um. Vielleicht gab es irgendwo ein Foto.

Dort drüben stand das Klavier, auf dem er sie begleitet hatte. Ob sie noch immer bei seinem Anblick strahlen würde? Viele Dinge, die er sich noch vor drei Jahren sehnlichst gewünscht hatte, erschienen ihm heute beinahe nebensächlich. Er hatte sich verändert, konnte aber selber nicht abschätzen, in welchem Maß.

Mrs Murphy entschuldigte sich und ging Tee aufbrühen. Kaum hatte sie das Zimmer verlassen, erkundigte sich Guy: »Franny sagt, dass Ellen das Stipendium bekommen hat.«

»Richtig. Sie ist vor etwas mehr als einer Woche nach Dublin gefahren. Gerade heute kam ein Brief von ihr …« Harry streckte die Hand zum Kaminsims aus, nahm den hinter einen Kerzenhalter aus Messing geklemmten Brief und reichte ihn Guy. »Wenn Sie mögen, lesen Sie ihn ruhig.« Mit einer gewissen Überraschung stellte er fest, wie ungeduldig Guy ihm den Brief entriss. »Es wird wohl niemanden stören!«

Guy faltete die Blätter auseinander. Von ihr geschrieben! Er liebte ihre ordentliche, saubere Handschrift mit den selbstbewussten Aufstrichen.

Liebste Tante Harriet, lieber Harry, liebe Franny,

ich kann noch immer kaum glauben, dass ich tatsächlich hier bin. Sogar eine neue Freundin habe ich bereits gefunden. Sie heißt Deirdre Callaghan und stammt aus Clonakilty. Frank hat mich am Bahnhof abgeholt und mich für nächsten Sonntag zum Essen bei sich und Clare eingeladen. Ich freue mich schon sehr darauf!

Carysfort übertrifft alle meine Erwartungen. Alles ist un-

glaublich groß – die Klassenzimmer, die Lesesäle, die Schlafräume, der Aufenthaltsraum. Die Kapelle hat wunderschöne bunte Glasfenster. Jeden Morgen wird dort eine heilige Messe an einem Altar gelesen, der unter der Blumenpracht aus den Gewächshäusern der Nonnen fast verschwindet.

Die siebzehn Fächer des ersten Semesters halten uns jeden Werktag bis sechs Uhr abends auf Trab. Mein Lieblingsfach ist – wen wundert es – englische Literatur. Außerdem haben wir einen Chor, und ich spiele in einem der Musiksäle fast jeden Tag Klavier.

Harry, die Physikstunden hier würden dir gefallen. Wir machen Experimente, zum Beispiel zur Wärmeausdehnung von Schienen aus Eisen, und lernen, wie man das spezifische Gewicht verschiedener Holzarten bestimmt. Zwar habe ich keine Ahnung, ob so etwas für die Kinder unseres Landes wichtig ist, aber wir müssen alles genau notieren und auch Zeichnungen von den Experimenten anfertigen. Unsere Arbeitshefte werden in regelmäßigen Abständen kontrolliert.

Ich bin hier sehr glücklich und möchte mich noch einmal bei euch bedanken, dass ihr es in den vergangenen Jahren mit mir ausgehalten habt, obwohl ich außer Arbeit nicht viel anderes im Kopf hatte.

Ich freue mich auf Briefe mit Neuigkeiten von zu Hause.

In Liebe

Ellen

»Sie scheint sich gut eingelebt zu haben.«

Bevor Harry sich zu dieser Feststellung äußern konnte, kam die Tante zurück. Franny folgte ihr auf dem Fuß. Sie hatte sich umgezogen und trug ein Tablett mit Tee und Tassen.

Als Guy am gleichen Abend im Kaminzimmer von Clonmore saß und auf den Tag zurückblickte, schimpfte er sich selbst einen Idioten. Er hätte nicht nach Kilcrannagh zurückkehren dürfen – schon gar nicht, wenn Mrs Murphy im Haus weilte. Sie hatte es einrichten können, einige Minuten mit ihm allein zu plaudern. Bei dieser Gelegenheit hatte sie ihn in aller Höflichkeit darauf aufmerksam gemacht, dass Ellen an ihrem Werdegang als Lehrerin arbeitete und dass ein erneuter Kontakt mit Guy so ungefähr das Letzte war, was sie jetzt brauchte.

»Ich muss sie einfach auf diese Art unter meine Fittiche nehmen, Guy. Ellen hat ihre Mutter verloren, als sie noch sehr jung war, und sieht ihren Vater nur selten. Sie befindet sich jetzt in einem für sie ausgesprochen wichtigen Lebensabschnitt. Wenn Sie ein Ehrenmann sind, werden Sie nicht versuchen, sie wiederzusehen. Ich kann mir nicht vorstellen, dass Sie die Schuld auf Ihr Gewissen laden möchten, zur größten Enttäuschung ihres jungen Lebens zu werden …«

Bertie Wallace bot Guy eine Zigarre an. »Du bist heute Abend sehr schweigsam, Forrister. Denkst du etwa an das kleine Ding, das wir heute Morgen getroffen haben?«

Die Bemerkung war zwar typisch für Bertie, verletzte aber dennoch. Sie war auf Franny gemünzt. Guy hatte während des Nachmittags den Eindruck gewonnen, dass das Mädchen sich sehr verändert hatte. Sie hatte sich nicht nur zu einer ausgesprochen hübschen Sechzehnjährigen gemausert, sondern auch an Schlagfertigkeit gewonnen. Doch daneben hatte sie eine Verletzlichkeit ausgestrahlt, die fast an Verzweiflung zu grenzen schien. Auf dem Heimweg in Bertrams Einspänner hatte sie ihm erzählt, dass im nächsten Jahr auch Harry nach Dublin gehen würde. Sie hatte gelacht, als sie ihm die Zukunft seines Lebens dort ausmalte, doch dabei so angespannt und verletzt geklungen, als ob sie eigentlich lieber hätte weinen wollen.

Mit einem Mal war Guy klar geworden, dass sie nicht so sehr unter Ellens Abwesenheit oder ihrem eigenen, beengten Leben litt, sondern vielmehr darunter, dass Harry in die weite Welt hinaus strebte. Sie liebt ihn!, dachte er in plötzlicher Klarsicht. Sie weiß, dass sie ihn bald verlieren wird.

»Ich bin ein wenig müde«, sagte er zu Bertie. »Ich glaube, ich gehe heute Abend früh ins Bett.«

»Das würde ich wohl auch tun, vorausgesetzt, Mary O'Toole geht mit«, erwiderte Bertie mit einem albernen Lachen. »Leider ist sie weggefahren, und ich muss mich bis morgen gedulden.«

Er sprach von einer der Milchmägde, die erobert zu haben er sich brüstete. »Es ist großartig, endlich Herr hier im Haus zu sein, Forrister!«, fügte er großspurig hinzu und schenkte sich einen Cognac ein. »Mein Alter ist in seinen letzten Lebensjahren immer kleinlicher geworden. Früher muss er ganz anderes gewesen sein. Angeblich hat er jedem Rock im Haus nachgestellt.«

Bertie grölte wieder los, doch Guy reagierte nicht. Über die Sache mit Mary O'Toole wusste er bereits Bescheid, weil er zwei Tage zuvor das völlig verängstigte Mädchen auf der Suche nach einem Zufluchtsort getroffen hatte.

»Du kannst dich in meinem Zimmer verstecken«, hatte er gesagt. Ihren dankbaren Blick würde er nie vergessen.

Als Guy seine Zigarre geraucht hatte, ging er nach oben. Seine Hand glitt über die sanft geschwungene Balustrade aus Mahagoni. Die Einrichtung von Clonmore war von ausgesuchter Eleganz. Hohe Zimmerdecken, Teppiche aus der Türkei, Möbel aus georgianischer Zeit, Skulpturen, Vasen und Zimmerschmuck aus aller Welt. Manchmal verglich er den Herrensitz mit Fontebelle und seiner ganz andersartigen Atmosphäre.

An diesem Abend allerdings gingen ihm andere Dinge durch den Kopf. Eine gewisse Unruhe hatte ihn beschlichen. Er konnte sie nicht genau definieren, wusste aber, dass sie auf das Gespräch mit Mrs Murphy zurückzuführen war.

Seit zwei Jahren versuchte er, sich Ellen Healy aus dem Kopf zu schlagen, und zwar nicht, weil sich seine Gefühle verändert hätten, sondern weil er angefangen hatte, an ihnen zu zweifeln. Den romantischen Bereich seiner Seele hatten andere Dinge okkupiert. Er war kein Junge mehr. Sandhurst hatte ihm jenseits der militärischen Ausbildung den Zugang zu einer schnelllebigen, bunten Welt geöffnet. Er gehörte einer Gruppe junger Leute an, die sich nur allzu gern in seinem Haus in Frankreich unterhalten ließen und die ihn im Gegenzug auf ihre Herrensitze einluden. Im vergangenen Dezember hatte er nach einer alkoholseligen Landpartie seine Unschuld verloren. Diese Erfahrung hatte ihm bewusst gemacht, welch wilde Kreatur in seinem Inneren schlummerte. Und von diesem neuen Standpunkt aus erschien ihm sein Hang zu Ellen ausgesprochen kindlich. Manchmal fragte er sich, wie er sich derart in das Gefühl zu ihr hatte hineinsteigern können, und hoffte, dass sie den Ring inzwischen verloren und die ganze dumme Angelegenheit vergessen hatte. Ellens Tante hatte Recht gehabt, ihn damals zu warnen, doch die Unterhaltung am heutigen Nachmittag hatte ihn trotzdem tief verletzt.

»Wenn Sie ein Ehrenmann sind …«

Ich habe mich dem Mädchen gegenüber immer wie ein Ehrenmann verhalten.

Was war nur an Ellen, dass sie ihn so faszinierte? Auch heute hatte er die Anziehungskraft gespürt, als er über die Schwelle ihres Heims getreten war. Ihr Foto stand auf dem

Kaminsims in dem Zimmer, wo er sie vor drei Jahren in Tränen aufgelöst in den Armen ihres Vaters kennen gelernt hatte. In diesem Lebensabschnitt hatte Ellens Zerbrechlichkeit seine eigene widergespiegelt. Obwohl er sich damals ausgesprochen selbstsicher gegeben hatte, war doch mit gerade achtzehn und ohne Eltern sein einziges Ziel gewesen, irgendwohin zu gehören. Die kleine Familie hatte ihn bezaubert. Dass Harry beinahe ertrunken wäre, hatte ihn noch tiefer in seinen Wunschtraum verstrickt. Nur er allein wusste, wie viel er an diesem Tag riskiert hatte.

Verärgert dachte Guy an Berties vulgäre Anspielungen auf Franny. Seit sein Vater tot war, hatte sich Berties übertriebenes Selbstwertgefühl immer mehr Raum verschafft; seine jugendlichen Ausschweifungen zu genießen war ihm geradezu zur Religion geworden. Es gefiel Guy ganz und gar nicht, wie Bertie jeden von oben herab behandelte, den er nicht als seiner Klasse zugehörig anerkannte – vor allem hier in Irland.

Lächelnd erinnerte er sich, wie Franny Murphy den jungen Wallace in die Schranken gewiesen hatte. Sie war ein lebhaftes junges Mädchen, doch Guy erkannte bei ihr weder die Stärke noch die Zurückhaltung, die ihre Cousine prägte. Und dabei war Ellen ihren eigenen Vorzügen gegenüber völlig ahnungslos! Nach den mittlerweile gesammelten Erfahrungen erschien ihm ihre Tugendhaftigkeit umso strahlender, zumal er inzwischen wusste, wie wenig es davon in der Welt gab.

Guy wanderte rastlos in seinem Zimmer hin und her. Ab und zu warf er einen flüchtigen Blick auf einige orientalische Drucke und die gemalte Ansicht eines Städtchens in Kerry. Sicher, Irland trug zu seinem Unbehagen bei. Schon beim ersten Besuch auf der Insel waren ihm die tief greifenden, oft verstörenden Unterschiede zu England aufgefallen. Er fragte sich, wie sein Bruder Nigel reagiert hätte, wenn er, wie verabredet, nach Irland gekommen wäre. Doch Sophie hatte lieber nach Frankreich fahren wollen – wegen des sichereren Wetters –, und daher waren sie mit ihrem Sohn James nach Fontebelle gereist.

Was aber sollte Guy im Hinblick auf Ellen tun? Ein Teil von ihm sehnte sich danach, sie wiederzusehen. Zum Beispiel könnte er sie einmal abholen und zum Tee ausführen. Es machte ihm Freude, sich die junge Frau mit hochgestecktem Haar und langen Röcken vorzustellen. Ob sie immer noch diese elfenhafte Anmut und diese zurückhaltende Leidenschaft ausstrahlte? Würde es zwischen ihnen immer noch diese unkomplizierte Komplizenhaftigkeit geben?

»Alles ist so verdammt ernsthaft geworden«, knurrte er vor sich hin, als seine Gedanken zu Mrs Murphy zurückkehrten. »Warum darf ein Mann nicht mit einem Mädchen ausgehen, ohne damit sofort für ein ganzes Leben an sie gebunden zu sein? Natürlich habe ich sie angefleht, auf mich zu warten – aber mit achtzehn ist so etwas verzeihlich.«

Guy blickte aus dem Fenster in die Dämmerung hinaus. Die mit Kies bestreute Auffahrt wand sich zwischen Birkenreihen hindurch außer Sicht. Für Ellen ist wahrscheinlich alles ernst, dachte er. Sie glaubt nicht an Irrtümer. Armes Mädchen! Ich will ihr Leben auf keinen Fall durcheinander bringen. Ich will sie nicht an mich binden, und ich möchte mich selbst auch nicht binden. Noch nicht. Da ist schließlich noch die Armee, der Dienst im Ausland … Vielleicht, wenn ich zurückkomme. Außerdem ist sie Irin und natürlich katholisch. Alles würde so verdammt schwierig werden …

Guy entkleidete sich, legte sich ins Bett und lauschte den abendlichen Geräuschen im Haus. Über seinem Kopf knarrte der Fußboden. Dort oben wohnte die Haushälterin.

Einige Uhren schlugen mehr oder minder zeitgleich. Berties Mutter, Mrs Wallace, schimpfte mit keifender Stimme auf ihre Zofe ein, die ihr half, die Treppe hinaufzusteigen. Das Letzte, was Guy vor dem Einschlafen registrierte, war ein alles durchdringender Geruch nach Kampfer und Bienenwachs.

Als er schließlich in den Schlaf hinüberglitt, war es Franny – nicht Ellen – die seine Träume heimsuchte.

10. KAPITEL

Am Sonntag machte sich Ellen auf den Weg zum Mittagessen bei Clare und Frank. Die Aherns lebten in einem Außenbezirk. In der Sackville Steet musste sie umsteigen und die Straßenbahn Nummer 16 zur South Circular Road nehmen.

Der Weg in die Stadtmitte wurde von viktorianischen und georgianischen Häusern gesäumt und bot eine schöne Aussicht auf die Bucht von Dublin. Es war wunderbar, an langsamen Pferdekutschen, unvorsichtigen Fahrradfahrern und wichtigtuerischen Automobilisten vorüberzufahren. Interessiert betrachtete Ellen vor allem Letztere. Was mochten wohl die Pferde von dieser neuen Errungenschaft halten? Wie dem auch sei – Autos waren sowieso viel zu teuer! Sicher würden sie eine Ausnahme bleiben.

Die Endstation der Tram befand sich in der Mitte der Sackville Street in der Nähe der Nelson-Säule. Die Säule war Mittelpunkt von Dublin und ein idealer Treffpunkt. Alle Straßenbahnen, sowohl die von Süden als auch die von Norden kommenden, trafen hier zusammen.

Ellen stieg aus. Zu ihrer Linken erhob sich der imposante Säulenvorbau der Hauptpost, rechts – jenseits der mit Kopfstein gepflasterten Straße – lagen das vornehme *Imperial Hotel* und Clery's Kaufhaus, wo Tante Harriet immer einkaufte, wenn sie in Dublin war.

Unmittelbar neben Ellen strebte die dorische Granit-Säule fast vierzig Meter hoch in den Morgenhimmel. Ellen legte den Kopf in den Nacken, doch von der Figur des Helden von Trafalgar, der über die Dächer der Stadt hinwegblickte, konnte sie nur ein winziges Stück sehen.

»In der Säule ist eine Treppe, Miss. Sie können bis ganz oben steigen«, raunte ihr eine Stimme ins Ohr. »Die Aussicht von dort oben ist unbeschreiblich!«

Ellen erschrak. Sie fuhr herum und starrte in das Gesicht eines nicht sehr sauberen Mannes mit hängenden Schultern, einem schwarzen Schnurrbart und einem schmuddeligen Hemdkragen.

»Dazu habe ich keine Zeit.«

»Wo müssen Sie denn hin?«

»South Circular Road«, sagte sie und ärgerte sich sofort, dass sie ihm so freimütig geantwortet hatte. Die Augen des Mannes begannen zu glitzern.

»Ein Mädchen vom Land«, stellte er fest. »Sind Sie zum ersten Mal in Dublin?«

Ellen wusste nicht recht, wie sie sich verhalten sollte, und wandte sich ab.

»Mit der Straßenbahn sind Sie in ein paar Minuten da«, sagte er hinter ihrem Rücken. »Ich könnte Sie ein wenig herumführen.«

Ellen sah die Nummer 16 kommen, lief hin, stieg ein und ging nach oben auf die offene Plattform. Der Mann folgte ihr.

»Welch ein Zufall! Ich muss in die gleiche Richtung.«

Er setzte sich auf den Nebensitz und lehnte sich über sie, um ihr ein glänzend gelbes Automobil zu zeigen, das auf der anderen Straßenseite fuhr.

»So sieht die Zukunft aus! Bald gibt es keine Pferde mehr.« Er rückte näher. »Ist das nicht komisch? Falls Sie Arbeit suchen, könnte ich Ihnen einige nette Vorschläge unterbreiten.«

Er verströmte einen Geruch nach Fäulnis und Gefahr. Mit kalter Stimme erklärte sie, sie sei Studentin. Dabei bemühte sie sich, keine Angst zu zeigen. »Wenn Sie mich jetzt entschuldigen würden?«

Doch er ließ sie nicht gehen. Sein Knie berührte ihres, sein Arm lag vertraulich über der Lehne ihres Sitzes.

Glücklicherweise hörte Ellen Schritte auf der Treppe. Ein Paar mittleren Alters nahm auf der anderen Seite des Ganges Platz. Ellen ergriff die Gelegenheit beim Schopf, schob das drängende Knie beiseite und stand auf.

»Entschuldigen Sie!«, rief sie so laut, dass das Paar unwillkürlich aufblickte. Der Mann hatte keine andere Wahl, als sie durchzulassen. Ellen floh die Treppe hinunter und rettete sich auf die Straße. Sie würde die nächste Bahn nehmen, dachte sie und lief in Richtung der O'Connell-Brücke.

Als Clare und Frank aus der Messe zurückkehrten, stand ihr kleiner Liebling Matty am Wohnzimmerfenster und wartete auf sie. Er konnte gerade eben über die Fensterbank blicken. In seinen Augen standen Tränen.

»Mama! Papa!«, rief er und breitete die Ärmchen aus, als er sie entdeckte. Doris, das Dienstmädchen, hatte soeben ein weißes Tischtuch über den Tisch gebreitet.

»Sie wollen sicher einen Toast, Madam«, murmelte sie, und Clare bejahte. »Heute Morgen frühstücken wir in der Küche, Doris. Sie können den Tisch schon für das Mittagessen decken. Wir erwarten einen Gast.«

Frank setzte sich seinen kleinen Sohn auf die Schultern und ging mit ihm in den Garten, wo sie miteinander spielten, bis Clare sie mit einem etwas herrischen »Frank! Frühstück!« ins Haus zurückrief.

Frank parierte. Dabei dachte er, wie sehr er davon profitierte, dass Clare die organisatorische Ader ihrer Mutter geerbt hatte. Doris fürchtete sich vor ihr, er aber liebte Clares Schönheit und ihren manchmal etwas herrischen Ton mit blinder Ergebung. In ihrem grauen Kleid, das über den Boden schleifte, der eng geschnürten Taille, ihrer gertenschlanken Figur und dem hoch aufgetürmten Haar ähnelte sie eher dem Bild einer auf Pralinenschachteln gerne abgebildeten feinen Dame als dem einer jungen Hausfrau. Frank wusste, dass ihn viele Männer um diese Frau beneideten, und genoss es dankbar.

Clare hatte eine Schürze umgebunden und servierte Rühreier. Frank nahm seinen Teller und begann zu essen.

»Lecker!«, sagte er anerkennend.

»Du klingst, als wärst du höchstens sechs Jahre alt«, tadelte seine Gattin. Sie fütterte Matty mit einem Löffel. Der Kleine saß in einem Hochstuhl und wehrte sich hartnäckig. »Heute Mittag gibt es Hühnchen«, lockte sie ihn. »Komm schon: einen Löffel für unsere schlaue Ellen!« Sie wandte sich an Frank. »Wirklich schade, dass Fran ihr nicht ein wenig mehr nacheifert. Wie soll meine Schwester je einen Ehemann finden, wenn sie die ganze Zeit zu Hause bei Mutter sitzt?«

»Lade sie doch einfach für eine Weile zu uns ein.«

»Frank, wir haben keinen Platz! Außerdem möchte ich die Verantwortung nicht übernehmen. Wahrscheinlich würde sie sich bei der erstbesten Gelegenheit an ein Geländer ketten.«

»Übertreibst du nicht ein bisschen?«

Clare musste lachen. »Natürlich! Trotzdem wäre mir die Verantwortung zu groß.«

»Hoffentlich findet Ellen unser Haus«, sagte Frank.

»Aber sicher findet sie uns. Erstens ist sie sehr selbstständig, und mit der Tram ist alles so viel einfacher geworden.«

Ellen hastete so kopflos die Straße entlang, dass sie an der Ecke Bachelors Walk beinahe unter die Räder einer Straßenbahn geraten wäre, die kreischend auf ihren gekrümmten Schienen um die Ecke bog. Sie sprang schnell einen Schritt zurück, ließ die Tram vorbei und blickte sich um. Keine Spur von ihrem Peiniger! Das fünfstöckige Gebäude neben ihr gehörte M. Kelly und Söhnen. Eine riesenhafte Reklame warb für Fischereibedarf. Links befand sich das Denkmal für O'Connell mit seinen mächtigen Bronzeengeln. Ellen spürte den Puls der Großstadt mit ihrem Hufgetrappel und dem Kreischen der Straßenbahnen, die ihren Strom durch ein Drahtgewirr hoch über ihrem Kopf bezogen. Sie überquerte die Brücke und ging in Richtung Westmorland Street. Sie erkannte die Eingangshalle der Bank of Ireland und wusste, dass sie in der Nähe der Grafton Street angekommen war. Clare liebte diese Straße mit ihren schicken Läden, und Ellen beschloss, sich die verbleibende Zeit, bis die nächste Bahn kommen sollte, mit einem Schaufensterbummel zu vertreiben.

Leider war die Grafton Street beinahe menschenleer. Ellen blieb vor einem Schaufenster stehen und bewunderte ein schneeweißes Brautkleid, das vollständig aus irischer Spitze gearbeitet war. Ihr Spiegelbild im Fenster zeigte eine junge Frau in schwarzem Rock, enger Jacke, weißer Bluse mit hohem Kragen und einem schwarzen Strohhut auf dem Kopf, die unbeweglich wie eine Statue die weiße Spitzenkreation anstarrte.

Im Geiste sah sich Ellen in diesem Traum von einem Kleid an Harrys Arm auf einem roten Teppich ein Kirchenschiff entlangschreiten. Orgelmusik brauste auf. Ihr Bräutigam wartete am Fuß des Altars. Er wandte sich zu ihr um. Liebe brannte in seinen Augen …

Doch es war kein Bräutigam, der plötzlich neben ihr im Spiegelbild auftauchte.

»Da sind Sie ja, Miss!«

Ellen erschrak und schnappte nach Luft. Es war der Mann aus der Straßenbahn.

»Wie können Sie es wagen, mir zu folgen?«, rief sie und blickte sich verzweifelt um. Doch bis auf ein paar Frauen, die an den Schaufenstern vorbeibummelten, war die Straße leer.

»Was bist du doch für ein kleiner Eiszapfen!«, flüsterte der Mann lüstern, zerrte sie in eine Toreinfahrt und presste sich an ihren Körper. Seine Hand umklammerte ihre Brust.

Ellen war nie darauf vorbereitet worden, dass ein Mann sie auf diese Weise behandeln könnte.

Nach dem ersten Schreck wurde sie derart wütend, dass sie instinktiv ein Knie anzog und es dem Mann genau zwischen die Beine stieß. Er stöhnte auf, als habe man ihn mit einem Knüppel verprügelt, und kippte nach vorn. Sie drängte sich an ihm vorbei und lief los.

Zitternd und außer Atem erreichte sie St. Stephen's Green. Hier waren endlich Menschen. Männer und Frauen schlenderten auf dem Gehsteig, sonntäglich gekleidete Kinder spielten im Park hinter dem Zaun. Einen Moment lang dachte Ellen daran, sich im Park zu verstecken, doch dann fiel ihr ein, dass die Büsche auch ihrem Verfolger Deckung bieten könnten. Sie war den Tränen nahe und dachte an Franny, die sich schon seit Jahren über die Stellung der Frauen beschwerte.

Unschlüssig blieb sie stehen und blickte sich nach einem Streifenpolizisten um. Schließlich sprach sie eine gut gekleidete Frau an und fragte nach der nächsten Polizeiwache. Die Frau kannte keine.

»Ein Mann hat versucht, mich zu überfallen«, sagte Ellen

und zeigte in Richtung Grafton Street. »Ich habe Angst, dass er mich verfolgt.«

Die Frau musterte sie mit einem Mal zweifelnd und sehr überheblich, schüttelte dann nervös den Kopf und ließ Ellen wortlos stehen.

Ellen eilte zum Droschkenstand vor dem Shelbourne Hotel am Ende von Stephen's Green. Mehrere Pferdedroschken warteten auf Kunden, die gelangweilten Kutscher rauchten. Das Fahrgeld bedeutete zwar eine nicht eingeplante Ausgabe, aber wenigstens wäre sie in Sicherheit.

Ellen wollte gerade die Straße überqueren, als sie einen jungen Mann aus dem Hotel kommen sah. Sie erkannte seinen Gang, seine Haltung und Ausstrahlung sofort. Er ging mit gesenktem Kopf, scheinbar tief in Gedanken versunken. An der Bordsteinkante blickte er auf, wirkte aber immer noch abwesend.

Eine Straßenbahn mit einer großen Wäschereireklame fuhr vorüber und entzog ihn Ellens Blicken, doch als sie vorbei war, stand er immer noch so unbeweglich da, als wäre er vor eine Mauer gerannt.

Guy Forrister nahm sich zusammen, winkte zu ihr hinüber, wich einem Pferdefuhrwerk aus, überquerte die Straße – und dann stand ihre große Liebe plötzlich vor ihr. Höflich zog Guy den Hut, dann schüttelte er ihr die Hand.

»Ich dachte, ich sehe nicht recht! Sind Sie es wirklich, Ellen Healy?«

Er wirkte gelassen und kameradschaftlich, aber deutlich distanziert. Ellen spürte es sofort, genauso wie ihr auch sein militärischer Schneid auffiel. Er war ein Mann geworden.

Sie verspürte plötzlich nicht mehr das Bedürfnis, ihm von ihrem schrecklichen Erlebnis zu erzählen. Natürlich würde er sie zur nächsten Polizeiwache begleiten, doch dann würde er erfahren, dass ein hergelaufener Rüpel sie berührt hatte und dass sie offenkundig nicht in der Lage war, auf sich selbst Acht zu geben.

Sie bemerkte, wie er sie musterte. Seine Pupillen weiteten sich ein wenig, und für Sekundenbruchteile wurde ein kurzer Abglanz des früheren Begehrens sichtbar, der aber sofort wieder verschwand. Sie spürte, dass sie errötete.

»Stimmt etwas nicht?«, fragte er freundlich. »Sie sind ja völlig außer Atem.«

»Ich war in Eile«, sagte sie mit einem gezwungenen Lachen. Plötzlich sah sie ihren Verfolger aus der Grafton Street kommen. Der Drang, nach Guys Hand zu greifen, war fast übermächtig, doch sie bezwang sich. Der Mann blickte nach rechts und links, seine Kopfbewegung wirkte beinahe tierhaft, als wolle er Witterung aufnehmen.

»Was ist los, Ellen?«, erkundigte sich Guy sanft.

»Ich bin zum Essen verabredet«, keuchte sie. »Gerade wollte ich eine Droschke nehmen.«

»Nichts leichter als das«, sagte er und bot ihr den Arm.

Ellen fühlte sich wie im Himmel. Sie nahm dankbar an. Schon die erste Berührung überflutete all ihre Sinne mit seiner Wärme. Sie spürte seine harten Muskeln unter ihren Fingern; das überwältigende Gefühl von Zugehörigkeit und Verstehen kehrte im gleichen Augenblick zurück.

»Letzte Woche in Kilcrannagh habe ich Sie vermisst«, sagte er, während sie auf die Reihe der wartenden Droschken zugingen. »Ich hatte Franny in der Stadt getroffen und nutzte die Gelegenheit zu einem kurzen Besuch bei Ihrer Familie. Ihre Tante ist noch ebenso Furcht einflößend wie früher.«

»Waren Sie zu Besuch in Clonmore?«

Er nickte. »Nach meiner Rückkehr aus Frankreich lockte Irland – also nahm ich die Dauereinladung meines Freundes an!«

»Mit anderen Worten, Sie besitzen das Haus in Frankreich noch immer.«

»Ja, und seit einigen Monaten gehört mir Fontebelle sogar ganz legal, da ich jetzt nämlich volljährig bin«, erklärte er lächelnd. »Letzten Sommer bin ich mit Freunden dort gewesen.«

»Zur Zeit der Lavendelblüte?«

»Ach Ellen«, lachte er, »Sie haben schon immer eine romantische Ader gehabt!«

Ellen fühlte sich bis ins Mark getroffen.

»Tatsächlich?«, gab sie zurück. »Allerdings liegt es möglicherweise nicht allein an mir!«

Sein Gesichtsausdruck gefror.

»Wohin soll es denn gehen an diesem herrlichen Septembersonntag?«

»Meine Cousine Clare hat mich zum Mittagessen eingeladen. Ich bin jetzt in Carysfort.«

»Ach ja, richtig! Ihre Verwandten erwähnten es. Darf ich Ihnen gratulieren?«

»Vielen Dank. Und Sie? Sind Sie immer noch in Sandhurst?«

»Ich habe mein Offizierspatent in der Tasche. Die nächste Station wird Indien sein.«

»Für wie lange?«

»Ich weiß noch nicht. Wahrscheinlich werde ich etwa sieben Jahre dort bleiben.«

Er half ihr in eine Droschke, bat den Kutscher, zu warten, lief zu einer Blumenverkäuferin und kam mit einem Strauß Veilchen zurück.

»Sollten Sie mich je brauchen, Ellen, dann schreiben Sie bitte nach Linthorpe. Das ist das Gut meines Bruders in Yorkshire.«

Er sah sie an, drückte ihr die Hand und ließ sie beinahe

widerstrebend los. »Grüßen Sie Harry von mir!«, sagte er noch, bevor er sich zum Gehen umwandte.

Und dann war er fort. Langsam schlenderte er an der Absperrung des Parks entlang. Ellen blickte ihm nach und sah, dass er sich umdrehte und die Droschke so lange mit den Augen verfolgte, bis sie außer Sichtweite war.

Sie sank auf die zerschlissene Lederbank und ließ sich zur Lismore Street bringen. Die ganze Fahrt über vergrub sie ihre Nase in den Veilchen.

Indien!, dachte sie und versuchte verzweifelt, ihr Herz zu beruhigen. Auf der entgegengesetzten Seite der Welt!

Das Haus der Aherns gehörte zu einer Reihe roter Backsteinbauten, deren winzige Vorgärtchen mit schwarzen Gittern umzäunt waren. Ellen öffnete das Tor. Der Weg zur Haustür war rot gepflastert. Ein spindeldürres Dienstmädchen öffnete. Hinter ihr stand Frank mit brüderlich ausgebreiteten Armen.

»Schön, dass du uns gefunden hast, liebste Ellen. Willkommen in unserer bescheidenen Behausung.«

Er schloss die Tür hinter ihr. Das Mädchen zog sich zurück, und Clare, schön wie eh und je, schwebte auf Ellen zu.

»Ich wusste, du würdest auf die Sekunde pünktlich sein«, begrüßte Clare ihre Cousine mit ihrer klaren, immer etwas atemlos wirkenden Stimme, als hätten sie sich erst am Vortag getrennt. »Du warst schon immer sehr zuverlässig! Ich freue mich über deinen Erfolg.«

Sie küsste Ellen auf die Wange. Das Dienstmädchen lugte neugierig um die Ecke.

»Doris, würden Sie bitte umgehend die Küchentür schließen!«

Ellen begriff, dass Clare hier Königin war – die Herrscherin über den mit Linoleum ausgelegten Flur, den Kleiderständer aus Mahagoni, den von ihrem Dienstmädchen geschwungenen Staubwedel und den sie anhimmelnden Ehemann.

»Du siehst mit deiner Hochsteckfrisur ganz anders aus«, stellte Clare anerkennend fest. »Wie eine junge Lady. Und dann diese ganz besondere Healy-Art …«

Gerade wollte Ellen die Komplimente erwidern, als Clare fröhlich hinzufügte: »Wie lieb von dir, mir Veilchen mitzubringen! Frank, Liebling, könntest du die Blumen bitte ins Wasser stellen? Ich zeige Ellen derweil das Haus.«

Ellen musste Guys Veilchen aus der Hand geben. Frank nahm sie mit in die Küche.

Ellen folgte ihrer Cousine durch das Haus. Matty lag in seinem Zimmer im Gitterbettchen und sollte eigentlich schlafen, doch als seine Mutter den Kopf durch die Tür streckte, sprang er auf und rüttelte an den Streben.

Clare nahm ihn hoch. »Meine Güte, bist du aber schwer. Das ist deine Cousine Ellen.«

Matty schien nicht sonderlich beeindruckt. Er zog einen Flunsch und klammerte sich an seine Mutter.

Ellen war sehr beeindruckt von dem Nest, das sich ihre Cousine in der Fremde gebaut hatte. Alle Räume des netten Hauses waren frisch tapeziert. Im Erdgeschoss gab es zwei ineinander übergehende Empfangszimmer, und in der Küche stand ein tiefschwarz glänzender Herd auf einem blitzsauberen, rot und schwarz gefliesten Boden. Der sonnenbeschienene Garten wurde von einer Mauer begrenzt, die unter den blühenden Clematisranken fast verschwand. An einer windgeschützten Stelle standen zwei gepolsterte Rohrstühle.

»Magst du einen Sherry?«

»Danke, gern.«

Ellen sank in die Polster, lauschte Clare, die zunächst von

Matty und dann von Frank und seiner Tätigkeit beim *Irish Independent* berichtete, und nippte an ihrem Oloroso.

Sie spürte, dass sie kein sehr unterhaltsamer Gast war. Die Erfahrung am Morgen lag ihr noch immer auf der Seele wie eine zentnerschwere Last. Dass dieser impertinente Mann gewagt hatte, sie anzufassen! Und obendrein war sie völlig unerwartet mit Guy zusammengetroffen – mit einem sehr veränderten Guy, der kaum wiederzuerkennen gewesen war und der demnächst nach Indien verschwinden würde. Wie glücklich konnte Clare sich schätzen! Sie hatte einen Mann, der sie abgöttisch liebte, ein Kind, ein eigenes Haus …

»Die arme Franny ist ganz schön niedergeschlagen«, sagte sie, als sich das Gespräch Kilcrannagh zuwandte. »Seit ich weg bin und Harry auch bald nach Dublin geht, fühlt sie sich ziemlich allein gelassen, glaube ich.« Clare runzelte die Stirn.

»Frank hat mir heute vorgeschlagen, sie für einige Zeit einzuladen. Ich weiß nur nicht, wo ich sie unterbringen soll! Doris schläft in der Kammer, und das einzig andere verbleibende Zimmer ist für Matty. Und du weißt ja selbst, wie Franny ist.«

Es ist nicht meine Aufgabe, sie dazu zu drängen, dachte Ellen, als sie die strenge Falte um Clares Mund sah. Franny tat ihr Leid. Aber ihr eigenes waidwundes Herz machte ihr noch mehr zu schaffen.

Nach dem Essen brach sie relativ schnell auf. Bevor sie ging, stibitzte sie eines der Veilchen aus der Vase und steckte es in die Tasche.

Ellen presste das gerettete Veilchen zwischen den Seiten ihres Gesangbuchs und versuchte sich davon zu überzeugen, dass Guy vor seiner Rückkehr nach England bestimmt noch einmal Kontakt mit ihr aufnehmen würde. Vielleicht würde er vor dem College auf sie warten! Doch als sie hellwach in ihrer Zelle im Schlafsaal lag und Deirdre nebenan im Schlaf schmatzen hörte, kamen ihr Zweifel.

Warum habe ich mir vorgemacht, ich hätte ihn vergessen? Warum musste er mir überhaupt begegnen?

Doch am Dienstagmorgen kam ein Brief von ihm. Sie wartete bis zur Pause, ehe sie ihn las. Wie einen heimlichen Schatz trug sie ihn in der Tasche mit sich herum, berührte ihn von Zeit zu Zeit und freute sich auf seinen Inhalt. Als sie ihn schließlich öffnete, musste sie sich zwingen, langsam zu lesen.

Meine liebe Ellen,
es war einfach herrlich, Sie so unerwartet wiederzusehen und festzustellen, dass Sie immer noch wunderbar aussehen. Obwohl Sie inzwischen erwachsen geworden sind, im langen Kleid und mit hochgestecktem Haar, hatte ich fast das Gefühl, wieder achtzehn zu sein.
Ich weiß, wie hart Sie gearbeitet haben, um nach Carysfort zu kommen, und freue mich, dass Ihr Traum in Erfüllung gegangen ist. Es wäre schön, wenn mehr Frauen Ihre Intelligenz und Ihr Durchsetzungsvermögen hätten.
Hoffentlich haben Sie mir inzwischen mein etwas übertriebenes Benehmen vor drei Jahren verziehen, das Sie meinem jugendlichen Leichtsinn zuschreiben sollten. Ihre Tante hat gut daran getan, mich in die Schranken zu weisen. Nicht um alles in der Welt möchte ich Ihr Leben durcheinander bringen. Alles Gute
Guy

Ellen versuchte, gegen ihren Schmerz anzukämpfen. Sie dachte an den Ring, die Schlange der Weisheit und an den verliebten Jungen, der ihn ihr gegeben hatte. Bei der Erinnerung an den Druck seiner fordernden Lippen schloss sie die Augen und fragte sich, was um alles in der Welt ihre Tante ihm beim letzten Besuch in Kilcrannagh gesagt haben mochte.

Er hat mich gebeten, auf ihn zu warten! Ich sollte ihn auf keinen Fall aufgeben! Und jetzt schreibt er nur, um mir zu erklären, dass einzig sein jugendlicher Leichtsinn ihn dazu getrieben habe. Und möglicherweise hat er sogar Recht!

Sie knabberte an ihrer Feder, tauchte sie schließlich in Tinte und schrieb einen verärgerten Brief, den sie an das Shelbourne Hotel adressierte und sofort aufgab, um es sich nicht noch einmal anders zu überlegen.

Lieber Guy,
ich danke Ihnen für die Glückwünsche und möchte Sie meinerseits zum Erhalt Ihres Offizierspatents beglückwünschen. Ich bin sicher, Sie haben eine große Karriere vor sich und bringen es bis zum Feldmarschall.
In meinem Besitz befindet sich nach wie vor ein Ring, der Ihnen gehört und den ich zurückgeben möchte. Soll ich ihn in Ihr Hotel schicken?
Ich möchte Sie wissen lassen, dass ich Ihr Verhalten mir gegenüber nie als leichtsinnig oder unangemessen empfunden habe – doch es steht mir nicht zu, darüber zu urteilen. Wenn Sie es so empfinden, wird es wohl so sein. Mit den besten Wünschen für Ihre Zukunft
Ellen

Die Antwort kam innerhalb weniger Tage.

Liebe Ellen,
der Ring gehört Ihnen. Ich möchte ihn nicht zurückhaben. Behalten Sie mich in freundlicher Erinnerung. Alles Gute, mein liebes, liebes Mädchen
Guy

Während Ellen noch unter diesem Austausch distanzierter Höflichkeiten litt, kam ein Brief von Franny, in dem sie das Zusammentreffen mit Guy in Monaghan und seinen anschließenden Besuch in Kilcrannagh beschrieb.

Mutter hat ihn beiseite genommen und mit ihm geredet. Ich habe zwar versucht, dir zuliebe zu lauschen, doch die Tür war fest verschlossen. Du weißt ja, wie Furcht einflößend Mutter sein kann. Im vergangenen Jahr ist es immer schlimmer geworden. Manchmal finde ich sie fast unausstehlich. Jedenfalls hoffe ich für dich, dass sie ihn nicht endgültig in die Flucht getrieben hat.

Das war es also, dachte Ellen düster. Tante Harriet hatte mit ihm geredet, und das war zu viel gewesen. Was mochte sie ihm gesagt haben? Dass er mit offenen Karten spielen sollte oder etwas in dieser Richtung? Jedenfalls glaubte sie jetzt zu verstehen. Was als impulsive, spontane Freude begonnen hatte, war überbewertet und zerstört worden. Zunächst mit Briefen, dann mit Gesprächen. Natürlich immer in der besten Absicht – doch Ellens Lebensglück war dabei auf der Strecke geblieben.

Vergiss die ganze Sache einfach, befahl sie sich. Es ist zu entwürdigend. Doch nachdem sie einen ganzen Tag lang darüber nachgedacht hatte, schrieb sie am Abend ihrer Tante einen kurzen Brief.

Liebe Tante Harriet,
wärst du bitte so freundlich, den Ring, den du für mich in Verwahrung genommen hast, an Guy Forrister zurückzuschicken? Ich habe ihn rein zufällig auf dem Weg zu Clare und Frank in Dublin getroffen und habe den Eindruck, dass es nicht rechtmäßig wäre, sein Eigentum zu behalten.

Du kannst den Ring an die Militär-Akademie Sandhurst schicken. Ich möchte kein Drama aus der Sache machen und bitte dich daher um ein paar freundliche, sachliche Worte. Übermittele ihm die besten Wünsche von uns allen für seine zukünftige Karriere.

11. KAPITEL

Es ging auf Weihnachten zu. Ellen arbeitete viel und bemühte sich, nicht mehr an Guy zu denken.

Die Zeit verging wie im Flug, schon bald darauf war es wieder Frühling, der nahtlos in den Sommer mit seinen Prüfungen und den anschließenden Ferien überging.

Im Herbst 1905 begleitete Harry seine Schwester nach Dublin. Er hatte sich im Lehrerkolleg von Drumcondra eingeschrieben. Beim Abschied hatte Franny zwar gute Miene zum bösen Spiel gemacht, doch Ellen wusste, wie verzweifelt ihre Cousine war.

Ellen wollte sich mit Deirdre am Bahnhof treffen. Harry und sie kamen eine halbe Stunde vor Deirdre an, kümmerten sich um den Transport ihres Gepäcks zu ihren jeweiligen Schulen und gingen dann zum verabredeten Treffpunkt im Wartesaal erster Klasse.

»Du brauchst nicht zu warten, Harry. Du willst sicher schnell in dein College kommen.«

»Ich bleibe, bis deine Freundin kommt.«

Zehn Minuten später kam Deirdre. Ellen stellte sie Harry vor.

»Wie geht's, wie steht's, Miss Callaghan?«

Miss Callaghan musste lachen.

»Sie sind also Ellens Bruder!« Ihr Lächeln zauberte entzückende Grübchen in ihre Wangen. Ellen erkannte sofort, wie fasziniert Harry von ihrer Freundin war.

»Für das kommende Wochenende habe ich Theaterkarten«, verkündete er, während er den beiden Mädchen folgte. »Im *Gaiety* wird *Pelleas und Melisande* gegeben, und zwar mit Mrs Patrick Campbell und Madame Sarah Bernhardt.«

»Wie ist dir das denn von Kilcrannagh aus gelungen?«, fragte Ellen ungläubig.

»Schon mal etwas von der Post gehört, liebste Schwester?«, neckte Harry. »Auf jeden Fall sollte man sich eine solche Gelegenheit nicht entgehen lassen. Hätten Sie Lust, uns zu begleiten, Miss Callaghan?«

Miss Callaghan hatte Lust.

Ihre Plätze befanden sich zwar in einer der obersten Sitzreihen des Schauspielhauses, doch Harry hatte ein Opernglas besorgt, und so konnten sie die beiden lebenden Legenden auf der Bühne bewundern. Harry saß zwischen den beiden Freundinnen, doch Ellen bemerkte sehr wohl, wie oft der Blick ihres Bruders halb neugierig, halb bewundernd zu Deirdre glitt. Ellen dachte an die einsame Franny und die Zuneigung, die sie Harry entgegenbrachte, und das Herz tat ihr bei dieser Vorstellung weh.

»Wir müssen heim«, sagte sie nach der Vorstellung. »Die Tore des Colleges werden geschlossen.«

»Der Herr behüte mich vor so pflichtbewussten Frauen. Wie wäre es noch mit einem Kaffee auf die Schnelle?«

In einem Café in der King Street servierte eine müde Kellnerin ihnen heißen Milchkaffee.

»Ich spiele mit dem Gedanken, in die *Gaelic League* einzutreten«, sagte Deirdre plötzlich, während sie an dem heißen Gebräu nippte. »Was halten Sie davon, Mr Healy?«

Harry ließ ein zweites Stück Zucker in seine Tasse plumpsen.

»Es kommt darauf an, warum Sie eintreten wollen, Miss Callaghan.«

»Wegen eines armen, kleinen Kohlenlieferanten, über den ich kürzlich gelesen habe. Er wurde verhaftet, weil er seinen Namen auf dem Handkarren mit gälischen Buchstaben geschrieben hatte.«

»Ein gewisser Mr Pearse hat ihn verteidigt«, sagte Ellen leise. »Aber der arme Teufel musste trotzdem seine Kohle versetzen, weil er zu zehn Schilling Geldstrafe wegen ›Analphabetismus‹ verurteilt wurde.«

»Die Oberaufseher über den Wahnsinn müssten allmählich aufmerksam werden«, stellte Harry lakonisch fest. »Ich bin übrigens schon Mitglied in der Liga.«

»Und warum?«, erkundigte sich Deirdre.

»Mich faszinieren die politischen Möglichkeiten.«

Deirdre lächelte ihn über den kleinen, runden Tisch hinweg an. »Nennen Sie mich doch bitte Deirdre, Mr Healy«, sagte sie leise.

»Ich heiße Harry«, gab er grinsend zurück.

Das zweite Jahr in Carysfort verging in Blitzesgeschwindigkeit. Sie hatten so viel zu tun, dass die Zeit oft nicht auszureichen schien. Bei den Schulungen der *Gaelic League* eröffneten sich Ellen und Deirdre völlig neue politische Sichtweisen. Sie lernten Leute wie Eamon de Valera, die Countess Constance Georgine Markieviez und den Anwalt Pearse kennen, sowie unzählige andere, die sich der Wiederbelebung irischer Kultur widmeten. Außerdem stand das Ende des akademischen Jahres mit den Prüfungen bevor. Ellen und Deirdre sahen dem Ende ihrer Studienzeit mit düsterer Resignation entgegen. Ausgerechnet jetzt, wo sie gerade richtig in Schwung kamen, musste sich alles verändern! Das freie Studentenleben war vorüber; der Ernst des Lebens stand vor der Tür. Die schönen Tage in Carysfort würden bald nur noch Erinnerung sein.

An einem Morgen Ende Juli 1906 kehrten die beiden jungen Frauen Carysfort für immer den Rücken. Sie wurden als qualifizierte Lehrerinnen entlassen. In Kingsbridge sollten sie Harry treffen; er würde mit Ellen nach Monaghan zurückkehren, während Deirdre mit dem Zug nach Cork fuhr.

Ellen blickte noch einmal in Richtung des Colleges, das zwei Jahre lang ihr Zuhause gewesen war. Doch sie konnte nur die Dachfirste sehen.

»Na ja, wenigstens haben wir eine Anstellung«, sagte sie seufzend. Sie selbst hatte die erste Stelle akzeptiert, die ihr angeboten worden war, es handelte sich um eine Schule in der Grafschaft Galway in der Nähe der Stadt Ballinasloe. Deirdre würde in Zukunft in einer Dubliner Privatschule arbeiten und somit in Harrys Nähe bleiben, dem noch ein Jahr am College bevorstand. Die beiden planten, in eine neue politische Partei einzutreten, die aus der *Gaelic League* entstanden war, und deren Wahlkampf zu unterstützen. Die Partei nannte sich *Sinn Féin,* was im Gälischen so viel wie *Wir selbst* bedeutete und deren erklärtes Ziel es war, die Wiedereinführung der nationalen Selbstbestimmung Irlands voranzutreiben.

Ellen titulierte die Partei anders. »Ihr wollt tatsächlich eure gesamte Energie für die ›Partei der unerreichbaren Ziele‹ einsetzen?«, unkte sie.

»Ich wünschte, du würdest sie nicht so nennen«, gab Deirdre verärgert zurück. »Solange wir nicht tot sind, ist nichts unmöglich.«

»Sag doch nicht so etwas, Dee! Ich könnte es nicht ertragen, wenn dir oder Harry etwas zustieße!«

»Was hältst du davon, mich im August in Clonakilty zu besuchen?«, lenkte Deirdre ein. »Außerdem solltest du endlich aufhören, dir ständig Sorgen zu machen.«

»Ich kann dich nicht besuchen kommen. Franny ist das ganze Jahr über allein gewesen – ich möchte unbedingt die Ferienzeit mit ihr verbringen. Sie hat uns schrecklich vermisst. Ganz besonders Harry.«

»Das kann ich gut verstehen.«

»Bist du in ihn verliebt, Dee?«, fragte Ellen unvermittelt.

Deirdre wandte sich um und sah ihrer Freundin in die Augen. »Auf eine ehrliche Frage eine ehrliche Antwort, Ellen. Natürlich bin ich in ihn verliebt.«

Die Droschke rumpelte die Blackrock Road entlang. Über die Bucht von Dublin hinweg konnte man im blauen Dunst Howth erkennen. Es war Ebbe, nasser Sand glitzerte meilenweit im Morgenlicht. Ellen dachte voller Angst an Franny, die ihr im letzten Brief anvertraut hatte, dass sie versuchen wollte, von zu Hause auszureißen und nach Dublin zu kommen.

12. KAPITEL

Franny saß auf der Kante des großen Messingbettes, das sie früher einmal mit Ellen geteilt hatte, kaute auf ihren Fingernägeln und starrte aus dem Fenster. Draußen strahlte die Sonne. Ihre Mutter war eifrig dabei, die Blumenbeete neben dem Haus zu jäten, und wartete auf sie. Franny richtete ihr Augenmerk auf die Bäume zwischen dem Garten und der Straße; durch die Zwischenräume konnte man gut erkennen, ob jemand kam. Vor wenigen Minuten war der Einspänner der Heffernans vorbeigefahren, und sie hatte einen Blick auf Veronica erhascht, mit der sie zur Schule gegangen war. Heffernans hatten nicht angehalten. Der Kontakt zwischen Franny und Veronica war längst eingeschlafen. Franny erinnerte sich, dass sich Veronica immer mit der familiären Verbindung zu den Wallaces gebrüstet hatte.

Nachdem Ellen nach Carysfort gegangen war, hatte die ständig gelangweilte Franny darum gebeten, in das Zimmer ihrer Cousine übersiedeln zu dürfen, weil man von dort aus eine bessere Aussicht auf das Kommen und Gehen im Ort hatte. Doch der Wechsel hätte bei Ellens Rückkehr Komplikationen verursachen können, und außerdem mochte Franny ihr eigenes Zimmer eigentlich auch ganz gern, da sie jeden Riss in der Decke und jede Unebenheit im cremefarbenen Anstrich kannte. Ihre Regale bogen sich unter Büchern, die sie von Schwester und Cousine geerbt hatte; außerdem war sie eifrige Kundin in der öffentlichen Leihbücherei. Im Regal standen fast alle Romane der Schwestern Brontë, Frauenromane wie *Betty und ihre Schwestern* von Louisa May Alcott oder *Lorna Doone* von Blackmore, aber auch *Die Schwarze Tulpe, Die Schatzinsel, Robinson Crusoe* sowie A. M. Sullivans *Die Geschichte Irlands,* die Franny von Jimmy ausgeliehen hatte und schon längst hätte unbedingt zurückgeben müssen. Daneben stand der in braunes Papier geschlagene Band *Vom Kriege,* den Harry einst als Mathematikbuch ausgegeben hatte.

Auf dem Kaminsims waren neben einer Statue der Madonna von Lourdes ihre Schulbücher aufgereiht. Einige davon hasste Franny aus tiefstem Herzen, wie zum Beispiel die über Geographie, Arithmetik und Geometrie. Sie fühlte sich viel stärker zu Poesie und Literatur hingezogen. Außerdem standen dort ein Latein- und ein Französisch-Kurs für Anfänger und Bücher über Zeichnen und Aquarellmalerei.

Das letzte Buch, das Franny geradezu verschlungen hatte, stammte aus der Bibliothek. *Anna Karenina* fand sie deshalb besonders fesselnd und tief berührend, weil es in dem Roman um eine Frau ging, die die Kontrolle über ihr Leben verloren hatte.

Manchmal bereute Franny, dass sie sich nicht bei Mutter Rosalie im Kloster entschuldigt hatte. Sie hätte ihren Wünschen Folge leisten sollen – dann hätte sie vielleicht in der Schule bleiben können. Immerhin hatte sie es lediglich kategorisch abgelehnt, zur Beichte zu gehen. Damals war sie dreizehn gewesen und hatte es nicht ertragen, dass sie einem fremden Mann ihre zu diesem Zeitpunkt für sie selbst unerwartet auftretenden peinlichen Gedanken und heimlichen Wünsche anvertrauen sollte. Es hatte sich immerhin um sehr private Dinge gehandelt und auch, wenn der Mann ein Priester war, erschien es Franny nicht richtig, darüber zu reden.

Ihre Mutter hatte ihr zur Seite gestanden und erklärt, beim Sakrament der Beichte ginge es um das persönliche Gewissen. Doch die Mutter Oberin war der Ansicht gewesen, dass Franny nicht nur aufsässig wäre, sondern geradezu rebellisch.

»Frances ist unbelehrbar. Sie glaubt, ihre eigene Stärke reiche für ihr Leben aus – doch sie wird immer wieder auf Abwege geraten, auf denen sich selbst ein Schutzengel fürchten würde.«

Nachdem die Liste von Frannys Verfehlungen immer länger wurde, gab die Mutter entnervt nach, nahm ihre Tochter von der Schule und unterrichtete sie fortan selbst.

Eine Zeit lang hatte es funktioniert. Franny sonnte sich in der Euphorie, ein für alle Mal auf Bildungs-Institutionen verzichten zu dürfen – doch dieser Glückszustand hatte nur zwei Wochen angehalten. Dann begann Franny, ihre

Freunde zu vermissen, die alle im Internat wohnten und damit für sie außer Reichweite waren. Nachdem niemand den Kontakt zu ihr aufrechterhalten hatte, fühlte sie sich von jeglichem normalen Jungmädchendasein ausgeschlossen. Als Gesellschaft waren ihr lediglich der Cousin und die Cousine geblieben, deren Lebensperspektiven sich immer deutlicher abgezeichnet hatten, während ihre eigene verschwamm. Franny hatte versucht, der inneren Leere mit exzessivem Lesen und provokativen Sprüchen zu begegnen, doch auch das hatte ihrer wachsenden Verzweiflung keinen Einhalt gebieten können.

Inzwischen hatte sie das Gefühl, dass es für sie keine Zukunft gab. Verhungern würde sie nicht; ihre Mutter verfügte über ein kleines Kapital, das sich Franny und Clare eines Tages teilen würden. Und nachdem Clare inzwischen verheiratet war, würde ihre Mutter Kilcrannagh wahrscheinlich Franny überlassen. Natürlich hingen solche Voraussagen vom Fortbestand der Liebe und Zuneigung ihrer Mutter ab, die unter normalen Umständen sicher selbstverständlich war, nicht jedoch, wenn sie ihrer Tochter sowohl als Hauslehrerin als auch als einzige Quelle für deren Lebensunterhalt dienen musste.

Es war auch durchaus möglich, dass sie eines Tages selbst heiraten würde – Mutter pflegte ihr diesbezüglich ständig Mut zu machen –, doch Franny konnte sich nicht vorstellen, jemals jemand anderen so zu lieben, wie sie Harry liebte.

Franny empfand ihre gesamte Existenz als einziges Dilemma. Die Aussicht darauf, eines Tages ihr Leben selbst zu bestimmen, war nicht nur eine Möglichkeit von vielen, sondern etwas, das für sie so existentiell wie die Luft zum Atmen geworden war. Sie fühlte sich wie eine unsachgemäß eingetopfte Pflanze, künstlich in ihrem Wachstum beschränkt und dazu verdammt zu verkümmern. Wie eigentlich alle

Frauen, dachte sie in einem Anfall von Selbstmitleid, und voller Wut begann sie eine Liste aufzustellen, in welcher Weise Frauen unterdrückt wurden.

1. Frauen waren nicht im Parlament vertreten
2. Frauen wurden bewusst von Männern abhängig gehalten

Die Liste war unendlich erweiterbar, und Franny legte sie beiseite, bereit, sie bei Bedarf zu vervollständigen.

Ihr war klar, dass sie diese Ungerechtigkeiten nicht ihrer Mutter anlasten konnte. Doch so sehr sie ihre Mutter auch liebte – die Ablehnung ihrer Autorität wuchs von Tag zu Tag. Der einzige Lichtblick in ihren trüben Aussichten bestand darin, dass Harry und Ellen an diesem Abend zurückerwartet wurden.

Voller Vorfreude hatte Franny ihr bestes Sommerkleid gewaschen. Es wartete bereits ordentlich über einen Bügel gehängt auf seinen Einsatz. Das Kleid war blau – nicht der gleiche Blauton wie Ellens Kleid vor fünf Jahren, sondern erheblich sanfter – und stand ihr ausgesprochen gut. Am Morgen hatte sie ihr Haar gewaschen und so lange gebürstet, bis es wie pures Gold glänzte. Beim Gedanken an das Wiedersehen mit Harry verspürte sie Schmetterlinge im Bauch. Seit Weihnachten hatte sie ihn nicht mehr gesehen. Ob er sich verändert hatte? Ob er sie verändert fand? Zu ihrem Vorteil verändert? Endlich erwachsen? Könnte ein verrückter Zufall ihn vielleicht dazu bringen, sie als Frau zu lieben?

Franny schaute aus dem Fenster. Ihre Mutter sah zu ihr hinauf. Ihr Strohhut saß ein wenig schief. Mit einer Handbewegung winkte sie Franny stumm, aber energisch zu sich in den Garten. Typisch Mutter!

Franny nickte, trat vom Fenster zurück, murmelte: »Verflixt und zugenäht!«, und sauste die Treppe hinunter. Unten angekommen, riss sie ihren alten Strohhut vom Haken und trat hinaus in den Garten.

»Du hast aber lange gebraucht, um deinen Hut zu holen!«

Franny setzte den Hut auf und griff nach einer Hacke.

»Es ist so heiß heute, Mutter! Viel zu heiß für Gartenarbeit.«

»Ich weiß, Liebes. Aber heute kommen Ellen und Harry zurück, und ich möchte, dass alles richtig hübsch aussieht.«

Franny hackte an einer Löwenzahn-Wurzel herum. »Ist es nicht merkwürdig, wie wichtig Leute mit einem Mal werden, wenn sie nicht die ganze Zeit anwesend sind?«

Mrs Murphy warf ihrer Tochter einen stirnrunzelnden Blick zu. Schon seit Tagen gab sich Franny außergewöhnlich schwierig.

»Ellen hat ihre Ausbildung in Carysfort beendet und bleibt nur wenige Wochen bei uns«, sagte sie sanft. »Danach bekommen wir sie nur noch während der Schulferien zu Gesicht.«

Franny seufzte. »Warum musste sie auch ausgerechnet eine Stellung in Ballinasloe annehmen?«

»Das Leben geht weiter«, sagte ihre Mutter. Frannys ständige Gereiztheit gefiel ihr ganz und gar nicht, doch sie hatte keine Lust, sich herausfordern zu lassen. »Wir werden sie hier sehr vermissen.«

»Sie ist etwas Besonderes, nicht wahr, Mutter? So ruhig, tiefsinnig und geradlinig – ganz anders als ich!«

»Was ist los mit dir, Franny?«

»Ich habe etwas auf dem Gewissen.«

Ihre Mutter hockte sich auf den Rasen und sah sie fragend an.

»Erinnerst du dich an den Ring, den Guy Forrister Ellen vor einigen Jahren geschenkt hat?«, begann Franny.

»Ach, hat sie dir davon erzählt?«

»Ich habe damals gehört, wie ihr darüber geredet habt. Die Tür war offen. Nachdem du ihr den Ring abgenommen hattest, habe ich ihn dir stibitzt und ihr heimlich wiedergegeben.«

Mrs Murphy richtete sich auf.

»Du warst das? Du hast den Ring aus meiner Schublade genommen?«, fragte sie ungläubig und blickte ihre Tochter fassungslos an.

Franny nickte. »Ich weiß, es war nicht richtig von mir. Aber ich konnte Ellens Verzweiflung einfach nicht ertragen. Ich hätte es dir schon früher sagen sollen.«

»Da hast du ausnahmsweise mal Recht, Franny. Es war alles andere als fair von dir, sie dein Fehlverhalten ausbaden zu lassen.«

»Aber sie wollte es doch so. Immerhin hat sie den Ring genommen, als ich ihn ihr gab. Das war schließlich auch nicht gerade ehrenhaft. Trotzdem hätte ich es früher zugeben müssen! Darf ich dich etwas fragen, Mutter?«, fügte sie mit leiserer Stimme hinzu. »Hast du den Ring noch?«

»Franny, ich weiß wirklich nicht, was in letzter Zeit in dich gefahren ist! Das geht dich doch nun wirklich nichts an! Aber zu deiner Information: Ich habe den Ring auf Ellens eigene Bitte an Mr Forrister zurückgesandt.«

»Ach Mutter! Du hast alles zerstört! Sie lieben sich doch!«

»Jetzt gehst du aber wirklich zu weit. Damit hast du absolut nichts zu schaffen!«

Ehe Franny eine freche Bemerkung von sich geben konnte, hörten sie einen Wagen in der Auffahrt. Unwillkürlich blickten beide zum Tor. Eine gedämpfte Männerstimme brachte mit einem »Hüh!« das Pferd zum Stehen. Eisenbewehrte Hufe kratzten auf der Erde. Franny sprang auf und strich ihren Rock glatt. Waren Harry und Ellen etwa früher gekommen? Ihr Herz hüpfte bei der Vorstellung, sie könnten einen früheren Zug genommen und am Bahnhof eine Kutsche gemietet haben. Wieder ertönte die Stimme. Nein, das war nicht Harry!

»Ein junger Mann!«, stellte Mrs Murphy fest und ging zum Tor. »Was mag er nur von uns wollen?«

Als Franny ihn sah, erkannte sie ihn sofort. Es war Mr Wallace, Guy Forristers Freund.

Bertie Wallace straffte die Zügel und genoss den Anblick der beiden Frauen zwischen Rosen und Lupinen. Die eine musste die Mutter sein, in der anderen erkannte er trotz des Strohhuts, der ihr Gesicht beschattete, das kleine Ekel, das ihm während Forristers Besuch in Monaghan die kalte Schulter gezeigt hatte. Er zog seinen Hut zu einem fröhlichen Gruß.

»Einen schönen guten Tag wünsche ich den Damen! Wäre es möglich, ein Glas Wasser zu bekommen? Eine Kutschfahrt bei solchem Wetter macht durstig.«

Frances sah zu, wie ihre Mutter das quietschende Tor öffnete und den Besucher in den Garten bat. Als sie hinzutrat, rief er überrascht aus: »Das kann doch nicht wahr sein! Sind Sie es wirklich, Miss Murphy? Wie entzückend, Sie einmal wiederzusehen, noch dazu bei so schönem Wetter!«

Höflich reichte Franny ihm die Hand.

»Ihre Bremsen sind hoffentlich inzwischen in Ordnung?«, bemerkte er mit freundlichem Lachen und wischte sich die Stirn.

»Mutter, das ist Mr Wallace. Ich habe ihn vor etwas über einem Jahr auf dem Rückweg von der Bibliothek kennen gelernt. Er hat mir freundlicherweise seinen Einspänner zur Verfügung gestellt, damit Guy mich nach Hause fahren konnte.«

Kurze Zeit später saßen alle drei im Schatten des Flieders und erfrischten sich mit Maggies selbst gemachter Limonade. Franny war sich ihres ungepflegten Aufzugs in dem verschossenen Baumwollkleid und mit dem zerfledderten Strohhut auf dem Kopf nur allzu deutlich bewusst, gab sich aber dennoch selbstbewusst. Sie mochte Bertram Wallace nicht. Er lachte zu laut, und seine Blicke schweiften ständig zu ihrer Brust ab, wo ein Knopf sich gelockert hatte. Außerdem sprach er mit einem völlig übertriebenen Akzent, als ob er einen glühenden Stein auf der Zunge rollte – wahrscheinlich das Resultat seiner Erziehung in England. Guy war zwar ebenfalls Engländer, sprach aber längst nicht so manieriert.

»Ich sehe mich gerade ein bisschen auf meinen Ländereien um«, erzählte Wallace Mrs Murphy. »Bisher habe ich mich kaum darum gekümmert. Wie es scheint, besitze ich mehrere hundert Hektar auf dieser Seite der Stadt. Seit der letzten Gesetzesänderung kaufen sich allerdings viele Pächter frei, wissen Sie«, fügte er lässig hinzu. »Die armen Teufel – sie leihen sich Geld. Zumindest diejenigen, die damit umgehen können …«

Franny warf ihrer Mutter einen Blick zu, doch Mrs Murphys Gesicht blieb unbewegt. Also unterdrückte sie ihre ungläubige Neugier und sagte mit süßem Lächeln: »Sie sprechen sicher von den wenigen, die noch übrig sind, Mr Wallace. Während der großen Hungersnot, und in den Folgejahren, waren schließlich viele Landpächter gezwungen, ihr Heil in der Emigration zu suchen!«

»Wie Recht Sie doch haben«, bestätigte er heiter.

»Lebt Ihre Familie schon lange auf Clonmore?«

»Das kann man wohl sagen! Seit 1640, um genau zu sein.«

»Dann müssen Ihre Vorfahren aber sehr reich gewesen sein, wenn sie nach ihrer Übersiedlung aus England so viel

Land kaufen konnten!«, sagte Franny mit unschuldigem Ausdruck.

Bertie Wallace schürzte die Lippen und lachte.

»Kaufen? Wollen Sie mich auf den Arm nehmen, Miss Murphy? Es war das Recht der Eroberer, sich Land zu nehmen, sehr verehrte junge Dame! Das Recht der Eroberer.«

»Ich finde, das Wort ›Recht‹ passt nicht besonders zum Ausdruck ›Eroberer‹«, erwiderte Franny wieder mit zuckersüßem Lächeln. »Stört es Sie eigentlich nicht, Mr Wallace, dass die Leute hier Ihre Familie seit gut zweihundertfünfzig Jahren für bewaffnete Wegelagerer halten?«

»Franny!«

Doch Franny war nicht mehr zu bremsen. Sie würdigte ihre Mutter keines Blickes, sondern fuhr fort: »Die Menschen in diesem Land vergessen nicht – wussten Sie das, Mr Wallace? Irland ist ein uraltes Land mit einem langen Gedächtnis.«

Mein Gott, dachte sie, warum kann ich nicht kühl und gesittet bleiben? Immerhin ist er unser Gast, und das Unrecht liegt Jahrhunderte zurück!

Sie lächelte, um ihren Vorwürfen die Spitze zu nehmen. Doch Bertie Wallaces Bestürzung hielt nur wenige Sekunden an.

»Wer hat Ihnen denn diesen Floh ins Ohr gesetzt?«, sagte er lachend und wandte sich an Mrs Murphy: »Sie haben ja eine richtige kleine Freiheitskämpferin zur Tochter! Ein Mädchen mit Köpfchen!«

Frances bemerkte, wie er sie zuerst abschätzig taxierte, um seine Augen dann wieder auf ihrem Busen ruhen zu lassen.

Er schmatzte anerkennend, erklärte, die Limonade sei die beste, die er je gekostet habe, und stand auf, um sich zu verabschieden.

Als Franny und ihre Mutter ihren Gast zum Tor begleiteten, blieb Wallace plötzlich unvermittelt stehen und betrachtete fasziniert einen kleinen Busch.

»Was ist denn das für ein interessantes Gehölz? Die Blätter schillern ja geradezu!«

»Das ist eine Kamelie. Sie blüht sehr früh!«, erwiderte Mrs Murphy. »Interessieren Sie sich für die Gärtnerei, Mr Wallace?«

Bertram Wallace schüttelte den Kopf. »Liebe gnädige Frau, ich habe nicht die geringste Ahnung von diesen Dingen. Könnten Sie mir vielleicht trotzdem einen Ableger mitgeben? Für meine Mutter. Sie liebt Blumen.«

Während Mrs Murphy seiner Bitte nachkam, drehte sich Wallace zu Franny um und raunte ihr grinsend ins Ohr: »Du bist ein wirklich entzückender kleiner Hitzkopf.«

Dabei ließ er seine Hand mit vergnügter Selbstsicherheit über ihre Brust gleiten.

13. KAPITEL

Franny hielt den Atem an. Sie wurde gleichzeitig von zwei überstarken Eindrücken heimgesucht. Da war zum einen ein Gefühl von Schande, gepaart mit dem Wunsch, Bertram Wallace mit aller Kraft zu ohrfeigen; der andere Eindruck war eine unerwartete, sinnliche Anziehung, die ihren gesamten Körper durchfuhr und ihr den Atem raubte.

Verwirrt zog sie sich eilig einen Schritt zurück. Ihre Mutter kam mit in feuchtes Zeitungspapier gehüllten Ablegern zurück und erklärte, sie hoffe, dass die Zweige bald Wurzeln schlügen. Der Besucher dankte.

»Sie müssen unbedingt demnächst zu einem Besuch nach

Clonmore kommen«, sagte er. »Sie natürlich ebenfalls, Miss Murphy. Ich möchte mich gerne für Ihre Gastfreundschaft erkenntlich zeigen.«

Mrs Murphy erwiderte höflich, dass sie sich über die Einladung freue.

»Dann können wir ja schon einen Termin festlegen«, erklärte Wallace. »Wie wäre es mit kommendem Samstag?«

»Dann sind allerdings meine Nichte und mein Neffe aus Dublin da …«

»Bringen Sie sie doch einfach mit. Je mehr Gäste, desto besser. Ich schicke Ihnen die Kutsche – sagen wir, gegen drei?«

Er nahm die Zügel, trieb das Pferd an und war verschwunden.

»Die Sache mit den bewaffneten Wegelagerern war alles andere als wohlerzogen!«, schimpfte Mrs Murphy, als das Geräusch des Einspänners leiser wurde. »Schließlich war er Gast in unserem Haus!«

»Der Vorwurf ist leider völlig an ihm abgeprallt. Hast du es nicht bemerkt?«

»Trotzdem scheint er dich zu mögen.«

»Ich weiß genau, woran du denkst, Mutter. Er ist der Erbe von Clonmore. Aber selbst wenn er der Erbe eines ganzen Königreichs wäre – ich gehe auf gar keinen Fall am Samstag zu ihm zum Tee!«

Ihre Mutter seufzte.

»Warum unterstellst du mir hinterhältige Motive? Du hast zu viel Sonne abbekommen«, fügte sie hinzu. »Du bist ganz rot im Gesicht!«

Glücklicherweise wurde Franny einer Antwort enthoben. Auf dem Kies erklangen Schritte, und Jimmy kam auf sie zu. Er tippte sich an die Mütze.

»Ich wollte nur wissen, ob ich heute Abend direkt zum

Bahnhof fahren soll oder ob mich einer von Ihnen als Empfangskomitee für die Heimkehrer begleitet.«

Sein Gesicht glänzte vor Schweiß, doch er strahlte voller Vorfreude. »Ich freue mich auf die beiden!«, sagte er fröhlich. »Harry hat sich in seinem Jahr in Dublin sicherlich ganz schön verändert. Und Ellen erst! Sie ist schließlich jetzt fertige Lehrerin!«

»Ich begleite dich zum Bahnhof«, sagte Franny.

»Du musst heute Abend zum Essen bleiben, Jimmy«, fügte ihre Mutter hinzu, räumte den Limonadenkrug und die Gläser ab und ging ins Haus.

Jimmy wirkte vergnügt. Als Mrs Murphy außer Hörweite war, wandte er sich vertraulich an Franny. »War das der Kerl von Clonmore, den ich eben habe wegfahren sehen?«

Franny nickte. »Genau der. Mr Wallace.«

»Hat er versucht, deiner Mutter Geld aus den Rippen zu leiern?«

»Jimmy, er hat lediglich um ein Glas Wasser gebeten. Wir sind nicht seine Pächter!«

»Das ist auch gut so. Sein Verwalter hat vor wenigen Tagen erst wieder drei Familien oben in Clegarrbh die Räumungsklage zugestellt.«

Franny schlug die Hand vor den Mund. Sie wusste so gut wie jeder andere, dass zwangsgeräumten Familien nichts anderes übrig blieb, als zu emigrieren. »Die armen Leute! Was geschieht jetzt mit ihnen?«

»Sie werden wohl das tun, was allen Iren blüht, seit die *Sasanigh* dieses Land besetzt haben – nach Amerika gehen oder sterben.« Er blickte sie an und setzte leise hinzu: »Mr Wallace mag sich ja für einen mutigen Kerl halten, aber dieses Mal dürfte er mit weit größerem Mut konfrontiert werden, als er sich vorstellen kann.«

Ein kalter Schauder kroch über Frannys Rücken.

Am Abend entkorkte Mrs Murphy eine Flasche Wein, um die beiden Heimkehrer zu befeiern. Ellen und Harry hatten den langen Tag im Zug gut überstanden. Ellen wirkte sehr ruhig, während Harry sich ausgelassen darüber freute, wie gut er das erste Jahr im College hinter sich gebracht hatte. Überhaupt war Harry an diesem Abend ausgesprochen gesprächig – es war eine Mischung aus Freude über das erfolgreiche Jahr, die wieder vereinte Familie und den Bordeaux, dem er gerne zusprach.

Auch Jimmy Horan genoss den Wein.

»Du meine Güte, welch hervorragender Tropfen! Wissen Sie, Ma'am, dass ich heute zum ersten Mal im Leben Wein trinke?«

»Jemand hat uns vor vielen Jahren eine Kiste Bordeaux geschenkt. Er wird mit der Zeit immer besser«, antwortete sie.

»Stimmt«, bestätigte Franny. »Guy hat ihn mitgebracht. Das war sehr nett von ihm.« Sie warf Ellen einen Blick zu. Das Gesicht der Cousine war hart geworden. Auch Jimmy wirkte plötzlich angespannt und stellte sein Glas ab.

»Erzählt uns doch etwas über Dublin«, bat sie heiter. »Am besten fängst du an, Harry. Die arme Ellen hat schließlich im Kloster festgesessen, während du die Stadt unsicher machen konntest.«

»Auch in meinem College gibt es gewisse Regeln, weißt du!«

Dennoch berichtete er mit Vergnügen über seinen Stundenplan, seine Ausflüge in die Stadt, die schönen Wohnviertel und die Slums, wo barfüßige Kinder in Lumpen auf der Straße spielten und um Pennys bettelten.

»Und was ist mit der *Gaelic League*?«, wollte Jimmy wissen und sah Ellen an. »Dort habt ihr doch sicher viele interessante Leute kennen gelernt.«

»Alles, was Rang und Namen hat«, bestätigte Ellen. »Zum

Beispiel Mr Pearse, der schon oft in der Zeitung gestanden hat, oder Mr de Valdera, der kommendes Jahr Vorlesungen in Carysfort halten wird.«

»De Valdera ist ein sehr vielschichtiger Charakter«, erzählte Harry. »Manchmal schwer zu durchschauen. Pearse hingegen ist ein Hans-Dampf-in-allen-Gassen. Er träumt von zweisprachigen Schulen. Aber am aufregendsten ist diese neue politische Partei …«

Jimmy war völlig hingerissen.

»Und was ist mit den Frauen?«, fragte Franny unvermittelt. »Wann bekommen sie endlich das Stimmrecht? Wahrscheinlich müssen sie erst eine eigene Partei gründen.«

»Du klingst genau wie Ellens Freundin Deirdre«, sagte Harry, und sein Gesicht zeigte einen merkwürdig sanften Ausdruck. »Sie ist das netteste Mädchen, das ich je getroffen habe. Intelligent und sehr hübsch. Sie würde dir gefallen, Fran.«

Ellen fiel Frannys plötzliche Aufmerksamkeit auf, und dann ihre nackte Angst, als sie fragte: »Ist sie ebenfalls in dieser Organisation?«

»Sicher doch«, antwortete Harry ungerührt. »Sie hat eine Stelle in Dublin bekommen und zieht mit mir in den Wahlkampf für den Stadtrat.« Er strahlte. »Vielleicht lade ich sie bei Gelegenheit einmal nach Kilcrannagh ein. Dann könnt ihr sie alle kennen lernen.«

Von diesem Moment an wurde Franny deutlich schweigsam. Lustlos stocherte sie in ihrem Teller. Ihr Herz fühlte sich krank an. Ich habe verloren, dachte sie. Er ist mir entglitten. Ich war blind. Und jetzt habe ich verloren …

Diese Männer!, dachte Ellen. Die Atmosphäre am Tisch hatte sich plötzlich verändert. Sie versuchte, an etwas Nettes zu denken, doch ihr fiel nichts ein.

Harry rutschte unbehaglich auf seinem Stuhl herum.

Auch ihm fiel die merkwürdige Spannung auf, doch er ahnte nicht, was der Grund dafür war.

Schließlich sagte die Tante: »Hier gibt es auch Neuigkeiten. Mr Wallace von Clonmore House hat uns heute besucht. Am Samstag schickt er seine Kutsche, weil er uns zum Tee mit ihm und seiner Mutter eingeladen hat. Uns alle!«

»Und Sie haben angenommen?«, fragte Jimmy.

»Warum nicht? Es ist einmal etwas anderes. Es hat mich schon immer interessiert, Clonmore House kennen zu lernen.«

»Ich könnte es Ihnen zeichnen«, erklärte Jimmy. »Es ist ein großer, viereckiger Kasten, gefüllt mit allem Protz, den man sich nur vorstellen kann, erbaut auf Vertreibung und Mord!«

Harry blickte ihn an. Zwischen den beiden jungen Männern schien ein stilles Einverständnis zu herrschen. »Nun, ich glaube, ich gehe trotzdem hin«, sagte er mit einem eigenartigen Grinsen. Er wandte sich an seine Cousine. »Was ist mit dir, Fran?«

»In Blaubarts Schloss?«, antwortete sie mit einem nervösen Kichern. »Das möchte ich mir keinesfalls entgehen lassen!«

Ihre Mutter blickte überrascht auf.

Genau wie Jimmy gesagt hatte, war Clonmore House ein großer, rechteckiger Sandsteinklotz aus georgianischer Zeit mit hohen Fenstern und einer gewundenen Auffahrt. Ellen saß neben ihrer Cousine in der Kutsche von Bertram Wallace und dachte daran, wie ironisch das Schicksal manchmal war. Sie besuchte den Freund von Guy Forrister; trotzdem machte es keinen Sinn mehr, an Guy zu denken. Er war aus ihrem Leben verschwunden – längst lebte er in Indien und würde jahrelang nicht mehr zurückkehren.

Der Tag war wunderbar. Die Zufahrt zu Clonmore House zog sich lang hin. Rechts und links erstreckten sich viele Hektar Parkland. Nach einer Kurve erhob sich das auf einer natürlichen Erhebung gebaute Herrenhaus vor ihnen. Die weiten Wiesen, Äcker und Felder senkten sich ringsum leicht ab; das Haus schien wie ein Herrscher über schier endlose Ländereien.

Hinter dem Haus gab es einen ummauerten Garten; eine Hügelflanke wurde von einem Streifen lichten Eichen- und Birkenwaldes, durchsetzt mit einigen Haselnusssträuchern, beschattet.

»Wie wunderschön!«, murmelte Ellen überwältigt.

Hier also hatte sich Guy aufgehalten, als er ihr den Hof machte, hier hatte er den Brief geschrieben, in dem er ihr erklärte, sie sei für ihn das einzige Mädchen der Welt.

»Ganz schön angeberisch«, kicherte Franny beim Anblick des überdimensionalen Gebäudes.

»Angeber sollte man nie unterschätzen, sie legen meistens eine außerordentliche Arroganz an den Tag«, sagte Harry. »Und die ist eine der wichtigsten Kriegswaffen.«

Der Kutscher, der bislang kein Wort gesprochen hatte, drehte sich um und warf Harry einen langen Blick aus zusammengekniffenen Augen zu.

»Ich wünsche mir, dass wir unsere Vergangenheit wenigstens heute einmal ruhen lassen«, bemerkte Tante Harriet.

Harry biss sich auf die Lippen. Er würde die Geschichte niemals ruhen lassen können, dachte er. Nicht, seit er wusste, was sich in früheren Zeiten abgespielt hatte.

Die Kutsche fuhr vor den Haupteingang. Bertie Wallace kam die Granitstufen hinunter und begrüßte seine Gäste. Er gab das Paradebeispiel des feinen Herren.

Das kleine Ekel ist tatsächlich mitgekommen, dachte er,

und auch noch in einem blauen Fummel, der ihr ziemlich gut zu Gesicht steht. Bei ihr waren ihre Mutter und zwei andere Leute, die er noch nicht kannte, die aber Forristers Stiefgeschwister sein mussten – falls man sie so bezeichnen konnte. Er wusste, dass Forrister früher einmal von der kleinen Healy völlig hingerissen war; er hatte zwar versucht, seinem Freund Vernunft zu predigen, aber Guy war wie verhext von ihr gewesen. Er begutachtete Ellen; sie kam ihm vor wie eine Art stolzer, kleiner Kristall-Engel – zerbrechlich und unberührbar. Die andere hingegen … Nun, sie war ein ganz anderes Kaliber. Mit großem Vergnügen erinnerte er sich der elastischen Fülle ihrer Brust; als er sie liebkost hatte, hatten die Brustwarzen sich aufgerichtet und auf ihrem Hals hatte sich ein leichter Schweißfilm gebildet. Obwohl sie zurückgewichen war, hatte er die roten Flecke auf ihrem Gesicht und ihrer Kehle gesehen. Jede Wette, dass es einen Riesen-Spaß machen würde, sie zu nehmen …

Er sah zu, wie O'Toole die Trittstufe hinunterklappte, wie sich die Frauen gegenseitig stützten und wie Miss Murphy ihren Gürtel fester zog … Jetzt erst trat er vor, um ihnen aus dem Einspänner zu helfen.

»Mrs Murphy, Miss Murphy – wie wundervoll, Sie zu sehen. Ich freue mich, dass Sie gekommen sind.«

Diese Tee-Tafel ist einfach grässlich, dachte Franny. Man hatte im Wohnzimmer das silberne Service gedeckt, und es gab Unmengen winziger Gurken-Sandwiches und kleiner Kekse. Mrs Wallace, die ein wenig taub war, dankte Mrs Murphy lauthals für die Ableger. Nach einigen angestrengten Artigkeiten lud sie ihre Gäste ein, den Garten zu besichtigen.

»Aber gern doch!«, begeisterte sich Mrs Murphy. »Von

der Kutsche aus konnten wir bereits einen Blick darauf erhaschen. Ich glaube, allenfalls der Garten von Father O'Dowd kann mit dem Ihren konkurrieren.«

»Wessen Garten? Oh, Sie meinen den Gemeindepfarrer. Ein schrecklicher Mann!«, erinnerte sich Mrs Wallace.

Nachdem das Dienstmädchen den Raum verlassen hatte, sagte sie vertraulich: »Man muss wirklich vorsichtig sein. Sie erzählen ihren Priestern einfach alles!«

»Bitte, Mutter«, schritt Bertie mit heiterem Lächeln ein, »du solltest an unsere Gäste denken ...«

»Was hast du gesagt, mein Liebling?«

Die vergeblichen Versuche ihres Gastgebers, seine Mutter zum Schweigen zu bringen, amüsierten Ellen. Sie blickte sich interessiert um und registrierte den Kronleuchter aus Kristall, den marmornen Kamin, die vergoldeten Ornamente über dem Sims, das antike Mobiliar und den weiten Blick in die Landschaft durch das geöffnete Fenster. Aus irgendeinem Grund musste sie plötzlich an Guys Haus in Frankreich denken. In Fontebelle gab es wahrscheinlich Fensterläden – Guy hatte ihr einmal erzählt, sie seien im Sommer unerlässlich – und eine Sonnenuhr auf dem Rasen. Und natürlich die Lavendelallee. Aber die gehörte bei einem Haus in Frankreich sicher einfach dazu.

Frannys Stimme riss sie aus ihrem Tagtraum. »Wir gehen durchaus nicht alle zur Beichte, Mr Wallace. Ich zum Beispiel gehe nicht. Es gibt also Leute, die den Priestern nicht alles erzählen!«

»Wirklich Franny«, murmelte ihre Mutter, »das ist jetzt sicher nicht der richtige ...«

»Was Sie nicht sagen, Miss Murphy«, warf Bertie Wallace ein. »Aber eine junge Dame wie Sie hat wahrscheinlich sowieso nichts zu beichten ...«

»Außer sie beschönigt«, mischte sich Harry ein und

grinste seine Cousine an. »Aber das wäre dann eine Sünde wider den heiligen Geist!«

»Harry!«, rügte die Tante leise.

Einen Augenblick lang herrschte Schweigen, bis Mrs Wallace sich plötzlich entschuldigte – sie hätte ja nicht gewusst ... Ihr Sohn unterbrach sie und scheuchte die ganze Gesellschaft nach draußen in den Garten, der angeblich fast so schön war wie der des Gemeindepfarrers. Er lachte, als er das sagte, schob den unteren Teil eines der großen Fenster hoch und öffnete die darunter gelegenen Holztüren.

Als Ellen sah, mit welch gierigem Blick Bertram Wallace Franny betrachtete, ahnte sie plötzlich, warum sie nach Clonmore eingeladen worden waren.

14. KAPITEL

Franny brachte die kurze Strecke vom Garten in den Wald eilig hinter sich. Sie hätte nie und nimmer herkommen dürfen und sehnte sich danach, allein zu sein. Bertram Wallaces Blicke und die Art, wie er seine Augen über ihren Körper gleiten ließ, wenn niemand hinsah, riefen in ihr das Gefühl hervor, völlig nackt dazustehen. Ihre Lebhaftigkeit war wie weggeblasen. Es gab keinen Zweifel mehr, dass Harry in Dublin ein Mädchen namens Deirdre kennen gelernt und sich in sie verliebt hatte. Er sprach von nichts anderem, und jedes Mal leuchtete sein Gesicht auf.

Jetzt war ihr alles egal. Sie hatte schon immer gewusst, dass sie Harry liebte; er selbst bezeichnete sie als »Seelenverwandte« und Freundin auf immer und ewig. Sie aber brauchte ihn wie eine Pflanze die Sonne. Die Aussicht, ihn an eine andere Frau und ein ihr unbekanntes Leben zu verlieren, kam ihr vor wie eine Amputation, die mit einem geradezu unerträglichen Schmerz einherging.

Auf einer Lichtung im Wald entdeckte sie wilde Rosen. Ihre Mutter und Mrs Wallace unterhielten sich über Blumen, Ellen und Harry wurden von dem überwältigenden Mr Wallace, der sie Anfang der Woche so beleidigt hatte, in die Wunder des Gartens eingeführt. Franny war froh, sie alle hinter sich lassen zu können. Ellen schien sich in einer Art Trance zu befinden, doch Franny wusste, dass es nicht an Bertie und Mrs Wallace lag – es war die Schönheit des Gartens und das Wissen darum, dass Guy Forrister hier gewesen und die gleichen Wege gegangen war.

Franny blickte zum Haus zurück, das in seiner kargen, massiven Eleganz aufragte. Ganz oben unter dem Dach lagen die Unterkünfte der Dienstboten. Die Fenster waren oval wie Bullaugen. An einem dieser Fenster schien eine Statue zu stehen. Oder war es doch ein Mensch? Franny lehnte sich an einen Baumstamm und vertraute darauf, dass man sie hier im Wald nicht entdecken konnte. Doch, da war es: das weiße Gesicht einer jungen Frau, die völlig unbeweglich in den Garten starrte. In ihrer Unbewegtheit lag etwas Unnatürliches; sie wirkte tatsächlich wie die Statue, für die Franny sie zunächst gehalten hatte, wie ein Stück vergessener Plunder beim Trödelhändler. Doch dann wandte das Mädchen sich um und verschwand.

Plötzlich hörte Franny Geräusche im Unterholz. Ein rascher Blick zum Gartentor zeigte ihr, dass Bertram Wallace auf dem Weg in den Wald war. Er spähte nach rechts und links und bewegte sich vorsichtig auf die Lichtung zu. Sofort wusste Franny, dass er nach ihr suchte.

Sie huschte zum nächsten Baum und presste sich gegen eine dicke Eiche am Rand der Lichtung. Umsonst. Wallace hatte das blaue Kleid inmitten des grünen Unterholzes leuchten sehen und war im Handumdrehen neben ihr.

»Na, spielen wir Versteck, böse, kleine Pussy?«, flüsterte er atemlos und legte ihr die Hand auf den Arm. Es fühlte sich an, als verbrenne ihre Haut. Sie roch seinen Atem; er war warm wie frisch gemähtes Heu.

»Mr Wallace«, sagte sie und entzog ihm ihren Arm, »Sie vergessen sich!«

»Sich selbst zu vergessen ist eines der größten Vergnügen, das wir Männer kennen«, erwiderte er. »Und ihr Frauen natürlich auch«, fügte er in heiserem Flüstern hinzu. »Warum nennen Sie mich nicht Bertie? Wir werden einander bald sehr gut kennen lernen ...«

Mit diesen Worten drückte er sie gegen den Baumstamm und presste seine Lippen auf ihren Mund. Franny spürte die feuchte Gier seiner Zunge; ihr Herz pochte zum Zerspringen. Sie hielt still, als seine Hand über ihre Brüste fuhr und ein atemberaubendes Lustgefühl in ihrem Körper hervorrief. Ihr Hut rutschte ihr vom Haar und fiel ins Farnkraut.

Was spielt es schon für eine Rolle?, fragte sie sich wütend, als sich plötzlich ihr Gewissen meldete. Was spielt es für eine Rolle, wenn ich Harry sowieso nicht haben kann? Soll ich etwa eine alte Jungfer werden und bis zu meinem Tod Sklavin meiner Mutter sein?

Franny wusste selbst ganz genau, dass sie nur nach einer Ausrede suchte. In Wahrheit war sie völlig willenlos, überwältigt von einem Lustgefühl, das ihr umso prickelnder erschien, als es verboten war – und weil das Objekt ihrer Begierde ein Mann war, den sie hasste.

Entzückt darüber, dass sie sich nicht wehrte, ließ Bertie

sie auf den Boden gleiten, hob mit einer geübten Bewegung den Saum ihres Kleides und schob seine Hand immer weiter nach oben bis in ihren Schlüpfer. Sein Atem ging jetzt stoßweise, ebenso wie ihrer. Plötzlich bekam sie Angst. Sie versuchte, ihn zurückzustoßen. Alles ging so schnell, alles schien so unausweichlich. Ihre Kenntnisse der Dinge des Lebens waren lückenhaft, doch jetzt spürte sie das männliche Organ, wie ihre Bücher es nannten; sie wusste nicht, wie es aussah, aber es schwoll mit Macht in Berties Hose.

Mit einer Hand begann Bertie, seine Hosenleiste aufzuknöpfen. Plötzlich schwand Frannys Lust. Panik machte sich breit. Sie versuchte, sich zu befreien, doch sein Gewicht drückte sie zu Boden, und seine Hand lag unter ihrem Rock. So sehr sie auch kämpfte, sie konnte sich nicht von ihm befreien. Gerade als sie schreien wollte, hörte sie Harrys Stimme und Schritte im Wald.

Mit einem Satz war Bertie Wallace auf den Beinen. Er richtete seine Kleidung und befahl sehr sachlich: »Bleiben Sie und säubern Sie Ihre Kleidung. Ich lenke die anderen ab. Wir werden das hier zu einem anderen Zeitpunkt zuende bringen, Miss Murphy!« Mit diesen Worten verschwand er. Sie hörte seine kaltblütige, völlig normal klingende Stimme, als er mit Harry sprach, der Berties Atemlosigkeit durchaus auf einen Waldlauf an einem heißen Tag schieben mochte.

»Ich suchte eben nach Ihrer Cousine. Ich mache mir einige Sorgen, denn hier im Wald gibt es ein altes Kühlhaus, das nicht sehr sicher ist – dort drüben – und eine verborgene Quelle …«

Harry antwortete mit besorgter Stimme, dann verschwanden die Schritte in eine andere Richtung.

Franny stand auf, klopfte ihre Röcke ab, richtete ihr Haar und setzte den Hut auf. Sie fühlte sich wie betäubt. Sie pflückte ein paar Farnwedel, presste sie an ihr erhitztes Gesicht und rief dann nach Ellen, die ebenfalls den Garten verlassen hatte und ihrem Bruder nacheilte.

»Wo warst du denn?«, fragte Ellen und kam auf sie zu. »Ich habe mir solche Sorgen gemacht! Die anderen denken, du bist ins Haus zurückgekehrt.« Leiser fügte sie hinzu: »Fran, du siehst so … Ist alles in Ordnung?«

»Es war so wunderschön hier draußen!«, schwärmte Franny, wich aber den Augen ihrer Cousine aus. Wie ein Alibi streckte sie ihr die Farnwedel entgegen. »Ich habe mich einen Augenblick hingesetzt und muss eingenickt sein. Letzte Nacht habe ich so schlecht geschlafen!«

Ellen warf ihr einen merkwürdigen Blick zu. Franny wusste nicht, ob ihre Cousine ihr glaubte; brennender Selbsthass stieg in ihr auf.

Eine halbe Stunde später geleitete Bertram Wallace, ganz Gentleman, seine Gäste zur Kutsche. Ohne Franny eines Blickes zu würdigen, schlug er vor, dass sie doch bald wieder einmal nach Clonmore kommen sollten.

»In ein bis zwei Wochen, Mrs Murphy. Ich plane eine kurze Reise, aber wenn ich wiederkomme …«

In dieser Nacht, als alle schliefen, schrubbte Franny ihren gesamten Körper geradezu frenetisch mehrere Male ab, ehe sie vor der Statue der Jungfrau Maria niederkniete und mehrere Gebete sprach. Der nackte lackierte Holzboden war hart, doch sie nahm ihre schmerzenden Knie als Buße hin. Sie betete um Vergebung und um genügend Kraft, damit so etwas nie wieder geschah. Aber sie dankte auch für ihre Befreiung in letzter Sekunde und weinte, weil Bertram Wallaces Hände sie berührt hatten.

Die Nonnen hatten Recht, dachte sie. Ich bin dickköpfig und gerate auf Abwege, auf denen sich selbst ein Schutzengel fürchtet. Oh Gott, warum wusste ich nicht, welche Dämonen mich und andere beherrschen?

Sie dachte an Ellen, die auf dem Heimweg sehr schweigsam gewesen war und sie nur von Zeit zu Zeit stirnrunzelnd angesehen hatte. Wie entsetzt wäre sie wohl gewesen, wenn sie die Wahrheit erfahren hätte! Die kühle Ellen, die jemanden geliebt und die Stärke besessen hatte, ihn aufzugeben.

Franny hatte sich gezwungen, Konversation zu machen. Den Augen ihrer Mutter wich sie dabei aus und zügelte ihre Stimme. Sie erzählte von dem Mädchen, das sie am Fenster gesehen und für eine Statue gehalten hatte.

»Du hast zu viel Brontë gelesen«, sagte Ellen. »Wahrscheinlich denkst du an die verrückte Frau auf dem Speicher.«

In diesem Augenblick lehnte sich O'Toole, der Kutscher der Wallaces, über den Kutschbock, räusperte sich und spuckte einen gelblichen Speichelklumpen auf die Straße.

»Entschuldigung, Ma'am«, sagte er zu Mrs Murphy. Dann streifte er Harry mit einem Seitenblick. Doch Harry war mit den Gedanken weit weg.

Eine Woche verging. Franny blieb meistens im Haus und wagte sich nur einmal in Ellens Begleitung nach Monaghan.

Harry hatte sich angewöhnt, bis tief in die Nacht mit Jimmy unterwegs zu sein. Ein- oder zweimal hatte sie mitbekommen, dass er erst in den frühen Morgenstunden zurückkehrte. Sie hatte hinter ihrer Gardine gestanden und beobachtet, wie er beim ersten Hahnenschrei um die Hausecke huschte. Wo mochte er gewesen sein? Ob er um sein Glück wusste, ein Mann und damit Herr seiner nächtlichen Stunden zu sein, anstatt, so wie sie, stundenlang wach zu liegen oder barfuß im Zimmer herumzuschleichen und auf die Morgendämmerung zu warten?

»Wo warst du?«, fragte sie ihn eines Tages, als sie sich nach dem Mittagessen allein im Wohnzimmer aufhielten. Harry durchstöberte die Bücherregale.

»Letzte Nacht zum Beispiel«, fuhr sie fort, als er sie mit erhobenen Augenbrauen ansah. »Und eigentlich fast alle anderen Nächte, seit du wieder zu Hause bist.«

Sie beobachtete ihn genau. Ob er trank? Doch weder sein Atem noch seine Augen zeigten Anzeichen für übermäßiges Trinken. Auch schlief er morgens nicht so lang, dass sich jemand Sorgen gemacht hätte.

»Ich war mit Jimmy unterwegs«, antwortete Harry geduldig. »Und mit ein paar Freunden von ihm.«

»Wart ihr im Pub?«

Harry schüttelte den Kopf. »Frag lieber nicht, Franny. Aber wenn du es genau wissen willst: Wir haben geredet.«

»Du könntest doch zu Hause bleiben und mit mir reden. Ich schlafe sowieso nie vor der Morgendämmerung ein.«

Einen Moment lang wirkte Harry irritiert, doch seine Gutmütigkeit obsiegte sofort.

»Liebe, kleine Fran«, sagte er und lächelte sie herzlich an. »Ich bin keine sehr abwechslungsreiche Gesellschaft, nicht wahr? Und dabei war ich monatelang nicht zu Hause. Aber ich werde mich bessern.« Und damit wandte er sich wieder dem Bücherregal zu. »Hast du eine Ahnung, wo Jimmys Bücher sind?«

»Das Geschichtsbuch ist oben bei mir. Und auch das andere, das in braunes Papier eingeschlagen ist.« Harry drehte sich zu ihr um und sah sie aufmerksam an.

»Was hast du damit gemacht?«

»Mathematik gelernt«, antwortete Franny mit unbewegtem Gesicht.

»Ich möchte es Jimmy zurückgeben«, sagte Harry. Er war

nicht ganz sicher, ob sie ihn zum Narren hielt oder nicht. »Würdest du es mir bitte holen?«

Franny lief sofort die Treppe hinauf, nahm immer zwei Stufen gleichzeitig. Plötzlich stand sie vor Maggie, die den ganzen Arm voller Betttücher hatte.

»Du lieber Himmel!«, rief das Dienstmädchen. »Willst du wohl langsam gehen! Du hättest mich beinahe über den Haufen gerannt!«

»Tut mir Leid, Maggie.«

Zum ersten Mal seit der Teestunde bei den Wallaces fühlte sich Franny wieder besser. Hier blühte etwas im Verborgenen! Sie wusste, um was es in diesem Buch ging, und Harry wusste, dass sie es wusste. Aber warum machte er ein Geheimnis daraus? Warum sprach er nicht klar und deutlich über den Inhalt? Es konnte doch kein Verbrechen sein, wenn man sich mit Kriegsführung beschäftigte!

Sie holte das Buch und drückte es Harry stumm in die Hand. In diesem Augenblick trat ihre Mutter mit besorgtem Gesichtsausdruck ins Zimmer.

»Was ist los, Mutter?«

»Schlechte Nachrichten«, antwortete sie. »Anscheinend hat gestern Abend jemand auf den Verwalter von Mr Wallace geschossen. Glücklicherweise ist er nur leicht verletzt worden.«

»Aber warum nur?«

»Ich glaube, es ging um eine Zwangsräumung.«

Harry drehte sich um und starrte aus dem Fenster.

»Hat man den Schuldigen schon gefunden?«

»Bisher noch nicht. Aber die Polizei fahndet in der ganzen Gemeinde.«

Noch am gleichen Abend kam Sergeant Finnegan von der örtlichen Wache vorbei und erkundigte sich, ob sie irgendetwas Verdächtiges bemerkt hätten. Er unterhielt sich mit

Tante Harriet im Wohnzimmer, ließ sich einen kleinen Whiskey aufschwatzen und berichtete besorgt, dass es im Land an allen Ecken und Enden schwele.

Als Jimmy am nächsten Morgen kam, erzählte er fast beiläufig, dass die Polizei am Vorabend sein Haus durchsucht hatte.

»Das war sicher sehr peinlich für dich, Jimmy«, bedauerte Mrs Murphy ihn. Sie blickte erschrocken drein.

»Ach, die Polizisten tun doch nur ihre Arbeit, Ma'am!«

Die Tage vergingen. Von Bertram Wallace hörten sie nichts mehr. Langsam begann Frannys Panik nachzulassen. Wahrscheinlich war er für ein paar Wochen auf Reisen, wie er angekündigt hatte, doch Franny wollte am liebsten nie wieder von ihm hören und ihn nie mehr sehen. Ihre Mutter hatte sich schriftlich für die Einladung bedankt. Nach allem, was geschehen war, sah Franny dieses Dankschreiben nicht nur als in gewisser Weise ironisch, sondern durchaus auch als unschicklich an – doch was hätte sie sagen sollen, um die Mutter daran zu hindern, es abzusenden?

Zum Beispiel: Liebste Mutter, Mr Wallace hat versucht, mich zu vergewaltigen, und war mit seiner Hand unter meinem Rock? Und wenn Harry ihn nicht gestört hätte, hätte er alles Mögliche mit mir getan?

Ihre Mutter wäre auf der Stelle tot umgefallen.

Zum ersten Mal seit vielen Jahren hatte Franny das drängende Bedürfnis, sich jemandem mitzuteilen, jemandem zu erzählen, was geschehen war. Sie hätte den schrecklichen Vorfall gern mit jemandem diskutiert, der ihr unvoreingenommen zuhörte, denn sie versuchte verzweifelt zu verstehen, warum sie nicht sofort geschrien und damit dem Übergriff möglicherweise sogar Vorschub geleistet hatte.

Doch wem konnte sie sich anvertrauen? Ihrer Mutter bestimmt nicht. Schon bei dem Gedanken erschauerte sie. Harry schon gar nicht – lieber würde sie sterben. Und der anmutigen Ellen? Auch nicht.

Blieben Jimmy oder die Beichte. Aber auch Father O'Dowd wäre sicher schockiert. Er würde sie zur Reinheit ermahnen – als ob sie das hören wollte! – und würde sie auffordern, ihre Ruhe im Gebet zu finden. Dabei betete sie jetzt schon jede Nacht voll neu erworbener Frömmigkeit.

Doch auch Jimmy konnte sie es nicht sagen. So lange sie sich allerdings niemandem anvertrauen konnte, nagte der Vorfall weiter an ihr, und zwar so schlimm, dass ihre Mutter bereits feststellte, wie dünn sie geworden war, und ihr sagte, sie solle sich Ellens Weggang nicht so zu Herzen nehmen.

15. KAPITEL

Einige Tage lang arbeitete Ellen am Wohnzimmerfenster an einem Aquarell, das den Garten in seiner ganzen Pracht zeigte. Jimmy trat in einem alten Regenmantel und Gummistiefeln durch das offen stehende Tor. Während sie beobachtete, wie er das Tor hinter sich schloss, schoss ihr auf einmal durch den Kopf, wie geradlinig er eigentlich war. Ob er über Bücher sprach, den Einspänner kutschierte oder einen Graben aushob – man hatte immer den Eindruck, dass er ein ganz bestimmtes Ziel im Leben verfolgte, auf das er sich uneingeschränkt konzentrierte. Doch was konnte er sich schon erhoffen, außer vielleicht, seine knapp vierzig Hektar Land zu vermehren?

In der letzten Zeit machte Ellen sich häufig Gedanken um Mittelmäßigkeit. Lehrerin zu werden war eine Sache – doch wohin würde ihr Beruf sie führen? Wohin würde er Harry führen? Vielleicht konnten sie die ihnen anvertrauten Kinder überzeugen, sich den Kopf mit Wissen voll zu stopfen. Aber war das genug Erfüllung für ein ganzes Leben?

Sie konnte nicht anders – sie musste an Guy denken. Sein Gesicht tauchte ungefragt aus ihrer Erinnerung auf, als sie sich ins Gedächtnis rief, wie sie sich gefühlt hatte, als sie den Ring zurückgab. Sie hatte das Gefühl, einen Fehler gemacht zu haben. Sollte es je wieder etwas derart Wichtiges in meinem Leben geben, schwor sie sich, werde ich es mit Stahlbändern an meine Seele ketten.

Seufzend betrachtete sie die Leinwand. Sie hielt sich nicht gerade für eine große Künstlerin, doch sie hatte die Stockrosen und Rosen in den Blumenbeeten recht nett getroffen. Trotzdem fehlte dem Bild etwas – vielleicht ein wenig mehr Mut.

Jimmy blickte im Vorübergehen am Haus empor und entdeckte sie. Ellen schob das Fenster hoch.

»Harry ist heute schon früh nach Monaghan gefahren«, sagte sie. »Er kommt bestimmt bald zurück.« Jimmy schien nicht überrascht zu sein.

»Darf ich das Meisterwerk einmal sehen?«

Ellen lachte. »Schmeichler!« Sie drehte die Staffelei, damit er das Bild anschauen konnte. »Es ist noch nicht ganz fertig. Ich muss noch mehr Kontraste hineinbringen.«

Jimmy neigte den Kopf zur Seite, betrachtete das Bild und erklärte, dass er nie etwas Schöneres gesehen hätte.

»Jimmy, du solltest dich ins Parlament wählen lassen!«

»Die *Irish Parlamentary Party* ist mir ein bisschen zu zahm«, sagte er lachend. »Du wirst mir fehlen, Ellen«, fügte er nach kurzer Pause hinzu. »Ich würde dich gern einmal an deiner neuen Arbeitsstelle besuchen …«

Ellen sah die Hoffnung in seinen Augen und die Nebeltröpfchen, die von seiner Tweed-Kappe perlten. Eine leise

Angst erfüllte sie. Auf keinen Fall wollte sie Jimmys Gefühle verletzen, doch sie hielt es für nicht gut, dass er sie besuchte. Er würde einem Besuch zu viel Bedeutung beimessen.

»Du wirst dir noch den Tod holen, wenn du weiter da draußen stehen bleibst«, sagte sie so leichthin wie möglich. »Ballinasloe ist weit weg!«

Jimmys Augen verdüsterten sich. »Es ist immer noch er, nicht wahr?«, sagte er. »Du hängst dein Herz immer noch an diesen Engländer!« Und als er sah, dass sie ärgerlich zu werden drohte, setzte er hinzu: »Denk immer daran, dass er ein Freund von Mr Wallace ist.«

»Was hast du gegen Mr Wallace? Wir waren kürzlich bei ihm zum Tee!«

Jimmy blickte sie an, als ob er ihr etwas sagen wollte, doch dann zuckte er nur die Schultern und stapfte durch die Pfützen davon.

Er mistete den Stall aus. Als er anschließend in der Scheune Futter für die Krippen holen wollte, stieß er auf Franny. Sie lag mit geschlossenen Augen und zusammengerollt wie eine Katze in einer Kuhle im Heu. Neben ihr steckte das scharfe Heumesser in der Wand des Schobers.

»Franny!«, rief Jimmy erschrocken. »Geht's dir gut?«

Franny setzte sich auf und blickte ihn ruhig an. »Ich musste einfach mal aus dem Haus, Jimmy. Mutter treibt mich in den Wahnsinn, Ellen malt, und Harry ist nie daheim. Jimmy, ich gehe weg! Ich habe schon lange mit dem Gedanken gespielt, aber jetzt steht mein Entschluss fest.«

Jimmy lehnte sich an die Wand.

»Und wohin willst du gehen?«

»Spielt das eine Rolle?«

»Und ob! Wenn du ein Ziel hast, ist das in Ordnung. Nicht aber, wenn du nur davonläufst. Ich für mein Teil glaube, du läufst vor etwas davon.«

Franny schwieg.

»Hat deine Begegnung mit Mr Wallace damit zu tun?«, fragte Jimmy. »Die Bediensteten in Clonmore House haben euch beobachtet.«

Franny errötete. Sie hörte die Verachtung in seiner Stimme und schämte sich zutiefst. »Unmöglich! Niemand konnte etwas sehen.«

»Doch! Eine der Milchmägde, Mary O'Toole, hat euch im Wald gesehen. Sie erwartet ein Kind von Wallace und hat ein feines Gespür für seine Ausschweifungen.« Einen Moment lang betrachtete er ihr entsetztes Gesicht, dann sagte er leise: »Sie hat mich gebeten, dich zu warnen, falls es noch nicht zu spät ist. Ein Nein genügt ihm nicht als Antwort.«

Franny schlug die Hände über ihre glühenden Wangen und brach in Tränen aus.

»Ich hoffe, es ist noch nicht zu spät!«, sagte Jimmy mit brutaler Offenheit.

»Ach Jimmy, was denkst du von mir? Ich habe das alles wirklich nicht gewollt …«

Im Garten waren Schritte zu hören. Harry rief nach ihnen.

»Bitte geh zu ihm hinaus«, flehte Franny und wischte sich über die Augen. »Ich will nicht, dass er mich so sieht. Und sag ihm um Himmels willen nichts!«

»Versprochen!«

Jimmy ging hinaus in den Garten. Franny seufzte und schnäuzte sich die Nase in ein durchweichtes Taschentuch. Also hatte eine der Bediensteten von Clonmore sie mit Mr Wallace gesehen! Und obendrein noch ein Mädchen, das bereits von ihm schwanger war! Dann würde es wohl bald die ganze Stadt wissen!

Dieser Mann war ein Monster! Er schwängerte seine weiblichen Dienstboten, die sicher gar keine andere Wahl hatten, als ihm zu Willen zu sein! Ekel stieg in ihr hoch. Sie hatte sich von ihm berühren lassen – auch wenn es nicht freiwillig gewesen war.

Vorsichtig berührte sie die scharfe Klinge des Heumessers und wünschte, sie hätte den Mut, aus dieser Welt zu scheiden. Die Klinge ritzte ihren Finger. Franny sah zu, wie ihr Blut ins Heu tropfte, und kämpfte gegen den unbändigen Wunsch an, ihr Handgelenk gegen die tödliche Klinge zu drücken. Wie lange mochte es dauern? Und was geschah, wenn Jimmy sie fand, bevor alles vorüber war. Man würde sie ins Leben zurückholen, vermutlich endlos auf sie einreden und ihr die besorgte Verachtung angedeihen lassen, die man erfolglosen Selbstmördern vorbehielt.

Franny versuchte, sich wieder zu beruhigen. Sie saugte an ihrer Wunde und ließ ihren Blick müßig über die Geräte schweifen, die an der Wand der Scheune aufgereiht standen. Heugabel, Hacke, Spaten – sie kämpfte um ihren Gleichmut. Plötzlich entdeckte sie, dass die Heuballen ungleichmäßig gestapelt waren. Die unnatürliche Delle schürte ihre Neugier. Sie stand auf, räumte mit bloßen Händen einige Ballen beiseite und stieß auf etwas Langes, Hartes, das tief vergraben und in Ölzeug eingewickelt zwischen dem Tierfutter steckte. Franny schlug eine Ecke der Umhüllung zurück und musste einen erschrockenen Ausruf unterdrücken.

Vor ihr lagen zwei Gewehre.

Ellen hatte vorerst genug von ihrem Aquarell. Es war fast fertig und wunderbar bunt, doch der letzte Schliff fehlte immer noch. Die Schatten mussten vertieft werden, aber damit würde sie bis zum nächsten Sonnentag warten.

Sie wusch die Pinsel aus, räumte die Farben weg und ließ das Bild zum Trocknen auf der Staffelei stehen. Leise ging sie nach oben in ihr Zimmer. Ihre Tante hatte sich nach einem Disput mit Franny mit Kopfschmerzen zurückgezogen. Ellen war froh, dass sie ihr ruhiges Refugium hatte behalten dürfen.

Sie fragte sich, warum sie sich so unbehaglich fühlte, schob es aber auf den mittäglichen Streit und ihre bevorstehende Abreise. Und dann war da noch der arme Jimmy, der offensichtlich die Hoffnung auf eine Verbindung mit ihr noch immer nicht aufgegeben hatte. Die Enttäuschung in seinen Augen war schwer zu ertragen. Aber sie konnte doch keine Gefühle vortäuschen, um ihn zu schonen!

Was Guy anging, so hatte er Recht gehabt, zumindest teilweise. Er spukte immer noch ab und zu in ihrem Kopf herum. Obgleich sie sich sicher war, dass sie ihn nie mehr wiedersehen würde, fragte sie sich doch manchmal, ob sie je wieder einen so zauberhaften Menschen treffen würde, der sie gleichzeitig erregte und ihre Art verstand. Manchmal wurde ihr bewusst, dass sie jetzt in einem Alter war, wo sie ohne weiteres hätte Verlobung mit ihm feiern können, wenn sie tatsächlich aufeinander gewartet hätten. Stattdessen würde sie demnächst allein nach Galway übersiedeln, während er ein Leben führte, das ihn Gott weiß wohin führen mochte.

Der alte Lederkoffer, den sie mit nach Galway nehmen wollte, lag auf dem Boden. Sie hatte ihn aus der Kammer geholt, und als sie jetzt die Gurte löste, stieg eine Wolke von Muff und dem Geruch nach Mottenkugeln auf.

Ich sollte ihn eine Weile lüften lassen, dachte sie und öffnete das Fenster. Unten waren Stimmen zu hören. Harry und Jimmy bogen um die Hausecke. Sie waren in ein angeregtes Gespräch vertieft, wie eigentlich immer. Mit leiser Stimme tauschten sie sich aus, und Ellen bewunderte ihre Vertrautheit.

Sie wandte sich wieder ihrem Koffer zu und begann, ihn mit Büchern und gefalteten Kleidungsstücken zu füllen, warmen Röcken für den kommenden Winter, Stiefeln und zwei wollenen Jacken. Dann nahm sie das Tagebuch ihrer Mutter in die Hand und streichelte es liebevoll. Es war zu wertvoll, um es mitzunehmen, beschloss sie, doch sie schlug es auf und versank schnell in der Lektüre kleiner Geschichten über sich und ihren Bruder. Die liebevollen Worte der jungen Frau, die damals noch nicht wusste, dass sie nicht mehr lange zu leben hatte, bewegten sie zutiefst. Die schräge Schrift in verblasster Tinte berichtete von mütterlichen Sorgen, von den Ängsten, in einem von Zwängen beherrschten, von einer fremden Macht regierten Land mit einem Polizisten verheiratet zu sein, und enthielt nachdenkliche Passagen über die Zukunft Irlands nach dem Tod von Parnell.

Ellen begriff noch immer nicht, wie ihr Vater, der sein Leben mit einer solchen Frau geteilt hatte, später jemanden wie Lilian Forrister heiraten konnte. Nun, soweit Ellen wusste, waren die beiden glücklich miteinander, und sie würde sich sicher kein Urteil über ihre Beziehung leisten.

Frannys leichter Schritt erklang auf der Treppe. Eigentlich hätte Ellen erwartet, dass die Cousine bei ihr hereinschaute, doch Franny ging nur in ihr Zimmer und schloss die Tür. Ellen machte sich große Sorgen um sie. Sie hielt es für durchaus möglich, dass Mr Wallace ihrer Cousine vor zwei Wochen Avancen gemacht hatte. Ihr war aufgefallen, wie sie während der Heimfahrt ständig die Gesichtsfarbe wechselte und wie brüchig ihre Stimme war; ihr üblicher unschuldiger Frohsinn war verschwunden. Natürlich konnte das auch an dem Druck liegen, dem sie ausgesetzt war; Harry sprach ununterbrochen von Deirdre, und seine Rückkehr nach Dublin stand kurz bevor. Er freute sich sichtlich auf das Wiedersehen mit dem Mädchen seines Herzens, auf seine politische Arbeit und das zweite Collegejahr. Franny jedoch, die feurige, fröhliche, pfiffige Gefährtin ihrer Kindheit, war dazu verurteilt, ohne Aussicht auf eine Veränderung ihres alltäglichen Trotts zu Hause zurückzubleiben. Clare hätte sie nach Dublin holen können, hatte dies aber abgelehnt, was Ellen ziemlich selbstsüchtig fand.

Sie hörte, wie Frannys Tür erneut geöffnet wurde und ihre Cousine langsamer als üblich die Treppe hinunterging. Ellen beschloss, ihr zu folgen und das Abendbrot vorzubereiten. Maggie hatte frei. Sie war zu Besuch bei ihrer Mutter in Cavan und wollte erst am nächsten Tag zurückkommen. An diesem Abend mussten sie sich selbst versorgen.

Bevor Ellen das Tagebuch ihrer Mutter zuklappte und abschloss, berührte sie noch einmal die Karte, die bei Guys Ring gelegen hatte. »Meinem einzigen Mädchen. Ich liebe dich für immer und ewig. Guy.« Sie hatte die Karte zwischen den Seiten des Tagebuchs versteckt. Mit dem Finger streichelte sie über die Buchstaben, als wolle sie sich so von ihm und gleichzeitig von ihrer Jugend verabschieden.

Franny verband ihren verletzten Finger und begann, den Tisch zu decken. Zuvor hatte sie ihr Fahrrad in einer Hecke am Eingangstor verborgen. Tellerklappernd feilte sie nun ihren Plan endgültig aus. Dass sie weglaufen würde, war beschlossene Sache. Sie verfügte über ausreichende Ersparnisse, um sich über Wasser zu halten, bis sie Arbeit gefunden haben würde. Ihr Ziel war Dublin. Dabei war es ihr einerlei, ob sie dort als Kellnerin arbeiten oder Böden schrubben musste; sie wollte einfach nur fort von zu Hause, fort von der drückenden Einsamkeit und der Gewissheit, dass ein gewisser Bertram Wallace bald zurück sein und sicher vorsprechen würde. Man würde von ihr erwarten, dass sie den jungen Mann unterhielt, während er ihre Mutter weitere Stecklinge holen schickte. Unerträglich! Doch sie würde ihn auflaufen lassen! Sicher konnte sie bei Clare bleiben, bis sie eine eigene Wohnung gefunden hatte. Vielleicht war Clare darüber nicht gerade erfreut, aber sie würde sie wohl kaum auf der Straße stehen lassen.

Inzwischen musste sie sich jedoch so verhalten, als ob alles völlig normal abliefe. Nach dem Essen, wenn alle dachten, sie ginge ins Bett, wollte sie sich davonschleichen, mit dem Fahrrad nach Monaghan fahren, eine Nacht im *Royal* bleiben und am nächsten Morgen den Zug nach Dublin nehmen. Vor der Mittagszeit würde niemand sie vermissen, weil alle annehmen würden, sie schliefe lang; das tat sie oft.

Ellen traf in der Küche auf Franny und schlug ihr ein einfaches Abendbrot vor: Salat mit hart gekochten Eiern und Tomaten. Franny zeigte sich sofort einverstanden.

»Was hast du mit deinem Finger gemacht?«, fragte Ellen plötzlich, und Franny antwortete wahrheitsgemäß, dass sie sich an einem Messer geschnitten hätte.

»Darf ich mal sehen? Vielleicht brauchst du einen Arzt!«

»Ach was, es ist kaum der Rede wert.«

Als Harry nach Hause kam, äußerte auch er Besorgnis bezüglich der Verletzung, doch Franny tat die Sache leichthin ab. Ihr fiel auf, wie erleichtert Ellen und Harry auf ihre gute Laune reagierten, und sie brachte es sogar fertig, allen Mut zusammenzunehmen, nach oben zu gehen, an die Tür ihrer Mutter zu klopfen und zu fragen, ob sie zum Essen nach unten käme oder lieber in ihrem Zimmer bleiben wollte.

»Ich möchte nur ein wenig Tee und Toast, Franny. Würdest du Ellen bitten, es mir nach oben zu bringen?«

»Ich möchte mich für mein Benehmen entschuldigen, Mutter«, brach es aus Franny heraus. Sie allein wusste, dass sie sich eigentlich verabschiedete.

»Ja, es ist wirklich schade«, antwortete ihre Mutter. »Du machst uns beiden das Leben sehr schwer damit ... Franny, es zieht!«, fügte sie ärgerlich hinzu, da ihre Tochter unentschlossen in der Tür stehen geblieben war.

Franny ging nach unten, versuchte vergeblich, etwas zu essen, und bemühte sich, so etwas wie eine normale Konversation zu führen. Ellen fiel zwar auf, dass Franny kaum aß, und erinnerte sie daran, dass sie schon mittags nichts zu sich genommen hatte, doch sie und Harry schienen die meiste Zeit ihren eigenen Gedanken nachzuhängen.

Franny beschloss, Harry über ihren Fund in der Scheune auszufragen. Seit undenklichen Zeiten gab es im Haus ein Gewehr, das unter der Treppe aufbewahrt wurde und nach wie vor dort lag. Wozu um alles in der Welt brauchten sie weitere Gewehre? Oder gehörten die Waffen jemand anders, und Jimmy verwahrte sie lediglich an einem sicheren Ort? Wusste Harry überhaupt davon? War es zu weit hergeholt, sie mit der Schießerei anlässlich der Zwangsräumung in Clegarrbh in Verbindung zu bringen?

Aber sollte sie diese Fragen vor Ellen erörtern? Ellen wusste bestimmt nichts.

Nach dem Essen räumten alle drei gemeinsam ab, ohne dass die üblichen Neckereien laut wurden. Anschließend verkündete Franny, dass sie früh zu Bett gehen wollte.

»Ich glaube, das täte mir auch gut!«, sagte Ellen und machte sich auf den Weg in ihr Zimmer. Harry und Franny blieben allein in der Küche zurück.

Als sie mit dem Mann, den sie liebte, allein war, drohte Frannys Herz fast zu zerspringen. Doch sie hielt die Worte zurück, die über ihre Lippen drängten – sie wollte nicht in

Unfrieden gehen. Vieles hätte sie ihm zu sagen gehabt, viele Fragen warteten auf eine Antwort. Doch sie wusste, dass er sie verwirren würde – und dann hätte sie ihm vielleicht ihren Plan gestanden. Wahrscheinlich hätte er sie sofort überredet, ihn nicht durchzuführen, oder sich im schlimmsten Fall sogar verpflichtet gefühlt, ihre Mutter zu informieren. Also lächelte sie ihn nur gequält an und wartete darauf, dass er ihr erklärte, er würde ausgehen. Doch nichts dergleichen geschah. Stattdessen machte er es sich auf einem Stuhl am Herd bequem und blickte sie lächelnd an.

»Geh noch nicht ins Bett, Fran. Seit ich hier bin, hatten wir kaum Gelegenheit, miteinander zu reden.«

Franny setzte sich an den Tisch. »Weil du immer etwas Besseres vorhattest!«, erwiderte sie. Trotz bester Vorsätze klang ihre Stimme scharf.

»Und zwar sehr wichtige Dinge!«, gab er zurück. Ihr Ton hatte ihn verblüfft. »Aber davon verstehst du nichts.«

»So? Und warum? Weil ich nur eine Frau bin? Wenn du mir nichts anvertraust, gibt es schließlich auch nichts zu verstehen! Du hast dich sehr verändert, Harry!«

»Was ist bloß los mit dir, Fran? Du bist in letzter Zeit so merkwürdig!«

»Na, jedenfalls weniger merkwürdig als du! Ich verstecke zum Beispiel keine Gewehre in der Scheune ...«

Harry erbleichte und starrte sie entsetzt an.

»Ich habe sie heute gefunden«, fuhr sie lahm fort. Immerhin war sie jetzt sicher, dass er von den Waffen wusste. »Wenn dir wirklich wichtig ist, dass sie nicht entdeckt werden, solltest du sie besser verstecken.«

Harry war längst aufgesprungen.

»Renn jetzt nicht einfach weg, Harry! Bitte sag mir, was da los ist! Ich bin schließlich kein Kind mehr!«

Harry blieb eine Antwort schuldig.

»Du brauchst nichts zu sagen! Ich kann es an deinem Gesicht ablesen! Du und Jimmy, ihr habt eure Finger bei dieser Schießerei in Clegarrbh im Spiel gehabt! Wollt ihr den Rest eures Lebens in englischen Gefängnissen verbringen?«

Harry schwieg immer noch. Sein Gesicht war düster und hart geworden.

»Fran«, keuchte er schließlich, »es sind zwar nur zwei alte Gewehre, aber es ist immerhin ein Anfang. Wir holen uns unser Land zurück – koste es, was es wolle!«

Franny wurde blass. »Seid ihr wahnsinnig? Ihr beide gegen das mächtige Empire? Und das ausgerechnet jetzt, wo wir ein Gesetz zur Selbstbestimmung bekommen sollen?«

»Sei nicht so naiv, Fran! Die *Home Rule* bekommen wir nie! Und wenn doch, dann bedeutet es nur, dass wir nach und nach dem mächtigen England untergeordnet werden. Jetzt sieh mich nicht so an! Irland gehört uns! Irgendwann müssen die Engländer das einsehen!«

Franny starrte den Cousin an, den sie kaum noch wiedererkannte.

»Ich glaube kaum, dass die Regierung Zugeständnisse machen wird«, sagte sie schließlich. »Sie hat die uneingeschränkte Macht – warum sollte sie also?«

»Die Engländer haben gerade genug von unseren Leuten am Leben gelassen, um immer einen Grund zu finden! Würdest du mich jetzt bitte entschuldigen, Fran – ich muss mich um ein besseres Versteck für unsere Waffen kümmern. Ich brauche dir wohl kaum zu sagen, dass du kein Sterbenswörtchen darüber verlauten lassen darfst. Jimmys und mein Leben hängen davon ab.«

Mit diesen warnenden Worten verließ er die Küche. Franny ging die Treppe hinauf in ihr Zimmer, legte sich auf ihr Bett und bedeckte ihr Gesicht mit dem Kissen. Sein Leben, dachte sie. Sein Leben!

Als es neun schlug, stand sie auf und spähte vom Fenster aus auf Garten und Straße hinunter. Sicherheitshalber wartete sie den letzten Glockenschlag ab; sie wollte wissen, ob im Haus alles ruhig war. Doch nichts schien die Ruhe zu stören. Ellen las wahrscheinlich; sie hatte ihr *Anna Karenina* geliehen, obwohl das Buch längst wieder in die Bücherei gemusst hätte. Harry war sicher wieder bei Jimmy. Aber demnächst, wenn sie in Dublin lebte, würde sie ihn zwingen, sie zu allen geheimen Aktivitäten mitzunehmen.

Sie kleidete sich in Bluse und Rock und steckte das Haar so fest, dass die Frisur eine Fahrrad-Fahrt nach Moneghan überstand.

Mit pochendem Herzen, aber ruhigen Händen, steckte sie ihre Ersparnisse ein, drehte den Messing-Knopf an der Tür und schlich die Treppe hinunter.

16. KAPITEL

Bertram Wallace, der soeben mit dem Abendzug aus Dublin eingetroffen war, gönnte sich ein Abendessen im Royal Hotel. Er dachte über seine Reise nach. In der Burg von Dublin hatte er seinen Freund Captain Dawson besucht und mit ihm über einen bestimmten Verdacht gesprochen, der sich nur allzu schnell bewahrheitet hatte. Schon wenige Tage nach seiner Ankunft in der Hauptstadt hatte er ein Kabel erhalten, in dem er über die misslungene Zwangsräumung und die Schüsse auf seinen Verwalter informiert worden war. Und natürlich war der Missetäter entkommen! Kein Wunder – von der örtlichen Polizeitruppe hatte er im Grunde nichts anderes erwartet. Die Einzigen, denen man noch vertrauen konnte, waren die Männer der Dublin Metropolitan …

Wallace war nach Dublin gereist, weil er überzeugt war, dass sich in den Wäldern rings um Clonmore illegale Aktivitäten anbahnten. Sein Verwalter, der sich allmählich von seiner Schussverletzung erholte, hatte ihm berichtet, dass einige Rodungen von dutzenden schwerer Stiefel zertrampelt worden waren. Er hätte versucht, den Wilderern aufzulauern, allerdings ohne Erfolg. Bertie hingegen war überzeugt, dass es sich nicht um Wilderer handelte. Nachdem er die Rodungen selbst in Augenschein genommen hatte, vermutete er, dass es sich bei den Stiefelabdrücken eher um die Folgen einer militärischen Ausbildung handelte. Natürlich fand der Drill nur in lächerlich kleinem Ausmaß statt; man brauchte sich sicher keine Sorgen zu machen, vorausgesetzt, man schob der Sache bald einen Riegel vor. Schon ein gezielt gestreutes Gerücht würde die Bauern schnell vertreiben. Doch zunächst galt es, den Schützen zu finden und an ihm ein Exempel zu statuieren. Es machte Bertie Freude, sich auszumalen, wie er Recht und Ordnung wiederherstellte.

Durch die Glastür des Restaurants nahm er eine Bewegung in der Hotelhalle wahr und traute seinen Augen nicht: das Murphy-Mädchen! Die Kleine durchquerte das Foyer und war offensichtlich allein! Und nicht nur das. Sie hatte einen kleinen Koffer bei sich. Bertie unterdrückte den Reflex, sofort aufzustehen und sie zu begrüßen. Es war besser, die Beute erst mal zu beobachten, dachte er. Was hatte die Puppe hier zu suchen? Er griff nach seinem Weinglas, nippte anerkennend und sah zu, wie eine müde Franny auf die Rezeption zuging. Mit grimmiger Freude nahm er zur Kenntnis, dass sie sich ins Register eintrug.

Sie würde also über Nacht bleiben! War sie etwa doch in Begleitung? Hatte sie ihre Mutter oder Cousin oder Cousine dabei?

Bertie wartete und kaute auf seinem Steak herum, ohne wirklich etwas zu schmecken. Nein, es gab keinerlei Anzeichen für eine Begleitung! Das Mädchen nahm den Schlüssel entgegen, blickte sich nervös um und ging zur Treppe.

Was war da los? Hatte sie etwa ein Stelldichein? Einen Augenblick dachte er über diese Möglichkeit nach, dann verwarf er sie. Die Kleine war noch Jungfrau, obwohl er es beinah geschafft hätte, diesen Zustand zu ändern. Seine Erregung stieg. Er wusste, dass sie in Dublin Familie hatte; vermutlich war sie auf dem Weg in die Hauptstadt.

Sehr schön, dachte er und lehnte sich entzückt und voller Vorfreude auf seinem Stuhl zurück. Kurze Zeit später stand er auf und fragte an der Rezeption nach der jungen Dame, die sich soeben eingetragen hatte.

Der Portier blickte ihn stirnrunzelnd an.

»Meinen Sie etwa Miss Murphy?«

»Ja, diese junge, etwas verhungert aussehende Dame«, präzisierte Bertie. »Ich möchte Sie bitten, ihr die Hühnerpastete von Ihrer Speisekarte auf ihr Zimmer zu schicken. Sagen sie einfach, es wäre eine Aufmerksamkeit des Hauses. Ach ja, und stellen Sie eine Flasche gut gekühlten Champagner dazu!«

Der Portier blickte ihn fragend an, doch Bertie wusste, wie man Zweifel zum Schweigen bringt. Diskret schob er einen Geldschein über den Tresen.

Franny hatte bereits Hut, Mantel, Stiefel und Strümpfe abgelegt und wollte sich gerade weiter entkleiden, als es an der Tür klopfte. Sie erstarrte. Hatte man sie etwa jetzt schon entdeckt? Hatte ihre Mutter Harry hinter ihr her geschickt oder war ihr sogar selbst gefolgt? Wieder klopfte es – höflich, aber nachdrücklich. Franny ging zur Tür.

»Wer ist da?«, fragte sie.

»Zimmer-Service, Miss«, antwortete eine jugendliche Männerstimme.

Franny öffnete die Tür einen Spalt. Vor ihr stand ein Boy in weißer Schürze. Er schob einen Servierwagen, auf dem ein Porzellanteller, Besteck, ein Glas und ein Sektkühler mit Flasche bereit standen. Eine zugedeckte Platte verströmte ein köstliches Aroma und erinnerte sie daran, dass sie tagsüber kaum etwas gegessen hatte. Schnell blickte sie den Flur entlang. Er war leer.

»Tut mir Leid, aber ich habe nichts bestellt.«

»Eine Aufmerksamkeit des Hauses, Miss«, gab der Junge grinsend zurück und machte Anstalten, den Servierwagen durch die Tür zu schieben.

»Ich kann mir leider keine Sonderausgaben leisten!«

»Keine Sorge, Miss – das ist bereits erledigt.«

Franny wusste nicht recht, wie sie sich verhalten sollte, trat aber einen Schritt zurück und ließ den Jungen ein. Wer weiß – möglicherweise war das Abendessen ja im Zimmerpreis inbegriffen. Franny hatte noch nie in einem Hotel übernachtet.

Der Boy deckte den kleinen Tisch, stellte den Servierwagen daneben, wartete einen Moment auf Trinkgeld und wandte sich, als er keines bekam, zur Tür. Draußen jedoch wartete Bertram Wallace, der dem Jungen einen Schilling in die Hand drückte.

»Erschrecken Sie nicht, Miss Murphy!«, sagte Bertie und schloss die Tür hinter dem Boy. Plötzlich befürchtete er, das entsetzte Mädchen könnte schreien. »Ich habe Sie unten im Foyer gesehen und dachte, es wäre eine gute Gelegenheit, mich bei Ihnen zu entschuldigen.« Er wartete ab, wie seine Worte wirken würden, und nahm die Haltung eines kleinen Jungen an, der seiner Bestrafung harrt.

»Verlassen Sie sofort mein Zimmer, Mr Wallace!«

»Ich möchte Sie ausdrücklich um Verzeihung bitten, Miss Murphy. Ich habe mich Ihnen gegenüber ziemlich hinreißen lassen und will versuchen, es wieder gutzumachen ... Ich dachte, ein kleiner Imbiss und ein Gläschen Champagner ...« Er deutete auf den kleinen Tisch und lächelte schüchtern. Was vorbei ist, ist vorbei, sollte das Lächeln bedeuten.

Franny bemühte sich, trotz ihrer sichtlich misslichen Lage ruhig zu bleiben. Sie befand sich allein mit Mr Wallace in einem Hotelzimmer. Ihre Strümpfe hingen über dem Fußende des Bettes, und auf dem Tisch stand Champagner. Wenn sie jetzt schrie, würde zwar sicher jemand kommen, aber ihr guter Ruf wäre unwiederbringlich ruiniert.

Ich muss die Situation irgendwie meistern, dachte Franny. Vor allen Dingen einen kühlen Kopf bewahren! Dennoch konnte sie den Gedanken, was sie unter den Händen dieses Mannes bereits erlebt hatte, nicht verdrängen, und sie erinnerte sich daran, was Jimmy ihr von der Magd erzählt hatte. Mit einem Mal wurde ihr klar, dass sie längst kompromittiert war! Sie sah das Glitzern in seinen Augen. Es erinnerte sie an das mörderische Vergnügen einer Katze, die voller Vorfreude mit einer Maus spielt.

Wenn sie die Polizei rief, würden die Gesetzeshüter wahrscheinlich allenfalls über sie lachen. Der Mann, der vor ihr stand, verfügte über einen unermesslichen Reichtum; er besaß ein großes Haus und tausende Hektar Land – sie hingegen war praktisch mittellos. Fast jeder Mann auf der Welt würde sie als Freiwild ansehen, und ein Blick in Berties Augen sagte ihr, dass er genau das tat.

Angst überwältigte sie. Vor ihren Augen tanzten schwarze Flecke. Ihre Knie begannen zu zittern. Die Aufregung des vergangenen Tages, die Tatsache, dass sie nichts gegessen hatte, die Entdeckung der Gewehre, Harrys Pläne, das Entsetzen über das, was sie getan hatte, und der Schreck über das, was im Augenblick geschah, forderten ihren Tribut.

»Bitte!«, flehte sie mit bebender Stimme, »bitte ...«

Das Zimmer begann sich um sie zu drehen. Auf keinen Fall darfst du ohnmächtig werden!, befahl sie sich stumm. Doch es wurde immer schlimmer. Hilfe suchend tastete sie nach dem Fußende des Messingbettes. Bertie Wallace sprang hinzu.

»Liebes gnädiges Fräulein«, flüsterte er, »was ist denn? Warten Sie, ich helfe Ihnen.« Er nahm ihre Hände, zog sie in seine Arme und drängte sie auf das Bett.

»Gutes Mädchen«, murmelte er eindringlich, »gutes Mädchen, gutes Mädchen ...«

Als Franny wieder einigermaßen klar denken konnte, lag sie auf dem Bett unter Bertie Wallace. Er streichelte und küsste ihr Gesicht. Leicht grunzend vollführte er rhythmische Bewegungen. Ein stechender Schmerz fuhr zwischen ihre Schenkel und strahlte nach oben aus, als würde man sie in zwei Hälften zerreißen. Verzweifelt versuchte sie, sich zu befreien oder wenigstens zu schreien, doch er hatte eine Hand über ihren Mund gepresst. Plötzlich bäumte er sich auf und stöhnte; dann sackte er auf ihr zusammen.

»Gut gemacht, Miss Murphy!«, stammelte er atemlos kurze Zeit später. Dann gab er ihren Mund frei. »Tut mir Leid, falls ich Ihnen wehgetan haben sollte.«

Sein Atem ging immer noch schwer. Als sie den Kopf abwenden wollte, griff er ihr zärtlich unter das Kinn. »War doch gar nicht so schlimm, oder?«, erkundigte er sich mit väterlicher Stimme. Er richtete sich auf und setzte sich auf die Bettkante. »Mit ein wenig Übung wird es dir sehr bald viel Spaß machen«, fuhr er leutselig fort. »Ganz bestimmt!«

Franny würdigte ihn weder eines Blickes, noch redete

sie mit ihm. Schließlich ordnete er seine Kleider, legte eine Zehn-Pfund-Note auf den kleinen Tisch, wo das Abendessen allmählich kalt wurde, und verließ das Zimmer. Sie hörte, wie die Tür hinter ihm ins Schloss fiel. Wie erstarrt blieb sie liegen. Um sie herum war nichts als ein stilles Hotelzimmer mit zugezogenen Vorhängen und einer brennenden Nachttischlampe. Franny wusste nicht, ob sie vielleicht nur geträumt hatte. Es war einfach zu absurd, um wahr zu sein, und viel zu schrecklich, um darüber in Ruhe nachdenken zu können. Sie war von zu Hause ausgerissen, lag in einem Zimmer des *Royal Hotel*, und Mr Wallace hatte sie soeben …

Franny griff sich an die Brust. Die Knöpfe waren in Ordnung. Doch es gab andere Stellen, wo nicht alles in Ordnung war. Ihre zerknitterten Röcke waren bis zur Taille hochgeschoben. Zwischen den Beinen verspürte sie ein schmerzhaftes Pochen. Als sie sich bewegte, fühlte sie Feuchtigkeit. Entsetzt richtete sie sich auf. Neben dem Bett auf dem Boden lag ihr weißes, unschuldig aussehendes Höschen, das sie selbst bestickt hatte.

Und plötzlich brach Franny wie ein kleines Kind in Tränen aus. Sie weinte nach ihrer Mutter. Gleichzeitig war ihr erschreckend klar, dass sie nicht zu ihrer Mutter zurückkehren und ihr alles erzählen konnte. Sie befand sich jenseits einer Trennlinie, die sie nie mehr würde überschreiten können.

Franny lag einfach nur da. Tränen tropften in ihre Ohren. Die widersprüchlichsten Gefühle kämpften in ihr. Allmählich reifte eine kalte Entschlossenheit in ihr heran, ein Wille, wie sie ihn noch nie gespürt hatte.

Sie würde alles daransetzen, sich für diese Schande zu rächen.

Dublin, September 2001

Das Telefon hörte auf zu klingeln, als Kate gerade nach dem Hörer griff. Es war keine Nachricht hinterlassen worden, und der Apparat war so alt, dass die Nummer des Anrufers nicht zurückverfolgt werden konnte.

Sicher Joan, wegen der Bridge-Party am Samstag. Ich rufe sie später an! Sie ging zum Kühlschrank, goss sich noch ein Glas Orangensaft ein, nahm es mit in die Bibliothek und öffnete die Vorhänge.

Dieses Haus ist ein Geschenk des Himmels, dachte sie. Direkt am Meer gelegen, und mit dieser unbezahlbaren Aussicht … Ich wünschte, Eva würde hier wohnen bleiben und nicht in die Stadt ziehen. Aber Jungvermählte brauchten nun einmal einen Platz für sich ganz allein!

Der vor ihr liegende Tag schien sich endlos hinzuziehen. Vielleicht könnte sie Tom beim Wort nehmen und mit ihm spazieren gehen; sie könnte die Küchenfenster putzen; sie könnte und sollte etwas gegen das Unkraut in der Auffahrt tun.

Außerdem müsste sie einen Termin mit ihrem Hausarzt vereinbaren, doch daran mochte sie nicht denken – jedenfalls jetzt noch nicht. Auf ein paar Stunden mehr oder weniger kam es sicher nicht an. Wenn sie jetzt anriefe, dachte Kate, wäre es, als würde sie ihr Schicksal besiegeln. Mit einem Termin beim Arzt wurde man automatisch zum Patienten, und Gott weiß, was ihr dann bevorstünde …

Und dann war da noch der viktorianische Sessel, den sie am Vorabend aus dem Speicher geschleppt hatte! Sie musste unbedingt beim Möbelrestaurator anrufen! Den Stoff hatte Kate bereits ausgesucht; er lag bereit. Sie kramte die Nummer hervor und kam sofort durch. Man würde den Sessel übermorgen abholen.

Aus irgendeinem Grund musste Kate plötzlich an das Tagebuch auf dem Speicher denken. Der letzte Eintrag war hundert Jahre alt und stammte von einem fünfzehnjährigen Mädchen. Wie mochte dieses junge Mädchen gewesen sein, das eines Tages ihre Großmutter wurde?

Kate stieg auf den Speicher und holte das Tagebuch aus der Krimskrams-Kiste. Sie nahm es mit in die Küche, wischte es feucht ab, ließ es trocknen und wunderte sich über die dicke Staubschicht, die sich angesammelt hatte. Als sie sich endlich hinsetzte, um zu schmökern, forderte Ming laut miauend ihr Mittagessen, und Kate fiel auf, dass sie ebenfalls hungrig war.

Ich nehme einfach ein Tablett mit in die Bibliothek, dachte sie, dann kann ich mir die Nachrichten ansehen.

Eva drüben in Amerika war jetzt sicher auch schon wach. Sie hatte einen wichtigen Tag vor sich. Sicher würde alles gut gehen. Die Lynchs würden ihre Tochter bestimmt ins Herz schließen. Kate freute sich darauf, Julians Eltern kennen zu lernen, wenn sie im nächsten Frühjahr nach Irland kamen. Sie hatte bisher nur am Telefon mit ihnen gesprochen, nachdem die Kinder ihre Verlobung bekannt gegeben hatten.

Kate erhitzte einen Teller Suppe in der Mikrowelle, toastete sich eine Scheibe Brot und stellte beides auf ein Tablett, das sie mit in die Bibliothek nahm.

Nach dem Essen, dachte sie, nehme ich meinen Mut zusammen und rufe Dr. O'Driscolls Sprechstundenhilfe an. Dann habe ich es hinter mir! Sie schaltete den Fernseher ein, sah sich den Wetterbericht an und schloss die Vorhänge, weil die Sonne blendete.

Als sie sich wieder umdrehte, sah sie auf dem Bildschirm einen Wolkenkratzer, aus dem dichter Rauch quoll. Der Nachrichtensprecher sprach mit leiser, bedrückter Stimme, als könne er selbst nicht glauben, was er da verkünden musste. Er sagte, ein Turm des World Trade Centers in Manhattan wäre von einem Flugzeug gerammt worden. Kate erstarrte. Sie sah Feuer aus den Fenstern an der Spitze des Nord-Turms züngeln, und sie sah, wie die tiefe Wunde des Wolkenkratzers schwarzen Rauch ausspie, als würde sie bluten.

Langsam und bedrohlich zog der Rauch über die Skyline.

II. TEIL

17. KAPITEL

Irland, August 1912

Guy fuhr von Clonmore nach Kilcreggan. Er lenkte einen Humber – eines der beiden Automobile aus Berties Besitz – und fuhr sehr vorsichtig. Die Straßen strotzten vor Schlaglöchern. Es war ein sonniger Tag; auf allen Weiden wurde Heu gemacht. Feldarbeiter hielten bei der Arbeit inne und starrten dem Vehikel nach, das da über ihre friedlichen Straßen knatterte; einige hoben freundlich die Hand zum Gruß.

Eine Woche zuvor war die Jagd auf Moorhühner eröffnet worden, und Bertie hatte Guy und zwei andere Freunde – Sutherland und Crothers, mit denen sie in Harrow zur Schule gegangen waren – nach Clonmore eingeladen.

Seit seinem letzten Besuch, der inzwischen über acht Jahre zurücklag, hatte sich das große Haus verändert. Es gab weniger Dienstboten und die Gewissheit, der Crème de la Crème Irlands anzugehören, war verschwunden. Die alte Mrs Wallace hütete das Bett, und auch Bertie, den Guy seit 1906 nicht mehr gesehen hatte, war nicht mehr der Alte. Nicht nur, dass sein Haupthaar sich deutlich gelichtet und er einige Pfund zugelegt hatte – was seiner Aura unendlichen Reichtums keinen Abbruch tat –, sondern er schleppte auch ein Bein nach.

»Da hat mich doch so ein Kerl in Dublin angegriffen, als ich abends aus dem Club kam«, erzählte er, als Guy ihn danach fragte. »Er hat mir zwei Rippen gebrochen und mein Knie ruiniert – es wird wohl nie mehr ganz heilen.«

»Du lieber Himmel! Und wann ist das passiert?«

»1906. Ungefähr zwei Jahre, nachdem du nach Indien gegangen bist.« Bertie lachte freudlos auf. »Aber ich habe mich ordentlich gewehrt«, fügte er mit einem Aufblitzen seiner dunklen Augen hinzu, »sonst hätte ich dir die Geschichte gar nicht erzählt. Weißt du, das Land geht allmählich zum Teufel. Dieses Gemauschel um die *Home Rule* lässt jedem Spinner freie Hand.«

»Glaubst du ernsthaft, dass es je dazu kommt? Immerhin macht Ulster nicht mit.«

»Du denkst zu kurzfristig, mein Lieber. Sieh dir doch den Zustand der Welt an! An allen Ecken und Enden gibt es Ärger; inzwischen gehen sogar schon Frauen auf die Straße und werfen Schaufenster ein! Aber ehe alles besser wird, muss es erst noch schlimmer werden. Und deshalb hat der schlaue Bertie eine Entscheidung getroffen!«

»Und die wäre?«, fragte Sutherland. »Wie ich dich kenne, bist du wieder pfiffiger, als die Polizei erlaubt!«

Bertie lachte. »Euer alter Freund hat das komplette Gut für einen großen Batzen Geld an seine Pächter verkauft. Alles, bis auf den Eigenbesitz und das Haus. Dem letzten *Land Act* sei Dank!« Und mit gespielter Reue fügte er hinzu: »Meine arme alte *Mater* war überhaupt nicht einverstanden, kann sich aber nicht mehr rühren. Ich komme nur noch zur Jagd her und verschwinde anschließend sofort wieder nach London.«

»Belgravia?«, fragte Guy. Er erinnerte sich an das Haus am Eaton Square, wo er Bertie früher nach den Osterferien regelmäßig getroffen hatte.

Bertie nickte.

Nach dem Essen reichte Bertie Zigarren herum. Dabei wechselte er einen Verschwörerblick mit Sutherland und Crothers.

»Ach, Forrister«, begann er, »hast du vielleicht vor, das Zuckerschneckchen aufzuspüren, das dir vor ein paar Jahren den Kopf verdreht hat?«

»Solltest du von Miss Healy sprechen, dann lautet meine Antwort: Ja, ich werde wohl versuchen, unsere Bekanntschaft wieder aufleben zu lassen«, antwortete Guy steif. »Ihre und meine Familie sind befreundet.«

»Du bist ein verschlagener Hund!«, sagte Bertie und zwinkerte den beiden anderen Gästen zu. »Aber sie ist nichts gegen die nette Miss Murphy!«

»Wie meinst du das?«

»Die habe ich mir zur Brust genommen, alter Junge!«, prustete Bertie lauthals heraus. »Und sie dafür auch noch fürstlich entlohnt. So wurden beide Seiten zufrieden gestellt.«

Er erwartete Glückwünsche. Sutherland und Crothers grinsten ihn bewundernd an.

Guy bemühte sich, seinen Abscheu zu verbergen. Bestimmt tischte ihm Bertie da eine Lüge auf. Guy konnte sich nichts Befremdlicheres vorstellen, als Bertie Wallace, der sich mit Franny Murphy vergnügte. Er erinnerte sich noch allzu gut an Berties Prahlerei, als es um das inzwischen längst entlassene Dienstmädchen Mary O'Toole ging. In Bezug auf Frauen war Bertie schon immer ein Schaumschläger gewesen.

»Du bist heute ziemlich ruhig, Forrister«, sagte Bertie und blickte seinen alten Freund an. »Erzähl uns von Indien – wir sind ganz Ohr!«

Guy war fast acht Jahre in Indien gewesen. Die Jahre als Subalternoffizier an der Nordwest-Grenze hatten seine Haut gebräunt, ihn geschmeidig und fit gemacht und ihn in den Rang eines Captains gehoben. Doch die Erfahrung hatte ihm die Augen geöffnet. Die wilde Schönheit des Subkontinents, seine Gerüche und Farben, der Gegensatz von absurdem Reichtum und unglaublicher Armut, die wimmelnden Menschenmassen und der Glaubenseifer sowohl monotheistischer als auch heidnischer Religionen in diesem riesigen Schmelztiegel hatten seine Weltanschauung durcheinander gerüttelt. Die Vielschichtigkeit der Kulturen hatte ihm einen Einblick in kosmische Geheimnisse vermittelt, und mit der Zeit taugte die Armee ihm nicht mehr als Garant für den Sinn des Lebens. Stattdessen begann er, den Sinn von Autorität und seiner eigenen Verantwortung infrage zu stellen. Das Leben beim Militär bestand für ihn nur noch aus eingeübten Abläufen und ließ ihm genügend Freiheit zum Nachdenken. Er hatte die gesamte Bandbreite des Landes kennen gelernt, das England als sein Eigentum betrachtete, und wusste, dass sowohl Buddhisten als auch Hindus, aber auch die Moslems und Sikhs ihre jeweilige Religion als die allein selig machende darstellten. Er hatte gehofft, dass Großbritannien diesen Leuten etwas im Austausch für die Dinge gab, die es ihnen genommen hatte. War es die zentralisierte Regierung? Die Gesetzgebung?

Zu Beginn war er sehr einsam gewesen. Auf seinen jeweiligen Außenposten gab es keine allein stehenden Engländerinnen. Die in Delhi und dem wunderschönen Srinagar verbrachten freien Tage hatten zwar Gelegenheit zu Flirts geboten, doch diese Begegnungen waren nie sehr tief gegangen. Er fand die Gesellschaft verknöchert, ortsbesessen und voller Tabus. Und obwohl Ellen zu einer längst überholten Vergangenheit gehörte, stellte sie für Guy noch immer den Inbegriff positiver Weiblichkeit dar. Der Ring, den er ihr einst geschenkt hatte, war von ihrer Tante zurückgeschickt worden, unter tausendfachen und aufrichtig klingenden Entschuldigungen, wie er sich eingestehen musste. Es war vorbei.

Bis zu dem Tag, als er nach dem Besuch bei einer Kurtisane hatte mit ansehen müssen, wie ein weinendes junges Mädchen, kaum den Kinderschuhen entwachsen, von einem Mann mittleren Alters weggeführt wurde. Damals hatte er angenommen, es handele sich um ihren Vater, doch später musste er erfahren, dass das Kind verkauft worden war. In die Bilder dieser abscheulichen Tat hatten sich plötzlich das tränenüberströmte Gesicht der fünfzehnjährigen Ellen gemischt, und seit diesem Zeitpunkt ging sie ihm nicht mehr aus dem Sinn. Vor dem verstörenden Hintergrund des Elends in Indiens, der staubigen Einsamkeit seines Postens an der Grenze und der Unnachgiebigkeit des Soziallebens unter den Engländern erschien sie ihm wie eine Ikone der Glaubwürdigkeit und Zerbrechlichkeit im Regen Irlands.

Inzwischen war Guys Kommando in Indien beendet, und er war für einen langen Sommer nach Linthorpe zurückgekehrt. Nigel und Sophie verwöhnten ihn nach Strich und Faden; auch sein kleiner Neffe James schenkte ihm viel Zuneigung. Ursprünglich hatte Guy vorgehabt, nach Frankreich zu gehen, wo sich sein altes Faktotum Fargue und dessen Frau inzwischen um das Haus kümmerten. Doch er hatte gespürt, dass es ihn nach England zog. Er hatte das dringende Bedürfnis, in dieses Land zurückzukehren, es war wie ein Durst, der gestillt werden musste.

Linthorpe war genau das Richtige: eine lange Abfolge geruhsamer Sommertage, die Guy beim Angeln mit seinem Neffen und vielen Krocket- oder Tee-Partys verbrachte. Ordnung, Ruhe, ein Park, der ihn an Frankreich erinnerte, und das Familienleben waren ihm wie der Himmel auf Erden erschienen. Die jungen Frauen, die Sophie zu ihren Partys einlud, fand er nett; zu mehr reichte es allerdings nie.

Und dann drückte ihm Sophie eines Tages mit reuevollem Gesichtsausdruck einen kleinen Umschlag in die Hand.

»Tut mir Leid, mein Lieber«, sagte sie entschuldigend, »aber den hier hatte ich völlig vergessen. Er kam an Weihnachten. Hoffentlich ist es nichts Wichtiges.«

Es war eine Weihnachtskarte – Vögel auf einem kahlen Zweig, eine Schneelandschaft mit Stechpalme, eine kleine, blaue Satinschleife und ein paar Worte in weiblicher Handschrift:

Für Guy. Frohe Weihnachten wünscht.
Ellen.

Nichts weiter. Er erinnerte sich vage, ihr die ungefähre Dauer seines Auslandsaufenthaltes mitgeteilt zu haben. Und sie hatte sich offenbar erinnert …

Von diesem Augenblick an hatte er mit den Verlockungen Irlands zu kämpfen. Er gestand sich ein, dass es nur eine Möglichkeit gab, Ellen aus seinem Kopf zu verbannen: Er musste sie wiedersehen und sich darüber klar werden, ob seine Sehnsucht ein Trugbild war oder nicht. Ellen musste inzwischen fünfundzwanzig sein und war in ihren Entscheidungen nicht mehr auf ihre sich ständig einmischende, gluckenhafte Tante angewiesen. Sie war fast sechsundzwanzig!, fiel ihm plötzlich ein. Wenn er sich nicht beeilte, würde das Leben Ellen Healy mit ziemlicher Sicherheit in die Arme eines anderen Mannes treiben.

Und so hatte er seinen Gastgebern erklärt, dass er die Einladung seines alten Freundes Bertie Wallace nach Clonmore annehmen wolle, wo die Moorhuhn-Jagd in vollem Gange war.

Vor allem der neunjährige James zeigte sich enttäuscht.

»Warum willst du denn nach Irland fahren, Onkel Guy? Ich dachte, es gefällt dir bei uns!«

»Aber natürlich gefällt es mir bei euch«, hatte Guy geantwortet und war mit der Hand durch das braune Haar des Jungen gefahren. »Wie sollte es auch anders sein bei einem solchen Neffen? Aber ich möchte in Irland Freunde besuchen, die ich schon viele Jahre nicht gesehen habe.«

Am Abreisetag hatte sein Bruder ihm einen herzlichen Klaps auf die Schulter versetzt.

»Du schreibst uns doch, oder? Und komm so bald wie möglich zurück!«

Und die dunkelhaarige Sophie, die in ihrem Tennisdress mit V-Ausschnitt ausgesprochen elegant aussah, hatte verschmitzt lächelnd angedeutet, sie vermute, dass es da in Irland jemanden gäbe …

Winkend hatte die ganze Familie sich verabschiedet. James stand neben seinen Eltern auf den roten Backsteinstufen des Herrenhauses, bevor der Wagen Guy zum Bahnhof brachte. Dieses Bild sollte für viele Jahre in Guys Gedächtnis bleiben.

Er bog um die Kurve der irischen Landstraße, auf der er einst Ellen zur Schule begleitet hatte. Kilcrannagh lag vor ihm.

Das bescheidene Steinhaus hatte sich nicht verändert: Lorbeer-Hecke, wilder Wein, grün gestrichene Fenster. Guy musste über seine eigene Dummheit lächeln, denn er hatte beinahe erwartet, das Haus nicht mehr vorzufinden – wie albern von ihm, zu glauben, dass Dinge aufhörten zu existieren, nur weil er nicht mehr anwesend war.

Er überlegte, wer sich wohl in diesem Haus aufhalten mochte. Natürlich die dominante Mrs Murphy! Harry vielleicht? Oder Springinsfeld Franny, die der idiotische Bertie derart durch den Schmutz gezogen hatte? Und möglicherweise auch … Ellen?

Guy wünschte plötzlich, es würde regnen und er sähe sie

mit dem Fahrrad ankommen. Was für ein Gesicht würde sie wohl machen, wenn sie ihn erkannte?

»Darf ich sie mitnehmen, Miss Healy?«

Es war acht Jahre her, dass er sie zuletzt gesehen hatte – vor dem Shelbourne Hotel, als er sie in eine Droschke gesetzt hatte. Acht Jahre! Keine lange Zeit im großen Weltenplan. Und selbst, wenn sie eine Lehrerstelle am anderen Ende des Landes angenommen hatte, würde sie sicher in den Sommerferien nach Hause kommen.

Guy parkte das Automobil, stieg aus und ging zum Tor. Beschämt stellte er fest, dass er ziemlich nervös war. Das Gatter quietschte, und ein Terrier, den er nicht kannte, kam bellend um die Hausecke gefegt. Daraufhin trat ein junger Mann ans Wohnzimmerfenster, der zunächst stutzte und dann fröhlich winkte. Eine Sekunde später wurde die Haustür geöffnet. Auf der Schwelle stand ein über das ganze Gesicht strahlender Harry.

»Mein lieber alter Freund!«, rief Harry mit ehrlicher Begeisterung und stürmte auf Guy zu, um ihm die Hand zu schütteln. »Was für eine wunderbare Überraschung! Wir dachten, Sie wären längst von den Tigern aufgefressen worden!«

Harry war noch immer schmächtig, doch – seit Guy ihn das letzte Mal gesehen hatte – um einige Zentimeter gewachsen. Sein Gesicht über dem geschmeidigen Körper war ein wenig runder geworden, und er trug einen gestutzten Schnurrbart.

Lachend ergriff Guy die ausgestreckte Hand.

»Ich halte mich zur Moorhuhn-Jagd in Clonmore auf und dachte, es wäre eine gute Idee, Sie wieder einmal zu besuchen.«

»Sie sehen richtig gut aus. Treten Sie ein! Tante Harriet wird sich freuen, Sie zu sehen.«

Guy überschritt die Schwelle und erfreute sich an dem Duft von frisch gebackenem Brot, der wie früher durch das Haus strömte.

18. KAPITEL

Das Wohnzimmer zeigte sich fast unverändert. Sogar die Chintz-Bezüge der Polster waren noch dieselben, nur ein wenig verschossener. Auch das Klavier, an dem Guy am ersten Abend Ellens Gesang begleitet hatte, gab es noch, und wehmütig betrachtete er das Fenster, an dem er gestanden hatte, als er sie das erste Mal sah. Nur der Sekretär war neu, desgleichen ein voll gestopfter Bücherschrank. Auf der Armlehne eines der Sessel lag ein schmaler, geöffneter Band. Das ganze Zimmer duftete nach Rosen, die auf zwei Vasen verteilt waren, doch niemand hielt sich darin auf.

»Ich hoffe, die Familie ist gesund?«, erkundigte sich Guy. »Sind die Damen zu Hause?«

»Meine Tante hat sich kurz hingelegt, aber sie wird sicher gleich herunterkommen, wenn sie erfährt, dass Sie hier sind. Fran ist in Dublin«, fügte er nach kurzem Zögern hinzu, »und die gute alte Ellen – aber das wissen Sie sicher längst – ist nicht mehr bei uns …«

»Oh!« Guys Herz setzte einen Schlag aus.

»Auf und davon in den Westen«, fuhr Harry fort, der nichts bemerkt hatte. »Sie wohnt jetzt in Balcarragh in der Grafschaft Galway. Zu Ostern hat sie einen gewissen Herrn Kennedy geheiratet.«

Harrys letzter Satz hallte Guy dröhnend in den Ohren nach. Er versuchte, seine bittere Enttäuschung zu verbergen, und murmelte höflich: »Verheiratet! Aha! Ich hoffe, sie ist glücklich ...«

Harry nahm eine Flasche aus dem Sekretär.

»Darf ich Ihnen einen Jameson anbieten? Oder lieber einen Sherry?«

Guy entschied sich für den Whiskey und ließ sich von seiner sanften Schärfe den Magen wärmen. Er hatte nur noch einen einzigen Gedanken: Ellen war fort und verheiratet – er war zu spät gekommen.

»Und der Ehemann? Ist er nett?«

»Durchaus. Er ist Lehrer und Bauer. Allerdings einige Jahre älter als sie.« Harrys Stimme wurde leiser, als er wie erklärend hinzufügte: »Mein Vater ist letztes Jahr gestorben. Aber das wissen Sie vielleicht längst?«

Guy schüttelte den Kopf.

»Mein Beileid ... Nein, das wusste ich nicht. Ich pflege keinen Kontakt mehr mit meiner Stiefmutter.«

»Unserer Stiefmutter!«, sagte Harry kichernd. »Die arme Frau muss sich sehr zurückgesetzt gefühlt haben. Ihre Dienste haben sich nämlich nicht in klingender Münze ausgezahlt ... das Gold des Onkels aus Amerika ist ausgeblieben!«

Guy erinnerte sich dunkel, dass einst von einem solchen Herrn die Rede gewesen war, hatte aber immer bezweifelt, dass die Erbfolge ihn einschloss.

»Ich kann mich entsinnen, dass sie von ihm gesprochen hat. Kannten Sie ihn?«

»Ich habe ihn nie gesehen. Er starb vor zwei Jahren in Washington«, seufzte Harry. »Bei so viel Reichtum konnte er sich wahrscheinlich aufdringlicher Verwandtschaft kaum erwehren! Ich bin eigentlich froh, dass wir nicht zu dieser Bettelgesellschaft gehörten. Setzen Sie sich doch!«

Guy ließ sich auf dem nächstgelegenen Sessel nieder und

betrachtete das Buch auf der Armlehne. Der Titel war in einer seltsamen Schrift geschrieben.

»Was lesen Sie da?«

Harry nahm das Buch auf.

»Gedichte. Irische Poesie. Einiges davon ist fast fünfzehnhundert Jahre alt. Ich bin dabei, meine Muttersprache zu perfektionieren.«

»Löblich!«

Harry war gerade dabei, ihn über die sprachliche Verwandtschaft zwischen dem Französischen und dem Gälischen aufzuklären, als man von oben Geräusche hörte. Guy erkannte, dass Mrs Murphy innerhalb weniger Minuten im Wohnzimmer auftauchen würde und er keine Chance hätte, dem üblichen Tee und lästigen Smalltalk zu entkommen. Seit er wusste, dass Ellen fort war, verspürte er wenig Lust, länger zu bleiben und die Tante zu sehen. Mit einem etwas gezwungenen Lachen wandte er sich an Harry.

»Hätten Sie nicht Lust, es noch einmal am Duff's Pool zu versuchen? Ich gebe mich nur ungern geschlagen.«

»Heute?«

»Warum nicht? Es regnet zumindest nicht!«

Wieder knarrte die Decke. Harry blickte nach oben und sagte grinsend: »Ich hole Angelruten und Gummistiefel!«

Guy folgte Harry in den Flur, Maggie kam aus der Küche. Sie wirkte plumper, als Guy sie in Erinnerung hatte, und ihr Doppelkinn passte zu ihrem Leibesumfang.

»Wie geht es Ihnen, Sir?«, rief sie. »Es ist ja schon Jahre her, seit Sie zuletzt hier waren! Ich habe der Chefin gerade erzählt, dass Sie da sind. Sie wird sicher gleich unten sein!«

Guy erwiderte, es ginge ihm hervorragend und dass er sich freue, sie bei so guter Gesundheit zu sehen. Harry schleppte

Angeln und Gummistiefel an, und dann kam Mrs Murphy die Treppe herunter.

Erschrocken sah Guy, wie stark sie gealtert war. Ihr Haar war schlohweiß und das Gesicht voller Falten; ihre Augen wirkten gehetzt. Sie war auch viel dünner geworden, doch sie hielt sich so aufrecht wie eh und je. Höflich schüttelten sie sich die Hände.

»Ich bin hocherfreut, Sie zu sehen, Guy«, sagte sie freundlich. »Sie sehen aus wie das blühende Leben! Kommen Sie doch bitte nachher zum Tee. Harry, du fällst mir dieses Mal bitte nicht in den Fluss!«, scherzte sie etwas unsicher.

Guy bedankte sich bei Mrs Murphy, lehnte aber die Einladung zum Tee ab, weil er, wie er erklärte, nicht allzu spät in Clonmore zurückerwartet würde.

»Haben Sie wenigstens gehört, was dieser junge Mann hier alles geschafft hat?«, fragte sie mit einem stolzen Seitenblick auf ihren Neffen.

»Er war sehr bescheiden, Mrs Murphy. Von sich selbst hat er nicht ein Wort erzählt.«

»Nicht nur, dass er den Abschluss in St. Patricks geschafft hat, sondern er hat sich vor vier Jahren auch an der neuen Universität immatrikuliert und diesen Sommer seinen *Bachelor of Arts* gemacht.«

»Da kann ich wirklich nur gratulieren!«, rief Guy, an Harry gewandt, aus. »Werden Sie Lehrer?«

»Ich habe eine Stellung an einer Schule in der Nähe von Dublin angenommen. Sie heißt St. Enda und experimentiert mit neuen Lehrformen. Sie wird von einem leidenschaftlichen Pädagogen geleitet.«

»Stimmt«, bestätigte Mrs Murphy mit einem Nicken, »einem gewissen Mr Pearse.«

Guy und Harry fuhren zum Fluss. Das Wasser war tiefblau und klar, als ob es nie mit mörderischer Gewalt getobt hätte.

»Ich denke noch oft an den Tag, als Sie mich aus den Strudeln gezogen haben.«

»Das war ja wohl das Mindeste, was ich tun konnte! Hätte ich etwa riskieren sollen, dass man Ihre Leiche irgendwo stromabwärts findet? Können Sie sich vorstellen, was Ihre Schwester empfunden hätte?«

Sie breiteten ihre Matte unter einer Birke aus. Bis auf das Singen der Vögel, das Plätschern des Wassers und das Rauschen einer leichten Brise in den Blättern der Bäume war es ganz still.

»Wie ist es Ihnen während der letzten Jahre ergangen?«, erkundigte Harry sich, während er einen Köder auf den Haken spießte. »Ellen wusste nichts weiter, als dass Sie nach Indien gegangen sind.«

»Ich habe fast acht Jahre dort verbracht.«

»Und wie war es?«

»Heiß!«

Harry grinste und warf mit einer geübten Bewegung die Angel aus. »Sicher haben Sie sich oft nach kühleren Klimazonen gesehnt!«

»Und wie! Nur allzu oft habe ich von dem kühlen Roséwein fantasiert, den wir in Fontebelle im Sommer trinken«, antwortete Guy lachend, »ganz besonders während der Manöver, bei denen wir fast im Staub erstickt sind. Sehen Sie«, flüsterte er und zeigte auf Harrys Schwimmer, »Sie haben bereits einen Kunden.«

Harry rollte die Leine auf und zog eine braune Forelle aus dem Wasser.

»Was macht Franny?«, fragte Guy, während Harry den Fisch in seiner Tasche verstaute. »Ist sie auch verheiratet?«

Harry antwortete nicht sofort. Schließlich sagte er seufzend: »Nein. Es war eine ganz merkwürdige Geschichte, über die wir noch nicht ganz hinweg sind. Vor allem meine Tante nicht. Aber sie ist zu dickköpfig, um klein beizugeben. Vor sechs Jahren ist Franny heimlich nach Dublin verschwunden …«

»Aber warum?«

Harry zuckte die Schultern.

»Vielleicht spürte sie, dass ihr Leben hier keinen Sinn mehr hatte. Sie fühlte sich nicht ernst genommen – also machte sie sich auf die Suche nach Menschen, die sie anders behandelten. Zumindest ist das meine Interpretation. Ich habe sie damals natürlich in Dublin besucht und versucht, ihr gut zuzureden, aber wir haben uns schließlich doch nur gestritten. Sie erzählte, dass sie sich der Suffragetten-Bewegung angeschlossen hätte und endlich glücklich wäre, allerdings sah sie ganz und gar nicht so aus …«

Er starrte in den Fluss und fügte hinzu: »Ich glaube, wir haben sie vernachlässigt.«

Guy verglich Harrys Bericht mit dem, was er von Bertie gehört hatte. Ich wusste doch, dass Bertie gelogen hat, sagte er sich. Er ist wirklich ein ausgemachter Schurke – eine junge Dame derart zu diffamieren! Jedenfalls werde ich Clonmore in Zukunft meiden!

»Und wovon lebt sie?«

»Sie ist Geschäftsfrau geworden.«

»Welcher Art?«

»Sie hat einen Hut-Laden in der Chatham Street eröffnet.«

»Wunderbar. Ich werde sie besuchen.«

»Ich glaube kaum, dass sie sich darüber freut.« Harry brach ab und blickte seinen alten Freund entschuldigend an. »Es hat nichts mit Ihnen zu tun, Guy. Sie hat ausdrücklich mit ihrer Vergangenheit gebrochen und will nicht, dass einer von uns seinen Fuß über ihre Schwelle setzt.«

»Wahrscheinlich werden Sie warten müssen, bis sie ihre Meinung ändert«, meinte Guy nach einer Weile. »Die Zeit heilt alle Wunden.«

»Darauf hoffe ich auch.«

Guy wartete noch immer, dass ein Fisch anbiss, doch sein Schwimmer zeigte nicht die geringste Bewegung. Er nahm die Trägheit der Landschaft wahr, die langsam dahinsegelnden Wolkenschatten, das Muhen einer Kuh, fernes Hundegebell. Er sicherte seine Angelrute und legte sich auf den Rücken. Sonnenstrahlen fielen durch die Blätter über ihm. Alles verändert sich!, dachte er. Wir wachsen, wir bewegen uns in andere Lebensräume. Morgen kehre ich nach England zurück. Ich werde Ellen vergessen. Es gibt Besseres zu tun, als über verschüttete Milch zu weinen.

Eine fette Forelle biss an. Mit einem Satz war Guy auf den Beinen und zog die Leine ein.

Eine Stunde später kündigte Guy an, dass er allmählich nach Clonmore zurückkehren müsse. Während er die Angeln versorgte, fragte Harry:

»Und wie geht es bei Ihnen weiter? Gehen Sie nach Indien zurück?«

»Wahrscheinlich nicht. Der Zauber ist vorerst gebrochen«, antwortete Guy. »Mein Vorgesetzter hat mich für einen vakanten Posten in Catterick vorgeschlagen. Ich fühle mich in Yorkshire zu Hause, und außerdem hat es Vorteile, dort stationiert zu sein. Dann bin ich vor Ort, wenn es in Europa kracht.«

Harry blickte ihn erschrocken an.

»Glauben Sie, dass es Krieg gibt?«

»Es ist nur eine Art Vorahnung. Sehen Sie sich das Gerangel auf dem Balkan an! Alte Missstände haben die Tendenz, früher oder später in Gewalt zu eskalieren. Wenn es aber losgeht, wird sich die Katastrophe schnell ausweiten. Sollte es zu Kampfhandlungen kommen, will ich dabei sein!«

Harry wurde plötzlich sehr still. Ein schrecklicher Gedanke war ihm gekommen, und er blickte seinen alten Freund ahnungsvoll an.

»Guy«, sagte er leise, »vielleicht halten Sie es für eine dumme Frage, aber wie viel wissen Sie über Irland?«

»Genug, um es zu lieben«, antwortete Guy lächelnd. »Ich bin schließlich recht oft hier gewesen. Warum fragen Sie?«

»Weil ich, sollte es zum Krieg kommen, auf der Seite Irlands kämpfen werde.«

»Aber natürlich werden Sie das«, nickte Guy. »Wir werden alle für unser Empire kämpfen – dem Irland schließlich ebenfalls angehört.«

»Tut mir Leid, aber das stimmt nicht.«

»Mensch, Harry«, lachte Guy. »In unserem herrlichen Empire geht die Sonne nicht unter – und wir sind stolz darauf!«

»Sie wissen nicht, was hier geschehen ist!«, murmelte Harry und wedelte ein paar Mücken fort. »Wenn Sie es wüssten … wenn es bei Ihnen in England passiert wäre …« Er zuckte die Schultern und setzte hinzu: »Egal. Woher sollten Sie es auch wissen?«

»Was immer es gewesen sein mag, es ist schon ziemlich lange her, nicht wahr?«, sagte Guy freundlich. »Und ein junger Kerl wie Sie hat noch das ganze Leben vor sich. Sie haben mir überhaupt noch nicht erzählt, ob es inzwischen in Ihrem Leben eine nette junge Dame gibt!«

Harry lächelte. »Sie sind ein alter Fuchs, Forrister! Ja, es gibt da jemanden. Sie heißt Deirdre. Wir sind zwar verlobt, doch der Himmel allein weiß, wann wir es endlich schaffen, uns das Ja-Wort zu geben.«

Sie stiegen in den Wagen. Auf dem Weg nach Kilcrannagh kamen sie am Bauernhaus von Jimmy Horan vorbei. Jimmy tauchte auf der Anhebung des Sträßchens auf und drehte sich nach ihnen um.

»Da ist Ihr alter Freund!«, bemerkte Guy trocken zu Harry, als er ihn am Tor aussteigen ließ.

»Jimmy ist das Salz der Erde«, sagte Harry, »und viel belesener als ich. Wenn man ihm eine Chance gäbe, könnte er wirklich fast alles werden.«

»Er denkt zu viel: *Die* Leute sind gefährlich!«

Harry erkannte das Shakespeare-Zitat aus Julius Cäsar und musste lachen. Er reichte Guy die Tasche mit ihrer Beute. »Behalten Sie die Forellen, Guy. Vielleicht freut man sich in Clonmore darüber. Meine Tante mag keinen Fisch.«

In einer Wolke aus Staub und Auspuffgasen fuhr Guy davon. Er kam an der Stelle vorbei, wo er Ellen auf dem Rückweg von der Schule aufgelauert hatte; immer noch hatte er ihre durchscheinende Haut und ihr langes Haar vor Augen, das ihr in weichen Wellen auf die Schultern fiel. Die Erinnerung an sie war umso stärker, als er wusste, dass er sie unwiderruflich verloren hatte.

»Sie ist verheiratet!«, sagte er laut vor sich hin. »Verdammt, sie ist verheiratet!«

Der Humber ratterte wichtigtuerisch die Straße entlang. Doch Guys Herz fühlte sich an, als wäre es tot.

19. KAPITEL

Grafschaft Galway, November 1913

Der schwarze Kessel hing an einer verrußten Kette. Ellen zog ihn über das Feuer und warf ein paar Torfstücke in die Flammen. Der aromatische Rauch stach in ihren Augen. Sie blinzelte. Gleich würde Michael nach Hause kommen. Sicher würde er hungrig und durchgefroren sein.

Sie betrachtete ihre weiß getünchte Küche, den geschrubbten Tisch und die alte Anrichte mit dem blau gemusterten Geschirr. An den kleinen, in Mauern von fast einem Meter Dicke eingelassenen Fenstern hingen fröhlich gelbe Vorhänge. Ellen hatte sie auf ihrer neuen Singer-Nähmaschine selbst genäht, genau wie den Bettüberwurf. An der Decke sah man zwischen den Balken das frische, neue Stroh, mit dem Mike anlässlich ihrer Hochzeit im vergangenen Jahr das Dach hatte decken lassen. Gleichzeitig hatte er das Haus innen und außen anstreichen lassen und Ellen erklärt, er wäre der glücklichste Mann der Welt.

»Bist du auch glücklich, Ellen *a storin*?«

Er benutzte immer den Diminutiv, als wäre sie ein kleines Kind.

Ellen sagte sich, dass sie eigentlich wirklich glücklich sein könnte, und zählte in Gedanken die Vorzüge ihres Lebens auf: Sie hatte einen freundlichen, zuverlässigen Ehemann, ein eigenes Haus und einen Beruf. Kilcrannagh schien einer anderen Zeit anzugehören. Und doch musste Ellen nach fünfzehn Monaten Ehe feststellen, dass ihr Leben dort und ihr Leben hier im Grunde ziemlich ähnlich verliefen; nichts hatte sich wirklich verändert und würde es wohl auch nie tun.

Sie warf einen Blick durch das Fensterchen in ihren Garten und die dahinter liegende Straße, wo kahle Birken auf den Frühling warteten. Noch kein Anzeichen von Michael. Er war nach dem Unterricht in der Schule geblieben, während sie mit dem Fahrrad nach Hause gefahren war, um das Essen vorzubereiten.

Ellen hörte, wie Schneeregen gegen das Fenster peitschte. Im Kamin seufzte der Wind ein einsames Lied. Hier im Westen spürte man Geister in jedem Windstoß, dachte sie. Die Hungersnot hatte in diesem Teil des Landes ganz besonders gewütet; ihr Schatten war noch nicht vollständig gewichen. Selbst die Landschaft erinnerte an die vielen Opfer und an die Trauerprozessionen, die sich zu mit Särgen beladenen Schiffen schleppten; in Schluchten und Mooren schienen die Feen zu klagen.

Als das *Stew* zu köcheln begann, öffnete Ellen den Brief von Deirdre. Sie hatte ihn beim Heimkommen vorgefunden und zunächst bewusst beiseite gelegt, um sich das Vergnügen, ihn zu lesen, noch aufzusparen.

Liebste Ellen,
vielen Dank für deine Einladung zu Weihnachten. Harry und ich nehmen sie gerne an. Seine Arbeit in St. Endas belegt ihn so mit Beschlag, dass es oft schwierig ist, ihn da rauszuholen, aber bis Weihnachten dürfte er sich einen Urlaub redlich verdient haben …

Und so ging es weiter. Nette Begebenheiten aus Dublin, kleine Geschichten.

Erfreut ließ Ellen den Brief sinken und dachte: Wartet nur, was ich euch zu erzählen habe …

Sie ging ins Wohnzimmer, zündete die Lampe an, nachdem sie zunächst den Docht gekürzt hatte, und bereitete den Kamin vor. Michael las hier gerne Zeitung. Manchmal deklamierte er auch Gedichte für sie – Tennyson, Longfellow oder Wordsworth. Ellen saß dann neben ihm, strickte und erlebte, wie sehr er in der Poesie aufging. Nur hier ließ er sich tief im Innern berühren, nur hier konnte er Vertrauen zeigen.

Sie fegte die Torfasche in einen Eimer. Eine feine Staubschicht legte sich auf Kamin und Mobiliar. Nächste Woche würde endlich das Dienstmädchen kommen und Ellen die gröbsten Arbeiten abnehmen. Die Magd stammte von der Insel Inishmore im äußersten Westen Galways und sprach kein Wort Englisch.

Ellen faltete die Zeitungen zusammen. Michael hatte den *Independent* und eine Zeitschrift namens *Irish Freedom* abonniert. Sie wischte die Kaminplatte ab, zog ein Staubtuch aus der Schürzentasche und fuhr damit über Sideboard, Tisch und ihr Hochzeitsfoto. Auf dem Bild trug sie ein cremefarbenes Seidenkleid und einen breitkrempigen Hut; sehr ernst saß sie auf dem Stuhl im Studio und konzentrierte sich auf die Kamera, die sie für die Nachwelt festhalten sollte. Zum Schluss wischte sie über die Glasabdeckung der Wanduhr, die Michael jeden Samstag feierlich aufzuziehen pflegte.

Die Uhr war die Stimme des Hauses. Soeben schlug sie fünf Uhr, weiche Klänge, die unter dem Holzgehäuse zitterten. Was mochte ihn aufgehalten haben?, fragte sich Ellen.

Michael Kennedy war ein verhinderter Priester, was er seiner Frau erst nach der Hochzeit als ganz persönliches Geheimnis anvertraut hatte. Nach drei Jahren hatte er das Priesterseminar in Maynooth verlassen, weil er zu der Überzeugung gekommen war, nicht zum Priesteramt berufen zu sein. Der Abbruch seines Studiums hatte ihn eine Menge Mut gekostet; vom Priesterseminar abzugehen bedeutete immer noch ein Stigma. In der Gemeinde wusste außer Father Devlin, dem Pfarrer, niemand von dem dunklen Fleck in Michaels Vergangenheit.

Ellen störte sich nicht daran. Mehr Sorgen machte sie sich darüber, dass Michael siebenundvierzig Jahre alt war und oft abends vor dem Kamin einschlief. Erst nach und nach fiel ihr auf, wie festgefahren sein Tagesablauf war; nichts durfte die alltägliche Ordnung, seine Lektüre oder seine Versuche mit der Kamera stören, die sie ihm zur Hochzeit geschenkt hatte.

Sie hatten sich eher zufällig im Lehrer-Verein kennen gelernt. Dort war Ellen der distinguiert wirkende, grauhaarige Mann, der sich immer ein wenig abseits hielt, gleich beim ersten Besuch aufgefallen.

»Ich bin Schulmeister draußen in Balcarragh«, hatte er sich vorgestellt und ihr einen Teller Schinkensalat gereicht. »Ich brauche eine Assistentin.« Fragende Augen begegneten ihrem Blick. »Wären Sie vielleicht interessiert?«

Sie hatte die Stellung nicht mit der Absicht angenommen, die Frau des Schulmeisters zu werden. Doch schließlich hatten viele besondere Umstände zu ihrem Entschluss beigetragen. Abgesehen davon, dass sie Michael wirklich gern mochte und ihm großen Respekt entgegenbrachte, hatte der Tod ihres Vaters alte Wunden wieder aufgerissen – allen voran ihre Sehnsucht nach Sicherheit. Harry sah sie nur noch selten, und Fran hatte aus unerfindlichen Gründen, die sie nie erklären wollte, den Kontakt zu ihnen völlig abgebrochen.

Deirdre war die Einzige, die regelmäßig schrieb. Sie und Harry waren inzwischen verlobt, und auch das hatte Ellens Sehnsucht nach Sicherheit verstärkt.

Warum heiratest du nicht Mr Kennedy, Ellen?, hatte Deirdre geschrieben. *Ich sage nur: Carpe diem! Was glaubst du denn, wie viele potenzielle Kandidaten sich da draußen in den Sümpfen noch finden?*

Ellen war voller widersprüchlicher Gefühle gewesen. Einerseits träumte sie von einer häuslichen Sicherheit, die sie nie gekannt hatte, andererseits sehnte sich ihre leidenschaftliche Seele nach der ewigen Liebe. Der Einzige aber, der sie auf diese Weise liebte, war Jimmy Horan. Als sie zu Weihnachten in Kilcrannagh zu Besuch gewesen war, hatte er seinen ganzen Mut zusammengenommen und ihr seine Liebe gestanden.

»Um Himmels willen, Ellen«, hatte er hervorgestoßen, als sie einen Augenblick allein gewesen waren, »was sucht eine schöne Frau wie du da draußen in der Wildnis? Willst du nicht nach Hause kommen und dich mit mir zusammentun?«

»Balcarragh ist nicht die Wildnis«, hatte sie scherzend geantwortet und so getan, als hielte sie seinen Antrag für eine Art fröhliches Spiel.

Abgesehen davon, dass sie Jimmy nicht so liebte wie er sie, zeigte Jimmy einige beunruhigende Züge; seine grimmig zur Schau getragenen Prinzipien erschienen ihr manchmal halsstarrig und unbarmherzig.

Am letzten Weihnachten vor ihrer Hochzeit hatte Ellen einem Impuls folgend eine Karte an Guy geschickt. Ab und zu wurde sie noch von der Sehnsucht nach ihm überrumpelt, nach seinem Gesicht, seinem höflichen Benehmen, seinem würdigen Ernst, seiner Bereitschaft, Verantwortung zu übernehmen – aber vor allem schmerzte die verlorene Liebe.

Ellen hatte die Karte an das Gutshaus von Guys Bruder geschickt, nach Linthorpe in Yorkshire. Ihr Vater wäre sicher in der Lage gewesen, ihr die vollständige Adresse zu besorgen, doch sie hatte ihn nicht fragen wollen. Guy sollte bald aus Indien zurückkehren. Vielleicht würde er die Karte dann erhalten. Vielleicht würde er sogar antworten … Doch sie hatte nie wieder von ihm gehört.

Und so hatte sie, als Michael Kennedy schüchtern und bewundernd um ihre Hand anhielt, Ja gesagt; Michael würde einen guten Ehemann und Vater abgeben – außerdem fand sie es an der Zeit, sesshaft zu werden.

»Er ist ein ehrlicher, anständiger Mann«, hatte eine von Ellens Kolleginnen gesagt. »Was braucht man mehr?«

Harry war ihr Brautführer gewesen, und Tante Harriet hatte ein kleines Hochzeitsfrühstück im *Royal Hotel* arrangiert. Auch Deirdre war da gewesen; Jimmy allerdings, der während der Trauung ganz hinten in der Kirche gekniet hatte, hatte die Einladung zum Empfang ausgeschlagen. Sogar Clare und Frank waren aus Dublin gekommen, im Gegensatz zu Fran, der Ellen trotz des Widerspruchs ihrer Tante eine Einladung geschickt hatte.

»Kann mir endlich einmal jemand erklären, warum Franny nicht zu meiner Hochzeit gekommen ist?«, erkundigte sich Ellen, als sie mit Clare allein war. »Ich vermisse sie wirklich sehr!«

»Mutter zeigt mehr Stolz, als gut für sie ist«, antwortete Clare. »Sie hat sich sehr aufgeregt, als Franny weggelaufen ist, und jetzt redet sie nicht mehr mit ihr.« Clare sah in ihrem hellgrünen Kleid und einem Hut, der ihr Gesicht und das dichte Haar betonte, wunderschön aus. »Einmal bin ich in Frannys kleinem Geschäft gewesen«, fuhr sie fort. »Sie hat mich eiskalt hinausgeworfen.«

»Vielleicht hast du sie irgendwie verletzt?«

Clare warf den Kopf zurück.

»Ich konnte sie nicht bei uns wohnen lassen, wenn du das meinst! Aber das heißt noch lange nicht, dass ich mir keine Sorgen um sie mache! Ich habe sie natürlich trotzdem lieb!«

»Aber sie hat doch nichts getan, was diese …«

Dann wurde ihre Unterhaltung abrupt unterbrochen, weil Mrs Murphy auftauchte. Clare wandte sich anderen Gästen zu.

»Ich hoffe, du wirst sehr glücklich, liebes Kind!«, hatte ihre Tante gesagt.

»Bist du mit meiner Wahl zufrieden, Tante Harriet?«

»Darum geht es doch nicht! Deine Schwärmerei für Mr Forrister war jugendlicher Leichtsinn, und ich musste dich warnen. Aber Michael ist ein guter Mann. Bei ihm bist du in sicheren Händen.«

Bei Guy wäre ich auch in sicheren Händen gewesen, dachte Ellen. Mehr als sicher sogar ... Ich weiß genau, ich wäre ...

»Ich habe gerade mit Clare über Franny gesprochen«, sagte sie, um das Thema zu wechseln und ihre Tante mit dem geheimnisvollen Verschwinden der Cousine zu konfrontieren.

»Erwähne ihren Namen nie wieder!«, zischte die Tante. »Ich betrachte sie nicht mehr als meine Tochter!«

Ellen war schockiert.

Später an jenem Abend, kurz vor dem Aufbruch in die Flitterwochen, schrieb Ellen Franny einen kurzen Brief, steckte ihn in einen Umschlag und bat Deirdre, ihn zur Post zu bringen.

Liebste Franny,
ich habe dich bei meiner Hochzeit mehr vermisst, als ich ausdrücken kann. Ich weiß nicht, warum deine Mutter so unnachgiebig ist, aber ich habe dich von Herzen lieb. Könntest du uns nicht in Balcarragh besuchen? Es dauert bestimmt Jahre, ehe ich wieder einmal nach Dublin komme.

Die Antwort wartete bei der Rückkehr aus den Flitterwochen in Balcarragh auf sie und traf Ellen wie ein Schlag.

Liebe Ellen,
ich weiß, dass du es gut meinst, aber ich verlange von meiner Familie nur noch das Eine: Haltet euch aus meinem Leben fern!
Franny

Ellen und Michael verbrachten ihre Flitterwochen zum Teil in Galway und zum Teil in Clifden in Connemara. In der Hochzeitsnacht war Ellen allein nach oben ins Schlafzimmer gegangen und hatte ihren frisch gebackenen Ehemann seiner Zeitung überlassen. Obwohl er sich entspannt zeigte und eine gewisse Überlegenheit zur Schau stellte, wusste Ellen, dass sein mangelndes Selbstvertrauen ihn fast lähmte.

Im Schlafzimmer hatte sie sich nervös entkleidet, ihr Nachthemd angezogen, ihr Haar gelöst und es im Licht der Lampe vor dem Spiegel gebürstet. Wenn sie ihren Kopf neigte, reichten die langen Flechten fast bis auf den Teppich. Einer ihrer Tagträume war immer gewesen, wie ihr jung vermählter Ehemann in der Hochzeitsnacht ihre Haare löste und sie vorsichtig glättete, sie hatte sich vorgestellt, wie seine Hand erst ihren Nacken berührte, dann ihre Brust ... Immer war es Guy gewesen. Ellen schloss die Augen, und eine Sekunde lang kam es ihr vor, als stünde er hinter ihr und betrachte sie im Spiegel.

Das leise Klopfen, mit dem sich Michael ankündigte, ließ sie zusammenfahren. »Bist du so weit, *a storin*?«

Schnell war sie ins Bett gekrochen, während Michael auf Zehenspitzen ins Bad gegangen war, sein Nachthemd angezogen, die Lampe ausgeschaltet hatte, ins Bett geschlüpft war und eifrig die Arme nach ihr ausgestreckt hatte.

Ellens Sinne jedoch sehnten sich nur nach dem Einen. Sie schloss die Augen und stellte sich Guys Hände vor ... Guys Körper ...

Später sagte Michael teils stolz, teils scheu: »Ich hoffe, Ellen, ich war nicht zu ungeschickt. Ich habe es nämlich noch nie zuvor getan ...«

»Ich auch nicht.«

»Aber es war gut. Hat es dir gefallen?«

»Du weißt, dass es mir gefallen hat.«

Was habe ich nur getan?, dachte sie im Stillen. Ich habe meinen Mann in der Hochzeitsnacht mit einem anderen betrogen – auch wenn es nur ein Phantom war.

Mondlicht sickerte durch die Vorhänge und legte sich auf das markante Profil ihres Ehemannes. Sein Atem wurde ruhiger; allmählich nickte er ein. Er war sich des Ehestandes und der Liebe seiner Frau sicher.

Ich werde versuchen, es dir recht zu machen, schwor sie. Du bist real – Guy hingegen gehört ins Reich der Kindheit. Er war die Gute-Nacht-Geschichte, in der es um Zauber und Prinzen ging.

Fingals Bellen holte sie in die Wirklichkeit zurück. Eilig warf sie einen Blick in den Spiegel über dem Kamin. Eine besorgte, müde junge Frau mit einem Schmutzstreifen im Gesicht und aufgelöstem Haar blickte sie an. Ellen wischte sich den Schmutz aus dem Gesicht, richtete ihr Haar, nahm die Schürze ab und ging zur Tür. Aufgrund der steinigen Straße hörte sie den Einspänner schon von fern. Paddy Brannigan, ein drahtiger Junggeselle, der im Gesindehaus wohnte und sich um den Hof kümmerte, tauchte an der Stalltür auf und winkte dem Schulmeister zu. Kurz darauf bog der Einspänner in den Hof ein. Michael warf Paddy die Zügel zu.

Ellen verspürte eine angenehme Erregung. Sie hatte ihrem Mann etwas zu sagen. Etwas, das ihr Leben zusammenschweißen würde. Etwas, nach dem er sich lange gesehnt hatte.

Michael trat ein. Er sah müde aus, wie immer nach der Schule. Um ins Haus zu gelangen, musste er den Kopf einziehen.

»Du bist ja ganz durchgefroren«, sagte Ellen und nahm seine Hände. »Komm, setz dich ans Feuer.«

Gern hätte sie ihm ihr Geheimnis erzählt, doch obwohl es

ihr fast schon auf der Zunge lag, verspürte sie plötzlich eine gewisse Scheu. Die Enthüllung war unendlich wichtig; hätte sie die Worte erst einmal gesprochen, würde ihr Leben nie wieder das gleiche sein.

»Möchtest du etwas essen?«

»Ganz ehrlich, Ellen *a gra,* ich bin fix und fertig.«

Er setzte sich, löste die Stiefel-Bänder und schlüpfte in seine Pantoffeln. Und dann fragte er freundlich: »Hast du etwas auf dem Herzen, Ellen?«

»Wie kommst du darauf?«

»Du wirkst nervös. Was ist los?«

»Ich würde gern wissen, Michael«, begann sie langsam und beobachtete sein Gesicht, »wie du dich fühlst, wenn du erfährst, dass du im kommenden Juni Vater wirst?«

Er sah sie einen Moment lang stumm an; dann stand er auf und nahm sie in die Arme.

»Du bist so zierlich«, flüsterte er in ihr Haar, »und wirkst so zerbrechlich in meinen Armen! Woher nimmst du diese geradezu explosive Kraft?«

20. KAPITEL

Dublin, Juni 1913

Franny suchte nach einigen bezahlten Schecks. Dabei fiel ihr ein dickes, altes Notizbuch in die Hand, das sie hinter der Ladentheke aufbewahrte. Auf dem Buch stand kein Name, doch der erste Eintrag war mit einem Datum versehen: 20. Oktober 1906. Das Notizbuch war Frannys Begleiter in der schrecklichsten Zeit ihres Lebens gewesen; in unregelmäßigen Abständen hatte sie ihm ihre Gedanken anvertraut. Und auch wenn seither sieben Jahre ins Land gegangen waren, war das Geschehene noch immer da und hatte sich wie ein Wurm in ihr Gehirn gegraben.

Eigentlich sollte ich es verbrennen, dachte sie. Auf keinen Fall darf Hannah es lesen.

Trotzdem nahm sie es mit in ihren Arbeitsraum, schlug es auf und wappnete sich gegen den Ansturm der Erinnerungen an ihre Flucht aus dem *Royal Hotel* und die Ankunft vor Clares Haustür. An die dazwischen liegende Zugfahrt konnte sich Franny nicht mehr erinnern.

»Warum hast du denn nicht geschrieben?«, hatte Clare ausgerufen und sich in ihrer typischen Art vor ihr aufgebaut. »Ich schätze es, wenn meine Gäste ihren Besuch vorher ankündigen.«

»Tut mir Leid«, wimmerte Franny aus dem tiefen Loch heraus, das sie von allen Lebewesen zu trennen schien, »tut mir wirklich, wirklich Leid …«

Clares Ausdruck veränderte sich. Plötzlich wirkte sie alarmiert.

»Was ist passiert? Hast du einen Unfall gehabt?«

»Nein, mir ist nichts passiert! Wie kommst du darauf?«

»Du bist weiß wie ein Leichentuch … und deine Augen … Franny, um Himmels willen …«

Clare nahm ihre Schwester bei der Hand und zog sie ins Haus. Franny ließ ihre Tasche fallen und würgte. Grüner Gallenschleim landete auf dem gebohnerten Linoleum und befleckte Frannys Bluse. Clare stieß einen kleinen Schrei aus, der für ihr sonst so beherrschtes Auftreten ganz untypisch war, und Doris kam angelaufen.

»Tut mir Leid … tut mir Leid …«

Doris wischte die Bescherung auf und tupfte mit einem feuchten Tuch an Frannys Kleidern herum. »Keine Sorge, Miss – das hinterlässt keine Flecken!«

»Oh doch!«, weinte Franny. »Es hinterlässt schlimme Flecken!«

Clare brachte ihre Schwester ins Wohnzimmer.

»Fran, ich muss wissen, was passiert ist!« Sie unterbrach sich und setzte mit ruhigerer Stimme hinzu: »Ist etwas mit Mutter? Ist sie …«

Franny schüttelte den Kopf. Das einladende Sofa kam ihr wie ein sicherer Hafen vor. Sie setzte sich, lehnte sich an die Kissen, schloss die Augen und versuchte, zur Ruhe zu kommen. Immer noch spürte sie den bitteren Gallegeschmack im Mund. Ihre Hände zitterten; sie bebte bis tief in die Seele. Franny fühlte sich wie ein kleines Tier, das im letzten Augenblick den Fängen des Tigers entronnen war. Die Welt war schrecklich; am liebsten hätte sie ihr Entsetzen laut herausgeschrien.

Doch hier gab es keine Erlösung für sie. Clare würde sofort die Mutter informieren, und dann erführen auch Harry und Ellen davon.

»Mutter geht es gut«, murmelte sie schließlich und bemühte sich, das Zittern ihrer Stimme zu unterdrücken. »Es war nur die Reise.«

Clare nahm eine Flasche Brandy aus dem Schrank. Sie goss ein Schlückchen in ein Glas, das sie stirnrunzelnd ihrer Schwester reichte.

»Ich wusste gar nicht, dass du zur Reisekrankheit neigst. Aber du bist auch noch nicht sehr viel herumgekommen. Trink das hier in einem Zug.«

Clare hatte schon seit einiger Zeit befürchtet, dass Franny eines Tages vor ihrer Haustür stehen würde, zumal ihr *Alter Ego* Harry in Dublin das College besuchte. In gewisser Weise wunderte sie sich sogar, dass sie erst jetzt aufgetaucht war. Sie hatte eine Reihe von Entschuldigungen auf Lager, und die meisten entbehrten nicht einmal einer gewissen Grundlage. Sie verfügte nun einmal über kein Gästezimmer, und sie befürchtete ernsthaft, ihre eigensinnige Schwester könnte sie in Verlegenheit bringen.

Sie sah Franny beim Trinken zu und wunderte sich mehr über ihren desolaten Zustand als über ihr plötzliches Auftauchen.

Bestimmt hatte sie Streit mit Mutter! Und unsere arme Mutter ist völlig aus dem Häuschen, weil sie nicht weiß, wo Franny steckt … Ich muss ihr ein Telegramm schicken!

Clare seufzte, setzte sich neben Fran und nahm ihre Hand. Sie war eiskalt.

»Du solltest deine Gefühle nicht mit dir durchgehen lassen, Liebes. Auf jeden Fall müssen wir Mutter kabeln, dass es dir gut geht.«

Sie ging zum Sekretär in der Ecke, nicht ohne im Vorübergehen ihrem hübschen Abbild im Spiegel über dem Kamin einen anerkennenden Blick zuzuwerfen, schrieb ein paar Worte auf ein Stück Papier, rief Doris und gab ihr das Blatt mit dem Auftrag, das Telegramm umgehend abzuschicken. Dann wandte sie sich an ihre Schwester. »Wir müssen jetzt entscheiden, was das Beste ist …«

Franny, die nur die Worte »wir« und »das Beste« mitbekommen hatte, öffnete die Augen und fuhr pfeilgerade auf.

»Wir, Clare?« Ihre Stimme kippte hysterisch. »Ich bin hier, weil ich mir eine Stellung suchen will. Ich bleibe in Dublin! Ich lasse niemanden mehr über mein Leben entscheiden!«

»Aber du weißt doch, dass nicht alles so einfach von heute auf morgen geht, Kleines! Wichtige Entscheidungen im Leben müssen genau durchdacht werden …«

»Ich denke schon seit Monaten darüber nach, Clare«, sagte Franny mit etwas ruhigerer Stimme. »In Kilcrannagh konnte ich einfach nicht bleiben!«

»Aber wo willst du hier in Dublin wohnen, Franny? Von was willst du leben? Natürlich würde ich mich freuen, wenn du bei uns bliebest, aber wir haben einfach nicht genug Platz!«

Franny starrte ihre Schwester an. Vor ihrem geistigen Auge entstand ein Hotelzimmer, aus dessen Tapete sich Mr Wallace löste.

»Entweder du beherbergst mich, bis ich klarer sehe, oder ich schlafe draußen in der Gosse«, sagte sie mit einem harten kleinen Lachen. »Genau genommen ist das wahrscheinlich sowieso der richtige Platz für mich.«

Clare erschrak über Frannys verbitterten Gesichtsausdruck. »Bist du verrückt geworden, Fran?«

Schließlich stellte Clare Mattys Bettchen ins eheliche Schlafzimmer und schaffte so Raum für ihre Schwester und bot ihr damit erst einmal ein Heim. Dennoch gelang es Franny nicht, wieder zu der unschuldigen jungen Frau zu werden, die sie noch vor kurzem gewesen war. Stunde für Stunde, Tag für Tag wurde sie von den Bildern ihrer schrecklichen Erlebnisse verfolgt.

Wie konnte ich nur so dumm sein?, fragte sie sich in Anfällen von Selbstzweifel. Sie hasste die Leichtigkeit, mit der Bertie Wallace sie in die Falle gelockt hatte; immer wieder dachte sie darüber nach, wie es so weit hatte kommen können – zuerst die leichte Berührung ihrer Brust im Garten, die Umarmung im Wald von Clonmore, das Hotelzimmer, in dem er sie erst vergewaltigt und ihr dann Geld auf den Tisch gelegt hatte. Er hatte sie benutzt, als ob es sein Recht wäre – wie ein Taschentuch, in das er sich bei Belieben schnäuzen konnte. Und dann hatte er sie quasi bezahlt … Sie hatte den Geldschein in tausend kleine Stücke gerissen und im Nachttopf versenkt. Wäre doch ein Racheengel mit seinem

Schwert zu ihrer Rettung geeilt! Wäre sie doch nie von zu Hause weggelaufen …

Franny hatte den Eindruck, ihr Kopf müsse explodieren; sie schwankte zwischen Selbstzerfleischung und rasender Wut. Sie konnte nichts essen, und obwohl Clare ihr widerwillig ein Zimmer zur Verfügung gestellt hatte, war sie nicht in der Lage, vernünftig zu schlafen. Stattdessen döste sie tagsüber oft vor sich hin, denn sie hatte Angst, das Haus zu verlassen.

Jeden Abend durchforstete sie die Stellenanzeigen in der Zeitung, die Frank mitbrachte. Für Frauen gab es nur wenige Angebote, und bei diesen Inseraten handelte es sich zumeist um Gesindearbeiten. Zur Gouvernante oder Stenographin fehlte Franny hingegen die Qualifikation. Die einzigen Alternativen waren entweder Ladenmädchen oder Gesellschaftsdame. Die Bewerbung auf eine solche Stellung bedeutete allerdings, dass sie zu einem Vorstellungsgespräch gehen müsste. Ihre Angst vor dem Verlassen des Hauses wuchs jedoch von Tag zu Tag.

Sie quälte sich mit Selbstvorwürfen. Ich hätte ihm von Anfang an aus dem Weg gehen sollen. Wenn ich nur nicht …

Doch sie wagte nicht, an die möglichen Konsequenzen zu denken.

»Frank ist mit den Nerven am Ende, und Matty wird täglich unruhiger«, sagte Clare nach einer Woche zu Franny. »Doris läuft wie auf Eiern, und ganz ehrlich hätte ich allmählich auch wieder gerne meine Ruhe hier zu Hause. Am Samstag kehrt Harry in sein College zurück. Mutter begleitet ihn und nimmt dich mit nach Kilcrannagh.«

»Verräterin!«, schrie Franny und rannte nach oben. Hastig zog sie einen Mantel über, setzte einen Hut mit Schleier auf und stürmte aus dem Haus. Kaum war sie jedoch vor der

Tür, erstarrte sie. Sie suchte Halt am Geländer und blickte sich misstrauisch um.

Die Straße lag friedlich vor ihr. An der Ecke schwatzten ein paar Frauen; ein Bäckerwagen zockelte gemächlich von Haustür zu Haustür. Alles war völlig unauffällig.

Sich etwas sicherer fühlend, nahm Franny die Tram zur Nelson-Säule. Sie hielt Ausschau nach ganz normalen Frauen auf der Straße. Wie viele von ihnen mochten ein ähnliches Geheimnis mit sich herumtragen wie sie? Und falls sie etwas Ähnliches erlebt hatten, wie brachten sie es fertig, zu lachen oder zu lächeln? Wie ertrugen sie das Leben?

In der Nähe der O'Connell-Brücke stieg sie aus, lehnte sich über die Brüstung, starrte in den erbsengrünen Liffey und versuchte darüber nachzudenken, wie sie ihrem Leben am besten ein Ende setzen konnte.

Spring doch!, meldete sich eine innere Stimme. Los, dann hast du es hinter dir! So viel Mut solltest du aufbringen!

Franny klammerte sich an die Steinbrüstung. Na los!, forderte sie sich heraus. So kannst du nicht weiterleben!

Eine alte Frau in schwarzem Umhang lehnte sich neben sie an die Mauer. Mit einer wegwerfenden Handbewegung zeigte sie auf das übel riechende Wasser: »Du willst doch sicher nicht wissen, was da alles drin ist, oder?«

»Ich könnte zum Beispiel drin sein«, platzte Franny heraus, »und mich in die Bucht spülen lassen!«

»Du könntest bis nach Wales getrieben werden«, sagte die alte Frau nachdenklich und nickte bedächtig. »Aber warum denkst du über solche Dinge nach, Kleine? Du hast doch dein ganzes Leben noch vor dir!«

Franny blickte in das alte Gesicht neben sich – wissende Augen, die aus tausend Falten blinzelten.

»Weil mich ein Mann … vergewaltigt hat!«

Es war heraus! Die Erleichterung war unglaublich. Weder stürzte der Himmel ein, noch drehte sich die ganze Stadt nach ihr um.

»Klar, was sonst!«, sagte die alte Frau so unbewegt, als hätte sie sich nach dem Preis für Karotten erkundigt. »So sind sie nun mal – geben an und fühlen sich wichtig. Kümmer dich lieber um dein eigenes Leben, Kleine. Heute Morgen erst haben sie so ein armes Ding aus dem Fluss gezogen. Aber ihr Gesicht …« Sie blickte Franny in die Augen, nickte und senkte bedeutungsvoll die Stimme. »Ratten!«

Franny lief eine Gänsehaut über den Rücken. Eilig drehte sie sich um und lief davon. Beinahe hätte sie beim Überqueren der Fahrbahn eine Tram übersehen. Der Straßenbahnfahrer schrie erschrocken hinter ihr her: »Lieber Himmel, junge Frau, passen Sie doch auf, wo Sie hinlaufen!«

Kreischend fuhr die Bahn weiter. Verwirrt lehnte sich Franny an einen Laternenpfahl mitten auf der O'Connell-Brücke. Die ganze Welt zog sie in einen Wirbel, der sich mit beängstigender Geschwindigkeit um sie herum drehte: von Pferden gezogene Wagen der Guinness-Brauerei, schwarzgesichtige Männer vor bescheidenen Kohlenkarren, Straßenbahnen, Zeitungsjungen in zerschlissenen Stiefeln, Radfahrer mit Schirmmützen, eng geschnürte Damen, deren Kleider durch den Unrat schleiften. Und dann der Lärm. Es schepperte, kreischte, rappelte, brüllte. Sie fühlte sich wie ein Stück Treibholz in der tobenden See.

Bemüht, möglichst unauffällig zu bleiben, überquerte Franny die D'Olier Street und ging um das Trinity College herum. Wenige Minuten später fand sie sich in der Grafton Street wieder, wo es angeblich die hübschesten Geschäfte geben sollte. Gestreifte Markisen schützten die Fenster vor der Sonne. Die Straße wurde gerade gereinigt. Pferdeäpfel verschwanden in wassergefüllten Rinnsteinen; Damen hoben die Rocksäume, wenn sie vorsichtig darüber hinwegstiegen.

Zwei kleine Jungen in Matrosenanzügen gingen mit ihrem Vater an Franny vorüber. Einer von ihnen erinnerte sie an Harry.

Er würde bald nach Dublin zurückkehren. Doch wie sollte sie ihm je wieder ins Gesicht blicken?

Der Duft von frisch aufgebrühtem Kaffee stieg ihr in die Nase. Sie sollte sich einen Augenblick hinsetzen und nachdenken! Franny betrat *Bewley's Oriental Café,* bestellte einen Kaffee und ein Brötchen, setzte sich auf einen braun gestrichenen Rohrstuhl, pulte die Rosinen aus dem Brötchen, schlürfte den schnell abkühlenden Milchkaffee und überlegte, wie es weitergehen sollte. Zitternd und erschöpft stand sie vor den Trümmern ihrer erst vor kurzem entstandenen Lebensplanung.

Kümmer dich um dein eigenes Leben, Kleine ...

Es gibt zwei Möglichkeiten, dachte Franny. Entweder ich lasse mich von meinem Missgeschick vernichten, flüchte vor mir selbst und bringe mich um.

Oder ich komme irgendwie darüber hinweg und lebe.

Als Franny das Café verließ, entdeckte sie im Schaufenster eines nahe gelegenen Hutgeschäftes einen Zettel. Unter der blau-weiß gestreiften Markise stand der Name des Ladens: *Le Chapeau.*

»Aushilfe gesucht«, verkündete der Zettel. »Bitte wenden Sie sich an das Personal im Geschäft.«

Franny betrachtete die Auslage. Hüte, wohin man schaute. Breite Krempen, Federn, Tüll, Blumen und Bänder. Drinnen im Laden saßen ein paar schicke Damen vor Spiegeln und probierten konzentriert eine Kreation nach der anderen. Sie neigten die Köpfe, betrachteten ihre Profile in Handspiegeln und wurden von hin und her springenden Ladenmädchen hofiert.

Franny nahm ihren ganzen Mut zusammen und betrat das Geschäft.

»Die im Schaufenster ausgeschriebene Stelle – ist sie noch frei?«

Die Geschäftsführerin musterte Franny von oben bis unten; dann bat sie sie in ihr Büro.

Fran schüttelte den Kopf bei der Erinnerung. Schon sieben Jahre war das her! Es hatte nur ein wenig Mut gebraucht, doch alles, was seither geschehen war, hatte damit zu tun. Ihre Freunde, das kleine Putzmachergeschäft, das sie seither führte …

Draußen auf der Straße rief ein Zeitungsjunge seine Zeitung aus. Es war Samstagabend – Frannys Zeit, sich zu entspannen, die Zeitung zu lesen und sich darüber zu informieren, was in der Welt geschehen war. In Irland herrschte Unruhe. Und in England ebenfalls. Schuld daran waren die Suffragetten.

An diesem Tag war Emily Davidson beerdigt worden. Die junge Frau hatte sich absichtlich unter das Pferd des Königs geworfen. Franny stellte sich den Trauerzug quer durch London vor – Suffragetten in schwarz-weiß gestreiften Schärpen, die den Sarg begleiteten, ein offener, von vier schwarzen Pferden gezogener Wagen, dem vier weitere Kutschen mit Gebinden aus aller Welt folgten.

Franny rief Hannah, die mit ihrer Lieblingspuppe spielte. »Würdest du mir bitte eine Zeitung holen? Geld ist in der braunen Schüssel.«

Hannah nahm sich Geld, sauste die Treppe hinunter, und Franny tauchte wieder in die Vergangenheit ein.

21. KAPITEL

Die Geschäftsführerin des Le Chapeau war so stark geschnürt, dass sie eigentlich jeden Augenblick hätte in Ohnmacht fallen müssen. Nur ihr üppiger Busen wölbte sich gewaltig nach vorne, was allerdings ausschließlich dem Korsett zu verdanken war. Doch die Augen der Frau waren scharf und gerissen.

»Würden Sie bitte ihren Schleier hochschlagen!«

»Aber natürlich ... Tut mir Leid!«

Die Geschäftsführerin nahm Franny genau in Augenschein.

»Sie scheinen mir eine respektable junge Frau zu sein. Haben Sie bereits Erfahrung in unserem Geschäft?«

»Ich habe noch nie gearbeitet, würde es aber gerne tun. Ich habe auch keine Referenzen, aber ich bin ehrlich ...« Franny blickte der Frau offen in die Augen. »Ich bin gerade erst nach Dublin gekommen und suche eine Stellung.«

Die Geschäftsführerin betrachtete ihre zukünftige Angestellte. Sie legte Wert auf Erfahrung, und sie legte Wert auf Referenzen. Doch die junge Frau vor ihr entstammte einer gewissen Gesellschaftsschicht, und Klasse war gut für das Geschäft.

»Wir bilden unsere Belegschaft gut aus und erwarten, dass Sie in der von uns geführten Pension wohnen, die von einer respektablen Dame geführt wird. Sie werden sich das Zimmer mit einer anderen Angestellten teilen müssen. Unsere Besuchsvorschriften sind sehr streng – wenn Sie also einen Bekannten haben sollten ...«

»Oh nein«, brachte Franny hervor, »ganz bestimmt nicht!«

Die Geschäftsführerin lächelte dünn.

»Mein Name ist Mrs Wright«, stellte sie sich vor. »Ich

kann Ihnen eine sechsmonatige Probezeit anbieten. Sie verdienen zwei Shilling in der Woche. Kost und Logis in Mrs MacLoughlins Pension am Bachelors Walk sind frei.«

Triumphierend kehrte Franny in die Lismore Street zurück. Clare war ausgegangen. Franny packte in aller Eile ihr Köfferchen und legte eine kurze Notiz auf Clares Frisier-Kommode.

Liebe Clare,
ich habe Stellung und Unterkunft gefunden – du bist mich also endlich los! So ist es besser für uns beide.
Franny

Zum Abschied bedankte sie sich bei Doris und drückte ihr ein Geldstück in die Hand, weil sie sich reich fühlte.

Franny genoss die Veränderung ihres Schicksals. Die Herausforderung, sich zur Putzmacherin ausbilden zu lassen, und ihre Entscheidung, weiterzuleben, verbannten die schrecklichen Ereignisse der Vergangenheit aus ihrem unmittelbaren Gedächtnis. Sie schickte ihrer Mutter eine Ansichtskarte, auf der die Nelson-Säule abgebildet war.

Es geht mir gut. Ich habe Arbeit gefunden. Du brauchst dir keine Sorgen um mich zu machen.

Doch ihre Adresse gab sie nicht preis. Ihr schlechtes Gewissen beruhigte sie mit der Vorstellung, dass sie ihre Mutter demnächst überraschen würde.

Frannys neues Zuhause lag fast unmittelbar neben *Butler's Music Shop,* in dem Grammophone verkauft wurden. Franny sah sich bereits in der Lage, eines dieser technischen Wunderwerke zu erstehen – ihre Mutter wünschte sich schon seit langem ein solches Gerät –, es ihrer Mutter zu schenken und mit ihr den Melodien zu lauschen, die aus dem Messingtrichter kamen.

Die Pension war spartanisch ausgestattet, aber sauber. Die drei Stockwerke lagen über einem Schuhgeschäft und waren vom *Le Chapeau* aus leicht erreichbar. Die Eigentümerin, Mrs MacLoughlin, war Witwe und hatte eine einundzwanzig Jahre alte Tochter, die Noreen hieß und das Zimmer mit Franny teilte. Sie war groß, sehr schlank, hatte einen langen, feuerroten Zopf und das ganze Gesicht voller Sommersprossen, die ihr eine außergewöhnliche Ausstrahlung verliehen.

»Ich hoffe, es macht dir nichts aus, dass wir zu zweit hier schlafen!«, sagte Noreen, als sie Franny das Zimmer mit den beiden schmalen Betten und der Marien-Statue auf dem Kaminsims zeigte. »Wir haben wenig Platz hier, und Mutter ist schrecklich knauserig.«

Franny musste lachen, doch ihre Belustigung klang fremd in ihren Ohren.

»Mir ist es gleich, aber für dich muss es doch sicher schlimm sein, mit einer Fremden zu schlafen!«

»Das hängt ganz von der Fremden ab! Ich denke, wir beide werden ganz gut miteinander klarkommen. Immerhin reden wir miteinander. Das ist schon der Härtetest. Schüchterne Leute sind so langweilig!«

Später erzählte Noreen, dass sie an der Kunstakademie studierte und gerne von zu Hause wegginge.

»So etwas läuft nicht unbedingt immer nach Plan«, gab Franny leise zu bedenken. »Vor allem, wenn man ein Mädchen ist.«

Noreen seufzte und sah Franny neugierig an.

»Das kannst du wohl laut sagen! Wir Frauen sind die ewig unterprivilegierte Klasse. Aber die Dinge verändern sich –

sieh dir doch nur an, was die Frauen in England machen!«, fügte sie vertraulich und ein wenig grimmig hinzu. »Hier in Irland gibt es inzwischen eine neue Suffragetten-Vereinigung. Wärst du interessiert?«

»Ob ich interessiert bin?«, wiederholte Franny. Sie traute ihren Ohren kaum.

Am folgenden Morgen begann Frannys Leben als Putzmacherin. Sie lernte ein wenig über Hüte und ihre Herstellung und sehr viel über die Ehrerbietung gegenüber Kunden. Sie hörte aufmerksam zu, wenn die Kollegen redeten, wich neugierigen Fragen zu ihrer eigenen Person jedoch aus.

Eines der Mädchen, eine gewisse Mary Foy, flüsterte ihr während der gemeinsamen Frühstückspause einen Spottvers ins Ohr:

»Mrs Wright
ist nicht gescheit.
Und Mrs Mac,
du lieber Schreck,
kocht furchtbar schlecht,
's ist nicht gerecht!«

Franny gratulierte ihr. »Du solltest Dichterin werden!«, erklärte sie.

»Dabei ist es nicht mal besonders gut«, gab Mary bescheiden zu, »und Geld kann man auch nicht damit verdienen. Mit dem Hutverkauf allerdings genauso wenig!«, fügte sie seufzend hinzu.

Franny wurde von einer plötzlichen Wehmut überrumpelt; sie dachte an die Bücher, die sie in Kilcrannagh zurückgelassen hatte, und an wahre Poesie, die Spuren in der Seele hinterlässt.

In der Mittagszeit schloss *Le Chapeau.* Die Belegschaft wurde im dampfigen Speisesaal der Pension am Bachelors Walk erwartet, wo man neben Kartoffeln und Gemüse ein ebenso winziges wie undefinierbares Stück Fleisch in pampiger Mehlsauce auf den Teller gehäuft bekam. Franny mochte Mrs MacLaughlins Essen nicht; stattdessen traf sie sich lieber mit Noreen zu einem kleinen Snack bei *Beweleys.* Auch wenn ihr ohnehin mageres Einkommen unter diesen Eskapaden erheblich litt, genoss sie ihr Aufbegehren und schwelgte in der neuen Freundschaft mit einer verwandten Seele, die sie nach und nach aus ihrer Isolation und Einsamkeit befreite.

Schon nach wenigen Tagen im *Le Chapeau* hatte Franny gelernt, wie man aus einfachen, breitkrempigen Stroh- oder Filzhüten mit preiswerten Mitteln exklusive Kreationen zaubern konnte, die zu ebenso exklusiven Preisen verkauft wurden. Die Grundformen wurden mit etwas Draht und Bändern verändert und anschließend mit Federn und Tüll aufwändig geschmückt.

»Sie kaufen Ihre Hüte als fertige Modelle«, sagte sie eines Tages zu Mrs Wright. »Dabei könnten wir ohne viel Aufwand die Garnitur selbst anfertigen!« Sie nahm einen einfachen Strohhut und dekorierte ihn mit einem Band um die Krempe. »Jetzt stellen Sie sich noch ein paar Blumen oder etwas Tüll dazu vor, und schon sieht der Deckel ganz anders aus! Und jeder, der nicht gerade zwei linke Hände hat, könnte es machen!«

Mrs Wright atmete tief ein und rümpfte arrogant die Nase.

»Miss Murphy, wir haben hier weder die Zeit noch die Erfahrung, unsere Hüte selbst zu gestalten. Und als eine der ersten Putzmacherinnen in Dublin muss ich den Ausdruck ›Deckel‹ für unsere Ware weit von mir weisen!«

Franny nickte demütig. »Entschuldigen Sie!«

Ich hatte ganz vergessen, wer hier das Sagen hat, dachte sie bedauernd. Dennoch widmete sie sich ihrem neuen Beruf mit uneingeschränkter Begeisterung.

»Das ist genau Ihr Stil, Madam«, erklärte sie einer würdevollen alten Dame, die ihren Kopf neigte und den zigsten Hut kritisch beäugte.

»Ich glaube, da haben Sie Recht«, nickte die Kundin und betrachtete ihr Hakennasen-Profil in einem Handspiegel. »Sie haben ein Auge dafür, was einem steht. Das kann nicht jeder von sich behaupten. Außerdem verfügen Sie über Charme, der auch nicht jedem gegeben ist.«

»Vielen Dank, Madam.«

»Sie waren ein wenig dreist, Miss Murphy«, kritisierte Mrs Wright sie später. »Doch immerhin hat die Kundin den Hut gekauft, und daher werde ich über Ihr Benehmen hinwegsehen. Trotzdem möchte ich Sie daran erinnern, dass Sie nach gerade einmal einer Woche in meinem Geschäft nicht so tun können, als wüssten Sie alles!«

Franny entschuldigte sich.

Halt den Mund!, schalt sie sich. Du bist immer schon selbst dein schlimmster Feind gewesen! Und vielleicht bringst du es ja eines Tages zu einem eigenen Laden.

Sie stellte sich ihr eigenes Geschäft vor – gefüllt mit schicken, selbst ausstaffierten Hüten – und sah sich einen sehnsüchtigen Moment lang als wohlhabend und erfolgreich und ohne den Schatten der Vergangenheit, den sie dann längst sicher ins Unterbewusstsein verdrängt hätte.

Mrs MacLoughlin ärgerte sich anfangs ein wenig, dass weder ihre Tochter noch ihre jüngste Mieterin zu den Mahlzeiten in der Pension auftauchten, doch wirtschaftliche Überlegungen versüßten ihr die bittere Pille. Immerhin wurde die

Vollpension pünktlich bezahlt. Außerdem war sie froh, dass sich ihre Tochter mit der neuen Mieterin, einer offenkundig respektablen jungen Person, gut zu verstehen schien, denn so gab es keine Klagen wegen des Zweibett-Zimmers. Hätte sie allerdings die angeregten Diskussionen bei *Beweleys* Rosinenbrötchen mithören können, hätte sie ihre Meinung vielleicht revidiert.

»Ich habe Alma Mulhall von dir erzählt!«, berichtete Noreen ihrer neuen Freundin. »Sie ist eine gute Bekannte von Mrs Sheehy Skeffington, einer der Vorkämpferinnen für das Frauenstimmrecht.«

»Ich habe schon von ihr gehört!«, sagte Franny aufgeregt. »War sie nicht kürzlich erst in der Zeitung?«

Am nächsten Tag brachte Noreen Alma Mulhall, eine sehr beschäftigt aussehende junge Frau, mit ins *Beweley.* Alma trug ihr Haar in der Mitte gescheitelt und zu einem Nackenknoten geschlungen. Noreen machte die beiden anderen Frauen miteinander bekannt und sagte dann: »Ihr Lieben, ich muss leider weg. Ich bin mit jemandem verabredet. Es geht um seinen Hund.«

Noreen verschwand, und Alma lehnte sich über den Tisch: »Ich glaube, der Hund ist eine Erfindung«, flüsterte sie mit einem verschmitzten Lächeln.

Franny lachte.

Alma betrachtete sie eine geraume Weile. Ihr Gesicht war ernst geworden.

»Ich habe gehört, du interessierst dich für die Befreiungsbewegung!«

»Interessieren? Schon seit Jahren rede ich zu Hause darüber – aber mir hat nie jemand zugehört!«

»Dass etwas richtig ist, bedeutet noch lange nicht, dass man auch ein Publikum dafür findet«, sagte Alma. »Alles ist eine Frage der Zeit. Wir müssen hier ein Steinchen und da ein Bröckchen lockern, bevor die Lawine losgetreten werden kann. Und in unserer neu gegründeten Organisation können wir jeden intelligenten Menschen brauchen …«

Sie unterhielten sich über den Status quo. Frauen genossen den gleichen rechtlichen Status wie Kinder, Kriminelle und Geisteskranke. Sie mussten die Veränderung selbst herbeiführen, sonst würden sie in dieser illustren Gesellschaft bleiben.

»Bei mir rennst du offene Türen ein«, rief Franny.

»Am Freitag treffen wir uns in der Molesworth Hall. Mrs Sheehy Skeffington hält einen Vortrag.«

»Ich komme auf jeden Fall!«

»Hättest du auch Lust, am Samstag zu meinem Jour fixe zu kommen? Ich wohne in Howth …«

Alma brach ab. Jemand hatte sich hinter Frannys Stuhl aufgebaut, und als Alma ihn höflich und fragend anschaute, drehte Franny sich um. Für den Bruchteil einer Sekunde erkannte sie ihn nicht. Sie hatte ihn in einem Albtraum zurückgelassen. Aber vielleicht war er auch aus dem Hades aufgetaucht. Doch seine Stimme war so fröhlich und freundlich, als ob er sie nie vergewaltigt hätte, als ob er nie ihre Welt in Schutt und Asche gelegt und sie Blut und Tränen gekostet hätte.

»Meine liebe Miss Murphy … welch netter Zufall!«

22. KAPITEL

Meine Reaktion erfolgte unwillkürlich und ohne nachzudenken.«

Franny blätterte in ihrem alten Tagebuch eine Seite weiter. Sie atmete scharf ein und ließ das Heft auf die Knie sinken. Erst nach einer Weile konnte sie weiterlesen.

»Ich begann zu zittern und griff nach einem Messer. Alma entwand es mir. Ich flüchtete, stolperte über einen Stuhl und verfluchte meine Feigheit. Alma wechselte ein paar Worte mit ihm. Dann folgte sie mir.

›Ganz ruhig, Frances‹, sagte sie, als sie mich schließlich sicher untergehakt hatte und mit mir die Grafton Street hinunterging. ›Du bist ein prima Mädchen … Wenn du willst, kannst du mir später erzählen, was passiert ist, aber jetzt musst du dich erst mal beruhigen …‹

Ich gehorchte. Ich brauchte jemanden, der mir sagte, was ich tun sollte.

Sie lenkte meine Schritte, ich folgte einfach nur. Ich wusste weder, wo wir waren, noch, wohin wir gingen, und schluchzte laut und unkontrollierbar vor mich hin. Ich kann mich an die neugierigen Blicke der Passanten erinnern, an eine große, schwarze Tür, die aufging, eine kühle, geflieste Eingangshalle, den Geruch nach Bohnerwachs und Desinfektionsmittel und einen bärtigen Mann in einem gestreiften Anzug.

›Alma‹, rief er. Doch dabei blickte er auf mich. ›Was um alles in der Welt …‹

›Eine Freundin, Vater. Sie steht unter Schock.‹

Die Decke, in die er mich einhüllte, war wunderbar warm. Er setzte mich wie ein kleines Kind in einen Sessel vor dem Kamin.

›Mein Vater ist Arzt‹, sagte Alma mit sanfter, ruhiger Stimme in mein Ohr. ›Du brauchst keine Angst zu haben. Wir sind hier in seiner Praxis.‹

Sie flüsterten miteinander, dann verließ er das Zimmer. Er muss nach nebenan gegangen sein, denn ich hörte seine Schritte auf dem Flur und eine Tür, die geöffnet wurde. Irgendwann kehrte er mit einem Becher warmer Milch zurück, dann ließ er uns allein.

Natürlich habe ich ihr alles erzählt. Vor Alma kann man nichts so leicht verbergen; sie ist ruhig, ernst und mitfühlend. Jetzt weiß sie also, warum ich vor Sir Bertram Wallace davongelaufen bin und auch, dass ich nicht die starke Persönlichkeit bin, die sie für ihre neue Organisation braucht. Sie hat das Notizbuch aus der Praxis ihres Vaters geholt und mir gegeben. Eigentlich war es für medizinische Berichte gedacht.

›Du musst jeden Tag hineinschreiben. Schreib alles auf, was passiert. Beschreibe deinen Schmerz so lange, bis er weg ist.‹«

Wie lebendig eine Erinnerung doch wieder wird, wenn man sie wachruft, dachte Franny, schloss die Augen und ließ das staubige Buch sinken.

Sie dachte daran, wie spät sie an diesem Nachmittag zum *Le Chapeau* zurückgekehrt war. Immerhin *bin* ich zurückgegangen, obwohl ich Angst hatte, dass er hinter mir her schnüffeln könnte. Und ich habe mich auch gezwungen, am folgenden Samstag zu Almas Jour fixe zu erscheinen.

Franny stand auf, trat ans Fenster und blickte hinunter auf die Chatham Street. Hannah tobte auf dem Bürgersteig herum.

Alles war so präsent, als sei es erst gestern gewesen. Und es tat noch genauso weh!

Was war besser – sich mit der Vergangenheit zu beschäftigen oder sie zu verbrennen?

Alma hielt ihren Jour fixe samstagnachmittags im Haus ihrer Eltern ab.

»Es ist wichtig, dass du kommst«, hatte sie an jenem schrecklichen Montag beim Abschied zu Franny gesagt. »Interessante Leute zu treffen und sich mit dem Zeitgeschehen zu beschäftigen ist der Weg nach vorn und die beste Möglichkeit, zu vergessen.«

Auch Noreen war eingeladen. Gemeinsam nahmen sie die Straßenbahn an der Nordseite der Bucht von Dublin entlang. In Dollymount segelten Möwen wie ein Symbol unendlicher Freiheit über den Strand.

»Du bist heute so still«, sagte Noreen. »Stimmt etwas nicht?«

»Ich bin müde. Und auch ein bisschen nervös …«

Franny hatte Noreen nichts von dem erzählt, was sie beschäftigte. Sie hielt es für eine peinliche Privatangelegenheit, und je weniger Leute davon wussten, desto schneller – so hoffte sie – konnte sie vergessen und wieder zu dem Menschen werden, der sie einst gewesen war.

Nachdem sie in Howth angekommen waren, mussten sie noch eine Viertelstunde laufen, bevor sie das offene Tor mit der Aufschrift »Rathcormac« erreichten.

In Almas Wohnzimmer saßen eine Menge Leute, die einander alle kannten und angeregt miteinander plauderten. Im Ofen flackerte ein fröhliches Kohlenfeuer, und eine Bedienstete in weißer Schürze und Häubchen reichte Tee und Sandwiches herum. Die Aussicht aus dem Fenster war atemberaubend; wie Scherenschnitte bewegten sich die Gäste vor dem strahlend blauen Hintergrund. Fran fühlte sich eingeschüchtert und sagte nicht viel, bis Alma sie unter ihre Fittiche nahm.

»Wie geht's dir, Frances? Besser?«

»Ach Alma, es tut mir wirklich Leid wegen Montag.«

»Das braucht es nicht. Du hattest ja wirklich allen Grund! Ich hoffe, der Mann hat dich seither in Ruhe gelassen.«

»Hat er. Aber was soll ich tun, wenn er zurückkommt?«

»Ich habe ihm erklärt, dass ich die Polizei rufe, wenn er

sich im Umkreis von zehn Meilen noch einmal blicken lässt! Er weiß jetzt, dass du Freunde hast.«

Alma stellte Franny Mrs Sheehy Skeffington und deren Ehemann Francis vor. Mrs Skeffington war eine kleine, intelligent aussehende Frau, ihr Mann wirkte freundlich, gebildet und unvoreingenommen.

»Der Mann ist etwas ganz Besonderes!«, flüsterte Noreen. »Er ist Pazifist und Feminist. Er wird von allen nur Skeffy genannt.«

Sie tauschten einen Händedruck mit dem Dichter Austin Clarke und einer wunderschönen Frau, die Noreen ihr als die Künstlerin Estella Solomons vorstellte.

In einer Ecke des Raums stand eine stattliche Dame und plauderte angeregt mit einem hoch gewachsenen jungen Mann, der ein wenig schielte. Die beiden strahlten so viel Entschlossenheit aus, dass Franny unwillkürlich immer wieder zu ihnen hinüberblicken musste.

»Wer ist das?«, erkundigte sie sich flüsternd bei Noreen.

»Die Countess Markieviez natürlich!«

»Mein Cousin und meine Cousine haben oft von ihr erzählt«, sagte Franny atemlos. »Ist sie nicht in der *Gaelic League*?«

»Sie mischt überall mit. Der Mann, mit dem sie redet, ist übrigens auch in der League – es ist Mr Pearse.«

Harrys großes Vorbild!, dachte Franny aufgeregt. War es wirklich erst ein paar Wochen her, dass Harry aus dem College nach Hause gekommen war? Dass ihre Welt noch nicht in Trümmern gelegen hatte? Sie beobachtete Mr Pearse und versuchte, genügend Mut zusammenzukratzen, um ihn anzusprechen. Doch die nette Countess machte ihr Angst. Sie sieht aus, als hätte der Vulkan Ätna sie ausgespien, dachte sie – wie eine Göttin aus der Alten Welt.

Ihre Überlegungen wurden von einer heiteren Männerstimme unterbrochen.

»Noreen! Wie schön, dich hier zu sehen! Stellst du mich deiner hübschen Freundin vor?«

Die Stimme gehörte einem jungen, schlanken Mann, dessen dunkles Haar sich bis auf den Kragen ringelte.

»Liam!«, rief Noreen. »Ich dachte, du wärst längst in Paris! Darf ich dir Frances Murphy vorstellen? Wir teilen uns ein Zimmer.«

Lachend drehte sie sich zu Franny um. »Der nette junge Mann hier ist Almas Bruder Liam. Porträtmaler auf dem Weg zum Ruhm.«

Liam schüttelte Frannys Hand.

»Ja, ja, aber dieser Weg ist noch sehr weit!«, grinste er. »Sind Sie ebenfalls Kunststudentin?«

»Leider nicht. Ich muss gestehen, dass ich sogar noch nie ein Atelier von innen gesehen habe.«

»Dann sollten Sie die Gelegenheit beim Schopf ergreifen. Meins liegt hinter der Tür da vorn …«

Im Atelier roch es nach Farbe, Leinöl und Terpentin. Zwischen Unmengen von Pinseln lagen Farbtuben, Wischtücher und frische Leinwände. Diese Arbeitsstätte wirkte wie das Domizil eines Suchenden. Auf einer Staffelei stand ein unvollendetes Gemälde; eine Hälfte war noch weiß, die andere schon bunt. An der Wand lehnten Porträts. Franny betrachtete sie interessiert und stellte fest, dass sie alle wie zufällig eingefangen wirkten und die hinter dem Gesicht liegende Seele wiedergaben.

»Wie schaffen Sie es nur, Ihren Modellen so viel Leben einzuhauchen?«

»Nett, wie Sie das sagen! Im Grunde hängt es davon ab, ob die Person bereit ist, sich zu öffnen. Hätten Sie vielleicht

Lust, mir einmal Modell zu sitzen?« Liam musterte sie prüfend. »Ihr Gesicht ist sehr blass und besonders ausdrucksstark. Ich habe kürzlich einen Auftrag für eine Allegorie angenommen, und Sie gäben eine wunderbare Melancholie ab … oder eine Unschuld.«

Franny errötete. Sie war so überrumpelt, dass ihre Antwort fast so steif ausfiel wie die der Heldinnen in ihren Büchern.

»Ich hielte es für vermessen, eines von beiden darzustellen.«

»Dann male ich Sie eben, wie Sie sind«, sagte er ernst. »Als junge Frau auf der Suche nach ihrem Schicksal.«

»Ich glaube, ich nehme es lieber selbst in die Hand, als danach zu suchen. Das scheint mir sicherer.«

Er lachte zwar, sah sie aber voller Respekt an.

»Womit verdienen Sie Ihren Lebensunterhalt?«

»Ich arbeite bei einer Putzmacherin in der Grafton Street.«

»Aber lieber würden Sie Kunst studieren, nicht wahr?«

»Es würde mir sicher Spaß machen, wenn ich genügend Talent hätte. Ich bin zwar recht geschickt mit den Händen, aber das heißt noch lange nicht, dass ich über das entsprechende Genie verfüge.«

Liam lächelte.

»Wer hat das schon? Trotzdem glaube ich, dass Sie alles erreichen können, was Sie wollen«, antwortete er galant.

Als sie sich wieder zu den anderen Gästen gesellten, mussten sie feststellen, dass Noreen gegangen war.

»Sie bat mich, dir zu sagen, dass sie die Nacht bei einer Freundin verbringt«, berichtete Alma. »Und du sollst ihrer Mutter ausrichten, dass sie morgen früh zurückkommt.«

»Ich denke, ich sollte mich jetzt ebenfalls auf den Weg

machen«, sagte Franny. »Ich muss meine Straßenbahn erwischen. Auf Wiedersehen, Alma. Und vielen Dank für die Einladung.«

»Gern geschehen.«

Alma warf Liam einen auffordernden Blick zu.

»Dürfte ich Sie heimfahren?«, fragte er leise.

Wenige Minuten später sammelte Franny ihre ersten Erfahrungen mit einem Automobil. Und obwohl sie das erste Mal seit ihren schlechten Erfahrungen mit Bertram Wallace mit einem Mann allein war, verspürte sie keine Angst. Liam hatte eine ansprechende Art, mit dem Auto umzugehen, und eine freundliche Art, mit ihr zu reden. Er erzählte von seinen Plänen, dass er demnächst Dublin für ein Jahr den Rücken kehren und in Paris studieren wollte. Franny hörte fast neidisch zu. Allmählich entspannte sie sich. Sie dachte über die außergewöhnlichen Menschen nach, die sie kennen gelernt hatte, und über die Möglichkeiten, die vor ihr lagen. In Irland tat sich etwas, und sie konnte an den Umbrüchen teilhaben.

Als sie in die Pension zurückkam, waren die anderen Mädchen aus dem *Le Chapeau* alle ausgeflogen. Der Tag am Meer, in Greystones, täte den armen Seelen sicher gut, wie sich Mrs Mac ausdrückte. Franny war zum Tee allein mit ihrer Vermieterin, die sich sehr besorgt über den Verbleib von Noreen zeigte und wissen wollte, bei welcher Freundin ihre Tochter übernachtete.

»Ich weiß es nicht, Mrs MacLoughlin.«

»Hat meine Tochter einen Verehrer?«

Franny erklärte, dass sie auch das nicht wisse, was der Wahrheit entsprach. Noreen sprach so gut wie nie über ihr Privatleben; sie hatte einmal angedeutet, dass sie einen Bewunderer hätte, sich zu größerer Vertraulichkeit aber nicht hinreißen lassen.

Nach dem Tee holte die Vermieterin eine Flasche Gin aus dem Schrank und schenkte sich ein. Dann nahm sie eine Zigarette aus einer Schublade, lehnte sich mit knisternden schwarzen Röcken in ihrem Armsessel zurück und zündete sie an.

»Meine kleinen Samstagsannehmlichkeiten«, sagte sie und schnitt eine Grimasse in Anbetracht ihrer Schwächen. »In meinem Alter hat man ein Recht auf das eine oder andere Vergnügen.« Sie inhalierte genüsslich und sah Franny fragend an. »Ich finde, Sie sind ziemlich ruhig. Aus welchem Teil des Landes stammen Sie?«

»Monaghan.«

»Ein so hübsches junges Ding wie Sie findet sicher schnell einen Ehemann.«

Sie zeigte auf die vergilbte Fotografie eines jungen Mannes in Uniform auf dem Kaminsims.

»Das ist Noreens Vater. Er ist an einer Blinddarmentzündung gestorben als die Kinder noch ganz klein waren. Gott sei seiner Seele gnädig! Er war bei den *Dublin Fusiliers*.«

Fran betrachtete den jungen Uniformierten und musste plötzlich an Guy denken, der sich jetzt, sicher auch in Uniform, irgendwo in der Welt herumtrieb. Und Ellen lebte weit weg im Westen. Nichts war mehr so wie früher.

»Haben Sie zu Hause einen Verehrer?«, erkundigte sich Mrs Mac.

»Nein«, gab Franny knapp zurück.

Die Neugier der Vermieterin ging ihr zu weit. Sie entschuldigte sich mit noch zu erledigender Hausarbeit, stand auf, ging in die Küche und bügelte die sorgfältig gestärkten Blusen, die sie in der nächsten Woche brauchen würde. Anschließend ging sie zu Bett.

Immer noch gingen ihr die interessanten Gespräche und die neuen Bekanntschaften des Nachmittags durch den Kopf. Auch über das Frauen-Wahlrecht war geredet worden – noch viel mehr allerdings war es um Harrys Lieblingsthema gegangen, um die Zukunft Irlands. Und das am häufigsten benutzte Wort war *Home Rule* gewesen.

Auch an Liam dachte Franny, und an das wundervolle Atelier, in dem er mit seiner Kunst allein sein durfte. Er war so freundlich gewesen! Alma musste sie für eine ziemlich verrückte Person halten! Dass sie aber auch letzten Montag derart den Kopf verloren hatte!

Na gut, es war nun einmal passiert. Alles wäre halb so schlimm, wenn endlich ... ihre Periode käme! Schon seit einiger Zeit bemühte sich Franny, ihre Angst in Schach zu halten – doch sie kehrte mit immer stärker werdender Gewalt zurück.

Vielleicht hat es ja gar nichts zu bedeuten, versuchte sie sich zu beruhigen. Dennoch schickte sie ein verzweifeltes Stoßgebet zum Himmel.

Frannys Gedanken wurden vom Geräusch kreischender Bremsen unterbrochen. Sie rannte zum Fenster, doch es war nur ein Terrier gewesen, der unachtsam die Straße überquert und einen Wagen zum Anhalten gezwungen hatte. Jetzt stand er auf der anderen Straßenseite und blickte sich vorwurfsvoll um. Aber wo war Hannah? Doch dann sah Franny sie gemächlich den Bürgersteig entlanggehen; unter dem Arm trug sie die *Evening Mail.* Bestimmt stand heute der Bericht über das Begräbnis von Emily Davison in der Zeitung; die Frau hatte sich vor zehn Tagen in Epsom vor das Pferd des Königs geworfen.

Franny wandte sich erneut ihrem Tagebuch zu. Wie lange ist das schon her, dachte sie. Jahre! Warum tue ich es mir trotzdem noch einmal an?

Noreen war erst am Sonntagabend nach Hause gekommen. Der Streit mit ihrer Mutter war im ganzen Haus zu hören gewesen.

»Mutter erwartet wohl, dass ich lebe wie eine Nonne!«, beschwerte sie sich später bei Franny, als sie allein im Zimmer waren.

»Sie hat mich gefragt, ob du einen Verehrer hast«, sagte Franny.

»Natürlich habe ich einen Verehrer! Für wen hält sie mich? Alles in Ordnung mit dir, Franny?«, fügte sie erschrocken hinzu, als sie sah, dass sich ihre Zimmergenossin mit bleichem Gesicht auf dem Bett zusammengerollt hatte. »Du siehst ziemlich schlecht aus.«

»Meine Periode hat sich verspätet«, erwiderte Franny lahm.

»Ach, das passiert mir dauernd! Mutter sagt immer, wer nicht ordentlich isst, bekommt seine Tage nicht. Komisch, oder?« Sie fasste die Freundin scharf ins Auge und fragte kritisch: »Aber du hast doch sicher keinen Grund, dir Sorgen zu machen – oder doch?«

»Natürlich nicht!«

»Na, dann musst du eben nur wieder ein bisschen zulegen. Du solltest dir Mutters Mittagessen einverleiben«, fügte sie lachend hinzu.

Am folgenden Morgen war Harry plötzlich im *Le Chapeau* aufgetaucht. Franny konnte sich noch genau an die Zeit erinnern: zwölf Uhr dreißig; die Uhr auf der gegenüberliegenden Straßenseite hatte gerade die halbe Stunde geschlagen. Wie der Inbegriff des weltläufigen jungen Mannes war er eingetreten und hatte seine Cousine angegrinst, als hätte er die ganze Zeit gewusst, wo sie zu finden war. Sie bediente gerade eine Kundin und musste sich stark zusammennehmen, um ihr Erschrecken zu verbergen. Harry begutachtete ein paar der ausgestellten Hüte, griff nach einem, setzte ihn auf und betrachtete sich nachdenklich im Spiegel. Angestellte und Kunden verbissen sich gleichermaßen das Lachen. Würdig schritt Mrs Wright auf ihn zu.

»Kann ich Ihnen behilflich sein, Sir?«, fragte sie mit strenger Stimme.

»Ich möchte einen Hut für meine charmante Cousine erwerben«, gab Harry zurück. Seine Stimme schallte durch das ganze Geschäft. »Ich glaube, dieser hier würde ihr gut zu Gesicht stehen.«

»Es wäre besser, Sir, die junge Dame würde den Hut selbst anprobieren«, wandte die Geschäftsführerin ein. »An ihr sieht er sicherlich wieder ganz anders aus.«

»Dann fragen wir sie doch einfach, wenn sie gleich Zeit hat«, tönte Harry und wies mit einer Kopfbewegung auf Franny.

»Miss Murphy ist Ihre Cousine?«

»Das ist sie. Und heute ist ihr Geburtstag.«

Franny hatte jedes Wort mitbekommen. Sie hatte das Gefühl, vor Lachen fast platzen zu müssen. Doch unter dem strengen Blick ihrer Arbeitgeberin verpackte sie, ohne mit der Wimper zu zucken, den soeben von ihrer Kundin erworbenen Hut in einer Hutschachtel, befestigte den Deckel, verabschiedete sich höflich und wandte sich erst dann so beiläufig wie möglich ihrem Cousin zu.

»Hallo Harry! Das ist aber eine Überraschung!«

»Ich war gerade dabei, dieser netten Lady hier zu erklären, dass heute dein Geburtstag ist und dass ich dich zum Essen ausführen will.«

»Ist dieser junge Gentleman tatsächlich Ihr Cousin, Miss Murphy?«

»Ja, das ist er in der Tat. Sein Name ist Harry Healy. Harry, das ist Mrs Wright, die Geschäftsführerin.«

Harry machte einen Diener. »Sehr erfreut, Sie kennen zu lernen, Madam. Würdest du jetzt bitte diesen Hut aufsetzen, Fran?«

Franny folgte seiner Aufforderung. Sie hätte alles getan, um dem Misstrauen im Blick ihrer Chefin und der Neugier ihrer Kolleginnen zu entrinnen. Der Hut war aus hellem Stroh, hatte eine Schleife und passte ausgesprochen gut zu ihrem grau-weißen Kleid. Laut Preisschild sollte er drei Pfund, neunzehn Shilling und elf Pence kosten.

»Bekommen Mitarbeiter Rabatt?«, erkundigte Harry sich bei Mrs Wright, als er seine Börse zückte.

»Leider nein«, gab sie steif zurück. »Meine Angestellten pflegen die hier angebotenen Kreationen nicht selbst zu kaufen.«

»Schade. Aber ich wollte noch einen weiteren Kauf tätigen. Am letzten Freitag habe ich in Ihrem Schaufenster einen Hut mit einem hellblauen Band und einer besonders auffälligen Krempe gesehen …« Er blickte sich suchend um. Plötzlich zeigte er auf einen Stand. »Da ist er ja! Den möchte ich bitte ebenfalls.«

Franny blickte ihn verblüfft an.

»Und jetzt«, erklärte Harry mit fester Stimme und seinem gewinnendsten Lächeln, »werde ich mit Ihrer freundlichen Erlaubnis meine junge Cousine zum Essen ausführen. Wir haben uns lange nicht gesehen und viel miteinander zu besprechen.«

Mrs Wright gab nach. »Aber um Punkt zwei muss sie zurück sein! Letzte Woche hat sie sich schon einmal ziemlich verspätet!«

»Keine Sorge, ich bringe sie pünktlich zurück.«

Franny holte Mantel und Handschuhe, setzte ihren neuen

Hut auf und verließ mit Harry das Geschäft. Kaum, dass sie außer Sichtweite des Le Chapeau waren, blieb sie mitten auf der Straße stehen und stellte ihren Cousin zur Rede. »Was machst du hier eigentlich, Harry Healy?«

»Na, ich habe dir einen Hut gekauft und führe dich zum Essen aus«, gab er sachlich zurück.

»Woher wusstest du denn, wo ich arbeite?«

Harry griff nach ihrer Hand.

»Ach weißt du, Fran, Dublin ist gar nicht so groß! Letzten Freitag spazierte ich mit Deirdre die Grafton Street entlang, und sie verliebte sich auf den ersten Blick in einen Hut in eurem Schaufenster. Der Laden war geschlossen, aber ich wollte mir das Objekt der Begierde einmal näher ansehen. Tja, und wen entdecke ich da durch das Schaufenster? Meine schmerzlich vermisste Cousine!«

»Daher also der zweite Hut! Normalerweise achte ich darauf, vom Fenster aus nicht gesehen zu werden.«

»Ich war mir zunächst auch nicht ganz sicher. Deine würdige Chefin kümmerte sich um irgendwelche Rechnungen, und du hast aufgeräumt. Am liebsten hätte ich ans Fenster geklopft, aber Miss Callaghan fürchtete den Zorn der gestrengen Dame. Und deshalb bin ich eben heute gekommen.«

Die Selbstverständlichkeit, mit der Harry Deirdre Callaghans Namen aussprach, versetzte Franny einen Stich ins Herz. Sie ließ Harrys Hand los und ging schweigend neben ihm her, bis ihr plötzlich bewusst wurde, dass er sie in Jammets Restaurant an der Ecke der Andrew Lane lotste.

»Da können wir nicht essen, Harry«, zischte sie. »Es ist sündhaft teuer. Außerdem hast du gerade zwei kostspielige Hüte gekauft.«

»Reg dich nicht auf! Ich bin gerade flüssig. Glück beim Pferderennen. Einer der Jungs hat mir einen Tipp gegeben.

Keine Sorge«, fügte er streng hinzu, »ich mache das nicht dauernd. Du brauchst gar nicht so zu gucken!«

»Und du willst deinen Gewinn tatsächlich für mich ausgeben?«, rief Franny. »So viel Freundlichkeit habe ich gar nicht verdient!«

»Zu was sollte ein Gewinn sonst gut sein? Außerdem hast du uns allen einen Heidenschreck eingejagt. Ich möchte jetzt endlich erfahren, warum!«

23. KAPITEL

Jammets war das beste Restaurant der Stadt. Mit seiner französischen Eleganz, den dicken Teppichen und den mit Stoff bespannten Wänden lag es nur einen Steinwurf von den Elendsvierteln auf der anderen Seite des Liffey entfernt. Harry und Franny mussten nicht lange warten; schnell bekamen sie einen Platz zugewiesen, und der Ober reichte ihnen die Speise- und die Weinkarte.

»Ich nehme das Poulet Rôti aux Fines Herbes«, flüsterte Franny und kicherte wie in alten Tagen, als sie sich bemühte, die französische Bezeichnung richtig auszusprechen.

Harry entschied sich für Sole Bonne Femme und orderte eine Flasche Sancerre. »Schließlich ist heute dein Geburtstag – da darf man sich schon einmal ein Gläschen gönnen.«

Franny schnalzte mit der Zunge. »Ach ja, mein Geburtstag! Weißt du noch, als Ellen fünfzehn wurde und Guy Forrister mit einer ganzen Kiste Wein anrückte?«

Harry nickte.

»Du hast Mrs Wright einen ganz schönen Bären aufgebunden«, fuhr Franny fort.

»Ich hätte das Blaue vom Himmel gelogen, um endlich

mit dir reden zu können. Kannst du dir nicht vorstellen, wie wir überall nach dir gesucht haben?«

»Ich hoffe, du hast Mutter nicht erzählt, wo du mich aufgetrieben hast.«

»Das musst du schon selbst tun, altes Haus! Aber sicher werde ich ihr sagen, dass es dir gut geht und du einen anständigen Beruf hast.«

Franny seufzte und blickte sich in dem eleganten Speiseraum um. Silberbesteck glänzte auf Damasttischtüchern, diskrete Kellner kümmerten sich um die im Überfluss schwelgenden Gäste. Plötzlich wurde ihr klar, dass sie ihre Seele verkaufen würde, um wieder nach Hause zu dürfen – ohne das drohende Damoklesschwert über ihrem Kopf und ohne den Schandfleck auf ihrer Vergangenheit.

Was sollte sie Harry sagen? Dass sie in Dublin bleiben wollte. Dass sie nie wieder nach Hause zurückkehren würde. Und dass sein Anblick sie schmerzte …

Der Ober brachte den Wein. Harry kostete und nickte so weltmännisch, als tränke er jeden Tag erlesene Weine. Nachdem der Ober beide Gläser gefüllt und sie allein gelassen hatte, runzelte Harry die Augenbrauen und neigte sich Franny entgegen.

»Was ist los, Cousinchen? Warum bist du weggelaufen? Warum hast du so tiefe Ringe unter den Augen? Mir kannst du es doch sagen …«

»Auf keinen Fall gehe ich nach Hause!«

»Du hast nicht einmal eine Nachricht hinterlassen. Erst bist du aus Kilcrannagh verschwunden, und dann hast du auch Clare ohne Angabe einer Adresse den Rücken gekehrt!«

»Ach Harry, Clare wollte mich einfach nur loswerden! Und Mutter würde bestimmt kein Wort mehr mit mir reden. Wenn ich ihr gesagt hätte, was ich vorhabe, hätte sie mich in meinem Zimmer eingesperrt. Vielleicht hätte ich ihr einen Brief schreiben sollen, aber ich muss mir erst einmal selbst beweisen, dass ich allein lebensfähig bin. Irgendwann werde ich sie dann besuchen – vielleicht verzeiht sie mir ja …«

Harry schwieg einen Augenblick, bevor er sagte: »Es könnte sein, dass du deine Mutter in diesem Punkt überschätzt. Sie ist wirklich sehr wütend … Hast du eigentlich je einem Menschen von der Sache erzählt?«, erkundigte er sich dann beiläufig.

Frannys Herzschlag schien für einen Moment auszusetzen.

»Von welcher Sache?«, fragte sie mit plötzlich aschfahlem Gesicht.

»Na ja … die Dinger … die du in der Scheune gefunden hast.«

Erleichtert lehnte sich Franny mit spöttischem Lachen zurück.

»Deshalb also wolltest du unbedingt mit mir reden! Ist das der wirkliche Grund für den Hut und das Mittagessen?«

»Nein«, erklärte Harry nachdrücklich. »Aber es ist trotzdem wichtig.«

Franny schnalzte mit der Zunge. »Euer Geheimnis ist bei mir in sicheren Händen. Ich weiß zwar nicht, was du und Jimmy vorhabt, aber ich hoffe, ihr seid vorsichtig.«

»Wir haben nur auf die … Dinger … aufgepasst. Du brauchst dir keine Sorgen zu machen. Außerdem sind sie sowieso ziemlich alt …«

Franny blickte ihn verächtlich an.

»Wo habt ihr sie hingebracht?«

Harry lächelte und schüttelte den Kopf.

»Harry«, sagte Franny nach einer Weile leise, »hast du

eine Ahnung, wo ich mir eine Waffe leihen könnte? Eine Pistole zum Beispiel?«

Harrys Gesichtsausdruck schwankte zwischen Bestürzung und Lachen.

»Wozu brauchst du eine Waffe? Willst du deine Chefin um die Ecke bringen? Ich könnte dich zwar voll und ganz verstehen, aber solche Dinge werden in aller Regel nicht sehr gerne gesehen.«

»Reiner Selbstschutz!«, sagte Franny.

»So gefährlich ist Dublin nun auch wieder nicht!« Er beugte sich zu ihr. »Fran, erkläre mir doch bitte wenigstens, was ich deiner Mutter sagen soll, ehe sie dir jemanden auf den Hals hetzt. Sie hat meinen Vater gebeten, dich über seine Polizeikontakte ausfindig zu machen.«

Franny stöhnte auf. Ein Polizeibesuch im Geschäft würde alle Karrierehoffnungen schlagartig beenden.

»Darf ich ihr wenigstens sagen, dass ich dich getroffen habe und dass es dir gut geht?«

»Ja. Und deinem Vater auch. Sag ihm, du wüsstest, wo ich mich aufhalte, und dass ich erwachsen bin und so bald wie möglich zu einem Besuch nach Hause fahre.«

»Gut. Das wird sie wenigstens eine Zeit lang beruhigen.« Er schluckte und ächzte genüsslich. »Einfach himmlisch! Wie machen die Franzosen das bloß? Es ist doch einfach nur ein Stück Fisch! Ach übrigens«, fügte er plötzlich mit leicht erhobener Stimme hinzu und sah seine Cousine erwartungsvoll an, »vielleicht interessiert es dich, dass Mr Wallace kurz nach deinem überstürzten Aufbruch bei uns gewesen ist. Er hat nach dir gefragt und angekündigt, dass er in Dublin nach dir suchen wolle.«

Franny legte Messer und Gabel auf den Tisch, griff nach ihrer Tasche und stand auf.

»Danke für das Mittagessen und den Hut. Aber versuche

nie wieder, mich zu besuchen. Und wage es nicht, Mutter oder Clare zu sagen, wo sie mich finden können. Wenn du es schaffst, den Mund zu halten, werde ich niemandem verraten, dass Jimmy und du Gewehre versteckt, um mit ihrer Hilfe das britische Empire zu stürzen.«

Sie wartete nicht einmal seine Reaktion ab. Eilig verließ sie das Restaurant und hastete zum *Le Chapeau* zurück. Das Geschäft war geschlossen. Unglücklich und allein gelassen vertrat sie sich bis zwei Uhr die Füße und wartete.

Ach Harry, dachte sie, ich kann alles ertragen – nur nicht deine Verachtung.

Harry beendete seine Mahlzeit. Er dachte daran, was Deirdre gesagt hatte, als sie Franny am vergangenen Freitag durch die Schaufensterscheibe beobachteten: »Deine Cousine sieht krank aus! Sie scheint große Sorgen zu haben.«

Er erinnerte sich an den gehetzten Blick, den Franny ihm über den Tisch hinweg zugeworfen hatte. Ich darf sie nicht aus den Augen verlieren, dachte er.

Bedauernd betrachtete er die noch halb volle Flasche Sancerre. Er wollte den Kellner bitten, sie zu verkorken; wenn er sie mitnahm, konnte er vielleicht Jimmy eine Freude bereiten, obwohl er im Allgemeinen ausschließlich Wasser trank. Später würde er den Freund an der Kingsbridge Station abholen. Am nächsten Tag sollte eine wichtige Versammlung stattfinden …

Mit zunehmender Ungeduld wartete Franny auf ihre nächste Periode. Doch sie kam nicht – sie blieb bereits den zweiten Monat aus. Ihre Brüste waren empfindlich geworden, und morgens wurde ihr oft übel.

Franny wusste, dass sie sich den Tatsachen stellen musste, und der kalte Schweiß brach ihr aus.

Eines Morgens erinnerte Noreen sie an eine Versammlung, die am Abend in Molesworth Hall stattfinden sollte.

»Kann ich mich irgendwie davor drücken?«

»Ach Fran, du weißt doch, dass wir jeden Einzelnen brauchen! Lass uns nicht hängen! Alma war so glücklich, einen vernünftigen Neuzugang zu haben!«

Franny ertrug es nicht, dass Alma sie nur als hysterisch erleben sollte, und nahm teil.

Die Versammlung dauerte mehr als anderthalb Stunden. Als Franny sich anschließend davonschleichen wollte, fing Alma sie ab.

»Wie geht es dir, Liebes? Besser?«

»Viel besser, Alma. Danke, dass du so nett zu mir bist.«

»Könntest du für uns ein paar Flugblätter verteilen? Noreen und du, ihr könntet den Bezirk Pembroke übernehmen.«

»Aber natürlich!«

»Liam bringt die Flugblätter heute Abend vorbei. Unsere Presse pfeift aus dem letzten Loch, aber er schafft es immer wieder, sie doch noch zum Drucken zu bewegen.«

Liam kam gegen zehn. Das Dienstmädchen kündigte Herrenbesuch für Miss Murphy an.

»Sie werden den jungen Mann unten im Flur empfangen müssen, meine Liebe«, erklärte Mrs MacLoughlin. »Sie kennen die Regeln des Hauses. Machen Sie es bitte kurz – wir haben einen Ruf zu verlieren.«

Als Fran die Treppe hinunterkam, wartete Liam mit einem Karton unter dem Arm geduldig im schmalen Flur. Fran nahm den Karton, stellte ihn auf den Abstelltisch, öffnete ihn und schaute hinein. Er enthielt etwa 500 Flugblätter sowie Almas handgeschriebene Verteiler-Hinweise.

»Morgen fahre ich nach Paris«, erzählte Liam.

»Sie haben vielleicht ein Glück!«

»Ich fühle mich tatsächlich ein bisschen vom Glück begünstigt, dass ich die staatliche französische Kunstakademie für ein Jahr besuchen darf!« Und lächelnd fuhr er fort: »Ich fand unser Gespräch vor ein paar Tagen ausgesprochen angenehm. Darf ich hoffen, Sie bei meiner Rückkehr wiederzusehen?«

»Sie werden mich ganz sicher wiedersehen«, sagte Franny. »Ich habe nicht vor, von hier wegzugehen.«

Sie begleitete ihn zur Tür. Es hatte angefangen zu regnen. Auf der Schwelle zögerte Liam.

»Ich habe immer noch nicht die Hoffnung aufgegeben, dass Sie sich eines Tages von mir malen lassen«, sagte er.

»Ach Liam, malen Sie lieber meine bildschöne Schwester Clare«, entgegnete Franny. »Ich könnte Ihnen auch noch meine Cousine Ellen empfehlen – sie sieht aus wie ein Engel.«

»Aber ich möchte Sie malen, Franny! Jede Ihrer Bewegungen und jeder Ihrer Gesichtszüge spricht von Leidenschaft. Und Leidenschaft ist das wahre Leben.«

Ein Polizist kam an der offenen Tür vorbei, warf ihnen unter seinem schwarzen Helm einen prüfenden Blick zu, wünschte einen guten Abend und wandte seine Aufmerksamkeit einer Gestalt zu, die ein Stückchen weiter neben einem Pferdetrog kauerte. Die Gestalt rappelte sich auf, zog vor der bewaffneten Staatsgewalt den Kopf ein und watschelte davon.

»Ich werde mal nach dem armen Teufel sehen«, sagte Liam. »Vielleicht kann er einen kleinen Beitrag für eine Unterkunft gebrauchen.«

Franny blickte ihm nach, als er mit langen Schritten hinter dem Obdachlosen hereilte, sah, wie er dem Mann eine Münze in die Hand drückte, und hörte den lallenden Ruf: »Gott segne Sie, Sir!«

Er ist wirklich freundlich, dachte sie. Freundlich bis ins Mark.

Liam ging zu seinem Automobil, das er auf der anderen Straßenseite geparkt hatte, kurbelte den Motor an und sprang in den Wagen. Winkend fuhr er davon. Franny erwiderte seinen Abschiedsgruß und schloss dann die Tür hinter sich.

Sie war aufgewühlt. Der Abgrund zwischen Respekt und Würde auf der einen und dem dahinvegetierenden menschlichen Abschaum auf der anderen Seite hatte sich plötzlich in ihr Bewusstsein gedrängt. Sie wusste, dass nur wenige Meter entfernt der Fluss lag; im Moment war Ebbe. Am nächsten Morgen, bei Flut, würde er die nächtliche Ausbeute an Verzweiflung freigeben.

Ihre Monatsregel war immer noch nicht gekommen. Jeder verrinnende Tag verschlimmerte ihre Situation.

Was soll ich nur tun?, fragte sie sich. Was soll ich nur tun?

Als Franny am nächsten Morgen zum Frühstück gehen wollte, wurde ihr so übel, dass sie eiligst das Bad aufsuchen musste. Noreen hörte sie würgen und folgte ihr.

»Du Ärmste! Was ist los mit dir?«

Franny war kreidebleich und zitterte. Immer noch schmeckte sie die bittere Galle im Mund.

»Kopfschmerzen ...«

»Dann solltest du dich besser wieder hinlegen. Die Mädchen können Mrs Wright Bescheid sagen.«

»Dann entlässt sie mich ...«

»Das wird sie nicht tun!«, erklärte Mrs Mac, die inzwischen ebenfalls aufgetaucht war. »Bei der Inventur können Sie die verlorene Zeit wieder aufholen. Aber gegen Kopfschmerzen mit Übelkeit gibt es nur ein Mittel, und das ist ein ruhiges, abgedunkeltes Zimmer. Ich werde Mrs Wright sagen, dass ich Sie ins Bett gesteckt habe.«

Noreen ging in ihre Vorlesung und versprach Franny, ihr nachmittags ein paar Orangen mitzubringen.

Als die Mädchen alle im Geschäft waren, Mrs MacLoughlin auf dem Markt ihre Einkäufe machte und Franny ganz allein im Haus war, stand sie auf und kniete sich neben ihr Bett. Verzweifelt blickte sie zu der kleinen Marien-Statue auf dem Kaminsims hinauf. Flehentlich betete sie zur Mutter Gottes, ihr zu helfen und ihr zu verzeihen. Doch wenn ihr Leben nicht ausschließlich aus Verderben und Ungnade bestehen sollte, musste sie es tun!

Ganz kurz nur schoss ihr die Frage durch den Kopf, ob Mr Wallace ab und zu einen Gedanken an seine Opfer verschwendete oder ob er viel zu sehr damit beschäftigt war, bei ebenso grausamen Gleichgesinnten mit seinen Eroberungen zu prahlen.

Franny erhob sich. Das Gebet hatte ihr nicht geholfen. Der Himmel musste entweder taub oder nicht an ihr interessiert sein. Verzweiflung erhob sich wie eine Mauer um sie herum. Sie musste es tun!

Leise schlich sie nach unten, vergewisserte sich, dass das Dienstmädchen in der Küche beschäftigt war, ging in den Speisesaal und holte die Gin-Flasche aus ihrem Versteck. Sie brauchte etwas – ganz gleich, was es war –, um das Entsetzen zu betäuben; sie würde der Pensionswirtin das Geld zurückgeben und ihr sagen, dass sie den Gin gegen die Kopfschmerzen gebraucht hätte.

In ihrem Zimmer suchte sie Schluck für Schluck und Glas für Glas das wohltuende Vergessen.

Als sie die Flasche geleert hatte, wusste sie plötzlich ganz genau, was sie zu tun hatte. Mühsam faltete sie einige Handtücher und legte sie auf ihr Bett. Dann wankte sie zu Noreens Handarbeitskorb und suchte mit zitternden Händen nach den Stricknadeln.

24. KAPITEL

Als Franny zu sich kam, verspürte sie einen tiefen Frieden und war im Einklang mit sich selbst. Vorsichtig bewegte sie sich. Sie lag in einem Eisenbett in einem kleinen, weiß gestrichenen Raum. Die Vorhänge mit grünem Rautenmuster waren zugezogen. In einer Ecke brannte eine Lampe. Neben ihr auf dem Nachttisch standen eine Wasserkaraffe und ein Glas. Einen Moment lang fehlte ihr jegliche Erinnerung. Doch als sie sich bemühte, kam sie plötzlich zurück wie grelles Licht, das ein abgedunkeltes Zimmer durchflutet und mit einem Mal Spinnweben und Schmutzecken sichtbar werden lässt.

Franny stöhnte auf. Was hatte sie getan? War sie wenigstens erfolgreich gewesen? Und wo war sie überhaupt?

Sie versuchte, sich aufzusetzen. Ein schneidender Schmerz durchfuhr sie. Sie war zu schwach, um aufzustehen.

Die Tür ging auf. Ein Mann in weißem Kittel trat ein. Franny brauchte einen Augenblick, ehe sie Almas Vater, Dr. Mulhall, erkannte.

»Sie sind hier in meinem Krankenhaus, junge Dame«, erklärte er sachlich. »Sie sind mit dem Krankenwagen gebracht worden.« Und dann setzte er kühl hinzu: »Sie haben versucht, Ihr ungeborenes Kind abzutreiben.«

Franny wandte den Blick ab und sah einen Rollwagen, auf dem eine Nierenschale mit einigen Instrumenten aus Edelstahl stand.

»Sie haben eine Menge Blut verloren«, fuhr er mit unbewegter Stimme fort, »aber Ihr Baby hat es überlebt. Was Sie da getan haben, hätte nicht nur Ihr Kind, sondern auch Sie selbst das Leben kosten können!«

Franny konnte dem Arzt nicht in die Augen sehen, sondern starrte auf seine würdevoll gewölbte Weste. Seine goldene Taschenuhr starrte vorwurfsvoll zurück.

Als ob mir mein Leben nicht völlig egal wäre, dachte Franny.

»Sie werden sich einige Zeit ausruhen müssen«, fuhr der Arzt fort. »Haben Sie jemanden, der sich um Sie kümmern kann? Wo lebt Ihre Familie?«

»Zu meiner Familie kann ich keinen Kontakt aufnehmen«, sagte Franny teilnahmslos. »Sie will nichts von mir wissen. Schon gar nicht in Anbetracht meines Zustands.«

»Wie kommen Sie darauf? Sie haben doch gar nicht gefragt! Aber vielleicht haben Sie ja Freunde, die Sie aufnehmen können?«

Franny schüttelte den Kopf.

»Draußen steht eine junge Frau. Sie hat Sie gefunden und den Krankenwagen gerufen. Vielleicht bringt sie es fertig, dass Sie Vernunft annehmen.«

Noreens Augen waren rot und verängstigt.

»Warum hast du denn nichts gesagt, Franny? Du musst ja vor Angst außer dir gewesen sein. Ich bin sicher, wir hätten jemanden gefunden, der … mit der Angelegenheit … professioneller umgegangen wäre.«

»Es ist strafbar«, flüsterte Franny. »Doktor Mulhall hat es mir sehr deutlich zu verstehen gegeben.«

»Alles, was mit den Rechten von uns Frauen zu tun hat, ist strafbar«, erwiderte Noreen heftig. »Trotzdem ist es unmöglich, es selbst zu machen. Man sieht nicht, wo man hinstechen muss. Gott, bin ich froh, dass ich in meiner Freistunde nach Hause gekommen bin! Sonst wärst du bestimmt verblutet. Meine Mutter läuft nur noch wie ein aufgeschrecktes Huhn durch die Gegend. Die anderen Mädchen wissen zwar, dass etwas Schreckliches passiert ist, aber Mutter erzählt ihnen nur, dass du einen Blinddarmdurchbruch hattest. Du kennst ja das Gerede in der Stadt ...«

Noreen redete ununterbrochen weiter. Plötzlich verdunkelte ein Schatten die Tür.

Jimmy Horan trat ein.

Noreen versprach, am nächsten Tag wiederzukommen, und ging. Jimmy legte vorsichtig eine Papiertüte mit Weintrauben auf den Nachttisch. Er nahm Frannys Hand und erzählte, wie Harry ihm erklärt hatte, wo sie arbeitete; eines der Mädchen im *Le Chapeau* hatte ihm die Adresse der Wohnung gegeben, und Mrs MacLoughlin hatte ihm alles erklärt – so hatte er sie finden können.

»Ich höre, du hattest einen Blinddarmdurchbruch?«, erkundigte er sich. »Du kannst von Glück sagen, dass du noch lebst!«

»Nein«, widersprach Franny langsam, »ich habe versucht, abzutreiben. Du hättest es sowieso auf die eine oder andere Weise erfahren.« Sie sah ihn nicht an, doch sie spürte sein Erschrecken.

»Fran«, flüsterte er nach einiger Zeit, »hat es etwas mit diesem Wallace zu tun?«

Franny stöhnte. »Ich weiß, du hast mich vor ihm gewarnt, Jimmy! An dem Abend, als ich von zu Hause weggelaufen bin, hat er mich im *Royal* in die Enge getrieben. Er hat mir ein Abendessen und Champagner schicken lassen und sich dann in mein Zimmer eingeschmuggelt ...«

»Mit oder ohne dein Einverständnis?«, fragte Jimmy brutal.

Franny wandte ihm ihre brennenden Augen zu. Seine Kiefer mahlten, sein Mund war nur noch ein schmaler Strich.

»Was glaubst du wohl?«, fragte sie wütend. »Was glaubst

du, warum ich unbedingt nach Dublin davonlaufen wollte? Warum denken Männer von uns Frauen immer das Schlimmste und von sich selbst das Beste?« Jimmy betrachtete sie eine Zeit lang.

»Eines Tages, Fran«, sagte er mit kalter, leiser Stimme, »eines Tages werden wir Leute wie ihn mit Kind und Kegel aus Irland hinauswerfen.«

»Tu bloß nichts Unüberlegtes. Und erzähl es auf keinen Fall Harry.«

Jimmys Gesicht wurde weich.

»Wie du diesen Charmeur doch liebst! Natürlich erzähle ich ihm nichts. Er hat genug mit seinen hochgesteckten Zielen zu tun.«

»Ich nehme an, er hat dir erzählt, was ich in der Scheune gefunden habe!«

Jimmy lachte hell auf.

»Ja natürlich. Wir haben sie zum Sportschießen gebraucht, Fran. Aber ich wusste, dass du nie und nimmer etwas weitererzählen würdest.«

Schließlich war es Alma, die mich gerettet hat. Sie hat mich aus dem Krankenhaus geholt und zu sich nach Hause gebracht und mir erklärt, ich müsse in Rathcormac bleiben, bis das Baby da wäre – ihr Vater sei einverstanden.

»Er hat nun einmal etwas gegen Vergewaltiger. Außerdem verbringt er sowieso die meiste Zeit in seinen Konsultationsräumen. Wie du weißt, ist Liam in Paris – wir haben also das Haus sozusagen für uns allein.«

Ich sagte, dass wir uns den ganzen Ärger hätten sparen können, wenn ich zu jemandem gegangen wäre, der sauber gearbeitet hätte.

Alma warf mir einen schmerzlichen Blick aus ihren kurzsichtigen Augen zu und sagte, in Dublin gäbe es jede Menge

Engelmacher, die zwar Geld nähmen, deren Opfer man aber später in der Kläranlage fände, wenn etwas schief ging.

Die liebe Alma, dachte Franny, und ihre Augen füllten sich mit Tränen. Sie betrachtete das Tagebuch und blätterte es durch, bis sie den Eintrag fand, nach dem sie suchte.

Meine Tochter wurde in Rathcormac geboren. Dr. Mulhall hat mich entbunden. Nach der Geburt schrie die Kleine kaum. Ich konnte sie nicht einmal ansehen. Als man sie mir jedoch wegnahm, wimmerte sie. Ich hörte es und erkannte sofort, was es war, das Weinen des Verlassenseins.

»Deine Tochter ist winzig klein«, erzählte Alma, als sie mich besuchte. »Sie wiegt nicht einmal sechs Pfund, aber sie ist wunderschön. Willst du sie nicht wenigstens ein einziges Mal sehen, ehe du sie endgültig aus deinem Leben verbannst?«

In Wahrheit war es so, dass mich das Wimmern meiner Tochter mitten in die Seele getroffen hatte. Plötzlich wünschte ich nichts mehr, als sie im Arm zu halten und in ihrem Gesicht nach Ähnlichkeit mit mir, mit Mutter oder mit Harry zu forschen – nach allem, außer nach Ähnlichkeit mit ihrem Vater.

Als Alma sie mir in den Arm legte, hörte sie auf zu weinen und kuschelte sich blind vertrauend an mich, als wüsste sie, wer ich bin. Sie wies keinerlei mir bekannte Züge auf, aber sie war tatsächlich eine Augenweide. Alma ließ uns allein. Etwas linkisch legte ich das Rosenknospenmündchen an meine Brust.

Es ging nicht darum, dass ich ihrem Vater verziehen hätte – das würde ich nie und nimmer tun. Es war eine Frage der Gerechtigkeit. Sie konnte nichts dafür, und ich wurde plötzlich von dem dringenden Bedürfnis überwältigt, mich gerecht zu verhalten. Wie sonst hätte ich mich je rächen können?

»Wenn ich dich verlasse, wer soll dich dann lieben?«, flüsterte ich meinem Baby zu, das wie versessen an meiner prall gefüllten Brust saugte. Die unterschiedlichsten Dämonen kämpften in meiner Seele gegeneinander um Vorherrschaft. Oliver Twist fiel mir ein, und ich dachte daran, wie es sein musste, als Waise groß zu werden; an kalte Steinmauern, an das Kind, das mehr verlangt und sich mit seiner ganzen leidenschaftlichen Liebe nach der Mutter sehnt, die es verlassen hat.

»Ich will dein Fürsprecher sein«, sagte ich schließlich zu dem winzigen Wesen. »Was passiert ist, war nicht deine Schuld. Sind wir uns einig?« Sie schloss erstaunlich starke kleine Finger um meinen Daumen.

Franny wischte sich die Augen und klappte das Tagebuch zu. Sie erinnerte sich, wie glücklich Alma über ihre Entscheidung gewesen war und dass sich Liam bei seiner Rückkehr aus Paris verhalten hatte, als wäre es die normalste Sache der Welt, sie mit einem Baby bei sich zu Hause vorzufinden.

Natürlich hatte ihm Alma längst alles erzählt.

»Wie sollen wir sie nennen?«, hatte er gefragt, und als Fran den Namen Hannah vorgeschlagen hatte, verstand er sofort. Es war der Vorname jener Mrs Skeffington, die so viel für die Frauen tat.

»Trotzdem finde ich, du solltest deiner Mutter schreiben und es ihr erzählen«, hatte er gesagt. »Sie hat ein Recht, zu erfahren, dass sie Großmutter geworden ist.«

Es war schwierig, in die sichere Gegenwart zurückzukehren – ein bisschen, als wache man aus einem Albtraum auf. Hannah stand mit der Evening Mail in der Hand an der Tür.

»Hier ist deine Zeitung, Mama.« Sie warf einen raschen Blick auf ihre Mutter und fragte ein wenig ängstlich: »Warum weinst du?«

Franny ließ das Tagebuch fallen und nahm ihre Tochter auf den Schoß. »Ich habe gerade daran gedacht, wie ich deiner Großmutter geschrieben habe, nachdem du geboren warst.«

»Hat sie sich gefreut? Was hat sie gesagt?«

Franny seufzte über Hannahs Eifer. Sie hatte den Brief schon vor langer Zeit verbrannt, doch seinen Inhalt nie vergessen.

Kein Mann, ganz gleich, welcher Herkunft, wird dich je wieder anschauen; das Gleiche gilt für jeden Mann, der Wert auf Ehrbarkeit legt. Mr Wallace fragt inzwischen nicht mehr nach dir und ist nach England abgereist. Vor einigen Monaten wurde er verletzt, als man ihn beim Verlassen seines Clubs in Dublin angegriffen hat. Wie ich höre, will er Irland für immer den Rücken kehren.
Ich weiß nicht, warum du diese Unehre über unsere Familie bringen musstest. Clare, Harry und Ellen werden von mir kein Wort über deine Schande erfahren. Ich sehe dich nicht mehr als meine Tochter an!
Deine enttäuschte Mutter

»Warum kommt sie uns nie besuchen?«, fragte Hannah weiter und kuschelte sich an ihre Mutter.

»Wir haben uns aus den Augen verloren, Liebes.«

»Ich könnte dich nie vergessen, Mama! Vielleicht weiß sie nicht, dass du ein eigenes Geschäft hast!«, erklärte Hannah nach einer Weile.

»Ich habe es ihr geschrieben.«

Hannah seufzte.

»Manchmal wünsche ich mir, ich hätte Tanten und Cousinen – genau wie die anderen Mädchen in meiner Klasse.«

Franny dachte an Clare, Ellen und Harry. Sie alle hatte sie im ersten Anfall ihrer eigensinnig verteidigten Unabhängigkeit vor den Kopf gestoßen. Sie hatte keine Ahnung, wie viel sie von ihren Lebensumständen wussten. Es sähe ihrer Mutter ähnlich, ihnen nichts gesagt zu haben. Sie würde versuchen, das schreckliche Geheimnis bis zum letzten Moment zu vertuschen.

Vielleicht hätten sie mich nicht einmal verachtet, dachte sie. Ellen hat mich sogar zu ihrer Hochzeit eingeladen, und ich wäre liebend gerne hingegangen.

»Können wir die Enten füttern gehen?«, fragte Hannah.

Franny nickte. St. Stephens Green war ganz in der Nähe, und bis zum Tee blieb noch genügend Zeit.

Hannah gab ihr einen aufgeregten Kuss und sprang von ihrem Schoß.

»Aber zuerst muss ich noch etwas verbrennen«, sagte Franny, legte das mit Eselsohren verunstaltete Tagebuch auf den Rost und zündete ein Streichholz an.

25. KAPITEL

Grafschaft Galway, Dezember 1913

Jeden Tag, mit dem Weihnachten näher rückte, freute sich Ellen mehr auf den Besuch von Harry und Deirdre. Sie hatte sich viel Mühe gegeben, das Haus mit Zweigen der Stechpalmen zu schmücken, die an der Allee wuchsen. Maire Ni Suibhne, das Dienstmädchen aus Inishmore, hatte voller Vorfreude auf die Gäste jedes Möbelstück auf Hochglanz poliert. Harry sollte einen Tag vor Deirdre ankommen, die noch an einer Lehrerkonferenz in ihrer Schule teilnehmen musste. Zwei Kuchen wurden gebacken und zwei großzügig mit Whiskey getränkte Plumpuddings zubereitet.

Als der ersehnte Tag endlich da war, fuhr Michael mit dem Einspänner zum Bahnhof, um Harry abzuholen. Auf der Straße war es ruhig; eine Kutsche aus Richtung Atheney, ein Eselskarren und ein einsamer Radfahrer. Michael überquerte die Straße und fuhr den holprigen Weg zum kleinen Bahnhof vor Camclane hinunter, der mitten im Moor lag. Der Abend war kalt. Grauer Nebel lag über dem Land; der Geruch feuchter Blätter mischte sich mit dem Duft der Torffeuer.

Michael freute sich darauf, seinen Schwager zu sehen. Dass Deirdre erst einen Tag später eintreffen würde, kam ihm gerade recht, denn das gab ihm Gelegenheit zu einer Unterhaltung von Mann zu Mann. Er wollte dem jungen Harry einen Rat erteilen, denn seiner Ansicht nach ließ sich sein Schwager zu leicht von den radikalen Elementen beeinflussen, denen er in Dublin begegnete.

Es gab allen Grund zur Unruhe. In den vergangenen achtzehn Monaten war viel geschehen. In Dublin hatte es eine riesige Demonstration für die *Home Rule* gegeben, in Ulster war von den Loyalisten ein Abkommen gegen die Selbstverwaltung unterzeichnet worden, man hatte die *Ulster Volunteer Force* gegründet und den Versuch unternommen, die Gewerkschaften aufzulösen, in Dublin waren Arbeiter über Monate hinweg ausgesperrt worden, und im Süden hatte man vor kurzem als Antwort auf die *Volunteers* im Norden die *Irish Volunteers* ins Leben gerufen.

War es nur Säbelrasseln?, überlegte Michael. Das Problem mit Drohgebärden bestand oft darin, dass sie eine Eigendynamik entwickeln konnten, die leicht außer Kontrolle geriet.

Er beobachtete, wie der Zug einfuhr. Funken sprühten durch die Nachtluft. Der Bahnhofsvorsteher, Joe Brophy, schwenkte seine rote Fahne; der eiserne Drache verlangsamte mit metallischem Kreischen seine Fahrt und kam Dampf speiend zum Stehen.

Harry sprang aus einem Wagon. Er trug einen Tweedmantel mit Gürtel. In einer Hand hielt er eine leichte Reisetasche, in der anderen eine Einkaufstüte. Als er Michael entdeckte, lief er den Bahnsteig entlang auf ihn zu.

»Hier ist es ja kälter als in Dublin!«, stellte er fest. »Und dabei dachte ich, ihr seid hier näher am Golfstrom.« Michael lachte, schüttelte seinem Schwager die Hand, brachte ihn zum wartenden Einspänner, und schon bald fuhren sie langsam das schmale Sträßchen entlag. Unter den überhängenden Zweigen war es stockfinster, doch das Pony kannte den Weg, und Michael hatte es nicht eilig. Er sprach sehr leise.

»Wie klappt es mit der neuen Organisation?«

»Den *Volunteers*? Jeder gesunde Mann in Dublin ist Mitglied!«

»Du auch?«

»Natürlich. Genau wie mein gewaltiger Chef, dessen Bruder und unser Hilfslehrer und eigentlich jeder, der auch nur einen Heller taugt!«

Michaels Antwort kam gedämpft.

»Sogar von hier aus kann ich die zunehmende Gewaltbereitschaft erkennen. Du solltest dich vor Fanatikern hüten, Harry. Ich habe da einen Artikel deines Vorgesetzten gelesen …«

»Er ist ein Visionär!«

»Mag sein. Aber Visionäre leben gefährlich. Nicht, dass er dich in eine offene Konfrontation hineinzieht! So etwas kann man nicht gewinnen! List und Vorsicht sind die einzige Möglichkeit, vorwärts zu kommen.«

Harry hielt einen entnervten Seufzer zurück.

»Wir können uns nicht noch einmal siebenhundert Jahre leisten! Hier wird bald nichts Irisches mehr übrig bleiben – am allerwenigsten Menschen!«

Die Nachtluft war kühl. Die Tannen entlang des Sträßchens dufteten nach Harz, das Pony trappelte mit klapperndem Zaumzeug gemütlich dahin. Wie merkwürdig, dachte Harry, da fuhr er nun in die eheliche Wohnung seiner Schwester. Das Leben war seltsam. Es versprach vieles, was das Herz trösten konnte, und Michael hatte alles Lebenswerte erreicht: Liebe und ein Zuhause. Andere Menschen wiederum trieb es unruhig vor sich her, und der Grund für die Agitation lag nicht einmal bei einem selbst. Und hier saß Michael neben ihm, machte sich Sorgen um ihn, erteilte ihm gute Ratschläge und drängte ihn zu mehr Vorsicht, als wäre er noch ein Kind.

Er wandte sich seinem Schwager zu.

»Erinnerst du dich an die Geschichte Spartas und die Schlacht am Thermopylen-Pass, den drei Männer gegen dreihundert verteidigten?«

»Ja natürlich!«

»Weißt du noch, was Leonidas damals gesagt hat?«

»Worauf willst du hinaus, Harry?«, fragte Michael mit sanftem Lächeln. Selbst in der tiefen Finsternis konnte er den Eifer auf dem Gesicht des jungen Mannes erkennen.

»Er sagte: Wir sind nicht wegen der Sicherheit hier.«

Ellen umarmte ihren Bruder, den sie seit ihrer Hochzeit vor achtzehn Monaten nicht mehr gesehen hatte.

»Ich möchte jede Einzelheit über dein Leben erfahren«, sagte sie, »und bitte nicht zu knapp!«

»Das klingt, als ob du für einen wohltätigen Zweck sammeln wolltest!«

Ellen lachte und fügte dann verlegen hinzu: »Hat Michael dir von unseren Neuigkeiten erzählt?«

»Ich dachte, das würdest du lieber selbst tun«, meinte Michael mit stolzem Lächeln.

»Was für Neuigkeiten?«

»Nun, wir werden dich im nächsten Juni zum Onkel befördern!«

Harry schnappte nach Luft.

»Das ist ja wunderbar! Ich wünsche euch ganz viel Glück und Freude.« Er grinste und fuhr fort: »Du solltest dafür sorgen, El, dass er mir ein bisschen ähnlich sieht. Schließlich muss man Prioritäten setzen!«

Ellen versetzte ihm einen spielerischen Klaps.

»Es könnte ja auch ein Mädchen werden!«

»Sie könnte mir auch ähnlich sehen!«, antwortete Harry, hob die Augenbrauen und stellte geziert ein Bein vor das andere. »An einem meiner guten Tage!«

Nach dem Abendessen saßen sie gemütlich um den Kamin. Die junge Maire hatte aufgeräumt und zog sich in ihr kleines Zimmer neben der Küche zurück.

»Oiche mhaith«, verabschiedete sie sich.

»Codhladh samh, a Mhaire«, antwortete Harry auf Gälisch – er wünschte ihr schöne Träume. Im Küchenherd flackerte noch ein Feuer; in der gefliesten Küche herrschte eine wohlige Wärme.

»Erzähl mir von Dublin«, sagte Ellen.

»In der ganzen Stadt sind die Spannungen zu spüren«, begann Harry. »Die Aussperrungen haben einen bitteren Nachgeschmack hinterlassen, genau wie diese unangenehme Angelegenheit im vergangenen August, als die Polizei eine

Versammlung aufgelöst hat, während Larkin eine Ansprache hielt.«

Ellen machte große Augen.

»Der Gewerkschaftsführer? Bist du dort gewesen?«

Harry nickte.

»Die Leute waren ruhig. Sie hörten Larkin zu, der vom Balkon des Imperial Hotel sprach. Die meisten waren einfach nur neugierig und hatten an diesem Sonntag nichts Besseres zu tun. Die Polizei ging mit Schlagstöcken und Säbeln auf die Menge los. Überall war Blut – auf dem Bürgersteig, auf der Straße, sogar an die Mauern ist es gespritzt. Ich hatte Glück, dass ich nicht totgetrampelt worden bin.«

»Großer Gott!«, entfuhr es Michael entsetzt, während Ellen erschrocken die Hand vor den Mund schlug. »Bist du verletzt worden?«

»Ich habe ein paar Schrammen abbekommen«, antwortete Harry schulterzuckend. »Aber so etwas passiert kein zweites Mal. James Connolly – der Labour-Vorsitzende von Belfast – hat uns geholfen, in Dublin eine Bürgerwehr zu organisieren, die der Polizei Paroli bieten kann.«

Ellen hielt die Luft an.

»Und die neue Freiwilligen-Armee tritt gegen die Unionisten an.«

So kühl wie möglich fragte Ellen: »Haben die Freiwilligen viel Unterstützung?«

»Oh ja, es werden immer mehr. In den nächsten Monaten soll sogar eine Frauentruppe aufgestellt werden.«

Im Kamin kollerten plötzlich die Torfbrocken in einem Funkenschauer durcheinander. Ein glühender Brocken rollte qualmend auf den Boden. Michael sprang auf und schob ihn mit der Fußspitze zurück ins Feuer.

»Wenn wirklich jeder gegen jeden kämpft«, flüsterte Ellen, »wie soll das enden?«

Harry zuckte die Schultern.

»Es endet, wenn es vorüber ist. Wenn wir frei sind!«

»Was ist mit Waffen?«, fragte Michael leise. Dabei warf er seiner Frau einen Blick zu, als wolle er sie zum Schweigen bringen.

»Wir haben einige organisieren können. Aber seit Anfang dieses Monats, seit der König das ganze Land beansprucht, ist der Waffenimport illegal.«

»Das Kriegsrecht wird die im Norden nicht stoppen«, sagte Michael.

»Und uns im Süden auch nicht!«

Ellen schauderte. Hier ging es um politischen Radikalismus, und sie spürte sehr genau, dass Harry mittendrin steckte.

»Würdest du mitmachen, wenn es zu Gewalttätigkeiten kommt, Harry?«, fragte sie leise, ohne auf die warnenden Blicke ihres Mannes zu achten.

Harry antwortete nicht sofort.

»Wir sind gerade richtig in Fahrt, Ellen. Es braucht Zeit, bevor eine solche Bewegung entsteht. Wenn wir nicht bald etwas unternehmen, wird die Sache einschlafen – vielleicht für immer. Die Briten werden uns vereinnahmen, und wir werden zu einem Land von Nachäffern. Jahrtausende einer einzigartigen und ganz besonderen Kultur – die eigene Spiritualität, wenn du so willst – fallen der Unterdrückung zum Opfer. Ich fände es schrecklich«, fügte er mit einem starren Blick auf seine Schwester hinzu, »zuzulassen, dass unserem Vaterland die Seele genommen wird!«

»Würdest du dich ebenfalls den Freiwilligen anschließen, Michael?«, fragte Ellen ihren Mann fast im Flüsterton.

»Ich bin ein unverbesserlicher Pazifist, Ellen. Außerdem sind sie ungefährlich!«

Am nächsten Tag, dem 23. Dezember, fuhr Ellen mit Harry zum Bahnhof, um Deirdre abzuholen. Sie war entschlossen, nicht über Politik zu reden, sondern wollte mit der Freundin, wie in alten Tagen, entspannt plaudern.

»Wie schön wäre jetzt ein Automobil«, rief sie. »Bestimmt ist es darin erheblich wärmer.«

»Aber abgesehen vom Preis, der immerhin an die zweihundert Pfund beträgt, sind die Unterhaltskosten ebenfalls ziemlich hoch«, sagte Harry. »Benzin kostet einen Shilling und neun Pence. Also kein Vergleich mit dem Geld, das man für ein Pony bezahlen muss.«

Er hatte den Hut tief in die Stirn gezogen und trug einen Wollschal. Ab und zu reichte er ihr die Zügel, nahm seine Brille ab und wischte sie trocken.

»Dein Chef hat doch sicher ein Auto?«

»Ja, natürlich. Seine Familie – seine Mutter und seine Schwestern – lebt ebenfalls in der Schule! Du solltest unbedingt einmal kommen. Die Atmosphäre ist einmalig. Alle Fächer werden in irischer Sprache unterrichtet, und im Sport machen wir alte gälische Spiele. Disziplin ist eine Frage der Ehre, nicht des Rohrstocks. Nie würde einer der Jungs Pearse gegenüber wortbrüchig!«

»Mit anderen Worten: eine geradezu utopische Lehrstätte!«

»Es ist ein Experiment, aber es funktioniert!«

Er war mitreißend wie ein Strudel, dachte sie mit einem Seitenblick auf ihren Bruder. Längst hatte er sie zurückgelassen. Irgendwie hatte sie immer angenommen, dass die Welt ihrer eigenen Gangart folgte, doch in Harry entwickelte sich eine ihr unbekannte, ungeahnte Wildheit.

»Siehst du Franny noch manchmal?«, fragte sie, um das Thema zu wechseln und um vielleicht Neuigkeiten über die Cousine zu erfahren, deren Verlust sie noch immer schmerzte.

Harry schüttelte den Kopf. »Schon lange nicht mehr. Ich bin einmal in dem kleinen Geschäft gewesen, das sie jetzt führt, doch sie war kühl und abweisend – ganz anders, als wir sie kennen.«

»Warum mag sie sich von uns abgewendet haben?«

»Vielleicht hat sie den Eindruck, dass wir ihr Unrecht getan haben – wenn du genau darüber nachdenkst, stimmt das auch. Wir haben sie immer als Kind betrachtet, sie für einen Bestandteil von Kilcrannagh gehalten, aber sie war ein lebendiger Mensch mit Bedürfnissen! Mir schien allerdings, dass es ihr ganz gut geht, dass sie sogar Erfolg hat. Sie war immer schon ein schlaues Ding.«

Es beeindruckte Ellen, dass ihr Bruder Frauen nicht nur als Menschen sah, sondern als Menschen mit legitimen Bedürfnissen. So etwas war sie von Männern nicht gewöhnt, und ihr Herz wurde ganz warm vor Zuneigung ihm gegenüber.

»Wann bist du das letzte Mal in Kilcrannagh gewesen?«, erkundigte sie sich. Sie fragte sich seit langem, wie ihre Tante mit dem Verschwinden ihrer Tochter zurechtkam.

»Im August. Ich bin nach dem Gemetzel von Dublin hingefahren, um meine Wunden zu lecken. Tante Harriet ist weder sanfter noch jünger geworden. Ach ja, Guy Forrister kam ebenfalls kurz zu Besuch …«

Harry trieb das Pony mit den Zügeln an. »Er sah sehr gut aus. Wir sind zum Fischen gegangen – es wird dich freuen, zu hören, dass der Ausflug dieses Mal ohne besondere Zwischenfälle abging.«

Ellen hielt die Luft an. Tief in ihrem Innern bebte eine heimliche Erwartung.

»Dann ist er also zurück«, sagte sie so beiläufig wie möglich. »Geht es ihm gut?«

»Sehr sogar, wie mir schien. Er ist braun wie eine Haselnuss. Aber jetzt hat er sich um eine Stelle in der Heimat beworben. Ich glaube, er hat von Catterick gesprochen. Er möchte in Europa sein, falls es zum Krieg kommen sollte – zumindest hat er es so dargestellt.«

»Hat er … nach mir gefragt?«

Harry warf ihr einen Seitenblick zu, konnte in der Dunkelheit ihr Gesicht jedoch nicht genau erkennen.

»Ja, sicher! Um ehrlich zu sein, El, ich glaube, er ist eigentlich nur deinetwegen gekommen. Jedenfalls schien er ausgesprochen enttäuscht, dich nicht anzutreffen. Ich glaube, er war früher ganz schön verliebt in dich, ohne dass jemand davon wusste …«

Ein lang gezogenes Tuten ertönte. In einem Funkenregen brauste der Zug durch das nächtliche Sumpfland heran.

Sie konnten Deirdre als elegante, schlanke Silhouette gegen die erleuchteten Abteilfenster erkennen. Sie trug Hut und Handschuhe und einen langen, bis zum Hals zugeknöpften Wollmantel. Harry eilte auf ihr Abteil zu und riss die Tür auf.

Ellen hielt sich diskret zurück, während Harry seine Verlobte umarmte. Erst dann trat sie mit Tränen in den Augen auf ihre alte Freundin zu und gab ihr einen herzlichen Kuss.

»Ach, ist das schön, dich wiederzusehen. Wenn du auf dem Mond leben würdest, sähe ich dich wahrscheinlich auch nicht öfter.«

Der Stationsvorsteher schwenkte die grüne Fahne, und der Zug stampfte in einer dichten Qualmwolke in die Nacht davon.

Die drei jungen Menschen verließen den Bahnhof Arm in Arm. Sie lachten über die Kälte und aus Freude über ihr Wiedersehen.

»Gut, dass dieses Haus hier drei Schlafzimmer hat, Dee«, witzelte Ellen etwas später. Sie saß am Fußende von Deirdres Bett. »Stell dir mal vor, wir beide hätten uns ein Zimmer teilen müssen und unsere beiden lieben Jungs das andere!«

Ellen fühlte sich warm und behaglich, als sie im Kerzenschein vor dem prasselnden Kaminfeuer saß und die Gesellschaft ihrer langjährigen Freundin genoss.

Deirdre hatte den Kopf vornüber gebeugt, sodass ihr Haar fast den Boden berührte, und fuhr entschlossen mit der Haarbürste durch die langen Strähnen.

»Liebste Ellen«, lachte sie und richtete sich auf, »wenn Harry und ich warten würden, bis wir heiraten können, wären wir wahrscheinlich alt und vertrocknet. Du darfst dich also nicht wundern, wenn du nachts ein paar gar nicht so kleine Füße über den Flur tapsen hörst.« Sie warf Ellen einen Blick zu und fragte: »Schockiert dich das?«

»Ich hoffe nur, ihr seid … vorsichtig.«

»Und wie! Ich denke sehr oft an unsere Hochzeit – aber Irland geht vor!«

»Und als Nächstes wirst du mir weismachen, dass du bereit bist, dein Blut zu vergießen«, sagte Ellen leichthin.

»Das bin ich«, gab Deirdre heiter zurück. »Aber natürlich würde ich lieber heil und gesund bleiben.«

»Du bist genauso schlimm wie Harry!«, schimpfte Ellen. »Michael hält ihn für geradezu verhext. Ich habe ihm erzählt, dass es schon angefangen hat, als Harry noch ein Junge war, aber Michael hält Harrys Chef für den Übeltäter.«

Deirdre starrte ins Feuer. Sie schien einen weit entfernten Punkt zu betrachten.

»Pearse? Der Gedanke ist gar nicht so abwegig!«, nickte sie. Sie räusperte sich und begann, zu deklamieren:

»Oh, Weiser, löse dies Rätsel:
Wenn mein Traum nun wahr würde,
Wenn mein Traum wirklich wahr würde?
Und Millionen Ungeborener wohnten
In dem Haus, das mein Herz ihnen baute …«

Sie blickte Ellen in die Augen. »Oder hör dir das hier an:

Mein Gesicht ist zugewandt
Der Straße, die ich schreite,
Der Arbeit, die ich sehe
Und dem Tod, der mir bestimmt ist …«

»Stammt das von Pearse?«, flüsterte Ellen. Sie fühlte sich wie jemand, der im Begriff ist, über einen Graben zu springen, und im nächsten Moment ins Leere stürzt. Sie spürte eine Bewegung in ihrem Leib, legte die Hand auf die Stelle und dachte an das Leben, das darunter wuchs. »Und ein solcher Mann erzieht die jungen Männer von morgen! Wie soll das nur enden, wenn man da keinen Riegel vorschiebt?«

»Dazu ist es längst zu spät. Jetzt besteht das Problem nur noch darin, dass wir Geld brauchen!«

»Für Waffen?«, krächzte Ellen.

Dee zuckte die Schultern. »Wofür sonst, liebste Ellen?«

»Und wenn Harry etwas passiert?« Ihre Stimme versagte.

Deirdre wich ihrem Blick aus. Glaubst du etwa, ihn mehr zu lieben als ich?, dachte sie. Aber ich möchte ihm nah sein, ganz egal, was geschieht – mehr als alles andere möchte ich ihm nah sein.

Nachdem Ellen ihrer Freundin eine gute Nacht gewünscht hatte, ging sie in die Küche, um sich eine Wärmflasche zu holen. Durch die geschlossene Tür hörte sie die eindringlichen

Stimmen ihres Mannes und ihres Bruders. Sie zögerte. Sollte sie stören? Plötzlich fielen Namen. Griffith, Plunkett, MacDonagh, MacDiarmada.

Ellen öffnete die Tür. Die beiden Männer saßen vor dem Herd. Ihre Haltung sprach Bände: Ellens grauhaariger Ehemann hatte sich zurückgelehnt, hörte zu und hielt mit der rechten Hand seine Pfeife; Harry saß vorgebeugt auf der Kante seines Stuhls und redete eifrig gestikulierend auf ihn ein.

Als Ellen eintrat, brach das Gespräch sofort ab. Harry sah zu ihr auf und lächelte.

»Ihr müsst eure Diskussion meinetwegen nicht unterbrechen«, sagte Ellen. Sie bemühte sich, ihrer Stimme die Schärfe zu nehmen.

»Wir haben sie nicht deinetwegen unterbrochen, Liebling«, sagte Michael. Er sprach freundlich, doch in seiner Stimme schwang eine gewisse Autorität mit. Gerade genug, um Harry zu zeigen, wer hier der Herr im Haus war, dachte sie.

Sie füllte die Wärmflasche und ging ins Schlafzimmer. Sie fühlte sich unendlich müde und in tiefster Seele verletzt. Der Besuch, auf den sie sich so gefreut hatte, hatte nicht etwa Wärme, sondern Schmerz gebracht – das Gefühl, dass Dinge außer Kontrolle geraten waren, das Gefühl, überrollt worden zu sein, und eine tief sitzende Angst vor der Zukunft.

Ellen zog die Vorhänge zurück und starrte in die mondhelle Nacht über der ruhig daliegenden Landschaft. Morgen war Heiligabend; sie würde eine brennende Kerze ins Fenster stellen und für eine friedliche Welt beten, in die sie ihr erstes Kind gebären konnte.

Sie goss etwas Wasser in die Waschschüssel und wusch sich Gesicht und Hände. Dabei bemerkte sie, dass ihre Finger angeschwollen waren; ihr Ehering schnitt tief in ihr Fleisch.

Die Schwangerschaft hatte ihre Taille schon rundlich werden und ihre Brüste anschwellen lassen. In einem Anflug von Ärger versuchte Ellen, den Ring vom Finger zu zerren. Sie rieb ihn so lange mit Seife ein, bis er endlich abglitt. Sie betrachtete den dünnen Goldreif in ihrer Hand. War er wirklich ein Symbol für Treue und Liebe? Oder für etwas anderes?

Ihr war klar, dass sie Michael nicht liebte. Diese Erkenntnis war bitter, umso mehr, da sie sich diesen Umstand selbst zuzuschreiben hatte. Sie respektierte ihn, aber ihr Körper reagierte nicht auf seine Zärtlichkeiten, und ein Teil von ihr widersetzte sich seiner selbstherrlichen Autorität. Gleich würde er ebenfalls ins Bett kommen, immer noch ein wenig schüchtern seine Rechte als Ehemann einfordern und sie selbstverständlich auch gewährt bekommen. Sie gab ihm alles, was sie zu geben hatte. Er genoss die Früchte ihres Fleißes, ihr Gehalt wurde an ihn ausgezahlt, und ihr Körper gehörte ihm, wenn er danach verlangte. Ellen hatte sich auf einen netten Plausch mit Deirdre gefreut, doch Deirdre war in eine Welt entschwunden, in die sie ihr nicht folgen konnte.

Sie brauchte eine Freundin. Franny fiel ihr ein. Warum hatte Franny sie ausgeschlossen? Was hatte sie ihr getan, dass sie so behandelt wurde?

Tante Harriet? Sie lebte im leeren Haus von Kilcrannagh, in dem sie einst über einen lebhaften Haushalt geherrscht hatte, und wurde alt. Jimmy Horan kümmerte sich immer noch um sie. Ob er auch der neuen Bewegung angehörte? War er einer dieser Freiwilligen?

Zu guter Letzt dachte sie an Guy. Sie stand auf, ging zur Kommode, nahm vorsichtig das Tagebuch ihrer Mutter aus einer Schublade und betrachtete das gepresste Veilchen aus dem Strauß, den er ihr bei ihrer letzten Begegnung geschenkt hatte. Sanft strich sie über die mürben Blütenblätter und erinnerte sich an den Schlangenring mit den roten Rubinaugen, das Symbol ihrer ersten, allumfassenden Liebe, die so mächtig und so unschuldig gewesen war.

Doch es war zu spät. Harry war der Wahrheit näher gekommen, als ihm bewusst war. Guy war zurückgekommen, weil er nach ihr gesucht hatte! Er wollte sie holen, doch sie hatte nicht auf ihn gewartet.

26. KAPITEL

Grafschaft Galway, Juni 1914

Mrs Flynn, die Hebamme, wusch Ellens Gesicht und Hals und streifte ihr ein frisches Nachthemd über den Kopf.

»Sie haben das hervorragend gemacht. Das Erste ist nie leicht. Ich hole jetzt den Herrn Lehrer …«

Sie sammelte die blutbefleckten Laken ein und ging hinaus in die Küche. Das Baby, ein Junge, lag in Ellens Arm, nuckelte an seiner Faust und blickte erstaunt in die Welt hinaus.

Michael kam und wirkte so nervös, als betrete er ein Allerheiligstes. Er blickte auf seine Frau und seinen Sohn hinab, bückte sich und küsste Ellen auf die Stirn.

»Liebste Ellen …«

Dann studierte er das Gesicht seines Erstgeborenen. Er legte dem Baby die Hand auf den Kopf und sah seine Frau mit Tränen in den Augen an.

»Sein Haar ist wie dunkles Gold!«

»Das liegt bei uns in der Familie. Meine Mutter ...«

»Dann soll er also so heißen, wie wir es ausgemacht haben.«

»Oh ja«, pflichtete Ellen bei. »Hugh! Lass uns nächstes Jahr noch ein Kind bekommen«, fügte sie hinzu. »Vielleicht wird es ja ein Mädchen – für mich. Wenn sie nicht zu weit auseinander sind, können sie richtige Freunde werden.«

Michael starrte sie mit einem seltsamen Ausdruck an.

»Warum schaust du mich so an?«, fragte sie mit einem müden Lachen.

»Es gibt eine Menge Dinge auf dieser Welt, die ich kenne und verstehe«, antwortete ihr Mann, »aber die Gedanken von Frauen gehören gewiss nicht dazu!«

Es war ein wundervoller Abend; die Wiesen blühten, und junge Schwalben segelten durch die laue Luft, um den Sommer anzukündigen.

Mrs Flynn legte das Baby in die Wiege und zog die Vorhänge vor. Mutter und Kind schliefen erschöpft ein. Michael blieb im Zimmer, setzte sich neben die Wiege und betrachtete seinen Sohn. Er fühlte sich als Teil eines sinnvollen Gewebes, als Faden in einem von Gott gewebten Teppich. Maire Ni Suibhne klopfte an und radebrechte:

»Father Devlin ist an Tür, a Mhaistir!«

Michael ging zur Küchentür, sah das Gespann des Priesters in der Allee und trat hinaus, um ihn willkommen zu heißen.

Der Gemeindepfarrer, Father Bernard Devlin, war so etwas wie ein Freund des Hauses. Außerdem leitete er die Schule und war damit auch Michaels Vorgesetzter.

»Eigentlich wollte ich dich auf einen Sprung besuchen, Michael. Was hat mir die kleine Maire da erzählt? Du bist gerade Vater geworden? Dann werde ich dir nur gratulieren und bin gleich wieder weg.«

»Komm rein. Wir trinken einen auf das Wohl des Babys.«

Der Priester lächelte, band sein Pferd an einen Baum, stieg vom Kutschbock und folgte seinem Gastgeber ins Haus. Michael führte ihn ins Wohnzimmer, goss erst ihm und dann sich selbst mit zitternden Händen einen nicht zu knapp bemessenen Whiskey ein und forderte seinen Gast auf, es sich bequem zu machen. Mrs Flynn brachte das schlafende, gewickelte Baby herein, damit der Pfarrer es bewundern konnte.

»Darf ich dir meinen Sohn Hugh vorstellen?«, sagte Michael mit stolzer Stimme. Plötzlich hatte er das Gefühl, sein Problem mit der Kirche endlich überwunden zu haben. Aus dem verhinderten Priester war ein Vater geworden – ein richtiger Vater. Mach das erst mal nach!, schien er sagen zu wollen. Zu dir sagt man vielleicht ›Father‹, aber ich bin ein echter Vater, ein Elternteil dieses lebendigen Kindes!

Der Priester betrachtete das Neugeborene und hob die Hand zum Segen.

»Schon über das Taufdatum nachgedacht?«

»Bald, denke ich. Aber das muss sie entscheiden.«

Mrs Flynn nahm ihnen das Bündel wieder ab. Maire klopfte an.

»Heute mit Post gekommen, a Mhaistir«, sagte sie schüchtern, gab Michael zwei weiße Umschläge und knickste respektvoll vor dem Priester.

»Ta an Bearla go h-an maith agat anois, a Mhaire!«, sagte Father Devlin überschwänglich. Sein Lob bezüglich ihrer englischen Sprachkünste auf Gälisch führte lediglich dazu, dass sie ihn mit einem Redeschwall in der alten Sprache bedachte.

»Ich wusste gar nicht, dass du Irisch sprichst, Bernard«, rief Michael, nachdem das Mädchen gegangen war.

»Ich habe viel Zeit investiert, um es zu lernen. Die älteste Schriftsprache nördlich der Alpen – unsere Muttersprache – wird eines unnatürlichen Todes sterben, wenn wir nicht allmählich aufhören, sie nur sprichwörtlich zu nehmen. Aber warum öffnest du deine Briefe nicht?«

Obwohl Michael sie lieber allein gelesen hätte, ließ er seinen Finger unter die Umschlagklappen gleiten. Der erste Brief kam von Greene's Buchladen in Dublin und enthielt die Mitteilung, dass das von Michael bestellte Exemplar der *Annals of the Four Masters* – einer Geschichte Irlands aus dem sechzehnten Jahrhundert – eingetroffen sei und die Frage, ob er per Scheck bezahlen wolle.

Den zweiten Brief hatte Michael bereits geöffnet, als er bemerkte, dass er an Ellen adressiert war. Er überflog ihn kurz und runzelte unwillkürlich die Stirn.

»Schlechte Nachrichten?«

»Das ist wirklich außergewöhnlich, Bernie. Der Brief ist zwar an meine Frau adressiert, allerdings glaube ich nicht, dass sie im Augenblick in der Lage ist, damit fertig zu werden.«

Er reichte Father Devlin den Brief.

Liebste Ellen,
vor ein paar Tagen ist mir Harry auf dem College Green über den Weg gelaufen. Es war wunderbar, ihn wiederzusehen und zu erfahren, dass ihr Weihnachten miteinander verbracht habt. Aber am schönsten finde ich, dass du bald ein Baby bekommst! Du sollst wissen, dass meine Gedanken bei dir sind und dass ich für einen glücklichen Ausgang deiner Schwangerschaft bete.

Ich weiß, dass ich dir lange Zeit weder eine gute Freundin noch eine gute Cousine gewesen bin und dass du dich von mir verraten fühlst, aber dafür gab es einen Grund. Ich habe eine inzwischen sieben Jahre alte Tochter. Sie heißt Hannah und ist ein wundervolles Kind – aber sie hat keinen Vater. Ich bin nicht verheiratet, Ellen! Deine Meinung dazu musst du dir selbst bilden. Wenn du damit umgehen kannst, würde ich dich liebend gern wiedersehen. Ich besitze einen eigenen kleinen Hutladen in der Chatham Street, den ich mithilfe einer lieben Freundin aufgebaut habe. Er läuft wirklich gut, und ich beschäftige inzwischen auch eine Assistentin – ich könnte also durchaus für eine gewisse Zeit zu dir kommen, dir mit dem Baby helfen und deinen Ehemann kennen lernen.

Es würde mir so viel bedeuten! Sag bitte Ja, liebste Ellen – und verzeih mir, wenn du kannst. Ich schicke dir meine ganze Liebe

Franny

Father Devlin las den Brief noch einmal. Die Wanduhr tickte vorwurfsvoll, und Michael betrachtete den Priester mit gerunzelter Stirn.

»Ich wusste gar nicht, dass Ellen eine Cousine in einer derartig schrecklichen Situation hat. Die arme Seele hat das Kind offenbar auch noch behalten! Und nicht ein Wort des Bedauerns!« Er sah Michael an. »Auf keinen Fall kannst du das Flittchen hier aufnehmen! Du hast immerhin eine gewisse Stellung in der Gemeinde!«

Michael seufzte. »Muss es denn jemand erfahren? Ich glaube, Ellen hat sie sehr gern. Wenn sie von ihr spricht, wird sie immer traurig …«

»Solche Dinge kommen grundsätzlich schnell ans Licht. Willst du wirklich, dass so eine Frau sich um deinen Sohn kümmert und mit deiner Gattin befreundet ist?«

Michael schnappte nach Luft.

»Nein«, sagte der Priester nach einer Pause, »deine Stellung hier würde damit unhaltbar!«

Michael dachte einen Augenblick nach; dann nickte er. Er nahm den Brief wieder an sich, notierte die Adresse in der Chatham Street auf der Rückseite eines Umschlags und schüttelte den Kopf über den komischen Namen des Geschäftes. Dann warf er den Brief ins Feuer. Die beiden Männer sahen zu, wie er verbrannte.

»Es ist sicher besser so für Ellen«, sagte Father Devlin. »Sie muss sich jetzt erholen. Es wäre nicht gut, sie mit so etwas zu belasten …«

Michael nickte. »Ich werde dieser Person selbst antworten.«

»Diese Frauen heutzutage!«, seufzte der Priester. »Gott allein weiß, wo das noch enden soll. Wenn sie nicht gerade Fensterscheiben einwerfen oder das Parlament belagern, brennen sie Kirchen nieder. Hast du von der Freveltat gestern in Henley gelesen?«

Michael erwiderte, er habe keine Zeit gehabt, die Zeitung zu lesen.

»Verstehe, heute ist für dich ja auch ein besonderer Tag! Aber die Welt dreht sich weiter. Das Selbstverwaltungsgesetz hat die dritte Lesung passiert; bald sollten in Irland wieder Ruhe und Frieden herrschen.« Der Pfarrer strich sich über den Schnurrbart und fügte hinzu: »Leider gilt das nicht für den Balkan. Dort brodelt es gewaltig …«

Er fuhr fort, über Gemeindeangelegenheiten zu sprechen, doch Michael war nicht recht bei der Sache. Als der Pfarrer ging, fühlte er sich erleichtert.

Nachdem der Besucher fort war, setzte Michael sich hin, um seine Antwort an Franny zu formulieren. Er ahnte, wie sehr

Ellen an dieser Frau hing, doch er fürchtete ihren Einfluss. Ellen stellte Franny gern als liebevolles, selbstbewusstes Individuum dar, doch es ließ sich leider nicht bestreiten, dass sie zu einer Person geworden war, die ein uneheliches Kind hatte, ein eigenes Geschäft führte und auch noch die Dreistigkeit besaß, einen respektablen Haushalt heimsuchen zu wollen. Zweifellos würde sie ihren kleinen Bastard von Tochter mitbringen. Und wie lang gedachte sie zu bleiben? Schnell würde jedermann in der Gemeinde wissen, zu wem die beiden gehörten. Die Männer würden sie taxieren, die Frauen meiden.

Michael steigerte sich in eine regelrechte Wut hinein. Wer durfte wagen, sein Haus zu entweihen und seinen Ruf zu ruinieren? Dennoch hielt er sich im Zaum und wollte nicht im Überschwang seiner negativen Gefühle antworten. Er würde höflich, aber bestimmt schreiben und holte ein Blatt Papier und seinen Füllfederhalter.

Sehr verehrte Dame,
mit Bezug auf Ihr Schreiben möchte ich Ihnen mitteilen, dass sich meine Frau nicht wohl fühlt und mich gebeten hat, an ihrer Stelle zu antworten. Ein Besuch Ihrerseits ist leider im Augenblick unmöglich, da wir uns nicht in der Lage befinden, Gäste zu beherbergen. Ich wünsche Ihnen alles Gute. Hochachtungsvoll
Michael Kennedy

Er steckte den Brief in einen Umschlag, adressierte ihn, sah nach seiner schlafenden Familie, zog Schuhe an und holte sein Fahrrad. Er wollte das Schreiben sofort zur Post bringen. Wer weiß, ob dieses unmoralische Wesen aus Dublin nicht schon gestiefelt und gespornt auf dem Sprung stand …

Als er zurückkam, fühlte er sich zwar erleichtert, aber

auch merkwürdig schuldig, als hätte er in aller Heimlichkeit etwas Schlimmes verbrochen.

Es ist zu unserem Besten, sagte er sich immer wieder. Schnell sah er noch einmal nach Mutter und Kind. Sie schliefen. In meiner Position kann niemand von mir erwarten, dass ich diese Art von schlechtem Ruf auch noch fördere, dachte er.

Michael ging ins Wohnzimmer. Mit geschlossenen Augen kniete er sich neben die Feuerstelle und dankte dem Allmächtigen für die glückliche Entbindung seiner Frau und den Segen eines Kindes. Dann griff er zu seiner Zeitung, setzte sich in seinen Sessel, streckte die Beine aus und starrte in die glimmenden Torfsoden.

»Ich habe einen Sohn!«, sagte er laut vor sich hin und seufzte zufrieden. Das Wort ›Sohn‹ dünkte ihn köstlich. »Ich habe einen Sohn!«

Er schlug die Zeitung auf und las gebannt die neuesten Nachrichten. Bernie Devlin hatte Recht gehabt. Es gab Hoffnung für Irland. Das Selbstbestimmungsrecht innerhalb des Empire war so gut wie sicher; die fortgesetzten Unruhen auf dem Balkan jedoch konnten überschwappen. Michael dachte an Harry, der sie am letzten Weihnachtsfest so sehr bezaubert hatte, und an Deirdre, die ebenso radikal geworden war wie er. Die beiden waren gute junge Menschen, und Michael hoffte aus tiefster Seele, dass Irland endlich ein eigenes Parlament bekam. Vielleicht konnte man so weiteren Aufruhr im Keim ersticken. Und dann sandte er ein glühendes Stoßgebet zum Himmel, dass Gott Europa den blutigen Fluch eines Krieges ersparen möge.

27. KAPITEL

Catterick, August 1914

Guy blickte über die Garnison hinweg auf die Hügellandschaft von Yorkshire. Etwas Neues, Erregendes lag in der Luft.

Es war geschehen! Der Konflikt war da! Die Ermordung von Erzherzog Ferdinand in Sarajevo am 24. Juni hatte nur einen fadenscheinigen Vorwand geliefert. Natürlich war der Tod eines Menschen tragisch, doch Leben und Sterben in der österreichisch-ungarischen Monarchie hatte im Grunde nichts mit britischen Interessen zu tun. Aber der Mord gab den Ausschlag: Deutschland hatte sich schon lange zu weit aus dem Fenster gelehnt, und nun war es an England, zu zeigen, wer wirklich über Macht und Geld in dieser Welt herrschte.

Guy musste grinsen. Lieber Himmel – alles schien besser, als hier in Catterick zu versauern! Nur Linthorpe hielt ihn aufrecht, doch Linthorpe lag fünfundvierzig Meilen entfernt …

Glaubte man den Worten von Feldmarschall Sir John French, würde die Streiterei bis spätestens Weihnachten vorüber sein. Guy persönlich hegte diesbezüglich gewisse Zweifel. Nach seinen Erfahrungen dauerte alles im Leben doppelt so lang wie vorhergesehen und war überdies doppelt so teuer. Und vor allem militärische Vorhersagen zeigten sich oft noch unzuverlässiger! Nein, es würde sicher ein Jahr dauern; doch dann hätte man Deutschland besiegt, es gäbe Frieden, und das Empire konnte triumphieren. Und die Kosten? Nun, wie in allen Kriegen würde man die Begleichung der Rechnung der Geschichte überlassen.

Das Empire und alles, was dazugehörte, wäre von dem

Konflikt längst nicht so betroffen wie früher. Trotzdem: Ein richtiger Krieg lockte mit Heldentum und Lebenszweck. Wo würde man ihn einsetzen? Hoffentlich an der umkämpftesten Front! Seinem Leben fehlte es an Aufregung und Zielen. Er hatte den Anschluss verpasst; etwas war ihm entgangen, als er gerade nicht hinschaute.

Ein Krieg erforderte allerdings eine geeinte Front – und hier ging es um Irland, dessen Belange bis vor kurzem ununterbrochen im Kabinett diskutiert worden waren. Zweifellos würde man die *Home Rule* so schnell wie möglich durch die verbleibenden Instanzen jagen, als Köder für die Rekrutierung sozusagen, mit dem Vorbehalt jedoch, dass sie erst nach Kriegsende zum Gesetz wurde. Aus der Sicht von Westminster ein geradezu brillanter Schachzug …

Bin ich zu zynisch?, fragte er sich und dachte an die einzigen echten Iren, die er kannte: an die Murphys, an Ellen und an Harry. Sollte die Wehrpflicht eingeführt werden, würde Harry sicher eingezogen. Vielleicht meldete er sich aber auch freiwillig. Es wäre schon drollig, ihn so wiederzusehen!

Guys Bursche streckte den Kopf durch die Tür.

»Der Kommandeur möchte Sie sprechen, Sir!«

Vor dem Büro des Kommandeurs musste Guy fünf Minuten warten, ehe der Sekretär ihn einließ. Er grüßte zackig.

»Nun, Forrister«, sagte der schnauzbärtige Kommandeur und blickte von seinem überladenen Schreibtisch auf, »darauf haben Sie doch sicher nur gewartet!«

Er schaute in eine Akte. »Sie werden nach Belgien abkommandiert. Britisches Expeditionskorps. Gefällt Ihnen das?«

»Jawohl, Sir!«

»Den Deutschen ein wenig den Kopf zurechtrücken?«

Guy lächelte. »Selbstverständlich, Sir!«

Culgreine, Monaghan

September 1914

Ein gewisser Machiavellismus war sicher dabei, aber es war gute, echte, zynische Politik!, dachte Jimmy, als er in der Abenddämmerung den *Irish Independent* las. Im strömenden Regen war er vom Feld zurückgekommen und wärmte sich die Füße am Herdfeuer. Seine durchnässte Kordhose dampfte. Blacky, der Hund, lag mit dem Kopf auf den Pfoten ausgestreckt vor dem Herd und sah sein Herrchen mit anklagendem Blick an.

»Gleich gibt es etwas zu fressen«, informierte ihn Jimmy. »Du brauchst nicht dreinzuschauen, als ob man dich seit Tagen vernachlässigt hätte.«

Er strich die Zeitung glatt, faltete sie und starrte in die Flammen. Die Selbstverwaltung würde also erst nach Beendigung der Feindseligkeiten Gesetz werden! Mit anderen Worten: Man wollte möglichst viele Iren mit dem Köder *Home Rule* dazu bringen, in Englands Krieg zu kämpfen, und mit etwas Glück würden die Iren sämtlich über die Klinge springen, und man konnte den Köder für sich behalten.

Und die *Volunteers* standen auch noch Gewehr bei Fuß, um sich freiwillig zu melden!, dachte er verärgert und schüttelte den Kopf. Redmont, der Vorsitzende der Irisch Nationalistischen Partei in Westminster, forderte seine Landsleute gar auf, für die ›Freiheit der kleinen Nationen‹ zu kämpfen. Jimmy hatte die Plakate gesehen. Eine mahnende weibliche Gestalt mit einer Harfe als Symbol für Irland, das seine Söhne aufforderte, in den Krieg zu ziehen.

Jimmy seufzte und stocherte ärgerlich im Feuer herum. Regen trommelte gegen das Fenster; der Wind heulte im Kamin. Jimmy fühlte sich zutiefst enttäuscht. Die *Volunteers*, die inzwischen fast zweihunderttausend Mann zählten, die Organisation, die noch vor zwei Monaten Waffen für patriotische Zwecke erworben hatte, war der Verlockung erlegen. Natürlich bildeten die Waffen nur einen kleinen Teil der Ausrüstung, die sich bereits in Händen ihres Gegenstücks im Norden befand – aber immerhin waren es Waffen: 1500 Gewehre und 45.000 Stück Munition. Sie waren im Hafen von Howth an Bord einer Yacht angekommen, die einem sehr außergewöhnlichen Menschen gehörte – einem Engländer, der gleichzeitig ein glühender irischer Nationalist war. Sein Name war Erskine Childers.

Gäbe es mehr solcher Männer, könnte man die Welt verändern!

Jimmy ließ die Zeitung fallen und ging zu seinem staubigen Schrank, wo ein Batzen fetter Speck auf einem schmierigen Teller lag. Er schnitt eine dicke Scheibe ab und warf sie Blacky zu, der sie im Flug auffing und hinunterschlang. Jimmy holte ein paar Kartoffeln aus einem Sack, wusch sie und ließ sie zum Kochen in den rußigen Topf fallen, der an einem Haken über dem Feuer hing. Dann holte er zwei Eier aus der Vorratskammer, mit denen er, wenn die Kartoffeln gar waren, ein Rührei machen wollte.

Sollte der Regen aufhören, hatte er an diesem Abend noch etwas vor. In den Wäldern von Clonmore wurden Kämpfer gedrillt. Seit sich Wallace wieder in England aufhielt und seine Verwalter entlassen waren, stießen sie kaum noch auf Schwierigkeiten.

Seine Erinnerungen an Wallace, diesen Verbrecher, der seine Freundin vergewaltigt hatte, waren bitter. In jener Nacht in Dublin, als er ihm aufgelauert hatte, hätte er ihn töten können. Doch er hatte im letzten Augenblick aus Sorge um sein Seelenheil darauf verzichtet. Niemals hätte er bei der Beichte einen Mord rechtfertigen können, aber ohne Reue wäre ihm die Absolution verweigert worden.

Das Töten im Krieg wurde von den Priestern jederzeit akzeptiert, nicht jedoch ein Mord aus Rache. Leider hatte Jimmy mit seiner Entscheidung dem miesen Wallace unabsichtlich einen großen Gefallen erwiesen; der Mann war jetzt untauglich und musste nicht an die Front.

»Du hast einen merkwürdigen Sinn für Humor!«, sagte er zu dem Herz-Jesu-Bildnis, das an der gegenüberliegenden Wand hing.

Der Regen prasselte auf das Metalldach des Unterstandes, wo Jimmy seinen Torf aufbewahrte, und ergoss sich in die Regenrinne. Besorgt sah er nach oben, doch das Dachstroh zwischen den Balken war noch dicht und würde einen weiteren Winter überstehen. Dort oben hatte er ein in Ölzeug gewickeltes Gewehr versteckt.

»Heute Abend werden die Jungs ordentlich rangenommen!«, erklärte er laut. Doch er fragte sich, wie viele der Männer überhaupt kommen würden, nachdem sie sich, von der allgemeinen Begeisterung erfasst, scharenweise der britischen Armee anschlossen, um für ein Phantom zu kämpfen.

Jimmy sah sich nach seinem Gedichtband um; Blake würde seine Ängste besänftigen. Er fand das Buch auf der Fensterbank neben der Milchkanne, setzte sich wieder ans Feuer, sah nach, ob die Kartoffeln wirklich kochten, und schlug den Band auf. Als Lesezeichen diente ihm ein kleines Foto von Ellen, das er eines Tages aus der Fotosammlung ihrer Tante »geborgt« hatte, als die alte Dame gerade nicht hinsah. Ellen war im Halbprofil aufgenommen, ein zartes, junges Mädchen mit lang über den Rücken fallendem Haar.

»Gott schütze dich, Liebste!«, flüsterte Jimmy; seine schwielige Hand strich zärtlich über das Foto und verweilte auf den Haaren.

28. KAPITEL

Dublin 1916

Der Krieg dauerte nun schon achtzehn Monate an, und Ellen hatte ebenso viele Jungen aus ihrer Schule weggehen sehen. Sogar in Balcarragh spürte man die Auswirkungen des Konflikts; zum ersten Mal wurde Ellen bewusst, dass sie hier längst nicht so sehr von der Außenwelt abgeschnitten waren, wie sie immer angenommen hatte. Der Krieg hatte die Preise für Nahrungsmittel in die Höhe schnellen lassen und die Arbeit in der Landwirtschaft lukrativer gemacht. Doch die Deutschen waren nicht in Irland einmarschiert, wie man es nach dem Einfall des Zeppelins im Januar des vorigen Jahres in Norfolk noch vermutet hatte. Offenbar hatten sie alle Hände voll mit ihrer Westfront zu tun, deren Schrecken sich an der wachsenden Zahl von Lazarett-Schiffen mit irischen Verwundeten ablesen ließ, die in Kingstown landeten.

Zum ersten Mal war die Kriegsrealität auf brutale Weise sichtbar geworden, als das Passagierschiff *Lusitania* vor Kinsale torpediert wurde und 1502 Menschen ums Leben gekommen waren. Die Zeitungen waren voller Mitleid erregender Bilder von Überlebenden gewesen, und Deutschland war wegen Massenmordes verurteilt worden.

»Ich könnte mir vorstellen, dass das Schiff Munition transportiert hat«, hatte Michael damals gesagt. »Sieh dir das Ausmaß der Zerstörung an!«

Michael hatte den Eindruck, dass ihn nichts mehr überraschen konnte. Das vergeudete Heldentum in Gallipoli, die Hölle von Verdun, Millionen zerstörter junger Leben … Wie sollte Europa sich je wieder erholen? Nein, dieser Krieg war ein schrecklicher Fehler und ein Verbrechen an allen jungen Menschen.

Er ist eine Art Kassandra im Taschenformat, dachte Ellen. Er sieht die Dinge, doch er kann sie nicht ändern. Nur mich sieht er nicht wirklich!

Am Abend wollten sich die Männer zum Bridge treffen. Father Devlin, der Zahnarzt John Curry und der Arzt Andy MacDaid wurden für acht Uhr erwartet. Ellen hatte Schnittchen vorbereitet, falls die Herren einen Tee wünschten, doch Michael wusste genau, dass ihr Interesse viel mehr in Richtung des *uisce beatha,* dem ›Wasser des Lebens‹, ging. Er sah im Schrank nach und stellte beruhigt fest, dass noch zwei Flaschen Jameson im Haus waren.

Der Arzt und der Zahnarzt kamen im Automobil, der Gemeindepfarrer in seinem Einspänner. Obwohl Ellen an den Freuden des Abends nicht teilhaben würde, begrüßte sie die Gäste. Sie war für den weiblichen Bereich zuständig – für die Küche und das Baby. Nur allzu gern hätte sie sich zu der fröhlichen Gesellschaft gesetzt, und als die Männer es sich unter Lachen bequem gemacht hatten, lauschte sie an der Wohnzimmertür. Worüber mochten sie reden?

Maire Ni Suibhne überraschte sie und murmelte grinsend: »Ta siad go leir cosuil le paisti!« – Sie sind wie Kinder.

Doch an diesem Abend fühlte sich Ellen weniger ausgeschlossen als sonst. Sie und Michael würden in den Osterferien nach Dublin fahren – in das herrliche Dublin, das sie seit Jahren nicht mehr gesehen hatte.

Im warmen Wohnzimmer füllte Michael die Gläser seiner Gäste mit Whiskey, und schon bald drehte sich das Gespräch um den Krieg.

»Die Wege Gottes sind wundersam«, sagte der Arzt und schüttelte den Kopf. »Wer wird nach alldem noch an die alten Klassenstrukturen glauben? Die moralische Schwäche der Amtsgewalt liegt jetzt klar auf der Hand.«

»Ist das vielleicht der Grund, warum die Kirche den Krieg verurteilt?«, fragte der Zahnarzt unschuldig und kündigte einen Zweier ohne Trumpf an.

Michael, der mit dem Gemeindepfarrer zusammen spielte, verbiss sich ein Lächeln. Doch Bernie Devlin ignorierte die Herausforderung.

»Wie ich höre, geht es zu Ostern nach Dublin, Michael?«, erkundigte er sich über seine Karten hinweg.

»Sieht ganz danach aus. Ellen möchte meinen Geburtstag mit einem kleinen Urlaub verbinden.«

»Gute Idee. Du bist noch jung, also mach das Beste draus!«

»Ostern werde ich fünfzig«, antwortete Michael düster.

Tatsächlich hatte es einiger Mühe von Ellens Seite bedurft, ehe Michael zu der Reise bereit war.

»Fünfzig ist ein besonderer Geburtstag«, hatte sie argumentiert. »Und wann hatten wir das letzte Mal Zeit für uns ganz allein?«

In Wahrheit sehnte sich Ellen danach, wenigstens für kurze Zeit Balcarragh den Rücken kehren zu dürfen; und sie sehnte sich nach Dublin.

»So eine Art zweiter Flitterwochen?«, hatte er sentimental nachgehakt. »Wir könnten wie junge Liebende umherspazieren!«

Ellen staunte. Sie und Michael waren nie im herkömmlichen Sinn verliebt gewesen, und jetzt schien es reichlich spät zu sein, etwas ins Leben zu rufen, das von Anfang an hätte da sein müssen. Aber immerhin hatte er es erwähnt! Vielleicht wünschte auch er sich die Innigkeit und Zärtlichkeit, nach der sie so hungerte? Sie brauchte das Gefühl, mehr zu sein als nur Ehefrau, Mutter, Hausfrau, Lehrerin – so sehr diese Funktionen sie auch ausfüllen mochten.

Ich war Ellen Healy, lange bevor ich Mrs Michael Kennedy wurde! Und irgendwo unter der Oberfläche unbeugsamer Selbstgenügsamkeit muss doch auch Michael ein menschliches Wesen sein und sich nach Liebe sehnen!

Zu Ellens Entzücken fruchteten ihre Überredungskünste.

»Wenn du so viel Wert darauf legst, *a storin*, warum eigentlich nicht? Hughie ist inzwischen ein großer Junge, und Maire macht ihre Sache gut.«

Wenige Tage später saß Ellen in einem Abteil erster Klasse und sah zu, wie der Bahnhofsvorsteher seine Flagge hob. Bis auf Paddy, der sie zum Zug gebracht hatte, war der Bahnsteig leer. Michael gab durch das offene Abteilfenster letzte Instruktionen. Die Lokomotive hustete. Paddy trat einen Schritt zurück, und Michael winkte zum Abschied.

»Mach das Fenster zu, Michael!«, rief Ellen, als der Zug sich in Bewegung setzte. »Sonst sind wir gleich voller Ruß!«

Ihr Ehemann schob die Scheibe hoch, schnippte eine schwarze Flocke von seinen Manschetten und setzte sich. »So, Ellen! Jetzt sind wir auf dem Weg nach Dublin – nur wir zwei, ganz allein!«

Seine Mundwinkel zuckten; er fand es lustig. Aus dem Koffer holte er ein Buch, das er sich in der Bücherei geliehen hatte. Es hieß *Essex in Irland* und berichtete über die missglückte Irland-Kampagne des Favoriten von Königin Elizabeth der Ersten.

Dabei wirkte er ganz und gar nicht wie ein Mann, der romantische Abenteuer suchte. Ellen betrachtete die vielen feinen Haare auf seinen Händen, die weißen Manschetten, die Maire so sorgfältig gebügelt hatte, jetzt allerdings Rußflecke aufwiesen, und die glänzend goldenen Manschettenknöpfe. Michael sah elegant, aber streng aus.

In einem unter Glas gerahmten Bild von Glendalough an der gegenüberliegenden Abteilwand suchte sie ihr Spiegelbild. Sie sah eine junge Frau in einem cremefarbenen Schneiderkostüm mit passendem Hut, der mit zwei verwegenen Federn geschmückt war. Niemand würde je vermuten, dass ich von immer wilderen Emotionen heimgesucht werde, dachte sie.

Ellen hatte sich viel Mühe gegeben, um auf der Reise gut auszusehen, doch Michael war das gar nicht aufgefallen. Erst in der Kutsche hatte er sie mit einem flüchtigen Blick gemustert, als hätte er plötzlich entdeckt, dass sie ein eigenständiges Wesen war, und gesagt: »Du siehst wirklich fesch aus. Hoffentlich schadet der Regen deinem Kleid nicht.«

Dann hatte er sein Buch geöffnet und war darin versunken.

Der Zug nahm Tempo an. Das eifrige Schnaufen wich einem rhythmischen Stampfen. Regentropfen klatschten gegen die Scheibe und liefen daran hinunter. Ellen drückte sich am Fenster die Nase platt. Zwischen den Bäumen entdeckte sie Paddy auf dem Heimweg, der jedoch schnell außer Sichtweite geriet. Wie alt mochte Paddy sein?, überlegte sie. Vierzig? Fünfzig? Noch älter? Über sein Alter sprach er nie. Das ganze Land war voller Junggesellen, die allein vor sich hinlebten, für einen Hungerlohn arbeiteten und ihre Abende im Pub verbrachten. Irland hatte kaum Industrie, sodass es zu wenig Arbeitsplätze gab. Die Zahl der Auswanderer war seit dem Ende der großen Hungersnot nicht geringer geworden. Irland leerte sich allmählich.

Das grüne Land, Felder und Steinmauern, weidende Schafe und weiß getünchte, mit Stroh gedeckte Häuser flogen im Rhythmus des donnernden Stakkatos vorbei.

Ellen griff zu ihrem Buch – es war *Der Krieg der Welten* von H. G. Wells, das sie aus der Bücherei entliehen hatte –, doch sie konnte sich nicht auf den Text konzentrieren. Ihre Gedanken schweiften zu ihrem kleinen Hughie ab; hoffentlich verspürte er nicht zu viel Sehnsucht nach seinen Eltern. Außerdem überlegte sie, wann und wie sie Michael gegenüber die Sprache auf das Thema Geld bringen konnte. Sie hatte keinen Penny; wenn sie jedoch einkaufen gehen wollte, brauchte sie etwas. Die Vorstellung, durch Geschäfte streifen zu dürfen, erschien ihr geradezu himmlisch. Doch obwohl ihr das Geld zustand – schließlich hatte sie es selbst verdient –, hasste sie es, darum bitten zu müssen.

Später, dachte sie und ließ ihre Gedanken nach Dublin vorausschweifen.

Ob die Stadt sich verändert hatte? Die Welt hatte sich weitergedreht – seit Jahren schon hatte sie nichts mehr damit zu tun. Selbst der nun schon seit zwei Jahren andauernde Krieg hatte Balcarragh allenfalls am Rande gestreift. Sie und Michael beobachteten die Ereignisse aus der Entfernung; heißhungrig pflegten sie über Zeitungen und andere Informationsquellen herzufallen.

Deirdres Briefe aus Dublin zeichneten das Bild einer selbstzufriedenen Stadt.

Einige unserer Freunde wurden von der Polizei aufgefordert, Irland zu verlassen und nach England überzusiedeln. Man glaubte, ihre Aktivitäten so besser kontrollieren zu können. Natürlich haben sie abgelehnt – jetzt sitzen sie im Gefängnis!

Die Angehörigen des Freiwilligen-Korps, die sich vor der Einberufung gedrückt haben, scheinen von geradezu religiösem Eifer getrieben zu werden. Die Behörden nehmen sie nicht ernst, behandeln sie wie übereifrige Pfadfinder, drillen sie bis zur Erschöpfung und lassen sie marschieren. Wahrscheinlich hat man Angst, dass sich niemand mehr freiwillig melden könnte, und glaubt, der einzige Zweck des Freiwilligen-Korps liege in der Verteidigung des Landes im Fall einer Invasion.

Dein Bruder sitzt auf glühenden Kohlen. Wir hoffen, im Oktober heiraten zu können, aber ich habe Hemmungen, ausgerechnet jetzt zu viele Pläne zu schmieden.

Viele Iren sind aus London zurückgekommen, um der Zwangsrekrutierung zu entgehen und sich dem Freiwilligen-Korps anzuschließen. Graf Plunkett bietet ihnen Unterkunft auf seinem Besitz in Kimmage. Einer der Rückkehrer ist ein junger Postbeamter aus Clonakilty. Er heißt Mick Collins. Es ist schön, mit jemandem über meine Heimat sprechen zu können.

Am Ostersonntag veranstaltet das Freiwilligen-Korps eine Parade. Wenn du Lust hast, kannst du sie dir ansehen – danach gehört der Tag uns.

Michael schaute über den Buchrand hinweg seine Frau an, sah das Buch in ihrem Schoß und ihren verträumten Blick in die Landschaft.

»Langweilt dich Mr Wells?«

»Nein, aber ich bekomme Kopfschmerzen, wenn ich während der Fahrt lese. Ich denke lieber nach.«

»Schwere Gedanken?«

Sie lächelte automatisch, verscheuchte das Gefühl, bevormundet zu werden, schüttelte den Kopf und griff nach der Tasche, in der sie ihr Strickzeug aufbewahrte. Es war ein Pullover für Michael, den sie während der Reise fertig stellen wollte. Sie strickte die letzten Reihen, verknotete die Garn-Enden und strich das fertige Stück auf ihrem Schoß glatt.

»So«, sagte sie, »jetzt muss ich ihn nur noch zusammennähen, dann kannst du ihn anziehen.«

Michael blickte von seinem Buch auf.

»Nett von dir, *a storin.*« Seine Nasenflügel zuckten, wie so oft, wenn er einen Scherz machte, und er fügte hinzu: »Ich werde dir auch einen Pullover stricken, wenn du im September Geburtstag hast. Immerhin wirst du dreißig, da braucht man etwas Warmes.«

Dieses Mal musste Ellen wirklich lachen. Doch das Wort Geburtstag beschwor die Erinnerung an einen anderen Geburtstag, der fast ihr halbes Leben zurücklag. Ungefragt war sie mit einem Mal da, so präsent, als wäre es erst gestern gewesen; Bilder von einem blauen Kleid und einem jungen Engländer, der ihr die Hand küsste.

Michael wandte sich wieder seiner Lektüre zu und überließ sie der Vergangenheit.

Die Intensität der Erinnerung war atemberaubend. Ellen sah sich als die Person, die sie einst gewesen war, eine junge Frau auf der Schwelle zum Leben. Wie viel Gefühl hatte sie in die Romanze mit Guy investiert! Sie war ein dummes Mädchen gewesen. Eigentlich war sie immer noch ein dummes Mädchen. Ein verborgener Teil von ihr war auch jetzt noch fasziniert, trotz des Ärgers, den die Geschichte verursacht hatte.

Ellen steckte das Strickzeug wieder in die Tasche. Tante Harriet hatte natürlich Recht gehabt: es wäre nie und nimmer gut gegangen. Aber wie wundervoll war diese tiefe Liebe gewesen! Ihr war, als hätte sie das Mark des Seins berührt, die Bedeutung von allem. Wo mochte Guy jetzt sein? Wahrscheinlich im Krieg. Aber wo? Frankreich? Belgien?

Der Gedanke, er könne verletzt auf einer dreckigen Trage liegen, ließ eine solche Verzweiflung in ihr aufsteigen, dass ihr die Tränen in die Augen traten. Aber sie konnte sich nicht vorstellen, dass er tot war. Das durfte einfach nicht sein!

Schnell erreichten sie Dublin. Reihen roter Ziegelhäuser sausten vorbei, Straßen voller Droschken, Karren, Fahrräder und Automobile. Der Zug fuhr in den Kingsbridge-Bahnhof ein und bremste in einer Dampfwolke ab. Der Bahnsteig wimmelte vor Reisenden, eiligen Menschen, die an nichts anderes als an ihr Osterwochenende dachten, und Soldaten in Uniform auf dem Weg zu den Pferderennen. Der sich über alles legende beißende Qualm schien hier niemanden zu stören.

Ellen und Michael stiegen aus und reckten die Köpfe auf der Suche nach Deirdre und Harry, die versprochen hatten, sie abzuholen.

»Da ist Deirdre«, rief Ellen. »Harry sehe ich nicht, aber Dee winkt uns!«

Sie lief den Bahnsteig entlang und fiel ihrer Freundin um den Hals. Deirdre war dünner geworden, ihr Gesicht von Ernst und Sorge gezeichnet.

»Harry lässt sich entschuldigen, ihm ist etwas dazwischengekommen.«

Wenig später saßen sie in einer Droschke und rumpelten die verregneten Kais entlang. Michael machte allerlei Bemerkungen zu den großen Toren der Guinness-Brauerei und der großen grünen Kuppel von *Four Courts.*

Ellen schwieg. Sie erinnerte sich der zwei wunderbaren Jahre, die sie in Dublin verbracht hatte, als noch das ganze Leben vor ihr lag. Manchmal kam es ihr vor, als sei alles viel zu schnell gegangen. Doch eilig rief sie sich zur Raison. Ihr Leben war viel zu erfüllt für nostalgische Gefühle, sie sollte dankbar sein. Sie hatte ein wunderbares Kind und einen guten Ehemann – sie war eine glückliche Frau.

Sie brauchte ihr Schicksal nur mit dem von Deirdre zu vergleichen, die noch immer nicht verheiratet war. Jetzt saß sie neben ihr und versuchte ab und zu, ein wenig Konversation zu machen – wie es Hughie ginge, wie es in der Schule lief und was der Bauernhof mache. Doch das Gespräch mündete schon bald in ihre offenkundigen Sorgen. Deirdre lehrte noch immer an der schlecht zahlenden Privatschule und wartete auf Harry, den sie verzweifelt liebte. Immerhin hatten sie für Oktober die Hochzeit geplant.

Ellen drückte ihrer Freundin die Hand. »Es ist so schön, dich zu sehen. Kaum zu fassen, dass es mehr als zwei Jahre her ist …« Überrascht stellte sie fest, dass Deirdres Hand voller Schwielen war.

»Was hast du gemacht? Böden geschrubbt?«, fragte sie lachend und inspizierte eine von Deirdres Händen genauer.

»Das kommt vom Hantieren mit Waffen«, sagte Deirdre sachlich und sah sie an. »Die Frauenorganisation der *Volunteers* – sie heißt *Cumann na mBan* – ist zwar offiziell unbewaffnet, aber viele von uns üben trotzdem den Umgang mit Gewehren.«

Ellen schnappte nach Luft.

»Das geziemt sich für eine Dame aber nun wirklich nicht«, kommentierte ein erschrocken aussehender Michael Deirdres Bemerkung.

»Nimmst du auch an der Parade teil, von der du mir geschrieben hast? Genau wie Harry?«, fragte Ellen.

Deirdre nickte.

»Es tut ihm wirklich Leid, dass er nicht zum Bahnhof kommen konnte. Ich soll euch ganz lieb von ihm grüßen. Wenn er es irgendwie einrichten kann, wird er euch später noch begrüßen kommen.«

»Nun, dass sollte wohl möglich sein«, lachte Ellen. »Schließlich wohnen wir bei dir.«

Auf dem Weg zum Eden Quay kamen sie an Zeitungsjungen vorüber, die lauthals ihre Blätter anpriesen. Eine der Zeitungen verkündete in fett gedruckter Überschrift: WAFFEN BESCHLAGNAHMT.

Sofort klopfte Michael auf das Dach. Der Kutscher hielt an, Michael kurbelte das Fenster hinunter und kaufte eine *Dublin Evening Mail.* Schnell überflog er die Zeitung; dann faltete er sie so, dass er die ihn interessierende Seite lesen konnte.

»Waffen aus Deutschland?«, sagte er mit ungläubiger Stimme und sah Deirdre an, als sei sie persönlich dafür verantwortlich. »Wenn sie für das Freiwilligen-Korps vorgesehen waren, was ich annehme, dann sollten sich Harry und du, wie auch eure Freunde, schleunigst nach einem Zufluchtsort umsehen. Das geht nun wirklich zu weit!«

Deirdre wurde blass. Alles Leben schien aus ihr zu schwinden. Sie riss Michael die Zeitung aus der Hand.

»Lies bitte laut!«, bat Ellen.

Deirdre biss sich auf die Lippen und folgte der Aufforderung ihrer Freundin.

»Gegen 16 Uhr beschlagnahmte die Polizei von Ardfert am Carrahane Strand bei Tralee ein Faltboot, das große Mengen an Waffen und Munition an Bord hatte. In unmittelbarer Nähe des Bootes wurde ein Mann unbekannter Nationalität verhaftet und ins Gefängnis gebracht. Bisher ist nicht bekannt, wo das Boot herkam und für wen die Waffen bestimmt waren. Polizei, Militär sowie die örtlichen Behörden haben sich in die Ermittlungen eingeschaltet.«

Deirdre reichte Michael die Zeitung, ohne ihm in die Augen zu sehen. Die Droschke fuhr mit quietschenden Federn weiter.

»Na, Deirdre?«, fragte Michael leise. »Willst du uns nicht aufklären?«

»Ich weiß ebenso wenig wie ihr«, antwortete sie. »Entgegen eurer schmeichelhaften Annahme bin nicht ich für die Aktionen des Freiwilligen-Korps verantwortlich; das ist Sache des obersten Militärrats. Vielleicht solltet ihr euch an den wenden. Und außerdem«, fügte sie hinzu, »wer sagt, dass die Sache in Kerry mit uns zu tun haben muss?«

29. KAPITEL

Captain Guy Forrister schloss die Tür und blickte sich in den Zimmern um, die man ihm in Dublin zur Verfügung gestellt hatte. Einer seiner Offizierskameraden, ein gewisser Frederick Duggan, kurz Duggy genannt, der mit ihm vor Neuve Chapelle gelegen hatte, war so freundlich gewesen, ihm seine Wohnung für die Zeit in Dublin zu überlassen. Bei seiner Ankunft hatte Guy den Verwalter aufgesucht und die Schlüssel in Empfang genommen.

Duggy, der aus Cork stammte, war bei Kriegsausbuch Medizinstudent in Dublin gewesen. Die Wohnung lag schräg gegenüber der Universität, und Duggys Vater, ein berühmter Chirurg, hatte sie vorsorglich behalten.

Vielleicht als eine Art Talisman, dachte Guy, und plötzlich fiel ihm auf, wie abergläubisch die Menschen in letzter Zeit geworden waren.

Das Wohnzimmer hatte eine hohe Decke und war mit Büchern, einer Couch, einem Schreibtisch und einem Ledersessel voll gestopft. Auf dem Boden lagen ein paar alte Orient-Teppiche, und der weiße Marmorkamin wirkte ausgesprochen elegant.

Das Schlafzimmer war verschlossen gewesen. Guy schob das Fenster in die Höhe, nahm Hut und Mantel ab, ließ sich auf das Bett fallen und seufzte erleichtert. Von der Straße drangen das Kreischen der Straßenbahnen, Hufeisengetrappel, Räderrollen und die Rufe der Zeitungsjungen zu ihm hinauf. Endlich wieder in Dublin, dachte er. Und irgendwie ist es noch immer wie früher.

Die Verletzung, die er während seiner Stationierung in Armentières davongetragen hatte, war noch nicht vollständig verheilt. Es war seine bisher schlimmste Verwundung gewesen.

Zum ersten Mal wurde er während des entsetzlichen Rückzugs bei Mons verwundet; der Krieg war kaum vier Wochen alt gewesen. Das Britische Expeditionskorps stand einer zahlenmäßig weit überlegenen deutschen Kompanie gegenüber – 6000 Deutsche gegen 1600 Briten mit Lee-Enfield-Gewehren, die bis zu 25 Schuss in der Minute abgeben konnten sowie halbautomatischen Vickers-Gewehren mit neun Yard langen Patronengurten; doch die Deutschen, obwohl jung und schlecht ausgebildet, hatten sie allein durch ihre Überzahl einfach überrollt.

Die Männer des 2. Corps behaupteten, einen strahlenden Engel am Himmel gesehen zu haben, der die deutsche Kavallerie aufhielt. Doch später hatte sich ihnen der Himmel nicht mehr gnädig gezeigt. Engel wurden nicht mehr gesehen, nur noch die Dämonen Leid und Tod.

Guys Regiment, die vierte Dragoner-Garde, hatte zu jenen neunhundert Kavalleristen gehört, die den Vormarsch des Feindes aufhalten und der Infanterie den Abzug ermöglichen sollten. Und sie hatten ihr Bestes gegeben, obwohl so viel Staub durch die Luft wirbelte, dass man nicht weiter als bis zum Vordermann sehen konnte. Mit gezogenen Säbeln waren sie mitten in das Gemetzel hineingeritten. Noch heute hörte Guy die Schreie der Pferde und Männer, sah den mit Leichen bedeckten Boden, spürte heißes Blut in seinen Stiefel laufen.

Die zweite Verwundung war ihm in Neuve Chapelle zugefügt worden; sie hatte sein Herz knapp verfehlt, ihm aber zwei Rippen gebrochen. Nach zwei Wochen hielt man ihn für gesund genug, um wieder an den Kämpfen teilzunehmen.

Guy erholte sich auf Linthorpe. Jedes Mal, wenn er seinen inzwischen fast sechzehnjährigen Neffen James ansah, dankte er Gott, dass der Junge für den Krieg noch nicht alt genug war.

Doch wenn es nun so weiterginge? Für Sophie war es schon schwer genug, dass Nigel sich in Flandern aufhielt. Mit ihrem Verwalter, dem munteren alten Bill Gregory, hatte Sophie großes Glück; die meiste Arbeit auf dem Bauernhof wurde inzwischen von Frauen erledigt. Im Dorf gab es sogar einen weiblichen Hufschmied. Die Welt veränderte sich mit einer unglaublichen Geschwindigkeit, und Guy wusste nicht, ob er sie wiedererkennen würde, wenn der Krieg eines Tages vorbei war.

Er wusste nur, dass etwas unbeschreiblich Schreckliches geschah und dass er ein Teil dieser Sinnlosigkeit geworden war. Der Krieg, den er so sehnlich herbeigewünscht hatte, entsprach so ganz und gar nicht den Vorhersagen. Stattdessen wurden Europas junge Männer systematisch abgeschlachtet. Guy hatte Jungen gesehen, nur wenig älter als James, die man zu tausenden zum Sterben ins Niemandsland schickte. Er hatte gesehen, wie man neunzehnjährige Burschen unter dem Vorwurf der Feigheit erschoss, um ein Exempel zu statuieren; dabei waren die Kameraden der Hingerichteten im selben Alter, und ihr Mut grenzte oft ans Übermenschliche.

Und dann die mit Sandsäcken verstärkten Schützengräben; ganze Reihen verwesender Leichen, die man nicht wegräumen konnte; und überall flitzten fette, satt gefressene Ratten herum, die es sich sogar auf schlafenden Soldaten gemütlich machten.

Seine letzte Verwundung lag für Guy in einer Art Nebel. Er konnte sich an den Gestank des Todes erinnern, der an jenem Morgen herrschte, an den Geruch der Latrinen und die salzigen Ausdünstungen von Blut. Am Abend vorher hatte man eine Sperre errichtet, doch der Morgen war kalt und still gewesen. Nicht ein Vogel hatte gezwitschert. Die letzten Toten lagen auf der Erde, als würden sie schlafen.

Auf dem Rückweg von der Latrine hatte er jemanden voller Qual stöhnen hören. Einer der Männer hing über dem Rand des Schützengrabens fest; er hatte sich verfangen. Guy spähte über den Schutzwall hinweg in die matschige Sumpflandschaft, die einst Ackerland gewesen war. Ein paar zerfetzte Bäume hoben sich gegen den Horizont ab. Ein paar Meter vor dem Schützengraben lag ein Soldat in einer Pfütze aus geronnenem Blut. Nur ein paar Meter ohne Schutz, aber sie hatten den Jungen umgebracht – es war der Gefreite Fletcher aus Hackney, der sich noch am Vortag über einen Brief aus der Heimat gefreut hatte.

Guy selbst hörte nichts. Er hatte einen heftigen Einschlag gespürt; dann hatte die Welt gezittert und aufgehört, zu existieren. Er war ein Teil des Windes geworden. Um ihn herum herrschte eine fremde, allumfassende Stille. Es war, als ob der Krieg, das Blutvergießen und das Leid nur vergänglichen Schaum auf dem Fluss der Zeit darstellten, der ungerührt und heiter weiterplätscherte.

Eine Woche später berichtete man ihm, dass die Wachen zurückgeschossen hatten und dass man ihn unter Feuerschutz in die relative Sicherheit eines Schützengrabens hatte zurückzerren können. Im Feldlazarett war er kurz aufgewacht – graublaue Augen hatten ihn angeblickt. Ganz weit entfernt hatte er Unverständliches über seine Verwundung und das Krankenhaus vernommen – profane, uninteressante Dinge verglichen mit dem Rätsel vor seinen Augen. Ellens Gesicht tauchte vor ihm auf und verschwamm wieder, als ob er unter Wasser läge und sie ansähe.

»Wie schön du bist, Ellen …«

»Ich bin nicht Ellen, mein Lieber …«

Er hörte das Lächeln in ihrer Stimme. Als die Welt wieder schärfere Konturen annahm, erkannte er einen weiblichen Sanitätsoffizier, gleichzeitig wurde allerdings auch der Schmerz in seiner Brust schärfer. Guy stöhnte.

»Wir geben Ihnen etwas gegen die Schmerzen. Sie sind operiert worden. In Ihrer Lunge steckte ein Schrapnell, und ein paar Rippen sind auch gebrochen. Aber Sie haben Glück! Sie werden zum Genesungsurlaub nach Hause geschickt.«

Und so war Guy nach Linthorpe zurückgekehrt. Sophie, die ihren Nigel vermisste, hatte vor Freude geweint. Später hatte sie ihm anvertraut, dass sie sich schreckliche Sorgen um ihren Mann machte; jede Woche schickte Nigel einen Brief, in dem er über alles Mögliche berichtete – nur nicht über den Krieg.

Nachdem Guy wieder zu Kräften gekommen war, begleitete sein Neffe James ihn eines Tages auf einem Spaziergang am Fluss entlang. James war für die Sommerferien aus Harrow nach Hause gekommen und stellte eifrig Fragen, deren Beantwortung Guy nicht ertragen konnte.

»Du weichst mir aus, Onkel Guy«, rief der Junge schließlich enttäuscht. »Dauernd wechselst du das Thema!«

Und genau da passierte es zum ersten Mal. Irgendwo im

Wald gab jemand einen Schuss ab, öffnete damit die Sperre der Deutschen draußen im Niemandsland und beschwor den Gestank und die Abwesenheit jeglicher Menschlichkeit herauf. Guy spürte, wie sein Körper wie ein Fähnchen im Wind zu zittern begann. Er musste sich ans Ufer setzen. James stand neben ihm und starrte auf die unkontrolliert bebenden Hände seines Onkels.

»Das ist doch nur Burgess auf Kaninchenjagd, Onkel Guy. Es ist alles in Ordnung ...«

Guy hatte sich am Ufer ausgestreckt, bis er sich besser fühlte; James hatte er versucht weiszumachen, er sei lediglich müde. Doch sein Neffe sah ihn voller Sorge an.

»Tut mir Leid, alter Junge. Ich weiß auch nicht, was in mich gefahren ist.«

Der Junge hatte die Schultern gezuckt, war aber den restlichen Tag über sehr schweigsam gewesen und hatte seinen Onkel mit düsteren, fragenden Augen gemustert.

Guy betete, dass der Zustand nie mehr zurückkehren möge, während dem er nur noch Granaten hörte und den Eindruck hatte, es keine Sekunde länger ertragen zu können.

Als er am Abend nach dem Essen allein mit James am Tisch sitzen geblieben war, hatte er gesagt: »Alles eine Folge des Krieges!«, und so getan, als ob nichts Besonderes dabei wäre.

»Ich glaube, das erklärt alles, Onkel Guy!«, war James' Reaktion gewesen.

Ein machtvolles Gefühl von Zusammengehörigkeit hatte Guy ergriffen. Wie beneidete er seinen Bruder um diesen feinen, mitfühlenden Sohn!

Als seine Kraft wieder vollständig wiederhergestellt war, begann Guy sich plötzlich nach Irland zu sehnen. Irland erinnerte ihn an seine Jugend; er wollte sie noch einmal spüren, noch einmal ein Leben genießen, das nichts mit der Hölle zu tun hatte, die Europa zerstörte. Allerdings wollte er nicht nach Clonmore – nichts zog ihn mehr dorthin. Seine Freundschaft zu Bertie hatte ein dramatisches Ende gefunden. Bertie, der nach einem Anschlag vor vielen Jahren in Dublin hinkte, arbeitete inzwischen als Beamter für die Admiralität. Guy hatte ihn eines Tages zufällig in einem Club in Pall Mall getroffen, wo ihn Bertie bei einem Drink in seine finanziellen Transaktionen eingeweiht hatte. Leicht angeheitert erzählte er davon, wie er das Geld für den Verkauf von Clonmore schon lange vor dem Krieg in Waffengeschäfte investiert hatte.

»Ich habe den Krieg vorausgeahnt! Nun sag nicht, ich hätte keine gute Nase, alter Freund!«

Guy hatte an den Gestank des Bösen gedacht, an blutüberströmte, abgerissene Gliedmaßen, an Oberschenkelknochen, die aus Schützengräben ragten, an blutjunge Männer, die blind in die Sonne starrten. Sie schicken nur die Besten und Mutigsten hin, dachte er verbittert, und verwandeln sie in Monster.

Obwohl Bertie mit einer Adligen namens Clarissa Vaughan verheiratet war und einen zweijährigen Sohn hatte, war seine Neigung zu sexuellen Ausschweifungen ungemindert. Er vertraute Guy an, dass er sich in Chelsea eine Geliebte hielt.

»Das beste Frischfleisch seit der Murphy-Muschi!«

»Rede nicht so über Miss Murphy, Wallace! Sie ist eine achtbare Dame mit einem eigenen Geschäft ...«

»Mag wohl sein – was für eine Art von Geschäft eigentlich? Vielleicht verdankt sie das alles meinen zehn Pfund.«

Beim Lachen riss er den Mund so weit auf, dass all seine Goldfüllungen zu sehen waren. Auf Guy wirkte es wie eine

Herausforderung – sein ehemaliger Freund erschien ihm wie ein Affe, der seine Dominanz zu beweisen versuchte.

»Wie kannst du es wagen, so von einer Dame zu sprechen?«

Und er schlug seinen früheren Kumpel mit solcher Wucht nieder, dass es ihn selbst herumwirbelte. Andere Clubmitglieder mussten einschreiten, um die Streithähne zu trennen.

Man verpflichtete Guy, sich zu entschuldigen, doch er tat es nie. Es war ihm egal, ob Bertie auf Rache sann. Genau genommen war ihm alles egal. Der leere Blick ausgehungerter Männer und der Fluch der Gewehre hatten ihn verändert. Er war alt geworden, dachte er – alt, müde und intolerant gegenüber jeglicher Grausamkeit.

Jemand klopfte an die Wohnzimmertür. Guy stützte sich auf den Ellbogen und rief: »Herein!«

Die schwere Mahagonitür wurde geöffnet, und ein schwarz gekleidetes Mädchen betrat zögernd den Raum. Im Arm hatte sie einen Stapel Bett- und Handtücher.

»Der Verwalter bat mich, Ihnen das hier zu bringen, Sir.«

»Warten Sie!«, sagte Guy. Er stand auf und suchte nach einem Geldstück. Dann trat er auf sie zu, um ihr das Trinkgeld in die Hand zu drücken.

»Danke schön, Sir.« Ihr herrlich irischer Akzent erinnerte ihn an vergangene Tage.

»Wie heißen Sie?«

»Eileen, Sir!«

»Danke, Eileen.«

Das Mädchen ging. Im Geist ordnete Guy die Buchstaben ihres Namens neu, ließ etwas weg und fügte etwas hinzu.

Ellen! Er dachte für einen Moment an sie, dann stand er auf, trat ans Fenster und schaute auf St. Stephen's Green hinunter. Doch die kleine Blumenverkäuferin stand nicht mehr vor dem Shelbourne und pries ihre Waren an. Sie war längst Geschichte geworden. Und er hatte Ellen nur ein paar Veilchen gegeben und war fortgegangen!

Jeder bekommt irgendwann das, was ihm bestimmt ist, dachte er. Aber manchmal erkennen wir es nicht, oder wir sind so dumm, zu denken, dass es noch einmal wiederkommt.

Er betrachtete sich im Spiegel. Er war dünn, blass, und sein Haar wies bereits die ersten grauen Strähnen auf. Ellen war fort, genau wie die Blumenverkäuferin. Harry vielleicht auch? Hatte er den Krieg bis jetzt überstanden? Hatte er sich zur Armee gemeldet – dieser junge Mann, der sich so glühend wünschte, für Irland zu kämpfen. Hatte er sich auch schon in französischem Schlamm gewälzt?

»Genug der Sentimentalität, alter Junge!«, mahnte er sich laut. »Du bist in Dublin und hast endlich Zeit, eine alte Freundin zu besuchen.«

Er schlüpfte in seinen Uniformrock, setzte die Mütze auf und nahm eine militärische Haltung an. Schnell lief er die Treppen hinunter und trat hinaus in den Park.

Er wollte spazieren gehen. Es gab da einen Hutladen in der Chatham Street, den er unbedingt besuchen musste.

30. KAPITEL

Bevor sie den Laden schloss, dekorierte Franny ihr Schaufenster. Das Geschäft lief gut. Seit Beginn des Krieges wurde zwar weniger Wert auf Eleganz gelegt – sowohl bei Hüten als auch bei anderen Dingen –, aber die Feindseligkeiten hatten die Wirtschaft angekurbelt. Keine Frau ging ohne Hut auf die Straße, und immer mehr Frauen arbeiteten außerhalb des Hauses.

Zusätzlich sorgte der Sold, den die an der Westfront eingesetzten Soldaten nach Hause schickten, für eine Veränderung der Kaufkraft. Tatsächlich lief das Geschäft so gut, dass Fran in der Lage gewesen war, Liam das geliehene Geld zurückzuzahlen.

Lieber Liam! Er hatte ihr nach Hannahs Geburt so freundlich geholfen – dazu hatte er eine kleine Erbschaft von seiner Mutter benutzt.

»Es ist eine rein geschäftliche Investition«, hatte er gesagt. »Wenn sich eine gute Gelegenheit bietet, erkenne ich das sofort.«

Die gute Gelegenheit war die Anmietung eines staubigen Ladenlokals mit großem Schaufenster in der Chatham Street gewesen.

»Du hast immer schon davon gesprochen, wie gerne du selbst Hüte dekorieren würdest«, hatte er geschwärmt. »Jetzt kannst du es tun! Alma bringt dir die Buchführung bei, und in kürzester Zeit bist du reich.«

Franny konnte das Angebot nicht ablehnen. Zum Laden gehörte eine Dreizimmer-Wohnung im Obergeschoss.

Es hatte viel Arbeit gekostet, den Laden in Ordnung zu bringen und anschließend ihren Traum zu verwirklichen. Alma hatte ein Kindermädchen geschickt. »Ich will keine Einwände hören! Du kannst dich nicht gleichzeitig um dein Geschäft und das Baby kümmern!« Außerdem war sie die Urheberin des für ein Geschäft eher exotisch wirkenden Namens »Madame DuBarry« gewesen.

»War das nicht die Mätresse eines französischen Königs?«, hatte Fran sich zweifelnd erkundigt.

»Nenn ihn ruhig trotzdem so«, hatte Liam ihr geraten. »Man wird dich schon nicht mit ihr verwechseln.«

Nachdem den Räumlichkeiten ein französisches Flair verliehen worden war, erkannte man den alten Laden kaum wieder. Die ersten Kundinnen waren auf eine Anzeige hin gekommen, danach tat die Mund-zu-Mund-Propaganda das Ihre. Franny hatte ihre ganze Energie in das Unternehmen gesteckt, und langsam, aber sicher konnte sie Erfolge verbuchen. Inzwischen beschäftigte sie eine Vollzeitkraft, und selbst nachdem sie Liam ausbezahlt hatte, war ihr Bankkonto ausgeglichen – es war sogar etwas übrig geblieben.

Doch wie lang würde die Glückssträhne andauern? Irgendwann würde der heiß ersehnte Friede einkehren, aber mit ihm würde die Demobilisation und möglicherweise auch eine Rezession eintreten.

Liam erklärte, er wäre froh, nichts mit dem Geschäft zu tun zu haben.

»Geld zu scheffeln verursacht mir Kopfschmerzen. Alles, was ich zum Leben brauche, sind Farben und Leinwände.«

Doch der Krieg hatte sogar Farben und Leinwände an die Seite gedrängt. Im Überschwang der ersten Begeisterung hatte sich Liam zum Leidwesen von Vater und Schwester und zum Schrecken von Franny freiwillig gemeldet.

Der Krieg ging weiter, und das Geschäft wurde zum Selbstläufer. Franny schickte Hannah in eine Schule in Donnybrock. Mutter und Tochter verbrachten ihre Wochenenden in Rathcormac, leisteten Alma Gesellschaft und halfen ihr bei den seltener werdenden Jours Fixes, die nach dem plötzlichen Tod von Almas Vater gar nicht mehr stattfanden. In jedem Fall jedoch hatte der Krieg den Frauen das Wahlrecht deutlich näher gebracht. In England war es bereits eingeführt worden.

Nach einem Jahr als Soldat war Liam wegen seines chronischen Asthmas entlassen worden. Schon als Kind hatte er zeitweise unter Atemnot gelitten, doch in den Schützengräben war es heftiger denn je zurückgekehrt. Die Ärzte hatten seinen Zustand als äußerst bedenklich eingestuft und ihm keine lange Lebensdauer mehr eingeräumt.

Nachdem er allerdings wieder zu Hause in Howth wohnte, hatten die gewohnte Umgebung und die Seeluft seinen heftigen Beschwerden Linderung verschafft. Und dann begann Hannah, ihren Zauber auf ihn auszuüben.

Das kleine Mädchen sah ihm gern bei der Arbeit zu. Sie lag auf dem Boden seines Ateliers, mitten zwischen den Leinwänden. Er drückte ihr dann immer einen Pinsel in die Hand und stellte ihr einige Wasserfarben hin, damit sie ebenfalls malen konnte.

»Das hier ist Mama!«, sang sie vor sich hin und malte einen runden rosa Kreis über einen formlosen blauen Körper. »Und das ist Liam, das ist Tante Alma, das ist Pixie mit ihren Katzenbabys, und das ist der Wasserkäfer …« Den Wasserkäfer hatte sie im Garten gefunden und hielt ihn in einer halb mit Wasser gefüllten Milchflasche.

»Eines Tages, gnädiges Fräulein, wirst du die Kunstszene Dublins revolutionieren«, sagte Liam. »Aber dafür musst du arbeiten!«

»Malen macht Spaß«, sang Hannah. »Das ist keine Arbeit!«

Liam hatte seine Technik in der Zwischenzeit vervollkommnet; er stellte seine Bilder aus, und die Porträts begannen eine gewisse Berühmtheit zu gewinnen. Die Art, mit der Liam Mulhall seine Modelle abbildete, war nicht immer schmeichelhaft, aber jeder Porträtierte musste eingestehen, dass er auf jeden Fall gut getroffen war.

Inzwischen sah Franny ihr bisheriges Leben als Weg in die Selbstständigkeit an. Sie wagte nicht, von einer Ehe zu träumen. Sie liebte Hannah und sorgte für ihre Zukunft; ihre Tochter sollte es nie nötig haben, von jemand abhängig zu sein.

Frannys Leben bestand aus Arbeit und würde auch in Zukunft aus Arbeit bestehen. Sie hatte keinen sicheren Hafen, in den sie sich flüchten konnte; jegliche Verbindung zu ihrer Familie war abgebrochen. Vor zwei Jahren hatte sie Ellen geschrieben und geradezu darum gebettelt, wieder Kontakt aufnehmen zu dürfen, doch die Antwort von Ellens Ehemann war schmerzhaft ablehnend gewesen.

Ihre schöne Schwester Clare, die sie einst mehr oder weniger deutlich abgewiesen und dann eines Tages vor dem Laden gestanden und um Verzeihung gebeten hatte, lebte nicht mehr. Bei ihrer zweiten Geburt war sie zusammen mit dem Baby gestorben. Frank hatte sich auf der Flucht vor seiner Trauer gleich zu Beginn des Krieges freiwillig gemeldet und den kleinen Matty in der Obhut seiner verheirateten Schwester zurückgelassen.

Der Tod ihrer Schwester hatte Franny zutiefst aufgewühlt und mit Gewissensbissen gepeinigt. Als sie davon erfuhr, hatte sie sofort ihrer Mutter geschrieben. Sie ärgerte sich, dass man sie nicht benachrichtigt hatte, doch sie wollte den Sprung in der Familie kitten, ehe weitere Sterbefälle es unmöglich machten. Ihre Mutter hatte jedoch nie geantwortet – es war das anklagende Schweigen einer verbitterten Frau.

Wie hatte es nur so weit kommen können?, fragte sich Franny immer wieder.

Sie hätte nie erwartet, dass Harry eines Tages aus ihrem Leben verschwinden könnte, und doch war es geschehen. Sie wusste nur, dass er in der St. Endas School als Lehrer arbeitete. Seitdem sie ihn zufällig im College Green getroffen hatte – damals erzählte er ihr von Ellens Schwangerschaft –, hatte sie ihn nur noch ein einziges Mal gesehen. Manchmal erblickte sie ihn von fern. Wenn die *Volunteers* paradierten, stand sie gut versteckt in der kleinen Menge, die sich in der Sackville Street versammelte, und ihr ging das Herz auf, wenn er in grüner Uniform und mit schussbereitem Gewehr an ihr vorbeizog.

Morgen würde es vermutlich wieder eine Parade geben. Doch morgen war Ostersonntag, und sie hatte Liam und Alma versprochen, das Wochenende mit ihnen in Rathcormac zu verbringen.

Plötzlich fiel ein Schatten ins Geschäft. Vor dem Schaufenster stand ein britischer Offizier, der etwas zu suchen schien, denn er verrenkte sich fast den Hals, um das Schild über der Tür zu lesen. Er hatte das Licht im Rücken; Franny konnte sein Gesicht nicht erkennen, als er ins Schaufenster spähte. Dann läutete die Türglocke, und der Soldat trat ein. Vielleicht hatte er sich verlaufen und wollte sich nun nach dem richtigen Weg erkundigen. Männer kamen selten allein zu einer Putzmacherin.

»Kann ich Ihnen behilflich sein, Sir?«

Guy sah Franny einigermaßen verwundert an. Wie seltsam es doch war, Franny Murphy in diesem freundlichen kleinen Laden voller Damenhüte wiederzusehen! Das Geschäft lag zwischen einer Pfandleihe und einer Apotheke und war ausgestattet wie das Boudoir seiner Großtante in Fontebelle. Franny erwiderte seinen intensiven Blick. Kühl straffte sie die Schultern.

»Liebste Franny, wie schön, Sie wiederzusehen!«

Sofort streckte Franny die Hand aus, und die Farbe kehrte in ihr Gesicht zurück.

»Guy Forrister! Sie sollten besser nicht mit einer Uniformmütze herumlaufen, wenn Sie möchten, dass man Sie erkennt!«

Wie blass und dünn er geworden ist, dachte sie mitleidig. Richtig ausgemergelt!

»Haben Sie Lust auf einen Tee? Ich wollte gerade den Laden schließen.«

In Frannys Wohnzimmer über dem Geschäft nahm Guy die Mütze ab und setzte sich in die Ecke eines geräumigen Sofas, das mit Kissen und Kinderzeichnungen übersät war. Eine Puppe mit pausbäckigem Porzellangesicht, Ringellöckchen, einem mit Spitzen und Volants besetzten Satinkleid und neckisch schräg sitzendem Hut belegte das andere Ende des Sitzmöbels und starrte ihn mit leerem Blick an.

»Erlauben Sie, dass ich schnell ein wenig aufräume!«, sagte Franny, sammelte eilig Puppe und Zeichnungen ein, legte sie auf einem Regal ab, griff nach einem Eimer und warf eine Hand voll Kohlen auf das Feuer.

»Ehrlich gesagt hatte ich etwas Angst, Sie hätten sich verändert«, sagte er.

Aber sie hatte sich tatsächlich verändert. Ihre schelmische Art war verschwunden. Vor Guy stand eine ernste junge Frau in einem braunen Kleid mit weißem Kragen, die durchaus attraktiv wirkte, obwohl um ihre großen Augen tiefe Schatten lagen.

Und diese Dame hatte Bertie als Murphy-Muschi bezeichnet!

»Wenn Sie mögen – ich habe auch irgendwo noch eine Flasche Sherry.«

»Nein, nein, Tee ist genau das Richtige.«

Franny verschwand in der Küche, und Guy inspizierte die Umgebung. Seine Augen schweiften zu der Puppe zurück, die ihn vom Regal aus zu beobachten schien, und wanderte dann zu Wänden und Zimmerdecke. Offenbar war der Raum geteilt worden. Eine Trennwand durchquerte das Zimmer der Länge nach und schnitt sich bis ins Gesims. Alle Wände waren weiß gestrichen, doch die Bilder, die jeden freien Zentimeter Wand schmückten, verliehen dem Zimmer die Atmosphäre eines Künstler-Ateliers. Entzückt erkannte Guy, dass eines der Aquarelle den Garten in Monaghan darstellte; er erkannte die Pergola. Die beiden Blumen pflückenden Frauen mit Strohhüten blieben anonym.

»Sie haben wirklich Talent, Franny«, lobte er, als sie mit dem Tablett zurückkehrte.

»Schmeichler! Ich habe eine gewisse Begabung. Talent ist etwas ganz anderes.« Sie sah ihn an. »Milch? Zucker? Ich weiß, eigentlich müsste ich mich erinnern, aber ich habe schon ziemlich lange keinen Tee mehr mit Ihnen getrunken.«

Sie reichte ihm Tasse und Milchkännchen und sah, wie er das Gesicht verzog, als er die Hand danach ausstreckte.

»Sind Sie verwundet?«, erkundigte sie sich.

»Ach, nur ein Kratzer.« Er zeigte wieder auf die Aquarelle. »Ganz ehrlich, ich wusste nicht, dass in Ihnen eine Künstlerin steckt!«

Franny ließ sich ablenken. Sie sah die Bilder an den Wänden an und lachte.

»Nur eins davon ist von mir – das Bild von unserem Garten. Die beiden Frauen sollen übrigens Ellen und meine Mutter darstellen.«

»Verstehe!«

»Sie wissen sicher, dass Ellen verheiratet ist.«

Guy nickte.

»Inzwischen ist sie auch Mutter geworden. Ihr Sohn muss jetzt ungefähr zwei sein.«

Natürlich war sie inzwischen Mutter geworden, dachte Guy. Trotzdem versetzte ihm die Vorstellung einen schmerzhaften Stich. Was hatte er erwartet?

»Aber der Kleine dürfte noch kein naiver Künstler sein, oder?«, lächelte er und zeigte auf die Zeichnungen, die Franny auf das Regal geräumt hatte.

Franny bemerkte sowohl seinen Schmerz als auch seine merkwürdig leidenschaftliche Neugier. War es ihm immer noch wichtig? Nach so langer Zeit?

»Natürlich nicht! Die Zeichnungen stammen von einer Neunjährigen.«

Franny brach ab, musterte ihn, gab aber keine weitergehende Erklärung ab. Stattdessen zeigte sie auf eine in wunderbaren Farbtönen gemalte Landschaft und sagte: »Dieser Künstler hier hat wirklich Talent. Er versteht es, der elementaren Natur der Dinge auf den Grund zu gehen. Meistens malt er Porträts. Er ist übrigens ein guter Freund von mir.«

Guy nickte. Über die elementare Natur der Dinge wusste er alles. Er hätte Franny von explodierenden Geschossen erzählen können, die alle Sinne betäubten, oder vom mitleidlosen Vorwärtsdrängen des Todes; er hätte vom Schlamm berichten können, in dem sich menschliche Därme ringelten; er hätte ihr auch sagen können, dass er dorthin zurückkehren musste und dass der Irrsinn weitergehen würde, bis kein junger Mann mehr übrig war.

Franny neigte sich zur Feuerstelle hinunter und stocherte in der Glut. Flammen schossen empor. Sie ließ die Kohlenzange fallen. Scheppernd krachte sie auf die Herdplatte.

Guy brach der kalte Schweiß aus. Seine Hände begannen zu zittern; die Teetasse entglitt ihm, rollte über den Teppich und hinterließ einen feuchten Fleck. Guy kroch in sich zusammen. Er hörte das Bellen der Waffen, menschliche

Schreie und sah das weiße Gesicht des Gefreiten Fletcher, dessen blaue Augen in rotem Blut schwammen.

Er zitterte am ganzen Körper; seine Beine führten ein unkontrollierbares Eigenleben, als hingen sie an Fäden.

Franny setzte sich neben ihn und griff nach seinen Händen.

»Es tut mir … Leid«, stieß er zwischen klappernden Zähnen hervor, »wirk… lich … Leid.« Und er zitterte weiter.

In Frannys Augen standen Tränen.

»Schon gut, Guy – lieber Guy!«, flüsterte sie. »Das passiert anderen auch.« Plötzlich begann sie zu weinen. Ihre Tränen tropften auf seine Hände.

Guy ahnte, dass ein Fluch auf ihm lag. Langsam ließ das Zittern nach. Er bedankte sich bei Franny, entschuldigte sich erneut und sagte, er wäre sehr müde und wollte gehen. Dabei dachte er an das Bett in Duggys Wohnung und fragte sich verbittert, ob er die kurze Entfernung schaffen würde, ohne dass ihn wieder etwas aus der Bahn warf. Er griff in seine Tasche und reichte Franny sein Taschentuch.

»Wer hat Ihnen meine Adresse gegeben?«, fragte sie, nachdem sie sich geschnäuzt hatte.

»Harry. Aber ich hätte nicht kommen dürfen, Franny. Ich bin ein menschliches Wrack!«

»Was sollten Sie auch sonst sein?«, schluchzte sie auf und gab ihm das Taschentuch zurück. »Nach allem, was Sie durchgemacht haben! Wie sonst konnten Sie Mensch bleiben?« Und mit leiser Stimme fügte sie hinzu: »So etwas passiert nun einmal, wenn man vergewaltigt wird.«

Schweigend blickte er in ihr blasses Gesicht. Ein schrecklicher Gedanke kam ihm.

»Vergewaltigt?«, flüsterte er.

Sie senkte den Kopf. Er brauchte nicht weiterzufragen.

Früher hat man solche Leute aufgehängt, dachte er. Heutzutage belohnt man sie mit einer Tätigkeit am Schreibtisch und führt sie sicher durch den schrecklichsten Krieg, den die Menschheit je erlebt hat.

»Es tut mir wirklich unendlich Leid, dass er so davongekommen ist!«, sagte er.

»Er hatte einen Unfall«, flüsterte Franny. »Natürlich wusste ich nicht, dass es etwas damit zu tun hatte …«

»Einen Unfall? Oh, Fran, dieser Unfall hat ihm das Leben gerettet!«

Sie hörten die Stimmen schon, als ihre Besitzer, ein Kind und ein Mann, noch draußen auf dem Bürgersteig standen. Die Tür wurde aufgeschlossen, Schritte kamen die Treppenstufen herauf. Ein kleines Mädchen in einem braunen Mantel, Knopfstiefelchen und schwarzer Samtmütze stürmte ins Zimmer und blieb abrupt stehen, als es Guy sah. Der Kleinen folgte ein dunkelhaariger junger Mann mit fast schwarzem Schnurrbart. Er war ziemlich außer Atem.

»Du hast gewonnen, junge Dame! Ich bin nicht mehr so fit wie früher!«

Guy stand auf.

»Guy, das ist Liam Mulhall, der Künstler, dessen Werke Sie vorhin so bewundert haben. Und das«, fügte sie leiser, aber mit stolzer Stimme hinzu und zeigte auf das Kind, »ist meine Tochter Hannah.«

Sie sah ihren Freund und ihr Töchterchen an.

»Darf ich euch Captain Guy Forrister vorstellen? Er ist ein alter Freund der Familie.«

31. KAPITEL

Captain Forrister?«, fragte Liam neugierig, als Guy gegangen war. »Du hast noch nie von ihm gesprochen!«

»Er hat uns früher öfter in Kilcrannagh besucht. Aber das ist Jahre her!« Leise setzte sie hinzu: »Der arme Kerl! Er fing schrecklich an zu zittern, als ich die Kohlenzange habe fallen lassen.«

»Armer Teufel! War er der Freund von …«, begann er, vollendete den Satz aber nicht. Hannah sah ihn groß an.

»Ist das ein Geheimnis?«, fragte sie neugierig und riss ihre braunen Augen sperrangelweit auf. »Von wem war er ein Freund?«

»Nein, Liebes, er war niemandes Freund«, sagte Franny.

Hannah runzelte die Stirn. »Darf ich zu Cissie? Sie hat gesagt, ich könnte über Nacht bleiben!«

Cissie war Hannahs beste Freundin; sie besuchten die gleiche Schule.

»Nein, Liebes!«

»Schon zum zweiten Mal nein!«, sagte Hannah ernst. »Aber es ist Ostern!«

»Du fährst mit deiner Mama und mir nach Rathcormac!«, griff Liam lächelnd ein. Hannah blickte ihre Mutter erwartungsvoll an. Die nickte. »Sonntag und Montag!«

»Toll!«, freute sich Hannah.

Mit ihrem schwarzen Samtkrägelchen und den lebhaften dunklen Augen in einem eher blassen Gesicht sah sie wie ein kleiner Engel aus.

Wie leicht es doch war, ihrer Tochter eine Freude zu machen, dachte Franny. Aber wie lange würde es noch so bleiben? Wie lange würde es noch dauern, ehe Hannah eine Antwort auf ihre Fragen haben wollte?

Sie hatte Hannah erklärt, dass ihr Vater gestorben war, bevor sie hatten heiraten können.

Arme Mama!, dachte Hannah manchmal. Schrecklich, dass ihre große Liebe noch vor der Hochzeit gestorben war. Wie in einem traurigen Märchen! Arme Mama …

Immer wenn Hannah versuchte, etwas über die romantische Tragödie ihrer Mutter herauszufinden, und Details erfahren wollte, bekam sie den Eindruck, dass es etwas Schreckliches mit der Geschichte auf sich haben musste. Die Tatsache, dass nicht ein einziges Bild von ihrem Vater existierte und sein Name nie erwähnt wurde, verstärkte diesen Eindruck.

Hannah wusste bereits in ihren jungen Jahren, dass der Umstand, eine unverheiratete Mutter zu haben, sie beide zu Außenseitern stempelte, und sie wünschte sich nichts sehnlicher, als ihre Mutter vor allem Ungemach beschützen zu können.

»Möchtest du nicht morgen die Parade des Freiwilligen-Korps sehen, Mama?«, fragte sie. Ganz bewusst wechselte sie das Thema.

Franny schüttelte den Kopf. »Nein, Liebes.«

»Wir könnten etwas später nach Howth fahren, wenn du möchtest. Dann bekommst du wenigstens ein Stück von der Parade mit«, sagte Liam.

Franny verspürte eine große Dankbarkeit. Liam wusste sehr wohl, warum sie gerne die Parade ansah, und hatte noch nie versucht, sie davon abzubringen. Schon seit Jahren war er ihr bester Freund. Franny wusste, dass er sie liebte, und wunderte sich manchmal über seine unendliche Geduld.

»Der Sonntag gehört uns!«, sagte sie. »Und Ostermontag auch!«

Hannah hängte ihren Mantel und die Kappe an den Haken und nahm ihre Puppe Daisy vom Regal. Sie rückte ihr den Hut zurecht und strich das Satinkleid glatt. Liam hatte ihr Daisy zum Geburtstag geschenkt.

Franny schenkte Liam einen Sherry ein, und er setzte sich an das Ende des Sofas, das Guy vor nicht allzu langer Zeit geräumt hatte.

»Ist es nicht seltsam, dass solche Paraden überhaupt noch erlaubt werden?«, sagte er. »Und dass es die *Volunteers* immer noch gibt, obwohl sie vor zwei Jahren Waffen nach Howth geschmuggelt haben?«

»Die Regierung wird sich hüten, etwas zu tun, was die jungen Männer davon abhalten könnte, sich zu den Soldaten zu melden. Man wird weiterhin so tun, als ob alles nur Theater wäre.«

Liam nippte an seinem Sherry. »Vielleicht ist es das sogar, Fran. Ich schwöre dir, jedes Theater ist besser als der Krieg!«

Franny jedoch, die sich nur allzu deutlich an die beiden Gewehre in der Scheune und den brennenden Eifer in Harrys Augen erinnerte, schüttelte den Kopf.

»Es ist nie nur Theater gewesen!«

»Heißt das, du glaubst, dass hinter dem Freiwilligen-Korps ein Plan steckt? Machst du dir Sorgen um deinen Cousin?«

Er sprach leise und warf Hannah einen prüfenden Blick zu. Doch Hannah hatte nur Augen für Daisy.

Franny tat sich schwer mit der Antwort. Nach einem langen Arbeitstag war sie müde, das Treffen mit Guy hatte ihr gefühlsmäßig zugesetzt, und außerdem plagten sie Kopfschmerzen, die einfach nicht verschwinden wollten. Hinzu kam die Sorge um Harry mit seinen geheimnisvollen und gefährlichen Aktivitäten. Sie fühlte sich tief erschöpft.

Die Stille wurde von Hannahs leisem, vorsichtigem Stimmchen unterbrochen, die sich wieder etwas überlegt hatte, um ihrer Mutter eine Freude zu bereiten.

»Könnten wir nicht morgen in Howth ein Picknick machen, Mama? Mit Alma? Ich könnte Daisy mitnehmen ...«

Liam sah Franny an und lachte.

»Warum nicht? Vorausgesetzt, das Wetter spielt mit! Und wenn nicht, wirst du mir ein wunderbares Bild malen, junge Dame!«

Der Vorschlag schien Hannah zu gefallen.

Franny wandte sich an Liam. »Ich muss mich einen Augenblick hinlegen«, sagte sie. »Macht es dir etwas aus?«

»Ich brühe uns einen Tee auf«, erklärte Liam. »Und was würdest du zu einem leckeren Toast sagen? Ich habe schließlich hier eine fleißige Helferin! Du ruhst dich jetzt ein wenig aus, und wir wecken dich, wenn alles fertig ist.«

Frannys Schlafzimmer lag gleich neben dem Wohnzimmer und der kleinen Werkstatt, wo sie ihre Hüte ausstattete. Sie teilte das Zimmer mit Hannah. Eines Tages, als Hannah in der Schule war und das Geschäft in der Mittagspause geschlossen war, kam Liam mit einer Flasche Wein, frischem, knusprigem Brot und Paté. Nach dem Essen hatte er sie leidenschaftlich geküsst und versucht, sie zum Bett zu tragen.

Franny hatte sich geradezu verzweifelt gewehrt. Liam hatte sie sofort losgelassen. Seufzend war er aufgestanden und im Zimmer auf und ab gegangen.

»Ich kann dir gar nicht sagen, Fran, wie sehr ich mir wünsche, du würdest nicht immer vor mir zurückschrecken. Soll denn dieser Wallace unser Leben für immer beeinflussen?« Er hatte innegehalten und sie angesehen. »Kannst du nicht endlich darüber hinwegkommen?«

»Ich bin nicht gut genug für dich«, hatte Franny geflüstert und zu ihm aufgeblickt. »Ich bin beschädigte Ware.«

Seine Augen hatten seinen Ärger wiedergespiegelt.

»Mein Gott, Frau, was ist bloß mit dir los? Nie wieder – hörst du – nie wieder will ich hören, dass du dich mit Ware vergleichst!«

Franny streckte sich aus, schloss die Augen und lauschte den Geräuschen, die von der Straße heraufdrangen. Außerhalb der schützenden Mauern verlebte das geliebte, schmuddelige Dublin seinen Ostersamstagabend. Drinnen drangen Liams und Hannahs Stimmen aus der Küche. Hannah lachte hell. Irgendwann klopfte es an der Tür, und Liam streckte den Kopf durch einen Spalt.

»Madame, es ist serviert! Und wenn es Madame belieben, werden wir uns nach dem Imbiss auf die Reise nach Rathcormac begeben!«

»Du hättest Schauspieler werden sollen«, lachte sie und schwang die Füße aus dem Bett.

Die Droschke, mit der Deirdre Ellen und Michael vom Bahnhof abgeholt hatte, hielt vor der viktorianischen Villa in Sandymount, in der Deirdre wohnte und auch ihre Freunde für das Osterwochenende beherbergte.

An den Fenstern hingen schwere Spitzenvorhänge; eine Freitreppe aus Granit führte zu einer glänzend schwarzen Eingangstür. In einer gepflegten Blumenrabatte stand eine Reihe ausgebleichter, vertrockneter Osterglocken. Hinter dem Tor lehnte ein Damenfahrrad am Gitter. Die Luft roch nach Meer.

»Hier bist du also zu Hause!«

Deirdre nickte. »Seit vier Jahren habe ich ein Zimmer nach vorne hinaus. Ihr bekommt ein Zimmer nach hinten mit Blick auf den Garten – sehr bequem und ruhig. Die Vermieterin heißt Mrs Coughlan und wohnt nebenan. Sie ist dieses Wochenende nicht da, aber ihr könnt bei Dehlia bezahlen. Sie ist sowieso die eigentliche Chefin hier.«

Sie schloss die Tür auf. Auf den glänzenden Holzböden im Flur lag ein roter Läufer, der sich auf der Treppe fortsetzte. Ein geschäftiges Dienstmädchen in weißer Schürze und mit einem Arm voll Bettwäsche kam ihnen vom Ende des Flurs entgegen.

»Dehlia, das sind meine Freunde Mr und Mrs Kennedy«, stellte Deirdre vor. Dann wandte sie sich an Ellen: »Das ist Dehlia, die mir das Leben bequem macht.«

Dehlia errötete.

»Vor einer Stunde wurde eine Nachricht für Sie abgegeben, Miss.« Sie ging zum Flurtisch und reichte Dee einen versiegelten Umschlag. Dann zog sie einen Schlüssel aus der Tasche, den sie Michael überreichte.

»Wünschen Sie Tee, Sir?«

»Ich glaube, ich möchte mich lieber ein wenig zurückziehen«, antwortete Michael. »Das heißt, wenn es den Damen nichts ausmacht.«

»Gut, dann Tee für zwei, Dehlia!«, sagte Deirdre kurz angebunden. Sie überflog den Brief, stopfte ihn in die Tasche und setzte hinzu: »Bringen Sie das Tablett in mein Zimmer. Ich habe nicht viel Zeit.«

Michael ließ sich mit einem erschöpften Seufzer auf das Bett fallen. Ellen stand am Fenster und betrachtete den Garten. Auf dem Rasen standen Büsche. Ein Ziegelpfad führte zu einem Gartentor, das sich auf einen Feldweg öffnete. Ellen nahm ihren Hut ab, goss Wasser in das Porzellanbecken und wusch sich Gesicht und Hände.

»Ich gehe zu Deirdre hinüber«, informierte sie Michael. Aus dem Koffer holte sie die Geschenke, die sie der Freundin mitgebracht hatte – sorgfältig in einen Karton verpackte

Eier und ein Pfund Landbutter, die Maire mit vielen Schichten Papier vor dem Zerlaufen geschützt und mit Bindfaden umwickelt hatte. »Ruh dich ein wenig aus.«

Sie ging über den Treppenabsatz und klopfte an Deirdres Tür.

Deirdres Zimmer war klein. Ein Messingbett nahm die eine Wand ein, an der anderen standen eine Kommode mit gerundeter Front und ein Bücherregal. Überall stapelten sich Bücher und Zeitschriften. Die Mitte des Zimmers wurde von einem kleinen runden Tisch und zwei Stühlen eingenommen. Auf dem Tisch lagen drei ordentlich aufgeschichtete Stapel Schulhefte.

»Lass dich bitte nicht von der Unordnung stören«, sagte Deirdre, die sich hinter einem Wandschirm zu schaffen machte. »Dehlia hat strikte Anweisung, hier nichts anzurühren. Ich bin gleich bei dir.«

Sie trat hinter dem Wandschirm hervor. Ellen schnappte nach Luft. Deirdre trug eine olivfarbene Militäruniform – langes Jackett, langer Rock, eine gestreifte Krawatte und ein hellgrünes Hemd. Sie sah immer noch blass aus, doch sie wirkte entschlossen.

»Das ist meine Cumann-Uniform.«

»Sie wirkt sehr … militärisch. Das hier habe ich dir mitgebracht«, setzte Ellen langsam hinzu und hielt Deirdre die Geschenke entgegen. Dabei versuchte sie, ihrer Verblüffung Herr zu werden. »Eier und Butter.«

»Du bist süß!«

Das Dienstmädchen erschien mit dem Tee. Sie schien an Deirdres militärische Aufmachung gewöhnt zu sein. Deirdre bat sie, Ellens Geschenke mit in die Küche zu nehmen und darauf zu achten, dass Mr Toughy sie nicht aufaß.

Dehlia lachte und ging.

»Wer ist Mr Toughy?«

»Einer der Mieter – ein unglaublicher Geizkragen.«

Deirdre räumte eine Ecke des Tisches frei, goss Tee ein und reichte Ellen eine Tasse.

»Wie früher? Mit Milch, ohne Zucker?«

»Ich bin sprachlos!«, murmelte Ellen und nahm die Tasse in Empfang.

»Weshalb?«

»Wegen deiner geradezu männlichen Unabhängigkeit und Tüchtigkeit. Ich wusste zwar, dass du der Cumann na mBan angehörst, aber ich hätte mir nie träumen lassen, dich einmal in Uniform zu sehen.«

»Findest du nicht, dass sie mir ausgezeichnet steht?«, fragte Deirdre grinsend. »Sehe ich nicht aus wie der personifizierte Zeitgeist?«

Sie schenkte sich selbst ebenfalls eine Tasse Tee ein, beugte sich über den Tisch und blickte ihre Freundin an.

»Ellen«, sagte sie, »wenn du in Dublin geblieben wärst, hättest du dich sicher auch der Cumann angeschlossen. Wir wären Waffenschwestern …«

»Und gegen was kämpft ihr?«

»Du musst fragen: für was – nicht: gegen was!«, antwortete Deirdre.

Ellen sah, wie die Farbe in Deirdres Gesicht zurückkehrte. Blut pulsierte unter ihrer Haut.

»Hast du manchmal auch Zeit, nach Hause zu fahren?«

Deirdre lachte.

»Nein.« Sie warf einen raschen Blick auf die Uhr. »Ich muss weg. Ich habe einen Termin in der Liberty Hall.«

»Eine dieser berühmten Versammlungen?«

Deirdre nickte. »Heute sind es gleich mehrere.« Sie seufzte und blickte die Freundin entschuldigend an.

»Ich weiß, ihr seid gerade erst gekommen, *a cushla.* Tut

mir Leid, aber als ihr euer Kommen geplant habt, wusste ich noch nicht, dass etwas so Wichtiges passieren würde.«

Bestürzt sah Ellen zu, wie Deirdre eine Pistole aus einer Schublade nahm.

»Wozu brauchst du denn die?«

»Es ist eine Browning Automatic«, gab Deirdre sachlich zurück und steckte die Waffe in die Tasche. »Wir Frauen sind zwar offiziell unbewaffnet, aber einige von uns besitzen trotzdem eine Pistole.«

»Deirdre!«, rief Ellen. »Was ist mit Harry?«

Mit einem Blick zur Tür antwortete Deirdre sehr leise: »Das kann ich dir jetzt nicht sagen, Ellen. Es tut mir wirklich Leid, aber dieses gemeinsame Wochenende hier war keine gute Idee – für keinen von uns. Ihr solltet besser wieder nach Hause fahren.«

»Nach Hause? Aber wir sind doch gerade erst gekommen!«

»Ich wusste ja auch nicht, dass es sich als so ungelegen herausstellen würde. Möglicherweise komme ich heute Abend nicht zurück, also wartet nicht auf mich.« Sie zögerte kurz und fügte dann flüsternd hinzu: »Auf keinen Fall solltet ihr morgen in die Stadt gehen. Auf gar keinen Fall!«

Und mit diesen Worten ging sie.

Ellen trat ans Treppenhaus-Fenster und beobachtete, wie ihre Freundin das Fahrrad durch das Eingangstor schob, aufstieg und von dannen radelte. Sie blieb noch einige Zeit unbeweglich stehen und versuchte vergeblich, einer merkwürdigen Bedrückung Herr zu werden. Schließlich ging sie zurück in ihr Zimmer.

Michael schnarchte leise vor sich hin. Ellen betrachtete ihn eine Weile und hoffte, er würde von selbst aufwachen. »Michael«, flüsterte sie, »Michael!« Sie murmelte so lange auf ihn ein, bis er endlich grunzte und die Augen aufschlug. Er richtete sich auf. »Tut mir Leid, Liebes. Habe ich lange geschlafen? Wolltest du ausgehen? Warum schaust du so merkwürdig drein?«

»Ich habe gerade mit Deirdre gesprochen. Sie sagt, wir sollen unter keinen Umständen morgen in die Stadt gehen.«

Michael tätschelte Ellens Hand. »Deine Freundin sieht wohl gern ein bisschen schwarz! Was hat sie denn gesagt?«

»Nichts Genaues – nur gewarnt hat sie mich.«

»Ellen«, sagte Michael und stand auf, »deine Freundin hat einen Hang zum Dramatischen. Du hast ja selbst erlebt, wie schnell sie gesagt hat, dass sie schießen übt.« Er schnalzte mit der Zunge. »Zufällig weiß ich, dass es sich bei der weiblichen Abteilung der *Volunteers* nur um eine Hilfstruppe handelt. Und zwar um eine unbewaffnete!«

Ellen wurde ärgerlich. Sie wandte das Gesicht ab und sagte leise: »Die Bezeichnung ›Hilfstruppe‹ würde Deirdre nie akzeptieren. Und außerdem besitzt sie eine Browning Automatic. Ich habe sie mit eigenen Augen gesehen. Warum glaubst du eigentlich, dass Frauen grundsätzlich dumm sind?«

Der Vorwurf kam ärgerlich und spontan. Noch während sie ihn aussprach, wusste sie, dass Michael Frauen generell für unterlegen hielt und daraus sein Selbstbewusstsein schöpfte.

»Dumm? Nein! Naiv? Ja!«, gab er sachlich zurück und tippte nervös mit der Fußspitze auf den Boden, wie immer, wenn er sich herausgefordert fühlte. »Jedenfalls solltest du dir diesen Unsinn nicht anhören!«

»Wir werden ja morgen sehen, ob es Unsinn war«, antwortete sie wütend. »Aber jetzt möchte diese naive Frau hier spazieren gehen. Und weil sie nicht einen Penny in der Tasche hat, braucht sie Geld.«

Michael erschrak sichtlich.

»Wozu brauchst du Geld? Auf keinen Fall gehst du allein spazieren! Ich verbiete es dir!«

Ellen setzte ihren Hut auf und steckte ihn grimmig mit zwei langen Nadeln fest. Dann griff sie nach Michaels Jacke, die über einer Stuhllehne hing. Sie zog seine Geldbörse hervor und entnahm ihr einen Fünfer, den sie in die Tasche steckte.

»Es ist mein Geld«, sagte sie leise und sah ihm gerade in die Augen. »Ich habe es verdient, und da die Sklaverei schon im vorigen Jahrhundert abgeschafft worden ist, werde ich es mir auch nehmen. Ich merke sehr wohl – auch wenn du es nicht zugeben willst –, dass du versuchst, mich möglichst klein zu halten.«

Sie drehte sich um, ging die Treppe hinunter, nahm sich im Flur einen Regenschirm und marschierte wütend quer durch Sandymount bis zum Meer. Dort lehnte sie sich an die Kaimauer, bis ihr Herz wieder in normalem Tempo schlug.

»Ich kann es nicht ertragen, ständig unterdrückt zu werden!«, schimpfte sie vor sich hin. »Immer muss ich darauf achten, was ich sage oder was ich tue!«

Sie seufzte. Das Wochenende würde wohl doch nicht zum romantischen Idyll werden. Michael mochte vielleicht Gefühle billigen, aber Romantik billigte er gewiss nicht. Genau genommen hasste er alles, was mit Emotionen zu tun hatte. So lebte er nun einmal: frei von den Dingen, die Menschen bewegten.

Du könntest ihn verlassen!, meldete sich eine innere Stimme. Du könntest deinen Koffer packen und nach Dublin ziehen. Du würdest Arbeit finden, und du könntest Franny suchen. Du könntest dich der Cumann anschließen und bei Deirdre sein.

Ich würde glauben, versagt zu haben, dachte sie. Außerdem kann ich mein Baby nicht allein lassen. Denn falls ich den kleinen Hugh mitnähme, würde sein Vater ihn per Gerichtsbeschluss zurückholen. Welche Rechte habe ich überhaupt? Ich bin schließlich nur seine Mutter!

Sie spürte die kalte Steinmauer unter ihren Händen. Regen peitschte ihren Schirm so heftig, dass sie ihn fest umklammern musste. Die Ebbe hatte ihren Scheitelpunkt erreicht, und der Strand wirkte unendlich breit. Sandwürmer hatten kleine Spiralen auf dem Sand hinterlassen. Strandläufer trippelten über die weite Fläche, Möwen stießen im Sturzflug herab. Ihre Schreie klangen nach Freiheit. In der Ferne konnte Ellen die Türme von Kingstown sehen. Gegen den Horizont zeichneten sich die Masten einiger weniger Schiffe ab. Der Wind brauste und zerrte ihr den Atem vom Mund. Sie musste ihren Hut festhalten.

Als sie noch einmal über Deirdres Worte nachdachte, verrauchte ihr Ärger. Übrig blieb nichts als Angst – Angst um Deirdre und Angst um Harry.

Ellen hoffte, dass die beiden wussten, was sie taten. Aber dann fiel ihr ein, dass Deirdre ihr Leben in vollen Zügen lebte. Sie hatte einen Beruf, sie befasste sich mit aktueller Politik, sie kannte die Verantwortlichen, und sie liebte einen Mann, der ihre Liebe erwiderte. Niemals hätte sie ohne guten Grund eine Warnung ausgesprochen; sie hatte es nicht nötig, mit leerer Dramatik hausieren zu gehen.

Michael hatte die Warnung aus Gewohnheit abgetan. Er kannte es nicht anders, als dass nur sein Wort zählte. Doch dieses Mal hatte er keine Ahnung, wovon er redete. Er hatte weder die Waffe noch die bleiche Entschlossenheit auf Deirdres Gesicht gesehen.

Ellens Furcht wuchs und krallte sich in ihre Eingeweide.

Ihr Bruder und ihre Freundin waren in diese Sache involviert – was immer es sein mochte.

Ich muss Harry sehen! Ich muss ihn sehen und erfahren, was da vor sich geht! Ich werde ihm Einhalt gebieten, ehe es zu spät ist! Ich gehe in die Stadt – in die Liberty Hall!

32. KAPITEL

Guy verließ Frannys Laden. Er zitterte immer noch ein wenig, als er auf die Grafton Street hinaustrat und ihm sofort die merkwürdige Atmosphäre auffiel, die über der Stadt lag. Zwei Jahre Krieg hatten seine Sinne geschärft, was Konflikte anging; er spürte die angespannte Ruhe vor dem Sturm.

Guy ging die Straße hinunter. Er war noch viel zu aufgewühlt, um in sein Quartier zurückzukehren, und so beschloss er, sich irgendwo einen Brandy und ein frühes Abendbrot zu gönnen.

Die Straße wurde gereinigt; aus den Gullys quoll frisches Wasser. Die letzten Kauflustigen waren auf dem Heimweg. Guy gab einem bettelnden Straßenjungen eine Münze und kaufte einem vom Schreien heiseren Zeitungsjungen eine *Evening Mail* ab. Eine Gruppe von Offizieren überholte ihn; die Männer trugen die gleiche Montur wie er. Sie grüßten einander knapp.

Sein Innerstes war in Aufruhr. Er fand es erschreckend, sich nicht mehr auf den eigenen, in jahrelangem militärischen Drill gestählten und trainierten Körper verlassen zu können. Noch schlimmer aber war der Gedanke daran, was Franny hatte ertragen müssen. Nicht eine Sekunde lang bezweifelte Guy, dass Wallace sie mit Gewalt genommen hatte und der Vater des kleinen Mädchens war.

Ich habe dieser Familie immer nur Bärendienste erwiesen, dachte er. Als Erstes überrede ich Harry zu einer Angeltour, bei der er fast ertrinkt, dann überfalle ich Ellen mit meiner jugendlichen Heißblütigkeit, und zu guter Letzt mache ich die kleine Franny mit dem verdorbensten Weiberheld bekannt, dem ich je begegnet bin. Kein Wunder, dass Mrs Murphy mich am liebsten von hinten sah. Frauen haben ein Gespür für Bedrohung. Wie unglücklich muss sie über den Ausgang der Ereignisse gewesen sein!

Auf der gegenüberliegenden Straßenseite schlenderten drei junge Soldaten. Wahrscheinlich waren sie auf Heimaturlaub – nur drei von den hunderttausend Iren, die ausgezogen waren, um für England zu kämpfen. Und bald schon würden sie sich dem Krieg wieder stellen müssen. Wie viele Wochen mochten sie noch zu leben haben?, dachte Guy bitter. Auch er musste bald zurück an die Front.

Würde der Konflikt je enden? Würden je wieder Frieden und Ruhe einkehren? Würde es je wieder ganz normale Morgen geben, ganz normale Abende, Sonnenschein ohne Schrecken, Vogelgezwitscher? Würde er Fontebelle je wiedersehen?

Am Fluss angekommen, blieb Guy stehen und betrachtete das ruhig dahinfließende Wasser. Flussaufwärts wölbte sich zierlich die *Halfpenny Bridge,* dahinter erkannte er die Kuppel von *Four Courts.*

Ein Stück weiter flussabwärts erhob sich das schöne *Customs House.* Doch Guys Blick wurde von dem Gebäude daneben gefesselt, in dessen erster Etage über die gesamte Breite ein Spruchband hing. Weil er die Worte nicht entziffern konnte, lief er ein Stück weiter den Flusskai entlang.

Kurze Zeit später stand er vor einem umzäunten, zweigeschossigen Haus aus georgianischer Zeit. Auf dem Spruchband stand:

WIR DIENEN WEDER KÖNIG NOCH KAISER – WIR DIENEN IRLAND.

Eine gravierte Steinplatte verkündete, dass in dem Gebäude die Hauptverwaltung der irischen Transport- und Arbeitergewerkschaft untergebracht war.

»Ist das hier ein besonderes Bauwerk?«, fragte Guy einen vorübergehenden Polizisten.

»Das ist *Liberty Hall,* Sir!«

Der Polizist trug den typischen schwarzen, in London üblichen Helm; man hätte ihn für einen ›Bobby‹ halten können, wäre da nicht die Webley gewesen, die in seinem Hüftgurt steckte.

An dem Haus ging es zu wie in einem Taubenschlag. Guy zeigte auf die vielen Menschen, deren grüne Uniformen er noch nie zuvor gesehen hatte, und fragte:

»Was machen die Leute da?«

Er verstand nicht, wie es an einem ruhigen Karsamstag Dinge zu tun geben konnte, die die Anwesenheit so vieler Uniformierter erforderten.

Der Polizist zuckte die Schultern.

»Wahrscheinlich bereiten sie die morgige Parade vor, Sir. Es ist die Bürgerwehr, wissen Sie«, fügte er spöttisch hinzu. »Und unsere Jungs sterben an der Front!«

Damit nickte er und ging weiter.

Guy bog um die Ecke. In der Butt-Bar könnte er seinen Brandy bekommen, dachte er. Anscheinend waren die Behörden über die Vorgänge auf dem Laufenden. Trotzdem blieb das merkwürdige Gefühl, dass etwas nicht stimmte. Ein Spruchband mit nationalistischem Inhalt über einer Tür, die höchst offiziell von Leuten benutzt wurde, deren Uniform nichts mit England zu tun hatte, war nun einmal befremdlich.

Auf der gegenüberliegenden Straßenseite zog in diesem Moment eine junge Frau in cremefarbenem Kostüm, die eilig den Bürgersteig entlanghastete, seine Aufmerksamkeit auf sich. Guy stutzte und kniff die Augen zusammen. Doch er brauchte gar nicht erst genauer hinzusehen. Mit großen Schritten überquerte er die Straße und legte ihr die Hand auf den Arm.

Ellen erschrak so sehr, dass ihr fast die Luft wegblieb. Sie sah nur eine braune britische Uniform, dunkle Augen, gewachste Schnurrbartenden und ergrauende Schläfen und brauchte einen Augenblick, um ihn zu erkennen. Vor ihr stand ein gealterter Guy, ein Zerrbild des Jugendlichen, der er einst gewesen war, gezeichnet von Ernst und Erschöpfung.

»Ich hatte nicht geglaubt, Sie je wiederzusehen«, sagte er leise und hob ihre Hand an seine Lippen.

»Ich auch nicht«, flüsterte sie, unsicher, ob sie wachte oder träumte.

»Darf ich Sie begleiten, wo auch immer Sie hingehen mögen?«

»Ich gehe zur Liberty Hall.«

Sie bemühte sich, möglichst gefasst zu wirken, doch ihr Herz schlug zum Zerspringen. »Ich muss versuchen, Harry zu finden.«

»Ich dachte, Sie leben im Westen.«

»Mein Gatte und ich sind über das Osterwochenende hier in Dublin.«

Zusammen überquerten sie die Kaistraße, und als sie die Treppe zum Eingang der Liberty Hall hinaufstiegen, dachte Ellen, wie seltsam es doch war, dass sie Guy an ihrer Seite als einen völlig natürlichen Zauber empfand, obwohl sie ihn so viele Jahre nicht gesehen hatte.

Liberty Hall diente nicht nur der Gewerkschaft als Verwaltungssitz, sondern auch der Irischen Bürgerwehr, die fast drei Jahre zuvor von James Conolly ins Leben gerufen worden war, um Übergriffe der Polizei auf Werktätige zu verhindern. Außerdem befanden sich hier die Büros des Irischen Freiwilligen-Korps, oder dem, was davon übrig geblieben war, nachdem ein Großteil der Organisation die Versprechungen des englischen Königs für bare Münze genommen hatte und in den Krieg gezogen war.

Eine Wache am Eingang hielt sie an, beäugte Guy argwöhnisch und machte Anstalten, sie nicht einzulassen.

»Ich möchte zu Harry Healy. Ich bin seine Schwester.«

Ein höchstens sechzehnjähriger Junge wurde gerufen.

»Sag Lieutenant Healy, dass seine Schwester da ist!«

Wenige Minuten später kam Harry auf sie zu.

Ellen musste beim Anblick ihres Bruders die Tränen niederkämpfen. Sie hatte ihn mehr als zwei Jahre nicht gesehen. Er trug die Uniform des Freiwilligen-Korps und hatte sich verändert; weniger körperlich als viel mehr in seiner Art. Er strahlte einen ungewohnten Ernst aus und schien in sich gekehrt. Er wirkte wie ein Schulmeister, für den außerhalb seiner Kreise und seiner Gedanken nicht viel anderes zählte. Neu war auch seine Brille, durch die er sie jetzt etwas erstaunt betrachtete. Schließlich küsste er sie auf die Wange und wandte sich stirnrunzelnd Guy zu. Doch sofort hellte sich seine Miene auf. Er streckte ihm die Hand entgegen.

»Beinahe hätte ich Sie nicht erkannt, alter Freund! Aber ich freue mich sehr, dass Sie die Radieschen noch nicht von unten betrachten!«

»Da geht es mir ganz genauso!«, lachte Guy.

Harry studierte die Streifen und Sterne auf Guys Epauletten.

»Zum Captain hat man Sie befördert! Alle Achtung! Was führt Sie her?«

»Genesungsurlaub. Ich habe vor Neuve Chapelle einen kleinen Kratzer abgekriegt. Aber in zehn Tagen muss ich zurück nach Frankreich.«

Er ist also verwundet worden, dachte Ellen. Übelkeit stieg in ihr auf.

»Guy ist mir zufällig unten am Kai über den Weg gelaufen, als ich auf dem Weg zu dir war«, erzählte sie ihrem Bruder.

»Ach Ellen, du musst dich ziemlich über mich ärgern, was ich absolut nachvollziehen kann«, sagte Harry entwaffnend. »Ich wollte dich und Michael heute unbedingt noch sehen, aber es gibt ein paar sehr wichtige Angelegenheiten.« Er blickte sich suchend um. »Wo ist denn dein Mann?«

»In Sandymount. Als Deirdre weggefahren ist, bekam ich es deinetwegen mit der Angst zu tun und …«

»Dass du dir immer Sorgen machen musst«, sagte er und zupfte sie am Revers. »Und obendrein siehst du fantastisch aus …«

Sie zuckte die Schultern. Die Frage, die ihr auf der Zunge brannte, konnte sie in Guys Anwesenheit nicht stellen. Ringsumher liefen Männer und Frauen in Uniform geschäftig hin und her und redeten leise aufeinander ein; Boten kamen und gingen. Fragende Blicke streiften den englischen Offizier.

Draußen wurde klappernd ein Fahrrad am Geländer abgestellt, und Harry erklärte lakonisch: »Aha, da kommt meine süße kleine Landmine!«

Ellen drehte sich um. Deirdre kam mit einem Umschlag

in der Hand auf das Grüppchen zu. Sie war ziemlich außer Atem und schien alles andere als erfreut, die Freundin zu sehen. Bei Guys Anblick erschrak sie.

»Wer ist denn das?«, erkundigte sie sich frostig.

»Liebste, darf ich dir Captain Forrister vorstellen?«, sagte Harry. »Er ist ein alter Freund und hat schon einmal verhindert, dass ich ins Gras beiße. Guy, das ist Deirdre Callaghan, meine Verlobte.«

»Guten Tag, Miss Callaghan!«

Guy schüttelte Deirdres Hand. Er spürte ihr Misstrauen, genauso wie er auch die feindseligen Blicke der Menschen in der Halle registrierte.

Doch seine Neugier war geweckt. Was um aller Welt ging hier vor sich? Handelte es sich hier wirklich nur um die Vorbereitungen einer möglichen Selbstverteidigung? Wozu dann das militärische Gehabe? Er fragte sich, ob diese *Volunteers* Waffen hatten, und wenn ja, wie viele. War ihr nationalistisches Gehabe möglicherweise nur eine Masche? Die Regierung ließ sie offenbar gewähren, aber seit Kriegsausbruch befanden sich weniger englische Soldaten in den Garnisonen; alles war möglich!

»Werden Sie sich die Parade morgen ansehen?«, fragte Ellen und sah ihn treuherzig an. Vielleicht waren seine Vermutungen ja tatsächlich absurd. Sein Blick wanderte von Ellen zu Deirdre und Harry.

»Ich glaube nicht. Aber ich würde Sie gerne alle drei einladen, morgen mit mir zu Mittag zu essen.«

Der Blick, den Harry Deirdre zuwarf, entging Guy nicht, doch er konnte ihn nicht deuten. Deirdre schüttelte den Kopf. Auf ihren Wangen zeichneten sich zwei schwache rote Flecke ab. »Tut mir Leid, wir sind schon verabredet!«

Mit höflichem Lächeln wandte sich Guy an Ellen. »Und

was ist mit Ihnen und Ihrem Mann? Ich weiß, es ist ziemlich kurzfristig, aber hätten Sie Lust, morgen mit mir zu essen?«

Ellen wollte Guy auf keinen Fall vor den Kopf stoßen.

»Aber gern! Mein Mann wird sich sicher freuen, Sie kennen zu lernen.«

Sie wagte kaum, an Michaels Reaktion zu denken, aber darum würde sie sich später kümmern.

»Wunderbar!«, freute sich Guy. »Sagen wir, gegen eins? Im *Royal Hibernian*?«

Er verbeugte sich vor Deirdre. »Miss Callaghan …« Dann versetzte er Harry einen freundschaftlichen Klaps auf die Schulter. »Auf Wiedersehen, alter Freund. Ich hoffe, wir treffen uns bald wieder. Die Radieschen brauchen keine Betrachtung von unten!«

Harry lachte, ergriff Guys Hand und schüttelte sie herzlich. »Passen Sie auf sich auf, Guy. Hoffentlich ist dieser verdammte Krieg bald vorbei!«

Guy wandte sich an Ellen. Sie streckte ihm die Hand entgegen.

»Bis morgen dann!«

Sie sah, wie sich seine Pupillen weiteten, und erschrak über den Hunger in seinen Augen. Dann war er fort.

»Entschuldigt mich einen Augenblick«, sagte Ellen und folgte ihm. Guy war schon ein gutes Stück gegangen, und sie musste rennen, um ihn einzuholen.

»Guy! Ich wollte nur sagen, dass ich mich zwar auf morgen freue, aber falls mein Mann andere Pläne hat, hoffe ich, Sie verstehen es nicht falsch, wenn …«

Es gab so vieles, was sie ihm zu sagen hätte – ihre Seele quoll fast über …

»Aber natürlich!«

Er wippte auf seinen Absätzen und sah sie mit einem merkwürdigen Gesichtsausdruck an. Und dann fügte er mit sehr leiser Stimme hinzu: »Wir leben in einer unruhigen Zeit, Ellen. Deshalb möchte ich Ihnen jetzt etwas sagen: Ich habe nicht eine Sekunde lang aufgehört, Sie zu lieben. Ich will, dass Sie das wissen, falls wir uns nicht mehr wiedersehen sollten.«

Er wartete ihre Reaktion auf sein Geständnis nicht ab, sondern drehte sich um und ging.

Ellen ging zurück, um sich von Deirdre und Harry zu verabschieden, doch ihr Bruder war schon wieder im Getümmel verschwunden.

»Welcher Teufel hat dich geritten, einen britischen Soldaten hierher zu bringen?«, fragte Deirdre. Ihre Stimme verlor sich in der plötzlichen Stille des Raums. Zwei Männer in Regenmänteln und Schlapphüten traten ein. Harry, der inzwischen wieder aufgetaucht war, und Deirdre nahmen Haltung an.

»Wer war das?«, flüsterte Ellen, als die beiden im Innern des Gebäudes verschwunden waren.

»Willy Pearse und Sean Mac Diarmada.«

»Und wer ist Diarmada?«

»Ein wichtiger Offizier des Freiwilligen-Korps«, antwortete Harry. »Tut mir wirklich Leid, Ellen, wenn wir dir unhöflich erscheinen. Was machst du denn morgen? Wirst du die Einladung deines Freundes annehmen?«

»Wenn es irgendwie geht, ja. Es hängt davon ab, was Michael dazu meint!«

»Du solltest besser jetzt nach Hause gehen. Soll ich dir eine Droschke rufen?«

»Hör auf, dich zu benehmen, als wäre ich ein Kind und müsste schleunigst ins Bett! Ich bin durchaus in der Lage, selbstständig nach Hause zu kommen!«

Ellen verließ die Liberty Hall und ging zur O'Connell-

Brücke, wo sie einen Augenblick verweilte und in das trübe, grüne Wasser starrte. In der Nähe stand ein barfüßiger Straßenjunge und pries seine Ware an; er hatte ein Bündel Zeitungen unter dem Arm, sein spitzes, blasses Gesicht war schmutzverschmiert und seine Jacke so zerrissen, dass man das Futter erkennen konnte. Ellen fühlte sich, als hätte sie jahrelang geschlafen und sei in einer fremden Welt aufgewacht. Doch soeben hatte sie einen besonderen, aufregenden Augenblick erlebt, köstlich in seiner Intensität und seiner Aufwertung der Vergangenheit.

Ich habe nicht eine Sekunde lang aufgehört, Sie zu lieben.

Jetzt schon stellte sich dieses Wochenende als geradezu surreal heraus. Der Streit mit Michael war der schlimmste ihrer ganzen Ehe gewesen. Sie würde nach Sandymount zurückkehren müssen, sich entschuldigen, ihm die fünf Pfund zurückgeben und ihm erklären, dass sie von einem britischen Offizier zum Mittagessen eingeladen worden waren. Es konnte sein, dass diese Aussicht seine Neugier anstachelte, es war aber auch möglich, dass er wütend wurde, weil seine Frau die Frechheit besessen hatte, eine Einladung anzunehmen, ohne ihn vorher zu fragen.

Trotzdem: Ich muss Guy wiedersehen! Es könnte die letzte Gelegenheit sein!

Sie blickte auf den Liffey hinab und dachte: Ich bin noch nicht einmal dreißig und habe immer nach Vorschrift gelebt. Aber jetzt schon sehe ich auf mein Leben zurück, als wäre es Geschichte. Vielleicht hätte ich mich nicht immer nur vorschriftsmäßig verhalten sollen!

Sie beugte sich über die Brüstung und sah zu, wie das Wasser an die Brückenpfeiler klatschte.

Vielleicht existierte die Vorschrift ja nur für Menschen, die keinen Mut hatten, auf ihr Herz zu hören. Mutige Menschen schrieben ihr eigenes Stück. Wie zum Beispiel Franny.

Sie hatte sich ihrer Mutter widersetzt und die ganze Familie vor den Kopf gestoßen, um ihr eigenes Leben führen zu können.

Was für ein Trottel war ich dagegen! Kein Wunder, dass sie nichts mehr von mir wissen wollte!

Frannys Laden lag in der Chatham Street, höchstens zehn Minuten entfernt. Eigentlich hatte Ellen sich vorgenommen, erst in der kommenden Woche bei ihrer Cousine vorbeizuschauen – aber warum sollte sie sie nicht gleich jetzt aufsuchen? Fran würde sie anhören müssen, ob sie wollte oder nicht.

33. KAPITEL

Als Ellen nach Sandymount zurückkehrte, berichtete das Dienstmädchen, dass Mr Kennedy abgereist war.

»Er ist etwa seit einer Stunde fort und hat gesagt, er käme nicht zurück.«

Während sie ihr diese Auskunft erteilte, sah sie Ellen neugierig an. Sie schien sich sicher zu sein, dass sie einer heimlichen Affäre auf die Spur gekommen war. Was sonst könnte einen Gentleman veranlassen, allein abzureisen?

Ellen wusste nur allzu gut, dass ihr das Entsetzen deutlich ins Gesicht geschrieben stand.

»Er hat bis Dienstag bezahlt, wie vereinbart«, fuhr das Dienstmädchen mitleidig fort. »Möchten Sie vielleicht eine Tasse Tee, Ma'am? Das Wasser hat gerade gekocht. Ich könnte Ihnen Tee und ein paar Sandwiches bringen.«

Plötzlich bemerkte Ellen, wie hungrig und durstig sie war. Sie bedankte sich bei Dehlia, nahm den Zimmerschlüssel und ging nach oben.

Sie war sehr müde. Franny hatte sie nicht angetroffen. Sie hatte den Laden zwar gefunden, doch er war über das Osterwochenende geschlossen. Ellen ärgerte sich über ihre Erfolglosigkeit.

Sie blickte sich im Zimmer um. Im Bett war noch der Abdruck zu sehen, den ihr Gatte hinterlassen hatte; das Handtuch war feucht und die Seife kurz zuvor benutzt worden. An einer Vase auf dem Kaminsims lehnte ein an sie adressierter Umschlag. Sie nahm den in Michaels ordentlicher Handschrift geschriebenen Brief heraus und stellte angewidert fest, dass ihre Hände zitterten. Als Briefpapier hatte ihr Mann eine Seite des Notizbuchs benutzt, das er immer bei sich trug, um die wichtigsten Ereignisse eines Tages zu notieren.

Liebe Ellen,

sicher wirst du verstehen, dass du es mir mit deinem Verhalten unmöglich gemacht hast, unseren Kurzurlaub fortzusetzen. Zwei Stunden habe ich nach deinem bedauerlichen Ausfall auf dich gewartet, doch es scheint, als hätte ich als dein Gatte kein Anrecht auf ein Mindestmaß an Höflichkeit. Daher habe ich mich entschlossen, den Nachtzug zu nehmen. Nach einer Übernachtung in Athlone werde ich morgen Vormittag nach Hause zurückkehren. Da du bereits im Besitz einer ausreichenden Summe Geld bist (übrigens ist ›Sklaverei‹ meiner Meinung nach ein unangebrachter Ausdruck für deine privilegierte Stellung als Ehefrau und Mutter) und das Zimmer bis Dienstag bezahlt ist, kannst du die Gelegenheit wahrnehmen und das Wochenende allein mit deiner Freundin und deinem Bruder verbringen, wie du es wahrscheinlich von Anfang an vorhattest.

Möglicherweise hilft ein gewisser Abstand uns beiden; dir,

um mit etwas Zeit über dein Betragen nachzudenken, und mir, um über deine Ungehörigkeit hinwegzukommen. Wenn du wieder zur Vernunft gekommen bist, wird noch Gelegenheit genug sein, über deinen unglückseligen Ausfall zu diskutieren und mich zu überzeugen, dass so etwas niemals mehr vorkommt.
Dein Gatte Michael

Es klopfte. Dehlia brachte den Tee. Als das Mädchen gegangen war, zwang sich Ellen, eine Tasse davon zu trinken und dazu eins der dreieckig geschnittenen Tomaten-Sandwiches zu essen. In Gedanken beschäftigte sie sich immer noch mit Michaels Brief. Sie nahm ihn aus der Tasche und las ihn langsam noch einmal. Er will immer Recht haben, dachte sie. Warum fragt er sich nie, ob ich nicht auch einen Grund habe, mich zu ärgern? Und warum behandelt er mich wie ein Kind?

Trotzdem machte sich ein Gefühl des Verlassenseins und der Unsicherheit in ihr breit. Er wusste genau, dass er alle Trümpfe in der Hand hatte. Und er wusste, dass sie es ebenfalls wusste. Ihm gehörte das Haus, ihm ›gehörte‹ der Sohn, und als Schulvorsteher war er ihr Vorgesetzter.

Im Geiste spielte sie noch einmal durch, was geschehen war. Es war sicher nicht richtig von ihr gewesen, wütend hinauszustürmen. Außerdem hatte sie ein paar schmerzhafte, unschöne Dinge gesagt. Doch das war nur ein Tropfen auf den heißen Stein gewesen. Zu viel war in der Vergangenheit passiert – manche Dinge nicht einmal der Rede wert –, aber alles war darauf hinausgelaufen, dass er der Alleinherrscher war; ihr fiel allenfalls der Status einer Leibeigenen zu.

Wie wütend mochte er tatsächlich sein? Und was sollte geschehen, wenn er sie hinauswerfen würde? Die eheliche Wohnung gehörte ihm allein. Er konnte ihr auch kündigen. Keine andere Schule würde sie mehr beschäftigen. Und wenn er – bei diesem Gedanken wurde ihr fast übel! – es so einrichtete, dass sie ihr Kind nicht mehr wiedersehen durfte? Denn er war Hughs gesetzlicher Vormund, nicht sie.

Ein Blick auf die Uhr zeigte ihr, dass der letzte Zug längst vom Kingsbridge-Bahnhof abgefahren war. Ellen kämpfte gegen Angst und Wut an. Sie würde so schnell wie möglich ebenfalls nach Hause fahren … gleich morgen Früh! Nach Hause fahren und zu Kreuze kriechen.

Andererseits hatte er ihr mehr oder weniger befohlen, in Dublin zu bleiben und über ihre Verfehlungen nachzudenken. Ihre Hilflosigkeit machte sie wütend. Plötzlich fiel ihr auf, dass er es mit seinem Brief geradezu bewusst darauf anlegte, sie einzuschüchtern. Er liebt mich nicht, dachte sie. Wieso ist mir das bisher noch nie aufgefallen? Er liebt es – und braucht es –, mich unter Kontrolle zu haben!

Ellen war ehrlich erschrocken. Bis zu diesem Tag hatte sie geglaubt, hinter seinem kontrollierten Auftreten schlummere echte Zuneigung für sie. War seine Liebe nie etwas anderes gewesen als Freundlichkeit – die Haltung, die man einem Hund zukommen lässt, um ihn für ein erlerntes Kunststück zu belohnen? Nie hatte er die Leidenschaft an den Tag gelegt, nach der sie sich so gesehnt hatte. Möglicherweise war ihm Leidenschaft fremd. Möglicherweise inspirierte sie ihn aber auch nicht ausreichend.

Draußen wurde es dunkel, doch Ellen machte sich nicht die Mühe, eine Lampe anzuzünden. Sie stand auf, stellte sich ans Fenster und blickte in den dämmrigen Garten hinunter. Eine Katze schlich durch die Büsche.

Wahrscheinlich ist es wirklich besser, ich bleibe bis Dienstag – oder sogar länger, dachte sie kalt. Ich habe nicht die geringste Lust, Michael entgegenzutreten.

Sie verfügte über die beste Entschuldigung, die man sich denken konnte. Hatte er ihr nicht selbst nahe gelegt, in Dublin zu bleiben? Außerdem sorgte sie sich um Harry und Deirdre; sie wollte sich unbedingt diese Osterparade ansehen. Und sie war entschlossen, in der kommenden Woche Franny zu besuchen.

Allmählich begann sie, die positiven Seiten des Debakels zu sehen. Endlich hätte sie einmal genügend Zeit, das Dublin ihrer College-Jahre wiederzufinden. Und nichts in der Welt konnte sie daran hindern, morgen mit Guy essen zu gehen. Ellen bekam Schmetterlinge im Bauch, wenn sie an ein Wiedersehen mit ihm dachte. Sie stellte sich sein ernstes Gesicht vor, dachte an seine verantwortungsvolle Ausstrahlung und rief sich noch einmal den angenehmen Schauder ins Gedächtnis, als seine Lippen ihre Hand gestreift hatten.

Deirdre kam um elf Uhr zurück. Ellen lag in ihrem Bett und las. Sie hatte sich bemüht, wach zu bleiben, weil sie hoffte, noch kurz mit der Freundin sprechen zu können. Das Klopfen an ihrer Tür war sehr leise.

»Komm rein!«, rief Ellen.

Vorsichtig wurde die Klinke heruntergedrückt, und Deirdre streckte den Kopf um die Ecke.

»Wo ist Michael?«, fragte sie nach einem kurzen Blick ins Zimmer.

»Nach Hause gefahren. Komm doch rein, Dee.«

Deirdre trat ein und blickte auf ihre Freundin hinunter.

»Er ist nach Hause gefahren und hat dich allein hier gelassen? Was ist passiert?«

»Wir haben uns gestritten.«

»Das geht vorbei«, sagte Dee. »Er ist ein guter Mann. Ich nehme an, du willst morgen ebenfalls fahren?«

Ellen warf ihrer Freundin einen aufgebrachten Blick zu.

»Ehrlich gesagt würde ich überhaupt nicht mehr zu ihm zurückgehen, wenn es nicht um mein Baby ginge. Ich habe es satt, von einem Möchtegern-Tyrannen herumkommandiert zu werden!«

Deirdre musste lachen.

»Möchtegern-Tyrann! Und ich dachte immer, ihr wärt ein Herz und eine Seele. Nicht, dass du mir noch den heiligen Stand der Ehe madig machst …«

»Vermutlich hast du keine Zeit, morgen mit mir nach Carysfort zu kommen, oder?«, fragte Ellen eifrig. »Vielleicht nach eurer Parade? Ich würde so gern einmal unsere gute alte Alma Mater wiedersehen …«

Deirdre schüttelte den Kopf.

»Die Parade ist abgesagt worden. Trotzdem müssen die *Volunteers* und die *Cumann* anwesend sein. Ich kann also nicht, und Harry auch nicht. Außerdem hielte ich es noch immer für besser, wenn du nicht in die Stadt gehen würdest.«

»Dee! Ein bisschen Trubel macht mir keine Angst. Ich gehe sowieso viel zu selten unter Menschen. Außerdem ist Guy Forrister da; er wird mich schon beschützen«, erwiderte Ellen gleichmütig. »Ich habe mich entschlossen, morgen mit ihm zu Mittag zu essen.«

»Hältst du das für vernünftig?«

»Hör auf, meine Anstandsdame zu spielen, Dee! Ich bin fast dreißig und er ist ein alter Freund. Immerhin ist mein Mann abgehauen, und meine beste Freundin und mein Bruder haben nichts besseres im Kopf, als Soldat zu spielen!«

»Wo wir gerade von Soldaten reden«, sagte Dee nach einer Weile, »könntest du vielleicht versuchen, von ihm zu erfahren, wie viele in der Burg stationiert sind? Natürlich möglichst diskret …«

Ellen verzog keine Miene.

»Wozu um alles in der Welt willst du das wissen?«

»Es könnte nützlich sein … falls wir überfallen werden!«

Ellen sah ihre Freundin an und runzelte die Stirn.

»Wenn du schon willst, dass ich für dich spioniere, dann solltest du mir wenigstens die Wahrheit sagen, Dee!«

»Das Wort ›spionieren‹ gefällt mir nicht«, gab Deirdre zurück und lächelte Ellen müde an. »Ehrlich gesagt weiß ich selbst nicht genau, was eigentlich los ist. Aber ganz gleich, was du tust – Captain Forrister darf nichts von alledem erfahren!«

»Ich bin doch nicht verrückt! Trotzdem bete ich zu Gott«, flüsterte Ellen, »dass Harry und du und eure Bande von Hitzköpfen nicht so unvernünftig seid, England herauszufordern. Ich habe nur einen Bruder und eine beste Freundin, und die liebe ich beide bis zum Wahnsinn!«

Deirdres Augen füllten sich mit Tränen. Sie umarmte ihre Freundin, dann wandte sie sich hastig ab. Doch Ellen hatte ihre Erschöpfung genau bemerkt.

»Sie verlangen zu viel von dir, Deirdre. Sie haben dich ausgelaugt!«

Deirdre drehte sich mit geröteten Augen um.

»Nichts ist zu viel verlangt!«, sagte sie einfach. »Und jetzt gehe ich ins Bett, liebste Ellen!«

Nachdem Deirdre gegangen war, löschte Ellen das Licht. Ihr Kopf war leer, ihr Magen flatterte.

»Ich habe Angst«, flüsterte sie in die Dunkelheit. Sie kletterte aus dem Bett, kniete nieder und begann zu beten.

Als Guy in seine Wohnung zurückkam, warf er seine Mütze auf den Tisch, lockerte seine Krawatte und ließ sich in einen Sessel sinken. Im Spiegel an der gegenüberliegenden Wand sah er sein Abbild – einen verdrossenen Offizier in blank gewichsten Stiefeln und Reithosen. Die Uniform verlieh ihm das Aussehen eines Mannes mit Befehlsgewalt; ein Teil der Maschinerie, die Frankreichs Felder in Schlammwüsten verwandelte. Doch er wusste, dass er durchaus nicht über Befehlsgewalt verfügte. Der Krieg war eine Schande und sein Leben nicht viel besser.

Er machte sich große Sorgen wegen der Zitterattacke in Frans Wohnzimmer. Würde er demnächst in die Statistik der Kampfesmüden eingehen? Als lebendiger Toter im Gegensatz zu den wirklich Toten? Heute war es zum zweiten Mal passiert. Manchmal geschah es nur wenige Male, das wusste er. Aber manchmal blieb das Leiden für immer und wurde noch schlimmer …

Und kaum, dass er sich wieder unter Kontrolle hatte, musste er Ellen über den Weg laufen!

Sie war eine Frau geworden. Sicher, sie sah elegant und ausgesprochen hübsch aus, doch um ihre Augen lag etwas Sehnsüchtiges. Und sie gehörte einem Mann namens Michael, den er vielleicht morgen kennen lernen würde. Er seufzte. Er würde über den Tisch hinweg ihrem Ehemann in die Augen sehen und mit ihm höfliche Konversation betreiben müssen …

Er stand auf, ging ins Schlafzimmer, holte einen kleinen Filzbeutel aus seiner Tasche und entnahm ihm den Ring, den ihre Tante an ihn zurückgeschickt hatte. Er hatte ihn auf den Feldzügen als Talisman bei sich gehabt, was er natürlich nie zugegeben hätte. Aber er glaubte daran, da er immer noch am Leben geblieben war.

Er ballte eine Faust um den Ring, ging zurück ins Wohnzimmer, setzte sich auf das Sofa, legte den Kopf in den Nacken und starrte die Decke an. Aus einer Stuckrosette hing eine elektrische Lampe mit bernsteinfarbenem Glasschirm. Draußen dämmerte es. Die Uhr auf dem Kaminsims schlug.

Er hätte im *Shelbourne* oder im *Royal Hibernian* essen gehen können – beide Häuser lagen nur einen Steinwurf entfernt –, doch er war nicht hungrig. Stattdessen stöberte er durch die Bücherschränke. Neben einer unglaublichen Menge medizinischer Fachliteratur fand er *Shakespeares gesammelte Werke*, *Die Lebensgeschichten der englischen Königinnen* in sechs Bänden und das *Rubyait* von Omar Kyyham. Guy öffnete den Schrank und griff nach dem *Rubyait.* Er liebte das Gedicht. In diesem Augenblick entdeckte er ein anderes Buch, das er bis dahin übersehen hatte. Es war *Die Geschichte Irlands.*

Die Erinnerung kehrte zurück. Hatte nicht dieses Buch vor vielen Jahren den Zorn von Ellens Vater heraufbeschworen?

Neugierig nahm er es aus dem Schrank. Als er es aufschlug, fiel eine Zeitschrift heraus, deren Titel *An Claidhaibh soluis* lautete. Guy blätterte sie durch und stellte fest, dass sie zweisprachig war – gälisch auf der einen und englisch auf der anderen Seite.

Ich wusste ja gar nicht, wie irlandfreundlich der gute alte Duggy ist, dachte er, doch dann fiel ihm ein, dass der Mann schließlich irischer Landsmann war.

Er zündete die Lampe über dem Tisch an und setzte sich. Wie alt mochte die gälische Schrift sein?, fragte er sich. Es frustrierte ihn, dass er ohne die englische Übersetzung nicht ein einziges Wort verstehen würde. Voller Unbehagen stellte er fest, dass diese Sprache und diese Schrift zu Irland gehörten – im Gegensatz zur englischen Sprache und englischen Kultur, die der irischen Bevölkerung gegen ihren Willen aufgezwungen worden waren.

Er legte die Zeitschrift beiseite und wandte sich dem Buch zu, das Harrys Vater einst so verteufelt hatte.

Guy las bis tief in die Nacht. Er lernte viel über eine uralte Zivilisation, von der er nie gewusst hatte und die wissentlich zerstört worden war.

Irgendwann schlug er das Buch zu und legte es auf den Boden. Er hasste Geschichte, denn er wusste, dass sie schon immer von Habgier angetrieben wurde. Sie allein war der Grund, warum er junge Männer für hundert eroberte Meter eines Hügels in den Tod schicken musste – hundert Meter, die am nächsten Tag schon wieder verloren waren. Seine Männer, die in Wirklichkeit noch Jungen waren und in wenigen Sekunden zu Konturen auf dem von Geschossen gemarterten Feld zerschmolzen.

Guy traten Tränen in die Augen, die er schnell wieder fortwischte.

Verdammter Krieg!, dachte er. Verdammte, endlose, infernalische Dummheit!

Er löschte die Lampe. Lediglich die Straßenbeleuchtung erhellte das Zimmer. Draußen herrschte nur noch wenig Verkehr. Ein paar Pferdedroschken, einige Automobile. Guy überlegte, ob er den Ärzten von seinen Zitterattacken erzählen sollte. Wahrscheinlich würden sie ihn für einen Simulanten halten.

Er ließ seine Gedanken nach Fontebelle wandern, zu den weiten Wäldern, die auf ehemaligem Marschland wuchsen. Er dachte an die zur Hälfte aus Holzpfählen gebauten Bauernhäuser auf sonnigen Lichtungen, an Trauben, die in der Spätsommersonne reiften, an duftenden Lavendel voller weißer Schmetterlinge und samtiger Bienen. Es gab noch einen Ort, der nicht vom Krieg berührt worden war – Gott sei gedankt.

Endlich schlief Guy ein.

34. KAPITEL

Franny liebte das alte Haus mit dem Panorama-Blick über die Bucht von Dublin, seine geneigten Rasenflächen, die in einen etwas vernachlässigten Grastennisplatz mündeten, und das alte Tor, das auf den Klippenweg hinausführte. Dr. Mulhall war zu Beginn des Krieges gestorben und hatte Liam Rathcormac mit der Auflage hinterlassen, Alma bis zu ihrer Verheiratung Wohnrecht zu gewähren.

Bisher dachte Alma allerdings noch nicht an Heirat. Obwohl ihre samstäglichen Jours Fixes mit Kriegsausbruch und dem Tod des Vaters eingeschlafen waren, arbeitete sie weiter mit unvermindertem Elan für die irische Organisation, die das Wahlrecht für Frauen durchsetzen wollte; allerdings war die Bewegung, genau wie ihr englisches Gegenstück, durch den weltweiten Konflikt nahezu handlungsunfähig geworden. Unmittelbar vor dem Krieg hatte man Mrs Sheehy Skeffington ins Gefängnis geworfen, sie nach einem Hungerstreik jedoch wieder entlassen.

Liam freute sich, dass er noch lebte und dass er wieder zu Hause sein durfte; er verbrachte die meiste Zeit in seinem Atelier mit den beiden großen Fenstern, wo er das Licht aus dem Norden voll auskosten konnte, frische, salzige Seeluft atmete und manchmal von einem frühreifen kleinen Mädchen besucht wurde, das selbst gern malte.

Hannah betrachtete Rathcormac als ihre wahre Heimat, was im Grunde auch stimmte, denn sie war in diesem Haus geboren. In ihrem Kinderzimmer stand ein Puppenhaus, das früher Alma gehört hatte. Es war die detailgetreue Nachbildung eines georgianischen Stadthauses mit maßstabsgerecht eingerichteten Zimmern. Es gab passende Möbel, Marmorkamine und sogar eine Küche mit winzigen Kupferpfännchen.

Die Front dieses außergewöhnlichen Spielzeugs konnte man mithilfe eines Scharniers herunterklappen, sodass alle Ecken und Winkel erreichbar waren. Hannah konnte die zugehörigen Puppen in ihren zeitgemäßen Kostümen hinstellen, wo immer sie wollte.

Das kleine Mädchen liebte auch einen überwucherten Schlupfwinkel im Garten, den sie ihre Höhle nannte. Manchmal versteckte sie sich dort und spähte über die Bucht zur Stadt und die dahinter liegenden Bergen hinüber.

Doch am meisten liebte sie Liams Atelier. Dort malte sie nach Herzenslust, bekleckste ihre Schürze und wurde dafür auch noch angelächelt.

Am Ostermorgen gingen Alma, Liam, Franny und Hannah im strömenden Regen gemeinsam zur Messe. Bei ihrer Rückkehr warteten Toast und Rühreier auf sie.

Hannah blickte vorwurfsvoll auf den Teller, den die Haushälterin Mrs Burke ihr hinstellte.

»Ich mag keine Eier!«

»Schade!«, sagte Alma. »Dabei habe ich ein großes Schokoladen-Ei für dich. Das muss ich dann ja wohl jemand anderem schenken!«

Hannah lachte. »Vielleicht denke ich noch mal drüber nach!«

Und natürlich bekam sie ihr in Goldfolie gepacktes und mit einer doppelten rosa Schleife verziertes Osterei!

»Frohe Ostern, kleine Hannah!«, lächelte Alma.

Hannah sprang auf und fiel allen der Reihe nach um den Hals. Dabei sah sie, wie Liams Augen über ihren Kopf hinweg zu ihrer Mutter glitten.

»Deine Mama und ich gehen ein Stück spazieren«, erklärte Liam ihr nach dem Frühstück. Der Regen hatte nachgelassen.

Hannah sprang auf. »Kann ich mitkommen?«

»Nein. Ich wünsche mir, dass du das Bild fertig malst, mit dem du beim letzten Besuch hier angefangen hast – das mit den Jungen und dem Esel. Und iss nicht die ganze Schokolade vor dem Mittagessen auf!«

Er machte sich auf die Suche nach Alma. Sie saß mit dem Füller in der Hand an ihrem Schreibtisch und arbeitete an einem Artikel für *Bean na hEireann* – Frauen in Irland – einer radikalen Frauenzeitschrift.

»Ich gehe mit Fran ein wenig frische Luft schnappen«, sagte er. »Hannah ist im Atelier. Es wäre lieb, wenn du sie im Auge behalten könntest.«

Alma nickte abwesend.

»Viel Spaß. Und seid vorsichtig auf dem Klippenweg!«

Als Fran und Liam allein auf dem Klippenweg waren, zeigte er zunächst auf die Erhebung hinter ihnen und dann auf den Abgrund vor ihnen, wo sich eine donnernde See schäumend an Felsbrocken brach. Immer noch peitschte der Wind vereinzelte Regentropfen in ihr Gesicht, doch Liam schien es nicht eilig zu haben, sich irgendwo unterzustellen.

»Wir stehen hier an einer Stelle, wo schon Gestalten aus der irischen Mythologie über die Bucht hinweggeblickt haben«, sagte er zu Franny. »Und das ist viele tausend Jahre her. Damals nannte man die Stelle *Binn Eadair*.«

»Woher hast du dieses Wissen über die irische Mythologie?«

»Vaters Bibliothek!« Er griff nach Frannys Hand. »Liebste Fran, ich kann einfach nicht mehr länger warten. Ich bin heute Morgen mit dir hergekommen, weil ich dich fragen möchte, ob du meine Frau werden willst.«

Ellen schüttelte ihren Regenschirm, schloss ihn und betrat das Foyer des *Royal Hibernian Hotel* in der Dawson Street. In dem taubengrauen Ensemble, das sie eigens für die Reise nach Dublin selbst genäht hatte, sah sie sehr elegant aus.

Guy wartete bereits. Er las in der *Sunday Independent.* Er wirkt verhärmt und müde, dachte sie, aber sehr distinguiert. Als er sie kommen sah, erhellte sich seine Miene.

»Sie haben es also doch geschafft! Ich hatte es kaum zu hoffen gewagt!«

Er blickte ihr über die Schulter, weil er hinter ihr den Gatten erwartete.

»Michael konnte nicht kommen«, sagte Ellen und reichte Guy die Hand. »Er musste dringend nach Hause.«

Sie hatte allen Mut zusammennehmen müssen, um herzukommen. Als in letzter Minute ihre Nerven versagen wollten, hatte sie sich gezwungen, weiterzugehen. Sie wusste, dass sie jede Achtung vor sich selbst verlieren würde, wenn sie jetzt feige war.

Deirdre war schon früh gegangen und hatte sie nicht geweckt. Ellen hatte auf eigene Faust eine Kirche gesucht und die Ostermesse gehört. Wie nie zuvor hatte sie um Weisheit und Verständnis gebetet, aber auch für ihre Ehe, die ihr im Augenblick unerträglich erschien, für Harry und Deirdre, und natürlich für Guy, den sie, wie sie Gott mitteilte, immer lieben würde und der bald zurück in den Krieg musste.

»Er zieht mich an, er fasziniert mich. Er ist für mich die reinste Magie, denn er weiß, wer ich bin. Und ich weiß, wer er ist. Er wird bald wieder nach Frankreich gehen. Wird er überleben? Werde ich ihn je wiedersehen? Lieber Gott, rüge mich bitte nicht …«

»Schade, dass er nicht kommen konnte«, sagte eben dieser Guy gerade höflich.

»Ich wollte die Gelegenheit eines gemeinsamen Essens

trotzdem nicht verstreichen lassen. Hoffentlich macht es Ihnen nichts aus, dass Sie mit mir allein vorlieb nehmen müssen.«

»Ellen«, sagte er mit einem kleinen, spöttischen Lachen, »könnte es sein, dass Sie ein wenig unaufrichtig sind?«

Ellen errötete, und Guy führte sie ins Restaurant, wo bereits viele sonntäglich herausgeputzte Menschen an den Tischen saßen. Man sprach hauptsächlich mit englischem Akzent. Die meisten Leute schienen über den Krieg zu sprechen, denn während sie dem Kellner zu ihren Plätzen folgten, hörte Ellen immer wieder französisch klingende Ortsnamen und militärische Titel.

Als sie an ihrem Tisch saßen, sagte Ellen zu Guy: »Ich hoffe, der Krieg ist noch nicht bis Fontebelle vorgedrungen.«

Er lachte und schüttelte den Kopf. »Das Anwesen liegt zu weit südlich. Aber es überrascht mich, dass Sie sich daran erinnern.«

»Ich habe einmal davon geträumt«, gab Ellen schüchtern zu. »Merkwürdig, nicht wahr? Von einem Haus, das ich noch nie gesehen habe. In meinem Traum war es blassrosa mit weißen, schmiedeeisernen Balkonen.«

»Tatsächlich ist es aus einem eher fleckigen Sandstein gebaut«, sagte Guy. »Hätte ich gewusst, dass ich Sie hier treffe, hätte ich ein paar Fotografien mitgebracht.«

»Wann waren Sie das letzte Mal dort?«

»Unmittelbar vor dem Krieg. Glücklicherweise habe ich Leute, die sich darum kümmern. Monsieur und Madame Fargue. Er sieht nach den Feldern, sie nach dem Haus. Und die Lavendelallee gibt es noch immer«, fügte er mit einem Lächeln hinzu. »Pierre Fargue schneidet die Pflanzen jeden Herbst zurück und sorgt nötigenfalls für Ersatz.«

»Fahren Sie wieder hin, wenn der Krieg vorbei ist?«

Er nickte.

»Ich fahre hin, damit meine Seele wieder heilt.«

Ein kurzes Schweigen folgte. Ellen blickte ihn stirnrunzelnd an. Er studierte die Speisekarte, doch seine Miene blieb finster.

»Braucht Ihre Seele Heilung, Guy?«, fragte sie nach einer Weile im Flüsterton.

»Ich glaube schon.«

»Meine braucht Rettung. Zumindest hatte ich heute Morgen diesen Eindruck.«

Sie errötete und wandte sich der Karte zu. Wieso hatte sie das gesagt? Er wird glauben, dass er dich aus dem Gleichgewicht bringt.

Guy warf ihr einen scharfen Blick zu. Zu gerne hätte er sie gefragt, warum ausgerechnet ihre Seele Rettung brauchte. Doch da er nur ihren Hut und ein Stück Schleier über niedergeschlagenen Augen sehen konnte, schwieg er.

Beide wählten als Vorspeise eine *Consommé,* gefolgt von einem geschmorten Lammrücken. Nach eingehendem Studium der Weinkarte bestellte Guy einen St. Emilion Grand Cru. Ellen betrachtete das Etikett.

»Kommt dieser Wein aus der Nähe von Fontebelle?«

»Nicht allzu weit – nördlich von Bordeaux. Mit einem Automobil braucht man etwa drei Stunden.«

»Als Sie uns in Kilcrannagh besucht haben, habe ich zum ersten Mal im Leben Wein getrunken«, sagte sie. »Und seither bin ich nur noch drei Mal in den Genuss dieses leckeren Getränks gekommen. Aber kein einziger Wein hatte ein irisches Etikett.«

Er lachte.

»Nun, ich hoffe, dieser Wein da ist des langen Wartens würdig.«

Sie kostete und sagte, er schmecke köstlich, doch eigentlich drehte sich ihr ganzes Interesse ausschließlich um die vielen Fragen, die sie ihm allzu gern gestellt hätte. Wie schwer war er verwundet worden? War er verheiratet? Vielleicht verlobt? Wann musste er zurück ins Feld?

Und Guy, der einen Hauch ihres Parfüms hatte schnuppern können, dachte: Wie schön sie noch ist! Wie frisch! Wie einzigartig! Es kommt mir vor, als ob keine Sekunde vergangen wäre, seit ich sie an jenem Morgen zu dieser armseligen Dorfschule gebracht habe. Und jetzt ist sie die Frau eines anderen, und ich werde bald nur noch ein Haufen Knochen sein, der auf einem französischen Schlachtfeld vor sich hin fault.

»Haben Sie Kinder?«, fragte er.

»Einen zweijährigen Jungen. Und Sie?«

»Ich bin nicht verheiratet. Mir ist nie die Richtige über den Weg gelaufen.«

»Verstehe …«

Ellens Gesicht lief feuerrot an.

Guy stürzte das erste Glas Wein wie Wasser hinunter; er wünschte, dass er seine Seele umspülte. Am liebsten würde ich mich betrinken, dachte er. Vielleicht später, wenn sie fort ist …

Plötzlich fielen ihm Zeilen eines Gedichts von Kyyham ein:

Lass treiben im Wind alle Sorgen des Seins,
und streichle die güldenen Flechten
deines treulichen Dieners, des tröstlichen Weins.

Wenn sie nicht hier wäre, würde ich die ganze Flasche trinken, noch zwei weitere bestellen, sie mit nach Hause nehmen und mir auf das Wohl des alten Kyyham gnädiges Vergessen antrinken.

Ellen lächelte ihn an. Sie hatte große, klare Augen mit einer graugrünen Iris – wie ein Wald in der Dämmerung.

»Es ist wunderschön und irgendwie seltsam, mit Ihnen zusammen zu essen, Ellen. Erzählen Sie mir, wie Sie leben!«

Ellen sprach von Hughie. »Er ist ein so süßer kleiner Bengel, ausgesprochen schlau, immer fröhlich, aber er fordert auch viel Zuwendung …«

»Und Ihr Gatte?«

Ellen sah ihm in die Augen. Sie hatte keine Lust, jetzt und hier von Michael zu sprechen. An Guys Blick erkannte sie, wie attraktiv er sie fand. Er nahm sie wahr. Plötzlich hatte sie das Gefühl, ihren Mann während all der Jahre ihrer Ehe betrogen zu haben. Hastig trank sie ihr Glas leer.

»Michael ist ein guter Mann«, sagte sie schließlich. »Und ein ausgezeichneter Vater.«

»Sie sind sicher sehr glücklich mit ihm?«

Ellen beantwortete die versteckte Frage mit einem Lächeln, und Guy dachte: Sie sagt nicht, dass sie glücklich ist!

Nun wurde er wirklich neugierig. Warum verschleierten sich ihre Augen jedes Mal, wenn er ihren Mann erwähnte? Warum war der Gatte nach Hause gefahren und hatte seine junge Frau am Ostersonntag allein gelassen? Vielleicht lief in dieser Ehe nicht alles zum Besten – das hatte Guy schon bei einigen Ehepaaren beobachtet.

»Haben Sie meine Bemerkung gestern für ungehörig gehalten? Sie wissen schon – als wir uns verabschiedet haben.«

Wieder errötete Ellen. Der Ober schenkte nach. Guy hatte Ellen in Verlegenheit gebracht.

»Sie war ungehörig«, nahm er ihr die Antwort ab. »Aber wir leben nicht in normalen Zeiten! Und was ich gesagt habe, ist wahr – jedes Wort. Ich kann mir nur schwer verzeihen, dass ich mich damals nicht getraut habe …« Wieder trank er einen Schluck Wein und fügte fast flüsternd hinzu:

»Ich besitze immer noch den kleinen Ring, den Ihre Tante mir in Ihrem Namen zurückgeschickt hat.«

Er sah ihr tief in die Augen. Sie wirkten ein wenig müde, aber aufrichtig und stolz.

Früher hat sie mich geliebt, dachte er. Und vielleicht tut sie es noch immer.

Er lehnte sich auf seinem Stuhl zurück. Ihm war aufgefallen, dass er halb über dem Tisch gehangen hatte. Zu gern hätte er ihr berichtet, dass er Franny gesehen hatte, doch Franny hatte ihn gebeten, nichts über sie zu erzälen, und er wollte ihr Vertrauen nicht missbrauchen.

»Schade, dass Harry und seine charmante Verlobte heute nicht mit uns essen können«, wechselte er das Thema. »Sagen Sie, Ellen, hat er viel mit dem Freiwilligen-Korps zu tun?«

Ellen vernahm die Neugier in seiner Stimme, und in ihrem Kopf meldete sich ein Alarmsignal. Vor ihr saß Guy Forrister, Offizier der englischen Krone. Harry war ihr Bruder, der Gott weiß welche Pläne, Hoffnungen oder auch Hoffnungslosigkeiten verfolgte.

»Viele junge Leute haben damit zu tun«, murmelte sie. »Es geht darum, das Land zu verteidigen.«

»Die Deutschen werden bestimmt nicht in Irland einmarschieren«, sagte Guy mit einem müden Seufzen. »Sie haben woanders alle Hände voll zu tun. Harry müsste das eigentlich wissen.«

Ellen wandte die Augen ab.

»Nun, Krieg pflegt unerwartete Risiken mit sich zu bringen. Sonst hätte er sich vermutlich zur Armee gemeldet.«

»Ach Ellen, Ellen, Sie brauchen niemanden zu entschuldigen! Im letzten Jahr haben 79.000 irische Katholiken bei den britischen Streitkräften gedient. Bis heute sind siebzehn von ihnen mit dem höchsten Orden ausgezeichnet worden.

Nicht schlecht für eine kleine Nation, die auf Seiten ihres früheren Gegners kämpft!« Guy senkte die Stimme und fügte im Plauderton hinzu: »Ich will Sie bestimmt nicht beunruhigen, Ellen, aber leider sieht es so aus, dass Ihr Bruder in eine sehr ernste Angelegenheit verwickelt sein könnte … Es ist nicht gut, England herauszufordern, auch wenn das Land sich gerade im Krieg befindet.«

Ellen überlief es heiß und kalt.

»Natürlich verstehe ich, was ihn bewegt«, fuhr Guy fort. »An seiner Stelle ginge es mir vermutlich ebenso. All das Gerede, dass England für die Freiheit kleiner Nationen eintritt, ist Unsinn. Irland liegt zu nah und ist zu wertvoll – England kann es nicht in die Unabhängigkeit entlassen.«

»Haben die Iren da vielleicht auch noch ein Wörtchen mitzureden?«, gab sie kühl zurück.

»Ich rede nicht von Moral, sondern von politischem Nutzen. Dem Empire geht es ausschließlich um politischen Vorteil.«

Ellen, die sich an Deirdres Bitte am Vorabend erinnerte, sagte nachdenklich: »Sicher ist die Burg von Dublin sowieso zu gut von Soldaten bewacht, als dass man irgendetwas von den *Volunteers* zu befürchten hätte.«

So kühl es ihr möglich war, sah sie Guy mit erhobenen Augenbrauen an. Wenn sie zwischen Harry und dem Britischen Empire wählen musste, dann würde ihre Wahl auf Harry fallen.

Guy blickte sie mit einer neuen Aufmerksamkeit an. Wie viele Soldaten mochten noch auf der Burg stationiert sein?, fragte er sich. Zwei? Drei? Ein halbes Dutzend?

»Ja natürlich«, log er. »Sie werden doch nicht glauben, dass man das Machtzentrum Britanniens in Irland ungeschützt lässt?«

Guy hatte den Eindruck, in ihrer Gewalt zu sein. Hier saß

er mit der einzigen Frau, die er je wirklich geliebt hatte, und sein alter Freund, ihr Bruder, befand sich in höchster Gefahr. Beim Frühstück im *Royal Hibernian* hatte er gehört, dass der Unterstaatssekretär für Irland, Sir Matthew Nathan, sich mit dem Vizekönig traf, um Pläne zur Festnahme der Anführer der *Volunteers* auszuarbeiten. Das deutsche Schiff, das vor der Küste von Kerry angelegt hatte, war voller Waffen für die Sinn Féin gewesen. Sir Roger Casement, der auf dem begleitenden U-Boot mitgereist war, hatte man an Land gebracht und verhaftet. Die Behörden wussten, dass die *Volunteers* einen Aufstand planten, und hatten Gegenmaßnahmen vorbereitet.

Nach dem Dessert, einem köstlichen *Meringue Chantilly,* fragte Guy, ob Ellen einen Likör trinken wollte. Einerseits sehnte er sich danach, ihr Zusammensein so weit wie möglich auszudehnen, andererseits wünschte er sich, sie ginge. Ihre Gegenwart war zur Folter geworden; dass sie versucht hatte, ihn über die Burg von Dublin auszuhorchen, machte sie nur noch interessanter. War sie etwa ebenfalls in diesen Irrsinn verwickelt? Würde auch ihr Blut fließen?

»Ich weiß nicht recht«, sagte Ellen, »ich habe noch nie Likör getrunken.«

»Nun, dann sollten Sie einen gut katholischen Bénédictine probieren. Immerhin ist heute Ostern – das muss gefeiert werden.«

Der Likör wurde in einem tulpenförmigen Glas serviert. Sie sagte, er schmecke wie flüssiges Feuer, und Guy lächelte. Er griff zum Sunday Independent, den er neben seinen Stuhl gelegt hatte. Jetzt wollte er erfahren, wie viel sie wirklich wusste.

»Übrigens steht heute in der Zeitung, dass Harrys Parade abgesagt worden ist.«

Er faltete die Zeitung so, dass sie den Artikel lesen konnte, und reichte sie über den Tisch. Ellen las sehr aufmerksam.

»Aufgrund der kritischen Situation werden alle ausgegebenen Befehle für den Ostersonntag hiermit zurückgenommen; somit finden weder Paraden noch Märsche oder andere Aktivitäten der Irish *Volunteers* statt.«

Der Aufruf war von Professor Eoin MacNeill, dem Hauptkommandierenden der *Volunteers*, unterzeichnet.

»Vielleicht ist unter den Anführern ein Streit ausgebrochen«, sinnierte Guy. Er sah Ellen aus leicht blutunterlaufenen Augen starr an und platzte plötzlich heraus: »Um Gottes willen, Ellen, versuchen Sie, Harry zu überreden, mit dem verdammten Mist aufzuhören!«

»Sie wissen, dass ich keinen Unsinn rede«, fuhr er ruhiger fort und beobachtete sie. »Die *Volunteers* spielen nicht nur Soldaten!«

»Wie meinen Sie das?«

»Ich weiß, was ich gestern gesehen habe. Vertrauen Sie mir, Ellen. In den Schützengräben lernt man, wie der Tod riecht.«

Ellen schnappte nach Luft.

»Ich sollte Ihnen das alles ersparen«, sprach Guy weiter. »Sagen Sie ihm einfach nur, er soll damit aufhören!«

»Ich habe keinerlei Einfluss auf ihn. In keiner Beziehung.« Sie stand auf. »Ich muss gehen.«

Guy bat um die Rechnung. Der Ober half Ellen in den Mantel.

»Darf ich Sie zu Ihrem Hotel begleiten?«, fragte Guy.

»Nein danke. Ich nehme die Straßenbahn. Ich wohne in Sandymount, im gleichen Haus wie Deirdre.«

»Ich bin hier gleich um die Ecke untergebracht. Am St. Stephens Green Nummer 9. Die Wohnung gehört einem irischen Offizierskameraden, mit dem ich in Frankreich zusammen gearbeitet habe.«

Ellen antwortete nicht. Sie fand, dass Guy nicht sehr gesund aussah. Außerdem wirkte sein Gang übervorsichtig. Sie sehnte sich danach, seinen Arm zu nehmen, doch er bot ihn ihr nicht an.

»Schmerzt Ihre Verwundung noch?«, fragte sie leise.

»Nicht wirklich. Ich werde manchmal ein bisschen müde – das ist alles.«

Ein Automobil fuhr vorüber. An der Kreuzung zu St. Stephens Green bremste es ab und fuhr mit einer lauten Fehlzündung wieder an.

Ellen fuhr zusammen. Guy ächzte. Er versuchte noch, sich an den Zaun zu klammern, dann sackte er auf dem Bürgersteig zusammen.

»Guy!«, rief Ellen verzweifelt. »Guy!«

Er antwortete nicht. Sein Gesicht war starr, die Augen ausdruckslos. Und dann begann er am ganzen Körper zu zittern.

Schnell wurden sie von Menschen umringt, die mitleidig auf Guy hinunterblickten.

»Wo wohnt der Mann, Miss?«

35. KAPITEL

Ostersonntag 1916

Als Harry am Ostersonntag aufwachte, fühlte er sich völlig ausgepumpt. Er hörte den Regen in der Dachrinne gluckern, drehte sich in seinem Eisenbett um und streckte den Arm aus, um den schwarzen Vorhang aufzuziehen.

Harry wohnte ganz in der Nähe der Hermitage, dem Zentrum von Scoil Eanna – der St. Endas School.

Die Hermitage, ein wunderschönes Gebäude aus dem achtzehnten Jahrhundert, lag am Fuß der Berge von Dublin. In ihm befand sich neben den Schlafsälen der Jungen auch die Wohnung des Schulleiters. Die Familie Pearse hatte auf ihr voriges Haus, Cullenswood House, eine Hypothek aufgenommen, um die Hermitage für ihr Schulexperiment anmieten zu können. Sie waren zu fünft – der Schulleiter Padraic, sein Bruder Willie, ein an der Sorbonne ausgebildeter Bildhauer, der Kunst unterrichtete, ihre Mutter und zwei Schwestern.

Regentropfen liefen an den Fensterscheiben hinunter. Seit zwei Wochen regnete es fast ununterbrochen, doch Harry war das völlig egal, seinetwegen konnte es ruhig bis zum Jüngsten Gericht weiterregnen. Es war vorbei. Alles war auf unbestimmte Zeit hinausgeschoben – das Training, die Hoffnung und der Glaube an eine neue Zukunft.

Harry hatte sich auf den heutigen Tag vorbereitet. Er war zur Beichte gegangen, hatte seine Angelegenheiten in Ordnung gebracht. Seine wenigen Besitztümer und das Ersparte hatte er Deirdre vermacht, seiner Schwester wie seiner Cousine hatte er eine Erinnerung hinterlassen. Harry wusste, dass die so genannte Parade nur ein Vorwand für den Aufstand hatte sein sollen; nun war sie abgesagt worden, und es würde keine Mobilisierung stattfinden. MacNeill hatte gute Gründe für seine Entscheidung gehabt. Nachdem die Waffenlieferung aufgeflogen war, wusste er, dass die *Volunteers* in einer Konfrontation den Kürzeren ziehen mussten – ein endloses Blutvergießen wäre die Folge. Der aus Nordirland stammende Sir Roger Casement, der die Waffenlieferungen organisiert hatte, war verhaftet und das deutsche Schiff mit dem Munitionsnachschub versenkt worden. Auf der Burg war man gewarnt; wahrscheinlich würde man sofort jeden Aufrührer verhaften.

Plötzlich fiel Harry etwas ein: MacNeill war kein Mitglied des Militärrats – genauso wenig wie er selbst. Sie aber waren die wirklichen Revolutionäre! Würden sie den Aufschub akzeptieren?

Harry war zum Mittagessen mit Deirdre verabredet, doch er wünschte, sie läge jetzt neben ihm. Zu gern hätte er seine Enttäuschung zwischen ihren Brüsten ertränkt. Ihr glückseliges Stelldichein im Waverly Hotel am St.-Patricks-Tag kam ihm in den Sinn. Nach der Liebe allerdings hatte sich seine eben noch so leidenschaftliche Partnerin ein wenig ungnädig verhalten und ihn vorwurfsvoll daran erinnert, dass sie immer noch unverheiratet waren.

»Glaubst du, ich warte ewig auf dich, Harry?«

Sie waren an diesem Tag unvorsichtig gewesen, beide hatte die Leidenschaft mitgerissen. Doch Dee hatte seither nicht mehr davon gesprochen, also war es wahrscheinlich gut gegangen.

Arme Dee. Sie arbeitete wirklich hart. Sie machte einen Erste-Hilfe-Kurs, schmuggelte Nachrichten in den hohlen Stangen ihres Fahrrads und lernte trotz seiner Einwände mit der Browning Automatic zu schießen.

Der Regen hatte aufgehört. Nur ab und zu fielen noch Tropfen von Zweigen, wie damals in Kilcrannagh, wenn er und Franny nach einem Regenguss im Torfschuppen den Korb gefüllt hatten. Harry meinte den Torf noch riechen und die mürbe Konsistenz der Brocken spüren zu können. Als seine Cousine untergetaucht war, war er zunächst beunruhigt gewesen, später hatte er sich über sie geärgert. Bis er den Grund für ihr Verschwinden erfahren hatte.

Seine Tante hatte es ihm am letzten Silvesterabend gesagt. Nach dem Essen war sie zusammengebrochen, was nicht zuletzt auf einige Gläser des aus Dublin mitgebrachten Portweins zurückzuführen war, und Harry wurde der nicht alltägliche Anblick einer in Tränen aufgelösten Tante Harriet zuteil.

»Ein Kind?«, hatte er ungläubig wiederholt, nachdem sie ihm die Neuigkeit mitgeteilt hatte. »Franny ist unverheiratet und hat ein Kind?«

»Ellen soll von der Schande nichts erfahren!«, hatte die Tante befohlen. »Du darfst nicht einen Ton von dir geben!«

»Wer weiß sonst noch davon?«

»Nur Jimmy!«

»Er wusste es? Er hat mir nie auch nur ein Sterbenswörtchen gesagt! Wer ist der Vater?«

Tante Harriet hatte geseufzt, mit den Schultern gezuckt und sich die Augen getrocknet.

»Ein französischer Seemann, soviel ich weiß. Dass so etwas passieren musste!« Sie wandte das Gesicht ab und schluchzte auf. »Und die arme Clare ist dahingeschieden … Ach, das Leben ist hart!«

Verblüfft und sprachlos war Harry anschließend zu Jimmy hinübergegangen. Bei ihm hatte noch Licht gebrannt.

Jim war in der Küche. Als Harry an die Tür klopfte und seinen Namen rief, brummte er nur, feine Herrschaften gehörten allmählich ins Bett.

Harry sah sich wütend um. Vor dem Herz Jesu brannte eine Kerze. An der Wand hing ein weiteres Heiligenbild, Maria mit blutendem Herzen. Auf dem Tisch lagen neben einem Berg von Zeitungen ein offenes Buch und ein kleiner Schnappschuss.

»Bist du gekommen, um mir ein gutes neues Jahr zu wünschen?«, erkundigte sich Jimmy lakonisch.

»Ich habe gerade erfahren, was mit Fran los ist. Tante Harriet sagt, du hast es die ganze Zeit gewusst!«

»Ich habe versprochen, den Mund zu halten.«

»Weißt du, wer der Vater ist?«

Jimmy starrte ihn aufgebracht an.

»Ja!«

»Und?«

»Was glaubst du wohl? Wer war der Wichser, der jedes hübsche Mädchen in der Grafschaft unglücklich gemacht hat?« Er studierte Harrys Gesichtsausdruck und fügte verächtlich hinzu: »Und wer war der Spinner, der seine Familie zu solchen Leuten zum Tee geschleppt hat?«

Harry dachte einen Augenblick nach.

»Wallace? Das glaube ich nicht!« Er ballte die Fäuste. »Ich bringe ihn um!«

»Wenn du ihn in London finden kannst, wünsche ich dir viel Vergnügen. Er kommt nicht mehr nach Clonmore.« Er holte zwei Gläser aus dem Schrank und schenkte Whiskey ein. »Vorsätzlicher Mord ist sowieso nicht dein Ding!«

»Und warum hast du nichts gemacht?«, fragte Harry und winkte ab, als Jimmy ihm ein Glas geben wollte. »Du musst doch eine Menge Möglichkeiten gehabt haben!«

Jimmy kippte seinen Whiskey und betrachtete nachdenklich das zweite Glas.

»Weil ich nicht in der Hölle enden will, du Dämlack! Aber beinahe wäre es mir trotzdem gelungen«, fügte er hinzu und machte mit seinen schwieligen Händen die Geste des Erwürgens. »Eines Abends habe ich in Dublin auf ihn gewartet …«

Sofort fiel Harry ein, dass Guy ihm erzählt hatte, Wallace wäre verletzt worden.

»Du hast ihm das Knie zerdeppert«, flüsterte er ungläubig. »Du bist mir vielleicht einer! Also du warst das!«

Jimmy wandte sich zur Feuerstelle.

Harry nahm das Whiskeyglas. Seine Hände zitterten, und es spritzte ein wenig. Schnell wischte er ein Tröpfchen Flüssigkeit von dem Foto, das neben Jimmys Buch lag, stürzte das Glas in einem Zug hinunter und stellte es wieder auf den Tisch. Jimmy räumte das Foto schnell weg, doch der verblüffte Harry hatte bereits gesehen, dass es Ellen zeigte.

Eine weibliche Stimme auf dem Flur brachte Harry in die Gegenwart zurück. Seine Vermieterin, Mrs Flood, sang ein gälisches Lied über Wildgänse.

Die alte Sprache klang tröstlich. Draußen bellte ein Hund. Automobile fuhren vorüber und bremsten vor dem Tor der Hermitage ab.

Harry sprang aus dem Bett. Wer konnte das sein? Um diese Zeit? Englische Soldaten? Jetzt schon ein Stoßtrupp? Er schlüpfte in seine Hosen und spähte unter dem Vorhangzipfel hindurch. Die Automobile fuhren durch das Tor auf das Schulgelände. Pearse war zu Hause, das wusste Harry. Er war wütend über die Absage.

Sein Schulleiter faszinierte ihn immer noch. Er war halb Engländer, halb Ire, mit Leib und Seele Erzieher, Anwalt, Dichter, Stückeschreiber und begabter Redner.

»Es ist christlich, das Böse zu hassen«, hatte er bei der Beerdigung des alten Feniers O'Donovan Rossa gesagt. »Das Gleiche gilt für Unterdrückung. Wenn man aber etwas hasst, muss man danach streben, es zu beseitigen …«

Harry kannte die Rede auswendig. Pearse hatte mit solcher Hingabe gesprochen, dass er die Menge in seinen Bann geschlagen hatte. Auch auf Harry hatte die Ansprache Auswirkungen gehabt. Jimmy, der eigens zu dem Begräbnis nach Dublin gekommen war, hatte ihm ins Ohr geflüstert: »Himmel, dein Schulleiter ist ja unglaublich!«

»Pst, Jim, hör zu!«

»... Sie glauben, sie hätten Irland befriedet. Sie glauben, sie hätten die eine Hälfte von uns gekauft und die andere Hälfte eingeschüchtert. Diese Idioten! Diese Idioten! Diese Idioten!«

Harry sah zu, wie der Gärtner aus dem Torhaus kam und die Autos durchwinkte. Ein paar der Passagiere erkannte er. Das war kein Stoßtrupp. In den Autos saßen MacDiarmada, Ceannt, Connolly und Clarke – allesamt Mitglieder des Militärrates, der treibenden Kraft hinter dem geplanten Aufstand.

Arm in Arm kamen Franny und Liam nach Rathcormac zurück. Das Mittagessen war fertig – es sollte Gemüsesuppe, Hühnchen, Erbsen und geröstete Kartoffeln geben. Hannah kam mit dem Bild, das sie an diesem Vormittag fertig gestellt hatte, und Liam legte es vorsichtig auf das Sideboard, wo genau das richtige Licht herrschte.

»Es ist gut«, lobte er. »Du hast es geschafft, die Flinkheit der Kinder und die Geduld des Esels einzufangen.«

Hannah war entzückt. Liam und Franny lächelten einander zu. Alma, die gerade Suppe austeilte, sah von einem zum andern.

»Was habt ihr beiden wieder ausgeheckt?«, fragte sie. »Heraus damit!«

»Fran und ich hatten eine kleine Unterredung«, sagte Liam mit einem leisen Lächeln. Tatsache ist, er beugte sich nach vorn und griff nach Frannys Hand, »dass Miss Murphy sich endlich bereit erklärt hat, meine Frau zu werden.«

»Na endlich!«, rief Alma. »Ihr habt so lange gebraucht,

dass ich mir schon überlegt hatte, wie ich euch einen Schubs geben könnte!«

Nur Hannah ließ Messer und Gabel fallen. Tränen rannen über ihr Gesicht.

»Ich dachte, du würdest dich freuen!«, rief Franny. Sie stand auf und ging um den Tisch herum, um ihre Tochter in den Arm zu nehmen. »Ist es so schlimm für dich?«

Hannah vergrub ihr Gesicht an der Schulter ihrer Mutter.

»Ich habe es mir so sehr gewünscht!« Unter Tränen grinste sie Liam an. »Endlich habe ich einen Vater! Wisst ihr was? Ich werde meinem echten Papi im Himmel heute beim Abendgebet sagen, dass es ihm nichts auszumachen braucht …«

Liam sah Franny an und erkannte die Anspannung in ihrem Gesicht.

Sie muss diesen Schweinehund endlich vergessen!, dachte er.

»Heute Abend wird gefeiert!«, rief Alma. »Endlich haben wir einen Anlass, Vaters guten Champagner zu köpfen!«

36. KAPITEL

Nachdem hilfreiche Passanten Guy die Treppe zu seiner Wohnung hinaufgeholfen und ihn auf die Couch gelegt hatten, blieb er mit Ellen allein. Er zitterte zwar immer noch, doch die Krämpfe waren vorüber.

Ellen hatte sich im Sessel niedergelassen und überlegte, ob sie einen Arzt kommen lassen sollte. Guy schien sich beruhigt zu haben. Sie hatte in Galway schon einmal einen jungen Frankreichrückkehrer erlebt, der an Kriegsneurose gelitten und die gleichen Symptome gezeigt hatte.

»Ellen!«

Sie stand auf und kniete sich neben das Sofa.

»Ich wollte nicht, dass Sie mich so sehen. Aber es ist sehr nett von Ihnen, dass Sie mich begleitet haben.«

»Brauchen Sie einen Arzt?«

»Er könnte nicht viel machen. Mir geht es wirklich schon erheblich besser.«

»Kann ich irgendetwas für Sie tun?«

»Ich hätte gern einen Schluck Wasser. Da drüben ist eine kleine Küche.«

Ellen fand die Küche, die lediglich aus einem kleinen Gasherd und einem Waschbecken bestand, und brachte Guy ein Glas Wasser. Dann knöpfte sie seinen Hemdkragen auf, lockerte seine Krawatte und half ihm aus dem Uniformrock. Als sie sich über ihn beugte, berührte ihre Brust seine Schulter.

Guy stöhnte. Ellen befürchtete, dass er Schmerzen hatte. Seine Augen waren geschlossen. Sie sah den Pulsschlag an seinem Hals.

»Warum nimmst du diesen Hut nicht ab?«, flüsterte er plötzlich vertraulich. »Ich möchte so gern deine Haare sehen!«

Ellen hob die Arme, entfernte die Hutnadeln und legte den Hut auf den Tisch. Ihre Frisur saß noch gut; ein paar Härchen ringelten sich im Nacken.

»Früher hast du das Haar offen getragen.«

Ellen griff mit dem Fingern in ihren Knoten und zog. Haarnadeln fielen auf den Teppich, dann lösten sich die langen Flechten. Sie beugte sich über Guy und berührte seinen Hals.

»Zieh den Mantel aus!«

Ellen gehorchte. Sie wagte nicht, die Sinnlichkeit der Situation auszukosten, knöpfte aber dennoch ihre Jacke auf und schüttelte sie von den Schultern. Darunter trug sie eine weiße Spitzenbluse mit V-Ausschnitt und ein dünnes Goldkettchen mit einem Aquamarin, das Michael ihr geschenkt hatte. Ihre Brüste rundeten die Bluse, und ihre Taille wirkte unter dem Gürtel unbeschreiblich schmal. Sie war die personifizierte Weiblichkeit – wohl gestaltet, zerbrechlich und unsicher. Obwohl sie immer noch vollständig bekleidet war, verliehen ihr die Üppigkeit ihrer Haare und das Strahlen ihrer hellen Augen einen Anflug von Hemmungslosigkeit.

Guy bebte vor Erregung. Er stellte sich vor, wie das alles enden könnte ... Dennoch bewegte er sich nicht und machte keinerlei Anstalten, sie zu berühren; der Zauber könnte verfliegen.

»Ellen, mein Liebling – deine Bluse?«

Knopf für Knopf öffnete Ellen langsam ihre Spitzenbluse und zog sie aus. Ihr Leibchen gab schöne Schultern und einen sinnlichen Busenansatz preis.

»Komm zu mir, du einzige Liebe meines Lebens.«

Guy schob die Träger des Leibchens zur Seite, bis es ihr auf die Taille fiel. Mit nacktem Oberkörper und erregt aufgerichteten Brustwarzen stand sie vor ihm. Er erhob sich vom Sofa, umfasste ihre Handgelenke und zog sie zum Schlafzimmer.

»Bitte, Ellen, leg dich neben mich! Leg dich einfach nur neben mich!«

Wie verabredet trafen sich Harry und Deirdre am Ostersonntag in einem kleinen Restaurant in der Baggot Street. Da er wichtige Neuigkeiten für sie hatte, hatte er sich sehr beeilt, war ein wenig zu früh angekommen und hatte einen Tisch am Fenster ergattert. Er beobachtete, wie sie angeradelt kam, sah, wie dünn sie geworden war, sah ihr lockiges, aufgestecktes Haar, die Regentropfen auf ihrem Hut, die schmalen Handgelenke über ihren Handschuhen. Sie wirkte müde und niedergeschlagen.

Als sie eintrat, stand Harry auf.

»Du bist früh dran!«, sagte sie.

»Dafür gibt es einen guten Grund!«

Deirdre hielt die Antwort für ein Kompliment und lächelte. Er rückte ihren Stuhl zurecht, und sie setzte sich.

»Eigentlich könnten wir auch ins *Royal Hibernian* gehen«, meinte sie, während sie ihre Handschuhe abstreifte, »und die Einladung dieses Captain Forrister annehmen. Schließlich haben wir nun doch nichts Besseres vor, und verhaftet hat man uns auch noch nicht!«

»Guys Einladung? Die hatte ich völlig vergessen! Aber das wäre wohl doch ein bisschen unpassend, findest du nicht?«

»Deine Schwester scheint anderer Meinung zu sein. Sie will sich mit ihm treffen.«

Harry hob die Augenbrauen. »Tatsächlich? Da bin ich aber froh! Ich möchte nämlich nicht, dass er sich brüskiert fühlt.«

»Ich habe Ellen gebeten, zu eruieren, wie viele Männer auf der Burg stationiert sind – obwohl es inzwischen wahrscheinlich keine Rolle mehr spielt.«

Harry starrte Deirdre sprachlos an.

»Du hast sie gebeten, für dich zu spionieren? Du benutzt eine ahnungslose Freundin?«

»Mag schon sein, Harry! Aber geht es hier um Krieg oder unschuldige Spielchen?«

»Es geht um Krieg, Deirdre. Aber um einen ehrenhaften Krieg! Ach Dee, ich habe die unglaublichsten Neuigkeiten!« Er sah, wie ihre Augen groß wurden, und fügte hinzu: »Heute Morgen hat sich der Militärrat getroffen …«

»Und?«, fragte sie eifrig. Sie saß jetzt sehr gerade.

Harry blickte sich flüchtig um und senkte die Stimme, bis er kaum noch zu verstehen war.

»Alle Pläne werden, soweit irgend möglich, morgen in die Tat umgesetzt!«

»Trotz MacNeills Absage?«

Harry nickte.

Deirdre lachte erregt auf. Doch sie konnte ihre Angst nicht vollständig kaschieren.

»Dann bleiben uns aber nur sehr wenig Leute! Es dürfte unmöglich sein, die *Volunteers* im ganzen Land innerhalb so kurzer Zeit über die nächste Änderung zu informieren.«

»Egal. Der Aufstand findet statt, sobald sie wissen, was in Dublin los ist.« Harry griff nach Deirdres Hand. »Morgen Früh wird mobilisiert. Ich bin bei Pearse eingeteilt.«

»Und ich?«

»Deine Einheit ist ebenfalls bei uns. Leben oder Sterben, meine süße Deirdre – wir tun es zusammen!«

Nachmittägliche Schatten legten sich über die Wohnung am St. Stephens Green. Die Geräusche auf der Straße – Stimmen von Passanten, das Quietschen der Straßenbahnen – verebbten langsam. Doch die beiden Liebenden nahmen nichts anderes wahr, als ihr Bedürfnis, einander anzugehören.

Es war fast sieben Uhr, als Ellen aufwachte. Guy lag neben ihr und beobachtete sie mit einem fast erstaunten Ausdruck. Seine Finger spielten mit ihrem Haar. Ellens Nacktheit war mit einem Tuch bedeckt; sie spürte, wie sich Guys bloße Beine an ihre schmiegten.

Was habe ich nur getan?, dachte sie. Mein Gott, was habe ich getan?

Doch durch jede Faser ihres Körpers strömte Heiterkeit.

»Ellen«, murmelte Guy, »sag mir, dass du mich liebst!«

Sie sah ihm gerade in die Augen.

»Immer schon«, antwortete sie mit leisem Lachen, »oh ja, immer schon!«

Das Zimmer war wie verzaubert. Die alten Drucke an den Wänden schienen wertvoll geworden zu sein, und das Muster der Vorhänge strahlte eine exquisite Schönheit aus. Ellen fühlte sich nicht mehr, als würde sie nirgends hingehören; sie war nicht mehr das streunende Tier, das nach ein wenig Wärme suchte. Jetzt befand sie sich mitten in dem Zauberkreis, nach dem sie sich jahrelang gesehnt hatte.

»Wie fühlst du dich?«, fragte Guy.

»Wie neugeboren.«

»Bist du mir nicht böse?«

Sie schüttelte den Kopf.

Ich habe ein Kind und einen Ehemann, sagte sie sich. Ich bin Lehrerin. Falls jemals herauskommt, was ich hier getan habe, bin ich für mein Leben gebrandmarkt. Dennoch bin ich noch nie im Leben so glücklich gewesen.

Ellen verdrängte sämtliche Bedenken. Dieser Tag gehörte ihr; alles andere konnte man auf morgen verschieben.

Guy schmiegte sein Gesicht in ihren Nacken.

»Sobald der Krieg vorbei ist, entführe ich dich. Wir heiraten und gehen nach Fontebelle.«

»Wie sollen wir das denn machen?«, fragte sie beseligt und entzückt.

»Die Einzelheiten müssen wir uns noch genau überlegen. Habe ich dir schon erzählt, dass es dort einen Teich mit Wasserlilien gibt? Die Franzosen nennen sie ›nymphea‹. Unser dicker Goldfisch ist so zahm, dass er fast aus der Hand frisst. Im Frühling und Sommer kommt jeden Morgen ein Reiher. Und Frösche laichen dort. Ach Ellen, einmal habe ich einen winzigen grünen Ochsenfrosch gesehen, der in deine Hand gepasst hätte. Er saß auf einem Wasserlilien-Blatt und quakte sich die Seele aus dem Hals – er hat einen unglaublichen Lärm veranstaltet. Und im Garten stehen Magnolien, die einen wunderbaren Duft verströmen. Manchmal kommen Rehe, im Frühling auch Hirsche und im Winter die Wildschweine.«

Ellen lauschte mit geschlossenen Augen.

»Kannst du nicht über Nacht bleiben?«, fragte er eifrig. »Wir könnten irgendwo zu Abend essen. Ich kenne da ein kleines Lokal in Ballsbridge …«

Die Versuchung war groß, doch eine innere Stimme warnte Ellen. Deirdre würde ausrasten. Vielleicht würde sie sogar die Polizei rufen – Gott weiß, was dabei herauskäme.

»Liebling, es geht nicht. Aber wir haben ja noch den morgigen Tag!«

»Ich mache dir einen Tee«, murmelte Guy und stieg aus dem Bett. Er ging durch das Zimmer, und Ellen betrachtete seinen muskulösen Rücken, das wohl geformte Hinterteil, den Flaum auf der Wirbelsäule und die tiefe, rote Narbe auf dem Rücken, die sie eben noch mit ihren Lippen berührt hatte.

37. KAPITEL

Am Ostermontag wurde Franny gegen neun Uhr wach. Sie drehte sich noch einmal um und blieb träge liegen. Durch das geöffnete Fenster hörte sie den Morgenchor der Vögel und das Meer, das um die Felsen spielte.

Ich bin verlobt und werde heiraten, dachte sie. Den liebsten und freundlichsten Mann der Welt …

Das Zimmer schien ein Eigenleben zu führen. Fröhliches Licht flirrte in den kleinen Kristallflakons auf dem Frisiertisch und spiegelte sich in den Türen des Kleiderschranks.

Im Spiegel sah Franny die Messingfüße des Bettes und den Sonnenstrahl, der über den Teppich fingerte.

Unten in der Küche klapperte es; Mrs Burke rüttelte die Asche in den Aschenkasten. Franny hörte, wie die Küchentür mit ihrem charakteristischen Klang geschlossen wurde, dann erklang Hannahs Stimme im Garten. Sie sang ein schönes, altes Lied.

Hannah hatte eine hübsche Stimme. Gerne hätte sie im Schulchor mitgesungen, doch bisher hatte Franny dem nicht zugestimmt. Sie befürchtete, dass man die Kleine wegen ihrer Unehelichkeit schneiden könnte.

Es klopfte an die Tür.

»Herein!«

»Einen wunderschönen guten Morgen, mein Liebling!«

Liam stieß die Tür auf. Franny lachte, setzte sich auf und zog ihr langes Haar unter dem Kopfkissen hervor. Erfreut betrachtete sie das Tablett mit der silbernen Teekanne, Toast in einem silbernen Halter, einem gekochten Ei in einem Eierbecher aus Porzellan und dem blau-weißen Porzellangeschirr, alles hübsch auf einem gestickten Tuch angerichtet.

Liam stellte das Tablett auf ihren Knien ab, und sie hielt ihm das Gesicht zum Kuss hin.

»Hab ich das nicht gut gemacht? Ich hoffe, es fehlt nichts!«

Er sprach mit ausgeprägtem irischen Akzent, und Franny schüttelte missbilligend den Kopf.

»Lieb von dir, dass du mich so verwöhnst!«

»Ich verwöhne dich doch nicht!«, erwiderte er mit normaler Stimme und schüttelte die Serviette aus. »Ich gebe meiner Verlobten die Möglichkeit, ein wenig auszuruhen! Einige von uns vergnügen sich den ganzen Tag mit Pinsel und Leinwand, während andere hart arbeiten, um sich ihren Lebensunterhalt zu verdienen.«

Er setzte sich ans Fußende und sah zu, wie sie ihr Frühstück verspeiste. Unter seinem intensiven Blick errötete sie kichernd und bot ihm ein Stück in Eigelb getauchten Toast an.

»Danke, ich habe schon gegessen«, lehnte er ab. »Ich habe vor einer Stunde mit Hannah gefrühstückt.«

»Ich habe sie im Garten singen hören.«

»Sie ist unseretwegen sehr glücklich. Eben hat sie mir ein nettes Kompliment gemacht. Sie sagte, wenn sie die Wahl unter allen Vätern der ganzen Welt hätte, würde sie auf jeden Fall mich nehmen.«

Franny setzte die Tasse ab und schob das Tablett beiseite.

»Sie beschäftigt sich sehr intensiv mit allem, was mit Vätern zu tun hat. Gestern Abend hat sie zu ihrem Vater gebetet und ihn um seinen Segen für uns angefleht.«

Liam sah sie bestürzt an.

»Ach Fran. Verbanne endlich diesen Wallace aus unserem Leben!«

»Ich kann nicht, solange sie es nicht tut. Ganz gleich, was passiert, sie stellt immer wieder einen Bezug zu ihrem Vater her. Und ich kann ihr nicht die Wahrheit sagen, weil ich sie inzwischen schon viel zu oft angelogen habe.«

Liam stellte das Tablett auf den Boden und setzte sich neben sie.

»Sie ist ein Kind! Sie wird vergessen, wenn sie älter wird. Bald schon wird sie einen neuen Vater bekommen …« Das Bett ächzte, als er sich zu ihr beugte, um sie zu küssen und ihr Gesicht zu streicheln. »Ich liebe dich, Franny«, fuhr er fort, »und ich möchte nicht, dass irgendetwas zwischen uns tritt. Lass es bitte nicht zu, Fran!«

Franny konnte noch immer nicht fassen, dass sie wirklich

geliebt wurde. Nichts anderes in ihrem Leben zählte mehr – ausgenommen Hannah.

Liam rückte näher. Sie spürte, wie seine Finger ihren Hals entlang strichen und sich unter ihrem Nachthemd tastend ihrer Brust näherten.

»Deine Haut ist so weich!«

In diesem Moment kam die Panik. Nicht, dass sie ihn nicht geliebt hätte – es war etwas mit einem eigenen, krankhaften Willen.

So unbeschwert wie möglich sagte sie: »Wenn du noch länger bleibst, wird Mrs Burke meine Tugendhaftigkeit infrage stellen.« Beinahe hätte sie hinzugefügt: »Wieder einmal!«, aber sie besann sich.

»Mrs B. hat ganz andere Sorgen«, antwortete er, doch er richtete sich auf. »Zieh dich an, Süße«, fügte er hinzu. »Hannah hat für heute ein Picknick angekündigt. Der Tag ist einfach traumhaft.«

Von der Tür aus warf er ihr noch eine Kusshand zu, dann verschwand er.

Franny warf den Morgenmantel über und ging ins Bad. Sie ließ heißes Wasser in die Wanne laufen, fügte Almas Lieblings-Badesalz mit Lavendelduft hinzu, steckte das Haar hoch und aalte sich wohlig im duftenden Dampf. Doch ihre Gefühle waren in Aufruhr.

Dieses sinnlose Entsetzen war wie eine Krankheit. Wie würde ihr Leben aussehen, wenn es so weiterginge? Sollte sie mit zusammengebissenen Zähnen in seinen Armen liegen? Das hatte er nicht verdient! Sie hatte gedacht, längst darüber hinweg zu sein. Sie hatte gehofft, Wallace verbannt zu haben.

Aber das Gesicht ihres Vergewaltigers tauchte wieder einmal vor ihr auf – wie ein Geist aus dem Dampf.

Guy war früh aufgestanden. Er fühlte sich geradezu trunken vor Glück und dachte bei sich, dass seine Krämpfe sich geradezu als Segen herausgestellt hatten. Sie hatten ihm zu etwas verholfen, von dem er nie zu träumen gewagt hätte.

Schade, dass Ellen nicht über Nacht bleiben konnte. Doch er verstand sie durchaus. Ihre Freundin wäre sicher sehr beunruhigt gewesen, wenn sie beim Heimkommen weder Ellen noch einen Brief vorgefunden hätte, obwohl das Gepäck noch da war. Er hatte sie in einer Droschke nach Sandymount begleitet und sie diskret ein paar Straßenecken vor ihrer Unterkunft abgesetzt.

»Um wie viel Uhr treffen wir uns morgen?«, hatte er gefragt und ihr die Hände geküsst.

»Es wird wohl Nachmittag werden. Ich brauche ein wenig Zeit für Harry, falls ich überhaupt eine Audienz bei ihm bekomme!«

Er hatte ihr die Ersatzschlüssel zu seiner Wohnung gegeben, damit sie später nicht klingeln musste.

»Also um drei«, hatte er gesagt und streng hinzugefügt: »Aber pünktlich!«

»Ganz pünktlich!«

Beim Rasieren pfiff Guy fröhlich vor sich hin. Er fühlte sich wie ein neuer Mensch, ganz anders als die bebende Kreatur, die am Vortag nur mithilfe einiger barmherziger Samariter die Treppe hinaufgekommen war.

Er hatte keine Ahnung, wie er und Ellen die Situation meistern konnten, in die sie sich manövriert hatten. Er wusste nur, dass er noch nie so verliebt gewesen war. Er würde sie entführen, er würde auch ihr Kind entführen, und er würde alles Nötige veranlassen, damit sie sich scheiden lassen und ihn heiraten konnte. Ihr Gatte war Lehrer; vielleicht würde er sich wie ein Gentleman verhalten. Aber darüber würden sie diesen Nachmittag reden. Und dann wollte er sie mit dem kleinen Ring überraschen, diesem Symbol der Kontinuität zwischen ihnen. Sie sollte ihn wiederbekommen!

Er zog sich an und ging pfeifend die Treppe hinunter in den schönen Morgen.

Die Straßenbahnen waren voller Menschen in Feiertagslaune, fröhlichen Dubliner Bürgern auf dem Weg zum Meer, in den Phoenix Park oder zum Pferderennen. Guy überlegte, ob er mit Ellen an diesem Nachmittag etwas unternehmen sollte. Er selbst würde am liebsten zu Hause bleiben, die Vorhänge zuziehen und dort weitermachen, wo sie gestern aufgehört hatten. Vielleicht könnten sie am Abend irgendwo essen gehen, wo niemand sie kannte.

Guy bog in die Dawson Street ein und machte sich auf den Weg zum *Royal Hibernian*, wo er frühstücken wollte. Er war außergewöhnlich hungrig und freute sich auf ein schönes Frühstück mit Speck und Eiern, vielen Scheiben des braunen irischen Brots und einer Kanne starkem, heißem Tee.

Kaum saß er an seinem Tisch, als Mrs Hamilton Norway eintrat. Sie war die Frau des höchsten Postbeamten von Irland.

Guy stand auf. Mrs Norway kam durch das Restaurant auf ihn zu. Ein sehr junger Mann folgte ihr – er mochte noch nicht einmal zwanzig sein.

»Guten Morgen, Captain Forrister«, rief sie. »Ich wusste nicht, dass Sie hier abgestiegen sind!«

»Das ist auch nicht der Fall. Ich bin privat untergebracht.«

»Darf ich Ihnen meinen Sohn Neville vorstellen? Er verbringt hier seine Ferien.«

Guy gab beiden die Hand. Er wusste, dass der ältere Sohn der Norways in Armentière gefallen war. Einmal hatte er den damals Neunzehnjährigen getroffen, einen intelligenten und höflichen Jungen, der alles besaß, wofür es sich zu leben lohnte. Doch der junge Mann hatte nur drei Wochen durchgehalten.

»Captain Forrister ist ein Held!«, sagte Mrs Norway zu ihrem jüngeren Sohn und fügte lächelnd hinzu: »Darf ich Ihnen gratulieren, Captain? Wie ich gehört habe, erhalten Sie einen hohen Orden!«

»Da wissen Sie mehr als ich, Mrs Norway!«

»Hamilton könnte Ihnen Genaueres mitteilen«, antwortete sie. »Er musste leider heute in sein Büro in der Hauptpost.«

Sie ging weiter, gefolgt von Neville, der sich umblickte und Guy angrinste.

Tu das nicht!, hätte Guy am liebsten gerufen. Sieh mich nicht an, als wolltest du sagen, wie sehr du mich bewunderst und wie gerne du es mir gleichtun würdest.

Doch der Gedanke an Ellen beruhigte ihn. Er setzte sein Frühstück fort.

In Howth machten Alma, Liam, Franny und Hannah in der Mittagszeit einen ausgedehnten Spaziergang zum Gipfel. Liam trug einen Picknick-Korb mit Tellern, Gläsern, den Resten des Hühnchens vom Vortag, Schinkenscheiben und einem grünen Salat mit Tomaten und Schalotten. Außerdem hatte Mrs Burke einen Zitronen-Baiser-Kuchen und einen Topf mit frischer, leicht geschlagener Sahne eingepackt.

Franny hatte sich eine karierte Decke über die Schulter gelegt, Hannah schleppte eine Einkaufstasche mit selbst gemachter Limonade. Alma hatte den Entwurfsblock ihres Bruders unter den Arm geklemmt und seine Stifte dabei.

Es war der schönste Tag seit langer Zeit. Die Sonne schien hell, und man konnte sehr weit sehen. Einige wenige Wölkchen warfen violette Schatten auf das Meer. Die Bucht unter ihnen schien nie blauer gewesen zu sein, die Stadt auf der anderen Seite nie schöner vor ihrem gebirgigen Hintergrund gelegen zu haben.

Die Damen trugen Strohhüte mit breiten Krempen, Liam prunkte mit einer ›Kreissäge‹. Er suchte nach einem schattigen, geschützten Platz, wo sie die Decke ausbreiten konnten. Die Frauen halfen ihm dabei.

»Wir Damen achten eben auf unseren Teint!«, erklärte Franny.

»Wir Herren achten ebenfalls auf den Teint der Damen«, gab Liam zurück.

Hannah lachte.

»Er ist ganz schön witzig, Mama!«

»Er ist ein Lausbub! Und er flirtet«, grinste Alma. »Anscheinend hält er sich für unwiderstehlich.«

Franny lächelte Liam an und ließ sich mit einem wohligen Seufzer auf die Decke fallen. Alma tat es ihr nach. Sie räumten gerade Teller und Besteck aus dem Korb, als über die Bucht hinweg eine laute Salve ertönte. Es klang wie Gewehrfeuer. Alma richtete sich auf, beschattete ihre Augen mit der Hand und blickte über das Wasser zur Stadt hinüber. Auch Liam sprang sofort auf.

»Großer Gott!«, rief er halblaut.

»Wahrscheinlich halten die *Volunteers* ein Manöver ab«, sagte Franny und nahm den Salat aus dem Picknick-Korb. »Vielleicht haben sie sich doch noch zu ihrer Parade entschlossen und feuern in die Luft.«

Sie dachte an Harry. Eine Gänsehaut kroch ihren Rücken

hoch, und sie sah zweifelnd über die Bucht zur Hauptstadt hinüber. Hannah stand stocksteif da. Plötzlich hob sie die Hand und zeigte über das Wasser. »Mama! Tante Alma! Seht doch!«

Franny stand auf. Aus der Stadt stiegen hohe Rauchwolken in den Himmel.

38. KAPITEL

Bis zu seiner Verabredung mit Ellen blieben Guy noch mehrere Stunden. Er hatte so ausgiebig gefrühstückt, dass er kein Mittagessen brauchte, und so nahm er das Geschichtsbuch, in dem er am Vortag zu lesen begonnen hatte, zur Hand und machte es sich auf dem Bett gemütlich, um weiterzuschmökern. Die historischen Hintergründe des Landes interessierten ihn – nicht etwa, weil er ein besonderes Faible für Geschichte hatte, sondern weil es irische Geschichte war, und daher mit Ellen, ihrer Herkunft, ihrer Kultur und ihrem ganzen Sein zu tun hatte. Doch was er las, beunruhigte ihn in zunehmendem Maß; allmählich fühlte er sich versucht, zu glauben, dass die Umstände nicht richtig wiedergegeben waren. Nachdem er das Kapitel über die große Hungersnot gelesen hatte, schleuderte er das Buch in eine Zimmerecke.

»Das kann doch nicht wahr sein!«, brummte er vor sich hin. Sollten tatsächlich alle Lebensmittel Irlands unter bewaffneter Aufsicht nach England gebracht worden sein, nachdem es Missernten bei den Kartoffeln gegeben hatte und damit das Hauptnahrungsmittel des Landes ausgefallen war? Stimmte es, dass die englische Regierung mehr als eine Million Iren schlichtweg hatte verhungern lassen?

Dass sie dem Land die Nahrungsmittel genommen, dass sie zugesehen hatte, wie die Bevölkerung langsam ausstarb, und im Parlament über die irischen Ängste auch noch gespottet hatte?

Guy versuchte sich damit zu trösten, dass der Bericht eine Verleumdung sein musste, doch er kämpfte vergeblich gegen ein unangenehmes Déjà-vu an. Natürlich war die Geschichte wahr! Ein strategisch wichtiges, reiches Agrarland war ohne eigene Bevölkerung ein geradezu gefundenes Fressen für eine imperialistische Macht. Eine Ausrede wie eine Hungersnot kam da gerade recht. Und jetzt opferte die gegenwärtige Regierung junge Männer auf den Schlachtfeldern von Frankreich und Flandern für Ziele, die nichts mehr mit hochmoralischen Absichten zu tun hatten.

Guy dachte an den jungen Neville Norway, dem er am Morgen begegnet war, und dann an seinen Neffen James. Die beiden Jungen waren etwa im gleichen Alter und gleichermaßen erpicht in den Krieg zu ziehen, weil sie auf Ehre und Heldentum hofften. Sie hatten keine Ahnung, wie schnell die Ehre eine Leiche im Stich ließ und wie schrecklich man nach einer Woche im Schlamm stank.

Der Optimismus des Morgens verflüchtigte sich. Ich werde James schreiben, dachte er. Ich warne ihn. Ich sage ihm die ganze Wahrheit. Wenn ich beim nächsten Mal über die Klinge springe und der Krieg weitergeht, muss der arme Junge vielleicht ebenfalls an die Front, wie ein Lamm zur Schlachtbank. Aber ein Sohn der Familie muss doch wenigstens am Leben bleiben!

Die Lust am Lesen war ihm gründlich vergangen. Aber wenigstens konnte er alles für den Nachmittag vorbereiten. Er begann damit, sein Bett zu machen, und zwar in militärischer Manier. Schade, dass ich meinen Burschen nicht hier habe, dachte er bedauernd, während er die Laken wechselte, in denen er und Ellen sich mehrmals geliebt hatten. Sie würden das Bett sicher heute wieder benutzen ... Er hielt Ellens Kopfkissen an sein Gesicht, atmete ihren Duft ein und fand ein paar Haare, die er sorgfältig einsammelte, jedes einzeln küsste und sie zu einer Locke gerollt in einen Umschlag steckte, den er mit ihrem Namen beschriftete. Noch ein paar mehr, dachte er, und ich habe genug für ein Medaillon beisammen, das mir auf dem Schlachtfeld dann ebenfalls als Talisman dienen kann. Er steckte den Umschlag in die Tasche und suchte nach dem Ring, den er aber nirgends finden konnte. Er musste ihn irgendwo hingelegt haben und ärgerte sich über seine Nachlässigkeit. Er suchte nicht nur Wohn- und Schlafzimmer ab, sondern kippte sogar den Koffer aus.

Aber ich hatte ihn doch in der Hand, dachte er ...

Seine Aufmerksamkeit wurde von einem merkwürdigen Geräusch, das von draußen hereindrang, abgelenkt. Es klang, als würde jemand im Green graben. Guy trat ans Fenster und sah, dass im Park etwas vor sich ging, konnte aber durch die Bäume nichts erkennen. Er holte Duggys Feldstecher, den er im Bücherschrank gesehen hatte, und hielt ihn sich vor die Augen. Die Bäume sprangen ihn fast an. Doch was er dahinter sah, konnte er kaum glauben. Im ersten Augenblick hielt er sie noch für Gärtner – die grün uniformierten Männer, die sich mit Spaten zwischen den Büschen der öffentlichen Anlage zu schaffen machten.

»Du lieber Gott«, murmelte er, »buddeln die *Volunteers* jetzt Schützengräben?«

Ein paar Neugierige wurden mit drohenden Bajonetten aus dem Park gescheucht und die Tore anschließend mit Vorhängeschlössern gesichert.

Ich finde, diese Leute treiben ihre Kriegsspielchen jetzt wirklich ein bisschen zu weit, dachte er. Wo bleibt bloß die Polizei?

Er griff nach seiner Mütze und lief nach unten. An der Ecke Grafton Street standen ein paar Leute herum und blickten bestürzt aus der Wäsche.

»Die *Volunteers* besetzen die Stadt«, informierte ihn eine benommene Stimme.

»Die meisten von ihnen belagern die Hauptpost«, keifte eine Frau. »Mein armer Mann liegt in Flandern, und ich wollte mir die Trennungsentschädigung abholen. Aber sie haben uns rausgeschmissen!«

Guy hörte Gewehrschüsse aus der Ferne, die sofort von anderen Stellen aus beantwortet wurden. Er drehte sich auf dem Absatz um und eilte die Grafton Street entlang. Sein Gedächtnis arbeitete fieberhaft. Wie viele englische Soldaten mochten noch in Irland stationiert sein? Und wie viele von ihnen lagen in der Burg von Dublin?

Er sah sich nach einer Droschke oder Straßenbahn um, doch der gesamte Verkehr war zusammengebrochen. Er lief zum College Green, wandte sich die Westmoreland Street hinunter und überquerte die O'Connell Bridge. Unterwegs hörte er wieder Schüsse, dieses Mal waren sie eindeutig näher. Der Lärm verursachte ihm keinen Zitteranfall; er war zu real, und die unmittelbare Gefahr schickte einen Adrenalinstoß durch seinen Körper.

Manchmal wurde er angesprochen, weil er eine englische Uniform trug. Im ganzen Land herrsche Aufstand, sagten einige. Die Deutschen seien einmarschiert, behaupteten andere. Das Freiwilligen-Korps halte sich in der Hauptpost auf und die Deutschen wären gekommen, um ihnen zu helfen, das Land zu übernehmen.

Als Guy in die Sackville Street kam, waren schon viele Schaufenster zertrümmert.

Auf dem Dach der Hauptpost flatterte eine grüne Fahne mit der Aufschrift REPUBLIK IRLAND. An der zweiten Fahnenstange hing eine Fahne, die Guy noch nie gesehen hatte; sie war dreifarbig, grün, weiß und orange. Auf dem Dach standen Männer mit Gewehren. Alle Fenster im Erdgeschoss waren zerschmettert und mit Mobiliar verbarrikadiert, und in jedem standen zwei bewaffnete Männer. Am Eingang hing ein großes Schild.

HAUPTQUARTIER DER PROVISORISCHEN REGIERUNG DER REPUBLIK IRLAND verkündete es. An der Wand hing eine gedruckte Erklärung.

Allerdings sah es so aus, als hielte die kleine neugierige Menge, die sich im Schatten der Nelson-Säule herumdrückte, das Ganze für eine Farce. Die Leute warteten, redeten, wiesen sich gegenseitig auf Einzelheiten hin, klatschten Beifall oder schimpften.

»Wo bleibt denn der Rest von euch?«, rief eine Frau Guy zu. »Ihr wollt die Kerle doch nicht etwa gewähren lassen?«

Sie bewarf ihn mit einem Papierknäuel, das Guy fast automatisch in seine Tasche stopfte. Wahrscheinlich war es ein Propaganda-Flugblatt, eine Art Rechtfertigung für die Freveltaten.

Vom Nordende der Straße her hörte man Pferdehufe auf dem Kopfsteinpflaster, dann ertönte ein Ruf:

»Ulanen! Jesus, die Ulanen kommen!«

Die kleine Menschenmenge begann zu rennen. Plötzlich hörte Guy, wie von hoch oben jemand seinen Namen rief:

»Guy …!«

Er sah sich um. In einem der zertrümmerten Fenster der Hauptpost entdeckte er ein bekanntes Gesicht. Er sah den

Gewehrlauf, der auf ihn gerichtet war, und die Hand, die ihn zur Seite schlug. Harry Healy winkte ihm mit einem zur verzweifelten Maske erstarrten Gesicht hektisch zu. Geh weg, versuchte er zu sagen – geh weg!

Fast im gleichen Moment schlug eine Kugel unmittelbar neben Guy mit hohem Pfeifen in die Straße ein. Guy duckte sich hinter eine der Säulen des Imperial Hotels. Seinen Revolver hatte er bereits in der Hand – jahrelanger Krieg hatte seine Reflexe automatisiert. Er spürte den vertrauten Adrenalinstoß. Als er sich zur Post umblickte, war Harry verschwunden.

Die Kavallerie donnerte heran. Für Guy spielte sich alles wie in Zeitlupe ab. Die Ulanen beschossen das Gebäude, die *Volunteers* erwiderten das Feuer. Eine Kugel sang neben Guys Ohr, streifte seinen Schädel und katapultierte seine Mütze in die Gosse. Es war ein Scharfschütze auf dem Dach der Hauptpost gewesen. An Guys Hals lief Blut hinunter. Er erwiderte das Feuer und lief dann halb betäubt auf die Säule zu, deren Granitbasis einigermaßen Schutz bot. Er hörte ein verwundetes Pferd aufschreien, das schrille Pfeifen von Kugeln, die auf Steine trafen, Kommandorufe. Ununterbrochen regnete der Kugelhagel von der Hauptpost her.

Es schien Guy, als würde die Sinnlosigkeit der Geschichte sich wiederholen; er war wieder in Loos, und die Deutschen stürmten über den Hügelkamm. Was er nicht sah, war das vor Schmerzen wild gewordene Pferd, das auf der Straße umherirrte und mit seinen eisenbewehrten Hufen gegen ihn ausschlug.

Ellen nahm die Straßenbahn in die Stadt. Irgendwann hielt die Polizei die Bahn an und riet den Passagieren, auf dem schnellsten Weg nach Hause zu gehen.

»Störungen in der Stadt«, wurde als Grund für die Aufforderung angegeben.

Ellen dachte an Deirdre und ihre Warnungen. Deirdre hatte am Morgen an ihre Tür geklopft, sich verabschiedet und gesagt, sie müsse zur Liberty Hall.

»Ich hatte gehofft, Harry heute zu sehen …«

»Das wird kaum möglich sein.«

»Es ist Ostermontag! Was habt ihr vor? Etwa eure Parade?«

»So etwas Ähnliches. Geh besser nicht in die Stadt.«

»Deirdre, du machst mich närrisch! Wann kommst du zurück?«

»Ich weiß es noch nicht, a cushla.«

Und plötzlich nahm Deirdre Ellen ganz fest in den Arm. »Es tut mir so Leid für dich, dass dein Aufenthalt in Dublin unter so einem schlechten Stern zu stehen scheint. Aber wenn das hier alles vorbei ist, nehmen wir uns viel Zeit füreinander. Versuch uns zu verzeihen!«

Und dann war sie fort.

Ellen war allein geblieben. Sie hatte an Guy gedacht, an alles, was sie getan und gesagt hatten. Bei jeder Erinnerung stöhnte sie auf; sie stöhnte laut ob der Fülle ihrer Gefühle. Sie wusste kaum mehr, wer sie wirklich war. Guy hatte ihr eine herrliche Zukunft ausgemalt – die Scheidung von Michael, die Hochzeit, das Leben nach dem Krieg im wunderbar abgelegenen Fontebelle, weit weg von der quälenden Langeweile, die das ländliche Irland einer Frau zu bieten hatte. Jeder Tag wäre ein Geschenk Gottes …

Doch dann dachte sie an Michael und den kleinen Hughie und versuchte, sich über die Fakten klar zu werden.

Wenn sie mit Guy ging, würde sie ihr Kind verlieren. Dafür würde Michael schon sorgen. Wenn sie mit Guy ging, würde aber auch Michael selbst in Ungnade fallen. Er würde sowohl die Gemeinde als auch seine Schule verlassen müssen. Er wäre sein Leben lang gebrandmarkt – der verhinderte Priester, dessen Frau mit einem englischen Offizier durchgebrannt war. Schlimmeres war in der irischen Provinz kaum auszudenken!

Nie und nimmer würde er in die Scheidung einwilligen. Guy war sich zwar sicher, dass er es täte, doch Ellen wusste es besser. Nein, er würde die Rechtschaffenheit in Person verkörpern und damit das beste Deckmäntelchen über seine Rache breiten.

Ich würde mein halbes Leben aufgeben, um mit Guy gehen zu können, dachte sie. Um zu sagen: Ja, ich will dich heiraten. Um auf dich zu warten, bis der Krieg vorüber ist, und dann mit dir ein Heim und eine Familie zu gründen, wo ich endlich ich selbst sein darf, mich fallen lassen kann … und dich lieben … Mein Gott, wie ich diesen Mann liebe!

Und doch rechnete Ellens Vernunft den Preis für ihr Glück Punkt für Punkt auf.

Ich kann nicht auf Kosten eines verlassenen Kindes und eines gedemütigten und einsamen Michael mit ihm gehen. Und meinen eigenen unklaren Status könnte ich ebenfalls nicht ertragen. Ich würde mich bis ins Grab verhöhnt fühlen … Ellen fröstelte.

Du könntest vielleicht zeitweilig seine Mätresse sein, flüsterte ein verführerisches inneres Stimmchen. Jedes Mal, wenn er in Irland ist. Immer noch besser als gar nichts! Es muss ja niemand davon erfahren. Ihr braucht euch doch gegenseitig! Und ihr habt ein Recht auf ein wenig Glück!

Eine Zeit lang dachte Ellen über diese Lösung nach, bis hin zum bitteren Ende des Entdecktwerdens und der Schande. Verzweifelt barg sie ihr Gesicht ins Kopfkissen.

Ich muss es ihm heute sagen. Aber diesen einen Abend will ich noch genießen, eine letzte Nacht in seinen Armen.

Sie stand auf. Der Spiegel zeigte ihr große Augen in einem angespannten Gesicht. Sie nahm sich viel Zeit für ihre Toilette.

Und jetzt wurde diese dumme Straßenbahn angehalten! Die Leute äußerten die verschiedensten Vermutungen, warum an diesem schönen Morgen in der Stadt geschossen wurde.

»Diese idiotischen *Volunteers*!«, schimpfte jemand. »Eine Bande zu groß geratener Schuljungen!«

Dann laufe ich eben, beschloss Ellen. So weit ist es nun auch wieder nicht!

Als Ellen am St. Stephens Green ankam, war die Südseite des Parks unpassierbar. In der Anlage wurde heftig gegraben. In der Dawson Street lag ein totes Pferd. Wie vom Donner gerührt blieb sie stehen. Der Karren, den das Pferd gezogen hatte, war in eine Straßensperre gezerrt worden, in der auch ein Seitenwagen, zwei Automobile und der Lieferwagen einer Wäscherei standen. Aus dem Lieferwagen waren einige Körbe herausgefallen; die Wäsche lag über die ganze Straße verstreut. Vier uniformierte *Volunteers* bewachten die Straßensperre, requirierten jedes Fahrzeug, das es noch bis zur Barrikade geschafft hatte, und schickten die Eigentümer ihrer Wege.

Eilig lief Ellen zu Guys Wohnung. Sie steckte den Schlüssel in das Schloss, betrat den Flur, rannte die Treppe hinauf und klopfte an. Als niemand antwortete, schloss sie die Wohnung auf.

Als Guy wieder zu sich kam, roch es nach Chloral. Er glaubte in Frankreich zu sein, wo man seine Verwundung versorgte. Einen Moment lang blieb er still liegen und starrte an die Decke. Krankenhaus!, dachte er. Diese wunderbare, von Frauen erfundene Institution! Ich bin sehr müde, aber bestimmt lassen sie mich noch ein wenig ausruhen.

Er bewegte sich und versuchte sich umzusehen. Erst jetzt bemerkte er, dass sein Kopf bandagiert war. Man hatte seinen Schädel fest mit Verbands-Mull umwickelt. Die Enden knäulten sich auf dem Kopfkissen. Das Fenster neben seinem Bett war zerschmettert; mehrere andere Betten standen im Raum. Er konnte die Wölbungen erkennen, die von den Füßen fremder Männer unter den Bettdecken verursacht wurden. Plötzlich quietschten Bettfedern. Jemand warf sich herum und jammerte laut und voller Angst – Guy kannte das Geräusch nur allzu gut. Krankenschwestern hasteten an Guys Bett vorbei zu dem Kranken. Nach einiger Zeit hörte das Jammern auf.

Eine junge Krankenschwester wandte sich vom Nachbarbett ab, sah in Guys Augen und legte ihm sanft die Hand auf die Schulter. Neben ihr tauchte ein Arzt im weißen Kittel auf.

»Schön, dass Sie wieder bei uns sind, Captain«, sagte er mit weichem, irischem Akzent.

»Wo bin ich?«

»In der Burg von Dublin. Sie ist zum Bedarfskrankenhaus umfunktioniert worden. Können Sie mir sagen, wie Sie heißen?«

Guy dachte nach. Sein Kopf pochte schmerzhaft. Sein ganzes Leben und all sein Wissen schien Ringelreihen um einen kümmerlichen Maibaum zu tanzen. Nur eine Sache fiel ihm plötzlich ein.

»Ich muss aufstehen! Eine wichtige Verabredung!«

»Um diese Zeit wahrscheinlich nicht«, lächelte der Arzt sanft. »Es ist lange nach Mitternacht. Ihre Verabredung liegt sicher längst in Morpheus' Armen.«

Ellen!, dachte er. Endlich war es ihm eingefallen! Ellen liegt in Morpheus' Armen.

Der Arzt leuchtete mit einem Lämpchen in Guys Pupillen und sah ihn aus müden, geröteten Augen an.

»Sie haben Glück gehabt! Wenn die Kugel auch nur ...« Er machte eine Geste mit Daumen und Zeigefinger und schüttelte den Kopf. »Wissen Sie Ihren Namen wirklich nicht?«

»Sagen Sie ihn mir. Sie haben doch sicher meine Erkennungsnummer!«

»Natürlich kenne ich Ihren Namen. Doch es nützt uns nicht viel, wenn Sie ihn nicht selbst wissen. Aber das wird schon wieder ... Sie müssen versuchen, wach zu bleiben.«

»Wo ist es eigentlich passiert?«

»In der Sackville Street. Die Aufständischen sind übrigens immer noch in der Post.«

Plötzlich fiel Guy ein bekanntes Gesicht ein, dass er an einem verbarrikadierten Fenster gesehen hatte.

»Harry Healy«, sagte er.

»Das ist aber nicht Ihr Name«, erklärte der Arzt seufzend.

Doch in Guys Kopf war eine Tür aufgestoßen worden.

»Nein. So heißt ein Freund. Mein Name ist Forrister, ich wurde vor Neuve Chapelle verwundet und bin auf Heimaturlaub.«

»Gut gemacht, Captain. Sieht aus, als ob Sie es schaffen könnten«, freute sich der Arzt. »Brauchen Sie vielleicht irgendetwas?«

»Ich muss jemandem eine Nachricht zukommen lassen. Ich war nämlich heute verabredet«, sagte Guy langsam. »Die Adresse sollte in meinem Notizbuch stehen.«

Kurze Zeit später kam die Krankenschwester mit Guys Uniformrock, einer Tasse Tee und einigen Keksen und richtete ihn auf, sodass er essen und trinken konnte. Als er fertig war, stellte sie die Tasse auf den Nachttisch und durchsuchte seine Taschen.

»Hier ist kein Notizbuch«, erklärte sie.

Wahrscheinlich habe ich es bei Duggy liegen lassen, dachte er. Allmählich fühlte er sich besser. Die Kopfschmerzen hatten nachgelassen. Was doch ein gestiegener Blutzucker bewirken kann, dachte er und biss herzhaft in einen Keks.

»Vielleicht haben Sie die Adresse hier notiert?«, fragte die Krankenschwester und reichte Guy ein zerknülltes Stück Papier, das sie in einer seiner Taschen gefunden hatte. »Ach, das ist so ein Ding!«, fügte sie hinzu und schickte sich an, es wegzuwerfen.

Guy warf einen Blick auf das Blatt und sah eine unterstrichene Überschrift:

POBLACHT NA H EIREANN

Es musste sich um das Papierknäuel handeln, mit dem die Frau ihn am Morgen beworfen hatte.

»Was steht da? Können Sie es mir vorlesen? Meine Augen schmerzen.«

Sie blickte sich hastig über die Schulter und las im Flüsterton:

»Die provisorische Regierung der Republik Irland an das irische Volk …«

»Weiter!«

Ihre Stimme wurde noch leiser. Sie sah sich vorsichtig um, bevor sie dicht an seinem Ohr weiterlas.

»Iren und Irinnen, im Namen Gottes und unserer längst heimgegangenen Vorfahren, deren alte Traditionen uns zur Nation vereint haben, ruft Irland seine Kinder zu den Fahnen, um für die Freiheit zu kämpfen.«

Die Krankenschwester sah Guy nervös an; dann fuhr sie fort:

»Wir erklären hiermit, dass das Volk der Iren ein Recht auf seinen eigenen Staat hat …«

»Ich habe verstanden, worum es geht«, sagte Guy. »Sie brauchen nicht weiterzulesen.«

Er nahm das Flugblatt an sich, dankte der Krankenschwester und lehnte sich in seine Kissen zurück. Was würde jetzt geschehen? Man würde die Aufständischen niederwalzen. Harry wurde entweder exekutiert, oder er musste eine lebenslange Gefängnisstrafe mit Zwangsarbeit in England absitzen. Seine Kameraden natürlich ebenfalls; auch seine fanatische kleine Verlobte. Und Ellens Herz würde brechen.

Unten im Hof wurden Stimmen laut. Vorsichtig lehnte Guy sich ein Stück aus dem Bett und spähte durch einen Riss des zertrümmerten Fensters. Im Burghof standen Soldaten und wärmten sich die Hände an flackernden Lagerfeuern. Die Burg war also noch nicht eingenommen worden. Wahrscheinlich hatte man Verstärkung vom Camp Curragh angefordert. Und bald würden noch mehr Soldaten eintreffen. Binnen weniger Tage würde sich die Hauptpost von Dublin in ein Grab verwandeln.

Diese Idioten!, dachte er und ließ die Proklamation auf den Boden fallen. Diese Idioten, Idioten, Idioten …

39. KAPITEL

Ellen blieb in Guys Wohnung und wartete. Längst hatte es drei Uhr geschlagen, doch er war nicht gekommen. Sie spähte zum Fenster hinaus. Die Volunteers hatten im Park Gräben ausgehoben und sich darin verschanzt – immer drei Mann in einem Graben. Die Straße war fast menschenleer. Straßenbahnen fuhren nicht mehr. Immer wieder wurde geschossen; Ellen hatte den Eindruck, dass das Shelbourne Hotel am Ende der Straße mehrfach getroffen wurde. Sie hörte splitterndes Glas. Ein blutüberströmter Zivilist sackte am Parkgitter in sich zusammen. Sein Blut sickerte in die Gosse.

Ihr kam das alles wie ein böser Traum vor. Wo blieb der Krankenwagen? Wieder wurde geschossen. Auf der Westseite rannten Menschen, am College of Surgeons leuchtete Mündungsfeuer auf.

Voller Entsetzen wartete Ellen weiter. Sie blieb am Fenster stehen, um zu beobachten, was passierte. Die Heckenschützen waren nicht sehr wählerisch. Die Uhr schlug vier. Wo blieb Guy?

Geh nicht in die Stadt, hatte Deirdre gesagt. Hatte sie mit dieser Sache zu tun? Harry etwa auch? Bestimmt würden die Soldaten vom Camp Curragh nach Dublin geholt. Und aus England …

Ob wohl im ganzen Land Aufstand herrschte? Ob es Michael gut ging? Und Hughie?

Ellen lief ins Bad und übergab sich. Nachdem sie sich das Gesicht gewaschen hatte, schrieb sie eine Notiz für Guy und legte sie neben die Uhr auf den Kaminsims. Dann ging sie auf die Straße hinaus und erreichte unbehelligt die Ecke Grafton Street. Vorsichtig huschte sie von Eingang zu Eingang.

»Sie rennen in den sicheren Tod, Missus!«, rief ein Mann von der anderen Straßenseite. Eine Gewehrsalve ertönte.

»Ich muss nach Hause!«, rief sie zurück. »Fahren Züge?«

Er schüttelte den Kopf.

»Nein. Und sämtliche Ausfallstraßen sind von den Rebellen besetzt!«

Ohne Straßenbahn komme ich noch nicht einmal nach

Sandymount zurück, dachte sie. Ihr blieb keine andere Wahl, als in Guys Wohnung Schutz vor den knatternden Gewehrsalven zu suchen.

Die ganze Nacht hindurch wurde geschossen. Langsam graute der Morgen; Guy war immer noch nicht gekommen. Während einer Feuerpause wagte Ellen sich vor die Tür, doch sie fand kein geöffnetes Geschäft. Die Barrikaden waren immer noch aufgestellt, bewacht von übermüdeten Angehörigen des Freiwilligen-Korps.

Ellen ging auf die Straßensperre zu. Sie musste etwas über den Verbleib von Harry und Deirdre erfahren! Doch ein zerrupft aussehender *Volunteer* fuhr sie barsch an, sie solle nach Hause gehen.

»Sehen Sie denn nicht, dass hier Krieg herrscht?«

Sie konnte niemanden fragen, wo Guy geblieben war. Wieder wurde hier und da geschossen. Es war zu gefährlich, nach Sandymount zu laufen. Sie ging in Guys Wohnung zurück.

Am Nachmittag beobachtete Ellen, wie englische Truppen in gepanzerten Fahrzeugen anrückten und den Park unter Feuer nahmen. Offensichtlich hatten sie das Dach des Shelbourne Hotels und des United Services Club besetzen können. Das Getöse war Furcht erregend. Eine Kugel durchschlug das Fenster und blieb in einem Fensterladen stecken. Ellen schrie erschrocken auf. Das Feuer wurde vom Dach über ihr erwidert. Über ihrem Kopf saßen offenbar Scharfschützen.

Sie musste ihren ganzen Mut zusammennehmen, um die schweren Läden zu schließen. Jetzt saß sie im Halbdunkel. Sie fühlte sich schwach; seit fast vierundzwanzig Stunden hatte sie nichts mehr gegessen.

Am späten Nachmittag begann es zu regnen. Durch die Ritzen in den Läden sah Ellen Tropfen, die an den Scheiben hinunterliefen. Merkwürdig normale Melancholie!

Am Abend durchsuchte Ellen die Küche. Sie fand einige Sardinendosen, Erbsen und Kondensmilch und entschloss sich, eine Dose Fisch zu öffnen. Dabei schnitt sie sich in den Finger. Sie leckte das Blut ab und würgte die Sardinen mit einem trockenen Kanten Brot hinunter.

Nach ihrem kargen Mahl wagte sie sich auf den Treppenabsatz hinaus, doch außer der Bewegung auf dem Dach schien keine Menschenseele im Haus zu sein. Wahrscheinlich waren alle zum Osterwochenende verreist gewesen und konnten nicht mehr zurück. Doch sie hätte sowieso nicht an fremde Türen klopfen können; ihre Stellung als verheiratete Frau in der Wohnung eines Offiziers war viel zu delikat.

Sie würde die Situation aussitzen müssen und versuchen, nicht durchzudrehen. Wenn sie an Guy dachte, der wie eine lebende Zielscheibe da draußen in seiner Uniform herumlief, wurde ihr ganz schlecht.

An diesem Abend lieferten sich Maschinengewehre ganz in der Nähe eine Schlacht, die mindestens zwanzig Minuten dauerte. Ellen weinte und betete. Völlig erschöpft legte sie sich zum Schlafen wieder in Guys Bett.

Am Mittwochmorgen wurde sie von einem Geräusch geweckt, das klang, als würde der Weltuntergang bevorstehen: das Donnern schwerer Geschütze. So, wie es sich anhörte, wurde die gesamte Stadt in Schutt und Asche gelegt.

Ich hätte Harry und Deirdre schon vor langer Zeit ernster nehmen müssen, dachte sie. Sie und ihre Kameraden tragen die Schuld, wenn Dublin zerstört wird.

Verblüfft registrierte sie, wie sie sich über Menschen ärgern konnte, die sie immer geliebt hatte. Allerdings musste sie nach einer gewissen Zeit des Nachdenkens zugeben, dass es sich – egal wie man dazu stand – bei dem, was die beiden getan hatten, um eine ernsthafte Angelegenheit handelte.

Der Beschuss ging weiter. Ellen stellte sich Harry und Deirdre vor, die sich irgendwo mit ihren Waffen verbarrikadiert hatten und einen aussichtslosen Kampf fochten. In ihr wuchs eine nie gekannte Liebe.

Wir zerbrechlich sie doch waren! Wie idiotisch heldenhaft! Sie hatten es gewagt, sich gegen den übermächtigen Goliath aufzulehnen. Ganz anders als ich, dachte sie. Ich lebe in Sicherheit und nach Vorschrift. Harry und Deirdre hingegen setzten ihr Leben aufs Spiel, um voller Leidenschaft für das einzutreten, was sie persönlich für richtig hielten.

Irgendwann hörte das Bombardement auf, doch das Echo der Schüsse hallte weiter in ihrem Kopf nach. Die folgende Stille erschien ihr ohrenbetäubend.

Ellen schloss die Augen und dachte mit aller Kraft an Guy. In der Stille setzte sie sich damit auseinander, ihn womöglich niemals mehr wiederzusehen. Sie schlang die Arme um das Kopfkissen, das sie mit ihm geteilt hatte. Verzweifelt flüsterte sie ihre hoffnungslose Liebe in die Daunen. Schließlich stand sie auf und schrieb einen Nachsatz auf den Zettel, den sie bereits auf dem Kaminsims deponiert hatte.

In der Nacht von Montag auf Dienstag schlief Guy kaum. Die kleine Krankenschwester hinderte ihn daran, einzuschlafen. Jedes Mal, wenn er einzudämmern drohte, weckte sie ihn und stellte ihm allerlei Fragen nach seinem Namen oder seinem Regiment.

»Patienten mit Kopfverletzungen müssen wir wach halten«, erklärte sie ihm, »damit sie nicht ins Koma fallen.«

Doch die Geräusche, die aus der Stadt drangen, machten ohnehin jeglichen Schlaf unmöglich. Gegen Morgen hatte sich der Aufruhr in seinem Kopf in zwei Fragen kristallisiert.

War Ellen sicher nach Hause gekommen?

Was würde aus Harry werden?

Er schrieb eine kurze Nachricht an Ellen, erklärte, was geschehen war, und adressierte sie an Miss Murphy im *Madame DuBarry,* Chatham Street. Als er jedoch die Krankenschwester bat, den Brief einzuwerfen, schüttelte sie den Kopf.

»Auf den Straßen ist es viel zu gefährlich. Es hat viele Tote gegeben, sowohl Zivilisten als auch Soldaten, und überall sind Plünderer unterwegs …«

Am Mittwochmorgen hatte das Dröhnen in Guys Schädel aufgehört. Er konnte wieder klarer denken. Doch dann hörte er plötzlich das Donnern eines Feldgeschützes. Das Geräusch klang allzu vertraut. Die Front war nach Dublin gekommen. Gegen Abend drang der beißende Rauch der brennenden Stadt bis in die Krankenstation.

Guys früherer Kamerad Sid Richardson kam zu Besuch. In seinen blank polierten Stiefeln und den Breeches sah er wie der Inbegriff des selbstsicheren, ruhigen Befehlshabers aus.

»Ich habe gehört, dass du hier bist, alter Junge. Pech gehabt! Aber wir haben die Mistkerle an den Hammelbeinen! Auf dem Fluss liegt ein Kanonenboot mit einem richtig dicken Geschütz. Sie haben Maxwell hergeschickt – er wird die Rebellen schon Mores lehren und dem Unfug ein Ende machen!«

»Eines wüsste ich gern, Sid«, sagte Guy. »Wenn es umgekehrt wäre – wenn Irland die Macht hätte, England zu besetzen, uns Sprache, Kultur, Gewohnheiten und allen Reichtum nehmen und unsere Klagen ignorieren würde, was würden wir dann tun?«

Sid musste lachen.

»Genau das ist uns doch passiert, alter Knabe. Oder was meinst du, was die Eroberung durch die Normannen anderes gewesen ist? Das, wofür die Rebellen kämpfen, ist schon seit langer Zeit verloren. Sie sollten sich lieber an die herrschenden Umstände gewöhnen – so wie wir früher.«

»In der Hauptpost hat sich ein alter Freund von mir verbarrikadiert. Wie stehen seine Chancen?«

»Ich möchte nicht in seiner Haut stecken.«

»Wenn alles vorüber ist und er verwundet wird – könntest du dafür sorgen, dass er hierher gebracht wird?«

Sid zwirbelte die Enden seines Schnurrbarts und schnaubte.

Franny, Liam, Hannah und Alma warteten die schrecklichen Geschehnisse in Howth ab. Jeden Tag verfolgten sie die Ereignisse in der Hauptstadt über die Bucht hinweg. Am Mittwoch und Donnerstag drangen die Geräusche von Schüssen und Kanonenfeuer klar und deutlich über das Wasser zu ihnen hinüber. Dichte Rauchsäulen standen über den Häusern. Gegen Abend sah es aus, als stünde ganz Dublin in hellen Flammen. Der Nachthimmel hatte sich glutrot verfärbt. Ab und zu loderte irgendwo ein neuer Brandherd auf, lange Flammen züngelten empor, plötzliche Explosionen wurden laut.

Franny zog Hannah eng an sich. Sie dachte an Harry mit seinem lächerlichen Gewehr aus der Zeit Garibaldis. Und an all die anderen – von ihren schmalen Ersparnissen hatten sie sich antiquierte Waffen gekauft und schossen damit wie wild um sich, während die mächtigste Armee der Welt sie zu Staub zermalmte.

Flugblätter mit der Ausrufung der Republik waren bis nach Howth gelangt. Franny und Liam lasen sie gemeinsam.

Als sie an die Passage kamen, wo es hieß: »Wir beten, dass niemand, der für unsere Sache kämpft, sie durch Feigheit, Unmenschlichkeit oder Gewalt entehrt ...«, brach Franny in Tränen aus.

»Das ist doch nichts anderes als romantisierender Idealismus!«, weinte sie. »Wer diesen Unsinn ausgebrütet hat, muss sich einige Fragen gefallen lassen ...«

Nachdem Hannah eingeschlafen und Alma in die Küche verschwunden war, wandte sich Franny an Liam, der den ganzen Tag über merkwürdig schweigsam gewesen war.

»Es hätte doch sicher andere Möglichkeiten gegeben, oder? Sie hätten friedlich vorgehen können – zum Beispiel Druck auf Westminster ausüben ...«

»Glaubst du nicht, dass alles Denkbare versucht worden ist? Aber Gewalt – selbst besiegte Gewalt – verursacht einen Lärm, der nicht überhört werden kann.«

Die Antwort machte Franny nachdenklich. In England waren Frauen bei einem Hungerstreik gestorben, weil die Botschaft, die sie vermitteln wollten, ihnen wichtiger war als das eigene Leben. Emily Dickinson hatte sich vor das Pferd des Königs geworfen. Und wo war das Stimmrecht für Frauen?

»Ich habe Angst, dass Harry es mit dem Leben bezahlt«, sagte sie apathisch. »Trotzdem weiß ich nicht recht, ob sich etwas ändert.«

»Franny«, sagte Liam sanft, »was wir diese Woche erlebt haben, war ein Erdrutsch, der Irland mit Sicherheit verändern wird. Und ich glaube sogar, dass es der Anfang vom Ende des Empire ist.«

40. KAPITEL

Dublin – Freitag, 27. April 1916

Die Hauptpost war zerstört, alle Fenster zersplittert und die Männer am Ende ihrer Kräfte. Vier Tage und vier Nächte ohne Schlaf oder Ruhe, dachte Deirdre. Wie viele Jahre der Planung steckten in diesem Aufstand! Wie viele Nachrichten und heimliche Botschaften hatte sie übermittelt! Sie hatte sich kaum noch Zeit für andere Dinge genommen. Und doch wusste Deirdre, dass die Rebellion zum Scheitern verurteilt war. MacNeills Absage des Aufstands war in allen Provinzen befolgt worden; die Rebellen in Dublin blieben auf sich allein gestellt.

Harry war bei der Schießerei im Brustbereich und im Bauch verwundet worden. Das Atmen fiel ihm schwer; er hatte starke Schmerzen.

Die gesamte Sackville Street schien zu brennen. Deirdres Augen tränten vom beißenden Rauch; der Gestank verursachte ihr einen Würgereiz.

»Das ist das erste Mal seit Moskau!«, sagte Joe Plankett mit seiner immer freundlichen Stimme zu ihr. »Das erste Mal seit 1812, dass eine Hauptstadt ein Opfer der Flammen wird.« Er klemmte sich sein Monokel ins Auge und sah Deirdre forschend an. »Was sagen Sie dazu, Miss Callaghan?«

Deirdre liebte Joe Plankett. Jeder liebte ihn. Trotz seiner unheilbaren Tuberkulose war er vom Krankenbett aufgestanden und hatte den Aufständischen mit Rat und Tat zur Seite gestanden. Seine Eleganz inmitten von Gestank und Kriegsgetöse schien der Realität um ihn herum die Stirn zu bieten – der Realität einer zerstörten Innenstadt von Dublin und eines niedergeschlagenen Aufstands.

»Nur Mut!«, sagte er. »Wir haben immer noch Mumm in den Knochen!«

»Aber wie lange noch?« Ihre Handbewegung schloss das ganze Ausmaß des Schreckens ein: die Ruine der Post, das Rattern der Maschinengewehre, das Pfeifen der Kugeln. »Wie viele Männer sind noch übrig?«

»Hier drin? Vielleicht hundertzwanzig.«

»Und wie stark ist unser Gegner?«

Er zuckte die ausgemergelten Schultern. »Zwanzig-, vielleicht dreißigtausend.«

Plankett blickte Deirdre in die Augen und lächelte. »Sie haben doch nicht etwa erwartet, dass wir gewinnen?«

»Natürlich habe ich das!«

»Dieses Mal noch nicht, Deirdre. Aber nicht immer gewinnt der Schnellste das Rennen oder der Stärkste den Kampf.«

Die Mitglieder der Cumann kümmerten sich um die Verwundeten. Ihre weißen, mit einem roten Kreuz versehenen Schürzen waren mit Blut besudelt. Vier Tage lang hatten sie den Männer zu essen gemacht, die Verletzten gepflegt, Bandagen gewickelt und Waffen geladen. Viele der Frauen hatten Nachrichten und Lebensmittel zu den unterschiedlichen Standorten innerhalb der Stadt gebracht. Doch jetzt hatte Pearse sie zusammengerufen und ihnen mitgeteilt, dass sie die Post unter dem Schutz einer Rot-Kreuz-Fahne verlassen sollten.

»Nein!«, rief Deirdre. Sie blickte zu der Pritsche hinüber, wo Harry lag. Auf dem Dach explodierte eine Brandbombe. Auf ohrenbetäubenden Lärm folgten züngelnde Flammen.

»Sofort raus hier!«

»Nein!«

»Schon gut«, flüsterte Harry ihr zu. »Du musst den Befehlen gehorchen wie ein guter Soldat, Dee.«

»Nein!«

Nur drei der Frauen blieben.

Deirdre hatte Harry etwas Wichtiges zu sagen, doch inmitten all der Menschen konnte sie kein Gespräch unter vier Augen mit ihm führen.

Wasserschläuche wurden entrollt, ohne dass sie nur den geringsten Nutzen gebracht hätten. Aus den oberen Stockwerken krachten lodernde Balken herab.

Harry sah sich nach den Anführern des Aufstands um. Conolly, der Schriftsteller und glühende Sozialist, lag mit zerschmettertem Knöchel neben ihm auf einer Pritsche. Der todkranke Joe Plunkett trug am Hals noch den Verband von seiner letzten Operation; Pearse fieberte weiter seinen Zielen entgegen, obwohl er sich vor Erschöpfung kaum noch auf den Beinen halten konnte; der Dichter und Lehrer Thomas McDonagh schwankte vor Müdigkeit und kaum verhohlener Trauer; die Kleider und das weiße, verhärmte Gesicht des alten Fenianers Tom Clarke waren mit Blut verschmiert. MacDermott, der unter den Folgen einer Kinderlähmung litt, humpelte an seiner Krücke durch den zerstörten Raum. Er war die stärkste Persönlichkeit unter den Anführern und versprühte Charisma, als ob die Schlacht längst gewonnen wäre.

»Wir holen dich da raus, Harry! Wir evakuieren das Gebäude.«

»Wenn Pearse uns jetzt befehlen sollte, uns zu ergeben, werden die Männer vermutlich nicht gehorchen«, entgegnete Harry.

»Sie sind Soldaten und werden sich fügen!«

»Wenn ihr mir mein Gewehr zurückgebt, kämpfe ich weiter.«

»Sei bitte vernünftig, Harry! Es nutzt uns nichts, wenn

wir alle sterben. Du musst leben – du und die anderen! Wenigstens noch einen weiteren Tag.«

»Hast du denn keine Angst?«

»Höchstens davor, dass die Briten Mitleid zeigen!«

Harry unterdrückte ein Stöhnen.

»Mitleid lässt uns wie ein Haufen Feiglinge dastehen, die idiotisch genug waren, sich gegen ihre Macht aufzulehnen. Aber mit ein bisschen Glück exekutieren sie uns – zumindest uns Anführer.«

Harry seufzte und schloss die Augen. Das Brennen in seiner Brust erschien ihm wie die Antwort auf die Feuersglut und den Gestank rings um ihn. Ihm wurde schwindlig; der beißende Rauch erschwerte ihm das Atmen, und der Schmerz ließ seine Sinne schwinden.

Nach einigen Tagen voller wilder Gerüchte sickerten die Nachrichten allmählich auch nach Kilcrannagh durch. Seit Sonntag war der Bahnverkehr eingestellt, und es gab keine Zeitungen mehr. Nur die Polizei arbeitete emsig; sie war damit beschäftigt, der britischen Armee zur Seite zu stehen. Die Soldaten waren in Lastwagen gekommen und nahmen jeden mit, der auch nur im Entferntesten mit den *Volunteers* zu tun hatte.

Auch Mrs Murphy wurde verhaftet und auf einen der Lastwagen verfrachtet.

»Was habe ich denn verbrochen?«

Die Gesichter der Soldaten blieben ausdruckslos.

Es hat bestimmt mit Harry zu tun, dachte sie. Was mochte er getan haben? Doch den Soldaten war kein Sterbenswörtchen zu entlocken.

Als die Lastwagen Monaghan verließen, liefen die Leute auf der Straße zusammen. Buh-Rufe wurden laut. Sie kamen von Frauen, deren Männer in den Krieg gezogen waren.

Jimmy Horan arbeitete in der Scheune, als er sie kommen sah. Hastig schlüpfte er ins Freie und lief im schützenden Schatten der Eschen davon. Jemand brüllte ihm nach, er solle stehen bleiben. Jimmy beachtete ihn nicht. Er rannte weiter. Irgendetwas fuhr ihm in den Oberschenkel, und er stürzte in einen Graben.

Jimmy biss die Zähne zusammen und fluchte. Sie hatten sein Bein erwischt. Dunkle Flüssigkeit sickerte durch die Hose. Vorsichtig betastete er die Wunde. Zumindest spritzte das Blut nicht – die Kugel hatte die Arterie verfehlt. Gott sei Dank, dass diese Scheißkerle nicht anständig schießen konnten!

Er hörte sie durch den Kartoffelacker rennen. Rechts von Jimmy befand sich das Sträßchen, das sein Ackerland von den Weiden der Fahys trennte. Die Hecke war hoch genug, um sich dahinter zu verbergen, und die Fahys würden ihm bestimmt helfen. Doch wobei? Dass die Soldaten binnen kürzester Zeit auch bei den Fahys auftauchen würden, war so sicher wie das Amen in der Kirche – und dann ginge es ihnen ebenfalls an den Kragen!

Jimmy zog seine Jacke aus, zerriss sie und verband die Schusswunde so gut es eben ging; dann zwang er sich, den Graben entlangzukriechen und sich in einen dornenüberwucherten Bachlauf fallen zu lassen. Die Kratzer im Gesicht und an den Händen ließen ihn kalt. Hier ging es um Wichtigeres. Seit langer Zeit schon hatte er sich vorgenommen, diese Stelle zu roden; Jimmy empfand es als Ironie des Schicksals, dass es ihm vielleicht das Leben retten konnte, seinen Plan nicht in die Tat umgesetzt zu haben.

Unter einem Teppich aus Dornen verborgen lag er da und wagte kaum zu atmen. Die Soldaten kamen näher.

»Wahrscheinlich ist er die Straße entlanggelaufen«, sagte

einer der Soldaten, nachdem er den Graben flüchtig untersucht hatte. »Ich kann kein Blut entdecken. Dabei war ich so sicher, dass wir den Kerl erwischt hätten!«

Der Soldat sprach mit irischem Akzent, und Jimmy verfluchte ihn. Wenn nur nicht sein Herz so laut pochen würde! Aber wenigstens hatten seine Verfolger keine Hunde dabei!

Als sie endlich weitergezogen waren, wartete er noch eine kleine Ewigkeit, ehe er sich aus seinem Versteck wagte. Zwischen Stechginsterbüschen hindurch schleppte er sich von Graben zu Graben zu dem einzigen Ort, der ihm möglicherweise Sicherheit bieten konnte.

Von Schweiß und Wasser bis auf die Haut durchnässt, mit von Dornen zerrissener Haut, schmerzendem Bein und zitternd vom großen Blutverlust gelangte er endlich in Sichtweite von Clonmore House. An einer Stelle, wo die Steine der Begrenzungsmauer eingestürzt waren, kroch er auf das Grundstück. Dank der im Dorf kursierenden Gerüchte wusste er, dass das große Haus inzwischen nur noch von einer Haushälterin bewohnt wurde. Die alte Mrs Wallace hatte im letzten November das Zeitliche gesegnet.

Dennoch sah Jimmy sich vor: Immerhin war es möglich, dass der Hausherr mit seiner Gattin die Ostertage auf Clonmore verlebte. Seine Knieverletzung hatte es ihm erspart, ins Feld ziehen zu müssen. Da hatte sich der liebe Gott wirklich einen Scherz erlaubt, dachte Jimmy bitter. Aber eines Tages würde er die Lacher auf seiner Seite haben!

Im Hof von Clonmore House stand nicht ein einziges Automobil, und auch sonst konnte Jimmy keine Anzeichen menschlicher Anwesenheit entdecken. Alle Vorhänge waren zugezogen. Ein einziges Fenster ließ darauf schließen, dass dahinter jemand wohnen könnte, denn auf der Fensterbank standen Töpfe mit Geranien – blutrote und rosa Blüten vor schwarzen Vorhängen. Es war das Zimmer der Haushälterin Mrs Roche.

Jimmy versteckte sich hinter einer dicken Eiche. Sein Bein pochte und war kaum zu gebrauchen. Er fragte sich, was in Dublin vor sich ging.

Wie alle anderen auch wusste er inzwischen, dass eine Hand voll Männer seit fünf Tagen fünf strategisch wichtige Punkte der Hauptstadt in ihrer Gewalt hatten. Er vermutete, dass Harry dazugehörte.

Immer noch machten sich Zorn und Scham in ihm breit, wenn er daran dachte, dass seine Einheit hätte dabei sein sollen. Doch kurz vor Ostern war die Aktion abgeblasen worden, und niemand wusste, was genau zu tun war. Jimmy hatte seine Männer gründlich vorbereitet. Bei jedem Wetter hatten sie geübt. Und in letzter Minute war alles abgesagt worden!

Ob Ellen wohl stolz auf ihren Bruder war? Er dachte an ihr Gesicht und seufzte. Er würde sich wohl nie von ihr befreien können. Aber wollte er es überhaupt? Früher einmal hatte sie Zeit für ihn gehabt. Doch dann war dieser Engländer gekommen …

Wieder musste Jimmy an Harry denken. Was würden sie mit ihm machen? Hatte er die Belagerung überhaupt überlebt? Schrecklich, dass man nur so wenig erfuhr!

Im Schutz des Waldes schlich sich Jimmy zur hinteren Front des großen Hauses und rüttelte am Gartentor. Es war verschlossen.

Obwohl der Garten völlig verlassen wirkte, hatte Jimmy das Gefühl, beobachtet zu werden. Er blickte zu den Fenstern hoch, doch dort rührte sich nichts. Vorsichtig wandte er sich um. Eine zusammengekauerte Gestalt verbarg sich im Schatten der Bäume und starrte zu ihm herüber. Jimmy erschrak. Doch als die Gestalt sich bewegte, erkannte er, dass es ein Junge war. Der Kleine hatte Sommersprossen und die roten Haare der O'Tooles. Er mochte vielleicht elf Jahre alt sein.

»Was willst du da drin?«, fragte der Junge. »Außer Mrs Roche ist niemand da.«

»Ich bin nur spazieren gegangen und habe einmal das Tor ausprobiert!«

Das Kind musterte ihn von oben bis unten.

»Aber unterwegs muss dir irgendetwas passiert sein!« Er betrachtete das geronnene Blut auf Jimmys Hose. »Haben die Soldaten auf dich geschossen? Ich habe vorhin welche gesehen!«

»Nein, das kommt vom Stacheldraht!«, antwortete Jimmy. »Ich habe einen Graben überquert und nicht aufgepasst.«

Er fragte sich, ob der Kleine gleich verschwinden und die Soldaten auf seine Spur setzen würde. »Wieso bist du eigentlich nicht in der Schule?«

»Ist ausgefallen. Weil in Dublin Aufstand herrscht.«

Sie beäugten einander.

»Darüber weißt du also Bescheid!«

»Klar. Jeder weiß darüber Bescheid!«, erklärte der Junge verächtlich und fügte hinzu: »Das Schloss taugt nichts. Es ist völlig verrostet. Sieh mal!«

Er drückte gegen das Tor, und das Schloss gab nach. »Aber ich kenne ein besseres Versteck. Ich zeige es dir!« Der Junge sah Jimmy treuherzig an. »Im Kornspeicher gibt es einen ganz tollen Platz. Da kommt nie jemand hin. Manchmal spiele ich dort. Aber du gehst besser um den Garten herum!«

Jimmy hinkte hinter seinem Führer her zu den Stallungen.

Von den verschlossenen und verriegelten Boxen blätterte grüne Farbe. Sie schlüpften in die Remise, wo staubige Kutschen in einer Reihe auf ihre Deichseln gestützt standen wie stumme Zeugen einer vergangenen Zeit.

Jimmy hatte große Mühe, dem barfüßigen Jungen die Stiege hinauf zum Speicher zu folgen. Auf dem Boden lagen Futtersäcke, und es roch nach Hafer und modrigem Holz.

»Hier bist du sicher«, sagte der Junge und wandte sich zur Treppe. »Später bringe ich dir Wasser und etwas zu essen. Und einen Verband für dein Bein.«

»Danke!«, rief Jimmy ihm nach. »Sag mal, wie heißt du eigentlich?«

»Donal«, antwortete der Junge. »Donal Byrne.«

Jimmy war so müde, dass er keinen Gedanken mehr daran verschwendete, ob der Junge nicht vielleicht doch noch mit Polizei und Soldaten zurückkehrte. Er setzte sich auf die Säcke. Der Schmerz in seinem Bein verursachte ihm Höllenqualen. Eine trockene Kruste hatte den Blutstrom gestoppt, und die Wunde war mit dem Stoff der Hose verklebt. Der Gedanke, den Stoff abreißen zu müssen, machte ihm Angst. Könnte er sein Bein doch nur baden! Ob es sich wohl infizieren würde? Vielleicht konnte der Junge irgendwo Honig auftreiben. Die alten Weiber behaupteten, Honig sei gut bei Verletzungen.

Jimmy ließ sich nach hinten sinken und schloss die Augen. Irgendwo im Gebälk rumorte eine Ratte.

Harry fantasierte. In seinen wenigen lichten Momenten wurde ihm klar, dass alles vorüber war. Pearse hatte sich ergeben, und alle Überlebenden waren verhaftet worden. Als er nach seinem Gewehr greifen wollte, berührte er eine menschliche Hand.

»Ganz ruhig, Harry! Du bist im Krankenhaus.«

»Dee?« Harry öffnete glasige Augen in einem grauen Gesicht. »Träume ich?«

Seine Stimme überschlug sich. Der Schmerz war fast unerträglich. Der Soldat, der mit aufgepflanztem Bajonett die Station bewachte, nickte grimmig und murmelte: »Armer Teufel!«

Eine Krankenschwester eilte hinzu. Harry fühlte den winzigen Stich der segensreichen Nadel und eine unendliche Erleichterung, als das Morphium zu wirken begann. Er versank in einen Dämmerzustand, aus dem ihn jähe Schmerzattacken immer wieder zurückholten.

»Liebster!« Es war Dees erschöpfte Stimme.

Harry öffnete die Augen.

Wie alt sie jetzt aussieht, dachte er beim Anblick der tränenverschmierten, tief liegenden Augen der Frau, die er liebte. »Es schadet deiner Schönheit, wenn du so weinst«, flüsterte er.

Die Station wurde lediglich von einem schwachen Nachtlicht beleuchtet. Um das Bett hatte man einen Sichtschutz aufgestellt. Der Schmerz hatte nachgelassen, und Harry verspürte einen tiefen Frieden.

»Was ist heute für ein Tag?«

»Donnerstag … der 5. Mai.« Deirdre biss sich auf die Lippen, um nicht aufzuschluchzen.

»Was ist mit den anderen?«

»Connolly lebt noch«, sagte Deirdre. Sie verschwieg ihm, dass Padraic Pearse, sein Bruder Willie und Thomas McDonagh in einem Schnellverfahren exekutiert und begraben worden waren.

Harry schien befriedigt. Er wurde ruhiger.

»Ich muss dir etwas sagen, Harry!«, flüsterte Deirdre drängend. Sie neigte ihren Kopf zu ihm hinunter und flüsterte ihm leise ins Ohr: »Harry, du wirst Vater.«

Zunächst schien er nicht zu verstehen, doch dann leuchtete sein Gesicht auf.

»Dann wird es höchste Zeit, dass wir heiraten, Dee. Hier muss doch irgendwo ein Priester sein …«

Gegen Morgen starb Deirdres frisch gebackener Ehemann in ihren Armen. Er war nur einer von vielen Toten. Mit angehaltenem Atem wartete das Land ab, während die Kriegsgerichte einen Rebellenführer nach dem anderen zum Tode verurteilten; sie wurden im Hof des Gefängnisses von Kilmainham erschossen. In der folgenden Woche wurde der todkranke James Connolly als letzter Todeskandidat auf einer Trage zu seiner Exekution gebracht.

Die restlichen Aufständischen wurden auf Viehtransport-Schiffen in englische Gefängnisse verfrachtet. Unter ihnen befand sich auch Michael Collins, Deirdres Freund aus Clonakilty.

Viele Einwohner Dublins buhten die auf Lastwagen zusammengepferchten Rebellen aus. Doch es gab auch ein paar alte Männer, die stramm standen und ehrfurchtsvoll salutierten.

Nach seiner Entlassung aus dem Krankenhaus kehrte Guy in die Wohnung am St. Stephens Green zurück und fand Ellens Nachricht auf dem Kaminsims.

Mein Liebster,
gleich ist es halb fünf, und du bist noch immer nicht hier. Ich bete zu Gott, dass dir nichts geschehen ist. Draußen wird geschossen – die ganze Welt scheint verrückt geworden zu sein.
Ich muss nach Hause. Die Sorge um mein Kind lässt mir keine Ruhe.

Meine Liebe zu dir wird niemals enden. Doch für uns beide gibt es keine Zukunft, auch wenn ich dafür liebend gern mein Seelenheil geopfert hätte.
Ellen

Mit dem Finger fuhr Guy über die Gedichtzeilen, die Ellen ihrem Brief als Nachsatz hinzugefügt hatte:

Ich liebe dich mit meines Lebens Atem, Lächeln, allen Tränen, wenn Gott es schenkt, lieb ich dich besser noch nach meinem Tod.

Er zog den Umschlag mit ihrer Haarsträhne aus der Tasche, küsste sie, legte sie zu dem Brief und verschloss den Umschlag wieder.

Zurück in den Krieg!, dachte er müde, während er den Umschlag in seiner Brusttasche verstaute. Je eher, desto besser.

Dublin, September 2001

Kate wachte auf. Es war früh am Morgen. Sie lag unter einem Sauerstoffzelt. Mit kindlicher Verwunderung betrachtete sie die leise Bewegung der Flasche, die eine ihr unbekannte Substanz in ihre Venen tropfen ließ.

Hatte ich etwa einen Herzanfall?, überlegte sie. Dunkel erinnerte sie sich an den Druck in ihrer Brust, an den Schmerz, der sich ausgebreitet hatte, an den Krankenwagen mit Blaulicht vor ihrer Haustür, an die Trage, auf der man sie hinausgebracht hatte, und an Tom, der die ganze Zeit neben ihr geblieben war und ihr Mut zugesprochen hatte.

Wenigstens bekam sie jetzt wieder Luft, und der Schmerz war eingeschlafen.

Sie sah sich um. Drei weitere Betten standen im Raum, alle waren mit ruhigen Patienten belegt. Neben ihrem Bett stand ein Telefon; auf dem Nachttisch lagen Kopfhörer.

Einen merkwürdigen Augenblick lang fand sie es einfach nur schön, am Leben und ohne Erinnerung zu sein.

Jemand raschelte mit einer Zeitung. Kate blickte zur Nachtwache hinüber und erkannte die Schlagzeile. *Amerikas Jüngstes Gericht.*

In diesem Moment kehrte die Erinnerung zurück.

Eine Krankenschwester beugte sich über das Bett.

»Wie fühlen Sie sich, Mrs McBride?«, erkundigte sie sich.

»Ganz schrecklich!«, antwortete Kate weinend. »Wie würden Sie sich fühlen, wenn ihr einziges Kind irgendwo in Manhattan vermisst würde?«

Die Augen der Krankenschwester waren voller Mitleid.

»Aber was ist mit mir passiert?«

»Angina pectoris. Ihr Herz hat dem Stress nicht standgehalten. Sie müssen jetzt unbedingt ruhig bleiben und sich entspannen. Wir verabreichen Ihnen gefäßerweiternde Mittel.«

»Ach, hören Sie mir mit meinen Gefäßen auf! Was gibt es Neues in Amerika? Hat man schon von Überlebenden gesprochen?«

Als Tom sie am nächsten Tag besuchte, trug er eine vorsichtig heitere Miene zur Schau. Er hatte eine Tüte mit Trauben und einen Strauß gelber Rosen mitgebracht. Doch seine Augen blieben ausdruckslos.

»Wie geht es dir, mein Mädchen?«, fragte er und küsste sie auf die Stirn. »Du hast mir einen ziemlichen Schrecken eingejagt.«

»Ach, Tom, es tut mir Leid, wenn ich dir Kummer bereitet habe. Sie haben eine Angina pectoris diagnostiziert und wollen jetzt eine ganze Reihe von Tests mit mir machen. Aber ich sage dir eins: Die Tests können sie vergessen, so lange meine Eva nicht wieder nach Hause kommt.« Sie unterbrach sich und flüsterte: »Immer noch nichts Neues, Tom? Ich kann es dir am Gesicht ansehen, obwohl du so tapfer Optimismus verbreitest.«

Er schüttelte den Kopf. »Es ist noch zu früh. Ich habe überall angerufen – die eigens eingerichteten Rufnummern, die irische Botschaft. Sie haben schon Überlebende im Schutt gefunden. Vielleicht steht sie nur unter Schock und irrt irgendwo herum ...« Er nahm ihre Hand. »Katie, Liebes, ich bin immer für dich da, und ich tue, was ich kann.«

Eine Krankenschwester kam mit einem Rollwagen und begann, die Vorhänge um Kates Bett zuzuziehen.

»Mrs McBride braucht jetzt Ruhe«, sagte sie leise zu Tom. »Kommen Sie heute Abend wieder.«

»Tom«, murmelte Kate und streckte ihre Hand aus, »könntest du mir einen Gefallen tun? Auf dem Treppenabsatz bei mir zu Hause steht ein Lehnstuhl mit einem defekten Bein. Er ist alt, aus Queen Victorias Zeiten. Morgen Früh wollte der Restaurator anrufen – es soll eine Überraschung für Eva werden ...«

»Aber natürlich!«

Tom ging, und die Schwester schloss die Vorhänge. Dann nahm sie eine Injektions-Nadel aus der Nierenschale und führte sie in Kates Vene ein.

»Ich entnehme Ihnen jetzt Blut für einen Test, Mrs McBride. Und um elf haben Sie einen Termin zum Angiogramm.«

Kate hatte nicht die Kraft, zu widersprechen. Sie ließ sich

in die Kissen sinken und gab sich ihrer Müdigkeit hin. In ihrem Kopf hämmerte es. Die Infusion vibrierte, als ob sie ein ungeduldiges Eigenleben führe. Immer wieder dachte Kate an den letzten Blick, den Eva ihr vor dem Flughafen zugeworfen hatte, und an das erste Blinzeln ihrer neugeborenen Tochter.

Nur Mütter erinnern sich an Geburten, dachte sie. Sie schloss die Augen.

Ich bin bei dir, meine kleine Eva – wo immer du jetzt bist.

III. TEIL

41. KAPITEL

Nach Kriegsende ging Guy nach Fontebelle. Die Reise war eine Tortur. Das Schienennetz in Nordfrankreich war zerbombt, die Straßen von Einschlägen durchlöchert und die Landschaft nach dem vier Jahre andauernden Konflikt in einem armseligen Zustand. Über den blutgetränkten Schützengräben und Schlachtfeldern lag eine spürbare Stille, eine Trauer, die weit über alles Leid hinausging.

Guy wollte Weihnachten in Fontebelle verbringen. Von Paris aus brauchte er mehrere Tage. In einem alten Hispano Suiza umfuhr er Bordeaux und versuchte, das Aquitaine so schnell wie möglich zu erreichen. Südlich von Bordeaux begannen die Wälder der *Landes.* Guy drosselte die Geschwindigkeit, um den Duft und die Ruhe der maritimen Pinien genießen zu können. An diesem winterlichen Nachmittag fielen lange, schräge Lichtstrahlen zwischen den Stämmen hindurch. Hier und da traf er auf kleine, halb aus Holz gebaute Weiler, auf deren Wiesen Hühner und Gänse nach Futter suchten. Menschen in Holzschuhen und grober Kleidung blieben stehen und starrten dem Automobil nach.

Man könnte meinen, hier hätte der Krieg keine Spuren hinterlassen, dachte er. Außer, wenn man Ausschau nach jungen Männern hielt …

Er hatte den Fargues ein Telegramm geschickt, das Haus vorzubereiten. Die Tore standen weit offen. Die Lavendelallee präsentierte sich wintergrau. Guy lenkte den Wagen in die Einfahrt und hielt. Rechts und links standen von feuchten, grasbestandenen Wegen unterbrochene Baumgruppen in der Dämmerung des hereinbrechenden Abends. Unvermittelt brach ein junger Hirsch durch das Gehölz und verschwand sofort wieder im Zwielicht.

Langsam fuhr er weiter, vorbei am verlassenen *Maison de Gardien,* dessen Läden geschlossen waren. Die Auffahrt wurde breiter und öffnete sich auf einen Hof. Da stand es, das freundliche *Manoir de Fontebelle.*

Die Fenster waren erleuchtet. Er hatte den Fargues geschrieben, dass er sich für seine Heimkehr geöffnete Läden und Kerzen in den Fenstern wünschte. In der hereinbrechenden Dunkelheit sah das Haus aus, als würden Gäste erwartet. Doch viele der Gäste, die Guy einst hier beherbergt hatte, lebten nicht mehr. Er konnte sie geradezu sehen – körperlose Geister, die auf den Sandsteinstufen seiner harrten. Seine alten Freunde Belling, Dickson und Henderson lachten und scherzten miteinander wie bei der letzten Jagdpartie vor dem Krieg.

Guy musste schlucken. Warum sie? Warum nicht er?

Die Tür wurde geöffnet. Im Gegenlicht der hell erleuchteten Eingangshalle erkannte er Ginettes vierschrötige Gestalt. Ihr Mann folgte ihr auf dem Fuß.

Guy parkte den Wagen und stieg aus. Nach der langen Fahrt fühlte er sich steif, und er fror. Mit ausgestreckten Händen ging er auf die beiden zu. Sie küssten ihn auf die Wangen und drückten seine Hände, als müssten sie sich versichern, dass er wirklich und leibhaftig vor ihnen stand. »Bienvenue, Monsieur!«

Ginette hatte feuchte Augen.

»Je suis ravi de vous voir«, sagte Guy. Er kämpfte ebenfalls mit den Tränen.

»Monsieur est fatigué«, stellte Ginette fest und wischte sich die Augen. »Vous devez avoir faim! Je vous ai préparé un petit dîner … quelques palombes …«

Palombes – die Tauben, die jeden Winter aus dem Norden kamen! Pierre war ein ausgezeichneter Jäger. Erst jetzt stellte Guy fest, wie hungrig er war, und bedankte sich.

Pierre kümmerte sich um das Gepäck, während Guy seiner Haushälterin ins Haus folgte. Langsam und sehr bewusst schritt er über die Fliesen und genoss den Anblick des alten Schranks aus der Normandie und der Aubusson-Teppiche, die in Fontebelle lagen, so lange er sich erinnern konnte – sie verströmten den Duft seiner Jugend.

»Il y a un feu dans la bibliothèque«, sagte Ginette.

»Merci.«

Sie verzog sich in die Küche. Guy begab sich in die von Lampen erhellte Bibliothek. Im Marmorkamin flackerte ein fröhliches Holzfeuer. Im Zimmer war es warm; vermutlich hatte das Feuer den ganzen Tag über gebrannt. Trotz der Wärme fröstelte ihn. Er betrachtete die Bücher in den Regalen, die er vor langer Zeit nach Sachgebieten geordnet hatte: Literatur, Militaria, französische Bücher. Aber das war früher gewesen, bevor die Welt aus den Fugen geraten war.

Guy setzte sich auf das Louis-XVI-Kanapee vor dem Kamin. Er sehnte sich nach Schlaf, doch er war nicht fähig, auch nur zu dösen. Belling, Dickson und Henderson schwebten ins Zimmer und lungerten am Kamin herum. Auch Harry Healy kam und blickte ihn mit seinem vertrauten schelmischen Grinsen an.

Guy schlug die Hände vors Gesicht und begann zu schluchzen.

In diesem Moment erschien Monsieur Fargue, um zu melden, dass das Gepäck ordnungsgemäß in Monsieurs Schlafzimmer gebracht worden war, doch als er Guys ersticktes Weinen hörte, zog er sich lautlos und mit kummervoller Miene zurück.

Der neue Tag schien nur zögernd anbrechen zu wollen. Obwohl das Feuer im Kamin des Schlafzimmers die Nacht über gebrannt hatte, war der Raum völlig ausgekühlt. Guy hatte nur wenig geschlafen. Er war immer wieder aus Albträumen hochgeschreckt und hatte sich schließlich mit einer besser zu ertragenden Schlaflosigkeit abgefunden. Auch das sanfte Glimmen im Kamin und das Licht der brennenden Lampe auf dem Treppenabsatz, das unter seiner Tür hindurchschimmerte, hatten ihn ein wenig getröstet. Dennoch waren die Schatten des vorigen Abends dichter geworden. Die Ruhe im Haus erinnerte Guy an die Regungslosigkeit des Waffenstillstands und die Beredtheit schweigender Gewehre.

Gegen acht stand er auf, öffnete eines der beiden hohen Fenster und schlug die Fensterläden auf. Über Nacht hatte sich Raureif über den Park gelegt. Nur wenige Vögel tschilpten. Am Teich ästen zwei Rehe. Ein Teppich aus Herbstblättern zauberte rote und braune Farbtupfer auf den Boden. Vom Dorf her war eine Kirchenglocke zu hören, die die Messe ankündigte.

Guy legte sich wieder hin.

Ich muss den Frieden an mich heranlassen, dachte er. Nur das kann mich retten.

Er griff nach dem Medaillon, das er auf der Brust trug und in dem er eine kleine Haarsträhne aufbewahrte. Das Medaillon hatte ihm in den letzten beiden Jahren als Talisman gedient. Den kleinen Ring hatte er nie mehr gefunden, obwohl er Duggys Wohnung von oben bis unten auf den Kopf gestellt hatte.

Als Ginette nachfragen kam, ob Monsieur sein Frühstück auf dem Zimmer einnehmen wollte, fand sie Guy tief und fest schlafend. Sie schloss das Fenster, sah nach dem Feuer, legte leise Holz nach und ging wieder.

Der Tag des Waffenstillstands, der 11. November 1918, wurde in Dublin fröhlich gefeiert. Die Menschen in den Straßen schwenkten den Union Jack. Frauen jubelten voller Vorfreude auf die baldige Heimkehr ihrer Männer. Erst als ein Grüppchen mit dreifarbigen Fahnen versuchte, die britischen Flaggen zu verbrennen, kam es zum Handgemenge. Es gab Verletzte, die von Krankenwagen abgeholt wurden.

Jimmy Horan befand sich in Dublin. Er logierte im Moran's Hotel und beobachtete erst den Freudentaumel und dann die Raufereien aus einem gewissen Abstand. Er war in die Hauptstadt gekommen, um sich mit Michael Collins zu treffen, der inzwischen zum Oberkommandierenden der *Volunteers* avanciert war.

Collins wurde als der aufgehende Stern der nationalen Bewegung betrachtet. Der inzwischen achtundzwanzigjährige, große und gut aussehende Mann verfügte über ein geradezu legendäres Organisationstalent.

Ein *Volunteer* aus Dublin hatte Jimmy nach der Messe abgefangen und ihm zugeflüstert, dass Mick Collins ihn zu sehen wünsche. Er solle sich umgehend auf den Weg in die Hauptstadt machen; bei Morans sei bereits ein Zimmer für ihn gebucht.

Jimmy hatte sofort gepackt und war am Montagmorgen mit dem ersten Zug nach Dublin gefahren, wo er sofort in die Waffenstillstands-Feierlichkeiten geriet. Sein Kontaktmann, ein undefinierbar aussehender Mann mit Schirmmütze, hatte an der Hotelbar auf ihn gewartet. Eine kurze Berührung am Arm, ein Nicken, eine Adresse in Drumcondra und eine Uhrzeit – Dienstag, 17 Uhr –, darauf hatte sich ihr Kontakt beschränkt. »Kommen Sie nicht zu spät, er ist sehr beschäftigt«, hatte der Mann noch geflüstert.

Am nächsten Tag stand Jimmy zur verabredeten Zeit vor einem bescheiden wirkenden roten Ziegelhaus in Drumcondra. Eine Frau öffnete, nahm Jimmy in Augenschein, nickte, als er seinen Namen nannte, stellte einige scheinbar dumme Fragen und rief dann nach oben: »Es ist Mr Horan.«

Ein hoch gewachsener Mann erschien auf dem oberen Treppenabsatz unter dem Dachfenster.

»Für einen Mann, der bis zum Umfallen exerziert hat, ist Ihr Schritt ausgesprochen behutsam«, stellte Michael Collins fest, als Jimmy ihm entgegenging. Sie begrüßten sich mit Handschlag, und Mick bat ihn in ein nach hinten gelegenes Schlafzimmer, in dem ein Ofen laut bullerte. Auf einem Schreibtisch stapelten sich Papiere. Collins zeigte auf einen Stuhl und ließ sich selbst an seinem Arbeitsplatz nieder.

»Aber vorsichtige Männer sind genau das, was ich brauche. Ich habe einen Auftrag für Sie.«

Jimmy beugte sich eifrig vor. Er hatte Collins nie zuvor getroffen und sah sich den klügsten Augen gegenüber, die er je bei einem jungen Mann gesehen hatte. »Sie können nicht mehr lange in Ihrer Gegend arbeiten«, fuhr Collins fort. »Man weiß, dass Sie Sympathisant sind. Beim ersten Anzeichen von Ärger fliegen Sie auf.«

»Und wie sieht mein Auftrag aus?«

»Ich möchte, dass Sie in Mayo Rekruten trainieren. Was würden Sie von einer neuen Identität und einer neuen Umgebung halten? Wir könnten Sie zum Beispiel zum Versicherungsvertreter machen.« Er grinste. »Oder – angesichts Ihrer heiteren Miene – zum Unternehmer.«

Jimmys Gedanken überschlugen sich. Er würde jemanden brauchen, der seinen Hof führte.

»Schon – aber was wird aus den Dorfburschen, die ich ausgebildet habe?«

»Denen bleiben Sie bis Ende Oktober erhalten. Danach geht es nach Mayo.«

»Was ist mit Waffen?«

»Waffen?«, wiederholte Collins, als sei sein Besucher nicht ganz bei Trost. »Sie können nicht alles haben! Machen Sie einfach mit Holzgewehren oder Hurling-Stöcken weiter – was eben da ist!«

»Wie kommen Sie ausgerechnet auf mich?«

»Sind Sie nicht halb verrückt geworden, als MacNeill vor zwei Jahren die Mobilisierung absagte? Sind Sie nicht nach dem Aufstand den Soldaten entwischt? Sind Sie nicht einfach zu gut, als dass man Sie nicht in die engere Auswahl ziehen muss?«

Wider Willen musste Jimmy lächeln.

»Sie wissen eine ganze Menge über mich!«

Collin verzog den Mund.

»Ich muss meine Leute kennen. Außerdem weiß ich, dass Sie sich seit Jahren danach sehnen, Dinge zu verändern. Veränderung – das ist das Wort, auf das es ankommt.« Collins blickte Jimmy in die Augen. »Ich bin nicht an Heldentum interessiert. Wir wollen nur Gerechtigkeit, keine Rache!«

Jimmy dachte an Harry, der auf dem Friedhof von Glasnevin verweste. Er dachte an Ellen, die völlig verändert aus Dublin zurückgekehrt war. Bei einem Besuch bei ihrer Tante in Monaghan hatte er sie kaum wiedererkannt – immer noch schön, aber verschlossen und müde. Er wusste, dass sie noch ein Kind bekommen hatte; ein Mädchen. Ihr Ehemann hatte den Mut gelobt, mit dem sie während des Aufstandes in Dublin durchgehalten hatte, doch Ellen selbst weigerte sich, über ihre Erlebnisse jener Tage zu reden.

Jimmy sah Collins an.

»Wie lange wird der Auftrag dauern?«

Collins seufzte.

»Wie zum Teufel soll ich das wissen? Ich weiß nur, was sie als Entschädigung bekommen!« Collins beugte sich mit einem grimmigen Lächeln über den Schreibtisch. »Heimatlosigkeit, Hunger und Kälte. Und vielleicht noch Schlimmeres. Jetzt, wo der Krieg vorbei ist, wird es bald allgemeine Wahlen geben. Wir haben unsere Kandidaten in jedem Wahlkreis. Sollten sie gewählt werden, wollen sie sich weigern, ins Parlament in Westminster einzuziehen. Stattdessen bilden wir hier in Dublin unsere eigene Regierung. Dann allerdings könnte es ungemütlich werden. Nur werden wir dieses Mal nicht wie eine Maus in die Falle tappen. Und wir wollen keine Blutopfer mehr! Jeder Mann und jeder Schuss wird zählen.«

Jimmy spürte, wie sein Herz vor Erregung zu pochen begann.

»In Paris soll eine Friedenskonferenz stattfinden«, sagte er mit erzwungener Ruhe. »Vielleicht wird man dort England überzeugen können, Irland freizugeben.«

Collins runzelte die Stirn und sah Jimmy aufgebracht an.

»Irland freizugeben? Irland verpasst England einen Tritt in den Arsch!«

Jimmy lachte und streckte ihm die Hand entgegen.

Guy verbrachte den ganzen Dezember in Fontebelle. Es war ein Monat der Einsamkeit, in dem ihm nur die Fargues Gesellschaft leisteten, und ein Monat des Nachdenkens. Häufig ging er im Park oder im Dorf spazieren; er las am Feuer, unterhielt sich manchmal mit den Dorfbewohnern und erfuhr von ihren Kümmernissen: Söhne und Enkel, die nie mehr heimkehren würden, weil sie in Verdun oder an der Somme vermisst wurden.

Guys Bruder Nigel war vor einem Jahr in Flandern gefallen und hatte Sophie als Witwe und James als Halbwaise zurückgelassen.

Guy dachte an die Euphorie vor dem Krieg und das Vertrauen darauf, dass der Konflikt schnell gelöst werden könnte. Warum, so fragte er sich, haben wir uns darauf eingelassen?

Von James bekam er Briefe und eine Weihnachtskarte, auf der ein Reh in einer Schneelandschaft abgebildet war.

Lieber Onkel,
ich finde es schade, dass du Weihnachten nicht mit uns verbringst, aber Mutter und ich sind froh, dass du sicher in Fontebelle bist.
Zum Waffenstillstand haben wir drei Tage schulfrei bekommen. Du hättest das Fest im Dorf erleben müssen! Sogar Mutter hat mitgemacht, obwohl sie immer noch sehr traurig ist und ständig von Vater und den alten Zeiten redet.
Die Tische bogen sich unter Kuchen und Obstsalat, und überall lagen oder hingen Fahnen. Ich habe einen ziemlich starken Fruchtpunsch getrunken – danach war mir ganz schön schwindelig, und Mutter hat geschimpft.
Am nächsten Tag musste ich mich zwingen, mit zur Jagd zu gehen, aber ganz ehrlich: Es war schrecklich! Ich vermisse die Gesichter von früher! Natürlich war Bauer Perkins da, fett wie immer, dann Ivy (die Tochter, die wie eine Hyäne lacht!) und Rechtsanwalt Jones mit seinem

aufgeplusterten Backenbart – nicht zu vergessen die ehrenwerte Laetitia, die zwar inzwischen mindestens achtzig ist, aber immer noch flink wie ein Wiesel. Aber der Fuchs ist uns natürlich entkommen – er ist eben ein sensibles Tier!
Hoffentlich läuft es während der nächsten Saison besser. Vielleicht kommst du dann auch? Eigenartig, bis dahin werde ich schon in Oxford sein. Wahrscheinlich freuen sie sich über Frischfleisch (darf ich es wagen, dieses Wort zu benutzen?), denn die Uni ist halb entvölkert.
Doch es nutzt nichts, Trübsal zu blasen. Es war ein harter Kampf, aber immerhin haben wir gewonnen.
Ich würde mich freuen, wenn du mir einmal schreiben und das Neueste aus Frankreich berichten könntest. Ich habe inzwischen mein Französisch aufpoliert – also bereite dich darauf vor, das nächste Mal, wenn ich nach Fontebelle komme, eine Überraschung zu erleben.
Liebe Grüße, dein Neffe James.

Guy las den Brief mehrmals. Die zwischen den Zeilen verborgene Sehnsucht rührte ihn. Hatte er den Jungen und seine Mutter enttäuscht, als er sich entschloss, Weihnachten nicht mit ihnen zu verbringen? Sie hatten immerhin einen schweren Verlust zu verkraften. Allerdings wäre er keine angenehme Gesellschaft gewesen. Er brauchte jetzt Zeit für sich allein, um dem Menschen, der er einmal gewesen war, wenigstens annähernd wieder ähnlich zu werden. Außerdem hatte er Angst, dass das Zittern zurückkehren könnte, obwohl es ihn seit zwei Jahren nicht mehr heimgesucht hatte. Er hätte Linthorpe nicht ertragen können – junge Witwen, Waisenkinder und die verloren wirkenden Menschen, die man an jeder Straßenecke traf …

Nach und nach begann der Zauber von Fontebelle seine Wirkung zu tun. Ruhe, Frieden, gutes Essen und hervorragender Wein sorgten fast schon für das Wiedererwachen der Lebensfreude.

Guy sehnte sich nicht nach Gesellschaft. Er war zufrieden, einfach nur da zu sein. Bedauernd stellte er fest, wie mönchisch sein Leben geworden war. Manchmal griff er nach dem Umschlag, in dem er Ellens Haar aufbewahrte, und dachte an den verregneten Ostersonntag. Er hoffte, dass sie gut nach Hause gekommen war und sich der Erziehung der nächsten Generation Iren widmen konnte. Wie mochte sie mit Harrys Tod fertig geworden sein? Schade, dass er ihr den kleinen Ring nicht hatte wiedergeben können, als Erinnerung an ihre Jugend und greifbares Zeugnis dafür, wie sich ihr Schicksal gekreuzt hatte.

Im Lauf des Januar verfolgte er aus der Ferne die Ereignisse in Irland. Die Nationalisten hatten bei den allgemeinen Wahlen die überwältigende Mehrheit der irischen Sitze gewonnen, sich aber geweigert, in Westminster einzuziehen; stattdessen wollten sie ein eigenes Parlament gründen. Da hat man den Bock zum Gärtner gemacht, dachte Guy sarkastisch. Aber warum versteht Westminster nicht, dass diese Leute nur das fordern, war für uns selbstverständlich ist? Sie wollen das Recht, in Freiheit zu leben und nicht ausgebeutet zu werden. Ist es nicht an der Zeit, sich wie vernünftige Nachbarn zu verhalten und den Zwistigkeiten ein Ende zu machen?

Und dann stellte er sich die Frage nach seiner eigenen Zukunft. Sein Urlaub würde Ende Januar vorbei sein. Natürlich konnte er den Militärdienst quittieren und Zivilist werden. Aber was dann?

Während er noch darüber nachdachte, kam ein Brief aus London. Sein nächster Standort, so informierte man ihn, würde dank seiner profunden Kenntnis Irlands und der daraus resultierenden guten Möglichkeiten, Informationen zu erhalten, die Burg von Dublin sein.

42. KAPITEL

An einem Morgen Ende Januar stand Guy an Bord des Königlichen Postschiffes und sah Dublin aus dem Nebel auftauchen. Das Schiff legte am North Wall an. Es herrschte ein kaltes und trübes Wetter. Nebelhörner klagten ihr trauriges Lied. Nur die Möwen schienen sorglos, wie sie mit ausgebreiteten Flügeln schreiend über dem Schiff kreisten. Alle anderen Geräusche klangen gedämpft – das an die Kai-Mauer klatschende Wasser, die Rufe der Männer, die das Schiff vertäuten, das Rattern der Pferdekarren. An der Reling hingen winzige Wassertropfen und drangen durch Guys Handschuhe.

Nachdem das Schiff mit einem dumpfen Schlag unsanft an die Kaimauer geprallt war, strebte Guy die Gangway hinunter. Unten wartete ein Sergeant, der ihn zackig grüßte.

»Sind Sie Major Forrister, Sir?«

Er sprach mit Londoner Akzent.

Guy nickte.

»Ich soll Sie zur Burg bringen. Der Wagen wartet schon.«

»Würden Sie sich bitte um mein Gepäck kümmern? Und dann möchte ich eine Rundfahrt durch die Stadt machen.«

Im Auto sagte Guy zu dem Sergeanten: »Ich bin vor drei Jahren das letzte Mal in Dublin gewesen. Seit dem Aufstand war ich nicht mehr hier.«

»Das muss ja eine tolle Sache gewesen sein, Sir!«

»Ja.«

»Die Stadt sieht immer noch ziemlich mitgenommen aus.«

Das Auto fuhr an den Docks entlang. Guy blickte auf die andere Flussseite zum Grand Canal Basin hinüber, von wo aus das Kanonenboot Helga auf die Stadt gefeuert hatte. Er suchte nach den Bolands Flour Mills, einem der Zentren des Aufstands. Ein gewisser De Valera hatte von hier aus eine Rebellengruppe geführt. Er war zwar zum Tode verurteilt worden, doch seine amerikanische Herkunft hatte ihm das Erschießungskommando erspart.

Der Wagen fuhr am Customs House und der von den Kanonen der Helga zerstörten Liberty Hall vorbei.

»Würden Sie bitte kurz anhalten?«

Guy stieg aus und blieb auf dem Bürgersteig stehen. Hier habe ich Ellen getroffen! Genau hier, an jenem Samstag. Und in diesem Gebäude habe ich Harry Healy gesehen, der sich auf diesen absurden Krieg vorbereitete. Jetzt war alles friedlich. Es war Samstag und gerade erst sieben Uhr: Dublin schlief noch unter seiner Decke aus Morgennebel.

Er stieg wieder ein.

»Und wie ist es jetzt hier?«

»Schwierig, Sir. Wissen Sie, dass die Iren ein eigenes Parlament gegründet haben?«

Guy nickte. »Ganz schön ehrgeizig, würde ich sagen. Ohne Geld kann man schließlich kein Land regieren.«

»Sie besorgen sich Geld, Sir. Ein Kerl namens Collins verkauft Staatsanleihen von seinem Fahrrad aus.« Er lachte. »Wir haben versucht, ihn zu schnappen, aber er ist so eine Art Rumpelstilzchen: Niemand weiß genau, wie er aussieht. Also radelt er frei wie ein Vogel weiter durch die Stadt.«

In der Sackville Street sah sich Guy interessiert um. Die breiteste Straße Europas kam ihm mit ihren an zerbrochene Grabstätten erinnernden Gebäuden wie ein Friedhof vor. Es war ebenso schlimm wie das, was er in Frankreich gesehen hatte.

An der Säule bat er um einen weiteren Halt, stieg aus und nahm den Ort in sich auf, an dem eine Kugel ihn am Kopf verwundet hatte und ein Pferd über ihn hinweggaloppiert war. Über ihm stand Lord Nelson ungerührt in luftiger Höhe.

Das einst sehr schöne Gebäude der Hauptpost war völlig ausgebrannt. Die größten Wunden lagen hinter Baugerüsten verborgen, doch die Fenster starrten leer zwischen den ionischen Säulen hindurch. Aber wenigstens standen heute keine Scharfschützen mehr auf seinem Dach.

Der Wiederaufbau war zwar in vollem Gang, doch man spürte in der ganzen Stadt noch immer die Zerstörungen und Bitterkeit des Krieges.

»Glauben Sie, es wird uns je gelingen, Irland zu befrieden?«, fragte Guy.

Der Fahrer zuckte die Schultern. »Vermutlich nicht, wenn wir ihnen ihr Land nicht zurückgeben – oder sie alle töten. Ich persönlich halte allerdings gar nichts vom Töten. Vor allem nicht, seit mein Bruder an der Somme gefallen ist.« Ein wenig später fügte er leise hinzu: »Es ist diese Stille … wissen Sie, Sir … die Stille danach.«

Und ob Guy wusste! Nur allzu gut kannte er die brüllende Stille des Todes.

Nigel war still geworden. Er lag auf einem Friedhof unter unübersehbaren Reihen weißer Kreuze. Auch Harry hatte man zum Schweigen gebracht. Vielleicht war sogar Ellen nur ein Traum gewesen.

Ob sie ebenfalls gestorben war? In jener Woche war alles möglich gewesen. Viele Menschen waren dem Kreuzfeuer zum Opfer gefallen. Sie hatte noch gelebt, als sie ihm die Nachricht hinterließ, doch die schlimmsten Kämpfe hatten erst später stattgefunden …

Ich kann es herausfinden, dachte er. Ich könnte Franny besuchen.

Er fragte sich, wie seine Arbeit in Dublin wohl aussehen würde. Die Wendung »Informationen erhalten« hatte einen Beiklang, der ihm nicht sonderlich gefiel.

Der Frühling 1919 zeigte sich wechselhaft in Balcarragh. Viele Schauer, dann plötzlich wieder Sonne. Ellen und Michael fuhren zur Schule. Bei ihnen war der kleine Hugh, der inzwischen die Vorschule besuchte. Ellen verspürte ein Gefühl von Hoffnung. Schon seit geraumer Zeit hatte sie in der Luft gelegen; seit dem Aufstand, seit Harrys Tod war sie nicht mehr zu leugnen.

Manchmal versuchte sie sich zu erinnern, wie es an jenem Ostermontag gewesen war, als sie voller schuldbeladener Ekstase aufwachte. Doch die dann folgenden Tage verschleierten das Andenken; übrig geblieben war nur das blanke Entsetzen.

Eine ganze Woche lang war es ihr nicht möglich gewesen, nach Hause zurückzukehren. Als es ihr schließlich gelang, hatte sich Michael solche Sorgen gemacht, dass er sie mit Tränen in den Augen zärtlich umarmte. Sie hatte ihm vorgelogen, sie habe die ganze Zeit in Deirdres Wohnung festgesessen, und er hatte ihr jedes Wort geglaubt. Sie hasste sich für diese Unwahrheit.

Von Harrys Schicksal hatte sie erst erfahren, als mit vierzehntägiger Verspätung ein Brief von Deirdre eintraf, in dem sie ihr den Tod des Bruders mitteilte. Der Briefträger Mikey hatte sich für die Verspätung entschuldigt; die Ereignisse beeinträchtigten seine Berufsehre. Ellen erkannte die Schrift sofort. Sie nahm den Brief mit in ihr Schlafzimmer, setzte sich auf das Bett und riss ihn voller düsterer Vorahnungen auf. Er war auf Sonntag, den 7. Mai 1916, datiert.

Liebste Ellen,
leider konnte ich kein Telegramm schicken, denn die Verbindungen sind noch nicht wieder hergestellt. Doch ein Telegramm scheint mir in Anbetracht dessen, was ich dir hier sagen muss, zu brutal zu sein – es hätte dich nur noch verzweifelter gemacht.
Harry und ich waren in der Hauptpost stationiert. Er wurde zwei Mal schwer verwundet. Als wir uns ergeben mussten, hat sein Freund Captain Forrister, der selbst verletzt war und im Krankenhaus lag, dafür gesorgt, dass er in das Lazarett in der Burg verlegt wurde. Dort hat man sich wirklich alle Mühe gegeben, und ich durfte bis zum Schluss bei ihm bleiben.
Mein Schmerz kennt keine Grenzen, liebste Freundin, und ich lasse meinen Tränen freien Lauf! Ich bin die Witwe deines Bruders! Wir wurden nur wenige Stunden vor seinem Tod von einem Priester im Krankenhaus getraut – mit dem Ring meiner Mutter.
Er liegt in Glasnevin begraben. Ich füge dir einen Lageplan des Friedhofs bei, damit du seine letzte Ruhestätte finden kannst. Deine Cousine Franny kam zur Beerdigung und hat mich sehr lieb getröstet.
Doch es gibt etwas, das meine Trauer in die Schranken weist. Harry hat mir das wertvollste Geschenk hinterlas-

sen, das man sich denken kann. Wenn Gott will, werde ich im kommenden Dezember Mutter. Sollte es ein Junge werden, werde ich ihn nach dem Wunsch seines Vaters auf den alten gälischen Namen Fiach taufen lassen. Wenn es aber ein Mädchen wird, soll sie deinen Namen tragen.
Und im nächsten Frühjahr ziehe ich mit dem Baby nach Amerika. Ich habe Verwandte in New York. Ich habe sie noch nie gesehen, dennoch haben sie mich eingeladen und sich auch schon um eine Arbeitsstelle für mich gekümmert. Ich werde also überleben können – was hier in Irland schwierig geworden wäre. Meine frühere Schule wollte mich nicht wieder einstellen, und auch andere Schulen reißen sich nicht gerade um die Dienste eines weiblichen Soldaten.
Ich weiß nicht, ob das, was wir getan haben, irgendeinen Sinn hatte. Aber ich weiß, dass es vom ersten Augenblick an zum Scheitern verurteilt war. Und trotzdem: Ich glaube an die Vorsehung und daran, dass Gott nicht nur für Menschen seine eigenen Pläne hat, sondern auch für Nationen.
In Liebe, Deirdre.

Der Brief war Ellen aus der Hand geglitten. Sie hatte ihr Gesicht in den Kissen vergraben und sich in eine andere Welt versetzt, in der sie und Harry Kinder in Kilcrannagh waren und die sie in einer Klarheit wahrnahm, die dem Tod die Stirn bot. Sie musste ihn festhalten, sie musste ihre Erinnerung stärken, ehe er ihr für immer entglitt.

Als Michael aus der Schule kam, hatte er sie auf dem Bett liegend gefunden. Ihr Gesicht war tränenverschmiert, und sie starrte blind an die Decke. Er hatte nach dem Brief gegriffen, ihn gelesen und versucht, sie zu trösten.

»Arme Ellen, du musst immer daran denken, dass er jetzt sicher bei Gott ist.«

Sie hob den Kopf, stützte sich auf ihre Ellbogen und starrte ihn an.

»Ich habe die Nase voll von höheren Mächten!«, weinte sie auf.

Michael sah sie schockiert an, doch er entgegnete nichts.

»Wir haben nur dieses eine, kleine Leben, Michael Kennedy, aber du kannst sicher sein, es wird uns von einer Ideologie, einem Glaubensbekenntnis oder einem Gesetz weggenommen!«

»Ich schätze dich sehr, Ellen«, sagte Michael nach einer Weile leise. »Du bist eine wunderbare Frau. Du zeigst Mut und Entschlusskraft. Ich verstehe deine Trauer, und ich möchte, dass du weißt, wie Leid es mir tut, wenn ich dich je verletzt habe. Jedenfalls verzeihe ich dir deine Überreaktion in Dublin ...«

Mein Bruder ist tot, dachte Ellen. Was hat das damit zu tun? Doch Michael bot ihr nur an, was er geben konnte – intellektuelle Würdigung, eine rationale Analyse und Liebe aus sicherer Distanz. Ellen hörte ihm zu, und ihr wurde bewusst, dass sie eine eigene Geschichte hatte, die sie niemals preisgeben durfte; sie würde für immer allein bleiben.

Wenige Wochen später sagte sie ihm zu seiner größten Freude, dass sie wieder ein Kind erwartete. Sie selbst fühlte sich gleichermaßen verblüfft und entzückt.

Acht Monate später, im Januar 1917, wurde Mary geboren.

Ich habe mich zu einem Wesen voller Geheimnisse entwickelt, dachte sie. Sie betrachtete den kleinen Hugh, der für sein Leben gern neben seinem Vater sitzend im Einspänner kutschierte. Der Wind spielte in seinem rötlichbraunen Haar. Michael schützte ihn sicher mit einem Arm, während die andere Hand die Zügel hielt. Die zweijährige Mary hatten sie zu Hause der zärtlichen Obhut von Maire Ni Suibhne überlassen.

Michael nahm die Grüße zweier Frauen am Straßenrand entgegen und erwiderte das scheue Lächeln der barfüßigen Schulkinder, das auch Ellen galt. Ellen strahlte sie an. Sie war die »Missus« – sie galt etwas im Dorf.

Doch ihre Jugend war endgültig verschwunden. Harry lebte nicht mehr, Deirdre war nach Amerika ausgewandert, und Frank, der den Krieg überlebt hatte, war dabei, zum zweiten Mal zu heiraten. Er hatte sich in eine Pariserin verliebt – ein Ebenbild Clares, wie er sagte. Und Tante Harriet welkte dahin.

Das letzte Weihnachtsfest hatte Ellen mit Michael und den Kindern in Kilcrannagh verbracht. Ihre Tante war merkwürdig still gewesen und hatte sie nicht aus den Augen gelassen. Auch Jimmy Horan war gekommen; er hatte kleine Geschenke für die Kinder mitgebracht. Später hatte Michael einige Bemerkungen über Jimmys militärisches Auftreten, sein strenges Benehmen und seinen hageren, durchtrainierten Körper gemacht.

»Du hast mir einmal erzählt, der Mann sei ein durch und durch glühender Patriot«, sagte er. »Aber wo war er, als es zum Aufstand kam und die armen Jungs in Dublin ihr Leben lassen mussten?« Und dann hatte er bitter hinzugefügt: »Du kannst natürlich genauso gut fragen: Wo war ich?«

Ellen ging dem Thema lieber aus dem Weg. Sie wusste, wo sie gewesen war, und sie wusste auch, dass Michael sich glühend wünschte, er hätte eine aktivere Rolle in diesem Kampf gespielt. Er sprach jetzt immer von der »hervorragendsten patriotischen Tat des Jahrhunderts« und hatte das Gefühl, dass sie an ihm vorbeigegangen war. Tatsächlich war es so, dass der Aufstand inzwischen die Fantasie nicht nur von Michael, sondern der gesamten Nation beflügelte. Selbst Tante

Harriet hatte ihre Meinung geändert, obwohl man sie nach dem Aufstand als Harrys Verwandte verhaftet und für eine Nacht ins Gefängnis von Monaghan gesperrt hatte.

Jimmys Augen hatten geglüht, als er mit Ellen sprach.

»Wie geht es dir so, Ellen? Du hast ja zwei wirklich hübsche Kinder … Dein Mann ist unglaublich stolz auf deinen Mut, als du in Dublin festgesessen hast.«

»Ich habe mich nur möglichst bedeckt gehalten, Jimmy. Im Gegensatz zu Harry habe ich nämlich nicht das Zeug zum Heldentum.«

»Gott gebe seiner Seele Frieden«, sagte Jimmy feierlich und bekreuzigte sich. Und dann fragte er leise: »Und wie geht es dem Engländer? Hat er den Krieg überlebt?«

Es war Ellen peinlich, dass sie rot wurde. Allerdings wusste sie ebenso wenig über Guys Schicksal wie Jimmy.

»Keine Ahnung!«

»Weißt du, dass er es war, der veranlasst hat, dass Harry ins Krankenhaus kam? Übrigens in das gleiche, in dem er selbst lag – in der Burg von Dublin.«

Ellen schlug die Hand vor den Mund.

»In dem er selbst lag?«, wiederholte sie. »War er schwer verletzt? Woher weißt du das überhaupt?«

Jimmy ließ sie nicht aus den Augen.

»Jedenfalls ist das nicht nur ein Gerücht! Soviel ich weiß, war seine Verletzung nicht sehr schwer. Er ging später zurück an die Front.«

»Hast du danach noch einmal von ihm gehört?«, fragte sie eifrig.

»Nein, Ellen …«

Sie wandte sich ab. In ihrem Innern kämpften Furcht und Hoffnung.

Bitte, lieber Gott, lass ihn am Leben sein, betete sie.

»Ist mit dir alles in Ordnung, Ellen?«, fragte ihre Tante einige Zeit später. »Du siehst ein wenig blass aus.«

»Ich wünschte, du würdest dich wieder mit Franny vertragen, Tante Harriet!«, hatte Ellen etwas barsch geantwortet. Einerseits wollte sie von sich ablenken, andererseits brannte ihr das Thema auf den Nägeln. »Weißt du eigentlich, dass sie zu Harrys Beerdigung gekommen ist? Ich glaube nicht, dass sie sich völlig von uns abgewandt hat.«

Tante Harriet schniefte, doch Ellen spürte ihre unmittelbare, störrische Qual.

»Ich möchte diesen Namen hier nicht mehr hören. Weißt du eigentlich, dass sie geheiratet hat? Einen Künstler oder so! Sie hat tatsächlich geruht, mir eine Zeile zukommen zu lassen – wohlgemerkt: nach der Hochzeit!«

»Fran ist verheiratet?«, rief Ellen. »Mir hat sie nicht geschrieben!«

Tante Harriet hatte ihre Hand genommen und sie mit ungewohnter Zärtlichkeit gedrückt.

»Es macht keinen Sinn, sich über jemanden aufzuregen, der sich nicht nur von der Familie abgewandt hat, sondern der auch kein anständiges Verhalten an den Tag legt. Ich danke Gott«, setzte sie leise hinzu, »dass du mir geblieben bist, Ellen.«

Fran hat sich nie wirklich etwas aus uns gemacht, dachte Ellen und sah zu, wie der Zügel Spuren auf dem staubigen Fell des Ponys hinterließ. Aber daran sieht man, wie leicht man sich in Menschen täuschen kann. Ich glaube, sie hat sich nicht einmal etwas aus Harry gemacht. Wenn sie ihn gemocht hätte, hätte sie ihn anders behandelt.

Sie seufzte. An Harry zu denken bereitete ihr immer noch großen Schmerz. Glücklicherweise ließ zumindest Deirdre den Kontakt nicht abreißen. Sie schickte regelmäßig Briefe aus Amerika, in denen sie das Leben in New York beschrieb.

Hier ist alles aus Holz gebaut, außer natürlich die wirklich tollen Häuser und die neuen Hochhäuser im Stadtzentrum. Doch obwohl sich Amerika ganz der Zukunft öffnet, erinnert vieles an die alte Zeit. In Upper Manhattan gibt es Gebäude aus dem achtzehnten Jahrhundert, die London ausgezeichnet zu Gesicht stehen würden. Man hat den Eindruck, sie verströmen eine Atmosphäre von Kolonialismus wie einen schwindenden Parfümhauch.

Deinem Neffen Fiach geht es gut. Er ist schon ein echter Amerikaner geworden und sieht seinem Vater sehr ähnlich. Das mag aber auch daran liegen, dass ich ständig nach Ähnlichkeiten suche. Zum Beispiel in seinem Lächeln oder wie er den Kopf dreht …

Ach, Ellen, ich wünschte, du könntest mich hier besuchen. Aber ich weiß, dass deine Flügel beschnitten sind. Jedenfalls beglückwünsche ich dich von ganzem Herzen zu deinem neuen Baby. Jetzt hast du wirklich die perfekte Familie – einen Sohn und eine Tochter.

Grüße auch bitte deinen Mann von mir. Ich weiß, er hat mich nie wirklich anerkannt und würde es noch weniger tun, wenn er wüsste, dass ich ihm verziehen habe.

Schreib mir bald. Ich möchte wissen, was in Irland alles passiert. Manchmal wünschte ich, ich könnte zurückkommen und den Verantwortlichen einmal richtig Dampf machen!

Der Einspänner rumpelte durch ein paar Schlaglöcher. Ellen musste lächeln. Deirdre war immer witzig gewesen.

Doch auch, wenn sich in Irlands täglichem Leben seit

1916 nicht viel geändert zu haben schien, brodelte es unter der Oberfläche. Das Land veränderte sich.

Vor gerade einmal zwei Monaten hatte sich im Mansions House in Dublin ein illegales Abgeordnetenhaus konstitutioniert. Deirdres Bekannter, Michael Collins, war zum Innenminister vereidigt worden, und ein anderer überlebender Rebell, Cathal Bruga, hatte sich mit einem Vorwurf gegen das englische Parlament an die wartenden Journalisten gewandt:

»Mit England haben wir nichts mehr zu tun! Lassen Sie das ruhig die ganze Welt wissen!«

Doch England hatte durchaus noch mit Irland zu tun.

43. KAPITEL

Guys neue Schreibtischarbeit in Dublin erwies sich als nicht uninteressant. Er bekam Polizeiberichte aus dem ganzen Land auf den Tisch, minutiöse Details, wer wann wo hingegangen war und was auf den unterschiedlichsten Treffen an den verschiedensten Orten besprochen wurde. Ein wenig zynisch musste er feststellen, dass Irland mithilfe eines Spionagenetzwerks regiert wurde, das eines Dschingis Khan würdig gewesen wäre.

Das neue Alternativparlament faszinierte Guy. Natürlich war es illegal; dennoch hatte man gewagt, am 19. Januar die erste Sitzung abzuhalten. Manchmal fragte er sich, wie viele der Geheiminformationen auf seinem Schreibtisch zu den Abgeordneten durchsickerten und wie viel von der Strategie der Burg dem illegalen Parlament von Sekretären verraten wurde, die zurückhaltend und fast unsichtbar durch die Flure huschten. Wie lange noch konnte London vorgeben, ein Land zu regieren, dessen demokratisch gewählte Vertreter vom Volk damit beauftragt worden waren, eine eigene Regierung zu bilden?

Doch während Guy auf eine Reaktion aus Westminster wartete, schwante ihm Böses bezüglich des Ausgangs. Würde man wieder Soldaten aufmarschieren lassen? Irland war schon früher von der militärischen Übermacht der Briten zermalmt worden – so etwas konnte durchaus wieder geschehen.

Seine eigene Sympathie gehörte Irland. Wenn die Menschen hier sich selbst regieren wollten, so sagte er sich, dann hatten sie dazu das gleiche Recht wie die Engländer. Auf keinen Fall wollte er Teil einer Maschinerie werden, die eine Selbstverwaltung Irlands verhinderte.

Der Winter 1919 wurde für Guy ein Winter der Unzufriedenheit. Er fühlte sich isoliert. Keiner seiner früheren Kameraden war in Dublin stationiert. Die wenigen, die den Krieg überlebt hatten, waren in alle Winde zerstreut. Sid Richardson hatte es nach Indien verschlagen. Voller Widerwillen dachte Guy an Bertie Wallace und fragte sich, ob er sich noch manchmal in Clonmore blicken ließ.

Er versuchte, Kontakt mit Franny aufzunehmen, doch als er sie in ihrem Hutladen besuchen wollte, musste er feststellen, dass er nicht mehr existierte; an seiner Stelle war ein Schuhgeschäft entstanden. Man klärte ihn auf, dass Miss Murphy geheiratet hatte und in Howth lebte. Ob er ihre Adresse haben wolle? Natürlich wollte er. Er schickte Fran eine Weihnachtskarte und hoffte auf eine Einladung.

Das Jahr 1920 kündigte sich mit Vorahnungen an. Obwohl das Stadtzentrum von Dublin noch immer in Schutt und Asche lag und in der ganzen Stadt eine merkwürdige Anspannung herrschte, blieb es für Guy der romantische Ort, wo er Ellen auf der Uferstraße getroffen hatte, und Schauplatz eines unvergesslichen Ostersonntags. Nostalgische Gefühle suchten ihn heim; er trauerte um die verlorene Jugend, als alles möglich schien, und um die Leidenschaft, die ihm und Ellen auf so unschuldige Weise zuteil geworden war. Doch das Traurigste war die kurze Erfüllung der Leidenschaft und dass er Ellen ein zweites Mal verloren hatte …

Für uns gibt es keine Zukunft, hatte sie geschrieben; er musste das akzeptieren. Aber war sie wenigstens heil nach Hause gekommen? Wo immer dieses Zuhause liegen mochte. Irgendwo im Westen. Die Sorge, dass sie aufgrund der Umstände nicht sicher heimgekehrt sein könnte, peinigte ihn immer stärker. Er wusste, dass seine Unruhe sinnlos war, doch anstatt zu verschwinden, wucherte sie wie Unkraut.

Er fragte sich, ob Duggy den Militärdienst quittiert hatte, sich wieder seinem Studium widmete und ob er immer noch in seiner Wohnung am St. Stephens Green residierte.

Eines schönen Abends im Februar 1920 kaufte Guy eine Flasche Remy Martin und machte sich auf den Weg zu Duggy. Er erreichte die Nordseite des Parks in der hereinbrechenden Dämmerung. Ein kalter Ostwind fegte um die Ecken. Guy war dankbar für seinen dicken Mantel.

Im zweiten Stock brannten Lichter hinter zugezogenen Vorhängen. Guy stieg die Granitstufen zur Haustür hinauf und klingelte. Oben wurde ein Fenster hochgeschoben. Ein Kopf erschien über der Brüstung.

»Ja bitte?«, hörte er Duggys Stimme mit dem unverkennbaren Cork-Akzent. Als er die vermummte Gestalt auf dem Bürgersteig gewahrte, setzte er hinzu: »Wer zum Teufel sind Sie?«

Guy hob den Kopf und hielt die Flasche hoch.

»Ein netter Kerl namens Remy Martin!«

Duggy lachte.

»Bist das etwa du, Forrister? Warte, altes Haus, ich werfe dir schnell die Schlüssel runter. Du weißt ja, wie man hochkommt!«

Kurze Zeit später schloss Guy die Haustür auf und stieg die Treppe zu der Wohnung hinauf, in der Ellen ihre Bluse aufgeknöpft und ihr Haar gelöst hatte.

Im Zimmer brannten die Lampen. Ein Kohlenfeuer glühte im Ofen. Auf dem Boden verstreut lagen Bücher, Notizen und Kleidungsstücke. Auf dem Schreibtisch am Fenster türmten sich Lehrbücher.

Duggy hatte zugenommen. In seinem ausgeleierten Pullover und den Kordhosen hatte er kaum noch Ähnlichkeit mit dem schneidigen jungen Offizier, den Guy gekannt hatte.

»Ich störe anscheinend!«

»Scheiß-Geburtshilfe!«, rief Duggy. »So lange du Monsieur Martin mitbringst, kannst du gar nicht oft genug stören. Komm, ich nehme dir den Mantel ab. Setz dich!«

Guy reichte Duggy seinen Mantel und ließ sich in einen Lehnstuhl vor dem Feuer fallen. Duggy holte Gläser und öffnete die Flasche. Er goss ein, schnüffelte mit verzücktem Seufzen, schloss die Augen und trank.

»Lieber Himmel, dieses Zeug hätten wir in den Schützengräben gebraucht. Ich fühle mich immer noch irgendwie schuldig, dass ich mit dem Leben davongekommen bin. Meine Mutter behauptet, dass ich es einzig und allein ihr zu verdanken habe. Sie hat den ganzen Krieg damit verbracht, für mich zu beten.« Er sah Guy an und fügte hinzu: »Tut mir Leid, dass du nicht so ganz ohne Kratzer davongekommen bist.«

»Für mich ist eben nicht genug gebetet worden«, scherzte Guy. »Aber ich bin vollständig wiederhergestellt. Alter

Junge, ich habe mich noch nie so richtig bei dir bedankt, dass du mir deine Wohnung geliehen hast …«

»Das habe ich doch gern getan. Allerdings hast du dir sicher nicht den besten Moment ausgesucht. Ostern 1916 war eine ziemlich blöde Zeit, um ausgerechnet in Dublin Ferien zu machen.«

Guy nickte grimmig. Am liebsten hätte er Duggy und sein Geschwätz ausgeblendet. In diesem Zimmer hatte Ellen ihr Hemd ausgezogen. Er sah sie, dort neben dem Sofa, atmete ihren Duft, spürte ihre Haut unter seinen Händen …

»Ach, übrigens, hast du zufällig Damenbesuch gehabt?«, erkundigte sich Duggy.

Guy erschrak.

»Eine alte Freundin war hier. Sie kam zum Tee.«

»Verstehe.«

Duggy grinste nicht, und Guy war ihm dafür dankbar.

»Könnte sein, dass sie hier etwas verloren hat«, sagte Duggy. Er stand auf, ging zu seinem überladenen Schreibtisch und kramte in der Schublade. Als er zurückkam, hatte er etwas in der Hand.

»Kennst du das hier?«

»Er gehört ihr!«, sagte Guy und nahm den Schlangenring von Guys Handfläche. »Wo hast du ihn gefunden?«

»Im Bücherregal. Man stelle sich nur vor: Das arme Mädel sieht sich voller Grausen meine Lehrbücher an und muss plötzlich feststellen, dass sie beschossen wird!«

»Beschossen?«

Duggy stand auf, zog den schweren braunen Vorhang beiseite und zeigte auf das zersplitterte Holz des Ladens. »Nur gut, dass du bei ihr warst. Es muss ein ganz schöner Schock sein, wenn vor der Tür plötzlich ein Krieg ausbricht!«

»Ich war nicht bei ihr«, sagte Guy. »Ich lag mit einem Streifschuss am Kopf in diesem verdammten Krankenhaus.

Sie muss hier festgesessen haben, ganz allein, und konnte nicht weg. Ich habe keine Ahnung, was aus ihr geworden ist, Duggy!«

Duggy sah ihn erschrocken an.

»In der Küche war ein kleiner Fleck – ein Blutfleck«, sagte er leise. »Aber das muss nichts bedeuten …«

Guy steckte den Ring in die Tasche, trank seinen Cognac aus und stand auf.

»Du kannst hoffentlich in Erfahrung bringen, ob es ihr gut geht, oder?«

»Ja«, sagte Guy, »das habe ich vor!«

Als Guy wieder in der Garnison auf der Burg war, schrieb er einen kurzen Brief an Mrs Murphy, in dem er ihr mitteilte, dass er bald in ihre Gegend käme, und fragte, ob er sie aufsuchen dürfe. Außerdem entschloss er sich, Franny zu besuchen, obwohl sie auf seine Karte nicht geantwortet hatte.

Zwei Tage später jedoch erhielt er einen Brief von ihr.

Lieber Guy,

es tut gut, zu wissen, dass Sie zurück auf der Grünen Insel sind. Leider lag ich in den vergangenen Wochen mit der gefürchteten Influenza im Bett, aber jetzt geht es mir wieder gut, und ich würde mich freuen, Sie zu sehen. Wie wäre es mit Tee am kommenden Samstag gegen vier? Falls ich nichts Gegenteiliges von Ihnen höre, erwarte ich Sie.

Mein Mann ist zur Zeit abwesend – Sie haben ihn kennen gelernt, als Sie mich vor vier Jahren in meinem Laden besuchten –, wir können also ungestört über die guten alten Zeiten schwatzen.

Liebe Grüße, Franny

Die Straßenbahn nach Howth war fast leer. Interessiert blickte Guy aus dem Fenster, während die Tram durch Fairview und Sutton ratterte, entlang am nördlichen Ende der schönen Bucht, die sich an diesem Tag im Dunst versteckte. In dem kleinen Fischerdorf stieg er aus, fragte nach dem Weg und stand nach einem viertelstündigen Marsch bergauf vor den Toren von Rathcormac. Als er der mit Rhododendron gesäumten Allee folgte, überlegte er, dass man von diesem Ort aus einen wunderbaren Blick auf die See haben musste; er fand es schade, dass der Nebel alles verhüllte.

Franny öffnete die Tür. Sie war dünner geworden, seit er sie vor vier Jahren das letzte Mal gesehen hatte, doch ihr Gesicht sprühte vor Freude. Fröhlich streckte sie ihm die Hand entgegen.

»Guy … kommen Sie rein. Schön, dass Sie gekommen sind!«

Die geflieste Eingangshalle wurde von einem schweren, mit Seidenschnüren gehaltenen Vorhang in der Mitte geteilt. Überall hingen Bilder. Im Haus war es warm, und in der Luft lag der Geruch von frisch gebackenen Plätzchen, Bohnerwachs und einem Hauch Terpentin. Ein Dienstmädchen in weißer Schürze nahm Guy den Mantel ab.

»Wir nehmen den Tee im Wohnzimmer, Florrie.«

Das Mädchen verschwand, und Guy wurde in einen großen Raum gebeten, dessen zwei große Fenster auf das Meer hinausgingen.

»Schade, dass es so neblig ist«, sagte Franny, als Guy eine Bemerkung über die vermutlich fantastische Sicht machte. »Wenn Sie das nächste Mal kommen, sorgen wir für besseres Wetter. Sie kommen doch wieder, oder? Sie möchten doch auch sicher Liam wiedersehen! Er ist im Augenblick in Paris, wo einige seiner Gemälde ausgestellt werden.«

»Natürlich komme ich wieder! Ich wäre auch schon früher gekommen, aber ich wollte nicht lästig fallen.«

»Du liebe Zeit, Guy! Sind wir denn nicht alte Freunde?«

Das Mädchen brachte den Tee. Während Franny einschenkte, stellte sie jede Menge Fragen. War es nicht wunderbar, dass er den Krieg gut überstanden hatte? Wie lange würde er in Irland bleiben? Hatte er schon die Innenstadt gesehen, das Postamt, in dem Harry …? Sie stellte die Teekanne abrupt ab und fuhr sich über die Augen.

»Wissen Sie, ich kann es noch immer nicht ganz begreifen«, flüsterte sie. »Er ist einfach verschwunden – wurde getötet, wie ein Tier auf der Schlachtbank.«

Guy bot ihr sein Taschentuch an. Auch er war tief bewegt.

»Jedes Mal, wenn wir uns sehen, fange ich an zu weinen!«, rief Franny und versuchte zu lächeln. Sie lehnte sein Taschentuch ab und zog ein eigenes hervor. »Ach Guy, Sie Ärmster! Ich will mit Ihnen nicht über den Tod reden! Ich bin doch so froh, dass Sie diese ganze Grausamkeit endlich hinter sich haben!«

»Das bin ich allerdings auch. Und außerdem bin ich froh, dass ich keinen Schaden mehr an Teetassen anrichte!«

Sie lachte, reichte ihm seinen Tee und bot Kuchen und Teilchen an.

»Danke sehr. Wissen Sie eigentlich, dass ich Harry an jenem Montag in der Hauptpost gesehen habe?«, fragte Guy leise. »Einer von seinen Leuten hatte mich im Visier. Ich glaube, er hat mir das Leben gerettet.«

Franny setzte ihre Tasse ab.

»Ich bin sicher, dass Ellen sich darüber freuen würde!«

»Geht es ihr gut?«

Er fragte vorsichtig.

»Soviel ich weiß, ja. Leider hat sie den Kontakt abgebrochen. Ich weiß nur, dass sie noch ein Kind bekommen hat. Ein Mädchen.«

»Aha«, bemerkte Guy, der versuchte, seine Erleichterung wie das leichte Erschrecken zu verbergen, das ihn plötzlich überfiel.

»Ich weiß es von Jimmy Horan«, fuhr Franny fort. »Er schickt jedes Jahr eine Weihnachtskarte. Mutter redet nicht mehr mit mir, und Ellen ist sozusagen von der Außenwelt abgeschnitten. Sie sind äußerst respektabel – sie und ihr Ehemann.«

»Ach, Fran, Sie sind doch auch respektabel!«

Er griff in die Tasche und hielt ihr einen Umschlag hin.

»Könnten Sie ihr das von mir schicken?«

Franny nahm den Umschlag und befühlte ihn.

»Ich kann mir denken, was darin steckt!« Sie sah ihn mit einem schelmischen Lächeln an, ganz wie in alten Tagen. »Ich hoffe, meine Neugier stört Sie nicht. Es muss der berühmte Ring sein, dessentwegen sie so viel Ärger mit meiner Mutter hatte. Richtig?«

»Wussten Sie etwa davon?«

»Aber natürlich. Ich war immer schon der Detektiv der Familie. Aber warum schicken Sie ihn nicht selbst ab? Ich gebe Ihnen ihre Adresse.«

Daran hatte Guy auch schon gedacht. Er hatte überlegt, ob er Ellen einfach einen Besuch abstatten sollte, hatte sich ihre Umgebung vorgestellt, das Haus, das sie in jahrelanger Bemühung zu einem Heim gemacht hatte, den zufriedenen Ehemann, die Kinder, die ihn neugierig beäugten, und den Hund, der ihn anknurrte, wenn er ans Tor kam.

Er schüttelte den Kopf.

»Die Liebe ist die reinste Hölle, nicht wahr? Ich habe alle Mitglieder meiner Familie wirklich geliebt und sie alle verloren. Selbst die schöne Clare musste im Kindbett sterben.

Meine Mutter hat mir den Rücken gekehrt; Harry opferte sein Leben einem Traum, und Ellen ist zu gut situiert, um sich mit mir abzugeben.«

Aus einem der an der anderen Hausseite liegenden Räume hörte man eine Mädchenstimme singen. Leichte Schritte durchquerten die Eingangshalle.

»Das muss Hannah sein«, strahlte Fran. »Liam und ich haben sie ordnungsgemäß adoptiert.«

Hannah klopfte an die Tür des Wohnzimmers, atmete tief durch und öffnete sie. Sie wusste, dass ihre Mutter Besuch erwartete. Sie wusste auch, um wen es sich handelte. Sie konnte sich noch gut an den britischen Offizier erinnern – weniger an sein Gesicht als vielmehr an seine Art, seine Höflichkeit, seine Freundlichkeit und an den Ausbruch wilder Hoffnung bei seinem Anblick. Mit einem Selbstbewusstsein, das sie vor dem Spiegel eingeübt hatte, ging sie auf ihn zu und schüttelte ihm die Hand.

»Guten Tag, Major Forrister. Wir kennen uns bereits.«

Verblüfft registrierte Guy die junge Unschuld, die ihn da so gelassen ansprach.

»Ich kann mich noch sehr gut an Sie erinnern, Miss Mulhall. Es ist schließlich erst vier Jahre her.«

»Damals war ich noch ein Kind. Sie dürfen Hannah zu mir sagen!«

Aus der Nähe erkannte er ihre Nervosität, den schlanken Körper in Rock und Pulli, die knospenden Brüste, die langsam erwachende Schönheit. Keinerlei Ähnlichkeit mit Bertie, außer vielleicht die Haarfarbe.

»Darf ich mir eine Makrone nehmen, Mutter?«

»Aber selbstverständlich!«

Hannah nahm sich gleich zwei, lächelte Guy verlegen an und sagte, sie müsse fort. »Meine Freundin Cissie darf heute bei mir übernachten. Sie will Künstlerin werden, genau wie ich.«

Nachdem sie gegangen war, sagte Guy zu Franny: »Mit ihrer unglaublichen Ausstrahlungskraft wäre sie der Star auf jeder Theaterbühne.«

»Sie lebt ausschließlich für die Kunst. Liam hat sie darin bestärkt, seit sie ihm gerade bis zum Knie reichte. Er ist überzeugt, dass sie Talent hat.«

»Fran«, begann Guy vorsichtig, »haben Sie je in Erwägung gezogen, es Bertie zu sagen? Immerhin ist er sehr reich und hat seinem Kind gegenüber gewisse Verpflichtungen.«

Franny sah ihn an, als hätte er den Verstand verloren. Sie sprang auf, ließ sich aber umgehend wieder in den Sessel sinken.

»Es dieser abscheulichen Kreatur sagen?«, zischte sie. »Diesem Monster, das mein Leben ruiniert hat?«

Sie ballte die Fäuste. Ihre Stimme wurde schrill, und plötzlich begann sie hemmungslos zu weinen.

Guy war bestürzt.

»Tut mir Leid, wenn ich Sie brüskiert habe, Fran. Das wollte ich wirklich nicht!«

Ihr Schluchzen ließ nach. Sie schüttelte den Kopf, als ärgere sie sich über sich selbst.

»Ich werde einfach nicht damit fertig, Guy«, flüsterte sie. »Irgendetwas in mir ist zerbrochen – ich kann es nicht mehr finden.«

Sie trocknete ihre Augen, wich aber seinem Blick aus. Im Zimmer wurde es still. Die Vertrautheit war verschwunden.

»Ich komme gern wieder einmal vorbei, wenn ich darf«, sagte Guy leise. »Ich denke darüber nach, meinen Militärdienst zu quittieren und nach Hause zu gehen. Aber vor meiner Abreise nach Yorkshire komme ich sicher noch einmal.«

Er stand auf und erklärte, er fände allein hinaus.

Kaum hatte er die Wohnzimmertür geöffnet, stellte er fest, dass Hannah unmittelbar davor stand. An ihrem schuldbewussten Gesicht erkannte er, dass sie gelauscht hatte. Guy schloss die Tür hinter sich.

»Ich fürchte, ich habe Ihre Mutter verärgert, Hannah«, sagte er. »Es tut mir wirklich sehr Leid.«

»Sie ärgert sich sehr schnell. Es hat nichts mit Ihnen zu tun.«

Guy zog seinen Mantel an, setzte den Hut auf und trat vor die Tür. Er erwartete, dass Hannah zu ihrer Mutter zurückkehren würde, doch sie folgte ihm in einigem Abstand die Allee hinunter wie ein streunendes Kätzchen. Als sie außer Sichtweite des Hauses waren, rannte sie ihm nach.

»Major Forrister«, flehte sie ihn an und griff nach seinem Ärmel, »ich muss Sie unbedingt etwas fragen.«

Er blieb stehen und sah sie an. In ihren Augen las er Unsicherheit und große Überwindung.

»Was ist los, Hannah?«

»Ich muss es einfach wissen, aber sie will es mir nicht sagen. Major Forrister, sind Sie … mein Vater?«

Guy stand da wie vom Donner gerührt. Am liebsten hätte er das zitternde Mädchen in die Arme genommen.

»Nein«, sagte er schließlich, als er sich wieder gesammelt hatte, »das bin ich nicht.«

»Ganz sicher nicht?« Ihre Augen flehten ihn an, ihr ganzer Körper bettelte.

»Hannah, es wäre mir wirklich eine große Ehre, aber da bin ich mir ganz sicher!«

»Wissen Sie, wer es ist?«

»Das kann Ihnen nur Ihre Mutter sagen«, erklärte er.

Sie seufzte. »Das wird sie nie und nimmer tun. Aber ich kann nicht ich selbst sein, wenn ich es nicht weiß.«

»Hannah, Sie sind ein wunderbares Mädchen und werden

heiß und innig geliebt. Sie können sein, wer immer Sie wollen, Sie können Ihr Leben frei gestalten. Spielt es denn eine so große Rolle?«

»Oh ja!«, murmelte sie und wandte sich ab. »Oh ja!«

44. KAPITEL

Die Spannung stieg ins Unerträgliche. Polizei-Garnisonen wurden angegriffen und niedergebrannt, Polizisten wahllos getötet und Steuerbehörden geplündert.

»Mir scheint, unsere Aspiranten auf die Selbstverwaltung sind nicht allzu wählerisch, was die Sicherstellung ihrer Finanzierung angeht«, bemerkte ein Kollege Guy gegenüber trocken.

»Sie berauben lediglich den Autokraten«, gab Guy ebenso trocken zurück, »dem die Steuern des Landes nicht mehr zustehen, nachdem das Volk ein eigenes Parlament mit Sitz in Dublin gewählt hat.«

»Spielen Sie etwa den Advokaten des Teufels, Forrister? Ich glaube jedenfalls, dass unsere Armee bald eingreifen wird.«

»Militärische Gewalt gegen ein unbewaffnetes Volk ausüben?«, entgegnete Guy. »Was meinen Sie wohl, wie das auf den Titelblättern der internationalen Presse ankommt?«

»Auf wessen Seite stehen Sie eigentlich?«

»Wenn Justitia tatsächlich blind ist, stehe ich selbstverständlich auf der Seite der betroffenen Nation.«

Doch anstatt die reguläre Armee nach Irland zu schicken, rekrutierte die englische Regierung zusätzliche Polizeikräfte in England. Die Einsatzpolizei – es handelte sich fast ausschließlich um arbeitslose Kriegsveteranen, die verzweifelt eine Anstellung suchten und mit allen Wassern gewaschen waren – rückte Ende März 1920 in Irland ein. Sie trugen Behelfsuniformen in den Farben Khaki und Dunkelgrün und wurden daher sofort nach einer berühmten Windhundmeute, die in Tipperary Rennen lief, die »Black and Tans« getauft. Allerdings machten sie in der Folge ihrem Namen alle Ehre, denn sie nahmen das Land systematisch auseinander.

Auch Ellen spürte die spannungsgeladene Atmosphäre. Ihr kam es vor, als hätte jemand eine Zündschnur angezündet – es war nur noch eine Frage der Zeit, wann die Explosion ausgelöst wurde. Landesweit herrschte Staatsverdrossenheit. Die Menschen hielten den Atem an. Jeder schien jemanden zu kennen, der in Dinge verwickelt war, die offiziell als Subversion galten, doch niemand gab etwas preis.

Auch die Garnison in Balcarragh war von der neuen Polizeitruppe aus England übernommen worden. Die Leute sahen einander schief an, wenn die Sprache darauf kam.

Michael hatte die Nachricht ausgesprochen nervös aufgenommen. Schon beim ersten Hahnenschrei war er aufgestanden, hatte sehr schnell gefrühstückt und war sofort mit dem Fahrrad in Richtung Schule gefahren. Ellen hatte mit den Kindern gefrühstückt und nahm Hughie im Einspänner mit zur Schule.

Hughie war inzwischen fast sieben. Manchmal, wenn Ellen den Einspänner für sich hatte, überließ sie ihrem Sohn die Zügel. Ihr gefiel das stolze Entzücken, mit dem er seine Mutter zur Schule kutschierte.

Hughie wollte unbedingt Lokomotivführer werden. Wenn er die Zügel übernahm, wurden aus dem Pony eine Lokomotive und aus dem Einspänner ein Zugwagon;

Hughie sorgte für die zugehörigen Geräusche. Allerdings trottete das Pony sehr langsam, was der Fantasie oft ein wenig Abbruch tat.

Als sie in der Schule ankamen, half Danny Tracey, einer der größeren Jungen, dabei, den Tritt herunterzulassen und die Tür zu öffnen. Ellen warf ihm die Zügel zu. Hughie sprang aus der Kutsche und verschwand in Blitzesgeschwindigkeit zu seinen Freunden.

»Der Schulmeister hat mich gebeten, Ihnen zu sagen, dass er noch wegmusste, Ma'am.«

»Weißt du, wo er hingegangen ist?«

»Er ist über die Wiese zu den Mulcahys gegangen, Ma'am«, antwortete Danny und brachte Pferd und Wagen weg.

Ellen klatschte in die Hände. Die Kinder stellten sich in Reihen auf – eine Reihe Jungen, eine Reihe Mädchen. Außer Hughie trug keines der Kinder Schuhe. Hughie hasste seine Schuhe; er wäre viel lieber der herrschenden Barfußmode gefolgt. Als Ellen in die Hände klatschte, begutachtete ihr Sohn soeben einen Gegenstand, den er schnell in seiner Tasche verschwinden ließ.

Nachdem die älteren Jahrgänge im Klassenzimmer verschwunden waren, wandte sich Ellen ihrem Sohn zu.

»Was hast du da, Hughie Kennedy?«

»Ein Rotkehlchen«, antwortet eines der jüngeren Mädchen. »Aber es ist tot.«

Ellen inspizierte das Rotkehlchen, das Hughie nur widerwillig herausrückte.

»Wir könnten ihm Medizin geben, Mutter«, sagte er. »Dann wird es vielleicht wieder gesund.«

Doch das Rotkehlchen war wirklich mausetot.

»Dann müssen wir es begraben!«, rief Hughie.

Ellen nickte, und die Kinder begruben den Vogel vorsichtig an der Schulhofsmauer. Hughie wollte noch ein Ave Maria sprechen und ein kleines Kreuz aufstellen, doch Ellen entgegnete, sie wäre der Meinung, dass der Vogel kein Christ gewesen sei.

Ellen gab Michaels Klasse einige Aufgaben, mit denen sie in der nächsten Stunde beschäftigt sein würden, und kehrte dann zu ihrer eigenen Klasse zurück. Wo mochte Michael hingegangen sein? Es sah ihm gar nicht ähnlich, zu spät zum Unterricht zu erscheinen. Als sie ihn schließlich über den Hof kommen hörte, ging sie ihm entgegen. Er hielt ein Stück Papier in der Hand und lächelte.

»Wer hat denn das gemacht?«, fragte er. Ellen las die kindliche Schrift. »TOTER FOGEL NICHT AUSGRABEN!«

Sie lachte. »Wir haben eben ein Rotkehlchen begraben.« Sie sah ihren Mann an und setzte hinzu: »Danny Tracey hat mir gesagt, dass du zu den Mulcahys gegangen bist. Ist alles in Ordnung?«

Michael seufzte.

»Die Garnison ist letzte Nacht angegriffen worden, und die Mulcahy-Jungs waren beteiligt. Einer von ihnen ist verletzt. Aber das bleibt unter uns, Ellen!«

Ellen schlug die Hand vor den Mund. Die Mulcahy-Zwillinge waren ihre Schüler gewesen.

»Mein Gott! Wer von den beiden?«

»Conor. Es ist nur eine Fleischwunde. Man hat ihn in Sicherheit gebracht. Seamus übrigens auch.«

»Dann ist es also jetzt auch bei uns!«

Michael seufzte erneut.

»Aye. Es musste ja so kommen. Oh, beinahe hätte ich das hier vergessen«, fuhr er fort und gab seiner Frau einen Brief. »Ich habe Mikey getroffen.«

Ellen erkannte die Schrift ihrer Tante. Sie wollte den Brief eben öffnen, als ein innerer Instinkt sie warnte, damit lieber zu warten.

»Ich lese ihn später«, sagte sie und ging in ihr Klassenzimmer zurück.

Erst, als die Kinder über einer Rechenaufgabe brüteten, riss sie den Umschlag auf.

Meine liebe Ellen,
ich habe das Gefühl, dir schreiben zu müssen, weil ich seit einiger Zeit Hinweise auf meine Sterblichkeit fühle, mit denen ich dich hier allerdings nicht belasten möchte. Mein Leben neigt sich dem Ende entgegen, was durchaus natürlich ist, mich aber dennoch nachdenklich stimmt und mich mit einem gewissen Bedauern erfüllt.
Ich hoffe sehr, mein liebes Mädchen, dass mein vielleicht etwas zu heftiges Einschreiten gegen deine jugendliche Liebesromanze dein Lebensglück nicht allzu nachteilig beeinflusst hat. Dich Weihnachten so ernst und bereits langsam alternd zu sehen hat mich geschmerzt.
Guy Forrister hat mir kürzlich einen Brief geschrieben, in dem er fragte, ob er mich besuchen dürfe. Es ist wirklich schön, zu wissen, dass er den Krieg überstanden hat, doch ich kann mir keinen Grund vorstellen, warum er mich besuchen sollte – es sei denn, er möchte Neuigkeiten über dich erfahren. Daher möchte ich dich bitten, mir zu schreiben, ob ich ihm deine Adresse geben darf, wenn er danach fragt.
Jimmy hat mir erzählt, dass er in wenigen Monaten Culgreine auf unbestimmte Zeit verlässt und seinen Hof verpachtet. Ich habe ihn weder nach seinen Gründen gefragt, noch, wohin er geht; von sich aus erzählt er natürlich wie immer nichts. Aber ohne ihn werde ich sicher verloren sein.

Vielleicht kommst du mich Ostern mit deiner Familie besuchen. Ich würde euch liebend gerne noch einmal sehen.
Gott segne euch
Tante Harriet.

Ellen schloss die Augen und schickte ein Dankgebet zum Himmel. Er hatte den Krieg überlebt! Er hatte ihrer Tante geschrieben. Sie müsste ihn lediglich einladen, dann würde er sie in Balcarragh besuchen. Doch wenn er kam und sie erneut fragte, ob sie mit ihm gehen wollte – wie stark würde sie dieses Mal sein, ohne Gewehrschüsse im Hintergrund?

Sie blickte auf Hughies rötlichen Schopf hinunter und dachte an die kleine Mary, die ihren Vater kennen lernen müsste. Aus dem Nebenraum drang Michaels Stimme – nur ein kurzes Kommando, auf das sofort Ruhe herrschte.

Ellen nahm ihren Füllfederhalter und schrieb einen Antwortbrief.

Liebe Tante Harriet,
natürlich werden wir dich so bald wie möglich besuchen, aber wenn es dir nicht gut geht, solltest du einen Arzt kommen lassen.
Was deine Frage bezüglich Guy Forrister angeht …

Sie starrte auf die Wandtafel, sah die weißlichen Wischspuren und den Kreidestaub auf dem Boden. Was würde sie tun, wenn Guy jetzt an der Tür stünde? Wenn er mit einem Automobil jetzt, in dieser Minute, draußen auf sie wartete? Sie könnte Hughie in den Wagen packen, unterwegs Mary abholen und eine Nachricht für Michael hinterlassen. Aber könnte sie damit leben? Sie seufzte und erinnerte sich an die sehr bestimmt formulierte Mitteilung, die sie auf seinem

Kaminsims zurückgelassen hatte. Natürlich würde er nicht nach ihr suchen!

… so halte ich es für sehr unwahrscheinlich, dass er wissen möchte, wo ich wohne. Darum brauchst du dir wirklich keine Sorgen zu machen.
Überrascht hat mich, dass Jimmy Culgreine verlassen will. Doch ich glaube nicht, dass er lange fort sein wird, denn der Hof war immer sein Lebensinhalt.
Mit etwas eiligen Grüßen und viel Liebe
Ellen

Sie steckte den Brief in einen Umschlag und klebte eine Marke darauf. Nach Schulschluss würde sie ihn einwerfen.

Gegen Ende des Schultags kam Michael in ihr Klassenzimmer und sagte, dass er noch einmal zu den Mulcahys gehen wolle, um sich nach Conors Zustand zu erkundigen, und fragte, ob sie allein nach Hause fahren könne. Der junge Danny Tracey hatte das Pony bereits gezäumt und den Wagen angespannt. Ellen stieg auf den Bock. Michael hob Hughie in den Wagen.

»Sag den Mulcahys einen schönen Gruß von mir und dass ich an sie denke«, bat sie Michael, der die Fußraste einklappte und den Wagenschlag schloss. Mehr wagte sie nicht zu sagen. Man hätte sie hören können. Sie gab dem Pferd die Sporen und rollte vom Schulhof. Auf halber Strecke des Schulsträßchens bat Hughie sie, anzuhalten und einen seiner Freunde mitzunehmen. Sie setzte das Kind vor seiner Haustür ab, dann trieb sie das Pony an und blieb nicht mehr stehen, bis sie Kielys Laden erreicht hatten, wo sie den Brief einwarf. Außerdem kaufte sie ein Tütchen Schokoladenbonbons, das sie Hughie mit der strengen Auflage aushändigte, die Leckerei mit Mary und Maire zu teilen.

Ihr Herz war waidwund. Er war aus dem Krieg zurückgekehrt, doch sie würde nie wieder von ihm hören; es würde keinen Abschied geben.

Auf dem Rückweg nach Hause sah sie einen Wagen am Straßenrand. Zwei Männer in merkwürdigen Uniformen und seltsamen Mützen näherten sich dem Einspänner. Ellen zügelte das Pony. Voller Schrecken stellte sie fest, dass es sich um die neuen Polizisten handeln musste. Sie dachte an den jungen Conor, seinen tollkühnen Bruder und die draufgängerische Bande, die vergangene Nacht die Garnison angegriffen hatte. Sie fröstelte.

»Wohin fahren Sie, Ma'am?«, fragte einer der Männer mit englischem Akzent, während der andere den Innenraum des Einspänners mit den Augen absuchte.

»Ich bringe meinen Sohn von der Schule nach Hause.«

»Ist das dort drüben Ihr Haus?«, wollte er wissen und deutete auf das lange Strohdach, das zwischen den Bäumen hervorblitzte. »Das ist doch das Haus des Lehrers!«

Ellen nickte. Sie schienen sich auszukennen.

»Was wissen Sie über den Angriff auf die Garnison gestern Abend, Ma'am?«

»Nichts.«

Ellen legte einen Arm um ihren Sohn.

»Ab sofort herrscht ab zehn Uhr abends Ausgangssperre! Sagen Sie das Ihrem Mann!«

»Ganz bestimmt.«

Hughie zeigte sich entzückt von den neuen Polizisten.

»Hast du ihre Gewehre gesehen, Mutter?«, fragte er, als sie weiterfuhren.

»Und wie«, antwortete Ellen. »Ich habe sie sehr genau gesehen.«

Zu Hause lief ihnen die kleine Mary fröhlich entgegen.

»Mami!«, rief sie. »Mami!« Hinter ihr tauchte Maire an der Tür auf. Ellen stieg aus, nahm ihre Tochter in die Arme und hielt sie ganz fest. Ihr Herz wollte fast zerspringen. Es waren Guys Augen, mit denen die kleine Mary sie ansah.

Als Guy Mrs Murphys Brief erhielt, in dem sie ihm mitteilte, dass sie sich nicht wohl fühlte und ihn bat, seinen Besuch zu verschieben, fühlte er sich erleichtert. Es wäre ein allzu ungeschickter Schritt in die Vergangenheit gewesen. Ellen ging es gut; er brauchte sich keine Sorgen zu machen. Es würde jeglichem Anstand widersprechen, sie zu besuchen.

Doch wenn er sie je wieder einmal auf der Straße treffen würde, dachte er, wollte er seine ganze Überzeugungskraft einsetzen, um sie und die Kinder mit nach Fontebelle nehmen zu können.

Der Sommer 1920 ging allmählich in den Herbst über. Irland begann sich endgültig vom Empire zu lösen. Kein Richter war mehr bereit, sich mit Staatsangelegenheiten zu befassen; kein Bürger war mehr bereit, in den Zeugenstand zu treten. Stattdessen rief die illegale Regierung eigene Gerichte ins Leben.

Die »Black and Tans« allerdings, die inzwischen von Hilfskräften verstärkt wurden, hatten absolut freie Hand, englisches Recht in Irland durchzusetzen. Im ganzen Land sprach man über Brandstiftung, Erschießungen, Plünderungen und Folter. Der britischen Lynch-Justiz begegnete man mit einem Guerilla-Krieg. Sämtliche englischen Bastionen gerieten unter Druck. Viele Verwaltungsbeamte traten von ihren Ämtern zurück, und allmählich musste auch die Polizeitruppe kürzer treten. Das Land wurde unregierbar.

Was zum Teufel habe ich noch hier zu suchen?, fragte sich Guy. Zu Hause versucht die arme Sophie, das Gut so gut wie möglich zu bewirtschaften, bis James aus Oxford zurückkehrt. Er ist inzwischen ein junger Mann, und ich würde ihn gern besser kennen lernen.

Natürlich hätte er sich nach einer neuen Einsatzstelle umsehen können. Doch sein Herz hing längst nicht mehr am Militär. Dazu hatte er zu viel gesehen und erfahren.

Nachdem er im Sommer 1920 über seine Möglichkeiten nachgedacht hatte, beschloss er, seinen Abschied zu nehmen. Er verfügte über genügend Vermögen, um nicht von seinem Sold abhängig zu sein, und es zog ihn zu seinen Wurzeln. Nach einer Stippvisite in England würde er nach Fontebelle zurückkehren. Doch zuvor wollte er noch ein letztes Mal die Stätte seiner Jugend sehen. Mrs Murphy würde er zwar nicht besuchen, doch er wollte noch einmal nach Monaghan.

Jimmy Horan befand sich auf der Flucht. Er hatte sich in einem Haus in der Nähe von Monaghan verschanzt und beobachtete die Landschaft mit dem Feldstecher. Sein Zufluchtsort, ein kleines, strohgedecktes Bauernhaus am Abhang eines Hügels, gehörte Margaret Gaffney, deren Mann im Krieg gefallen war.

Jimmy kommandierte die örtliche »fliegende Kolonne«. Der Name dieser Einheiten rührte daher, dass sie an einem bestimmten Ort zuschlugen und sich sofort anschließend zerstreuten, um sich an anderer Stelle neu zu formieren. Zuletzt hatten sie erfolgreich einem Truppentransporter der »Tans« aufgelauert, die meisten Polizisten getötet und ihre Waffen an sich genommen. Jetzt warteten sie auf die unausweichlichen Strafmaßnahmen.

Das Preisgeld, das auf Jimmys Kopf ausgesetzt war, ließ ihn kalt. Er hatte einen Auftrag zu erfüllen, und die Tatsache, dass sein Sold aus Heimatlosigkeit, Hunger und wahrscheinlich dem sicheren Tod bestand, spielte eine vergleichsweise geringe Rolle gemessen an seinen hohen Zielen.

Collins Befehl zufolge würde er bald nach Mayo weiterziehen, wo er weitere *Volunteers* in den Taktiken des Guerilla-Krieges auszubilden hatte. Wenn die »Tans« ihn zu fassen bekamen, würden sie ihn erschießen; er erwartete kein Pardon.

Mit einer gewissen Verblüffung registrierte er den britischen Offizier, der mit erhobenen Händen im Abendsonnenschein den Hügel emporkam. Jimmys eigene Patrouille, die beiden Kenny-Brüder, folgten ihm mit schussbereiten Pistolen. Margaret Gaffney war eben mit dem Melken fertig geworden und kam schnaufend in die Küche. Sie stellte den Milch-Eimer auf den Tisch, kam zu Jimmy ans Fenster und blinzelte in die schrägen Herbstsonnenstrahlen.

»Es scheint nur einer zu sein«, sagte Jimmy so tröstlich wie möglich. »Aber was zum Teufel sucht er hier?«

»Der arme junge Mann«, murmelte sie und sah Jimmy von der Seite an. Jimmy wich ihrem Blick aus, doch er war sich der Bitte darin bewusst.

»Selig die Barmherzigen …«, flüsterte sie.

Jimmy antwortete nicht. Doch innerlich fluchte er. Er durfte niemanden gefangen nehmen; sein Befehl lautete, aufgefundene Polizisten oder Soldaten sofort zu erschießen. Bei den Schweinen, die sich als »Polizisten« bezeichneten, fiel das Töten nicht allzu schwer; bei einem Angehörigen der regulären Streitkräfte lag die Sache anders.

Der Offizier hatte seine Mütze verloren. Als er die niedrige Küchentür passierte, musste er den Kopf beugen. Doch als er sich aufrichtete, erkannte Jimmy ihn sofort. Gott hat wirklich Sinn für Humor, dachte er. Er hatte ihm tatsächlich den verdammten Engländer geschickt, der ihm Ellens Herz gestohlen hatte.

Guy sah ihn aufmerksam und höflich an.

»Ich glaube, ich kenne Sie. Haben Sie nicht früher für Mrs Murphy gearbeitet? Für Ellens Tante? Leider habe ich Ihren Namen vergessen.«

»Ich Ihren nicht, Major Forrister«, sagte Jimmy, nach einem Blick auf Guys Epauletten. »Wie ich sehe, sind Sie ausgezeichnet worden.«

»Ich hoffe, Mrs Muphy erfreut sich guter Gesundheit ...«

»Sie ist kürzlich gestorben.«

»Das tut mir Leid. Wie geht es Ellen?«

Jimmy entging die Nuancierung seiner Stimme nicht. Er antwortete barsch:

»Mrs Kennedy ist eine verheiratete Frau, die Sie längst vergessen hat.«

Guy senkte den Kopf. Sein Haar war vom Wind zerzaust und wurde, wie Jimmy bemerkte, langsam grau.

»Wo habt ihr ihn gefunden?«, wandte er sich an die Kenny-Brüder.

»Auf der Straße, die an Clonmore vorbeiführt«, antwortete Corrie Kenny. »Wir haben ihm seinen Revolver weggenommen«, fügte er hinzu. Er entleerte das Magazin und legte die Waffe auf den Tisch.

»Was werden Sie mit mir tun?«, fragte Guy sanft, hob den Kopf und sah dem Mann, der ihn gefangen genommen hatte, in die Augen.

Jimmy antwortete nicht sofort. Seine Euphorie hatte sich verflüchtigt. Ihm war übel. Warum zum Teufel hatte so etwas geschehen müssen?

Margaret Gaffney kam mit einer Tasse Milch, blickte Jimmy entschuldigend an und reichte Guy die Tasse.

»Sie haben sicher Durst.«

Guy bedankte sich und trank.

»Ich habe keine Wahl in dem, was ich mit Ihnen tun

muss«, sagte Jimmy nach einer Weile. »Wir sind nur wenige Männer, schlecht bewaffnet und kämpfen gegen zehntausende gut ausgerüsteter Soldaten des Empire. Wir haben keine Möglichkeit, Gefangene unterzubringen. Meine Tage sind gezählt; ich muss weiterziehen, um das Beste aus ihnen zu machen. Aber laufen lassen kann ich Sie natürlich auch nicht!«, fügte er brüsk hinzu.

In der folgenden Stille nahm Guy plötzlich mit schmerzlicher Klarheit die Küchenfliesen, das Butterfass, den Duft des Torffeuers und die grüne Welt jenseits des kleinen Küchenfensters wahr. Mit einer zuvor nie gekannten Intensität spürte er die Süße des Lebens. Lauf weg!, dachte er. Verschwinde! Doch die Tür war verschlossen, und die beiden gut durchtrainierten jungen Männer hatten ihre Waffen auf ihn gerichtet.

»Wie viel Zeit habe ich noch?«, fragte er und war froh, dass seine Stimme ruhig und gleichmäßig klang. »Ich würde gerne noch einige Briefe schreiben.«

»Wir schicken alles Geld und Ihren Schmuck an Ihre Frau.«

»Ich bin nicht verheiratet. Aber ich habe Familie.«

»Ich gebe Ihnen Zeit bis zur Morgendämmerung«, sagte Jimmy. »Wir werden Ihnen etwas zu schreiben bringen.«

Die Kennys brachten ihren Gefangenen in das winzige Wohnzimmer. Guy setzte sich an den runden Eichentisch und holte seinen Füller hervor. Margaret Gaffney kam mit einem Schulheft und einigen braunen Umschlägen.

»Etwas Besseres konnte ich nicht finden«, entschuldigte sie sich. Dabei vermied sie es, Guy in die Augen zu sehen.

So geht also alles zu Ende, dachte Guy. Auf der Flanke eines irischen Hügels nahe dem Ort, wo ich einst so glücklich war.

Er öffnete das Schulheft und fand ein paar unbenutzte Seiten. Er schrieb an James und Sophie und verfasste eine kurze Nachricht an Ellen. Wer weiß, dachte er, vielleicht erreicht der Brief sie ja.

Das Krähen eines Hahns weckte ihn aus einem erholsamen Schlummer. Steif vom Sitzen und wie betäubt von dem Wissen darum, was ihn erwartete, las er seine Briefe ein letztes Mal und verschloss die Umschläge. Dann richtete er seine Krawatte und setzte sich auf.

Mrs Gaffney kam und fragte ihn, ob er noch etwas wünsche. Ihre Augen waren rot.

»Vielleicht noch ein wenig von dieser köstlichen Milch«, antwortete Guy. Sie brachte ihm eine Tasse, die er langsam leer trank. Dann reichte er ihr seine silberne Taschenuhr.

»Für Ihre Gastfreundschaft!«, sagte er.

Sie ließ die Uhr fallen und rannte aus dem Zimmer. Die Kennys brachten Guy hinaus in die Dämmerung. Jimmy folgte ihnen, trat ganz nah an seinen Gefangenen heran und flüsterte ihm barsch ins Ohr: »Nehmen Sie es, wie Sie wollen, Forrister: Ellen war vor einiger Zeit zur Beerdigung der alten Dame in Kilcrannagh. Sie hatte ihre Kinder bei sich. Das kleine Mädchen ist Ihnen wie aus dem Gesicht geschnitten.«

Margartet Gaffney kauerte in ihrem Schlafzimmer. Ein Revolverschuss hallte durch den Morgen.

Einige Zeit später brachte sie Jimmy die Briefe, die Taschenuhr und die Börse, die Guy auf dem Wohnzimmertisch zurückgelassen hatte. Er befahl ihr, die Briefe über Dampf zu öffnen – alle, bis auf einen. Den Brief an Ellen brauchte er nicht zu kontrollieren, denn sie würde ihn sowieso nie erhalten. Ein gewisses Ehrgefühl hielt ihn davon ab, ihn zu lesen.

Der Brief an James Forrister war kurz. Guy teilte ihm

mit, dass ihm ein Missgeschick widerfahren sei und dass sie sich nicht wiedersehen würden. Er wünschte ihm Glück und Wohlstand für seine Zukunft und sagte, er fände es schade, dass er nicht an James' Hochzeit teilnehmen und sein erstes Kind in die Arme nehmen könne.

Aber ich habe dir Fontebelle hinterlassen. Der alte Jones ist im Besitz meines Testaments. Möge Gott dich beschützen, mein Junge.

Der Brief an Mrs Sophie Forrister klang schon etwas anders.

Meine liebe Sophie,
im Gegensatz zu meinem letzten Brief, in dem ich dir meine bevorstehende Entlassung aus dem Militärdienst und meine Pläne bezüglich einer baldigen Heimkehr mitteilen konnte, muss ich dir leider sagen, dass beides nicht eintreten wird und dass ich auch nicht zu deinem Geburtstag werde kommen können.
Unvorsichtigerweise habe ich einen Ort aufgesucht, der mir aus meiner Jugend wohl bekannt ist, und werde jetzt den Preis für meine Unachtsamkeit zahlen müssen. Dieses Land befindet sich im Krieg mit England, und obwohl ich die Gründe dafür sehr wohl verstehe, spüre ich doch auch den Schmerz des Verlustes, der für dich und James damit zusammenhängt.
Ich hätte gerne weitergelebt. Es gab Dinge, die ich in Linthorpe gerne getan hätte, und ich hatte große Pläne für Fontebelle!
Ich wünsche dir Mut, mein Mädchen. Gott helfe dir und schütze dich.
Dein Schwager Guy

Jimmy schloss die Augen.

Ich habe Blutschuld auf dem Gewissen, dachte er.

Mrs Gaffney sah ihn nervös aus rot geweinten, verschwollenen Augen an.

»Haben Sie etwas gesagt, Mr Horan?«

Jimmy starrte sie verständnislos an. »Ich habe gerade einen Mann getötet!«

»Ja«, flüsterte sie.

»Lassen Sie das alles hier der englischen Lady zukommen – Briefe, Uhr und Börse. Das Geld können Sie per Postanweisung schicken. Hier«, fügte er hinzu und legte alles Geld aus seiner eigenen Tasche auf den Tisch, »für das Porto und den Schutz, den ich in Ihrem Haus genießen durfte. Es tut mir Leid, dass es hier passieren musste.«

Draußen warteten die Kellys mit dem Leichnam. Er war in eine Decke gewickelt und sollte an einer Stelle begraben werden, die Jimmy ausgesucht hatte. Er musste jetzt seine fünf Sinne beisammenhalten, durfte sich nicht von Scham und Bitterkeit überwältigen lassen.

Er steckte den an Ellen adressierten Umschlag in die Tasche, bedankte sich noch einmal bei Mrs Gaffney, steckte seinen Revolver und die erbeutete Waffe in seinen Gürtel und verschwand mit den Kennys und ihrer grausigen Last im herbstgoldenen Dickicht des Hügels.

Dublin, September 2001

Froh darüber, sich ein wenig bewegen zu können, schleppte sich Kate langsam in den Fernseh-Raum. Patienten und Besucher saßen zusammen und starrten entsetzt auf die Wiederholung der Vortagsereignisse in Amerika. Kate sah die aufquellenden Rauchwolken und hörte das Schreien verängstigter Menschen, die mit einem weißlichen Staub bedeckt waren, der an den Ascheregen von Pompeji erinnerte.

Eva konnte eine von ihnen sein – wie diese junge Frau in einem Fetzen, der einst ein Kostüm gewesen sein mochte, oder das junge Mädchen in Jeans, das mit gesenktem Kopf um sein Leben rannte. Vielleicht irrte Eva jetzt irgendwo ziellos und ohne Gedächtnis durch Manhattan.

Kate ließ sich auf einen Stuhl sinken und begann, nach Luft zu ringen. Jemand rief eine Krankenschwester herbei.

»Sie sollten wirklich nicht hier sein, Mrs McBride!«

Man verfrachtete sie in einen Rollstuhl, schob sie auf ihre Station zurück und spritzte ihr ein Beruhigungsmittel.

Allmählich döste sie ein. Es ist zu Ende mit mir, dachte sie. Und auch mit Eva …

IV. TEIL

45. KAPITEL

Dublin, Herbst 1930

Hannah trug allerlei Krimskrams zusammen, den sie in Liams Herbstfeuer werfen wollte. Er verbrannte im Garten welke Blätter, Zeitungen, alte Leinwände, ausrangierte Pinsel und anderen nicht mehr benötigten Plunder.

Heute fand Hannahs Umzug statt. Hannah würde mit ihrer Freundin Cissie Teeling zusammenziehen. Gemeinsam hatten sie an der Kunst-Akademie studiert und ihren Abschluss gemacht.

Hannah war schon richtig aufgeregt. Cissie hatte von ihrem Taufpaten, der ein paar Jahre zuvor nach Amerika emigriert war, eine unerwartet hohe Geldsumme geerbt und beschlossen, sie in ein heruntergekommenes Ladenlokal in der Exchequer Street zu investieren.

»Ist das nicht ein bisschen riskant?«

»Warte nur ab, bis ich dir sage, was ich vorhabe!«, hatte Cissie ihr anvertraut, sich auf die Unterlippe gebissen und gegrinst wie ein Kobold. »Was würdest du davon halten, dich mit mir zusammenzutun und eine eigene Kunstgalerie zu eröffnen?«

»Großer Gott, Cis! Ist das dein Ernst? Es wäre traumhaft!«

»Wir könnten das Erdgeschoss zur Galerie umfunktionieren«, hatte Cissie ihr dargelegt, »das Wohnzimmer im ersten Stock machen wir zum Atelier für uns beide, und im Obergeschoss entsteht eine Wohnung für zwei aufstrebende Künstlerinnen. Wie findest du das?«

»Ach Cissie, ich würde fast alles dafür geben!«, hatte Hannah ausgerufen. »Aber wie sollen wir das mit meiner Miete regeln?«

»Meine Güte … ich kann doch in dieser Hütte sowieso nicht allein leben. Du müsstest lediglich die Hälfte der Einnahmen deiner verkauften Bilder in einen gemeinsamen Topf tun.«

»Das könnte aber ein ziemlich mageres Töpfchen werden!«, hatte Hannah gelacht. Doch je länger sie über Cissies Vorschlag nachdachte, desto verlockender erschien er ihr. Endlich könnte sie unabhängig werden.

Hals über Kopf hatte sie sich in die Durchführung des Projekts gestürzt. Jeden Tag hatte sie mehrere Stunden in Liams Atelier an einer Serie von Landschaftsbildern gearbeitet, die sie auszustellen hoffte. In der verbleibenden Zeit war sie zur Anstreicherin geworden. Bald erstrahlte das traurige viktorianische Gemäuer in strahlendem Weiß; ehemals braune Türen glänzten cremefarben, und die Eingangstür erhielt einen feuerroten Anstrich. Ein Kasten voller Stiefmütterchen zierte das vordere Fenster, und die Türbeschläge aus Messing wurden auf Hochglanz poliert. Sie bestellten ein elegantes Türschild mit der Aufschrift »Galerie Ariel«. Cissie hatte ein Faible für den Ariel in Shakespeares *Der Sturm* – sie pflegte ihn als »guten, heidnischen Geist« zu bezeichnen.

Morgen würden sie ihre erste Ausstellung eröffnen. Zu den Ausstellungsstücken zählten unter anderem Gemälde von Liam sowie von einigen seiner Kollegen, deren Namen dem Kunstpublikum vertraut waren.

Aber die inoffizielle Eröffnung mit vielen geladenen Gästen war für diesen Abend geplant.

Hannah sah sich in ihrem Zimmer um und wunderte sich über den Haufen Müll, der sich über die Jahre angesammelt hatte. Dreiundzwanzig Jahre, dachte sie seufzend. Sie wusste, dass ihre Mutter ganz und gar nicht glücklich darüber war, dass sie auszog, aber sie tat es trotzdem. Ob die Galerie sich tragen würde oder nicht, musste sich im Lauf der Zeit herausstellen. Wie es auch kommen würde – an zu wenig Einsatz würde es bestimmt nicht scheitern.

»Mama, ich bin erwachsen!«, hatte sie verkündet, nachdem sie ihrer verblüfften Mutter ihre Pläne enthüllt hatte.

»Aber dort bist du allein! Du hast nur noch Cissie. Und dann auch noch mitten in der Stadt – dabei ist dein Zuhause gar nicht weit entfernt! Hier hast du wenigstens Leute, die sich um dich kümmern!«

»Mama, ich bin dreiundzwanzig! Hör auf, mich zu gängeln!«, hatte Hannah ausgerufen. »Ich komme doch an den Wochenenden! Und du kannst über Nacht bei mir bleiben, wenn du in der Stadt einkaufen gehst. Die Galerie liegt übrigens gar nicht weit von dem kleinen Laden entfernt, den du früher hattest. Wenn Unabhängigkeit das Richtige für dich war – warum sollte es nicht auch für mich so sein?«

Sie hörte ihre Mutter die Treppe heraufkommen und rief: »Ma, der Berg auf dem Treppenabsatz soll verbrannt werden. Wenn du noch etwas von deinem eigenen Kram dazutun willst, bringe ich später alles runter zum Feuer. Das ist deine letzte Chance für einen Gratis-Mülltransport!«

»Seit wann heiße ich Ma?«, lachte Franny. Sie stand auf der Schwelle zu Hannahs Zimmer und sah ihrer Tochter zu, die Kleidungsstücke auf einen Haufen warf. »Und was meinst du mit ›Müll‹?«

»Du hast doch jede Menge Krempel! Dein Schrank ist voller Kleider, die du nie im Leben mehr tragen wirst, und dein

Schreibtisch biegt sich unter Altpapier.« Hannah grinste, schnappte sich ihre Mutter und tanzte mit ihr über die verstreut auf dem Boden liegenden Röcke und Kleider ihrer Jugend. »Zum Beispiel meine Schulzeugnisse oder mein erstes Paar Schuhe …«

»Die behalte ich!«, entgegnete Fran entschlossen und blieb ein wenig atemlos stehen.

Doch Hannahs Begeisterung wirkte ansteckend. Außerdem wusste Franny, dass ihre Tochter nicht mehr oft die Gelegenheit habe würde, ihr zu helfen. Vielleicht war es gar nicht so verkehrt, einige Erinnerungsstücke der vergangenen Jahre zu entsorgen.

Als Erstes leerte Fran eine ganze Schublade voller Weihnachtskarten. Dann grub sie aus einer anderen Schublade einen Berg Briefe aus und setzte sich in der Absicht, die Spreu vom Weizen zu trennen, auf den Boden. Doch trotz bester Vorsätze war sie binnen kürzester Zeit tief in die alten Nachrichten versunken.

»Mein Gott«, flüsterte sie, als sie den ersten Brief fand, den Harry 1905 aus St. Pat's geschrieben hatte. An dem Blatt war die Nachricht von seinem Tod befestigt, die ihr Deirdre am Tag vor der Beerdigung durch einen Boten hatte zustellen lassen.

Ich weiß, wie sehr er an dir hing. Er sprach oft von dir, und er würde nicht wollen, dass du trauerst …

Franny schloss die Augen. Da war sie wieder, die Erinnerung an Harrys Beerdigung in Glasnevin und ihr erstes Zusammentreffen mit der jungen Witwe, die irgendwie zu strahlen schien. Damals hatte sich Franny gefragt, ob Deirdres Verhalten einem verspätet eingetretenen Schock oder einer bewussten Überlegenheit entsprang. Doch am tiefsten in ihr Gedächtnis eingebrannt hatte sich das hohle Geräusch, als Deirdre eine Hand voll Erde auf Harrys Sarg warf. Franny hatte die Fassung verloren und zu weinen begonnen. In diesem Augenblick waren Deirdres Augen plötzlich leer geworden, und aus ihrem Mund war eine zitternde Klage gedrungen, die über den Friedhof hallte.

»Nicht schlapp machen, Ma!«, rief Hannah von der Tür her. »Wenn du das Zeug erst liest, kommst du nie voran!«

Sie setzte sich neben ihre Mutter auf den Boden und knotete ein verblichenes Band von einem Packen Briefe, die sich über den Teppich ergossen.

Fran hob einen Brief mit der Handschrift ihrer Mutter auf, suchte nach dem Datum und kannte den Inhalt, ohne ihn lesen zu müssen. Sie zerknüllte ihn und warf ihn beiseite. Liebend gern hätte sie sich mit ihrer Mutter vertragen – doch dafür war es nun zu spät.

»Was ist das denn hier?«, fragte Hannah neugierig und nahm einen Packen Briefe auf.

»Die Briefe meiner Cousine Ellen aus Carysfort«, erwiderte Franny, zog die kurze Nachricht von Ellens Ehemann aus dem Bündel und zerriss sie in kleine Fetzen.

»Von wem war denn der?«, erkundigte sich Hannah interessiert, sammelte ein paar Fetzen auf und betrachtete die Schrift.

»Von ihrem Mann«, gab Franny knapp zurück. »Er teilt mir mit, dass ich gefälligst bleiben soll, wo ich bin.«

Hannah ließ die Papierschnipsel fallen, sah ihre Mutter an und nahm sie in den Arm.

»Sie waren meinetwegen so gemein zu dir, nicht wahr?«

»Vergangen und vergessen«, sagte Franny. »Es spielt keine Rolle mehr.«

Trotzdem: Der Brief von Michael Kennedy war dermaßen

geringschätzig ausgefallen, dass sie sich zum soundsovielten Mal fragte, ob Ellen ihn wirklich gutgeheißen hatte. Und das, nachdem sie sich so sehr für ihre große Liebe eingesetzt hatte.

»Was ist denn das hier?« Hannah hatte weiter zwischen den Briefen herumgesucht und hielt einen verschlossenen Umschlag ohne Aufschrift hoch. »Da ist etwas drin!«, fügte sie hinzu, und ehe Franny antworten konnte, hatte sie den Umschlag geöffnet und auf den Teppich entleert.

»Ein Ring!«, rief sie. Mit leuchtenden Augen wandte sie sich ihrer Mutter zu. In ihrer Hand lag eine kleine, goldene Schlange mit Rubinaugen. »Bitte, Mutter, auch wenn es dich ärgert«, flüsterte sie, »aber ich muss einfach wissen, ob er von ihm stammt!«

Alles läuft immer nur auf ihn hinaus, dachte Franny müde.

»Der Ring gehört meiner Cousine Ellen«, erklärte sie platt, ohne ihrer Tochter in die Augen zu sehen. »Ich hatte ihn völlig vergessen. Ich sollte ihn ihr schicken, habe ihn aber verlegt. Major Forrister hatte ihn ihr geschenkt.«

»Major Forrister? War das nicht der Offizier, der vor ungefähr … zehn Jahren hier war?«

»Genau der.«

»War er in deine Cousine verliebt?«

Franny nickte. »Jahrelang. Es begann, als wir kaum den Kinderschuhen entwachsen waren.«

»Was ist aus ihm geworden?«

»Ich nehme an, er ist zurück nach England gegangen. Er hat mir erzählt, dass er den Militärdienst quittieren wollte. Allerdings wollte er uns vor seiner Abreise noch einmal besuchen, aber ich habe ihn nie mehr wiedergesehen.«

»Du könntest den Ring doch immer noch deiner Cousine schicken. Besser spät als nie! Ich würde diese Ellen gerne kennen lernen!«, fügte sie hinzu. »Würde dich das stören?«

Franny hatte keine Lust, sich wieder einmal in eine von

Hannahs Identitätssuchen verwickeln zu lassen. Es war viel besser für das Mädchen, wenn es nichts wusste. Sie stand auf.

»Geh nicht weg, Mutter!«

»Ich muss das Mittagessen vorbereiten.«

Hannah seufzte. Sie suchte in dem Umschlag nach einer Nachricht – vielleicht einem heißen Liebesschwur. Doch er war leer.

»Ich wünschte, Ma würde mir endlich die Wahrheit sagen«, brummte sie und ließ sich in den alten Sessel am Fenster fallen. »Diese Geheimniskrämerei habe ich wirklich nicht verdient!«

Sie wartete, bis ihre Mutter unten angekommen war, dann durchforstete sie die gesamte am Boden liegende Korrespondenz nach einem Anzeichen von ihrem Vater. Die meisten Briefe stammten von Harry – den konnte Hannah einordnen. Das Gleiche galt für Ellen. Alles andere waren in der Hauptsache bezahlte Rechnungen und Schecks aus der Zeit des Hutgeschäfts. Arme Mutter! Glaubte sie allen Ernstes, dass er sie nach all den Jahren noch bedrängen würde?

Sie kehrte in ihr Zimmer zurück und zündete sich eine Zigarette an. Ihre Eltern missbilligten, dass sie rauchte, doch ihre Mutter sagte nichts mehr dazu, seit Hannah sie selbst einmal mit einer Zigarette erwischt hatte.

Gedankenverloren starrte sie hinaus auf die heranrollenden Wellen und die Stadt vor den Bergen in der Ferne. Dabei blies sie den Rauch genüsslich durch die Nase.

Wie soll ich bloß damit fertig werden, es nie und nimmer zu erfahren?, dachte sie.

Franny ging mit sehr gemischten Gefühlen in die Küche. Es würde ein einfaches Mittagessen geben – Pilzomelett mit sautierten Kartoffeln. Was waren das noch für Zeiten, als Alma hier schaltete und waltete und sie sich eine Köchin leisten konnten! Doch Alma war nach dem Krieg nach London gegangen, um dort weiter für die Rechte der Frauen zu kämpfen, und hatte sich 1926, als sie sich mit einer Delegation in Amerika aufhielt, eine tödliche Lungenentzündung zugezogen. Mrs Burke war schon lange Zeit in Rente. Doch sie hätten sich sowieso keine Haushaltshilfe leisten können. Die weltweite Rezession hatte auch vor Dublin nicht Halt gemacht. Es bereitete Franny große Sorgen, dass Hannah und Cissie sich ausgerechnet in einer Zeit selbstständig machen wollten, wo alle Welt den Gürtel enger schnallen musste. Doch junge Leute waren immer schon unbelehrbar gewesen!

Franny betrachtete ihr Spiegelbild und registrierte ihre Falten. Zum Teufel damit, dachte sie. Auch ich kenne das Geheimnis ewiger Jugend nicht. Obwohl es mir um Liams willen eigentlich durchaus recht wäre …

Franny hatte ein Geheimnis, das nur sie allein kannte. Seit vielen Jahren konnte sie die körperliche Liebe ihres Mannes nur ertragen, indem sie sich zwang, an etwas anderes zu denken. Sie spielte ihm etwas vor, was sie nicht fühlte, und überspielte ihren Abscheu. Sie war sicher, dass Liam nicht das Geringste argwöhnte. Dazu liebte er sie viel zu sehr.

Es war durchaus nicht so, dass sie ihn nicht vergötterte. Sie liebte ihn von Herzen und hasste ihre Unfähigkeit, sich ihm ganz zu schenken. In den letzten Jahren hatten sich zumindest ihre Panikattacken verringert. Doch das bezog sich nicht auf den Preis, den sie für ihre Schwindelei bezahlen musste – die innere Spannung, die sie oft fast zerriss und möglicherweise der Grund für ihre Albträume war.

»Schon gut, Liebste. Es ist alles in Ordnung …«

Liam nahm sie jedes Mal schläfrig in den Arm. Aber würde es so bleiben?, fragte sie sich. Würde er dieser Last, die ihre Vergangenheit ihr aufgebürdet hatte, nicht eines Tages müde werden? Wie viel dieser Geduld hatte sie Hannah zu verdanken, die so oft bei ihm im Atelier gewesen war und wie in Trance gemalt hatte?

Schon als Kind hatte Hannah es immer fertig gebracht, das Haus zu füllen – mit Spielzeug, Büchern, Bildern, doch vor allem mit ihrer Präsenz. Mit zunehmendem Alter hatte ihre Malerei an Reife und Lebendigkeit zugenommen, was Liam mit besonderem Interesse und großem Stolz erfüllte. Nach der Schule hatte er sie darin bestärkt, sich bei der Kunstakademie einzuschreiben, genau wie Cissie, die es ihr immer schon versprochen hatte.

Franny seufzte, als sie daran dachte, wie sie aus der Haut gefahren war, als Hannah ihr erzählte, einer ihrer Lehrer würde ständig auf ihr herumhacken. Wütend war sie in die Stadt geeilt, um den Unhold zur Rede zu stellen, der sich als grauköpfiger, übergewichtiger und etwas säuerlicher Nordire herausgestellt hatte.

»Warum sind Sie so streng mit meiner Tochter? Sie arbeitet wirklich hart.«

In seinem breiten Belfast-Akzent hatte er erwidert:

»Ihre Tochter, Madam, arbeitet nicht. Sie muss erst lernen, wie man arbeitet und Arbeit strukturiert. Und bei so viel Talent darf ich keinen Dilettantismus dulden.«

Auf dem Heimweg hatte sich Franny an dem versteckten Kompliment geweidet. Hannah allerdings hatte eher sarkastisch reagiert.

»Wie ich höre, hast du heute Mr Gilfoyle einen Besuch abgestattet, Mutter!«

»Ich war zufällig in der Stadt, und da dachte ich …«

Hannah hatte die Ellbogen auf dem Tisch aufgesetzt, ihr Kinn in die Hände gestützt und ihre Mutter ärgerlich angesehen.

»Du schwindelst, Mutter! Kein Wunder, dass er mir erklärt hat, mein Talent stamme zweifellos von meinem Vater!«

Franny musste lachen. Liam blickte Hannah missbilligend an und versuchte, das Thema zu wechseln, aber Hannah ließ sich nicht davon abbringen.

»Natürlich meinte er dich, Paps. Oder hatte mein leiblicher Vater auch künstlerische Ambitionen?«, wandte sie sich nervös an ihre Mutter, die zunächst erstarrte, dann aber den Kopf schüttelte.

»Mutter! Irgendetwas musst du doch über ihn wissen! Immerhin hast du ihn genug geliebt, um mit ihm … Verdammt noch mal!«, schimpfte Hannah und schlug mit der flachen Hand auf den Tisch. »Es ist wichtig für mich!« Sie stand auf. »Ich habe Migräne …«

Als sie hinausging, hörte sie hinter sich Liams sanfte Stimme. »Du solltest deine Mutter nicht mit diesem Thema behelligen.«

»Ich weiß, dass es ihr wehtut!«, schrie Hannah. »Aber es ist immerhin mein Vater, über den wir hier reden! Ich will endlich wissen, wer es ist! Ich halte diese Geheimniskrämerei nicht mehr aus!«

»Du musst mir einfach vertrauen, Hannah, mein Schatz. Ich verstehe wirklich, dass du es für dein Recht hältst und dass du dich danach sehnst, alles zu erfahren – aber du musst mir vertrauen! Bitte!«

Es dauerte einen Moment, ehe Hannah antwortete.

»Ich hasse diese verdammte Heimlichtuerei! Und wenn ich älter bin, dann suche ich ihn – ganz gleich, ob es Mutter passt oder nicht!«

Franny schlug die Eier auf, verrührte sie, fügte Salz und Pfeffer hinzu und briet die Pilze an. Dann schüttete sie die Eier in eine Pfanne mit heißer Butter, die sie schwenkte, um den flüssigen Teig überall zu verteilen, ehe er stockte. Zum Schluss fügte sie die gebratenen Pilze hinzu, faltete das Omelett, verteilte es auf drei Teller, ging zur Küchentür und rief: »Mittagessen ist fertig!«

Liam kam aus dem Atelier. Er trug seinen alten Malerkittel, der die vielfarbige Geschichte seines Lebens erzählte. Hannah kam die Treppe herunter. Franny schaute ihre Tochter wehmütig an, als sie sich an den Tisch setzte. Ihr Herz quoll über. Liam erhaschte ihren Blick und verkündete fröhlich, er plane zur Feier des Tages ein tolles Abendessen.

»Wir gehen nach dem Empfang zu Jammets! Wir drei, und natürlich Cissie. Schließlich eröffnet unsere Tochter nicht jeden Tag eine Galerie und stellt eigene Werke aus!«

»Cissie hat keine Zeit«, sagte Hannah. »Der alte Richie Saunders hat sie nach dem Empfang zum Dinner in die *Royal Hibernian Academy* eingeladen.«

»Ist das dieser ›Schwerenöter mittleren Alters, der es eigentlich besser wissen sollte‹?«, fragte ihre Mutter lächelnd. »Soweit ich mich erinnere, lautete so deine letzte Beschreibung dieses Herrn.«

»Ach, Richie ist schon in Ordnung«, sagte Hannah mit einem Blick auf ihren Vater, der den Künstler kannte. »Aber sie hat einen neuen Freund. Einen Beamten bei der Landwirtschafts-Kommission. Er heißt Patrick McBride. Ein bisschen schüchtern, aber ein prima Kerl. Wenn wir ein Telefon hätten«, fügte sie hinzu, »dann könnte ich sie anrufen und sie bitten, für heute Abend umzudisponieren.«

»Zu dem Dinner in der RHA kommt bestimmt eine ganze Menge gut betuchter Typen, die gern kleine Galerien unterstützen«, sagte Liam. »Vielleicht ist es gar nicht schlecht, wenn sie ein paar davon kennen lernt.«

»Glaubst du, dass es funktioniert, Paps? Ich meine die Galerie ...«

»Aber natürlich wird es funktionieren!«, antwortete er mit fester Stimme.

Franny überlegte, was sie zur Feier des Abends anziehen sollte. Jammets war inzwischen in die Nassau Street umgezogen, sodass sie keine Erinnerung an das lang zurückliegende Essen mit Harry zu befürchten hatte.

Im Geiste ging sie ihren Kleiderschrank durch, bis sie sich schließlich für ein einfaches schwarzes Kleid mit langen Ärmeln entschied. Es war zwar drei Jahre alt, aber noch so gut wie neu. Hannah würde sicher wunderbar aussehen in der weinroten Samtrobe, die sie bei Brown Thomas gefunden hatten.

Sie beobachtete ihre Tochter, die aufstand und Kaffee kochte; dabei fragte sie sich, wann Hannah wohl das nächste Mal in dieser Küche werkeln würde.

Liam blickte seine Frau mit launiger Miene an.

»Das Leben hat die unangenehme Eigenschaft«, murmelte er, »Menschen in neue Lebensabschnitte zu bugsieren, bevor sie mit den alten ganz abgeschlossen haben.« Er tätschelte ihre Hand. Und als Hannah in der Speisekammer verschwand, um Sahne zu holen, sagte er leise: »Lass sie in Frieden ziehen, Fran. Sie muss es tun. Und vielleicht gelingt das Wagnis ja sogar! Die Galerie hat eine gute Lage. Cissie ist eine nette junge Frau, die meines Erachtens über mehr Geschäftssinn als Künstlerblut verfügt. Hannahs Arbeiten sind gut, und in der Galerie kann sie sie ausstellen, ganz zu schweigen von anderen Werken, die sie in Kommission nehmen können …«

»Zum Beispiel deine?«

»Ja, natürlich!«

»Was flüsterst du da, Paps?«, fragte Hannah, die mit dem Sahnekännchen aus der Vorratskammer kam.

»Wir reden natürlich über dich, Süße!«

Er schob seinen Stuhl zurück, holte die Flasche Courvoisier und drei Gläser aus dem Küchenschrank und schenkte jedem einen Schluck ein.

»Auf die Kühnheit!«, sagte er und hielt Hannah sein Glas entgegen. »Auf die Macht der Kühnheit!«

Fran warf ihrer Tochter einen stolzen Blick zu und hob ebenfalls ihr Glas. »Auf die Kühnheit!«

Hannah lachte.

»Wie wäre es mit Tollkühnheit, liebste Eltern?«

Ich muss sie gehen lassen, dachte Fran. Sie vibriert vor Leben und Mut. Was habe ich schon in meinem eigenen Leben erreicht, als dass ich ihr Ratschläge geben könnte? Ich hatte einen recht erfolgreichen kleinen Laden und habe ihn gut verkauft. Ich habe für die Rechte der Frauen gekämpft, was ungefähr so schwierig war, wie Berge zu versetzen.

Sie sah, wie ihre Tochter beim Austeilen der Kaffeetassen ihre hübschen Hände bewegte. Sie wird sicher in ihrem Leben einiges zustande und auch zu Ende bringen. So lange sie in Sicherheit ist, es ihr gut geht und das Leben ihr zulächelt, kann ich weitermachen.

Liam trank seinen Kaffee und seinen Cognac, nahm die *Irish Times* vom Tisch in der Eingangshalle und verschwand im Wohnzimmer. Er wollte die Zeitung lesen und ein bisschen dösen.

Hannah half ihrer Mutter beim Abräumen, packte, trug den Müll zum Verbrennen hinunter und war mit allen Vorbereitungen fertig, als um halb vier das Taxi vorfuhr.

»Ich verabschiede mich gar nicht erst«, sagte sie und sah Vater und Mutter an, ehe sie in den Wagen stieg. »Nur bei einer wirklichen Trennung muss man sich verabschieden. Aber ich habe vor, in regelmäßigen Abständen hier aufzutauchen. Also, bis heute Abend ...«

Franny kämpfte gegen den Kloß in ihrer Kehle. Sie begleitete Liam zum Tor und winkte, bis das Taxi außer Sichtweite war. Er nahm sie in den Arm, und sie schmiegte sich an seinen Bart. Zum ersten Mal fiel ihr auf, dass er fast weiß geworden war.

»Sieh uns nur an«, sagte sie mit einem wehmütigen Lachen. »Hannah und Cissie halten uns für alt. Dabei ist es noch gar nicht so lange her, dass ich achtzehn war und dich in diesem Haus hier kennen gelernt habe!«

»Für Mut wird man eben belohnt«, grinste er.

Er drückte sie fest an sich. »Außerdem sind wir immer noch jung. Ich liebe dich, Fran«, flüsterte er ihr ins Ohr. »Für immer und ewig!«

Er folgte ihr in die Küche, setzte Wasser für Tee auf und sah seiner Frau zu, die Tassen vom Regal nahm. Dabei dachte er an etwas, das er heute unter der Rubrik Personalien in der Irish Times gelesen hatte: zwei Menschen, an deren Namen viel Erinnerung hing, waren in Irland angekommen und im Gresham Hotel abgestiegen. Sie würden an diesem Abend die Ehrengäste des Dinners in der *Royal Hibernian Academy* sein, ehe sie auf ihren Landsitz nach Monaghan weiterreisten.

Ihre Namen waren Sir Bertram und Lady Wallace.

46. KAPITEL

Am folgenden Morgen stand Hannah um sieben Uhr auf. Der Abend war ein voller Erfolg gewesen. Fast alle geladenen Gäste waren gekommen, unter anderem ein Reporter der Irish Times. Sie hatten viel verkauft und jede Menge Komplimente eingeheimst.

Selbst ihr säuerlicher Lehrer, Mr Gilfoyle, war da gewesen und hatte sie auf seine spröde Art gelobt.

Ihre Mutter war richtig fröhlich gewesen. Hannah liebte es, sie lachen zu hören. Auch später bei Jammets zeigte sie sich ausgesprochen heiter, und Hannah bekam einen Eindruck davon, wie sie als junge Frau gewesen sein musste – witzig und ein kleines bisschen frech.

Draußen ging ein kalter Nordwind. Hannah zog warme Hosen und einen moosgrünen Shetland-Pullover an und ging auf Zehenspitzen nachsehen, ob Cissie noch schlief. Die Freundin lag wie eine Katze zusammengerollt in ihrem Bett und schlummerte selig. Sie war gegen Mitternacht zurückgekommen, hatte aber Hannah nicht gestört, die bereits das Licht ausgemacht hatte.

Mein Gott, ist das kalt in diesem Haus!, dachte Hannah. Sie zündete die Gasheizung im Atelier an, setzte Wasser auf und machte zwei Toasts. Nach dem Frühstück rauchte sie die erste der fünf Zigaretten, die sie sich täglich gestattete. Ein Zehnerpack musste zwei Tage reichen.

Dann warf sie einen Mantel über die Schultern und ging hinaus, um die Zeitung zu kaufen.

Da war es! Ein kleiner Bericht auf Seite fünf.

Am gestrigen Abend wurde eine neue Galerie in der Exchequer Street eröffnet. Sie wird von zwei unserer vielversprechendsten Künstlerinnen geführt, Miss Catherine Teeling und Miss Hannah Mulhall, die für eine heitere, ihren Talenten entsprechende Atmosphäre sorgten. Miss Teeling malt eher allegorisch, während Miss Mulhalls Landschaften eine bemerkenswerte Kraft und Frische ausstrahlen. An der Eröffnungsveranstaltung nahmen auch Miss Mul-

halls Eltern teil: der bekannte Porträt-Künstler Liam Mulhall (RHA) und seine Frau Frances. Mr Richard Saunders und Mr Bernard Gilfoyle von der Kunstakademie waren ebenfalls anwesend …

»Wir sind berühmt!«, jubelte Hannah und lief die Treppe hinauf, um ihre Freundin zu wecken.

Gegen neun stand Hannah an der Staffelei und malte aus vollem Herzen. Sie lebte in einer eigenen Welt aus Licht, Schatten und kühnen Farben, fern der lauten Großstadt und der kalten Straßen draußen. Im Atelier war es warm, was sie der fauchenden Gasheizung und dem dicken Vorhang verdankten, den sie aus Verzweiflung über die Kälte genäht hatten.

Cissie hatte sich in den reich bestickten Kimono gehüllt, den ihr neuer Verehrer Pat McBride ihr zum Geburtstag geschenkt hatte. Ihr Haar war wirr, ihre Augen verklebt. In der einen Hand hielt sie eine Tasse Tee, in der anderen eine Zigarette und las den Artikel in der *Times* zum wohl hundertsten Mal.

»Wie war das Dinner?«, fragte Hannah.

»Jede Menge Wichtigtuer! Zu viele Reden. Dein Vater hätte dort sein sollen.«

»Die Familie geht für ihn grundsätzlich vor. Was macht Richie Saunders?«

»Er war süß. Ich habe ihm von Pat erzählt und ihm erklärt, wie wichtig er für mich ist. Er war wirklich nett – hat gesagt, er wäre sowieso zu alt für mich und so …«

»Armer Ritchie. Hat er dich wenigstens vielen einflussreichen Kunstliebhabern vorgestellt?«

»Einigen. Einer sagte, er wolle heute in die Galerie kommen. Er sah wirklich aus, als könne er sich ein Bild leisten … oder zwei … man weiß ja … nie …«

Ihre Stimme erstarb. Kritisch musterte sie das Bild, an dem sie gerade arbeitete. Es war eine surreale Darstellung des Themas Herbst.

»Es ist grässlich«, brummte sie.

Hannah lächelte in sich hinein, antwortete aber nicht. Das Gemälde war absolut nicht grässlich, doch sie und Cissie respektierten ihre jeweiligen Empfindungen.

Der Gasofen zischte. Unten läutete die Türglocke.

»Ganz schön früh!«, sagte Cissie. »Gehst du?«

Hannah lief die Treppe hinunter. In der ungeheizten Eingangshalle fröstelte sie. Unter der Tür wehte ein eisiger Wind hindurch.

Sie öffnete. Auf der Schwelle stand ein dicker Mann mittleren Alters in blauem Kaschmir-Mantel, einem Seidenschal und Glacé-Handschuhen. Auf seiner Oberlippe saß ein winziger, viereckiger Schnurrbart, und sein gesamtes Auftreten zeugte von Einfluss und Lebensart. Er lächelte Hannah an.

»Ich dachte, die Galerie wäre ab heute geöffnet.«

»Wir öffnen erst mittags.«

»Oje! Miss Teeling sagte, ich könnte …«

»Sie dürfen sich selbstverständlich gern umsehen!« Hannah trat einen Schritt zurück und ließ ihn ein.

»Ist Miss Teeling da?«

Hannah warf einen Blick nach oben, wo Cissie, die noch nicht angezogen war, wütend den Kopf schüttelte.

»Im Augenblick nicht«, log Hannah, führte den potenziellen Kunden in die Galerie und knipste das Licht an. »Suchen Sie etwas Bestimmtes? Wir hatten gestern Abend einen Empfang für geladene Gäste. Die Bilder mit den roten Aufklebern sind bereits verkauft.«

Der Mann ging langsam an den Bilderreihen entlang. Vor einem Gemälde blieb er stehen. Es zeigte Kinder an einem

Strand, hinter ihnen das Meer und Berge, die bis in den Himmel reichten. Das Bild strahlte die Essenz von Kindheit und Unschuld aus; man konnte Wind und Meer geradezu spüren.

»Das hier gefällt mir sehr.« Er suchte nach der Signatur und entdeckte die Initialen HM. »Von wem ist es?«

»Von mir«, erklärte Hannah schüchtern. »Und es ist noch zu verkaufen.«

Er wandte sich um und registrierte zum ersten Mal bewusst ihre jugendlichen Gesichtszüge, das schwarze Haar und die sprühenden, dunklen Augen. Eine halb vergessene Erinnerung blitzte flüchtig auf.

»Ich nehme es«, sagte er. »Sie sind eine ausgesprochen talentierte junge Dame!«

»Danke sehr!«

»Haben Sie noch mehr gemalt?«

Hannah nahm das Bild von der Wand und zeigte ihm ihre anderen Bilder, die fast alle verkauft waren.

»Das hier sind meine. Die auf der anderen Seite hat Cissie Teeling gemalt. Einige von ihnen stehen noch zum Verkauf.«

»Ihr Stil sagt mir mehr zu.«

Er ging von einem Gemälde zum nächsten, blieb stehen, schien zu betrachten. Doch aus dem Augenwinkel beobachtete er ununterbrochen das Mädchen, das gerade dabei war, seinen Einkauf in starkes, braunes Papier einzuschlagen. Sein Interesse an Miss Teeling war verraucht. Dieses Mädchen hier gefiel ihm erheblich besser. Sie trug den modernen Garçonne-Look, doch ihr Körper unter dem Pullover war der einer Frau. Außerdem wirkte sie äußerst lebendig und strahlte eine starke, wenngleich unbewusste Sinnlichkeit aus.

»Ich komme bald wieder«, kündigte er lächelnd an, als er das Bild bezahlte.

Hannah sah ihm lange nach.

»Er strahlt etwas aus«, sagte sie zu Cissie, als sie das Geld nach oben brachte.

»Das nennt man Reichtum, Süße«, lachte Cissie. Sie arbeitete an ihrem Herbstbild und rauchte. »Was meinst du, sollten wir vielleicht unsere Preise ein wenig aufpolieren?«

Nachdem eine Woche vergangen war, ohne dass Hannah sich gemeldet hatte, begann Franny sich aufzuregen. Sie hatte sich auf ein langes, ausgiebiges Gespräch über die Ausstellung gefreut, eine Art Nachlese, wie sie sie immer in Anschluss an Hannahs Prüfungen gehalten hatten. Doch die erste Woche ging vorüber und dann eine zweite, ohne dass ihre Tochter sich zeigte.

»Sie scheint uns vergessen zu haben«, sagte sie zu Liam.

»Das Leben hat immer furchtbar viel zu bieten, wenn man erst einmal flügge geworden ist und dann auch noch den ersten richtigen Erfolg hat!«

Am dritten Samstag kam Hannah mit der ersten Straßenbahn. Sie strahlte. Ihr Gang wirkte noch beschwingter als sonst, und ihre Augen zeigten einen besonderen Glanz.

Franny gab ihr einen Kuss auf die Stirn und hielt sie dann auf Armeslänge von sich.

»Du siehst wunderbar aus«, sagte sie. Und sehr vorsichtig – schließlich wollte sie auf keinen Fall besitzergreifend erscheinen – fügte sie hinzu: »Wir haben dich vermisst. Eigentlich hatten wir schon früher mit dir gerechnet.«

»Bestimmt hat sie sich verliebt«, sagte Liam und blinzelte ihr zu. »Wer ist der Glückliche?«

Hannah lachte.

»Ach Paps, für so etwas habe ich gar keine Zeit! Jemand hat meine sämtlichen Bilder aufgekauft. Und jetzt bin ich zu einer schicken Party eingeladen worden!« Ein wenig atemlos wandte sie sich an ihre Mutter. »Ich brauche ein richtig elegantes Abendkleid!«

»Warum nimmst du nicht das weinrote?«

»Ich habe es zu jeder Gelegenheit getragen.«

»Wann ist die Party?«

»Dieses Wochenende. Das Dumme ist nur, dass ich im Augenblick nichts aus der Galerie abzweigen kann. Der Mieter im Dachgeschoss hat festgestellt, dass in einer Wand der Hausschwamm sitzt. Cissie hat gleich jemanden kommen lassen, und jetzt beten wir, dass der Pilz sich noch nicht ausgebreitet hat.«

»Wie viel?«, fragte Liam mit leisem Seufzen von seinem Sessel aus. Er hatte die Zeitung sinken lassen. »Was kostet so ein Kleid?«

»Fünfzehn Pfund«, antwortete Hannah, und ihr Gesicht leuchtete auf. »Bei Switzers im Schaufenster liegt ein göttliches Teil – schwarz, diagonal geschnitten, mit durchsichtigen Ärmeln …«

Franny schnappte nach Luft, doch Liam ging zum Schreibtisch, kam mit dem Geld zurück und drückte es Hannah schweigend in die Hand.

»Danke Paps! Ich zahle es so bald wie möglich zurück!«

»Das weiß ich doch«, gab Liam zurück. »Ich schreibe es auf den Deckel.«

Er grinste. Das Anschreiben auf dem Deckel war eine alte Neckerei zwischen ihnen.

Franny brannte vor Neugierde, doch sie wusste, dass sie vorsichtig vorgehen musste. Hannah würde jegliche elterliche Kontrolle weit von sich weisen. Als sie jedoch von sich aus nicht weiter auf das Thema einging, fragte Franny schließlich zögerlich: »Wo findet diese Party denn statt, Liebes?«

Doch Hannah hatte schon wieder den Mantel übergeworfen, stand an der Tür und hauchte ihren Eltern einen Kuss zu.

»Nächste Woche erzähle ich dir jedes Detail, Mutter. Aber jetzt muss ich los, sonst schnappt mir noch jemand das Kleid vor der Nase weg!«

Franny folgte ihrer Tochter zur Tür und sah ihr nach, wie sie munter den Weg hinunterlief. Vor der Biegung am Tor blickte Hannah sich um und winkte.

»Es ist schön, zu sehen, wie sie sich freut«, sagte Liam. »Es ist so wichtig, wenn man jung ist. Eine glückliche Jugend ist ein Vermögen, von dem man das ganze Leben zehren kann …«

Franny gab keine Antwort.

»Wir müssen sie loslassen«, fuhr Liam sanft fort. »Wäre es nicht schön, wenn sie einen netten Ehemann fände?«

»Ich wünschte nur, wir wüssten, wo diese Party stattfindet und wer sie begleitet!«

»Sie ist eine junge Frau … wir können sie nicht wie ein Baby behandeln!«

Fran nickte. Plötzlich fröstelte sie und überlegte, ob sie sich vielleicht erkältet hatte.

»Sie braucht sicher noch ein paar Accessoires zu ihrem Kleid. Ich habe doch noch dieses schwarze Abendtäschchen aus Samt und eine Kaschmir-Stola …«

Sie ging nach oben, kam mit den fraglichen Gegenständen zurück und hielt sie ihrem Mann zur Begutachtung hin. »Glaubst du, dass sie die brauchen könnte? Sie sind noch wie neu!«, sagte sie. »Schade, dass sie so schnell wegmusste!«

»Wir können doch später in die Stadt fahren«, schlug Liam mit einem unterdrückten Seufzen vor. »Dann zeigst du sie ihr. Und anschließend gehen wir in ›Die Kameliendame‹. Was hältst du davon, Mrs Mulhall?«

Frannys Gesicht leuchtete auf. Sie liebte Greta Garbo.

Nachdem Liam seinen üblichen Mittagsschlaf gehalten hatte, holte er den Austin aus der Garage, und bald waren sie auf dem Weg in die Stadt. Der Strand von Bull Island erschien endlos breit; es war Ebbe. Fern am Horizont war ein Schiff zu sehen.

In Fairview wurden sie an einer Baustelle aufgehalten, wo man der Marsch neues Land abgewann, und kamen erst nach fünf in der Exchequer Street an. Die Galerie war geschlossen. Sie klingelten.

Cissie kam an die Tür und ließ Hannahs Eltern ein. Ein unangenehmer, strenger Geruch hing im Haus.

»Entschuldigen Sie den Gestank, aber wir haben den Hausschwamm im Dachgeschoss. Kein Wunder, dass ich das Haus so preiswert bekommen habe. Darf ich Ihnen eine Tasse Tee anbieten?«

»Nein danke«, antwortete Franny. »Ich wollte nur ein paar Sachen für Hannah abgeben. Vielleicht kann sie sie für ihre Party brauchen.«

»Aber sie ist längst weg! Sie ist vor über einer Stunde zum Bahnhof aufgebrochen.«

»Ich dachte, die Party findet hier in Dublin statt!«

»Nein«, lachte Cissie, »es ist irgendwo in der Pampa! Eine echte Landhaus-Sause! Zum Fürchten elegant!«

»Und wo genau?«

»In der Nähe von Monaghan.«

»Könnte es sich zufällig um einen Landsitz namens Clonmore handeln?«, fragte Liam sehr vorsichtig und legte seine Hand auf die von Franny.

»Genau! Das ist es! ›Cluain Mor‹, der gälische Name für ›große Wiese‹!«

Neugierig beobachtete Cissie Hannahs Mutter und fragte sich, warum ihre Augen so groß und ihr Gesicht so blass wurde.

»Wer hat sie denn eingeladen?«, fragte Franny heiser.

»Der Eigentümer«, gab Cissie zurück und verbiss sich ein Grinsen. »Er hat einen Narren an ihr gefressen und will sie mit Leuten bekannt machen, die ihrer Karriere förderlich sein können. Sein Name ist Sir Bertram Wallace«, fügte sie hinzu, indem sie den englischen Akzent des Gentlemans nachäffte. »Seines Zeichens ›Ritter des Königs‹.«

47. KAPITEL

Jimmy Horan hatte zu seinem eigenen Erstaunen die Unruhen überlebt, genauso wie den nachfolgenden Bürgerkrieg. Inzwischen widmete er sich wieder voll und ganz seinem Bauernhof. Er hatte nie geheiratet und war zu einem der alternden Junggesellen geworden, wie es in ländlicher Umgebung so viele gab.

Sein Haar war ergraut und wurde allmählich dünner, doch sein schlanker Körper zeugte noch immer von jahrelangem Training. Mit seinen achtundvierzig Jahren schien er nachgiebiger geworden zu sein, doch unter dem ruhigen Äußeren schlummerte eine gequälte Seele. Selbst sein Haus zeugte von seinem von Zwängen heimgesuchten Naturell. Es blitzte vor Sauberkeit, und an allen Wänden hingen Heiligenbilder: die heilige Jungfrau, der heilige Joseph, die heilige Philomena. Eine Statue Unserer Lieben Frau von Lourdes stand auf dem Kaminsims im Wohnzimmer neben einem nach einigen Missgeschicken an mehreren Stellen geklebten Abbild des Prager Jesuskinds. Vor dem Herz-Jesu-Bildnis in der Küche brannte Tag und Nacht eine Opferkerze.

Jimmy sprach ununterbrochen mit Gott; meistens machte er ihm Vorwürfe.

Wenn er sich an der Feuerstelle hinkniete, um zu beten, legte er die Ellbogen auf einen Stuhl und schloss die Augen wie früher. Doch er wurde nur immer wieder von der Vergangenheit eingeholt, und seine Erinnerungen fanden sich in einem einzigen Brennpunkt wieder: der Erschießung von Guy Forrister.

Hätte er gewusst, wie entsetzlich die Tat an ihm nagen würde ... Aber was sonst hätte er tun sollen? Wie viele Menschen hätten sterben müssen, wenn er ihn hätte gehen lassen? Jimmy schüttelte den Kopf. Er sah Mrs Gaffneys Cottage niedergebrannt und von den Tans verwüstete Ländereien vor seinem inneren Auge.

Aber vielleicht hätte der Mann ja den Mund gehalten ...

Immerhin war er britischer Offizier, dachte Jimmy verächtlich. Seine Aufgabe war ebenso klar wie meine. Wenn er nur nicht so stoisch, so würdevoll gewesen wäre ...

Jimmy wusste sehr wohl, warum ihm das Ereignis auch nach so langer Zeit noch zu schaffen machte: Er stand im Begriff, Ellen in Balcarragh zu besuchen.

Nur eine Woche zuvor hatte Jimmy Ellen das erste Mal seit vielen Jahren wiedergesehen. Er hatte die Todesanzeige im Irish Independent gelesen. Michael Kennedy, herzensguter Ehemann von Ellen, und Vater von Hugh und Mary, plötzlich und unerwartet ...

Sofort beschloss Jimmy, zur Beerdigung zu fahren.

In einem dunkelgrauen Anzug, den er seit vielen Jahren besaß, war er in einem Mietwagen nach Balcarragh gefahren. Die Kirche war sehr voll gewesen. Schüchtern war er in der Nähe des Kirchenportals geblieben und hatte sich mit dem Anblick von Ellens Rücken begnügt, die zwischen ihren beiden Kindern in der ersten Reihe saß. Wie groß sie geworden waren!, dachte er beim Anblick der Sprösslinge. Besonders interessierte ihn das Mädchen, doch er konnte nur ihren geneigten Kopf und das glänzende Haar sehen.

Nach der Messe war er dem Trauerzug zum Friedhof gefolgt und hatte sich nach der Beerdigung in die Warteschlange derer eingereiht, die Ellen ihr Beileid aussprechen wollten.

Zunächst hatte sie ihn nicht erkannt. Sie schien wie betäubt zu sein, wie in einer sorgenvollen Würde eingefroren. Unter ihrem schwarzen Hut waren die grauen Schläfen deutlich zu erkennen.

»Es tut mir so Leid für dich, Ellen …«

Als er ihren Namen aussprach, schrak sie auf und blickte ihm in die Augen.

»Jimmy! Es muss Jahre her sein …« Sie lächelte und drückte seine Hand. »Kommst du noch mit nach Hause? Ich hatte erst kürzlich vor, dir zu schreiben.«

»Ich glaube, du hast heute genug zu tun«, sagte Jimmy, dem davor graute, sich in einer Menschenmasse wiederzufinden. »Aber wenn ich darf, komme ich dich demnächst besuchen. Nächsten Samstag bin ich ohnehin in der Gegend«, fuhr er fort und suchte fieberhaft nach einem plausiblen Grund. »Ein Pferdehändler in Ballinasloe hat mir ein Angebot gemacht …«

Er wusste, dass sie samstags nicht in der Schule war, und hoffte, allein mit ihr zu sein. Es hatte ihn tief berührt, dass sie ihm hatte schreiben wollen.

»Das wäre wirklich nett. Sagen wir gegen drei? Ich muss dich ein paar Dinge fragen.«

Die Zeit schien geradezu unermesslich langsam zu vergehen, doch irgendwann war es dann doch so weit: Jimmy saß in seinem Mietwagen und fuhr durch die mehr oder weniger leeren Straßen von Ballinasloe. Er verließ die Stadt auf der Straße nach Athenry und fand den Hof von Balcarragh. Das Haus der Familie war neben einem alten Cottage erbaut worden. Er bog in die Zufahrt ab. Kahle Birken bogen sich im Wind.

Eine schwarz-weiße Promenadenmischung sauste bellend durch den Garten. Ellen kam an die Gartentür. Wieder einmal fiel ihm die stille, feine Art auf, die er immer so an ihr geliebt hatte; sie wirkte wie eine schöne Leihgabe aus einer anderen Dimension. Die Jahre hatten ihr nichts anhaben können – nur ihre Unsicherheit hatten sie ihr genommen, dachte er voller Wärme.

Oh Gott, vielleicht hatte er ja dieses Mal eine Chance bei ihr!

Jimmy stieg aus, nahm seine Tweedkappe ab und schüttelte ihre ausgestreckte Hand. Ein junges Mädchen in einer Schürze lächelte ihn beim Betreten der Küche schüchtern an.

»Du kannst jetzt Tee machen, Nora«, sagte Ellen zu ihr und führte ihren Gast ins Wohnzimmer.

Das Zimmer erinnerte ihn mit aller Macht an Monaghan – das Teegeschirr, die Kamineinfassung aus dunkelgrünem Connemara-Marmor, der Duft nach Torf. Wenn ich jetzt die Augen schließe, dachte er, werde ich in jenen Samstag zurückversetzt, als Mrs Murphy in Dublin war und ich nach der Beichte zu Besuch kam. Harry haderte mit seinem Vater, die kleine Franny war in einen ihrer unvermeidlichen Romane vertieft, und Ellen servierte mir Tee. Sie war immer schon die geborene Lady.

»Setz dich, Jimmy«, forderte Ellen ihn auf.

Er ließ sich linkisch auf einem Sessel nieder und verfluchte sein Unbehagen. Auf dem Kaminsims und auf dem Klavier standen Fotos – ein Hochzeitsfoto, Bilder der beiden hübschen Kinder und ein Schnappschuss aus jenem letzten Sommer, der Harry, Ellen und Franny zeigte.

Nora kam mit dem Tee, setzte die Kanne ab und verschwand wieder. Jimmy erkannte die Wärmehaube. Sie stellte ein Bauernhaus dar; die Stockrosen waren aufgestickt.

»Gehörte die nicht ihr?«

»Meiner Tante? Möge ihre Seele in Frieden ruhen! Richtig. Du hast ein ausgezeichnetes Gedächtnis.«

Ellen schenkte Tee ein und bot ihm einen Teller mit kleinen Schinken-Sandwiches an. Er nahm eins und biss hinein.

»Lecker!«, sagte er und ärgerte sich erneut über sein linkisches Verhalten.

Warum hatte sie ihn eingeladen? Was wollte sie ihn fragen? Schon bevor sie ansetzte, pochte sein Herz so stark, als wüsste es etwas, von dem er keine Ahnung hatte.

»Jimmy«, sagte sie und blickte ihm gerade in die Augen, »ich wollte dir schreiben, weil ich glaube, dass du die Antwort auf einige wichtige Fragen kennst.«

»Aha?«

»Es geht um Guy Forrister.«

Eine Welle der Qual brach über Jimmy herein. Er musste die Augen von ihrem Gesicht abwenden und sah zu Boden.

»Du bist der einzige Mensch, an den ich mich wenden kann«, fuhr sie fort. »Kürzlich habe ich einen Brief bekommen. Anscheinend war Guy nach dem Krieg in der Burg von Dublin stationiert. Seit 1920 aber verlor sich jede Spur von ihm.« Sie richtete ihre Augen mit aller Macht auf ihn und fragte: »Was weißt du über das Verschwinden von Major Forrister?«

Jimmy tat, als sei er erstaunt. Er brachte kein Wort hervor. Ellen stand auf, nahm ein Sendschreiben vom Schreibtisch und reichte es ihm. Das dicke Papier war mit einem Wasserzeichen versehen.

Domaine de Fontebelle
St. Martin
Département des Landes
Frankreich
1. September 1930

Liebe Mrs Kennedy,
meine Nachforschungen – die Sie hoffentlich nicht für allzu aufdringlich halten, wenn Sie den Grund dafür erfahren – haben ergeben, dass Ihr Name früher Ellen Healy lautete und Sie in Kilcrannagh in der Grafschaft Monaghan wohnten.
Seit einiger Zeit versuche ich, Sie ausfindig zu machen, weil ich hoffe, dass Sie so freundlich sind, mir einige Fragen zu beantworten.
Ich bin der Neffe von Major Guy Forrister, der während der Unruhen in Irland vor etwa zehn Jahren spurlos verschwunden ist. Nach Ende des großen Krieges war er in der Burg von Dublin stationiert, scheint aber im Herbst 1920 zu Tode gekommen zu sein. Meine Mutter und ich bekamen geheimnisvolle Abschiedsbriefe zugeschickt, die unter offenbar verhängnisvollen Umständen geschrieben worden waren.
Ich bin sicher, dass der Tod meines Onkels zum verfrühten Ableben meiner Mutter geführt hat, die nur ein Jahr später das Zeitliche segnete.
Guy hatte den Krieg überlebt und war entschlossen, den Militärdienst zu quittieren und zu uns zurückzukehren.
Natürlich drängt es mich, zu erfahren, wie er gestorben und wo er begraben ist. Soweit ich informiert bin, hat er seinen Kameraden mitgeteilt, er wolle die ihm lieb gewordene Gegend um Clonmore House in der Grafschaft

Monaghan besuchen, wo er in seiner Jugend oft gewesen war. Danach verliert sich seine Spur. Der Eigentümer von Clonmore, ein Mr Wallace, lebt seit langer Zeit in London und konnte mir nicht weiterhelfen. Er erklärte, schon einige Jahre vor seinem Verschwinden keinen Kontakt mehr zu Guy gehabt zu haben.

Nun hoffe ich, dass vielleicht Sie noch über Kontakte in Monaghan verfügen und die Wahrheit herausfinden können. Ich darf Ihnen versichern, dass ich nichts weiter wünsche, als die sterblichen Überreste meines Onkels heimzuholen. Es dürfte außer Frage stehen, dass es Menschen gibt, die wissen, wo Guy begraben liegt. Trotz all meiner Nachforschungen sind Sie meine einzige Verbindung zu seiner Vergangenheit. Er erwähnte Ihre Familie bei mehr als einer Gelegenheit als seine irischen Freunde.

In der Hoffnung, bald von Ihnen zu hören, verbleibe ich mit freundlichen Grüßen
Ihr James Forrister

Jimmy bemühte sich, die im Laufe der Jahre erworbene undurchdringliche Miene beizubehalten. Er las den Brief, gab ihn zurück und zwang sich, Ellen ins Gesicht zu sehen. Doch ihre Augen forschten in seiner Seele.

»Ich habe den Eindruck, du weißt etwas«, sagte sie leise.

Jimmy schüttelte den Kopf. Seine Stimme klang ruhig.

»Nicht viel. Ich glaube, er wurde in der Nähe des Herrenhauses gefangen genommen. Ich war damals schon in Mayo …«

»Wäre es dir möglich, mehr zu erfahren?«

Jimmy misstraute seinen Händen, die Teetasse sicher zu halten, in welcher der Tee langsam kalt wurde.

»Ich nehme an, du hast geantwortet?«, sagte er. »Dem Neffen, meine ich!«

»Noch nicht. Als ich dich bei der Beerdigung traf, dachte ich, dass du ihm vielleicht weiterhelfen könntest.«

»Du mochtest Forrister gern, nicht wahr?«, sagte Jimmy plötzlich mit rauer Stimme.

Ellen runzelte die Stirn. Erst nach einiger Zeit sah sie ihn direkt an und antwortete:

»Ja, das stimmt.« Sie senkte die Stimme. »Ich habe ihn mit jeder Faser meines Herzens geliebt.« Und noch leiser setzte sie hinzu: »Weißt du eigentlich, was es bedeutet, so zu lieben?«

Jimmy fragte sich voller Bitterkeit, ob sie ihr Leben lang taub und blind gewesen war. Hatte sie in all den Jahren nichts mitbekommen? War seine gesamte Existenz wirklich nur ein Schatten in ihrem Sonnenlicht gewesen?

»Ich habe zwei Mal in meinem Leben geliebt«, antwortete er, »und zwar von ganzem Herzen, mit meiner ganzen Seele und all meiner Kraft.«

Ellen setzte ihre Tasse ab. Der Mann ihr gegenüber schien plötzlich zu glühen.

»Zwei Mal im Leben habe ich geliebt«, wiederholte Jimmy. Seine Stimme schwankte vor Anstrengung, sie ebenmäßig zu halten. »Ich zähle sie dir in der Reihenfolge ihrer Wichtigkeit für mich auf. Aber für beide hätte ich mit Freuden mein Leben gegeben.« Er sah sie nicht an, als er fortfuhr: »Es waren Leidenschaften, die ich mir nicht ausgesucht habe. Mein Leben lang habe ich Irland geliebt, denn ich bin ein Teil dieses geschundenen Landes. Und ich liebe dich, Ellen Healy, denn du bist ein Teil meiner Seele.«

Er stand auf.

»Ich muss jetzt gehen«, sagte er heiser. »Es tut mir Leid, aber in dieser Sache kann ich dir nicht weiterhelfen ... Aber wenn du irgendwie ...« Er murmelte etwas von seiner Verabredung mit dem Pferdehändler und ging zur Tür. Irgendwie schaffte er es, sich bei ihr zu bedanken und das Auto einigermaßen sicher über die Zufahrt zur Straße zu steuern.

Drei Meilen weiter parkte er den Wagen an einer einsamen Stelle, wo ihm nur der Wind Gesellschaft leistete, ließ den Kopf auf das Lenkrad sinken und weinte zum ersten Mal seit zweiunddreißig Jahren.

48. KAPITEL

In den folgenden Tagen schwankte Jimmy zwischen dem Bedürfnis, Ellen sein Herz auszuschütten, und dem Wunsch, alles zu leugnen. Am liebsten hätte er Forristers Neffen einen anonymen Brief mit Angabe der Lage von Guys nicht gekennzeichnetem Grab im Wald von Clonmore geschickt, damit er kommen und die Überreste seines Onkels abholen konnte. Sie hatten den Leichnam damals in der Dunkelheit verscharrt und nur so tief begraben, wie es nötig war. Jimmy hatte am offenen Grab ein Vaterunser gebetet, und weil er nicht wusste, welches Gebet für die Beerdigung eines Protestanten sonst noch infrage kam, den Psalm zitiert, der Erlösung versprach.

»Der Herr ist mein Hirte,
mir wird nichts mangeln,
auf grünen Auen lässt Er mich lagern,
zur Ruhstatt am Wasser führt Er mich.
Er stillt mein Verlangen;
Er leitet mich auf rechtem Pfade
um Seines Namens willen.
Und ob ich schon wanderte im finstern Tal,
ich fürchte kein Unglück ...«

Doch was, wenn die Grube nicht tief genug gewesen war? Was, wenn Füchse oder Dachse sich über den Leichnam hergemacht hatten? Es wäre schrecklich, wenn der Neffe käme und nichts als ein paar verstreute Knochen vorfände.

Wenige Tage später befand sich Jimmy, fast gegen seinen Willen, auf dem Weg nach Clonmore.

Er schlich sich durch die Wiesen. Unwillkürlich folgte er dem Weg, den er eingeschlagen hatte, als er vor etwa vierzehn Jahren verwundet nach einer Zuflucht suchte. Nach einem zweistündigen Fußmarsch fand er sich in den Wäldern um das große Herrenhaus wieder. Vorsichtig schlich er sich bis auf wenige Meter an Guy Forristers Grab heran. Allerdings brachte er es nicht fertig, wirklich bis zur entsprechenden Stelle zu gehen. Nicht, dass er Angst gehabt hätte, das durch seine Hand beendete Leben könne nach Rache schreien. Es war etwas in ihm, das schrie. Etwas in ihm fluchte auf die Laune der Geschichte, die ihn gezwungen hatte, den Mann zu töten, den Ellen Healy geliebt hatte. Und ein feiner Mann, ein guter Mann war er obendrein gewesen. Durch die kahlen Äste hindurch blickte Jimmy zum Himmel.

»Warum hast du das geschehen lassen?«, fragte er laut. »Das war nicht anständig von dir! Warum konntest du ihn nicht auf einen kleinen, sicheren Ausflug irgendwohin schicken?«

Doch der Himmel antwortete nicht. Das einzige Geräusch, das außer vereinzeltem Vogelpiepsen an Jimmys Ohr drang, war Lärm vom Herrenhaus her. Teppiche wurden ausgeklopft. Jimmy ging bis zu einer Lichtung, von wo aus er besser sehen konnte. Schnell stellte er fest, dass Clonmore sich auf Gäste vorbereitete.

Es grenzte an ein Wunder, dass das Haus die Unruhen überstanden hatte. Viele andere Herrenhäuser waren aus Rache für von den Tans verbrannte Cottages in Schutt und

Asche gelegt worden. Doch Clonmore hatte überlebt, obwohl die zugehörigen Felder inzwischen von der Landwirtschafts-Kommission zur Verteilung an die Bauernschaft aufgekauft worden waren. Nur das Gebäude und der Garten gehörten noch den Wallaces.

»Sind Sie das etwa, Mr Horan?«, fragte eine Stimme hinter ihm im Plauderton. Jimmy erschrak fast zu Tode. Ein jahrelang eingeübter Reflex ließ ihn nach dem Revolver greifen, den er allerdings längst nicht mehr bei sich trug. Als er sich umdrehte, sah er einen jungen Mann mit Schirmmütze neben der efeuüberwucherten Quelle stehen.

»Genau hier habe ich Sie das erste Mal angesprochen«, fuhr der junge Mann fort. »Sie waren verwundet und versteckten sich vor den Soldaten.«

Jimmy starrte ihn an. War das etwa der Junge, der ihm im Mai 1916 zu einem sicheren Unterschlupf verholfen und ihm später Lebensmittel und Verbandmaterial in Form eines zerrissenen Bettlakens gebracht hatte? Und – was noch viel wichtiger war – der seinen Mund gehalten hatte?

»Dann sind Sie ...«

»Donal Byrne!«

Jimmy streckte die Hand aus.

»Ich hätte Sie nicht wiedererkannt, Donal. Sie sind ein gutes Stück gewachsen.«

Donal nickte. »Na hoffentlich! Sind Sie zur Party gekommen?«, wollte er wissen und wies mit dem Kopf in Richtung des Herrenhauses. »Sie bereiten sich schon seit heute Morgen vor!«

»Ja klar. Ich bin der Ehrengast!«, gab Jimmy zurück. »Ohne mich läuft hier keine Feier! Übrigens kannte ich früher fast jeden, der hier gearbeitet hat«, fügte er hinzu. »Es war fast eine komplette Armee!«

»Kannten Sie etwa auch Mary O'Toole?«, fragte der junge Mann eifrig.

Jimmy rief sich ins Gedächtnis zurück, was er über Marys Schicksal wusste. Sie hatte einen Pächter namens Cass Byrne geheiratet und war einige Jahre später bei der Geburt des dritten Kindes im Kindbett gestorben.

»Gott sei ihrer Seele gnädig!«, sagte er. »Sicher habe ich sie gekannt. Sie war eine feine Frau!«

»Sie war meine Mutter!«

Jimmy warf dem jungen Mann einen prüfenden Blick zu und fragte so beiläufig wie möglich: »Das wievielte ihrer Kinder sind Sie denn?«

»Ich bin der Älteste. Aber das habe ich Ihnen schon erzählt, als ich Ihnen geholfen habe, Ihr Bein zu verbinden. Sicher haben Sie mir damals nicht richtig zugehört.«

Jimmy erinnerte sich an die wieder aufgeplatzte Wunde und das strömende Blut.

»Nein, das habe ich wohl nicht!«

Und plötzlich wurde ihm einiges klar. Mary O'Toole war bei ihrer Hochzeit schwanger gewesen. Wenn Donal ihr erstes Kind war, konnte Cass Byrne nicht sein Vater sein. Jimmy wusste nur allzu gut, wer Donals Erzeuger war.

Er zwang sich, völlig normal zu klingen, als er sagte: »Danke für alles, was Sie für mich getan haben, Donal. Ich stehe tief in Ihrer Schuld.«

»Es war wenig genug. Ich wusste von dem Aufstand. Zu Hause wurde lange Zeit von nichts anderem gesprochen. Ich war zwar noch ein Kind, aber ich wollte mein Teil dazu beitragen«, fügte er sarkastisch hinzu. »Ich bin eben zur falschen Zeit geboren. Ich war zu jung, um nützlich zu sein.« Er lachte. Dann sagte er leise: »Aber Sie könnten Ihre Schuld bei mir abtragen.«

Jimmy hob die Augenbrauen.

»Auf welche Weise?«

»Wallace kommt heute Abend.«

Jimmy starrte Donal an.

»Und in ein paar Tagen ist er wieder weg!«, erwiderte er scharf. »Er lebt seit langem in London. Clonmore ist nur noch ein Gespenst!«

Donal sah das große Haus an.

»Sagen wir lieber: eine Garnison. Und zudem noch auf dem Land der O'Tooles erbaut! Zweihundertfünfzig Jahre lang haben sie uns mithilfe des Militärs und Londons Segen unterdrückt.« Er lachte bitter auf. »Ich könnte Ihnen jede Menge Geschichten erzählen, was die Familie Wallace meiner Familie angetan hat. Und ich kann es einfach nicht ertragen, dass dieser arrogante Schnösel hierher zurückkommt, als hätte er irgendwelche Rechte.«

Jimmy erkannte die Heißblütigkeit der Jugend. Doch der junge Mann hatte Wurzeln, von denen er nichts wusste.

»Ich hoffe doch sehr, dass Sie nichts unternehmen wollen!«, sagte er.

Donal sah ihn mit einer gewissen Geringschätzigkeit an. »Sie sind nicht der Mann, für den ich Sie gehalten habe!« Er zeigte auf die Wiese, das gewundene Sträßchen, das zum Haus führte, und die kleine Steinbrücke, die über einen Bach zwischen zwei Weiden führte.

»Das Auto von Wallace wird heute Abend diese Brücke überqueren!«

»Und Sie wollen auf ihn warten? Ist es das, was Sie mir sagen wollen?«

»Aye!«

»Und mit welcher Waffe?«, erkundigte Jimmy sich milde. »Einer alten Pistole, die manchmal funktioniert, manchmal aber auch nicht?«

Donal grunzte. »Mit einer abgesägten Flinte!«, sagte er.

»Allerdings glaube ich, dass ein Gewehr besser wäre.« Er sah Jimmy an. »Könnten Sie mir Ihres leihen? Damit könnten Sie Ihre Schuld mir gegenüber tilgen.«

»Es ist strafbar, Feuerwaffen zu besitzen.«

»Seit wann scheren Sie sich um das, was in Dublin ausgebrütet wird?«, fragte Donal. »Holen Sie Ihr Gewehr aus seinem Versteck!«

»Der Krieg ist vorbei«, sagte Jimmy.

»Nicht für mich! Und nicht nach dem, was ich weiß. Die Alten haben mir alles erzählt.«

»Und bestimmt nichts vergessen!«

Donal starrte ihn wütend an, doch Jimmys Gedanken rasten. Ob Wallace lebte oder nicht, spielte für ihn längst keine Rolle mehr. Als Landbesitzer hatte Bertie nichts mehr zu melden; er hatte seine Ländereien und damit seine Macht in Irland verloren. Niemand gab mehr etwas um seine Prahlerei.

Doch Donal sah das ganz anders. Er war jung; für ihn teilte sich die Welt in Gut und Böse auf.

Der Situation wohnte eine gewisse Unvermeidbarkeit inne. Es war nicht Jimmys Sache, den Jungen über seine Verwandtschaftszugehörigkeit aufzuklären. Wenn er es erfuhr, würde es ihn vernichten.

Trotzdem konnte Jimmy nicht einfach zusehen, wie Donal zum Vatermörder wurde. Natürlich hätte er versuchen können, ihn abzulenken, doch er wusste, dass einem solchen Versuch allenfalls ein kurzer Erfolg beschieden wäre. Sobald Jimmy ihm den Rücken kehrte, würde der Junge wie ein Racheengel an der Brücke stehen.

»Überlass die Sache mir!«, sagte er schließlich. »Ich bin Veteran und möchte meine Schuld höchstpersönlich gutmachen. Allerdings unter einer Bedingung!«

Donal blickte ihn finster an. »Und die wäre?«

»Ich tue es allein!«

Ich mache der Sache ein für alle Mal ein Ende, dachte Jimmy. Ihm war nicht wohl bei dem Gedanken an die Zukunft und die schreckliche Beichte, die er vor Ellen ablegen musste. Er würde ihr noch vor dem Einrechen der Dunkelheit eine Nachricht mit dem Lageplan des Grabes schicken. Danach wollte er sich um Wallace kümmern. Was die Gerichtsbarkeit anschließend mit ihm machen würde, blieb abzuwarten. Jedenfalls war es höchste Zeit, Schluss zu machen.

49. KAPITEL

Sir Bertram Wallace lehnte sich in den Ledersitz seines Armstrong Sidley zurück. Seine Geschäfte hatten ihn länger als erwartet in Dublin aufgehalten, doch jetzt genoss er die freie Landstraße und den schnurrenden Motor. Er chauffierte gerne. In London kutschierte ihn sein Chauffeur im Rolls herum, doch in Irland zog er es vor, weniger auffallend zu reisen.

Clarissa war nach Hause gefahren. Sie mochte Clonmore nicht. Sie hatte gesagt, dass sie sich bei ihren wenigen Besuchen dort wie ein Goldfisch im Glas gefühlt hätte, den alle anstarrten. Clarissa hatte viel Fantasie, die allerdings vor dem Ehebett Halt machte.

Natürlich passte es Bertie ausgezeichnet, dass sie nach London zurückgefahren war. Er hatte ihr nicht mitgeteilt, dass er an diesem Abend in Clonmore einen Gast haben würde. Er dachte an die kleine Künstlerin, die ihn so aufgewühlt hatte, und fragte sich, ob sie es mit der Angst zu tun bekam, wenn sie feststellte, dass sie der einzige Partygast war. Nun, darum würde er sich kümmern, wenn es so weit war. Es gab genügend Ausreden.

Zum ersten Mal im Leben faszinierte ihn eine Frau wirklich. Manchmal dachte er, es würde ihm genügen, einfach nur dazusitzen und sie anzusehen. Irgendwann wollte er natürlich auch die üblichen Wonnen genießen, doch sie war jung, und er war darauf vorbereitet, zu warten. Das Warten hatte einen ganz eigenen Charme. Es verlängerte das Vergnügen, vergrößerte die Erfüllung und wertete die Eroberung auf.

Seine Hauptsorge war, rechtzeitig den Bahnhof von Monaghan zu erreichen, um sie abzuholen. Doch eigentlich dürfte das kein Problem sein. Er hatte seine Haushälterin angerufen – das Haus würde warm und einladend sein, ein Abendessen auf sie warten, der Wein wäre entkorkt und die Betten gelüftet.

Irland hatte sich in den letzten zehn Jahren sehr verändert, dachte er, während er durch die herbstliche Landschaft fuhr. Das Gefühl ständig drohender Gefahr war verschwunden. Natürlich war das Land noch immer arm, doch was konnte man anderes erwarten? Eines Tages würden sie vermutlich in Westminster vorstellig werden und darum bitten, den ganzen Klimbim wieder zu übernehmen – sich vielleicht sogar für den Zustand entschuldigen, in dem sie das Land hinterlassen hatten. Was hatten die Rebellen mit ihrem ganzen Gemetzel erreicht?

Sicher, da war das große Wasserkraftwerk am Shannon, das im vergangenen Jahr den Betrieb aufgenommen hatte; nach und nach wurden auch die bäuerlichen Gegenden elektrifiziert. Und die neue Regierung in Dublin hatte doch tatsächlich diese verdammten Deutschen mit der Errichtung des Werks beauftragt! Leute aus der Vorstandsetage von Siemens waren in Anzügen angereist, die aus Papier bestanden! Absolut lachhaft! Jedenfalls würde das die Deutschen lehren, einen Krieg anzuzetteln! Irland würde nie und nimmer so viel Strom brauchen, wie das Kraftwerk produzieren konnte; es war sinnlos hinausgeworfenes Geld. Aber immerhin würden sich einige Deutsche in Zukunft vielleicht anständige Anzüge leisten können!

Bertie musste über seinen eigenen Witz lächeln.

In der Ferne tauchte Monaghan auf; der viereckige Turm der protestantischen und der spitz zulaufende der katholischen Kirche kamen in Sicht. Eine kleine Stadt wie viele andere. Nie würde es gelingen, genügend Geld aufzutreiben, um die irische Wirtschaft zu sanieren. Natürlich war es ohnehin besser, wenn das Land rückständig blieb; nur so würde es weiterhin einen herrlichen Spielplatz abgeben …

Die Künstlerin Hannah hatte über seine Argumente nur gelacht und sich so charmant mit ihm gestritten wie keine Frau vor ihr.

»Sir Bertram, Ihre Herablassung ist unangebracht. Unsere Wirtschaft steckt zwar vielleicht noch in den Kinderschuhen, aber sie ist lebensfähig!«

»Sehr verehrte junge Dame, was nutzt ein lebensfähiger Ententeich, wenn alle Enten davongeflogen sind?«

Sie hatte sich ganz entzückend geärgert.

»Sie glauben allen Ernstes, wir Iren könnten unser Land nicht in den Griff bekommen! Aber da täuschen Sie sich, Sir Bertram. Sie haben sich sicher schon öfter getäuscht, nicht wahr?«

Wie er das leichte Neigen ihres Kopfes liebte! Wie er ihre Herausforderungen liebte! Er musste allerdings zugeben, dass das kleine Biest einen wunden Punkt berührt hatte. Natürlich hatte er früher Fehler gemacht. Aber junge Burschen mussten sich nun einmal die Hörner abstoßen, und er war nicht schlimmer gewesen als viele andere. Ein paar Bastarde hier und da … zumindest hatte es ihm immer Vergnügen bereitet, sie zu machen.

Franny beachtete Liam, der sie zurückrief, nicht.

»Franny, Franny … um Himmels willen …«

Liam hatte den Motor des Austin laufen lassen; schnell reihte sich Franny in den fließenden Verkehr Richtung Kingsbridge ein.

Im Bahnhof hing noch der Qualm eines kürzlich abgefahrenen Zuges; ein Dienstmann erklärte ihr, dass es der Zug nach Monaghan gewesen war. Franny lief zurück zum Auto, holte die Straßenkarte aus dem Handschuhfach und suchte nach ihrer vor kurzem erst erworbenen Lesebrille.

Sie würde die Stadt über die Navan Road verlassen. Wenn sie sich sputete, konnte sie den Zug überholen und rechtzeitig in Monaghan sein, um Hannah abzuholen. Sie musste diesem Schrecken ein Ende bereiten, ehe es zu spät war. Sollte sie zu spät am Bahnhof ankommen, würde sie direkt nach Clonmore House fahren und, wenn es sein musste, die ganze Grafschaft aufwecken.

Während der Fahrt rasten ihre Gedanken. Die Vergangenheit holte sie ein. Der Schmerz, der ihr als erwachsener Frau zuteil geworden war, ihr verkrampftes Sexualleben, die Art, wie sie Liam angelogen hatte, und die Tatsache, dass ihre seelische Gesundheit in zunehmendem Maß litt, verspotteten das Bild, das sie von sich aufrechtzuerhalten versuchte.

Das alles hatte ihr diese abscheuliche Kreatur angetan! In gewisser Weise allerdings hatte sie ihn auch gewähren lassen. Immer hatte sie sich vor dem Schmerz gescheut, sich mit dem Geschehen auseinander zu setzen.

Und jetzt hatte er ein Auge auf Hannah geworfen. Er

wusste nicht, wer sie war – es war wie in einer griechischen Tragödie.

Die Schmach legte einen roten Film über ihre Augen. Im schwindenden Licht erschien ihr alles rot; selbst die Autoscheinwerfer hatten die Farbe von Blut.

Franny fuhr so schnell sie konnte. In den vielen Kurven drosselte sie das Tempo jedoch. Sie durfte keinen Unfall riskieren – nicht auf dieser Fahrt!

Als sie in Monaghan ankam, war sie so nervös, dass sie sich zunächst verfuhr. Doch sie lag gut in der Zeit. Der Zug, der häufig hielt, würde erst zehn Minuten später ankommen.

Die Stadt wirkte wie ausgestorben. Alle Geschäfte waren geschlossen, die Türen der Häuser zu, die Vorhänge vor die Fenster gezogen. In der Luft hing Torfgeruch.

Franny sah die glänzende schwarze Limousine herankommen. Sie stand in einem absurden Kontrast zu dem Pferdekarren, den sie wichtigtuerisch überholte. Das Licht der Straßenbeleuchtung fiel auf das Gesicht des Fahrers. Franny erkannte den eleganten Schnurrbart und die selbstzufriedene Miene sofort.

Sie trat das Gaspedal bis zum Anschlag durch. Der Motor jaulte auf. Und dann lenkte Franny den Austin mit voller Geschwindigkeit direkt auf den Armstrong Sidle zu.

Hannahs Zug fuhr fast pünktlich in Monaghan ein. Mit kreischenden Bremsen blieb er stehen und ließ zischend Dampf ab. Hannah holte ihren Koffer aus dem Gepäcknetz und stieg aus. Sir Bertram hatte zwar gesagt, er wolle sie abholen, doch er war nirgends zu sehen. Nun, vielleicht war er aufgehalten worden. In diesem Fall würde er sicher jemanden schicken.

Hannah beobachtete die Leute, die ebenfalls in Monaghan ausgestiegen waren. Sie selbst war erster Klasse gereist.

Sie war sicher, dass die Party bei Sir Bertram ihrer Karriere und der Galerie nützlich sein würde. In Dublin schien er Gott und die Welt zu kennen und hatte schon einige seiner Freunde in die Galerie geschickt. Einige von ihnen hatten Bilder gekauft, doch die meisten schienen sich hauptsächlich für sie zu interessieren.

»Sie glauben, du wärst seine Geliebte«, informierte Cissie sie, »und suhlen sich in Lüsternheit!«

»Lächerlich! Der Mann ist verheiratet. Außerdem ist er viel zu alt für mich!«

»Und was wäre, wenn er nicht verheiratet wäre?« Cissie beobachtete sie genau. »Oder wenn er sich scheiden lassen würde? Wäre er dann immer noch zu alt für dich?«

Über diese Frage hatte Hannah seither lange nachgedacht. Instinktiv hatte sie gespürt, dass sie sich Sir Bertram gegenüber vorsichtig verhalten musste. Selten hatte sie einen so faszinierenden Menschen getroffen und versuchte, eine vernünftige Erklärung für die Anziehungskraft zu finden, die er auf sie ausübte. War es sein Reichtum? Das Gefühl, dass alles möglich und alles zu haben war? Oder vielleicht die latente Gefahr? Die Aura von Risiko, die ihn umgab? War es das Bewusstsein, dass er etwas für die Galerie, für ihre und Cissies Karriere und vielleicht sogar etwas für ihren Vater tun konnte?

Hannah hatte Schwierigkeiten, eine wirklich ehrliche Antwort auf diese Fragen zu finden. Doch eines wusste sie genau: Er wollte sie, und zumindest jetzt im Moment hatte sie ihn in der Hand.

Trotzdem saß sie allein auf dem kalten Bahnsteig. Noch immer war Sir Bertram nirgends zu sehen. Sie blickte sich um und versuchte, zu erkennen, ob im Zug noch andere Party-Gäste gewesen waren, die nach Clonmore wollten. Doch anscheinend waren nur Ortsansässige auf dem Weg nach Hause mitgereist. Der Bahnhof leerte sich. Schnell war sie allein.

Hannah ging in den Wartesaal und setzte sich enttäuscht auf eine der Holzbänke. Sie wartete eine halbe Stunde, doch niemand kam. Irgendwann suchte sie den Stationsvorsteher auf, der gerade in seinem Büro Tee aufbrühte, und erkundigte sich, ob es möglich sei, ein Taxi zu bestellen.

»Dessie Cassidy besitzt ein Auto«, sagte der Mann und zwirbelte seinen Schnurrbart. »Wo wollen Sie denn hin, Miss?«

»Nach Clonmore House.«

»Aber da ist doch bestimmt niemand!«

»Dort soll an diesem Wochenende eine Party stattfinden.«

»Ach so! Nun, dann rufe ich mal an. Möchten Sie vielleicht eine Tasse Tee?«

Hannah nahm gerne an. Der Tee war zu stark, aber er wärmte immerhin. Der Stationsvorsteher betätigte die Kurbel seines Telefons und gab der Telefonistin die Nummer von Dessie Cassidy.

»Hier sitzt eine junge Dame, die nach Clonmore will«, sagte er.

Jimmy wartete.

Der Abend war kalt, doch das machte ihm nichts aus. Viele Jahre Guerilla-Krieg hatten ihm beigebracht, auf Komfort zu verzichten. Er trug einen alten Trenchcoat, einen dicken Pullover und Gummistiefel, jedoch keine Handschuhe. Mit nackten Händen konnte er besser mit dem Gewehr umgehen, das er wie eine Geliebte kannte und berührte. Am Nachmittag hatte er die Waffe aus ihrem Versteck geholt und sie sorgfältig gereinigt und geölt.

Er hatte sich nicht an der von Donal ausgesuchten Brücke, sondern an einem Bachlauf unmittelbar vor den Toren des Grundbesitzes postiert. Das Tor war der perfekte Ort. Im Pförtnerhaus wohnte die alte Mrs Scully, die hinauskommen musste, um Wallace das Tor zu öffnen; in diesem Augenblick würde er ein perfektes Ziel bieten.

Und danach ...

Für Jimmy gab es ohnehin keine Zukunft mehr. Er hatte Ellen geschrieben und ihr die Wahrheit mitgeteilt. Auf irgendeine Weise würden die Fakten an die englischen Verwandten Forristers weitergeleitet werden, und das war gut so.

Für die Exekution Forristers würde er sich nicht vor Gericht verantworten müssen. Doch auf den Mord an einem aufrechten Bürger stand der Tod durch den Strang.

Jimmy hatte die Möglichkeit in Erwägung gezogen, sich selbst zu richten. Doch obwohl er sein Ende herbeisehnte, vertrat die Kirche, was Selbsttötung anging, eine eindeutige Meinung. Mit seinem Leben im Diesseits mochte es nicht mehr weit her sein, doch Jimmy hatte keine Lust, seine Ewige Seligkeit aufs Spiel zu setzen. Er hatte schreckliche Dinge getan, doch er hatte dabei immer ein höheres Ziel vor Augen gehabt; ein Ziel, das wichtiger war als sein eigenes Leben oder die Leben, die er genommen hatte.

Er dachte kurz an Franny und daran, dass er seine Aufgabe damals verpfuscht hatte. Doch dieses Mal würde er sie und alle anderen weiblichen Opfer Wallaces gründlich rächen.

Jimmys Stiefel schmatzten im Moder auf dem Grund des Bächleins. Es wurde dunkel. Die Lampe in Mrs Scullys Küche wurde gelöscht und im Schlafzimmer wieder angezündet. Es fror Stein und Bein. Die Grashalme überzogen sich mit Reif. Jimmys Beine schliefen ein. Er streckte sie, und es fühlte sich an wie tausend Nadelstiche. Der Mond ging als halbe Scheibe auf; am Himmel glitzerten Sterne.

Wo zum Teufel blieb Wallace? Und wo waren die Gäste, die sich längst an Clonmores Fleischtöpfen gütlich tun sollten?

Jimmy hörte in der Ferne ein Geräusch und lauschte. Ein Auto kam näher. Scheinwerfer tasteten sich durch den Novemberabend.

Sofort lag das Gewehr in Jimmys Hand. Er duckte sich in den Graben.

Der Wagen bog nach Clonmore ab. Vor dem Tor blieb er im Leerlauf stehen.

Jimmy spürte eine wohlbekannte, sichere Vorahnung in den Eingeweiden. Er wurde völlig ruhig – ein Jäger, der seine Beute witterte. Er hatte den Fahrer im Visier. Jimmys Finger liebkoste den Abzug. Sein Gewehr war eine Frau – sie würde unter seinen Händen singen.

Und dann stellte er fest, dass es sich bei dem verdammten Wagen um den von Dessie Cassidy handelte!

Bei genauerem Hinsehen stellte sich heraus, dass zwei Menschen im Auto saßen. Der Fahrer war tatsächlich Dessie Cassidy. Jimmy hörte ihn schwätzen, als er das Fenster herunterkurbelte. Und der zweite Insasse? Eine Frau! Eine junge Frau, die aus dem Fenster schaute.

Dessie betätigte kurz die Hupe.

Jimmy legte das Gewehr ins Gras zurück. Seine Hände waren schweißnass. Mrs Scully schlurfte in Morgenmantel und Pantoffeln aus dem Haus und öffnete das Tor. Es gab einen kurzen Wortwechsel – Dessie entschuldigte sich für die Störung, die alte Frau gab eine mürrische Antwort. Dann fuhr das Taxi auf das Grundstück. Seine Scheinwerfer beleuchteten die gewundene Auffahrt.

»Mr Horan!«, flüsterte jemand von der Mauerkrone hinter ihm. Erschrocken fuhr Jimmy herum, doch er hatte die Stimme erkannt.

»Was zum Teufel wollen Sie hier, Donal?«, zischte er. »Ich hatte Ihnen doch gesagt, dass ich es allein tun will! Ihr Mann muss jede Minute hier sein. Einer seiner Gäste ist gerade angekommen!«

»Ich habe Sie überall gesucht«, zischte Donal zurück. »Unser Mann kommt nicht mehr. Ich dachte, ich sollte es Ihnen sagen, damit Sie nach Hause gehen können.«

Insgeheim stöhnte Jimmy auf. Er blickte den jungen Mann an und warf einen Blick in den klaren Nachthimmel.

»Ich habe deine Scherze allmählich satt!«, sagte er zu Gott. Er hatte laut gesprochen, und Donal sah ihn verblüfft an.

»Sprechen Sie mit mir, Mr Horan?«

»Was glauben Sie wohl? Nein, ich meine den Scherzkeks da oben, der sich damit amüsiert, mich zum Narren zu halten. Und jetzt muss ich Sie wohl im Auge behalten, falls Sie mich ebenfalls zum Narren halten wollen!«

»Na, ich glaube, es ist eher anders herum: Sie sind derjenige, den man im Auge behalten muss«, lachte der junge Mann.

Und ich habe diesen Brief an Ellen geschickt!, dachte Jimmy verzweifelt. Den Scheiß-Brief mit der Scheiß-Wahrheit!

»Und warum kommt Wallace nicht?«, fragte er schließlich.

»Weil er im *Royal* abgestiegen ist«, antwortete der junge Mann. »Er hat einen ganz verrückten Unfall gehabt!«

50. KAPITEL

Jimmy hatte in Balcarragh einen so tiefen Eindruck hinterlassen, dass Ellen noch tagelang über seinen Besuch und seinen plötzlichen Aufbruch nachdachte.

Zwei Mal habe ich geliebt …

Hatte sie Jimmy je wirklich gekannt?

Das fragte sie sich auch bei Michael. Er hatte eine Leere hinterlassen, die sie immer daran erinnerte, was zwischen ihnen hätte sein können. So viele Jahre hatte sie mit jemandem gelebt, ohne ihn zu kennen!

Und was wäre geschehen, wenn sie ihm die Wahrheit gesagt hätte? Hätte sie ihn vernichtet? Hätte er sie fortgeschickt? Oder hätte er sie mit Mitgefühl verblüfft?

Jimmys Liebe und die Tatsache, dass sie trotz der langen Zeit und der Entfernung weiter gewachsen war, rührten sie. Doch ebenso fühlte sie sich eingeschüchtert durch die fast unmenschliche Ausschließlichkeit, die Jimmy an den Tag legte. Zwar hatte er vorgegeben, im Hinblick auf Guys Tod nicht weiterhelfen zu können, doch Ellen hatte sehr wohl bemerkt, dass er erschrocken war. Seine Augen waren zum Feuer abgeirrt, ohne wirklich hinzusehen. Von diesem Moment an war Ellen sicher, dass er alles wusste.

Vielleicht hätte sie behutsamer vorgehen müssen. Die Unruhen lagen zwar neun Jahre zurück, doch die Wunden waren noch längst nicht verheilt. Und wahrscheinlich gab es Geheimnisse, die er nicht brechen durfte …

Ellen entschloss sich, den Kontakt erneut aufzunehmen. Im Geist entwarf sie bereits einen Brief.

Doch dann wurde sie von der Ankunft eines Schreibens überrascht. Es war im altmodisch gestelzten Stil des Autodidakten verfasst, und sein Inhalt war entsetzlich.

Meine liebe Ellen,
ich hoffe, du vergibst mir mein gereiztes Benehmen bei unserem letzten Zusammentreffen. Ich werde dich nie wieder mit solchen Manieren brüskieren und hoffe, dass du es bald vergisst.
Auch wenn meine Gefühle, die ich vielleicht in inadäquater Weise ausgedrückt habe, sehr ehrlicher Natur sind, habe ich hinsichtlich der Frage, die du mir gestellt hast, nicht die Wahrheit gesagt.
Die Wahrheit ist – es schmerzt mich, dies schreiben zu müssen und ich wünsche von ganzem Herzen, es wäre anders –, dass ich Major Forrister im Jahr 1920 in der Nähe von Clonmore erschossen habe. Meine Späher hatten ihn aufgegriffen, und wir waren angewiesen worden, jeden Soldaten oder Tan sofort zu exekutieren. Natürlich habe ich diesem Befehl Folge geleistet, nicht nur, weil ich Soldat war, sondern weil Major Forrister im Fall seiner Befreiung ein untragbares Sicherheitsrisiko dargestellt hätte.
Major Forrister wurde am Morgen des 15. Oktober 1920 kurz nach Einbruch der Morgendämmerung erschossen. Er ging mit großer Würde in den Tod.
Ich kann kaum ausdrücken, wie sehr ich die Ereignisse bedaure. Schon damals fiel mir das Befolgen meines Befehls schwer, und noch heute habe ich Schwierigkeiten, damit zurechtzukommen, zumal ich inzwischen weiß, wie viel dir Major Forrister bedeutete.
Du kannst Major Forristers Neffen mitteilen, dass das Grab seines Onkels sich etwa fünfzehn Schritt östlich des verlassenen Forsthauses am Rand des Clonmore-Waldes befindet. Ich bin kürzlich da gewesen; das Grab ist unberührt. Vorsichtshalber füge ich eine kleine Karte bei, in welcher der Ort rot gekennzeichnet ist.

Ich weiß, dass du mir nie verzeihen wirst, Ellen. Doch leider hatte ich unter den gegebenen Umständen keine andere Wahl.

Dein Jimmy.

Nachdem James Forrister Ellens Einladung erhalten hatte, reiste er von Fontebelle zunächst nach Paris und dann weiter nach Calais, wo er die Fähre nach Dover nahm. Er übernachtete in London und bestieg am nächsten Tag den Zug zur Fähre nach Holyhead. Müde und erschöpft kam er schließlich in Dublin an. Er stieg im Shelbourne Hotel ab, von dem er wusste, dass sein Onkel es immer favorisiert hatte. Am folgenden Morgen mietete er einen Wagen und fuhr in die Grafschaft Galway. Er fuhr schnell; der Verkehr ließ es zu, und er war ungeduldig.

In Athlone hielt er zum Mittagessen und überquerte anschließend den Shannon auf einer klapprigen Holzbrücke, die von einer Burg mit Kanonen bewacht wurde.

Er kam eine Stunde zu früh in Balcarragh an und nutzte die verbleibende Zeit für eine Rundfahrt durch die Gemeinde. Die Felder wurden von Steinmauern begrenzt, die Häuser waren mit Stroh gedeckt und hatten geteilte Türen, das Vieh graste auf mittelmäßigen Weiden. Die Luft roch nach Regen. Jeder, dem er auf den Sträßchen begegnete, hob die Hand zum Gruß. Wie den Bauern Frankreichs wohnte auch diesen Menschen eine natürliche Aristokratie inne.

James' Suche nach Information über Guy war im Sande verlaufen, bis er eines Tages auf die verwitwete Mrs Healy gestoßen war, die vor ihrer Ehe mit Ellens Vater Guys Vater geheiratet hatte. Sie war inzwischen über siebzig und lebte in Kerry. Die alte Dame hatte ihn über Guys irische Freunde aufgeklärt.

Immer wieder war der Name Ellen aufgetaucht. Als James nach Guys Tod den Schreibtisch des Onkels aufgeräumt hatte, war ihm ein Umschlag mit einer Haarsträhne und einem Brief von einer Frau dieses Namens in die Hände gefallen. Eine leidenschaftliche Person, diese Ellen! Zur Zeit, als sie das Briefchen geschrieben hatte, musste sie verheiratet gewesen sein, denn sie erwähnte ein Kind.

Pünktlich um halb vier fuhr er am Hof der Kennedys vor. Im Gegensatz zu Jimmy benutzte er den Vordereingang. Das zweigeschossige Haus mochte vielleicht zehn Jahre alt sein; das Cottage mit den dicken Mauern daneben, dessen Dach inzwischen aus Zinkblech bestand, war früher sicher mit Stroh gedeckt gewesen.

James verspürte Neugier und vor allem Nervosität. Würde er die Frau treffen, die sein Onkel einst geliebt hatte? Würde er etwas über das Schicksal seines Onkels erfahren?

Ellen hatte Nora instruiert, an die Tür zu gehen. Nora hatte vor fünf Jahren Maire Ni Suibhnes Stelle eingenommen. Doch es war Ellens dreizehnjährige Tochter Mary, die das Klopfen an der Eingangstür hörte und mit einem fröhlichen »Ich gehe schon!« die Treppe hinuntersprang.

Sie war aus dem Internat in Galway nach Hause gekommen, um eine Rippenfellentzündung auszukurieren. Doch zu Hause herrschte eine merkwürdig gedämpfte Stimmung. Ihre Mutter wirkte still und in sich gekehrt. Sie war kaum aufzuheitern, was Mary auf den Tod des Vaters schob. Hatte ihre Mutter schließlich doch noch gemerkt, was für ein wunderbarer Mann er gewesen war? Mary hatte die Probleme in der Ehe ihrer Eltern immer wahrgenommen.

Doch an diesem Tag würde es endlich einmal Abwechslung geben. Ein Besucher hatte sich angekündigt – ein Engländer. Mary war sehr gespannt. Noch nie hatte sie mit einem Engländer gesprochen. Sie öffnete die Tür. Ein ruhig wirkender junger Mann stand ihr gegenüber.

»Guten Tag«, sagte er höflich. »Mein Name ist James Forrister. Ich bin mit Mrs Kennedy verabredet.«

»Treten Sie ein, Mr Forrister. Meine Mutter erwartet Sie.«

James nahm den Hut ab, und Mary ging ihm voraus ins Wohnzimmer. Sie fragte sich, warum ihre Mutter so nervös war, als sie ihren Gast begrüßte. Sie stellte ihm Mary vor und sagte dann, sie hätte einige Dinge mit Mr Forrister zu besprechen und Mary solle Nora bitten, Tee zu machen.

Nachdem Mary das Zimmer verlassen hatte, forderte Ellen ihren Gast auf, Platz zu nehmen. Es gelang ihr kaum, das Zittern ihrer Stimme zu unterdrücken. Sie war dankbar, dass der junge Mann Guy nicht ähnlich sah; sein Haar und sein Schnurrbart waren eher rötlich.

Ellen fiel es schwer, einen Anfang für das zu finden, was sie ihm zu sagen hatte.

Ihre eigenen Gefühle konnte sie inzwischen ziemlich gut kontrollieren. Nachdem sie Jimmys Brief erhalten hatte, war sie vor Trauer fast durchgedreht. Der Gedanke an Guy, der mit verbundenen Augen im grauen Morgenlicht stand, während ihr ältester Freund ihm die Pistole an den Kopf hielt und ihm das Gehirn aus dem Schädel pustete, hatte sie aus dem Haus in den Wald getrieben. Sie hatte sich ins Farnkraut gelegt und dem Rascheln der Blätter, den Vogelstimmen und der unendlichen Einsamkeit gelauscht. Sie weinte nicht. Sie ging wieder mit Guy spazieren, sie schlief mit ihm in der Wohnung in Dublin, sie spürte seinen Körper und seinen Atem in ihrem Gesicht.

Doch ein paar Tage später überwältigte sie der Schmerz mit aller Macht. Sie hatte sich in ihr Zimmer eingeschlossen, die Vorhänge zugezogen, ein Kissen in den Mund gestopft und bis zur völligen Erschöpfung geweint, während Nora völlig verängstigt vor der Tür stand und fragte: »Mein Gott, Ma'am, sind Sie krank?« Gut, dass die Kinder beide im Internat waren – sie hätten sicher geglaubt, dass ihre Mutter wahnsinnig wurde.

Noch ein wenig später ertappte sich Ellen bei einem merkwürdigen Ärger, der sich gegen Guy selbst richtete. Was um alles in der Welt hatte er sich dabei gedacht, mitten in einem Guerilla-Krieg in einer britischen Uniform in den Wäldern von Clonmore herumzulaufen? Hatte er nach der Vergangenheit gesucht? Oder nach ihr?

Doch eines war sicher: Nie im Leben würde sie Jimmy verzeihen können. Niemals!

Nachdem Ellen die üblichen Höflichkeiten mit ihrem Besucher ausgetauscht hatte, ging sie an Michaels alten Schreibtisch und entnahm ihm den wichtigen Teil von Jimmys Brief, den sie aus dem Original herausgeschnitten hatte.

»Ich habe hier etwas für sie. Es ist ein Teil eines Briefes und spricht für sich selbst. Aber ich muss Sie warnen – es ist schockierend.«

Mary trieb sich eine Weile vor der geschlossenen Wohnzimmertür herum. Sie hörte die leisen Stimmen, das Geräusch der Schublade, die geöffnet wurde, das Rascheln von Papier und die Stimme ihrer Mutter. Dann herrschte tiefe Stille.

»Ich verstehe«, sagte der Engländer schließlich. »So war das also.«

Mary spürte die Anspannung durch die Tür hindurch.

»Und so verdammt sinnlos!«, brach es aus ihm heraus. Seine Stimme schwankte bedenklich. »Natürlich ist er mit Würde gegangen …«

»Es tut mir so Leid …«

Das war ihre Mutter, und sie kämpfte hörbar mit den Tränen. Offensichtlich verlor sie den Kampf, denn plötzlich war ein verzweifeltes Schluchzen zu hören. Dann brach auch der Besucher in Tränen aus.

Mary bekam es mit der Angst zu tun. Sie schlich in die Küche und hinderte Nora daran, das Teetablett ins Wohnzimmer zu bringen. »Warte lieber noch ein bisschen ... ich bringe es ihnen später hinein ...«

Es war ein merkwürdiges Gefühl für Mary, dass ihre Mutter nicht nur der elterliche Fixpunkt war, den sie immer gekannt hatte, sondern eine eigene Geschichte besaß, von der sie nicht das Geringste wusste. Was war der Grund für ihr plötzliches Weinen gewesen? Wer war der Mensch, um den beide trauerten?

Mary ging in den Garten, wo ihr der Hund Patsy ein schwanzwedelndes Willkommen bereitete. Sie warf einen Stock, und er sauste davon. Dabei fiel ihr auf, dass sie zitterte. Eltern waren nicht dazu da, geheimnisvolle Wesen zu sein!

Patsy kehrte triumphierend zurück und bellte sie fröhlich an. Er wollte weiterspielen. Mary nahm den Stock und schmetterte ihn in der Wut ihrer Machtlosigkeit über den Zaun in die Wiese vor dem alten Haus. Der Hund tobte hinterher. Mary drehte sich um. Im Küchenfenster sah sie ihr Spiegelbild: ein stirnrunzelndes junges Mädchen mit kurz geschnittenem, dunklem Haar in einem geraden Rock und einem Pullover.

Sie ging ins Haus, nahm Nora das Teetablett ab und ging langsam zum Wohnzimmer. Klar und deutlich hörte sie die Stimme des Besuchers.

»Wo wohnt dieser Kerl? Wie heißt er?«

In der Frage lag eine klare Drohung. Mary blieb stehen.

»Das werde ich Ihnen nicht sagen«, erwiderte die Mutter

heiser. »So sehr ich ihn auch hasse – ich will nicht, dass noch mehr Unheil geschieht.«

Mary wartete noch einen Moment, und als nicht mehr weitergeredet wurde, hüstelte sie und mühte sich mit dem Türknopf ab.

James Forrister stand auf und öffnete ihr die Tür. Eigentlich hatte er aufbrechen wollen, doch er hatte mehr Gelegenheit, etwas über den Mörder seines Onkels zu erfahren, wenn er noch blieb. Die Anwesenheit des Mädchens brachte so etwas wie Normalität zurück und erlöste ihn weitestgehend von seiner erstickenden Wut. Immerhin kannte er jetzt die Wahrheit und konnte Guys Leichnam nach Hause holen.

»Darf ich Ihnen helfen, Miss Kennedy?«

»Danke schön«, sagte Mary und fühlte sich sehr erwachsen.

»Möchtest du mit uns Tee trinken?«, fragte ihre Mutter.

Mary blickte sie an und sah, wie rot ihre Augen waren. »Ich habe vorsichtshalber schon einmal eine dritte Tasse mitgebracht, für den Fall, dass du fragen würdest«, erwiderte sie mit erzwungener Heiterkeit. Sie fühlte sich alles andere als wohl. Sie war in etwas sehr Privates eingedrungen, obwohl sie keine Ahnung hatte, um was es ging.

Ihre Mutter schenkte den Tee ein. Mary, die nichts sehnlicher wünschte, als die Schweigsamkeit zu unterbrechen, erklärte plötzlich, sie müsse noch schnell mit dem Fahrrad zu Kiely fahren, ehe der Laden schloss.

»Nora sagt, es wäre kein Mehl mehr da!« Mary errötete ob dieser banalen Erklärung.

»Darf ich Sie vielleicht fahren?«, bot James an.

»Der Laden ist ungefähr zwei Meilen entfernt.«

»Ich könnte Sie hinbringen, warten, bis Sie Ihre Einkäufe

erledigt haben, und Sie dann wieder nach Hause fahren. Es bereitet mir nicht die geringste Mühe.«

»Sie sind wirklich sehr freundlich, Mr Forrister.«

James sah den Vorbehalt in Marys Augen und fragte sich, wie viel sie wirklich wusste. Einen verwirrten Moment lang erinnerte sie ihn an die spöttische Art seines Onkels.

Während der Teestunde versuchte James, Konversation zu machen. Er fragte Mary nach ihrem Internat, und sie erzählte vom Dominikanerinnen-Kloster Taylor's Hill in Galway und dass sie wegen einer noch nicht ganz abgeheilten Rippenfellentzündung nach Hause geschickt worden war.

»Jetzt bin ich wieder ganz gesund!«, sagte sie und fügte mit einem kleinen Seufzer hinzu: »Was mich nur wirklich ärgert, ist, dass ich von unserem Theaterstück zu Weihnachten ausgeschlossen worden bin. Ich hätte die Portia spielen sollen.«

»Ich kann mir gut vorstellen, dass Sie Schauspieltalent haben!«

Doch die unausgesprochenen Fragen in Marys aufmerksamen Augen entgingen James durchaus nicht. Er trank seinen Tee und ertappte sich, wie sehr er nach einem starken Whiskey lechzte.

Eine halbe Stunde später saßen Mary und James in seinem Auto und fuhren die wenigen Meilen zu dem Tante-Emma-Laden, der vom Zinkeimer bis zu Zigaretten so ungefähr alles verkaufte.

»Was haben Sie nach Ihrer Schulzeit vor, Miss Kennedy?«

»Ich möchte zur Universität gehen und Wissenschaftlerin werden.«

»Sehr gut. Haben Sie Geschwister?«

»Einen Bruder. Er heißt Hugh und ist in einem Internat in der Grafschaft Limerick. Er möchte Arzt werden.«

»Würden Sie denn in Irland arbeiten?«

»In Irland gibt es zu wenig Arbeit, also werde ich vermutlich nach England gehen müssen. Mutter hat gesagt, Sie leben in Frankreich! Das finde ich wirklich interessant ...«

»Genau genommen lebe ich in Yorkshire, verbringe aber so viel Zeit wie möglich in Frankreich. Mein Haus liegt im sonnigen Südwesten.«

Eine Zeit lang schwiegen sie, dann platzte Mary plötzlich hervor: »Warum wollten Sie meine Mutter besuchen?«

»Es geht um jemanden, der ermordet worden ist und den wir beide gut kannten. Ihre Mutter hatte einige wichtige Informationen über ihn ...«, gab er zur Antwort und beobachtete das Mädchen sehr genau.

Mary schnappte nach Luft. »Es war mein Onkel«, fügte James hinzu.

»Wollen Sie etwa behaupten, meine Mutter weiß etwas über ... einen Mord?«, fragte Mary mit ungläubigem Lachen. »Und dass Ihr Onkel ermordet wurde und sie Ihnen bei der Aufklärung helfen kann?«

James fuhr an den Straßenrand, hielt an und sah seiner Beifahrerin gerade ins Gesicht. »Der Übeltäter selbst hat es ihr mitgeteilt. Aber sie will mir seinen Namen nicht sagen und mir auch den Rest des Briefes nicht geben, aus dem ich ihn sicher erfahren könnte. Das bedeutet jedoch, dass ich zur Polizei gehen muss.«

Mary fuhr zurück. »Wann ist der Mord geschehen?«

»1920. Mein Onkel war damals Offizier in der britischen Armee.«

»Aber wenn er während der Unruhen getötet wurde, kann die Polizei vermutlich nichts tun.«

James ließ seinen Blick über die ruhige Landschaft schweifen. Schließlich legte er den ersten Gang ein und fuhr weiter.

Vor dem Geschäft wartete er, bis Mary das Mehl gekauft hatte, und brachte sie wieder nach Hause.

Ellen trat vor die Tür, um sich zu verabschieden. Als sie sich die Hände reichten, gab James ihr den Umschlag, den er in Fontebelle gefunden hatte.

»Ich nehme an, das gehört Ihnen. Ich habe es in Guys Haus in Frankreich gefunden.«

»Fontebelle!«, flüsterte Ellen zu James' sichtlicher Verblüffung. Aus ihrem Mund klang der Name geradezu poetisch. Sie steckte den Umschlag ungeöffnet in die Tasche.

James fragte sich zur Polizei-Station durch. Sie stellte sich als ruhiges kleines Gebäude heraus, in dem wahrscheinlich meistens nicht viel mehr passierte, als dass hin und wieder ein Antrag auf Genehmigung von Hundehaltung gestellt wurde. Als der neue Staat ins Leben gerufen wurde, war die Polizei entwaffnet worden; nirgendwo gab es Anzeichen von Waffen – nicht einmal Schlagstöcke waren zu sehen. Der Dienst habende Sergeant hatte die Füße auf den Schreibtisch gelegt und löste ein Kreuzworträtsel.

Als James eintrat, blickte er auf, nahm eine etwas dienstlichere Haltung ein, las den Briefausschnitt, den Ellen James überlassen hatte, und hörte dem jungen Mann zu.

»Ich verstehe sehr gut, dass Sie bestürzt sind, Mr Forrister«, sagte er freundlich nach einigen Minuten. »Aber im Krieg sind solche Tragödien an der Tagesordnung …«

Verdammter Krieg!, dachte James in einem Anfall von Trübsal.

»Ich möchte die sterblichen Überreste meines Onkels nach Hause holen.«

»Aber sicher, Sir. Ich rufe meinen Kollegen in Monaghan an!«

»Glaubst du, er kommt noch einmal wieder, Mutter?«, fragte Mary.

Ellen schüttelte den Kopf.

»Was war in dem Umschlag, den er dir gegeben hat?«

»Meine Jugend!«

»Mutter«, sagte Mary mürrisch, »glaubst du, dass du mir eines Tages genügend vertraust, um mir all diese Geheimnisse zu enthüllen?«

»Das hat mit Vertrauen nichts zu tun«, erwiderte Ellen und griff nach der Hand ihrer Tochter. »Es ist eine Frage des Mutes. Vielleicht bin ich eines Tages mutig genug, um dir alles zu erzählen. Kannst du noch so lang Geduld mit mir haben?«

13. September 2001

Evas Mund war voll Staub.

Zunächst hatte sie nur blinde Panik empfunden. Ein Erdbeben!, war ihr erster Gedanke gewesen. Eine Gasexplosion!

Sicher würde man sie bald finden. Eine Zeit lang hatte sie geglaubt, im dichten Staub ein Wimmern zu hören; sie hatte versucht, zu schreien, doch mehr als ein piepsendes Geräusch hatte sie nicht von sich geben können.

Nach einer Weile – sie hätte nicht sagen können, wie lange es dauerte – entstand in ihrem Geist ein lichter Raum, in den sie sich flüchten konnte. Hier war sie glücklich. Es war die Vergangenheit, unberührt und sicher.

Es geht mir gut, Mama, erklärte sie ihrer Mutter. Sie schickte ihr E-Mails; eine nach der anderen tippte sie hastig in den Computer. Sie finden mich. Bald schon. Ich habe großen Durst, aber sonst geht es mir gut. Die Bemerkung über das Soufflé tut mir Leid. Julian, mein Liebster, du musst dir keine Sorgen machen. Ich höre sie. Sie graben. Ich wünschte nur, es wäre nicht so dunkel, nicht so kalt …

In diesem Augenblick sah sie ihre Großmutter Hannah wieder, die ihr das Fahrradfahren beibrachte. Großmutters graues Haar war vom Wind zerzaust. Das Rad hatte Eva von ihr zu ihrem fünften Geburtstag bekommen.

Ihre Mutter hatte damals befürchtet, sie sei noch zu jung, doch die Großmutter hatte nur gesagt: »Also Katie, das ist eine Sache, die nur die kleine Eva und ihre Oma etwas angeht.«

Eva wurde angeschoben. Das Fahrrad sauste die Auffahrt von Rathcormac hinunter. Eva schwankte gefährlich und schrie: »Ich kann das nicht!«

»Das will ich nicht gehört haben, Eva! Entweder du fährst das Fahrrad, oder es fährt dich!«

Großmutter hatte immer Farbe unter den Fingernägeln. Manchmal sprach sie über ihren Liebsten Hughie, der gestorben war, und manchmal setzte sie sich abends ans Klavier und sang Liebeslieder.

51. KAPITEL

Die Träume gerieten durcheinander. Aus der Vergangenheit wurde eine wirre Straßenkarte. Es ist der Frühling 1960, und sie ist vierzehn.

»Aber wir können doch nicht nach Irland ziehen, Daddy!«

»Katie, Liebes, deine Mutter und ich denken, dass es an der Zeit ist, nach Hause zurückzukehren.«

Kate wachte vom Rattern des Frühstückswagens auf.

»Sie müssen etwas essen«, mahnte die Schwester sanft.

Als Tom sie nach dem Frühstück besuchte, erkannte er sofort, dass es Kate schlechter ging. Sie hatte ihn mit seinem energiegeladenen Gang durch den Flur der kleinen Station kommen sehen. Als er sie auf die Stirn küsste, spürte sie eine Welle der Zuneigung.

»Wie geht es meinem Mädchen?«

»Tom, mein Lieber – irgendetwas Neues?«

Er schüttelte den Kopf.

Enttäuscht sank Kate in die Kissen zurück. »Tom, ich muss nach Amerika!«

»Was könntest du in New York schon für sie tun, Liebste? Noch dazu in deinem Gesundheitszustand. Wenn sie noch lebt, wird man sie sicher finden.«

Wenn sie noch lebt …

Kate schrak vor dem tauben Gefühl in ihrem Herzen zurück. Mein einziges Kind ist tot, dachte sie. Nie wieder werde ich ihre Stimme hören.

»Der Möbelrestaurator war inzwischen da«, erzählte Tom. »In vierzehn Tagen ist der Sessel fertig.«

»Lieb von dir«, sagte Kate mechanisch.

»Als sie den Sessel in ihren Lieferwagen gewuchtet haben,

Tom war schockiert. »So bald schon! Man sieht noch gar nichts! Ich dachte nur, du hättest ein klein wenig zugenommen. O Carrie, du hättest es mir früher sagen sollen.«

Carrie versuchte, eine schuldbewusste Miene aufzusetzen, was ihr jedoch misslang. »Der dicke Bauch kommt noch früh genug«, sagte sie schüchtern. »Ich musste schon meine Kleider an der Taille auslassen.«

»Du kannst nicht hier bleiben«, sagte Tom nach einer Weile bestimmt. »Du musst zu deiner Mutter nach Denver. Ich komme dich besuchen, so oft ich kann.«

»Und wie oft wäre das?«, protestierte Carrie. »Bis Denver sind es achtzig Meilen! Siehst du, ich habe befürchtet, dass du das sagen würdest, und genau darum habe ich es dir bisher verschwiegen. Ich werde nicht ohne dich nach Denver gehen, nur um mich jeden Tag nach dir zu verzehren. Verlang das nicht von mir, Tom; ich würde es nicht ertragen. Ich werde gehen ... später. Eine Schwangerschaft ist schließlich ein völlig natürlicher Zustand«, fügte sie pragmatisch hinzu. »Es gibt also keinen Grund, einen Aufstand zu veranstalten oder sich zu sorgen ...«

Noch am selben Abend fing Tom damit an, eine Wiege zu schreinern; er fertigte sie mit viel Liebe aus altem, abgelagertem Holz.

Drei Monate später, Mitte August, legte Tom bei einem seiner Erkundungsgänge in den Frying Pan District auf einem verlassenen Claim eine Pause ein. Er stieg vom Pferd, inspizierte den alten Minenschacht und die Abraumhalde und stellte zu seiner Enttäuschung fest, dass es sich um nackten Granit ohne die geringste Spur von Edelmetall handelte. Er war müde, setzte sich auf einen Baumstumpf, zündete seine Pfeife an und lauschte versonnen dem Plätschern eines Gebirgsbaches, dem Seufzen des Windes und den rupfenden und mahlenden Geräuschen seines grasenden Pferdes.

Sein Blick streifte die verfallene Blockhütte, in der einmal der Betreiber der Mine gewohnt hatte. Es war fast nur noch das Dach übrig, gehalten von vier Stützbalken. Die tief stehende Sonne fiel durch den Schutt auf dem Dach, und Tom sah auf dem Boden der Hütte etwas glitzern. Er ging hinüber und sah, dass der Fußboden stellenweise mit Fels durchsetzt war. Er brach mit dem Pickel ein paar Proben ab und betrachtete sie verwundert. Es war Quarz mit einem hohen Silberanteil, wie es schien. Die ahnungslosen Vorbesitzer hatten offenbar ihre Hütte auf einer Silberader gebaut und den Schacht nur fünfzehn Meter entfernt knapp an der Ader vorbei in unergiebigen Granit getrieben. Er füllte seine Satteltaschen mit Gesteinsproben.

Silber war ein einträgliches Geschäft. Jedes Mal, wenn er eine Münze aus der Tasche holte, musste er an die Mühe denken, die es gekostet hatte, überhaupt erst das Metall für die Herstellung zu finden. Aber solange die Münzanstalt in Denver das Silber aufkaufte, würde es jedem in Leadville, jedem in Colorado, der mit Bergbau zu tun hatte, gut gehen.

»Ich habe auf einem alten Claim ein paar interessante Proben gefunden«, teilte er Carrie am Abend mit.

Aber Carrie schien seine Begeisterung nicht zu teilen; sie wandte sich nur ab, halb gelangweilt, halb verärgert, schien es Tom. Ob sie krank ist?, fragte er sich beunruhigt. Sie war inzwischen im siebten Monat schwanger und schob den Umzug nach Denver immer noch vor sich her. Erst an diesem Morgen hatte sie ihm erklärt, dass noch viel Zeit wäre. »In ein oder zwei Wochen ...«

»Geht es dir gut, Carrie?«, fragte er besorgt.

»Ich habe Nervenschmerzen«, antwortete sie gereizt. »Schon fast den ganzen Tag. Ich bekomme diese Schmerzen in letzter Zeit ziemlich häufig. Ich glaube, es liegt an der Höhe.«

»Mein armer Schatz. Komm, leg dich hin.«

Carrie ging zu Bett. Tom setzte sich zu ihr, kühlte ihr die Stirn mit einem feuchten Lappen und sang ihr ein altes Schlaflied vor, das seine Mutter ihm vorgesungen hatte.

»Seoinseó í ló ló,
Seoinseó is tú mo leanbh …«

Staunend schmeckte er die Muttersprache auf der Zunge, überrascht, dass sie noch da war, tief in ihm verwurzelt, lebendig und unvergessen, als hätte sie ihren ureigensten Platz, der nie von etwas anderem besetzt werden konnte. Erfreut sah er, dass die Anspannung aus Carries Zügen wich. Kurz darauf war sie eingeschlafen.

Er saß am Feuer und überlegte, wie er am Morgen die neuen Gesteinsproben zu den Prüfern bringen sollte. Er konnte gegen seinen Optimismus nichts tun; jeder Blick auf den Quarz verriet ihm, dass der Silberanteil sehr hoch war. Er musste nur die ehemaligen Besitzer ausfindig machen und ihnen einen Abschlag zahlen – oder eine eventuell ausstehende Steuerschuld begleichen. Bald würde er einen Sohn haben und seinem Kind alles geben können. Und irgendwann, früher oder später, würde er einen Volltreffer landen, die Mine seiner Träume finden und seiner Familie verschaffen, was längst ihres hätte sein können, wenn er damals nur nicht geschlafen hätte.

Am Morgen sagte Carrie, es ginge ihr wieder gut. Aber Tom entging nicht, wie blass sie war, außerdem hatte sie dunkle Ringe unter den Augen und aß nur wenig von dem Frühstück, das er ihr ans Bett brachte.

»Bitte iss auf, Liebes.«

Sie knabberte an dem Toast, den er am Kaminfeuer geröstet hatte.

»Das Brot ist völlig verkohlt!«, stellte sie gereizt fest und legte es zurück auf den Teller.

Es war so ungewöhnlich, dass sie sich beklagte, dass Tom völlig perplex war. Er betrachtete die schwarzen Ecken des Brotes und musste zugeben, dass es stellenweise zu dunkel geraten war.

»Ich mache dir neuen.«

»Nein. Ich will keinen.«

»Möchtest du, dass ich heute daheim bleibe?«

Er fragte dies sehr sanft, aber sie beide wussten, wie wichtig es war, die Proben möglichst bald prüfen zu lassen. Es bestand immer die Gefahr, dass ein anderer Sucher den verlassenen Claim fand, das Silbervorkommen entdeckte und ihnen zuvorkam.

Carrie ließ sich in die Kissen sinken. Ihr offenes Haar lag ausgebreitet auf dem Kissen, und Tom ließ die Strähnen durch seine Finger gleiten. Einen Moment flackerte etwas in ihren dunklen Augen auf.

Dann sagte sie seufzend: »Ich sehe dir doch an, dass du es gar nicht erwarten kannst, nach Leadville zur Prüfstelle zu kommen. Geh nur, Tom. Ich komme schon zurecht!«

Tom küsste sie zärtlich und verabschiedete sich. »Ich komme zurück, sobald ich kann, Carrie. Pass auf dich auf, und bleib im Bett. Ich werde bei Katie reinschauen und sie bitten vorbeizukommen.«

Er sattelte sein Pferd und lud die schweren Satteltaschen auf. Er ritt nur Schritt wegen der schweren Last. Sein Pferd atmete geräuschvoll, die Gesteinsproben schlugen leise klackernd aneinander, die Hufeisen klapperten auf dem felsigen Pfad, und der Wind rauschte in den Bäumen. Er nahm nicht den direktesten Weg den Berg hinunter, sondern lenkte sein Pferd zur drei Meilen entfernten Fahy-Hütte.

Des war hinter dem Haus und hackte Feuerholz. Er legte

die Axt aus der Hand, wischte sich mit dem Hemdsärmel den Schweiß von der Stirn und rief Tom einen Gruß zu, als dieser zwischen den Bäumen auftauchte. Kate, die das grau werdende Haar zu einem Knoten geschlungen hatte und eine blaue Schürze aus dem groben Baumwollstoff trug, aus dem auch die Arbeitskleidung der Minenarbeiter bestand, erschien in der Tür, um zu sehen, wer der Besucher war.

»Ah Tom«, sagte sie. »Lange nicht mehr gesehen! Komm doch auf einen Kaffee herein.«

Tom schüttelte den Kopf. »Danke, Kate, aber ich bin mit Gesteinsproben auf dem Weg nach Leadville.«

»Wie geht es Carrie?«

»Sie ist etwas erschöpft. Sie liegt im Bett. Sie will immer noch nicht nach Denver.«

Kate runzelte die Stirn. »Sie ist ein richtiger Sturkopf.« Sie senkte die Stimme und brummte: »Du solltest darauf bestehen, Tom. Sie weiß ja nicht, was sie erwartet.«

Tom machte daraufhin ein so betroffenes Gesicht, dass sie hinzufügte: »Ich mache Des nur schnell das Mittagessen, dann reite ich rüber. Ich könnte auch mal wieder einen netten langen Plausch brauchen.«

Des spaltete lachend einen weiteren Holzscheit der Länge nach. »Frauen!«, sagte er kopfschüttelnd. »Wenn dieses neumodische Telefon jemals bis hierherauf gelegt wird, bleibt die Arbeit liegen, und es wird von morgens bis abends nur getratscht.«

Tom ritt weiter nach Leadville. Ihm war jetzt wohler, da er wusste, dass jemand auf Carrie Acht geben würde. Wie gewöhnlich nahm er seine Umgebung sehr aufmerksam wahr. Er registrierte das tiefe Blau der Colorado-Fichten, das Grün der Zitterpappeln und das intensive Leuchten der Wildnis in der Sommersonne, wenn auch die riesenhaften

Gipfel des Mount Elbert und des Mount Harvard die üppige Natur kahl und grau überragten. Oberhalb der Baumgrenze machten einige Murmeltiere Männchen und beobachteten ihn. Ganz in der Nähe huschten Streifenhörnchen über den Waldboden und flitzten die Bäume hinauf. Ein brauner Adler an einem fernen Hang machte ein paar unbeholfene Sprünge und erhob sich dann in die Lüfte.

In Leadville brachte Tom die Proben zur Prüfstelle, schaute im Grand Hotel vorbei und sprach mit ein paar Freunden. »Bleib doch zum Mittagessen, Tom. Es gibt heute butterzartes Lamm ...«

Tom hatte nach dem Ritt durch die Berge einen Bärenhunger, lehnte das Angebot aber dennoch dankend ab. »Ich habe meiner Frau versprochen, so schnell wie möglich zurückzukommen.«

Der Koch stellte ihm eilig ein Lunchpaket zusammen, dann machte Tom sich auf den Rückweg zur Hütte. Er trieb sein Pferd zur Eile an, hörte loses Gestein hinter ihnen den Hang hinunterrollen und registrierte, dass der Wind aufgefrischt hatte. Er freute sich darauf, bald wieder bei Carrie zu sein, darauf, sie über die Nacht in den Armen zu halten und die Bewegungen seines ungeborenen Kindes zu fühlen.

Als er die Hütte erreichte, dämmerte es bereits, aber drinnen brannte Licht, und das Haus sah einladend und heimelig aus. Erst als Tom abstieg und Kate Fahy mit aufgerollten Ärmeln in der offenen Tür stehen sah, erkannte er, dass etwas nicht stimmte. Ein entschlossener, nüchterner Ausdruck lag auf dem Gesicht seiner Nachbarin.

Tom blieb fast das Herz stehen.

»Was gibt es, Kate?«

»Das Baby kommt«, flüsterte sie eindringlich. »Ich bin keine Hebamme, aber ich werde mein Bestes geben.«

»Aber Carrie ist doch erst …«

Er hörte, wie seine Frau einen heiseren Schrei ausstieß, und stürzte ins Schlafzimmer, wo Carrie sich gerade blass und schweißgebadet auf dem zerwühlten Bett aufbäumte.

»Ich reite zurück nach Leadville und hole den Doktor«, sagte er. Aber seine Frau streckte flehend die Hand nach ihm aus.

»Bitte geh nicht, Tom. Lass mich nicht allein. Ich habe solche Angst.«

Tom unterdrückte die aufsteigende Panik. Eine alte Erinnerung mit seiner Mutter drang aus den Tiefen seines Gedächtnisses an die Oberfläche.

»Ich muss den Arzt holen, Liebes. Ich bin bald zurück. Es wird alles gut, mein Schatz«, versprach er, bemüht, seine Stimme stabil zu halten. Dann lief er hinaus, schwang sich wieder in den Sattel und ritt hastig im schwindenden Licht denselben Weg zurück, den er eben erst gekommen war, auf die funkelnden Lichter Leadvilles zu.

Bis er Doc Moran endlich gefunden hatte, ein frisches Pferd gesattelt war und sie losreiten konnten, war die Nacht bereits weit fortgeschritten. Die Pferde strauchelten mehrmals im Dunkeln, aber die geübten Reiter zogen die Zügel an und halfen ihnen, einen Sturz abzuwenden. Der Doktor fragte irgendwann eine Spur zu beiläufig, ob es in der Gegend Bären gäbe, worauf Tom erwiderte, er hätte länger keine mehr gesehen.

»Es bringt nichts, sich verrückt zu machen, Tom«, sagte der Doktor unvermittelt. »Carrie ist jung und stark. Es ist das Baby, um das ich mir Sorgen mache. Mit sieben Monaten, als erste Geburt, die dünne Luft …«

Als sie endlich die Hütte erreichten, zitterte Tom am ganzen Körper. Welche Neuigkeiten warteten hinter dem erleuchteten Fenster mit den rosa Baumwollvorhängen, die

Carrie mit so viel Liebe selbst genäht hatte, auf ihn? Leben oder Tod?

Er eilte ans Bett seiner Frau. Carrie sah ihn an, als erkenne sie ihn nicht; sie schrie, mit schmerzverzerrtem Gesicht und gebleckten Zähnen. Der Doktor stellte seine schwarze Tasche auf den Tisch, sprach in professionellem, beruhigendem Tonfall mit ihr und erklärte Tom, dass er besser draußen wartete. Tom verließ das Zimmer, um die Pferde zu versorgen. Carries erstickte Schreie verfolgten ihn bis hinaus in die Nacht. Er übergab sich.

Das Baby war tot geboren. Der Doktor kam, um Tom die traurige Nachricht möglichst schonend beizubringen.

»Carrie wird sich bald wieder erholt haben. Es tut mir so Leid, Tom. Ich konnte nichts tun, um das Baby zu retten.«

Carrie weinte, jammerte und schluchzte, als ihr das tote Kind in die Arme gelegt wurde – ein kleines Mädchen, winzig, zerbrechlich, glitschig von Blut und Fruchtwasser, in seiner Leblosigkeit anklagend. Tom wäre am liebsten hinausgegangen und hätte seinen Kopf gegen einen Baumstamm gerammt. Es ist meine Schuld, sagte er sich und dachte dabei an eine tragische Geburt, die inzwischen Jahrzehnte zurücklag. Ich hätte darauf bestehen müssen, dass sie nach Denver geht! Es ist meine verdammte Schuld!

Er wiegte seine Frau in den Armen, wischte ihr die Tränen aus dem Gesicht und redete beruhigend auf sie ein, bis sie vor Erschöpfung und mithilfe des Beruhigungsmittels, das der Arzt ihr verabreicht hatte, endlich einschlief. Als sie in seinen Armen erschlaffte, glaubte er im ersten Moment, sie sei gestorben, dann aber sah er, dass sie tief und gleichmäßig atmete, mit zusammengesunkenem Körper und dem feuchten Haar am Schädel klebend. Er deckte sie sorgfältig zu und trocknete seine eigenen Tränen am Bettlaken.

Als der Doktor gegangen war, ging Tom hinaus und

bestattete sein Erstgeborenes, das er nie kennen lernen würde.

»Möge der Allmächtige Gott dich bis in alle Ewigkeit bei der Hand halten, meine süße kleine Tochter«, paraphrasierte er flüsternd ein altes irisches Gebet, während er die kalte Erde Colorados auf dem kleinen Grab festklopfte.

Eine Woche später kam der Analysebericht der Prüfstelle bezüglich der Gesteinsproben aus dem verlassenen Claim. Das Ergebnis belief sich auf einhundert Unzen Silber pro Tonne. Das war ein wertvoller Fund, der ihn unter normalen Umständen begeistert hätte, aber jetzt wurde alles von Trauer überschattet.

Wenigstens hatte Carrie die Geburt überlebt. Aber der Verlust des Babys war für sie beide ein großer Schock. Carrie war sehr still geworden und sang nicht mehr. Tom fragte sich insgeheim, ob er das Recht hatte, jemals wieder mit ihr zu schlafen.

Aber auch nach dieser traumatischen Erfahrung hatte Carrie sich geweigert, zu ihrer Mutter nach Denver zu gehen. »Die Reise wäre zu viel für mich; ich will nicht.«

Und so war stattdessen ihre Mutter angereist und hatte ihre traurige Tochter oben in den Bergen gepflegt.

»Es ist nicht richtig, eine zarte junge Frau zu einem Leben in dieser Wildnis zu zwingen!«, beschwerte sie sich bei Tom. »In dieser Höhe ist es schon für einen kräftigen Mann schwer genug, einen Fuß vor den anderen zu setzen. Du setzt auch deine Gesundheit und dein Leben aufs Spiel; aber von einer Frau zu erwarten, hier oben ein Kind zu gebären, ist Wahnsinn. Das ist eine viel zu große Belastung für ihr Herz.«

»Es war nicht beabsichtigt, dass sie das Kind hier oben bekommt, Mrs. Reed«, entgegnete Tom. »Tatsächlich habe ich die vergangenen zwölf Wochen immer wieder versucht, Carrie zu überreden, nach Denver zu ziehen! Vermutlich hätte ich darauf bestehen sollen, aber sie hat ihren eigenen Kopf!«

»Das weiß ich, Tom«, seufzte Arabella. »Immerhin habe ich sie großgezogen.«

Carrie hatte sich verändert. Sie fing an, viel in der Bibel zu lesen, diskutierte mit Tom über einzelne Kapitel der Heiligen Schrift, und wenn ihr Ehemann sie in die Arme schloss, reagierte sie verhalten.

Vier Jahre später war Carrie wieder schwanger. Es geschah während ihres Winteraufenthaltes in Denver, aber diesmal musste Tom sie nicht erst drängen, bei ihrer Mutter zu bleiben. Tom zog alleine zurück in die Berge und kam so oft er konnte nach Denver. Evalyn wurde am 1. August 1886 geboren und schrie aus Leibeskräften, kaum dass sie das Licht der Welt erblickt hatte.

»Die Mutter aller Menschen«, sagte Tom bezüglich Carries Namenswahl. »Ein guter, kraftvoller Name.«

»Du verwechselst da etwas, Liebster. Du meinst Eva«, sagte Carrie ernst. »Vergiss nicht, dass Eva der Versuchung erlag und aus dem Paradies vertrieben wurde.«

Carries religiöser Eifer war ausgeprägter denn je. Tom seufzte. Er war ein gottesfürchtiger Mann, hatte sich jedoch schon lange von jedwedem Dogma freigemacht.

»So schlimm war es nun auch wieder nicht, diesen läppischen Apfel zu essen!«, brummte er. »Wie auch immer«, fügte er lachend hinzu, als er auf seine kleine Tochter blickte, die ihr Geschrei um weitere Dezibel steigerte. »Ich habe das Gefühl, diese junge Dame hält nicht viel von leisen Tönen und Unterwürfigkeit.«

»Willst du damit sagen, es sei richtig gewesen, die Gebote Gottes zu missachten, Tom Walsh?«

»Nein, natürlich nicht«, antwortete Tom hastig.

Und nun, hier im Haus ihrer Mutter, lag Carrie mit ihrem dritten Kind wieder in den Wehen. Obwohl er weder ihr noch sonst jemandem gegenüber darüber ein Wort verloren hatte, wünschte Tom insgeheim, sie würde ihm einen Sohn schenken.

Tom wurde von ängstlichem Protestgeschrei im ersten Stock aus seiner Träumerei gerissen. Es war der Schrei eines Neugeborenen. Er sprang auf, wobei er etwas von seinem Kaffee verschüttete, riss die Tür auf und rannte die Treppe hinauf, zwei Stufen auf einmal nehmend. Der Doktor erschien auf dem Treppenabsatz. Er lächelte.

»Ein kräftiger Junge, Mr. Walsh. Sieben Pfund und zwei Unzen. Herzlichen Glückwunsch.«

»Und wie geht es meiner Frau?«

»Sie braucht jetzt erst einmal Ruhe und muss sich ausschlafen. Es war eine schwere Geburt, aber sie wird sich davon erholen.«

»Ich bin eben nicht mehr die Jüngste!«, sagte Carrie wenige Minuten später mit einem erschöpften Lächeln. »Ich bin froh, dass ich nicht jeden Tag ein Kind zur Welt bringen muss!«

Der Raum war erfüllt vom neuen Morgen, und obgleich ihre Mutter ihr das Haar frisch gebürstet hatte, war es strähnig vor Schweiß. In ihren Armen lag ein kleines schlafendes Bündel. Der Raum roch nach Blut, und eine Fülle von Erinnerungen stürzten auf Tom ein. Aber Carrie schien es gut zu gehen – natürlich war sie erschöpft, sie zitterte sogar leicht vor Anstrengung, aber sie war weit von der Schwelle des Todes entfernt. Er atmete erleichtert und dankbar auf. Arabella Reed, die zum zweiten Mal Großmutter geworden war, strahlte über das ganze Gesicht, obwohl sie sehr blass und ihre Augen vom Schlafmangel blutunterlaufen waren.

»Gratuliere, Tom. Ich lasse euch jungen Leute jetzt mal allein.«

Leise ging sie hinaus und blickte, ehe sie die Tür hinter sich schloss, mit einem zärtlichen Lächeln noch einmal zurück auf dieses anrührende Bild: die Mutter mit ihrem neugeborenen Baby im Arm und der Vater, der sich zärtlich über sie beugte.

Tom küsste seine Frau auf die Stirn und kniete sich neben ihr Bett.

»Mein wundervoller Schatz«, flüsterte er aus tiefstem Herzen. Dann zog er eine Ecke des Handtuchs beiseite, in das das Baby gewickelt war, und starrte auf das winzige Gesicht des schlafenden Kindes. »Und wen haben wir hier?«

»Ein kleines Persönchen, das es gar nicht erwarten kann, dich endlich kennen zu lernen«, sagte Carrie leise. »Im Augenblick sieht er noch etwas schrumpelig aus, aber da er eine beschwerliche Reise hinter sich hat, hofft er, dass du ihm dies nachsehen wirst!«

Tom hob verschiedene Ecken des Handtuchs und blickte auf das rote Gesicht, die winzigen Fäuste, die kleinen Zehen, das getrocknete Blut in den Haaren.

»Er ist das Ebenbild seiner Mutter«, flüsterte er und legte eine Hand um den kleinen Fuß.

»Das will ich nicht hoffen, Tom«, rief Carrie mit einem müden Lachen. »Nein, er ist dir wie aus dem Gesicht geschnitten.« Sie legte ihm das Baby in die Arme.

Draußen hörten sie die Stimme ihrer Tochter Evalyn, die gerade aufgewacht war. Mrs. Reed klopfte an und steckte den Kopf zur Tür herein.

»Ich war voreilig, fürchte ich. Hier ist eine junge Dame, die eben aufgestanden ist und einfach spürt, dass etwas passiert ist!«

»Lass sie nur rein, Mutter.«

Die nun fast zwei Jahre alte, pummelige dunkelhaarige Evalyn kam hereingeschossen wie eine Pistolenkugel. Sie starrte mit großen Augen und offen stehendem Mund auf das Bündel in den Armen ihres Vaters.

»Sieh mal, wer in Zukunft bei uns leben wird«, sagte ihre Mutter und nahm das Baby wieder entgegen. »Komm her, Schatz, und gib deinem kleinen Brüderchen einen Kuss.«

Evalyn trat an das Bett und musterte den Säugling argwöhnisch. Sie streckte die Hand aus, wurde jedoch von ihrer Großmutter davon abgehalten, das Baby anzufassen.

»Das reicht jetzt«, sagte Arabella lächelnd. »Wir wollen ja nicht, dass du ihn erdrückst.«

Evalyn versuchte strampelnd, sich aus den Armen ihrer Großmutter zu befreien, und starrte weiter wie hypnotisiert auf ihr neues Geschwisterchen. Dann wandte sie sich zu ihrem Vater, rupfte kräftig an seinem Ärmel und zeigte auf den Neuankömmling.

»Das ist dein kleiner Bruder«, flüsterte er ihr ins Ohr. »Du musst auf ihn Acht geben, weißt du, weil du seine große, vernünftige Schwester bist.« Er blickte auf Carrie. »Hast du dich entschieden, wie er heißen soll?«

Sie hatten vor zwei Wochen darüber gesprochen, waren jedoch zu keiner Entscheidung gekommen.

»Vinson«, entgegnete Carrie nun. »Das kommt vom lateinischen Verb *Vincere* – siegen.«

»Ein wunderschöner Name!«, stellte Tom fest.

Auf ein Zeichen Carries hin nahm Mrs. Reed ihr das schlafende Baby ab und legte es in die kleine Holzwiege, die Tom seinerzeit für sein erstes Kind geschreinert hatte. Tom schaukelte seinen Sohn leicht und legte ihm in einer liebevoll segnenden Geste eine Hand auf den Kopf.

Evalyn ließ sich auf den Boden sinken und fing an zu weinen. Mrs. Reed nahm sie auf den Arm.

»Sie will nur Aufmerksamkeit erregen«, sagte sie. »Sie steht nicht mehr alleine im Mittelpunkt, und das passt dem Fräulein nicht ...« An das Kind gewandt, fügte sie hinzu: »Deine Mami ist müde. Lass sie jetzt schlafen.« Sie brachte das weinende Mädchen hinaus.

Tom blieb, bis Carrie eingeschlafen war. Zärtlich betrachtete er seine schlafende Frau. Dann beugte er sich über die Wiege. Er legte einen Finger an die winzige Handfläche und fühlte, wie die kleinen Finger sich reflexartig mit erstaunlicher Kraft um ihn schlossen. »Mein Sohn!«, sagte er leise. »Ich habe einen Sohn!«

Er verharrte noch eine Weile an der Wiege, löste dann vorsichtig den Finger aus der Umklammerung, küsste Carrie auf die Stirn und verließ das Zimmer. Es gab viel zu tun. Er richtete seine Aufmerksamkeit wieder auf die gegenwärtigen geschäftlichen Schwierigkeiten. Der Silberpreis war instabil, und der Ertrag der Minen, an denen er beteiligt war, war rückläufig. Er wollte gründlich über den neuen Verhüttungsprozess nachdenken – er könnte die Lösung sein, in der bevorstehenden Silberkrise ein Vermögen zu machen. Die Zukunft der Menschen, die er liebte, lag in seiner Hand.

Nachdem Tom und Carrie nach Leadville zurückgekehrt waren, kamen Maria und Ted sie besuchen, um das neue Baby zu begrüßen. Sie brachten ihren siebenjährigen Sohn Paul mit.

Man sah Maria kaum an, dass die Zeit vergangen war, abgesehen von einzelnen grauen Strähnen in ihrem vollen kastanienbraunen Haar. Sie, Ted und Paul lebten in einem Haus mit Holzschindelverkleidung in der Sixth Street, das sie von dem Geld gekauft hatten, das Tom seiner Schwester bei Marias Hochzeit ausgezahlt hatte.

Maria führte auch nach ihrer Hochzeit weiter die Bücher des Grand Hotel, und Ted war längst als Constable in Leadville etabliert. Seine Aufgabe war es, Gesetzlose zur Vernunft zu bringen, im Bedarfsfall Polizeiaufgebote zu bestellen und erhitzte Gemüter zu beruhigen, bevor Streitigkeiten eskalierten. Er spürte Verbrecher mit dem Geschick eines Indianers auf und brachte in seine neue Aufgabe die Erfahrung und Entschlossenheit ein, die aus ihm einen so berühmten Kundschafter gemacht hatten. Aber der Job war gefährlich, und Tom entgingen jedes Mal, wenn sie davon sprach, die Sorgenfalten auf der Stirn seiner Schwester nicht.

»Vielleicht sattle ich ja um und werde Minenarbeiter«, sagte Ted augenzwinkernd, wenn seine Frau sich über seine Arbeit beklagte, worauf Maria entgegnete, dass der einzige Job, der noch gefährlicher sei als seiner, der eines Minenarbeiters wäre, der Stollen in den Berg sprengt.

»Die Minen machen die Lungen kaputt«, sagte sie. »Und wenn die erst ruiniert sind, ist man zu gar nichts mehr in der Lage.«

»Es stimmt wohl, dass ich Atmen ganz nützlich finde«, gab Ted ihr Recht, »und ich gedenke, das noch recht lange zu tun.«

Jetzt beugten sich die beiden über das neueste Walsh-Baby und wünschten den Eltern viel Freude mit dem Kleinen. Paul betrachtete das Baby aufmerksam.

»Dassis mein Bruuuda«, krähte die kleine Evalyn stolz.

»Der ist aber klein!«, antwortete Paul verächtlich, warf jedoch gleich darauf einen Blick auf seine Mutter und fragte leise: »Mutter, bekomme ich auch einen Bruder?«

»Ich weiß es nicht, Liebling. Das liegt in Gottes Hand ...«

Später, nachdem Ted zu einer Prügelei in der Chestnut Street gerufen worden war und Carrie sich zurückgezogen hatte, um das Baby zu stillen, fragte Tom seine Schwester: »Wie läuft es im Grand Hotel?«

Maria antwortete nicht gleich. Schließlich sagte sie: »Darf ich ganz offen sein, Tom?«

»Natürlich ...«

Er dachte, sie wolle ihm etwas Vertrauliches mitteilen, aber stattdessen sagte sie: »Es war richtig von dir, in Immobilien in Denver zu investieren. Du solltest deine Minenanteile hier in der Gegend abstoßen. Leadville ist nicht mehr das, was es mal war, und ich bezweifle, dass es je wieder so sein wird!«

»Meine Anteile werfen immer noch gutes Geld ab, Maria«, entgegnete Tom ausweichend.

Sie schüttelte den Kopf. »Die Frage ist nur, wie lange noch. Du weißt selbst am besten, dass der Silbermarkt gesättigt ist. Außerdem gehen die Silbervorkommen in den meisten Minen zur Neige. Ich erlebe die Folgen davon im Grand Hotel. Der Handel bricht zusammen; die Bar ist abends nicht mehr voll, und auch die Zahl der Restaurantgäste am Mittag und Abend ist deutlich zurückgegangen. Manchmal stehen mehrere Zimmer über Tage oder sogar Wochen leer.«

Tom hörte aufmerksam zu. Er wusste, dass es mit Leadville bergab ging, aber er hatte bereits einen Plan, um diese Talfahrt für sich selbst zu umgehen.

»Ich mache mir Sorgen um dich, Tom«, fuhr seine Schwester fort. »Ich glaube, du jagst einem Phantom hinterher. Jahr für Jahr, Monat für Monat schuftest du dich oben in den Bergen halb tot. Warum gibst du dich nicht endlich mit dem zufrieden, was du hast? Ich weiß nicht, wie Carrie das aushält, so viel allein zu sein, vor allem jetzt, wo zwei Kinder da sind, die ihren Vater brauchen ...«

»Maria, ich bin achtunddreißig Jahre alt ... Soll ich mich schon zurückziehen? Früher warst du mal überzeugt davon, dass ich in Amerika Sonderbares tun würde«, sagte er neckend.

»Und das hast du. Du hast es geschafft!«

Tom zeigte sich davon wenig beeindruckt. »Erfolg ist relativ. An dem, was ich bisher erreicht habe, war nichts sonderbar, einmal abgesehen davon, dass ich mir die Chance meines Lebens habe entgehen lassen ...«

Maria schob das Kinn vor und musterte ihn aus zusammengekniffenen Augen. »Wurmt dich das immer noch?«

»War es das, Maria? Das, was du damals gesehen hast? Das du mir prophezeit hast, als du noch eine Hexe warst?«

»Für einen erwachsenen Mann bist du ganz schön abergläubisch, Tom Walsh. Eine Hexe! Warum kannst du dich nicht damit zufrieden geben, so zu sein wie alle anderen?«

»Ich kann es einfach nicht!«

»Warum nicht?«

Tom seufzte. »Das weiß ich auch nicht.«

»Ich habe den Verdacht, dass du etwas ausheckst, Tom.«

»Nun, Mrs. Lafferty, wenn du wissen willst, was ich vorhabe, werde ich es dir verraten: Es gibt einen neuen Verhüttungsprozess, den man als Austin-Prozess bezeichnet. Damit kann man auch aus minderwertigem Erz noch ordentliche Mengen Edelmetalle extrahieren. Genau das Richtige für Minen mit rückläufigen Erträgen! Ich spiele mit dem Gedanken, eine Partnerschaft mit dem Mann einzugehen, der die Vertriebsrechte für den Westen inne hat.«

»Das ist Geldverschwendung!«, entgegnete Maria knapp. »Wenn du mich fragst, du wirst alles verlieren!«

9. KAPITEL

Die Vertriebsrechte für die pyritische Austin Verhüttungsmethode waren im Besitz von David S. Wegg, und Tom ging 1891 eine Geschäftsverbindung mit ihm ein, indem er einen Großteil seines Vermögens investierte.

Dies trieb die Entstehung von Schmelzhütten in Kokomo,

Silverton und Leadville voran. Um die Errichtung und den Start der Hütten zu überwachen, zog die Familie ständig um, von Haus zu Haus und Hotel zu Hotel, bis sie schließlich 1892 ein Holzhaus in der neuen Kleinstadt Ouray kaufte, gelegen in einem Bergtal in der San Juan County, etwa dreißig Meilen von Silverton und zweihundert von Leadville entfernt. Mit dabei war immer ihr schottisches Hausmädchen, Annie MacDonald, das die Kinder über alles liebte.

Ouray war ein wahres Kleinod. Der Ort lag versteckt in etwa zweitausend Metern Höhe in einem Tal, das fast vollständig von einem Halbkreis zerklüfteter Berge umschlossen war, den die Einwohner Amphitheater nannten. Dieses Amphitheater wurde überragt von den fast das ganze Jahr über schneebedeckten Gipfeln des Mount Hayden und des Mount Abraham. Die Berghänge waren mit Pinienwäldern bedeckt, aber der Talboden war gerodet worden, um Platz für die Stadt zu schaffen. Da es von Süden keinen natürlichen Zugang nach Ouray gab, war eine Straße zum nahegelegenen Silverton in die Bergwand oberhalb einer Schlucht mit atemberaubenden Proportionen gesprengt worden. Für die Nutzung der Straße, die von einem gewissen Otto Mears gebaut worden war, wurde eine Gebühr erhoben, sodass alle sie nur den Millionen-Dollar-Highway nannten.

Der Ort war inzwischen siebzehn Jahre alt und zählte über zweieinhalbtausend Einwohner, genug, um sich selbst als Stadt zu bezeichnen. Es gab eine Schule, mindestens zehn Saloons, ein Sägewerk, eine Bank, ein Krankenhaus, ein Opernhaus, ein Gericht, sechs Bordelle, zwei Hotels – das elegante und teure Beaumont und das preiswerte Western –, zwei Prüfstellen, zwei Transportunternehmen, zwei Zeitungen und fünf Ärzte. Dazu noch natürliche heiße Quellen und elektrisches Licht.

Oberhalb der Stadt gab es, versteckt in den Bergen, mehrere ertragreiche Silberminen. Viele der Minenarbeiter lebten in Unterkünften oben bei den Minen oder in der Stadt. Die Eisenbahn hatte das Städtchen 1887 erreicht und für den Rest der Welt geöffnet.

»Ouray sieht aus wie eine Schweizer Postkartenidylle«, sagte Carrie. »Was hoffst du an einem so hübschen Ort zu finden?«

»Schönheit ist doch keine negative Messlatte, Liebes ...« In letzter Zeit hatte sich ein nervöser Unterton in Carries Stimme eingeschlichen, sie war den Kindern und Tom gegenüber extrem gluckenhaft geworden, so sehr, dass diese es als beengend empfanden.

An einem Sonntagnachmittag saßen sie in ihrem Wohnzimmer, das mit einer Chaiselongue, einigen Sesseln, einem Klavier und einem Couchtisch eingerichtet war. Auf dem Fußboden lag ein großer Teppich, und die Wände schmückten einige sehr hübsche Drucke. Draußen lag der erste Schnee in einer dicken Schicht auf den Dächern, Kiefern und Felsformationen des Amphitheaters. Die Kinder spielten auf dem Fußboden, Annie arbeitete in der Küche, und der Terrier Dandy schlief vor dem Ofen. Carrie blätterte in einem neuen Notenheft und spielte hier und da ein paar Akkorde. Sie spielte an den Abenden gerne für die Familie und sang dazu Hymnen oder Liebeslieder. Tom stimmte oft mit seinem Bariton ein, Evalyn krähte Textpassagen mit, und Vinson brachte mit seinen ganz persönlichen Interpretationen alle zum Lachen.

Tom beugte sich vor und hob Carrie vom Klavierschemel auf seinen Schoß. So etwas hatte er seit Jahren nicht mehr getan. Er wollte sie in den Armen halten, als wären sie noch das frisch vermählte junge Paar in den Bergen, beseelt von ihrer ersten Liebe; er wollte ihr die Angst nehmen. Die Kinder waren entzückt. Evalyn beschloss, mit ihnen zu kuscheln, und kletterte auf Carries Schoß, und der kleine Vinson kletterte wiederum lachend auf Evalyns Schoß.

»Das Walsh-Sandwich!«, rief Tom aus und tat so, als würde er unter der Last ersticken. »Zuoberst Vinson mit dem beträchtlichen Gewicht seiner Jahre, gefolgt von Evalyn mit einem Lebendgewicht von mindestens einer Tonne, und dann meine geliebte Frau ...« Er sah das warnende Glitzern in ihren Augen »... so leicht wie eine Gänsedaune. Dandy würde wohl auch noch oben auf mir thronen, wenn ...«

»Dandy!«, rief Vinson.

Der Hund spitzte die Ohren, kam herübergelaufen und versuchte, zum lachenden Vinson hinaufzuspringen.

»Sind Sie alle verrückt geworden!«, rief Annie aus, als sie mit einem Teetablett hereinkam.

»Runter da!«, befahl sie Dandy, »sonst hole ich den Besen. Hältst du dich für einen Menschen?«

»Dan-di, Dan-di!«, krähte Vinson und packte den Hund an den Ohren.

»Und ihr beiden kleinen Halunken, ab in die Falle! Zeit für euren Mittagsschlaf!«

»Nein!«, protestierten Evalyn und Vinson wie aus einem Mund. Carrie hob die Kinder von ihrem Schoß, stand ebenfalls auf und strich spröde ihr Kleid glatt, mit einer Schamhaftigkeit, die in den vergangenen Jahren immer ausgeprägter geworden war.

»Du gehst jetzt schlafen, Evalyn«, sagte sie streng. »Wenn ich meinen Tee getrunken habe, werde ich mich ebenfalls hinlegen.«

»Und was ist mit Vinson?«, fragte Evalyn trotzig.

»Vinson ebenso.«

Tom legte seinem kleinen Sohn eine Hand auf den Kopf. Das Kind blickte lächelnd zu ihm auf. Evalyn beobachtete ihren Vater und ihren Bruder, spürte die Intimität, die ganz besondere Beziehung zwischen den beiden.

»Euer Vater wird auch ein Nickerchen machen«, sagte Tom augenzwinkernd. »Also werden alle in diesem Haus Mittagsschlaf halten, es gibt keine Ausrede für unerwünschte Aktivitäten!«

Carrie begegnete seinem Blick und errötete. Annie lächelte in sich hinein, als sie mit den Kindern den Raum verließ.

Ein wenig später, als sie sich in ihr Schlafzimmer zurückgezogen hatten, küsste Tom seine Frau und begann, ihr Kleid aufzuschnüren. Er war dieses Wunders nie überdrüssig geworden, nicht in dreizehn Jahren Ehe. Ich werde auch in hundert Jahren noch nicht genug von ihr haben, ging es Tom durch den Kopf. Er betrachtete die vertrauten Rundungen, atmete den verführerischen Duft ihrer kühlen, gepuderten hellen Haut ein. Dieses feminine Land war sein; es hatte nie einen anderen als ihn gekannt und würde es auch nie.

»Dieses verfluchte Korsett!«, schimpfte er leise, als er mit den Schnüren kämpfte. »Am liebsten würde ich es aus dem Fenster werfen!«

Carrie bemühte sich um eine vorwurfsvolle Miene, musste aber dann eine Hand auf den Mund legen, um ein Lächeln zu verbergen. »Wenn du das tust, Tom Walsh, bringst du mich in eine peinliche Lage. Wie könnte ich mit erhobenem Kopf durch Ouray laufen, während die halbe Stadt über die Unterwäsche, die mein Mann zum Fenster rausgeworfen hat, spricht?«

»Die anderen Frauen würden vor Neid erblassen«, antwortete Tom schmeichelnd. »Sie würden dich in einem völlig neuen Licht sehen.«

»Das ist allerdings wahr!«, entgegnete sie und musste wider Willen lachen.

»Ich liebe es, wenn du so lachst«, flüsterte Tom ihr ins Ohr. »Ich würde es gerne viel öfter hören.« Seine Lippen wanderten über ihren Hals ...

»Heiland«, flüsterte er wenig später, als er sich mit zärtlichem Blick neben ihr auf das Kissen zurücksinken ließ.

Carrie lächelte. »Der hatte nichts damit zu tun.«

»Stimmt«, gab Tom zu. »Allerdings lässt sich darüber streiten, wo das Heil zu finden ist!«

»Du bist unverbesserlich, Tom Walsh«, schalt seine Frau. »Du solltest Gott mehr Respekt zollen!«

»Ach, wir beide kommen ganz gut miteinander aus, Gott und ich. Auch wenn ich damals in Irland manches Mal an ihm gezweifelt habe.«

Carrie seufzte innerlich. Das einzige Thema, das sie tunlichst vermied, war Irland. Es weckte nur die Erinnerung an seine Mutter und an Dinge, die sie nur erahnen konnte. Sie erinnerte sich noch gut daran, wie Evalyn ihren Vater einmal gebeten hatte, ihr von Irland zu erzählen.

Tom antwortete sehr ausweichend.

»Du solltest ihr zumindest von ihren Großeltern erzählen«, hatte Carrie ihm vorwurfsvoll zugeraunt, aber Evalyn hatte sie gehört.

»Wie war sie, meine irische Großmutter?«, fragte das Mädchen eifrig.

»Sie hatte rote Haare.«

»So wie du, Vater?«

Er lächelte. »Wie ich, als ich noch jung war.«

»Dein Schnauzbart ist noch rot.«

Tom seufzte. »Nur noch teilweise, Evalyn!«

»Und ein Teil von deinen Haaren«, fügte sie großzügig hinzu. »War meine Oma hübsch?«

»Sehr sogar.«

»Ist sie tot?«, fragte das Kind leise und blickte aus großen unschuldigen Augen zu seinem Vater auf.

Tom nickte. »Sie ist schon vor langer Zeit gestorben.«

»Und mein Opa?«

»Der ist jetzt sehr alt. Aber als ich noch ein Kind war, hat er gerne laut Gedichte vorgelesen und auf der Geige gespielt. Manchmal kamen auch Nachbarn herüber, um ihm beim Spielen zuzuhören.«

»Nicht Klavier wie Mami?«

»Nein, Evalyn. Wir hatten kein Klavier.«

»Werde ich ihn irgendwann mal kennen lernen?«

»Nein, Kleines«, erwiderte Tom leise. »Ich glaube nicht.«

Carrie hatte ihm von der Seite einen Blick zugeworfen und gesagt: »Lass deinen Vater jetzt in Ruhe, Evalyn. Siehst du nicht, dass er müde ist?«

Ein anderes Mal hatte sie ihm in einem Laden in Denver einen Spitzenkragen gezeigt.

»Sieh nur, Tom, echt irische Spitze!«

Trauer hatte plötzlich seine Züge überschattet, und daheim war er wortkarg und kurz angebunden gewesen.

»Was ist denn, Tom? Sag es mir. Habe ich etwas falsch gemacht?«

»O Carrie«, sagte er mit brüchiger Stimme. »Es tut mir Leid ... Es ist nur, dass meine Mutter einen Kissenbezug mit einem Spitzenbesatz besaß, den sie selbst geklöppelt hatte. Das war ihr ganzer trauriger Schatz. Eines Tages werde ich wieder an ihrem Grab stehen und ihr von meinem Leben erzählen, von dir und den Kindern ... Aber ich möchte ihr berichten können, dass ich es geschafft habe. Dass ihr Sohn triumphiert hat in der Neuen Welt, die sie nie kannte.«

Ist es das, was dich nicht zur Ruhe kommen lässt, Tom?, hatte sie sich gefragt und über die Macht dieser Frau gestaunt, die auch sechsunddreißig Jahre nach ihrem Tod von ihrem Sohn noch so sehr geliebt wurde.

»Vinson geht gern zur Schule«, sagte sie nun, um das Thema zu wechseln, setzte sich auf die Bettkante und ließ sich von Tom das Korsett schnüren. »Ich hatte befürchtet, es wäre noch zu früh, aber er macht sich gut – im Gegensatz zu Evalyn, die sich schlicht weigert mitzuarbeiten. Sie passt einfach nicht auf. Mrs. Hurlburt verzweifelt noch an ihr.«

Tom lächelte in seinen Bart hinein und zog die letzten Zentimeter der Schnüre stramm.

»Ich verstehe nicht, wie ihr Frauen in diesen Dingern Luft bekommt«, neckte er sie. »Eigentlich sollte man meinen, dass die Frauen zur Vernunft kommen würden, jetzt da man ihnen in Colorado sogar das Wahlrecht eingeräumt hat.« Er sah Carrie an, dass ihr eine bissige Erwiderung auf der Zunge lag. »Evalyn ist faul«, kam er ihr zuvor, »aber sie hat ein gutes Herz!«

Der Silberpreis fiel weiter. Aber Tom kaufte immer noch verlassene Claims im Imogene Basin oberhalb der Stadt, getrieben von einem Instinkt, der untermauert wurde von einer sorgfältigen persönlichen Prüfung des Terrains. Er stellte neue Leute ein, die Schächte und Stollen in den Fels treiben sollten, in der Hoffnung, auf ergiebige Adern zu stoßen. Carrie machte sich große Sorgen und verfolgte sein Treiben verständnislos.

»Warum steckst du unser ganzes Geld in diese alten Claims?«, rief sie eines Tages in einem für sie völlig untypischen Ausbruch aus. »Von dem Geld, das du darauf verschwendest, hätten wir uns ein Haus im Osten kaufen und bis ans Ende unserer Tage sorgenfrei leben können!«

Sie litt jetzt häufig an Neuralgien und Migräne und war öfter gereizt. Aber obgleich Tom vermutete, dass die körperlichen Beschwerden ihren Ursprung in der nervlichen Anspannung hatten, konnte er nicht aufhören. Er brauchte gutes Erz für die Hütten; wenn er es in ausreichender Menge fand, konnte er aus der immer schlechter werdenden allgemeinen Situation noch Profit schlagen. Er konnte sich glücklich schätzen, wenn in dem Sediment genug Gold enthalten war, um den Transport zu bezahlen. Wenn sich aber etwas Kostbareres fand, etwas, das seit Anbeginn der Schöpfung im Berg verborgen war und seit Jahrtausenden nur darauf wartete, von ihm entdeckt zu werden, würde er endlich das Gefühl haben, seine Bestimmung erfüllt zu haben.

»Tom, wenn da noch irgendetwas wäre, wäre es längst gefunden worden!«

Tom schüttelte den Kopf. »Das stimmt nicht, Carrie. Viele geben viel zu früh auf. Das Leben erfordert Durchhaltevermögen, Geduld, Zähigkeit. Man muss Hindernisse überwinden und unbeirrbar seinen Weg fortsetzen. Das kann nicht jeder.«

»Und wo stehe *ich* bei alledem? Du bist nie zu Hause. Immer bin ich mit Evalyn und Vinson allein. Die Konversation mit ihnen ist zwar nicht uninteressant, aber doch sehr begrenzt, und Annie hat anderes zu tun, als mir Gesellschaft zu leisten. Bedeutet deine Ehe dir denn gar nichts?«

Tom entging der verzweifelte Ton nicht, der der Stimme seiner Frau eine ungewohnte Schärfe verlieh. Er legte die Arme um sie, zog sie an sich und schmiegte die Wange an ihr Haar. »Ertrage mich noch eine Weile, Liebes«, bat er leise. »Ich weiß, dass du einsam bist, aber ich werde zu Hause sein, so oft es geht! Ich werde es wieder gutmachen! Ich verspreche es!«

Sie blickte zu ihm auf.

»Du hast so viel zu geben, so viel Leidenschaft. Ich will sie, aber du verschenkst alles an diese ... Berge!«

Tom lachte. »Aber ich *gebe* sie dir doch! Das alles tue ich doch nur für dich, für meine Familie! Eines Tages, Carrie, werde ich euch alle sehr reich machen.«

»Reich!«, rief Carrie aus. »Das sagst du seit Jahren! Du bist über vierzig. Wenn es dir bestimmt wäre, Reichtum zu finden, wäre dies längst geschehen! In Leadville waren wir reich«, fügte sie leicht verbittert hinzu. »Als wir geheiratet haben, warst du reich, und jetzt ist kaum noch etwas davon übrig.«

»Ich bin hundertprozentig sicher, dass es in den umliegenden Bergen Gold gibt, viel Gold«, entgegnete er ruhig.

Carrie schüttelte ungeduldig den Kopf. »Jetzt werde ich dir einmal sagen, wovon ich überzeugt bin. Ich habe die Befürchtung, Tom Walsh, dass deine Besessenheit uns noch in den Ruin stürzt.«

Wütend verließ sie das Zimmer. Tom blieb allein zurück und blickte auf das verschneite Amphitheater. Einige Prospektorkollegen hatten kürzlich ganz ähnliche Ansichten geäußert.

»Hast du den Verstand verloren, Tom? Es gibt in den San Juans keine großen Goldvorkommen! Du verschwendest dein Geld. Und was das Erz für die neuen Hütten anbelangt, stellt sich die Frage, ob die geförderten Mengen auf Dauer ausreichen werden, um die Transportkosten zu decken.«

Tom seufzte. »Vielleicht stimmt es ja, was sie sagen«, überlegte er laut. »In einem hat Carrie jedenfalls Recht: Meine besten Jahre liegen hinter mir.«

Dennoch bat er Andy Richardson, einen alten Prospektor, der die Berge um Ouray besser kannte als jeder andere, bei seiner nächsten Begegnung mit ihm, weitere Proben für ihn zu nehmen. Andy lebte in einer Hütte hoch oben in den Bergen und hatte das Imogene Basin vor Jahren nach seiner Frau benannt.

»Eines Tages«, sagte er gern, »eines Tages, Tom, wird es einen großen Knall geben!«

Und so kam es dann auch! 1893 platzte die Bombe, die schon so lange getickt hatte. Die Regierung widerrief den Sherman Act, der die staatlichen Münzereien verpflichtete, monatlich eine bestimmte Menge Silber aufzukaufen. Das Silber wurde »demonetarisiert«. Künftig würden die Münzen, die in jedermanns Tasche klimperten, nicht mehr aus diesem Edelmetall geprägt werden. Praktisch über Nacht schlossen die Silberminen Colorados; es gelang Tom mehr schlecht als recht den Betrieb der Silberhütte in Silverton aufrechtzuerhalten, aber jene in Kokomo musste den Betrieb einstellen. In Ouray hielt die Rezession Einzug. Geschäfte schlossen; die Stadt konnte sich den Strom für die Straßenbeleuchtung und auch das Wasser für die Befeuchtung der Straßen zur Staubminderung nicht mehr leisten. Um die Löhne seiner Minenarbeiter zahlen zu können, nahm Tom eilig eine Hypothek auf seine Immobilien in Denver auf. Seine Situation war prekär: Entweder gab er den Bergbau auf, oder ihm drohte der Ruin.

Er war nicht der Einzige, dem das Wasser bis zum Hals stand. Hunderte von Banken schlossen, viele Eisenbahngesellschaften gingen in Konkurs, Insolvenz und Arbeitslosigkeit griffen epidemieartig um sich. Alte Bekannte – darunter der Multimillionär Horace Tabor in Leadville – verarmten. Maria schrieb, dass die Kriminalität in Leadville sprunghaft angestiegen sei. Viele in Not geratene Minenarbeiter regelten die Probleme nun mit Gewalt. Sie machte sich Sorgen um Ted und wünschte, er würde sich zur Ruhe setzen. Außerdem beunruhigte es sie, dass Paul in einem so gewaltbereiten Umfeld aufwuchs.

»Er wird an seinem nächsten Geburtstag dreizehn. Er wird das Mannesalter erreichen und sich ein Beispiel an den

Männern aus seinem Umfeld nehmen. Er muss ja glauben, ihr aggressives Verhalten wäre normal, wenn er nichts anderes kennen lernt.«

»Sie klingt tief besorgt!«, sagte Carrie, als sie den Brief las, und fügte dann seufzend hinzu: »Ich bin froh, dass wir hier in Ouray leben!«

Am Abend klopfte es an die Tür, und Annie, die eben die Kinder zu Bett gebracht hatte, lief nach unten, um zu öffnen. Evalyn lugte neugierig über das Treppengeländer. Sie sah, dass es der Page vom Beaumont war; er brachte ein Telegramm.

Annie nahm es entgegen und brachte es sofort zu Tom und Carrie ins Wohnzimmer. Tom riss den Umschlag auf. Das Telegramm war aus Leadville, und der Text lautete knapp:

TED GETÖTET STOPP PAUL VERSCHWUNDEN
MARIA

10. KAPITEL

Ich muss sofort zu ihr!«

Carrie nickte, und Tom eilte zum Beaumont Hotel, um seiner Schwester eine Antwort zu telegrafieren.

Carrie ging in der Zwischenzeit nach oben, um ihrem Mann einen Koffer zu packen. Ihr war übel. Es war, als ginge plötzlich alles schief, als sei ihr ganzes Leben aus den Fugen geraten und als rase es wie ein entgleister Zug unaufhaltsam auf den Abgrund zu. Arme, arme Maria, dachte sie. Was um alles in der Welt mochte geschehen sein?

»Was ist denn, Mutter?«, fragte Evalyn leise. Sie war unbemerkt im Nachthemd hereingeschlüpft. »Was stand in dem Telegramm?«

Carrie setzte ihre kleine Tochter auf das Bett.

»O Evalyn, das war eine Nachricht von Tante Maria.«

»Kommt sie uns besuchen?«, fragte Evalyn erwartungsvoll. »Und kommen Onkel Ted und Paul auch?« Sie stockte, als sie den Ausdruck auf dem Gesicht ihrer Mutter sah.

»Nein, Liebes. Siehst du ... Onkel Ted hatte einen Unfall. Ich fürchte, er ... er ist tot.«

Evalyn sah sie verständnislos an. Sie konnte sich eine Welt, in der nicht mehr alle Mitglieder ihres persönlichen Universums präsent waren, einfach nicht vorstellen. Onkel Ted hatte sie immer fasziniert. Sie war nie müde geworden, seine Geschichten aus der Zeit zu hören, in der ihr Vater und Maria in einem Planwagen-Treck, den er selbst als Kundschafter begleitet hatte, die Prärie durchquert hatten, oder wie er hinterher den ganzen Westen nach Maria abgesucht hatte. Sie liebte ihre Tante und ihren Cousin. Paul war fünf Jahre älter als sie und fast erwachsen.

»Was ist denn passiert?«

»Das wissen wir noch nicht, Schatz. Dein Vater fährt sofort nach Leadville.«

»Armer Paul«, sagte Evalyn gepresst und brach in Tränen aus.

»Schhhhht«, versuchte Carrie sie zu beruhigen. »Du wirst noch deinen Bruder aufwecken. Ich möchte nicht, dass er sich aufregt!«

Ich hätte es ihr nicht erzählen sollen, dachte sie seufzend. Und ganz sicher werde ich ihr nicht sagen, dass Paul vermisst wird.

»Kein Wort zu Vinson«, warnte sie. »Lass ihn schlafen.«

Tom kehrte vom Hotel zurück. Der nächste Zug verließ Ouray bei Morgengrauen.

»Ich nehme den ersten Zug morgen früh«, teilte er Carrie mit.

»Ich komme einen Tag später nach«, seufzte sie. »Maria kann jetzt jede Unterstützung brauchen.«

Evalyn konnte nicht schlafen. Sie stieg wieder aus dem Bett, schlich hinaus auf den Flur, öffnete die Tür zu Vinsons Zimmer einen Spaltbreit und warf einen Blick hinein. Sie sehnte sich danach, über die Katastrophe zu sprechen, von der ihr ganz schwindlig war und die ihre ganze heile Welt durcheinander brachte. Aber ihr Bruder schlief tief und fest und saugte an der Unterlippe. Sie schlich auf Zehenspitzen nach unten; sie wusste, dass Annie in der Küche war.

Das Hausmädchen bügelte, aber Evalyn sah, dass ihr Gesicht tränenüberströmt war. Sie ging zu ihr und schlang die Arme um ihre Taille.

»O Annie ...«

Annie küsste und wiegte sie. »Morgen erfahren wir mehr. Dein Vater fährt nach Leadville. Jetzt geh zurück ins Bett. Sei ein braves Mädchen.«

Aber obwohl sie gehorchte, fand Evalyn keinen Schlaf. Sie hörte, wie ihre Mutter zu Bett ging und auch Annie sich auf ihr Zimmer zurückzog. Dandy winselte. Vielleicht spüren Hunde ja, wenn etwas Schlimmes passiert ist, dachte sie. Vielleicht wissen sie es einfach. Dann hörte sie ihn an der Hintertür kratzen.

Er will raus, sagte sie sich, aber Vater hört ihn nicht. Wahrscheinlich ist er zu durcheinander.

Sie ging nach unten und lief barfuß am Wohnzimmer vorbei zur Küche. Sie öffnete die Hintertür. Dandy schoss sofort hinaus, über den Hof zum Stall. Evalyn zögerte, fröstelte; sie fragte sich, was dort wohl seine Aufmerksamkeit erregte. Schließlich warf sie sich Annies alten Mantel über, der wie immer an einem Haken neben der Tür hing, schlüpfte in ihre Galoschen und verließ das Haus. Sie sah undeutlich eine Gestalt im Schatten des Stallgebäudes. Ihr Pony Dewdrop wieherte und schnaubte, und Nig, das Pferd ihres Vaters, scharrte mit einem beschlagenen Huf. Sie unterdrückte einen Aufschrei, als sie aus der Dunkelheit die zittrige Stimme ihres Cousins hörte:

»Evalyn ...?«

Tom hatte den kalten Luftzug bemerkt und hatte festgestellt, dass die Hintertür offen stand. Er durchquerte den Garten und steuerte die offensichtlich geöffnete Stalltür an. Über das Schnauben der Pferde und Rascheln des Strohs in den Boxen hinweg hörte er ein Flüstern.

»Wer ist da?«, fragte er streng. »Bist du das, Evalyn?«

»Ja, Vater«, antwortete seine Tochter. »Paul ist hier. Ich glaube, mit ihm stimmt etwas nicht.«

Tom rannte zu den aufgeschichteten Strohballen hinüber und sah seinen zwölfjährigen Neffen stocksteif dort sitzen. Als er ihn ansprach, antwortete der Junge nur einsilbig, und so hob er ihn hoch und trug ihn ins Haus. Evalyn folgte schweigend.

»Geh zu Bett, Tochter«, befahl Tom leise, als sie im warmen Wohnzimmer waren. »Ich kümmere mich um ihn.«

Evalyn warf Paul einen mitleidigen Blick zu. Sie versuchte, Blickkontakt herzustellen, aber er sah durch sie hindurch, als wäre sie Luft. Weinend verließ sie den Raum und ging nach oben. Sein Vater ist tot, dachte sie. Wenn mein Vater sterben würde, würde ich auch weglaufen. Der Gedanke war allerdings so furchtbar, dass sie ihn rasch wieder verdrängte.

Tom wickelte den Jungen in eine Decke und setzte ihn in

einen Sessel am Feuer. Dann wärmte er etwas Suppe auf und brachte sie ihm.

»Du musst etwas essen, Paul.«

Der Junge schien ihn kaum wahrzunehmen, aber er aß ein paar Löffel der heißen Flüssigkeit.

»Was ist passiert?«, fragte Tom sanft. »Ich habe ein Telegramm von deiner Mutter erhalten.«

»Es war meine Schuld ...«, sagte der aschfahle Junge immer wieder. »Es war meine Schuld ... alles meine Schuld ...«

Am nächsten Morgen ließ Tom auf dem ersten Streckenabschnitt nach Leadville noch einmal die Ereignisse der vergangenen Nacht Revue passieren. Paul hatte ihm alles erzählt und schlief jetzt auf dem Wohnzimmersofa, nachdem Dr. Rowan ihm ein Beruhigungsmittel verabreicht hatte.

Paul hatte erzählt, dass die Familie gerade zu Abend aß, als jemand an die Tür geklopft hatte – ein verängstigter Bote, der zu seinem Vater wollte. Im Horseshoe Saloon in der Harrison Avenue sei es bei einer Partie Poker zu einer Schießerei gekommen.

»Vater stand auf und zog seine Stiefel an. Dann holte er sein Holster.«

Tom sah die Szene vor sich – Maria, die blass zusah, wie Ted sich mit geübten Griffen den Revolvergürtel umschnallte.

»Mutter bat ihn, nicht zu gehen, aber Dad sagte, sie solle sich keine Sorgen machen. Als er gegangen war, lief sie sofort nach oben. Ich ging ihr nach. Sie kniete betend neben dem Bett und ließ ihren alten Rosenkranz durch die Finger gleiten ...«, hatte der Junge mit brüchiger Stimme berichtet. »Sie sagte, Vater sei zu alt für diesen Job«, schluchzte er. »Sie sagte, wenn ihm etwas zustieße ...« Der Junge hatte in

was, über das sie beinahe mit Mary gesprochen hätte, als sie ihr die Geschichte von dem ›älteren Mann‹ anvertraute, doch Marys Gesichtsausdruck hatte sie dann doch abgehalten.

Es war ein Kondolenzschreiben zum Tod ihres Vaters von Sir Bertram, das sie vor einigen Tagen erhalten hatte. Völlig intakt und nicht von der Zensur geöffnet war es mit der Diplomatenpost nach Irland gekommen.

Meine liebe Hannah,
soeben habe ich vom Tod Ihres Vaters erfahren und wollte nicht versäumen, Ihnen mein Beileid auszusprechen. Der Verlust des Vaters ist für jedermann eine schmerzliche Erfahrung. Ich weiß, wie nahe Sie sich standen, und kann mir vorstellen, dass Sie ihn sehr vermissen.
Wie Sie wissen, habe ich mich immer für Ihre Arbeit interessiert. Es wäre mir eine große Ehre, hier in London etwas für Sie tun zu können. Falls Sie Interesse haben sollten, Ihre Gemälde auch in London zu verkaufen, wäre ich in der Lage, für den Transport zu sorgen. Trotz des Krieges gibt es hier immer noch einen lebendigen Kunstmarkt, und natürlich verfüge ich hier, genauso wie in Dublin, über viele Kontakte.
Demnächst habe ich dienstlich in Dublin zu tun und würde mich freuen, Sie dort wiederzusehen.
Es tut mir Leid, dass meine Pflichten mich vor einigen Jahren daran hinderten, die Einladung auf mein Gut in Clonmore aufrechtzuerhalten, und hoffe, dass meine Nachricht bezüglich der veränderten Umstände Sie noch rechtzeitig erreicht hat.
Alles Liebe, Bertie.

Alles Liebe? Bertie? Nachricht bezüglich der veränderten Umstände?

Da war ganz offenkundig etwas schief gelaufen. Die Nachricht war vermutlich verloren gegangen, und anscheinend hatte seine Haushälterin ihm nicht mitgeteilt, dass sie die Nacht in seinem Haus verbracht hatte.

Wie dem auch sei, sie hatte sich mit einem kurzen Brief für seine Beileidsbekundung bedankt, obwohl sie wusste, dass es nicht nötig gewesen wäre.

Sie rauchte ihre Zigarette fertig, drückte die Kippe auf dem Kerzenhalter aus Porzellan aus, legte sich in die Kissen zurück und lauschte dem verhaltenen Flüstern der Menschenleben, die es unter seinem Dach beherbergt hatte: die Eltern von Hugh und Mary, Hugh und Mary als Kinder. Aus den Wänden drang keine fremdartige, düstere Geschichte, sondern nichts als Liebe.

Sie dachte an Hugh und wie gut er aussah, wie merkwürdig romantisch ihre erste Begegnung gewesen war und wie Cissie, Pat und alle anderen Freunde ihn sofort ins Herz geschlossen hatten. In ihrem Herzen keimte eine neue, noch zerbrechliche Hoffnung.

55. KAPITEL

Sir Bertram Wallace schob die Kostenvoranschläge für die Zivilverteidigung beiseite, legte die Füße auf seinen Mahagonischreibtisch im Proviant-Ministerium und las das kurze Dankschreiben.

Lieber Sir Bertram,
ich danke Ihnen für Ihr Mitgefühl beim Heimgang meines Vaters.
Hannah Mulhall

Sie hat sich nicht gerade überschlagen, dachte er. Doch immerhin hatte sie ihn nicht brüskiert. Schließlich hätte sie nicht antworten müssen. Und offenbar wusste sie nichts …

Er kaute an seiner Zigarre und versuchte, sie sich ins Gedächtnis zurückzurufen. Natürlich war inzwischen eine Frau aus ihr geworden. Anscheinend hatte sie bisher nicht geheiratet, denn sie hatte mit ihrem Mädchennamen unterschrieben. Allerdings dürfte sie inzwischen erfahren sein. Elf Jahre waren vergangen – sie musste die dreißig überschritten haben. Ein verdammt attraktives Alter für eine Frau!

Er hatte allen Grund, sich ihrer zu erinnern. Sie stellte eine der wenigen Episoden in seinem Leben dar, aus denen er nicht siegreich hervorgegangen war. Die Vorfreude jener Fahrt nach Monaghan, wo er sie abholen wollte, war ihm im Gedächtnis geblieben. Leider war er an diesem Tag das Opfer einer Harpyie geworden, die ihr Auto wie eine Rachegöttin in seinen Wagen hatte krachen lassen. Noch immer hatte er das Kreischen seiner Bremsen im Ohr. Er war ins Schleudern geraten, was zur Folge hatte, dass der Aufprall von hinten kam und sein Brustkorb in das Lenkrad gedrückt wurde. Als er am ganzen Körper zitternd ausgestiegen war, sah er eine Frau mittleren Alters neben ihrem zerstörten Wagen auf der Straße liegen. Sie hatte eine gewisse Ähnlichkeit mit der kleinen Murphy. Aus ihrem Ohr lief Blut. In den wenigen Sekunden, ehe die Leute angerannt kamen, hatte er die Unfallverursacherin erkannt und ihr voller Wut über den ruinierten Abend noch dampfenden Pferdemist ins Gesicht gekickt.

Dann war ein Krankenwagen gekommen, zwei schwermütige Polizisten waren aufgetaucht, und ein höchst willkommener Zeuge hatte seine Beobachtungen zum Besten gegeben. Der Zeuge erklärte, der Wagen der Frau sei ins

Schleudern geraten und sie hätte die Kontrolle über das Fahrzeug verloren. Den Gentleman treffe keine Schuld, er hätte alles genau gesehen. Erleichtert hatte Bertie ihm einen Zehner zugesteckt, als die Polizisten sich für einen Augenblick abgewandt hatten.

»Mir geht es gut«, hatte er gesagt, als man ihn ins Krankenhaus bringen wollte, »ich gehe lieber ins Hotel.« Nie und nimmer wäre er in den gleichen Krankenwagen gestiegen, in dem man diese Murphy transportierte.

»Wir könnten Sie nach Clonmore House bringen«, hatte einer der Polizisten vorgeschlagen, doch Bertie lehnte das Angebot ab, obwohl er mit Bedauern an die Genüsse dachte, die ihm damit entgingen. Er hatte keine Lust, zitternd wie Espenlaub, mit Blut und Pferdedung an den Füßen und wie ein Krimineller von Polizisten eskortiert in seinem Landhaus anzukommen. Die kleine Mulhall würde noch ein wenig warten müssen.

»Ich steige im *Royal* ab«, erklärte er den Beamten.

Im Hotelzimmer genehmigte er sich einen doppelten Whiskey, um schlafen zu können. Doch am nächsten Morgen kam erst das dicke Ende der ganzen Geschichte …

Am Morgen hatte ihn ein äußerst entschiedenes Klopfen geweckt. In der Meinung, es handele sich um den Zimmerservice, hatte er die Tür aufgerissen und wollte soeben seinem Ärger über die unangemessene Vehemenz Luft machen, als ein gefährlich aussehender Bursche ins Zimmer stürmte. Ein Frühstückstablett hatte er nicht bei sich.

»Sind Sie Wallace?«

»Wie können Sie es wagen?«, hatte Bertie angesetzt. Das roch nach Ärger und Gefahr im Verzug!

»Sie haben meine Frau umgebracht! Sie ist vor einer Stunde gestorben.«

Es war Bertie ausgesprochen unangenehm, derartig attackiert zu werden.

»Mein lieber Junge … Es gibt einen Zeugen … Tut mir wirklich Leid … Ich konnte doch nichts …«

Der Mann blickte fast irre drein. Im Nachhinein war es seltsam, dass er in Augen geblickt hatte, in denen nichts als Mordlust zu sehen war.

»Wo ist meine Tochter? Ich war bei Ihnen zu Hause, aber sie ist fort.«

»Ihre Tochter? Mein Haus?«

»Ich habe Hannah adoptiert. Meine Frau, Frances Murphy, war ihre Mutter. Erinnern Sie sich an den Namen, Wallace? Oder haben Sie so viele kleine Vergewaltigungen auf dem Gewissen, dass Sie den Überblick verloren haben?«

Mit einem Griff, der ihm die Rippen hätte brechen können, hatte der Typ ihn auf dem Bett festgehalten.

»Nehmen Sie sofort die Hände weg! Ich zeige Sie an …«

Doch der Kerl hörte ihm gar nicht zu. Bertie spürte sein Zittern, doch es war nicht Furcht, sondern die Mühe, sich unter Kontrolle zu halten.

»Als meine Frau herausbekam, dass Hannah nach Clonmore wollte«, fuhr sein Angreifer fast im Konversationston fort, während er seinen Griff verstärkte wie eine Boa Constrictor, »ist sie ihr gefolgt. Was halten Sie davon, Wallace, dass es unverantwortliche Ficker gibt, die es mit ihren eigenen Töchtern treiben?«

Bertie konnte nur krächzen. Mulhalls drahtiger Arm würgte ihm fast die Luft ab.

»Hannah ist alles, was mir noch bleibt. Wenn Sie ihr nur ein einziges Mal zu nahe treten, bringe ich Sie um – und wenn ich dafür hängen muss!«

Mulhall ließ von ihm ab, und er bekam wieder Luft.

»Das Mädchen hat eine sehr romantische Vorstellung von ihrem herrlichen, auf immer verlorenen leiblichen Vater!«

Bertie atmete tief durch. In den Augen seines Angreifers erkannte er den Widerstreit zwischen blinder Wut, Trauer und Erschöpfung. Auf dem Kaminsims standen zwei Kerzenleuchter aus Messing. Wenn er Mulhall ablenken könnte und einen der Kerzenständer in die Hände bekam …

Doch Mulhall hatte ihm plötzlich ins Gesicht gespuckt und war verschwunden.

Nachdem er fort war, hatte Bertie sich die Spucke vom Gesicht gewischt, war aufgestanden, hatte sich angezogen und war nach Dublin zurückgefahren. Das war doch alles ein bisschen viel für ihn gewesen. Er hatte Kopfschmerzen und das Gefühl, dass ihm die Dinge entglitten waren. Das also war die Tochter dieser Murphy … Und die war nun tot!

Immerhin war etwas Positives daran: Sie konnte kein weiteres Unheil stiften.

Natürlich hatte sich die kleine Hannah nach Clonmore durchgeschlagen, dort aber niemanden vorgefunden. Die Haushälterin hatte ihm berichtet, dass sie bei Tagesanbruch wieder verschwunden war.

Und wie es aussah, stand dieser verrückte Mulhall nun auch nicht mehr im Weg. Bertie hatte die Todesanzeige in der Irish Times zufällig gesehen. Liam Mulhall, Absolvent der *Royal Hibernian Academy,* war tot und wurde betrauert. Requiescat in pacem. Mit anderen Worten: In Dublin hatte Bertie freie Bahn für eine unvollendete Sache. Ein Kondolenzschreiben erschien ihm angemessen. Daraus konnte ihm niemand einen Strick drehen. Und dass die schnuckelige kleine Künstlerin seine leibliche Tochter war – nun, das zeugte lediglich von akademischer Spitzfindigkeit. Es wäre nicht das erste Mal, dass ein Vater seine Rechte ausübte! Außerdem würde sie es nicht erfahren ... und Jungfrau war sie sicher schon lange nicht mehr. Bertie fand die Pikanterie dieser Konstellation geradezu köstlich. Offensichtlich hatte Mulhall ihr nichts gesagt; sie hatte somit keine Ahnung von der ganzen dummen Geschichte in Monaghan.

Und plötzlich dachte er voller Entzücken: Warum versuche ich nicht noch einmal, sie zu betören? Vielleicht komme ich dieses Mal zum Ziel ... in Clonmore.

Er legte den Brief auf den Schreibtisch, stand auf und beobachtete durch den Spalt zwischen den Klebestreifen auf dem Fenster die Parade der Horse Guards. Die überall aufgestellten Sandsäcke störten das Bild. Sie verliehen der Szenerie einen Anstrich von Verletzlichkeit, die so gar nicht zum Anspruch des Empire passte.

Bertie musterte sein Spiegelbild in der Scheibe des Bücherschranks. Natürlich hatte er sich verändert, aber ein bisschen Grau machte einen Mann eher attraktiv. Frauen interessierten sich sowieso eher für ältere Männer, vorausgesetzt, sie hatten Geld.

An Kindern fehlte es Bertie durchaus nicht. Clarissa hatte ihm drei Söhne geschenkt, prima Jungs; der jüngste war noch in Harrow, die beiden älteren bereits bei der Marine.

Dass die kleine Mulhall wirklich seine Tochter war, hielt Wallace für gar nicht so sicher. Die Murphy-Schnalle hatte sich vermutlich von der halben Grafschaft umlegen lassen, nachdem er mit ihr fertig gewesen war ... Manchmal entwickelten sie sich so ... benahmen sich wie läufige Hündinnen!

Er spürte den Druck in seinen Lenden. Verdammter Krieg! Er würde sich einen Grund für seine Reise nach Dublin überlegen müssen.

Während er sich jedoch die Vergnügungen ausmalte, die seiner harrten, erinnerte ihn eine kalte Stimme in seinem Kopf daran, dass er Frau und Kinder hatte, und fragte vernehmlich: Und wenn sie etwas ausplappert? Oder wenn Mulhall irgendwelche Papiere hinterlassen hat, die sie über alles aufklären?

Er dachte kurz über diese Möglichkeiten nach, ehe er sie kühl von der Hand wies. Es gab Wege, solche Probleme im Keim zu ersticken – auch wenn sie leider bedauerlich waren …

56. KAPITEL

Mit dem ersten Hahnenschrei wachte Hannah auf. Sie lauschte den Geräuschen der ländlichen Umgebung – dem Gurren der Tauben in den Bäumen, eine muhende Kuh, das Scheppern eines Eimers unten im Garten.

Sie sprang aus dem Bett und zog die Vorhänge zurück. Ein alter Landarbeiter mit Schirmmütze kam mit einem Zinkeimer auf das Haus zu. Milch, stellte sie fest, als er unter ihrem Fenster entlangging, frische Kuhmilch! Die Hälfte der Dubliner Bevölkerung nahm vermutlich an, dass Milch direkt in der Flasche entstand.

An diesem Morgen erschien ihr das Haus ganz anders. Tageslicht und Familiensinn verliehen ihm Helligkeit und verjagten das Gefühl des schmerzlichen Verlustes, das noch gestern allgegenwärtig gewesen war. Der Morgen war wunderschön, obwohl ein kühler Lufthauch das Ende des Sommers ankündigte.

Über einen knarrenden Flur ging sie ins Bad, zog einen Pullover und eine dunkelgraue Hose an, bürstete ihr Haar und steckte es mit zwei Schildpatt-Kämmen zurück. Schon wollte sie nach Puder und Lippenstift greifen, entschied sich dann aber dagegen. Sie war hier auf dem Land, nicht in der Stadt!

Ein Blick auf ihre goldene Armbanduhr – Vaters letztes Geschenk – zeigte ihr, dass es halb neun war.

Hugh war in der Küche, als Hannah erschien. Er versuchte gar nicht erst, seine Überraschung zu verbergen. Ohne Make-up, die Augen trotz des Whiskeys am Vorabend klar und hell, erschien sie ihm unglaublich jung und wie aus einer anderen Welt.

Er machte Anstalten, aufzustehen, doch sie sagte nur: »Bitte …«

Nora filterte in der Vorratskammer die Milch durch ein Musselin-Tuch.

»Ich war noch nie auf einem Bauernhof«, vertraute sie Hugh fast konspirativ an.

»Nun, es gibt für alles ein erstes Mal. Magst du Porridge?«

»Nicht besonders. Aber Vollkornbrot und Butter umso mehr«, erwiderte Hannah, die den Laib Brot und die frische Butter auf dem Tisch gesehen hatte.

»Was ist mit Tee?«, erkundigte er sich. »Kaffee haben wir leider nicht.«

»Ist es nicht schwierig, hier an Tee zu kommen?«

»Mutter hat vor dem Krieg einen ganzen Vorrat angelegt. Wie wäre es mit einem Ei?«, schlug er vor. »Unsere Hennen wissen nämlich nicht, dass wir uns im Krieg befinden.«

Hannah lachte.

»Tee und Brot reichen einer Künstlerin als Frühstück!«

»Und was für einer Künstlerin«, sagte Hugh mit weicher Stimme.

Hannah lächelte nicht, wich seinem Blick aber auch nicht aus. Sie begegnete seinen Augen mit völliger Offenheit.

Mary betrat die Küche. Sofort bemerkte sie das bedeutungsvolle Schweigen und die unmissverständliche Spannung. Warum eigentlich nicht?, dachte sie. Sie ist etwas ganz Besonderes. Jede Wette, dass sie ehrlich und treu wie Gold ist.

Sie sah ihren Bruder an, doch der hatte nur Augen für Hannah.

Nach dem Frühstück verließen Hugh und Hannah gemeinsam das Haus. Hannah hatte sich von Mary Gummistiefel geliehen, die ihr eine Nummer zu groß waren.

Hugh blieb fast die Luft weg vor Verlangen; er betrachtete Hannahs hübsches, festes Hinterteil, ihre runden Brüste unter dem schmiegsamen Kaschmir und das wippende, dunkle Haar.

Er versuchte, den Anfall von Besessenheit zu kontrollieren, der ihn wie einen Teenager überfallen hatte; er empfand Hannah wie eine Droge – einladend und fähig, ihn süchtig zu machen. Aber war sie mehr als das? War sie die Frau, auf die er gewartet hatte?

Unten an der Straße prunkten die reifen Brombeeren an ihren Sträuchern. An der Ruine des normannischen Bergfrieds, wo seine Mutter Mary vor vier Wochen von Hannahs Existenz erzählt hatte, blieben sie stehen. Hannah setzte sich ins Moos; Hugh ließ sich neben ihr nieder. Sie lehnte sich zurück und betrachtete die Überreste der massiven Steinmauern.

»Ist es nicht seltsam – vor sechs- vielleicht siebenhundert Jahren lebten hier Menschen und sahen durch diese schmalen Fensterschlitze auf ein Irland, das wir heute nicht mehr wiedererkennen würden. Stell dir einmal die kalten Winter vor, das flackernde Feuer in dem Kamin da drüben, die Gesichter, die in der Hitze glühten …«

Sie drückte den Rücken durch. Ihre Brüste befanden sich unmittelbar vor seinem Gesicht. Ihr Lächeln galt ihm, nicht der Geschichte.

»Erzähl mir von dir«, sagte sie und blickte ihm in die Augen.

»Da gibt es nicht viel zu erzählen …«, murmelte er, doch dann berichtete er von seinen Studentenjahren in Dublin und seinem Praktikum in Boston, ehe er wieder nach Galway zurückkehrte.

»Würdest du gern wieder nach Amerika gehen?«

Er nickte. »Sehr gern. Würdest du mitkommen?«

Sie lachte ein wenig unsicher. »Fragst du das im Ernst?«

Die Bewegung, mit der er sie ins Moos zurückdrückte, fiel unabsichtlich ein wenig unsanft aus. Er presste seine Lippen auf ihren Mund. Sie wurde starr. Er zog sich von ihr zurück und sah sie an. Ihre Augen waren weit offen und wirkten leer.

»Entschuldige Hannah – ich wollte dich nicht überrumpeln. Aber jemand wie du gehört eigentlich verboten!« Sie setzte sich auf, nahm seine Hand und hielt sie an ihr Gesicht.

»Findest du? Ich kenne dich kaum, und du kennst mich gar nicht!« Sie ließ seine Hand los und sprang auf die Füße.

»Würde es dir etwas ausmachen, wenn ich ein Stück allein spazieren ginge? Ich möchte ein Gefühl für die Landschaft bekommen.« Und schon war sie fort.

Ich habe es vermasselt!, dachte Hugh. Er sah ihr nach, wie sie das Sträßchen hinunterlief. Verdammt! Der Tag erschien ihm plötzlich weniger hell, die Vögel verstummt zu sein.

»Verdammt, verdammt, verdammt!«, brummte er.

Am liebsten wäre er hinter ihr hergelaufen, doch dann entschied er sich anders. Immer schön mit der Ruhe, sagte er sich. Ganz ruhig bleiben! Sie ist so etwas Besonderes, dass du es nicht aufs Spiel setzen solltest!

Als Hannah die Straße erreichte, hatte sie sich wieder unter Kontrolle. Über einen Zauntritt erreichte sie eine Weide und schlug einen Bogen um das Haus herum. Woher mochte dieses überwältigende Gefühl der Zusammengehörigkeit kommen? Sie kannte diesen Mann doch kaum, und außerdem war er jünger als sie.

Durch die offene Küchentür schlüpfte sie ins Haus, lächelte Nora an, die den Küchentisch schrubbte, und ging ins Wohnzimmer. Mary war nirgends zu sehen.

Hannah setzte sich ans Klavier und betrachtete das Notenblatt. Im Raum hing der Duft der Wicken, die in einer Vase standen, und der Geruch, den Hannah immer mit dem Landleben in Verbindung gebracht hatte: Torf und Asche. Das Feuer für den Abend war soeben vorbereitet worden; in einer Ecke der Feuerstelle lagen kleine Torfklumpen.

Hannahs Blick fiel auf den Schreibtisch in der Ecke. Als sie am Vorabend nach dem Brief ihres Vaters gefragt hatte, waren Marys Augen trotz ihrer Behauptung, sie hätte den Brief weggeworfen, unwillkürlich zu dem Möbelstück abgeschweift. Vater war wirklich ein Schlawiner gewesen – Mrs Kennedy zu schreiben, ohne seiner Tochter auch nur ein Wörtchen davon zu sagen!

Sie trat an den Schreibtisch und zog vorsichtig die oberste Schublade heraus. Es ging ganz leicht. In der Schublade befanden sich Umschläge und Papier. Hannah probierte die nächste. Hier wurden Briefe aufbewahrt. Schuldbewusst warf sie einen Blick über ihre Schulter und blätterte die Schreiben hastig durch. Erschrocken erkannte sie Liams

Handschrift auf einem der Umschläge, nahm den Brief und steckte ihn in ihre Tasche. Leise schloss sie die Schublade und ging nach oben.

Mary kam von Kielys Laden zurück, zu dem sie mit dem Fahrrad gefahren war, um eine Zeitung zu holen. Sie bemühte sich, das Kriegsgeschehen so gut wie möglich zu verfolgen. Zu Hause angekommen, lehnte sie ihr Fahrrad gegen die Wand des Torfschuppens, ging ins Haus, schlug die Zeitung auf und musste lesen, dass bei der Suche nach Eisenbahn-Saboteuren zehntausende verhaftet worden waren.

War Bill in Frankreich? Wo zum Teufel hielt er sich auf?

Mary seufzte, faltete die Zeitung und ging in die Küche. Nora bügelte.

»Sind Hugh und Hannah noch unterwegs?«

»Hugh schon. Miss Hannah ist gerade abgereist.«

»Wie bitte? Wie meinen Sie das – abgereist?«

»Sie ist fort. Sie kam von ihrem Spaziergang zurück, ging nach oben und kam ein paar Minuten später mit ihrem Koffer zurück. Sie bat mich, Paddy Bescheid zu sagen, er solle sie zum Bahnhof fahren. Sie hat gesagt, sie würde demnächst schreiben und sich bedanken, und ich solle sie bei Ihnen entschuldigen.«

Hugh kam voller guter Vorsätze zurück nach Hause. Er wollte Hannah zum Lachen bringen, er wollte sie unterhalten, er wollte sie nach ihrer Rückkehr in Dublin besuchen. Doch sie war verschwunden; ihre schnelle Abreise war vermutlich seine Schuld.

»Was um alles in der Welt haben wir ihr getan?«, fragte er seine Schwester.

»Sieht aus, als wäre sie wütend gewesen«, antwortete Mary. »Aber vielleicht hatte sie ja auch Grund dazu.«

»Hm«, brummte Hugh und ärgerte sich, dass er sich wie ein ertappter Schuljunge vorkam.

»Weißt du, ich habe einen Annäherungsversuch gemacht. Ist das etwa verboten? Ich wusste ja nicht, dass sie mich so schrecklich findet – ich wusste nicht, dass sie eine Nonne ist! Zum Teufel mit ihr! Sie ist aus dem Nichts aufgetaucht – soll sie eben auch dorthin zurückkehren!«

»Aber vielleicht ist genau das der Grund, warum sie sich so aufgeregt hat«, sagte Mary leise. »Auf dem Rückweg von Kielys fiel mir ein, dass es vielleicht besser wäre, den Brief von Mr Mulhall tatsächlich zu vernichten, weil es schrecklich für Hannah wäre, sollte sie ihn je zu Gesicht bekommen. Ich weiß, dass ich ihn in die Schreibtischschublade gelegt habe. Aber er ist nicht mehr da. Ich habe jeden Winkel des Schreibtischs abgesucht, Hughie, ich kann den Brief nicht finden!«

Hannah schloss die Galerie auf. Alles war ruhig. Sie sammelte die Post ein, die hinter der Tür lag, und warf einen Blick in die Ausstellungsräume, um sich von der Wärme der Gemälde ihre düstere Stimmung wenigstens für ein paar Minuten vertreiben zu lassen. Dann ging sie nach oben.

Sie vermisste Cissie und beneidete sie um ihre glückliche Ehe. Kürzlich hatte sie angedeutet, dass sie das Haus in der Exchequer Street verkaufen würde. Im Januar sollte Patrick nach Cavan versetzt werden; wahrscheinlich zwar nur für einige Jahre, aber die Galerie in diesen harten Zeiten zu halten, wo wenig Kunst verkauft wurde, wäre nicht wirtschaftlich gewesen. Hannah hatte gewusst, dass es eines Tages so kommen würde. Doch nachdem Rathcormac jetzt ihr allein gehörte, war sie in der Lage, ihre Partnerin auszubezahlen. Sie hasste die Vorstellung, Rathcormac verkaufen zu müssen, wo sie die glücklichsten Jahre ihres Lebens verbracht hatte – aber für die Galerie würde sie es tun. Die Galerie war ihr Leben.

Sie setzte den Wasserkessel auf und sah die Post durch. Zwei braune Umschläge mit den unvermeidlichen Rechnungen. Hannah dachte daran, dass aus Liams Nachlass nicht viel Geld zu erwarten war. Seit dem Tod ihrer Mutter hatte er nie wieder ausgestellt.

Arme, liebe Mutter. Kein Wunder, dass man in Balcarragh versucht hatte, Liams Brief vor ihr zu verstecken. Sie warf die Post auf den Tisch, streifte die Schuhe ab und nahm den schrecklichen Brief ihres Vaters aus der Tasche. Mit wachsender Bestürzung las sie ihn zum wohl hundertsten Mal; dann begann sie zu weinen.

»Wer kann mich unter diesen Umständen schon wollen?«, flüsterte sie vor sich hin. Sicher nicht Hughie, der sich zwar feurig gegeben hatte, der aber den Inhalt des Briefes kannte. Er konnte sie nicht zu seiner Frau machen – aber sie wollte auf keinen Fall sein Spielzeug sein. Auch Mary konnte sie nicht als Schwägerin wollen. Ganz egal, wie sehr sich die Leute bemühten, nett zu ihr zu sein – das Kains-Mal blieb.

Arme Mutter! Es war also keine romantische Liebe gewesen, keine Trennung mit gebrochenem Herzen. Dafür hatte sie ihr ganzes Leben lang die Erinnerung an die Gräueltat mit sich herumschleppen müssen …

Und doch hat sie mich geliebt, obwohl sie mich eigentlich hätte hassen müssen. Sie hat mir alles gegeben und mir nie Vorwürfe gemacht – mir, der Tochter, die nie das Licht der Welt hätte erblicken dürfen.

Hannah fröstelte und kuschelte sich in ihren Sessel. Sie hatte den Eindruck, ihr Kopf müsse zerspringen.

Der Kessel auf dem Herd begann zu pfeifen. Hannah stand auf, drehte das Gas ab und wandte sich wieder der Post zu. Die braunen Umschläge ließ sie liegen – für heute hatte sie genug von schlechten Nachrichten – und widmete sich den weißen.

Der erste Brief kam von Liams Anwälten, die sie um einen Termin zur Testamentsvollstreckung baten.

»Der verstorbene Mr Mulhall hat vor einigen Jahren eine Hypothek auf Rathcormac aufgenommen, die sich inklusive der Rückstände auf inzwischen 1140 Pfund beläuft«, schrieben sie.

Mein Gott!, dachte Hannah voller Panik. Würde das Haus überhaupt so viel bringen? Sie musste Rathcormac verkaufen und hätte nicht einmal genug, um die Galerie zu halten.

Entmutigt sank sie in den Sessel zurück.

Ich bin jetzt vierunddreißig, dachte sie. Eine berühmte Künstlerin ist nicht aus mir geworden. Ich bin allein, und jetzt bin ich auch noch völlig mittellos.

Sie ließ den Kopf in die Hände sinken.

Ein letzter Brief lag ungeöffnet auf dem Tisch. Er sah nicht nach einer Rechnung aus. Sie griff nach dem steifen, von Hand adressierten Umschlag, der keine Briefmarke trug. Wahrscheinlich war er persönlich abgeliefert worden.

Meine liebe Hannah,
es war nett von Ihnen, dass Sie sich für mein Kondolenzschreiben bedankt haben. Ich halte mich zur Zeit geschäftlich in Dublin auf und werde heute Abend nach Clonmore weiterreisen.
Ich hoffe, Sie haben mir verziehen, dass ich unsere Pläne beim letzten Mal durchkreuzen musste. Doch leider haben mich unvorhersehbare Umstände verhindert, die sich si-

cher nicht wiederholen werden. Ich möchte Sie daher für das kommende Wochenende nach Clonmore einladen. Ich erwarte ein paar Freunde – unter anderem Sir John und Lady Miffey – sowie einige Kunstliebhaber zu einer netten Party.

In der Anlage finden Sie eine Fahrkarte. Ich erwarte Sie am Bahnhof in Monaghan und verspreche Ihnen, dass es dieses Mal keine Hindernisse geben wird. Natürlich werde ich mein Möglichstes tun, um Sie für unser verunglücktes Treffen letztes Mal zu entschädigen.

Liebe Grüße, Bertie

57. KAPITEL

Am Morgen wachte Jimmy mit starken Schmerzen auf. Eine Zeit lang lag er ruhig da und lauschte mit zusammengebissenen Zähnen in sich hinein. Wie Ratten, die an der Vertäfelung nagen, dachte er. Sein linker Arm schien zu brennen. Bald würde sich der Schmerz aufwärts bewegen und entweder heute schon oder erst morgen sein Herz erreichen. Auch sein Vater hatte diesen Schmerz gekannt; im längst vergangenen Sommer 1900 hatte er darunter gelitten, ehe er in der Scheune zusammenbrach.

Jimmy wusste, dass er zu Doktor O'Connor gehen sollte, der inzwischen in Kilcrannagh wohnte. Der Arzt konnte ihm etwas gegen die Schmerzen geben. Er hielt samstags morgens Sprechstunde und war bis zum Mittag erreichbar.

Doch den Arzt aufzusuchen würde nur bedeuten, das Unvermeidliche aufzuschieben, ganz abgesehen von der Tatsache, dass er an den Ort zurückkehren musste, wo Ellen einst gelebt und er selbst jeden Tag einige Stunden gearbeitet hatte. Wo lag da der Sinn? Außerdem kosteten Ärzte Geld, und ein Krankenhausaufenthalt war schier unbezahlbar. Seine Zeit war vorüber. Er hatte weder Frau noch Kinder und auch nur wenige Freunde. Der einzige Mensch, der ihn noch ab und zu besuchte, war Donal Byrne.

Donal kam schon früh am Morgen, um zu melken; auch half er beim Heumachen und verrichtete ungefragt eine Reihe anderer Arbeiten auf dem Hof. Aus dem Jungen war ein Mann geworden, der nie auch nur einen Quadratmeter des Landes erben würde, auf dem er Tag für Tag arbeitete. Nie und nimmer würden die Byrnes das Land ihrer Väter einem Menschen zugestehen, der außerhalb des Ehebettes gezeugt worden war. Der junge Mann war ein angenehmer Gesellschafter für Jimmy; er mochte die Geschichten aus der Guerilla-Zeit. Und Jimmy erzählte.

Nur eine verschwieg er.

Ellens Tod hatte ihm den Wind aus den Segeln genommen. Jimmy hielt Forristers Brief für letztendlich verantwortlich. Er hätte ihn schon vor Jahren verbrennen sollen, hatte sich aber nicht dazu durchringen können. Doch ebenso wenig hatte er es fertig gebracht, ihr den Brief zu schicken. Er rechtfertigte sich damit, dass es ein Sicherheitsrisiko gewesen wäre, doch in Wirklichkeit hatte er gedacht, es nicht ertragen zu können, dass Ellen die schreckliche Wahrheit über Forrister erfuhr.

Er war bei Ellens Beerdigung gewesen und hatte miterlebt, wie ihre Kinder eines nach dem anderen Erde auf ihren Sarg warfen. Erde auf dieses Gesicht!

Anschließend hatte er ihnen die Hand geschüttelt. »Ich bin ein alter Freund Ihrer Mutter aus Monaghan.«

In seinem dunklen Anzug und mit dunkler Krawatte hatte er sich unter die Trauernden gemischt – Schüler, Freunde und Nachbarn der Frau, die er sein Leben lang verehrt hatte.

Jimmy dämmerte wieder ein. Traumfetzen schwammen in sein Bewusstsein. Mrs Murphy, Harry, der die Geschichte Irlands las, Ellen, die ihm von ihrem Fenster aus zulachte, Franny, die im Heuschober weinte.

Die arme Franny, die so aufrecht starb, wie sie gelebt hatte – auch wenn die Leute immer von einem Unfall sprachen. Seine eigene Mission in dieser Nacht war umsonst gewesen, und damals hatte er sich darüber gefreut. Er hatte einmal seine Chance bei Wallace gehabt und hatte ihn leben lassen. Doch genau aus diesem Grund hatte Franny sterben müssen.

Seit ihrem Tod hatte Wallace nie wieder einen Fuß nach Clonmore gesetzt. Er lebte in London und würde vermutlich dort bleiben. Und die trotzige, benachteiligte Franny war im Himmel.

»Warum fügst du guten Menschen so viel Leid zu?«, fragte er das Jesusbildnis über dem Kamin. »Und warum geht es den Bösen gut?«

Jesus war geheimnisvoll, war Licht und Liebe.

»Wie viel weißt du eigentlich darüber, was uns Sterbliche bewegt?«, fragte Jimmy laut. »Wo warst du, als ich ein Wunder brauchte?«

Er dachte an früher. Heute erfreute er sich am morgendlichen Gesang der Vögel und dem Rauschen des Flusses. Er verfügte nicht mehr über die Energie, die ihm so viel Leidenschaft und Sicherheit geschenkt hatte. Neben seinem Bett standen ein englischer Gedichtband, ein Buch mit irischer Poesie und ein irisch-englisches Wörterbuch, die inzwischen seine großen Lieben geworden waren. Sein Gewehr hatte er vergraben, doch den Revolver besaß er noch; er lag unter den Dielenbrettern versteckt.

Es war an der Zeit, ihn loszuwerden.

Jimmy stand auf, hob das lose Dielenbrett, nahm den Revolver heraus und verkroch sich wieder in seinem Bett. Die Waffe war in ein Tuch gewickelt, das nach Öl roch und die Bettwäsche beschmutzte. Jimmy drehte das Magazin und ärgerte sich über seine Überspanntheit.

Ich hasse dieses Ding, dachte er. Vor langer Zeit habe ich einen aufrechten Mann damit getötet.

Draußen begrüßte ein Hahn den jungen Tag. Fröhlich zwitschernde Vögel saßen in den Bäumen.

Er hörte, wie sich der Schlüssel im Schloss der Küchentür drehte. Der Riegel wurde zurückgeschoben. Schnell verstaute er den Revolver samt der Tuchhülle im Bett. Donals Schritte klapperten über den Küchenboden, dann tauchte sein Rotschopf an der Schlafzimmertür auf.

»Noch im Bett?«, flachste er fröhlich. »Bist du krank, oder wirst du einfach allmählich alt?«

»Schon gut, schon gut«, murrte Jimmy. »Darf ein Mann sich nicht mal ausschlafen?«

Donal musterte das Bett. »Du hast doch da etwas unter der Decke! Etwa eine kleine Frau?«

»Klugscheißer!«

»Das muss dieser Revolver sein. Ich rieche das Öl. Eines Tages schnappen sie dich! Weißt du schon das Neueste?«

Jimmy wartete. Donal war so aufgeregt, dass er fast ahnte, was kommen würde.

»Wallace ist wieder auf Clonmore.«

Jimmy beobachtete Donal, beobachtete seine Augen. Doch Donal blinzelte nicht einmal. Sein Blick war zu starr, dachte Jimmy. Der alte Trick: Fixiere den Nasenrücken deines Gegenübers, und alle Welt hält dich für den ehrlichsten Menschen.

»Ich bin nicht mehr der Heißsporn von früher«, murmelte Donal. »Nur, falls du denkst, ich halte Ausschau nach deinem Gewehr!«

»Das habe ich vergraben«, sagte Jimmy, »und zwar an einer Stelle, wo du es bestimmt nicht findest. Du bist fünfunddreißig, Donal«, fügte er hinzu. »Zu alt für spontane Handlungen. Clonmore ist Geschichte. Die Landwirtschafts-Kommission ist gerade dabei, alles zu kaufen. Auch das Haus.«

»Aye!«

»Sie wollen das Land denen zurückgeben, deren Vorfahren es gestohlen wurde.«

»Na toll!«, entgegnete Donal. »Und die gleichen Leute dürfen bis ans Ende ihrer Tage dafür zahlen. Habe ich dir eigentlich je erzählt, dass Wallace einst meinen Großvater, den armen, alten Willie O'Toole, in den Hintern getreten hat? Nicht genug damit, dass der hergelaufene Knilch Willies Land besaß und ihm ein paar lausige Pennys dafür bezahlte, dass er ihn in der Kutsche herumfuhr …«

Donal blickte auf Jimmy hinunter und fügte verbittert hinzu: »Gott, ich wünschte, ich gehörte deiner Generation an. Dann hätte ich vielleicht nützlich werden können!«

Jimmy sah, wie Donals Handknöchel weiß wurden.

»Rache ist ein Gericht, das man besser kalt genießt, Junge. So lautet ein französisches Sprichwort, und die Franzosen wissen, wovon sie reden! So, und jetzt mach uns einen Tee und hör auf, mich zu ärgern!«

Nachdem Donal in der Küche verschwunden war, lehnte sich Jimmy in die Kissen zurück. Der Junge mochte vielleicht zu alt für eine Spontanreaktion sein, dachte er, aber er war nicht zu alt für einen seit Jahren gehegten Plan. Und dieses Mal würde er gelingen. Doch die Unruhen waren vorüber; er würde mit ziemlicher Sicherheit zum Galgen verurteilt. Und was noch viel wichtiger war: Er würde in die Hölle kommen. Im vierten Gebot hieß es, man solle Vater und Mutter ehren – es sagte nichts davon, das man sie töten sollte, wenn sie einem lästig waren.

Jimmy seufzte und warf Jesus auf dem Kaminsims einen Blick zu. »Hat dir jemals jemand gesagt, dass du einen ganz schön ins moralische Dilemma treiben kannst?«

Jedenfalls wusste Jimmy, was er zu tun hatte; die Ironie seiner Lage blieb ihm dabei durchaus nicht verborgen.

Donal brachte eine Tasse mit dampfendem Tee und stellte sie neben dem Bett ab.

»Steh jetzt endlich auf, du Faulpelz! Du kannst doch nicht den ganzen Tag im Bett bleiben und mit deiner Pistole herumschmusen!«

»Lädst du mich eigentlich zu deiner Hochzeit ein?«, fragte Jimmy plötzlich und freute sich diebisch, als der junge Mann rot wurde.

»Vielleicht. Aber es ist noch so lange hin, dass ich noch gar nicht angefangen habe, die Tage zu zählen.«

Als er ging, sah Jimmy ihm nach. Es gab da ein Mädchen, das Donal verehrte; es war eine von den O'Flanagan-Töchtern, ein tolles Mädchen, das er gerne geheiratet hätte. Doch wie sollte er um ihre Hand anhalten? Er besaß kein Land.

Nachdem Donal fort war, stand Jimmy eilig auf und zog sich an. Durch das kleine Fenster konnte er sehen, dass Donal mit dem Milcheimer in den Kuhstall unterwegs war. Er nahm den alten Revolver, wickelte ihn ein, brachte ihn in die Küche und verbarg ihn im Stroh. Er goss sich noch eine Tasse Tee ein, schnitt einen Kanten Brot vom Laib, bestrich ihn mit ordentlich Butter und aß. Anschließend ging er in sein dämmriges Wohnzimmer, in dem es nach Büchern und Zeitungen roch, nahm ein Blatt Papier aus einer Schublade, setzte sich an den Tisch und griff nach seinem Füller. Er schrieb langsam und gut lesbar.

»Hiermit ändere ich, James Horan, Eigentümer von Culgreine in der Grafschaft Monaghan, mein bisheriges Testament und verfüge Folgendes …«

Jimmy kannte den vorgeschriebenen Wortlaut. Er hatte bereits ein Testament gemacht und besaß eine Kopie des letzten Willens seines Vaters. Er schrieb umsichtig, setzte Donal Byrne zum Alleinerben ein und bestellte ihn zu seinem Testamentsvollstrecker. Da er wusste, dass zwei Zeugen gebraucht wurden, unterschrieb er die Verfügung nicht. Er blieb noch einen Augenblick sitzen und sah sich in seinem Wohnzimmer um, wo seine Mutter Staub gewischt und sein Vater laut aus der Zeitung vorgelesen hatte, oder von Irland und seiner Geschichte erzählte. Schließlich zog er sein gutes Jackett an und holte sein Fahrrad.

»Ich fahre einkaufen«, informierte er Donal, der im Kuhstall saß und die Milch in scharfem Strahl in den Zinkeimer zwischen seinen Beinen spritzen ließ.

»Pass bloß auf die Schlaglöcher auf!«, rief Donal ihm zu. »Nicht, dass du mir noch in Stücke gehst!«

Jimmy verzichtete auf eine passende Erwiderung. Er dachte daran, dass Doktor O'Connor eine Sprechstundenhilfe hatte und dass im Wartezimmer sicher Patienten saßen, die ihm als Zeugen dienen konnten.

Während der Fahrt kamen ihm Zeilen von Swinburne in den Sinn, dessen Verse er wegen ihrer Musikalität besonders liebte.

Aus tiefer Lieb zum Leben
Und frei von Furcht und Bangen
Woll'n wir den Dank erheben
Zu Göttern, und erlangen:
Dass Leben nicht auf ewig währt,
Die Toten nicht aufstehen,
Der Fluss, so wild er sich gebärd',
Ins Meer einst wird eingehen.

Als Jimmy die Arztpraxis verließ, war er im Besitz eines ordnungsgemäß von Zeugen unterschriebenen Testaments und eines Rezepts. Er blieb noch einen Moment vor dem Haus stehen und blickte zurück zu dem Fenster, hinter dem einst Ellen gewohnt hatte. Er erinnerte sich an die ersten, überwältigenden Liebesgefühle, als er hier unten gewartet hatte, bis sie ihre Lampe ausblies, und dann voller sehnsüchtiger Ekstase nach Hause eilte. Wie oft war er durch dieses Tor gegangen – um seine Arbeit zu tun, um einen Blick auf Ellen zu erhaschen, um mit Harry die endlosen, begeisterten Gespräche der Jugend zu führen! Eine Nation musste gerettet, ein Vermächtnis zurückerobert und die Geschichte wieder ins Lot gebracht werden.

Doch was hatten die Opfer gebracht? Trotz eines schrecklichen Bürgerkriegs nach der Unabhängigkeit war Irland inzwischen geteilt. Und obwohl das Land Neutralität bewahrte, hatten sich tausende junger Männer zu den Waffen gemeldet, um für England in den Krieg zu ziehen.

Dennoch wusste Jimmy, dass mehr gewonnen worden war, als er je zu träumen gewagt hatte.

Früher war er ein toter Mann gewesen. Sie alle waren tot gewesen. Aber was hatte eine Hand voll Gespenster nicht alles bewirkt!

Er atmete tief durch, betrachtete das Rezept und zeriss es in kleine Schnipsel. Dann faltete er das Testament, steckte es in einen bereits an Donal adressierten Umschlag, radelte zur Post und warf den Brief ein.

Langsam fuhr er nach Hause. Er lauschte dem wütenden Schmerz in seiner Brust und wischte sich mit dem Ärmel den Schweiß vom Gesicht. Zu Hause angekommen, rief er nach Donal, erhielt jedoch keine Antwort. Der volle Milcheimer stand auf dem Küchentisch und hätte durchgeseiht werden müssen, doch das konnte warten.

Jimmy wühlte im Stroh und suchte nach dem Revolver. Die Waffe musste noch geölt werden, ehe er sich nach Clonmore aufmachte.

Der Strohhaufen war leer.

Der Schmerz in der Brust überwältigte ihn.

Am Samstagmorgen packte Hannah ihren Koffer voller Sorgfalt. Sie legte die beiden selbst genähten Abendkleider auf ihr Bett und überprüfte sie. Eines war weinrot, ein fließendes Gewand aus Crêpe de Chine und Satin, das andere schwarz. Sie faltete die beiden Kleider in Seidenpapier und legte sie in ihren alten Lederkoffer zu einem schwarzen Abendmantel aus Samt, der schwach nach Parfüm duftete. Ihre Bewegungen liefen fast automatisch ab; sie hatte das Gefühl, eine Rolle zu spielen und sich selbst aus der Distanz zuzusehen – einer Künstlerin, die um ihr Überleben kämpfte und alles tat, um ihrer Karriere auf die Sprünge zu helfen. Noch nicht einmal für Sir John Miffey und seine Frau konnte sie wirkliches Interesse aufbringen, obwohl sie früher einem solchen Zusammentreffen begeistert entgegengesehen hätte.

Hannah bemühte sich, nicht an Sir Bertram zu denken – sie erinnerte sich nur seiner plumpen, gepflegten Hände und seiner onkelhaften Art. Sie verspürte keinerlei Lust auf ein Wiedersehen mit dem düsteren, erstickenden Haus namens Clonmore. Am liebsten hätte sie sich ins Bett gelegt, sich zusammengerollt und die Bettdecke über den Kopf gezogen.

Sie betrachtete ihre Existenz als einen Schlag ins Gesicht der Zeit. Undenkbar, dass sie nur lebte, weil der Freundlichsten aller Frauen Gewalt angetan worden war! Sie machte sich Vorwürfe, weil sie ihrer Mutter nicht mehr Verständnis entgegengebracht hatte. Jedes Mal, wenn sie ihre Tochter angeblickt hatte, musste sie das Gesicht ihres Peinigers vor sich gesehen haben …

Doch wer war es gewesen? Liams Brief hatte von einem Nachbarn gesprochen. Sie stellte sich vor, wie er ihrer Mutter als junges Mädchen aufgelauert und sie vergewaltigt hatte.

Sie spürte es wie einen Bruch in ihrem Wesen, dass sie nie erfahren würde, wer der Übeltäter gewesen war. Und noch schlimmer war, dass Hugh Kennedy die schreckliche Wahrheit kannte. Wie könnte er sie je lieben? In Irland, wo Blutsverwandtschaft heilig war, jedenfalls nicht.

Aber Mutter hat dich haben wollen, sagte sie sich schließlich. Sie hätte dich aussetzen oder in einem Waisenhaus abgeben können. Doch sie hat dich behalten und dich geliebt. Sie hat sich bemüht, dich zu beschützen. Genau wie Liam. Vielleicht hast du einen Wert, der nicht von Umständen abhängt, auf die du keinen Einfluss hattest?

Der Gedanke war angenehm, doch in der Realität konnte er nicht bestehen.

Hannah blickte auf die Uhr. Ihr blieb der ganze Morgen. Erst mittags musste sie sich entscheiden, ob sie den Zug nach Monaghan nehmen würde. Sie hatte nicht die geringste Lust, zu fahren, doch sie musste an ihre Zukunft denken.

Sie trat an die Staffelei und griff mechanisch zum Pinsel. Der Geruch des Terpentins, des Leinöls und der Farben, die sie auf ihrer Palette mischte, beruhigten sie. Wie immer.

Fieberhaft und ohne nachzudenken fuhr sie mit dem Pinsel über die Leinwand; die Farbe verlief, und ein neues Bild nahm Formen an. Es zeigte eine Frau, die mit einer Zigarette in der Hand gelangweilt an einem Stuhl lehnte. Sie war schlank und zerbrechlich und nach der Mode der dreißiger Jahre gekleidet.

»La dame qui fume!«, sagte Hannah laut und trat einen Schritt zurück, um ihr Werk zu begutachten. »Sie sieht aus, als hätte sie einiges erlebt.«

Sie versah ihre Kreation noch mit einem goldenen Armband, tat aber nichts gegen den Ausdruck besorgter Gleichgültigkeit.

Ob sie Sir Bertie ein Telegramm schicken sollte, in dem sie ihr Kommen ankündigte?

Du hast noch viel Zeit!, antwortete der Widerwillen. Du kannst es später immer noch tun.

Als sie das nächste Mal auf die Uhr sah, war es fast zwei. In fünfundvierzig Minuten fuhr ihr Zug!

»Verflixt!«, schimpfte sie, griff nach ihrem Koffer und stürmte die Treppe hinunter. In der Diele setzte sie eilig einen Filzhut auf, sicherte ihn mit einer Hutnadel und griff nach ihrem Regenmantel.

In diesem Augenblick klingelte es an der Tür. Hannah öffnete.

»Tut mir Leid, die Galerie ist geschl…«

Der Mann auf der Schwelle verschwand fast hinter einem riesigen Strauß roter Rosen.

»Blumen für Sie, Madame«, flüsterte er. »Für die wärmste, aufregendste und schönste Frau der ganzen Welt.«

Hannah starrte ihn einen Augenblick lang an; schließlich griff sie nach den Blumen.

»Ich dachte, ich würde dich nie mehr wiedersehen …«

Sie brach in Tränen aus. Hughie trat ein und schloss leise die Tür hinter sich.

58. KAPITEL

Dublin, 2001

Mrs McBride, können Sie mich hören? Sie sind im Aufwach-Raum …«

Kates Augenlider waren schwer wie Blei. Die Stimme schien aus einem Nebel zu kommen. Man legte ihr etwas über das Gesicht.

Aber ich habe doch gerade erst die Narkose bekommen, fuhr es ihr durch den Kopf. Vor höchstens einer Minute!

»Kate!«, drängte die Stimme. »Können Sie mich hören?«

»Ja!«, flüsterte sie.

»Sie liegen unter einer Sauerstoff-Maske. Haben Sie Schmerzen?«

»Ja!«, flüsterte sie erneut unter der Maske. Sie fühlte sich wie ein Tiefseetaucher, der sich nach Licht und menschlichen Gesichtern sehnt.

»Gleich bekommen Sie etwas gegen die Schmerzen«, sagte die Stimme beruhigend.

Ein kleiner Nadelstich machte jeden weiteren Versuch zunichte, wieder an die Oberfläche zu kommen; Kate versank in ihren wirren Träumen.

Man schreibt das Jahr 1960. Vater hat eine Stelle an einem Krankenhaus in Dublin angeboten bekommen. Kate spürt die Anziehungskraft dessen, was ihr Vater »Heimaterde« nennt, doch sie hat große Angst.

»Aber ich bin doch Amerikanerin!« Tränen steigen ihr in die Augen. »Und meine Freunde? Ich muss in eine neue Schule! Und was wird aus Mamas Arbeit?«

»Deine Mutter kann überall arbeiten. Warum stellst du dir nicht einfach vor, es wäre ein Abenteuer? Natürlich bist du Amerikanerin, aber deine Wurzeln liegen ganz woanders.«

»Spielt das eine Rolle?«

Er seufzt. Mama schenkt ihr ein weiches Lächeln.

Irland ist wirklich scheußlich. Ständig regnet es. Die Nonnen in der Schule sind viel strenger als die in Boston. Im Refektorium klingeln sie dauernd mit kleinen Glöckchen – wenn man reden darf, oder wenn man still sein muss. Und wenn man im Flur einer Schwester begegnet, muss man sich verbeugen! Es ist verrückt! Aber wenigstens wollen alle Mädchen sie zur Freundin.

In der Zeitung steht ein Artikel über Mamas Arbeit. »Wundervolle Arbeiten«, haben sie geschrieben, und »erstaunliches Talent«. Die Mädchen in der Schule starren sie an.

Stimmt es, dass Hannah Mulhall deine Mutter ist?

Das große Haus, das über die Bucht hinausblickt, gehört Mama. Die Miete ist erhöht worden, doch der Mieter will nicht ausziehen. Er will unbedingt bleiben, aber Mama wendet sich an einen Rechtsanwalt. Irgendwann zieht der Mieter aus, und nachdem die Maler fertig sind, ziehen sie ein.

Ein Telefon wird installiert. Papa ruft seine Schwester Mary in England an. Mama spricht mit ihren Freunden, vor allem mit einer gewissen Cissie Teeling. Papa sagt, sie solle Cissie und Pat für das Wochenende einladen.

»Ihr könnt euren Plausch halten, und ich lasse mir von ihm die Arbeit der Landwirtschaftkommission erklären.«

Mama lacht über Papa, wegen der brennenden Neugier der Rückkehrer, wie sie sagt. »Ich habe sie schon eingeladen«, erzählt sie. »Aber Patrick hat keine Zeit. Cissie kommt allein.«

Kate weiß, dass Cissie und Mama früher zusammen eine

Kunstgalerie betrieben haben, und ist gespannt auf die Frau, die allein in einem schwarzen Vauxhall kommt. Sie hat eine tolle Frisur, und sie und Mama fallen sich um den Hals und lachen miteinander wie Schulmädchen.

»Hannah!«, ruft sie und lacht unter Tränen.

»Cissie!« Eine endlose Umarmung und noch mehr Tränen.

Mein Gott, das ist ja fast tragisch!

»Und das ist also Kate!«, sagt Cissie. »Ich habe schon viel von dir gehört. Du siehst deiner Mutter wirklich ähnlich.«

Sie wendet sich wieder an Mama. »Ihr müsst uns unbedingt in den Ferien in Cavan besuchen.«

Sie renovieren das alte Haus. In den Sommerferien kommt Tante Mary mit ihrem Mann Bill aus England. Kate sieht sie zum ersten Mal; sie sind beide ziemlich stämmig, aber sehr nett. Bill hat vor kurzem sein Unternehmen verkauft und sich zur Ruhe gesetzt. Jetzt widmet er sich seinem Garten.

Tante Mary trinkt Sherry und Bill Whiskey. Er hat kaum noch Haare auf dem Kopf und hat eine witzige Art, beim Lachen die Nase zu krausen. Und sie lachen ständig! Bill erzählt vom Krieg. Er ist schon lange vorbei – fünfzehn Jahre –, aber die Erwachsenen reden immer noch davon. Aber auch Kate ist fasziniert.

»Stimmt es, dass du mit dem Fallschirm über Frankreich abgesprungen bist? Wie im Kino?«

Er nickt. »Ja, das stimmt. Weißt du, wie viele Sprünge man unbeschadet hinter sich bringen muss, wenn man ein erfolgreicher Fallschirmspringer werden will, kleine Kate?«

Sie zuckt die Schultern.

»Na, alle!«, sagt er und lacht laut.

»Wo hast du geschlafen?«, fragt sie und ärgert sich, dass

sie auf ihn hereingefallen ist. »Ich meine, als du in Frankreich abgesprungen bist?«

»In Bauernhäusern, Scheunen – einfach da, wo die Résistance einigermaßen sichere Unterkünfte bieten konnte. Einmal war ich in einem wunderschönen Herrenhaus im Südwesten. Es hatte einen Park mit Magnolien und einer Lavendelallee. Irgendwann, als ich dort war, kamen die Deutschen und nahmen den Besitzer mit – er war Engländer.«

»Und warum haben sie dich nicht mitgenommen?«

»Er hat sich auf dem Dach zwischen den Schornsteinen versteckt«, antwortet Tante Mary und verzieht das Gesicht.

Bill greift nach der Hand seiner Frau.

»Was ist mit dem Engländer passiert?«, erkundigt sich Papa.

»Man hat ihn einige Monate in Buchenwald eingesperrt. Das letzte Mal, dass ich von ihm gehört habe, war in einer Geburtsanzeige in der Times 1950. Er gab die Geburt seines Sohnes bekannt.«

Papa fährt sie nach Cavan, wo sie Cissie und Pat besuchen. Pat ist groß, hat graue Haare und ist ziemlich ernst, obwohl er durchaus einen gewissen Sinn für Humor hat. Sie haben einen Sohn namens Cathal; er ist fünfzehn, ziemlich schüchtern und sehr süß. Ihr Haus liegt unmittelbar außerhalb der Stadt.

»Was würdest du gern morgen unternehmen, Hannah?«, fragt Cissie nach dem Abendessen. »Morgen ist Samstag, und Pat hat nachmittags frei – wenigstens ein Mal!«, fügt sie hinzu und blickt ihren Mann streng an.

»Wir könnten einen Ausflug machen und am See picknicken«, schlägt Patrick vor. »Es ist nicht weit von Monaghan.«

»Meine Mutter stammte von dort«, erklärt Mama, »allerdings hat sie fast ihr ganzes Leben in Dublin verbracht.«

»Ganz in der Nähe ist ein interessantes altes Herrenhaus, das der Landwirtschaftskommission gehört. Ich habe die Schlüssel, falls ihr Lust habt, euch dort umzusehen.«

Kate denkt, dass sie die Schlagerparade mit Helen Shapiro nicht verpassen möchte und am liebsten zu Hause bliebe. Mit Cathal.

»Doch nicht etwa Clonmore House?«, fragt Mama. »Ich war früher einmal dort. Ich kannte den Besitzer«, fügt sie hinzu. »Er hat ein paar Bilder von mir gekauft.«

Mama spricht langsam. Kate schnappt den Blick auf, den Cissie ihr zuwirft. Dabei hebt sie die Augenbrauen und zieht an ihrer Zigarette.

»Es hat lange gedauert, bis wir Clonmore ganz bekamen« erzählt Pat in seiner ernsten Art. »Der Vertrag wurde schon 1941 unterzeichnet, aber ehe der Verkauf unter Dach und Fach war, hat uns der Besitzer ausgetrickst.«

»Wie das?«

»Wie es aussieht, hat er sein Londoner Büro verlassen und ist verschwunden. Das war 1941. Damit war natürlich nichts mehr möglich.«

»Ich weiß, dass er im August 1941 in Dublin war«, sagt Mama. »Als ich von meinem ersten Besuch aus Balcarragh zurückkehrte, wartete eine Einladung zu einer Party auf mich«, setzt sie mit einem schüchternen Blick auf Papa hinzu.

»Ich frage mich, warum du sie nicht angenommen hast«, sagt Papa und grinst in seinen Drink.

»Tu nicht so, Hughie!«, schimpft Tante Mary lachend. »Wir wissen alle sehr wohl, warum!«

»Na ja, ich konnte doch nicht gut ganz allein nach Boston zurückgehen«, verteidigt sich Papa und wirft Mama einen provozierenden Blick zu. »Entschuldige, dass wir dich unterbrochen haben, Pat. Was ist denn mit dem Kerl passiert?«

»Er ist nie wieder nach Hause gekommen. Erst zehn Jahre später, nachdem seine Familie ihn hat für tot erklären lassen, wurde der Kaufvertrag rechtswirksam.«

»Was will die Landwirtschaftskommission mit dem Haus?«, fragt Cissie.

Pat zuckt die Schultern und seufzt.

»Ich habe erst kürzlich genauere Anweisungen erhalten, die vielleicht mit der Geschichte des Hauses zu tun haben. Und das ist auch der Grund, warum ihr es euch ansehen solltet, ehe es zu spät ist – falls ihr Interesse habt.«

»Warum? Geht es fort?«, fragt Bill grinsend.

»Erst kommt ein Umbau«, gibt Patrick zurück. »Die Anweisungen aus Dublin lauten, das Dach zu entfernen.«

Cathal sieht Kate fragend an. Sie hebt die Augenbrauen.

»Lass uns mitfahren«, raunt Cathal ihr zu.

Am nächsten Tag werden sie von einer Kuhherde auf der Straße aufgehalten. Sie verlieren Cissie, Patrick und Cathal, die im Auto vor ihnen sitzen.

Papa kurbelt die Scheibe hinunter und fragt einen Bauern. »Wir wollen nach Clonmore. Wissen Sie, wie wir da hinkommen?«

Der Mann entgegnet, das Haus sei gar nicht zu verfehlen. »Die Nächste rechts, und dann immer geradeaus.« Er beäugt sie interessiert. »Kommen Sie aus Dublin?«

»Wir kommen von überall her«, entgegnet Tante Mary scharf vom Rücksitz aus. So viel unverhohlene Neugier nervt sie. Sie zeigt auf einen Bauernhof ein Stückchen weiter und fragt ihrerseits: »Ist das Ihr Haus?«

Als er nickt, fährt sie etwas freundlicher fort: »Dann haben Sie vielleicht meine Mutter gekannt. Sie hat Sie im Sommer 1941 besucht. Sie stammte ganz aus der Nähe. Ihr Name war Ellen Healy.«

»Damals hat der gute alte Jimmy noch hier gewohnt. Er ist letzten September gestorben, Gott hab ihn selig. Es war das Herz.«

Sie fahren weiter. Die Straße führt auf ein georgianisches Herrenhaus zu, von dem Kate danach immer wieder träumt.

Die Zufahrt ist völlig überwuchert. Patrick und Cissie warten auf der Eingangstreppe. Krähen drehen ihre Kreise um das Gebäude und hocken in den Birken. Cathal schlendert über den grasbewachsenen Hof. Als der Wagen vorfährt, blickt er auf und lächelt sein scheues Lächeln.

Das Haus ist kalt. Die Läden sind geschlossen. Jedes Geräusch hallt in den mit Marmorkaminen und Stuckdecken ausgestatteten Räumen wider. Das Erdgeschoss ist feucht, die riesige, gekachelte Küche düster.

Die Atmosphäre im Haus lässt in Kate ein unangenehmes Gefühl aufsteigen. Aber auch draußen im ummauerten und mit einem rostigen Tor verschlossenen Garten ist es nicht besser. Ein Waldstück zieht sich den Hügel hinunter bis zu den Feldern im Tal. Die Erwachsenen unterhalten sich.

Cissie und Mama diskutieren über die Architektur und überlegen, wie man das Bauwerk erhalten könnte.

»Komm, wir sehen uns den Wald an«, flüstert Cathal Kate ins Ohr.

Sie verlassen den Garten durch das Tor. Kate sieht einen Hügel, der von einem moosbedeckten Mäuerchen begrenzt wird. Er hat eine morsche Tür.

»Was ist das?«

»Könnte das alte Kühlhaus sein«, sagt Cathal. »Ganz nützlich in einer Zeit ohne Kühlschränke. Die alten Herrenhäuser hatten alle so etwas.«

Kate schaut hinein, sieht aber nichts als einen Steinboden und Schwärze. Das unangenehme Gefühl verstärkt sich. Es liegt wie Übelkeit in der Luft. Als Cathal gerade einmal abgelenkt ist, spurtet sie hinter ein Gebüsch und übergibt sich.

Sie blickt zurück in den Garten. Die Stimmen der Erwachsenen klingen tröstlich herüber. Krähen sitzen auf der Gartenmauer und äugen herüber.

Ein Stückchen weiter am Waldrand entdeckt sie ein rundes, von Efeu überwuchertes Gebilde aus Stein.

»Sieht aus wie ein alter Brunnen«, sagt Cathal hinter ihr. Kate fühlt sich zu dem Gemäuer hingezogen, obwohl ihr jeder Schritt schwer fällt – genau wie in den Träumen, die sie später haben sollte.

Sie zerrt an dem Efeu. Es reißt ab und hinterlässt einen starken Geruch auf ihren Händen.

Der Brunnen ist mit vermoderten Planken bedeckt. Sie sind so dick wie Eisenbahnschwellen. Mit einem Stock bohrt sie hinein. Weiche, von Würmern durchlöcherte Stücke brechen ab und fallen in die Tiefe. Ganz unten hört sie etwas klirren.

Sie versucht, zwischen den Brettern hindurchzusehen.

Feuchte, bemooste Steine. Das Gefühl, dass etwas wartet …

»Katie!«, ruft die Mutter vom Gartentor her. »Sei bitte vorsichtig!«

Doch Katie schirmt ihre Augen ab und lehnt sich über den Brunnenrand. Sie erkundet das Innere. Immer weiter lehnt sie sich vor.

Stein auf Stein reicht die runde Konstruktion tief hinunter; Kate kann kein Wasser entdecken. Aber da ist etwas anderes. Einen Moment lang glaubt sie, dass es ein Ast mit einem alten Stoff-Lumpen ist. Doch an dem Stoff sind Knöpfe, und der Ast hat knöcherne Finger ... Kate sieht einen Siegelring.

Der Monitor hinter Kates Bett piepste regelmäßig. In ihrer Brust wühlte ein schriller Schmerz. Sie öffnete die Augen und stellte fest, dass beinahe alle ihre Gliedmaßen verkabelt waren. Als sie an sich hinunterblickte, konnte sie nichts als weiße Bandagen sehen, die mit dem grellen Rot eines Desinfektionsmittels befleckt waren.

War es das, was geschehen war? Und Cathal, der nie wieder darüber sprechen wollte, hatte sie von der Brüstung gerissen.

Die Krankenschwester blickte auf sie hinunter.

»Dr. O'Connell kommt gleich. Sie sind auf der Intensivstation. Haben Sie große Schmerzen?«

Kate machte eine hilflose Bewegung, deren Hoffnungslosigkeit die Schwester sofort verstand.

»Die Operation ist gut verlaufen«, beruhigte sie Kate. »In ein paar Tagen fühlen Sie sich wie neugeboren.«

»Mein liebes Mädchen«, sagte Kate, »ich habe mein Leben gelebt und keinen Grund zur Klage. Gibt es etwas Neues von meiner Tochter?«

Die Schwester schüttelte den Kopf. »Ganz ehrlich, Kate – ich weiß es nicht.«

Tom saß im Wartezimmer. Schon seit Stunden wartete er; er wusste, dass Kate die Operation gut überstanden hatte, und wollte sie so schnell wie möglich sehen.

Über den Fernseh-Bildschirm an der Wand flimmerten die neuesten Nachrichten. Erst nachdem Tom sich Mut zugesprochen hatte, konnte er hinsehen. Doch Ground Zero gab seine Opfer nur sehr zögerlich frei.

Die Nachrichten endeten mit einem Wirtschaftsüberblick. Die Inflation bei den Immobilienpreisen hatte sich verlangsamt; doch Irland war jetzt weltgrößter Exporteur von Software und hatte die am schnellsten wachsende Wirtschaft der industrialisierten Welt.

Eines der reichsten Länder Europas! Diesen Satz wiederholte Tom fast ungläubig. Er lehnte sich in seinen Sessel zurück und bereitete sich auf das vor, was er Kate erzählen wollte.

Dreitausend Meilen weiter westlich zog ein erschöpfter Feuerwehrmann aus Queens eine leblose Gestalt aus dem Schutt einer U-Bahn-Station, fand einen schwachen, unregelmäßigen Puls und rief um Hilfe.

Einige Stunden später blinkte das Telefon im Schwesternzimmer der Intensivabteilung. Schwester O'Hanlon trat zu ihrer Patientin und flüsterte.

»Ein Anruf für Sie, Kate. Ich glaube, Sie sollten ihn annehmen …«

Sie hielt den Hörer an das Ohr der Patientin.

»Wer ist da?«, krächzte Kate. »Bist du das, Tom?«

Doch es war eine junge, amerikanische Stimme, die Kate sehr gut kannte.

»Mrs McBride … Ma'am … Ich habe gerade erst erfahren, dass Sie im Krankenhaus liegen …«

»Julian!«, flüsterte Kate. »Gibt es etwas Neues?«

Vielleicht ist er nicht in der Lage, es mir zu sagen, dachte sie. Armer Junge, es ist sicher schwer für ihn. Ach, meine kleine Eva, wenigstens haben sie dich gefunden …

Sie wartete. Am anderen Ende der Leitung war lange nichts zu hören, dann ertönte ein plötzlicher Schluchzer. Kates Herz sank. Instinktiv sandte sie ein Stoßgebet für die Toten zum Himmel.

»Ma'am«, sagte Julian schließlich, und seine Stimme zitterte so sehr, dass sie zunächst kaum zu verstehen war, »vor drei Stunden ist Eva gefunden worden. Sie ist noch sehr verwirrt und völlig ausgetrocknet, aber die Ärzte sagen, sie schafft es. Sie war sogar einige Minuten bei Bewusstsein. Ich soll Ihnen sagen, dass sie Sie liebt und sobald wie möglich nach Hause kommen will.«

EPILOG

Juni 2002

Die Fähre nach Cherbourg lief aus dem Hafen von Southampton aus. Das frisch gebackene Ehepaar stand am hinteren Ende des Schiffes und blickte auf die Heckwelle hinunter, die sich bis zu den weißen Klippen hinzog. Sie hatten eine sonnendurchflutete Hochzeit und eine Woche England hinter sich – jetzt wartete Frankreich.

Julian drückte Evas Hand.

»Ich freue mich wirklich auf noch mehr Landleben«, sagte er lachend. »Irgendwie habe ich in letzter Zeit einen Hang zu mehr Ruhe. Wir könnten doch eins dieser Häuser kaufen, die wir in Irland manchmal gesehen haben. Eva?«, fügte er fast ernsthaft hinzu, »Was hältst du davon? Sollen wir den Trubel aufgeben und uns einem idyllischeren Leben zuwenden?«

Eva knuffte ihn spielerisch.

»Und wovon sollen wir leben? Frankreich wäre da vielleicht besser. Da gibt es jede Menge Wein für sehr wenig Geld.«

»Ich habe da nur ein paar Probleme mit der Sprache.«

»Die musst du nicht sprechen können, um den Wein zu trinken. Apropos Wein: Ich muss mich noch zum Dinner umziehen!«

»Bis gleich!«, sagte Julian und gab ihr einen Kuss. »Beeil dich!«

Eva überließ ihn dem Seewind, ging in die Kabine, zog das schwarze Samtkleid an, steckte das Haar hoch und legte eine Goldkette – Julians Hochzeitsgeschenk – um den Hals. An die Kette hatte sie den kleinen Ring gehängt, den ihre Mutter ihr am Hochzeitsmorgen gegeben hatte. Ihre Mutter sah wieder aus wie das blühende Leben und hatte ihr anvertraut, dass sie und Tom Ruane im kommenden Frühjahr heiraten wollten.

»Der Ring ist sehr alt, Liebes! Er steckte in dem Sessel, den du so schön findest. Tom ist der festen Überzeugung, dass es sich um einen Glücksbringer handelt!«

War es Glück?, fragte sich Eva.

Sie konnte sich kaum an etwas erinnern. Geblieben waren ein Gefühl, lebendig begraben gewesen zu sein, und eine Reise in eine andere Dimension. Gerettet hatten sie der Gesang ihrer Großmutter Hannah, das Gesicht ihrer Mutter und die Gedanken an das Wochenende mit Julian auf dem Land, bevor er wieder nach New York zurückflog.

Die Neugier auf ihre Familiengeschichte hatte sie nach Kilcrannagh geführt.

»Das hier muss das Haus sein, in dem meine Urgroßmutter ihre Kindheit verbracht hat. Wir haben ein hübsches Bild von ihr in einem dieser tollen altmodischen Kleider.«

Sie waren weitergefahren. An einem verfallenen, alten Herrenhaus hatten sie angehalten, und Julian hatte den Wagen in der Auffahrt gedreht. Das Torhaus war leer gewesen. Der Wind hatte in der efeuüberwucherten Ruine geheult.

»Ich weiß, es würde eine Menge kosten, das hier zu renovieren«, sagte er, während sie durch die völlig zugewachsenen Höfe schlenderten. »Aber eines Tages werden wir genügend beisammen haben. Stell dir mal vor, Eva, wie es wäre, ein solches Haus zu besitzen, mit einem netten, ummauerten Garten und sogar einem eigenen Wald!«

»Aber nicht dieses«, hatte sie gesagt. »Irgendwie bekomme ich hier eine Gänsehaut!«

Eva betrachtete sich im Spiegel. Sie sah völlig normal aus. Niemand würde glauben, dass sie bei plötzlichen Geräuschen hysterisch wurde und Dunkelheit nicht ertragen konnte. Aber sie hatte Julian. Sie war jung, und die Zukunft versprach so viel Schönes. Mama würde demnächst zu Tom nach Hillcrest ziehen und ihr Rathcormac überlassen. Eva hoffte, dass sie bald Kinder bekommen würden; sie wünschte sich eine große, altmodische Familie.

Sie griff nach ihrer Tasche und verließ die Kabine.

Als Eva im Restaurant ankam, sah sie, dass der gesellige Julian sich mit einem Paar am Nachbartisch unterhielt. Der Mann war etwa fünfzig, seine Frau schien ungefähr zehn Jahre jünger zu sein. Sie hatten ein kleines Mädchen bei sich.

Julian stand auf, als Eva an den Tisch trat. Als sie sich setzen wollte, rutschte das kleine Mädchen vom Stuhl und verlor sofort die Balance, weil das Schiff schlingerte. Eva streckte den Arm aus, um die Kleine festzuhalten.

»Jenny!«, rief die Mutter und sprang auf, um ihr Kind in die Arme zu nehmen.

»Ich wollte doch nur mit dieser Dame reden!«, verkündete das Mädchen ernsthaft, schüttelte die Arme ihrer Mutter ab und stützte die Hände auf die Hüften. »Sie hat eine komische Halskette!«, fügte sie hinzu, während sie Evas Kette und den Anhänger anstarrte.

Eva hielt sie der Kleinen auf der Fingerspitze hin. »Der Ring ist alt. Du errätst sicher nicht, woher er stammt!«

»Vielleicht von einem … Zauberer?«, fragte das Mädchen mit weit aufgerissenen Augen.

»Nicht ganz«, sagte Eva lachend. »Aber er ist aus einem Zaubersessel gefallen.«

Die Mutter nahm die Kleine an die Hand.

»Zeit fürs Bett, meine Süße«, sagte sie und wandte sich entschuldigend an Eva. »Sie ist immer so aufgeregt, wenn wir hinüberfahren.«

Mit dem protestierenden Kind an der Hand verließ sie das Restaurant.

»Das haben wir alles noch vor uns«, sagte Julian zum Vater des Mädchens, der inzwischen das Dessert serviert bekommen hatte. »Wir sind gerade in den Flitterwochen.«

»Meinen Glückwunsch! Wo fahren Sie hin?«

»Ach, wir wollen einfach nur ein bisschen herumfahren und zum Schluss Paris besuchen. Zumindest sind das unsere vorläufigen Pläne.«

»Sollten Sie in den Süden kommen, besuchen Sie uns doch einmal. Wir haben ein Haus in der Aquitaine, ungefähr hundert Kilometer südöstlich von Bordeaux.«

Er holte seine Brieftasche hervor, entnahm ihr eine Karte und gab sie Julian, der sich bedankte und sie in die Tasche steckte.

Und weil Guy Nigel Forrister an die lange Fahrt nach Fontebelle dachte, die ihn am nächsten Tag erwartete, trank er seinen Espresso aus, stand auf, verabschiedete sich von den beiden jungen Leuten und ging seiner Wege.

Mary Ryan

Diamantenlicht

Roman

Aus dem Englischen von Cécile E. Lecaux

Weltbild

Zum Gedenken an Thomas F. Walsh und
Evalyn Walsh McLean.

Und für Seán, in Liebe und Dankbarkeit.

DANKSAGUNG

Ich bin zahlreichen Quellen für ihre Unterstützung und Weitergabe von Informationen, ohne die ich dieses Buch niemals hätte schreiben können, zu Dank verpflichtet.

Ich möchte meinen Dank gerne folgenden Einrichtungen und Personen aussprechen:

Der National Library of Ireland
Der Library of Congress in Washington D. C.
Der Denver Public Library
Dem Ouray County Museum
Dem Littleton Historical Museum

Ratmoko Ratmansunu (Kiko) von der indonesischen Botschaft, 2020 Massachusetts Ave NW, Washington D. C., der mir außerordentlich zuvorkommend das Haus gezeigt hat, das einmal die Residenz der Walshs in Washington war. Darüber hinaus war Herr Ratmansunu so freundlich, mir Material zur Verfügung zu stellen und für mich Kontakte zu knüpfen, die sich als ausgesprochen nützlich erwiesen haben.

Adrian O'Brien von der irischen Botschaft in Washington D. C., der den so wichtigen Kontakt zu Mr. Ratmansunu hergestellt hat.

Hugh Walsh aus Lisronagh, Tipperary; Larry O'Gorman aus Lisronagh; Joe O'Gorman aus Ballylanigan, Tipperary; Seán O'Gorman aus Kilvemnon, Tipperary und Michael

O'Brien aus Clonmel, die alle so freundlich waren, mir ein wenig von ihrer Zeit zu geben.

Anne Connell Hoffman vom Ouray County and City Museum in Colorado, die mir unschätzbar wertvolle Informationen zur Verfügung gestellt hat.

Doris Gregory, deren wundervolle Bücher über Ouray und die Minen dort eine wahre Fundgrube waren.

Carl Miller vom National Mining Museum in Leadville, Colorado, der mir Zeitungsmaterial aus der Zeit Tom Walshs in Leadville geliefert hat.

Carol Anne Rapp aus St. Louis, Missouri, die mir Einsicht in private Dokumente gewährt oder entsprechende Fotokopien ausgehändigt hat.

John McLean, Enkel von Evalyn Walsh McLean, der in Paris mit mir zu Mittag gegessen und mir dabei von seiner Großmutter erzählt hat. Bertram Lippincott III. von der Newport Historical Society in Newport, Rhode Island, der mir geholfen hat, Mikrofilme alter Zeitungen einzusehen.

Kathleen M. O'Brien aus Worcestor, Massachusetts, und John C. Stewart aus Denver für die wertvollen Informationen.

Meiner Freundin Minou Parente, Autorin des französischen Gedichtes und der philosophischen Reflexionen in französischer Sprache in den Kapiteln 19 und 20, die mir freundlicherweise gestattet hat, diese in meinem Roman zu verwenden.

Meinem Vetter Gerard Mulhearn aus Belfast, der mir eine Kopie eines Briefes von Tom an meinen Urgroßvater John Healy hat zukommen lassen.

Michael, der mich zusammen mit Seán kreuz und quer durch Colorado kutschiert und mir bei meinen Recherchen geholfen hat.

Johnny, der das Manuskript in seinen verschiedenen Fassungen immer wieder neu ausgedruckt hat.

Seán für seine unermüdliche und uneingeschränkte Unterstützung.

Ganz besonders zu Dank verpflichtet bin ich Evalyns Buch »Father Struck it Rich«, dem ich zahlreiche Einzelheiten über ihr Leben und dem ihrer Familie entnommen habe.

Nicht zuletzt stehe ich tief in der Schuld von Jane Morpeth, Shona Walley und Yvonne Holland von Headline für ihr Lektorat und die redaktionelle Hilfe.

You've got the wind, and ships; your dream's come true.
Was it the way you thought your dream would be?
The story books would paint that ocean blue;
each mile for you was stitched in salt at sea.
... the world you stumbled on you hardly knew
a random clash of hemispheres undressed
each member of the then known world, but you
saw glimpses of God-promised lands.
Did you foresee how crassly rich this earth
would prove in sprouting seed and forcing birth
from powder spores secreted in your hands?
Whatever motives we ascribe to you
another world replaces one we knew.

Aus *Discovering Columbus*
von Mark Patrick Hederman

I. BUCH

Tom

»... Er war ein außerordentlich feinsinniger Mensch, stets großzügig, warmherzig, ritterlich und freundlich – ein typischer westamerikanischer Gentleman.«

(Aus dem Eintrag über Thomas Francis Walsh
in der »National Encyclopaedia of American Biography«)

1. KAPITEL

Carraig Mór, Clonmel, Irland, 1856

Der Junge hatte rotes Haar und Sommersprossen. Der Hühnerstall, in dem er barfuß stand, war erfüllt vom Geruch des Federviehs und dem leisen Gackern der Hennen. Er trat hinaus in den bewölkten Tag, ging durch die Regenpfützen, um seine Füße zu säubern, kam an der mickrigen Fuchsie vorbei, die seine Mutter an der Hauswand gepflanzt hatte, und betrat schließlich durch die halb geöffnete Tür das weiß getünchte Haus. Er hielt vier noch warme Eier an die Brust gedrückt. Er legte vorsichtig eins nach dem anderen auf den Tisch aus Kiefernholz und warf einen ängstlichen Blick auf seine Mutter, die Wäsche auf eine Leine vor dem Kamin hängte. Es roch nach feuchter Wolle.

»Vier Eier!«, rief Margaret. »War das alles?«

»Mehr konnte ich nicht finden, *a Mhamaí*«, entgegnete Tom. »Die braune Henne ist wieder weg.«

»Dieses nichtsnutzige blöde Huhn!«

Margaret strich die Haarsträhnen zurück, die sich durch den Dampf der nassen Kleider aus den Kämmen gelöst hatten. Sie war 37 Jahre alt, hatte rotgoldenes Haar, blasse Haut und dunkelblaue Augen. Sie richtete sich auf, bog mit einem leisen Stöhnen den Oberkörper zurück und stützte dabei eine Hand gegen das schmerzende Kreuz. Der Junge fragte sich flüchtig, warum seine Mutter in den letzten Wochen einen so dicken Bauch bekommen hatte.

»Das Vieh kommt in den Kochtopf, wenn es sich nicht bald auf seine Pflicht besinnt!«, fügte Margaret drohend hinzu.

Tom stellte sich das verrückte Huhn vor, wie es gerupft und ausgenommen in dem schwarzen *pota mór* garte, der am Haken über dem Feuer hing. Empörung verdrängte seinen Hunger.

»Aber sie kann doch nichts dafür«, sagte er leise. »Sie muss einfach ein Nest bauen ...«

Margaret nahm die Eier und legte sie in eine Keramikschale auf dem Schrank. Sie würden in ein, zwei Tagen verkauft werden, zusammen mit den anderen, die bis dahin noch gelegt werden würden. Jedes Ei war kostbar – es brachte einen weiteren Farthing der Miete ein –, und die Eigenheiten der braunen Henne waren ein ernstes Problem. Als sie das bedrückte Gesicht ihres sechsjährigen Sohnes sah, musste Margaret wider Willen lächeln.

»Da sie einen so leidenschaftlichen Fürsprecher hat, werden wir die Todesstrafe noch einmal aussetzen ...« Sie lachte, und ihm wurde wieder leicht ums Herz.

Das Feuer hinter ihr war niedergebrannt, und Tom nahm ein paar Torfstücke aus dem Weidenkorb, beugte sich über die Feuerstelle mit den Kesselhaken und legte sie auf die Glut. Trotz aller Vorsicht wirbelte gelbe Asche auf, ihr folgte eine Wolke aromatischen Rauches, der zum Kaminsims aufstieg, auf dem Margarets drei heiß geliebte, mit Rosen bemalte Teller standen – die letzten eines ganzen Services, das einmal ihrer Großmutter gehört hatte. Dort lag auch die Pfeife seines Vaters, die lange tönerne *dúidín,* gleich neben der Geige, auf der sein Vater an manchen Abenden mit geschlossenen Augen selbstvergessen spielte.

Über dem Sims hing ein rußgeschwärztes, aus Schilfgras geflochtenes *Crois Naomh Brid* – ein Sankt-Bridget-Kreuz –, und darüber war eine Wäscheleine gespannt, zwischen Balken, durch die man das Reetdach sehen konnte.

Als Tom sich umdrehte, ruhte der zärtliche Blick seiner Mutter auf ihm.

»Danke, *a stóirín*«, sagte sie leise. »Du bist ein lieber Junge!« Sie ließ sich auf die Bank sinken und gab wie so oft in letzter Zeit vor Erschöpfung einen Seufzer von sich.

Tom stand barfuß und zweifelnd auf den Steinfliesen und fragte leise: »Geht es dir gut ...?«

Da sein Vater ihr verboten hatte, schwer zu heben, und sie bei jeder Gelegenheit fürsorglich drängte, sich zu schonen, wusste er, dass auch er sie entlasten sollte. Aber insgeheim fürchtete Tom, dass sie krank war. Sie war seine Welt; er liebte sie inbrünstig und bedingungslos. Kürzlich, als er nicht hatte schlafen können, war er zur Tür des Zimmers geschlichen, das er mit Michael und Maria teilte, und hatte unbemerkt seine Eltern beobachtet, die zusammen vor dem Kamin saßen. Er hatte sich vor der Kopfnuss gefürchtet, die er sich einhandeln würde, wenn er von seinem großen Bruder erwischt wurde, aber der Anblick seiner Eltern vermittelte ihm ein Gefühl von Sicherheit und Geborgenheit.

Sein Vater hatte seine Pfeife in die Asche im Kamin entleert und den Pfeifenkopf ausgeklopft, um den verkohlten Tabakrest zu lösen, bevor er alles auf den Sims zurücklegte. Dann hatte er sich zu seiner Frau hinabgebeugt. Tom hatte gesehen, wie seine Mutter ihm den Kopfkissenbezug zeigte, den sie mit einem Streifen weißer Spitze versah, an dem sie über ein Jahr gearbeitet hatte.

»Darauf bette mich zur letzten Ruhe ... vorausgesetzt, Gott will mich haben!«, hatte sie halb im Scherz gesagt.

Seán hatte den Kopf geschüttelt und auf Irisch entgegnet: »Sprich nicht so, meine Liebste.« Dann hatte er sie auf den Kopf geküsst und war in ihrem gemeinsamen Schlafzimmer auf der anderen Seite der Küche verschwunden. Margaret, die allein am Kamin zurückgeblieben war, hatte noch einen letzten Stich ausgeführt, dann den Faden abgebissen und ihr Werk begutachtet. Anschließend hatte sie die Handarbeit beiseite gelegt, sich schwerfällig auf den Boden gekniet und den Blick auf das Sankt-Bridget-Kreuz gerichtet. Leise hatte sie in einem Gemisch aus Irisch und Englisch ein Gebet gesprochen.

»*A Thiarna,* halte deine schützende Hand über meine Familie. Schütze und leite sie ... Schenke mir ein gesundes Kind ... Und ich bitte dich, erweise dich in deiner Güte dieses Mal gnädig, und schone mich ...«

Die Worte, deren Sinn er nicht ganz verstanden hatte, gingen Tom seitdem nicht mehr aus dem Kopf.

»Natürlich«, sagte Margaret nun. »Warum sollte es mir nicht gut gehen?« Ihre Stimme klang belustigt, aber ihr Blick ruhte voller Liebe und Zärtlichkeit auf ihrem jüngsten Sohn.

»Weil ...« Tom zuckte die Schultern. Er konnte es ihr nicht sagen, weil er selbst nicht recht wusste, wovor er sich fürchtete. Sein Blick fiel auf ihren Bauch, und seine Augen weiteten sich, als dieser sich bewegte.

Margaret folgte seinem verblüfften Blick, lachte und streckte die Arme nach ihm aus. »Komm her.«

Tom legte den Kopf an die Brust seiner Mutter und hörte das dumpfe Pochen ihres Herzschlages.

Schließlich legte sie ihm eine Hand unter das Kinn, hob seinen Kopf und schaute ihn an. »Du weißt doch, dass wir bald noch ein Baby bekommen, oder?«

Er nickte. Die Kinder wussten um ein neues Geschwisterchen und freuten sich darauf. Babys wurden von Feen gebracht, obwohl Michael, der schon elf war, Zweifel daran geäußert hatte.

»Und woher wird es kommen, *a Mhamaí*?«, fragte Tom

jetzt in die Stille hinein, während seine Mutter nach den richtigen Worten suchte.

Margaret warf einen verstohlenen Blick über die Schulter in Richtung der offenen Tür, legte seine Hand auf ihren Bauch und sagte in verschwörerischem Tonfall: »Was fühlst du?« Plötzlich bewegte sich ihr Bauch erneut unter der Schürze, als hätte er ein Eigenleben. Sie lachte über seinen erschrockenen Aufschrei.

»Das ist nur das Baby, *a stór.* Da wartet es, im Warmen und geschützt, bis es Zeit ist, auf die Welt zu kommen.«

Toms Kinnlade klappte herunter.

»Es ist so lebhaft wie ein echter Riley«, fügte Margaret mit einem fröhlichen Lachen in den Augen angesichts der Verwirrung ihres Sohnes hinzu. »Das Kleine kann es kaum erwarten, endlich herauszukommen und uns alle in Augenschein zu nehmen!«

»Aber wann wird es ...?«

»Bald, denke ich, *a leanbh.* Und dann hast du ein neues Brüderchen oder Schwesterchen.«

»War ich auch ...?«, fragte Tom leise, als ihm die Bedeutung des Gesagten aufging.

»Natürlich warst du, a *pheata dílís.* Und du warst geborgen und glücklich unter meinem Herzen!« Dann fügte sie hinzu: »Sprich mit niemandem darüber. Das ist unser Geheimnis!«

Als Tom mit dem feierlichen Ernst eines Erwachsenen nickte, legte sie ihm die Hände auf die Schultern, schaute ihm in die Augen und flüsterte: »Du wirst mich doch stolz machen, oder ...?«

Tom grinste verlegen.

»Sag mir, dass du mich stolz machen wirst.«

»Ich werde es versuchen«, entgegnete Tom und trat von einem Fuß auf den anderen – er fühlte sich unbehaglich angesichts des plötzlichen Ernstes seiner Mutter.

Seine Mutter lachte und tätschelte seine Wange. »Ab mit dir zum Kartoffelacker. Geh deinem Vater helfen. Und finde um Himmels willen diese *óinseach* von Henne.«

Auf dem Weg zum Acker überlegte Tom, wie das neue Baby aus dem Bauch herauskommen würde, und stellte sich eine kleine Tür im Bauch seiner Mutter vor. Er versuchte sich daran zu erinnern, wie er in ihrem Bauch gewesen war, wurde aber von dem Regenbogen abgelenkt, der sich über die Felder spannte und der Wiese der Farrellys zu entspringen schien. Er wusste, dass die Feen am Fuß eines Regenbogens einen Kessel voller Gold zurückließen. Er sprang über eine niedrige Mauer und lief auf diese Stelle zu, aber wie bei jedem seiner vorausgegangenen Versuche wich der Regenbogen immer weiter vor ihm zurück.

Tom fand die Henne in der Nähe des Ackers, wo sie sich unter einer Hecke in Flussnähe ein Nest gebaut hatte. Sie gab langgezogene, unglückliche glucksende Laute von sich und breitete die Flügel schützend über das Nest, als Tom sich näherte. Er rief nach seinem Vater, dessen drahtige Gestalt er weiter oben am Hang sehen konnte. Bei ihm waren Toms Geschwister, Michael und die fünfjährige Maria. Sie lasen Steine vom Kartoffelacker auf, eine notwendige Maßnahme vor dem Pflanzen.

»A Dhaidí, a Dhaidí!«, rief Tom laut, um das Rauschen des Flusses zu übertönen, der an ihm vorbei zu den tiefer gelegenen Feldern strömte.

Sie kamen herbeigelaufen. Seine Geschwister lachten, während sein Vater nur säuerlich den Mund verzog und nach der Legehenne griff, die immer noch stur auf dem Nest hockte.

»Soso, Fräulein, machst mal wieder Extratouren, ja?«

Die Henne gackerte empört.

»Sie sollte im Parlament sitzen!«, fügte Seán hinzu, hob sie hoch und klaubte die drei Eier aus dem warmen Nest. Er steckte sie in die Tasche. »Sie würde auch nicht mehr Sinn machen als die anderen dort! Sie wäre wenigstens eine Stimme für Irland!«

Unter den Arm seines Besitzers geklemmt, schaute der Vogel sich mit wippendem rotem Kamm verzweifelt um.

»Wo ist das?«, fragte Tom. »Das Parlament?«

»In London, du kleiner Idiot«, entgegnete Michael verächtlich. »In England, wo sie die Gesetze machen.« Seine Züge verdüsterten sich. »Das hat der Lehrer uns in der Schule beigebracht! Sie beschließen *in England* Gesetze für *uns*.« Dann fügte er leise hinzu: »Darum zahlen wir auch Pacht für Land, das früher uns gehört hat!«

»Hat euch das auch der Lehrer beigebracht?«, fragte Seán.

»Nein. Das hat Josie Farrelly gesagt.« Michael blickte trotzig zu seinem Vater, als wollte er ihn herausfordern, das abzustreiten. »Stimmt es, Vater, dass Gesetze gegen Katholiken erlassen wurden, die es den englischen *Protastuní* erlaubten, ihnen das Land wegzunehmen? Ohne dafür zu bezahlen?«

Seán konnte die Wut seines Sohnes gut verstehen.

»Das ist richtig. Aber das ist lange her«, erwiderte er ohne große Überzeugung. Erst acht Jahre zuvor, während der großen Hungersnot, hatte er zusammen mit einer kleinen Schar von Glaubensgenossen draußen vor dem Gerichtsgebäude von Clonmel gestanden, als man die Anführer des »Jungen Irland« zum Tode durch Erhängen und Vierteilen verurteilt hatte. Erst acht Jahre war es her, dass er gesehen hatte, wie die 17. Husaren mit Kanonen, Kavallerie und Infanterie zusammen mit den Scots Greys auf edlen Pferden und in tiefroten Umhängen die wöchentlichen Ladungen Fleisch und Weizen den Suir hinunter von Clonmel nach Waterford eskortiert hatten, von wo aus sie nach England verschifft wurden.

Aber seit der Hungersnot schien das Land resigniert zu haben: Eine Million Iren war gestorben, und eine weitere Million war ausgewandert; das Land war übersät mit verlassenen Dörfern, und über allem lag ein Mantel der Trauer. Die Tenant League, eine Organisation, die sich für faire Pacht und eine angemessene Bezahlung der Pächter einsetzte, war zum Scheitern verurteilt.

»So weit liegt das noch gar nicht zurück!«, widersprach Michael vehement. »Josies Großvater erzählt Geschichten aus der Zeit, als alles noch ganz anders war und das Land hier noch den Walshs gehörte ...«

Seán dachte an die Dokumente, die er selbst in den Händen seines Großvaters gesehen hatte, Papiere aus dem letzten Jahrhundert, die die Enteignung besiegelten – Urkunden, laut derer das Land der Walshs Ausländern übereignet worden war. Er wusste, dass es in der Zeit der Penal Laws, als die Katholiken gezwungen worden waren, ihr Land aufzugeben, üblich gewesen war, das enteignete Land von den neuen Eigentümern zurückzupachten. Jeder, der sich dagegen auflehnte, lief Gefahr, verhaftet, eingesperrt, deportiert oder gehängt zu werden. Obwohl sein Sohn noch so jung war, hatte Seán plötzlich Angst um ihn.

»Nun, wann immer es beschlossen wurde«, sagte er, »es bringt nichts, sich heute darüber aufzuregen. Die alten Zeiten sind vorbei.«

»Wie kann es ›vorbei‹ sein, wenn sie uns das Land nicht zurückgegeben haben?«

Seán musterte seinen ältesten Sohn, der bereits auf der Schwelle zum Mannesalter stand, und erkannte, dass dieser begonnen hatte, sich gegen die väterliche Autorität aufzulehnen. Bald würden ihre Überzeugungen aufeinander prallen, und das Althergebrachte würde, dem Lauf der Dinge folgend, unterliegen.

»Weil der Recht hat, der die Macht hat, Junge, zumindest so lange, bis eine neue Ordnung die Welt regiert! Merk dir das, und such keinen Ärger.«

Michael betrachtete seinen Vater verächtlich. »Hast du Angst vor ihnen, Vater?«

Tom sprang zur Seite, als sein Vater Michaels Ohr packte.

»Jetzt hör mir mal gut zu. Vor sieben Jahren habe ich erlebt, dass viele Menschen hier in der Gegend Gras gegessen haben. Ich habe sie mit grün verfärbtem Mund tot im Graben liegen sehen. Und ich schwöre bei Gott, dass das Allerwichtigste in diesem Land ist, zu verhindern, dass es jemals wieder eine solche Hungersnot gibt. Du, Mami und ich können von Glück sagen, dass wir überlebt haben!«

»Josie sagt, es hätte damals reichlich zu essen gegeben in Irland, nur die Kartoffelernte sei ausgefallen. Er sagt, die restliche Ernte sei wie jedes Jahr nach England verschifft worden, der *ganze* Weizen, das *ganze* Fleisch ...« Tränen traten in seine Augen. »Warum waren wir ihnen so egal, Vater? Warum haben sie uns die Nahrungsmittel weggenommen und uns sterben lassen?«

Seán wagte nicht, sich auf ein Gespräch über dieses bittere Thema einzulassen. Stattdessen blickte er hinauf zu den grauen Wolken, die sich über ihnen zuzogen, und streckte eine Hand aus, um die ersten Regentropfen zu fühlen.

»Geht nach Hause, jetzt gleich, sonst werdet ihr noch nass«, sagte er streng und gab seinem Sohn damit zu verstehen, dass die Diskussion beendet war.

»Tommy«, rief er lauter nach seinem jüngeren Sohn, der der Unterhaltung anfangs noch stumm gelauscht hatte, dann aber zum Fluss gelaufen war und gerade Anstalten machte, den Wasserfall zu überqueren. »Tommy. Komm zurück.«

Aber Tommy war zu sehr in die Herausforderung vertieft, die Felsen von An Cailleach zu überqueren. An Cailleach bedeutete auf Irisch so viel wie »Hexe« oder »hässliches altes Weib«, und in diesem Fall war damit eine tiefe Schlucht gemeint, die der Fluss auf dem Weg aus den Bergen zur tiefer gelegenen Farm gurgelnd zwischen zwei hohen Felsen passierte. Diese Felsen dienten den Mutigen als Mittel zur Überquerung, allerdings nur, wenn der Fluss kein Hochwasser führte. Tom seinerseits stellte sich vor, er würde die Niagarafälle überqueren, von denen er in der Schule gehört hatte.

Aber er rutschte aus. Er trat an einer glitschigen Stelle auf, stürzte, verdrehte sich dabei den Knöchel und tauchte vollständig unter, ehe er einen tief hängenden Ast vom Ufer zu packen bekam. Er schrie.

Sein Vater ließ das Huhn los – das sofort zu seinem Nest zurücklief – und zog seinen Sohn aus dem Wasser.

»Das kommt davon, wenn man nicht hören kann«, schimpfte Seán und ohrfeigte Tom. Dann fischte er die Überreste der Eier aus der Hemdtasche. »Und deinetwegen habe ich die Eier zerbrochen.«

Tom zitterte. Er war erleichtert, den eisigen Fluten entkommen zu sein, machte sich Vorwürfe wegen der Eier, war niedergeschlagen, weil er die imaginäre Prüfung nicht bestanden hatte, und sein Fuß schmerzte. Er versuchte aufzutreten, aber es tat zu weh.

Dann hörten sie einen Schrei, der den ganzen Hang hinauf bis zum Kartoffelacker hallte. Es war seine Mutter, und sie rief seinen Namen. Er fuhr herum und sah sie bergauf hasten, keuchend vor Anstrengung.

»Was ist passiert?«, fragte sie japsend und blickte schon aus der Entfernung von einem zum anderen. »Ich war gerade draußen im Garten ... und habe jemanden schreien hören. Warst *du* das, Tommy?«

»Es geht ihm gut, alles in Ordnung. In Gottes Namen,

Frau, beruhige dich. In deinem Zustand den ganzen Hügel heraufzulaufen ...«

Maria rannte zu ihr hin. »Mam, Mam, es war Tommy, es war Tommy... Er war auf dem Fluss und hat sich am Fuß wehgetan.«

Margaret kam über den Acker auf ihn zu. Tom sah ihr besorgtes, liebevolles Gesicht. Er liebte ihre anmutigen Bewegungen und das lange Haar, das sich aus den Kämmen löste und im Wind flatterte.

Hinter ihr lag das Tal mit Kilduncan House, in dem der Verwalter des Grundbesitzers wohnte, verborgen inmitten eines kleinen Wäldchens, und davor ihre eigene weiß getünchte, reetgedeckte Hütte und der *botharín,* der durch ihre Farm hindurch zur Straße führte. Der Hof umfasste zwanzig Hektar, und der Ertrag aus den Kartoffeln reichte aus, um sie zu ernähren, wenngleich die Einkünfte insgesamt kaum die Pacht deckten. Die Pacht in Irland war hoch – doppelt so hoch wie die in England. Aber die Pächter hatten keine andere Wahl, als zu zahlen. Die Industrie wurde künstlich gebremst, damit sie der britischen Industrie keine Konkurrenz machte, und wer kein Land bewirtschaftete, hatte kaum Chancen zu überleben. Darum verkauften sie abgesehen von Kartoffeln alles, und jeder Penny wurde in der Blechbüchse unter dem Bett seines Vaters gespart für den Unglückstag, an dem Steven Lurgan, der verhasste Verwalter Lord Kilduncans, in dem großen Haus am Ende der Birkenallee die Pacht kassierte. Sein Herr lebte in London und überließ es seinem Verwalter, seine irischen Güter auszuquetschen.

»Was hast du dir getan, Tommy?«, fragte Margaret und betrachtete besorgt ihren Jüngsten, der auf dem Boden hockte und sich den Knöchel hielt.

»Tá sé maith go leor«, sagte der Vater des Jungen. »Er wird es überstehen. Er hat sich nur den Knöchel verstaucht. Ich

habe ihm verboten, zum An Cailleach zu gehen, aber er musste trotzdem vom großen Felsen springen. Wenn wir zu Hause sind, werde ich ihm den Hintern versohlen.«

»A Mhamaí!«, heulte der Junge auf und blickte flehend zu seiner Mutter.

»Du wirst nichts dergleichen tun, Seán Walsh«, entgegnete Margaret immer noch schwer atmend. »Er kann nichts für sein Temperament!« Sie beugte sich hinab und streckte die Arme nach ihm aus. Tom klammerte sich an ihren Hals, und sie schwankte einen Moment unter seinem Gewicht.

»Du kannst ihn nicht tragen, Margaret«, protestierte Seán. »Versuch es also gar nicht erst!«

Margaret konnte den Armen ihres Kindes nicht widerstehen, schrie jedoch auf, kaum dass sie ihn hochgehoben hatte, und sank mit ihm zusammen auf den feuchten Boden. Der Schmerz war so stark, dass der Junge in ihren Armen ihn beinahe hören konnte.

»Mammie!«, rief er erschrocken und bog den Oberkörper zurück, um sie anzusehen. »Mammie ...«

»Was ist?«, wisperte Seán besorgt. *»Cad tá ort?«*

Während sie ihre Kinder dazu erzogen, Englisch zu sprechen, bedienten Seán und Margaret sich des Irischen, wenn die Kinder sie nicht verstehen sollten. Die alte Landessprache war eigentlich verboten und wurde den Kindern in der Schule gewaltsam ausgetrieben, aber sie beherrschten sie trotzdem besser, als sie selbst zugaben, und unterhielten sich flüsternd auf Irisch, wenn keine Erwachsenen in der Nähe waren.

»Es geht mir gut!«, entgegnete sie auf Englisch und zwang sich zu einem Lächeln, aber Tommy entging nicht, wie sie zitternd Luft holte. »Alles bestens. Lass mich nur einen Moment hier sitzen und ausruhen. Zeig mir deinen Knöchel, Tommy.«

Ganz sachte tastete sie seinen nackten Fuß und das Bein ab, drückte und zog vorsichtig, wobei der Junge vor Schmerzen das Gesicht verzog. Aber als sie plötzlich die Lippen zusammenpresste und die Augen schloss, wusste er, dass die Schmerzen in seinem Knöchel nichts waren im Vergleich zu dem, was seine Mutter fühlte.

»Nichts gebrochen«, fuhr sie mit unnatürlich ausdrucksloser Stimme fort. »Aber er schwillt bereits an, und du wirst eine Woche nicht gehen können. Du solltest tun, was dein Vater sagt, und nicht so unartig sein!« Sie verstummte und atmete scharf durch ihre zusammengebissenen Zähne ein.

Sie blickte zu ihrem Mann auf, der sie sorgenvoll beobachtete, und sagte schroff: »Bring ihn heim, Seán.«

Tom entging die Furcht in den Augen seines Vaters nicht.

»Erst helfe ich dir, Margaret.«

»Du kannst zurückkommen und mich holen, wenn du die Kinder nach Hause gebracht hast! Es ist besser so.« Dann senkte sie die Stimme und sagte auf Irisch die Worte, die Tom bis ins Grab verfolgen sollten: *»Táim ag cur fulla.« Ich blute.* Ängstlich hielt Tom Ausschau nach Blut, konnte jedoch nirgends welches sehen.

Sein Vater wurde kreidebleich. »Ich schicke Michael zu Mrs. Hegarty«, sagte er.

»Gut, *a ghrá*.« Margaret zupfte an seinem Ärmel und blickte zu ihm auf. »Es geht mir gut. Es geht nur etwas zu früh los, das ist alles.«

Sie blickte auf Tommy, der weinte und sich auf die Unterlippe biss. »Geh jetzt. Daddy kommt mich gleich holen. Mit mir ist alles in Ordnung.«

Maria krallte sich an die Röcke ihrer Mutter und schrie »Nein, nein, NEIN ...«, als ihr Vater versuchte, ihre Finger von dem Stoff zu lösen. Schließlich gehorchte sie, blickte jedoch schluchzend zu ihrer Mutter zurück.

»Hör endlich auf damit«, schimpfte ihr Vater ärgerlich. »Deine Mutter wird wieder gesund.«

Tom, der von seinem Vater getragen wurde, hielt den Blick so lange wie möglich auf seine Mutter gerichtet und winkte ihr über Seáns Schulter hinweg zu, aber sie winkte nicht zurück, sondern ließ sich flach auf den Boden zurücksinken, so als unterhielte sie sich mit dem Himmel.

Seán legte Tom ins Bett, brachte die anderen Kinder zu den Farrellys und kehrte dann zurück zum Kartoffelacker, um seine Frau zu holen. Tom humpelte zur Tür des Zimmers, das er mit seinen Geschwistern teilte, und beobachtete durch den Türspalt, wie sein Vater seine Mutter auf den Armen in die Küche trug. Ihr Rock schien nass zu sein – vom Acker, wie er vermutete, bis er sah, dass die Hemdsärmel seines Vaters blutverschmiert waren. Er unterdrückte einen Aufschrei und wartete beklommen. Sein Herzschlag dröhnte in seinen Ohren wie die Trommeln der rot uniformierten Soldaten, die er einmal in Clonmel gesehen hatte.

Mrs. Hegarty kam. Sie unterhielt sich kurz mit seinem Vater, legte ihren schwarzen Schal ab und eilte dann in das andere Schlafzimmer. Sie schloss die Tür hinter sich. Tom wartete. Sein Vater tauschte das blutige Hemd gegen ein sauberes von der Leine am Feuer, setzte sich dann vor den Kamin und verbarg den Kopf in den Händen. Der Feuerschein tanzte über die geweißten Küchenwände, schimmerte auf der alten Milchkanne in der Ecke, auf dem Schrank mit dem spärlichen Geschirr und den wenigen emaillierten Blechtellern, auf der schwarz lackierten Bank und dem *sugán-Stuhl* am Kamin. Plötzlich sprang sein Vater auf, und Tommy hinkte zurück zum Bett und stellte sich schlafend. Die Silhouette seines Vaters verdunkelte die Türöffnung.

»So schlimm kann das mit dem Knöchel nicht sein ...«, murmelte sein Vater auf Irisch.

Seán kehrte zurück in die Küche und setzte seine Wache am Feuer fort. Die Nacht brach herein. Tom nickte ein, wurde jedoch von Geräuschen aus dem Zimmer seiner Eltern geweckt. Er hörte erst Mrs. Hegartys Stimme und dann ein schreckliches Stöhnen. Er bezog wieder seinen Posten an der Tür und sah, wie die Hebamme herauskam und heißes Wasser aus dem alten schwarzen Kessel in einen Zuber schüttete. Einen Augenblick warf der Kerzenschein aus dem Zimmer Schatten an die Küchenwände, dann war sie wieder fort, und die Schlafzimmertür wurde geschlossen.

Nach einer Weile hörte er leises Babygeschrei. Tom sah seinen Vater aufspringen. Mrs. Hegarty erschien wieder in der Küche, und die beiden besprachen sich leise. Sie schüttelte den Kopf.

Als sein Vater in dem Zimmer verschwand, in dem seine Mutter lag, humpelte Tom durch die Küche zur offenen Tür des Elternschlafzimmers. Auf den Anblick, der sich ihm bot, war er nicht vorbereitet.

»A Mhamaí!«, flüsterte er und hielt sich am Türrahmen fest, überwältigt vom Blutgestank und dem blutgetränkten Bett seiner Eltern. In der kleinen Holzwiege lag ein in ein Handtuch gewickeltes winziges Baby mit verschrumpeltem rotem Gesicht, aber Tom war ganz auf einen anderen Vorgang fixiert. Er sah zu, wie sein Vater die Hände seiner Mutter an sein Gesicht drückte und ihr auf Irisch den *Act of Contrition* ins Ohr flüsterte.

Die Hebamme kniete nieder. Tom sah, wie sein Vater seine Ehefrau in die Arme schloss und sie auf den Mund küsste. Er hörte sein eigenes gequältes Schluchzen über das Weinen des Neugeborenen hinweg und hinkte zum Bett seiner Mutter, das Feuer in seinem Knöchel ignorierend. Sein Vater drehte sich um und stand auf. Sein eingefallenes Gesicht glühte, und er zog seinen Sohn unsanft aus dem Zimmer.

»Bleib draußen, du *amadán* ... Du hast schon genug Unheil angerichtet.«

Darauf schlug er dem Jungen die Tür vor der Nase zu. Tom schauderte, erdrückt von Schuldgefühlen. Er schmeckte Tränen und Nasenschleim. *»A Mhamaí!«*, schrie er hysterisch und trommelte mit den Fäusten an die Tür.

Gleich darauf kam Mrs. Hegarty in die Küche und zog ihn an ihren Busen.

»Du hast ein kleines Schwesterchen! Sie ist wunderschön ...«

Tom war seine kleine Schwester im Augenblick völlig gleichgültig. Er wand sich in den Armen der Hebamme; er wusste, dass sie nur versuchte, ihn abzulenken, und das machte ihm nur noch mehr Angst.

»Ich will zu Mammie.« Seine Zähne klapperten. »Ich will Mammie sehen. Was ist mit ihr? Warum blutet sie ...? Es ist meine Schuld ... es ist nur meine Schuld.«

Die Hebamme drückte ihn fest an sich. »Es ist nicht deine Schuld, mein Herz. Es war Gottes Wille. Du kannst sie morgen früh sehen. Sie ... sie ist eingeschlafen.«

Sie wickelte ihn in eine Decke und bandagierte seinen Knöchel.

Am Morgen war Margaret mit der besten Tagesdecke zugedeckt, die sie immer in der Truhe vor dem Fenster aufbewahrt hatte; ihr Kopfkissen steckte in dem Bezug, den sie mit der selbst geklöppelten Spitze verziert hatte. Es duftete leicht nach Lavendel. Tom stand mit seinem Vater und den Geschwistern an ihrem Bett. Er griff nach Margarets Händen, die gefaltet auf ihrer Brust ruhten, und bemerkte, dass sie sich steif und kalt anfühlten. Sein Vater sagte gepresst, sie wäre von ihnen gegangen, im Bett sei nur noch ihre sterbliche Hülle, und bei diesen Worten funkelte er Tom böse an. Michael war sehr blass; Tränen quollen aus seinen Augen, liefen lautlos über seine bleichen Wangen und in seinen Mund.

Plötzlich schluchzte Maria: »Ich habe es gesehen ... ich habe es *gesehen* ... als wir oben bei An Cailleach waren ...«

»Hör auf damit«, ermahnte Seán seine Tochter. »Hör sofort auf mit dem Unsinn!« Tommy stieg die Whiskyfahne seines Vaters in die Nase, und er sah, dass seine Augen gerötet waren.

Später am Tag kamen die Nachbarn. Die Männer nahmen ihre Mützen ab, und die Frauen knieten sich wehklagend neben das Bett.

»Wie heißt sie ... die Kleine?«, hörte Tom eine von ihnen Mrs. Hegarty fragen, die das Baby in der Küche in den Armen wiegte.

»Margaret«, antwortete die Hebamme. »Sie wird den Namen ihrer Mutter tragen.«

Aber Tommy interessierte sich nicht für seine Schwester, würdigte sie kaum eines Blickes. Und er weinte auch nicht, als die Nachbarn versuchten, ihn zu trösten, sondern starrte nur wie in Trance vor sich hin. Als er schließlich einschlief, gelang es kaum, ihn wieder zu wecken.

Die Totenwache dauerte zwei Tage, und in dieser Zeit war Margaret keine Minute allein. Dann begruben sie sie, und zwei Tage und Nächte wachte rund um die Uhr jemand an ihrem Grab.

Drei Wochen später blickte Michael seinen Vater beim Abendessen anklagend an und fragte: »Warum steht kein Kreuz an Mammies Grab? Ich bin nach der Schule auf dem Friedhof gewesen, und es steht immer noch kein Kreuz dort.«

Sein Vater antwortete nicht gleich. Dann sagte er leise und schroff, wobei er den Blick abwandte, um seinem Sohn nicht in die Augen sehen zu müssen: »Ich bin kein Steinmetz, und wir haben kein Geld.«

Michael nahm ein Stück Torf aus dem Korb und schleuderte es quer durch den Raum. Es prallte gegen die Wand und brach auseinander.

»Du arbeitest, *a Dhaidí*«, schrie er mit Tränen in den Augen. »Den ganzen Tag, jeden Tag. Ich arbeite vor der Schule und wenn ich von der Schule heimkomme. Maria arbeitet: Sie liest Steine auf, bis ihr fast das Kreuz bricht. Tommy arbeitet. Und trotzdem reicht unser Geld nicht einmal für ein Kreuz auf Mammies Grab! Und ich weiß auch, warum«, fuhr er mit vor Wut und Trauer schriller Stimme fort. »Weil die *Sasanaigh* uns alles genommen und uns zu Sklaven gemacht haben!«

»Genug davon!«, wetterte sein Vater. »Was in diesem Land geschehen ist, war nicht das Werk der Engländer. Das hat die Regierung veranlasst. Regierungen scheren sich einen Dreck um Menschen, erst recht nicht um das eigene Volk, und das wüsstest du auch, wenn du nur ein bisschen besser über englische Geschichte Bescheid wüsstest.«

»Alles, was ich weiß, ist, dass meine Mutter nur einen Haufen alter Steine als Grab hat!«, fuhr Michael fort und brach in Tränen aus.

»Sie braucht kein Kreuz«, entgegnete sein Vater streng. »Sie hat ein Hügelgrab. Vor langer Zeit haben wir unsere Königinnen auf diese Weise bestattet. Und ihr Grab ist das Grab einer Königin.«

»Tommy weigert sich zu sprechen, und essen tut er auch nichts«, erzählte Seán Pater Doyle, dem Gemeindepriester, bei einem seiner Besuche. »Er beachtet das Baby nicht, weckt uns aber häufiger als die Kleine nachts auf, weil er im Schlaf weint. In der Schule sitzt er einfach nur da. Der Lehrer macht sich Sorgen um ihn.« Er senkte die Stimme. »Er meint, der Junge glaubt, er sei schuld ...«

Der alte Priester musterte sein Gegenüber eindringlich und fragte leise: »Und warum sollte er das glauben?«

»Weil er tatsächlich schuld ist«, sagte Seán bitter. »Wenn er auf mich gehört hätte, wäre sie nicht den Hang heraufgelaufen ... in ihrem Zustand. Wenn ich doch nur die Zeit zurückdrehen könnte«, fügte er stöhnend hinzu und starrte den Priester aus rot geränderten Augen trotzig an. »Ich würde dem Teufel meine Seele verkaufen und das mit Freuden ...«

Der Priester senkte den Kopf und blickte unter buschigen Brauen zu Seán auf.

»Jetzt hör mir mal gut zu«, sagte er streng. »Dein Sohn ist sechs Jahre alt, ein kleines Kind, das unter der Last seiner aus den Fugen geratenen Welt zerbricht. Willst du, dass er dem Wahnsinn verfällt? Möchtest du ihn an eine Finsternis verlieren, von der es kein Zurück gibt?«

Seán verbarg das Gesicht in den Händen.

»Und halt den Teufel da raus, Seán Walsh ... der hat seine Ohren nämlich überall.«

In der Ferne waren Kinderstimmen zu hören. Der Priester wartete. Der Wind strich rauschend um das Haus, und das Feuer seufzte, als die Torfbrocken zu glühender Asche zerfielen. Seán richtete sich auf und fuhr sich mit dem Unterarm über das Gesicht. Michael tauchte in der Tür auf, seine Schulbücher in den Händen. Er grüßte Pater Doyle respektvoll auf Irisch.

»Dia dhuit, a Athair!« – Gott mit Euch, Vater!

»Wo ist dein Bruder?«, fragte der Priester.

»Tommy kommt gleich. Maria versucht immer wieder,

ihn zum Sprechen zu bringen, aber er scheint sie gar nicht zu hören!«

Pater Doyle beobachtete Tom, als dieser die Küche betrat, und sah die Qual auf den kindlichen Zügen, registrierte, wie der Blick einen Moment auf seinem Vater ruhte.

»Würdest du mich ein paar Schritte begleiten, Tommy?«, fragte Pater Doyle.

Der Junge reagierte nicht, und so nahm der Priester ihn an die Hand, verließ mit ihm die warme Küche und ging mit ihm über den Hof, wobei er sanft auf ihn einredete. Er führte den Jungen hinauf zum Kartoffelacker. Die Osterglocken öffneten in der Schlucht beim An Cailleach gerade ihre gelben Trompetenköpfe. Der Junge starrte auf den Wasserfall und fing an zu zittern.

»Du musst deine Mutter sehr vermissen, Tommy«, sagte der Priester leise. »Aber das, was passiert ist, war ein schrecklicher Unfall.«

Urplötzlich stieß der Junge einen Klagelaut aus, der über den Acker und hinab ins Tal hallte. Der freundliche alte Priester schloss ihn mit Tränen in den Augen in die Arme und hielt ihn fest. »Es ist ein schrecklicher Verlust, aber sie ist jetzt im Himmel und hat es dort gut. Und sie liebt dich immer noch und wacht über dich. Und Tommy ...« fügte er hinzu, hob den Kopf des Jungen an und schaute ihm fest in die Augen: »Es war nicht deine Schuld.«

»A Mhamaí ...!«, schrie Tom. *»A Mhamaí, a Mhamaí ...«* In den Armen des alten Priesters ließ er seinen ganzen Schmerz heraus.

Als sie ins Haus zurückkehrten, warf Tom einen Blick in die Wiege, und während Pater Doyle mit Seán sprach, schob Tom dem Baby einen Finger in die kleine Hand. Michael, der am Küchentisch Hausaufgaben machte, sah, dass sein Bruder geweint hatte.

»Ist alles in Ordnung mit dir, Tommy?«, fragte er leise.

Tom kam zu ihm herüber und blickte auf die Rechenaufgaben auf der Seite im Heft. Unter dem Heft schaute ein Stück Papier hervor mit einem Text, der aussah wie ein Gedicht. Michael warf einen verstohlenen Blick über die Schulter und reichte den Zettel dann seinem Bruder.

Tommy las die ersten Zeilen:

O Irland, erhebe dein Haupt
Dein Tag wird kommen ...

»Das ist die Prophezeiung des Heiligen Malachy«, zischte Michael. »Es geht um Irland ... eines Tages ...«

Als die Dämmerung hereinbrach, schlüpfte Tom aus dem Haus und lief zum alten Friedhof neben der kleinen Kirche. Normalerweise hätte er sich in dem Bewusstsein der sterblichen Überreste, die hier ruhten, gefürchtet, ganz allein herzukommen, aber an diesem Tag hatte er keine Angst und nahm das Ächzen der Bäume und das Pfeifen des Windes kaum wahr. Er steuerte geradewegs den neuen Steinhaufen an.

»*A Mhamaí*«, flüsterte er.

Er hockte sich neben das Grab und rief nach ihr. Nach einer Weile fühlte er Wärme in sich aufsteigen; ihre Liebe füllte ihn aus. Es war, als würde er nach der Schule mit ihr am Feuer sitzen und lachend eine Tasse frische Buttermilch trinken.

»Ich verspreche es, *a Mhamaí* ...«, flüsterte er, legte das Gesicht an die Steine und dachte an das, worum sie ihn am letzten Tag ihres Lebens gebeten hatte.

In den folgenden Jahren holte Tommy manchmal heimlich den Kissenbezug mit Spitzenrand hervor und vergrub sein Gesicht darin.

Eines Tages, fünf Jahre nach dem Tod seiner Mutter, überraschte sein Vater ihn mit dem Kissenbezug in der Hand in seinem Zimmer.

»Was machst du da?«

»Ich denke nur an sie.«

»Erinnerungen sind schön und gut«, sagte Seán, »aber du musst nach vorne blicken und dir eine Zukunft aufbauen.« Er legte Tom flüchtig eine Hand auf den Kopf. »Wenn deine Mutter hier wäre ...«

Tom blickte zu seinem ergrauten Vater auf, sah die Tränensäcke unter seinen Augen und den von harter Arbeit gebeugten Rücken. Er empfand die Berührung seiner Hand als Geste der Segnung und Vergebung.

»Ich weiß, Vater«, entgegnete er leise.

Am Abend betrat Michael, inzwischen gerade sechzehn, die Küche, zog neben der Tür die Stiefel aus und ging an den Kamin. Seine durchnässten Kleider dampften. Es regnete durch den Schornstein in den Kamin, und die Tropfen fielen zischend ins Feuer.

»Ein ungemütlicher Tag«, bemerkte er. Er drehte sich zu seinem Vater. »Wir werden das Feld düngen müssen, wenn der Weizen überhaupt wachsen soll!«

»Der Markt für Weizen ist sowieso zusammengebrochen«, erwiderte Seán achselzuckend. »Es kommt so viel aus Amerika herein, dass die Preise im Keller sind. Und«, fügte er säuerlich hinzu, »Lurgan wird die Pacht trotzdem weiter erhöhen.«

»Zieh die nassen Sachen aus«, drängte die zehnjährige Maria ihren Bruder, »sonst holst du dir noch den Tod.«

Maria führte jetzt den Haushalt, und die Schule hatte in dem Maße gelitten, in dem sie mehr und mehr in die Rolle der Ersatzmutter hineingewachsen war. Da ihr eine normale Kindheit verwehrt geblieben war, war sie ungewöhnlich still für ihr Alter und betrachtete die Dinge aus ihrer ganz eigenen Perspektive heraus. Sie liebte es beispielsweise, ins Feuer zu schauen. Ihr Vater bezeichnete dies als Tagträumerei, aber ihre Geschwister wussten, dass sie Dinge sah, die sich in der Hitze der tanzenden Flammen verbargen. Tom brachte ihr bei, was er selbst in der Schule lernte, überließ ihr sein Lesebuch und freute sich, dass sie fast ebenso schnell lesen lernte wie er. Hin und wieder schaute der Lehrer mit dem einen oder anderen Buch vorbei und brummte, welche Schande es sei, dass ein so kluger Verstand vergeudet werde.

»Sie ist ein Mädchen«, entgegnete ihr Vater hierauf jedes Mal. »Was sollte Bildung ihr nützen?«

Die Familie setzte sich zum Abendessen an den Tisch. Es gab Kartoffeln und einen Krug Buttermilch. Seán, der an diesem Abend schlecht gelaunt und mürrisch war, sagte ein Tischgebet auf und richtete dann das Wort an Michael, während er sich Kartoffeln nahm. »Hast du den Kartoffelacker fertig gepflügt?«

»Ja. Aber ich habe es satt, zu versuchen, etwas aus diesem Hof zu machen. Es bringt nichts, hier zu bleiben. Ganz egal, wie sehr man auch schuftet, es ist doch alles vergeblich!«

»Ich habe es dir schon mal gesagt, und ich wiederhole es wieder: Die Dinge in diesem Land werden sich ändern, wenn Gott den Zeitpunkt für gekommen hält.«

»Vielleicht. Aber für mich wird dieser Zeitpunkt zu spät kommen, Vater! Ich habe nur dieses eine Leben.«

In der folgenden Stille blickte Maria beunruhigt vom Vater zum Bruder. Tom hielt den Blick auf den Teller gerichtet. Er dachte an seinen Schultag, an das Lob für seinen Englischaufsatz und die Hausaufgaben, die er nach dem Essen noch machen musste. Er war müde. Nachdem er aus der Schule gekommen war, hatte er Torf gestapelt, Kartoffeln geerntet und geholfen, das Loch in der Hecke zu stopfen, durch das der Esel der Farrellys aufs Feld gelaufen war. Seamus Farrelly, sein Schulkamerad und Freund, hatte ebenfalls mit angepackt und Äste herbeigeschleppt, die bei einem heftigen Sturm im Februar von einer Esche ganz in der Nähe abgebrochen waren. Anschließend hatte Tom noch die neue Kuh gemolken, eine Friesin und der ganze Stolz seines Vaters.

An Tommys Seite am Tisch saß die kleine fünfjährige Margaret, die alle Peggie nannten. Sie war das von allen geliebte Nesthäkchen und noch so klein, dass nur das Gesichtchen mit den großen blauen Augen und den kastanienbraunen Korkenzieherlocken, die ihr bis weit über die Schultern fielen, und die schmalen Schultern über die Tischplatte ragten. Tom spürte, dass die greifbare Spannung sie bedrückte. Sie schob ihren Teller weg.

»Iss«, befahl Seán.

Die Augen des kleinen Mädchens füllten sich mit Tränen. Widerwillig zog sie den Teller wieder zu sich heran und schob sich ein Stück Kartoffel in den Mund. Tom schenkte seiner Schwester ein aufmunterndes Lächeln.

Als Peggie sich gleich darauf trotzig weigerte, weiterzuessen, schickte ihr Vater sie verärgert zu Bett.

»Aber ich will nicht ...«

Maria, die ihren Teller bis auf den letzten Krümel geleert hatte, ließ sich von ihrem Stuhl gleiten. »Ich bringe sie zu Bett. Komm, Peggie. Ich weiß eine neue Gutenachtgeschichte nur für dich ...«

Die Kleine folgte der älteren Schwester.

Nach einer Weile kam Maria zurück, räumte die leeren Teller ab und stellte sie in die alte emaillierte Waschschüssel, wobei sie ihrem Vater und ihrem älteren Bruder nervöse Blicke zuwarf. Die beiden stritten inzwischen jeden Abend. Sie setzte sich auf den Schemel vor dem Feuer. Tom sah, dass sie sich das Haar gekämmt und hinter die Ohren geklemmt hatte. Es glänzte im Feuerschein. Er war stolz auf den kleinen dreibeinigen Schemel, den er im Winter für sie angefertigt hatte, damit sie dichter am Feuer sitzen konnte. Sie schöpfte heißes Wasser aus dem schwarzen Kessel, gab es über die Teller und fing an, diese abzuwaschen.

Tom stand auf, holte sein Aufgabenheft und einen Bleistift, setzte sich wieder an den Tisch und machte sich daran, die Rechenaufgaben zu lösen, die der Lehrer ihnen aufgegeben hatte.

Seán seufzte. Er blickte durch das kleine quadratische Fenster auf den Fuchsien-Strauch, den Margaret kurz vor ihrem Tod gepflanzt hatte, und von dort auf den *botharín*, der hinunter zur Hauptstraße führte, die im schwindenden Licht grau schimmerte.

Er ging in sein Zimmer und kehrte mit einem dicken Buch voller Eselsohren zurück, das er aufschlug, noch ehe er wieder auf der Bank Platz genommen hatte. Er blätterte um, bis er das Gedicht gefunden hatte, das er an diesem Abend lesen wollte: »Elegie geschrieben auf einem ländlichen Kirchhof« von Thomas Gray.

Er las es laut vor, Vers für Vers, wobei seine Stimme weich der Kadenz folgte. Anschließend holte er seine Fiedel vom Kaminsims und spielte eins seiner Lieblingsstücke: »An Cualainn«. Die Kinder lauschten den melancholischen Klängen, ohne ihre Arbeit zu unterbrechen: Maria trocknete das Geschirr ab, räumte es weg und wischte den Tisch ab, während Tom weiter Hausaufgaben machte; nur Michael saß müßig da, für den Moment durch Verse und Musik besänftigt. Die kleine Peggie schlich zur Schlafzimmertür und hörte ebenfalls zu, wobei sie verträumt am Daumen lutschte.

Als Seán fertig war, legte er die Geige weg, saß lange schweigend da und starrte ins Feuer, ehe er schließlich seine

Pfeife vom Kaminsims nahm. Michael fasste das als Wink auf und erhob sich.

Aber sein Vater wollte offenbar noch mit ihm sprechen. »Ich habe heute Denis Farrelly getroffen«, begann er. Mit einem zusammengerollten Stück Papier zündete er seine Pfeife an, wobei er sich dem Feuer zuneigte und mit saugenden Geräuschen an der Pfeife zog. »Seine Kuh hat gestern gekalbt. Ein kleiner Bulle.«

Michael setzte sich wieder, betrachtete seinen Vater jedoch mit einem Ausdruck, der an Verachtung grenzte.

»Hat er dir auch erzählt, dass Josie nach Amerika auswandert, Vater? Er sticht in drei Wochen von Queenstown aus in See.«

Er wandte sich seinen Geschwistern zu, riss die Augen auf und sagte in spöttisch übertriebenem Tonfall: »Er geht weg ... fährt mit einem großen Schiff über den Atlantik, man stelle sich das vor!«

»Er hat es mir gesagt«, sagte Seán kühl. »Aus der Ferne sieht jede Wiese grüner und saftiger aus.«

»Er hat sich der Unionsarmee angeschlossen! Sie haben ihm eine Fahrkarte geschickt.«

»Tatsächlich?«

»Ich werde auch gehen«, verkündete Michael trotzig. »Sobald ich kann.«

Seán machte ein finsteres Gesicht. »Du wirst in keine fremde Armee eintreten. Es bringt Unglück, sich den Wünschen seines Vaters zu widersetzen. Wenn dein Bruder mir vor fünf Jahren gehorcht hätte ...« Er warf einen Blick auf Tom, sah, wie dieser zusammenzuckte, und führte den Satz nicht zu Ende.

»Amerika oder die Bruderschaft«, erwiderte Michael und bezog sich auf die neue Organisation, von der im ganzen Land nur hinter vorgehaltener Hand gesprochen wurde.

Man nannte sie die Fenier oder die Irisch Republikanische Bruderschaft.

Sein Vater antwortete nicht gleich, aber seine Augen unter den grauen Brauen blitzten, und er presste die Lippen zu einem schmalen Strich zusammen.

»Man wird dich als Sträfling nach Australien deportieren oder hängen.«

»Sieh mal, Vater, ich kann aus eigener Kraft weggehen ... und den Atlantik überqueren. Amerika ist ein großes neues Land und braucht starke Männer.« Er starrte seinen Vater eindringlich an und blickte dann auf Maria. »Maria kann mich begleiten! Und Tommy auch, wenn er möchte.«

»Nein, das können sie nicht«, sagte sein Vater wütend und erhob sich. »Sie sind noch Kinder. Und ich brauche einen Sohn, um das Land zu bestellen.«

»Wir haben kein Land, Vater«, sagte Michael, wobei er die Stimme senkte, als habe er selbst erkannt, dass er zu weit gegangen war. »Siehst du das denn nicht? Wenn du Land haben möchtest, musst du es dir anderswo suchen! Wir mögen ja irgendwann einmal Grundbesitzer gewesen sein, aber heute gehört alles Kilduncan! Und Tommy«, fügte er hinzu, »ist kein Farmer. Sieh ihn doch an, wie er dasitzt über seinen Rechenaufgaben! Und dann seine Schulleistungen – wie gut er lesen und schreiben kann. Er ist nicht zum Bauern geboren, sondern zum Gelehrten, jawohl!«

»Ich werde eines Tages Land besitzen«, sagte Tommy ruhig und blickte ernst von seinem Aufgabenheft auf. »Ich werde alles Land zurückkaufen, das den Walshs früher gehört hat, und ich werde es Daddie schenken!«

Michael lachte höhnisch. »Ach ja? Und womit willst du das bezahlen?«

»Du solltest Tommy nicht auslachen«, sagte Maria langsam. Sie starrte wie gebannt ins Feuer, scheinbar fasziniert von dem, was sie in den Flammen sah. Sie sprach völlig monoton und ausdruckslos. »Wenn er erwachsen ist, wird er ...«, begann sie, wandte sich dann abrupt zu ihrem Bruder um und rief *»A Dhia ...«* Als sie dem Blick ihres Vaters begegnete, fügte sie auf Englisch hinzu: »Ich hatte gerade ein furchtbar merkwürdiges Gefühl.«

Michael nahm seine Mütze vom Haken. Er lachte wieder. »Du solltest nicht Gott anrufen, Maria, wenn du uns in den Genuss deiner Prophezeiungen kommen lässt. *Merkwürdig* trifft es sehr genau! Vater, ich gehe rüber zu den Farrellys.«

»Trink nur nichts von ihrem *poitín*«, warnte sein Vater; er sprach vom illegal gebrannten Kartoffelschnaps der Nachbarn. »Das Teufelszeug ist stark genug, um Tote aufzuwecken.«

Als die Tür hinter Michael zugefallen war, wandte Tom sich seiner älteren Schwester zu, die ihn mit einem sonderbaren Blick ansah.

»Was glaubst du denn, was ich Merkwürdiges tun werde, Maria?«, fragte er leise. Er wusste, dass Maria, auch wenn sein Vater und sein Bruder es nicht wahrhaben wollten, manchmal Dinge wusste, von denen andere nichts ahnten.

Sie schüttelte den Kopf, hob eine Hand an den Kopf und blickte wieder ins Feuer. »Ich versuche, es noch einmal zu fühlen ... Es war, als würdest du ... einer der *Hohen Könige* werden.«

»Ich habe dich schon mehr als einmal gewarnt, mit diesem Unsinn aufzuhören«, knurrte ihr Vater. »Du weißt, was Pater Doyle vom Wahrsagen und In-die-Zukunft-Sehen hält, kleines Fräulein. Du musst endlich mit diesem Unsinn aufhören. Es ist nicht richtig!« Ärgerlich zog er an seiner Pfeife.

Maria holte Flickarbeiten aus einer Kiste in einer Ecke der Küche, brachte sie zu ihrem Schemel am Feuer und fädelte im Licht der Flammen einen Faden ein.

»Ich würde schon gerne mit nach Amerika gehen, Vater«, sagte Tom nach einigen Minuten leise, als er glaubte, sein Vater hätte sich so weit beruhigt, dass er das Thema wieder anschneiden konnte. »Dort könnte ich Geld verdienen, um unser Land zurückzukaufen.«

Aber Seán bedachte seinen Sohn nur mit einem gequälten Blick. »Du willst Carraig Mór verlassen? Irland? Red keinen *ráiméis,* und hör nicht auf das, was dein Bruder sagt. Wenn du Geld verdienen willst, erlerne ein Handwerk. Du hast geschickte Hände. Auf diese Weise könntest du deinen Lebensunterhalt verdienen und trotzdem später das Land bestellen.«

»Was für ein Handwerk meinst du, Vater?«

»Nun, du könntest Maurer werden, oder Schmied ...«

»Ich würde lieber mit Holz arbeiten, Vater.«

Sein Vater dachte einen Moment nach und paffte, und beißender Tabakrauch breitete sich in der Küche aus.

»Donald Grubb, einer der Mühlbauer unten in Clonmel würde dich vielleicht als Lehrling nehmen«, sagte er schließlich. »Wie würde dir das gefallen? Er würde zwar für seine Mühe ein Lehrgeld nehmen, aber irgendwie würden wir das schon schaffen. Du könntest ein solides Handwerk erlernen und müsstest niemals hungern, solange in diesem Land Mühlen und Zimmerleute gebraucht werden.«

Tom dachte darüber nach. Plötzlich sah er sich selbst etwas so Großes wie das Rad einer Wassermühle bauen, sah, wie es sich im Wasser drehte, das Werk seiner Hände. Wenn er zu so etwas fähig war, war er doch sicher auch in der Lage, nach Amerika zu gehen, oder? Seine Züge erhellten sich.

»Das wäre großartig, Vater.«

Tom beendete damit die lange Bruchrechnung, schlug sein Englischheft auf und schrieb in Schönschrift den vom Bildungsministerium vorgegebenen Vers ab:

Ich danke Gott und Krone beizeiten
Die so unvergleichlich gütig sind
zu machen aus mir in diesen christlichen Zeiten
Ein glückliches englisches Kind

Aber er war nicht ganz bei der Sache.

Ich werde nach Amerika gehen, sagte er sich. Irgendwann.

Gleich nachdem er mit zwölf Jahren die Schule abgeschlossen hatte, ging Tom zu Donald Grubb in die Lehre. Er verabschiedete sich von seiner Familie und seinem Freund Seamus Farrelly und begab sich nach Clonmel.

Sein neues Zuhause war geprägt vom Duft frischer Sägespäne. Er schlief in der Mühle in einem Kastenbett, von dem Mr. Grubb grinsend meinte, es werde ihm als Sarg dienen, wenn er unachtsam wäre. Die Mahlzeiten nahm er zusammen mit der Familie seines Lehrherrn ein. Donald weihte ihn in die Geheimnisse des Holzes ein – erklärte ihm, dass Eiche für dauerhafte Konstruktionen wie Mühlräder bestimmt war, Esche und Buche für Karren, Kiefer für einfache Tische und anderes Mobiliar, Hickory für Werkzeuggriffe und Wagenräder. Er lernte mit Hobel und Beitel, Hammer und Schraubenzieher umzugehen und mit der Laubsäge gebogene Linien und mit der Ablängsäge Hirnschnitte auszuführen.

Donald brachte ihm bei, wie man mit dem Zollstock maß – »zweimal messen, einmal schneiden« – und wie man Holz mit Dampf in jede gewünschte Form bringen konnte.

Manchmal hatte er Heimweh und sehnte sich nach der heimischen Küche, seinen Geschwistern und dem Gesicht seines Vaters. Aber er wusste, dass er stark sein musste. Er war zwölf Jahre alt; seine Kindheit war vorbei.

Er hielt durch. Sonntags las er – die Bibel, die Werke William Shakespeares, sämtliche Zeitungen, Pamphlete und Magazine, die er im Grubb-Haushalt in die Finger bekam. Sein Meister sah das gern.

»Lesen ist gut«, pflegte er zu sagen. »Das hält den Geist rege! Hauptsache, du lässt dich nicht von einem dieser Skandale ablenken, über die man zuweilen in der Zeitung stolpert ...«

Tom nickte. Ihn interessierten andere Dinge. Das Handwerk, das er erlernte, machte ihm Spaß. Er liebte den Umgang mit Holz.

»Holz ist ein nobles Material«, sagte Donald Grubb. »Es lebt und spricht zu dir. Ihm gebührt Respekt. Verschwende es niemals.«

Seán war alt geworden und hatte inzwischen die meisten Zähne verloren. Die Farm war schäbiger denn je – sie hatte Toms Ausbildung finanziert und auch lange ohne seine Arbeitskraft auskommen müssen. Maria war zu einer jungen Frau gereift, und die kleine Peggie entwickelte sich langsam zu einer wahren Schönheit.

Verbitterung und Unrast prägten das Leben auf dem Land. Michael wurde unnatürlich still, schlich sich nachts aus dem Haus und kehrte erst im Morgengrauen zurück. Sein Vater hatte längst seine Autorität und die Gewalt über seinen hitzköpfigen Sohn verloren. 1867 kam es zum Aufstand der Fenier. Er wurde von Intellektuellen organisiert und angeführt und verlief sehr gesittet. Einige Polizeihauptquartiere wurden besetzt, ehe die Rebellion niedergeschlagen werden konnte. Michael verschwand ganz plötzlich, nachdem er sich einige Tage eigentümlich verstohlen verhalten hatte, und hinterließ die Nachricht, dass er in die amerikanische Unionsarmee eingetreten sei.

Tom stapfte weiter barfuß in Donald Grubbs Mühle durch Holzspäne, den Duft frischen Sägemehls in der Nase. Die Jahreszeiten gingen ineinander über, und die Jahre verstrichen. Er wartete geduldig und beharrlich auf das Erwachsenenalter, mit nur einem Ziel vor Augen – Amerika.

Als seine Ausbildung sich dem Ende näherte, erzählte er seinem Lehrmeister von seinen Träumen.

»Ich kenne jemanden in Boston«, sagte Donald. »Einen gewissen Mr. Vandermeer. Er besitzt eine Sägemühle und ein Bauunternehmen. Mein Vetter war bei ihm beschäftigt und sagt, er wäre immer auf der Suche nach Zimmerleuten, die etwas von ihrem Handwerk verstehen. Warum schreibst du ihm nicht? Ich werde dir eine Empfehlung schreiben, die zeigt, was in dir steckt.«

Und so setzte Tom einen Brief auf in der gestochen scharfen Schrift, die er in der Schule gelernt hatte.

Sehr geehrter Mr. Vandermeer,
ich stehe kurz vor dem Abschluss meiner Lehrzeit bei Mr. Donald Grubb, Mühlbauer in Clonmel. Ich bin ein guter Zimmermann und lege ein Empfehlungsschreiben von Mr. Grubb bei, das dies bestätigt. Ich möchte emigrieren und bin auf der Suche nach einer Anstellung. Gerne würde ich von Ihnen hören, falls Sie eine freie Stelle haben, für die ich geeignet wäre.
Hochachtungsvoll
Thomas Francis Walsh

Er las noch einmal ebenso glücklich wie verlegen das Empfehlungsschreiben seines Meisters, ehe er es faltete und zu seinem Brief in den Umschlag steckte. Das Empfehlungsschreiben lautete wie folgt:

Sehr geehrter Mr. Vandermeer,
Thomas Francis Walsh war in den vergangenen sieben Jahren mein Lehrling und hat seine Pflicht stets treu erfüllt. Er ist heute ein Meister seines Fachs und außerdem einer der anständigsten jungen Männer, die ich kenne. Er trinkt nicht, ist fleißig und von tadellosem Charakter. Ich kann ihn vorbehaltlos empfehlen.

Aber die Wochen verstrichen, ohne dass eine Antwort aus Amerika eintraf. Träume, sinnierte Tom, brauchen Zeit.

Bei einem Besuch zu Hause im letzten Monat seiner Lehrzeit, fand Tom seinen Vater im Bett vor.

»Nur eine Erkältung«, sagte der alte Mann. »Deine Schwestern haben so lange auf mich eingeredet, bis ich schließlich nachgegeben habe, und den armen Seamie Farrelly haben sie mit derselben Hartnäckigkeit dazu gebracht, die meiste Arbeit zu tun. In ein, zwei Tagen bin ich wieder auf den Beinen. Und jetzt erzähl von dir.«

»Ich bin bei Grubb bald fertig, Vater.«

»Die Jahre vergehen«, krächzte der alte Mann. »Ich nehme an, du willst in die Fremde ziehen wie dein Bruder!«

Tom betrachtete das eingefallene, ausgezehrte Gesicht seines Vaters. Die Pflicht stellte sich ihm in den Weg wie ein Dämon aus der Hölle. Wie sollte er gehen, wo er doch hier so offensichtlich gebraucht wurde?

»Nein, Vater«, sagte er langsam, obwohl ihm dabei ganz schwer ums Herz wurde. »Ich werde bei dir bleiben.«

»Geh nur, wenn du musst«, entgegnete sein Vater traurig

und hustete. »Ich habe darüber nachgedacht. Es ist dein Leben. Ich habe das meine gelebt und nicht das Recht, dir im Weg zu stehen.«

Peggie kam aus der Küche herein.

»Armer Daddie«, sagte sie, beugte sich hinab und streichelte sein faltiges Gesicht. »Ich werde immer bei dir bleiben.«

Ihr Vater tätschelte ihre Hand. »Du bist erst dreizehn, *a stór.* Auch du wirst eines Tages flügge werden.«

Peggie schüttelte das Bett auf, wobei sie melodisch vor sich hin summte und schließlich anfing zu singen, während sie eine Decke aus einer Kommode am Fenster holte.

Tom lauschte. Aus irgendeinem Grund rührte ihn die Anmut seiner Schwester und stimmte ihn traurig.

»Du brauchst mich hier«, sagte er abrupt. »Ich *werde* bleiben, Vater.«

»Glaubst du wirklich? Maria hat einen Brief, der dich sicher umstimmen wird.«

Maria, die beim Melken gewesen war, betrat durch die zweigeteilte Tür die Küche, in einer Hand einen Eimer mit warmer, schäumender Milch. Sie stellte den Eimer auf den Tisch, wusch sich die Hände und erschien gleich darauf in der offenen Schlafzimmertür; hinter ihr stand hechelnd Finn, der Mischling, den Seamus Farrelly ihr als Welpen geschenkt hatte.

»Zeig deinem Bruder den Brief«, befahl ihr Vater.

»Welchen Brief?«, fragte sie unschuldig.

»Zeig ihn ihm, Mädchen.«

Umständlich kramte sie in ihrer Schürzentasche. »Ich weiß nicht, wo ich ihn hingetan habe ... O *a Dhia,* wo ist er nur?« Sie warf ihrem Bruder einen schelmischen Blick zu. »Ah, da ist er ja!«

Sie reichte Tom einen Umschlag mit amerikanischen

Briefmarken und kehrte dann zurück in die Küche. Tom warf einen Blick auf seinen Vater, öffnete den Umschlag und holte den Brief heraus. Dreißig Dollar fielen auf das Bett.

Das Begleitschreiben war kurz, und er erkannte Michaels Handschrift.

> *Mehr kann ich euch nicht schicken, aber es wird für eure Überfahrt reichen. Sie schicken uns nach Westen, um gegen die Indianer zu kämpfen. Schreibt mir zu Händen meines Regiments und lasst mich eure Entscheidung wissen.*

Tom wich dem Blick seines Vaters aus. Er folgte Maria in die Küche. Dort roch es nach frischer Milch, die sie gerade durch ein Musselintuch in eine Schüssel goss. Mit strahlenden Augen blickte sie zu ihm auf.

»Wirst du gehen?«

Tom war ganz aufgeregt, zögerte jedoch noch. »Ich würde schon gerne, Maria«, sagte er nach einer Weile.

Sie senkte die Stimme. »Wenn du gehst, Tommy, gehe ich mit dir.«

Peggie war in der Zwischenzeit hereingekommen und hörte ihre Worte. Das Lied erstarb auf ihren Lippen. Ein tief unglücklicher Ausdruck trat auf ihr Gesicht, und ihre Augen füllten sich mit Tränen.

Eine Woche später traf die Antwort von Mr. Vandermeer ein. Er bot Tom eine Stelle an für einen Lohn von drei Dollar die Woche bei freier Unterkunft. Die Probezeit würde sechs Monate betragen, aber Tom könne versichert sein, dass er für mindestens zwei Jahre bleiben könne, wenn man mit ihm zufrieden war.

Tom zeigte seinem Vater den Brief.

»Drei Dollar die Woche bei freier Unterkunft!«, rief dieser aus. »Das kann dir hier niemand bieten! Langsam fange ich an zu glauben, dass Michael vielleicht doch Recht hatte. Bis sich in Irland etwas ändert, sind wir alle längst tot! Geh. Ich wünsche dir alles Glück der Welt.«

Tom antwortete Mr. Vandermeer, dass er das Angebot annähme. Er habe aber auch eine Schwester, die eine großartige Haushälterin sei. Ob Mr. Vandermeer vielleicht jemanden wüsste, der Verwendung für eine Haushälterin habe? So oder so wusste er jedoch, dass sich sein Leben unwiderruflich verändert hatte. Er war neunzehn und ein junger Mann, der danach gierte zu leben.

2. KAPITEL

Der Zug von Cork nach Queenstown war voll, sodass in den überfüllten Abteilen der Dritten Klasse die Fenster beschlugen. Die Gleise führten gerade über das Wasser; bald würden sie Great Island erreichen. Jemand griff nach der Lederlasche und zog die Scheibe herunter. Sofort wehte frische Seeluft herein, wenn auch vermischt mit dem beißenden schwarzen Rauch der Lokomotive. Es war gerade Ebbe, und entlang der Schienen glitzerte brauner Seetang in der Frühlingssonne. Das rhythmische Rattern der Zugräder klang wie ein Versprechen des neuen Horizonts, der auf die Emigranten wartete. In gewisser Weise waren sie ja bereits auf See. Augen, noch gerötet vom tränenreichen Abschied des vergangenen Abends, leuchteten auf. Aber Tom und Maria saßen reglos und stumm da, in Gedanken beim morgendlichen Aufbruch und bei ihrer unbekannten Zukunft.

Sie hatten bei Tagesanbruch Abschied genommen. Halb blind vor Tränen hatten sie gesehen, wie ihr Vater das ergraute Haupt neigte und um Fassung rang. Peggie hatte schweigend Porridge an alle verteilt, aber niemand hatte einen Bissen herunterbekommen.

Maria wischte sich die Tränen aus den Augen und legte neue Torfbrocken auf die Glut. Zum letzten Mal in diesem Haus ... ging ihr durch den Kopf.

Sie waren alle erschöpft. Am Vorabend waren die Nachbarn gekommen, um sich zu verabschieden, und sie hatten bis tief in die Nacht am Feuer gesessen und geplaudert.

»Ich komme zurück, Vater«, sagte Tom heiser in die belastende Stille hinein. »Ich werde Kilduncans Haus für dich kaufen und dazu noch tausend Hektar Land.« Dann dachte er an den kleinen Grabhügel auf dem Friedhof und fügte hinzu: »Und ich werde für Mutters Grab den schönsten Grabstein anfertigen lassen, den man für Geld bekommen kann.«

Sein Vater hob den Kopf und sah ihn an. »Was sollte ich mit Kilduncans altem Haus anfangen? Und wenn du tatsächlich zurückkommst, dann erst in vielen Jahren, und bis dahin liege ich längst bei deiner armen Mutter und betrachte die Radieschen von unten.«

Finn bellte kurz, und gleich darauf hörten sie, wie sich ein Wagen näherte. Es war Seamus Farrelly, der kam, um sie zum Bahnhof nach Clonmel zu bringen. Er wartete draußen auf dem Hof und blickte diskret über die Felder.

»Da ist Seamus!«, sagte Seán schroff und blickte von einem zum anderen. »Lasst uns niederknien und beten.«

Sie knieten nieder, und mit belegter Stimme erbat der alte Mann Gottes Segen für seine Kinder, die für immer fortgingen.

Maria und Peggie brachen in herzzerreißendes Schluchzen aus.

»Ich werde zurückkommen, Vater«, schwor Tom erneut leise, als er sich erhob. »Es ist nicht für immer.«

»Wir werden sehen«, sagte der alte Mann skeptisch. Er nickte in Richtung Maria. »Pass auf deine Schwester auf.«

Maria hielt Peggie umklammert, als könnte sie es nicht ertragen, sie loszulassen. Es war Peggie, die sich schließlich aus der Umarmung löste. Sie richtete die vor Tränen glitzernden Augen auf ihren Bruder und breitete die Arme aus für eine letzte Umarmung.

»Schreib mir«, sagte sie, an ihn geklammert. »Erzähl mir alles über euer Leben drüben. Und komm wirklich eines Tages zurück.« Dann lächelte sie unter Tränen, stellte sich auf die Zehenspitzen und flüsterte ihrem Bruder ins Ohr: »Schickst du mir ein paar Haarbänder aus Amerika? Nur als Zeichen, dass ihr sicher angekommen seid?«

Tom blickte auf seine hübsche dreizehnjährige Schwester und musste widerwillig lachen.

»Ganz bestimmt«, sagte er und zerzauste ihr die widerspenstigen rotbraunen Locken.

Die Landschaft ist mir noch nie so lieblich vorgekommen, dachte Tom, während er die Holztruhe zum Wagen schleppte. Die Sonne war eben erst aufgegangen, und weißer Nebel waberte über die Felder und verhüllte den Anstieg zum Slievenamon.

»Seamie«, sagte er und legte seinem alten Freund eine Hand auf die Schulter, »du musst todmüde sein. Du bist doch fast bis zum ersten Hahnenschrei hier gewesen.«

Seamus schüttelte den Kopf. »Es ist nicht der Schlafmangel! Es bedrückt mich nur, euch wegzubringen ...«

»Möchtest du eine Kleinigkeit frühstücken, Seamie?«, rief Peggie von der Tür aus.

Seamus warf ihr einen zärtlichen Blick zu. »Nein, vielen Dank, Peggie. Ich habe keinen Hunger.«

Finn lag vor der Tür, den Kopf auf den Vorderpfoten. Maria kraulte ihn einen Moment und schaute ein letztes Mal in seine treuen Augen, bevor sie auf den Wagen stieg. Tom kletterte nach vorn zu Seamus auf den Kutschbock. Seán und Peggie gingen zum Tor und warteten, während Pferd und Wagen vom Hof und den Weg zur Straße hinunterrumpelten. Finn trottete ihnen noch ein Stück hinterher, ehe er kehrtmachte und zum Haus zurücklief.

Die Emigranten winkten, bis Peggie und ihr Vater hinter den Hecken, die die Straße säumten, verschwunden waren, aber sie wussten, dass die beiden am Tor stehen bleiben würden, bis das Knirschen der Räder auf dem Pflaster vollständig verklungen war.

Der Bahnhof von Queenstown – ein rotes Backsteingebäude mit einem Dach aus Schmiedeeisen und Glas – befand sich unmittelbar am Wasser. Auf den Bahnsteigen herrschte reger Betrieb. Der Zug kam zischend zum Stehen. Der Bahnhof war voller Rauchschwaden und quietschender Gepäckwagen, Bahnvorsteher mit Pfeifen und Stimmen der neu Eingetroffenen, die sich nach dem Weg zum Büro der Schifffahrtsgesellschaft erkundigten. Namen wurden genannt – Empfehlungen der besten Gasthäuser, in denen man die letzte Nacht auf irischem Boden verbringen konnte, und der besten Geschäfte, um sich mit haltbaren Lebensmitteln und allem, was man sonst noch so brauchte, zu versorgen.

Tom suchte die Walsh-Truhe aus dem Berg von Gepäck auf dem Bahnsteig, wuchtete sie sich auf die Schulter und bahnte sich einen Weg durch die Menge. Dann verließen er und Maria den Bahnhof und begaben sich bergauf in Richtung Stadt. Der Wind wehte Maria die Haube vom Kopf und blies ihr das Haar in die Augen.

»Ist das Ding nicht schrecklich schwer?«, fragte sie und

hielt die Haube unter dem Kinn fest, um damit ihr dickes braunes Haar zu bändigen.

Tom lachte. »Aber Maria, du weißt doch, dass in der Truhe nicht viel drin ist!«

Queenstown war erfüllt von der Stimme des Meeres und dem heiseren Geschrei der Möwen. Die Stadt ragte über den Besuchern auf, die vom Bahnhof auf sie zuströmten: Viktorianische Häuser reihten sich oberhalb des Hafens aneinander, überragt von den Mauern der neuen, noch nicht fertig gestellten Kathedrale.

Tom und Maria stellten sich in die Schlange vor dem Schifffahrtsbüro. Als sie an der Reihe waren, wurden ihre Fahrkarten geprüft und einbehalten. Sie gaben ihr Gepäck auf; die Truhe würde man für sie an Bord bringen. Es folgte eine flüchtige ärztliche Untersuchung. Hiernach mussten sie sich nur noch eine Unterkunft für die Nacht suchen. Ihr Schiff, die *SS Samaria*, würde am nächsten Tag einlaufen.

Am Morgen standen sie früh auf und stießen zu der aufgeregten Menge im Hafen, die dort bereits auf den Vertreter der Schifffahrtsgesellschaft wartete. Im Hafen lagen zahlreiche große Schiffe, die sich auf der leichten Dünung sacht hoben und senkten, und die Stimmen der Seeleute, fliegenden Händler und Passagiere erfüllten die salzige Luft. Ein Dudelsackspieler stimmte ein trauriges Stück an, dessen Klänge klagend über den Pier wehten. Es ging das Gerücht um, die *SS Samaria* sei eingetroffen und ankere vor Roches Point; ein Beiboot würde die Passagiere hinbringen. Die Menschen am Kai stellten sich auf die Zehenspitzen und reckten die Hälse, um in die ferne Einmündung der Bucht zu sehen.

Tom registrierte den Geruch des Meeres und das Geschrei der Seevögel. Um sich die Zeit zu vertreiben, beobachtete er, wie riesige Postsäcke aus Leinen gebracht und auf eins der kleineren Boote geladen wurden, die überall im Hafenbecken unterwegs waren. Dann richtete er seine Aufmerksamkeit auf die Schiffe und studierte neugierig ihre Formen und die komplizierte Takelage. Er wusste, dass die *SS Samaria* sowohl über Segel als auch über eine Dampfmaschine verfügte.

Die Stunde vor der Einschiffung kam ihm unwirklich vor. Vor Jahren schon war Tom zu dem Schluss gekommen, dass aller Zorn auf der Welt sinnlos war und dass Erfolg vielmehr der Lohn grenzenloser Geduld war. Trotzdem glühte sein Verstand in diesem Moment. Zweifel hatten die Euphorie abgelöst, Furcht nagte an ihm. Und wenn seine hochfliegenden Pläne vermessen waren? Was, wenn er versagte, wenn Vandermeer ihn doch nicht einstellte oder sein handwerkliches Können veraltet fand? Was, wenn er kein Geld nach Hause schicken konnte? Oder wenn er und Maria in einem fremden Land hungern mussten? Er dachte an seinen Vater, den er zusammen mit Peggie in Carraig Mór zurückgelassen hatte. Was musste es für ein Gefühl sein, von seinen Kindern Abschied zu nehmen in dem Bewusstsein, sie vermutlich nie wieder zu sehen?

Es war schon schlimm genug nach Michaels plötzlichem Verschwinden gewesen. Anfänglich waren sie noch erleichtert gewesen, dass er nun zumindest nicht verhaftet und eingesperrt werden würde. Aber dann war ihnen aufgegangen, dass auch Michaels Energie und Feuer aus ihrem Leben verschwunden waren. Sein Vater griff nicht mehr zur Fiedel, sondern hockte Abend für Abend trübsinnig am Kamin.

»Ich werde zu Hause bleiben, wenn du es wirklich willst«, hatte Tom ihm noch eine Woche vor seiner Abreise versichert.

Aber Seán hatte sich verändert. Das Leben hatte ihn gebrochen, und er hatte keinen Grund gesehen zuzulassen, dass es seinen Kindern genauso erging. Er hatte den Kopf geschüttelt.

»Hier würdest du nie zur Ruhe kommen. Dein Bruder hatte Recht: Die Jungen dürfen nicht den Alten geopfert werden. Ich komme hier auch allein zurecht. Seamus Farrelly wird mitanpacken, falls es nötig sein sollte.«

Und das stimmte. Sie bauten schon lange keinen Weizen und keine Gerste mehr an, um die Pacht zu bezahlen, da der britische Markt von Billigimporten überschwemmt wurde, aber noch bestand eine Nachfrage nach Hammel- und Rindfleisch, und so grasten heute Schafe auf den ehemaligen Weizenfeldern der Walsh Farm.

Tom versuchte im wolkenverhangenen Himmel über Cork die Zukunft zu lesen. Es hing so viel von ihm ab, dass er es sich schlicht nicht leisten konnte zu versagen. Und doch war ihm auch bewusst, dass er gerade mal neunzehn war, nichts von der Welt wusste und dass seine Annahmen allein auf einem geringen Erfahrungsschatz beruhten. Er hatte als Garant für die Zukunft nur seinen Mut. Er biss die Zähne gegen die nagende Furcht zusammen. Ich werde es schaffen, ich werde es schaffen ...

Er machte kehrt und ging zurück zu Maria. Seine Schwester unterhielt sich mit einer Frau, deren Umhang trotz aller Versuche, ihn festzuhalten, in der Meeresbrise flatterte. Er betrachtete Maria einen Moment, sah, dass ihr Gesicht leicht gerötet war und flüsterte ihr ins Ohr: »Wie geht es dir, kleine Schwester? Du siehst müde aus.«

Sie lachte nervös. »Ich habe nur Angst. Ich habe letzte Nacht kaum ein Auge zugetan. Im Augenblick würde ich am liebsten ewig hier stehen und das bunte Treiben beobachten, anstatt dieses Schiff zu besteigen.«

Sie zeigte auf die Frau an ihrer Seite. »Das ist Mrs. Teresa Blake. Ihr Mann ist der Gentleman im schwarzen Mantel da drüben.«

Tom folgte ihrem Blick und sah einen Mann mittleren Alters, der mit auf dem Rücken verschränkten Händen am Rand des Kais stand und ins Wasser starrte. Er hielt seinen Hut in der Hand, und sein Mantel bauschte sich im Wind, aber er schien seine Umgebung gar nicht wahrzunehmen. Maria senkte die Stimme und fügte respektvoll hinzu: »Er ist *Lehrer.* Sie werden mit uns auf der *SS Samaria* reisen.«

Tom drückte Mrs. Blakes dargebotene Hand und bemerkte die großen grünen Augen in dem verkniffenen Gesicht.

»Sehr erfreut, Ma'am.«

Als ihr Mann zu ihnen herübersah, rief sie ihm zu: »Denis, diese beiden jungen Leute fahren auch mit der *Samaria.*«

Denis kam auf sie zu. Er war um die vierzig und hielt sich ein klein wenig gebeugt, was Tom einen Moment an seinen Vater erinnerte. Er hatte graues Haar mit je einer schneeweißen Strähne an den Schläfen und dazu einen rötlichen Schnauzbart, der außer der Oberlippe auch den Großteil seiner Wangen bedeckte. Die Ecken seines weißen Spitzkragens hoben ein offenes und autoritäres Gesicht hervor. Er lächelte, als seine Gattin sie bekannt machte, und beim Händedruck registrierte Tom, dass sein Gegenüber die gepflegten Hände eines Gentlemans besaß.

»Woher kommen Sie, Mr. Blake?«, fragte Tom.

»Crosshaven.«

»Aber warum wandern Sie denn aus?«, fragte Maria schüchtern. »Ich meine, wo Sie doch Lehrer sind?«

Sie errötete unter dem missbilligenden Blick ihres Bruders. Er setzte hohe Maßstäbe – für sich selbst, seine Arbeit und für gutes Benehmen. Sie wollte, dass er stolz auf sie war. Er hielt sich sehr gerade, seine blauen Augen leuchteten, und sein Haar schimmerte rot in der Sonne.

»Ich *war* Lehrer, bis ich meine Schüler in irischer Geschichte unterrichtet habe!«, entgegnete Denis, der sich offenbar nicht im Geringsten an ihrer Neugier störte. »Und nun kann ich meinen Beruf in diesem Land nicht mehr ausüben.«

»Aber warum denn nicht?«

»Weil unsere Geschichte tabu ist, junge Dame, ebenso wie unsere Sprache. Wussten Sie das nicht? Ist es Ihnen nie merkwürdig vorgekommen, dass Sie in der Schule im Unterricht nie etwas über die Geschichte Ihres Landes gelernt haben?«

Brennende Röte überzog ihr Gesicht bis zu den Haarwurzeln. Sie schämte sich ihrer mangelhaften Schulbildung und beneidete jeden, der über größeres Wissen verfügte. Aber noch ehe sie eine Antwort murmeln konnte, rief Teresa leidenschaftlich und verbittert: »Denen wäre es doch am liebsten, *wir alle* würden bis auf den letzten Mann das Land verlassen – oder noch besser, wir würden alle ins Gras beißen!« Sie sprach so laut, dass die Gespräche der Umstehenden einen Augenblick verstummten.

Als ihre grünen Augen vor Leidenschaft sprühten, erkannte Tom, dass diese Frau einmal sehr schön gewesen war, vermutlich die gepriesene Schönheit ihres Heimatortes. Und ein Blick auf Denis verriet ihm, dass sie es in den Augen ihres Gatten immer noch war.

Denis legte ihr eine Hand auf den Arm. »Ruhig, Teresa, Liebes. Reg dich nicht auf ...«

»Meine Frau ist nicht mehr sie selbst«, gestand er Tom einige Minuten später im Vertrauen. »Wir haben im vergangenen Jahr unser einziges Kind verloren, und sie hat den Verlust bis heute nicht verwunden. Uns sind nur ihre Eltern geblieben ... Aber wir hätten sie nicht auf diese Reise mitnehmen können, selbst wenn sie es gewollt hätten.« Er bedachte seine Frau mit einem zärtlichen Blick. »Ich hoffe, dass das Klima Kaliforniens ihre Wangen wieder rot färben wird.«

»Haben Sie Verwandte dort?«, wollte Tom wissen.

»Eine Kusine von mir führt eine Pension in San Francisco. Sie und ihr Mann sind schon ’49 ausgewandert.« Er schmunzelte. »Der Goldrausch, wissen Sie.«

»Und, haben sie welches gefunden?«

Denis lachte. »O nein, nicht eine Unze.« Mit bitterem Humor fügte er hinzu: »Es ist leichter gesucht als gefunden.«

»Sie müssen entschuldigen«, flüsterte Teresa Maria zu, als schäme sie sich für ihren Ausbruch. »Ich bin so müde und durcheinander, dass ich nicht mehr weiß, was ich tue.«

»Wie sollte es anders sein?«, antwortete Maria. »Es ist ja auch eine schrecklich weite Reise. Aber wenn wir erst dort sind, können wir wahrscheinlich gar nicht mehr nachvollziehen, wovor wir solche Angst hatten.« Maria war von ihren eigenen Worten überrascht. Eigentlich waren sie nur dazu bestimmt gewesen, jemanden zu trösten, aber plötzlich ging ihr auf, dass etwas möglicherweise wahr wurde, wenn man nur fest genug daran glaubte. »Denken Sie immer daran, dass – so schwer es auch ist ... Abschied zu nehmen – wir alle in Amerika eine gute neue Heimat finden werden.«

Aber sie glaubte nicht wirklich an das, was sie sagte. Sie hatte Amerika noch nie gesehen. Es könnte ebenso gut auf dem Mond liegen, und ihr war wegen des Fremden, das sie erwartete, ganz bang ums Herz. Und schon bald würde es zu spät sein, es sich anders zu überlegen. Noch konnten sie nach Carraig Mór zurück und ihr Leben leben, dort wo sie das Licht der Welt erblickt hatten; so wie das Mädchen aus Clonmel, das vor einiger Zeit allgemeine Heiterkeit ausgelöst hatte. Sie war nach Liverpool gefahren, um sich dort nach New York einzuschiffen, aber als ihr Schiff auf dem Weg nach New York Roches Point passiert hatte, hatte sie es sich beim Anblick der irischen Küste anders überlegt und darauf bestanden, an Land gebracht zu werden. Ihre Familie, die sie eben erst tränenreich verabschiedet hatte – und die sich hoch verschuldet hatte, um die Überfahrt zu bezahlen –, war entsprechend verblüfft, als sie plötzlich wieder vor der Tür gestanden hatte.

Aber ein Blick auf das Gesicht ihres Bruders machte ihr klar, dass sie diesem Beispiel nicht folgen würden.

Sie hörte Mrs. Blake Tom fragen: »Haben Sie ein Handwerk erlernt, junger Mann? Amerika ist ein Paradies für Männer mit handwerklichem Geschick.«

»Ich bin Mühlbauer.«

»Tom kann alles bauen«, warf Maria stolz ein.

»Nun, in diesem Fall wird es Ihnen nicht schwer fallen, Arbeit zu finden. Drüben sind Zimmerleute rar. Die Häuser sind nämlich alle aus Holz, müssen Sie wissen.«

Maria dachte an das, was Michael in einem seiner Briefe geschrieben hatte: »Die Häuser sind aus Holz, die Dächer aus Holzschindeln, und die Strohdächer reihen sich aneinander, so weit das Auge reicht.«

»Tom hat schon eine Stelle«, sagte sie. »Wir werden von einem Ehepaar namens Vandermeer in Boston erwartet. Mr. Vandermeer ist Bauunternehmer, und Tom soll für ihn arbeiten. Mich haben sie als Hausmädchen eingestellt ...« Sie blickte unsicher in die Runde. »Was genau sind die Aufgaben eines Hausmädchens, Mrs. Blake?«

»Man wird Sie bestimmt in Ihre neuen Aufgaben einweisen. Bei Tisch bedienen und Staub wischen, Dinge dieser Art.«

Der Emigrationsbeamte der Regierung traf ein, besprach sich mit seinem Gehilfen, zog eine Uhr aus seiner Westentasche und warf einen Blick darauf. Er war ein dicklicher Mann mit einem braunen Schnauzbart, der seine Oberlippe zierte wie eine Bürste. Als er auf ein Podest stieg, senkte sich die Stille über die Menschen. Alle blickten erwartungsvoll zu ihm auf. Er räusperte sich, hielt eine Liste hoch und begann, so laut er konnte Namen aufzurufen.

»... Liam McCarthy, Seamus und Anne O'Shea, Cornelius und Mrs. O'Callagan, Denis und Mrs. Blake ...«

Tom sah, wie ihre neuen Freunde nach vorn gingen, um ihre Bordkarten abzuholen. Die Stimme des Regierungsbeauftragten fuhr mit der Namensliste fort. Er war fast am Ende angelangt, als er endlich die Namen aussprach, auf die die Geschwister aus Carraig Mór angespannt gewartet hatten: »... Thomas und Maria Walsh ...«

Maria schlug beide Hände vor den Mund. Panik stieg in ihr auf. Sie sah, dass Toms Züge angespannt und seine Augen so dunkel geworden waren, dass sie beinahe violett erschienen. Er legte ihr eine Hand auf den Arm.

»Es wird alles gut werden, Maria. Ich verspreche es.«

Die Panik verschwand so schnell, wie sie gekommen war, und sie lachte.

Später an Bord, als der Rauch aus den Schloten den Himmel verschmutzte, blickten sie auf die irische Südküste, an der das Schiff auf seinem Weg zum Atlantik entlangglitt. In der Ferne sahen sie Old Head von Kinsale, Seven Heads, Clear Island, Mizen Head ... Orte, die sie bisher nur vom Hörensagen kannten und die ihnen jetzt so viel bedeuteten, als wären sie ihnen innigst vertraut. Sie waren das Letzte, was sie von der Heimat sahen.

Der Wind frischte auf, als das Schiff den Ozean erreichte. Tom stand schweigend an Marias Seite, als der irische Küstenstreifen langsam am Horizont verschwand.

»Ich frage mich ... ob wir es je wieder sehen werden ... unser Irland«, sagte sie leise.

»Ich werde auf jeden Fall zurückkommen! Ich muss mehrere Versprechen einlösen!«

Maria wandte sich ihrem Bruder kopfschüttelnd zu. »Ich

weiß, welche Versprechen du meinst«, flüsterte sie. »Aber du hast einen weiten Weg vor dir, Tom Walsh! Ich denke, Daddy und Lord Kilduncan werden beide tot sein, lange bevor du wieder einen Fuß auf irischen Boden setzt.«

»Warum sagst du das? Überqueren nicht fast täglich Schiffe den Ozean?«

Er hatte die Augen zusammengekniffen, als versuche er, die Geheimnisse der Zukunft zu ergründen, aber tatsächlich fürchtete er das Gefühl der Beklemmung, das ihm die Luft abschnürte. Maria zog die Haube fest um das Gesicht, ließ ihren Umhang im Wind flattern und lauschte dem endlosen grollenden Meeresrauschen.

»Weil es nicht so leicht werden wird, wie du glaubst, Tom Walsh, darum. Aber vielleicht wirst du ja in Amerika merkwürdige Dinge tun!«

Tom blickte sie an und löste seine Anspannung, indem er leise lachte. »Mag sein, wer weiß! Vielleicht ist ja das Wunderbare am Leben, dass es so unberechenbar ist!« Dann fügte er hinzu: »Und du kannst drüben immer ins Feuer sehen, so wie früher.«

Maria runzelte die Stirn. »Pater Doyle hat es mir verboten. Du kannst es selbst ebenso gut.«

Tom lachte. »Ich wüsste nicht wie ...«

Sie blickte ihm unverwandt in die Augen und sagte langsam, jede Silbe betonend: »Streck die Hände aus.«

Tom streckte die rechte Hand aus.

»Beide. Leg sie aneinander, als wolltest du Wasser schöpfen.«

Tom gehorchte mit hochgezogenen Brauen, aber lächelnd. Maria legte ihre kleinen Hände in seine geöffneten, als würde sie etwas in deren Obhut geben.

»Ich schenke dir meine Gabe.«

Sie legte die Hände über seine und drückte seine Handflächen aneinander. Tom hätte laut gelacht, wenn der Gesichtsausdruck seiner Schwester nicht so ernst gewesen wäre.

In dieser Nacht träumte Tom in seinem Bett in der Männerunterkunft von einer Straße, die sich durch schneebedeckte Berge wand. Es war bitter kalt. Im Heulen des Windes erkannte er ein Wort, dass sich endlos wiederholte. Er zuckte zusammen, als er es schließlich identifiziert hatte: *Óir.*

Abrupt fuhr er aus dem Schlaf hoch. Das Schiff schlingerte, der Wind kam pfeifend durch alle Ritzen, und seine Landsleute schnarchten. Seine Decke war auf den Boden gefallen, und er fror erbärmlich. Er hob die Decke auf. *»Óir«*, flüsterte er verschlafen und wiederholte dann noch einmal auf Englisch: »Gold ...«

Sobald sie die offene See erreichten, brach die Hölle los. Der Wind heulte und kreischte wie tausend Dämonen, und das Schiff wurde immer wieder emporgehoben, um gleich darauf in tiefe Wellentäler hinabzuschießen. Die Planken ächzten, und viele wurden seekrank und blieben in ihren Kojen liegen. Vorräte aus der Heimat – dunkles Brot, gesalzener Schinken und Käse – waren innerhalb weniger Tage von einer dicken grünen Schimmelschicht überzogen. Nach einer Woche war alles feucht und voller Salz. Es war unmöglich, etwas zu trocknen. Der Gestank war unerträglich. Tom wurde ebenfalls krank, aber Maria erwies sich zu seiner Überraschung als seefest.

»Kämpf nicht dagegen an«, riet sie ihm, als er zu seiner Koje zurücktaumelte. »Lass es heraus. Wenn du dich wehrst, ist es um dich geschehen!«

Derselbe Rat half Teresa Blake, die Tag für Tag schwach in ihrer Koje lag, allerdings nicht weiter. Sie konnte nichts bei sich behalten und weigerte sich, die Schiffsrationen oder die

Kleinigkeiten, die ihr Mann und andere Mitreisende ihr aufdrängten, anzurühren.

»Ich komme auf die Beine, sobald wir wieder an Land sind«, versicherte sie Maria.

Denis versuchte die meiste Zeit, zu schreiben. Er hatte eine Kiste mit Feder, Tinte und Papier mitgenommen, die er oft mit den Worten hervorholte: »Ich führe Tagebuch über diese Reise, denn eines steht fest: Ich werde in meinem ganzen Leben nie wieder einen Fuß an Bord eines Schiffes setzen!« Aber das raue Wetter machte das Schreiben unmöglich, und schließlich gab er es auf und verstaute den Kasten unter seiner Koje.

Maria kümmerte sich um Mrs. Blake.

»Sie müssen etwas essen, Teresa«, sagte sie streng. »Sonst verlieren Sie noch all Ihre Kräfte!«

»Keine Sorge, es geht mir gut«, antwortete diese und nahm die Tasse Wasser, die Maria ihr reichte. »Wie weit ist es noch?«

»Noch eine Woche.«

»Aber wir sind doch schon fast zwei Wochen auf See!«

Nach ein paar Tagen legte sich der Sturm. Die wagemutigeren der Passagiere gingen hinaus auf das Deck der Dritten Klasse, um Luft zu schnappen, unter ihnen auch Tom und Denis.

Als sie in den überfüllten Salon zurückkehrten, fragte jemand lachend: »Mr. Blake, ist Amerika schon in Sicht, oder fahren wir im Kreis?«

»Es ist nichts zu sehen außer Wasser. Wir könnten ebenso gut noch vor Mizen Head sein!«, erwiderte Denis.

»Dann könnte ich ja schnell zurück nach Hause schwimmen und meine Zähne holen«, bemerkte jemand düster. »Ich habe daheim mein Gebiss vergessen!«

»Tu das bloß nicht, Pat!«, rief ein anderer zur allgemeinen

Erheiterung. »Du würdest uns mit deiner Schönheit blenden!«

Tom blickte sich um. Die Passagiere spielten Karten oder unterhielten sich, in grobe ethnische Gruppen unterteilt und mit Irisch, Englisch und Deutsch klingend wie beim Turmbau zu Babel. In einer Ecke schaute eine Gruppe zu, wie Johnny Gallagher mit lautem *Pling, Plang* seine Geige stimmte.

»Spiel uns einen alten Reel, Johnny, bevor der Wind wieder auffrischt ...«

Es wurde Platz geschaffen, Bänke wurden beiseite gerückt. Untergehakt vollzogen die jungen Leute die uralten präzisen Schritte schneller und schneller, während sie vor und zurücktanzten. Tom und Maria machten lachend mit, während Denis Blake sich damit begnügte zuzuschauen, bis Maria kam und ihn auf die improvisierte Tanzfläche zog.

»Kommen Sie, Mr. Blake, das wird Ihnen gut tun.«

Denis war schon bald außer Atem. Er hatte schon Jahre lang keinen Reel mehr getanzt, seit den Anfangstagen seiner Ehe nicht, als er die Hände auf die Hüften seiner jungen Frau gelegt und diese ihn glücklich angelacht hatte.

»Glauben Sie, ich könnte vielleicht kurz zu Teresa?«, fragte er Maria, als sie sich außer Atem und erhitzt aus dem Tanz zurückzog. »Jetzt wäre vielleicht ein geeigneter Augenblick ...«

Maria führte ihn zum Frauenschlafsaal, warf einen Blick hinein und sah, dass er leer war, abgesehen von Teresa, die im schwachen Licht einer einzelnen Laterne wach in ihrer Koje lag. Sie ließ die Perlen des Rosenkranzes durch ihre Hände gleiten. Die Musik war bis hierher zu hören, allerdings vermischt mit dem Ächzen und Stampfen des Schiffes.

Teresas Züge erhellten sich, als sie ihren Mann sah.

»Ich dachte gerade, wie schön es ist, Musik zu hören«, sagte sie lächelnd. »Das hat mich an die alten Zeiten erinnert ... Allerdings frage ich mich so langsam, ob es Amerika wirklich gibt! So ähnlich muss sich der Heilige Brendan gefühlt haben, als er den Ozean mit einer Nussschale von Boot überquert hat!«

Denis nahm ihre Hand. »Wie geht es dir, *a stór*?« Er befeuchtete ein Taschentuch in einem kleinen Wasserbehälter und kühlte ihre Stirn. »Fühlst du dich ein bisschen besser?«

Sie lächelte ihn an. »Ah, das tut gut, Denis, danke. Sicher geht es mir bald besser.«

Der Wind frischte auf, der Tanz endete. Die Passagiere nahmen ihr dürftiges Abendmahl ein und zogen sich nacheinander in ihre Kojen zurück.

Denis und Tom schauten einander an. Ersterer hatte eine Lesebrille auf der Nase und hielt ein Buch in den Händen, während Letzterer mit einem Bleistift die Umrisse eines Werkzeuges, das man zum Nuten von Holz verwenden konnte, auf ein Blatt Papier zeichnete. Plötzlich schlingerte das Schiff, und der Bleistift fuhr unkontrolliert über die Zeichnung.

Denis legte das Buch aus der Hand. »Es ist Wahnsinn, bei diesem Seegang lesen zu wollen ...«

Er blickte erwartungsvoll zu Maria, als diese von ihrem Besuch bei Teresa zurückkehrte.

»Teresa schläft jetzt«, sagte sie.

Sie setzte sich zu Tom, holte einen Beutel unter der Bank hervor und nahm ein Hemd sowie Nadel und Faden heraus. »Wie kannst du nur dein gutes Hemd zerreißen«, schimpfte sie, während sie den Riss im Ärmel begutachtete.

Sie fing an zu nähen und versuchte, der Unterhaltung der Männer zu folgen, aber das Meer war wieder unruhig, und ihr Rücken schmerzte von der Holzlehne, gegen die sie bei jedem Schlingern des Schiffes knallte. Sie stach sich in den Finger, schleuderte das Hemd wütend von sich und saugte an der kleinen Wunde.

»Ich habe einen Blutfleck auf dein neues Hemd gemacht!«

»Das ist doch nicht so schlimm«, sagte Tom und betrachtete den kleinen dunkelroten Fleck. »Das verleiht ihm nur ein wenig Farbe!« Er nahm ihre Hand und sah sich den Finger an. »Hast du dir sehr wehgetan?«

»Ich werde es überleben!«

Tom wandte sich Denis zu, und sie nahmen ihre Unterhaltung wieder auf.

»Und wie wollen Sie nach Kalifornien kommen? Gibt es dorthin eine Eisenbahnstrecke?«

»Es gibt eine, die in Kürze fertig gestellt sein wird, aber ich fürchte, der Zug wird sehr teuer werden. Billiger ist es mit dem Planwagen, allerdings ist es eine Reise von mehreren Monaten.«

»Mr. Blake«, sagte Maria augenzwinkernd. »Ich hoffe doch sehr, dass Sie Tom keine Flausen in den Kopf setzen.«

Er wandte sich ihr zu und lächelte. »Ist er nicht jung und stark, Maria? Er würde sich gut machen im Westen. Noch gibt es Land genug für alle.«

Als die Männer wieder ganz in ihr Gespräch vertieft waren und auch die Näharbeit zu schwierig wurde, sagte Maria gute Nacht und kehrte zurück in den Schlafsaal. Teresa wachte auf, und Maria legte den Arm um sie.

»Denken Sie immer daran, wohin wir unterwegs sind«, sprach sie der kranken Frau Mut zu. »Stellen Sie sich den Himmel vor, die Sonne und die grünen Täler. Stellen Sie sich vor, wie Sie an der frischen Luft sind, denken Sie an das schöne Haus, das Sie haben werden. Denken Sie an alles, nur nicht an den alten Kahn hier.«

Teresa nickte. »Mädchen, ich weiß, wohin ich gehe«, sagte sie nach einer Weile.

Am nächsten Morgen wachte Maria schon sehr früh auf. Sie hörte das Schnarchen der anderen Frauen und lauschte nach Teresas Atemzügen, konnte sie jedoch nicht ausmachen.

»Teresa?«, fragte sie leise. »Alles in Ordnung?«

Keine Antwort. Maria stieg aus ihrer Koje und ging zu ihr.

Teresa lag ganz steif da. Ihre Hände ruhten auf der Brust, und ihre Augen standen offen. Maria berührte sie. Sie war kalt. Sie ist seit Stunden tot, dachte Maria, und Tränen schossen ihr in die Augen. Sie ist ohne einen Laut gestorben!

Sie zog sich an und ging, um Mr. Blake zu verständigen.

Denis bahnte sich einen Weg durch die Frauen, die sich um Teresas Leichnam versammelt hatten. Er beugte sich über seine Frau und flüsterte ihren Namen. Seine Arme zitterten, als er den Leichnam aus der Koje hob. *»A mhuirnin dílís ...«*, sagte er leise. »Meine große und einzige Liebe, du hast doch versprochen, mich zu überleben.«

»Es war Gottes Wille«, sagte eine der Frauen sanft. »Er weiß es am besten.«

»Er weiß es am besten?«, wiederholte Denis ungehalten und funkelte die Frau zornig an. »Wo ist denn Ihr Gott? Sagen Sie es mir? Warum hat er uns verlassen? Wir sind seit eintausendfünfhundert Jahren Christen, sein Volk ... Was haben wir ihm getan, dass er uns mit Hungersnöten, Exil und Tod bestraft?«

Die Frau bekreuzigte sich.

»Es gibt keinen Gott!«, schrie Denis, und seine Verzweiflung füllte die Unterkünfte unter Deck und übertönte vorübergehend den Lärm der Elemente.

Teresa Blake wurde am selben Abend auf See bestattet. Der Wind hatte etwas nachgelassen, aber der Regen trommelte immer noch auf das glitschige Deck. Ein Priester betete für sie und führte die Trauernden durch die fünf Klage-Mysterien des Rosenkranzes. Denis lehnte wie in Trance an der

Ankerwinde. Als der Priester die Worte »Nun überantworten wir ihre sterbliche Hülle der Tiefe« sprach und der Leichnam von der Bahre ins Wasser glitt, fing er an zu würgen, da sein Magen jedoch leer war, erbrach er nur grüne Galle. Wie auf ein Stichwort nahm der Wind wieder zu.

Ein Seemann näherte sich Tom mit einem Glas Rum. »Geben Sie ihm das. Und bringen Sie ihn nach unten, uns steht der nächste Sturm bevor.«

Unter Deck lehnte Denis den Rum ab. Tom setzte sich an seine Seite und wartete, dass sein Freund sprach, aber Stunden verstrichen, in denen der ältere Mann nur einsilbig auf Versuche reagierte, ihm Trost zuzusprechen.

Als Tom am nächsten Morgen sah, dass Denis' Koje leer war, stand er auf und machte sich auf die Suche nach ihm. Im Salon saßen einige Männer und spielten Karten. Einer von ihnen fluchte, als das Schiff sich unvermittelt zur Seite neigte und die Karten zu Boden fielen.

»Hat jemand Mr. Blake gesehen?«, fragte Tom.

»Der ist vor etwa zwanzig Minuten nach oben an Deck gegangen«, antwortete einer der Kartenspieler. Ein zweiter, der sich bückte, um die Karten aufzuheben, fügte hinzu: »Wir haben kein Wort aus ihm herausbekommen. Der arme Teufel sah ziemlich mitgenommen aus ...«

Tom stieg die Schiffsleiter hinauf. Der Wind raubte ihm den Atem. Das Deck lag im grauen Licht des anbrechenden Tages verlassen da.

Erst viel später fand Tom die Nachricht, die Denis unter seinem Kopfkissen hinterlassen hatte. Sie war um einen kleinen Eisenschlüssel gefaltet.

Lieber Tom, liebe Maria,
es war eine Freude, euch kennen zu lernen. Ich bin sehr dankbar für eure Gesellschaft und Marias Freundlich-

keit gegenüber Teresa, die sicher dazu beigetragen hat, ihr diese Überfahrt ein wenig erträglicher zu machen. Ich weiß nicht, wohin lebensmüde Seelen gehen, aber wo immer das sein mag, ich werde ihr dorthin folgen. Mein Herz ist mit ihr gestorben, also urteilt nicht zu hart über mich.

Meine Kiste gehört mit ihrem ganzen Inhalt euch. Ich hoffe, sie wird euch von Nutzen sein. Falls ihr irgendetwas von unserem Gepäck haben wollt, gehört auch das euch.

Gott segne und schütze euch.

Denis Blake.

Tom holte Denis' Schreibkiste unter der Koje hervor und öffnete sie. Unter einem kleinen Papierblock fand er ein Notizbuch. Als er es aufschlug, schrie er auf.

»Was ist denn?«, fragte Maria.

Tom zählte die Banknoten auf den Schoß seiner Schwester.

»*A Dhia*«, rief sie aus. »Zweihundert Dollar! Und da reisen sie im Zwischendeck!«

»Wahrscheinlich war das alles, was sie hatten«, meinte Tom. »Sie wollten es sicher für den Neuanfang in Amerika sparen.« Er sah sie an. »Wir müssen es ihren Eltern in der Heimat schicken.«

»Aber Tom, er hat doch geschrieben, es wäre für uns! Und wir wissen doch auch gar nicht, wo Teresas Eltern leben.«

»Der Gemeindepriester von Crosshaven wird es wissen.« Er blickte in das unglückliche Gesicht seiner Schwester und unterdrückte Zorn und Trauer so gut es ging. »Maria, wir müssen tun, was die Ehre uns gebietet. Wir können das Geld nicht nehmen; es würde uns kein Glück bringen. Wer weiß, wie es ihren Eltern in eben diesem Moment geht. Wer weiß, was sie durchmachen werden, wenn sie die schreckliche Nachricht erhalten. Wir hingegen sind jung und stark und haben noch das ganze Leben vor uns.«

Maria biss sich auf die Unterlippe. »Stark?«, wollte sie fragen. Und: »Du solltest dich einmal sehen. Dürr wie ein Hering bist du geworden, mit Knochen, die an deinen Schultern hervorstehen.« Aber stattdessen sagte sie nur: »Wie du meinst.«

Später, nachdem der vermisste Passagier vergeblich gesucht worden und klar war, dass er über Bord gegangen war, gab Tom den Kasten in die Obhut des Kapitäns, der versprach, ihn nach Crosshaven zurückzubringen, zusammen mit der Nachricht vom Ableben der Eheleute.

Eine Woche später machten Tom und Maria Walsh ihre ersten Schritte auf dem hölzernen Pier von Castle Garden am Rande Manhattans. Das war die erste Station für Emigranten, und dort gab es ein Informationszentrum, eine Wechselstube und eine Arbeitsvermittlungsstelle.

Die beiden jungen Leute blieben eine Weile stehen und schauten sich auf dem geschäftigen Kai um, der erfüllt war vom Rattern der Gepäckwagen und dem Gewirr Hunderter Stimmen. Überall standen erschöpfte Menschen mit Holzkisten und zusammengerolltem Bettzeug.

Maria legte ihrem Bruder eine Hand auf den Arm.

»Wir sind in eine völlig andere Welt gereist«, sagte sie angespannt und staunend und zeigte auf einen Wald von Masten und die Raddampfer im Hafen. »Hast du so was schon mal gesehen?«

Tom sog das Neue, Fremde gierig in sich auf: die Masten Hunderter Schiffe, die Dampfer, das Dröhnen der Signalhörner, die Lastkräne und Flaschenzüge, das Gefühl grenzenlosen Reichtums, der seine Erwartungen noch um ein

Vielfaches übertraf. In diese Eindrücke drängte sich plötzlich die Erinnerung an eine kleine, weiß getünchte Hütte am Ende eines einsamen Weges. Er dachte an einen allein gelassenen alternden Mann und ein junges Mädchen. Er dachte an ein einsames Grab unter einem Steinhaufen.

Als er nicht antwortete, fragte seine Schwester sanft: »Woran denkst du?«

Er zeigte auf die nicht enden wollende Reihe von Lagerhäusern und Verkaufsständen und sagte mit zittriger Stimme: »Ich habe mich gerade gefragt, ob ich hier irgendwo Haarbänder für Peggie finden kann.«

Als sie schließlich in Boston eintrafen, waren sie so erschöpft, dass sie fast im Stehen einschliefen. Die Reise von New York hatte ihre letzten Kräfte aufgezehrt, und sie hatten seit über einem Tag nichts mehr gegessen. Sie gaben ihre Truhe bei der Gepäckaufbewahrung ab und machten sich zu Fuß auf den Weg. Quälender Hunger plagte sie, und jeder Stall, an dem sie vorbeikamen, schien sie einzuladen, sich ins Stroh zu legen und zu schlafen. Alles war fremd – Straßen voller gut gekleideter Menschen, Damen in Reifröcken, Busse, Fuhrwerke, Kutschen, Geschäfte, die die verschiedensten Waren anboten. Es kam ihnen vor, als hätten sie ein Märchenland betreten.

Sie fanden das Haus von Mr. und Mrs. Vandermeer, ein großes, imposantes rotes Backsteingebäude mit einer Treppe, die zur Haustür hinaufführte. Eine Frau mit einer Schürze über dem Rock putzte gerade die Kellerfenster. Unsicher blieben sie am Fuß der Treppe stehen.

»Mrs. Vandermeer?«, fragte Tom zögernd.

Die Frau drehte sich um und starrte zu den zwei halb verhungerten jungen Leuten in abgenutzter Kleidung, ein Bursche mit rotem Haar und ein Mädchen im dunkelblauen Umhang mit einer sonderbar gerüschten Haube auf dem Kopf.

»Mrs. Vandermeer ist nicht daheim.«

»Und Mr. Vandermeer?«, fragte Tom.

»Der ist im Sägewerk.«

»Und wo ist das Sägewerk, Ma'am?«

Die Frau legte den Putzlappen aus der Hand. »Was wollen Sie eigentlich?«

»Ich komme wegen der Stelle als Hausmädchen ...«, sagte Maria verzweifelt.

»Die ist vergeben. Unser neues Mädchen wird in den nächsten Tagen erwartet.«

Marias Augen füllten sich mit Tränen. Sie hätte sich abgewandt, fühlte sich aber plötzlich so schwach, dass sie auf die oberste Treppenstufe sank.

»Vielleicht sollten wir uns vorstellen, Ma'am«, sagte Tom ruhig. »Unser Name ist Walsh. Ich bin Zimmermann und soll für Mr. Vandermeer arbeiten. Das ist meine Schwester Maria. Wir sind gerade aus Irland eingetroffen.«

Noch Jahre später würde Maria sich an das heiße Bad erinnern, die neue Uniform und das kleine, aber blitzblanke Zimmer mit der Patchwork-Tagesdecke, das ihr ganz allein zugedacht war. Sie würde auch nie vergessen, wie Mrs. Clarkson, die Haushälterin, sich von einer Sekunde auf die andere in einen Engel verwandelt hatte, sodass Maria sich bei Mrs. Vandermeers Rückkehr so ordentlich wie nur möglich präsentierte mit frisch gewaschenem Haar, neuer Haube und gestärkter weißer Schürze über einem schwarzen Kleid. Außerdem hatte sie das erste Omelett ihres Lebens gegessen.

»Zwei Eier!«, hatte sie verblüfft ausgerufen, als sie der Haushälterin bei der Zubereitung zugesehen hatte. »Für eine Person! Das ist doch sündhaft.«

»Red kein dummes Zeug, Mädchen. Wer arbeitet, muss auch essen.«

Später wurde sie ihrer Arbeitgeberin vorgestellt, einer streng dreinblickenden Matrone in einem hochgeschlossenen schwarzen Kleid mit Spitzenkragen.

»Was für ein hübsches junges Ding du bist«, sagte sie. »Aber viel zu dürr. Bist du auch gesund?«

»O ja, Ma'am. Das kommt nur von der langen Reise ...«

»Natürlich. Du fängst morgen an. Den Rest des Tages hast du frei und kannst dich ausruhen. Morgen wird Mrs. Clarkson dir dann alles zeigen.«

Tom trat seine Stelle im Sägewerk an. Er fühlte sich zu Hause, sobald er den durchdringenden harzigen Geruch des Sägemehls roch und das Holz beim Sägen unter seiner Hand vibrieren fühlte. Er betrachtete interessiert die breite Werkzeugpalette und die große Bandsägemaschine mit dem riesigen flexiblen Blatt in Form einer Schlinge. Die Maschine sägte Bretter aus ganzen Stämmen, als wären diese weich wie Butter.

Er war in einer Baracke ganz in der Nähe untergebracht, die sein neuer Arbeitgeber speziell für seine Arbeiter errichtet hatte.

Mr. Vandermeer war ein Mann mittleren Alters mit schütterem Haar, einer puritanischen Arbeitsmoral und ehrlichem Charakter. In den ersten Tagen beobachtete er seinen neuesten Angestellten sehr genau. Er erkannte schon bald, dass der junge Mann durchaus in der Lage war, sich auf seine Arbeit zu konzentrieren, und offensichtlich eine solide Ausbildung genossen hatte. Ihm entging auch nicht, dass die anderen jungen Arbeiter begannen, zu Tom aufzusehen, da dieser eine Art angeborene Autorität zu besitzen schien. Möglicherweise hat er das Zeug zum Vorarbeiter, sagte sich sein Arbeitgeber zufrieden.

Maria lernte derweil alles, was ein Hausmädchen wissen

musste, und staunte immer wieder von neuem über die Mysterien von Silber und Spitze.

»Das Besteck muss so liegen«, erklärte ihr Mrs. Clarkson. »Beim Essen bedient man sich der verschiedenen Bestecke von außen nach innen. Ist das in Irland anders?«

»In Irland messen wir diesen Dingen keine so große Bedeutung bei«, antwortete Maria. »Wir haben schon alle Hände voll zu tun, überhaupt am Leben zu bleiben.«

Nach noch nicht einmal einem Jahr wurde Tom befördert, aber seiner Schwester entging seine wachsende Unruhe nicht.

»Was ist mit dir, Tom?«, fragte sie ihn schließlich eines Nachmittags, als sie zusammen den Beacon Hill hinunterschlenderten und die wunderschönen georgianischen Herrenhäuser der Bostoner Patriarchen bestaunten. Sie musterte sein nachdenkliches Gesicht. »Was bedrückt dich? Jedes Mal, wenn ein Brief von daheim kommt, wirst du so komisch. Vater und Peggie geht es doch gut ...«

Als sie an eine steinerne Bank kamen, setzte sie sich, holte den Brief aus der Rocktasche und las ihn laut vor.

> *»Vater und ich sind bei bester Gesundheit, also sorgt euch nicht um uns. Danke für das Geld, aber schickt nicht so viel. Ihr braucht es doch selbst ...«*

»Ich möchte ihnen eine ordentliche Summe Geld schicken, Maria. Ich meine, genug, dass sie sich davon ein richtig hübsches Haus kaufen können.«

Maria blickte liebevoll zu ihrem Bruder auf. »Du bist doch erst zehn Monate hier. Du hast sechzig Dollar gespart. Was willst du noch?«

Nach einer Weile fügte sie hinzu: »Willst du immer noch nach Westen?«

»Ja.«

Maria schüttelte den Kopf. »Aber es geht dir doch gut hier. Mr. Vandermeer hat dich sogar zum Vorarbeiter ernannt. Und du hast zugesagt, zwei Jahre zu bleiben.«

»Ich stehe zu meinem Wort. Aber wenn die Zeit um ist, werde ich nach Westen gehen, Maria.«

»Und wohin willst du genau?«

»Nach Colorado.«

»Wahrscheinlich bildest du dir ein, du würdest Gold oder so was finden!«, sagte sie bitter. »Vielleicht sehe ich dich nie wieder.«

»Maria, die halbe Welt zieht nach Colorado. Dort wird eine neue Eisenbahnlinie gebaut, und es werden Handwerker gebraucht. Ich verstehe etwas von meinem Handwerk. Komm mit mir.«

»Ich habe keine Lust, von einem indianischen Tomahawk erschlagen zu werden!«

Tom warf den Kopf zurück und lachte. »Du Hasenfuß! Was ist mit den Prophezeiungen, die du mir damals gemacht hast? Was ist mit den großen Wundern, die ich in Amerika bewirken sollte? Oder hast du es dir anders überlegt?«

Maria zuckte die Schultern, als sei dieses Thema ihr peinlich. »Von Wundern war keine Rede und schon gar nicht von *großen* Wundern«, murmelte sie unter Toms zärtlichem Blick. »Ich habe nur gesagt, dass du merkwürdige Dinge tun würdest. Und ehrlich gesagt, fürchte ich mich vor dem, was sich dahinter verbergen mag. Ich glaube nämlich, dass alles seinen Preis hat.«

»Soll es doch«, entgegnete Tom großspurig. »Ich bin gerne bereit, für alles einen fairen Preis zu zahlen.« Nach einer kurzen Pause fügte er hinzu. »Es gibt da etwas, das ich tun muss, etwas, das ich finden muss.«

Maria musterte ihn skeptisch. Er lachte über ihren Gesichtsausdruck und fügte hinzu: »Das Problem ist nur, dass ich selbst nicht weiß, was es ist oder wo ich es finden soll!«

Maria änderte ihre Meinung bezüglich des Weggehens. Der Westen lockte auch sie; vor allem aber wollte sie nicht allein zurückbleiben, wenn ihr Bruder fortging. Die Vorbereitungen für ihre Reise in den Westen nahmen mehr Zeit in Anspruch als erwartet, aber als Tom schließlich seine Stelle bei den Vandermeers kündigte, ging sie mit ihm.

Das war im März 1872. Sie waren seit fast drei Jahren in Amerika.

3. KAPITEL

Tom holte ein zusammengefaltetes Blatt Papier aus der Tasche, befeuchtete die Spitze seines Bleistifts und murmelte in sich hinein: »Das Bemerkenswerteste an der Prärie ist wohl der grenzenlose Himmel darüber. Wie beschreibe ich das bloß?«

Er wollte den letzten Brief von daheim beantworten, jetzt da er endlich Zeit dazu hatte. Er las ihn zum zehnten Mal.

Lieber Tom, liebe Maria,
vielen Dank, dass ihr schon so bald wieder geschrieben habt, und natürlich auch für das Geld. Uns beiden geht es gut. Ich habe Daddy in Clonmel einen neuen Mantel gekauft, und wir haben auch das Dach erneuern können, sind also gewappnet für den bevorstehenden Winter.
Ich mache mir Sorgen um euch wegen der langen Reise nach Colorado. Die Leute erzählen sich hier die grässlichsten Dinge – über blutrünstige Indianer, die ihre Opfer skalpieren! Ich hoffe, dass das alles nicht wahr ist.

Ihr wisst ja, in der Gemeinde gibt es Leute, die alles Mögliche erzählen.
Seamus Farrelly ist uns eine große Hilfe. Wenn etwas zu tun ist, erledigt er es, ehe wir auch nur blinzeln können. Er hat die Gräben oben am alten Feld freigeschaufelt, sodass jetzt der Abschnitt, der immer überschwemmt wurde, trocken und nutzbar ist. Auch beim Lammen war er eine große Hilfe.
Wir hatten dieses Jahr dreißig Lämmer, und das alte Weizenfeld ist von ihrem Geblöke erfüllt. Eins der Lämmchen war bei der Geburt zu schwach, um selbstständig zu trinken, also nahm ich es mit in die Küche, bereitete ihm ein warmes Lager am Kamin und zog es mit der Flasche groß. Inzwischen ist es schon groß, aber das arme kleine Ding hält mich für seine Mutter und läuft mir überallhin nach – ganz so wie in dem alten Kinderreim. Seamie Farrelly findet das lustig und nennt es »Wollhündchen«, aber mein Lämmchen schert sich nicht um seinen Spott.
Daddy lässt ausrichten, dass ihr gut auf euch aufpassen sollt. Schreibt, sobald ihr könnt. Ich will alles über eure Reise wissen, aber schickt nicht andauernd Geld. Ihr braucht es für euch und euren Neuanfang.
In Liebe
eure Schwester Peggie

PS: Ich habe getan, worum du mich gebeten hast, und Neddie Nolan, den Maurer, nach dem Preis für einen Grabstein für Mutter gefragt. Er meint, das hinge davon ab, was wir wollten. Ein schönes keltisches Kalkstein-Kreuz mit Inschrift wäre das Teuerste – etwa 5 Pfund. Allerdings wäre das Aufstellen des Grabsteines in dem Preis enthalten.

Tom faltete den Brief wieder und steckte ihn ein. Dann begann er mit seiner Antwort: *»Liebster Vater, liebste Peggie, ich sitze hier in der Mitte des neuen Kontinents.«* Er war nicht ganz zufrieden mit diesem Anfang. Er bemühte sich immer, etwas von der Atmosphäre dessen, was er beschrieb, einzufangen, und diese ersten Worte klangen zu banal.

Seufzend blickte er auf. Der Rauch der Lagerfeuer stieg ihm in die Nase. Er war nach einem weiteren langen Tag auf dem Trail müde und voller Staub, aber auch satt von einem üppigen Abendessen aus Kartoffeln und Bohnen. Bei Sonnenuntergang musste er sich zur Wache melden. Sie hatten auf ihrem Weg nach Westen schon dreihundert Meilen zurückgelegt. Sie hatten Fort Kearny passiert und etwa zwei Meilen entfernt einen idealen Lagerplatz mit reichlich Gras für die Zugtiere, Holz für die Lagerfeuer und natürlich Wasser gefunden. Sie nutzten den Aufenthalt, um Wagenräder zu flicken und sonstige notwendige Reparaturen durchzuführen.

Da er als Wagenlenker engagiert worden war, kostete die Reise für ihn und Maria nur einhundert Dollar; hinzugekommen waren allerdings die Kosten für diverse Anschaffungen: ein Pferd, ein Satz Werkzeug sowie einige Ersatzteile, ein Sattel, ein Zelt und ein neues Gewehr – der heiß geliebte Spencer Karabiner mit Gleitblockverschluss, mit dem er inzwischen sehr treffsicher umzugehen verstand.

Zuerst waren sie von Boston nach St. Louis, Missouri, gefahren, von wo aus der eigentliche Treck nach Westen startete. Den Großteil der Strecke hatten sie mit der Eisenbahn zurückgelegt und so den Zusammenfluss von Missouri und Mississippi gesehen, wo Flussboote soweit das Auge reichte Seite an Seite vertäut waren und Berge von Kisten und Fässern entlang des Uferdamms lagerten. Auf dem Missouri waren sie dann per Boot bis Independence gelangt. In den breiten Straßen der Stadt wimmelte es wie in St. Louis von Emigranten und ihren Planwagen, Soldaten und Abenteurern auf dem Weg nach Westen. Händler boten Mehl, Pökelfleisch, Wagen, Zelte, Segeltuch, Waffen und Pferde feil sowie alles, was man für die Reise noch brauchen konnte.

Tom hatte die Arbeitsbedingungen der Reisegesellschaft unterschrieben, denen zufolge Fluchen und Alkohol strikt untersagt waren und der Sabbat als Ruhetag einzuhalten war.

»Das ist wahrlich nicht zu viel verlangt!«, hatte Maria ausgerufen. Sie war ebenfalls bereit gewesen zu unterschreiben, hatte aber dann erfahren, dass nur die Unterschrift der Männer verlangt wurde.

Irgendwo muss es doch Frauen geben, die fluchen und saufen können wie Männer, hatte sie gedacht, aber nichts gesagt. Immerhin konnte man es auch als Kompliment auffassen.

Zwanzig Familien reisten mit dem Treck nach Westen. Hinzu kamen vier allein stehende Männer und einige angeheuerte Hilfskräfte wie der Kundschafter Ted Lafferty, der schon viele Trecks dieser Art begleitet hatte. Maria half den anderen Frauen mit den Kindern und brachte den jüngeren von ihnen bei, auf kleinen Schiefertafeln das Alphabet zu schreiben.

Den vorangegangenen Treck, mit dem sie ursprünglich hatten fahren sollen, hatten sie verpasst und eine ganze Woche in Independence ausharren müssen, bis geklärt war, dass sie sich stattdessen dem nächsten Planwagen-Konvoi anschließen durften. Aber der Aufenthalt war angenehm gewesen. Von allen Seiten hatte man ihnen Ratschläge erteilt und ihnen von der Prärie und den Rocky Mountains berichtet, bis sie es gar nicht mehr erwarten konnten, endlich aufzubrechen.

Jetzt da sie einen guten Teil ihrer Reise bewältigt hatten,

waren die weißen Planen der Wagen schon grau vom Staub der Prärie. Diese Wagen waren jetzt für die Nacht zu einer schützenden Wagenburg um die Zelte herum aufgestellt worden, jeder Wagen wurde von der Deichsel des hinteren Fahrzeugs gesichert. Im Inneren dieses Kreises schliefen die Familien nachts in ihren Zelten. Die Männer hielten abwechselnd Wache; ständig hielten jeweils zwei von ihnen Ausschau nach Indianern oder Wölfen.

Tom liebte die großen Wagen, und er liebte den Namen, den die Einheimischen ihnen gegeben hatten – *prairie schooner*, was so viel bedeutete wie »Prärieschiffe« – er ließ ihn sich immer wieder auf der Zunge zergehen. Er fand ihre Konstruktion einfach genial. Die Wagen hatten ein Leergewicht von 1300 Pfund, waren etwa dreieinhalb Meter lang, anderthalb Meter breit und einen knappen Meter tief. Die Plane bestand aus doppelt genähtem weißem Segeltuch, das seitlich befestigt wurde und auf der Rückseite überlappte. Sie wurde gestützt von fünf Holzbögen aus weißer Eiche, die eingeweicht worden waren, um sie geschmeidig zu machen, bevor sie zwischen den Seitenwänden eingepasst wurden. Die Hartholz-Räder waren vorn und hinten unterschiedlich groß; die hinteren Räder hatten einen Durchmesser von etwa 125, die vorderen von 100 Zentimetern. Sie waren mit einem Eisenreifen beschlagen, die Naben waren mit den freischwebenden eisernen Achsen verschraubt. Rechts vom Kutschbock befand sich ein hölzerner Bremsklotz, der mittels eines Hebels bedient wurde.

Der »Wagenkasten« – die Ladefläche – war ebenfalls aus Hartholz gefertigt und sogar kalfatert, sodass er als Boot benutzt werden konnte. Die Seitenwände waren abgeschrägt, um für den Fall einer Flussüberquerung das Wasser zu verdrängen und somit zu verhindern, dass es in den Innenraum lief.

Tom lehnte sich mit dem Rücken an die Speichen eines Rades und befeuchtete erneut die Mine seines Bleistiftes.

Ihr dürft nicht glauben, das hier wäre eine Mühsal; es ist atemberaubend, die Welt um uns herum, so wie Gott sie erschaffen hat, ein Meer aus hohem blaustieligem Gras, ein weiter Himmel, der fast immer blau ist; wenn er sich aber doch einmal zuzieht, scheint es, als wäre eine Decke über der Welt ausgebreitet worden. Am meisten haben wir mit dem Staub zu kämpfen, der in großen Wolken aufsteigt, sobald sich der Treck in Bewegung setzt, sodass alle, bis auf jene auf dem vordersten Wagen, den Mund halten müssen (was den verbalen Austausch tagsüber erheblich einschränkt; Peggie, ich kann dir allerdings versichern, dass die Frauen das abends im Lager wieder wettmachen! Maria gilt hier auch nicht unbedingt als still – man kann ihr Lachen von einem Ende des Lagers zum anderen hören).
Der Treck selbst bietet mit seinen dreißig weißen Wagen, die in einer langen Schlange sechshundert Meilen weit über das flachste Land schaukeln, das man sich nur vorstellen kann, einen grandiosen Anblick. Bisher hat es keine Probleme gegeben, abgesehen von ein paar gebrochenen Achsen und einem gebrochenen Rad, das ich reparieren konnte. Einer von uns ist an Ruhr erkrankt, wird aber wieder gesund, denke ich, da er hingebungsvoll von seiner Frau gepflegt wird, die ihm nicht von der Seite weicht.

Er schmunzelte bei dem Gedanken an seine Schwester. Fast konnte er sie sagen hören: »Allmächtiger, das Land ist sechshundert Meilen flach wie eine Grabplatte!«

Maria, fuhr er fort, *fragt sich, ob wir je einen Ort finden werden, an dem wir uns endgültig niederlassen. Ich glaube, sie bereut inzwischen, dass sie nicht bei den Vandermeers in Boston geblieben ist. Sie hat dir vermutlich berichtet, dass sie in einem herrschaftlichen Haus mit polierten Böden aus feinstem Holz gewohnt hat, in einem Zimmer ganz für sich allein und mit reichlich Freizeit, und dass sie Kaffee aus einer silbernen Kanne einschenken durfte? Jetzt reist sie mit einer der Familien zusammen und verträgt das Schaukeln des Wagens nicht. Sie leugnet allerdings, dass sie sich an den Luxus gewöhnt hat, und behauptet, sie hätte nicht die geringste Angst vor den Indianern. Tatsächlich bekommen wir nur sehr selten welche zu sehen, obwohl nördlich von hier Cheyenne und südlich Pawnee leben. Manchmal sitzen sie an Brücken und verlangen Wegezoll, und manchmal besuchen sie uns auch in Lendenschurz und mit Pfeil und Bogen, wenn wir lagern, aber bislang habe ich keinerlei Feindseligkeit feststellen können.*

Meiner Meinung nach ist die Gefahr, von einer Klapperschlange gebissen zu werden, viel größer – zwar sind sie in dieser Gegend recht selten, dafür aber umso angriffslustiger, wie ein junges Mitglied unseres Trecks am eigenen Leib erfahren musste. Der Junge – James Bryant – wurde von einer Klapperschlange, die nachts unter einen der Wagen gekrochen war, in den Arm gebissen. Unser Kundschafter, Mr. Lafferty, hat ihm das Leben gerettet, indem er den Arm oberhalb des Bisses abgebunden und anschließend das Gift aus der Wunde gesaugt hat. (Er hat es ausgespuckt, Peggie!) Das Gewebe rund um die Wunde war schon schwarz, aber der Junge wird es überleben.

Ich wünschte, ich könnte dem Brief mehr Geld beilegen,

aber ich werde in nächster Zeit nichts verdienen, auch wenn es heißt, dass in Colorado Gold und Silber förmlich aus dem Boden quellen würden. Tausende von Goldsuchern sind schon in der Hoffnung reich zu werden dorthin gezogen, aber ich bin kein amadán, *meine ganzen Hoffnungen auf etwas zu setzen, das abhängig ist von Glück und Zufall. Ich gehe nach Westen, um beim Bau der Eisenbahn zu helfen.*

Am Horizont bewegte sich etwas. Sofort lag seine Hand auf dem Gewehr. Was war das – Büffel, Antilopen, ein Wolf? Oder ein Mensch? Was immer es war, es verschwand wieder aus seinem Blickfeld. Tom stand auf und starrte noch eine Weile in die Richtung, in der er die Bewegung wahrgenommen hatte. Geistesabwesend steckte er den unfertigen Brief ein und registrierte vage die Gerüche des Lagers: das Schmieröl der Achsen, das Leinöl, mit dem das Segeltuch imprägniert wurde, den Rauch der Lagerfeuer. Eine leichte Brise wehte Stimmen und Gelächter herüber. Ein Kind fing an zu weinen und wurde getröstet. Ein Hund bellte. Außerhalb des Lagers waren die Pferde angebunden, damit sie nicht zu weit weg wanderten. Sie waren gleich nach der Ankunft ausgespannt worden, jetzt rupften sie friedlich Grasbüschel aus und schlugen mit dem Schweif, um lästige Insekten zu vertreiben.

Tom starrte so lange auf den Horizont, bis dieser im Grau der anbrechenden Nacht verschwamm. Abgesehen vom wogenden hohen Gras rührte sich nichts.

Wilhelm Schmidt, der von allen nur Willie genannt wurde und die erste Wache mit ihm zusammen übernehmen sollte, kam um einen Wagen herum. Er war ein wenig älter als Tom, seit zwei Jahren in Amerika und zog nach Westen, um sich als Farmer in Kalifornien niederzulassen.

»Hallo, Tom. Scheint, als läge wieder eine ruhige Nacht vor uns.«

Tom nickte. »Möglich. Eben dachte ich, ich hätte am Horizont etwas gesehen, aber es ist wieder weg.«

Willie starrte mit halb zusammengekniffenen Augen in die Ferne. »Ich sehe nichts. Aber falls da draußen Indianer herumschleichen, werden die Pferde es uns noch vor den Hunden verraten!«

Sie blickten beide auf die Pferde, aber die Tiere grasten nach wie vor völlig ruhig und schenkten der Prärie, über der langsam die Nacht anbrach, keine Beachtung.

Die zwei Männer gingen außen um das Lager herum und gesellten sich zur allabendlichen Besprechung zu den anderen Männern und dem Treckführer, Captain Hartigan. Letzterer hatte neben einer Laterne eine Karte auf einem Tisch ausgebreitet. Im gelben Licht zeigte Ted Lafferty – der wie gewöhnlich eine mit Fransen besetzte Lederjacke und eine ebensolche Hose trug – mit einem kurzen, dicklichen Finger auf einen Abschnitt ihrer Route, der noch vor ihnen lag.

»Treibsand!«, verkündete er und tippte mit dem Zeigefinger auf einen Punkt auf der Karte. »Sehen Sie die Flussbiegung hier? Wer sich nicht an die Straße hält und glaubt, er könnte den Fluss dort überqueren, bleibt unweigerlich stecken.«

Der Captain nickte und wandte sich an Tom. »Tom, würdest du morgen den Wagen der Warners übernehmen? Frank geht es immer noch nicht gut, und ich möchte nicht, dass seine Frau den Wagen lenkt.«

Tom nickte. »Klar.«

»Wir brechen das Lager beim ersten Tageslicht ab«, fuhr Captain Hartigan fort. »Ted hier sagt, dass der Treck, der vor uns aufgebrochen ist, nur einen Tag voraus ist. Sie wurden offensichtlich in Fort Kearny aufgehalten. Wenn wir uns beeilen, müssten wir sie morgen einholen können. Je mehr wir sind, desto besser für alle!«

Die Männer sahen nach ihren Pferden und überzeugten sich davon, dass sie noch fest angebunden waren; wenn sie gestohlen würden oder davonliefen, säße der Treck fest und wäre nicht nur feindlich gesinnten Indianern ausgeliefert.

Die Geräusche im Lager verstummten nach und nach. Eine Frau schimpfte; jemand summte ein Wiegenlied. Dann war es still.

Tom vertrieb sich während der Wache die Zeit damit, sich den Wilden Westen vorzustellen. In Colorado würde es hohe Berge und furchtbare Winter geben. Aber dort gab es auch riesige Wälder, und das Abholzen war frei – jeder durfte sich nehmen, was er brauchte. Hinzu kam, dass Bauparzellen sehr wenig oder gar nichts kosteten, und ein Blockhaus ließ sich mit sehr bescheidenen Mitteln errichten. Neben Werkzeug führte Tom auch einen großen Vorrat an Nägeln mit. Wenn alles nach Plan lief, würden er und Maria noch vor dem ersten Schnee ein eigenes Haus haben.

Nach der Wachablösung legte Tom sich mit seinem Sattel als Kopfkissen unter einen der Vorratswagen und schlief sofort ein. Aber schon kurze Zeit später wachte er grummelnd aus einem Traum auf, in dem er das eingefallene Gesicht seines Vaters und die weiß getünchte Hütte gesehen hatte, in der er aufgewachsen war. Ein Rammbock war mehrmals dröhnend gegen die Hauswand gekracht. Peggie, in seinem Traum noch ein blasses, dürres Kind, hatte leise gesagt, dass sie sich Haarbänder wünsche.

Er hörte die Pferde schnauben und vereinzelt Gras ausrupfen. Die grenzenlose Weite um ihn herum und der Nachgeschmack des Traums, in dem nichts zu spüren gewesen war von der Zufriedenheit, die Peggie in ihren Briefen beschrieb, vermittelten ihm das Gefühl zu ertrinken. Er musste nachdenken, musste eine Weile ganz für sich allein sein. Er stand auf, nahm sein Gewehr und ging hinaus in die Nacht.

Etwa eine Meile von der Wagenburg entfernt legte er sich im hohen Gras auf den Rücken, verborgen vor der ganzen Welt, außer vor dem Himmel. Er betrachtete die Sterne, den Orion und den Großen Bären, dieselben Sterne, die auch über Carraig Mór funkelten! Nur dass es dort jetzt Tag war. Was für ein Tag?

Rastlos stand er wieder auf und ging weiter. Das Gras hinter ihm, vor ihm und um ihn herum stand hoch, ein Meer aus Gras, das sich endlos nach allen Seiten erstreckte. Es war ein komisches Gefühl, hindurchzugehen – so als wollte die Erde ihn verschlucken.

Aber die Bewegung tat ihm gut. Nach Wochen im Sattel oder auf dem Kutschbock schrie sein Körper nach ganz normaler Aktivität, und der Spaziergang durch das raschelnde Grasmeer kam diesem Bedürfnis sehr entgegen.

Die Morgenröte und der auffrischende Wind verrieten ihm, dass der neue Tag anbrach. Er wollte eben kehrtmachen, als der Wind ihm einen ebenso unerwarteten wie unverkennbaren Geruch zutrug: Tabakrauch. Dann sah er gegen den heller werdenden Himmel eine kleine Rauchsäule, die etwa zwanzig Meter entfernt aus dem Gras aufstieg. Er entsicherte das Gewehr und näherte sich vorsichtig.

Es war ein Indianer. Tom, der die letzten Meter auf dem Bauch gerobbt war, unterdrückte seine Verblüffung. Der Mann trug die weiße Wildlederkleidung eines Sioux-Häuptlings. Er saß mitten auf einer kleinen Graslichtung im Schneidersitz auf einer Decke. Er trug mit Perlen besetzte Mokassins, und graue Zöpfe fielen ihm über die Schultern. Er rauchte Pfeife, saß aber ansonsten völlig reglos da. Seine Augen waren geschlossen.

Tom beobachtete ihn eine Weile, und sein Griff um das

Gewehr entspannte sich ein wenig. Von dem Fremden ging nichts Bedrohliches aus. Das Volk der Sioux galt den Weißen gegenüber als allgemein freundlich gesinnt. Der Mann schlug die Augen auf, richtete den Blick auf die Stelle, an der Tom im Gras lag, und sprach dann ganz leise, als hätte er ihn nicht nur bemerkt, sondern sogar erwartet.

»Will der weiße Mann sich zu mir setzen und reden?«

Tom zuckte zusammen. Er kam sich ziemlich dumm vor, als er sein Versteck verließ und die Graslichtung betrat. Er war sich seiner Verwundbarkeit bewusst und fragte sich, wie viele Indianer noch in der Nähe versteckt sein mochten und jede seiner Bewegungen beobachteten. Aber er spürte keine Furcht. So folgte er der Aufforderung des Indianers, setzte sich zu ihm auf die Decke und legte das Gewehr neben sich ins Gras.

Der Sioux musterte ihn. Er war um die sechzig, mit tief liegenden Augen in einem Gesicht, das so dunkel und zerfurcht wie eine Walnuss war. Er reichte Tom seine Pfeife.

»Willst du rauchen?«

Tom nahm die Pfeife, inhalierte und hustete, bis seine Augen tränten. Er gab die Pfeife zurück. »Danke.«

Der Indianer rauchte weiter, rührte sich jedoch sonst nicht. Schließlich fragte er leise: »Warum bist du hergekommen?«

Tom war erstaunt. Das Letzte, was er hier, mitten im Nichts, erwartet hatte, war ein Verhör. Aber er antwortete wahrheitsgemäß.

»Wie alle anderen bin ich aus einem fernen Land gekommen, um mein Glück zu suchen, eine Heimat, und um ein Stück Land zu besitzen ...«

»Das Land ist unsere Mutter. Wie kann man seine Mutter besitzen? Ihr zieht Zäune um sie herum, um ihre anderen Kinder auszusperren.«

Tom wusste nicht, was er darauf erwidern sollte, aber die Höflichkeit gebot, dass er antwortete.

»Ich war in meiner Heimat sehr arm. Und dieses Land ist sehr groß und leer.«

»Arm!«, rief der Indianer aus. »Ich bin so ›arm‹, wie du es in deinem Land gewesen bist, und doch bin ich reich.« Er zeigte nach Osten. »Sieh, die Sonne geht auf.« Dann deutete er auf Wolken, die im Westen aufzogen. »Der Himmel spendet Regen. Der Große Geist lächelt auf die Erde herab.«

»Das stimmt, aber Sonne und Regen schenken einer Familie weder ein Auskommen noch ein Haus.«

»Meine Leute haben keine Häuser.« Er zeigte nach Norden. »Sie haben nichts zu essen. Früher war es hier nicht so leer. Früher gab es hier viele Büffel. Mein Volk legt heute weite Strecken zurück, aber es gibt nur noch sehr wenige Büffel. Stattdessen strömen deine Leute wie ein Fluss durch das Land.«

Tom schwieg. Hierauf gab es keine Antwort, und er musste zurück zum Treck, der bald aufbrechen würde. Er klopfte seine Taschen nach einem kleinen Freundschaftsgeschenk ab und fand ein Stück in Wachspapier eingeschlagenes Dörrfleisch und sein Taschenmesser.

»Ich muss gehen«, sagte er und überreichte Dörrfleisch und Messer mit offener Hand. »Würdest du diese kleinen Geschenke von mir annehmen?«

Der Indianer nahm sie ernst entgegen und biss ein Stück Fleisch ab. »Gut.« Dann drehte er das Klappmesser herum und prüfte die Klinge. »Ich danke dir.« Er griff unter sein Wildlederhemd und holte einen kleinen Kreis aus Federn und kleinen Knochen hervor. Er übergab ihn Tom, der das Präsent staunend betrachtete.

»Was ist das?«, fragte Tom lächelnd.

Der Indianer erwiderte das Lächeln nicht. »Traumfänger. Glücksbringer.«

Tom bedankte sich und stand auf.

»Du glaubst, du hast ewig Zeit, junger weißer Mann«, murmelte der alte Mann leise. »Aber auch deine Tage werden dir zwischen den Händen zerrinnen.« Noch leiser, beinahe flüsternd, fügte er hinzu: »Lass dir Zeit auf deiner Reise.«

Als Tom sich ein paar Meter entfernt hatte, blickte er zurück, aber die kleine Lichtung war jetzt schon nicht mehr auszumachen. Er sah und roch auch keinen Tabakrauch mehr. Zurück blieb ein Gefühl des Unbehagens, als wäre er, ohne es zu wissen, einem Geist begegnet.

Er beschleunigte den Schritt und hörte die vertrauten Geräusche des Lagers, das eben erwachte, helle Kinderstimmen und die tieferen Stimmen der Erwachsenen. Er roch den Kaffee und den Duft frischer Fladen, von dem ihm das Wasser im Mund zusammenlief. Die in den ersten Sonnenstrahlen rosa schimmernden Wagen wirkten in der endlosen Weite beinahe zerbrechlich.

»Ah, da bist du ja, Tom«, sagte Maria. »Ich habe deine leere Schlafstätte gesehen und mir Sorgen gemacht!« Sie versorgte die Connor-Kinder gerade mit Frühstück und reichte ihm eine Tasse. Tom nahm den Kaffee und mit Melasse bestrichenes Fladenbrot entgegen.

Ted Lafferty kam auf seinem Pferd herüber. Er war ein Stück vorausgeritten und sprach nun zu den Männern, die sich um ihn scharten.

»Wenn wir es langsam angehen lassen, dürfte es keine Probleme geben. Niemand geht ein Risiko ein! Folgt an der Flussbiegung weiter dem Ufer und lasst euch nicht dazu verleiten, den Fluss zu überqueren, weil er an dieser Stelle so seicht ist. Das heißt noch lange nicht, dass es ungefährlich ist!«

»Frühstück, Ted?«, rief Mrs. Connor.

»Ja, gerne, Ma'am.«

Der Kundschafter sprang aus dem Sattel und band sein Pferd an der Wagendeichsel fest. Mrs. Connor reichte ihm einige Scheiben Fladenbrot auf einem ihrer Porzellanteller, auf die sie sehr stolz war. Alle anderen hatten solcherlei Luxus zurückgelassen. Auch hatte sie die Weitsicht besessen, einen kleinen Ofen mit auf die Reise zu nehmen, was ihr viel Arbeit ersparte.

»Nehmen Sie sich Melasse dazu.«

Maria reichte ihm das Glas, und der Kundschafter musterte sie mit einem so durchdringenden Blick, dass sie errötete.

»Ich habe da draußen einen Indianer getroffen«, sagte Tom und schien den Schauder, der plötzlich in der Luft lag, gar nicht zu registrieren. »Sah aus wie ein Sioux-Häuptling. Er hat einfach nur dagesessen und geraucht.« Er beobachtete verstohlen Laffertys Reaktion, ohne sich sein eigenes Bedürfnis nach Beschwichtigung anmerken zu lassen.

»Das tun sie, wenn sie verhandeln wollen!«, sagte Ted mit vollem Mund.

»Er hat gesagt, sein Volk warte auf die Büffel.«

»Ich wünsche ihnen viel Glück. Früher gab es hier Millionen von Bisons. Sie sind jedes Jahr bis auf fünfzehn Meilen an die Trecks herangekommen ... aber inzwischen sind sie in der Prärie so selten wie Bäume.«

Er aß zu Ende, stand dann auf und bedankte sich bei seiner Gastgeberin.

Maria richtete ihre blauen Augen auf ihn und sagte: »Wir sind Ihnen sehr dankbar, dass Sie so gut auf uns aufpassen, Mr. Lafferty.«

Der Kundschafter kratzte verlegen mit der Stiefelspitze im Sand. »Ach was, Ma'am, das ist doch selbstverständlich ...«

Rufe und Wiehern hallten über die Ebene, als die Pferde angespannt wurden und die Wagen sich zurück auf den Trail begaben. Sie waren wieder ein Konvoi auf dem Weg nach Westen.

Oben auf dem Bock des Wagens, dem er zugeteilt worden war, konzentrierte Tom sich ganz auf den Weg und das von ihm gelenkte Gespann. Frank Warner hinten im Wagen beklagte sich bitter darüber, dass diese »lächerliche Plage« ihn zur Untätigkeit verdammte. Franks Frau Julia hielt derweil ein Auge auf ihren Gatten und ihre halbwüchsige Tochter Sarah, die neben dem Wagen ritt.

Aber obgleich Tom hin und wieder locker mit Warner plauderte, vermochte er sein Unbehagen nicht abzuschütteln. Er hörte immer wieder die Abschiedsworte des Sioux: *»Lass dir Zeit auf deiner Reise.«*

»Warum nur werde ich das Gefühl nicht los, dass er mich warnen wollte?«, murmelte er vor sich hin.

Als der Konvoi in der Mittagshitze Halt machte, um auszuruhen und zu essen, suchte er Captain Hartigan auf und berichtete ihm von seiner Begegnung am frühen Morgen.

»Ich bin ein wenig beunruhigt über das, was er gesagt hat. Es geht mir einfach nicht mehr aus dem Kopf. Haben seine Worte mein Leben im Ganzen gemeint, oder war es eine konkrete Warnung?«

Der Captain runzelte die Stirn. »Warnung wovor? Wenn die Indianer uns Ärger machen wollen, ist die Gefahr um so größer, je langsamer wir vorankommen. Je eher wir zum vorausfahrenden Treck aufschließen, desto stärker sind wir. Darum möchte ich auch, dass wir die Mittagspause verkürzen und weiterfahren.«

Tom sah, wie er sich in den Sattel schwang und die Leute zur Weiterfahrt antrieb. Captain Hartigan bezeichnete sich selbst als Indianer-Experten, aber Toms Unbehagen blieb.

Die Wagen folgten dem Nordufer des Platte, der wegen der Schneeschmelze in den Bergen Hochwasser führte. An der Flussbiegung bog der erste Wagen unter Führung von Captain Hartigan nach rechts ab, ihrem Verlauf folgend. Dies war die Stelle, vor der Ted Lafferty sie am Vorabend eindringlich gewarnt hatte. Der Fluss war hier breiter und wirkte seichter; die Versuchung, hier eine Überquerung zu wagen und dadurch viele Meilen zu sparen, war groß.

Frank Warner, der ihr Vorwärtskommen durch einen Schlitz in der Plane verfolgte, rief mit zitternder Stimme: »Tom, warum wenden wir nach rechts ab? Geradeaus, Mann. Da kommen wir leicht rüber.«

Tom wandte sich zu ihm um. »Wir wurden angewiesen, der Flussbiegung zu folgen. Mr. Lafferty hat uns vor Treibsand gewarnt.«

Frank brummte, Lafferty höre sich nur gerne selber reden. Er kletterte auf den Kutschbock und verlangte von Tom, ihm die Zügel zu überlassen. Tom sah, dass er fieberte; seine Haut schimmerte gelb, und seine Augen glänzten unnatürlich.

»Frank, Liebster«, sagte Julia. »Du solltest liegen bleiben. Überlass das Fahren Tom.«

»Gib mir die Zügel, Sohn«, befahl Frank. »Ich weiß, was ich tue.«

»Das sandige Ufer ist mir nicht geheuer, Mr. Warner. Ich denke, Mr. Lafferty hat Recht«, antwortete Tom stur. Als Frank jedoch wütend entgegnete: »Ich weiß, was ich tue, junger Mann. Das hier ist mein Wagen!«, gehorchte Tom, übergab ihm die Zügel und sprang vom Wagen.

Die vierzehnjährige Sarah, die neben dem Wagen ritt, sagte mit einem Seitenblick auf Tom laut: »Daddy hat Recht! Das Ufer sieht absolut sicher aus«, woraufhin sie ihr Pferd in den Fluss trieb, als wolle sie Tom beeindrucken oder ihm beweisen, dass er irrte.

An dieser Stelle war der Platte fast hundert Meter breit. Das junge Mädchen kam gut voran, bis es die Sandbank erreichte. Dort zögerte Sarah und blickte sich unsicher um, als ihr Pony anfing zu strampeln. Sie schrie, als sie aus dem Sattel geschleudert wurde, aber der Schrei brach abrupt ab, als sie in den eisigen Fluten untertauchte. Kurz darauf tauchte sie wieder auf, aber es war nicht zu übersehen, dass die Lage sehr ernst war. Ihr Vater ließ fluchend die Peitsche knallen und trieb das Gespann hinter seinem Kind her in den Fluss.

»Sarah!«, rief er. »Sarah!«

Ein Chor von »Ho«-Rufen erhob sich, und die nachfolgenden Wagen kamen zum Stehen.

Tom rannte los, um ein Seil zu holen, warf das eine Ende Jim Tanner, einem jungen Farmer aus Missouri, zu und rief: »Mach es irgendwo fest!« Dann band er sich das andere Ende um die Taille und stürzte sich in den Fluss. Auf den ersten fünfzig Metern war das Wasser durch Warners Pferde, die in Panik mit den Augen rollten und wieherten, schlammig. Tom hielt sich von den Tieren fern und kämpfte sich weiter auf Sarah zu. Das Wasser war nicht sehr tief, aber er fühlte, wie der Grund unter seinen Füßen immer weicher wurde. In dem Moment, da er den ausgestreckten Arm des Mädchens zu fassen bekam, sank er mit beiden Beinen im Schlick ein. »Beweg dich nicht«, rief er der panischen Sarah zu, packte ihr Handgelenk fester und rief den Männern am Ufer so laut er konnte zu: »Zieht!«

Als das Seil sich um seine Taille spannte, zog er Sarah an sich und legte die Arme um sie.

»Halt dich fest«, keuchte er. »Gleich haben wir es geschafft.«

Frank Warner rief ihnen ermutigend zu. Er hatte nur Augen für die Rettung seiner Tochter, obgleich er selbst und sein Wagen inzwischen ebenfalls in Bedrängnis waren, da das Gespann im Treibsand festsaß. Julia hinter ihm hatte entsetzt beide Hände vor den Mund geschlagen. Aber Helfer nahten bereits mit Seilen, während am Ufer Pferde ausgespannt wurden, um den festsitzenden Wagen samt Gespann herauszuziehen.

Tom atmete erleichtert auf, als er das rettende Ufer völlig erschöpft mit dem Mädchen erreichte. Maria erwartete ihn bereits; mit Tränen in den Augen küsste sie ihren Bruder und wischte ihm umständlich den Schlamm von den Kleidern. »Sieh dich nur mal an!« Sie wickelte die weinende Sarah in eine Decke. Das schluchzende Mädchen bedankte sich bei seinen Rettern und blickte dann verzweifelt zurück auf den Fluss. Ihre Eltern wurden gerade mitsamt des Wagens ans Ufer gezogen, aber ihr Pony, Beauty, kämpfte immer noch vergeblich darum, sich zu befreien.

Als der Wagen wieder auf sicherem Grund war, bedankte Frank sich schroff.

»Ich bin ein alter Narr«, sagte er und drückte allen Anwesenden seinen Dank aus. »Ein alter kranker Mann.«

»Legen Sie sich einfach wieder hin, Frank, und bleiben Sie im Bett, bis Julia Ihnen erlaubt aufzustehen.«

Alle lachten, vor allem aus Erleichterung, dass der Zwischenfall so glimpflich abgelaufen war. Sarah allerdings weinte bitterlich. Für ihr Pony war jede Hilfe zu spät gekommen; das Tier war in den schlammigen Fluten untergegangen.

Die vorderen Wagen hatten kehrtgemacht, um zu helfen. Der Captain, der mehr als nur leicht verärgert war, machte sich ein Bild von der Lage. Inzwischen war der Tag schon weit fortgeschritten, und die Männer, die an der Rettungsaktion mitgewirkt hatten, waren erschöpft. Die dunklen Wolken, die am Morgen von Westen her aufgezogen waren, bedeckten inzwischen den ganzen Himmel.

»Es wird bald regnen«, sagte der Captain. »Es ist wohl das Beste, wenn wir jetzt schon das Lager aufschlagen und morgen früh ausgeruht weiterfahren. Wir werden den anderen Treck trotzdem einholen, wenn es auch ein oder zwei Tage länger dauern wird.«

Rasch wurden die Zelte aufgestellt. Sarah stieg in trockenen Kleidern aus dem Wagen ihrer Eltern, beschämt und untröstlich.

»Es war alles meine Schuld, Captain Hartigan«, sagte sie. »Ich wusste ja nicht ...«

»Dein verdammter Vater ist schuld«, entgegnete der Captain barsch. »Aber es ist passiert, und jetzt wollen wir das Beste daraus machen. Wir konnten sowieso alle eine Pause brauchen.«

Es blitzte, gefolgt von unheilvollem Donnergrollen, und unmittelbar darauf öffnete der Himmel seine Schleusen. Es goss wie aus Kübeln. Die Frauen rannten in Deckung und verschlossen die Zelteingänge. Die Männer liefen los, um frei herumlaufende Pferde anzubinden. Tom, inzwischen in trockenen Kleidern, die Maria ihm gebracht hatte, setzte sich mit Willie hinten in einen der Vorratswagen und lauschte dem Regen, der auf das Segeltuch klatschte. Er hielt einen Finger an die Plane, und obwohl diese doppelt genäht war, lief eiskaltes Wasser seinen Unterarm hinab. Er unterdrückte einen Aufschrei und zog die Hand zurück.

»Warum kommst du nicht mit nach Kalifornien?«, fragte Willie. »Das Klima würde dir gefallen. In Colorado ist es im Winter verdammt kalt.«

»Du hast dort schon ein Zuhause auf der Farm deines Bruders, Willie. Ich muss meinen eigenen Weg gehen!«

Sie aßen Zwieback und tranken dazu Wasser. Dann zogen die beiden jungen Männer Regenmäntel über, nahmen ihre Gewehre, drückten die breitkrempigen Hüte gegen den sintflutartigen Regen tief ins Gesicht und gingen los zu ihrer Wache. Einige der Zelte waren bereits eingestürzt, und ihre Bewohner hatten sich völlig durchnässt in die kleinsten Lücken auf den Wagen gezwängt.

Tom wurde das Gefühl drohenden Unheils einfach nicht los. Er beobachtete trotz der denkbar schlechten Sicht die dunkle Prärie. Der Trail verlief von Ost nach West, gekennzeichnet von tiefen Wagenspuren. Der Horizont war nicht mehr auszumachen.

Aber der Morgen begann strahlend, und die Luft war frisch und süß. Alle freuten sich, dass sie Feuer machen und etwas Warmes essen und trinken konnten. Schon bald duftete es im ganzen Lager nach frischen Pfannkuchen und Fladenbrot. Die Pferde hatten das Unwetter gut überstanden und warteten geduldig darauf, angespannt zu werden.

Sie kamen nur langsam voran, weil der Boden aufgeweicht und schlammig war; dafür blieben sie von Staub verschont, und die Stimmung war gut. Ted Lafferty war gleich nach dem Frühstück verschwunden und vorausgeritten. Am späten Vormittag kehrte er zurück, ritt mit grimmigem Gesicht an der Wagenkolonne entlang und bedeutete den Fahrern anzuhalten.

»Was gibt's?«, wollte Captain Hartigan wissen. Aber Ted zeigte ihm mit leichtem Kopfschütteln, dass die Angelegenheit zu ernst war, um sie offen zu besprechen.

Der Treck kam zum Stehen. Die Männer berieten sich flüsternd.

»A Dhia«, sagte Maria leise und versuchte, die Connor-Kinder daran zu hindern, vom Wagen zu springen. »Was hat das nur zu bedeuten? Bestimmt nichts Gutes.«

Ted Lafferty wies die Männer an, die Wagen im Kreis aufzustellen und ihre Waffen zu laden. Dann berichtete er ihnen, was er vorgefunden hatte. Der vorausfahrende Treck befand sich gleich am Horizont, bot jedoch einen Anblick, der nichts für christliche Augen war.

Tom und einige andere Männer ritten mit dem Kundschafter zurück. Als sie sich vom Lager entfernten, sahen sie in der Ferne bereits die weißen Planen des anderen Trecks, der still und verlassen mitten in der Prärie stand. Als sie näher kamen, wusste Tom endlich, wovor sein Instinkt ihn die ganze Zeit gewarnt hatte.

Die fünfzehn Wagen bildeten wie zum Zeitpunkt des Indianerangriffs noch eine Wagenburg, aber die Pferde waren verschwunden. Einige der Wagen waren ausgebrannt, andere wirkten seltsam unberührt. Und überall lagen blutüberströmte Leichen, einige skalpiert, andere verkohlt. Ein Hund beklagte winselnd den Tod einer Familie – Vater, Mutter und zwei Kinder.

Die Männer stiegen vom Pferd und nahmen ihre Hüte ab.

»Es muss ganz früh heute Morgen passiert sein«, sagte Ted Lafferty. Er ging vorsichtig zwischen den Toten entlang, in der linken Hand seine weiche Pelzmütze, in der anderen den Revolver, den er so fest umklammert hielt, dass die Fingerknöchel weiß hervorstanden. Jemand schoss auf die Kojoten, die mit rot verschmierter Schnauze zwischen den Wagen herumschlichen.

»Nicht schießen«, befahl der Captain. »Wir wollen nicht auf uns aufmerksam machen.« Er wirkte angespannt, als er sich über den Leichnam eines kleinen Jungen beugte. »Diese Menschen sind noch nicht lange tot. Die mörderischen Wilden werden für dieses Blutbad bezahlen.«

»Wir stellen einen Trupp zusammen ...«, murmelte jemand, aber Captain Hartigan ging nicht darauf ein. Er war sehr blass.

Schließlich sagte er: »Wir werden keinen Verfolgungstrupp zusammenstellen. Unsere oberste Pflicht ist es, unsere

Frauen und Kinder zu schützen; wir können sie nicht im Stich lassen. Wir müssen es der Armee überlassen, die Mörder zu jagen.« Er untersuchte einen Pfeil, der in einem der Wagen steckte. »Pawnee«, sagte er. Der Boden wies Hunderte von Hufabdrücken auf. »Was für eine Ironie, Tom! Wären wir gestern schneller vorangekommen, würden wir jetzt auch hier liegen!«

Den Rest des Vormittags hoben sie Gräber aus und bedeckten diese mit Steinen, damit die Wölfe und Kojoten die Toten nicht wieder ausgruben. Die Gräber markierten sie mit improvisierten Kreuzen. Tom und die anderen Schützen behielten derweil die Gegend im Auge. Aber es blieb alles still. Das flache Grasland erstreckte sich nach allen Seiten bis zum Horizont.

Hoch oben kreisten Hunderte von Geiern.

Als die Männer ins Lager zurückkehrten, erzählten sie ihren Frauen die grausame Wahrheit, wobei sie die Stimmen dämpften, damit die Kinder nicht mithörten.

»Ich habe Mr. Laffertys Gesicht gleich angesehen, dass etwas Schlimmes passiert sein musste«, sagte Maria, als Tom ihr schonend beibrachte, was geschehen war. »Aber was soll jetzt werden? Sind wir die Nächsten? Sollen wir umkehren?«

»Wir haben keine andere Wahl als weiterzufahren, Maria, bis zum Ende des Trails.«

Er ging zum Vorratswagen, nahm einen Revolver aus seiner Truhe – einen Colt 1851 Navy – und eine Schachtel Patronen. Mit grimmigem Gesicht reichte er ihr beides.

»Trag das immer bei dir. Und benutze die Waffe auch, wenn es sein muss.«

Maria starrte traurig auf den Revolver. »Ich weiß nicht, wie man damit umgeht.«

»Ich werde es dir zeigen ...«

Sie schaute ihm sehr aufmerksam zu. Er klappte die Trommel seitlich heraus, zeigte ihr die sechs leeren Kammern, schob in fünf von ihnen eine Patrone und ließ die oberste frei.

»Du darfst die Trommel nie mit einer Kugel in Laufhöhe schließen, es sei denn, du willst tatsächlich schießen.«

Dann nahm er die Patronen wieder heraus und gab sie seiner Schwester mitsamt dem Revolver, damit sie unter seinen wachsamen Augen nachlud. Anschließend stellte er sich hinter sie, hielt ihre Hände mit dem Colt und ließ sie den Hahn spannen. Er zeigte ihr, wie man einen sicheren Stand einnahm, und wies sie an, die Arme zu versteifen.

»Ziel auf diesen Stein dort, und drück ab.«

Maria drückte ab. Der Schuss ging daneben. Außerdem erkannte sie, dass sie sich vermutlich die Nase gebrochen hätte, wenn Tom ihre Hände nicht gehalten hätte. Die Wucht des Rückstoßes kam für sie völlig unerwartet.

»Du wirst üben müssen, Maria. Versuch gar nicht erst, nur mit einer Hand zu schießen. Nur jemand, der sehr viel Kraft besitzt, ist in der Lage, einhändig zu schießen und dabei auch zu treffen. Und vor allem musst du die Waffe immer sauber halten. Wenn Schmutz in den Lauf gelangt, kann sie explodieren und dir die Hand zerfetzen!«

Ted Lafferty, der gerade vorbeiritt, zügelte sein Pferd. »Hast du nicht ein Gewehr für sie, Tom?«

»Nein ...«

Ted beugte sich zu Maria hinab. »Sie werden ein Holster dafür brauchen, Miss Walsh. Dann haben Sie die Waffe immer griffbereit. Ich besorge ihr eins«, fügte er an Tom gewandt hinzu. »Wir bewaffnen die Frauen!«

Als er fort war, blickte Maria in panischer Angst über das weite leere Land. *»A Dhia«*, flüsterte sie. »Jetzt sind wir so weit gekommen, und nun das ...«

4. KAPITEL

Maria trug den neuen Revolver immer in dem Holster, das Ted Lafferty ihr besorgt hatte, bei sich und zählte die Tage bis zu ihrer Ankunft in Colorado. Aber die weite Grasebene schien kein Ende zu nehmen, ganz so, als hätte Gott nie Berge erschaffen. Jeder Tag begann gleich mit einem hastigen Frühstück und dann dem Aufbruch. Die Wagen ächzten, die Pferde waren unwillig, die Männer waren erschöpft, die Frauen schweigsam, und die Kinder wurden immer zappeliger. Alle fühlten sich schutzlos und verletzlich; der Treck war meilenweit zu sehen, und niemand konnte sagen, wer sie gerade beobachtete.

Maria blieb wachsam, suchte öfter den Horizont ab und betrachtete alles, was sich auf der Ebene zu bewegen schien, sehr genau. Sie kümmerte sich um Tom, kochte, was ihre Vorräte noch hergaben, und fragte sich mit wachsender Sorge, was werden sollte, wenn sie nicht bald Denver erreichten.

»Es ist ein bisschen wie der Atlantik«, sagte sie sich. »Man kann kein Ende sehen und fragt sich, ob man überhaupt von der Stelle kommt.«

Endlich erreichte der Treck North Platte, wo der Fluss sich gabelte: Der eine Arm floss nach Westen, der andere schwenkte nach Südwesten. Die Warners und zehn weitere Familien würden Letzterem nach Denver folgen, und so nahmen sie Abschied von ihren neuen Freunden.

Tom drückte Willies Hand.

»Auf Wiedersehen, Willie. Alles Gute in Kalifornien.«

»Ich glaube, wir werden uns noch wiedersehen«, antwortete Willie und musterte Tom ernst mit seinen kornblumenblauen Augen. »Auch wenn es ein sehr großes Land ist, glaube ich, dass unsere Wege sich wieder kreuzen werden ... Solltest du je nach Kalifornien kommen, würde ich mich freuen, wenn du mich besuchst.«

Maria nahm Abschied von den Kindern, die sie wahrscheinlich nie wieder sehen würde. Die Kleinen weinten bitterlich, als ihnen klar wurde, dass sie sich von ihrer Lehrerin und Geschichtenerzählerin trennen mussten. Sie verabschiedete sich von den starken Frauen, die ihre Freundinnen geworden waren, von den Männern, die den Treck beschützt hatten, und von Willie, der ihr mit kontinentaler Galanterie die Hand küsste. Dann setzten sich die restlichen Wagen, die nur noch etwa die Hälfte des ursprünglichen Trecks darstellten, mit ihren abgemagerten Gespannen rumpelnd wieder in Bewegung, den South Platte entlang nach Colorado.

In weiter Ferne kamen die ersten Berge in Sicht, die sich langsam aus dem flachen Land erhoben. Maria zeigte entzückt auf die schneebedeckten Gipfel.

»Mr. Lafferty«, rief sie dem Kundschafter zu, der neben ihrem Wagen herritt. »Sind das die Rocky Mountains?«

Sie sah das schweißgetränkte rote Tuch um seinen Hals, den rotbraunen Schnauzbart und die Art, wie er vor Erschöpfung zusammengesunken im Sattel saß.

Er wandte ihr den Kopf zu und betrachtete sie eine Weile, ehe er ruhig antwortete: »Und ob sie das sind, Ma'am.«

Sein Blick ruhte noch eine Weile auf ihr, als wäre ihr Anblick viel interessanter als der der fernen Berge.

»Ich habe in meinem ganzen Leben noch nie solche Berge gesehen!«

Ted pfiff spöttisch. »Das ist ja eine verdammt lange Zeit!«, sagte er lachend, warf ihr aus den Augenwinkeln einen Blick zu und schüttelte den Kopf. »Stimmt's, Tom?«

Aber Tom hörte nur mit halbem Ohr zu. Er atmete erleichtert auf. Der Anblick, der sich weiter vorn bot, wirkte surreal – er hatte so viele Hoffnungen und Erwartungen auf dieses Land projiziert, dass es ihm nun beinahe wie ein Traum vorkam. Wir haben die große amerikanische Prärie überquert, dachte er. Jetzt liegt das sagenumwobene Land vor uns, das Gelobte Land. Gleich darauf ging ihm der Gedanke durch den Kopf: Fast überquert, noch sind wir nicht am Ziel, und Gott allein weiß, welche Gefahren noch auf uns lauern.

Er fuhr den Vorratswagen der Warners, und Maria ging nebenher. Die Plane war inzwischen schmutzig-grau, die Pferde ausgemergelt und müde, ihre Rippen und Hüftknochen standen unter dem struppigen stumpfen Fell hervor. Alle Kleider waren abgenutzt und starrten vor Dreck.

Ted Laffertys schwarzer Hut war entlang der Krempe speckig und oben mit einer feinen Staubschicht bedeckt, aber darunter blitzten seine Augen zum ersten Mal seit ihrem Aufbruch. Er tätschelte den Hals seines Pferdes. Entlang der gesamten Wagenkolonne legte sich ein Stimmengewirr über das Rumpeln der Räder und Wagen, das fröhlich stimmte. Plötzlich, nach Tagen stumpfsinnigen Fahrens und erschöpften Schweigens war wieder Gelächter zu hören. Sogar die Pferde spitzten die Ohren, und ihre Schritte wurden scheinbar schneller.

Das Gelände stieg allmählich an. Der Weg ging in einen Bergpfad über, und als die Siedler nach unten schauten, konnten sie einen Fluss in der Sonne glitzern sehen.

»Sieh mal«, sagte Tom später an diesem Tag und zeigte hinunter in die Schlucht. »Ich glaube, das ist Lafferty. Was macht er denn da unten?«

»Achte du lieber darauf, wo du hinfährst, Tom Walsh«, entgegnete Maria patzig. »Ich habe keine Lust, ebenfalls dort unten zu landen.« Sie entdeckte die winzige Gestalt, die ihr Pferd langsam durch die Schlucht lenkte. Ihr Blick blieb auf ihm ruhen. Trotz der großen Entfernung spürte sie seine

Wachsamkeit, seine Wahrnehmung jeder Nuance des Geländes, durch das er ritt. Er ist ein guter Mann, dachte sie. Wo er war, waren Stärke und Sicherheit. Und er war nett. Auch wenn das schwere Lederholster, das er ihr gegeben hatte, unangenehm scheuerte und hinderlich war; sie trug es ständig um die Taille, mit einer Hand voll Patronen am Gürtel. Der Revolver war geladen, abgesehen von der Kammer, auf der der Hahn ruhte. Sie hatte das Holster mit Schmieröl eingerieben, damit die Waffe nicht rostete, wie man ihr geraten hatte. Plötzlich fühlte sie sich von der Waffe gestört und zerrte ungeduldig an der Gürtelschnalle.

»Lass ihn an, Maria«, sagte Tom, ohne sie anzusehen.

»Aber er macht mich wahnsinnig. Und das Öl ruiniert mein Kleid. Der Gürtel ist schwer, und jetzt werde ich den Revolver nicht mehr brauchen!«

»Das wissen wir nicht. Und solange er sichtbar ist, wirkt er abschreckend.«

Sie gestand sich ein, dass sie daran noch gar nicht gedacht hatte. Sollte das ihr Leben hier im Westen sein? Würde sie ständig bewaffnet herumlaufen müssen – um andere abzuschrecken?

Der steile Bergpfad wurde allmählich flacher, und schon bald war der Treck wieder unten am Fluss. Auf einer Wiese am Flussufer, auf der zahlreiche wilde Blumen wuchsen, machte die Kolonne Halt. Die Kinder riefen wild durcheinander und sprangen mit begeisterten Ausrufen von den Wagen. Die Männer ließen sich aus den Sätteln gleiten und stöhnten, als sie nach so vielen Stunden wieder auf ihren Beinen standen, rieben sich das Hinterteil und streckten die Beine. Alle gingen mit Wasserbehältern zum Fluss, um ihre Vorräte aufzufüllen. Die Pferde wurden ausgespannt und rannten rempelnd und schnappend ans Ufer, wo sie die Köpfe senkten und gierig und schmatzend tranken. Anschließend wälzten sich einige von ihnen im seichten Wasser, sodass Tausende von glitzernden Tropfen durch die Luft flogen; andere wälzten sich im sandigen Ufer. Als sie aufstanden, schüttelten sie sich, wieherten und fingen an zu grasen.

»Ich dachte, die Pferde wären am Ende«, sagte Maria. »Und jetzt schaut euch das an!«

»Die Erfrischung hat sie neu belebt«, entgegnete Tom grinsend. »Ziemlich menschlich, wenn du mich fragst!«

Weiter stromaufwärts planschten die Kinder im kristallklaren Wasser.

»Ich wünschte, wir könnten ein paar Tage hier bleiben«, seufzte Maria. »Es ist wunderschön hier, und wir könnten alle eine Erholungspause brauchen! Du könntest auf die Jagd gehen und uns frisches Fleisch besorgen.«

»Ist das etwa eine Beschwerde, Miss?«

Marias Augen verdunkelten sich. Sie schüttelte den Kopf.

»Was gibt es denn schon zu bemängeln? Wir haben von allem nur das Beste. Speck, Schinken, Bohnen, Reis, Kaffee. Das ist viel mehr, als viele andere je zu sehen bekommen.«

Tom erkannte am bedrückten Ausdruck auf ihrem Gesicht, dass sie in Gedanken weit weg war.

Wie geht es ihnen jetzt?, fragte auch er sich. Vater und Peggie? So weit weg, dass die Entfernung unüberwindbar schien; so weit weg, dass sie ihm beinahe vorkamen wie Wesen aus einer sonderbaren Geschichte. Und doch konnte er sich an sein altes Zuhause erinnern, als hätte er es erst gestern verlassen: Der Geruch des Torffeuers, *Sliabh na mBan* – der Frauenberg –, der vor dem Himmel aufragte, das tiefer liegende Tal mit der kleinen Schule und der Kirche. Und der Friedhof mit seinen stillen Hügelgräbern.

Maria warf ihm einen Blick zu und schaute gleich wieder weg. »Trotzdem wäre frisches Fleisch eine schöne Abwechslung auf dem Speiseplan«, sagte sie und schürzte die Lippen.

Tom antwortete nicht. Seine Gefühle hatten ihn ganz plötzlich übermannt, und er musste eine Weile allein sein. Seine Schwester hatte ihm eine wunderbare Ausrede geliefert, sich zurückzuziehen. Er griff nach seinem Gewehr und holte den öligen Lappen, mit dem er es sauber hielt.

Mrs. Warner rief nach Maria, und sie ging rüber, um ihr mit den Kindern zu helfen, die bibbernd von ihrem Bad im Fluss kamen. Als sie noch einmal zurückblickte, war ihr Bruder verschwunden.

Die Wagen waren wie jeden Abend im Kreis aufgestellt worden, und die Frauen machten sich an die Zubereitung des Essens. Maria verbrauchte den letzten Rest Weizenmehl und die besten der verbliebenen Kartoffeln, um Kartoffelpuffer zu machen, die sie auf einem Rost über dem Lagerfeuer buk. Sie dufteten köstlich. Die Kinder bettelten, und sie verteilte die knusprigen goldbraunen Küchlein, sobald sie gar waren. Sie legte ein paar für Tom beiseite. Wo steckte er überhaupt? Es würde bald Nacht werden, und er war noch immer nicht zurück. Sie wusste, dass sie ihn aufgewühlt hatte, indem sie ihn an Irland erinnerte.

Als die Schatten länger wurden, drang das Heulen der Wölfe zu ihnen herüber. Die klagenden Laute krochen über die Prärie, eine Stimme so alt wie die Wildnis. Maria lauschte ihnen und fühlte sich plötzlich sehr einsam, als wäre sie hundert Jahre tot gewesen und als würde ihre letzte Ruhe nun gestört.

»Hast du vielleicht Tom gesehen?«, fragte sie jeden, der vorbeikam.

»Das letzte Mal habe ich ihn gesehen, als wir hier eingetroffen sind ...«

»Ich habe Tom Walsh vor etwa vier Stunden in die Prärie reiten sehen«, meinte eine Frau.

»In welche Richtung?«

»Da lang, über den Fluss.«

Maria ging durch das Lager und überlegte, ob sie sich Ted Lafferty anvertrauen sollte. Aber auch der Kundschafter war nirgends zu sehen.

»Wo ist Mr. Lafferty?«, fragte sie Mrs. Warner.

»Meine Güte, Maria, man weiß nie, wo Ted steckt. Er kommt und geht. Wahrscheinlich kommt er erst gegen Morgen zurück.« Dann: »Ist etwas?«

»Ich glaube, Tom ist auf der Jagd, aber ich hätte erwartet, dass er bis zum Abend zurück ist!«

Frank Warner, der inzwischen genesen war, kam hinzu. Er war nach der langen Krankheit zwar klapperdürr, aber guter Dinge; ein Mann, der seinem Schicksal dankbar war, dass es ihn vor Schlimmerem bewahrt hatte. Er kaute auf einem Priem Tabak. »*Seinetwegen* brauchst du dir nicht dein hübsches Köpfchen zu zerbrechen, Maria. Er ist ein Meisterschütze.«

Maria nickte. Sie wusste, dass Frank große Stücke auf Tom hielt, seit dieser seine Tochter aus dem Treibsand gerettet hatte. Sie schalt sich albern, aber das ungute Gefühl blieb. Und je länger sie darüber nachdachte, desto größer wurde die Gewissheit. Tom war allein da draußen und in Gefahr.

Als sie es nicht länger aushielt, kroch sie unter einem der Wagen her und verließ das Lager, obwohl sie wusste, dass das gefährlich war. Sie schaute sich den Boden genauer an; Huf- und Fußabdrücke überlagerten einander im zertrampelten Gras. Sie ging zum Fluss. Er war breit und seicht mit sandigem Grund. Im Osten färbte sich der Himmel bereits dunkel. Bald würde der Mond über der Prärie aufgehen.

Ich wünschte, ich hätte Hosen und Stiefel an, dachte sie ärgerlich. Dann könnte ich hinüberwaten. Dann dachte sie: Ich hätte mir ein eigenes Pony kaufen sollen. Gespart habe ich genug. Aber sie wusste, dass sie sich diesen Luxus nicht wirklich hätte leisten können.

Sie folgte dem Ufer, und als sie nach einer Weile zurückblickte, sah sie, dass sie sich schon ein ganzes Stück vom Lager entfernt hatte. Aber der Wind trug ihr das beruhigende Stimmengewirr und die Essensgerüche des Lagers zu.

In der Ferne erhoben sich schneebedeckte Gipfel. Nichts rührte sich. Hoch oben am Himmel zogen ein paar Wolken vorbei, die in der anbrechenden Abenddämmerung bereits grau schimmerten.

Plötzlich bewegte sich etwas neben ihr, und sie fuhr erschrocken zusammen. Das Tier war knapp zwei Meter entfernt und schlängelte durch das hohe Gras auf sie zu. Ohne nachzudenken, zog sie den verhassten Revolver und entsicherte ihn. Sie hielt die Waffe mit beiden Händen, so wie Tom es ihr gezeigt hatte. Die Detonation war ohrenbetäubend. Der Revolver hüpfte in ihrer Hand, und der Geruch von Schießpulver stieg ihr in die Nase. Eine kleine schwarze Rauchwolke hing in der Luft.

Die Schlange rollte sich keinen Meter von ihr entfernt zusammen. Das Reptil bog den Kopf zurück, zischelte mit der gespaltenen Zunge, richtete den blaugrünen Körper auf und zeigte den gelblichen Bauch. Sie hatte es verfehlt. Die Schlange hob drohend den Kopf aus dem Gras und zischte. Ganz plötzlich und ohne Vorwarnung hatte Maria den Tod vor Augen, starrte ihm im schwindenden Licht mitten ins Gesicht. Mit einer kaltblütigen Distanziertheit, die sie selbst später verblüffen würde, hob sie den Revolver erneut. »Kneif nicht die Augen zu, wenn du abdrückst«, hatte Tom gesagt. Sie hielt die Augen geöffnet, zielte auf den Kopf des Reptils und drückte ab. Die Schlange wurde durch die Luft geschleudert und fiel zuckend vor ihre Füße. Maria beugte sich über sie und stellte ruhig fest, dass sie ihr den Kopf weggeschossen hatte. Sie war tot, auch wenn der Körper sich noch wand. Erst dann kam der Schrei, schrill, der in ihren eigenen Ohren fremd klang, so als würde er von jemand anderem ausgestoßen.

Sie hörte Ted Lafferty ihren Namen rufen. Er galoppierte auf seinem Pferd durch den Fluss, auch aus dem Lager kamen ein paar Männer herbeigerannt. Ted war als Erster bei ihr und nahm ihr den noch rauchenden Revolver aus der Hand, als sie sich in seine Arme warf.

»Es ist alles gut«, beruhigte er sie. »Es ist vorbei, Maria. Das haben Sie gut gemacht.«

Sie konnte sein Gesicht kaum sehen, seine Stimme war nur ein heiseres Flüstern, und den Armen, die sie festhielten, schien die Nähe zu gefallen, da sie es offenbar nicht eilig hatten, sie wieder loszulassen. Maria schämte sich, weil sie am ganzen Leib zitterte, aber es war himmlisch, von seinen Armen gehalten zu werden. Es störte sie auch nicht, dass er nach Schweiß und Tabak roch, sein Bart an ihrer Wange kratzte und seine von der Flussdurchquerung nassen Kleider die ihren langsam, aber sicher durchweichten. Als die anderen hinzukamen, ließ er sie los. Sie blickten auf die kopflose Schlange, murmelten und grinsten einander in der typischen, nervenaufreibenden Art an, die Männern eigen ist.

Kurz darauf preschte ein weiterer Reiter herbei. Trotz der Entfernung wusste Maria, dass es Tom war, und sie versuchte, das feuchte Kleid glattzustreichen, das an ihren Schenkeln klebte. Sie war froh, dass die Dämmerung inzwischen angebrochen war, so würde er die brennende Röte ihrer Wangen nicht sehen.

Ihr Bruder parierte sein schäumendes Pferd durch und sprang aus dem Sattel. Er blickte von seiner Schwester auf das tote Reptil und die kleine Männerschar. Wie so oft in besonderen Situationen registrierte sie, wie gut er aussah, wie entschlossen, so souverän wie die älteren Männer.

»Mir ist nichts passiert, Tom.«

Tom nahm ihren Arm, schaute ihr ins Gesicht und umarmte sie gleich darauf so fest, dass sie fürchtete, er würde ihr sämtliche Rippen brechen.

»Gott sei Dank«, murmelte er. »Einen Moment dachte ich ...«

»Es geht ihr gut!«, sagte Ted und blies beiläufig gegen die immer noch rauchende Coltmündung.

Tom stieß die tote Schlange mit der Stiefelspitze an. Dann bückte er sich, um sie genauer zu untersuchen. »Scheint mausetot zu sein«, murmelte er. »Guter Schuss, Mr. Lafferty!« Er wandte sich wieder seiner Schwester zu. »Als ich ins Lager zurückkam, sagte man mir, du wärst spazieren gegangen, Maria.« Streng fuhr er fort: »Habe ich dir nicht gesagt, du sollst das Lager nicht allein verlassen?«

»Ach, lass mich doch in Ruhe«, entgegnete sie zornig. »Du verschwindest stundenlang, und es ist dir völlig egal, ob ich mir Sorgen mache oder nicht. Außerdem steht es mir bis zum Hals, ständig gesagt zu bekommen, was ich zu tun und zu lassen habe. Ich bin kein Kind mehr. Ich habe unzählige Wochen in der Prärie verbracht, und an jedem einzelnen Tag ist mir gesagt worden, was ich wann zu tun hätte!«

»Übrigens, Tom«, mischte Ted sich ein, »ich habe die Schlange nicht erschossen. Das war deine Schwester!«

Tom war sichtlich verblüfft. Er nahm den Revolver entgegen, den Lafferty ihm reichte. »Dann war der Unterricht ja doch nicht umsonst«, murmelte er unbehaglich und grinste dann widerstrebend. »Ich wusste, dass aus dir noch eine gute Schützin wird«, sagte er anerkennend zu Maria.

»Nein, das wusstest du nicht. Du bist erst einmal davon ausgegangen, dass ich aus der Situation gerettet werden musste, in die ich mich ja ach so leichtfertig begeben habe.«

Tom zeigte auf die Wagenburg und sagte immer noch lächelnd: »Maria, du hast vorhin gesagt, du hättest Appetit auf frisches Fleisch. Im Lager wartet eine Antilope darauf, gebraten zu werden. Wenn wir uns nicht beeilen, wird das heute nichts mehr ...«

Er hob sie auf sein Pferd, schwang sich hinter ihr in den Sattel und lenkte das Tier in Richtung Lager.

Ted Lafferty grinste in seinen Schnauzbart. Er hob die tote Schlange auf und hielt sie hoch. »Hier, die können Sie auch gleich braten, Ma'am«, rief er ihnen nach. »Die Indianer behaupten, Schlange wäre sehr schmackhaft!«

Marias angewiderter Aufschrei brachte die Männer zum Lachen. Sie folgten den beiden in Richtung Camp und zogen dabei Lafferty gutmütig mit Bemerkungen über die Rettung hübscher Jungfrauen ganz allgemein und dieser im Besonderen auf.

Tom hatte Recht gehabt, was die Antilope betraf: Sie musste schnellstens zerlegt und zubereitet werden. Die Siedler häuteten sie, wendeten sie in Mehl, bedeckten sie mit Schlamm und brieten sie in der Glut. Als das Fleisch gar war, entfernten sie die hartgebackene Schlammschicht, und der verlockende Duft gebratener Antilope wehte durch das Lager. Tom verteilte den Braten zuerst unter den schwächsten Mitgliedern ihres kleinen Trupps: ein Stück Filet für Mrs. Stonebridge, die eine Fehlgeburt erlitten hatte, und weitere Portionen für die Kinder. Schließlich legte er eine Scheibe auf Marias Teller.

»Das ist für dich, Schwesterchen, zur Beruhigung der Nerven.«

»Mit meinen Nerven ist alles in Ordnung!«, antwortete sie patzig.

»Ein Stück Wild, Ted?«, rief Tom darauf Ted Lafferty zu.

»Ich hätte nichts dagegen ...«

Maria ging mit dem Fleisch zu ihm hin und war sich hierbei so bewusst wie nie, dass die Wagenburg eine Illusion von Sicherheit schuf. Sie sah den Feuerschein auf den müden Gesichtern, sah, wie verschlafene Kinder sich in die Arme ihrer Mütter schmiegten. Tom scherzte mit Frank Warner, und die beiden Männer lachten unbekümmert. Maria legte den Kopf in den Nacken und sah hoch oben die Sterne funkeln. Als sie den Blick wieder senkte, sah sie, dass Lafferty sie beobachtete. Der Ausdruck seiner tief liegenden, blutunterlaufenen Augen im flackernden Licht des Lagerfeuers war unergründlich.

»Danke, dass Sie mir zur Rettung geeilt sind, Mr. Lafferty«, sagte sie leise, als sie sich zu ihm hinabbeugte.

»Ich habe Sie aber gar nicht retten müssen, Ma'am. Sie sind ganz wunderbar allein zurechtgekommen.«

»Ich komme mir etwas albern vor, weil ich für solche Aufregung gesorgt habe. Manchmal frage ich mich, ob es nicht ein Fehler war, in den Westen zu ziehen.«

»Warum das, Ma'am?«

»Ich glaube nicht, dass ich dafür geschaffen bin. Ich finde es furchtbar, ständig nach Schlangen und Indianern Ausschau halten zu müssen!«

Lafferty lachte. »Im Westen gibt es auch Städte, in denen Sie weder an das eine noch an das andere einen Gedanken verschwenden werden. Denver zum Beispiel. Keine Schlangen und nur sehr wenige Indianer, wenn auch ein paar von den armen Teufeln ihre Zelte in Stadtnähe aufgeschlagen haben.«

»Die Indianer tun Ihnen Leid, Mr. Lafferty?«

»Jawohl, Ma'am.«

»Obwohl sie die Siedler des anderen Trecks niedergemetzelt haben? Sie haben doch die skalpierten Leichen gesehen ...«

»Das Skalpieren haben die Indianer den Weißen abgeguckt«, erwiderte er grimmig. »Es gab mal eine Prämie für jeden Indianerskalp.«

Maria schlug eine Hand vor den Mund. *»A Dhia«*, flüsterte sie.

»Was heißt das?«, fragte er neugierig. »Sie sagen das so oft.«

»Es bedeutet ›O Gott‹. Das ist Irisch.«

»Nun, Gott hat ihnen nicht beigestanden. Stattdessen wurden sie immer wieder belogen und betrogen ...«

Die Feuer waren inzwischen herabgebrannt, und diesmal würde man sie verglühen lassen und keinen getrockneten Dung nachlegen. Die Frauen hatten sich zurückgezogen und brachten die Kinder zu Bett.

Maria rechnete damit, dass der Kundschafter sich ebenfalls zurückziehen würde, als er jedoch keinerlei Anstalten machte zu gehen, fragte sie nach einer Weile: »Ist Denver so ähnlich wie Boston?«

»Ziemlich, ja.«

»Dann werde ich wenn möglich in Denver bleiben. Tom möchte für die Eisenbahngesellschaft arbeiten, und ich fürchte, das wird schrecklich hart und gefährlich.«

Sie warf einen Blick auf ihren Bruder, der in ein Gespräch mit Captain Hartigan vertieft war.

Ted musterte ihn einen Moment und richtete dann seine Augen, die unter ergrauten buschigen Brauen lagen, wieder auf sie.

»Ihr Bruder packt das schon, Ma'am. Er hat das Zeug dazu ... das gewisse Etwas, das ich auch schon bei anderen gesehen habe. Sie sehen ja selbst, wie sehr er von allen respektiert wird.« Nach einer Weile fügte er hinzu: »Und Sie haben Ihre Sache vorhin auch gut gemacht, Miss Walsh. Das war ein guter Schuss!«

Sie schaute in seine grauen Augen und war von dem Hunger in ihnen schockiert. Plötzlich kam es ihr vor, als wären sie ganz allein auf der Welt. Ein Teil von ihr wollte antworten, ein anderer wollte fliehen. Aber sie widerstand der Feigheit, hielt seinem Blick scheu stand und griff nach seiner schwieligen Hand.

»Nennen Sie mich *Maria*, Ted. Und vielen Dank.«

Er blickte sich verstohlen um und sagte zögernd: »Miss Wa... Maria, ich werde noch vor dem Morgengrauen aufbrechen und muss mir unbedingt die Beine vertreten, bevor ich mich wieder in den Sattel schwinge. Würden Sie mich auf einem Spaziergang um die Wagenburg begleiten?«

Maria fühlte, wie eine brennende Röte ihre Wangen überzog. »Ich komme nach«, flüsterte sie.

Ted stand auf und entfernte sich vom Feuer. Maria entschuldigte sich ein paar Minuten später und fand ihn in der Dunkelheit.

»Maria«, sagte er. »Ich bin nur ein alter Kundschafter ...«

»Sie sind nicht *alt*, Ted.«

Sie hob die Hand und berührte zögernd sein Gesicht. Er wandte sich ihr im Halbdunkel zu. Sein Atem roch nach Tabak, sein Hemd nach Schweiß und die Hose nach Wildleder. Er nahm ihre Hand; die seine war warm und rau. Als er die Arme um sie legte und seine Lippen die ihren fanden, verspürte sie keinerlei Furcht; ihr war vielmehr, als würde sie heimkehren. Die Sorge und die Anspannung, die sie während des gesamten Trecks begleitet hatten, fielen von ihr ab.

Lange vor Tagesanbruch war das ganze Lager auf den Beinen, und nachdem sie hastig gefrühstückt und sämtliche Wasserbehälter aufgefüllt hatten, brachen sie wieder auf. Es war irgendwie unwirklich, im ersten Licht des anbrechenden Tages über die Prärie zu ziehen, begleitet von ihren eigenen schwankenden Schatten, den Planen der vorausfahrenden Wagen und den Männern auf ihren Pferden, die vor dem grauen Himmel wie Scherenschnitte aussahen. Tom lenkte den am schwersten beladenen Vorratswagen, und Maria ging nebenher, aber er neckte sie nicht mehr.

»Was wäre passiert, wenn auch der zweite Schuss die

Schlange verfehlt hätte?«, fragte sie im Laufe des Morgens scheinbar beiläufig. Sie hatte in der Nacht kaum ein Auge zugetan; ihre Gedanken waren von Ted Lafferty und den Küssen, von denen ihre Lippen jetzt noch glühten, erfüllt gewesen. Aber als sie dann doch eingeschlafen war, hatte sie das aufgerissene Maul der Schlange in ihren Träumen verfolgt.

Tom grinste widerwillig. »Nicht viel. Das war nur eine Kletternatter. Sie war nicht giftig! Deine Heldentat war somit streng genommen überflüssig!«

Maria musste lachen, obwohl ihr eigentlich gar nicht danach zumute war. Sie errötete bei der Erinnerung an ihre »Heldentat«. Sie dachte an Ted, an seine anerkennenden Worte über ihren Mut, und schließlich an seine Lippen, seine Arme und das wunderbare Gefühl der Geborgenheit in ihnen. Er hatte gewusst, dass die Schlange nicht gefährlich war, aber er hatte es ihr nicht gesagt, vermutlich, um ihre »Leistung« nicht zu schmälern.

Nach einer Weile fragte sie leise: »Sag mal, Tom, war Mr. Lafferty schon einmal verheiratet?«

»Keine Ahnung. Mir kommt er vor wie ein eingefleischter Junggeselle. Er ist Frauen gegenüber schüchtern.«

»Wie alt schätzt du ihn?«

»Um die vierzig vielleicht. Schwer zu sagen. Ein Leben wie seins lässt einen schneller altern.«

»Ich ... ich mag ihn, Tom.«

Ihr Bruder starrte sie entgeistert an. »Weißt du, Maria, Frauen verlieben sich immer in ihre Retter. Aber er ist viel zu alt für dich. Du suchst nach einem Vater. Du wirst ihn schnell vergessen, wenn wir erst in Denver sind!«

Werde ich nicht, dachte Maria verärgert. Ich werde ihn nie vergessen.

Das Grasland endete allmählich. Hier und da sahen sie ausgebleichte Schädel von Schafböcken, die mit ihren riesigen gebogenen Hörnern und den leeren Augenhöhlen irgendwie bedrohlich aussahen. Einige waren auf Stöcke gespießt.

»Von Wölfen gerissen«, sagte Tom.

»Wölfe spießen keine Schädel auf!«

Er lächelte. »Wohl nicht ...«

Maria schaute sich ängstlich nach Indianern um, egal ob freundlich oder feindlich gesinnt.

Die Straße schien bis ans Ende der Welt zu führen, und die verlockenden schneebedeckten Gipfel der Rockies am Horizont schienen keinen Meter näher zu rücken, ganz egal, wie viele Meilen sie auch zurücklegten.

Es war heiß, und die Kinder waren quengelig und streitsüchtig. Bei einer kurzen Rast stieg Maria mit vier von ihnen in einen der Wagen und erzählte ihnen Geschichten aus der irischen Mythologie.

Die Kinder lauschten ihr mit großen Augen und offenem Mund.

Tom hörte ihre leise, melodische Stimme und die alten Geschichten, denen er in den Wintern seiner Kindheit am Feuer gelauscht hatte, und seine Kehle schnürte sich zu. Er erinnerte sich, wie sein Vater zur Geige gegriffen und alte Weisen gespielt hatte, so klagend und traurig, dass seine Nackenhaare sich gesträubt hatten und alle Anwesenden vor Ergriffenheit die Augen geschlossen hatten. Aber heute kamen ihm sein Vater, Peggie, die Farrellys, die Comeragh Berge, das weiß getünchte Haus und der einsame Weg beinahe so unwirklich vor, als wären auch sie nur Bestandteil einer Legende. Dann dachte er an den Steinhaufen auf dem einsamen Grab und betrachtete das wilde fremde Land um sich herum durch einen Tränenschleier.

Am Abend schlugen sie das Lager in einem kleinen Tal,

das von allen Trecks dieser Route zur Rast genutzt wurde und wo alle mehrere Bäume für die Lagerfeuer abholzten, ganz in der Nähe einer Quelle auf.

Die Pferde wurden getränkt und trocken gerieben und durften anschließend grasen. Tom fuhr mit der Hand über Beine, Rücken und Flanken seines Gespanns; der schlechte Zustand der Tiere und ihr geduldiger Stoizismus schmerzten ihn. Die Männer berieten sich und studierten die Karte. Ted Lafferty zeigte ihnen die Strecke, die vor ihnen lag.

Sie rasteten zwei Tage, in denen Maria diskret nach Ted Ausschau hielt, ihn jedoch nirgends entdecken konnte. Die Feuer wurden über Nacht in Gang gehalten und warfen lange Schatten auf den Boden.

Als sich der Treck wieder in Bewegung setzte, folgten die Männer, Frauen und Kinder fast schweigend dem Pfad, der keuchende Atem der Pferde, das Klappern ihrer Hufe auf dem Felsen, die gedämpften Schritte und die Stimmen der Kinder wurden übertönt vom Rauschen des Flusses. Die Kinder wurden unterwegs mit Zwieback, Dörrobst und Wasser versorgt. Die Männer hielten abwechselnd Wache. Und so erreichten sie endlich die ersten Vororte von Denver.

Ted Lafferty kam, um sich zu verabschieden, und nutzte die Gelegenheit, als Tom mit dem Ausspannen der Pferde beschäftigt war. Er nahm den Hut ab.

»Miss Walsh ... Maria ...«

»Ted ...«

Er schaute ihr in die Augen und sagte dann stockend: »Es war mir eine große Freude ... ich hoffe, dass wir uns irgendwann wiedersehen.«

»Ja«, sagte Maria leise und fühlte, wie ihr ganz flau im Magen wurde. »Das hoffe ich auch.«

»Ich muss jetzt nach Fort Laramie, aber wenn ich das

nächste Mal in Denver bin – irgendwann im September –, würde ich mich sehr freuen, wenn ich dich besuchen dürfte ...?«

»Das wäre schön, Ted. Ich weiß allerdings nicht, wo ich dann sein werde.«

»Oh, ich werde dich schon finden, Maria«, entgegnete er lächelnd. »Keine Sorge.«

5. KAPITEL

Der Bau von Brücken für die Colorado Central Railroad war keine Arbeit für Schwächlinge oder Menschen, die Arbeit scheuten. Tom stellte sich bei Mr. Posthorn vor, einem der Ingenieure, der ihn vom Fleck weg als Vorarbeiter einstellte. Seine Aufgabe bestand darin, das Fällen der Bäume zu beaufsichtigen, die Qualität und Haltbarkeit des Holzes zu prüfen sowie das Aufschütten des Bettungsmaterials und das Verlegen der Schwellen zu überwachen.

Er arbeitete in der Regel an sechs oder sogar sieben Tagen in der Woche in Zehn- oder Zwölf-Stunden-Schichten. Der Winter 1872 zeigte mit Schneestürmen, Schneeverwehungen und Temperaturen weit unter dem Gefrierpunkt die Überlegenheit der Natur über das weite Land; das Eisenwerkzeug war so kalt, dass es einem die Haut von den Händen riss. Aber die Arbeit ging weiter: Felsgestein wurde gesprengt, und der Gesang der Vorschlaghämmer hallte in den Ohren der Arbeiter bis weit nach Feierabend.

Stück für Stück schoben sich die Holzbrücken über die Schluchten der Table Mountains und der Ausläufer der Rockies.

Washington Avenue
Golden
Colorado
3. April 1873

Liebster Vater, liebste Peggie,

ich weiß, dass Maria schon geschrieben und von unserer Ankunft im Westen berichtet hat. Ich baue inzwischen Brücken für eine Eisenbahngesellschaft namens Colorado Central Railroad. Es ist nicht nur irgendeine Bahnstrecke, diese hier überquert Berge und überspannt Schluchten, so tief und breit, wie es sie in Irland und ganz Europa nicht gibt, außer vielleicht in der Schweiz. Die Schmalspurgleise liegen nur einen Meter auseinander, sie verlängern eine breitere Strecke zwischen Denver und Golden.

Ich finde keine Worte, um das Bau- und Expansionsfieber in diesem Land zu beschreiben und den Willen, über die unwirtlichste Gegend der Welt, die nur über gefährliche Trails zu erreichen ist, die Herrschaft zu erlangen. Aber sogar in dieser Gegend gibt es Bergstädte (eine Ortschaft mit mehr als 2000 Einwohnern wird hier als Stadt bezeichnet) mit hochtrabenden Namen wie Black Hawk und Forks Creek. Überall sind die Spuren der Goldgräber zu sehen. Die Bäche sind umgegraben und das Erdreich ausgewaschen worden, bis kein Körnchen des kostbaren Metalls mehr zu finden war. Ich habe selbst Wasserrinnen gezimmert, die zum Auswaschen des Sediments dienen, bis in einem Sieb nur Goldstaub und Nuggets zurückbleiben.

Die Eisenbahn folgt dem Flusslauf; die Goldgräber haben die nötigen natürlichen Zugangswege für das Abholzen, das Sprengen und den Brückenbau geschaffen.

Manchmal kommt es mir vor, als würde die ganze Welt von dem Getöse der Steinbrecher, dem metallischen Klirren der Hämmer, die auf Stahl treffen, den Rufen der Vorarbeiter und den ohrenbetäubenden Detonationen des Dynamits widerhallen.

Die Berghänge sind dicht bewaldet; Kiefern und Zedern wachsen bis zur Baumgrenze, oberhalb derer nur noch ein paar wenige verkrüppelte Exemplare zu finden sind. Der Duft der Bäume ist allgegenwärtig. Es gibt Zitterpappeln mit Blättern so rund wie goldene Dollar, die im Herbst ebenso gelb leuchten, und kleine rote Blumen, die man Akeleien nennt.

Hoch über den Bergen sehen wir manchmal Adler mit erstaunlicher Flügelspannbreite kreisen, die uns beobachten; sie fragen sich sicher, was zum Teufel plötzlich in diesem Land los ist, in dem sich seit Beginn der Zeit nicht viel verändert hat. Es gibt auch Murmeltiere (dicke, fette, pelzige Nager, Peggie), die Männchen machen und uns aus der Ferne mustern, und lustige kleine Tierchen, die man Streifenhörnchen nennt und die aussehen wie kleine Eichhörnchen, nur grauweiß gestreift statt rotbraun. Sie sind sehr zahm und fressen einem aus der Hand. Und dann gibt es richtige Bären, Peggie, und man sollte besser nicht versuchen, sie zu füttern!

Es ist ein großartiges Gefühl, seine Energie in große Projekte stecken zu dürfen und mit anzusehen, wie diese Gestalt annehmen. Und es ist eine Freude, ja sogar ein Privileg, am Aufbau einer neuen Nation teilzuhaben.

Zahlreiche unserer Landsleute sind hier. Sie arbeiten in Gruppen, unterstützt von Hunderten von Chinesen, die zwar sehr fleißig sind, aber kaum Englisch sprechen.

Darum wurde ein chinesischer Mittelsmann eingestellt, der als Vermittler zwischen den Vorarbeitern und den Männern fungiert.
Die Chinesen tragen breitkrempige Hüte und haben das Haar im Nacken zu einem Zopf geflochten, und sie sprechen im sonderbarsten Singsang, den man sich nur vorstellen kann. Aber vermutlich finden sie uns ebenso befremdlich wie wir sie, und wer weiß, vielleicht haben sie ja sogar Recht damit!
Die Qualität des Holzes bereitet mir ein wenig Sorge; es ist zu frisch und könnte sich verziehen, aber die Eisenbahn kann nicht warten, bis es abgelagert ist, deshalb muss das Schotterbett, in das die Schwellen gelegt werden, besonders dick sein, was sehr arbeitsaufwändig ist.
Maria wohnt jetzt glücklich und zufrieden in Denver, wo sie einer gewissen Mrs. Cramer den Haushalt führt, während ich selbst in Golden eine Unterkunft gefunden habe, etwa 15 Meilen entfernt. Von meinem Fenster aus kann ich Castle Rock sehen, eine rundliche Felsformation, die als ›Spitzkuppe‹ bezeichnet wird und durch Erosion entstanden ist.
Die Stadt liegt in einem kleinen Tal, umgeben von Bergen. Colorado ist ein riesiges rotes Land, ganz anders als unsere grüne Insel, aber ebenso einzigartig. Der gewachsene Fels besteht aus farbigem Sandstein, rostrot und lachsfarben. In der Abendsonne meint man, er stünde in Flammen.
Ich habe Michael geschrieben. Er ist immer noch in Arizona, meint aber, er käme möglicherweise später in diesem Jahr nach Norden.
Bitte kümmere dich um das Kreuz für Mutters Grab, Peggie – ein schönes keltisches Kreuz mit einer Inschrift,

die zu formulieren ich euch überlasse. Ich lege diesem Brief zehn Dollar bei und schicke bald noch mehr.
Gott segne euch!
Euer euch liebender Sohn und Bruder
Tom

Tom hatte nicht ganz Recht, was Maria betraf. Zwar war sie in Denver, aber nicht so glücklich und zufrieden, wie er es gerne hätte. Sie hatte eine Stelle als Haushälterin bei Mrs. Eliza Cramer gefunden, der Ehefrau eines Bankdirektors namens Arthur Cramer, die seit der Totgeburt ihres ersten Kindes bettlägerig war. Die vorherige Haushälterin hatte ganz plötzlich gekündigt, und die einzige andere Hausangestellte war eine dürre pockennarbige Köchin namens Nora Mulcahy.

Nora war auch Irin. Sie stammte aus Mayo und war seit drei Jahren in Amerika. Sie war schüchtern, in sich gekehrt, überzeugt davon, dass überall Gefahren lauerten; sie würde alles tun, um ihren Job zu behalten. Manchmal erzählte sie von ihrem alten Zuhause an einem Ort namens Baile Crua, von dem Maria noch nie gehört hatte.

»Das heißt so viel wie ›Entbehrungsreiche Stadt‹«, sinnierte Maria.

»Klar, weiß ich. Und der Name passte ...«

Da die Hausherrin krank war, gab es keinerlei gesellschaftliche Aktivitäten, keine Dinnerpartys, wie Maria sie in Boston erlebt hatte, keine Soirees. Eine korpulente Krankenschwester mittleren Alters namens Miss Euphemia Evans pflegte die Kranke, und der Doktor schaute täglich vorbei. Über dem großen Holzhaus hing eine düstere Stimmung, da es sogar dem Sonnenlicht zu widerstreben schien, die schweren Spitzenvorhänge zu durchdringen. Hin und wieder kamen Verwandte und enge Freunde der Patientin zu Besuch und gingen dann wieder.

Von ihrem Schlafzimmerfenster aus konnte Maria die moderne Innenstadt von Denver mit ihren roten Backsteinhäusern sehen, die im Hintergrund von den weißen Gipfeln des Mount Harvard und des Mount Princeton überragt wurde. Der Anblick der Berge weckte die Erinnerung an jenen ersten ekstatischen Moment, da sie am Horizont aufgetaucht waren und die Herzen der Siedler höher hatten schlagen lassen. Was Maria sich hingegen weniger gerne eingestand, war, dass sie den Treck vermisste: die Gefahr, die Abende am Lagerfeuer, den Zusammenhalt und das geteilte Leid. Und sie gab auch nicht gerne zu, dass sie vor allem ein bestimmtes Mitglied dieser Gemeinschaft vermisste. Ted Lafferty war nach Oregon weitergezogen, und obwohl er versprochen hatte, sie im September zu besuchen, war dieser Monat verstrichen, ohne dass sie von ihm gehört hatte.

Er hat es vergessen, sagte sie sich. Trotzdem durchlebte sie wieder und wieder seine Umarmung, den feuchten, hungrigen Druck seiner Lippen und das Gefühl, wahrgenommen und begehrt zu werden. Sie dachte an die Worte ihres Bruders, der gemeint hatte, sie suche nur einen Vaterersatz.

Das stimmt nicht, sagte sie sich – wer wollte schon so von seinem Vater geküsst werden? Ich weiß, dass Ted zwanzig Jahre älter ist als ich, aber ich will ihn und keinen anderen.

Sie schaute sich in ihrer kleinen Kammer um. Die Einrichtung bestand aus einem schmalen Eisenbett, einem kleinen Schrank und einer Kommode mit Waschschüssel und Krug. Die Wände zierte eine hübsche Tapete, die mit kleinen blauweißen Blümchen bedruckt war, und vor dem Dachfenster hing eine weiße Baumwollgardine, die die Nacht ausschloss.

Sie betrachtete sich im Spiegel des Waschtisches. Im Lampenschein schimmerte ihre Haut rosig, und in ihren Augen lag ein weicher Ausdruck. Plötzlich verglich sie sich mit der schwachen Kranken im Herrenschlafzimmer, die einer Pflegerin bedurfte.

»Sie hat auch einmal so ausgesehen«, flüsterte sie und dachte an das Hochzeitsporträt, das sie regelmäßig unten in der Bibliothek abstaubte. »Gesund und munter. *A Dhia*, was geschieht nur mit all den Frauen? Ist die Ehe denn unsere größte Bedrohung?«

Sie dachte an den Ehemann der armen Frau, Mr. Arthur Cramer, der begonnen hatte, nach Maria zu läuten, wenn er allein in der Bibliothek war, um dann Absonderliches von ihr zu verlangen, wie ein Bücherregal abzuwischen, das sie erst an diesem Morgen abgestaubt hatte, oder Holz nachzulegen, obwohl das Feuer im Kamin noch lichterloh brannte. Und wenn sie sich danach zu ihm umwandte, ruhte jedes Mal sein Blick auf ihr, und der Mund unter dem gepflegten Schnauzbart lächelte leicht. Sie senkte dann den Blick und verließ den Raum, aber er läutete wieder, um weitere kleine Handgriffe von ihr zu verlangen, wie beispielsweise, dass sie ihm Brandy nachschenkte.

Sie blies die Lampe aus und legte sich ins Bett. Als sie eben einschlafen wollte, hörte sie ein leises Kratzen an ihrer Tür. Sie war sofort wieder hellwach und lauschte, ob das Geräusch sich wiederholen würde.

Wer oder was war das? Bestimmt Nora, die im Nebenzimmer wohnte.

»Nora – bist du das?«

Sie stieg aus dem Bett und öffnete die Tür einen Spaltbreit. Auf dem Treppenabsatz stand Mr. Cramer mit einer Laterne. Er trug seinen Morgenmantel aus Samt, und sein Gesicht war so nah, dass sie seinen Atem riechen konnte. Er stank nach Knoblauch und anderen unangenehmen Dingen. Sie wich zurück.

»Ah, Maria ... würdest du mir ein Glas Milch holen? Ich habe Sodbrennen ...«

»Ich hole Ihnen eins aus der Küche, Sir«, entgegnete sie nach kurzem Zögern. »Bitte warten Sie einen Augenblick.«

Heilige Muttergottes!, dachte sie. Ist er wirklich so hilflos, wie er tut? Die Küche liegt doch viel näher an seinem als an meinem Zimmer!

Aber sie nahm ihren warmen wollenen Morgenmantel von dem Haken hinter der Tür, zog ihn über, verknotete den Gürtel und trat dann hinaus auf den Flur, wo ihr Arbeitgeber auf sie wartete.

»Vielen Dank, Maria ... Wie hübsch du in Nachtwäsche aussiehst.«

Sie zog den Morgenmantel fester um sich und ging wortlos nach unten, hastete zur Vorratskammer und kam mit einem vollen Glas Milch heraus, während ihr Arbeitgeber noch auf dem Flur stand. Das Letzte, was sie wollte, war allein mit ihm in der Küche zu sein, während alle anderen schliefen.

Sie hielt ihm das Glas Milch hin.

»Stell es auf meinen Nachttisch, Maria.«

Sie eilte die Treppe hinauf; ihr war unangenehm bewusst, dass er nur wenige Stufen hinter ihr war.

»Du brauchst dich nicht so zu beeilen«, sagte er leise. »Du wirst die Milch noch verschütten.«

Aber Maria beeilte sich nur noch mehr.

Mr. Cramer schlief allein in einem Zimmer, das neben dem seiner Frau lag. Der Raum war mit schweren Mahagonimöbeln und einem Messingbett eingerichtet. Maria stellte das Glas auf den Nachttisch, und als sie sich umdrehte, sah sie, dass Cramer in der Tür stand und sie mit geweiteten Augen und schlaff herabhängenden Mundwinkeln anstarrte. Marias Herz setzte einen Schlag aus, aber gleich darauf stieg zornige Verachtung in ihr auf.

Sie steuerte die Tür an, ehe er diese schließen konnte.

»Gute Nacht, Sir«, sagte sie laut in ihrem schroffsten Tonfall, aus dem keine Spur von Furcht herauszuhören war. »Ich hoffe, die Milch wird Ihr Unwohlsein lindern!«

Arthur Cramer zuckte zusammen und warf einen nervösen Blick auf die Verbindungstür zum Schlafzimmer seiner Frau.

»Gute Nacht, Maria«, erwiderte er. Sein Gesicht drückte wütende Frustration aus, die aber nichts mit Schlafmangel zu tun hatte. Er trat beiseite, um sie vorbeizulassen.

»Ich muss morgen nach Durango«, sagte er herrisch. »Bitte bereite mir für sechs Uhr das Frühstück.«

»Ich werde Nora ...«

»Nein, Maria. Ich möchte, dass du das Frühstück machst – Speck, Eier und knusprig gebratene Frikadellen.«

Sie lief die Treppe hinauf in ihr Zimmer und stellte einen Stuhl gegen die Tür.

Am nächsten Morgen sorgte Maria dafür, dass Nora mit ihr in der Küche war, als sie das Frühstück für Mr. Cramer zubereitete. Die kleine Köchin hatte gemurrt, dass sie so früh aufstehen sollte, war dann aber noch ganz verschlafen nach unten gekommen.

»Das gehört zu meinen Aufgaben«, sagte sie, als sie Maria am Herd sah. »Warum hast du mich geweckt, wenn du es dann doch selbst machst?«

»Himmel, Nora, er hat von mir verlangt, sein Frühstück zuzubereiten.«

»Warum?«

Maria legte einen Finger auf die Lippen, als Mr. Cramer hereinkam. Er zögerte kurz, als er Nora sah.

»Du bist aber früh auf, Nora! Maria war so freundlich, mir anzubieten, heute das Frühstück zu machen.«

»Ich kümmere mich nur um die Feuer, Sir!«, entgegnete

Nora dienstbeflissen und unterwürfig wie immer, wenn er in der Nähe war.

»Das Frühstück ist gleich fertig, Mr. Cramer«, sagte Maria in einem Tonfall, der im direkten Vergleich noch schroffer klang.

»*Sir*, Maria. Würden Sie mich bitte mit Sir anreden!«

Nora wölbte die Brauen, als ihr Arbeitgeber sich ins Esszimmer zurückzog. »Arroganter Fatzke«, raunte sie mit einem Seitenblick auf Maria. Aber diese machte ein grimmiges Gesicht, stellte das Frühstück auf ein Tablett und folgte ihm hinaus.

Als Maria mit dem Tablett das Esszimmer betrat, sagte er plötzlich leise mit einem leichten nachsichtigen Lächeln: »Du bist ein braves Mädchen – mitten in der Nacht aufzustehen, nur um mir das Frühstück zu machen.«

Sein Tonfall lud zu Vertraulichkeit ein, einem Lächeln, einem Blick, einem scheuen Abtun. Aber Maria reagierte gar nicht. Sein Blick missfiel ihr; sie konnte es kaum erwarten, dass er endlich aß und dann das Haus verließ.

»Ich muss für eine Woche fort, Maria«, sagte er, als sie die Teller einsammelte, und einen Moment streifte seine Hand in einer fast zufälligen Bewegung ihren Po.

Als Mr. Cramer endlich ging, war Maria in Panik. Würde das wieder vorkommen? Hatte er sie absichtlich berührt? Und am Abend zuvor ... war es ein gezielter Angriff auf ihre Unschuld gewesen, oder war es ihm wirklich nur um ein Glas Milch gegen sein Sodbrennen gegangen? Sie stellte das Geschirr in die Spüle, und Nora begann mit dem Abwasch.

»Er hat dich gestern Abend doch nicht belästigt, oder?«, fragte Nora, nachdem die Tür hinter Mr. Cramer ins Schloss gefallen war.

»Ich sollte ihm ein Glas Milch holen, weil er angeblich Sodbrennen hatte.« Maria begegnete Noras skeptischem Blick.

»Das hat er jedenfalls behauptet«, fuhr sie fort. »Ich habe die Milch geholt und auf seinen Nachttisch gestellt. Und dann sagte er, ich solle am Morgen sein Frühstück zubereiten. Ich habe dich geweckt, weil ich nicht mit ihm allein sein wollte.«

Nora warf einen verstohlenen Blick über ihre Schulter. Die Küchentür war geschlossen, aber Nora ging dennoch hin, blickte sich auf dem Flur um und schloss die Tür dann wieder.

»Man kann nie sicher sein, dass Evans nicht lauscht ... Hör zu, Maria, der Kerl wird es wieder versuchen. Was glaubst du, warum die arme Molly Dunne so plötzlich fort ist? Er hat sie förmlich verfolgt ... Und als er sie eines Abends in die Enge getrieben hat, hat die alte Evans sie gesehen, und die Mistress hat sie vor die Tür gesetzt. Sie wollte Mollys Version der Geschichte gar nicht hören. Mir würde er auch nachstellen, wenn ich nicht hässlich wäre wie die Nacht!«

»Ich schließe meine Tür ab«, sagte Maria schockiert. »Gestern Nacht habe ich sogar einen Stuhl davor gestellt.«

»Sicher, aber er wird immer irgendetwas brauchen. Und dann musst du aufsperren, um auszuführen, was er dir aufträgt. Dafür wirst du bezahlt.«

Sollte sie Tom schreiben und ihn bei der Suche nach einer anderen Stelle um Hilfe bitten? Würde er denken, dass sie sich das alles nur einbildete? Dann sagte sie sich, dass sie doch eigentlich in der Lage sein sollte, alleine zurechtzukommen. Schließlich beschloss sie, trotzdem einen Brief aufzusetzen, in dem sie anfragte, ob sie Tom am Sonntag besuchen könne. Dies würde ihr die Gelegenheit bieten, ihm zu erzählen, was sie bedrückte. Er antwortete prompt und schrieb, sie solle mit dem Zug fahren, er werde sie in Golden abholen.

Und so bestieg Maria an ihrem freien Tag den Zug nach Golden. Es war ein strahlender Frühlingstag. Der Zug fuhr mit einem alarmierenden Rumpeln und einem durchdringenden Pfeifen aus dem Depot der Gesellschaft, rollte an den vielen Handwerksbetrieben vorbei zur Brücke, die den Platte überspannte, und nahm dann Fahrt auf.

Maria staunte, wie angenehm das Reisen auf Schienen im Vergleich zu dem ermüdenden Wagentreck quer über die Prärie war. Die Gleise verliefen nun bergauf; sie passierten Argo mit seinen Eisenhütten und fuhren weiter nach Summit, von wo aus sie hinter sich Denver mit seinen Kirchen, Privatresidenzen und Geschäftshäusern inmitten der Bäume sehen konnte.

Im Süden lagen die Berge – Plum Creek Divide –, mit dem Pikes Peak, der hinter ihnen aufragte.

Das Tal des Platte River, die weite Ebene, die im Westen von den Bergen begrenzt wurde – die Schönheit all dieser Dinge vermittelte Maria das Gefühl, dass sie viel zu lange in einem langweiligen Haushalt eingesperrt gewesen war. Wie wunderbar, wenn man wie Ted Lafferty sein ganzes Leben draußen in der Natur verbringen konnte. Ganz plötzlich und unvermittelt erfüllte die quälende Sehnsucht nach ihm jede Zelle in ihr.

Der Zug fuhr ein Stück bergab, um die Brücken bei Clear Creek und später Ralston Creek zu überqueren, setzte seinen Weg zu den Ausläufern der Rockies fort und passierte die Geisterstadt Arapahoe.

Die Gleise folgten nun der Schlucht, die der Clear Creek River durch die Table Mountains – die Tafelberge –, die oben abgeflachten Vorposten der Rockies, gefressen hatte, und erreichten dann, fünfzehn Meilen von Denver entfernt, Golden.

Tom erwartete sie bereits auf dem Bahnsteig. Als Maria ihn sah, wusste sie gleich, dass sie ihn nicht mit ihren Sorgen belasten konnte. Er sah todmüde aus. Er wirkte viel reifer als ein Mann knapp über zwanzig, kräftig und muskulös, mit einem leuchtend roten Schnauzbart über der Oberlippe. Die Hände, die er ihr reichte, waren schmal und schwielig.

»Du arbeitest zu hart!«, sagte sie leise. »Zwölf-Stunden-Schichten sind einfach zu lang.«

»Unsinn, Maria. Ich will es so.«

»Aber du bist gebildet, verglichen mit den meisten Leuten, die an der Eisenbahnstrecke arbeiten. Es gibt doch auch weniger anstrengende Jobs bei der Eisenbahn.«

»Die werden aber nicht so gut bezahlt. Ich habe eine Aufgabe, und die werde ich erfüllen!«

»Man könnte meinen, dass du eine Art Wunder erwartest.«

»Kein Wunder, Maria. Nur Fairness.« Er senkte die Stimme. »Daheim gab es für mich nichts zu holen. Hier gibt es Hoffnung. Soweit es mir möglich ist, die Zukunft mitzubestimmen, wünsche ich mir eine Sache aus tiefster Seele.«

»Und was ist das?«

»Unermesslichen Reichtum«, erwiderte Tom leise und eindringlich, wobei er ihr tief in die Augen sah, als wolle er sie davor warnen zu lachen. »Ich wünsche mir ein sorgenfreies Leben für Vater und Peggie. Ich will in meine Heimat zurückkehren, dieses weiße Herrenhaus von Kilduncan kaufen und das gestohlene Land, und ich will unseren Leuten das Leben leichter machen. Die Eisenbahn ist ein Anfang. Wenn ich nachts wach liege und darüber nachdenke, geschieht etwas Sonderbares ...« Er verstummte, als hätte er schon zu viel verraten.

»Was geschieht dann?«, fragte Maria nach einer Weile.

»Du wirst mich auslachen.«

Sie schüttelte den Kopf.

»Es passiert immer nachts, im Dunkeln«, fuhr er leise fort. »Da weiß ich, dass eine außergewöhnliche Chance auf mich zukommt, die ich nicht verpassen darf.«

Er warf ihr von der Seite einen Blick zu, aber Marias Gesicht war ernst und verschlossen.

Ist das das Ergebnis meiner dummen Prophezeiungen?,

fragte sie sich. Sie hatte seit ihrer Ankunft in Denver versucht zu erfühlen, was die Zukunft bringen würde, aber sie schien ihre Gabe verloren zu haben, als hätte sie sie an jenem Tag auf der *SS Samaria,* an dem die irische Küste am Horizont verschwunden war, tatsächlich ihrem Bruder vermacht.

Tom zeigte seiner Schwester Golden, schlenderte mit ihr über die überdachten Bürgersteige der Washington Avenue und dann die Straße, die zwischen Feldern und Obstgärten hindurch zum Lena Creek führte, entlang. Sie aßen zu Mittag, und später zeigte er ihr aus der Ferne die Strecken, die im Norden Richtung Longmonth und im Westen Richtung Black Hawk verliefen.

»Hier entsteht ein Schienennetzwerk vom Feinsten – bis nach Georgetown und Silver Plume. Und im Norden sollen die Gleise mit denen der Union Pacific zusammenlaufen. Wir bauen wegen der Steigungen eine einen Meter breite Schmalspur ... das bedeutet natürlich eine Extra-Schiene ...«

Maria seufzte, versuchte aber, seinen Enthusiasmus zu teilen.

»Klingt großartig ...« Und nach einer Weile: »Tom ...«

Er wartete mit fragend hochgezogenen Brauen. Wieder fiel ihr auf, wie erschöpft er aussah, seine Augen waren glasig vor Müdigkeit.

»Ha?« Als sie nicht antwortete, musterte er sie stirnrunzelnd. »Ist alles in Ordnung, Maria?«

»Sicher.«

Sie konnte es ihm nicht sagen; es würde hier in dieser ungezähmten, männlichen Welt neuer Schienen und imposanter Berghänge lächerlich klingen. Und so fragte sie stattdessen so beiläufig wie möglich: »Hast du etwas von Ted Lafferty gehört?«

Tom warf ihr einen durchdringenden Blick zu. »Komisch, dass du danach fragst. Ich wollte dir eben erzählen, dass er diese Woche hier war. Er sagte, er würde dich vielleicht in Denver besuchen.«

Marias Herzschlag beschleunigte sich. »Hat er auch gesagt wann?« Tom schüttelte den Kopf. »Nein. Aber er hat mir ein wenig von sich erzählt. Offenbar hat er vor sechzehn Jahren geheiratet – in Frisco!«

Tiefe Enttäuschung dämpfte Marias Freude.

»Aber seine Frau ist gestorben«, fuhr Tom fort. »Sie kam auf dem Weg zu ihrer Mutter im Osten bei einem Unfall ums Leben. Danach wurde Ted Kundschafter.«

»Hat er Kinder?«

»Nein. Jedenfalls hat er keine erwähnt.« Er warf ihr einen Blick zu. »Er ist also frei, Maria, falls es das ist, was du wissen wolltest.«

»Ich war nur neugierig«, sagte sie mit betont neutraler Miene, errötete jedoch vor Verlegenheit.

»Natürlich«, sagte er leise und blickte sie lächelnd an. »Das Herz ist ein neugieriger Geselle, was?«

Er brachte sie zum Zug zurück und begleitete sie sogar zu ihrem Platz. Er küsste sie zum Abschied auf die Wange. Wenn du ihm jetzt nichts von Mr. Cramer erzählst, ist die Gelegenheit vertan, dachte Maria.

»Pass auf dich auf«, sagte Tom.

»Tom ...« Aber sie konnte nicht. Irgendwie hatte sie das Gefühl, sich zu beschmutzen, wenn sie nur darüber redete.

Tom wartete, aber als sie nur den Mund auf- und wieder zumachte, seufzte er und sagte: »Maria, Lafferty ist ein anständiger Kerl. Aber was für ein Leben hätte eine Frau bei ihm? Er wäre ständig unterwegs, als Kundschafter für diesen oder jenen Treck ... Willst du das?«

Maria antwortete nicht, sondern zuckte nur die Schultern, als ginge die Antwort sie nichts an.

Unmittelbar bevor der Zug anfuhr, stieg Tom aus und winkte ihr vom Bahnsteig aus.

»Himmel«, stöhnte Maria, zornig auf sich selbst, als der Zug Fahrt aufnahm und sie den Tag Revue passieren ließ. »Was haben Männer nur an sich, dass man ihnen nichts verheimlichen kann? Und warum bin ich nur ein solcher Idiot? Tom hätte es sehr wohl verstanden.« Dann hörte sie seine Stimme: *»Ted war verheiratet ... aber seine Frau lebt nicht mehr.«* Gott steh ihm darin bei ...

Sie blickte aus dem Fenster auf das abendliche Panorama. Denver rückte in ihr Blickfeld. Aber das heißt auch, sagte sie sich, und ihr Herz machte einen Sprung, dass er frei ist!

Sie kehrte zu den Cramers zurück, betrat das Haus durch die Hintertür und legte Hut und Mantel ab.

»Hattest du einen schönen Tag, Maria?«, fragte Nora, deren Arme bis zu den Ellenbogen in heißer Seifenlauge steckten.

»Ja, sehr. Was machst du da?«

»Ich reinige das Silber.«

Nora fischte eine silberne Teekanne aus dem Wasser, und Maria holte ein sauberes Tuch aus der Wäschekammer und fing an abzutrocknen. Zufrieden sah sie, wie der schwarze Belag sich löste und das Silber darunter wieder glänzte.

»Wie geht es Mrs. Cramer heute?«

»Immer noch schlecht. Sie isst noch nicht einmal so viel wie ein Vögelchen.« Nora senkte die Stimme. »Wenn du mich fragst, liegt es nicht daran, dass sie nicht gesund werden *kann,* sondern dass sie nicht *will.*« Sie warf Maria einen verstohlenen Seitenblick zu. »Aber *er* hat nach dir gefragt. Er ist zurück!«

»Heiland«, entfuhr es Maria. »Ich dachte, er käme erst morgen zurück. Er sagte doch, er wäre die ganze Woche weg.«

»Er ist heute Mittag eingetroffen ... Ach ja, bevor ich es vergesse«, fügte Nora hinzu, »es hat noch jemand nach dir gefragt.«

»Wer?«

»Ein Mann, den ich noch nie gesehen habe. Mit einem grauen Schnauzer ... und einer Wildlederhose ... Er hat etwas für dich dagelassen!«

Maria wurde erst blass und errötete dann heftig. Nora trocknete sich die Hände ab und ging dann zu einem Schrank, aus dem sie ein kleines verschnürtes Päckchen nahm. Maria nahm das Päckchen, auf dem ihr Name stand – Miss Maria Walsh –, drehte es auf eine Seite und löste vorsichtig das Band. Darin befand sich ein seltsamer Gegenstand. Als sie ihn herausnahm, sah sie, dass es ein Gürtel war – aus blaugelber Schlangenhaut. Dabei lag eine Karte, die Handschrift war ungelenk und ungeübt.

Liebe Maria,
ich dachte mir, dieses Geschenk würde dir vielleicht Freude machen – alle guten Jäger haben Anrecht auf ihre Trophäen. Ted.

Und ich habe ihn verpasst, dachte sie mit Tränen in den Augen. Ich habe ihn ein ganzes Jahr nicht gesehen, und dann kommt er, und ich bin nicht da!

»Hat er gesagt, ob er noch einmal wiederkommt, Nora?«

»Nein. Er hat nach dir gefragt, und nachdem ich ihm gesagt hatte, du wärst nicht da, bat er mich, dir das zu geben.« Sie blickte neugierig von dem Gürtel auf Maria. »Wer ist er?«

»Ach, nur jemand, den ich auf dem Treck kennen gelernt habe.«

Die Klingel aus der Bibliothek läutete. Nora warf Maria einen mitleidigen Blick zu.

»Würdest du bitte gehen, Nora? Sag ihm, dass ich noch nicht zurück bin.«

Noras Augen weiteten sich ängstlich. »Ich kann ihn nicht belügen. Du weißt doch, wie er ist.«

Und so band Maria sich die weiße Schürze um, klopfte an und trat ein. Der Raum roch nach Politur und Zigarrenrauch. Ihr Arbeitgeber saß in seinem Ledersessel am Feuer.

»Ah, da bist du ja, Maria. Hattest du einen schönen Tag?«

»Ja, danke, Sir.«

»Hattest du ein Rendezvous mit einem jungen Mann?«

»Er ist mein Bruder, Sir. Er arbeitet für die Eisenbahn.«

Er betrachtete sie geringschätzig. »Tatsächlich? Du solltest ihn hierher einladen, dich zu besuchen.«

»Danke, Sir.«

Sie wartete. Im Zimmer war abgesehen vom Knistern des Feuers kein Laut zu hören. »Soll ich Holz nachlegen, Sir?«

»O ja, sicher. Danke, Maria.«

Sie bückte sich nach dem Kaminbesteck und fühlte seinen Blick auf ihrem Körper. »Ist das alles, Sir?«

Wieder Stille. Dann sagte Arthur Cramer: »Heute war ein Mann hier, der nach dir gefragt hat ... ein raubeiniger Kerl, wie ich hörte. Du scheinst ja eine ganze Schar von Verehrern zu haben.«

Maria errötete. »Habe ich nicht, Sir!«

Ihr Arbeitgeber stellte sein Glas ab, erhob sich aus seinem Sessel und kam auf sie zu. In seinen Augen lag ein fiebriger Glanz und auf seinen Lippen dieses seltsam schlaffe Lächeln.

»Ich bin ein einsamer Mann. Meine Frau ist nicht ... Würdest du mir einen Kuss schenken, Maria?«

»Nein, Sir.«

Er griff abrupt nach ihr und schlang die Arme um sie. Maria roch seine Alkoholfahne, fühlte seinen Bart auf ihrem

Gesicht und seine Arme, die sie hart an seine Brust pressten. Es war widerlich und beleidigend, völlig anders als bei der einzigen anderen intimen Begegnung, die sie gehabt hatte. Sie wandte den Kopf ab, um seinem Mund auszuweichen, und rammte ihm den Ellbogen in den Bauch.

Tom zählte seine Ersparnisse. Mit der letzten Lohnzahlung hatte er nun insgesamt 670 Dollar gespart. Er legte 50 Dollar beiseite, die er nach Irland schicken wollte.

Er dachte zurück an den Vortag; Maria hatte gut ausgesehen, wenn auch ein wenig bedrückt. Vielleicht langweilte sie sich nach den Aufregungen des Trecks. Und im Haushalt einer bettlägerigen Frau ging es vermutlich nicht sehr spaßig zu.

Natürlich hatte sie Recht, es gab leichtere Jobs als seinen, aber ihm ging es nicht darum, es leicht zu haben. Er strebte nach Erfolg.

Sobald ich mehr Geld gespart habe, sagte er sich, gehe ich nach Denver und mache mich selbstständig!

Vor seinem geistigen Auge sah er Kilduncan House. Das wäre das richtige Zuhause für seinen Vater und Peggie. Er sah den prächtigen neuen Grabstein am Grab seiner Mutter. Er sah in die Zukunft, sah das Heim, das er für die Menschen, die er liebte, errichten würde.

Maria war klar, dass sie sich eine andere Anstellung suchen musste; es war zwecklos, sich diesbezüglich etwas vorzumachen. Beim letzten Mal war es ihr noch gelungen, zu entkommen, indem sie sich aus Mr. Cramers Armen wand, aber ihr war klar, dass die Situation sich früher oder später wiederholen würde, wenn sie nicht sofort das Haus verließ, und möglicherweise würde sie beim nächsten Mal weniger glimpflich davonkommen. Und so suchte sie am Morgen nach dem Zwischenfall Mrs. Cramer in ihrem Krankenzimmer auf.

Jedes Mal, wenn Maria Mrs. Cramer sah, sprang ihr die Resignation dieser Frau ins Auge. Sie war Mitte dreißig, dünn und blass und trauerte immer noch um ihr Baby. Sie lehnte gegen mehrere schneeweiße, mit Rüschen besetzte Kissen und starrte aus dem Fenster auf den blauen Himmel über Denver.

»Ah, Maria, da bist du ja. Mein Mann hat mir erzählt, dass du den Haushalt perfekt führst.« Sie lächelte. »Ich weiß gar nicht, was wir ohne dich machen würden.«

Maria schluckte. Sie blickte in die leeren haselnussbraunen Augen, unter denen tiefe Schatten lagen.

»Vielen Dank, Ma'am. Ich wollte nur ...«

Maria warf einen Blick auf die Krankenschwester, die strickend am Feuer saß und sie aus runden Augen neugierig musterte.

»Ja ...?«

»... fragen, ob Sie für das Abendessen irgendwelche Wünsche haben.«

»Nun, mein Mann wird wie gewöhnlich auswärts speisen«, antwortete Mrs. Cramer verwundert. »Ich selbst werde ein wenig Suppe zu mir nehmen.« Sie runzelte die Stirn. »Stimmt etwas nicht? Bedrückt dich etwas?«

»Nein, nichts, Ma'am ...«

Maria ging wieder nach unten, wütend auf sich selbst. »Du Dummkopf, warum hast du ihr nicht gesagt, dass du kündigst? Warum hast du sie nicht um ein Zeugnis gebeten?«

An diesem Abend kam Mr. Cramer erst um zehn zurück, und prompt läutete die Klingel aus der Bibliothek. Maria war allein in der Küche, und ihr Herz setzte einen Schlag aus. Sie wünschte, Nora wäre nicht schon zu Bett gegangen.

Sie überlegte fieberhaft, was sie tun sollte, und beschloss schließlich, das Läuten zu ignorieren. Es läutete wieder, jetzt ungeduldiger.

Ich schleiche mich nach oben, dachte sie, und schließe meine Tür ab. Ich kann immer noch behaupten, ich hätte geschlafen und nichts gehört. Und morgen früh gehe ich; ich werde zu Tom nach Golden fahren.

Aber als sie vorsichtig die Küchentür öffnete, sah sie Mr. Cramer den Flur hinunterkommen.

»Hast du das Läuten nicht gehört, Maria?«, fragte er leise und anzüglich.

»Doch, Sir. Ich wollte gerade ...«

Er drängte sie zurück in die Küche. »Warum bist du dann nicht gleich gekommen?« Seine Hand spielte mit einem Knopf über ihrem Busen. »Dieser Knopf ist lose. Du solltest dich darum kümmern. Ich lege großen Wert auf Ordentlichkeit«, fügte er hinzu und blickte sie freundlich an. »Ordentlichkeit und Gehorsam.« Er legte eine Hand auf ihre Brust, und seine Lippen verzogen sich zu dem Lächeln, das sie nun fürchtete. »Adrett und gehorsam«, sagte er, »in jeder Beziehung!«

Einen Augenblick lang wollte sie flüchten, aber aus der Tiefe ihrer Seele stieg ein glühender Stolz auf. Sie schlug seine Hand fort.

»Tun Sie das wirklich, Sir?«, entgegnete sie ebenso leise. »Vielleicht ist das ja der Grund, weshalb Ihre Frau krank und Ihr Haus so still ist. Vielleicht sollten Sie stattdessen mehr Wert auf Manieren und Anstand legen!«

Er fuhr zurück, und das Lächeln erstarb auf seinen Lippen. »Wie kannst du es wagen, du kleines irisches Flittchen?«

Maria ließ sich nicht einschüchtern. »Wenn Sie mich noch einmal anfassen, Sir«, sagte sie mit wachsender Wut, »werde ich das ganze Haus zusammenschreien. Ja, ich bin Irin, und ich kann gar nicht sagen, wie stolz ich darauf bin, aber ein Flittchen bin ich ganz sicher nicht. Und es ist mir auch nicht möglich, mit einem Menschen Ihres Schlages unter einem Dach zu wohnen!«

Der Schlag traf ihre Wange, ein kurzer, scharfer Tadel, der höllisch schmerzte und sie zu Tränen schockierte.

»Dann verlass mein Haus, du impertinente Schlampe. Auf der Stelle.«

Er packte ihren Arm, riss die Hintertür auf und warf sie hinaus in die Nacht. Sie hörte das leise Schmatzen des Riegels, als er vorgeschoben wurde.

Grundgütiger, dachte sie bibbernd vor Kälte. Sie blickte hinauf zu Noras Fenster, hob ein paar Steinchen auf und warf sie, obgleich sie sich fragte, wozu es gut sein sollte, jemanden zu wecken, der so duckmäuserisch war wie die Köchin.

Der Vorhang bewegte sich, und Noras blasses, ängstliches Gesicht erschien für einen Moment am Fenster. Sie blickte hinab zu Maria, zog dann die Schultern hoch und hob in einer hilflosen Geste die Hände.

Maria tastete sich in der Dunkelheit seitlich am Haus entlang und die Straße hinunter. Sie würde zu den Marmions gehen; sie kannte deren Haushälterin Jane, die ihr sicher helfen würde.

Auf der dunklen, staubigen Straße fuhr eine Kutsche an ihr vorbei und kam dann zum Stehen. Das Fenster wurde heruntergelassen, und ein junger Mann schaute zu ihr herüber.

»Hallo, Süße«, lallte er. »Wie viel?«

Seine Gefährten brachen in Gelächter aus.

»Sie irren«, entgegnete Maria, getroffen bis ins Mark, als ihr der Sinn seiner Worte aufging. Sie ging weiter und sagte sich, dass sie gar nicht hätte antworten dürfen. Ohne es zu wollen, hatte sie damit eine missverständliche Situation geschaffen. Die Kutsche fuhr langsam neben ihr her.

»Du hast es aber eilig«, sagte die Stimme. »Was hältst du davon, wenn wir dich dorthin bringen, wo du hin willst? Es wäre uns ein Vergnügen. Nicht wahr, Jungs?«

Hierauf folgte Gejohle und ein Chor anzüglicher Bemerkungen.

Maria antwortete nicht. Sie hatte jetzt große Angst. Weit und breit war niemand zu sehen; die Häuser lagen etwas zurückgesetzt von der Straße, und sie konnte weder andere Passanten noch Kutschen sehen.

Der aufdringliche Fremde öffnete die Kutschentür, stieg aus, eilte ihr nach und klopfte ihr mit seinem Gehstock auf die Schulter.

Maria wirbelte wütend herum. »Lassen Sie mich in Frieden!« Und sie hasste die Angst, die, wie sie wusste, in ihren Augen lag.

Der junge Mann blickte die Straße hinauf und hinunter, aber da war nur die Droschke mit dem grinsenden Fahrer und seinen Kumpanen, die aus dem Kutschenfenster sahen und ihn anfeuerten. Sie sah das Gesicht ihres Verfolgers, die geweiteten Augen und erkannte, dass er gar nicht sie sah, sondern nur die einmalige Gelegenheit, sich zu nehmen, was er begehrte, und damit in der Achtung seiner Freunde zu steigen.

Bis zu den Marmions war es noch ein ganzes Stück. Sie rannte los.

Er warf ihr den Spazierstock zwischen die Beine. Sie stürzte schwer, wobei sie sich das Handgelenk stauchte und das Gesicht aufschürfte. Sofort war der junge Mann über ihr.

»Ein richtiger kleiner Hitzkopf ...«

Aus der Droschke erklang ein Chor von Ermutigungen. Als sie sah, wie seine Hand nach seinem Hosenstall griff, sagte eine Stimme in Marias Kopf: Ich werde das nicht zulassen, um keinen Preis. Sie dachte sehnsüchtig an den Colt, den sie auf dem langen Treck nach Westen bei sich getragen hatte, und an das verhasste Holster, das Ted Lafferty ihr geschenkt hatte. Wenn sie den Revolver jetzt nur bei sich hätte. Sie hatte einmal eine Schlange damit erschossen, die sich als harmlos entpuppt hatte – anders als das Ungeheuer, das jetzt über ihr hing, angefeuert von seinen Freunden. Und da tat sie das Einzige, was ihr in ihrer Situation noch möglich war, etwas von dem sie wusste, dass es auf offene Ohren stoßen würde: Sie schrie aus Leibeskräften.

Irgendwann im Laufe des folgenden Nachmittags ertönte ein markerschütternder Schrei. Tom hörte ihn noch eine halbe Meile entfernt, und seine Nackenhaare sträubten sich, und das Blut gefror ihm in den Adern. Er kontrollierte gerade die Schwellen, die am nächsten Tag verlegt werden sollten, aber jetzt steckte er die Liste in die Hosentasche und rannte in die Richtung, aus der der Laut gekommen war. Die Männer ließen die Vorschlaghämmer sinken; eine Menschenmenge scharte sich um die Stelle, an der ein halber Chinese sterbend auf dem Boden lag und auf seine abgetrennte untere Hälfte starrte.

»Er ist in die Winde geraten«, sagte jemand.

Der Körper war von dem Stahlseil der Winde sauber durchtrennt worden. Die Kunde verbreitete sich wie ein Lauffeuer unter den Arbeitern, und die Iren bekreuzigten sich einer nach dem anderen.

Der Vorarbeiter eilte herbei, blickte auf die sterblichen Überreste des Chinesen und erbleichte.

»Verfluchte Schlitzaugen. Jetzt muss ich erst prüfen lassen, ob das Stahlseil beschädigt worden ist …«

Er warf einen Blick in die Runde. »Was steht ihr hier rum? Schafft ihn weg.« Und an Tom gewandt. »Walsh, würden Sie sich darum kümmern? Und ihr anderen geht zurück an die Arbeit. Diese Schlitzaugen sind wirklich zu blöd.«

Tom nickte dem chinesischen Dolmetscher zu, der schnell auf seine Landsleute einredete.

Sofort traten vier chinesische Arbeiter vor und trugen die Körperhälften zu den Zelten.

Tom ging zu seinem Posten weiter unten an der Strecke zurück. Zweigeteilt!, dachte er fassungslos. Plötzlich wurde ihm schlecht, und er erbrach sich.

Ein Menschenleben muss doch mehr wert sein als das, dachte er bei sich und wischte sich mit dem Handrücken den Mund ab. Das Leben muss doch einen Sinn haben. Bin ich vielleicht ein *amadán*, dass ich überhaupt hier arbeite?

Alastair Sutherland, ein anderer Vorarbeiter, mit dem er befreundet war, kam herüber. Alastair war aus Manchester und redete ständig von der Möglichkeit neuer Goldfunde. »Vielleicht landen wir entlang der Strecke einen Volltreffer«, sagte er gern. Aber jetzt war er grün im Gesicht.

»Widerlich«, stöhnte er. »Das arme Schwein! Ich steige aus, Tom. Und das solltest du auch ...«

Als Tom am Abend in seine Unterkunft zurückkehrte, sah er gleich, dass etwas Ungewöhnliches geschehen war. Die Holztruhe, die er und Maria aus Irland mitgebracht hatten, stand im Flur, und er hörte Marias Stimme durch die Salontür. Leise und respektvoll beantwortete sie die Fragen der Vermieterin, Mrs. Stornheim.

Er hängte Mütze und Mantel im Flur auf und trat ein.

»Was machst du denn hier, Maria?«

Das Gesicht, das seine Schwester ihm zuwandte, war von der Wange bis zum Kinn mit Prellungen und Schürfwunden bedeckt. Sie senkte den Blick und brach in Tränen aus.

»Das arme Kind wäre beinahe ... letzte Nacht«, sagte die Vermieterin leise, zog vielsagend die Brauen hoch und schüttelte den Kopf. »Sie haben das arme Ding bei diesem grässlichen Mr. Cramer in eine schwierige Lage gebracht! Und er hat sie mitten in der Nacht einfach vor die Tür gesetzt!«

Tom durchquerte den Raum. »Was ist passiert?«, fragte er sanft, aber mit einem gefährlichen Unterton. »Erzähl es mir ...« Er deutete auf ihr Gesicht. »War das dieser Cramer?«

Maria antwortete schluchzend. »Nein. Das ist ... gestern Nacht auf der Straße passiert ... Ein Mann hat mich zu Boden geworfen ... Er ist aus seiner Kutsche gestiegen und ... und wollte ... er war mit Freunden unterwegs ...«

»Grundgütiger«, sagte Tom, hielt sie fest und starrte auf ihr Gesicht. »Was redest du da? Was hattest du denn mitten in der Nacht auf der Straße zu suchen?«

»Das versuche ich ja die ganze Zeit, dir zu erklären«, schrie Maria ungeduldig. »Würdest du jetzt endlich zuhören!«

Tom setzte sich ihr gegenüber, ohne ihre Hände loszulassen. Während sie erzählte, wurde seine Miene immer grimmiger.

»Und dieser Mr. Cramer hat dich geschlagen?«, fragte er nach, als sie fertig war.

Sie nickte und brach erneut in Tränen aus.

Tom wiegte sie. »Jetzt bist du in Sicherheit. Weine nicht!«

»Bitte mach keine Dummheiten, Tom«, flehte sie, als sie ihre Tränen trocknete. »Wahrscheinlich war es meine Schuld ... Ich habe ihn provoziert ... Es geht mir ja wieder gut ...« Sie versuchte zu lächeln, zuckte aber nur.

Mrs. Stornheim warf Tom einen besorgten Blick zu. »Sie wird schon wieder«, sagte sie besänftigend. »Sie ist noch einmal mit dem Schrecken davongekommen.«

»O nein, hier geht es nicht nur darum«, entgegnete Tom grimmig. »Cramer hat seine Stellung ausgenutzt, um sich an meiner Schwester zu vergreifen, und als er seinen Willen nicht bekommen hat, hat er sie in Gefahr gebracht, indem er sie mitten in der Nacht hinauswarf. Ihr hätte sonstwas zustoßen können.«

»Ich werde darüber hinwegkommen«, sagte Maria und musterte ihn ängstlich. »Ich muss mir nur eine neue Stelle suchen. Aber wenn du Mr. Cramer etwas antust, wird man dich einsperren, Tom Walsh. Und dann werde ich nie wieder eine Anstellung bekommen. Es wird so schon schwierig genug ... Ohne Referenzen ...«, sagte sie mit brüchiger Stimme. »Und wo soll ich bloß wohnen?«

»Jetzt beruhigen Sie sich mal, junge Dame«, sagte Mrs. Stornheim. »Ich habe noch eine Kammer frei – sie liegt gleich neben der Ihres Bruders und ist groß genug für ein Bett. Und wenn Sie wollen, habe ich auch Arbeit für Sie. Ich kann dringend etwas Unterstützung hier in der Pension gebrauchen. Ich kann zwar nicht viel zahlen, aber Sie wären bei Ihrem Bruder, und ich habe so das Gefühl, dass das im Augenblick der richtige Platz für Sie ist!«

Als Tom sich am Abend schlafen legte, fragte er sich, warum nichts planmäßig verlief. Er dachte mit zunehmender Sorge an Maria und wunderte sich, dass er die Probleme nicht vorausgesehen hatte. Junge Emigrantinnen nahmen notgedrungen Stellungen bei wildfremden Leuten an und waren dann deren Willkür ausgeliefert. Er hätte sie nicht überreden sollen, mit ihm in den Westen zu gehen. Und jetzt würde sie in einer Pension mitten in einem Goldgräber- und Eisenbahnerlager arbeiten. War das die Zukunft, die er ihr mit seinen Versprechungen beschert hatte? Seiner hübschen, damenhaften Schwester?

Er überdachte seine eigene Situation – nach drei Jahren in Amerika hatte er ein paar Hundert Dollar gespart. Vielleicht reichte das für den Start in die Selbstständigkeit. Aber erst gab es da noch etwas, das er erledigen musste. Er würde Mr. Arthur Cramer einen Besuch abstatten.

Auf der anderen Seite der hölzernen Trennwand lag Maria ebenfalls wach im Bett. Ihr war flau vor Erleichterung, endlich in Sicherheit zu sein, und ihr schwirrte der Kopf von den Ereignissen der vergangenen Nacht. Sie hörte immer noch ihre schrillen Schreie, sah, wie in den Häusern entlang der Straße die Lichter angingen, hörte das Bellen der Hunde, das Rattern der davonjagenden Kutsche; dann der freundliche Arm von Mrs. Marmion, die sie zu sich hereinholte und den Sheriff verständigte.

Der Deputy Sheriff hatte sie zu den Cramers begleitet und darüber gewacht, dass sie ihre Sachen holen konnte und den noch ausstehenden Lohn bekam.

Mr. Cramer hatte im Morgenmantel geöffnet. Sie konnte noch seine Stimme hören, voll von geheucheltem Bedauern. »Ich musste sie hinauswerfen, Officer. Sehen Sie.« Er hielt seine goldene Taschenuhr hoch. »Das hier habe ich in ihrem Zimmer gefunden.«

Der Sheriff warf ihr einen argwöhnischen Blick zu.

»Das ist eine Lüge«, rief sie erbost. »Und das weiß er!«

»Wollen Sie die junge Frau wegen Diebstahls anzeigen, Sir?«

Maria hatte den Wortwechsel völlig konsterniert verfolgt. Des Diebstahls bezichtigt zu werden, wenn auch fälschlich, war ein Makel, den man nicht wieder loswurde.

»Wahrscheinlich wusste das Mädchen nicht, was es tat«, sagte Cramer. »Sie wissen ja, wie diese armen Dinger sind ...«

Das war zu viel für Maria. Sie wandte sich dem Sheriff zu und sagte verächtlich: »Als ich die Zudringlichkeiten dieses Mannes zurückwies, hat er mich geohrfeigt und hinausgeworfen. Sie brauchen ihn nur anzusehen, seine verschlagenen Augen, der gemeine Mund, um zu sehen, dass er lügt!«

»Wenn ich mich recht erinnere, hat vor nicht allzu langer

Zeit schon einmal eine junge Frau Ihr Haus ähnlich überstürzt verlassen, Sir«, sagte der Sheriff.

Und da gestattete Mr. Cramer Maria, unter Aufsicht des Gesetzeshüters, ihre Sachen zu packen.

Aber davon hatte Maria Tom nichts erzählt. Die Erinnerung schmerzte noch immer, aber der Ausdruck in den Augen ihres Bruders hatte ihr Angst gemacht. *Ich hätte den Mund halten sollen,* sagte sie sich. *Es ist doch allgemein bekannt, dass man Männern nichts anvertrauen darf.* Sie befühlte die verkrusteten Kratzer auf ihrem Gesicht und zuckte zusammen, als sie ihr Handgelenk bewegte.

Der verunglückte Chinese wurde auf einer Lichtung abseits der Bahnstrecke verbrannt. Seine Landsleute hatten einen Scheiterhaufen aus Baumstämmen, die für die Eisenbahn gefällt worden waren, errichtet. Darauf war der Leichnam gebettet, eingehüllt in eine lange Seidenrobe, auf seinem Gesicht lag ein seltsam friedlicher Ausdruck. Im Tod wirkte er wieder körperlich unversehrt. Während die Flammen ihn verzehrten, sangen die chinesischen Arbeiter merkwürdige Gebete und zündeten Räucherstäbchen an. Das Holz knisterte, der Geruch des brennenden Pinienholzes breitete sich aus und wehte durch die Baumwipfel. Tom sah, wie die Robe zu Asche zerfiel und das Inferno die beiden Körperhälften verschlang.

Anschließend sprach er Dr. Chen Mung, einem Vetter des Verstorbenen, der von der Eisenbahngesellschaft als Mittelsmann für die chinesischen Arbeiter eingestellt worden war, sein Beileid aus.

»Es tut mir sehr Leid, Dr. Chen. Ihr Vetter war ein guter Mann, und dieser Unfall hätte nicht passieren dürfen. War er verheiratet?«

Der Chinese verneigte sich. »Er noch für Hochzeit gespart. Seine Braut wartet in China.«

»Dann war er noch nicht lange in Amerika?«

»Zwei Jahren. In China mein Vetter Staatsdiener. Aber er wollen frei sein. Und Verdienst bei Eisenbahn gut. Trotzdem ich ihm oft gesagt, er heimgehen.«

»Warum?«

»Ich Stäbchen geworfen, und *I Ching* schlecht.«

Tom runzelte die Stirn. »Was meinen Sie?«

»*I Ching* verrät Zukunft – sehr alte chinesische Weisheit. In Englisch man sagen Buch der Veränderungen.«

Als er Toms verständnislosen Gesichtsausdruck sah, fuhr er bedächtig fort, so als suche er nach den richtigen Worten. »Es sagt, dass ... im Leben ... alles ist im Fluss ... Übergang ...«

Das stimmt zumindest, dachte Tom. *Das Leben ist ein Buch, in dem ein Kapitel auf das andere folgen muss, wenn es eine Geschichte ergeben soll. Aber manchmal stockt der Fluss der Geschichte bei einer Episode, und es geht nicht weiter.*

Als hätte er Toms Gedanken erraten, verneigte sich Dr. Chen wieder und sagte: »*I Ching* Ihnen Zukunft voraussagen, ehrenwerter Herr, wenn Sie wollen?« Er holte ein Elfenbeinkästchen voller kleiner Elfenbeinstäbchen aus der Tasche und hielt es Tom hin.

Tom war neugierig. Pater Doyle hätte ihm ewige Verdammnis prophezeit, wenn er sich darauf einließ, aber der Priester hatte auch Maria mehrmals vor den spirituellen Gefahren ihrer Weissagungen gewarnt. Tom hatte längst erkannt, dass die Drohung mit Verdammnis ein wirksames Mittel war, Menschen gefügig zu machen.

Dr. Chen verneigte sich, holte ein Seidentuch aus der Tasche und breitete es auf dem Boden aus. Tom nahm das Kästchen mit den Stäbchen.

»Erst Sie müssen Frage stellen – was wollen wissen. Dann werfen Stäbchen auf Tuch.«

Tom, der sich ein wenig albern vorkam, murmelte die Frage, die sich ihm aufdrängte: »Wird die Zukunft die Mühe wert sein?« Dann warf er die Stäbchen.

Dr. Chen ließ sich Zeit, das Muster der Stäbchen sehr genau zu betrachten. Er schien beinahe perplex; er warf Tom einen Blick zu und schaute dann wieder auf das Muster. Schließlich schüttelte er den Kopf, sammelte die Stäbchen wieder auf und steckte sie ein.

»Und, wie sieht meine Zukunft aus?«, fragte Tom und unterdrückte ein Lächeln.

Der Chinese warf ihm einen sonderbaren Blick zu und schaute gleich wieder weg.

»*I Ching* funktionieren heute nicht richtig ... manchmal machen Fehler ...« Er verneigte sich und ließ Tom einfach stehen.

Tom seufzte und kam zu dem Schluss, dass er Wichtigeres zu tun hatte, als sich mit solchem Unsinn abzugeben. Dazu gehörte beispielsweise ein Besuch in Denver.

Es war Sonntag. Die Straße war fast menschenleer. Tom öffnete das Gartentor des großen Holzhauses und steuerte die Tür an, ohne den Garten hinter dem Zaun aus Weidengeflecht zu beachten. Ein kleines pockennarbiges Dienstmädchen öffnete und blickte nervös zu ihm auf.

»Sind Sie Nora?«, fragte er.

Sie nickte. »Ich weiß, wer Sie sind«, entgegnete sie leise. »Sie sind Marias Bruder, nicht wahr?«

»Ich bin gekommen, um Mr. Cramer zu sprechen.«

Nora blickte über die Schulter in den Flur und fragte leise: »Geht es Maria gut?«

»Ja, sie ist wohlauf.«

»Sie gehen besser hintenrum.«

»Ich fühle mich gut hier vorn.«

Wieder warf sie einen unsicheren Blick über die Schulter. »Ich glaube nicht, dass er Sie empfangen wird ...«

Tom bat um Entschuldigung, schob sich an ihr vorbei in den Flur, steuerte die Tür an, auf die das Mädchen ängstliche Blicke warf, und stieß sie auf.

»O bitte ...«, hörte er Noras schüchterne Stimme, aber Tom war bereits eingetreten und hatte die Tür hinter sich geschlossen.

Arthur Cramer sprang auf, als der groß gewachsene rothaarige Fremde seine Bibliothek betrat und den ganzen Raum mit seiner Größe und Stärke ausfüllte.

»Darf ich mich vorstellen?«, sagte Tom ruhig. »Mein Name ist Walsh.«

Aber sein mörderischer Zorn verrauchte bereits. Er sah auf den ersten Blick, dass der Mann vor ihm ein Schreibtischtäter war. Es stand ihm in das selbstgefällige Gesicht geschrieben, der verkniffene Mund über dem gestärkten weißen Hemdkragen. Tom war solchen Typen schon begegnet, unbedeutende Männer, die ihr Selbstwertgefühl stärkten, indem sie andere tyrannisierten.

»Nun, Mr. Cramer«, sagte er, während er den Raum durchquerte und dem Mann in die Augen schaute, das Kinn herausfordernd vorgeschoben. »Was haben Sie zu Ihrer Rechtfertigung vorzubringen? Sie haben meine Schwester beleidigt und geschlagen und sie Gefahr und Schande ausgesetzt!«

»Wie können Sie es wagen, hier einzudringen ...«

»Vielleicht dachten Sie ja, sie wäre eine leichte Beute, weil sie eine Frau ist«, fuhr Tom im selben ruhigen Tonfall fort. »Ich bin gekommen, um Ihnen Gelegenheit zu geben, Ihre Gemeinheiten stattdessen an mir auszuprobieren.«

Arthur Cramer streckte die Hand hastig nach einer Schreibtischschublade aus. Tom schlug seine Hand fort.

»Worauf warten Sie, Mr. Cramer?«, fragte er leise. »Warum schlagen und beleidigen Sie *mich* nicht?«

Cramer wich zurück. »Das Ganze war ein Missverständnis. Das hier ist unnötig ... Meine Frau ist krank ...« Er zeigte auf einen kleinen Safe am anderen Ende des Raumes. »Ich habe Geld ...«

Tom grunzte verächtlich und drückte Cramer auf den Schreibtischstuhl.

»Manche Menschen haben Prinzipien, Mr. Cramer. Sie werden sich schriftlich bei meiner Schwester entschuldigen.« Er spannte die Muskeln seiner Schultern an, beugte sich vor und reichte Arthur Cramer einen Füllfederhalter.

Der Mann nahm ihn und warf Tom einen zornigen Blick zu. »Was soll ich schreiben?«

»Sehr geehrte Miss Walsh«, diktierte Tom.

Arthur Cramer schrieb nervös und blickte dann erneut grimmig zu Tom auf.

»Ich möchte Sie vielmals um Entschuldigung bitten für mein ungehöriges Benehmen Ihnen gegenüber«, fuhr Tom fort.

»Das kann ich nicht schreiben ...«

»Ich denke, Sie können, Mr. Cramer.«

Ihre Blicke trafen sich. Arthur Cramer schaute wieder auf das Papier.

»Ihr Auftreten und Ihre Arbeit waren stets beispielhaft«, fuhr Tom fort. *»Unglücklicherweise bin ich von Natur aus ein Tyrann, der gerne Menschen einschüchtert, über die ich eine gewisse Macht besitze.«*

Ein Tropfen Tinte fiel auf das Papier. Cramer trocknete ihn automatisch mit dem Löschpapier und legte dann den Füller aus der Hand.

»Das ist grotesk!«, sagte er.

»Das finde ich nicht«, entgegnete Tom und musterte ihn

eindringlich. »Schon gar nicht unter den gegebenen Umständen! *Bitte betrachten Sie mich als Ihren ergebensten Diener*«, fuhr er fort. »Wenn Sie jetzt die Güte hätten, zu unterzeichnen und einen Umschlag zu adressieren.«

Cramer gehorchte widerwillig, notierte die Adresse, die Tom ihm nannte, und blickte dabei immer wieder auf die Lade zu seiner Rechten.

»Ich danke Ihnen.«

Tom steckte den Brief ein. Dann kam er Marias ehemaligem Arbeitgeber zuvor, der in einer plötzlichen Bewegung nach der Schreibtischschublade griff, zog die Schublade heraus, nahm den Revolver, entfernte die Trommel, schüttete die Patronen heraus und steckte beides ein.

»Wenn Sie nichts dagegen haben, lege ich das in der Diele ab«, sagte er. »Die Kugel eines Feiglings im Rücken ist so tödlich wie jede andere.«

Arthur Cramer war kreidebleich vor Zorn.

»Das wird Ihnen noch Leid tun, Walsh.«

»Das glaube ich nicht«, erwiderte Tom, verließ den Raum und schloss die Tür leise hinter sich.

Das kleine Dienstmädchen eilte herbei und betrachtete ihn ängstlich. Tom warf ihr die Revolvertrommel zu und ging.

Zwei Tage später rief Mrs. Stornheim: »Ein Brief für dich, Maria.«

Maria öffnete den steifen weißen Umschlag, und ihre Augen weiteten sich vor Verblüffung, als sie den Text las.

»Man stelle sich das vor: Mr. Cramer bittet mich um Verzeihung«, murmelte sie in sich hinein. »Vielleicht hat er ja doch so etwas wie ein Gewissen ... Und sieh sich einer an, was er über sich selbst schreibt ...«

»So ein schlechter Mensch kann er nicht sein, wenn er den Anstand besitzt, in dieser Form um Entschuldigung zu bitten« sagte sie am Abend zu Tom.

Tom trank seinen Kaffee und murmelte etwas Unverständliches.

Die Zeit verging. Tom wurde befördert. Die Eisenbahnstrecke führte nun im Westen bis Black Hawk und im Norden in Richtung Floyd Hill. Die Hälfte der Männer war in Maria verliebt. Tom sah die heftige Eifersucht, die aufkam, wenn sie einem von ihnen ihre Aufmerksamkeit mehr als ein paar Minuten schenkte. Er beobachtete sie, um zu sehen, ob sie für einen von ihnen besonderes Interesse zeigte, aber es sah nicht danach aus. Sie schien sich der Spannungen, die ihre Gegenwart erzeugte, gar nicht bewusst zu sein. Wen wundert's, dachte Tom, als er sich umsah. Dieser Haufen ist nicht unbedingt das, wovon eine junge Frau träumt!

Er sah, dass sie viel las, und versuchte, ihr so viele Bücher wie nur möglich zu besorgen. Er ahnte nicht, dass sie jeden Abend, wenn sie sich schlafen legte, nur an einen Menschen dachte und seinen Namen flüsterte: Ted Lafferty. Ein Mann, der alt genug war, ihr Vater zu sein.

Tom dachte vor dem Einschlafen darüber nach, wie lange er noch für die Eisenbahngesellschaft arbeiten sollte, und rechnete nach, wie viel Kapital er brauchen würde, um sich in Denver selbstständig zu machen; er träumte von dem Bauunternehmen, das eines Tages ihm gehören würde.

Im August 1874 ereignete sich etwas, das nicht nur Toms Leben, sondern auch das seiner Verwandten und Freunde unwiderruflich verändern sollte. Er erhielt einen Brief von Michael, in dem Erstaunliches stand:

Das Regiment ist jetzt unter Lieutenant General George Custer in Dakota stationiert. Wir sind seit zwei Monaten hier und errichten einen neuen Militärposten. Einige erfahrene Minenarbeiter haben uns begleitet und Gold gefunden. Sie sagen, die Bäche wären voll davon. Die Nachricht wird sich wie ein Lauffeuer verbreiten, wenn du also reich werden willst, ist das jetzt deine Chance. Es könnte die einzige sein.

Der Brief trug das Datum vom 15. Juli, aber als er eintraf, hatten sich die Gerüchte bereits wie ein Fieber unter den Männern verbreitet.

Tom zeigte Alastair Sutherland den Brief.

»Was habe ich dir gesagt, Tom? Ich gehe; ich habe schon gekündigt.«

»Aber das ist mitten im Sioux-Reservat! Steht das Land nicht unter dem Schutz des Vertrages von Fort Laramie?«

Alastair zuckte die Schultern.

Die Gerüchte wurden immer dichter, und ein Bericht von Custer persönlich bestätigte schließlich große Goldvorkommen in den Wasserläufen. Hunderte von Männern machten es wie Alastair Sutherland, kündigten, holten sich ihren Lohn ab und brachen auf in die Black Hills.

Tom dachte an die Jahre, die vor ihm lagen. Er dachte an diese Gelegenheit, die sich ihm jetzt bot; an Maria, die in einer Pension als Bedienung arbeitete; an das große Abenteuer, den Erfolg, den er haben wollte. Und er dachte an ein Versprechen, das er vor vielen Jahren gegeben hatte.

Und so kündigte auch er und kehrte anschließend zurück in die Pension, um Maria mitzuteilen, dass er in die Black Hills aufbrechen werde.

»Du glaubst doch nicht wirklich, dass du in Dakota Gold findest, oder? So dumm wirst du doch nicht sein!«

»Maria, ich bin nicht auf das Gold aus. Die halbe Welt wandert in die Black Hills; diese Menschen müssen irgendwo wohnen! Ich gehe dorthin, um das zu tun, was ich am besten kann. Wir müssen dir noch eine anständige Anstellung in Denver suchen, bevor ich gehe. Ich würde dich gerne mitnehmen, aber die Reise ist sehr gefährlich – wieder ein langer Planwagen-Treck –, und das Leben vor Ort wird auch ziemlich rau.«

Maria stellte sich ihr Leben vor, getrennt von ihrem Bruder und in Diensten eines weiteren Arthur Cramer.

»Lass mich trotzdem mitkommen.«

»Das wird der bei weitem armseligste Ort sein, an dem du je gewesen bist.«

»Aber ich werde mit dir zusammen sein!«

»Die Lebensbedingungen werden fürchterlich sein – wir werden nicht einmal ein richtiges Dach über dem Kopf haben, bis ich eine Hütte gebaut habe ... Und die Indianer sind wütend – was ich offen gestanden gut verstehen kann.«

»Das ist mir egal; ich bin nicht so zart besaitet, wie du glaubst! Ich komme mit.«

6. KAPITEL

Deadwood Gulch, South Dakota, war ein schmales Tal, voll mit Zelten. Manche Zelte waren kleine Ein-Mann-Behausungen, andere wiederum boten mehreren Personen Unterschlupf. Im Tal hallten das Schaben der Goldwäschesiebe und die Stimmen der Männer; einige von ihnen standen bis zur Taille im eisigen Wasser und fluchten oder jubelten, je nach Erfolg. Abends spielten sie Karten oder würfelten in speziell für Spiele errichteten Zelten. Gelegentlich kam es zu Schlägereien, und zuweilen peitschte auch ein Schuss. Claims unterteilten das Land – Streifen, die von einem Rand der Schlucht zur anderen reichten. Sie waren neunzig Meter breit; auf jeder Parzelle gab es spezielle Waschrinnen sowie Siebe, in denen das Gold von Kieseln und Sediment getrennt wurde.

Tom wusste sofort, dass er hier genau richtig war. Hier wurden nicht nur für den bevorstehenden Winter dringend Blockhäuser gebraucht, sondern auch hölzerne Waschrinnen, ohne die die Arbeit der Goldgräber nicht vorwärts kam.

»Wir müssen hier ein Sägewerk errichten«, teilte er Maria mit. »Aber bis es soweit ist, muss ich ohne klarkommen.«

Sie war die einzige Frau vor Ort und immer noch durcheinander von dem eigentümlichen Erlebnis, als sie am ersten Morgen aus ihrem Zelt getreten war und sämtliche Männer in Sichtweite sich aufgerichtet und sie angestarrt hatten. Einige von ihnen waren von den Hängen herabgestiegen, nur um sie zu sehen, das »Fräulein-Wunder«, das in ihrer Mitte erschienen war.

Es gab rund um Deadwood Tausende von Bäumen, aber nur wenig ebenes Gelände außer unmittelbar entlang der Flussufer. Tom erwarb ein solch ebenes Baugrundstück und machte sich sofort ans Werk. An Arbeitskräften mangelte es nicht. Die Männer kamen in Scharen: Sie wollten eine anständige Hütte für die Lady bauen, sagten sie, und warfen ihr immer wieder verstohlene Blicke zu, als wäre sie eine Märchenprinzessin.

»Ich habe seit fast zwei Jahren keine Frau mehr zu Gesicht bekommen, Ma'am«, eröffnete ihr einer von ihnen und nahm verlegen den Hut ab, als wäre er in der Kirche.

Die Stämme wurden mit Sägen gefällt und auf dem Baugrundstück gestapelt, wo sie ihren durchdringenden Geruch in die frische Bergluft verströmten.

»Bald haben wir ein richtiges Zuhause«, sagte Tom zu Maria. »Und danach habe ich schon mehr Aufträge, als ich erledigen kann.« Er musterte sie aufmerksam und fragte sanft: »Möchtest du auch wirklich bleiben?«

Maria nickte. Eigentlich wäre sie am liebsten in den Osten zurückgekehrt, aber was erwartete sie da außer Einsamkeit? Außerdem wollte sie sich um Tom kümmern, weil sie fürchtete, dass dieser sich zu Tode schuften würde. Außerdem schien der Osten inzwischen so weit weg wie der Mond.

Als sie gut zwei Wochen in Deadwood waren, ritt ein Soldat in der blauen Uniform der Unionsarmee auf einem großen braunen Pferd ins Lager.

Maria fuhr erschrocken zusammen, als ein Armeeangehöriger im Zelteingang erschien. Sie erkannte ihn nicht gleich. Er hatte das Licht im Rücken, und im ersten Moment dachte sie, es wäre Ted Lafferty, und ihr Herz setzte einen Schlag aus. Dann sah sie das staunende und seltsam verwundbare Gesicht ihres Bruders, älter, wettergegerbt. Der Junge, der damals aus Irland fortgegangen war, war jetzt ein Mann mit breiten Schultern und einem Schnauzbart. Sofort fühlte sie sich in die Küche daheim in Carraig Mór zurückversetzt, roch den Duft des Torffeuers, hörte das Muhen der Kuh, das ihr verriet, dass es Zeit zum Melken war, das Zischen des Regens, der ins Feuer tropfte, und die Stimme ihres Vaters, der wieder einmal mit dem temperamentvollsten seiner Kinder stritt. Ein Schluchzen entfuhr ihrem Hals, und sie warf sich ihrem Bruder in die Arme. Er drückte sie fest an sich.

»Michael, is tusa an fear laidír anois«, rief sie, als sie von ihm abrückte, um ihn zu betrachten. Sie hatte geglaubt, ihre Muttersprache längst vergessen zu haben, aber nun, da sie ihm sagen wollte, wie gut er aussah, wie verändert mit dem Schnauzbart und so erwachsen, fiel ihr alles ganz von allein wieder ein.

»Nílim«, antwortete er bewundernd. »Mein Gott, Maria, wie sonderbar, dich in diesem gottverlassenen Nest wieder-

zusehen. Du bringst ganz Clonmel mit, als versteckten sich Gespenster hinter jedem Haar auf deinem Kopf! Ich habe gedacht, du hättest inzwischen längst einen reichen Händler aus dem Osten geheiratet ... und nun bist du hier in diesem Schlammloch!«

Sie registrierte den Geruch, der an ihm haftete: der Alkohol der vergangenen Nacht, Schweiß, Pferd, Lederfett und Leder. Das Weiße seiner Augen war von kleinen roten Äderchen durchzogen, und die Hände, die ihre hielten, waren rau und voller Schwielen.

»Woher kommst du?«

»Aus Custer ... fünfzig unwegsame Meilen entfernt.«

»Wie lange kannst du bleiben? Tom ist drüben auf unserem Grundstück am Fluss. Er baut uns ein Blockhaus!«

»Ich kann eine Nacht bleiben. Aber er hätte dich nicht herbringen sollen. Das ist kein Ort für eine anständige Frau!«

»Alle benehmen sich mir gegenüber tadellos«, antwortete sie pikiert. »Meine Tugend ist nicht in Gefahr, das kann ich dir versichern.«

»Aber hättest du es in Boston oder Denver nicht besser?«

Das ist typisch Michael, dachte sie, stets geneigt, über das Leben anderer Leute zu bestimmen. Sie war ein wenig schockiert, dass weder die Zeit noch die Entfernung ihn weicher gemacht hatten – und nicht einmal dieses unverhoffte Wiedersehen ihn davon abhalten konnte, besserwisserisch aufzutreten.

»Ich *wollte* mitkommen«, entgegnete sie knapp. »Und nein, ich hätte es dort nicht besser! Du hast ja keine Ahnung, was ich in Denver erlebt habe, und du irrst gewaltig, wenn du glaubst, gesellschaftlicher Rang würde automatisch auch Anstand bedeuten. Ich werde hier auf sehr liebe Art und Weise beschützt; Tom hat viele Freunde, und wenn jemand es wagen sollte mich anzurühren ...«

Michael seufzte. »Ich weiß«, sagte er spöttisch, »dann würden all die Heiligen um dich herum dir sofort zu Hilfe eilen.«

Sie hätte ebenso sarkastisch kontern können, hielt sich aber vor Augen, dass sie sich Jahre nicht gesehen hatten und er einen weiten Weg auf sich genommen hatte, um sie zu besuchen.

»Hast du Hunger?«, fragte sie. »Möchtest du etwas essen?«

»Ich würde lieber zu Tom gehen. Wir können später essen.«

Er ging hinaus zu seinem Pferd, das geduldig vor dem Zelt gewartet hatte, kramte ein Päckchen aus der Satteltasche und warf es ihr zu.

»Ein paar Kleinigkeiten. Ich dachte mir, du könntest vielleicht etwas damit anfangen ...«

Und schon war er weg. Maria öffnete das Päckchen. Es enthielt Mehl und Reis und ein Päckchen Kakao, eine Köstlichkeit, die ihr bisher nur bei den Vandermeers in Boston begegnet war. Hinzu kamen mehrere Büchsen Kondensmilch und kostbarer Kaffee.

Später am Abend, nach einer Mahlzeit aus Kochschinken und Kartoffeln, saßen die Geschwister zusammen auf dem Zeltboden und sprachen über alte Zeiten. Michael nahm eine Flasche Bourbon aus seiner Satteltasche und schenkte seinem Bruder ein. Nach einer Weile wurde er redselig.

»Du bist ein rastloser Mann, Tom. Boston, Golden und jetzt Deadwood Gulch! Bist du wegen des Goldes hier?«

»Nicht direkt«, erwiderte Tom. »Rechtlich gesehen gehört dieses Land den Sioux, und das Schürfen ist somit illegal. Ich weiß, dass die Regierung beide Augen zudrückt, aber ich mag keine halben Sachen, und solange das nicht geklärt ist, halte ich mich zurück. Außerdem besteht eine enorme Nachfrage nach Zimmerleuten, und ich habe schon mehr Arbeit, als ich bewältigen kann.«

Michael zündete seine Pfeife an, und kurz darauf erfüllte beißender Rauch das Zelt. Maria öffnete den Zelteingang, um frische Luft hereinzulassen. Es regnete; die Luft war feucht und roch süßlich nach Pinien. Sie hörte das Rauschen des Windes in den Bäumen und die Stimmen hinter ihr, ein Tipperary-Akzent am anderen Ende der Welt.

»Wie oft hörst du etwas von daheim?«

»Ich bin, wie du weißt, kein großer Briefschreiber, aber ich bekomme ab und an einen Brief von Peggie. Sie schreibt, alles wäre bestens. Weißt du schon, dass sie bald heiraten wird?«

»Nein!«

»Wahrscheinlich liegt dein Brief in Golden.«

»Aber sie ist doch erst achtzehn!«

»Das ist alt genug.«

»Und wen wird sie heiraten?«, wollte Maria wissen. »Kennen wir ihn?«

»Er ist Bulle, ein Kerl namens Healy. Sie wollen nach Cork ziehen!«

Maria schüttelte den Kopf. »Ein Polizist! Und Vater bleibt ganz allein zurück.«

»Ach, so wie sie schreibt, klingt alles ganz einfach. Sie sagt, Seamus Farrelly wird sich um ihn kümmern. Seamie war immer ein anständiger Kerl ... Erscheint es euch jetzt, da wir so weit weg sind, nicht auch wie eine verdammte Verschwendung, ein solches Leben zu fristen, halb verhungert und am Rande des Existenzminimums, im eigenen Land bevormundet von arroganten Mistkerlen, und das Ganze einfach so hinzunehmen wie ein unabwendbares Schicksal?«

»Vielleicht hat die Regierung ja nicht gewollt, dass es so weit kommt ...«, sagte Maria leise.

»Du meinst, das Ganze sei nur eine Art Betriebsunfall, ja?

So wie sie unseren Dudelsackspielern die Hände abgehackt und die Harfenspieler aufgeknüpft haben? Waren das auch ›Unfälle‹?«

»Du klingst, als würdest du gerne zurückkehren«, sagte Tom leise. »Weißt du, dass die Dinge sich ändern? Es gibt jetzt geheime Wahlen und auch eine neue Partei, die erreichen will, dass Iren wieder von Landsleuten regiert werden.«

Michael klopfte seine Pfeife aus. »Als ob die auch nur den Hauch einer Chance hätten! O ja ... ich würde gerne zurückgehen und eine Revolution beginnen, aber diesmal eine richtige. Die Franzosen haben es auch geschafft, warum nicht auch wir?«

»Weil die französische Armee die Revolution unterstützt hat, während die Armee in Irland eine Besatzungsmacht ist ...«

»Ach, red keinen Quatsch! Viele der Soldaten sind so irisch wie du und ich! Aber ich brauche mir gar nichts vorzumachen«, fügte er hinzu. »Ich werde nie heimkehren. Unser Sold ist sehr gering, und mittlerweile habe ich den Westen im Blut.« Er blickte auf und lachte kurz. »Er passt zu mir – ein Leben in der Wildnis für einen ungezähmten Mann ...«

Er wandte sich seiner Schwester zu und lallte: »Du bist so still, Maria. Liegt es daran, dass du es leid bist, unsere *ráiméis* zu hören, oder dass du wenig begeistert bist von deiner neuen Umgebung?« Er blickte auf seinen Bruder. »Welcher Teufel hat dich nur geritten, sie an einen Ort wie diesen mitzunehmen – wo Indianer in Skalpierlaune sind und das ganze Tal möglicherweise früher oder später um sein Leben kämpfen muss ...«

Tom machte ein bekümmertes Gesicht.

»Ihr verlasst euch wohl darauf, dass die Armee euch beschützt?«, fügte Michael hinzu, und Maria sah, wie Tom erstarrte.

»Du hattest schon immer eine böse Zunge, wenn du einen über den Durst getrunken hast«, mischte sie sich ein. »Ich bin mit Tom hergekommen, weil ich nicht ohne ihn in Denver bleiben wollte. Und da von euch kein vernünftiges Wort mehr zu erwarten ist, werde ich mich jetzt schlafen legen.«

»Natürlich, achte gar nicht auf das, was ich sage. Mach dir keine Sorgen. Die Sioux werden das Land ohnehin aufgeben. Was bleibt ihnen anderes übrig? Sie sind zahlen- und waffenmäßig hoffnungslos unterlegen. Die Armee wird im Frühjahr Truppen herschicken, die auf euch aufpassen werden.«

Maria ging in den Zeltabschnitt, den sie mit einem Stück Segeltuch als Schlafraum für sich abgetrennt hatte, und legte sich auf ihr Lager.

Michael hatte ihr Angst gemacht. Sie hörte die Stimmen ihrer Brüder, jetzt gedämpft, Toms zunehmend nostalgisch, Michaels immer undeutlicher, während er ein Gedicht nach dem anderen rezitierte, einige auf Irisch, andere auf Englisch. Als sie bei der »Elegie« von Gray ankamen, rezitierten sie die Verse abwechselnd, ihre Stimmen angespannt vor Emotion. Als sie einschlummerte, hüllten die Worte sie ein wie eine Springflut, die sie nach Hause trug:

»But Knowledge to their eyes her ample page
Rich with the spoils of time did ne'er unroll;
Chill Penury repress'd their noble rage,
And froze the genial current of the soul.«

Als sie am Morgen aufstand, war ihr älterer Bruder schon fort.

Zehn Tage später traf der lang ersehnte Brief von Peggie ein.

Ich habe Neuigkeiten, die euch interessieren werden. Eure kleine Schwester ist verlobt und wird bald heiraten – ihr kennt ihn nicht. Sein Name ist John Healy, und er ist Constable der RIC. Er stammt aus Cork, war aber hier stationiert, als wir uns kennen lernten. Vater mag ihn, vermutlich weil John ihm davon berichtet, wie es im Lande aussieht.

Er sieht in seiner Uniform sehr fesch aus und zieht mich immer damit auf, dass ich mich nur in seine »grüne Arbeitskluft« verguckt habe. Wir sparen für die Hochzeit, aber ich fürchte, es wird eine lange Verlobungszeit werden. Ich werde zu ihm nach Cork ziehen, wo er inzwischen wieder stationiert ist.

Vater kommt gerade vom Melken herein. Er lässt euch liebevoll grüßen. Wie ihr wisst, sind die Nachbarn hier wunderbar, trotzdem verlasse ich Vater nur ungern. Dann ist er ganz allein.

Erinnert ihr euch an die Haarbänder, die ihr mir kurz nach eurer Abreise geschickt habt? Ich habe sie nie getragen; ich habe sie noch. Aber ich werde sie bei meiner Hochzeit tragen und an euch denken.

Maria las den Brief und weinte vor Heimweh.

Maria gestand sich ein, dass sie Deadwood verabscheute. Sie hasste die schlammigen Straßen, die großen Pfützen, die der Regen hinterließ, die Gerüche und das Fehlen jeglicher Annehmlichkeiten. Es war unmöglich, irgendwohin zu gelangen, ohne durch Schlick zu waten und von Hunderten von Männern begafft zu werden. Und doch wurde auch sie mit der Zeit von der Atmosphäre fieberhafter Erwartung gepackt.

Die Population wuchs beständig – immer mehr Iren, Engländer, Chinesen, Schotten, Slowenier, Italiener, Schweden,

Dänen, Deutsche und Vertreter praktisch jeder weiteren Nationalität unter der Sonne strömten herbei. Frauen gab es allerdings nach wie vor nur sehr wenige.

Sie wurde nur ein einziges Mal belästigt, als ein Betrunkener sie in ein Zelt zerrte. Sie schrie, und Tom kam sofort herbeigelaufen. Der Mann fiel um wie ein Baum, als Toms Faust in sein Gesicht krachte.

Sie schlug eine Hand über den Mund, betrachtete die scheinbar leblose Gestalt und schrie: »Er ist tot! Heilige Muttergottes, Tom, du hast ihn umgebracht!«

»Also, wenn der tot ist, ist es der erste atmende Leichnam, den ich je gesehen habe«, entgegnete Tom trocken mit Blick auf den Bewusstlosen.

Er wandte sich der kleinen Schar Schaulustiger zu und sagte so leise, dass alle verstummten, um ihm zuzuhören: »Dass eins klar ist: Der Nächste, der meine Schwester belästigt, bekommt eine Kugel verpasst. Ich werde erst schießen und dann Fragen stellen.«

Seán Clarke, der erst kürzlich eine beträchtliche Menge Gold gefunden hatte, rief: »Brauchst keine Angst um die Kleine zu haben, Tom. Das Mädchen ist unser Talisman, und wir werden jedem, der sie anrührt, bei lebendigem Leib die Haut abziehen!«

Maria hatte sich an die linkische Galanterie der meisten Goldschürfer gewöhnt.

Aber als es Herbst wurde und der Boden unter dem Zelt sich in einen glitschigen Albtraum verwandelte, dachte sie sehnsüchtig zurück an die Häuser, in denen sie in Boston und Denver gewohnt hatte, mit ihren polierten Holzböden und den feinen Teppichen. Dann sah sie wieder Mr. Arthur Cramers Gesicht mit dem lüsternen Lächeln vor sich und schauderte. Hier in dieser Außenstelle der Zivilisation, inmitten dieser rauen Gesellen, fühlte sie sich seltsam sicher.

Aber ich will nicht mein ganzes Leben damit verbringen, mir Sorgen um meine Sicherheit zu machen, dachte sie. Ich wünschte, ich könnte Hosen, Hemd und hohe Stiefel tragen wie die Männer.

Wegen der Gerüchte um einen bevorstehenden Indianerangriff hatte Tom ihr den Revolver zurückgegeben, und manchmal verbrachte sie mehrere Stunden mit Schießübungen. Sie entwickelte beim Schießen auf Blechdosen große Treffsicherheit. Tom beobachtete ihre Fortschritte mit Wohlwollen, warnte sie aber davor, allein in den Wald zu gehen. Maria hielt sich jedoch nicht immer daran. Sie liebte den Duft der Kiefern, ihre durchdringende, berauschende Frische, die ihr in die Nase stieg und den Kopf frei machte. Versonnen streichelte sie das Lederholster, das Ted Lafferty ihr geschenkt hatte. Er hatte es in den Händen gehalten.

Allem Widerwillen zum Trotz freute sie sich, dass das Blockhaus, das Tom baute, zügig Gestalt annahm.

Da es hier keine Bandsäge gab, mussten Tom und seine Helfer die Stämme mit der Axt spalten. Er hatte die Umrisse der Hütte auf dem Boden markiert, diesen gerodet und eingeebnet, ein einfaches Steinfundament gelegt – eine einzelne Reihe nicht zementierter Steine – und anschließend mit dem eigentlichen Bau begonnen. Die Hütte würde viel größer als alle anderen werden, und das aus gutem Grund.

Tom wollte sich definitiv selbstständig machen. Er wollte einen kleinen Ladenraum, ein Wohnzimmer mit Küche und zwei separate Schlafzimmer. Maria hörte, wie er die Pläne mit den Männern besprach, die ihm halfen und denen er später beim Bau ihrer Hütte helfen würde, und schnappte Begriffe wie »verputzen« und »Eck-Kamm« auf.

»An den Ecken verkanten geht wahrscheinlich am schnellsten und ist bei einer Blockhütte vermutlich die beste Technik – das sorgt für sehr große Stabilität und hält lange«, erklärte er den Pfeife rauchenden Männern, als sie die verschiedenen Bauweisen besprachen. »Seht her, ihr formt auf der Oberseite des Stammes einen Wulst und auf der Unterseite eine entsprechende Ausbuchtung, sodass die Stämme ineinander greifen.«

Das ungewöhnliche Haus nahm Gestalt an – die Wände aus gespaltenen Stämmen, deren Ritzen sorgfältig abgedichtet wurden, und der Boden aus gestampfter Erde.

»Mach dir über den Boden keine Gedanken«, sagte Tom eines Tages zu Maria. »Sobald das Sägewerk steht, verlege ich einen Boden, der dein Herz erfreuen wird.«

Man könnte meinen, wir wären ein Paar und nicht Bruder und Schwester, dachte Maria seufzend. Und bei diesem Gedanken wurde sie von dem Gefühl der Einsamkeit überwältigt – sehnsüchtig dachte sie an lächelnde Augen über einem grauen Schnauzbart. Auch wenn er nach Denver zurückkäme, wäre ich nicht mehr dort, dachte sie, und Ted wüsste nicht, wo er nach mir suchen sollte. Das Leben ist so ungerecht.

Die Außenwände der Hütte blieben roh, aber die Innenwände waren fast glatt, die Zwischenräume mit blassem gipsähnlichem Putz versiegelt.

»Jetzt noch eine hübsche Tapete, und man käme sich fast vor wie bei den Vandermeers«, sagte Tom augenzwinkernd. »Allerdings wirst du darauf noch ein wenig warten müssen ... Ich glaube nicht, dass so viele Versorgungswagen Tapeten im Angebot haben ... Ich würde auch die Fenster verglasen, wenn irgendwo im Umkreis Glas zu bekommen wäre.«

Und so spannten sie stattdessen geöltes Segeltuch vor die Fenster, und Tom zimmerte Schlagläden zum Schutz gegen die Naturgewalten. Am oberen Ende der Küche befand sich ein großer Kamin, der aus Felsbrocken und Lehm gemauert war. Als Schornsteinkappe nutzte Tom ein leeres Whiskyfass, mit dem er das Abzugsrohr abdeckte, das nur ein kleines Stück über das Dach hinausragte.

»Das ist zwar nicht sehr hübsch, aber dafür praktisch, findest du nicht auch, Maria?«

Seine Schwester verkniff sich ein Lachen. Das Ding sah lächerlich aus, aber alle anderen waren voll von Bewunderung.

»Ein prächtiger Kamin«, sagte Tadg Casey, einer der Iren vor Ort. »Willst du uns damit in Versuchung führen, Tom, oder soll das irgendeine Anspielung sein?«

Allgemeines Gelächter. »Tadg, du *amadán,* seit wann brauchst du einen zusätzlichen Anreiz, wenn es um Whisky geht?«

Die Männer schmunzelten.

Jetzt musste nur noch das Dach mit Erde und Gras eingedeckt werden.

»So ähnlich wie ein Strohdach, Maria. Sieht nicht so toll aus, wird uns aber trocken halten, wenn es nicht gerade gießt wie aus Kübeln. Und im Frühjahr werden auf dem Dach Blumen blühen!«

»Blumen auf dem Dach? Bist du verrückt geworden?«

Tom lachte. »Warum nicht?«

»A Dhia«, seufzte Maria. »Was würden die Leute daheim dazu sagen?«

»Dass wir unseren Grips anstrengen und uns etwas einfallen lassen!«

Kurz vor der Fertigstellung des Hauses traf jemand in Deadwood ein, den Tom nicht erwartet hätte, jemals wiederzusehen. Willie Schmidt, mit dem er seinerzeit auf dem Treck Freundschaft geschlossen hatte, stand eines Abends vor ihrem Zelt. Maria, die eben eine Schüssel Spülwasser auskippen wollte, starrte den Besucher einen Moment an und stieß dann einen freudigen Schrei aus.

»Spielen meine Augen mir einen Streich, oder bist das wirklich du, Willie Schmidt? Ich dachte, du wärst in Kalifornien!«

Als Tom zurückkam, staunte auch er über die gelungene Überraschung.

»Ich habe dir doch gesagt, dass wir uns wiedersehen!«, sagte Willie lakonisch, als Tom ihm die Hand schüttelte, ihm auf den Rücken klopfte und ihn zum Abendessen einlud.

»Und was führt dich her, Willie? Oder ist das eine dumme Frage?«

»Ich bin gekommen, um mein Glück zu suchen!«

»Dann war Kalifornien ein Reinfall?«

»Landarbeit lohnt sich nur bei einem eigenen Hof ... Mein Bruder hat geheiratet, und ich muss mein eigenes Leben leben.«

»Du hättest früher kommen sollen. Der Winter steht vor der Tür!«

Nach dem Essen zeigte er seinem Freund das fast fertige Blockhaus.

»Bis deine eigene Hütte steht, musst du bei uns wohnen, Willie.«

Tom, Maria und Willie konnten noch vor dem ersten Frost einziehen. Zur Feier des Tages luden sie ein paar Freunde ein. Maria kochte ein Stew von dem Elchfleisch, das Tom von der Jagd mitgebracht hatte. Sie würzte es mit Pinienkernen und reichte dazu Kartoffeln, die sie in der Glut gegart hatte; sie und Tom hatten davon einen Vorrat aus Golden mitgebracht, der jetzt in einem kleinen Keller lagerte, den Tom ausgehoben hatte. Im neuen Kamin knisterte das Holz; der Feuerschein tanzte auf müden Gesichtern und schwieligen Händen und tauchte den kleinen Raum mit den neuen Tischen und Stühlen in behagliches Licht.

Einige der Männer hatten bereits große Mengen des kostbaren Metalls auf ihren Claims gefunden – vom Fluss reingewaschener Goldstaub, den sie in Beuteln aufbewahrten, die innen an ihr Hemd angenäht waren. Willie wollte seinen Augen nicht trauen, als sie ihre Ausbeute auf dem Tisch auskippten. Er hatte einem Mann, der zu krank zum Goldgraben war, einen Claim abgekauft, der jedoch bislang nicht viel abgeworfen hatte.

»Wie rein es aus dem Wasser kommt!«, rief er aus. »Ganz anders als das aus den Minen!«

»Mit dem Gold im Fluss wird bald Schluss sein, das weißt du, Willie«, sagte Tom.

»Äh, aber es wird lange genug reichen, um uns alle reich zu machen«, sagte einer der Männer lachend. »Und dann gehen wir heim.«

Sie sprachen von ihren Familien daheim in Irland, England oder Deutschland, in Iowa, Missouri, Montana und Wyoming, von ihren Hoffnungen und Träumen. Mit gedämpfter Stimme unterhielten sie sich über die Bedrohung durch die Indianer – ein Wagenzug mit Vorräten war überfallen und ausgeraubt und sämtliche Fahrer skalpiert worden.

»Die Armee schickt im Frühjahr Verstärkung«, sagte Tom.

Maria machte ein besorgtes Gesicht.

»Kann man den Indianern wirklich einen Vorwurf machen?«, fragte sie, als die Besucher fort waren und nur noch Tom und Willie am Feuer saßen, zu müde, ihre Betten zu finden. »Es ist ihr Land, und sie haben uns nicht eingeladen ... Es ist doch ganz ähnlich dem, was man in Irland mit uns gemacht hat!«

»Ich weiß«, antwortete Willie. »Trotzdem. Fändest du es richtig, das ganze weite Land brachliegen zu lassen, mitsamt seinen vielen Bodenschätzen ... es weder zu bestellen noch zu bebauen ... den ganzen Reichtum in der Erde zu belassen? Die Indianer machen das so ... sie lassen die Erde so, wie sie ist. Vielleicht haben sie ja sogar Recht, aber wenn jeder es so macht, wird es keinen Fortschritt geben. Ich denke, die Regierung würde das Abkommen einhalten, wenn die Sioux bereit wären, das Gold abzubauen. Immerhin spielt es keine große Rolle, wer es aus der Erde holt, Hauptsache, es wird überhaupt abgebaut!«

»Soll das ein Versuch sein, den Mann neben dir dazu zu bringen, seine Meinung zu ändern?«, fragte Maria mit einem tiefgründigen Blick auf ihren Bruder.

»Solange das Schürfen illegal ist, und sei es auch nur theoretisch, will ich nichts damit zu tun haben. Das Einzige, was ich von hier mitnehmen werde, ist der schwer verdiente Gewinn aus meinem Baugeschäft. Auch wenn die Regierung beide Augen zudrückt, werde ich weder selber schürfen noch einen Claim abstecken. Und wenn wir von hier weggehen, Maria, kann die Hütte abgebaut oder dem Verfall preisgegeben werden, und so werden kaum Spuren unseres Aufenthaltes zurückbleiben.«

»Deadwood wird bestehen bleiben, Tom«, sagte Willie ruhig. »Das ist so sicher wie das Amen in der Kirche. Der Boden ist doch voller Gold.«

Und wir sind jetzt hier, sagte sich Maria, und ich sollte das Beste daraus machen.

Am nächsten Tag zerriss sie einen ihrer Unterröcke und nähte daraus Rüschengardinen. »Um der Hütte ein wenig Behaglichkeit und Atmosphäre zu verleihen«, erklärte sie, als Tom meinte, Gardinen wären überflüssig, da man doch nicht durch die »Fenster« sehen könne.

»Atmosphäre ist das richtige Wort!«, Tom lachte, als sie ihm erzählte, woher der Stoff stammte. »Aber unseren

Goldsucherfreunden solltest du die Quelle des Stoffes doch lieber nicht verraten ...«

Maria errötete. »Männer!«, brummte sie verächtlich.

Willie und Tom bauten zusammen eine kleinere Hütte, die Willie bezog, sobald sie fertig war. Maria vermisste seine Gesellschaft an den Abenden, zumal Willie sich nicht gescheut hatte, ihr beim Kochen zu helfen. Außerdem liebte sie seine Geschichten aus seiner Heimatstadt Leipzig, wo seine Verlobte Gretchen, die er seit Jahren nicht mehr gesehen hatte, geduldig darauf wartete, dass er sie zu sich holte.

»Das arme Mädchen. Wartet Monate und Jahre, geduldig und treu ...«

Fast so wie ich, dachte Maria. Aber worauf warte ich eigentlich?

Hausfrau in einer neu entstandenen Goldgräberstadt zu sein, kam der Tätigkeit eines Zauberers sehr nahe. Es gab so gut wie nichts: Kerzen mussten aus Talg selbst hergestellt werden und Seife aus Asche. Das Nähen im schwachen Licht war ein Albtraum.

Maria konnte einen Waschkessel ergattern, und jeden Montag holte sie Wasser vom Fluss und kochte die Wäsche. Nach dem Kochen musste die Seifenlauge herausgewaschen werden, und da es keine Mangel gab, wurde hinterher alles von Hand ausgewrungen – Toms wollene lange Unterhosen und Segeltuch-Overalls waren am schlimmsten. War auch das endlich geschafft, galt es, den nassen, schweren Wäscheberg zum Haus zurückzuschleppen, um ihn im Garten zum Trocknen aufzuhängen. Als der Winter hereinbrach, fror die Wäsche auf der Leine und wurde bretthart.

Aber Maria ließ sich nicht unterkriegen. Sie bedeckte den Hüttenboden mit Sackleinen, nähte Hemden für ihren Bruder oder trennte abgenutzte Manschetten älterer Hemden ab, um sie andersherum wieder anzunähen, flickte seine kostbaren Socken, fertigte Unterwäsche aus Mehlsäcken und legte den Kaminsims mit alten Zeitungen aus.

Tom liebte Kaffee, und so sicherte Maria sich jedes Mal, wenn neue Lebensmittel eintrafen, einen kleinen Vorrat. Sie musste die Bohnen erst rösten und anschließend von Hand mahlen, aber Duft und Geschmack entlohnten sie für ihre Mühe.

Tom achtete darauf, dass sie immer genug Feuerholz hatte, und abends, wenn er bei Freunden war, saß sie allein am lodernden Feuer und las in dessen Schein noch einmal die Bücher, die sie aus Denver mitgebracht hatte. Aber je weiter der Winter fortschritt, desto schwerer lastete die Einsamkeit auf ihr.

Der Schnee fiel auf Deadwood, bedeckte Wälder und Bäche, Blockhäuser und Zelte, Tannen und Pinien mit einem weißen Teppich.

Zwei Tage vor Weihnachten brachte Willie ihr einen wilden Truthahn, den er selbst erlegt hatte. Und er hatte noch etwas dabei: eine kleine Tanne, eingepflanzt in einen Topf.

»Um Himmels willen, Willie, was soll ich denn mit einem Baum im Haus?«

»Es ist Weihnachten, Liebchen. Da braucht man doch einen Christbaum!«

Maria schaute verdattert zu, wie Willie den Baum in einer Ecke aufstellte und ihn mit allerlei Nippes behängte, der im Feuerschein glitzerte. Etwas Ähnliches hatte sie schon an Weihnachten in Boston durch die erleuchteten Fenster gesehen. Die Vandermeers hatten dies jedoch als heidnisch abgelehnt.

»Wo hast du die Sachen her, Willie?«

»Ich habe sie aus Blechbüchsen gebastelt«, antwortete er

schüchtern. »Siehst du, Maria, das hier ist der Erzengel Gabriel.«

»Er hat ja sogar kleine Flügel!«, rief sie aus. »Willie, du bist ja ein richtiger Künstler!«

Er grinste, sichtlich erfreut über ihre Begeisterung.

Die Walshs luden ihre neuen Freunde zum Weihnachtsessen ein. Alastair Sutherland, Toms alter Freund aus Golden, kam von seinem Claim in den Bergen hinab und genoss es, am warmen Feuer zu sitzen und ihnen Episoden aus seinem Leben zu erzählen. In seiner Mine gab es eine kleine Ader, die immer wieder verschwand, um irgendwann wieder aufzutauchen.

»Ich mache es noch ein Jahr«, erzählte er Tom wehmütig, »dann verkaufe ich! Ich will nicht halb verrückt enden so wie mein Nachbar, ein armer Kerl namens Jones, der einen Claim ein paar Meilen entfernt hat ... Er ist überzeugt davon, dass sein Claim Millionen abwirft, auch wenn er bislang nur einen Nugget aus dem Fluss vorzuweisen hat!«

Die anderen lachten.

»Millionen wollen sauer verdient werden«, meinte Seán Clarke und schenkte weiter Schnaps aus, den er zur Feier des Tages mitgebracht hatte. In seiner Stimme schwang die Art von Spott mit, den man Iren aus Limerick nachsagte. »Aber das Gold ist da, daran besteht kein Zweifel. Wenn es uns doch nur verraten würde, wo.«

»Ich kenne den Mann«, sagte Tom zu Alastair. »Diesen Jones ... Er hat mich kurz nach unserer Ankunft um Rat gefragt. Er brauchte Balken für einen neuen Stollen.«

»Er wird sich noch umbringen«, knurrte Alastair. »Er ist nicht stark genug, um alleine zu schürfen.«

Hierauf entstand einen Moment Stille. Sie alle wussten nur zu gut Bescheid über einsame Goldschürfer, die Löcher in den Fels bohrten und diese anschließend mit Dynamit füllten.

Maria machte dem nachdenklichen Schweigen ein Ende, indem sie auf Willies Christbaum und seine kleinen selbst gebastelten Engel hinwies.

»Stellt ihr zu Hause an Weihnachten immer einen solchen Baum auf, Willie?«, fragte Tom.

»Natürlich. Aber wir stecken zusätzlich noch kleine Kerzen an den Baum. Wenn sie brennen, ist es einfach märchenhaft.« Er wandte sich an Maria. »Und wie feiert ihr Weihnachten in Irland?«

»Wir stellen ein Licht ins Fenster, um dem Christkind zu leuchten und zur Erinnerung an Menschen, die wir lieben und die nicht bei uns sein können!«, antwortete sie. Heimweh überwältigte sie, und zu ihrem Erstaunen füllten sich ihre Augen mit Tränen.

Willie entschuldigte sich plötzlich und ging hinaus. Als er die Tür öffnete, wehte der harzige Duft des Waldes in den warmen Raum. Sie hörten seine Stiefel durch den Schnee knirschen, als er zu seiner Hütte stapfte. Kurz darauf kam er mit einer echten Wachskerze zurück. Sie konnten sie nicht ins Fenster stellen, da dieses aus Segeltuch bestand, aber Maria stellte sie in ein leeres Einmachglas mitten auf den Tisch, und Tom sprach ein Gebet, in das er Peggie, den Vater und Michael einschloss. Es war so schade, dass ihr Bruder Weihnachten nicht bei ihnen sein konnte, aber vielleicht würde er ja im Frühjahr wiederkommen, mit der Armee.

Der Truthahn war ein köstliches Mahl, und die Reste hielten noch viele Tage vor, ebenso wie das Gefühl der Kameradschaft und Solidarität.

Während der grausamen Wintermonate, in denen das Wetter das Bauen unmöglich machte, zimmerte Tom Tische, Stühle und andere Möbelstücke in dem kleinen Stall, den er hinter dem Blockhaus angebaut hatte. Einer der Goldsucher, Joe

Cunningham, ein Schreiner aus Lancashire, half ihm dabei. Er war ein untersetzter, drahtiger Mann, der Maria mit Komplimenten überschüttete: »Was macht eine so hübsche junge Frau nur an einem solchen Ort ...!«

Seine Frau Tessa war mit dem letzten Vorratskonvoi vor dem Winter zu ihm gekommen. Sie und Maria freuten sich so, einander zu sehen, dass sie sich spontan angefreundet hatten. Die beiden Frauen verbrachten die langen Abende gemeinsam nähend am Feuer, während die Männer nebenan sägten und hämmerten. Tessa erzählte von den Baumwollfabriken in Lancashire, wo sie als junges Mädchen gearbeitet hatte.

»Ich habe immer gedacht, wir hätten es schwer gehabt, aber wir sind zumindest nicht halb erfroren und wurden auch nicht wie Zootiere angestarrt. Hast du schon einmal so etwas wie diese Männer hier erlebt, die stehen bleiben und uns angaffen? Ich danke Gott, dass im Frühjahr weitere Frauen herkommen werden!« Hierauf nannte sie eine Reihe von Männern, deren Frauen mit dem nächsten Konvoi eintreffen würden.

Aber statt der Ehefrauen kam eine Gruppe Prostituierter in Begleitung einer Puffmutter. Sie wurden in eiligst errichteten Unterkünften am Ortsrand untergebracht, die man »Katen« nannte.

»Sie sind mit einem Sondertreck hergebracht worden, man stelle sich das vor«, zischte Tessa, als sie herüberkam, um Maria die skandalöse Neuigkeit zu berichten. »Als wären sie allesamt Prinzessinnen und nicht ein Haufen Schlampen. Wir müssen sie aus der Stadt jagen!«

»Red keinen Unsinn«, sagte Maria lachend und hoffte, dass Tom nicht hereinkommen würde und wissen wollte, was denn so komisch war. »Dann müssten wir erst die Männer hinausjagen!« Sie blickte auf ihre neue Freundin und sagte überzeugt: »Tom würde sich nie mit solchen Frauenzimmern einlassen!«

»Es ist nicht Tom, um den ich mir Sorgen mache«, antwortete Tessa gepresst.

Den ganzen Winter über kam es zu sporadischen Indianerüberfällen. Tom hatte das Gewehr immer griffbereit, und Maria gewöhnte sich an, das verhasste Holster wieder umzuschnallen, sobald sie das Haus verließ.

Als es Frühling wurde, trafen wie erwartet Soldaten in Deadwood ein, aber Michael war nicht unter ihnen. Sein Regiment war nach Süden geschickt worden.

Die Soldaten stellten ihre Zelte am Ortsrand auf, wo das schwarze Wasser wieder unter der winterlichen Eis- und Schneedecke auftauchte und das Klappern und Schaben der Schürfsiebe sich mit dem Rauschen der eisigen Fluten vermischte.

Wie Willie vorhergesagt hatte, blühte Deadwood auf. Im Laufe des Frühlings 1875 wuchs die Bevölkerung auf mehrere tausend Menschen an. Überall entstanden Lager, und die neue »Stadt« wurde zum Mittelpunkt ihres wirtschaftlichen Lebens.

Tom arbeitete rund um die Uhr. Das schlammige Flussufer, an dem er selbst sein Blockhaus gebaut hatte, füllte sich mit einstöckigen Häusern, von denen die meisten mit einer falschen Fassade versehen wurden, um eleganter zu wirken. Da die einzigen ebenen Grundstücke in der Main Street lagen, waren Bauparzellen dort sehr begehrt. Diese Straße verlief parallel zum Whitewood Creek, der als natürlicher Kanal diente, dessen üble Gerüche aber vom Duft des Pinienholzes überlagert wurden, den die Neubauten verströmten. Wasser wurde aus zahlreichen Quellen an den Berghängen geschöpft und über ein neues Rohrsystem zu den neuen Häusern und Betrieben geleitet.

Tom und Maria bekamen Willie nur noch selten zu Gesicht. Er verbrachte die meiste Zeit auf seinem Claim.

Im Verlauf dieses Jahres erwarb Tom einen Anteil am neuen Sägewerk, das im Frühjahr 1876 seine Arbeit aufnahm, und er organisierte einen Handel mit Baumaterial und Lebensmitteln. In der Stadt gab es jetzt Brauereien, Bäckereien, Zeitungen und Hotels. Durch das Gold war in der Stadt immer etwas los, egal ob bei Tag oder bei Nacht. Die Postkutsche brachte die Post und kämpfte sich unter lautem Rufen die schlammige Straße hinauf. Auf dem Bock saßen Wachen mit großkalibrigen Gewehren.

Als der Frühling in Sommer überging, sorgten zwei Neuankömmlinge für Gesprächsstoff. Der eine war ein Mann namens William Hickock, besser bekannt als Wild Bill, die zweite Person war eine junge Frau. In dem Augenblick, da Maria sie in Wildlederhose und ebensolcher Jacke, dazu mit Weste und Schlapphut, das Gewehr über der Schulter, vorbeigehen sah, wusste sie, dass sie die Welt nie wieder mit denselben Augen betrachten würde.

»Wer um alles in der Welt ist diese Frau?«, fragte sie Tom. »Sie trägt Männerkleidung, und man sieht sie nur bei den Soldaten oder in Begleitung dieses Wild Bill!«

»Sie ist die Pony-Express-Reiterin zwischen Deadwood und Custer. Sie war jahrelang Kundschafterin unter General Custer. Man nennt sie Calamity Jane!«

»Was ist denn das für ein Name?«

»Ihr richtiger Name ist Martha Cannery. Sie ist mit achtzehn zu Custer gestoßen und folgte seinem Regiment auf einen Indianerfeldzug in Arizona. Man sagt, sie wäre einer der furchtlosesten Reiter und der beste Schütze des Westens!«

»Wie macht sie das ... kleidet sich wie ein Mann, lebt wie ein Mann ... unter *Männern* ...?«

Tom lachte trocken. »Niemand würde es wagen, sie zu belästigen!«

Als Maria ein paar Tage später die Main Street hinunterging, kam ihr Calamity Jane in hohen Stiefeln und Hosen auf dem inzwischen mit Sägespänen und Holzstücken halbwegs befestigten Gehweg entgegen.

Maria starrte sie an. Sie hatte eine Frau vor sich, die Respekt und Freiheit ganz selbstverständlich für sich in Anspruch nahm. Sie hätte liebend gern mit ihr gesprochen, machte ihr jedoch stattdessen schüchtern Platz, um sie vorbeizulassen.

»Nach Ihnen, Ma'am«, sagte Calamity Jane höflich. »Sie werden sich in dieser Gegend noch die schönen Kleider ruinieren«, fügte sie hinzu, als Maria den Rocksaum hob, um eine schlammige Stelle zu überqueren.

Tom kam hinzu und tippte sich an die Hutkrempe.

»Ich habe von Ihnen gehört«, sagte die Pony-Express-Reiterin lakonisch. »Sie sind doch Tom Walsh, oder?«, fügte sie erwartungsvoll hinzu. »Es heißt, Sie wären der beste Schütze weit und breit.«

»Das halte ich für stark übertrieben, Ma'am«, entgegnete Tom eilig. Maria musste an sich halten, um nicht laut loszulachen. Ihr Bruder war ganz offensichtlich nicht scharf darauf, sich mit Calamity Jane zu messen.

Mit Inbetriebnahme des Sägewerks veränderte sich die Gestalt Deadwoods. Jetzt gab es Bretter in rauen Mengen. Hütten mit Bretterwänden lösten allmählich die Blockhäuser ab. Läden und Saloons eröffneten neben Banken und Anwaltskanzleien. Frauen stießen zu ihren Männern, und mit ihnen hielt auch eine Art von Zivilisiertheit Einzug. Eine Atmosphäre scheinbarer Ehrbarkeit machte sich in dieser seltsamen Stadt breit, die innerhalb nur eines Jahres aus dem Boden gestampft worden war.

Tom tauschte das Grasdach gegen Holzschindeln aus und verlegte im Haus einen Boden aus Holzdielen. Maria polierte die Dielen mit Flusssand, in dem sie sogar vereinzelt Goldkörnchen fand.

Tom starrte auf die Körnchen und lachte. »Wir haben einen goldenen Fußboden, Maria. Schreib das in deinem nächsten Brief nach Hause!«

»Ich frage mich, ob Peggies Haar noch dieselbe Farbe hat«, überlegte Maria laut. »Erinnerst du dich noch an die goldenen Reflexe ...« Sie verstummte abrupt, als sie den traurigen Ausdruck auf seinem Gesicht sah.

Eines Tages im April, als Tom den Laden gerade über Mittag schließen wollte, stolperte ein Mann herein. Es war der halb verrückte Goldschürfer Jones, von dem Alastair Sutherland an Weihnachten erzählt hatte. Er war ausgezehrt, zerlumpt und schmutzig, mit langem verfilztem Haupthaar und Bart. Die Haut im Gesicht und an den Händen war vom Lagerfeuer geschwärzt, sodass er Ähnlichkeit mit einer Scheibe Schinken hatte. Tom hielt ihn sofort für betrunken, aber der Goldgräber war absolut nüchtern.

Armes Schwein, dachte Tom. Jedes Mal, wenn ich ihn sehe, sieht er ein wenig schlimmer aus. Alastair hat Recht: Die Berge bringen ihn um.

»Lange nicht mehr gesehen, Mr. Jones!«, sagte er freundlich. »Was kann ich für Sie tun?«

Maria rief aus der Küche herüber: »Tom Walsh ... würdest du um Himmels willen endlich essen kommen, bevor alles kalt ist?« Der Duft von gebratenem Schinken und gebackenen Kartoffeln wehte durch die offene Tür herein.

Tom warf einen gequälten Blick auf seinen Kunden. »Möchten Sie nicht mit uns essen, Mr. Jones?«

»Nein, vielen Dank ... sehr freundlich ... Ich habe einen Auftrag für Sie. Ich komme später wieder.«

Aber Tom war die Wirkung der Essensdüfte auf den armen Mann nicht entgangen. Er erinnerte sich noch gut an den üblen Geschmack des Hungers und daran, wie leicht er jemanden von dieser Welt in die nächste befördern konnte.

»Meine Schwester und ich würden uns wirklich über etwas Gesellschaft freuen!«, beharrte er. »Wir können Ihren Auftrag ja beim Essen besprechen.«

Der Kunde ließ sich überreden. Tom führte ihn in die warme Küche. Auf dem Tisch stand ein Schinken, frisch aus dem Ofen, dazu eine Schüssel mit Kartoffeln und eine weitere mit gehacktem Kohl.

Maria, die am Herd stand, drehte sich um und stutzte, als sie den unerwarteten Gast sah.

»Das ist Mr. Jones, Maria. Mr. Jones, meine Schwester.«

»Freut mich«, sagte der Mann verlegen, als Maria ihm die Hand reichte. »T'schuldigen Sie meinen Aufzug, Ma'am. Man nennt mich auch Smoky Jones.« Er lachte und zeigte eine Reihe schwarzer Zähne. »Ist das nicht ein passender Name für einen alten Kauz aus den Bergen?«

»Herzlich willkommen, Mr. Jones.«

Sie legte noch ein Gedeck auf, und die drei setzten sich.

Maria ärgerte sich, dass Tom dieses schmutzstarrende Individuum eingeladen hatte, aber im Laufe der Mahlzeit wuchs ihr Respekt für den Menschen, der sich hinter dem abstoßenden Äußeren verbarg. Zum einen war er nüchtern. Zusätzlich hatte er Manieren, zwar keine sehr feinen, aber immerhin.

»Noch Kartoffeln, Mr. Smoky?« Sie errötete. »Ich meine, Mr. Jones.«

Er lachte schallend. »Schon gut, Ma'am, und ich nehme mir gerne noch etwas.« Er fing an, von seinem Claim in den Bergen zu erzählen. »Im Moment wasche ich kein Gold, auch wenn ich mir überlegt habe, es noch einmal zu versuchen, um endlich meine Kosten decken zu können. Ganz in der Nähe meines Lagers fließt ein Bach vorbei, der ebenso gut dafür geeignet wäre wie jeder andere. Darum möchte ich bei Ihnen eine Waschrinne in Auftrag geben, Tom. Allerdings ist das Goldwaschen mir zu zeitaufwendig; ich glaube mehr an meine Mine. Ich habe den ganzen Winter über geschürft, und ich wette, in dieser Mine steckt mehr Gold als irgendwo sonst im ganzen Land!«

Tom und Maria hörten ihm geduldig zu. Goldgräber sind wie Fischer, dachte Tom. Sie *wissen* einfach, dass sich in irgendeinem dunklen Tümpel ein Schatz verbirgt, und sie wissen immer von denen zu berichten, die ihnen nur knapp entgangen sind.

Smoky Jones holte ein paar Gesteinsproben aus der Tasche und legte sie auf den Tisch. Sie sahen aus wie gewöhnliche Steine, abgesehen von den dünnen schwarzen Adern, die sie durchzogen.

»Das ist Gold ...«

Tom ließ sich seine Skepsis nicht anmerken. Er wusste, dass Gold nur dann glänzte, wenn es in seiner reinsten Form vorkam so wie bei den Funden im Fluss, wo das Wasser bereits alle Fremdstoffe fortgewaschen hatte. Aber die Steine auf dem Tisch schimmerten nicht im Geringsten und schienen keinen zweiten Blick wert zu sein.

Und dann legte Smoky Jones einen kleinen Goldklumpen auf das Tuch.

»Mein Talisman«, sagte er und sah grinsend von einem zum anderen. »Den habe ich oben in den Bergen im Fluss gefunden. Es ist nur eine kleine Kostprobe dessen, was im

Felsen verborgen ist. Mein wahres Problem ist, dass ich nicht über genug Kapital verfüge, um meine Mine weiter auszubauen, Tom. Ich bin auf der Suche nach einem Partner. Man sagt, Sie stehen finanziell gut da, und Sie haben den Ruf, anständig und vertrauenswürdig zu sein. Wenn Sie das Kapital einsetzen und mit anpacken, teilen wir uns den Gewinn. Sie sind stark und ein netter Mensch!« Krähenfüße tauchten seitlich von Smokys eingesunkenen Augen auf. »Ich weiß, dass wir es zusammen schaffen würden.«

Tom runzelte die Stirn. In diesem Teil der Welt war nichts unmöglich. Die Verhandlungen mit den Indianern liefen, und vermutlich würde das Goldschürfen schon bald legal sein. Wenn Smokys Mine auch nur eine einzige bescheidene Ader aufwies, konnte der Claim leicht ein Vermögen wert sein. Andererseits war der Mann ganz offensichtlich ein Exzentriker und möglicherweise auch ein Träumer.

»Lassen Sie mir etwas Zeit, um darüber nachzudenken.«

»Tun Sie das, Tom.«

Als Smoky Jones gegangen war, sah Maria ihren Bruder fragend an. »Und ... was sagst du?«

»Zweifellos ist es ihm ernst mit seinem Angebot, Maria! Aber er ist ein Mann, der in Einsamkeit, Hunger und Kälte lebt. Ich frage mich, wie viel von dem, was er sagt, reines Wunschdenken ist.«

Am darauffolgenden Tag suchte Tom mehrere erfahrene Minenarbeiter auf, Männer, die mit ihm und Maria aus Golden hergekommen waren und die schon in den entlegensten Winkeln Colorados nach Gold gesucht hatten und einiges über erzhaltige Gesteinsformationen wussten. Sie alle waren sich einig.

»Der alte Smoky Jones?«, riefen sie aus. »Der ist schon seit zwei Jahren da oben ... Aber da gibt es nur Schiefer, sonst nichts, Tom. Mag sein, dass er ein wenig Gold gefunden hat;

hier in der Gegend wäre es erstaunlich, wenn er keins gefunden hätte. Aber er ist ein Spinner. Du wärst dumm, Geld in seine Mine zu investieren!«

Tom kehrte zurück zu Maria und berichtete ihr von dem einstimmigen Urteil seiner Bekannten.

»Sie müssten es eigentlich wissen«, sagte sie. »Trotzdem ...«

»Trotzdem was ...?«

»Es ist schon komisch, dass er hergekommen ist. Ich hatte so ein eigenartiges Gefühl, als er den Goldklumpen auf den Tisch gelegt hat!«

Tom schaute sie zweifelnd an.

»Warum beschaffst du dir nicht ein paar ordentliche Proben, bevor du dich entscheidest?«, drängte sie. »Sollen doch Spezialisten sie untersuchen.«

Tom dachte einen Moment darüber nach. »Das würde einen zeitaufwendigen Ausflug in die Berge bedeuten ...«, sagte er langsam. »Das ganze Unternehmen könnte sich als kostspieliger sinnloser Spaß entpuppen. Und das jetzt, wo ich gerade anfange, gut zu verdienen. Außerdem *waren* sich die Experten absolut einig, dass da oben nur Schieferformationen zu finden sind und wenig Aussicht besteht, auf eine Goldader zu stoßen.« Nach einer Weile fügte er wie zu sich selbst hinzu: »Das Ganze kommt so plötzlich. Soll ich meine Arbeit wirklich für mehrere Wochen unterbrechen, um mich mit dieser zweifelhaften Investitionsmöglichkeit zu befassen?«

»Ich weiß es auch nicht!«

»Ich muss praktisch denken, Maria. Der Mann steht ganz offensichtlich unter Druck und ist verzweifelt. Ich kann mir keine Spielereien leisten, so verlockend es auch sein mag.«

Als Smoky Jones zwei Wochen später wieder in die Stadt kam, teilte Tom ihm mit, dass er das Angebot zu seinem Bedauern ausschlagen müsse.

»Schade«, sagte Smoky enttäuscht. »Ich hätte Sie jedem anderen vorgezogen.«

Im September traten die Sioux, wie von Michael vorhergesagt, die Black Hills an die Regierung ab und unterzeichneten ein neues Abkommen. Jetzt war das Schürfen in diesem Gebiet nicht mehr illegal. Bevor es dazu kam, ereignete sich allerdings etwas, das sogar die hartgesottene Bevölkerung von Deadwood Gulch erschütterte.

Wild Bill Hickock wurde im Bell Union Saloon am Spieltisch hinterrücks in den Kopf geschossen. Der Mörder – ein gewisser Jack McCall – wurde von Calamity Jane verhaftet und in eine Hütte gesperrt, aus der er jedoch fliehen konnte, um einige Zeit später auf der Fagan Ranch beim Horse Creek erneut geschnappt zu werden.

Das Problem mit Goldgräberlagern ist, dachte Tom, dass es dort nur *Ad-hoc*-Gesetze gibt. Wahrscheinlich wird es noch viel schlimmer werden, bevor Abhilfe geschaffen wird. Und ich habe Maria in dieses Wespennest gebracht!

Wir werden von hier weggehen, sobald ich eine ordentliche Summe beisammen habe, schwor er sich.

Es war ein komisches Gefühl, wohlhabend zu sein. Tom saß über den Büchern. Er hatte Maria die Grundzüge der doppelten Buchführung erklärt, aber einmal im Monat nahm er sich die Zeit, die Bücher mit ihr zusammen durchzugehen.

»Achttausend Dollar«, sagte sie gegen Ende 1876 stolz. »Das war dein Gewinn in diesem Jahr.«

»*Unser* Gewinn, Maria. Ohne dich hätte ich es niemals geschafft.«

Er schaute ihr in die Augen. »Ich möchte, dass du das weißt. Es ist für eine Frau nicht leicht, hier zu leben, aber du hast mir ein Zuhause geschaffen, dich um den Laden gekümmert, Mahlzeiten für mich gekocht, meine Wäsche gewaschen und die Buchhaltung erledigt. Die Hälfte dieses Geldes steht dir zu. Ich werde für dich auf deinen Namen ein Bankkonto einrichten, auch wenn ich dir noch nicht die ganze Summe auszahlen kann, die dir zusteht.«

»Das macht doch nichts. Ich will gar nichts davon haben!«

»Das heißt aber nicht, dass es dir nicht zusteht.«

Maria stellte ihm endlich die Frage, die ihr schon lange auf der Seele lag: »Wie viel können wir nach Hause schicken? Peggie könnte etwas Geld brauchen, jetzt wo sie heiraten möchte. Und Vater ist nicht mehr in der Lage, den Hof zu bewirtschaften!«

Tom machte ein betrübtes Gesicht. »Ich habe Peggie schon Geld geschickt, und auch ein paar Dollar an Vater. Im Augenblick kann ich aber nicht viel mehr schicken. Das ganze Geld ist nämlich verplant.« Er musterte sie, um zu sehen, wie sie darauf reagierte. »Nicht für mich, Maria. Es ist für Vater, Peggie und dich! Ich habe mich in einen Claim eingekauft – einen, der vielversprechend erscheint. Ich weiß, dass es ein Risiko ist ... aber kein allzu großes, denke ich.«

»Aber Tom, die ersten Goldgräber haben bereits aufgegeben. In den Wasserläufen wird immer weniger Gold gefunden.«

»Hältst du mich für blöd?«, fragte er gereizt. »Ich habe das Geld in eine Mine gesteckt.«

»Wessen?«

»Was glaubst du?«

»Doch nicht in Willies?«

Er nickte. »Nächste Woche fange ich mit dem Goldschürfen an.«

Maria erbleichte. Sie wusste, wie zwei Männer in den Minen arbeiteten. Es wurde gesprengt, und beim Anbringen der Sprengladungen schwang einer den Hammer, während der andere den Meißel hielt.

»Du kannst getötet werden!«

»Willie kann mit dem Vorschlaghammer umgehen«, entgegnete Tom. »Und ich im Übrigen auch!«

»Hast du nicht gesagt, du würdest hier nie nach Gold schürfen?«

»Jetzt ist es nicht mehr illegal, Maria, nicht seit dem neuen Abkommen mit den Sioux. Das weißt du doch. Und mir ist klar geworden, dass ich den Baum des Lebens schütteln muss, wenn ich etwas von ihm abhaben will. Es reicht nicht aus, sich hinzusetzen und darauf zu warten, dass etwas passiert!«

»Und was ist mit deinem Geschäft?«

»Das wird verkauft«, sagte er schuldbewusst. »Ich habe mich entschieden. Ich habe schon einen Interessenten.«

»Und was willst du tun, wenn die Mine sich als Reinfall entpuppt?«

»Maria, dann ziehen wir weiter.«

»Und wenn ihr auf Gold stoßt?«

»Dann auch. Manche Dinge, die ich erreichen will, kann ich hier nie verwirklichen. Und dann bekommt ihr, Vater, Peggie und du, endlich alles, was ihr wollt.«

Warum ist Tom nur so rastlos?, fragte sich Maria. Und was ist mit mir? Was will ich noch im Leben erreichen? Oder ist es mein Schicksal, meinem Bruder überallhin nachzulaufen wie eine herrenlose Katze? Was will ich? Ich will mein eigenes Leben leben.

Wo bist du, Ted Lafferty, und warum hast du mich vergessen?

Fast genau ein Jahr nachdem er Smoky Jones' Angebot ausgeschlagen hatte, wurde Tom eines Tages auf dem Weg von der Mine nach Hause von Alastair Sutherland angesprochen. Alastair hatte seinen Claim verkauft und wollte in Kürze zurück in den Osten. Er wirkte seltsam bedrückt und gleichzeitig erregt.

»Tom, hast du schon das Neueste gehört?«

»Was denn?«

»Du kennst doch die Mine, in der der arme alte Jones die letzten Jahre geschuftet hat?«

»Klar. Er hat sie verkauft!«

»Ja, zur gleichen Zeit wie ich meine. Die Mineningenieure waren den ganzen Monat oben. Es scheint, als wären die Proben, die sie genommen haben, außergewöhnlich.«

»... nur Schiefer ...«

Alastair schüttelte den Kopf. »Es heißt, es wäre das größte Goldvorkommen in dieser Gegend, möglicherweise sogar auf der ganzen Welt. Sie sagen, es wäre gigantisch. Tom – das größte Goldvorkommen *aller Zeiten*.« Nach kurzem Schweigen fügte er grunzend hinzu: »Der arme alte Jones. Er ist nach Kalifornien gezogen, aber er wird ganz sicher davon hören.«

Tom fühlte sich, als hätte man ihm einen Tritt in den Magen verpasst. Der kalte Schweiß brach ihm aus. Er wischte sich die Stirn ab und registrierte nur vage die Schießpulverspuren, die an seinem Taschentuch haften blieben.

»Alles in Ordnung mit dir, Tom?«

»Nur etwas müde ...«

Später sagte er verbittert zu seiner verblüfften Schwester: »Ich habe die Chance meines Lebens verpasst, Maria. Sie wurde mir auf dem Silbertablett serviert, aber ich habe geschlafen. Ich wusste, diese Chance würde kommen. Ich habe es Monate gespürt, Jahre. Aber als sie da war ... O Gott, wie konnte ich nur so blöd sein? Wie kannst du mir je verzeihen?«

»Hast du die Geschichte denn überprüft, Tom? Vielleicht ist es nur ein Gerücht. Vielleicht ist es ja maßlos übertrieben; Geschichten wachsen mit dem Erzählen.«

»Ich habe mit den Ingenieuren gesprochen. Gold im Wert von fünfzigtausend Dollar pro Tonne Erz!« Er vergrub den Kopf in den Händen.

»Dann wärst du jetzt sehr reich, wenn du damals Mr. Jones' Angebot angenommen hättest?«, fragte sie leise.

»Reich? Maria, dann wären wir heute reicher als der Präsident, als die Vandermeers und all die Leute, deren schöne Häuser und Kutschen wir im Osten gesehen haben. Reicher als jeder englische Herzog oder amerikanische Industrielle; reicher als alle Millionäre zusammen, von denen du je gehört hast. Wir wären so reich, dass wir unser Vermögen niemals ausgeben könnten, ganz egal, wie sehr wir uns auch anstrengen würden. Maria, es heißt, diese Mine wäre die ertragreichste aller Zeiten! Damit wären wir zu den reichsten Menschen der Erde geworden!«

Maria war kreidebleich geworden. »Und er hat *dich* gefragt«, sagte sie leise. »Er hat an diesem Tisch gesessen und dir die *Hälfte* von allem angeboten. Wir hätten alles haben können ... wir hätten uns ein Stadthaus im Osten kaufen können, dazu noch Kilduncans Haus und Tausende Hektar für Vater ...«

»Nicht, Maria! Mach mir keine Vorwürfe. Glaube mir, die mache ich mir schon selbst.«

Hiernach veränderte sich Tom. Er wurde sehr still; er verbrachte viel Zeit in der Mine, las jedes Buch über Mineralien und Metalle, das er in die Finger bekommen konnte. Er lud erfolgreiche Schürfer zum Essen ein und hörte sich alles, was sie sagten, sehr aufmerksam an. Nachts machte er sich Notizen.

»Du brennst die Kerze an beiden Enden gleichzeitig ab. Du schuftest dich noch zu Tode«, schimpfte seine Schwester.

»Mag sein. Aber noch brennt sie, Maria. Ich möchte nur bei einer Sache ganz sicher gehen: dass *ich* das Glück erkenne, wenn es mir das nächste Mal in die Augen schaut. Das nächste Mal werde ich die Kenntnisse besitzen; ich möchte mich nie mehr auf den Rat so genannter Experten verlassen müssen!«

Das nächste Mal?, dachte Maria. Ist er denn völlig verrückt, dass er sich einbildet, eine solche Chance würde sich *noch einmal* bieten?

Aber Toms Kerze brannte nicht so gut, wie er geglaubt hatte. Eines Tages war er ganz gelb im Gesicht, als er von der Mine heimkam.

»Meine Güte«, rief Maria und fühlte seine Stirn. »Was ist mit dir? Du glühst ja!«

Er taumelte zum Bett, und als sie ihm später das Abendessen brachte, war er im Delirium. Im Lampenlicht schimmerte seine Haut wächsern, und als er zu ihr aufblickte, hatte das Weiße seiner Augen einen blassen Goldton angenommen.

Der Doktor hörte mit seinem Stethoskop Herz und Lungen ab, zog dann Toms Unterlider herunter und untersuchte seine Augen.

»Das ist eine Form der Gelbsucht. Geben Sie ihm viel frisches Wasser zu trinken und frisches Obst, wenn Sie welches beschaffen können – heute sind wilde Brombeeren eingetroffen. Ansonsten muss er sich fettfrei ernähren.«

»Ist es schlimm?«

»Möglicherweise. Die Krankheit kann immer wieder ausbrechen, ein Leben lang.«

»Wird er es überstehen?«, fragte sie ängstlich mit Tränen in den Augen.

Der Arzt schürzte die Lippen. »Nun, zwei Dinge sprechen für ihn. Er ist jung ...« Er schenkte ihr ein freundliches Lächeln, »... und er hat Sie!«

Tom verlor jedes Zeitgefühl. Manchmal kam er zu sich, nass geschwitzt und verwirrt, sah Maria an seinem Bett sitzen und versuchte, mit ihr zu sprechen. Aber schon wurde er wieder in die Traumwelt zurückgerufen – sein Vater und seine Mutter, beide noch jung, lachend vor dem Kamin in Carraigh Mór; Peggie, die mit Samtbändern im Haar eine Straße in Boston hinunterging ...

Willie kam zu Besuch, setzte sich an sein Bett und brachte gute Neuigkeiten. Er sei auf eine Ader gestoßen, genau da, wo sie zuletzt gesprengt hätten. Wie ergiebig sie sei, stünde noch nicht fest, aber er wolle sie prüfen lassen.

Er richtete den Blick auf Maria. »Ich habe das Gefühl, dass uns eine Überraschung bevorsteht!«

Tom schien zuzuhören. Er faselte etwas von Gesteinsformationen, bis Willie ging.

Maria kühlte ihrem Bruder die Stirn und wusch ihn mit warmem Wasser ab. Tessa kam ab und zu kurz vorbei, damit Maria sich ein wenig ausruhen konnte, aber Maria wimmelte sie ab, weil sie fürchtete, die Freundin könne sich anstecken, vor allem jetzt da sie schwanger war.

Eines Morgens schreckte Maria auf ihrem Stuhl am Bett ihres Bruders aus dem Schlaf hoch und wusste sofort, dass etwas anders war. Sie musterte ihren Patienten besorgt und fühlte seine Stirn und seinen Hals. Tom fühlte sich kühler an. Er atmete auch wieder normal und schien friedlich zu schlafen.

»Das Fieber ist gesunken«, flüsterte sie, kniete nieder und verbarg das Gesicht in den Händen.

»Ich danke dir, lieber Gott. Danke.«

Am selben Abend konnte Tom sich wieder aufsetzen und eine Kleinigkeit essen. Er schien ganz verblüfft über seinen Zustand – mager und schwach.

»Wie lange war ich denn krank?«

»Zehn Tage.«

Er war ebenso erschrocken wie perplex und versuchte aufzustehen.

»Ich muss zurück an die Arbeit, Maria. Ich habe genug Zeit vertrödelt!«

»Du wirst deine Lungen zerstören. Was nützt dir alles Gold dieser Welt, wenn deine Gesundheit ruiniert ist? Aber ich muss dir etwas sagen. Willie war heute hier, während du geschlafen hast.«

Tom ließ sich in die Kissen zurücksinken. Seine Augen verdunkelten sich, und ein sorgenvoller Ausdruck trat in sein Gesicht. »Und ...?«

Maria lachte fröhlich. »Gute Neuigkeiten. Eure Goldader ist wertvoll.«

Am nächsten Abend kam Willie wieder und bestätigte die Neuigkeit noch einmal persönlich. Die beiden Männer tuschelten über eine Stunde miteinander.

Als ihr Besucher wieder fort war, sagte Tom: »Ich verkaufe an Willie. Das Geld wird für einen Neuanfang reichen. Wir können weiterziehen.«

»Wohin?«

»An einen Ort namens Leadville in Colorado. Dort kann man ein Vermögen machen.«

»Aber Tom, in Leadville gibt es Silber und Blei, oder? Und Millionen von Menschen.«

Tom grinste breit. »Die tatsächliche Einwohnerzahl liegt wohl eher bei zwanzigtausend. Na, was sagst du, Maria? Mit dem Erlös aus meinem Minenanteil haben wir alles in allem an die achtzigtausend Dollar. Das dürfte für einen guten Start in der größten Minenstadt des Westens reichen.«

»So viel Geld! Wir könnten zurück in den Osten. Oder in die Heimat ...«

Tom setzte eine feierliche Miene auf. »Ich weiß. Aber ich bin davon überzeugt, dass noch Größeres vor uns liegt ... meine zweite Chance!« Plötzlich lächelte er. »Sag ja, Maria. Wir sind auf dem Weg zu wahrem Reichtum!«

Maria schüttelte den Kopf. »Wie kannst du so reden, nachdem du endlich eine beträchtliche Summe Geld besitzt und dazu noch dem Tod in letzter Minute von der Schippe gesprungen bist? Du forderst das Schicksal heraus.«

Tom griff nach dem Wasserglas an seinem Bett und trank einen Schluck.

»O ja, ich fordere es heraus«, murmelte er wie zu sich selbst. »Ich werde es so lange herausfordern, bis ich es in die Knie gezwungen habe ...«

Ist es die Krankheit, oder hat die Sache mit Smoky Jones dir den Verstand geraubt, Tom Walsh?, fragte Maria sich beunruhigt. Und wohin wird uns das führen?

Einen Monat später kam Willie, um sich zu verabschieden.

»Ich werde euch beide vermissen«, sagte er bedrückt. Er wandte sich an Maria. »Dich ganz besonders, *Liebchen.* Was soll ohne dich aus Deadwood werden?«

»Dein Charme ist unwiderstehlich, Willie«, antwortete Maria lachend und entzog ihm die Hand, die er an seine Lippen gehoben hatte. »Kein Wunder, dass Gretchen immer noch auf dich wartet.«

Du Glückliche, dachte sie. Für dich hat das Warten ein Ende. Jetzt wird er dich ganz sicher zu sich holen!

7. KAPITEL

Grand Hotel
Chestnut Street
Leadville, Colorado
2. Mai 1877

Liebste Peggie,

zuallererst einmal herzlichen Glückwunsch zu deiner Hochzeit. Ich hoffe, dein Mann hat dich verdient und ihr beide werdet glücklich miteinander.

Ich schreibe dir aus einer Stadt namens Leadville in Colorado. Sie ist sehr hoch gelegen, etwa dreitausend Meter – mitten in den Wolken –, und rund herum sind Berge und Minen, vor denen sich Erzabfälle aus den Stollen, die in den Berg getrieben wurden, türmen.

Die Stadt selbst ist eleganter, als man erwarten würde; es gibt einige wirklich gelungene Gebäude und passable Gehwege; hier wohnen Tausende von Menschen. Die Straßen sind allerdings durch die ständige Beanspruchung völlig verschlammt: Große Gespanne aus bis zu acht Pferden schaffen das Erz von den Minen zu den Schmelzhütten, und Holzschlepper schaffen den Großteil unseres Baumaterials herbei.

Alle arbeiten emsig wie die Biber. Es gibt Schürfer, die nach Silber und Blei und auch sonst nach allem, was Geld bringen könnte, suchen. Einige von ihnen haben ein Vermögen gemacht, so wie beispielsweise Mr. Horace Tabor, der ursprünglich hier in Leadville einen Laden besaß und inzwischen von allen nur noch »Silberkönig« genannt wird.

Außer den Minenarbeitern gibt es noch Zimmerleute, allerlei Handwerker und Prüfer (diese Leute bestim-

men den Gehalt an Edelmetallen in Gesteinsproben), Kaufleute, Banker, Rechtsanwälte, Frauen und Kinder. Es gibt eine Zeitung und alle modernen Errungenschaften. Man kann sich kaum vorstellen, dass die Stadt nur über Gebirgspässe zu erreichen ist, die einen Teil des Jahres unpassierbar sind. Im Winter fallen die Temperaturen hier auf minus vierzig Grad (das sind vierzig Grad unter dem Gefrierpunkt, also unter der Temperatur, bei der Wasser gefriert! Kannst du dir das vorstellen, Peggie? Der Fluss am An Cailleach würde bei solchen Temperaturen völlig zufrieren).

Wir sind umgeben von den Rocky Mountains, weitläufigen Wäldern – Kiefern, Tannen und Fichten –, und unterhalb der Stadt liegt ein wunderschöner türkisfarbener See. Die Luft ist erfüllt vom Wiehern und Schnauben der Pferde, vom Geräusch des Hämmerns, Holzrauch und den Gerüchen der Schmelzhütten. Außerhalb der Stadt ist der Pinienduft allgegenwärtig. Es ist seltsam, hier oben auf dem Dach der Welt zu wohnen und von so vielen Menschen umgeben zu sein, die scheinbar alle ausgezogen sind, die Zivilisation in die Wildnis zu tragen.

Aber nun zu mir! Ich besitze Anteile an drei Minen in der Gegend, und mein Partner – Geoff Diamond (ist das nicht ein passender Name für einen Minenbesitzer?) – und ich hatten ein bisschen Glück mit einer Silbermine. Außerdem habe ich Geld in den Kauf eines Hotels gesteckt und bin jetzt Hotelier! Aber wenn ich ehrlich bin, muss ich gestehen, dass mich das Minengeschäft am meisten interessiert. Es ist schwierig, sich diesem Thema hier zu entziehen, da sich alle Gespräche nur um die neuesten Funde drehen. Ich eigne mir bei jeder Gelegenheit zusätzliches Wissen in Geologie und Mineral-

kunde an sowie über die verschiedenen Erscheinungsformen von Gold und anderen Metallen. (Gold glänzt beispielsweise nicht unbedingt. Meistens ist es im Urzustand sogar eher unscheinbar und schwer als solches zu erkennen. Tatsächlich ist das, was glitzert, oft Katzengold, also kein echtes Gold, sondern nur Kupferkies.) Wenn ich einen großen Treffer lande, komme ich heim und erfülle dir und Vater all eure Träume.

Dein dich liebender Bruder

Tom

P. S: Ich lege 50 $ bei.

»Das Schicksal ist ein sonderbares Wesen«, sagte Tom an einem Frühlingstag im Jahre 1879 zu Jerry Daly, einem seiner Geschäftspartner. »Es hat mich zum Prospektor, Minenbesitzer und Hotelier gemacht. Vor zehn Jahren hatte ich ganze fünf Dollar und eine Schifffahrkarte nach New York in der Tasche. Vermutlich sollte ich mich mit dem zufrieden geben, was das Schicksal mir beschert hat.«

»Du meinst, du solltest heiraten?«

Tom nickte. »Warum nicht? Ich habe allerdings niemand Spezielles im Auge, Jerry«, fügte er lachend hinzu. »Du brauchst also gar nicht so ein Gesicht zu machen!«

Sie saßen im Büro des Grand Hotels – dem ehemaligen City Hotel – in Leadville. Tom hatte von dem Geld, das er aus Deadwood mitgebracht hatte, einen Anteil daran erworben, es vergrößert und umbenannt. Oben befanden sich Toms und Marias Wohnräume. Ein junger Portier namens Frank Jenkins bediente den Empfang, wo sich eben mehrere erschöpfte Goldschürfer mit ungepflegten Schnauzbärten anmeldeten.

Leadville war größer und älter als Deadwood. Hier war 1853 erst Gold und später auch Silber und Blei gefunden worden. Inzwischen lebten hier mehrere Zehntausend Menschen. Unterkünfte waren teuer, weshalb Tom einen Anteil von einem Drittel am Hotel gekauft hatte. Gleichzeitig hatte er jedoch auch ins Minengeschäft investiert – in einen Claim namens General Shields und mehrere vielversprechende Minen im so genannten Frying-Pan-District, dem Bratpfannen-Bezirk, rund um Leadville.

»Wen hättest du denn im Auge, wenn du tatsächlich heiraten würdest?«

»Ach, Jerry ... Das Problem ist, dass Leadville zwar aus den Nähten platzt, es aber nur sehr wenige heiratsfähige junge Frauen gibt.«

»Was hat dir überhaupt den Floh ins Ohr gesetzt, heiraten zu wollen?«

»Ich weiß auch nicht. Vielleicht, weil Maria oft von unserer jüngeren Schwester daheim in Irland erzählt. Sie ist schon Mutter, hat ein kleines Mädchen ...«

»Bist du sicher, dass es keine jungen Damen in Leadville gibt, die in Frage kommen?«, fragte Jerry leise und blickte vielsagend durch die Glastür des Büros auf eine Mutter mit ihrer Tochter, die eben das Foyer durchquerten. Die Mutter war um die fünfzig, die Tochter schätzungsweise Mitte zwanzig, groß und auffallend hübsch. Die beiden strahlten eine Aura verarmten Adels aus.

Tom richtete sich auf und musterte sie.

Die Mutter sprach mit dem Portier, der einen Blick ins Gästebuch warf und dann den Kopf schüttelte. Sie hörten seine Stimme durch die geöffnete Bürotür.

»Nein, Ma'am. Ich bedaure, aber im Buch ist nichts eingetragen.«

»Aber wir *haben* reserviert ...«, entgegnete die ältere der beiden Frauen. »Würden Sie bitte noch einmal nachschauen? Der Name ist Reed ...« Sie buchstabierte: »R-E-E-D.«

Tom erhob sich, ging hinüber zum Empfang und schenkte der Fremden ein freundliches Lächeln.

»Gibt es ein Problem?«

»Die Lady sagt, sie hätten reserviert – aber sie stehen nicht im Buch, und wir sind ausgebucht.«

Tom betrachtete die Tochter. Sie wirkte scheu wie ein Reh, hatte haselnussbraune Augen, dunkles Haar und einen stolzen Zug um den Mund.

»Lass gut sein, Mutter«, sagte sie leise und eindringlich. »Es gibt bestimmt noch andere Hotels in der Stadt.«

»Ich fürchte, anderswo wird es auch nicht besser aussehen, Ma'am«, bemerkte Tom ruhig. »In Leadville sind zurzeit sämtliche Hotels ausgebucht. Aber die Situation ist lösbar. Wir haben noch ein Zimmer, allerdings mit nur einem Bett. Wir können ein zweites aufstellen, aber das wird eine Weile dauern. Kann ich Ihnen in der Zwischenzeit eine Erfrischung anbieten, Mrs. Reed ... Miss Reed?«

Die Frau war sichtlich erleichtert. Ihre Tochter seufzte und blickte an sich hinunter auf ihre verknitterten und staubigen Kleider.

»Wir sind eben erst mit der Postkutsche eingetroffen«, gestand sie Tom mit einem scheuen Lächeln. »Wir sind aus Alabama. Ich bin Lehrerin und habe hier eine Anstellung bekommen.«

»Herzlich willkommen, Ma'am.« Tom mochte ihren melodischen Südstaatenakzent ebenso wie ihren zurückhaltenden Blick und die Röte, die ihre Wangen überzog.

Der Portier war sichtlich nervös. »Aber Mr. Walsh ...«

»Was gibt es, Frank?«

»Das Zimmer ... Welches Zimmer meinen Sie, wenn ich fragen darf?«

»Nummer fünf, Frank. Lassen Sie es zurechtmachen und ein zweites Bett hineinstellen.«

Dem Portier klappte die Kinnlade herunter. »Aber das ist Ihr ...« begann er leise.

»Genau. Kümmern Sie sich darum, bitte.«

Maria blickte hinunter auf die Chestnut Street. Sie stand auf dem Balkon ihres Zimmers und dachte über die Neuigkeiten aus der Heimat nach. Peggie war jetzt Mutter und lebte in Boherbue! Das lag etwa sechzig Meilen von Clonmel entfernt. Zu weit, um den Vater jede Woche zu besuchen, aber immerhin nah genug, um hin und wieder nach ihm zu sehen. Sie fragte sich, wie es dem alten Mann gehen mochte, der nun ganz allein war. Sie sah das winzige, weiß getünchte Häuschen vor sich, die Fuchsienhecke, die Hühner auf dem Hof und das Tal im Nieselregen.

Der hölzerne Gehweg unter ihr wurde vom Balkon verdeckt. Die Hauptstraße war schlammig, und es herrschte reger Verkehr – Männer zu Pferd, Maultiere, ein Gespann, das sich mit einer schweren Ladung durch den zähen Morast zu den Schmelzhütten kämpfte. Auf der anderen Straßenseite befand sich ein kleines Backsteingebäude mit der Miners Exchange Bank, und gleich daneben lag das Tontine Restaurant, das den Ruf des einzig richtigen Restaurants im Westen hatte. Ganz in der Nähe befanden sich mehrere wichtige Gebäude – die Vienna Wäscherei, Mr. Maters Lebensmittelladen und der führende Eisenwarenladen der Herren Manville und McCarthy, der sich darauf spezialisiert hatte, die Minenarbeiter mit allem Notwendigen auszustatten.

Ein Stück weiter die Straße hinunter gab es mehrere Spielhallen – in einer von ihnen war vor einem Jahr George Connors, der erste Marshal der Stadt, von einem Polizisten getötet worden, der ironischerweise auch noch Bloodworth hieß. Nur ein paar Häuser vom Grand Hotel entfernt lag der Pioneer Saloon, in dem die Minenarbeiter ihren Lohn beim

Kartenspielen und für alkoholische Getränke auf den Kopf hauten. Dort war gerade ein lautstarker Streit im Gange, Maria konnte die zornigen Stimmen bis hinauf zu ihrem Balkon hören.

Leadville hatte viel mehr Ähnlichkeit mit einer Stadt als Deadwood, was auch nicht weiter erstaunlich war, da es zwei Jahrzehnte Vorsprung hatte. Die Stadt hatte drei Postkutschenlinien und wuchs rasend schnell; es wurde viel gebaut. Die Luft roch nach Pferdedung, Holzrauch, den Schmelzhütten und Geld.

Es klopfte an der Tür. Maria ging zurück ins Zimmer und öffnete. Es war Sally, eines der Zimmermädchen.

»Mr. Walsh sagt, sein Zimmer soll für zwei Gäste zurechtgemacht werden, Ma'am. Soll ich die Tür zum Salon abschließen, oder sollen die Gäste ihn mitbenutzen?«

Sie bezog sich auf den Privatsalon, der zwischen Toms und Marias Schlafzimmern lag. Zu beiden gab es Verbindungstüren.

»Wer sind diese Leute, Sally?«

»Zwei Ladys, Ma'am. Mutter und Tochter.«

»Wenn du sagst Ladys, Sally, *meinst* du dann auch Ladys?«

»O ja, Ma'am. Daran besteht überhaupt kein Zweifel. Ich habe sie selbst gesehen.«

»Dann lass sie den Salon ruhig mitbenutzen«, sagte Maria lächelnd. »Ich werde nur mein Nähzeug wegnehmen. Wie lange werden sie bleiben?«

»Ich denke, nur ein paar Wochen, Ma'am. Die junge Frau ist Lehrerin und hat hier eine Stelle bekommen. Sie und ihre Mutter warten darauf, dass ein Häuschen in der Spruce Street fertig wird, das man ihnen als Unterkunft zugesagt hat.«

Nachdem Sally gegangen war, machte Maria sich frisch

und ging dann nach unten, um nach dem Rechten zu sehen. Als sie und Tom an ihrem Tisch im Speisesaal saßen, tauchten zwei fremde Ladys auf, die zögernd in der Tür stehen blieben. Tom erhob sich sofort, machte die beiden mit Maria bekannt und lud sie ein, an ihrem Tisch Platz zu nehmen. Miss Reed warf ihm nur hin und wieder einen schüchternen Blick zu, löffelte mit tadellosen Manieren ihre Suppe und erzählte von Alabama und der Hitze dort. Tom hörte aufmerksam zu. Wenn er sie ansah, lag ein warmer Glanz in seinen Augen, der Maria verriet, was los war. Die Liebe, dachte sie traurig, ist die gefährlichste und unberechenbarste aller Krankheiten. Warum hat sie mich seit damals nicht mehr heimgesucht? Soll ich als alte Jungfer enden?

Caroline Reed war bei aller Scheu und Sanftmut eine starke Person. Sie fand Leadville mit all dem Schmutz und der Kälte grässlich, allerdings nicht ganz so furchtbar, wie sie erwartet hatte. Das Hotel war erträglich. Der Inhaber war ein angenehmer Mensch mit irischem Akzent, blauen Augen und roten Haaren. Er strahlte eine große Stärke aus, so als wäre er aus einem Stein gehauen worden. Sie hatte sich sofort zu ihm hingezogen gefühlt, als er sie das erste Mal angesprochen hatte.

Sie hatte sich vor dem Leben in der Minenstadt gefürchtet, aber ihre Mutter hatte ihr klar gemacht, dass sie kaum eine andere Wahl hatte. Hier wurde eine Lehrerin gesucht; hier gab es viele reiche Männer und nur wenige junge Frauen aus gutem Hause. Sie musste Geld heiraten.

»Aber ich will keinen ungehobelten, ignoranten Goldgräber heiraten, Mutter!«

»Das verlangt ja auch niemand, Carrie. In Goldgräberstädten leben und arbeiten viele Männer, die weder ungehobelt noch ungebildet sind. Männer aus allen Schichten, der untersten wie der obersten, sind in den Westen gezogen. Es steht uns frei, wieder zu gehen, wenn es dort unerträglich ist. Aber das Lehrerinnengehalt ist gut ...«

Jetzt, da sie den Speisesaal des Hotels betraten und gleich an den Tisch des Inhabers eingeladen wurden, verspürte Carrie eine freudige Überraschung.

»Es mangelt in Leadville nicht an Unterhaltung«, erzählte Maria, als das Hauptgericht aufgetragen wurde. »Unsere Ladies Relief Society beispielsweise wird in Kürze in der Musikakademie ein Amateur-Familienkonzert organisieren unter der Schirmherrschaft des Knights of Robert Emmet.«

Carrie horchte auf. Musikakademie? Als wären sie hier in Paris. Aber immerhin. Leadville war offenbar nicht so hinterwäldlerisch, wie sie befürchtet hatte.

Sie runzelte die Stirn und fragte: »Robert Emmet? Wer ist das?«

»Er war ein irischer Patriot, der vor etwa achtzig Jahren hingerichtet wurde«, erklärte Tom. »Es gibt hier sehr viele Iren. Die meisten von ihnen wohnen in der Sixth Street – man nennt sie die Sixth-Street-Iren.«

»Würden Sie gerne mitwirken, Miss Reed?«, fragte Maria. »Es wird ein literarischer und musikalischer Abend.«

»Meine Tochter hat eine sehr hübsche Stimme und spielt auch sehr gut Klavier und Orgel«, sagte Mrs. Reed stolz.

Die junge Frau errötete. »Ich bin nicht so talentiert, wie meine Mutter Ihnen weismachen will, aber ich würde trotzdem gerne mitmachen.«

»Wunderbar«, sagte Maria lächelnd. »Ich werde mich darum kümmern.«

Tom, der bis dahin nicht die Absicht gehabt hatte, zu dieser Veranstaltung zu gehen, fügte enthusiastisch hinzu: »Jetzt freuen wir uns noch mehr auf diesen Abend, Miss Reed.«

Vierzehn Tage später besuchten Tom und Maria einen literarischen und musikalischen Abend mit verschiedenen *tableaux vivants* wie »Der Krieger sieht ein spielendes Kind und kniet bußfertig nieder« und »Peri weint Tränen der Bußfertigkeit und wird ins Paradies aufgenommen«.

Tom knirschte mit den Zähnen und wartete. Er wusste, dass es nicht mehr lange dauern würde bis zur eigentlichen Attraktion des Abends.

Carrie betrat die Bühne. Sie verneigte sich, gertenschlank, die Wangen zart gerötet, anmutig, setzte sich ans Klavier und stimmte eins der hübschen Lieder von Tom Moore an:

»Believe me, if all those endearing young charms
Which I gaze on so fondly today,
Were to fade by tomorrow, and fleet in my arms,
Like fairy gifts fading away.«

Das Publikum lauschte gebannt dem vortrefflichen Gesang, dem gekonnten Klavierspiel und der unschuldigen Anmut der jungen Frau, deren Stimme immer wieder an- und abschwoll, während ihre Finger behände die Tasten berührten. Die Menschen spendeten tosenden Beifall. Maria warf einen Blick auf ihren Bruder, der in Abendgarderobe und mit Diamantennadel neben ihr saß, sah, wie er klatschte, sah die Begeisterung in seinem Gesicht. Maria musste zugeben, dass Miss Reed eine wunderschöne Stimme hatte und dazu noch überaus attraktiv war.

Als die Vorstellung vorbei war, stand Tom eilig auf, ging zum Star des Abends und bot ihr seinen Arm an.

»Darf ich Sie zum Essen einladen, Miss Reed?«

»Vielen Dank, Mr. Walsh.«

»Ihr Beitrag hat mir außerordentlich gut gefallen. Ich liebe die Melodien von Tom Moore!«

»Ich weiß«, antwortete sie und schenkte ihm ein schüchternes Lächeln. »Ihre Schwester hat es mir verraten.«

»Hat sie das ...? Sie haben das Lied wunderbar interpretiert, und Ihr Klavierspiel war großartig.«

Später, als sie sich auf der Damentoilette hinter einer Seidentrennwand frisch machte, hörte Maria, wie Mrs. Reed ihrer Tochter zuflüsterte: »Was hältst du von Mr. Walsh?«

»Ich finde ihn sehr nett.«

»Und dazu noch ein sehr gutaussehender *Junggeselle*«, entgegnete ihre Mutter. »Und reich, wie es scheint.« Sie zog die Brauen hoch. »Er ist Miteigentümer eines gut gehenden Hotels, und nach allem, was ich gehört habe, besitzt er darüber hinaus Anteile an verschiedenen Minen ...«

»Mutter, es ist mir egal, ob er reich ist oder nicht«, erwiderte Carrie brüsk. »Ich mag ihn, und Schluss. Ich finde ihn charmant und *echt.* Neben ihm wirken alle anderen Männer wie Scherenschnitte.«

Dein Glück, Mädchen, dachte Maria. Genau das wollte ich hören. Sie stand auf, trat hinter dem Sichtschutz hervor und genoss Mrs. Reeds konsternierten Gesichtsausdruck.

»Miss Walsh ...!«, stammelte sie. »Ich wusste nicht, dass Sie hier sind ...«

Am nächsten Tag berichtete der *Leadville Chronicle:*

> *Selten war ein bunt zusammengewürfelter Haufen von talentierten Amateuren so vielseitig, um Auge, Ohren und Geist gleichermaßen zu begeistern ... Auch das größte Talent unter den Amateuren der Stadt wirkte an diesem gelungenen Abend mit. Miss Reed, die erst kürzlich in unserer Stadt eingetroffen ist, eine Dame von ganz außergewöhnlicher musikalischer Begabung, begleitete ihren Gesang selbst auf dem Piano.*

Maria las Tom den Artikel beim Frühstück laut vor, und ihr entging nicht, wie aufmerksam er jedem Wort lauschte.

»Es war ein wirklich gelungener Abend, findest du nicht auch, Tom?«

Er nickte.

»Miss Reed hat eine wirklich hübsche Stimme, nicht wahr?«

»In der Tat.« Er beugte sich leicht vor und verkündete bestimmt: »Maria, ich bin zu dem Schluss gekommen, dass sie die Frau ist, die ich heiraten werde.«

Er sah, wie ihre Augen sich weiteten, dann lachte sie.

»Nun, ich denke, niemand kann dir Unentschlossenheit vorwerfen, Tom Walsh. Aber glaubst du nicht auch, es wäre eine gute Idee, sie erst zu fragen?«

»Selbstverständlich werde ich ihr in aller Form den Hof machen. Natürlich kann es sein, dass sie mich nicht haben will. Aber du hättest keine Einwände, oder?«

»Ganz und gar nicht! Und ich bin ziemlich sicher, dass sie dir keinen Korb geben wird.«

»Bist du, ja? Und woher willst du das wissen?«

Maria tippte sich seitlich an die Nase. »Ein kleines Vögelchen hat es mir gezwitschert ...«

Ich hoffe, Tom wird glücklich, dachte sie, als sie das strahlende Gesicht ihres Bruders betrachtete. Aber warum fühle ich mich so verlassen?

»Was ist, Maria? Was bedrückt dich?«

»Ach nichts. Ich komme mir so egoistisch vor ... Du wirst die hübsche Carrie Reed heiraten und ein erfülltes Leben führen. Ich werde als alte Jungfer versauern!«

»So ein Unsinn, Maria. Die Hälfte der Männer in Leadville würde dich vom Fleck weg heiraten, und das weißt du.«

»Aber es ist keiner darunter, den ich will.«

»Gibt es denn einen Bestimmten, den du willst?«, fragte ihr Bruder nach einer Weile sanft.

»Du wirst mich auslachen und sagen, ich wäre kindisch. Aber der einzige Mann, den ich will, ist jemand, der mich längst vergessen hat ...«

»Ted Lafferty?«

Sie nickte, und ihre Augen füllten sich mit Tränen.

»Er hat dich keineswegs vergessen, Maria.«

»Woher willst du das wissen?«

Lachend tippte er sich seitlich an die Nase. »Das hat mir ein kleines Vögelchen gezwitschert.«

Im Laufe des Vormittags erfuhr Maria von einem Gast, dass mehrere Constables rekrutiert worden seien, die sich der Wahl stellen würden. Die meisten von ihnen waren bereits angesehene Bürger der Stadt; nur einer war ein Neuankömmling, aber sein Ruf war ihm vorausgeeilt.

Maria erwähnte die Neuigkeit beim Mittagessen und fragte sich, warum Tom in sich hinein lächelte.

»Das ist eine gute Neuigkeit, Maria. Unsere Polizei braucht dringend Verstärkung.«

»Allerdings. Jedes Mal, wenn ich die Chestnut Street hinunterschaue, ist in den Saloons der Teufel los.«

»Einer der angeworbenen Constables leistet uns heute beim Abendessen Gesellschaft.«

»Muss das sein?«, fragte Maria überrascht.

»Er ist neu in der Stadt. Es ist eine Geste der Höflichkeit.«

Als sie am Abend den Speisesaal betrat, saß ein hochgewachsener knochiger Mann mit Tom am Tisch. Er trug einen Anzug und sah völlig anders aus als der Mann in Wildlederkluft, von dem sie dachte, dass sie ihn nie wieder sehen würde. Ihr Herz machte einen Sprung, und sie errötete bis zu den Haarwurzeln.

»Teddy Lafferty!«, stammelte sie. »Ich dachte, Sie wären in den Osten zurückgekehrt!«

»Sie reisen ziemlich viel herum, Maria«, entgegnete er. Seine Augen leuchteten auf, und sein ganzes Gesicht wirkte schlagartig lebendiger. »Wenn Ihr Bruder in der Gegend nicht so berühmt wäre, hätte ich Sie vermutlich nie gefunden!«

Maria unterdrückte die Hitze in ihrem Herzen, lächelte so damenhaft sie nur konnte und machte Ted mit den Reeds bekannt.

Später gingen sie und Ted spazieren, um sich die neuen Gebäude auf der Harrison Avenue anzusehen. Ted nahm ihre Hand und hielt sie fest, als fürchte er, Maria könnte davonfliegen. Er erzählte ihr von seinen Bemühungen, sie zu finden; er war nach Denver zurückgekehrt, nur um herauszufinden, dass sie von dort weggezogen war und dass auch Tom Golden verlassen hatte. In Deadwood hatte er dann erfahren, dass sie nach Leadville gezogen waren.

»Und Sie ... du bist mir gefolgt ... du hast wirklich nach mir gesucht. Ich dachte ...« Sie brach in Tränen aus. »Ich dachte, du hättest mich vergessen!«

Ted zog sie in seine Arme, fiel mitten auf dem dunklen Gehweg auf die Knie und hielt um ihre Hand an.

Grand Hotel
Chestnut Street
Leadville, Colorado
12. Juni 1879

Liebe Peggie,

ich habe seit einer Ewigkeit nichts mehr von dir gehört und hoffe, dass bei euch alles in Ordnung ist und du glücklich bist. Hoffentlich hast du die Bronchitis, an der du im vergangenen Winter erkrankt bist, gut überstanden.

Ich schreibe dir, um dir interessante Neuigkeiten mitzuteilen – ich habe die wunderbarste Frau der Welt kennen gelernt. Ihr Name ist Carrie Reed, und sie ist Lehrerin. Sie kam eines Tages mit ihrer Mutter ins Hotel, gerade als ich mich fragte, ob ich bis ans Ende meiner Tage Junggeselle bleiben würde! Sie singt wie ein Engel. Wir werden im Oktober heiraten. Ich lege ein kleines Bild von ihr bei.

Ich weiß, dass Maria dir ebenfalls geschrieben und von ihren eigenen Plänen berichtet hat. Sie ist mit einem Mann namens Ted Lafferty verlobt – einem berühmten Kundschafter, den wir auf dem Treck nach Westen kennen gelernt haben. Er will sich in Leadville niederlassen und wurde erst kürzlich zum Constable gewählt.

Ich wünschte, du könntest bei unseren Hochzeiten dabei sein. Es fällt mir schwer zu akzeptieren, dass du und Vater an diesen schönsten Tagen in unserem Leben viertausend Meilen weit weg in der geliebten Heimat sein werdet. Die Iren hier reden viel über die Entwicklungen daheim, z. B. über die Bemühungen der neuen Land League und Mr. Parnell. Es wäre zu schön, wenn endlich die Gerechtigkeit triumphieren und das Land wieder den Iren gehören würde.

Bitte schreib, und lass uns wissen, wie es dir geht.

Gott segne dich.

Dein dich liebender Bruder,

Tom

PS. Ich lege 50 Dollar bei für das Baby. Ich habe auch an Vater geschrieben, um ihm die Neuigkeit mitzuteilen.

Tom ging zur Spruce Street, um Carrie zu besuchen. Noch bevor er das Gartentor des kleinen mit Holzschindeln verkleideten Hauses öffnete, hörte er die Musik, kleine Wellen, die die Klaviertasten umkräuselten, und gleich darauf Gelächter. Musik und mädchenhaftes Gekicher: Gibt es etwas Schöneres?, dachte Tom.

Die Tür hinter dem Fliegengitter war nur angelehnt, aber er klopfte dennoch und rief scherzhaft »Miss Reed?« Er nahm den Hut ab und blieb einen Moment in der blitzblanken Diele stehen. Die Tür zum Salon ging auf, und da war sie. Sie sieht wirklich aus wie ein Reh, dachte Tom, wie immer verzaubert von ihrer Anmut und Scheu. Ihr braunes Haar war hochgesteckt, ihre Gestalt war wundervoll. Dass er an einem so entlegenen Winkel der Erde ein so makelloses Wesen gefunden hatte!

Carrie legte einen Finger auf die Lippen, legte ihm eine Hand auf den Arm und führte ihn in den Salon.

»Das sind Schülerinnen von mir. Sie sind gekommen, um uns alles Gute zu wünschen. Mädchen, das ist Mr. Walsh, mein Verlobter.« Die Mädchen kicherten.

»Sieh nur, was für eine hübsche Decke sie für uns genäht haben!«, fuhr Carrie fort, holte eine zusammengefaltete Patchworkdecke aus einer Schublade und zeigte sie ihm.

Tom betrachtete die Tagesdecke aufmerksam: Jedes Quadrat war anders, aber die Farben waren fein aufeinander abgestimmt und das Muster insgesamt sehr harmonisch.

»Die ist wirklich außerordentlich schön«, sagte er ernst und sah, wie Carrie errötete – sie errötete bei jeder Gelegenheit. Er wandte sich wieder den Mädchen zu. »Es hat sicher sehr lange gedauert, diese Decke zu nähen.«

»Ein Jahr«, sagte das Mädchen am Klavier. »Wir wollten sie Miss Reed zu Weihnachten schenken, aber dann haben wir uns gedacht, es wäre auch ein schönes Hochzeitsgeschenk. Wir haben alle zusammen daran gearbeitet.«

Tom schätzte das Mädchen auf etwa zwölf Jahre. In wenigen Jahren würde sie selbst von einem brennenden Verehrer umworben werden.

»Würdest du uns etwas vorspielen?«, bat Tom, und gleich darauf erklang »An der schönen blauen Donau« von Strauss.

Tom verneigte sich vor seiner Verlobten. »Miss Reed, wenn Sie mir die Ehre erweisen würden ...« Ohne ihre Antwort abzuwarten, zog er sie in seine Arme und wirbelte sie in einem Walzer durch das Zimmer, begleitet vom Kichern und Klatschen der Mädchen. Nachdem der Walzer zu Ende war, verabschiedeten sich die Kinder. Als die junge Klavierspielerin gehen wollte, rief Carrie sie zurück.

»Augenblick, Mary.« Carrie ging in die Küche und kehrte mit einer Dose Plätzchen zurück, die sie dem Mädchen reichte. »Die hätte ich fast vergessen. Teilst du sie mit den anderen? Ich habe sie extra für die Klasse gebacken.«

»Vielen Dank, Ma'am«, sagte Mary artig und verschwand lächelnd.

Als sie fort war, zog Tom Carrie auf seinen Schoß.

»Du bist so lieb, meine Südstaaten-Schöne, wie du hübsch bist!«

Er küsste ihre Lippen, liebkoste ihren Hals, fühlte das warme Auf und Ab ihres Busens und den wilden Strom des Verlangens. Carrie lachte, legte ihm die Hände auf die Schultern und schob ihn fort.

»Mutter wird gleich hier sein, und vorher muss ich dir noch etwas sagen, Tom Walsh«, sagte sie plötzlich ernst.

Tom wartete, aber Carrie errötete nur und schwieg. »Was willst du mir sagen, Carrie?«

Sie stand auf und schaute ihm in die Augen. »Ich liebe dich, Tom Walsh. Ich möchte dir sagen, dass ich dich immer lieben werde, was auch passiert!« Sie trat ein paar Schritte zurück, ohne jedoch den Blick von seinen Augen abzuwenden. »Siehst du, obwohl ich arm bin, kann ich dir *doch* etwas geben – rückhaltlose Ergebenheit und eine gewisse Zähigkeit. Beides könnte sich im Leben noch als nützlich erweisen.«

Sie errötete noch heftiger. Locken kastanienbraunen Haares, die sich in der Umarmung gelöst hatten, fielen auf ihren Hals. Sie trat vor den Spiegel über dem Kamin, um ihr Haar wieder zu richten; ihr Spiegelbild warf ihm einen Blick zu.

»Carrie, du hast mir dein Jawort gegeben«, sagte Tom tief gerührt. »Ein größeres Geschenk kannst du mir gar nicht mehr machen!«

Warum ist mir ihre innere Stärke bisher nie aufgefallen?, dachte er erfreut. Sie ist kein Reh, sie ist ein Schwan, treu bis in den Tod und im Ernstfall ein nicht zu verachtender Gegner. Ich bin in diesem Augenblick so glücklich, dass mich nichts jemals wieder unglücklich machen kann. Ich habe alles, was man sich nur wünschen kann: Gesundheit und Glück, Liebe, eine Familie und ein Zuhause.

Im Herbst 1879 gab es in Leadville gleich mehrere bemerkenswerte Ereignisse. Es gab den ersten Postkutschenüberfall; ein Feuer in der Harrison Avenue, bei dem mehrere Geschäftsgebäude völlig ausbrannten; die Telefongesellschaft legte noch mehr Verbindungen zwischen dem neuen Fernsprechamt und weiteren Geschäftshäusern; die Zahl der Gesetzlosen nahm zu, sodass die Constables alle Hände voll zu tun hatten; die Wolfe Tone und Highland Guards bereiteten sich nach den Indianermassakern von Thornburgh und Meeker auf mögliche Unruhen vor. Das allerwichtigste Ereignis für zwei junge Menschen war jedoch eine kleine Zeremonie, über die sogar der *Leadville Chronicle* berichtete.

HOCHZEITSGLOCKEN

Die Hochzeitsglocken werden laut und deutlich läuten angelegentlich der Hochzeit von Mr. Walsh, einem der Mitinhaber des Grand Hotels, mit Miss Carrie B. Reed. Die Hochzeit wird Dienstag in einer Woche stattfinden. Miss Reed ist die begabte Organistin der Methodistenkirche in der Spruce Street.

Die Walsh-Reed-Hochzeit ist als kleine Feier im engsten Familien- und Freundeskreis geplant. Die Freunde der Brautleute sind so zahlreich, dass alle einzuladen gleichbedeutend wäre mit einer Einladung für die ganze Stadt. Damit niemand übersehen wird, hat das Brautpaar klugerweise beschlossen, überhaupt keine Einladungen zu verschicken.

Eine Woche später lauschte Tom im Wohnzimmer seiner angehenden Schwiegermutter den Worten, die zu hören er so ungeduldig gewartet hatte: »Willst du den hier anwesenden Thomas Walsh zu dem dir angetrauten Ehemann nehmen ...?«

Sie war sein – diese feenhafte Erscheinung in einem spitzenbesetzten Kleid aus Seidenbrokat und einer Krone aus Orangenblüten im Haar.

Tom sah Maria mit Tränen in den Augen neben Ted stehen. Arabella Reed, die Brautmutter, vergoss ganz unverhohlen Freudentränen. Richter Murphy vollzog die Trauung, und Pater Robinson sprach den Segen über sie. Dann stieg die Hochzeitsgesellschaft in die wartenden Kutschen und fuhr das kurze Stück zum Grand Hotel, wo ein ganzes Heer von Obern bereitstand, sie beim Festmahl zu bedienen. In jeder Serviette steckte ein kleines Bouquet für das Knopfloch zum Anstecken, und die Speisekarte umfasste rohe und gratinierte Austern, Bachforelle, Roastbeef, Truthahnsalat, Hühnchensalat, Wild mit Preiselbeergelee, Zunge in Kalbsfußaspik, Malaga-Trauben, Äpfel, Birnen, Sahnetorte, Nüsse, Rosinen, Champagner und zum Abschluss Tee oder Kaffee.

Maria konnte sich später nicht mehr an jede Einzelheit der Zeremonie und des anschließenden Festmahls erinnern.

Carrie erinnerte sich hinterher nur noch an den Ausdruck in den Augen ihres Gatten, als er sagte: »Ja, ich will.«

Man schrieb den 7. Oktober 1879.

8. KAPITEL

April 1888. Fast zehn Jahre waren seit jener Hochzeit im Oktober vergangen. Tom saß im Salon von Arabella Reeds Haus in Denver, wo das erste Tageslicht langsam durch das Fenster kroch. Oben entband der Doktor Carrie von ihrem dritten Kind. Tom war die ganze Nacht rastlos auf und ab gewandert und hatte angespannt den Geräuschen aus dem Schlafzimmer gelauscht. Er betete, dass Carrie alles gut überstand, so wie vor fast zwei Jahren bei der Geburt ihrer Tochter Evalyn.

Seine Gedanken wanderten ruhelos – zu Maria und Ted, die nur wenige Monate nach ihm und Carrie geheiratet hatten; zu ihrem Sohn Paul, der inzwischen sieben Jahre alt war; zu der kleinen Evalyn, die oben schlief, ohne etwas von dem aufregenden Ereignis nur wenige Zimmer entfernt mitzubekommen.

Draußen auf der Vine Street fuhr ratternd eine Kutsche vorbei. Die Straße erwachte; Türen fielen zu, dumpfe Schritte polterten auf dem Bürgersteig. Tom schob seinen Stuhl zurück und trat ans Fenster, zog den braunen Samtvorhang beiseite. Der neue Tag war angebrochen – ein frischer Aprilmorgen. Er blies die Lampe aus, die ihm bei seiner einsamen Wache Gesellschaft geleistet hatte, und wanderte durch den Raum. Er betrachtete die Aquarelle, die seine Schwiegermutter so liebte, die Stiche in ihren schweren Rahmen, die mit schwarzem Leder bezogene Chaiselongue mit dem bunten Überwurf.

Schließlich öffnete er die Tür und lauschte angestrengt nach oben. Der Doktor war nun schon seit Stunden bei ihr. Er hörte Schritte, gedämpfte Stimmen und einen gequälten Schrei von Carrie, der ihm das Blut in den Adern gefrieren ließ. Er wollte die Treppe hinaufstürzen und an ihre Seite eilen, wollte ihr die Stirn kühlen und ihre Hand halten, aber er wusste, dass seine schamhafte Frau ihn bei der Geburt nicht dabeihaben wollte und Arabella ihn kurzerhand hinauswerfen würde. Lizzie, das schüchterne Hausmädchen, kam mit einem Tablett in die Küche, auf dem eine Kanne Kaffee und ein Teller mit ein paar Scheiben Toast standen. Sie sah noch ganz verschlafen aus, mit kleinen verklebten Augen.

»Sie können bestimmt einen Kaffee brauchen, Mr. Walsh. Soll ich Ihnen Frühstück machen?«

»Nein danke, Lizzie.« Er senkte die Stimme. »Wissen Sie, wie es oben läuft?«

Sie schüttelte den Kopf. »Nein, Sir. Aber ich bin ganz sicher, dass alles gut gehen wird ...«

Tom schenkte sich einen Kaffee ein. Seine Augen fühlten sich an, als wären sie in Sand gewendet worden. Die ganze Nacht hatte er die Schreie aus dem Zimmer seiner Frau gehört, und alles, was die übernächtigte Arabella, die hin und wieder mit sorgenvoll gerunzelter Stirn aufgetaucht war, sagen konnte, war, es dauere eben seine Zeit. »Dieses Kind hat es nicht eilig, geboren zu werden«, hatte sie gesagt.

Wenn Carrie überlebt – wenn beide überleben und wohlauf sind –, werde ich mich endgültig irgendwo niederlassen, versprach er dem Unsichtbaren. Dann gebe ich diese endlose Suche auf. Das bin ich ihnen schuldig ...

Und während er weiter wartete, ließ er noch einmal die vergangenen neun Jahre Revue passieren, immerhin fast die Hälfte seines Erwachsenendaseins.

Er war jetzt achtunddreißig, ein gewiefter, körperlich fitter Mann mit tiefen Furchen um die Augen. Das Rotgoldene seiner Haare war verblasst. Er hatte den Ruf eines vertrauenswürdigen Geschäftsmannes. Jedes Mal, wenn er sich eine persönliche Bilanz gestattete, schaute er zurück auf ein erfülltes Leben – die Kindheit in Irland, die Überquerung des Atlantik, die Jahre in Boston, der Treck über die Prärie, die Zeit in Deadwood, der Wechsel nach Leadville, die Heirat, die Silberminen, in die er investiert hatte, die Immobilien, die er in Denver erworben hatte, die Geburt seiner Tochter Evalyn und der Wohlstand, den er heute genoss.

Aber er wusste auch, dass sein Glück in Gefahr war; eine Rezession bedrohte das Minengeschäft. Der Silberpreis war nicht mehr so stabil wie früher. In vielen Minen war längst nichts mehr zu holen. Und doch war er immer noch erfüllt von frustrierter Energie. Er wurde von Dämonen getrieben, gegen die er einfach nicht ankam und die im Laufe der Jahre immer mächtiger geworden waren. Sie flüsterten ihm zu, dass er seinen Fehler von damals wettmachen könne, wenn er nur über den nächsten Hügel schaute, ins nächste Tal, in die nächste aufgegebene Mine. Nur eine Meile weiter, greifbar nahe, läge sein El Dorado.

Immer wieder schwor sich Tom: Nächstes Jahr reise ich nach Irland, endgültig. Carrie und Maria werden mich begleiten. Aber die Jahre verstrichen, und irgendwie war der

Zeitpunkt nie richtig, obgleich dank der Eisenbahn die Reise an die Ostküste bei weitem nicht mehr so beschwerlich gewesen wäre wie seinerzeit mit dem Planwagen-Treck. Immer wieder ergab sich etwas Neues, dem er Priorität einräumte, das seine Aufmerksamkeit erforderte und seine finanziellen Mittel beanspruchte. Und dieses Etwas stand immer in irgendeinem Bezug zu Minen und tief im Erdreich verborgenen Schätzen. Wehmütig hatte er die Ausbeutung einer bestimmten Goldmine in South Dakota verfolgt, die einst ein gewisser Smoky Jones entdeckt hatte. Heute hieß sie Homestake Mine, und ihr Goldvorkommen schien unerschöpflich zu sein – vermutlich handelte es sich um den größten Goldfund der Geschichte. Sein gesunder Menschenverstand sagte ihm, dass die Wahrscheinlichkeit einer vergleichbaren zweiten Chance schwindend gering war. Aber die Schuldgefühle über sein damaliges Versagen ließen ihn nicht zur Ruhe kommen. Er hatte das Gefühl, alles in seiner Macht Stehende tun zu müssen, um zu versuchen, seine Familie für das ihr entgangene Vermögen zu entschädigen. Und sein Instinkt sagte: Mach weiter, das Schicksal hält noch etwas für dich bereit ...

Und die Jahre waren vergangen, Irland war zu einem Traum verblasst, ein Land aus einer anderen Dimension, eingehüllt in Nostalgie. Die Briefe zwischen der neuen und der alten Heimat waren rar. Peggie, die in den ersten Jahren eine so fleißige Briefeschreiberin gewesen war, griff nicht mehr so oft zur Feder. Sie war inzwischen Mutter dreier Kinder und schrieb fast nur noch an Weihnachten, so wie auch Toms Vater, der ihm in steifer, ungeübter Handschrift seine besten Wünsche schickte. Die Briefe klangen stets optimistisch: *Die Lage in Irland hat sich deutlich gebessert,* schrieben sie. *Mach dir um uns keine Sorgen.*

Aber das, was er in den Zeitungen las und von seinen

Landsleuten in Leadville hörte, klang weniger erfreulich. Es hieß, die alte Heimat würde erneut von einer Hungersnot geplagt, zwar nicht ganz so verheerend wie die letzte, aber dennoch vor allem im Westen des Landes sei sie katastrophal, wo die Menschen Geld für Lebensmittel geborgt hatten und dann von ihrem Land vertrieben worden waren, als sie die Pacht nicht mehr zahlen konnten. Im ganzen Land brodelte es, überall war unterschwellige Spannung spürbar, und die Forderungen nach Gerechtigkeit wurden lauter. Die neue Land League sprach von einer Übereignung des Pachtlandes an die Pächter: *Der irische Boden für irische Menschen.*

»Es heißt, es wird viele das Leben kosten«, erzählten ihm seine Freunde in Leadville grimmig. »Die Geschichte wiederholt sich.«

Tom war schwer ums Herz; eine Mischung aus Heimweh und Sorge erfüllte ihn.

»Armes kleines Irland«, sagte er eines Tages kurz nach ihrer Heirat zu Carrie und schüttelte düster den Kopf. »Dass es vor der Haustür ausgerechnet die größte Weltmacht zum Gegner haben muss!«

»Aber Peggie und ihrer Familie geht es doch gut, Tom. Sie würde dir sicher schreiben, wenn sie oder dein Vater in Schwierigkeiten wären, oder?«

»Ich denke schon ...« Aber insgeheim war er sich da gar nicht so sicher. Sie erwähnte die Unruhen im Lande nie, also konnte es gut sein, dass sie in ihren Briefen die tatsächliche Situation schönte.

In jener Nacht hatte er ein ungewöhnliches Erlebnis. Er wachte auf und fragte sich desorientiert: Wo bin ich? Die Decke seines Schlafzimmers in Leadville irritierte ihn; seine Augen suchten vergeblich nach geschwärzten Dachbalken und dem Strohdach. Eine Sekunde lang war er ein Mensch ohne Erinnerung. Dann fiel ihm alles wieder ein: Er war nicht Tom Walsh von Carraigh Mór in der Grafschaft Tipperary, Irland; er war Thomas F. Walsh aus Leadville, Colorado, USA, Anteilseigner verschiedener Minen, amerikanischer Staatsbürger, Prospektor aus Leidenschaft.

Der Bergbau war ihm in Fleisch und Blut übergegangen, war zum Bedürfnis geworden, beinahe zum Zwang. Achtzehn Monate nach seiner Heirat war er das Hotelier-Dasein leid, und Unrast und Unzufriedenheit hatten ihn geplagt. Er teilte Carrie mit, dass irgendwo in den Bergen ein Vermögen auf ihn warte, er müsse es nur finden. Er schnitt das Thema eines Abends im Wohnzimmer an. Carrie war gerade damit beschäftigt, eine Tischdecke zu besticken.

»Es geht uns doch gut, Tom. Du hast doch bereits mehrere Eisen im Feuer.«

»Aber ich möchte dem Bergbau meine *ganze* Zeit widmen, Carrie. Im Grunde war ich nie zum Hotelier geschaffen. Könntest du damit leben, alles zu verkaufen und in die Berge zu ziehen?«

»Wir *leben* bereits in den Bergen, immerhin befindet sich Leadville in einer Höhe von fast dreitausend Metern!«, entgegnete sie mit einem für sie typischen leisen Seufzen. Er wusste inzwischen, dass Carrie nie aussprach, was sie wirklich wollte, sondern sich auf Andeutungen beschränkte. Er betrachtete seine elegante und hübsche Frau, die konzentriert über ihrer Stickerei saß. Die kleine Nadel fuhr emsig durch den Stoff.

»Das ist eine Satin-Stickerei«, sagte sie und hielt ihre Arbeit ins Licht. Die gestickten Blütenblätter glänzten im Lampenschein.

»Das ist wunderschön, Liebling. Carrie, Fakt ist, dass ich das Geld aus dem Verkauf des Hotels brauche, um in Minen zu investieren. Falls du aber *entschieden* dagegen bist, sag es. Ich möchte dich glücklich machen, und es wäre sehr egoistisch von mir, auf etwas zu bestehen, was dich unglücklich macht.«

Carrie musterte ihn einen Augenblick nachdenklich und richtete den Blick dann wieder auf ihre Stickerei.

Für Tom kam es immer noch einem Wunder gleich, dass dieses zauberhafte Wesen ihn liebte. Einmal hatte er sie gefragt, warum.

Sie hatte gelächelt. »Nun, Tom, wahrscheinlich denkst du, es läge an deinem durchtrainierten Körper, deinem guten Aussehen oder vielleicht an deinem Humor oder deiner Freundlichkeit, dass ich dich anbete.« Sie schüttelte den Kopf. »Aber das alles ist es nicht. Ich liebe dich, weil die Welt lebendig und aufregend ist, wenn du in der Nähe bist, aber düster und trügerisch, wenn du nicht bei mir bist.«

Jetzt sagte sie, ohne ihre Arbeit zu unterbrechen: »Wenn du unruhig und unglücklich bist, bin ich es auch. Wenn du das Hotel verkaufen möchtest, dann musst du das eben tun!«

Tom war so verblüfft, dass seine Kinnlade herunterklappte. Er setzte sich zu ihr und küsste ihre Hand.

»Hat jemals ein Mann eine so wunderbare Frau wie dich gehabt! Aber das Leben wird nicht einfach werden. Frag Maria. Sie hat es in Deadwood erlebt. Allerdings wären wir beide für uns allein. Das wird recht einsam. Natürlich würden wir den Winter in Denver bei deiner Mutter verbringen ...«

»Ehrlich gesagt finde ich die Aussicht, *toute seule* mit dir zu sein, recht verlockend«, sagte sie in ihrem langgezogenen Südstaatenakzent, wölbte eine dunkle Braue und lächelte hintergründig.

»Was du nicht sagst, mein Schatz.«

Und so war diese Sache beschlossen. Tom Walsh ging ein Risiko ein. Er verkaufte seinen Anteil am Grand Hotel und bezog mit seiner Frau eine Hütte in den Bergen östlich von Leadville. Genauer gesagt in Sowbelly Gulch, wo er Anteile an mehreren Claims besaß, darunter an der Griffin und der St. Kevin's Mine.

»Was für ein furchtbarer Name, Tom! Sowbelly Gulch – Schweinebauch-Schlucht. Das klingt so ... unappetitlich. Können wir den Ort nicht umbenennen?«

»Was würde dir denn vorschweben, Liebes?«

»Was hältst du von ... St. Kevin's Mining District?«

Tom lachte. »Ein Hauch vom guten alten Irland, ja? Warum eigentlich nicht?«

Sie wohnten in einer Blockhütte. Allerdings unterschied sich diese Hütte von jener in Deadwood; sie war mit jedem erdenklichen modernen Komfort ausgestattet, den man aus Leadville beschaffen konnte. Es gab einen richtigen Herd, Fenster mit Baumwollgardinen, einen mit Bienenwachs polierten Holzboden, ein großes Messingbett und die Patchwork-Decke, die Carries Schülerinnen ihr zur Hochzeit geschenkt hatten.

Carrie hatte Geranien in einen Blumenkasten gepflanzt und beklagte sich, dass sie nur so kurz blühten. Für ein frisch verheiratetes junges Ehepaar war die Hütte in den Bergen ein wahres Paradies. Carrie war glücklich, und wenn sie sang, wehte ihre hübsche Stimme aus dem Haus über die einsamen Berghänge. Abends unterhielt sie ihren Mann auf dem Banjo vor dem Kamin. Tom bot ihr an, das Klavier aus Leadville heraufschaffen zu lassen, aber sie wollte nichts davon wissen: »Ein Klavier bis hierherauf schleppen ... Bist du verrückt?«

Aber nach und nach drückte die Isolation der jungen Frau aufs Gemüt. Tom zuliebe ließ sie sich ihre Einsamkeit nicht anmerken. Er kehrte abends in ein warmes, ordentliches

Heim zurück, zu einer schönen Frau, einer heißen Mahlzeit und einem weichen Bett.

Aber obwohl Carrie sich nie beklagte, erkannte Tom, dass sie viel zu allein war. Und so besuchte er mit ihr andere Familien, die im Umkreis von bis zu zehn Meilen wohnten. Die nächsten Nachbarn waren die Fahys, ungefähr drei Meilen entfernt. Tom hatte Des Fahy seinerzeit in den Black Hills kennen gelernt. Jetzt lebte er mit seiner Frau Kate in den Bergen. Kate, die den weiten Weg aus dem Londoner East End gereist war, um in der Neuen Welt ihr Glück zu suchen, fühlte sich in der Wildnis Colorados so heimisch, als wäre sie hier geboren. Sie buk köstliches Brot, und ihre Heilkräuter gegen Kopfschmerzen und andere Beschwerden waren in der kleinen, weit versprengten Gemeinschaft hoch oben über der Welt äußerst angesehen. Ihre beiden Söhne, Kinder aus erster Ehe, waren nach Kalifornien gezogen, aber Des war durch und durch Goldgräber; er weigerte sich, die Wildnis zu verlassen, und überwinterte in Leadville, sobald das ganze Land unter einem dicken Schneeteppich verschwand.

»Wir werden den Winter in Denver verbringen«, erzählte Carrie Kate. »Meine Mutter hat jetzt ein Haus dort.« Lachend fügte sie hinzu: »Dann kann ich endlich wieder meine schönen Kleider tragen!«

»Das freut mich für dich. Und ich hoffe, du tanzt dir die Füße wund!«

Tom kaufte Carrie ein Pony, und sie und Kate trafen sich regelmäßig, besuchten einander über den steinigen Pfad durch die Wildnis oder, wenn das Wetter mild genug war, besuchten sie auch Frauen, die weiter entfernt wohnten. Manchmal ritten sie sogar bis nach Leadville zum Einkaufen.

Leadville war jetzt eine richtige Stadt mit dreißigtausend Einwohnern, zahlreichen repräsentativen Gebäuden entlang der Harrison Avenue und einem Opernhaus, das Silber-König Horace Tabor erbaut hatte.

Eines Abends im Mai 1881 war Carrie ganz aufgeregt, als Tom am Abend heimkam. Sie setzte ihm seinen Teller vor, stocherte lustlos in ihrem Essen herum und warf ihm immer wieder Blicke zu, wobei sie bedeutungsvoll in sich hineinlächelte.

»Was ist denn los, Carrie?«, fragte Tom schließlich, beugte sich zu ihr hinüber und blickte lächelnd in ihre strahlenden Augen. »Was willst du mir unbedingt erzählen?«

Carrie lachte. »Mein Gesicht hat mich wieder einmal verraten! Vielleicht hätte ich es dir schon früher sagen sollen, aber ich hatte befürchtet, dass du dann deine Pläne ändern würdest. Und ich wollte erst absolut sicher sein.«

Sie stand auf, trat hinter ihn, legte ihm die Arme um den Hals und flüsterte ihm ins Ohr: »Wir bekommen ein Baby!«

Im ersten Moment war Tom sprachlos. Er wandte sich um und starrte seine Frau an, die lachend die Schultern hochgezogen hatte wie ein Schulmädchen.

»Freust du dich denn nicht, Tom?«

Dass ihm dieses schönste aller Geschenke zuteil wurde! Textzeilen einer längst vergessenen Hymne kamen ihm in den Sinn, während er noch um Fassung rang: Wie soll ich dem Herrgott all das Gute vergelten, das er mir hat zuteil werden lassen?

Er stand auf, umarmte seine Frau und hob sie hoch. »Du wunderbares, wunderbares Mädchen!«

»Lass mich runter, du unartiger Junge ...« Tom ließ sie vorsichtig wieder auf den Boden. »Das ist die schönste Überraschung meines Lebens«, sagte er, die Wange an ihr Haar geschmiegt. »Und wann kommt das Baby?«

»Im Oktober.«

ist etwas Merkwürdiges passiert«, fuhr Tom fort. »Etwas ist aus den Polstern gefallen.«

»Ein ausgetrockneter Holzwurm?«

Tom holte ein kleines Schmuckstück aus der Tasche und zeigte es Kate. »Kennst du das?«

Kate nahm es vorsichtig von seiner Handfläche und hielt es ins Licht. Es war ein kleiner Ring in Form einer Schlange.

»Nie gesehen!«

»Sieht ziemlich viktorianisch aus«, sagte Tom. »In der Symbolsprache stehen Rubine für ewige Liebe. Ehrlich gesagt hat dieser Fund das merkwürdige Gefühl in mir hervorgerufen …«

Sie hob die Augenbrauen. »Das da wäre?«

»… dass alles wieder gut wird«, flüsterte er.

»Ach Tom, hör mir mit guten Omen auf!«

»Vielleicht bin ich ja verrückt, aber ich schwöre dir, Katie, ich habe es genau gespürt … ganz tief in meinem Innern.«

Kate seufzte. Tom versuchte vermutlich, sie etwas aufzuheitern, aber die Tatsache, dass ausgerechnet er sich mit Runen und Symbolen beschäftigte, vertiefte den Abgrund, der sie zu umgeben schien.

»Wenn das alles hier vorbei ist, möchte ich mit dir an den Klippen entlangwandern«, sagte Tom leise. »Halt durch, Katie …«

»Was haben sie denn heute noch mit dir vor?«, fragte Tom nach kurzem Schweigen so heiter wie möglich.

»Keine Ahnung. Diese ewigen Tests stehen mir bis hier!« Kate hob die Hand an ihr Kinn. »Ich habe nicht übel Lust, einfach zu verschwinden.«

»Bitte, Kate, lass sie die Untersuchungen machen«, antwortete Tom mit ruhiger Stimme. »Eva ist nicht der einzige Mensch, der dich braucht.«

Kate griff nach seiner Hand. »Du bist ein wirklich guter

Freund, Tom Ruane. Würdest du bitte diesen Ring an einem sicheren Ort für mich aufbewahren?« Sie dachte daran, dass er Eva vielleicht gefallen könnte, wagte aber nicht, es auszusprechen. Sie wollte das Schicksal nicht herausfordern.

Kurz nachdem Tom gegangen war, trat der behandelnde Arzt Dr. O'Connell an Kates Bett. Die Schwester zog die Vorhänge vor.

»Ich habe Besseres zu tun, als dauernd Tests machen zu lassen«, sagte Kate. »Meine Tochter wird in Manhattan vermisst, und so krank bin ich nun auch wieder nicht!«

»Mrs McBride«, sagte der Arzt freundlich, »wir haben die Resultate. Sie sind sehr krank. Eine Koronar-Arterie ist verstopft. Wir müssen einen Bypass legen.«

Er nahm einen Stift und einen Block aus der Tasche und zeigte ihr, wo die Blockade lag und wie man mit einer Vene aus ihrem Bein die Blutversorgung ihres Herzens wieder herstellen konnte. Danach, so versprach er, würde es ihr viel besser gehen.

Kate wandte den Kopf ab. Der Arzt sah sie einen Moment mitleidig an.

»Wenn Ihre Tochter gefunden wird«, sagte er schließlich leise, »glauben Sie nicht, dass sie dann ihre Mutter braucht?« Und als sie nicht antwortete, fügte er sanft hinzu: »Der Zeitfaktor ist von entscheidender Bedeutung.«

Kate sah den Arzt an, der auf ihre Entscheidung wartete. Er rollte den Stift zwischen seinen sauberen Chirurgenfingern.

V. TEIL

52. KAPITEL

Balcarragh 1941

Ellen griff nach Michaels altem Spazierstock und informierte Nora, dass sie ein wenig spazieren gehen wollte. Paddy war zum Bahnhof gefahren, um Mary abzuholen, die aus England zurückkam. Ellen wollte bis zum Tor gehen und selbst nachschauen, ob der Einspänner schon in Sicht kam.

»Wird es denn gehen, Ma'am?«, fragte Nora besorgt. »Ich kann Sie gern begleiten.«

»Mir geht es gut«, erwiderte Ellen leicht gereizt und hustete. »Es war nicht mehr als eine Sommergrippe. Ich habe sie längst überstanden.«

Als sie zur Hintertür hinaustrat, sprang der kleine Terrier Gelert aus seinem Körbchen im Torfschuppen.

Früher war ich immer so beweglich, dachte Ellen, als sie langsam die Zufahrt hinunterging, die sich zwischen Wiesen hindurchschlängelte. Der junge Hund folgte ihr. Ellen lauschte ihrem flachen, schnellen Atem. Mehr als vierzig Jahre lang bin ich Fahrrad gefahren und gelaufen, und jetzt wirft mich eine einfache Erkältung fast um.

Bei Hughies Auto blieb sie stehen und lehnte sich kurz an. Ihr Sohn war inzwischen Arzt. Gestern erst war er nach Hause gekommen, aber fast sofort wieder nach Dublin aufgebrochen.

Grund dafür war der Brief, den sie vor zwei Tagen erhalten hatte und jetzt in der Tasche mit sich herumtrug. Sie legte eine Hand auf das Schreiben. Es stammte von einem gewissen Mr Mulhall, der ihr mitteilte, dass er Frannys Witwer war, und fühlte sich bleischwer an. Gestern hatte sie Hughie den Brief gezeigt. Er war sofort tätig geworden.

Ich zeige ihn Mary ebenfalls, dachte sie. Und irgendwie muss ich den richtigen Moment finden, um ihr endlich die Wahrheit zu sagen.

Sie hatte Mary angefleht, den Job in England nicht anzunehmen. Schließlich befand sich das Land im Krieg. Doch ihre dickköpfige Tochter fand es aufregend, dort zu sein, wo der Krieg war. Unmittelbar nach Abschluss des Studiums hatte sie eine Stelle an einem Gymnasium im Londoner Vorort Nottingham angenommen, wo sie Chemie unterrichtete. Ihre Briefe ließen darauf schließen, dass sie sich sehr wohl fühlte. Noch nicht einmal zu Weihnachten war sie nach Balcarragh gekommen; die Reise wäre zu aufwändig gewesen. Doch ihr Brief, der von der Zensur geöffnet worden war, hatte von Feiern mit einer Kollegin berichtet, mit der sie sich angefreundet hatte.

»Zwei tolle Partys, und das trotz Verdunkelung! Und auf einer habe ich einen ausgesprochen interessanten Mann kennen gelernt!«

Als der Zug langsamer wurde und sich dem kleinen Bahnhof näherte, erhob sich Mary von der Sitzbank des völlig leeren Abteils, zerrte den schweren Koffer aus dem Gepäcknetz und öffnete die Tür. Sie sah Paddy, der am Bahnsteig stand und dessen Gesicht aufleuchtete, als er sie entdeckte.

Die Reise war anstrengend gewesen. Mary hatte in Crewe umsteigen müssen, um nach Holyhead zu gelangen. Der Bahnhof war voller Soldaten gewesen, die auf ihren Gepäcksäcken saßen. An allen Wänden hingen Plakate, die auf Gefahren hinwiesen; die rauchige Atmosphäre wirkte herausfordernd.

Die Überfahrt war ruhig gewesen, und als die irische Küste am Horizont auftauchte, war sie Mary vorgekommen wie die Gestade von Tir Na nOg – der sagenhaften Insel der ewigen Jugend.

Paddy zum Bespiel ist alterslos, dachte sie. Er kam auf sie zu, und das von tausend Fältchen durchzogene Gesicht unter seiner Kappe strahlte. Er griff nach dem Koffer, hob ihn auf den Bahnsteig und nahm dann Marys Hand zärtlich in beide Hände.

»Mary, a stor, du siehst wunderbar aus! Mit allem, was da draußen auf dem Wasser passiert, waren wir durchaus nicht sicher, ob du es bis nach Hause schaffen würdest.«

Sie drückte seine Hände. Sie waren so wettergegerbt und warm wie sein Gesicht.

»Wie geht es Mutter?«

»Sie ist noch ein wenig schwach. Vor kurzem hatte sie eine schlimme Erkältung, aber dich zu sehen wird ihr sicher gut tun!«

Er wuchtete den Koffer in den Einspänner; Mary sprang hinterher. Langsam verlor sich der Eisenbahngeruch und machte dem Duft der Wälder Platz. Der Wagen ratterte zwischen Bäumen hindurch zur Hauptstraße.

Die Tore zur Zufahrt waren weit geöffnet, die Birken rauschten, und auf den Wiesen waren Heuhaufen aufgetürmt. Mary sah ihre Mutter die Zufahrt hinunterkommen. Der kleine Terrier tobte um sie herum. Paddy zügelte das Pony, und Mary sprang aus dem Wagen.

»Mutter!«

»Gott sei Dank!«

Ellen nahm ihre Tochter in die Arme. »Ich habe mir ständig solche Sorgen um dich gemacht! Aber du siehst blendend und wunderhübsch aus!« Sie hielt Mary ein Stück von sich weg und betrachtete sie aufmerksam. »Ein tolles Kleid!«, sagte sie und kämpfte gegen ihre Rührung an.

Mary blickte an sich hinunter. Sie trug einen dunkelblauen Zweiteiler. Mit den wattierten Schultern, einem eng geschnürten Gürtel und dem geraden Rock, der bis knapp unter die Knie reichte, wirkte das Kostüm fast ein wenig militärisch.

»Ich habe es in einem Laden gekauft, der sich C&A nennt«, berichtete sie und bückte sich, um den kleinen Hund zu streicheln.

»Das ist Gelert … Er ist noch ein Welpe.«

Der Welpe sprang wie besessen an Mary hoch.

»Hüh«, sagte Paddy. Das Pony setzte sich in Bewegung, und der Wagen schaukelte langsam die Zufahrt entlang zum Unterstand. Ellen hakte ihre Tochter unter. Gemeinsam machten sie sich auf den Weg zum Haus.

Als Mary den Ford Popular ihres Bruders im Garten stehen sah, freute sie sich. »Hughie ist also auch schon da!«

»Er kam gestern, ist aber gleich wieder nach Dublin gefahren. Er hat dort etwas für mich zu erledigen.«

»Was denn, Mutter?«

»Das erzähle ich dir später«, sagte Ellen und drückte den Arm ihrer Tochter.

Mary warf ihrer Mutter einen scharfen Blick zu. Nicht schon wieder ein Geheimnis, flehte sie innerlich. Das alte haben wir auch noch nicht gänzlich aufgedeckt!

Nora kam in der Schürze aus der Küche gelaufen, um Mary zu begrüßen. Der Tee sei gleich fertig, verkündete sie.

Eine halbe Stunde später packte Mary aus. Sie freute sich, wieder in ihrem alten Zimmer zu sein. Das Fenster war geöffnet, und die Geräusche der ländlichen Umgebung drangen an ihr Ohr; ein Hund, der drüben bei Corrigans bellte, eine Kuh, die laut muhte. Sie streifte ein Baumwollkleid über, legte sich auf ihr Bett und genoss die Aussicht darauf, in der kommenden Nacht nicht von Luftschutz-Sirenen geweckt zu werden. Sie dachte an England.

Vor gerade erst zehn Tagen hatte sie mit ihrer Klasse ein Chemie-Experiment gemacht. Sie kannte jeden der Jungen haargenau und sah ihnen immer wieder mit liebevollem Herzen auf die jungen, tief über ihre Arbeit gebeugten Köpfe. Die Schüler sollten durch die Kristallisation von Kupfersulfat Wasser gewinnen. Sie hatten sich dem Experiment mit solcher Konzentration gewidmet, dass sie nicht mitbekommen hatten, dass wieder zwei ehemalige Schüler gefallen waren. John und Robbie Tyler, die im letzten Jahr die Schule beendet hatten, waren wenige Tage zuvor über dem Ärmelkanal abgeschossen worden. England war in großer Gefahr. Die jungen Wissenschaftler hatten keine Ahnung, dass auch ihre Zeit kommen würde.

Sie dachte an Bill, den jungen Offizier, den sie auf der Weihnachts-Party in London kennen gelernt hatte. Eigentlich hatte sie sich nicht verlieben wollen, doch die Chemie zwischen ihnen hatte bis ins Detail gestimmt. Einige Wochen später hatte er sie in ihrem Zimmer in Marlowe besucht, und sie hatten sich in seinem Hotelzimmer wiedergefunden, während Flak-Scheinwerfer über den Nachthimmel streiften und die Sirenen ihr Klagelied anstimmten.

»Die Deutschen konzentrieren sich auf Derby«, hatte Bill beruhigend gesagt.

Sie lag mit ihm im Bett und fragte sich, ob sie nicht nur ihre Jungfräulichkeit, sondern auch ihren Verstand verloren hatte. Die Stimme von Mutter Seraphia hatte ihr aus einer fernen Welt Vorwürfe gemacht. Irland schien auf der Rückseite des Mondes zu liegen.

Seit mehreren Wochen hatte sie nichts mehr von Bill gehört und hatte keine Ahnung, wo er sich aufhielt. Immerhin wusste er, dass sie die Sommerferien in Irland verbringen wollte; er wusste auch, dass sie nach England zurückkehren würde und wo er sie finden konnte.

Von ländlichen Geräuschen eingelullt sank sie in einen tiefen Schlaf. Als sie aufwachte, waren die Schatten lang geworden. Mary ging in die Küche, wo Nora zum Abendessen gedeckt hatte und ihre Mutter in einem Sessel am Feuer saß.

»Ich bin nicht gerade die aufregendste Gesellschaft, Mutter!«

»Du hast deinen Schlaf gebraucht.«

»Eigentlich wirkst eher du so, als könntest du Schlaf brauchen, Mutter. Du siehst ein wenig spitz aus. Vielleicht würde dir ein Stärkungsmittel gut tun!«

Ellen streckte die Hand nach ihrer Tochter aus.

»Du klingst genau wie dein Bruder. Aber ich fühle mich putzmunter. Hättest du vielleicht Lust auf einen Spaziergang vor dem Abendessen?«

53. KAPITEL

Wenige Minuten später schlenderten Mutter und Tochter über den Feldweg, der ihren Hof mit dem der Corrigans verband. Ellen setzte sich auf einen der großen, eckigen Steine, die einst Teil eines normannischen Bergfrieds gewesen waren. Sie lagen nur wenige Schritt vom Weg entfernt; eine bemooste Erinnerung an vergangene Zeiten.

»Erzähl mir von England«, forderte Ellen Mary auf. »Ich bin nie dort gewesen, aber ich habe einmal einen Engländer gekannt.«

Mary lachte. »Tatsächlich? Wo kam er her?«

»Aus Yorkshire. Sein Name war Guy Forrister.«

Mary warf ihrer Mutter einen Blick zu und runzelte die Stirn. Ellen sah es und überlegte, ihrer Tochter jetzt alles zu sagen. Sie hatte schon viel zu lang gewartet …

»War das nicht der Engländer, der dich vor vielen Jahren besuchen kam?«

»Oh, nein. Das war sein Neffe. Guy ist während der Unruhen ums Leben gekommen. Sein Neffe wollte erfahren, was mit ihm geschehen war.«

»Und du hast es gewusst?«

Ellen nickte. »Zufällig ja.«

Mary seufzte. »Wusste Vater davon? Ach, lieber Vater …«

Ellen erkannte die Liebe in den Augen ihres Kindes. Sie zeigte sich immer, wenn die Sprache auf Michael kam. Wie sollte sie unter diesen Umständen die Wahrheit sagen? Was bedeutete Guy dieser vertrauensvollen jungen Frau, seiner Tochter, die soeben seinen Namen zum ersten Mal gehört hatte? Durfte sie sich wirklich auf Kosten ihrer Tochter entlasten?

Sie griff nach dem Brief in ihrer Tasche und wunderte sich über die Spuren, die das Leben so leichtherzig machte und die dann für ewige Zeiten spürbar blieben. Sie verstummte und lauschte Mary, die vom Krieg erzählte, von den Sirenen und den Bombardements, bei denen alle in die Luftschutzkeller hasten mussten.

»Es ist mir aber erst zwei Mal passiert. Nottingham wird selten angegriffen, und Marlowe gar nicht. Du brauchst dir also keine Sorgen um mich zu machen. Aber wie ist es dir ergangen? Paddy sagte, du hättest dich erkältet?«

»Ach, das war halb so schlimm! Aber erzähl noch ein wenig von dir. In deinen Briefen stand, du hättest jemanden kennen gelernt …«

»Mutter«, sprudelte Mary hervor, »es ist ein ganz wunderbarer Mann. Er ist Offizier in einer Sondereinheit …« Sie unterbrach sich. »Er heißt Bill Howell«, fuhr sie schließlich fort. »Ich liebe ihn. Wenn es möglich gewesen wäre, hätte ich ihn mitgebracht. Aber er ist mit einem Auftrag unterwegs … Ich weiß nie, wo er gerade ist … Manchmal habe ich große Angst!«

»Du bist so wunderbar frei«, flüsterte Ellen und streichelte die nach Seife duftende, junge Haut. »Meine Generation war es nicht! Bring ihn mit, damit wir ihn kennen lernen.«

Mary kreuzte die Finger.

»Und jetzt möchte ich wissen, warum du Hughie nach Dublin geschickt hast, Mutter!«

Ellen zog den Brief von Mr Mulhall aus der Tasche und reichte ihn ihrer Tochter. Er trug die Adresse des St.-Vincent-Krankenhauses in Dublin.

Liebe Mrs Kennedy,
da ich weiß, dass meine Tage gezählt sind, möchte ich Sie über einige Dinge bezüglich meiner verstorbenen Frau – Ihrer Cousine Franny – informieren, bevor ich nicht mehr in der Lage dazu bin.
Vor elf Jahren kam meine Frau bei einem Autounfall ums Leben. Auf ihren eigenen Wunsch hin gab es keine Todesanzeige. Ich weiß nicht, ob Sie über ihr Vermächtnis Bescheid wissen, doch sicher haben Sie geahnt, dass sie aufgrund einer Zwangslage nach Dublin geflüchtet ist; ein Nachbar hatte sie vergewaltigt.

Fran hat Sie sehr geliebt und konnte Ihr Schweigen nie verstehen.
Als sie erfuhr, dass Sie ebenfalls Mutter werden würden, hat sie Ihnen geschrieben. Die ablehnende Antwort Ihres Gatten verletzte sie jedoch so tief, dass ich sie nie mehr zu einer weiteren Kontaktaufnahme bewegen konnte.
Ich hatte die Ehre, Ihre Cousine heiraten und ihre Tochter Hannah mit ihr gemeinsam erziehen zu dürfen. Nach unserer Eheschließung adoptierten wir das Kind, das mir so ans Herz gewachsen ist, als wäre es mein eigenes.
Nach meinem Tod wird Hannah ohne Familie dastehen. Sie ist eine begabte Künstlerin, jedoch sehr verletzlich. Viele ihrer Freunde sind inzwischen aus Dublin weggezogen, andere planen ebendies; der verbleibende Rest besteht meiner Meinung nach aus eher schwachen Bohemiens. Hannah arbeitet hart, doch der Krieg hat ihrem Beruf den Boden unter den Füßen weggezogen. Mein Nachlass wird ihr leider keinen großen Rückhalt bieten; emotionale Zuwendung von Seiten freundlicher Verwandter hingegen vermutlich umso mehr.
Sollte ich Sie umsonst ins Vertrauen gezogen haben, betrachten Sie mein Schreiben bitte als gegenstandslos. Mit freundlichen Grüßen
Liam Mulhall.

»Das verstehe ich nicht!«

»Ich auch nicht«, sagte Ellen, »aber es tut mir weh.«

»Wusstest du, dass deine Cousine tot ist?«

»Als ich davon erfuhr, hatte die Beerdigung schon stattgefunden. Allerdings habe ich Mr Mulhall sofort geantwortet und geschrieben, dass ich Frans Brief nie erhalten habe und dass wir Hannah selbstverständlich gern kennen lernen möchten. Hugh hat sich bereit erklärt, nach Dublin zu fahren und Kontakt mit ihr aufzunehmen. Heute Morgen war die Todesanzeige von Mr Mulhall in der Zeitung.«

Mary schwieg und beobachtete ihre Mutter, die ehrlich bestürzt war.

»Aber Mutter, du bist doch nicht verantwortlich für das, was deiner Cousine passiert ist! Außerdem bin ich sicher, dass Vater nie und nimmer etwas Unfreundliches geschrieben hat.« Sie sah die Tränen in den Augen ihrer Mutter. »Kann ich irgendetwas für dich tun?«

Ihre Mutter zeigte auf Hughs Auto, das im Garten parkte.

»Er hat gesagt, der Tank wäre voll und im Kofferraum läge noch ein gefüllter Kanister. Wenn es dir nichts ausmacht, Liebes, möchte ich dich bitten, mich morgen zum Haus meiner Kindheit zu fahren – nach Kilcrannagh.«

Die Fahrt dauerte lang. Mary hatte sich für die landschaftlich schöne Strecke entlang des Shannon und an Lough Ree vorbei entschieden, und so war es bereits Nachmittag, als sie Kilcrannagh erreichten.

Ellen beugte sich dicht an die Windschutzscheibe, als das alte Haus an der Straßenbiegung auftauchte – zunächst die Schornsteine, dann das Dach und die efeuüberwucherten Mauern und zuletzt die Lorbeerhecke, hinter der sich der Garten verbarg. Das Tor stand offen. Am Torpfosten war ein poliertes Messingschild mit der Aufschrift »Dr. Ciaran O'Connor« angebracht. Ellen sah Stockrosen, Lupinen, Fuchsien, einen Rosengarten und einen schmalen Weg, der das Haus umrundete.

»Würdest du bitte anhalten, Liebes?«, bat sie leise. »Nein, nicht genau vor dem Tor. Ein Stückchen weiter!«

»Hier hast du früher gewohnt, Mutter?«, fragte Mary. Ellen nickte. Sie misstraute ihrer Stimme.

Die Fenster von Kilcrannagh waren jetzt weiß gestrichen. Der Garten sah gepflegt aus. Ellen betrachtete das Tor, durch das der unschuldige, hitzige Jimmy an jenem lange zurückliegenden Morgen pfeifend in den Garten gekommen war; dort oben am Fenster hatte sie gestanden, als sie Guy zum ersten Mal gesehen hatte, der mit ihrem Vater und Mrs Forrister zu Besuch gekommen war. Es begann zu regnen. Ellen blickte die Straße hinunter und erinnerte sich des halb ertrunkenen Harry in Guys Armen, der mit Laudanum ruhig gestellten Franny, die in ihrem Zimmer schlief, und ihrer Tante, die sich der Kinder ihres Bruders angenommen hatte.

Jetzt waren alle tot. Außer Jimmy …

»Du kannst jetzt weiterfahren«, sagte Ellen nach einer Weile. »Ein paar hundert Meter weiter liegt auf der linken Seite ein Stück von der Straße ab ein Bauernhaus. Dort muss ich kurz hin. Aber allein …«

Sie erreichten ein rostiges Tor, das nur von einem Drahtring am Pfosten gehalten wurde. Nur das strohgedeckte Dach war von der Straße aus sichtbar.

»Meinst du hier?«

»Ja. Du kannst warten. Es dauert nicht lange.«

Mary reichte ihrer Mutter den Schirm, der auf dem Rücksitz lag, und sah ihr nach, wie sie den steinigen Pfad zum Haus entlangging.

Jimmy war in der Küche. Trotz des Regens stand die Tür offen. Im Kessel am rußgeschwärzten Haken über dem Feuer simmerte Wasser; vor dem Herd schlief eine rote Katze. Jimmy freute sich, dass er das Heu noch vor dem Wetterumschwung sicher eingebracht hatte.

Jimmy griff nach der Teekanne und wollte soeben die alten Teeblätter in den Ausguss leeren, als jemand an der Tür auftauchte. Es war eine Frau. Sein Herz setzte einen Schlag aus.

»Ellen?«

Mit ausgestreckter Hand ging er auf sie zu. Sie nahm sie nicht, und auch den Stuhl, den er ihr anbot, schlug sie aus. Jimmy sah in die graublauen Augen, die er einst so geliebt hatte. Sie waren dunkel vor Müdigkeit und Hass.

»Kannst du mir verzeihen, Ellen?«

»Ich bin nur aus einem einzigen Grund hier – wegen einer Sache, die du mir nicht gesagt hast.«

»Und was ist das?«

»Franny hatte eine Tochter!«

»Das ist richtig.«

»Ihr Witwer hat mir kürzlich geschrieben«, fuhr Ellen fort, »kurz vor seinem Tod. Er sagt, sie wurde von einem Nachbarn vergewaltigt.«

»Und da hast du natürlich sofort mich im Verdacht gehabt«, nickte Jimmy verbittert.

Ellen antwortete nicht.

»Vielleicht denkst du einmal kurz nach«, fuhr Jimmy fort. »Fällt dir nicht noch ein anderer Kandidat ein? Jemand, für den Gewalt auf der Tagesordnung stand?«

Plötzlich blitzte in Ellen die Erinnerung an eine erhitzte, schwitzende Franny auf, die aus dem Wald von Clonmore gelaufen kam.

»Meinst du etwa … Mr Wallace?«

Jimmy nickte. »Ich mag ein Killer sein, Ellen«, sagte er demütig, »aber ein Vergewaltiger bin ich bestimmt nicht.«

Ellen schnappte nach Luft und wandte sich zur Tür. Jimmy legte eine Hand auf ihren Arm. »Da gibt es noch etwas, das ich dir vorenthalten habe. Aber es gehört dir.«

Sie schüttelte seine Hand ab. Er verließ die Küche und ging in das düstere Wohnzimmer, wo alte Spitzenvorhänge das Tageslicht aussperrten. Er wühlte in einer Schublade und kam mit einem kleinen, braunen Umschlag zurück, den er Ellen hinhielt.

»Ursprünglich habe ich ihn aus Sicherheitsgründen zurückgehalten; später dann meinetwegen, weil ich mir unsinnigerweise noch Hoffnungen machte … Aber du siehst, dass er nie geöffnet wurde.«

Ellen sah ihren Namen auf dem Umschlag. Mrs Ellen Kennedy. Es war Guys Handschrift.

Sie nahm den Brief, steckte ihn in die Tasche, wandte sich zur Tür und trat in den strömenden Regen hinaus. Jimmy sah ihr nach, wie sie um die Pfützen herumging. Am liebsten wäre er ihr mit einem Mantel nachgelaufen, doch er wusste, dass sie ihn zurückweisen würde.

In die Küche zurückgekehrt, entdeckte er, dass sie ihren Schirm vergessen hatte. Er lehnte an einem Stuhl. Jimmy nahm ihn und rannte hinter Ellen her, die schon bis auf die Haut durchnässt war. Er sah, wie sie in ein Auto einstieg, und konnte nur dem davonfahrenden Wagen nachblicken.

Jimmy drehte sich um. Ohne den peitschenden Regen zu spüren, ging er ins Haus zurück.

54. KAPITEL

Nachdem Hugh in Dublin angekommen war, ging er sofort in die Exchequer Street, wo er die Galerie Ariel ohne Probleme fand. Die Galerie war jedoch geschlossen, und auf sein Klingeln erhielt er keine Antwort.

St. Vincent, dachte er. Wahrscheinlich war sie bei ihrem Vater im Krankenhaus.

Er machte kehrt und eilte die Wicklow Street hinunter, die Grafton Street entlang bis St. Stephen's Green und die vertrauten Granitstufen der Klinik hinauf. Vor nicht allzu langer Zeit hatte er hier ein Praktikum gemacht.

»Dr. Kennedy«, stellte er sich am Empfang vor. »Ich möchte zu Mr Liam Mulhall.«

»Mr Mulhall liegt im Sterben, Herr Doktor. Seine Tochter ist bei ihm.«

Hugh ging den nach Desinfektionsmitteln riechenden Flur entlang zum angegebenen Zimmer, setzte sich auf einen Stuhl und betrachtete die geschlossene Tür.

Als Hannah aus dem Sterbezimmer kam, sah Hugh sie zum ersten Mal. Sie trug einen blauen Rock, eine ebensolche Bluse, weiße Söckchen und Schuhe mit halbhohem Absatz. Sie sah aus wie ein trauriges Schulmädchen. Mit gesenktem Kopf ging sie den Flur entlang, ohne ihre Umgebung wahrzunehmen. Sie wirkte unendlich einsam. Als sie an ihm vorüberging, sah er, dass sie leise vor sich hin weinte.

Noch lange Zeit danach hatte Hannah Schwierigkeiten, sich den Augenblick in Erinnerung zu rufen, als Hugh ihr die Hand auf den Arm gelegt hatte. Sie hatte das Gefühl, durch eine eindimensionale, schweigende Welt zu irren. Wenige Minuten zuvor war ihr Vater gestorben; sie hatte ihn in den Armen gehalten, ihn sanft gewiegt, als er nach Luft rang, ihr Gesicht neben seines auf das Kopfkissen gelegt und ihm ihre Liebe zugeraunt. Dann war er eingeschlafen, so sanft und so plötzlich, dass sie es kaum bemerkt hatte. Nach einer Weile hatte sie ihm die Augen zugedrückt und dann das Personal benachrichtigt. Nichts war, wie es zu sein schien, sagte sie sich. Das Herz der Schöpfung war ein Trugbild.

Der junge Fremde hatte im Flur gesessen. Obwohl er ein

sportliches Jackett trug, hatte sie intuitiv gewusst, dass er Arzt war.

»Miss Mulhall«, hatte er sie angesprochen, »es tut mir unendlich Leid für Sie.«

Hugh begleitete die stille, erschöpfte Hannah zurück in die Exchequer Street. Beim Öffnen der Tür schlug ihm der Duft einer ihm unbekannten Welt entgegen. Die Galerie war staubig, doch die Gemälde wirkten wie helle Inseln im dämmrigen Raum, und als sie die Treppe zu Hannahs Atelier hochstiegen, kam der Geruch von Farbe und Terpentin hinzu.

Hannah war schweigsam und sehr blass.

»Ich brühe dir eine Tasse Tee auf«, sagte Hugh. »Setz dich!«

Hannah gehorchte. Sie ließ sich auf die durchgesessene alte Couch sinken und schloss die Augen. Das Bestattungsunternehmen war benachrichtigt; morgen würde die Todesanzeige in der Zeitung stehen. Cissie und Patrick würden bald kommen. Und auch die Freunde ihres Vaters, die noch übrig waren, würden bei der Beerdigung da sein. Es war wunderbar, jemanden zu haben, der sich um alles kümmerte – diesen Fremden, der genau in dem Augenblick in ihr Leben getreten war, als sie eine starke Schulter brauchte, und der angeblich mit ihr verwandt war.

Ich muss wirklich von allen guten Geistern verlassen sein, schalt sie sich. Was, wenn er ein Krimineller ist?

»Danke«, sagte sie, als er ihr den Tee brachte. Zum ersten Mal blickte sie ihm in die Augen. Hugh schenkte sich selbst eine Tasse ein, setzte sich und sah sich im Atelier um. Außer ein paar unfertigen Bildern standen zwei kürzlich mit Firnis versehene Gemälde auf Staffeleien; das eine zeigte einen dunklen Himmel, gegen den sich karge Klippen abhoben, und das tobende Meer.

»Die Klippen von Moher«, erklärte Hannah, die Hughs Blick gefolgt war.

»Eigentlich bin ich gekommen, um dich nach Balcarrach einzuladen. Meine Mutter hat einen Brief von deinem Vater erhalten. Er schien zu wissen, dass er nicht mehr lange zu leben hatte, und wollte sie über deine Existenz informieren.«

»Tatsächlich? Der alte Schlawiner! Was hat er über mich geschrieben?«

Hugh wusste nicht, wie er antworten sollte. Er wünschte, er hätte den Mund gehalten.

»Dass du sehr begabt bist«, sagte er schließlich. »Wir wussten alle nicht, dass es dich gibt, obwohl Mutter oft von deiner Mutter gesprochen hat.«

»Ich bin der dunkle Punkt in der Familie«, sagte Hannah seufzend. »Paps war nicht mein leiblicher Vater, aber ich habe nie erfahren, wessen Tochter ich wirklich bin.«

»Nun, für einen dunklen Punkt siehst du aber ziemlich niedlich aus – und ich kenne mich, was Letzteres betrifft, verdammt gut aus!«

Hannah musste lachen.

»So gefällst du mir schon besser!«, sagte Hugh. »Kommst du nach Balcarrach, wenn … wenn alles vorüber ist?«

Am Abend nach der Beerdigung von Liam Mulhall fuhr Hugh mit dem Zug zurück nach Balcarragh. Er hatte Mary ein Telegramm geschickt, sie solle ihn am Bahnhof abholen.

Der Besuch hatte ihm Freude gemacht, und er hoffte, dass auch seine Mutter darüber glücklich wäre. Seit er nach Dublin aufgebrochen war, hatte er sich Sorgen um sie gemacht – dieser andauernde Husten, diese zunehmende Innenschau. Doch Mary war bei ihr, und Mary war sehr verlässlich. Hugh hoffte, dass seine Mutter sich darüber freute, dass er Hannah gefunden hatte, und fragte sich, ob ihr die Todesanzeige in der Zeitung aufgefallen war.

Hannah würde eine Woche bei ihrer inzwischen verheirateten Freundin Cissie McBride verbringen. Anschließend hatte sie noch einige Dinge zu erledigen, doch dann wollte sie nach Balcarrach kommen, wenn, wie sie sagte, die Einladung noch gültig war.

»Du musst nur Bescheid sagen!«

Als der Zug in den Bahnhof einfuhr, griff Hugh nach seiner Tasche und sprang aus dem Zug.

Auf dem Bahnsteig wartete nicht, wie angenommen, Mary auf ihn, sondern Paddy war da und hatte einen Brief von ihr mitgebracht.

Hallo Hughie,
ich habe verzweifelt versucht, dich zu erreichen. Mutter ist im Portiuncula Hospital. Sie hat eine Lungenentzündung.

Ellen starb zwei Tage später.

Eine Schwester drückte Mary ein Bündel mit dem Morgenmantel, den Hausschuhen und der Handtasche der Verstorbenen in die Hand.

Nach der Beerdigung kam die stille Zeit, die Zeit der tiefen Trauer. Die Freunde der Mutter waren wieder abgereist, nachdem sie jegliche Hilfe zugesagt hatten, falls Bedarf bestünde. Ein gewisser Mr Horan aus dem Ort, in dem Ellen ihre Jugend verbracht hatte, war nach dem Begräbnis länger geblieben als die anderen Trauergäste.

»Es tut mir so Leid«, hatte er mit erschrockenen Augen mehrfach wiederholt.

Mary sichtete die Habseligkeiten ihrer Mutter. Sie hatte sich vor dieser Aufgabe gefürchtet. Sie weinte, als sie den letzten Kontrollabschnitt im Scheckbuch ihrer Mutter fand, auf dem vermerkt war: »Hughie. Für meine Beerdigung.«

Als sie die Handtasche leerte, stieß sie auf den Brief von Mr Mulhall. Wenigstens war Hugh rechtzeitig zurückgekehrt; er hatte Ellen noch über den Erfolg seiner Reise informieren können, und sie waren beide in den letzten Stunden bei ihrer Mutter gewesen.

»Seid lieb zu Hannah«, hatte Ellen am Tag vor ihrem Tod geflüstert. »Schade, dass ich sie nicht mehr kennen lernen kann.«

Mary durchforstete den Inhalt der Handtasche – ein paar Rechnungen, ein Kamm, ein Lippenstift und schließlich ein kleiner, brauner Umschlag, der in einem eigenen Fach steckte. Das Papier stammte aus einem Schulheft, doch die Schrift war die eines Erwachsenen und ausgesprochen elegant. Mary brauchte ein paar Sekunden, bevor sie begriff, dass es sich bei dem Brief um eine sehr leidenschaftliche, persönliche Mitteilung handelte.

Auf den Hügeln von Clonmore, 21. Oktober 1921
Liebste,
draußen herrscht schwarze Nacht, und in einigen Stunden werde ich nur noch Geschichte sein. Die Ironie des Geschehens ist mir durchaus bewusst. Ich hätte im Schützengraben sterben sollen, doch stattdessen werde ich mein Leben in Irland aushauchen, nicht weit entfernt von dem Ort, den wir beide so gut kannten.
Ich danke dir für meine Erinnerungen. Sie machen mir das Ende erträglich, denn sie beweisen mir, dass ich gelebt habe.
Lebwohl, Geliebte, G.

Lange starrte Mary auf den Brief.

Wer mochte dieser G. sein? Was hatte er ihrer Mutter bedeutet? Wieso wusste er, dass er sterben musste? Hatte dieser Brief etwas mit dem ermordeten Engländer zu tun?

Irgendwann legte sie das Schreiben beiseite und konzentrierte sich auf die Aufgabe, die Papiere ihrer Mutter zu ordnen. Doch nichts darin warf ein Licht auf die geheimnisvolle Nachricht. Die Papiere waren in Ordnung – bezahlte Rechnungen, Kontoauszüge, eine Liste der Guthaben. Mary wurde bei der Arbeit schmerzlich die immer noch nicht verstehbare Leere bewusst, die ihre Mutter hinterlassen hatte.

»Ich kann den Tod nicht verstehen!«, flüsterte sie vernehmlich und wischte sich ein paar Tränen der Wut aus den Augen. Sie wünschte, dass Bill bei ihr wäre. Sie brauchte ihn jetzt mehr denn je und sprach ein kurzes, stummes Gebet für ihn.

Sie setzte sich auf das Bett ihrer Mutter und blickte sich im Zimmer um. Wie leer es doch war! Wie seltsam, dass ihre Mutter nie mehr zurückkehren würde – dass Mary nie wieder ein Zimmer betreten und sie dort finden würde. Das Zimmer, das Haus, der Hof ließen Ellen bereits los und füllten die Räume, in denen sie gelebt hatte, mit einer unverständlichen Sterilität.

Mary suchte nach dem gerahmten Foto ihres Vaters, das sie selbst in seinem letzten Lebensjahr aufgenommen hatte. Sie fand es mit dem Gesicht nach unten auf dem Kaminsims. Hatte ihre Mutter es absichtlich so hingelegt?

Wie müde er aussah. Immer schon hatte ihn eine merkwürdige Einsamkeit umgeben. Hatte er einer einsamen Frau tatsächlich einen ablehnenden Brief geschrieben? Mary glaubte es nicht. Der Vater, den sie kannte, wäre dazu nicht fähig gewesen.

Aber »Liebste«?

Noch einmal nahm sie den Brief zur Hand, las ihn erneut. Ob Vater es gewusst hatte? Hatte er gewusst, dass jemand anders seine Frau liebte und dass sie diesen anderen Mann immerhin so hoch schätzte, dass sie seinen Brief über zwanzig Jahre hinweg in der Handtasche bei sich trug?

Am nächsten Tag fuhr sie mit Hughie zum Notar nach Ballinasloe, wo das Testament ihrer Mutter eröffnet wurde, das sie erst am Tag vor ihrem Tod gemacht hatte. Sie wünschte, das Balcarragh verkauft und der Ertrag zwischen ihnen aufgeteilt werden sollte, mit Ausnahme eines Anteil von 1000 Pfund, den Ellen Hannah Mulhall vermachte.

»Ich werde Miss Mulhall schreiben und sie über ihr Erbe informieren«, kündigte der Notar an.

»Warten Sie noch damit«, sagte Hugh. »Sie wollte in einigen Tagen zu Besuch kommen. Wenn Sie nichts von dem Erbe weiß, ist es wahrscheinlicher, dass sie tatsächlich kommt. Sie können ihr dann später schreiben.«

Mary stimmte dem Vorschlag ihres Bruders zu. Sie war gespannt und neugierig darauf, die junge Frau kennen zu lernen.

»Ich freue mich, dass Mutter sie in ihrem Testament bedacht hat«, sagte sie später zu Hughie, »aber ist es nicht ein bisschen viel?«

»Sie gibt ihr nur zurück, was ihr zusteht«, erwiderte Hugh. »Als ihre Tante Harriet starb – wir waren damals noch ziemlich klein –, hätte ein Erbteil Hannahs Mutter gehört …«

»Arme Franny!«, sagte Mary. »Benachteiligt, verbannt – kurz, man hat sie geopfert. Wie im Krieg!«, fügte sie hinzu und dachte an Bill.

»Dein Captain schafft das schon, Mary!«, tröstete Hughie seine Schwester leise. Er legte den Arm um ihre Schulter.

»Weißt du was? Ich denke daran, mich zum Militärdienst zu melden. Im Krieg werden immer Ärzte gebraucht. Vielleicht treffe ich ihn ja sogar!«

In der letzten Augustwoche des Jahres 1941 kam Hannah in Monaghan an. Hugh, der zum Bahnhof gefahren war, um sie abzuholen, starrte sie bewundernd an. Die junge Frau, die in Trauerkleidung aus dem Zug stieg, wirkte geradezu exotisch. Sie hatte das dunkle Haar hochgesteckt und einen schwarzen Schal wie einen Turban darum gewunden. Ihr Kleid war wadenlang, und sie trug schwarze Spitzenhandschuhe, die ihre zierlichen Handgelenke frei ließen, und offene Schuhe. Als sie sich umdrehte, um den Koffer auf den Bahnsteig zu wuchten, sah Hugh voller Entzücken, dass sie eine Strumpfnaht auf ihre schlanken Beine gemalt hatte. Sie bewegte sich mit katzenhafter Eleganz. Hugh fingerte zum wiederholten Mal an seiner Krawatte herum. Er ging auf sie zu, griff mit Schwung nach ihrem Koffer und reichte ihr die Hand.

»Miss Mulhall!«

Sie ließ ein glockenhelles Lachen hören.

»Du siehst viel besser aus als beim letzten Mal!«, sagte er.

»Das liegt an Cissies Kochkünsten und ihrer liebevollen Zuwendung!«, gab sie zurück.

Hugh ließ sie auf dem Beifahrersitz Platz nehmen und verstaute ihr Gepäck im Kofferraum. Er hatte befürchtet, sie könne sich nach dem Verlust ihres Vaters als mürrisch erweisen, doch das war durchaus nicht der Fall. Hingegen verblüffte sie ihn mit ihrer natürlichen Schönheit; nichts an ihr wies auf die großspurige Egozentrik hin, die Hugh mit der Kunst-Szene in Verbindung brachte, wo oft Posen mit Begabung verwechselt wurden.

Hannah betrachtete Harrys schwarze Arm-Binde, die er als Zeichen der Trauer trug. »Ich möchte euch danken, dass ihr eure Einladung trotz des Todes eurer Mutter aufrechterhalten habt. Ihr Tod schmerzt mich sehr, und das unter anderem aus einem ganz egoistischen Grund: Es gibt so viele Dinge, die ich sie hätte fragen wollen!«

»Menschen bleiben oft bis in den Tod geheimnisvoll«, sagte Hugh. »Mary hat in der Handtasche unserer Mutter einen sehr merkwürdigen Brief gefunden. Von jemandem, der unsere Mutter ›Liebste‹ nannte …!«

»Vielleicht habt ihr in ihren Papieren etwas gefunden, das ein wenig Licht in meine eigene Vergangenheit bringt«, tastete sich Hannah nach einer Weile vor.

»Was könnte das sein?«

»Ich habe dir ja schon in Dublin erzählt, dass ich adoptiert bin. Ich habe nie erfahren, wer mein leiblicher Vater ist, aber vielleicht wusste ja eure Mutter etwas darüber. Es ist ein wenig beunruhigend«, fügte sie hinzu, »nicht zu wissen, wer man wirklich ist, obwohl ich mich inzwischen daran gewöhnt haben müsste.«

Ist sie nur deshalb gekommen?, fragte sich Hugh enttäuscht. Nur um alles über ihre persönlichen Geheimnisse aus uns herauszubekommen? Ich könnte ihr erzählen, dass es ein geiler Nachbar war! Himmel! Dieser Brief!

»Mary hat alle Unterlagen unserer Mutter durchgesehen, aber sie hat nichts erwähnt, was auf dich schließen ließe.«

Er überholte einen Pferdekarren. Staub wirbelte auf.

»Du hast es gut mit deinem Auto. Wo bekommst du das Benzin her?«, fragte Hannah.

»Als Arzt habe ich gewisse Vorrechte.«

Sie lächelte ihn an und kräuselte die Nase.

»Hugh«, fragte sie plötzlich, »dürfte ich vielleicht den Brief sehen, den mein Vater an eure Mutter geschrieben hat? Den Grund, weswegen du nach Dublin gekommen bist?«

Mensch, Kennedy, du Blödmann! Hättest du ihr doch nur einen anderen Grund genannt! Sie darf diesen Brief nie zu Gesicht bekommen!

»Ich weiß nicht, ob wir ihn noch haben«, sagte er so leichthin wie möglich. »Das musst du Mary fragen!«

Er wendete den Wagen in der Zufahrt.

Mary hatte das Auto gehört und kam an die Tür, um den Gast zu begrüßen. Sie sah die Energie, die Hannah ausstrahlte, und Hughies Augen, wenn er die junge Frau anblickte.

Nach dem Abendessen saßen sie noch lange im Wohnzimmer und unterhielten sich. Hannah trank mit Wasser verdünnten Whiskey, hatte ihre Schuhe abgestreift und saß im Schneidersitz auf dem Sofa. Vor dem Essen hatte sie den Turban abgenommen. Jetzt fiel ihr langes, dunkles, an den Schläfen zurückgekämmtes Haar bis auf ihre Schultern. Im Lampenlicht schimmerte es rötlich.

Hugh konnte kaum die Augen von ihr abwenden.

»Noch einen kleinen Whiskey?«, fragte er.

Sie hielt ihm ihr Glas hin. »Danke sehr!«

Als Hugh sich für einen Moment entschuldigte und die beiden Frauen allein ließ, wandte sich Hannah an Mary und fragte lächelnd: »Hast du einen Freund drüben in England, Mary?«

Mary nickte. »Leider sehe ich ihn nicht allzu oft. Und was ist mit dir? Ich könnte mir vorstellen, dass sie Schlange stehen – so, wie du aussiehst!«

Hannah zuckte die Schultern. »Eigentlich gibt es niemand Bestimmten.«

Mary fiel es schwer, ihr zu glauben, und sagte ihr das auch.

»Vor ein paar Jahren hätte ich mir beinahe die Finger verbrannt«, erzählte Hannah. »Der Mann war deutlich älter als ich. Aber es war nichts … Körperliches zwischen uns«, fügte sie errötend hinzu. »Als er aus meinem Leben verschwand – übrigens fast zur selben Zeit, als meine Mutter starb –, war ich sehr traurig. Ich dachte damals, dass er etwas für mich empfinden würde, doch heute glaube ich, er hat nur mit mir gespielt. Außerdem war er verheiratet. Allerdings hat er behauptet, getrennt zu leben.« Sie zuckte die Schultern.

Mary hatte ein wenig schockiert, aber sehr interessiert zugehört.

»Ist es richtig, dass mein Vater deiner Mutter geschrieben hat«, wechselte Hannah das Thema, »um ihr von mir zu erzählen?«

Mary nickte.

»Würdest du mir den Brief vielleicht zeigen?«

Mary sah den Schreibtisch an und warf dann dem gerade wieder eintretenden Hughie einen vorwurfsvollen Blick zu. Wie hatte er Hannah von diesem Brief erzählen können? Immerhin kannte er den Inhalt!

»Ich fürchte, wir haben ihn zusammen mit einigen anderen Unterlagen weggeworfen«, antwortete sie geschmeidig. »Es tut mir wirklich Leid.«

Hannah sah Hughie an und fragte sich, warum er so betroffen wirkte. Sie versuchte, ihre Enttäuschung zu überspielen.

»Wisst ihr eigentlich, wie sehr ich mich freue, euch beide kennen gelernt zu haben?«, fragte sie. »Ihr seid unglaublich nett. Aber jetzt würde ich gern ins Bett verschwinden, wenn ihr nichts dagegen habt!«

Sie stand auf, Hugh griff nach einer Kerze, zündete sie an und reichte sie ihr. »Wir haben hier noch keinen elektrischen Strom. Mutter plante, in der nächsten Zeit einen Anschluss legen zu lassen.«

Hannah nahm die Kerze und tastete sich die Treppe hinauf. Sie lächelte Hugh zu, der unten eine Lampe hochhielt. Nachdem sie die Tür hinter sich geschlossen hatte, setzte sie die Kerze ab und blickte sich in dem kleinen, blau gestrichenen Zimmer um. Sie sah ein gusseisernes Bett mit Messingknäufen, einen schmalen Mahagonischrank, einen lackierten Holzboden, einen abgenutzten Teppich und eine weiße Madonnen-Statue auf dem Kaminsims. Hannah zog die blauen Vorhänge zu, streifte ihre Schuhe ab und lehnte sich in die nach Lavendel duftenden Kissen zurück.

Es war seltsam, hier zu sein und Verwandte zu treffen – auch wenn es nur entfernte Verwandte waren. Wenn ihre Mutter von Ellen gesprochen hatte, war sie immer traurig und ein wenig verbittert gewesen.

Hannah zog sich aus und legte sich ins Bett. Einen Moment spielte sie noch mit der Kerze, die flackernde Schatten an die Wände zauberte, dann blies sie sie aus.

Die Dunkelheit der mondlosen Nacht war beeindruckend. Hannah hatte das Gefühl, sie könne ebenso gut in einer Gruft liegen, wären da nicht die frisch gewaschene Bettwäsche und der zarte Duft nach Kampfer gewesen. Sie fühlte sich an ihre einzige andere Erfahrung mit totaler Finsternis erinnert. Mit bis über die Ohren hochgezogener Daunendecke ließ sie die Nacht in Clonmore House Revue passieren, die im Nachhinein eher wie eine Gespenster-Geschichte wirkte.

Die Taxi-Fahrt vom Bahnhof in Monaghan war ihr endlos lang vorgekommen. Irgendwann war ein Tor geöffnet worden, und es ging eine lange Zufahrt hinauf. Noch heute sah Hannah die mit Flaggen geschmückte Eingangshalle von Clonmore House vor sich, die Porträts an der Wand, den Kamin voller schwarzer, qualmender Holzscheite und die winzige, alte Haushälterin, die sie ins Wohnzimmer geführt hatte. Obwohl sowohl im Eingangbereich als auch im Wohnzimmer Feuer brannten, hatte das Haus fast feindlich auf sie gewirkt. Weder von Sir Bertram noch von anderen Gästen war etwas zu sehen gewesen – ganz zu schweigen von Vorbereitungen für eine Party. Hannah war durch den Raum geschlendert und hatte sich die verschiedensten Kunstgegenstände und Gemälde angesehen; die meisten waren französisch und stammten aus dem achtzehnten Jahrhundert. Währenddessen fragte sie sich, was da für ein Spiel gespielt wurde. Ein Geräusch an der Tür sagte ihr, dass sie beobachtet wurde.

Schnell lief sie hin. Als sie öffnete, stand draußen die alte Haushälterin.

»Der Herr kommt nicht mehr«, sagte die Frau. »Ich bringe Ihnen etwas zu essen. Natürlich können Sie über Nacht bleiben, Miss … Ihr Zimmer ist bereit.«

Hannah hatte nicht wirklich Lust, zu bleiben. Sie fühlte sich wie in einem Mausoleum, wie in den Tiefen der Unterwelt. Andererseits war sie neugierig. In ihrer Fantasie sah sie sich als Heldin eines düsteren Films. Sie nahm ein unerwartet köstliches Hühnergericht zu sich, das in einer Weinsauce bereitet war, und folgte dann der Haushälterin die Treppe hinauf in ein unglaublich großes Schlafzimmer, dessen rote Vorhänge ihr Anfälle von Klaustrophobie verursachten und in dem ebenfalls ein Feuer brannte.

Kaum war sie allein, schloss sie die Tür ab. Das Haus sprach zu ihr, wie alle alten Häuser es tun; sie erzählen von den Menschen, die in ihnen gelebt haben, von ihren Freuden und Kümmernissen. Doch dieses Haus wirkte bedrohlich, und Hannah fröstelte. Was war hier los? Wieso war außer ihr nicht ein einziger anderer Gast da?

Und dann hatte sie plötzlich dieses übermächtige, zu diesem Zeitpunkt noch unerklärliche Gefühl eines großen Verlustes überfallen.

Hannah war fast die ganze Nacht hindurch wach geblieben. Bei jedem Geräusch des alten Hauses schrak sie zusammen. Es schien, als hätten sich alle Geister versammelt, um sie zu beobachten. Sie hatte die Lampe wieder angezündet und sie brennen lassen.

Sie war froh, als endlich der Morgen dämmerte. Sie stand auf, öffnete so leise wie möglich die Riegel an der Eingangstür und schlüpfte aus dem Haus. Mit ihrer Tasche wanderte sie die lange Zufahrt hinunter zum Torhaus, öffnete das Tor und ging weiter, bis ein vorüberfahrender Karren sie mitnahm. Der Kutscher war recht neugierig gewesen, doch er hatte sie zum Bahnhof gefahren, wo sie den ersten Zug nach Dublin erwischte. Zu Hause wartete Cissie mit der Nachricht von einem schrecklichen Unfall.

Ihr Vater hatte den Leichnam der Mutter nach Dublin geholt, und sie hatten sie auf dem Friedhof Mount Jerome begraben.

Während dieser schrecklichen Zeit waren Cissie und ihr damaliger Verlobter Patrick McBride eine verlässliche Stütze gewesen. Alle möglichen Bekannten hatten kondoliert, viele waren auch zur Beisetzung gekommen. Bis auf einen. Sir Bertram hatte weder bei ihr vorgesprochen noch eine Nachricht geschickt. Irgendwann erfuhr sie, dass er nach London zurückgekehrt war.

Sie hatte sich lange gefragt, ob sie ihn vielleicht missverstanden oder sich im Datum geirrt hatte. Jedenfalls war es ein merkwürdiges Gefühl, dass sie eine Nacht in seinem Haus verbracht und eigens zu einer Party angereist war, die nie stattgefunden hatte, ohne jemals wieder von ihm zu hören.

Der Verlust der Mutter hatte sie völlig aus der Bahn geworfen. Liam hatte sie nicht trösten können, seine eigene Trauer hatte ihn viel zu sehr eingenommen. Er stellte nach Frannys Tod nie wieder aus. Seine Bilder blieben unfertig stehen. Manchmal begann er ein neues Gemälde, vollendete es aber nicht. Allmählich lichtete sich sein Haar; er wurde grau. Manchmal starrte er Hannah aus grimmigen Augen an.

»Warum schaust du so, Vater?«

»Zu etwas anderem tauge ich nicht mehr ...«

Ein halbes Jahr nach dem Tod ihrer Mutter hatte sie sich in einen sanften Absolventen des Trinity Colleges verliebt, der häufig in die Galerie kam. Sie hatte ihm ihre Jungfräulichkeit geopfert und darauf gehofft, dass er sie heiraten und ihrem Leben eine gewisse Sicherheit geben würde. Doch nachdem er erfahren hatte, dass sie nicht nur katholisch sondern zudem unehelich war, hatte er sich bald von ihr zurückgezogen. Die Demütigung hatte ihr das Gefühl vermittelt, dass Sicherheit eine Illusion war und die Menschheit nur einen von der Zeit geworfenen Schatten darstellte.

Ihre Arbeit hatte sie gerettet. Ihr Schmerz inspirierte sie, die Leidenschaft sorgte für Vollendung. Wild entschlossen, zu überleben, war sie aus ihrer Verzweiflung aufgetaucht.

Hannah setzte sich im Bett auf, tastete nach ihrer Handtasche, holte die Streichhölzer hervor und steckte die Kerze auf dem Nachttisch an. Dann suchte sie nach ihren Zigaretten, zündete sich eine an und inhalierte tief.

Sie dachte an den Blick, den Mary und Hughie getauscht hatten, als die Sprache auf den Brief ihres Vaters gekommen war.

Ich muss herausbekommen, was sie wissen, dachte sie. Zumindest Mary weiß mehr, als sie zugibt – ganz bestimmt.

Sie nahm etwas sehr Seltsames aus ihrem Notizbuch, et-

seiner Qual nach Luft gerungen, und das Sprechen war ihm immer schwerer gefallen. Tom hatte ihn in die Arme genommen und ihn schweigend festgehalten, während er verzweifelt versucht hatte, die eigenen Tränen zurückzuhalten.

»Ich dachte, ich könnte Dad helfen«, war Paul nach einer Weile fortgefahren, »also nahm ich einen Colt aus der Kiste in der Abstellkammer unter der Treppe und lief ihm nach ...«

Der Junge war verstummt, hatte eine Weile ins Feuer gestarrt und dann die Hände vor das Gesicht geschlagen.

Es hatte Toms ganzes Geschick erfordert, ihm den Rest der Geschichte zu entlocken. Ted Lafferty hatte dem betrunkenen Schützen gegenübergestanden, als Paul den Horseshoe Saloon betrat. Ted hatte ihm einen Blick zugeworfen und ihn angeschrien, auf der Stelle zu verschwinden. An diesem Punkt war Paul wieder in Tränen ausgebrochen. Er erzählte, wie der Fremde die Ablenkung genutzt hatte, um Ted zu erschießen. Hierauf hatte der Junge versucht, den Mörder seinerseits niederzuschießen, aber der hatte nur gelacht, ihm die Waffe aus der Hand getreten und ihn verhöhnt, er solle heim zu Mama gehen.

»Aber das bist du nicht?«, hatte Tom nachgehakt. »Du bist nicht nach Hause gegangen?«

Paul hatte den Kopf geschüttelt.

»Ich konnte nicht ... Ich wollte sterben. Du bist der einzige Mensch, der mir eingefallen ist. Ich bin zum Eisenbahndepot gelaufen und habe mich in einem Güterwaggon versteckt. Onkel, du musst Mutter helfen ...«

»Wir fahren morgen beide zu ihr«, hatte Tom sanft erwidert und dem Jungen das Gesicht mit seinem Taschentuch abgewischt.

»Ich kann nicht zurück«, hatte Paul geweint, sich aus den

Armen seines Onkels befreit und ihn todunglücklich angesehen. »Mutter hasst mich.«

»Wenn du nicht nach Hause willst, Paul, was willst du dann tun? Hier kannst du nicht bleiben!«

»Du könntest mir einen Job in den Minen beschaffen.«

»Paul, nicht einmal *erwachsene Männer* finden heutzutage Arbeit in den Minen. Das weißt du doch!«

»Dann fahre ich nach Denver! Ich suche mir Arbeit in einer Bar!«

»Ich verstehe. Du bist zu allem bereit, um mit deinem eigenen Schmerz klarzukommen. Und deine Mutter willst du in dieser schwierigen Lage ganz allein lassen, ja?«

Der Junge hatte den Kopf geschüttelt; seine Schultern zuckten von kleinen erstickten Schluchzern.

»Ich denke, ich weiß, was du tun wirst«, hatte Tom gesagt und seinen Neffen gezwungen, ihn anzuschauen. »Du wirst nach Hause zurückgehen. Du wirst zur Beerdigung deines Vaters gehen, und du wirst dich um deine Mutter kümmern! Du wirst diese Katastrophe durchstehen wie ein Mann, der du bist. Heute Nacht wirst du lernen, dass es nur einen Weg gibt, Ärger und Schmerz zu bewältigen, und der führt mitten durch.«

Dann hatte er Carries Schritte auf der Treppe gehört. Stirnrunzelnd war sie im Morgenmantel hereingekommen, und sie hatte große Augen gemacht, als ihr Blick auf Paul fiel. Ihre Augen waren von ihm zu Toms grimmigem Gesicht gewandert; dann war sie mit ausgebreiteten Armen zu ihrem Neffen geeilt.

»Kümmere dich um ihn«, hatte Tom sie gebeten. »Ich gehe noch einmal rüber zum Beaumont, um Maria zu telegrafieren, dass es ihm gut geht. Ich werde auch Doc Rowan herschicken.«

Er hatte Paul eine Hand auf den Kopf gelegt. »Du darfst

nie vor etwas davonlaufen«, hatte er eindringlich gesagt. »Und eines Tages wirst du auch einsehen, dass es *nicht* deine Schuld war!«

»Ich will nur meinen Daddy zurück«, hatte der Junge an Carries Schulter geweint, nicht mehr fähig, irgendetwas aufzunehmen oder zu begreifen.

Carrie folgte Tom nach Leadville und nahm Paul mit. Maria empfing ihren Sohn mit liebevoller Zurückhaltung und verlor kein Wort über sein Handeln am Abend von Teds Tod. Sie wies Toms und Carries Angebot, zumindest vorübergehend bei ihnen zu wohnen, dankend zurück. Sie wolle nicht aus Leadville weg, sagte sie; sie wolle auch weiterhin in dem Haus leben, in dem sie und Ted so glücklich waren.

»Ich werde mich weiter um die Buchhaltung des Grand Hotels kümmern ... Ich habe ständig das Gefühl, dass Ted ganz nah ist und ich nur die Hand ausstrecken muss, um die Barriere zu durchbrechen, die uns trennt.«

Carrie nahm ihre Schwägerin vor der Abfahrt noch einmal beiseite, um mit ihr über Paul zu sprechen.

»Er darf nicht durchs Leben gehen mit dem Gedanken, er wäre schuld am Tod seines Vaters.«

»Ich habe schon mit ihm gesprochen«, antwortete Maria leise. »Ich habe ihm gesagt, dass sein Vater ihm keinen Vorwurf gemacht hätte. Aber Paul hat sich verändert. Er ist kein Kind mehr!« Mit zitternder Stimme fügte sie hinzu: »Carrie, meine ganze Welt ist weg!«

Carries Augen füllten sich mit Tränen. Sie schloss Maria in die Arme und spürte, wie diese am ganzen Leib zitterte, hörte das heftige Schluchzen.

»Du bist erschöpft«, sagte Carrie leise, als Maria nach einer Weile von ihr abrückte und ihre Tränen mit einem zerknüllten Taschentuch trocknete.

»Ich habe nur große Angst, Carrie. Was soll aus meinem Sohn werden – jetzt da er ohne Vater aufwachsen muss?«

»Paul hat Teds Stärke geerbt«, sagte Carrie nach einer Weile. »Erst gestern Abend hat Tom gesagt, er sei aus demselben Holz geschnitzt. Und du weißt so gut wie ich, Maria, dass der Charakter die Zukunft eines Menschen bestimmt!«

Tom schrieb an Peggie, um ihr von dem tragischen Vorfall zu berichten und erhielt schon kurz darauf einen Brief von ihr. Carrie beobachtete ihn, während er den Brief las. Noch mehr schlechte Neuigkeiten!, dachte sie. Dies scheint eine Zeit der Prüfungen zu sein, der Winter der Bewährungsproben! Tom reichte den Brief wortlos an sie weiter.

Boherbue
Grafschaft Cork
15. Februar 1894

Lieber Tom,

es tut mir schrecklich Leid, dir schlechte Nachrichten schicken zu müssen, aber Vater ist tot. Er ist am vergangenen Sonntag gestorben. Es kam ganz plötzlich – ein Herzanfall. Seamus Farrelly fand ihn am Abend; er war noch warm, aber nicht mehr zu retten. Die ganze Gemeinde hat Totenwache gehalten, und wir haben ihn am Mittwoch begraben. Ich habe dich und Maria in all den Jahren nie so sehr vermisst wie an diesem Tag.

Ich tröste mich damit, dass wir ihn an Weihnachten noch besucht haben. Er hat die Kinder furchtbar verwöhnt; er hatte für alle Geschenke. Ich hatte das Haus mit

Stechpalmenzweigen geschmückt und eine Gans gebraten, und wir haben in Erinnerungen geschwelgt und über die alten Zeiten gelacht und geweint. Seamus Farrelly ist vorbeigekommen, und ich habe auch die Donnellys und Murtaghs getroffen. Ich glaube, sie haben mir endlich verziehen, einen Polizisten geheiratet zu haben! Unser armer Vater hat so einsam ausgesehen, wie er am Tor stand und uns zum Abschied gewunken hat, bis wir nicht mehr zu sehen waren.

Ich weiß, dass es lange her ist, seit ich das letzte Mal geschrieben habe, aber die Zeit zerrinnt mir zwischen den Fingern, und John geht es auch nicht anders. In Anbetracht der Unruhen im Land habe ich ständig Angst um ihn.

Ich frage mich oft, wie du heute wohl aussiehst, ob du schon graues Haar hast! Ich habe dich so in Erinnerung behalten, wie du am Tag deiner Abreise ausgesehen hast.

Bekommst du eigentlich hin und wieder den armen Michael zu Gesicht? Maria erwähnt ihn in ihren Briefen gar nicht mehr.

Lord Kilduncan ist gestorben, aber sein Neffe hat ihn beerbt und einen neuen Verwalter eingestellt. Steven Lurgan ist ebenfalls verstorben; er ist einer Lungenentzündung erlegen – im Bett. Er muss so viele Leben gehabt haben wie eine Katze.

Seit Parnells Tod gibt es ein neues Landgesetz, das Pächtern, die das von ihnen bestellte Land erwerben wollen, höhere Zuschüsse garantiert. Vater hätte Geld geborgt und das Land gekauft, meinte aber, dass es sinnlos wäre, da ja niemand von der Familie mehr da wäre, um den Hof zu bewirtschaften.

Ich fürchte, dass das Land uns vergessen wird, jetzt

da auch der Letzte von uns fort ist, obwohl unsere Familie seit Beginn der Zeitrechnung dort gelebt hat. Ich weiß auch nicht warum, aber ich muss immer an die Osterglocken oben am An Cailleach im Frühjahr denken.
Ich habe Angst, dass wir uns niemals wiedersehen.
Gott segne dich und die Deinen.
Deine dich liebende Schwester
Peggie

»Sie weiß noch nichts von Ted«, stellte Carrie fest, als sie den Brief fertig gelesen hatte.

»Inzwischen schon!« Tom warf einen Blick auf den Poststempel. »Unsere Briefe haben sich auf dem Weg überschnitten.« Am nächsten Morgen setzte er sich an seinen Schreibtisch und beantwortete den Brief seiner Schwester.

Meine liebe Peggie,

es tut mir ja so Leid wegen Vater, und ich muss ständig daran denken, dass ich mir ja eigentlich fest vorgenommen hatte, zurückzukommen, um euch alle einmal wiederzusehen. Seit ich deinen Brief erhalten habe, verfolgt mich die Erinnerung an alle möglichen Dinge, vor allem an die alte Weise »An Cualainn«, die er so oft an den Winterabenden gespielt hat. Weißt du noch? Heute Morgen bin ich mit der tiefen Traurigkeit dieser Melodie im Kopf aufgewacht. Inzwischen wirst du meinen Brief mit der Nachricht vom tragischen Tod von Marias Ehemann erhalten haben. Er war ein großartiger Mensch, sein Tod ist ein herber Verlust.
Die Lage hier ist zurzeit nicht allzu rosig; der Silbermarkt ist zusammengebrochen. Aber ich habe mehrere

Eisen im Feuer und werde mich nicht unterkriegen lassen.

Abgesehen von Neuralgien und Migräneanfällen, die vermutlich auf die Höhe hier zurückzuführen sind, geht es Carrie gut. Die Kinder sind ebenfalls wohlauf. Michael ist aus der Armee ausgeschieden und lebt jetzt von seiner Pension in Denver. Ich versuche, ihn zu unterstützen, so gut es geht. Ich lege 5 Dollar bei – ich wünschte, es wäre mehr. Aber die Krise wird vorübergehen, und sobald sich die Lage wieder entspannt hat, werde ich als Erstes nach Irland reisen und die Familie mitnehmen.

Natürlich wirst du mich wiedersehen.

Viele Grüße an deinen Mann und die Kinder.

Dein dich liebender Bruder

Tom

Aber Peggie antwortete nicht auf seinen Brief.

Tom war sich bewusst, dass es um seine Gesundheit nicht zum Besten stand. Er kämpfte gegen die zunehmende Schwächung seines Körpers an und lebte in ständiger Furcht vor der Gelbsucht, die ihn seit seiner Ersterkrankung damals in Deadwood immer wieder heimsuchte. Früher wäre er zur Kur in den Osten gereist, aber diesen Luxus konnte er sich jetzt nicht mehr leisten.

Ich muss durchhalten, sagte er sich. Carrie beobachtete ihn sorgenvoll und umsorgte ihn liebevoll, ja betütelte ihn fast.

Als im Herbst wieder ein Brief aus Irland eintraf, überreichte sie ihn ihm nur zögernd, da sie fürchtete, der Inhalt könne ihn aufregen.

Tom betrachtete die Adresse vorn auf dem Umschlag.

»Eine fremde Handschrift ...«, murmelte er.

Als er den Brief öffnete und ausgebleichte Samtbänder auf den Tisch fielen, lief ihm ein Schauder über den Rücken.

Boherbue
Grafschaft Cork
30. September 1894

Sehr geehrter Mr. Walsh,

Sie werden mich aus Peggies Briefen kennen. Zu meinem tiefen Bedauern muss ich Ihnen mitteilen, dass sie am 26. dieses Monats verschieden ist. Sie wurde ein Opfer der Schwindsucht, die dieses Land im Würgegriff hält.

Sie hat fast zwei Jahre an dieser Krankheit gelitten. Eine Zeit lang bestand Hoffnung, da es schien, als wäre eine Remission eingetreten, aber die Besserung war nur von kurzer Dauer. Sie bestand darauf, die letzten Monate ihres Lebens in einem Schuppen im Garten zu verbringen, wo wir ein Bett für sie aufstellten und die Kinder sie durch das Fenster sehen konnten. Es war für alle eine sehr schwere Zeit. Die Kinder haben um sie geweint, und Peggie um die Kinder, aber sie konnte sie nicht in den Armen halten und sie trösten, auch wenn es ihr das Herz gebrochen hat.

Sie hat oft von Ihnen und von Amerika gesprochen. Vor ihrem Tod bat sie mich, Ihnen die Bänder zu schicken, die sie all die Jahre in einer Kiste aufbewahrt hat. Ich nehme an, Sie werden den Sinn dieser Botschaft verstehen. Sie sagte, ihre ganze Liebe zu Ihnen sei in ihnen eingeschlossen.

Wir haben sie in Boherbue beerdigt.

Ich hoffe, Sie und Ihre Familie sind wohlauf. Bitte grüßen Sie auch Ihre Gattin von mir.
Es tut mir sehr Leid, der Überbringer einer so traurigen Nachricht sein zu müssen.
Hochachtungsvoll
John Healy

Carrie starrte verblüfft auf die alten roten Haarbänder auf dem Tisch.

»Die traurigsten Worte der englischen Sprache«, sagte Tom leise, griff nach den Bändern und strich mit dem Daumen über den ausgebleichten Samt, »... sind ›zu spät‹.« Er legte die Bänder zurück, blickte aus dem Fenster auf die beschauliche Schönheit Ourays, auf die Berge, die so zahlreiche Geheimnisse bargen. Vor seinem geistigen Auge tauchte das tränennasse Gesicht eines jungen Mädchens auf und die geflüsterte Bitte an jenem letzten Morgen.

»Die Zeit ist wundersam«, sagte er heiser. »Sie verstreicht kaum merklich, lullt einen ein in ein Gefühl trügerischer Selbstgefälligkeit. Arme kleine Peggie! Kein Wunder, dass sie aufgehört hat zu schreiben. Wie lange hat sie gelitten, ohne ein Wort zu dem Bruder, der so wenig getan hat, um ihr zu helfen?«

»Du hast getan, was du konntest, Tom«, weinte Carrie. »Ich habe nie jemanden gekannt, dem seine Familie so am Herzen gelegen hätte. Du bist nicht ganz allein verantwortlich für das Glück aller anderen.«

»Ich hätte sie überreden sollen herzukommen, in die trockene Bergluft der Rockies!«

»Du hast es ihr oft genug angeboten. Du kannst nicht darüber bestimmen, wie andere Menschen ihr Leben leben sollen!«

Wo kann ich mich vor meiner Scham verstecken?, fragte

sich Tom. Meine kleine Schwester ist von der Schwindsucht dahingerafft, verstorben in einem Schuppen. Ich hätte im Laufe der Jahre an jedem Punkt die Möglichkeit gehabt, ihr Leben drastisch zu verändern. Nur ein Bruchteil des Geldes, das ich in den Bergbau gesteckt habe ... Aber ich hatte ja immer nur den ganz großen Wurf vor Augen ...

Vielleicht ist es nur eine Fata Morgana, vielleicht wird er nie eintreffen. Und ich habe alles in diesen Traum investiert, mein Vermögen, meine Gesundheit!

Er trat ans Fenster. Das Morgenlicht schien zu sprechen. Es fiel auf das atemberaubende schneebedeckte Amphitheater. Es sagte: Zu spät, zu spät, zu spät und erinnerte ihn an die Verse Shakespeares, die er vor langer Zeit auswendig gelernt hatte: »Ein Unglück kommt niemals allein. Sondern immer in Heerscharen!«

Er blickte zu Carrie. »Sieh mich nicht so an, Tom!«, sagte sie beunruhigt.

»Entschuldige, Carrie. Ich fürchte, ich habe alles kaputtgemacht!« Er setzte sich hin und stützte den Kopf in beide Hände.

»Es geht dir nicht gut, Tom«, flüsterte sie. »Gar nicht gut.«

Ich weiß, dass es mir nicht gut geht, sagte er sich verzweifelt. Aber das ist nicht der Punkt. Mein arroganter Optimismus hat das Leben der Menschen ruiniert, die ich liebe.

In seiner Verzweiflung dachte er an Andy Richardson, der in den Bergen Gesteinsproben für ihn sammelte. Wenn er doch nur gute Neuigkeiten brächte ...

»Ich reite morgen zu Andy«, eröffnete er Carrie.

»Tom, in den Bergen liegt hoher Schnee ...«

»Egal. Ich nehme den Schlitten mit.«

»Diese Straße, um diese Jahreszeit! Ich flehe dich an, geh dieses Risiko nicht ein!«

»Ich kenne den Weg in- und auswendig, Carrie. Mir wird schon nichts passieren.«

In dieser Nacht schlief er schlecht. Er träumte von Peggie und seinem Vater.

Am Morgen bettelte Evalyn, der er eine Schlittenfahrt versprochen hatte, mitkommen zu dürfen.

»Ich habe heute keine Schule, Vater. Mrs. Hurlburlt ist krank.«

»Ich weiß nicht, Evalyn. Vielleicht ein anderes Mal.«

»Aber du hast es versprochen! Ein Versprechen darf man nicht brechen.« Evalyn wusste sehr gut, dass dieses Argument ziehen würde. Ihr Vater war beinahe fanatisch, wenn es darum ging, sein Wort zu halten. »Bitte, Vater!«

Tom warf Carrie einen Blick zu.

»Es wird schon früh dunkel, und ich würde mich zu Tode ängstigen!«, sagte diese, wandte sich an ihre Tochter und fügte streng hinzu: »Du kannst nicht immer deinen Willen haben, junge Dame. Niemand bekommt alles, was er sich wünscht!« Sie hob eine Hand an die Stirn, wie sie es häufig tat, wenn sich ein Migräneanfall ankündigte.

Evalyns Augen füllten sich mit Tränen. Tom legte ihr die Hand unter das Kinn, zwang sie, ihn anzusehen, und trocknete ihre Tränen.

»Carrie«, sagte er leise. »Die Sonne scheint. Wir sind vor Einbruch der Dunkelheit zurück.«

»Es wird schon sehr früh dunkel. Ich finde, du solltest Evalyn nicht mitnehmen!«

»Aber ich will mit«, sagte die Achtjährige trotzig. »Und Vater hat es *versprochen*.«

Carrie seufzte und schnalzte dann unwillig mit der Zunge.

»Dann hättest du deine Ruhe, Carrie«, sagte Tom leise. »Du könntest dich hinlegen.«

»Also ... wenn du ganz sicher bist ...«

»Juchu!«, jubelte Evalyn, klatschte in die Hände und führte einen wahren Freudentanz auf.

»Ich möchte auch mit, Vater«, meldete sich der sechsjährige Vinson zu Wort.

»Auf dem Schlitten ist nur Platz für einen, junger Mann«, entgegnete Tom sanft. »Das nächste Mal vielleicht. Es muss ein Mann im Haus sein, solange ich weg bin.« Er blickte mit hochgezogenen Brauen auf Carrie, die sich wieder an Evalyn wandte.

»Siehst du«, sagte sie, »dein Bruder widerspricht nicht. Er fängt nicht an zu zetern, wenn er nicht bekommt, was er will.«

Evalyn streckte ihrem Bruder die Zunge heraus, was ihr jedoch sofort Leid tat, da er sie nur vorwurfsvoll ansah und sich dann von ihr abwandte.

Tom legte Vinson eine Hand auf den Kopf. Er sah, dass Evalyn ihn mit diesem sehnsüchtigen Ausdruck beobachtete, der immer dann auf ihren Zügen lag, sobald er ihrem Bruder seine Aufmerksamkeit schenkte.

Evalyn wurde von ihrer Mutter an die Hand genommen und in ihre wärmsten Sachen gepackt: ein Wollkleid über roter Flanellunterwäsche, dicke Strümpfe, eine Pelzmütze sowie Fellhandschuhe und -stiefel.

»Sei vorsichtig, Evalyn«, ermahnte Carrie ihre Tochter. »Tu, was dein Vater sagt. Die Berge sind gefährlicher, als es den Anschein hat, vor allem um diese Jahreszeit. Sorg dafür, dass dein Vater umkehrt, bevor es dunkel wird.«

Als sie zu ihrem Vater zurückkehrte, war Evalyn eingemummt wie ein Eskimo. Tom trug einen warmen, pelzgefütterten Mantel, dicke Wollhosen und Fellstiefel. Er schlang den langen Schal, den Carrie ihm gestrickt hatte, um den Hals und küsste sie. »Ich werde vorsichtig sein, Carrie, mach dir keine Sorgen. Wir sind lange vor dem Abendessen wieder da.«

»*Bitte* kommt nicht so spät, Tom. Du weißt, dass ich mir Sorgen mache.« Tom ging hinaus, um das Pony vor den Schlitten zu spannen, während Evalyn freudig durch den Garten lief und kleine Fußabdrücke im Schnee hinterließ.

Die Straße war vollkommen verschneit, aber das Pony schritt munter voran, die Kälte schien ihm nichts auszumachen. Evalyn, die sich auf das bevorstehende Abenteuer freute, saß in ein übel riechendes Bärenfell gehüllt neben ihrem Vater auf dem Schlitten. Die Sonne schien. Der Schnee reflektierte das Licht, und sie mussten die Augen zusammenkneifen, um nicht geblendet zu werden. Diese märchenhafte Winterlandschaft mit den verschneiten Gipfeln, in der nur das Knirschen des Schnees unter den Kufen und das gleichmäßige Atmen des Ponys zu hören war, stimmte Evalyn euphorisch. Sie fing an zu singen, ein Lied, das sie in der Schule gelernt hatte, aber ihr Vater forderte sie freundlich auf, still zu sein. »Wir wollen doch keine Lawine auslösen, nicht wahr, Evalyn?«

»Entschuldige«, sagte sie leise. »Ich habe nicht nachgedacht. Aber ich liebe die Berge. Du doch auch, Vater, oder?«

»O ja, das tue ich, mein Schatz.« Wehmütig fügte er hinzu: »Ich wurde im Schatten der Comeraghs geboren, Bergen, die du wahrscheinlich nie zu sehen bekommen wirst. Ich sehe sie vor mir, sonnenbeschienen oder wolkenverhangen, jedes Mal, wenn ich zu den Rockies aufblicke! Ich kann nicht zu ihnen zurückkehren, also verwandle ich einfach die hiesigen Berge in meine Heimat!«

Evalyn wusste nicht, was sie auf dieses sonderbare Eingeständnis erwidern sollte, das so untypisch für ihren Vater war und so etwas wie Verwundbarkeit erahnen ließ. Sie dachte an seine Unterhaltung mit einem seiner Freunde aus dem Bergbau, die sie vor kurzem belauscht hatte. Es war um die Umbenennung einiger alter Claims gegangen, die er gekauft hatte.

»Ist das der Grund, warum du zwei der Minen umbenannt hast, Vater, in ›Old Ireland‹ und ›Tipperary‹?«

Tom musste wider Willen lachen. »Dir kann man nichts verheimlichen, was, junge Dame?«

Nach einer Weile, als die schmale, gefährliche Straße in ein Wäldchen führte, von dem aus man den Canyon Creek sehen konnte, zügelte Tom das Pony, ließ den Blick über die majestätische Winterlandschaft schweifen und fragte seine Tochter, was sie sah.

»Ich sehe Berge überall um uns herum. Ich sehe Wolken. Kiefern. Da drüben auf der Erde sehe ich Felsbrocken und Erdhaufen, die mit Schnee bedeckt sind ...«

»Das ist die Abraumhalde einer alten Mine«, erklärte Tom. »Eine alte Zink- und Silbermine, die ich kürzlich erst gekauft habe, zusammen mit noch ein paar anderen alten Claims hier in der Gegend.«

»Aber was hast du mit ihnen vor, Vater?«, fragte Evalyn und plapperte nach, was sie ihre Mutter so oft hatte sagen hören. »Sie sind doch leergeräumt!«

Tom schüttelte den Kopf. »Nein, Evalyn, das stimmt nicht. Du gehst davon aus, dass die Leute gründlich, geduldig und klug sind. Aber das stimmt nicht! Sie sind ungeduldig und gierig und ziehen voreilig dieselben Schlüsse wie du. Du darfst die Dinge nicht nur mit den Augen betrachten, Evalyn. Du musst deinen Verstand benutzen. Du musst hinter das schauen, was auf den ersten Blick sichtbar ist, *erfühlen,* was man nicht sehen kann. Die Sicht beschränkt sich nicht auf die Augen. Sag mir, was du siehst, wenn du dich mit dem Verstand umschaust, Tochter?«

Evalyn zuckte die Schultern, warf einen verunsicherten

Blick auf ihren Vater und sah dann wieder auf die blendend weiße Fläche. »Nichts. Nur Schnee.«

Er lachte, ließ die Leinen auf die Kruppe des Ponys klatschen, und es begann zu gehen.

Nach einer Weile sagte Evalyn: »Der Felsen da hinten sieht aber komisch aus, nicht wahr, Vater?«

»Welchen Felsen meinst du?«

»Er war gleich hinter dir, als wir gehalten haben.«

»Man sieht hier oben öfter sonderbare Felsformationen. Einmal habe ich eine gesehen, die aussah wie ein Indianer mit Federschmuck.«

»Die hier sah aus wie ein Finger, der in den Himmel zeigt«, sagte Evalyn.

Tom war abgelenkt und hörte ihr nur mit halbem Ohr zu; er hielt Ausschau nach der Hütte seines Freundes und Gehilfen Andy Richardson.

Nach über zwei Stunden machte Tom vor einer Hütte halt, die ganz plötzlich an einer geschützten Stelle vor ihnen aufgetaucht war. Es war eine Blockhütte, die an die Felswand angebaut und jetzt bis auf halbe Höhe eingeschneit war. Aus dem Kamin stieg eine gemütliche Rauchsäule auf, und unter einer Plane war ein Vorrat an Feuerholz gestapelt. Vater und Tochter stiegen vom Schlitten, brachten das Pony in den hölzernen Unterstand, hängten ihm den Futterbeutel um und deckten es mit dem Bärenfell zu.

Andy, den Evalyn gut kannte – bärtig, freundlich, einsam, mit roter Flanellunterwäsche, die unter seinem wollenen Hemd zu sehen war –, lud sie in seine unordentliche Behausung ein, in der es seltsam muffig roch. Auf dem Fußboden aus gestampfter Erde stapelten sich in einer Ecke Jutesäcke prallgefüllt mit Gesteinsproben. Ein dickbauchiger Ofen verströmte Wärme und Behaglichkeit, und die Tür wurde eilig hinter ihnen geschlossen, um den eisigen Wind auszusperren.

Andy legte Holz nach, rührte in einem Topf auf dem Ofen und bot ihnen an, das Mittagessen mit ihm zu teilen.

»Was ist das?«, fragte Evalyn argwöhnisch.

»Wildragout, Ma'am«, entgegnete er mit polterndem Gelächter. »Ein französisches Rezept. Vom Allerfeinsten!«

Evalyn, die Essen liebte, griff zu und hatte ihre Portion bald aufgegessen. Als sie fertig war, setzte sie sich ans Fenster. Andy gab ihr zur Beschäftigung ein paar Bücher mit farbigen Abbildungen, aber es waren Bücher für Erwachsene, die sie nicht interessierten. So vertrieb sie sich stattdessen die Zeit damit, aus dem Fenster zu sehen und sich Geschichten auszudenken, wobei sie das Gespräch der beiden Männer weitestgehend ignorierte – es ging um Bergbau und war todlangweilig.

Als es anfing zu schneien, versuchte sie, einzelne Flocken auf ihrem Weg bis zum Boden zu verfolgen, wobei sie sich vorstellte, dass es Feen wären, die zu einer geheimen Musik tanzten, die nur sie selbst hören konnten. Schon bald tanzten sie in ihrem Kopf; die Welt dahinter war im durcheinanderwirbelnden Weiß verschwommen und geheimnisvoll. Als die Dämmerung hereinbrach, erinnerte sie sich an das Versprechen, das sie ihrer Mutter gegeben hatte.

»Vater«, sagte sie unvermittelt. »Wird Mutter sich nicht Sorgen machen, wenn wir so spät zurückkommen?«

Die beiden Männer unterbrachen ihre leidenschaftliche Diskussion. Andy zündete eine Öllampe an, und Tom trat ans Fenster, wobei er die silberne Taschenuhr zückte, die er immer bei sich trug.

»Es ist schon später, als ich dachte, und es schneit ordentlich. Wir sollten uns wirklich auf den Heimweg machen!«

Andy folgte ihm ans Fenster. »Es wird jetzt schnell dunkel werden, Mr. Walsh! Sie sollten besser über Nacht hierbleiben!«

Tom schüttelte den Kopf. »Ich habe meiner Frau versprochen, zum Abendessen zurück zu sein. Sie würde sich schreckliche Sorgen machen. Sie ist auch so schon viel zu viel allein.«

»Nun, Sie müssen es wissen, aber es wird dunkel, und bei diesem Schneetreiben könnten Sie sich verirren!«

Tom schüttelte den Kopf. »Ich kenne die Gegend wie meine Westentasche! Sogar besser als Sie, Andy!«

Andy warf ihm einen Seitenblick zu und sagte leise: »Niemand kennt die Berge besser als ich, Mr. Walsh. Ich war der erste Weiße hier.«

»Also gut, ich kenne sie *fast* so gut wie Sie, Andy«, gab Tom mit einem Lächeln zu.

Er verabschiedete sich. Evalyn sagte Auf Wiedersehen, bedankte sich artig für das Essen und folgte ihrem Vater nach draußen zu ihrem Pony, das geduldig unter dem Bärenfell wartete. Tom packte Evalyn wieder darin ein und hob sie auf den Schlitten. Dann lud er noch einige von den Jutesäcken auf, schwang sich ebenfalls auf den Schlitten, dann ging es los. Der Geruch des Bärenfells störte Evalyn jetzt nicht mehr so sehr wie auf der Hinfahrt; sie war dankbar für die Wärme, die es spendete. Sie blickte zurück, bis das gelb erleuchtete Fenster der Hütte von der erbarmungslosen gräulichen Weiße um sie herum verschluckt wurde.

Nach einer Weile im Schneetreiben kam es ihr vor, als wäre sie erblindet. Sie hielt die Flocken jetzt nicht mehr für Feen; sie waren auch dann noch da, wenn sie die Augen schloss, dick und durcheinander wirbelnd. Und dann folgte die gespenstische blaue Dunkelheit, in der alle Geräusche gedämpft klangen; sie wusste, dass es noch schneite, aber es war zu dunkel, um die Flocken noch zu sehen. Ihr Vater scherzte noch eine Weile, verstummte aber dann, und sie hörte nur noch den keuchenden Atem des Ponys, das sich mühsam durch die Schneeverwehungen kämpfte. Die Kälte schien das Blut aus ihr herauszusaugen; nicht einmal das Bärenfell vermochte sie länger fern zu halten. Es kam ihr vor, als wäre sie einer böswilligen Macht hilflos ausgeliefert. Sie wollte ihren Schal fester zuziehen, aber ihre Hände waren steif gefroren und gehorchten ihr nicht mehr. Plötzlich fühlte sie sich, als wäre sie aus Glas – bei der geringsten Bewegung würde sie zerspringen.

»Mir ist so kalt, Vater«, wimmerte sie zähneklappernd. Plötzlich und unerwartet verspürte sie ein Prickeln im Nacken und war erfüllt von der Gewissheit einer bevorstehenden Katastrophe. Tom schwieg so lange, dass sie schon glaubte, er hätte sie nicht gehört.

»Vater ...«

»Sei tapfer!«, entgegnete er mit seltsam brüchiger Stimme. »Wir sind bald daheim!«

Tatsächlich war Tom wie gelähmt vor Furcht und Entsetzen. Seine muskulösen Arme waren so starr wie Eisblöcke und völlig kraftlos. Er konnte in diesem Schneesturm nichts sehen, seine kleine Tochter jammerte vor Kälte, die Temperaturen waren weit unter den Gefrierpunkt gefallen, und er hatte sich verirrt.

Er versuchte wieder zu sprechen, aber die Stimme, die über seine von einem Eispanzer umschlossenen Lippen kam, war kaum mehr als ein Krächzen. Aber Evalyn antwortete nicht. Sie hatte bereits das Bewusstsein verloren. Noch während Tom sich fragte, ob man ihre Leichen je finden würde, fiel ihm schlagartig wieder ein, was Evalyn auf der Hinfahrt über diesen seltsam geformten Felsen gesagt hatte. Ein Finger, der gen Himmel zeigte.

War das ein Zeichen, zu beten? *Rette uns, Gott. Ich weiß, dass ich kein eifriger Beter bin, aber rette wenigstens das Kind.*

Kurz darauf sah er durch das Schneetreiben Lichter blinken und fragte sich, ob er halluzinierte.

Als Evalyn wieder zu sich kam, saß sie in einer fremden Hütte auf dem Schoß ihres Vaters, und eine Frau, die sie noch nie gesehen hatte, beugte sich über sie. Sie registrierte erleichtert, dass es warm war, aber als sie versuchte, sich zu bewegen, waren ihre Hände bleischwer.

»Sie kommt zu sich«, sagte die Frau, und ihr Vater drückte sie sofort fester an sich.

»Evalyn, Liebes! Wie fühlst du dich?«

Evalyn wunderte sich, dass er solches Aufhebens um sie machte. Die fremde Frau holte Schnee und rieb damit ihre Hände ab. Es brannte fürchterlich. Evalyn fing an zu weinen und versuchte, ihr die Hände zu entziehen.

»Warum machen Sie das?«, schluchzte sie.

»Es ist gut für deine Finger, Schätzchen. Versuch, es auszuhalten.«

Evalyn schaute sich um und sah, dass sie sich in einem behaglichen Raum mit Vorhängen an den Fenstern und zwei Öllampen, die alles in einen warmen, gelben Schein tauchten, befand. Ein Mann mit Schnauzbart stand vor einem gusseisernen Ofen und blickte mit einer Mischung aus Interesse und Mitgefühl zu ihr und ihrem Vater herüber.

»Ich dachte, wir hätten uns verirrt, Vater«, flüsterte Evalyn. »Ich dachte, wir wären verloren.«

»Verirrt? Aber nicht doch, kein bisschen. Ich habe dir doch gesagt, es würde alles gut werden. Mr. und Mrs. Grady hier haben schon auf uns gewartet. Ich wusste doch, wo sie wohnen.«

Mrs. Grady warf Tom ein halb missbilligendes, halb verständnisvolles Lächeln zu.

»Sie sollten die Wahrheit sagen«, ermahnte sie ihn. »Der Herrgott hat Sie beide hergeführt, daran besteht kein Zweifel!«

Sie rieb Evalyns Hände mit stinkendem Bärenfett ein und bandagierte sie.

»Dann können wir ja von Glück sagen, dass er heute Dienst hatte, was?«, entgegnete er, aber der Scherz entlockte ihrer Gastgeberin nur ein grimmiges Kopfschütteln. »So spricht man nicht von unserem Herrn«, sagte sie streng. »Er wacht ständig über uns.«

Aber insgeheim war Tom tatsächlich beschämt und tief erschüttert. Nie war er dem Sensenmann so nah gewesen, und das wusste er auch. Und gerade als er die Hoffnung verloren hatte, hatte er das Licht gesehen, hatte er mit letzter Kraft das Pony zur Hütte gelenkt, war zur Tür gestolpert und, als diese geöffnet worden war, einfach umgefallen, eingeschlossen in einen dicken Panzer aus Schnee und Eis.

»Meine Tochter, meine Tochter ...«, hatte er geflüstert, beschämt ob der ganzen Situation, und mit einer Hand mühsam auf den Schlitten gezeigt, in dem sein Kind bewusstlos unter dem gefrorenen Bärenfell lag. Eiszapfen hatten sich an seinem Schnauzbart gebildet, und seine Lippen waren steif gefroren.

Mr. Grady hatte Evalyn hereingeholt, und seine Frau hatte sie in Decken gewickelt, während ihr Mann noch einmal hinaus in den Schneesturm gegangen war, um das Pony unterzustellen. Tom konnte kaum gehen, stolperte zu einem Stuhl, der ihm hingeschoben wurde, und wärmte sich am Feuer. Als die Blutzirkulation wieder in Gang kam und ein Prickeln wie von glühenden Nadeln durch seine Glieder fuhr, hätte er schreien mögen vor Schmerzen und Erleichterung.

»Was hatten Sie denn in einer Nacht wie dieser mit einem Kind da draußen zu suchen?«, fragte die Frau ihn jetzt. Tom sehnte sich danach, weinen zu dürfen, vor Erleichterung und Scham, und flüsterte, dass er ein armer Irrer sei und man ihn erschießen sollte.

»Wir hätten oben bei Andy Richardson bleiben können, aber ich war sicher, dass wir es schaffen würden!«

»Wohin schaffen, Mister?«, fragte Mr. Grady lakonisch und erinnerte ihn in diesem Moment an seinen Schwager Ted Lafferty. »Ins Jenseits? Sie sollten niederknien und Gott danken.«

Später am Abend gab Mrs. Grady ihm ein paar Decken, überließ ihm eine Matratze und zog sich dann mit ihrem Mann ins Nebenzimmer zurück. Bevor sie ging, deckte sie das Feuer mit Asche zu und sagte: »Achten Sie darauf, dass die Kleine die Hände nicht zu nah ans Feuer hält. Wir legen ihr morgen früh einen neuen Verband an.«

Tom nickte. Er wusste, dass die betroffenen Partien bei Erfrierungen sehr, sehr langsam wieder auf normale Körpertemperatur erwärmt werden mussten. Er schickte ein Dankgebet gen Himmel für die Hände seiner Tochter und sein eigenes Leben.

Er überzeugte sich davon, dass Evalyn schlief, legte sich neben sie auf die Matratze und lauschte ihrem Atem. Beim Einschlafen hörte er das Heulen des Sturms und schauderte bei der Erinnerung daran, welcher Situation sie entkommen waren. Dann dachte er an Carrie. Sie würde außer sich sein. Er schwor sich, es wieder gutzumachen. Diese Frau ist eine Heilige, dass sie es all die Jahre mit mir ausgehalten hat, ging es ihm durch den Kopf.

Das war vielleicht eine Warnung, sagte er sich kurz darauf. Ich sollte den Wink des Schicksals ernst nehmen! Ich sollte das Schürfen aufgeben. Vielleicht hat Carrie ja ganz Recht damit, dass es verrückt ist, einem Traum nachzulaufen, der uns noch alle ruinieren wird!

Aber dann schüttelte er den Kopf. Wenn ich aufhöre, was soll ich sonst tun? Wo sollte ich hin? Was soll ich meiner Familie geben? Außerdem ist mir das Schürfen in Fleisch und

Blut übergegangen. Ich bin wie ein altes Schiff, zu schwerfällig, meinen Kurs noch zu ändern. Ich habe Großes erreichen wollen für meinen Vater und für Peggie, und beide habe ich im Stich gelassen. Aber Carrie und meine Kinder werde ich nicht enttäuschen. Ich muss weitermachen, auch wenn es mich umbringt. Wenn ich versage, wäre mein Leben sinnlos gewesen. Und wenn dem so war, fügte er hinzu, auch gut. Wenigstens würde ich aber mein Bestes versucht haben.

Aber Toms neuer Entschlossenheit zum Trotz verschlechterte sich die Lage zunehmend. Während er und Evalyn sich von ihrem Abenteuer erholten, gingen seine Finanzreserven langsam, aber sicher zur Neige. Einige Wechsel, die er ausgestellt hatte, würden bald fällig werden, und inzwischen war nicht mehr sicher, ob sie auch eingelöst werden konnten. Er dachte an die Schmelzhütte in Silverton, die trotz der Depression immer noch in Betrieb war. Es musste im Imogene Basin reichhaltiges Erz geben!

So viele seiner Freunde waren bereits völlig verarmt. Jedes Mal, wenn er an Horace Tabor dachte, drehte sich ihm der Magen um. Dass der große Silberkönig, der seine Frau Baby Doe einst mit Diamanten behängt und ihr edle Kutschen und Häuser geschenkt hatte, überhaupt Bankrott gemacht hatte! So viele Männer, die einst wie Prinzen gelebt hatten, blickten jetzt einer ungewissen Zukunft entgegen. Und Maria schrieb, dass Leadville rasch zu einer Geisterstadt verfiel.

Tom hatte bereits insgeheim alle persönliche Habe verkauft, die sich zu Geld machen ließ – seine Krawattennadel mit dem Diamanten, seine Uhr aus getriebenem Gold, die hübschen goldenen Manschettenknöpfe. Er überlegte, ob er seine Claims im Imogene Basin verkaufen sollte. Andererseits würden sie keinen nennenswerten Erlös bringen.

Sein Geschäftspartner David Wegg, mit dem zusammen er seinerzeit die Schmelzhütten aufgebaut hatte, war ausgestiegen und in den Osten zurückgekehrt. In seiner Not schrieb Tom ihm einen Brief.

Es ist mir schlicht unmöglich, die laufenden Kosten weiter zu tragen. Ich werde bald aufgeben müssen. Ich habe kein Geld mehr übrig, das über den reinen Lebensunterhalt für mich und meine Familie hinausginge. Ich denke, dass ich in Silverton das Schlimmste abgewendet habe, aber leider kann ich dies nicht von der Schmelzhütte in Kokomo behaupten, die dem Einbruch des Silbermarktes zum Opfer gefallen ist. Ich weiß gar nicht, wie wir es geschafft haben, uns überhaupt so lange zu halten, aber jetzt fühle ich mich entmutigt und traurig. Ich bin es müde, rosige Versprechen zu machen, die in keinem Verhältnis stehen zu den dürftigen Ergebnissen. Ich wünschte, Sie wären hier, um mich zu beraten, denn ich habe objektiven, fundierten Rat heute nötiger denn je. Hinzu kommt, dass meine Frau vor drei Wochen nach Denver umziehen musste, weil sie hier unter ständigen Kopfschmerzen litt.
Ich bin sehr arm. Ich habe keine Zukunftsperspektive. Meine Lage ist verzweifelt, und ich muss etwas unternehmen, um meinen guten Namen zu wahren.

Als er den Brief unterzeichnete, dachte Tom verbittert an das Geld, das er in der Vergangenheit verdient hatte und an dem er hätte festhalten sollen, anstatt seine Familie mit seinen spekulativen Investitionen in den Ruin zu treiben. Ich habe versagt und sie im Stich gelassen, warf er sich vor. Ich habe mich geirrt, und sie alle müssen dafür büßen. Was soll ich nur tun?

Halte durch, flüsterte eine innere Stimme. *Gib nicht auf.*

11. KAPITEL

1896 hatte Tom auch seine letzten Immobilien in Denver mit Hypotheken belastet oder verkauft. Die Claims um Ouray herum aber behielt er ebenso wie die Schmelzhütte in Silverton. Auch blieb er Prospektor. Er brütete bis spätabends über Karten und Büchern und machte sich Notizen. Carrie, die beunruhigt war wegen seiner Blässe, seiner Erschöpfung und dem Husten, den er sich in den Bergen eingefangen hatte, protestierte.

»Um Himmels willen, Tom. Es ist eine Sache, sein ganzes Vermögen zu verspielen; aber mit deiner Gesundheit solltest du nicht so leichtfertig umgehen. Du hast zwei kleine Kinder, vergiss das nicht!«

»Ich weiß, Carrie, ich weiß ... Was glaubst du denn, warum ich das tue? Ich habe diese Felsformationen noch einmal studiert. Carrie, die Natur hat ihre Schätze während der gewaltigen Erdbewegungen ausgespuckt, die auch die Berge geformt haben.«

»Jeder Winkel dort oben wurde längst durchkämmt und auf das Genaueste untersucht«, hielt sie ihm verzweifelt entgegen.

Tom zeichnete eine Konfiguration auf ein Stück Papier. »Sieh mal – das hier sind die Rockies. Ich gebe dir Recht, dass in den meisten Abschnitten jeder Stein umgedreht wurde und teilweise auch flächendeckende Probeschürfungen vorgenommen worden sind, aber es gibt immer noch unzählige unerforschte Ausläufer. Es ist nur eine Frage der Zeit, Carrie, bis ...«

»Eine Frage der Zeit, allerdings!«, schnitt Carrie ihm das Wort ab, Tränen in den Augen. »Wenn du so weitermachst, fällst du bald tot um!«

Tom schloss sie in die Arme. »Was ist denn? Lässt meine

Carrie sich von Zweifeln entmutigen? Wir werden diese schlechten Zeiten durchstehen. Vergiss nicht, Liebes, dass Furcht ein schlechter Ratgeber ist.«

Aber wie sehr er ihre Ängste auch herunterspielte, wusste Tom doch sehr gut, wie launisch das Schicksal sein konnte.

Im Juni erklärte Tom, dass er zum Imogene Basin aufsteigen werde, um erneut nach Edelmetallvorkommen zu suchen. Vinson war bei seiner Großmutter in Denver. Evalyn saß im Wohnzimmer und las in einer Zeitschrift ihrer Mutter. Auf dem Couchtisch lag eine Auswahl der Magazine, die Carrie abonniert hatte: *McCalls Magazine,* das *Ladies Home Journal* und *Harpers Bazaar.* Letzteres fesselte die Aufmerksamkeit der Neunjährigen. Sie las gerade einen Artikel über eine Schauspielerin und starrte lange und aufmerksam auf die Fotografie der hübschen Frau im Abendkleid, die reichlich mit offensichtlich echten Juwelen behängt war. Sie hörte plötzlich ein Summen und blickte auf. Eine Wespe kam durch das offene Fenster hereingeflogen, hielt geradewegs auf sie zu und ließ sich auf dem Sofa nieder.

Evalyn sprang kreischend auf und rannte in die Küche, wo ihre Eltern sich leise unterhielten.

»Ich habe eben einer Wespe von Angesicht zu Angesicht gegenübergestanden!«, teilte sie ihnen atemlos mit.

Tom warf Carrie einen Blick zu und schmunzelte. »Da kannst du ja von Glück sagen, dass ihr euch nicht Po an Po begegnet seid! Einer *Wespe* sollte man *immer* ins Auge schauen«, fuhr er mit allem Ernst, den er aufbringen konnte, fort. »Das gehört zum guten Umgangston bei Unterredungen mit diesen Tieren!«

Carrie lachte und strahlte vor Heiterkeit über das ganze Gesicht. Evalyn vergaß die Wespe jedoch schlagartig, als sie erkannte, dass ihr Vater für eine Expedition in die Berge Vorbereitungen traf. Sein Gepäck stand bereits auf einem Stuhl neben ihm, und Annie belegte eben ein paar Brote als Wegzehrung. »Darf ich mitkommen, Vater?«, quengelte sie.

Tom warf einen Blick auf Carrie, die entschieden den Kopf schüttelte.

»Du lernst nie dazu, was, junge Dame?«

»Aber das war doch im *Winter,* Mutter. Das war doch etwas völlig anderes.«

Insgeheim dachte Evalyn, jetzt da es überstanden war, mit einem wohligen Schauder an das beinahe tödliche Abenteuer zurück. Sie war stolz darauf, dass *sie* bei ihrem Vater gewesen war, als er am Abgrund gestanden hatte, in einer Stunde, da ihrer beider Leben am seidenen Faden gehangen hatte. Inzwischen argwöhnte sie, dass er sich doch verirrt hatte, und die Leute, die sie gerettet hatten, gar nicht kannte und sie nur rein zufällig auf ihre Hütte gestoßen waren.

Manchmal fragte sie sich düster, ob er in jener Nacht froh gewesen war, dass sie bei ihm war und nicht Vinson; dass sie sterben würde und nicht sein Sohn.

Ich würde es dir nicht verdenken, Vater, dachte sie traurig. Mutter hat Recht: Vinson ist viel netter als ich.

»Nun, Winter oder nicht«, entgegnete Carrie, »die Canyon Creek Road ist viel zu gefährlich. Erst letzten Monat ist ein Pferdegespann von Peter Ashenfelter von einer Eislawine erschlagen worden.«

»Ich weiß«, sagte Tom. »Aber das Eis ist inzwischen geschmolzen.«

»Bitte lass mich mitgehen, Mutter.«

Carrie musterte Tom, der so leise, dass nur sie es hören konnte, flüsterte: »Ich glaube, es würde ihr gut tun ... ihr helfen, das letzte Mal zu vergessen. Ich möchte nicht, dass sie mit irgendwelchen Ängsten aufwächst ...«

Carrie wandte sich wieder ihrer Tochter zu. »Wenn ich dir

erlaube mitzugehen, wirst du dann auch alles tun, was dein Vater sagt?«

Evalyns Augen leuchteten auf. »Natürlich, Mutter.«

»Hol deinen Mantel. Es ist kalt in den Bergen.«

Annie packte ein Lunchpaket für zwei Personen. Carrie überreichte es ihrem Mann mit den eindringlichen Worten: »Vergiss nicht, dass du nicht mehr der Jüngste bist! Übertreibe nicht, Tom, ich bitte dich.«

»Ich bin sechsundvierzig«, entgegnete Tom leicht pikiert. »Ist das so alt?«

»Du bist gesundheitlich angeschlagen; du bist aschfahl im Gesicht. Es geht dir nicht gut.«

Niemand wusste das besser als er selbst. Aber Carrie wusste nicht, dass er kürzlich bei Dr. Rowan gewesen war, der ihm unmissverständlich seine Meinung gesagt hatte.

»Sie müssen aufhören, Tom. Sie haben sich jahrelang geschunden in einer Luft, die viel zu dünn für Normalsterbliche ist. Sie haben einen Schub Gelbsucht. Sie müssen behandelt werden und brauchen dringend Ruhe!«

Tom seufzte innerlich angesichts der Sorge, die seiner Frau ins Gesicht geschrieben stand.

»Es geht mir ganz gut, Carrie. Und ich verspreche dir hoch und heilig, dass ich mich diesmal von nichts und niemandem aufhalten lasse. Wir *werden* pünktlich zum Abendessen zurück sein.«

Es war ein schöner Sommertag. Oberhalb der Stadt erhob sich majestätisch das Amphitheater mit seinen rot gestreiften Felsformationen. Wie die Lagen einer mehrstöckigen Torte, dachte Evalyn, blickte zum Mount Abraham auf und fand, dass er aussah wie eine Brust mit leicht verrutschter Brustwarze. Sie hatte eines Morgens Annies Brust gesehen, als das Hausmädchen noch beim Ankleiden gewesen war. Seit einiger Zeit fragte sie sich, wie es wohl sein mochte, einen Busen zu haben – der vor der Brust herausragte wie zwei gestürzte Puddingformen. Eines Tages würde auch ihr einer wachsen. Ihre Brustwarzen waren bereits größer geworden, sie fragte sich, welche Form ihre Brüste wohl haben würden, die kleiner Äpfel oder mehr die reifer Melonen. Sie kam zu dem Schluss, dass ein Mittelding ihr ganz recht wäre. Sie wollte Schauspielerin werden. Sie wollte schön sein.

Im Sattel ihres Ponys Dewdrop – Tautropfen – folgte sie brav ihrem Vater, der seinen Wallach Nig ritt, und schon bald erreichten sie die schmale Canyon Creek Road oberhalb der Stadt. Weit unten lag Ouray im Tal seiner felsigen Brustwehr. Zu ihrer Rechten ragte die glatte senkrechte Bergwand auf, und zur Linken ging es ebenso steil sechshundert Meter tief abwärts zum Canyon Creek. Die zerklüftete Schlucht war mit Kiefern bewachsen, die auf Steilabbrüchen und in Felsspalten Wurzeln geschlagen hatten und auf sie wie strenge Wachtposten auf Eindringlinge herabblickten.

Es wehte ein leichter Wind, und in der frischen Bergluft war nur das Klappern der Hufe und der Gesang des Baches unten in der Schlucht zu hören. Hin und wieder traten die Pferde kleine Steine los, die über den Rand des Weges kullerten und in den Canyon hinabfielen. Evalyn wartete auf das leise Klackern ihres Aufpralls irgendwo weiter unten.

Ihr Vater drehte sich im Sattel zu ihr um.

»Sei auf dem folgenden Abschnitt besonders vorsichtig. Achte darauf, dass Dewdrop nicht schneller wird.«

»Ja, Vater.«

Sie war glücklich, bei ihm zu sein und zu wissen, dass er ihr vertraute.

»Es sieht ganz anders aus als beim letzten Mal, als ich mit dir hier war, Vater«, sagte sie in die Stille hinein, als sie den gefährlichsten Teil des Weges hinter sich gelassen hatten. »Damals lag überall Schnee ...«

»Mir ist an jenem Tag eine schlimme Fehleinschätzung unterlaufen«, sagte er nach einer Weile ernst. »Ich bedaure sehr, dass ich dich in eine so gefährliche Lage gebracht habe. Das wird nicht wieder vorkommen«, fügte er grimmig hinzu. »Und ich hoffe, dass du dieses Erlebnis irgendwann vergessen wirst!«

»Es bedrückt mich nicht, Vater«, entgegnete Evalyn, überrascht und stolz, dass er zu ihr sprach wie zu einer Erwachsenen. »Es war ein Abenteuer. Wonach suchst du heute?«

»Kupfer, Eisen ...«

»Nicht nach Gold?«

Tom lächelte. »Ich suche immer nach Gold! Hinter jedem Stein und Felsvorsprung. Man sagt, ein Mann hat sich seine Goldmine verdient, wenn er sie erst gefunden hat!«

»Ich wünschte, Silber wäre noch wertvoll ... so wie damals, als wir noch reich waren.«

Er schüttelte den Kopf. »Heute ist damit kein Geld mehr zu verdienen. Hier in den Bergen gibt es unzählige Silberminen, die inzwischen aufgegeben wurden – darunter auch Gertrude und Una. Ich habe sie ebenso wie viele nicht erschlossene Claims in der Gegend gekauft. Die vielen Millionen, die einmal in dieser Region für Stampfmühlen, Schächte und Stollen aufgewendet worden sind, sind verloren. Aber ich muss einfach einen Weg finden, mit meinen Investitionen Geld zu machen.

»Sind wir arm, Vater?«

Tom zögerte. »Ich fürchte, Evalyn, im Augenblick kann man es nicht anders nennen.«

»Warst du früher schon einmal arm, Vater?«

»Sogar sehr arm. Aber ich habe voreilig geglaubt, die Armut läge endgültig hinter mir.«

Als die gefährliche steinige Gebirgsstraße in einen grasbewachsenen Weg überging, den rechts und links Bäume säumten, machten sie Halt, banden Nig und Dewdrop zum Grasen an Bäumen fest, setzten sich am Bachufer auf zwei Felsen und packten die mitgebrachten Brote aus. Die Luft war kühl; weiter oben in den Bergen lag an schattigen Stellen immer noch Schnee.

»Wenn ich groß bin«, sagte Evalyn unvermittelt zwischen zwei Bissen, »werde ich sehr reich sein!«

Tom warf einen Blick auf seine kleine pummelige Tochter und lachte. »Was du nicht sagst.«

»Ich werde eine berühmte Schauspielerin.«

Ihr Vater lachte herzlich, wenn auch nicht ohne eine Spur Verbitterung.

»Würdest du mich gerne auf der Bühne sehen, Vater?«

»Nein, Evalyn. Die Schauspielerei ist als Beruf noch unsicherer als der des Prospektors! Ich rate dir dringend davon ab. Genauer gesagt bin ich sogar strikt dagegen.«

Evalyn blickte ihren Vater verdattert an. »Auch dann, wenn es mich reich machen würde, sodass ich so viel Schmuck tragen könnte, wie ich wollte, und dazu noch dir und Mutter helfen könnte?«

»Ja, auch wenn es dich reich machen würde!«

Ein Eichelhäher landete nur einen Meter entfernt und hüpfte frech herbei, um sich über das Stück Brot herzumachen, das auf Evalyns Schoß lag.

»Heh, verschwinde ...«

»Er hat Hunger«, bemerkte Tom. »Es ist sicher nicht spaßig, ein Lagervogel zu sein, wenn es keine Lager mehr gibt! Offenbar ist er früher von den Minenarbeitern gefüttert worden.« Er gab dem Vogel ein paar Brocken seines eigenen Mittagessens und sah zu, wie der Eichelhäher sie gierig verschlang.

Evalyn bog den Kopf weit zurück und blickte den Berg hinauf. »Sieh doch, Vater«, sagte sie plötzlich, »da ist der Fels, der wie ein Finger aussieht. Ich weiß noch, dass ich ihn gesehen habe, als wir das letzte Mal hier waren. Und da ...« Sie zeigte auf die Abraumhalde neben einem alten Schacht »... ist die verlassene Mine. Jetzt wo der Schnee weg ist, kann man sie erst richtig sehen.«

»Was für ein Gedächtnis du hast! Du hast Recht. Diese alte Mine ist Gertrude. Ich habe sie von Andy prüfen lassen, aber er hat nichts gefunden außer Zink und Silber.«

»Ich dachte, du würdest deine Proben lieber selbst sammeln.«

»Guter Einwand, nur ist es leider unmöglich, die ganze Arbeit allein zu schaffen. Aber ich werde ein paar Proben nehmen, bevor wir weiterreiten, das war nämlich der Grund, weshalb ich hier Rast gemacht habe.«

Für Evalyn war der Rest des Tages einfach himmlisch. Sie liebte es, das dumpfe Klirren des Pickels zu hören, das Klappern der abgeschlagenen Gesteinsbrocken, wenn sie zu Boden fielen und anschließend in die Satteltaschen gepackt wurden. Als ihr Vater genug Proben beisammen hatte, ritten sie weiter zum alten Una-Schacht, und während ihr Vater dort erneut die Spitzhacke schwang, spielte Evalyn eine berühmte Schauspielerin. Sie stürmte auf ihre improvisierte Bühne und deklamierte Streifenhörnchen und Dewdrop, der sie beim Grasen aus traurigen schwarzen Augen skeptisch beäugte, ihren selbst ausgedachten Text. In ihrem ganz eigenen Szenario war sie schön, glamourös, bewundert und mit Juwelen behängt.

Einige Tage später begegnete Tom Dr. Rowan auf der Straße. Er war in Gedanken bei den Prüfergebnissen der Proben des letzten Ausflugs. Die Ergebnisse waren größtenteils enttäuschend gewesen – kein Kupfer in nennenswerter Menge, wenn auch in einigen Proben aus der Mine Gertrude ein wenig Gold nachgewiesen worden war. Das muss ich mir noch einmal genauer ansehen, dachte er.

»Sie sehen aus, als hätten Sie Fieber«, stellte der Doktor unverblümt fest. »Entweder Sie gönnen sich endlich die von mir dringend angeratene Erholungspause, oder ich lehne jede Verantwortung ab. Sie sind wirklich der größte Sturkopf, der mir je untergekommen ist! Ich habe mal ein Maultier gekannt, das Ihnen ein wenig ähnelte. Niemand konnte es dazu bringen, sich auch nur einen Zentimeter von der Stelle zu rühren, wenn es nicht wollte. Sein Dickkopf war sein Verhängnis – es wurde bei einem Steinrutsch erschlagen.«

Tom grinste. »Schon gut, Dr. Rowan. Ich werde mir eine Ruhepause verordnen, sobald es mir möglich ist. Zurzeit bin ich allerdings zu beschäftigt.«

»Die Friedhöfe sind voll mit Menschen, die immer zu beschäftigt waren! Fahren Sie nach Excelsior Springs, und bleiben Sie dort so lange, bis Sie wieder bei Kräften sind. Und schieben Sie das nicht mehr lange hinaus, wenn Sie um diese Zeit im nächsten Jahr noch unter uns weilen wollen. Sie tun Ihrer Familie keinen Gefallen, wenn Sie auf dem Cedar Hill Friedhof landen.«

Auf diese offenen Worte des Doktors war Tom nicht gefasst gewesen. »Sie haben eine sehr überzeugende Art an sich, Doc«, bemerkte er trocken.

»Ich weiß, dass ich bei Ihnen sehr direkt bin, Tom, aber als Ihr Arzt lassen Sie mir keine Wahl!«

Es wurde August, ehe Tom sich freinehmen konnte. Vor seiner Abreise schickte er nach Andy Richardson.

»Andy, während ich weg bin, möchte ich weitere Proben aus den alten Stollen untersuchen lassen, und vergessen Sie Gertrude nicht ... Bringen Sie Munns die Proben. Charlie wird mir die Ergebnisse telegrafieren. Wir haben einen Code vereinbart ...«

Evalyn hörte mit, aber das Gespräch interessierte sie nicht. Sie stellte gerade aus ihren Puppen ein wohlwollendes Publikum zusammen.

Tom kehrte bereits nach vierzehn Tagen in Excelsior Springs nach Ouray zurück.

Er war keineswegs genesen, und seine Blässe war einem gelblich-wächsernen Teint gewichen, der sogar seine Augen befallen hatte. Er wirkte seltsam erregt und sagte, er müsse unbedingt in die Berge. Carrie brach beinahe in Tränen aus.

»Ich ertrage das nicht länger, Tom. Warum tust du das? Du bist krank, sieh das doch endlich ein!«

»Das ist in ein paar Tagen vorbei, Carrie«, entgegnete er brüsk. »Ich habe Nachricht von Munns erhalten. Ich muss noch einmal rauf zur Gertrude.«

Carrie schüttelte den Kopf. »Tom, es ist September; gerade ist der erste Schnee gefallen. Die Bedingungen oben werden denkbar schwierig sein. Andy hat doch bereits Proben in der alten Mine gesammelt und nichts gefunden, was der Rede wert gewesen wäre. Außerdem haben die Vorbesitzer die Mine doch bestimmt gründlich geprüft!«

Die letzten Proben hatten Zink-, Silber- und ein wenig Kupfer aufgewiesen, vor allem aber einen Goldanteil, der deutlich höher lag als bei den Proben, die Tom selbst im Juni gesammelt hatte – der Ertrag wurde auf 30 Dollar pro Tonne geschätzt. Tom war klar, dass dieses Ergebnis nicht unbedingt repräsentativ war – möglicherweise beschränkte sich dieser Gehalt ja nur auf eine kleine Gesteinsmenge, aber er wollte sich in diesem Spiel nie wieder auf Vermutungen verlassen. Er hatte begonnen zu glauben, dass die alte Mine ein kostbares Geheimnis barg, wollte aber zu diesem Zeitpunkt noch nicht darüber reden.

»Ich weiß, Carrie«, sagte er unnachgiebig. »Ich möchte

trotzdem noch einmal persönlich nachsehen! Ich reite nur zur Gertrude und komme anschließend gleich zurück.«

»Tom«, sagte Carrie nach kurzem Zögern, und ihre Augen füllten sich mit Tränen. »Ich wollte dich nicht sofort mit schlechten Nachrichten überfallen. Aber ich muss nach Denver: Mutter geht es nicht gut.«

»Was hat sie denn?«

»Möglicherweise eine Lungenentzündung.«

Tom versuchte, sich seine Sorge nicht anmerken zu lassen, aber Carrie wusste ebenso gut wie er, dass eine Lungenentzündung bei alten Menschen überaus gefährlich war.

»Das tut mir schrecklich Leid, Liebes. Bestell ihr liebe Grüße. Bleib dort, so lange sie dich braucht. Ich kümmere mich um die Kinder.«

»Versprich mir, dass du im Bett bleibst!«

Tom seufzte. »Ich verspreche es.«

Als er seiner Frau Geld für die Reise gab, fragte er sich nicht zum ersten Mal, ob auf ihnen vielleicht ein Fluch lastete.

Ohne Carrie wirkte das Haus beinahe seelenlos. Tom verbrachte den Tag ihrer Abreise wie versprochen im Bett. Er wusste selbst, dass er diese Ruhe brauchte. Er brütete über seiner Karte des Imogene Basin und wünschte sein Fieber auf den Grund des Box Canyon.

Vinson weinte in der Nacht. Er hasste es, von seiner Mutter getrennt zu sein. Tom hörte Annies Schritte, als sie zu ihm ging, hörte ihre Stimme: »Sie kommt doch bald wieder, mein kleiner Schatz. Du brauchst dich doch nicht so aufzuregen.«

Tom stand auf, ging hinüber zu Vinsons Zimmer und schickte Annie zurück ins Bett. Er erzählte seinem Sohn eine Geschichte von einem Kobold, dem der Feenkönig einen Goldzahn gestohlen hatte. Vinson schlief wieder ein. Sein

Mund stand leicht offen, und seine noch leicht schief stehenden neuen Vorderzähne schimmerten durch die rosigen Lippen. Tom lauschte seinem Atem und dachte zurück an jenen Moment, da er ihn zum ersten Mal gesehen hatte und die winzige Faust sich um seinen Finger geschlossen hatte. Er strich seinem Sohn über das seidige Haar, und sein Herz zog sich vor Liebe zusammen. Irgendwie *musste* er die Zukunft dieses Kindes, ja seiner ganzen Familie sichern, eine Zukunft, die sie verdient hatten. Irgendwie musste er sie alle vor der Armut bewahren, die ihnen in Kürze drohte, wenn nicht ein Wunder geschah.

Als Annie ihm am folgenden Abend das Essen servierte, sagte er knapp: »Ich reite morgen früh in die Berge, Annie. Ich werde den Tag über fort sein.«

Annie war entsetzt. »Aber Mrs. Walsh hat gesagt ...«

Tom hob abwehrend eine Hand.

»Vergiss, was Mrs. Walsh gesagt hat. Wirst du allein mit den Kindern zurechtkommen?«

»Natürlich. Aber gestern Nacht hat es geschneit.« Nach kurzem Zögern fügte sie hastig hinzu: »Die dünne Luft da oben tut Ihnen nicht gut, Mr. Walsh! Wenn Sie mich fragen, hat ein kranker Mann dort oben nichts zu suchen.«

Als er hierauf nichts erwiderte, sondern nur grimmig vor sich hin starrte, zog sie sich resigniert zurück. »Ich stelle Ihnen ein Lunchpaket zusammen ...«

Tom nickte, obwohl er kaum zugehört hatte. Seit Carries Abreise war er ganz in Gedanken.

Evalyn wachte auf, als sie die Treppe knarren hörte, stand auf und zog die Vorhänge zurück. Im blaugrauen Licht sah sie ihren Vater auf Nig durch das Tor und die Fifth Avenue hinunterreiten. Das Pferd hinterließ deutliche Abdrücke im jungfräulichen Schnee. Sie kehrte zurück ins Bett und kuschelte sich unter die Decke. Es blieb noch viel Zeit, bis sie aufstehen musste, um zur Schule zu gehen.

Ihre Gedanken überschlugen sich. Warum war ihr Vater schon so früh unterwegs? Wo wollte er hin? In die Berge ... bei diesem Schnee?

Sie dachte daran zurück, wie sie ihn im vergangenen Jahr im Schlitten begleitet hatte, und ihr wurde ganz bang ums Herz.

»Komm frühzeitig heim, Vater«, flüsterte sie. Sie dachte an die ungesunde Gesichtsfarbe ihres Vaters, an die eingefallenen Wangen und an die ohnehin schon gefährliche Bergstraße, die bei dieser Witterung noch trügerischer sein würde. »Liebster Vater, komm bitte zurück.«

12. KAPITEL

Auch Jahre später sollte Tom sich noch an alle Einzelheiten erinnern: an den Schnee, der den Zugang zum alten Stollen versperrte, an die eisige Kälte, die Abraumhalde der alten Mine, die einsame Erhabenheit der Berglandschaft hoch über Ouray, eingeschlossen von Bergen, wo schneebedeckte Kiefern scheinbar aus nacktem Fels wuchsen. Er würde sich an den höllischen Schmerz in seinen Lungen und das Rasen seines Herzens erinnern. Aber er war allen Widrigkeiten zum Trotz fest entschlossen, an diesem Tag Proben zu nehmen, die aus tieferen Bereichen des Stollens stammten. Die Abraumhalde, der Abfall, der bei der Ausbeutung der Mine entstanden war, bot sich als Quelle solcher Proben an. Außerdem wollte er möglichst weit in die alte Mine vordringen und sich vor Ort ein Bild machen.

Der Pulverschnee wirbelte auf, als er ihn von der Halde

fegte. Er setzte die Spitzhacke sehr vorsichtig ein. Das Eis knackte, als er eine Probe aus dem Haufen löste. Er war ein vorsichtiger Mann, der nun schon auf ein halbes Leben als Prospektor zurückblicken konnte, aber nun starrte er wie gebannt auf den Gesteinsbrocken in seiner Hand, sah den goldfarbenen Kupferkies – das Katzengold, das er auf den ersten Blick erkannte –, sah Partikel Glimmererde, sah stumpfen grauen Quarz mit schwarzen Sprenkeln.

Und eben diesem grauen Quarz galt sein Interesse. Die Vorsicht redete ihm ein, dass er sich irrte. Er rieb den Stein, zog einen dicken Lederhandschuh aus, befeuchtete den Finger und rieb erneut. Der Speichel gefror auf dem Stein, aber es stand fest, dass die schwarzen Sprenkel nicht nur oberflächlich waren, sondern in den Stein eingebettet. Tatsächlich war dieser von schwarzen Striemen durchzogen; das Ganze erinnerte an einen versteinerten Pilz. Er wusste aufgrund seiner jahrelangen Studien, dass Gold sich in verschiedenen Formen präsentierte. Und in Tellur aufgelöstes Gold war schwarz.

Der Eingang zum alten Stollen war von Schnee und Eis versperrt. Er griff zum Spaten und stach das Blatt kraftvoll hinein. Er schuftete mehrere Stunden lang schwitzend und keuchend, bis endlich ein Durchgang entstanden war, der groß genug war, dass er hindurchschlüpfen konnte. Im Inneren des Schachts zündete er eine Kerze an. Weiter hinten in der Höhle hörte er Wasser tropfen. Er hob die Kerze und betrachtete die Felswand. Er entdeckte eine kleine Zinkader und dann, an der gegenüberliegenden Felswand, den grauen, unscheinbaren Quarz. Er hielt die Flamme näher an das Gestein und sah, dass es hier ebenfalls von schwarzen Striemen durchzogen war.

Er griff wieder zum Pickel und war schon bei dieser geringen Anstrengung außer Atem. Seine Lungen sogen gierig die kalte Luft ein, die von dem Wollschal gefiltert wurde, den Carrie ihm gestrickt hatte und der nun Mund und Nase schützte. Kleine Eiszapfen hatten sich an der Vorderseite gebildet. Er wischte sie fort und lockerte den Schal. Im Stollen war es wärmer als draußen, und die Luft brannte nicht mehr in seinen Lungen.

Er füllte einen Jutesack mit Gesteinsproben und trug ihn nach draußen. Der Schnee knirschte unter seinen Stiefeln. Nig blähte die Nüstern und kaute auf dem Geschirr, als wollte er ihn daran erinnern, dass die Dämmerung nicht mehr fern war.

Tom schob den feuchten Schal wieder über Mund und Nase, begutachtete noch einmal die Halde und griff ein weiteres Mal zur Spitzhacke. Die Anstrengung war nun fast zu viel für ihn; das Hämmern seines Herzens hallte laut in seinen Ohren. Dumpf traf die Spitzhacke auf den Gesteinshaufen, und das Geräusch wurde von den umliegenden Bergen zurückgeworfen. Ihm war bewusst, dass er eine Lawine auslösen konnte und dass es bereits dämmerte, aber er würde erst zurückreiten, wenn seine Satteltaschen voll waren. Inzwischen war er absolut sicher, dass die ehemaligen Mineninhaber auf der Halde große Mengen goldhaltiges Gestein abgeladen hatten. Sie hatten das Gold nicht als solches erkannt, und aus irgendeinem Grund hatten auch die Prüfer, denen ganz sicher in regelmäßigen Abständen Proben vorgelegt worden waren, das Gold nicht nachgewiesen.

Sein Instinkt sagte ihm, dass er einen bedeutenden Fund vor sich hatte; jede einzelne Probe sprach dieselbe Sprache. Ihm ging durch den Kopf, dass er vielleicht halluzinierte; er hatte Fieber und befand sich bei eisigen Temperaturen in über dreitausend Metern Höhe; möglicherweise spielten seine Augen ihm einen Streich. Immerhin hatte der Doktor ihn eindringlich gewarnt. Was, wenn er tatsächlich ernsthafter krank war, als er sich klar machte? Aber Munns Prüfstelle würde sicher nicht halluzinieren, sondern ihm bald berichten, wie es tatsächlich um die Mine bestellt war. Er würde darum bitten, dass sie der Analyse seiner Proben Priorität einräumten.

Die Steine schlugen klackernd aneinander, als er sie zu den anderen in die Packtaschen gab, diese zuschnallte und sich in den Sattel schwang. Auf dem steilen Pfad hinunter ins Tal überließ er es dem Pferd, sich einen Weg zu suchen; nur am Rande nahm er die langen Schatten der Kiefern und den Ruf eines Kojoten in der anbrechenden Nacht wahr. Was, wenn seine Vermutung sich bestätigte? Er dachte an Carrie, die bei ihrer kranken Mutter in Denver war, an Evalyn und Vinson, die bei Annie auf ihn warteten, an das warme Holzhaus am Ende der Fifth Avenue in Ouray.

»Immer langsam, alter Junge«, murmelte er seinem Pferd zu, als Nig auf einer vereisten Stelle ausrutschte und einen Stein lostrat, der über den Wegrand rollte und in die Tiefe stürzte. Tom warf einen Blick zurück. Hinter ihm reckte sich der Mount Abraham gen Himmel; er sah den eiskalten Nebel, der im schwindenden Licht den Berghang hinabwaberte und eisige Temperaturen und Tod mit sich brachte.

Weit weg von Clonmel, dachte er unvermittelt, und dieser Gedanke weckte die Erinnerung an die Comeraghs, den Frühlingsregen und das Grab seiner Mutter. Erschöpft, hungrig und überwältigt von den Möglichkeiten, die sich so plötzlich vor ihm auftaten, liefen ihm die Tränen, die er all die Jahre nicht geweint hatte, über die Wangen, wo sie prompt gefroren.

Tom erwachte aus seiner Träumerei, als er die Abzweigung unmittelbar oberhalb von Ouray erreichte. Unter ihm lag die verschneite Stadt am Fuß des Amphitheaters, das der Mount Hayden krönte.

Er durchdachte sämtliche Aspekte seiner Funde im Gertrude-Stollen und auf der Halde. Die Kälte hatte sich durch seine Handschuhe gefressen und seine Finger durchdrungen. Sehnsüchtig dachte er an das behagliche Wohnzimmer daheim.

Es war schon dunkel, als Dandy anfing zu bellen. Evalyn, die den ganzen Tag an ihren Vater gedacht hatte, war in der Schule entsprechend unaufmerksam gewesen, was ihr mehr als einen Tadel eingebracht hatte. Daheim war sie dann schon früh von Annie zu Bett geschickt worden, aber sie konnte nicht schlafen. Vor ihrem geistigen Auge sah sie, wie ihr Vater sich wieder durch einen Schneesturm kämpfte, sah, wie er im Sattel in sich zusammensank, fühlte, wie der eisige Tod seine Kleider durchdrang. Ihr Kopfkissen war nass von Tränen. Sie hörte das Donnern einer Lawine oben in den Bergen und malte sich aus, dass die Schneemassen ihren Vater und Nig unter sich begruben, sie für immer fortrissen. Man würde sie erst in einem halben Jahr finden, wenn die Schneeschmelze einsetzte.

Sie war von den eingebildeten Horrorszenarien schon ganz außer sich, als Dandy anfing zu bellen und sie gleich darauf unten vor dem Haus das Klappern von Hufen hörte.

Sie sprang aus dem Bett, lief ans Fenster und schlug eine Hand vor den Mund, um einen erleichterten Aufschrei zu unterdrücken. Es war ihr Vater, auf einem sichtlich erschöpften, schwer beladenen Nig. Sie sah, wie er am Haus hinaufblickte, und duckte sich rasch, um nicht gesehen zu werden. Durch die Gardine beobachtete sie, wie er Nig in den Stall führte, und wartete, bis er einige Zeit später mit zwei schweren Satteltaschen zum Haus ging. Er brachte die Gesteinsproben immer mit ins Haus und verwahrte sie über Nacht unter seinem Bett.

Sie öffnete ihre Zimmertür, hörte unten seine Stimme – ihr kam es vor, als würde der Klang das ganze Haus erwärmen –, eine müde, aber normale Stimme, die zu Annie sprach. Evalyn hörte Geschirr klappern und schloss daraus, dass Annie ihrem Vater etwas zu essen machte. Aber sie konnte immer noch nicht schlafen. Nach einer Weile hörte sie seine Schritte auf dem Treppenabsatz und sah den Lichtschein unter dem Türspalt. Sie hörte, wie er die Tür zu Vinsons Zimmer öffnete. Als er anschließend auch bei ihr hereinschaute, stellte sie sich schlafend, um ihn nicht weiter aufzuhalten. Er war wieder da, und nur das zählte. Aber durch ihre Wimpern hindurch konnte sie den zärtlichen Ausdruck auf seinen erschöpften Zügen sehen. Es wurde wieder dunkel im Zimmer, aber er ließ ihre Tür einen Spalt offen und seine eigene offenbar auch, da sie das Ächzen der Bettfedern hören konnte, gefolgt von seinem tiefen Seufzer und einem Hustenanfall. Erst da gestattete sie sich zu schlafen.

Als sie am Morgen aufstand und herunterkam, war er bereits in der Stadt. Das hatte sie nicht anders erwartet; er brachte neue Proben immer ganz früh am Morgen zur Prüfstelle.

Tom kehrte von Munns zurück, begrüßte seine Kinder, die schon angezogen und bereit für die Schule waren, beantwortete ihre Fragen, zog sie auf wegen der Angst, die sie am Vortag seinetwegen ausgestanden hatten – »Es war ein schöner Spazierritt« –, und meinte dann, er wolle sich wieder hinlegen. Als sie aus der Schule zurückkamen, lag er immer noch im Bett. Er schläft wie ein Toter, meinte Annie.

Am nächsten Morgen war er wieder auf und angezogen, als die Kinder zum Frühstück nach unten kamen, bereit, zur Prüfstelle zu gehen.

Tom wusste, dass er früh dran war, und da er nicht wollte, dass man seine Ungeduld in der Prüfstelle bemerkte, zwang er sich, langsam zu gehen. Das war ohnehin sinnvoll, da die Bürgersteige durch eine Mischung aus Schneematsch und

Glatteis gefährlich rutschig waren. Die Luft war sehr kalt und roch hier und da nach frischen Pferdeäpfeln.

Er ließ den Blick in der Stadt umherschweifen, die er lieben gelernt hatte, betrachtete die hübschen Gebäude, die Läden und Wohnhäuser, so normal und zivilisiert, dass man kaum glauben konnte, dass dieser Ort hoch oben in den Rocky Mountains lag, wo früher nur umherziehende Ute-Indianer gelebt hatten. Er schlenderte zum Uncompahgre River und von dort weiter zu *Munns Bros. Sampling Works.*

Der eigentümlich chemische Geruch schlug Tom entgegen, sobald er die Geschäftsräume der Prüfstelle betrat – eine Mischung aus verbranntem Gestein, geschmolzenem Metall und Staub. Die Wände im Empfangsraum waren voll gestellt mit Regalen, in denen etikettierte Segeltuchbeutel mit Erzproben lagen. In der Mitte des Raumes befand sich ein eingebauter Schreibtisch. Im Empfangsraum war niemand, und so ging er weiter ins Labor. Hier befand sich der Schmelzofen der Prüfstelle; seine Tür stand offen. Obwohl die Fenster geöffnet waren und eine Abzugshaube über dem Ofen die heiße Luft ableitete, herrschten im Raum erstickend hohe Temperaturen. Die Regale waren voll mit Schmelztiegeln, Verschlackungsbehältern, Kupellen und Schalen zum Erhitzen von Gesteinsproben. Auf einem Seitentisch standen empfindliche Waagen, die abschließend bestimmten, ob ein bestimmtes Stein-Metall-Verhältnis einen Abbau lohnte. Von einem Raum hinter dem Labor drang das Knirschen herüber, das beim Zermahlen der Proben auf einer Platte aus gehärtetem Stahl entstand.

Charles Munn, dessen Gesicht von der Hitze stark gerötet war, holte eben einen Tiegel aus dem Muffelofen.

»Tag auch, Charlie.«

Charlie nickte und goss den Inhalt des Tiegels vorsichtig in kleine Formen auf der Werkbank.

»Ah, Tom, Sie sind früh dran«, sagte er, als er fertig war. »Aber Ihre Ergebnisse liegen vor. Wir haben sie Ihrem Wunsch entsprechend bevorzugt untersucht.«

»Und ...?«, fragte Tom möglichst beiläufig.

In den wenigen folgenden Sekunden kam ihm jedes Geräusch in der Stadt ungewöhnlich laut vor: das dumpfe Hufgetrampel draußen auf der verschneiten Straße, das Rattern eines Pferdewagens, das Knirschen von Schritten auf dem vereisten Bürgersteig, das Gelächter zweier Frauen, die am Fenster vorbeigingen. Tom hörte das Pochen seines eigenen Herzens und versuchte, den unergründlichen Gesichtsausdruck des Prüfers zu deuten. Könnte ich mich geirrt haben? Werde ich langsam senil?

Charlie warf mit ernster Miene einen Blick auf den angrenzenden Raum, in dem die Lehrlinge Gestein zu Pulver mahlten.

»Kommen Sie mit in mein Büro ...«

Tom folgte ihm, und Charlie schloss die Tür hinter ihnen. »Nehmen Sie doch Platz.«

Tom kam der Aufforderung nach. Er kam sich vor wie ein Patient, der auf eine gefürchtete Diagnose wartete. Charlie war zu ruhig, zu gelassen für außergewöhnliche Nachrichten. Tom fühlte sich plötzlich so müde wie noch nie zuvor in seinem Leben, körperlich und geistig ausgelaugt.

Als Charlie Munn sich an seinen Schreibtisch gesetzt hatte, sagte er ausdruckslos: »Also, Tom, ich habe die Proben nicht nur sofort untersucht, wie Sie es wollten, ich habe sogar eine zweite Prüfung vorgenommen, um einen Irrtum auszuschließen.«

Er holte ein Blatt Papier und ein kleines Kästchen aus einer Schublade. Plötzlich strahlte er über das ganze Gesicht.

»Kein Wunder, dass Sie es so eilig hatten! Hier sind die Ergebnisse, Tom. Machen Sie damit, was Sie wollen; schicken

Sie meinetwegen weitere Proben nach Leadville und Denver, aber ich verbürge mich mit meinem guten Ruf für die Richtigkeit dieses Prüfberichts.«

Tom nahm den Bericht und las.

Munns Bros.
Assay Office and Sampling Works
Ouray, Colorado
12. September 1896

Gesteinsproben Walsh – 4 Beutel – geprüft im Auftrag von Mr. Thomas F. Walsh. Das Gestein enthält einen Goldanteil im Wert von 3000 Dollar pro Tonne.

Charles Munn

Tom starrte auf die Zahlen. Sie tanzten vor seinen Augen.

»Und Sie sagen, Sie haben das Ergebnis gegengeprüft?«, fragte er ernst.

»Ich habe es ehrlich gesagt sogar dreifach geprüft. Ich konnte es einfach nicht glauben!«

Toms Hände zitterten plötzlich, und aus einem unzugänglichen Teil tief in seinem Inneren stiegen Gefühle auf, die ihn zu überwältigen drohten. Er konzentrierte sich auf die Nullen hinter der Drei, zählte sie immer wieder, als wäre er erst fünf Jahre alt und würde eben unter dem strengen Blick seines alten Lehrers in Tipperary die Grundzüge der Mathematik erlernen.

»Es stimmt«, murmelte Charlie, der Tom beobachtete. »Wenn ich auch gestehen muss, dass ich so etwas noch nie gesehen habe.«

»Aber Charlie, die meisten Proben stammen von der Abraumhalde!«

Charlie öffnete das kleine Kästchen und kippte eine Reihe

von Probegüssen auf den Tisch – das Endresultat der Analyse. Die kleinen runden Nuggets schimmerten im Licht, das durch das staubige Fenster hereinfiel.

»Jemand, der das Gold all die Jahre vor der Nase hatte, hat es einfach nicht als solches erkannt«, sagte Charlie.

Tom betrachtete die Goldkugeln, hob den Kopf und musterte den Prüfer.

»Aber *wie kann das sein,* Charlie? Sie haben doch sicher ihre Proben ebenso prüfen lassen wie jeder andere.«

»Sie haben nach Silber gesucht, und das haben sie auch gefunden. Im ersten Testguss wird das Gold vom Silber überlagert worden sein. Und dann haben sie einfach nicht weitergesucht. Und Gott weiß, was sie letztlich bewogen hat, die Mine aufzugeben – eine Lawine, Krankheit, Geldmangel ... *Ich* hingegen habe mich auf Ihre Anweisung hin nur auf Gold konzentriert. Es ist auch Silber enthalten, aber da Sie es so eilig hatten, habe ich nicht ...«

»Charlie, Sie wissen, dass das Silber mich nicht interessiert«, schnitt Tom ihm das Wort ab, sammelte die Nuggets ein und steckte sie in die Tasche.

»Bei einem Goldwert von dreitausend Dollar pro Tonne sind wohl Glückwünsche angebracht, Tom«, sagte Charlie lächelnd. »Es sieht ganz so aus, als hätten Sie einen Volltreffer gelandet!« Er schüttelte den Kopf, drückte die lächelnden Lippen zusammen, kam dann um den Schreibtisch herum und klopfte seinem Kunden auf die Schulter. »Sie haben ausgesorgt, würde ich sagen!«

Wie in Trance kehrte Tom heim. Er fühlte sich schwach, schwitzte und fieberte und musste zurück ins Bett. Seine Gedanken gingen jedoch zu seinen Minenanteilen im Imogene Basin und den anderen Schätzen auf den Claims, die aufgegeben worden waren und die man für verhältnismäßig wenig Geld vom County Commissioner erwerben konnte.

Ihm wurde bewusst, dass er den Großteil des Areals um die Gertrude-Mine besaß; dies waren Claims, die er gegen den Rat von Freunden und Experten gekauft hatte. Nur langsam erfasste er die ganze Tragweite der Prüfergebnisse. Es war seltsam, im Bett zu liegen und die Risse in der Decke anzustarren in dem Bewusstsein, dass sein Instinkt ihn nicht getrogen hatte.

»Vorausgesetzt natürlich, es handelt sich um ein großes Vorkommen und nicht nur um ein Goldnest«, sagte er laut.

Er blickte aus dem Fenster in den Morgenhimmel über dem Mount Hayden. »Lieber Gott«, sagte er leise, »ich hoffe, du erlaubst dir mit mir keinen Scherz. Ich bin ein kranker Mann. Meine Frau ist in Denver, und es ist niemand hier, mit dem ich die Neuigkeit teilen könnte. Wenn das Fieber steigt und ich vor Carries Rückkehr sterbe, könnte meine Familie um ein Vermögen betrogen werden.«

Er dachte darüber nach, eine Karte zu zeichnen und sie mit einem Brief für Carrie zu hinterlassen. Andererseits wusste man nie, wem der Brief nach seinem Tod in die Hände fiel.

Am Abend brachte Evalyn ihm ein Tablett mit einem Teller Suppe.

»Wie fühlst du dich, Vater?«

»Nur ein bisschen müde, Evalyn.« Er stellte den Teller auf seinen Nachttisch, machte Platz, indem er einige Gesteinsproben, die dort lagen, aufs Bett warf.

»Ich möchte mit dir sprechen.«

Evalyn setzte sich zu ihm auf die Bettkante.

»Erinnerst du dich daran, wie wir das letzte Mal zusammen oben in den Bergen waren? Im Juni?«

Evalyn nickte. Sie hatte diesen Tag in vollen Zügen genossen. Sie erinnerte sich an das Publikum aus Streifenhörnchen, das sie mit ihrer Schauspielkunst gefesselt hatte.

»Erinnerst du dich noch an die Stelle, an der wir gerastet haben?«

»Natürlich.«

»Und an die Abraumhalde?«

»Ja, Vater. Du hast gesagt, es wären die Abfälle einer alten Mine namens Gertrude, die du gekauft hast. Du hast dort Gesteinsproben gesammelt.«

»Würdest du sie wieder finden?«

»Selbstverständlich.«

»Braves Mädchen. Evalyn, was ich dir jetzt sagen werde, ist ein großes Geheimnis, und du darfst mit niemandem darüber sprechen außer mit deiner Mutter ... falls ich nicht hier sein sollte, wenn sie zurückkommt!«

»Willst du denn fort, Vater?«

Er lachte. »Nein, im Augenblick nicht. Das hoffe ich zumindest ... Kannst du ein Geheimnis für dich behalten?«

»Natürlich«, entgegnete sie entrüstet. »Ich bin schon *zehn.*«

Tom seufzte. Er musterte sie einen Moment nachdenklich.

»Ich verlasse mich auf dich, Evalyn. Es ist ein überaus wichtiges Geheimnis, und du musst versprechen, wirklich niemandem etwas davon zu erzählen, Vinson nicht, Annie nicht, niemandem ... außer deiner Mutter, falls ich nicht hier sein sollte, wenn sie zurückkommt!«

Evalyn setzte eine feierliche Miene auf. Sie legte eine Hand auf ihr Herz. »Ich schwöre.«

»Vor zwei Tagen habe ich weitere Gesteinsproben aus dem Stollen genommen. Und diese Proben waren etwas ganz Besonderes. Die Prüfstelle hat sie untersucht; heute Morgen war ich bei Mr. Munn ...« Er blickte in das erwartungsvolle Gesicht seiner Tochter, nahm einen Gesteinsbrocken vom Bett, befeuchtete ihn mit einem Finger und hielt ihn ihr hin. »Was siehst du?«

»Kleine glitzernde Pünktchen.«

»Das ist nur das Katzengold im Quarz. Sieh genauer hin. Da sind kleine schwarze Linien im Stein. Siehst du sie?«

»Ja.«

»Tochter«, sagte Tom mit gedämpfter, heiserer Stimme, »Das ist Gold!«

Evalyn fühlte, wie ein Schauder über ihren Rücken kroch. Sie hätte am liebsten laut gejubelt, schlug aber stattdessen eine Hand vor den Mund.

»Wenn der Goldanteil in der übrigen Mine so hoch ist wie in den Proben ...«, fuhr ihr Vater leise fort, »ist etwas sehr Seltsames passiert. Mir wurde schon einmal eine solche Chance geboten, die ich damals leider nicht erkannt habe. Aber ich habe immer gewusst, dass das Leben eine zweite Chance für mich bereithält.«

»Was für eine Chance ...?«

»Eben das Seltsame, das nun eingetreten ist, Tochter. Es scheint, als wären wir wieder reich!«

Carrie kehrte heim. Ihre Mutter war genesen, aber sie selbst war nach der langen Reise erschöpft und verfroren.

Tom wärmte sie, indem er ihre Hände rieb, sie in einen Sessel am Kamin drückte und mit heißem Tee und Annies Sauerteigfladen versorgte, die sie so gerne aß.

»Ich bin diese Berge leid«, sagte sie. »In Denver habe ich nie Kopfschmerzen. Können wir nicht dorthin ziehen, Tom? Bitte. Mutter hat reichlich Platz, und sie hat gesagt, sie würde mir ihr Haus vererben. Ich möchte nicht länger in dieser Höhe leben; ich möchte nicht ständig müde sein!«

»Du wirst dich nicht mehr müde fühlen, wenn du meine Neuigkeiten gehört hast, mein über alles geliebter, geduldiger Schatz.«

Tom hatte versucht, seine Aufregung zu unterdrücken,

aber Carrie entging der verräterische Unterton nicht, und sie zuckte misstrauisch zusammen.

»Was für Neuigkeiten, Tom?«

»Carrie, halt dich fest – das wird ein Schock für dich, im positiven Sinne, hoffe ich. Ich habe in deiner Abwesenheit möglichst repräsentative Proben aus der Gertrude zum Prüfer gebracht ... Nein, schimpf nicht; ich weiß, dass ich im Bett bleiben sollte. Charlie Munn hat mir heute Morgen die Prüfergebnisse mitgeteilt!«

Carrie setzte sich ein wenig aufrechter hin. »Und wie lauten sie?«

»Sensationell, Carrie – Munn zufolge dreitausend Dollar pro Tonne ...«

Carrie lehnte den Kopf an die Rückenlehne des Sessels, und Tränen liefen ihr über das Gesicht. »Du weißt genau, dass das unmöglich ist«, flüsterte sie. »Was genau ist passiert?«

»Es könnte Zufall sein, eine erhöhte Konzentration in einem kleinen Areal«, sagte sie einige Minuten später, als Tom ihr glaubhaft versichert hatte, dass das Prüfergebnis über jeden Zweifel erhaben war. »Das Vorkommen, das dir vorschwebt, wird nur ein oder zweimal in einem Jahrhundert entdeckt! Vielleicht ist es nur ein kleines Goldnest.«

»Ich weiß«, gab Tom zu. »Steh zu mir, Carrie. Ich muss das durchziehen. Aber ich verspreche dir eins: Wenn dieser Fund sich als Seifenblase entpuppt, gebe ich die Suche auf und ziehe mit dir nach Denver oder wohin du sonst möchtest. Aber nun werde ich erst einmal bei Bergbauingenieur David Reed ein Gutachten in Auftrag geben.«

David Reed schätzte die Länge der Ader in seinem Bericht auf etwa sechs Meilen. Sogar die Halde, die Evalyn bei ihrem Ausflug mit ihrem Vater gesehen hatte, barg ein kleines Vermögen. Niemand, weder die ursprünglichen Besitzer, die Silber und Zink abgebaut hatten, noch andere Prospektoren, die das Gestein später untersucht hatten, hatten das Gold in der Tellur-Verbindung erkannt. Aber Tom Walsh hatte sich lange und intensiv mit der Thematik beschäftigt und als Erster in den unscheinbaren schwarzen Striemen im Quarz den Stoff seiner Träume erkannt.

Bis Jahresende gehörte alles Tom: Er hatte sämtliche angrenzenden, längst aufgegebenen Claims sowie alle Steuerschulden zum Preis von insgesamt etwa 10.000 Dollar von den Regierungsbeauftragten erworben. Alles war jetzt sein Land; Partner hatte er keine. Er besaß neunhundert Hektar goldhaltigen Gesteins. Nun musste er nur noch seine Banker in Schach halten, was jedoch nicht weiter schwer war, da sie fast ebenso aufgeregt waren wie er: Schon die ersten Testschmelzungen hatten Gold hohen Reinheitsgrades ergeben.

Im Frühjahr begann die Goldförderung. Das Telegrafenamt im Beaumont Hotel brummte von Tom Walshs Bestellungen für die neue Förderanlage. Seltsame Maschinen, Pumpen und Winden, kistenweise Dynamit und große Balken aus dem Sägewerk von Ouray wurden von Peter Ashenfelters Muli-Gespannen den steilen Pfad bis zur Mine hinaufgeschleppt. In der ganzen Stadt, ja im ganzen Bezirk herrschte große Aufregung ob der Neuigkeit, dass in der Nähe von Ouray eine große Goldmine entdeckt worden war.

»Bete nur, dass es von Dauer ist, Tom!«, sagten einige Enthusiasten. »Gold liegt nicht einfach so da! Das muss eine Laune der Natur sein!«

Aber das alles hatte Tom schon einmal gehört, vor Jahren in Deadwood.

»Wie der Topf voll Gold am Ende des Regenbogens?«, scherzte er bei der Erinnerung an den alten Aberglauben und dachte an die vielen Regenbogenenden, denen er als Kind und als Erwachsener vergeblich nachgejagt war.

Er blieb vorsichtig, behielt den bescheidenen Lebensstil bei und verbot Evalyn und Vinson, außerhalb der eigenen vier Wände von der Mine zu sprechen.

»Wenn man etwas vorzeitig beschreit, verlässt einen das Glück«, warnte er sie unverblümt.

Carrie warf ihm einen überraschten Blick zu.

»Man kann einen Iren in ein anderes Land verpflanzen«, sagte sie später mit ihrem ganz eigenen scheuen Lächeln, »aber so langsam glaube ich, dass man das Irland in ihm niemals ausmerzen kann.«

Tom lachte. »Das ist wohl wahr, Carrie.«

»Wie willst du die Mine nennen?«

Tom war bester Laune. Seine Wangen waren gerötet; seine Kraft und Energie waren zurückgekehrt. Er blickte auf seine Tochter.

»Erinnerst du dich an den Eichelhäher, der uns bei unserer Rast an der Mine besucht hat?«

»Der mir mein Brot stehlen wollte?«

»Ich werde die Mine nach ihm benennen. Ich werde die Mine ›Camp Bird Mine‹ nennen.«

Örtliche Zeitungen – der *Solid Muldoon* und der *Silverite Plaindealer* – fotografierten die Walsh-Familie zu Hause und veröffentlichten Berichte über den Jahrhundertfund oberhalb der Stadt.

In der Camp Bird Mine herrschte bald fieberhafte Betriebsamkeit. Arbeitslose Bergarbeiter strömten herbei, in der Hoffnung auf eine Anstellung. Dazu stellte Tom als Verwalter John Benson, den er schon seit Jahren kannte und dem er blind vertraute, sowie mehrere Vorarbeiter ein. Es wurde mit dem Bau einer Stampfmühle begonnen, und zusätzlich entstanden Unterkünfte für die Arbeiter, Scheunen und Stallungen, ein Haus für den Verwalter, Läden und Lagerhallen.

In den ersten Monaten des Jahres 1897 produzierte die Mine bereits täglich große Goldmengen. Anfangs wurde die Stampfmühle der US Depository Mill eine Meile unterhalb von Camp Bird genutzt, um das Gestein zu zermahlen, aber schon bald war der Bau einer eigenen neuen Zwanzig-Tonnen-Stampfmühle bei der neuen Goldmine weit fortgeschritten.

Camp Bird war auf drei Ebenen angelegt. Die Ader führte bis weit hinter den ursprünglichen Stollen in den Berg, und die eigentliche Mine wurde über einen vertikalen, zwei Meilen überspannenden Lift, der von David Reed gebaut und überwacht wurde, mit der neuen Mühle verbunden. Außerdem wurde eine neue Anreicherungsanlage gebaut, die das Gold verschmelzen und verdichten sollte und darauf ausgelegt war, siebzig Tonnen Erz täglich zu verarbeiten.

Das Gold wurde mithilfe von Quecksilber extrahiert, das in Verbindung mit dem Edelmetall einen Raffinierungsprozess durchlief, und abschließend als reines Gold in Barren gegossen. Jeden Tag fuhr ein Wagen mit einer Kiste voller Goldbarren die steile Bergstraße hinunter nach Ouray, die von dort mit der Eisenbahn in die Münzanstalt von Denver weitertransportiert wurden. Der Fahrer war mit einer Pistole bewaffnet, und ein ebenfalls bewaffneter Wachmann saß hinten bei der kostbaren Ladung.

Das Gold strömte – im Wert von mindestens fünftausend Dollar jeden Tag.

Ganz langsam, kaum merklich, veränderte sich das Leben der Walshs. Nachbarn und Freunde, Bankdirektoren und Ladeninhaber, die die Zeitungsartikel über sie gelesen hatten und wussten, dass sie eine ergiebige Goldmine besaßen, legten plötzlich Tom und Carrie gegenüber eine Ehrfurcht an den Tag, als hätten sie es mit göttlichen Wesen zu tun. Tom und Carrie erkannten zu ihrer eigenen Verblüffung, dass sie berühmt geworden waren und ihr Leben sich unwiderruflich verändert hatte.

Aber wir sind noch dieselben, dachte Tom staunend. Wir sind noch genau dieselben Menschen wie vorher. Nur die anderen nehmen uns anders wahr.

»Wie fühlst du dich bei alledem, Carrie?«, fragte er eines Abends.

»Es macht mir Angst. Ich hoffe nur ...« Sie zögerte, dann brach es aus ihr heraus: »Ein solches Glück gibt es nicht umsonst, es hat unweigerlich seinen Preis.«

»Den Preis habe ich schon bezahlt, Carrie, das kann ich dir versichern. Der Preis war jahrzehntelange Plackerei.«

Aber seine irische Seele strebte stets nach Ausgewogenheit, und insgeheim fragte er sich, ob Carrie vielleicht Recht hatte.

»Alle«, sagte er, »werden von unserem Glück profitieren«. Meine Arbeiter werden die bestbezahlten des Landes sein, bei bestmöglichen Arbeitsbedingungen und bester Unterbringung. Niemand, der für mich arbeitet, soll am Ende seiner Schicht vor Schwäche zittern und einen unzumutbaren Brei aus einem Blechnapf kratzen!«

Die Stadt brummte vor Spannung und Erstaunen, als das erste First-Class-Hotel im Imogene Basin errichtet wurde und John Ashenfelters Pferde- und Muli-Gespanne die edelsten Baumaterialien, Armaturen und Porzellanbadewannen hinauf in die Rockies schleppten. Als das Hotel fertig war, strömten die Schaulustigen in Scharen herbei.

»Ein Traum«, erklärte Dr. Rowan. »Etwas Derartiges hat es in dreitausend Metern Höhe noch nie gegeben.«

Es gab dort ein Restaurant mit moderner Großküche, Bäder mit Porzellanwannen, deren Lieferung solches Aufsehen erregt hatte, heißes Wasser, eine Dampf-Zentralheizung, elektrisches Licht, eine mit den neuesten Büchern und aktuellen Zeitungen bestückte Bibliothek, ein Raucherzimmer, einen Salon mit Fonografen und geschmackvoll gestaltete Schlafzimmer. Im Keller war der Club der Minenarbeiter mit einer Bar und Billardtischen untergebracht.

»Es wird in Schichten von maximal acht Stunden gearbeitet«, bestimmte Tom. »Der Staub der vorausgegangenen Schicht muss sich erst legen, bevor die folgende Schicht die Arbeit aufnimmt. Es gibt in der Gegend schon mehr als genug Fälle von Staublunge. Das Krankenhaus der Schwestern in Ouray wird nicht überfüllt sein mit Menschen, die für *mich* arbeiten!«

Monate verstrichen, und die Erträge übertrafen selbst die optimistischsten Erwartungen. Nun bestand kein Zweifel mehr, dass Tom Walsh einen der größten Goldfunde der amerikanischen Geschichte gelandet hatte.

Aber er blieb vorsichtig und steckte den Löwenanteil des Ertrages wieder in den Minenbetrieb.

Tom reiste mit seiner Familie nach Denver. Er wollte seinen Bruder Michael besuchen.

Michael war frühzeitig gealtert. In der großen, hageren, leicht gebeugten Gestalt steckte nicht mehr viel von dem leidenschaftlichen jungen Mann, der Irland dreißig Jahre zuvor verlassen hatte. Er hinkte durch eine Verletzung, die er von einem Indianerfeldzug davongetragen hatte, und führte ein bescheidenes Junggesellendasein in einer einfachen Pension. Nur in seinen Augen loderte noch das gleiche Feuer wie eh und je. Er führte Tom, Carrie und die Kinder in sein Zimmer. Es war voll gestopft mit Erinnerungsstücken an alte Zeiten: einzelne Gegenstände aus der US-Kavallerie, Tomahawks, ein Bogen, Pfeile mit hübscher Befiederung, eine

Sammlung von Pistolen und Gewehren. Er redete ausschließlich über längst vergangene Tage. Er roch nach Bourbon.

»Du hast es also geschafft, Tom!«

»So sagt man.«

»Maria hat vor langer Zeit einmal gesagt, dich würde etwas Außergewöhnliches erwarten. Und wenn dieser Fund nicht außergewöhnlich ist, dann weiß ich es auch nicht. Du suchst sicher nach einem fähigen Verwalter, einem Mann, dem du vertrauen kannst.«

Tom dachte an John Benson, dem er sein Leben anvertraut hätte.

»Ich habe schon einen.«

»Was du nicht sagst ... Dann bist du nicht gekommen, um mir einen Job anzubieten?«

»Nein. Die Arbeit ist hart und gefährlich, Michael.«

»Habe ich nicht mein ganzes Leben harte und gefährliche Arbeit geleistet?«

Tom seufzte. »Ich kann dir keinen Job anbieten – du verstehst nichts vom Bergbau. Aber ich kann dir ein sehr bequemes Leben ermöglichen, wenn du erlaubst.«

In der darauf folgenden Stille zückte er einen Scheck und legte ihn vor seinem Bruder auf den Tisch.

Michael nahm ihn und las den eingetragenen Betrag.

»Fünfundzwanzigtausend Dollar – du musst wirklich stinkreich sein, wenn du es dir erlauben kannst, so viel Geld zu verschenken. Aber ich möchte deine Almosen nicht.«

Er zerriss den Scheck und funkelte Tom aus zusammengekniffenen Augen zornig an.

»Ich hätte in Irland bleiben sollen. *Wir alle* hätten in Irland bleiben und uns für unsere Heimat einsetzen sollen. Welchen irdischen Nutzen hat dein Vermögen, Tom? Wird es dir überhaupt Glück bringen? Du bist Tausende von Meilen von dem Ort entfernt, wo du hingehörst. Parnell ist tot, und der Home Rule ist nur noch eine Erinnerung. Und die arme Peggie liegt nun schon drei Jahre unter der Erde.«

Tom fühlte sich plötzlich unbehaglich, als würde ein Schatten über sein Grab huschen.

Vinson, der mit seiner Schwester inmitten der Gegenstände aus den Indianerkriegen spielte, stand auf, ging zu seinem Onkel und nahm seine Hand.

»Ich wünschte, ich wäre wie du«, sagte er.

Das grimmige Gesicht über dem grauen Schnauzbart wurde milder.

»Wirklich?«

»Ja. Ich will in der Armee reiten und kämpfen, so wie du es getan hast ... Erzählst du mir von deiner besten Schlacht?«

Tom warf einen Blick auf Carrie, als Michael den Jungen bei der Hand nahm und ihm Stück für Stück die Andenken an kleine Scharmützel und große Schlachten zeigte.

»Ich habe unter Custer gekämpft, weißt du ...«

Der Junge lauschte mit offenem Mund. »Ich wäre gerne Kundschafter«, sagte er nach einer Weile.

»Custers bester Kundschafter war eine *Frau*!«, warf Evalyn stolz ein. »Sie war der beste Scout, den er je hatte, stimmt es nicht, Vater?«

»Sie war wirklich bemerkenswert«, bestätigte Tom und schenkte seiner kleinen, rundlichen Tochter, die stets darauf bedacht war, die weibliche Position zu stärken, ein zärtliches Lächeln.

»Was ist aus ihr geworden, Onkel?«

»Sie ist verheiratet und Mutter. Ihre Tage als Kundschafterin sind vorbei!«

»So wie deine Tage in Colorado, Tom Walsh«, sagte Carrie leise, während Michael die Kinder unterhielt. »Bitte lass uns in den Osten übersiedeln. Lass uns nach Washington ziehen!«

Tom war nicht begeistert. »Warum willst du in den Osten?«, fragte er leise. »Wir sind doch glücklich hier, oder nicht?«

Carrie sah so enttäuscht aus, dass er seine Antwort sofort bereute. Er wusste, dass die Zeit gekommen war, ihr jeden Wunsch zu erfüllen, und wenn sie in den Osten wollte, konnte er keine vernünftigen Gründe mehr finden, in Ouray zu bleiben. Trotzdem behagte ihm die Vorstellung nicht. – Warum sollten sie die Zelte abbrechen, warum in eine andere Welt ziehen und jene verlassen, die sie kannten und liebten? Den Rest des Abends war er nachdenklich.

Als der Zug das Denver Union Depot verließ und die zweitägige Fahrt zurück nach Ouray antrat, dachte Tom an seine Zeit bei der Eisenbahn. Der Zug passierte Golden, und er blickte zum Castle Rock, dachte an den Mann, der von der Seilwinde in zwei Hälften zerteilt worden war, und an den Chinesen, der das I-Ching für ihn geworfen und sich dann hastig davongemacht hatte. Hatten die kleinen Elfenbeinstäbchen ihm etwas verraten? Ein Schauder kroch über seinen Rücken.

Großer Gott, wie bizarr ihm das alles damals erschienen war. All die vorausgegangenen Jahre hatte er nach einem Hinweis darauf, dass er auf dem richtigen Weg war, Ausschau gehalten; er gestand sich ein, dass er jetzt wieder ein solches Zeichen brauchte, das ihm sagte, ob er bleiben oder Carries Wunsch, in den Osten überzusiedeln, nachgeben und seine geliebten Berge verlassen sollte. Sag mir, was ich tun soll, bat er im Stillen das unsichtbare Wesen, von dem er vermutete, dass es immer in seiner Nähe war.

Plötzlich erinnerte er sich, wie Maria mit ihrem Gepäck in Golden aufgetaucht war. Er dachte an Arthur Cramer und lächelte grimmig. Flüchtig fragte er sich, ob Marias ehemaliger Arbeitgeber noch lebte. Wenn ich rachsüchtig wäre, dachte er, würde ich Cramers Bank aufkaufen und ihn so behandeln, wie er es verdient hat. Aber ich bin nicht rachsüchtig.

Tom wurde vom schrillen Quietschen der Bremsen, einem lauten Knall und heftigem Gerüttel geweckt. Er wurde aus seinem Bett in eine Dunkelheit zersplitternder Scheiben, aufwirbelnden Staubs und angstvoller Schreie geschleudert. Sein erster Gedanke galt Carrie und den Kindern.

»Carrie! Vinson! Evalyn!«, rief er. Er hörte Carrie irgendwo neben sich nach Luft schnappen und die Kinder in der Finsternis wimmern. Er wühlte sich durch einen Berg von Pullman-Kissen und Bettdecken, bis er sie gefunden hatte.

»Der Zug ist umgestürzt. Wir müssen raus.«

Einen nach dem anderen schob er erst die Kinder und anschließend seine Frau durch die Öffnung des geborstenen Abteilfensters.

»Lasst euch auf den Boden gleiten und lauft weg von den Gleisen.«

Von einer kleinen Anhöhe in einiger Entfernung sahen Evalyn und Vinson Eisenbahnangestellte mit schwingenden Laternen, hörten das Stöhnen der Verwundeten und das Weinen der Kinder. Evalyn sah, wie ihre Mutter einer ächzenden Frau half, konnte jedoch ihren Vater nirgends entdecken. Er war noch im Zug. Am anderen Ende des Zuges züngelten hohe Flammen an den umgestürzten Waggons hoch.

»Wo ist Vater?«

»Er hilft anderen hinaus«, entgegnete Vinson.

Ein Mann kroch über den Boden auf sie zu. Evalyn ging zu ihm hin. Wie alle Kinder von Minenarbeitern war sie sich der Pflicht, einem Verwundeten zu helfen, bewusst. Sie bettete den Kopf des Mannes auf ihren Schoß und strich ihm beruhigend über die Wange. »Es wird alles wieder gut ... es wird alles wieder gut, Mister ...«

Der Mann sagte etwas, aber sie konnte ihn nicht verstehen.

»Ganz ruhig, Mister«, sagte sie.

Aber der Mann verstummte und erschlaffte. Sie fühlte eine warme, klebrige Flüssigkeit auf ihrer Hand, die ihren Rock durchtränkte. Als die höher schlagenden Flammen den Bahndamm erleuchteten, sah sie, dass sie voller Blut war. Sie schrie jedoch nicht und versuchte auch nicht, den Mann wegzustoßen. Stattdessen legte sie aus einem sechsten Sinn heraus, den sie selbst nicht erklären konnte, schützend die Arme um seinen Kopf und sang ihm leise ein irisches Lied vor, mit dem ihr Vater sie früher oft in den Schlaf gesungen hatte. Im flackernden Feuerschein beobachtete sie, wie Fahrgäste mithilfe ihres Vaters durch dasselbe Fenster ins Freie stiegen wie sie. Sie sah ihn ganz deutlich, dann verschwand er. Als das Feuer den Waggon erreichte, wollte sie aufstehen und nach ihm rufen, aber der Kopf auf ihrem Schoß war sehr schwer geworden, und ihre Beine waren eingeschlafen.

»Vater wird kommen«, sagte Vinson nach einer Weile, aber der ängstliche Unterton in seiner Stimme entging ihr nicht, so sehr er sich auch bemühte, ihn zu unterdrücken.

Dann sah sie ihren Vater in seinem weißen Nachthemd durch das Fenster steigen, gerade als die Flammen ihn erreicht hatten. Er ließ sich zu Boden gleiten und lief vom brennenden Zug weg.

»Wir sind hier, Vater ...«

Tom kam zu seinen Kindern gelaufen, die vor Schock und Kälte am ganzen Leib zitterten. Er blickte auf den Mann, dessen Kopf auf Evalyns Knien ruhte, beugte sich hinab und drückte dessen Augen zu.

»Für ihn ist es vorbei, Evalyn.« Er blickte auf seine kleine Tochter und fügte hinzu: »Du bist ein liebes, tapferes Mädchen.«

»Du blutest, Vater.«

»Nur ein paar Kratzer.«

Tatsächlich saß der Schock tiefer, als Tom sich anmerken lassen wollte. Das Herz schlug ihm bis zum Hals, und seine Handflächen waren nass von kaltem Schweiß. In Gedanken hörte er wieder die Worte seines Bruders: *»Wird es dir überhaupt Glück bringen?«*

Als sie zurück nach Ouray kamen, hatte Carrie sich endgültig entschieden. Der Vorschlag, den sie ihm in Denver unterbreitet hatte, war zur Besessenheit geworden.

»Es gibt keinen Grund, noch länger hier zu bleiben. Ich vertrage die Höhe nicht; für Kinder ist es zweifellos einer der gefährlichsten Orte im ganzen Land, und dich bringt er langsam, aber sicher um, Tom!«

»Er bringt mich nicht um; ich bin so gesund wie seit Jahren nicht mehr ...«

»Ich habe es dir lange durchgehen lassen, und du hast mir immer wieder dein Versprechen gegeben«, sagte sie mit zornsprühenden Augen. »Er *bringt* dich wohl um. Ich bestehe darauf, dass du deine Versprechen hältst!« Entschieden fügte sie hinzu: *»Jetzt!«*

Einige Tage später holten Carries Worte ihn auf der Canyon Creek Road ein. Er trabte gerade mit Nig den schmalen Pfad vom Camp Bird hinunter, als das Pferd ausgerechnet an der Stelle scheute, an der der Abhang besonders steil war. Aus den Augenwinkeln sah Tom, was Nig erschreckt hatte: Ein Straßenarbeiter hatte seine Jacke über eine Schaufel gehängt, und das Kleidungsstück flatterte ihm Wind. Nig wich bis an den Rand der Straße zurück, und seine Hinterhufe begannen abzurutschen. Es war nur eine Frage von Sekunden, bis Pferd und Reiter in den Tod stürzen würden.

Tom beugte sich im Sattel vor und redete beruhigend auf das Pferd ein. »Ruhig, alter Junge, ganz ruhig ...«

Einen Moment lang hing sein Leben am seidenen Faden. Zögern würde den Tod bedeuten. Er warf sein Gewicht nach vorn, sprang aus dem Sattel, landete auf dem bröckelnden Boden am Rand des Pfades und schmiss sich nach vorn, wobei er sich Ellbogen und Hände aufschürfte. Dann drehte er sich um und zog Nig an den Zügeln nach vorn.

Zweimal bin ich in ebenso vielen Monaten nur knapp dem Tod entronnen, sagte er sich, während er Nig beruhigend zuflüsterte und über die Nase strich. Aller guten – und schlechten – Dinge sind drei. Das nächste Mal könnte es weniger glimpflich ausgehen ...

Er kam zu dem Schluss, dass Carrie Recht hatte. Ein Kapitel in seinem Leben war abgeschlossen, und eine der Aufgaben, die das Leben stellte, war zu erkennen, wenn ein Abschnitt zu Ende ging. Im nächsten Kapitel würde er sich der Zukunft seiner Familie in der großen weiten Welt widmen.

»Ich habe darüber nachgedacht«, teilte Tom seiner Frau am Abend mit. »Wir werden tun, was du dir wünschst. Es ist an der Zeit!« Er blickte seine beiden Kinder an und kam Evalyn zuvor, die protestieren wollte. »Ich habe mich entschieden! Wir ziehen fort aus Colorado! Es ist höchste Zeit, dass wir uns eurer Erziehung widmen. Wir ziehen nach Washington!«

»Dahin, wo der Präsident wohnt?«, fragte Evalyn.

»Genau.«

»Ich würde ihn gerne kennen lernen.«

Ihr Vater lachte schallend. »Evalyn, du magst ja ein Wildfang sein, aber du besitzt den Geist eines Tigers.«

»Und ich, habe ich nicht den Geist eines Tigers?«, fragte Vinson ruhig.

Tom musterte seinen neunjährigen Sohn. »Du hast das Herz eines Löwen«, entgegnete er und fügte in zärtlichem Tonfall leise hinzu: »Und die Seele eines Gentlemans!«

Evalyn machte ein verblüfftes Gesicht. Dann sagte sie im Brustton der Überzeugung: »Die brauche *ich* nicht.«

»Nein«, erwiderte Vinson sarkastisch, »du solltest dich benehmen wie eine Lady.«

Evalyn schnaubte verächtlich. »Ich will keine Lady sein. Die sind affektiert, eingebildet und hochnäsig. Ich will Schauspielerin werden!«

»Evalyn, würdest du bitte mit diesem Unsinn aufhören!«, schimpfte Carrie gereizt.

»Sehr bald, Kinder, wenn die neuen Förderwagen in Betrieb gehen und die Mine wie geschmiert läuft, packen wir unsere Sachen, und ich reise mit euch und eurer Mutter an einen fernen Ort, den man Europa nennt. Und dort werden wir ein eigentümliches kleines Land besuchen.«

»Was für ein Land?«, fragte Evalyn und durchforstete vergeblich ihre sehr begrenzten Kenntnisse der Geographie.

Vinson sah seinen Vater an und warf seiner Schwester einen verächtlichen Blick zu. »Das Land heißt Irland, nicht wahr, Vater?«

Tom betrachtete seinen Sohn. Die Jahre, die Schufterei, die Entbehrungen, die Misserfolge, das alles fiel von ihm ab. Plötzlich war er wieder ein junger Mann mit Sehnsucht im Herzen, der auf die schwindende Küste Irlands am Horizont starrte.

Er schluckte, trat ans Fenster und blickte hinaus auf das Amphitheater.

»Euer Vater möchte heim«, sagte er leise. »Zumindest für eine kurze Zeit.«

Im Herbst 1898 waren im Camp Bird fast drei Kilometer Gleise für die Förderwagen gelegt worden, mit sechsundvierzig Türmen und einer Entfernung von vierhundert Metern zwischen Mineneingang und Stampfmühle.

Neun Monate später, als die Waggons mit dem Erz unablässig an Stahlkabeln klappernd und knirschend in die Tiefe fuhren und in der vergrößerten Camp-Bird-Mine alles lief wie am Schnürchen, stach die Millionärsfamilie Walsh gen Europa in See. Sie bereiste Frankreich, England und Irland. Tom schrieb an John Healy, kündigte ihr baldiges Eintreffen an und versicherte ihm, dass er sich von Herzen freue, ihn und seine Kinder kennen zu lernen.

Zwei Wochen später warf das Linienschiff *Majestic* der White Star-Reederei vor Roches Point Anker. Auf dem Deck der ersten Klasse stand eine kleine Schar von Menschen in der Meeresbrise: ein Mann und zwei Frauen mittleren Alters, ein zwölfjähriges Mädchen und ein junger Bursche. Sie waren alle elegant und teuer gekleidet. Und sie alle schauten sich interessiert um. Sie bestaunten den weißen Leuchtturm oben auf den Klippen, die Bucht vor ihnen, in der bunte Bojen auf den Wellen tanzten, den Himmel, an dem graue und weiße Wolken vorbeizogen, durch die hindurch Sonnenstrahlen auf das ferne Queenstown fielen. Sie konnten die Beischiffe sehen, die sich näherten, um die Passagiere an Land zu bringen. Die kleinen Boote stampften unbeirrt durch die Dünung.

Die Kinder lachten, aber zwei der Erwachsenen, der Mann und eine der beiden Frauen, standen Schulter an Schulter stocksteif mit ernsten Gesichtern da.

»Nun, Maria«, sagte Tom schließlich leise, »was sagst du?«

Es war genau dreißig Jahre und drei Monate her, dass sie das Land verlassen hatten.

II. BUCH

Evalyn

»Es gab keine Zweite wie sie und nichts, was an ihre Partys herangereicht hätte, und vermutlich wird es auch nie wieder etwas Vergleichbares geben.«

Richter Thurman Arnold in einem Brief über seine Freundin Evalyn Walsh McLean nach deren Tod

13. KAPITEL

Irland, Juli 1899

Tom betrat den Kai. Er drehte sich um und reichte seiner Frau und seiner Schwester die Hand, um ihnen an Land zu helfen. Ihnen folgten Evalyn und Vinson. Tom fühlte sich wie losgelöst vom Geschehen, als wäre er ein unbeteiligter Beobachter, als kämen das Kreischen der Möwen, das Sausen der frischen Sommerbrise und die Geräusche, die der Bug des Schiffes jedes Mal verursachte, wenn er sich gegen die Fender der Kaimauer drückte, aus weiter Ferne.

Es existierte also tatsächlich, dieses Land, das so tief in ihm verwurzelt war, dass nicht einmal dreißig Jahre die Macht seiner sonderbaren, poetischen Melancholie zu schmälern vermochten!

Er gab sich nach außen gelassen und gefasst, vermied es jedoch, Maria anzusehen. Oberhalb des Hafens erhob sich Queenstown im Sonnenlicht, das immer wieder von vorbeiziehenden Wolkenfetzen verdeckt wurde. Tom beobachtete die Lichtreflexe auf den viktorianischen Dächern und der katholischen Kathedrale mit ihrem hoch aufragenden Glockenturm. In einem Irland, in dem der katholische Glaube einst streng verboten gewesen war, erschien er ihm wie das Symbol einer neuen Ordnung.

»Bei unserer Abreise war die Kirche noch im Bau«, sagte Maria mit einem Nicken in Richtung des Gotteshauses. Ihre Stimme zitterte.

Von irgendwo entlang des Kais drangen die klagenden Töne eines Dudelsacks herüber. Sie schienen so elementar wie der Wind, der über die aufgewühlte See hinwegstrich. Tom sah, wie seine Schwester eine behandschuhte Hand vor den Mund schlug und ihre Augen sich mit Tränen füllten. Seine eigene Kehle schmerzte; er traute seiner Stimme nicht, und so hakte er nur stumm Maria unter und nahm Carries Hand.

»Maria«, sagte Carrie leise. »Alles in Ordnung?«

Maria nickte, aber die Tränen liefen ihr weiter lautlos über das bleiche Gesicht.

Abgesehen von der neuen Kathedrale hatte sich nur wenig verändert. Die Frauen trugen wie früher schwarze Schals über Kopf und Schultern oder weite Kapuzencapes; die Geschäfte warben für letzte Einkäufe vor dem Einschiffen; in privaten Hotels und Pensionen hingen »Zimmer frei«-Schilder in den Fenstern. Eine Menschenmenge ganz ähnlich jener, der sie selbst vor 30 Jahren angehört hatten, wartete geduldig auf den Landungsbrücken auf die Rückkehr des Beibootes, das sie zum Schiff bringen sollte: ihr erster Schritt ins Gelobte Land.

Ein Träger erschien, der die schweren Truhen und Lederkoffer der Walshs an Land brachte. Dann legten sie zu Fuß die kurze Strecke zum kleinen Bahnhofsgebäude aus roten Ziegelsteinen zurück. Der Zug wartete auf sie, als wäre keine Zeit vergangen, als wären sie eben erst ausgestiegen, als wäre es noch derselbe, mit dem sie vor 30 Jahren an die Küste gefahren waren. Tom half seiner Familie beim Einsteigen und drückte dem Kofferträger ein Trinkgeld in die Hand. Der Mann starrte verdutzt auf das Bündel Banknoten in seiner Hand, das in etwa seinem Jahreseinkommen entsprach.

»Gott segne Sie, Sir ...«

Die Lokomotive spie zischend Dampf aus, hustete Rauch, setzte sich ruckend in Bewegung und rollte auf ihrem Weg nach Cork gemächlich durch Rushbrooke, Carrigaloe, Fota, über das Wasser nach Glounthaune und Littleisland. Tom und Maria waren sehr still. Carrie und die Kinder, die den Ernst und die Ergriffenheit der beiden spürten, folgten ihrem Beispiel. Im Abteil war es abgesehen vom Rattern der Räder und dem Pfeifen des Fahrtwindes, der durch das halb geöffnete Fenster hereinwehte, mucksmäuschenstill. Tom konnte an nichts anderes denken als an einen windigen Aprilmorgen 1869 und zwei junge Leute auf derselben Eisenbahnstrecke. Was war aus ihnen geworden?

Er warf einen Blick auf seine Schwester. Sie saß ihm gegenüber, eine elegante Erscheinung in einem Kleid aus Paris und einem modischen Hut, aber er sah auch die tränenüberströmten Augen, den bewegten Ausdruck auf ihren Zügen, die grauen Strähnen an den Schläfen und die Anspannung um ihren Mund, während sie die Wolken und das wechselhafte Licht über Littleisland beobachtete. Carrie saß neben ihm, sehr gerade und ein wenig nervös, dass die Emotionen des Augenblicks hervorbrechen könnten. Evalyn blickte von Zeit zu Zeit zu ihm auf, aber sie war entgegen ihrer sonstigen Gewohnheit ebenfalls still.

Vin saß am Fenster, war jedoch zu sehr damit beschäftigt, die Erwachsenen zu beobachten und mit der Wasserpistole herumzufuchteln, die er in Cherbourg bekommen hatte, um der vorbeiziehenden Landschaft Beachtung zu schenken.

Tom lockerte die angespannte Atmosphäre auf, indem er mit gespielter Strenge bemerkte: »Ich hoffe, das Ding ist leer!«

Vin grinste. »Sie ist geladen, Vater. Ich muss das Lager beschützen!«

Einen Moment lang schien es Tom, als wäre er wieder in der Prärie, vor seinem geistigen Auge formierten sich die Planwagen am Abend zu einer Wagenburg, zum Schutz gegen allerlei Gefahren, die gleich hinter dem Horizont lauerten. Aber als er dann seine elegant gekleidete Familie betrachtete und das Spiegelbild des gepflegten, gut gekleideten Mannes mittleren Alters in der Glasscheibe der gerahmten Abbildung der Killarney-Seen über dem gegenüberliegenden Sitz sah, wusste er, dass die Furcht vor der Zukunft und die Launen des Schicksals sie nie wieder berühren würden.

Vinson legte die Wasserpistole aus der Hand und starrte aus dem Fenster. Er drückte die Nase gegen die Scheibe, die von seinem Atem beschlug.

»Na, wie findest du Irland, Vin?«, fragte Tom nach einer Weile, verwundert ob der plötzlichen Faszination seines Sohnes.

»Ich weiß nicht, Vater. Es fühlt sich irgendwie seltsam an ... wild.« Vin wandte sich vom Fenster ab und blickte seinen Vater stirnrunzelnd an. »Als wenn jemand sehr traurig ist ... und nichts auf der Welt ihn trösten kann ...«

Tom war verblüfft. War es das Blut, das aus ihm sprach? Oder war sein Sohn nur überdurchschnittlich sensibel?

»Ich weiß, warum«, rief Evalyn aus. »Weil Vin zum ersten Mal die alte Heimat sieht!«

Tom lachte. Der Ausdruck klang aus dem Mund der Zwölfjährigen, die mit breitem amerikanischen Akzent sprach, absurd. »So hast du Irland immer genannt, Vater, die alte Heimat!«, fügte sie hinzu, entzückt, ihrem Vater das vertraute Lachen entlockt zu haben. »Wenn wir in den Bergen waren. Ist das hier dieselbe Eisenbahn, mit der du gefahren bist, als du Irland verlassen hast?«

»Das ist sie!«

Maria, die den Wortwechsel verfolgte, dachte zurück an das enge feuchte Abteil, die beschlagene Fensterscheibe, die Furcht vor der Zukunft und den salzigen Geruch des Meeres. *»Es wird alles gut werden, Maria, ich verspreche es«*, hatte Tom damals geschworen.

Sie warf einen Blick auf ihren Bruder. Sie wusste, wie ergriffen er war; seine Augen waren ganz dunkel geworden, so wie damals.

»Morgen«, sagte Tom beim Abendessen, »fahren wir mit dem Zug nach Clonmel, und dort werde ich eine Kutsche mieten, die uns zu einem kleinen Haus am Fuß eines Berges bringt ...«

Carrie und die Kinder starrten ihn nur konsterniert an, als er Messer und Gabel aus der Hand legte und das Gesicht abwendete.

Der unbefestigte Weg ging von der Hauptstraße ab. Er führte vorbei an den Ruinen aus der Zeit der großen Hungersnot, deren Dächer längst eingestürzt waren, und wand sich um das Cottage, in dem damals die alte Mrs. Hegarty gewohnt hatte. Das Land rechts und links war hügelig, es schimmerte in der Sonne grün und rauchblau.

»Das ist Sliabh na mBan«, sagte Tom zu Carrie. »Das heißt so viel wie Frauenberg.«

Der Weg endete auf dem Hof eines weiß getünchten Häuschens mit Strohdach, dessen südliche Wand vollständig von einer wild wuchernden Fuchsie verdeckt wurde. Hühner liefen frei umher und pickten in der Erde.

Ein verdutztes Gesicht starrte sie durch die offene obere Türhälfte an. Ein drahtiger Mann mittleren Alters mit schütterem Haar, kragenlosem Hemd und mit einer Mütze auf dem Kopf kam heraus, um die Fremden zu begrüßen, deren Kutsche auf seinem Hof Halt gemacht hatte. Seine Augen unter den buschigen grauen Brauen lagen tief in den Höhlen, und er hatte den gebeugten Gang eines Mannes, der es gewohnt war, in den Hügeln unterwegs zu sein. Er roch nach dem Rauch des Torffeuers.

»Haben Sie sich verirrt?«, fragte er höflich. »Kann ich Ihnen helfen?«

Tom erkannte seinen alten Schulfreund nicht gleich wieder. Aber dann verrieten ihm die vertrauten freundlichen Augen und der leicht schräg gehaltene Kopf, wen er vor sich hatte.

»Nein, Seamie. Ich kenne mich noch gut aus in dieser Gegend ...«

Seamus Farrelly schob die speckige Mütze in den Nacken und griff dann mit beiden Händen nach denen des unerwarteten Besuchers.

»Allmächtiger«, hauchte er leise, und auf seinen Zügen spiegelte sich eine ganze Palette von Gefühlen, die von Unglaube bis zu grenzenloser Freude reichte. »Spielen meine alten Augen mir einen Streich, oder bist das wahrhaftig du, Tommy Walsh?«

»Ich bin es, Seamie. Das hier ist meine Frau Carrie, und das sind meine Kinder.« Dann zeigte Tom auf Maria, die Seamus die Hand hinhielt. »Erinnerst du dich an diese Lady?«

Seamus nahm die dargebotene Hand sichtlich bewegt. »Ah, Maria«, sagte er traurig. »Ich hätte dich auf den ersten Blick erkennen müssen. Du hast Peggie immer so ähnlich gesehen! Aber kommt doch rein«, forderte er sie auf, trat beiseite und machte eine einladende Handbewegung. »Ihr seid willkommen wie die Blumen im Mai.«

In der Küche mit nur einem kleinen Fenster und dem heruntergebrannten Torffeuer war es düster. Als sie am Tisch mit der Wachstischdecke saßen, sah Carrie, wie der Blick ihres Mannes vom Kamin und dem Bild des Sacred Heart über die rauchgeschwärzten Wände zu den Türen der beiden Zimmer rechts und links der Küche glitt, von dort zum Schrank und den Tellern mit dem Weidenmotiv und schließlich zum Strohdach, das zwischen den Deckenbalken zu sehen war. Sie sah, wie er schluckte, sah seinen Blick, der auf Seamus ruhte, als dieser sich über das Feuer beugte, um Torf nachzulegen und den rußigen Haken mit dem schwarzen Topf über die auflodernden Flammen zu ziehen.

Draußen waren Schritte zu hören. Eine fröhliche Stimme ertönte von der offenen Tür.

»Gott schütze dieses Haus!«

Eine stämmige Frau mit einem Korb über dem Arm tauchte in der Türöffnung auf. Auf ihren Zügen spiegelte sich unverhohlene Neugier.

»Ah, Noirin, komm rein«, rief Seamus blinzelnd. »Ich möchte dir meine Besucher vorstellen.«

Die fremde Frau blickte schüchtern von einem Walsh zum anderen.

»Tag auch, Ma'am, Sir ...«

»Rate mal, wer diese Leute sind, Mädchen!«, sagte Seamus lachend und zeigte auf Tom und Maria. »Sie haben uns vor langer Zeit verlassen, und keiner von uns hätte je damit gerechnet, sie wiederzusehen!«

»Ich erinnere mich an *dich*, Noirin Donnelly«, sagte Maria, stand auf und breitete die Arme aus. »Ich habe mehr als einmal das Bett mit dir geteilt, wenn ich zum Spielen bei euch daheim war!«

Noirin starrte sie mit offenem Mund an. »Maria Walsh!«, rief sie schließlich aus und blickte von ihr zu Tom. »Und das ist Tommy? Der an meinen Zöpfen gezogen hat? Meine Güte, was habt ihr euch verändert! Was immer man euch in der neuen Welt zu Essen gegeben hat, geschadet hat es euch offensichtlich nicht!«

Tom stellte ihr seine Familie vor.

»Das ist meine Frau, und das sind meine Kinder Evalyn und Vinson.«

»Haben Sie meinen Vater gekannt, als er noch klein war?«, wollte Evalyn wissen, als sie der Fremden die Hand schüttelte.

»Aye.« Noirin nickte mit einem schelmischen Blick auf Tom. »Ein richtig schlaues Kerlchen war er! Aber dann ist er in die Mühle nach Clonmel gezogen, als er gerade mal zwölf war, und von da an haben wir ihn nur noch selten gesehen.«

Später schauten noch andere Nachbarn vorbei, die es sich nicht nehmen lassen wollten, die Heimkehrer zu begrüßen. Die Frauen kümmerten sich um Erfrischungen, und die Männer eilten davon, um weitere Stühle zu organisieren. Im null Komma nichts lag eine hübsche handbestickte weiße Decke auf dem Tisch, gefolgt von Tassen, Untertassen, Tellern, Brot, Butter und Obstkuchen.

In einem glasierten braunen Teekessel wurde immer wieder frischer Tee aufgesetzt, mit kochendem Wasser aus dem geschwärzten Kessel über dem Feuer. Es ging sehr laut zu, und Tom und Maria, so überschwänglich wie Carrie sie noch nie gesehen hatte, lachten Tränen.

»Sind Sie auch Irin, Mrs. Walsh?«, fragte Noirin Carrie.

»Ich bin Amerikanerin. Meine Familie stammt ursprünglich aus England«, erklärte sie, »aber meine Eltern sind in der Hoffnung auf ein besseres Leben ausgewandert.«

»Der arme Seamie hat vor einem Jahr seine Frau verloren«, vertraute Noirin ihr an. »Darum sieht es hier auch so unordentlich aus.«

»Hat er Kinder?«

»Nein.« Nachdem sie sich davon überzeugt hatte, dass die Männer nicht mithörten, fügte sie hinzu: »Eine traurige Geschichte. Sie hatte mehrere Fehlgeburten. Die *creatúir* hat sich zu sehr unter Druck gesetzt! Seamie hat spät geheiratet. Er war viele Jahre in Toms Schwester verliebt, bis diese dann einen anderen geheiratet hat! Ich glaube, er ist deshalb nach dem Tod des alten Herrn hier eingezogen, weil er in dem Haus wohnen wollte, in dem sie früher gelebt hat.«

»Sie meinen Peggie?«

Noirin nickte, beugte sich näher zu Carrie hinüber und fügte leise hinzu: »Der Umzug nach Cork hat ihre Lungen ruiniert. Zumindest hatte es vorher in der Familie noch keinen einzigen Fall von Schwindsucht gegeben.«

Es war, als würde es schon Unglück bringen, nur von Peggies Schicksal zu sprechen. »Keine Angst«, hätte Carrie am liebsten erwidert, »die arme Frau hatte das Pech, sich eine Krankheit einzufangen, aber sie hat diese nicht *erfunden.*«

Evalyn, die den Mund voller Obstkuchen hatte, rief: »Mutter, ich gehe draußen spielen.«

Durch das kleine rechteckige Fenster sah Carrie ihren Sohn sich an die Hühner heranschleichen, die ihn aus bernsteinfarbenen Augen misstrauisch musterten und gackernd und flügelschlagend davonhopsten.

»Sei vorsichtig«, flüsterte sie ihrer Tochter zu. »Sag Vin, er soll die Hühner in Ruhe lassen ...«

Aber Evalyn war schon fort.

»Ihre Kinder sind wirklich reizend, Mrs. Walsh«, sagte Noirin.

Obgleich sie Fragen beantwortete und auch selbst einige stellte, fühlte Carrie sich zunehmend als Außenseiterin, als versuche sie, das Leben fremder Leute durch eine Milchglasscheibe zu betrachten. Sie bekam nicht viel mit von dem, was erzählt wurde, da die alten Freunde immer wieder ins Irische verfielen, was wie eine Mischung aus elizabethanischem Englisch und einem eigenen Dialekt klang. Sie versuchte, sich Tom und Maria als Kinder in eben dieser Küche vorzustellen, versuchte sich auszumalen, wie ihre Mutter sie versorgte. Sie warf einen Blick auf Maria am anderen Ende des Tisches. Ihre Schwägerin war ganz in die persönliche Geschichte dieser oder jener Person, die sie ganz offensichtlich früher gekannt hatte, vertieft. Die Frauen bemühten sich immer wieder, Carrie in ihre Gespräche mit einzubeziehen, fragten neugierig, wie sie Tom kennen gelernt hatte und wie das Leben in der Berghütte in den Rockies gewesen war. Das Feuer brannte nun lichterloh; in der Küche war es mollig warm, obwohl die Tür weit offen stand.

Carrie blickte zu Tom, aber die Männer hatten längst eine eigene Gruppe gebildet. Sie tranken Porter-Bier, das sie aus einem braunen Keramikkrug gossen. Sie kannte den Tom Walsh, der hin und wieder in einer fremden Sprache scherzte und ansonsten ganz in politische Diskussionen vertieft war, kaum.

Maria übernahm die schwierige Aufgabe, das Leben in Amerika zu beschreiben, während Carrie versuchte mitzuhören, worüber die Männer redeten.

»Hier weht ein neuer Wind, Tom«, hörte sie einen von ihnen erklären. »Wusstest du, dass das Gälische in Mode kommt? Viele Leute, sogar aus Dublin, fahren nach Gaeltacht, um Irisch zu lernen. Es ist ein richtiger Boom. Die Vergangenheit ist aktueller als je zuvor, alle blicken zurück auf das, was früher uns gehörte ... und was wieder uns gehören könnte, wenn wir nur den Arsch hochkriegen.«

Tom wischte sich Bierschaum aus dem Schnauzer.

»Gehe ich recht in der Annahme, dass der jetzige Eigentümer von Kilduncan House die Familientradition fortsetzt?«, fragte er zynisch.

»Aye. Er lebt in London; heutzutage gibt es für *ihn* auch kaum einen Grund, sich hier blicken zu lassen. Natürlich zahlen wir weiter Pacht, auch wenn während des ›*Land War*‹ viele die Zahlung verweigert haben und vor die Tür gesetzt wurden. Aber er hat keine neuen Pächter gefunden, sodass die Höfe seitdem nicht mehr bewirtschaftet werden. Es war schon komisch, zu sehen, wie das Heu auf den Wiesen verrottete. Ein paar Pächter haben nach Inkrafttreten des neuen

Gesetzes die von ihnen bewirtschafteten Höfe gekauft, aber das Geld ist schwer aufzubringen. Die Regierung, Gott steh ihr bei, dachte, dass wir den Home Rule vergessen würden, sobald sie uns gestattete, unser eigenes Land zurückzukaufen.«

»Warum sollten wir es zurückkaufen?«, brummte einer der jüngeren Männer düster.

Carrie war froh, als die spontane Feier ein Ende fand. Sie sah, wie Tom von seinen alten Freunden Abschied nahm und wie diskret seine Hand von der eigenen Tasche in die der anderen wanderte. Aber ihr entging der Widerwillen der Empfänger nicht, und sie registrierte auch, wie rasch sie hiernach verschwanden.

Er entfernt sich nur von diesen Menschen, dachte sie. Sie schämen sich ihrer Bedürftigkeit.

»Es stammt aus einem Berg viertausend Meilen entfernt«, sagte er zu Seamus, als dieser verlegen versuchte, das großzügige Geschenk seines Freundes zurückzuweisen; es ginge ihm großartig, er bräuchte nichts und Geld hätte er genug, brummte er.

»Ebenso gut hätte ich es auch nicht finden können«, entgegnete Tom. »Du wärst ein richtiger *amadán*, Seamus, wenn du mir die Freude verwehren würdest, dich an meinem Glück teilhaben zu lassen.«

»Können wir jetzt zum Hotel zurückfahren?«, fragte Evalyn, als alle Gäste gegangen waren.

»Bald«, versprach Tom. »Erst müssen Maria und ich noch einen Spaziergang machen. Wir sind mit dem einen oder anderen Geist verabredet.«

Bruder und Schwester zogen die Galoschen über, die sie zuvor in Clonmel gekauft hatten, und stiegen hinauf zum alten Kartoffelacker, wo das Wasser immer noch schäumend An Cailleach umspülte.

»Komisch, wie viel kleiner mir der Fluss vorkommt! Ich hatte ihn als richtiges Wildwasser in Erinnerung«, sagte Maria.

»Für mich war er so gewaltig wie die Niagarafälle«, entgegnete Tom. Er senkte die Stimme. »Erinnerst du dich noch an den Tag ... an dem wir alle hier oben waren ...?«

Maria sah ihn an. »Du meinst, als Mutter ...? Natürlich. Wie sollte ich das je vergessen?«

»Hast du gewusst, dass ich schuld war an dem, was passiert ist?«

Er sagte das ganz sachlich und nüchtern. Maria musste wieder an den schrecklichen Verlust denken und an Toms schreckliche Verzweiflung und Schuldgefühle. Erst jetzt wurde ihr bewusst, dass ihr Bruder drei Jahrzehnte lang eine riesige Bürde mit sich herumgetragen hatte, von der sie bis zu diesem Tag nichts geahnt hatte. Sie brach in Tränen aus und ließ die Anspannung des Tages heraus, den Schmerz des ganzen Jahres, die Trauer über den frühen Tod ihres Mannes, die Verzweiflung ob ihrer zerbrochenen Träume. Sie wies den Trost ihres Bruders zurück und fuhr ihn stattdessen zornig an.

»Es war *nicht* deine Schuld«, schimpfte sie. »Unsere geliebte Mutter ist am Hunger und an zu harter Arbeit gestorben, an der schrecklichen Mühsal, eine ungerechte Pacht für ihr eigenes Land zu zahlen.« Sie zeigte mit ausgestrecktem Arm ins Tal, auf die hohen Schornsteine von Kilduncan House, die durch die Bäume zu sehen waren. »*Das* hat sie umgebracht!«

Tom zog seine Schwester, die er noch nie so außer sich erlebt hatte, an sich und wiegte sie in den Armen.

»Beruhige dich, es ist alles gut, *a chroí*.« Als ihr Schluchzen nachließ, nickte er in Richtung des weißen Herrenhauses. »Das ist ein kaputtes Joch, Maria.« Er wischte sich die

Tränen aus den eigenen Augen und schüttelte seine Schwester sachte. »Hast du die Männer vorhin nicht gehört? Es ist nur eine Frage der Zeit, bis das System, das dieses Land zerstört hat, zusammenbricht!«

»Pah! Du warst schon immer ein Träumer!«

Tom schüttelte den Kopf.

»Nein, Maria. Alles ändert sich. Die Arroganz verliert ihren Glanz und stürzt von ihrem Sockel. Die Gerechtigkeit wird siegen!«

Er ließ sie los, nahm sein Taschentuch aus der Tasche und trocknete ihre Tränen.

»Du hast einmal gesagt, du willst Kilduncan House kaufen«, sagte sie nach einer Weile. »Jetzt hättest du die Möglichkeit.«

»Ich weiß, Maria. Ich muss über einiges nachdenken ...« Maria blickte bei dieser geheimnisvollen Erwiderung auf und musterte ihn forschend, aber Tom wandte sich ab und blickte zurück auf das Haus.

Auf der Rückfahrt nach Clonmel kauften sie bei einer alten Frau mit einem Blumengarten einen Strauß roter Rosen, machten bei einer kleinen katholischen Kirche Halt und stiegen die Steintreppe hinauf zum Friedhof. Tom nahm den Hut ab.

Die Kinder, die ihren Eltern und ihrer Tante gefolgt waren, verstummten. Evalyn ließ den Blick über die wuchernden Schlüsselblumen, Brennnesseln und Butterblumen schweifen, über die neuen und verwitterten Grabsteine und einen steinernen Engel, der traurig gen Himmel zeigte.

»Wo ist ihr Grab ... Vaters Grab? Ich kann mich nicht erinnern«, flüsterte Maria. »Alles ist so verändert ... es gibt so viele neue Gräber. O Tom, ich kann mich nicht erinnern, wo das Grab meiner eigenen Mutter ist.«

Aber Tom führte sie zielstrebig in die vierte Reihe unterhalb der Steinmauer und zählte wortlos die Gräber ab. Vor dem größten keltischen Kreuz des Friedhofs blieb er stehen. Dann bückte er sich und legte bedächtig die Rosen auf den Grabhügel.

Maria fuhr mit einer Hand über die gemeißelte Inschrift, die bereits mit blassgelben Flechten überzogen war. Carrie betrachtete ihren schweigenden Ehemann und ihre Schwägerin, senkte den Blick und betete zu Gott, an den sie ganz fest glaubte, den Schmerz zu lindern, den sie in ihrem geliebten Gatten spürte. Evalyn spürte die Emotionen wie Schwingungen durch die Fußsohlen.

»... Faoi bhrat Dé go raibh a anamacha dílís«, flüsterte Tom.

Vinson, der jedes Wort aufmerksam verfolgte, blickte seinen Vater an. »War das Irisch, Vater?«, fragte er leise, als sie sich vom Grab abwandten.

Tom nickte.

»Aber das ist doch eine tote Sprache, oder?«

»Nein, mein Sohn, auch wenn man alles getan hat, um sie auszumerzen.«

Carrie registrierte die Bitterkeit, die in seiner Stimme mitschwang. Die war so untypisch für ihren Mann, dass sie gerne etwas gesagt hätte, um sie zu mildern, aber ihr fiel nichts Passendes ein.

»Und was hast du gesagt?«, fragte Vinson nach. Tom sah vor seinem geistigen Auge eine ängstliche rothaarige Frau, die über einen steinigen Acker hinweg auf ihn zuhastete, und einen drahtigen Mann, vorzeitig gealtert, der ihr liebevoll besorgt entgegensah.

»›Mögen ihre guten Seelen Schutz finden unter dem Mantel Gottes‹«, antwortete er mit so leiser und brüchiger Stimme, dass Vinson ihn kaum verstehen konnte.

Langsam schritt Tom an den Gräbern entlang und las im Vorbeigehen die Namen auf den Grabsteinen – darunter waren einige, die er gekannt, mit denen er gespielt und zusammen die Schule besucht hatte. In der Nähe des Kirchentores sah er das schlichte Steinkreuz Vater Doyles, der während der schlimmen Hungersnot Gemeindepriester gewesen war und ihm nach dem Tod seiner Mutter Trost zugesprochen hatte.

Die Tür der kleinen Kirche stand offen; die Familie folgte Tom hinein; ihre Schritte hallten laut in der Stille des Gotteshauses.

»Hier sind Maria und ich getauft worden«, erklärte Tom Carrie und den Kindern. »Was glaubt ihr, ob die Menschen hier gerne eine schöne neue Kirche hätten?«, fragte er flüsternd und schaute sich um.

»Warum fragst du nicht den Gemeindepfarrer?«, antwortete Carrie lächelnd.

Als sie zur Kutsche zurückkehrten, beobachtete sie ein Mann mittleren Alters in schwarzer Soutane von einem Fenster des Pfarrhauses aus. Er wusste bereits alles über sie.

14. KAPITEL

Abgesehen von Vater interessiert sich im Grunde nur Tante Maria für diesen Teil der Reise, dachte Evalyn bei sich.

Zwei Tage waren seit ihrer Ankunft vergangen. Ihr kam es vor, als hätten sie inzwischen das ganze Land bereist. Sie hatten die Städte Cashel und Tipperary besucht, den Glen of Aherlow und sogar die Galtees bestiegen. Außerdem waren sie noch einmal in der kleinen Kirche gewesen, in der ihr Vater getauft worden war. Er war im Pfarrhaus verschwunden, während der Rest der Familie einen Spaziergang unternommen hatte. Evalyn wusste, dass er dem Pfarrer angeboten hatte, dem Dorf eine neue Kirche zu finanzieren, und sie rechnete fest damit, dass der Geistliche ob der Großzügigkeit ihres Vaters entzückt reagieren würde. Aber als sie zur Kutsche zurückkehrten, saß er bereits wieder auf dem Kutschbock und war seltsam grimmig und kurz angebunden.

»Was ist denn, Vater? Wollte der Pfarrer keine neue Kirche?«

»Offenbar nicht, mein Kind.«

»Will er lieber das Geld haben?«

»Er will auch kein Geld.«

Carrie wollte etwas sagen, aber Maria schüttelte stirnrunzelnd den Kopf.

Das Gespräch war völlig anders verlaufen, als Tom es erwartet hatte. Der Pfarrer hatte ihm angeboten, Platz zu nehmen, und sich dann höflich angehört, was er zu sagen hatte.

»Sie sind in unserer kleinen Kirche getauft worden, nicht wahr, Mr. Walsh?«, hatte er Tom abschließend gefragt.

»Das ist richtig. Ich wurde in dieser Gemeinde geboren und habe hier die Schule besucht. Ich erwäge sogar – wenngleich ich dies bisher noch nicht mit meiner Familie besprochen habe –, mich endgültig wieder hier niederzulassen.«

»Tatsächlich?«

»Ja. Ich habe bereits erste Erkundigungen über Kilduncan House eingeholt.«

Darauf herrschte Stille. Dann hatte der Pfarrer gesagt: »Dann wären Sie der neue Verpächter?«

Tom hatte trocken gelacht. »Nur für kurze Zeit. Es wäre mir eine Freude, jenen das Land zurückzugeben, denen es von Rechts wegen gehört!«

Nach kurzem verblüfften Schweigen hatte der Geistliche

leise bemerkt: »Ich habe gehört, Sie sind kein Katholik mehr, Mr. Walsh?«

Tom hatte geseufzt. »Es stimmt, dass ich kein praktizierender Katholik bin, aber ...«

»Und Ihre Frau ist Protestantin, ja?«

»Das ist richtig, aber ich verstehe nicht, was ...«

»Und Sie haben nicht in einer katholischen Kirche geheiratet?«

»Nein ... Aber wir haben den kirchlichen Segen empfangen ...«, hatte Tom verdattert erklärt. Es hatte ihm ganz und gar nicht gefallen, derart in die Defensive gedrängt zu werden.

»Vielen Dank, Mr. Walsh. Ich bin sicher, dass Ihr Angebot gut gemeint ist, aber wie arm wir auch sein mögen, können wir keine großzügigen Geschenke von Apostaten entgegennehmen, schon gar nicht, wenn diese – verzeihen Sie mir meine Offenheit – ganz unverhohlen in Sünde leben!«

Tom hatte sich erhoben und seinen Hut vom Stuhl genommen, hochrot im Gesicht vor Verblüffung und Zorn.

»Noch etwas«, war der Pfarrer fortgefahren. »Ich habe von einigen meiner Schäfchen erfahren, dass sie Geld von Ihnen erhalten haben. Ich habe sie bereits – so wie es meine geistliche Pflicht ist – von der Kanzel aus gewarnt, dass sie ihre unsterbliche Seele in Gefahr bringen, wenn sie Geschenke von Ihnen annehmen.«

Rückblickend ballte Tom die Fäuste und befahl dem Kutscher, loszufahren.

Sein Herz raste von dem Schock und Affront. Er beruhigte sich, indem er den Himmel über Sliabh na mBan betrachtete. Die wilden Wolken waren schon über wunderschönes, zivilisiertes Land hinweggezogen, Tausende Jahre bevor Irland je bigottes Gefasel gehört hatte. Tatsächlich wird meine Heimat gleich zweifach unterjocht, dachte er grimmig.

Am selben Nachmittag setzten sie ihre Rundreise fort. Evalyn sah prähistorische Ogham-Steine mit seltsamen Inschriften; sie war beeindruckt davon, wie grün alles war, und entzückt von den mit Feldblumen gesprenkelten Heckenreihen und den weiß getünchten strohgedeckten Häuschen. Aber sie registrierte die Schönheit der Landschaft voller Ungeduld; es gab hier nichts weiter zu tun als den ungewohnt schweigsamen Vater und ihre zunehmend erschöpfte Mutter von einem Ort zum nächsten zu begleiten. Hier gab es auch keine endlos weite Wildnis, wie sie sie von daheim gewohnt war. Hier war jedes Stück Land seit unzähligen Generationen bewohnt, wurde bewirtschaftet und von uralten Hecken umschlossen. Sie sah, dass Vinson ihrem Vater nicht von der Seite wich, ganz so, als verstünde er das lange Schweigen zwischen den Eltern. Und sie sah, wie die Hand ihres Vaters jedes Mal ganz automatisch den dunklen Kopf des Kindes streichelte. Weil sie Vinson liebte, unterdrückte sie die Eifersucht. Um gegen das Gefühl anzugehen, unsichtbar geworden zu sein, versuchte sie, die anderen zum Lachen zu bringen, indem sie auf der Landstraße Rad schlug, mit fremdländischem Akzent sprach oder Ausdrücke benutzte, die sie unterwegs aufschnappte.

»Setz dich nicht so in Szene, Evalyn«, schalt ihre Mutter ärgerlich. »Benimm dich um Himmels willen wie eine Lady.«

»Ich will aber keine Lady sein, Mutter«, brummte sie unwillig. »Ladys haben ein schrecklich langweiliges Leben.«

Carrie ihrerseits erkannte den Reichtum des Landes, die Armut der Höfe, die sich im Vergleich zu den hochherrschaftlichen Anwesen der Grundbesitzer noch schäbiger ausnahmen. Sie begann, die tief verwurzelte Trauer ihres Mannes zu verstehen, und machte sie dafür verantwortlich, dass er plötzlich so wortkarg und in sich gekehrt war. Sie wohnten im Hearns Hotel in Clonmel, und als es regnete, wollte Tom nur eins: jede Ausgabe der Lokalzeitungen *The Nationalist* lesen, derer er habhaft werden konnte. Er schien sehr betroffen von dem, was er las. Die Leitartikel waren mit spitzer Feder geschrieben, stellte Carrie fest, als sie die Zeitungen überflog.

Der große Druck, dem die Landwirte Irlands in Anbetracht der ausländischen Konkurrenz ausgesetzt sind, die horrenden Steuern und die viel zu hohen Pachten verleihen der uralten nationalen Forderung »das Land den Bauern« eine zusätzliche Dimension. Die immer enger gezogene Pachtschraube entzieht den Landwirten die Existenzgrundlage, und gleich hinter dem Gespenst der Wucherpacht lauert das Schreckgespenst der Vertreibung vom heimischen Hof.

Am 19. August, berichtete die Zeitung, sei der Union Jack, der stolz im Garten hinter der Bank of Ireland in Tipperary City wehte, eingeholt worden und auf die Polizeibeamten, die einschreiten wollten, sei geschossen worden.

Eines Abends nach dem Essen, als Carrie gerade die Kinder zu Bett brachte, zeigte Tom Maria zwei Zeitungsartikel.

»Seltsam, dass nach allem, was dieses Land durchgemacht hat, sein Kampfgeist noch nicht erloschen ist«, bemerkte sie, als sie zu Ende gelesen hatte. »Ich nehme an, man hat diejenigen, die auf die Polizei geschossen haben, verhaftet. Aber wohin soll das alles führen?«

»Es ist Kohle unter dem Kessel, Maria! Wenn die Hitze erst groß genug ist, wird er überkochen!«

Seine Schwester musterte ihn besorgt. »Du hast die Freude an der Rückkehr in die Heimat verloren, Tom. Und ich weiß, wie viel es dir bedeutet hat, wie lange du davon geträumt hast! Das hat nicht zufällig etwas mit deinem Besuch beim Pfarrer zu tun?«, fragte sie. »Oder liegt es nur am Regen?«

»O Maria«, schnaubte Tom. »Um ehrlich zu sein, *habe* ich tatsächlich mit dem Gedanken gespielt, zu bleiben – Carries Einverständnis vorausgesetzt – und die Kinder in Irland aufwachsen zu sehen. Aber nach der *Inquisition* dieses Mannes ... dieser bigotten Litanei ...! Er hat doch wahrhaftig den Leuten mit Verdammnis gedroht, wenn sie Geld von mir annehmen!«

Maria betrachtete ihn liebevoll und mitfühlend.

»Tom, denk nach! Der Priester einer armen ländlichen Gemeinde stellt fest, dass einer der wohlhabendsten Männer der Welt plötzlich vor seiner Tür steht. Ein Mann, der zu Reichtum gekommen ist, obwohl er nicht gläubig ist, und der ganz sicher keine kirchliche Autorität akzeptieren wird. Stattdessen will er die Straßen der Gemeinde vergolden und trägt sich sogar mit dem Gedanken, sich in ihrer Mitte niederzulassen! Er *musste* dich einfach davonjagen! Verstehst du denn nicht, Tom? Er hat Angst vor dir und vor allem, wofür du stehst!«

Tom war sprachlos.

»Du begreifst einfach nicht, wie sehr sich alles verändert hat!«, fuhr seine Schwester fort. »Die Leute kommen nicht gegen ihre Vorbehalte an, wenn sie es mit einem Mann zu tun haben, der den Schatz am Ende des Regenbogens gefunden hat!«

Carrie kam zurück, und ihr entging nicht, dass plötzlich Stille eintrat, als sie hereinkam.

»Ihr beide schließt mich aus!«, rief sie verletzt aus. »Das geht schon seit Tagen so. Ständig tuschelt ihr miteinander. Es wäre euch beiden wohl lieber, wenn ich nicht hier wäre!«

»Carrie, Liebes«, widersprach Tom. »Es ist nur, dass Maria

und ich alles hier etwas ... seltsam finden und wir nicht anders können, als alte Erinnerungen auszutauschen.«

»Erinnerungen!«, rief Carrie aus. »Wenn du mich fragst, geht es nicht um Erinnerungen, sondern um Trauer. Ich habe dich noch nie so erlebt! Aber du solltest darüber reden. Die Kinder haben ein Recht, mehr über ihre Herkunft zu erfahren und darüber, wer ihr Vater ist! Wie willst du diesen großen Schmerz bewältigen, wenn du alles in dich hineinfrisst?«

Am darauffolgenden Abend fuhr Tom seine Familie zum Aussichtspunkt oberhalb des Glens von Aherlow und sprach zum ersten Mal mit ihnen über die Vergangenheit. Er erzählte Vin und Evalyn von der wunderbaren Zivilisation, die einst in Irland geblüht habe. Er berichtete von Invasionen fremder Armeen, von Cromwell, den Penal Laws und der großen Hungersnot, die die Bevölkerung stark dezimiert hatte. Evalyn entging nicht, dass ihr Vater beim Sprechen immer wieder die Hände abwechselnd zu Fäusten ballte und wieder entspannte.

»Bist du sehr wütend, Vater?«, fragte sie, als er geendet hatte.

Tom seufzte. »Geschehenes lässt sich nicht ungeschehen machen, Tochter, und es ist ein großer Fehler, sich selbst mit Zorn oder Hass zu vergiften. Ich habe in Amerika die Macht menschlicher Kooperation erfahren. Und darauf vertraue ich!«

Er schenkte Carrie ein Lächeln und ergriff ihre Hand.

Am nächsten Tag wurde Carrie von ihrer alten Feindin, der Migräne, heimgesucht und zog es vor, die letzte Exkursion ausfallen zu lassen und stattdessen im verdunkelten Hotelzimmer im Bett zu bleiben und zum Frühstück nur Tee zu sich zu nehmen. Tom erbot sich, bei ihr zu bleiben, aber sie lehnte ab und erklärte, sie müsse schlafen.

»Ich glaube, eure Mutter hat langsam genug von unserer Expedition«, sagte er betrübt zu Evalyn und Vinson.

»Es ist höchste Zeit, dass wir Peggies Kinder besuchen«, meinte Maria. »Hat ihr Vater je auf deinen Brief geantwortet?«

»Nein. Aber wir werden ihn schon finden!«

Sie fuhren nach Boherbue und fanden tatsächlich das kleine zweistöckige Haus, in dem John Healy zusammen mit Peggie und den Kindern gewohnt hatte. Die Frau mit Schürze, die auf ihr Klopfen hin öffnete, war sichtlich überrascht.

»Sergeant Healy wohnt hier schon lange nicht mehr. Ist er nicht nach Tralee versetzt worden ...? Fragen Sie unten im Hauptquartier nach.«

Das Polizeihauptquartier war ein stark bewachtes Gebäude mit schmalen vergitterten Fenstern. Die schwere Außentür wurde von einem Constable in dunkelgrüner Uniform mit einer Webley an der Hüfte geöffnet. Durch eine kleine Durchreiche in der Flurwand sah Tom einen Schreibtisch, der fast vollständig unter Bergen von Akten verschwand, sah in den schräg einfallenden Sonnenstrahlen Staub tanzen, sah ordentlich an der Wand aufgereihte Gewehre und einen fetten Kater, der friedlich auf der sonnigen Fensterbank schlief. Der Constable blickte ihn fragend an. Tom erklärte, dass er auf der Suche nach Sergeant Healy sei.

»Er wurde nach Tralee versetzt, Sir. Schon vor einem Jahr.«

»Und die Kinder?«

»Die leben bei seiner verwitweten Schwester ... einer gewissen Mrs. Murphy, glaube ich. Irgendwo in Monaghan.«

Tom war tief bestürzt. »Das ist aber weit. Und ich dachte, wir hätten reichlich Zeit! Aber wir müssen am Dienstag in Queenstown sein, um die Rückreise in die Staaten anzutreten.«

Insgeheim konnte Tom es kaum erwarten, heimzukehren.

Er hatte ein Telegramm von John Benson erhalten mit der Nachricht, dass das Kabel eines Förderwagens gerissen war und einer der Männer – Hank Hoban – bei dem Unfall die linke Hand verloren hatte. Tom schauderte bei der Erinnerung an den Unfall damals in Golden, als er noch bei der Eisenbahn beschäftigt gewesen war.

Wie war das mit dem Glück? Warum hatte das Schicksal es immer gut mit ihm gemeint, während es anderen so übel mitspielte? Hank war ein guter und fleißiger Arbeiter, und doch war seine Laufbahn als Minenarbeiter jetzt vorbei. Er hatte eine Frau und zwei Kinder in Ouray zu versorgen.

Wir werden ihm eine großzügige Rente zahlen, dachte er.

Aber der Unfall deprimierte ihn; diese Katastrophe in der Mine, trotz aller Investitionen in Sicherheitsmaßnahmen, empfand er beinahe als anklagend. Er war nach seinem Besuch in Clonmel müde und niedergeschlagen und fragte sich, ob ihm vielleicht wieder ein Anfall des Fiebers bevorstand, das ihn so lange verschont hatte.

»Es gibt noch ein Grab, das wir aufsuchen müssen, Maria«, sagte er, nachdem er die Polizeiwache wieder verlassen hatte.

Sie schaute ihn mitfühlend an. »Ich weiß.«

Die Kinder folgten ihnen durch das Friedhofstor und den Kiesweg hinunter. Maria legte einen Strauß weißer Rosen auf das mit Unkraut überwucherte Grab, rupfte Löwenzahn aus und fuhr dann mit den Fingern die Inschrift auf dem kleinen Kalksteinkreuz nach:

ZUM GEDENKEN AN MARGARET (PEGGIE) HEALY
(geb. Walsh)
1856–1894
Ruhe in Frieden

Adieu, Peggie, dachte Tom. Verzeih mir.

Als sie zurückkehrten, hatte Carrie sich von ihrem Migräneanfall erholt, drängte jedoch zur Abreise.

Als Tom erwog, nach Monaghan zu fahren, entgegnete sie: »Was erwartest du, wie deine Nichten und Neffen und die Frau, die sie großzieht, reagieren, wenn du plötzlich bei ihnen auftauchst? Ihr seid euch doch völlig fremd. Findest du nicht auch, dass es sie nur unnötig aufwühlen würde? Ganz zu schweigen davon, wie viel Zeit uns die Hin- und Rückfahrt kosten würde ...«

Tom wusste, dass Carrie möglicherweise Recht hatte. Er brauchte Peggies Kinder nicht kennen zu lernen, um ihnen etwas Gutes zu tun.

»Es gibt genügend Anwälte in Cork«, sagte Maria.

In Cork brachte Tom seine Familie wieder im Hotel Metropole unter.

Am nächsten Morgen unternahm Maria mit den Kindern einen Ausflug nach Dunmore East, und Tom suchte auf Empfehlung des Hoteldirektors die Kanzlei Wheelan, Sorohan & Co. auf. Man führte ihn durch ein mit glänzendem Linoleum ausgelegtes Treppenhaus in ein Büro mit Blick auf den Fluss, wo ein Mann mittleren Alters, mit schütterem Haar, in einem eleganten Nadelstreifenanzug an einem Schreibtisch aus Walnussholz saß.

Der Rechtsanwalt erhob sich und bedeutete seiner Sekretärin, die Tür zu schließen.

»Alfred Wheelan«, sagte er und reichte Tom die Hand. »Was kann ich für Sie tun, Mr. Walsh?«

»Ich reise in Kürze zurück in die Staaten«, begann Tom, nachdem er Platz genommen hatte. »Ich habe hier in Irland Nichten und Neffen, die zu besuchen die Zeit nicht mehr ausreicht. Ich würde ihnen gerne unter die Arme greifen.«

»In welcher Weise?«

»Ich möchte eine größere Summe für sie anlegen, aus der ihre Schulbildung und ihr Unterhalt finanziert werden sollen. Außerdem möchte ich, dass jeder von ihnen mit einundzwanzig einen Anteil des Kapitels ausbezahlt bekommt.«

»Sind diese Personen alle minderjährig?«

»Ja. Aber der Älteste wird im November einundzwanzig.«

»Dann müssen Sie einen Treuhandfond einrichten, da Minderjährige nicht geschäftsfähig sind.«

»Könnten Sie das kurzfristig regeln? Unser Schiff sticht schon morgen von Queenstown aus in See.«

»Ich muss einen Treuhandvertrag aufsetzen.«

»Ich zahle Ihnen das Doppelte des üblichen Honorars, wenn Sie mein Anliegen als Eilauftrag behandeln, Mr. Wheelan.«

Der Rechtsanwalt nickte höflich. Er setzte seine Brille auf und griff zum Füllfederhalter.

Am Nachmittag kehrte Tom zur Kanzlei zurück, um den Vertrag zu unterschreiben. Zwei Treuhänder waren nötig. Tom ließ zum einen den Vater der Kinder eintragen und in Ermangelung einer ihm bekannten geeigneten zweiten Person benannte er außerdem kurzerhand den Anwalt. So zahlte er einhunderttausend Dollar auf ein Konto ein, das treuhänderisch von John Healey und Alfred Wheelan verwaltet werden sollte, zugunsten dreier junger Leute, die er noch nie gesehen hatte. Als Zeugin unterschrieb eine Sekretärin, die aus dem Schreibzimmer herüberkam und zusah, wie Tom seine Unterschrift neben das rote Wachssiegel setzte. Als sie den Raum wieder verlassen hatte, stellte Tom einen Scheck auf seine Hausbank in Denver aus. Als Begünstigte setzte er John Healy und Alfred Wheelan ein. Mr. Wheelan versicherte Tom, dass er Sergeant Healy umgehend von dem Vertrag in Kenntnis setzen werde. Tom dankte ihm und zahlte die Rechnung in bar.

Alfred Wheelan erhob sich und schüttelte Tom die Hand. »Ich wünsche Ihnen eine angenehme und sichere Heimreise, Mr. Walsh.«

Nachdem sein Klient gegangen war, legte Alfred Wheelan den Scheck in eine Schublade seines Schreibtisches und warf einen Blick in seinen Terminkalender. Er hatte um fünf noch einen Termin, den letzten des Tages – ein Farmer, der sich wegen einer Grundstücksgrenze mit seinem Nachbarn zerstritten hatte. Er lehnte sich in seinem Sessel zurück und blickte eine Weile auf den Fluss. Er dachte an seine Wettschulden, die ihm das Leben schwer machten, und verbarg den Kopf in den Händen. Im Hindernisrennen von Bettystown startete eine Stute mit Namen Hunter's Slip. Sie würde gewinnen, ganz sicher ...

Er holte den Scheck wieder hervor, betrachtete ihn eine Weile ungläubig und legte ihn wieder weg. Er hatte noch nie im Leben einen Scheck dieser Höhe in seinen Händen gehalten.

Am Abend, nachdem sein letzter Mandant gegangen war und auch die Sekretärinnen Feierabend gemacht hatten, saß er allein in seinem Büro und zwirbelte die Enden seines ergrauenden Schnauzbartes zwischen den Fingern. Er dachte über seine Möglichkeiten nach. Dann unterschrieb er den Scheck auf der Rückseite mit seinem Namen und setzte nach kurzem Zögern auch den des zweiten Begünstigten, John Healy, ein.

Die Bank würde keine Fragen stellen; das Gesetz schrieb nicht vor, dass sie Indossamente überprüften. Jetzt brauchte er ihn nur noch einzulösen. Er würde den Betrag, den er für sich abzweigen wollte, gleich nach dem Rennen in Bettystown zurückzahlen ...

Tom lag in seiner luxuriösen Kabine auf dem Bett, starrte auf die Ornamente an der Decke und lauschte den kraftvollen Dieselmotoren des Ozeanriesen. Carrie schlief. Die lange Reise hatte sie ermüdet.

Er selbst fühlte sich seelisch ausgebrannt, aber er hatte sich zumindest von einigen Dämonen befreien können. Er dachte an den schlimmsten Moment seiner Reise – kurz vor der Abreise in Queenstown. Eine betrunkene Frau hatte auf dem Bahnsteig gebettelt, als die Walshs gerade aus dem Zug stiegen. Tom hatte den Anblick alkoholisierter Frauen immer verabscheut, und als die Fremde ihn am Arm festgehalten hatte, hatte er ihre Hand brüsk abgeschüttelt. Sie war der einzige Mensch in Irland, der nicht in den Genuss seiner Großzügigkeit gekommen war.

»Wie ich sehe, bist du dir für solche wie mich zu schade!«, hatte sie gekeift. Dann war ihr Blick auf Evalyn gefallen, und sie hatte mit einem schmutzigen Finger auf das Kind gezeigt: »Ich verfluche deine Tochter. Vor ihrem Tod wird sie alles über Alkohol wissen ... und Schlimmeres ... Ich verfluche sie ...«

Tom schob sich an ihr vorbei, führte seine Familie vom Bahnsteig und ließ den Drachen einfach stehen. Carrie sah aus, als würde sie gleich ohnmächtig.

»Ein irischer Fluch!«, flüsterte sie entsetzt, »Grundgütiger, Tom ...«

»Carrie!«, raunte er ihr ins Ohr. »Du machst Evalyn Angst. Das ist doch nur das Gewäsch einer Säuferin ...«

Trotzdem wünschte er, es wäre nicht zu dem Zwischenfall gekommen. Diese Begegnung und das Gespräch mit dem Gemeindepriester hatten ihm die ganze Reise verdorben. Aber eine wichtige Sache hatte er zumindest erledigt: Er hatte dafür gesorgt, dass Peggies Kinder bis an ihr Lebensende finanziell versorgt waren.

In der Kabine nebenan wachte Evalyn kurz auf, und als ihr nach einem kurzen Augenblick der Desorientierung wieder einfiel, wo sie war, erfüllte sie prickelnde Vorfreude. Sie wusste, dass ein großartiges Leben auf sie wartete, daheim, im freien Amerika.

15. KAPITEL

Evalyn kam bald zu dem Schluss, dass die Hauptstadt des Landes ihrem alten Zuhause nicht das Wasser reichen konnte. In Ouray hatte sie fast jeden gekannt, aber in Washington war sie eine Fremde.

Sie vermisste es, in Ouray im Mittelpunkt zu stehen als Tochter des Mannes, der die große Goldmine entdeckt hatte. Sie sehnte sich sogar nach ihrer alten Schule, in der sie ihre Zeit vergleichsweise friedlich abgesessen hatte. In ihrer neuen Schule, der Mount Vernon Academy, ging es weniger beschaulich zu. Und nachdem die anfängliche Aufregung über das elegante neue Haus verblasst war, vermisste sie das alte bescheidene Holzhaus, in dem sie so glücklich gewesen war. Am meisten aber fehlte ihr Dewdrop: Ihre letzten Gedanken abends vor dem Einschlafen galten seinen schwarzen Augen, seinem samtigen Maul und seinem geduldigen freundlichen Naturell; sie würde so gerne wieder das Gesicht in seiner Mähne vergraben. Er stand jetzt in Mr. Ashenfelters Stall, und sie hoffte, dass die Männer nett zu ihm waren.

Dewdrop, dachte sie, ich habe dich nicht im Stich gelassen; sie haben mich gezwungen, weit weg zu ziehen, und hier ist es ganz schrecklich. Ich kenne niemanden, in den Straßen wimmelt es von Menschen, die ich noch nie gesehen habe, und ich darf das Haus nur in Annies Begleitung verlassen; es gibt niemanden, den ich besuchen könnte ... Warum nur mussten wir ins doofe alte Washington kommen?

Aber die Veränderung war unwiderruflich, und wie bitter Evalyn sich auch beklagte, wusste sie doch, dass ihr nichts anderes übrig blieb, als sich mit der neuen Situation abzufinden. Thomas Francis Walsh, ihr Vater, war Amerikas neuester Minen-Millionär.

Jetzt da er seine Tage nicht mehr in den Bergen verbrachte und er Ferien und eine Seereise hinter sich hatte, war seine Gesundheit wiederhergestellt, und in der ersten Woche nach dem Umzug in die Hauptstadt unternahm er mit seiner Familie eine Besichtigungstour durch die Stadt, die ihr neues Zuhause war. Mit der Kutsche fuhren sie die Pennsylvania Avenue hinunter, vorbei am Weißen Haus und zum Capitol.

Die Familie erklomm die weißen Stufen des Gebäudes, das die Legislatur ihres Landes beherbergte, und betrachtete das umliegende Häusermeer. Der elfjährige Vinson zeigte auf das Washington Monument, das wie ein langer grauer Bleistift in den Himmel ragte.

»Was ist das, Vater?«

Tom legte seinem Sohn eine Hand auf den Kopf. »Dieses Gebäude wurde zum Gedenken an George Washington errichtet.« Stolz wandte er sich seiner Frau zu. »Wir haben einen wachen, wissbegierigen Sohn, Carrie!«

Er warf einen Blick auf Evalyn, die von einem Fuß auf den anderen trat. Sie wusste sehr gut, dass niemand von ihr Neugier erwartete, und so gab sie sich stattdessen gelangweilt.

»Und was hältst du von dieser schönen Stadt, Tochter?«, fragte Tom.

Evalyn zuckte die Schultern. »*Müssen* wir wirklich hier wohnen bleiben, Vater?«, fragte sie jammernd. »Es gibt hier so viele Menschen, die schrecklich geschäftig tun. Ich will heim in die Berge!«

»Dir kann man wahrlich nicht vorwerfen, du würdest im Stillen leiden, Evalyn!«, sagte er schmunzelnd.

Carrie fand das ganz und gar nicht komisch. Sie schnalzte mit der Zunge.

»Hier gibt es auch Berge, Evalyn«, sagte sie. »Sie sind unsichtbar. Das hier ist die Hauptstadt unseres Landes, eine der elegantesten Städte der Welt! Wer in der Washingtoner Gesellschaft verkehrt, dem stehen alle Türen offen.«

»O Mutter«, stöhnte Evalyn. »Wer will denn mit diesen Leuten verkehren? Ich nicht!« Trotzig blickte sie zu ihrem Vater, gefasst auf eine Zurechtweisung.

Aber er sagte nur: »Du hast ganz Recht! Das Urteil anderer ist nur eine Meinung, die in der Regel auf Vorurteilen und unvollständigen Informationen beruht; das Urteil der Gesellschaft ist kein Gottesurteil!«

Carrie schaute betreten drein. »Ich habe nicht gemeint, dass man nach der Anerkennung anderer *streben* soll.«

»Es sollte dir piepegal sein, ob man mit uns verkehren will oder nicht, Carrie. Es ist unter deiner Würde, dich mit solchen Lappalien abzugeben.«

»Also gut«, brummte Evalyn vor sich hin, als der Rundgang beendet war. »Washington hat also das Weiße Haus, das Capitol, viele alte Backsteinhäuser und Straßen voller hochnäsiger, modisch gekleideter Leute. Und?«

Sie dachte darüber nach, warum sie sich dort so unwohl fühlte, und kam zu dem Schluss, dass sie nicht nur in ihrer persönlichen Freiheit eingeschränkt wurde, sondern Washington selbst *fühlte* sich unfrei an. Ganz anders als in Ouray, wo man von freier Natur umgeben war.

Ich kann so nicht leben, sagte sie sich mit wachsender Verzweiflung. Ich muss mir etwas überlegen.

Aber es war gar nicht so einfach, sich dem neuen Leben zu entziehen. Ihre Tage waren verplant: Schule, Hausaufgaben, und auch wenn sie nichts zu tun hatte, musste sie im Haus bleiben.

Ihre Mutter blieb hart: »Nein, Evalyn, du kannst nicht allein herumstreifen. Das gehört sich nicht.«

»Aber in Ouray ...«

»Du wirst dich erinnern, dass du dich auch in Ouray von bestimmten Straßen fern halten musstest.«

»Ja, von der Main Street wegen der Saloons, von der Second Street wegen des *Bird Cage* und dem *Bon Ton,* wo die Minenarbeiter hingingen ... Was wollten sie dort überhaupt, Mutter?«, fuhr sie in einem Atemzug argwöhnisch fort. »Ich meine, in der Main Street gab es doch genug Saloons, oder?«

Die Frage brachte Carrie sichtlich aus dem Konzept. »Das geht dich nichts an, Evalyn. Eine Lady muss über solche Etablissements nichts wissen.«

Aha, dachte Evalyn. Hier gibt es ein Geheimnis. Wenn ich wieder in Ouray bin, werde ich mich dort einmal genauer umsehen.

Im Laufe der Zeit machte das Eingesperrtsein ihr immer mehr zu schaffen. Am Abend dachte sie an die Sonne auf dem Mount Hayden, an die gefährliche Sneffles Road, den Million Dollar Highway, die Wildnis, überragt vom Mount Abraham, auf dem sie und ihr Vater vor Jahren beinahe im Schneesturm umgekommen wären. Wenn sie an Dewdrop dachte, begrub sie ihr Gesicht im Kopfkissen.

Aber die Maschinen, die ihr Vater ins Camp Bird hatte bringen lassen, förderten zur selben Zeit die Bodenschätze zutage, die ihrer aller Leben so drastisch verändert hatten. Die Mine war längst eine eigene kleine Stadt geworden, mit einem eigenen Postamt, einem Lebensmittelladen und Geschäften. Sie wusste, dass jeder Reisende im örtlichen Restaurant essen und kostenlos im Hotel übernachten konnte – wie in den alten irischen Klöstern, hatte ihr Vater einmal gesagt.

Er erzählte so oft von seinen Plänen, dass sie ganz sicher war, er würde schon bald zu Besuch dorthin fahren. Und wenn es soweit war, würde sie dafür sorgen, dass er sie mitnahm.

Das Komische am Geld war, dass es nicht halb so wunderbar war, wie alle dachten. Es ließ einen immer noch mit sich selbst allein, und innerlich war man noch genau derselbe Mensch, mit denselben Bedürfnissen, Ängsten und Unsicherheiten. Manchmal stellte sie sich vor, sie würde eines Morgens aufwachen und wäre wieder in ihrem alten Holzhaus, in der Straße mit ihren Freunden, und ihr geliebter Vater bereitete unten eine seiner Expeditionen in die Berge vor, auf der Suche nach Bodenschätzen. Wie würde sie sich fühlen, wenn ihre aktuellen Lebensumstände nur von kurzer Dauer sein würden?

Ihr Zuhause in Washington lag am Le Roy Phelps Place; ein Haus, dass ihr Vater vollständig möbliert erworben hatte.

Jeden Morgen, wenn sie aufwachte, fiel ihr Blick als Erstes auf den Samthimmel über ihrem Bett. Manchmal wusste sie im ersten Moment nicht, wo sie war; dann fiel ihr alles wieder ein, und sie konnte gar nicht glauben, dass sie tatsächlich in Washington war, in einem imposanten dreistöckigen gelben Backsteinhaus mit echten Dachziegeln, in ihrem eigenen Zimmer, dessen Wände mit blaugemustertem Samt bespannt waren, und mit einem Kleiderschrank voller hübscher neuer Kleider.

Aus dem Bedürfnis heraus, den Dingen ihren persönlichen Stempel aufzudrücken, beschloss sie, dass sie blaue Wände nicht mochte; sehr wohl aber mochte sie die neuen Kleider und die seidene Unterwäsche, immerhin hatte sie früher rote Flanellunterwäsche tragen müssen. Ihre Mutter trug heute Kleider von Worth und Pelze von Gunthers, und Vinson besaß all das Spielzeug, von dem er je geträumt hatte.

Es war komisch, plötzlich von Hauspersonal umgeben zu sein – einem Butler, zwei Hausmädchen, einer Köchin, einer Küchenhilfe, einem Gärtner und natürlich Annie, die jetzt Haushälterin war und die eigentlich längst zur Familie gehörte. Aber warum musste sie, Evalyn, sich immer wieder selbst davon überzeugen, dass das alles wichtig war? Warum wurde sie immer wieder ganz plötzlich von einem diffusen Unbehagen befallen, in dem ihr Magen sich verkrampfte, als wolle er ihr sagen: Das ist nicht das, was du wirklich willst; das ist es nicht, was du brauchst, um glücklich zu sein.

»Gefällt dir dein neues Zimmer, Evalyn?«, fragte Tom seine Tochter eines Morgens.

Sie waren im Frühstückszimmer mit Blick auf den Garten. Durch die offenen Terrassentüren konnten sie die letzten Rosen sehen, die sich leuchtend rot und pink vom satten Grün des Rasens abhoben. Esther, ein farbiges Dienstmädchen mit weißer Schürze und Haube, servierte das Frühstück. Im ganzen Raum duftete es nach Kaffee, frischen Muffins und den Gerüchen der Blumen aus dem Garten. Annie bediente nicht mehr bei Tisch; sie nahm ihre neue Aufgabe als Haushälterin sehr ernst und hielt das Personal mit spitzer Zunge auf Trab.

»Ich hätte lieber rosa Wände!«, antwortete sie, den Mund voller Omelette. »Oder lila ... irgendwas, nur kein blau.«

Tom musterte sie mit einem nachsichtigen Lächeln. »Deine Mutter hat einen Innendekorateur engagiert«, sagte er. »Ich bin sicher, sie lässt dich die Tapete für dein Zimmer selbst aussuchen ... sofern deine Wahl sich in einem vernünftigen Rahmen bewegt«, fügte er nach einem Blick auf Carrie hinzu.

»Das hier ist ein geschmackvolles Haus, und dein Zimmer gefällt mir, so wie es ist, Evalyn«, bemerkte Carrie missbilligend. »Möchtest du es wirklich umgestalten, oder ist das nur eine Laune des Augenblicks?«

»Von blauen Wänden bekomme ich Bauchschmerzen, Mutter«, entgegnete Evalyn, unfähig, ihr Bedürfnis, irgendwie Einfluss auf ihr eigenes Leben zu nehmen, in Worte zu kleiden.

Ihre Mutter seufzte. Vinson legte die Gabel aus der Hand und unterdrückte ein Lachen. Die Zeiten, in denen er die Launen seiner Schwester aus Loyalität unterstützt hatte, waren vorbei.

»Wie kann man von einer Farbe Bauchschmerzen kriegen?«, fragte er verächtlich.

»Sei *du* bloß still«, fuhr Evalyn ihn an. Sein Verrat traf sie angesichts der Flut von Veränderungen in ihrem Leben nur noch härter. »Dein Zimmer ist voll gestopft mit allem, was du dir wünschst ... du hast Millionen Spielsachen angesammelt ...«

Vinson gab klein bei und schenkte ihr sein vertrautes gewinnendes Lächeln. »Es ist nicht voll gestopft ...«, entgegnete er etwas hochtrabend. »Sondern angemessen ausgestattet ...«

Tom wölbte die Brauen und warf Carrie einen Blick zu, der verriet, wie stolz er auf seinen Sohn war.

»Musst du dich immer so gewählt ausdrücken?«, giftete Evalyn.

»Wann hörst du endlich auf zu maulen?«, sagte Annie eines Morgens zu ihr. »Wenn du morgen aufwachen würdest und sich herausstellte, dass alles nur ein Irrtum war und Camp Bird tatsächlich jemand anderem gehört, wie würdest du dich dann wohl fühlen? Dann müssten deine Eltern dieses schöne Haus verkaufen, und für dich gäbe es keine hübschen Kleider mehr. Du würdest nach Ouray zurückkehren und dem verlorenen Reichtum nachweinen, und dein Vater würde wieder in diesen tödlichen Bergen herumkraxeln!«

Evalyn wusste, dass sie Recht hatte; sie sah sich gezwungen, sich mit den Widersprüchen in ihrem Herzen auseinander zu setzen.

»Dein Problem, Kindchen, ist, dass du alles willst«, fügte Annie hinzu.

Eine Zeit lang fürchtete Evalyn, dass sie zur Strafe für ihren Undank alles wieder verlieren *würden* und ihr geliebter Vater das Imogene Basin wieder und wieder durchstreifen müsste, bis Kälte und dünne Bergluft ihn umbrachten. Einige Wochen lang hielt sie ängstlich Ausschau nach Anzeichen dafür, dass das Schicksal sich gegen sie wenden würde. Aber nichts deutete auf eine Änderung ihrer Situation hin; ihre Mutter brauchte in Gegenwart ihres Vaters nur zu erwähnen, dass sie etwas Hübsches gesehen hatte, ganz egal, ob es sich um einen Pelz, ein neues Kleid oder ein Kunstwerk handelte – am nächsten Tag wurde es geliefert.

»Das ist reine Extravaganz, Tom!«, hörte Evalyn sie eines Morgens durch die offene Schlafzimmertür schimpfen, begleitet vom Rascheln feinen Seidenpapiers. Offenbar war wieder ein Päckchen von Gunthers geliefert worden. Evalyn hatte eigentlich gerade das Haus in Richtung Schule verlassen wollen, als ihr eingefallen war, dass sie den Gedichtband vergessen hatte, mit dem sie am Vorabend noch gekämpft hatte. Die Klasse hatte als Hausaufgabe aufgetragen bekommen, ein Gedicht von Emily Dickinson auswendig zu lernen, und sie hatte sich sehr bemüht, wenn sie sich dabei auch grimmig gefragt hatte, wie man Dichtern erlauben konnte, unschuldige Menschen derart mit ihrem schwülstigen Geschreibsel zu quälen.

Als sie nun hörte, wie ihre Mutter sich laut über das neueste Geschenk ihres Vaters beschwerte, blieb sie stehen, neugierig, seine Antwort zu hören.

»Carrie, Liebes, egal, was ich dir auch schenke, es schmälert den Ertrag aus den San Juan Mountains nur unwesentlich.«

»Du solltest darüber keine Scherze machen, Tom.«

»Ist das vielleicht Aberglaube, den ich da aus deinem Tonfall heraushöre, Carrie Walsh? Ich dachte immer, ich wäre hier der Ire.«

»Es kommt nur so plötzlich«, fuhr Carrie fort. »Als würde sich jemand einen Scherz mit uns erlauben, und als wären wir naiv genug zu glauben, dass das alles tatsächlich passiert.«

Evalyn war überrascht, ihre Mutter dieselben Ängste aussprechen zu hören, die sie selbst plagten, und so rückte sie näher an die Tür heran.

»Du musst mir einfach erlauben, meine Familie zu verwöhnen, Carrie. Ich habe jahrelang davon geträumt. Ich hatte solche Angst, die einzige Chance meines Lebens verpasst und damit alles für euch ruiniert zu haben ...«

Evalyn hörte die Schritte ihres Vaters auf dem Teppich, und sie flüchtete eilig in ihr eigenes Zimmer. Sie fand den verhassten Gedichtband und rannte nach unten. Sie fürchtete, zu spät zu kommen und wie schon einmal vor kurzem in der Eingangshalle von Miss Royce, der Direktorin, mit einem herablassenden »Evalyn, meine Liebe, das ist eine Schule und kein Tollhaus, wo man hinkommen kann, wann es einem beliebt« empfangen zu werden.

In der Straßenbahn dachte sie an den Tag, der vor ihr lag. Sie kannte zumindest das Gedicht auswendig und würde sich nicht lächerlich machen, wenn sie aufgerufen wurde, um es vor der ganzen Klasse zu rezitieren. Sie hoffte, der Verachtung Jessica Stanfords zu entgehen, einer Klassenkameradin, die sie halb bewunderte, halb beneidete für ihr selbstsicheres Auftreten und ihre Schönheit. Die anderen Mädchen umschwärmten sie wie Bienen ihre Königin.

Als Evalyn den Garderobenraum der Schule betrat, brachte Jessica gerade vor dem Spiegel ihr Haar in Ordnung.

Evalyn, die fieberhaft nach einer geistreichen oder witzigen Bemerkung suchte, hörte, wie ihr Idol einer Klassenkameradin zuraunte: »Da kommt ja Miss Piggy aus den Bergen ...« Die hämischen Worte und das anschließende Gelächter bohrten sich wie ein Dolch in ihr Herz.

In der Klasse ließ Miss Rannion, vollbusig und in ein enges Korsett geschnürt, den Blick über den Rand ihrer Lesebrille hinweg über die Klasse schweifen.

»Irgendwelche Freiwilligen? Ah, Evalyn, wie schön, dass du dich zur Abwechslung einmal meldest.«

Evalyn stand auf, aber die Klasse hatte sich in ein kleines Meer von Gesichtern verwandelt. Emily Dickinson war wie weggeblasen, und ihr fielen nur die ersten beiden Zeilen des Gedichtes ein. Noch während sie sie aufsagte, kroch ein Schauder ihr Rückgrat hinauf bis in die Haarwurzeln.

»Da ich nicht verweilen konnte für den Tod
War der so gut, für mich zu verweilen ...«

Mit seltsam unpersönlicher Klarheit registrierte sie das Sonnenlicht, das auf die Pulte fiel, den Kreidestaub auf der Tafel und Jessicas schräg stehende blaue Augen. Das Wissen um etwas, das in einer noch nicht angebrochenen Zeit verborgen lag, streifte sie flüchtig und war schon wieder fort.

Sie ließ sich auf ihren Stuhl fallen. »Es tut mir Leid, Miss Rannion. Ich habe den Rest vergessen ...«

Ihre Lehrerin seufzte. Unterdrücktes Gekicher ging durch die Reihen. Jemand anderes stand auf und rezitierte das Gedicht fehlerfrei.

Anders als Evalyns Klassenkameradinnen nahm die Washingtoner High Society die frisch gebackenen Millionäre vom Lande wohlwollend auf. Tom Walsh gab nicht vor, etwas anderes zu sein als ein Mann, der sich aus eigener Kraft emporgearbeitet hatte, aber er entstammte einer Kultur, in der Menschen nicht an ihrem Einkommen gemessen wurden, und so war er nicht auf die Anerkennung Dritter angewiesen.

Obwohl sie die quälenden Kopfschmerzen los war, die ihr jahrelang das Leben zur Hölle gemacht hatten, scheute Carrie mit ihrer zurückhaltenden Art die gesellschaftlichen Anlässe, zu denen sie und ihr Mann eingeladen wurden. Aber in den Augen einer abgestumpften, an eine strikte Etikette gebundenen Elite, war ihre Schüchternheit ebenso reizvoll wie die Offenheit und Direktheit ihres Gatten. Die Walshs hatten nichts »Neureiches« an sich. Sie blieben die, die sie immer gewesen waren: anständig, integer, geistreich und humorvoll. Toms Persönlichkeit, seine Großzügigkeit, sein Witz, seine Galanterie und die Eleganz seiner Frau überzeugten eine anfangs zurückhaltende und neugierige Washingtoner Gesellschaft, die unprätentiösen Neulinge in ihre Reihen aufzunehmen. Schon bald wurden sie überall eingeladen.

Tom wurde von Politikern hofiert, die ihn für ihre Partei gewinnen wollten. Er brachte Senatoren und Kongressabgeordnete, Geschäftsleute und Bauunternehmer, Geologen und Metallurgen mit zum Essen heim. Die Walshs fingen an, ihrerseits Partys zu geben, zu denen alles strömte, was Rang und Namen hatte.

Evalyn blieb außen vor. Sie durfte an diesen Soirees nicht teilnehmen, und ihre Eltern waren in ihr neues Leben so eingebunden, dass sie ihr nach und nach richtig fremd vorkamen.

»Ich bin unsichtbar«, sagte sie zu ihrem traurigen pummeligen Spiegelbild. »Niemand nimmt mich wahr. Ich bin nur Miss Piggy aus den Bergen. Ich könnte ebenso gut ein Gespenst sein.«

John R. McLean kam zum Abendessen. John R., einer der mächtigsten und reichsten Männer Amerikas, Eigentümer des *Cincinnati Enquirer*, war neugierig auf den Krösus aus Colorado. Er erwartete einen grobschlächtigen Goldschürfer; er traf einen weltmännischen, geistreichen, geborenen Gentleman.

John R.s Ehefrau, Emily, finanzierte einen Tanzkurs, an dem auch ihr eigener Sohn Ned teilnahm, und sie drängte darauf, dass die Walshs auch Evalyn hinschickten. Und so dauerte es nicht lange, bis Evalyn jeden Samstagnachmittag in die riesige Villa im florentinischen Stil in der First Street gebracht wurde, wo ein Tanzlehrer, Monsieur Duambre, einer ausgewählten Gruppe junger Leute das Tanzen beibrachte.

Evalyn hasste es, nicht wegen des Tanzens an sich, sondern wegen der geheimen, unausgesprochenen Regeln, die scheinbar alle ganz selbstverständlich kannten – alle außer ihr.

»Ich verstehe nicht, was mit dir los ist, Evalyn«, schimpfte ihre Mutter eines Tages, als Evalyn erklärte, dass sie nicht mehr zum Tanzunterricht gehen wolle. »Das ist eine wunderbare Gelegenheit für dich, tanzen zu lernen und dabei Jungen und Mädchen deines Alters kennen zu lernen.«

»Ich will aber nicht! Man darf nicht tanzen, mit wem man will oder wie man will. Man muss warten, bis man von einem Jungen aufgefordert wird.«

»Ladys warten, bis man sie fragt, Evalyn! Das ist eine Regel des Lebens.«

»Ach papperlapapp, Mutter.«

»Werd nicht frech, junge Dame. Und jetzt ab mit dir. Annie bringt dich hin.«

»Du bist wirklich komisch«, meinte Annie, als sie in der Straßenbahn saßen. »Warum hörst du nicht auf das, was man dir sagt? Warum kannst du nicht dankbar sein für das, was du hast?«

»Natürlich bin ich dankbar. Mich stört nur, dass ich nicht mehr ich selbst sein darf, und ich weiß nicht, wie ich jemand anders sein soll!«

»Viele würden liebend gern mit dir tauschen, Kleines!«

Aber während sie beobachtete, wie ihr Vater das neue Leben genoss und ihre bislang so reservierte Mutter sich zur gewandten Gastgeberin der obersten Schicht entwickelte, fühlte sie sich zunehmend einsam und verlassen. Auch Vinson schien weit weg zu sein; er hatte neue Freunde gefunden, war ein guter Schüler und fügte sich in das neue Leben, als hätte er von Geburt an in Washington gewohnt.

Eines Abends, als sie im Schutz der Vorhänge ihres neu dekorierten Zimmers beobachtete, wie die Gäste ihrer Eltern den Heimweg antraten, fragte sie sich angesichts der Heiterkeit und des Gelächters, was sie auf den Partys tranken, das sie so fröhlich machte. Sie hörte, wie ihre Eltern zu Bett gingen, und warf einen Blick auf die Uhr auf dem Kaminsims. Ein Uhr nachts. Aufgrund der späten Stunde würde das Personal erst am Morgen aufräumen, und so beschloss sie, sich unten genauer umzusehen. Sie wartete, bis sie sicher war, dass ihre Eltern schliefen, schlüpfte dann in ihren Morgenmantel und schlich auf Zehenspitzen nach unten.

Auf dem Esstisch standen leere Gläser mit kleinen Resten Brandy oder Likör. Sie roch an ihnen und probierte die Flüssigkeit vorsichtig mit der Zungenspitze. Die feurigen Aromen schienen ihr weitere Untersuchungen wert, und so ging sie zum Barschrank hinüber. Die Tür war nicht abgeschlossen. Die geheimnisvollen Flaschen standen vor ihr. Sie schienen zu flüstern: »*Trink einen kleinen Schluck, Evalyn ... Was ist schon dabei?*«

Nach einigen zaghaften kleinen Schlucken kam sie auf den Geschmack. Sie kam sich ein wenig vor wie Goldilocks, die im Haus der Bären die Betten ausprobierte, und kicherte bei dem Gedanken. Bourbon war ihr zu scharf, und sie spuckte ihn wieder aus; Sherry war zu süß; Gin war widerlich; aber die Flaschensammlung barg einen Schatz: eine smaragdgrüne Flasche mit der Aufschrift *Crème de Menthe.*

Nachdem sie mehrmals vorsichtig genippt hatte, trank sie ein kleines Glas aus. Nach drei großzügigen Gläsern fing sie an, ihren Kummer, ihre pummelige Figur, ihre neue Schule, ihre Einsamkeit und das Heimweh nach ihrem geliebten Ouray zu vergessen. Sie ging zurück ins Bett und schlief wie ein Stein. Als sie aufwachte, war sie schrecklich durstig, und ihre Zunge war von einem unangenehmen Pelz überzogen, aber sie putzte sich gründlich die Zähne und trank beim Frühstück reichlich Pampelmusensaft.

»Fühlst du dich nicht wohl, Evalyn? Du siehst etwas blass aus.«

Evalyn zuckte zusammen. »O doch, Mutter, mir geht es gut ...«

»Was passiert eigentlich mit der Crème de Menthe?«, fragte ihr Vater am Samstag beim Mittagessen beiläufig. Evalyn unterdrückte ihr Herzklopfen und blickte ihn mit gespielter Verwunderung unschuldig an.

»Entweder bedient sich jemand vom Personal, was ich nicht glaube, ein alkoholkranker Geist oder ...« Er richtete den durchdringenden Blick seiner blauen Augen auf seine Kinder. »... eins meiner Kinder!«

»Vielleicht ist der Alkohol ja verdunstet«, meinte Evalyn und nahm sich noch eine Portion Kartoffelpüree. Als sie kurz darauf zu ihrem Vater blickte, hielten seine klugen Augen ihre fest, und ein schuldbewusster Ausdruck trat auf ihr Gesicht.

»Nun, Evalyn, möchtest du mir vielleicht etwas sagen? Ich will keine Märchen hören, verstanden?«

»Ich habe nichts getan!«, begann Evalyn. Aber als ihr Vater sie weiter unverwandt musterte, senkte sie den Blick. »Ich ... trinke nur ... ein paar Tropfen davon ... ab und zu ... Vater ...« Sie verstummte und betrachtete eingehend das Muster der Damasttischdecke.

»Ich glaube kaum, dass man zwei ganze Flaschen als ›ein paar Tropfen‹ bezeichnen kann.«

Evalyn warf einen Blick auf ihre Mutter, sah deren schockierte Miene und den verkniffenen, enttäuschten Zug um den Mund, den sie so fürchtete.

»Wir werden den Barschrank künftig abschließen«, sagte Tom gepresst. »Allerdings finde ich das sehr schade. Ich würde es vorziehen, wenn es in meinem Haus nicht nötig wäre, irgendetwas wegzusperren.«

Evalyn brach in Tränen aus. »Es tut mir Leid, Vater.«

»Ich werde eine Gouvernante für dich einstellen, junge Dame«, sagte Carrie streng. »Jemanden, der dich in jeder Minute, die du nicht in der Schule bist, im Auge behält. Du bist viel zu undiszipliniert.«

Evalyn trocknete ihre Tränen und versuchte, nicht allzu aufsässig dreinzuschauen. Insgeheim dachte sie: Eine Gouvernante! *Die* habe ich bald vergrault, darauf könnt ihr wetten!

»Glaub ja nicht, du kannst dich da irgendwie herauswinden«, fügte ihr Vater schroff hinzu. »Wir werden einen Feuer speienden Drachen engagieren, der deinen Extratouren sehr bald ein Ende machen wird.«

Evalyn betrachtete ihren Vater aus den Augenwinkeln. Er erwiderte den Blick ernst, aber ihr entging nicht, dass seine Lippen hinter dem Schnauzbart zuckten, als müsse er sich ein Lächeln verkneifen.

Das Tolle an Vater ist, dass er so viel Humor hat, sagte sie sich.

Am Nachmittag besuchte sie Vinson in seinem Zimmer. Er übte Tricks mit den Utensilien aus einem Zauberkasten, den er zum Geburtstag geschenkt bekommen hatte, und schaute sie mitfühlend an.

»Hör zu, Schwesterchen«, sagte er, nachdem er sich ihr Stöhnen angehört hatte, »benimm dich die nächste Zeit mustergültig, dann kannst du sie vielleicht davon überzeugen, dass du keine Gouvernante brauchst!« Er grinste, und während er mit einer ausholenden Handgeste vier Asse aus dem Zylinder zauberte, fragte er: »Aber *warum* hast du die Crème de Menthe überhaupt getrunken?«

»Weil sie so gut schmeckt – wie feuriges Pfefferminz! Du solltest auch mal davon kosten!«

»Nein danke.«

»Es ist das erste Mal, dass sie etwas einschließen müssen, und ich bin schuld«, flüsterte Evalyn und vergoss Tränen des Selbstmitleids. »Ich wünschte, ich könnte so sein wie du«, fügte sie hinzu, nachdem sie sich wieder beruhigt hatte. »Sie sind so stolz auf dich, Vin. Du bist gut in der Schule. Du machst nie Ärger. Ich hasse es, erwachsen zu werden und eine Lady sein zu müssen. Ich fühle mich einsam. Ich habe keine Freunde. Außerdem bin ich dick, und in der Schule hassen mich alle.«

Sie überlegte, ob sie ihm von ihrem Spitznamen erzählen

sollte, kam aber zu dem Schluss, dass das zu riskant wäre. Vinson hatte ein hervorragendes Gedächtnis, und sie wollte ihm keine Munition liefern, die er gegen sie verwenden konnte.

»So schlimm kann es doch nicht sein!«, entgegnete Vinson. »Du brauchst einfach nur etwas länger, um dich an alles zu gewöhnen. Und ich bin *nicht* perfekt. Ich muss nur immer daran denken, wie krank und überarbeitet Vater früher immer ausgesehen hat, und ich versuche, ihn glücklich zu machen.«

»Das gelingt dir auch«, sagte Evalyn. »Ich bringe ihn höchstens mal zum Lachen, aber das ist nicht dasselbe!«

Carrie klopfte an und kam herein. Sie trug ein elegantes neues rosa Kleid. Evalyn war schon immer von der königlichen Haltung ihrer Mutter beeindruckt gewesen. Sie wusste, dass sie das gelernt hatte, weil sie in ihrer Jugend eine Schiefertafel mit einem Wasserglas darauf auf dem Kopf hatte balancieren müssen. Nachdem Carrie sich in letzter Zeit solche Mühe gab, *sie* in eine Lady zu verwandeln, fürchtete Evalyn bereits, man würde auch ihr dieses Kunststück abverlangen.

»Hier steckst du also, Evalyn! Annie wartet auf dich. Du kommst zu spät zum Tanzunterricht bei den McLeans. Geh und zieh dich um.«

Evalyn gehorchte seufzend. Ihre Mutter folgte ihr auf ihr Zimmer, nahm ein gelbes Seidenkleid aus dem Schrank und half ihrer Tochter beim Anziehen. Dann band sie ihr das dunkle Haar mit einem weißen Band zurück. Evalyn betrachtete ihr Spiegelbild und sah ein pummeliges junges Mädchen in einem Kleid, dessen Saum bis zur Hälfte der Waden reichte und mit Volants besetzt war. An den Füßen trug sie elegante hohe Schnürstiefel aus weichem schwarzen Leder.

»Jetzt hol deine Tanzschuhe und deinen Mantel. Mach schnell.«

Widerwillig ging Evalyn nach unten, wobei sie bei jeder Stufe die Füße schleifen ließ. Annie wartete bereits mit Hut und Mantel unten in der Halle.

»Beeil dich«, drängte sie. »Wir haben nicht den ganzen Tag Zeit.«

»Würdest du meine Tanzschuhe holen?«, fragte Evalyn im arroganten Tonfall des verwöhnten reichen Mädchens, den sie zuweilen ausprobierte und der bei den anderen Bediensteten so durchschlagenden Erfolg hatte.

»Hol sie dir selbst, du hochnäsiges faules Gör«, entgegnete Annie patzig, blickte in den französischen Goldbronze-Spiegel und rückte ihren Hut zurecht. »Ich bin hier Haushälterin und nicht dein persönlicher Sklave.«

Evalyn war enttäuscht. Annie kam herüber und legte ihr eine Hand auf die Schulter.

»Du bist immer so lustlos, Kind«, sagte sie in dem ihr eigenen schottischen Akzent. »Was ist eigentlich los mit dir?«

»O Annie, ich mag nicht zum Tanzunterricht gehen. Ich würde viel lieber auf Dewdrop ausreiten!«

»Dewdrop ist in Ouray, Evalyn«, sagte Annie ernst. »Tausend Meilen weit weg. Wir sind hier in Washington, und dein Leben hat sich verändert. Du musst das endlich akzeptieren. Und du *musst* tanzen lernen. Es war sehr nett von Mrs. McLean, dir diese Möglichkeit zu geben.« Sie senkte die Stimme und fuhr in verschwörerischem Tonfall fort. »Die McLeans sind furchtbar wichtige Leute, weißt du. Ihnen gehört eine Zeitung. Außerdem besitzen sie ein Landhaus außerhalb der Stadt, das ›Friendship‹ heißt. Ist das nicht ein hübscher Name?«

»Das ist ein alberner Name! Und wenn ihnen der Mond gehören würde, wäre mir das auch egal! Ich muss immer mit ihrem Sohn tanzen, und der tritt mir auf die Zehen.«

Annie seufzte. Evalyn zog ihren Mantel über, holte ihre

Tanzschuhe und trottete dann mit ihr die Vordertreppe hinunter und zur Straßenbahn, die sie zur Residenz der McLeans in der First Street brachte.

Evalyns Magen verkrampfte sich vor Nervosität, als der Butler sie hereinließ. Im Garderobenzimmer zog Evalyn ihren samtverbrämten Mantel aus, tauschte Stiefel gegen Tanzschuhe und ging dann zum Tanzsaal.

»Ah, Miss Walsh«, sagte Monsieur Duambre und kam auf sie zu. »Dän nächsten Tanz übän Sie bittä mit Monsieur McLean, ja?«

Ned McLean war ein hochaufgeschossener dunkelhaariger Junge von vierzehn Jahren, der aussah, als fühle er sich auf der Tanzfläche ebenso fehl am Platze wie sie selbst. Seine Züge erhellten sich, als er Evalyn entdeckte. Er kam herüber und verneigte sich übertrieben schwungvoll vor ihr.

»Ich bin froh, dass du da bist«, flüsterte er ihr ins Ohr, als sie sich auf der Tanzfläche bewegten.

»Warum?«, wollte Evalyn misstrauisch wissen.

»Du machst keinen Aufstand, wenn ich dir auf die Zehen trete.«

»Das solltest du heute aber tunlichst vermeiden, ich habe nämlich furchtbar schlechte Laune!«

Ned grinste. »Was stimmt denn nicht, Evalyn? Mir kannst du es ruhig sagen.«

»Meine Eltern sind dahintergekommen, dass ich heimlich Crème de Menthe getrunken habe.«

Ned lachte laut auf, kam aus dem Takt und trat Evalyn prompt auf den Fuß.

»Ich hasse dich, Ned McLean!«, zischte sie und humpelte zum nächsten Stuhl, während Monsieur Duambre der Pianistin bedeutete, ihr Spiel zu unterbrechen, und zu ihr herüberkam, um ihr zu helfen.

In diesem Moment betrat Neds Mutter den Raum. Sie

trug ein graues Kleids, dessen Saum wie eine kurze Schleppe über den Boden schleifte. Sie sah wahrhaft majestätisch aus. Evalyn war ihr früher schon begegnet und fand sie mit ihrer hoheitsvollen Haltung und ihren makellosen Zügen ein wenig einschüchternd.

Nun beugte sich ihre Gastgeberin zu ihr herab und fragte mitfühlend: »Evalyn, liebes Kind, was hat der dumme Junge dir angetan?«

»Er hat mir den Fuß gebrochen«, jammerte Evalyn. »Ich werde nie mehr richtig auftreten können.«

Mrs. McLean wandte sich ihrem Sohn zu. »Ned, komm her, und entschuldige dich«, befahl sie streng.

»Es tut mir Leid, Evalyn«, sagte Ned mit Schmollmiene. »Aber du bist selbst schuld, weil du mich zum Lachen gebracht hast.«

»Und was war so komisch?«, fragte seine Mutter mit gewölbten Brauen, ein erwartungsvolles Lächeln auf den Lippen.

Evalyn blickte Ned flehend an.

»Ach, nichts von Bedeutung, Mutter«, sagte er achselzuckend. »Evalyn ist einfach witzig. Aber ich weiß etwas, das sie für meine Ungeschicklichkeit entschädigen wird.« Er blickte auf Evalyn. »Sie möchte sicher gern etwas trinken. Stimmt's, Evalyn?«

Evalyn blieb fast das Herz stehen, und sie errötete bis zu den Haarwurzeln.

»Am liebsten mag sie eisgekühlte Limonade«, fuhr Ned unschuldig fort. »Ich werde ihr ein Glas holen ...«

Mrs. McLean strahlte. »Er ist ein so aufmerksamer Junge«, sagte sie zu Evalyn, als ihr Sohn den Tisch mit den Erfrischungen ansteuerte.

Ned kehrte mit einem randvollen Glas zurück. Evalyn, die ihren Schreck inzwischen überwunden hatte und es genoss, im Mittelpunkt der Aufmerksamkeit der Hausherrin zu stehen, nippte an der Limonade und rieb ihren immer noch schmerzenden Fuß. Auf Anweisung seiner Mutter setzte Ned derweil die Tanzstunde unwillig mit einer anderen Partnerin fort.

Mrs. McLean beugte sich zu Evalyn hinab. »Der arme Ned hasst seine eigene Ungeschicklichkeit, weißt du. Hat er dir ernsthaft wehgetan?«

Evalyn nickte. »Er hat ihn gequetscht!« Sie streckte den Fuß aus, bewegte die Zehen und fügte ein Stöhnen ein. »Ich kann ihn kaum bewegen!«

»Kann es sein, dass du nicht besonders gerne tanzt, Evalyn?«

Evalyn blickte zu Neds eleganter Mutter auf und glaubte, in ihren Augen Verständnis zu erkennen. Sie entspannte sich ein wenig.

»In Ouray hatte ich keinen Tanzunterricht«, gestand sie. »Aber wenn Vater mich in die Berge mitgenommen hat, bin ich zwischen den Bäumen umhergetanzt und habe den Eichhörnchen etwas vorgesungen.«

»Das Leben deiner Familie hat sich grundlegend verändert«, sagte Mrs. McLean ernst, als fände sie Evalyns Geständnis nicht im mindesten lächerlich. »Dein Vater ist jetzt einer der wohlhabendsten Männer Amerikas, sogar der ganzen Welt, Evalyn, und Reichtum zieht auch Verpflichtungen nach sich. Und zu den Pflichten seiner Tochter gehört es, die Regeln der Gesellschaft zu lernen, innerhalb derer sie den Rest ihres Lebens verbringen wird. Eines Tages wirst du heiraten; du wirst die Gattin eines angesehenen Mannes sein und Gastgeberin der Gesellschaft.« Als das junge Mädchen bei diesen Worten düster dreinblickte, fügte Mrs. McLean hinzu: »Du möchtest deine lieben Eltern doch stolz machen, oder?«

Evalyn nickte. »Ja, aber ich mache immer alles falsch. Mutter sagt, ich bin zu undiszipliniert, und das stimmt! Ich mache immer wieder verrückte Sachen.«

»Das ist in deinem Alter nichts Ungewöhnliches, aber man ist nicht lange dreizehn. Also Kopf hoch! Und denk beim Tanzen nicht ständig an die Schrittfolge. Hör einfach auf die Musik, dann folgen die Schritte fast von allein.« In verschwörerischem Tonfall fügte sie hinzu: »Du musst uns bald auf Friendship besuchen. Dort steht ein Pony, das es kaum erwarten kann, dich kennen zu lernen.«

Evalyn strahlte. »Wie heißt es denn?«

»Fortune.«

Der Walzer endete. Die Jungen und Mädchen zogen sich auf ihre Seite des Saales zurück und warfen einander unsichere Blicke zu. Ned kam wieder herüber.

»Möchtest du es nicht noch einmal versuchen, Evalyn?«, meinte Mrs. McLean. »Gib dem Unterricht eine Chance. Und Ned hier braucht eine Partnerin.«

Ned reichte ihr die Hand, und Evalyn erhob sich widerstrebend.

»Wenn du mir noch einmal auf den Fuß trittst«, zischte sie durch zusammengebissene Zähne, als sie wieder auf der Tanzfläche waren, »haue ich dir eine runter.«

Ned schien das lustig zu finden. Die Musik setzte ein, und sie begannen, sich flüssig und harmonisch über die Tanzfläche zu bewegen.

»Sehr gut«, lobte Monsieur Duambre. »Hervorragend, Mr. McLean ... Miss Walsh ... das ist schon viel besser ...«

Als die Musik verstummte, flüsterte Ned ihr ins Ohr: »Ich hätte dich vorhin nicht auslachen dürfen. Aber wenn es dir ein Trost ist: Du bist nicht die Einzige, die hin und wieder an den Barschrank geht.«

Evalyn machte große Augen, aber sie wartete, bis die Erfrischungen verteilt waren, ehe sie nach einem Blick über die Schulter fragte: »Hast du auch Crème de Menthe getrunken?«

»Nein, das ist was für Frauen. Männer trinken Bourbon.«

»Und wenn du erwischt wirst?«

»Was soll schon sein?«, entgegnete Ned lässig und fügte mit ungenierter Arroganz etwas hinzu, woran Evalyn sich noch Jahre später erinnern sollte: »Ich bin ein Mann, und Männer können tun und lassen, was ihnen beliebt.«

In der folgenden Woche wurde Evalyn nach Friendship eingeladen. Ned gab eine Geburtstagsfeier und hatte den ganzen Tanzkurs eingeladen.

Evalyn trug ein weißes Kleid mit einer schlichten blauen Schärpe und brachte neue weiße Tanzschuhe mit. Sie wurde von der Kutsche der McLeans abgeholt.

Friendship war ein riesiges ländliches Anwesen gleich hinter Georgetown, umgeben von mehreren Hundert Hektar Land. Als die Kutsche durch das Tor fuhr und die Zufahrt entlangrollte, blickte Evalyn staunend auf die sorgfältig gepflegten Blumenbeete und Rasenflächen. Sie konnte es kaum erwarten, Neds Pony Fortune zu sehen.

Ned schien froh über die Gelegenheit, seinen Gästen eine Weile zu entkommen, und begleitete sie zu den Stallungen, wo er ihr ein Pony mit weißem Stern und weißen Fesseln zeigte. Der Pferdegeruch und die Haare, die an ihrer Hand haften blieben, als sie dem Pony den Hals kraulte, vermittelten ihr zum ersten Mal seit dem Umzug nach Washington wieder ein Gefühl von Realität. Sie fuhr mit der Hand über Fortunes Nüstern und ließ ihn mit den Lippen ihre Finger erkunden.

Ned beobachtete sie. »Du hast keine Angst vor Pferden, oder, Evalyn?«

»Nein.«

»Du hast vor nichts Angst!«

»Ich habe Angst vor albernem Getue und davor, jemand sein zu müssen, der ich nicht bin!«

»Mir geht es genauso!«

Sie mussten beide lachen.

Ned führte sie zu einem efeuberankten Sommerhaus hinter dem Stall. Er fischte einen Schlüssel aus der Hosentasche und sperrte auf. Der Raum, den sie betraten, war mit Schränken, einem Bücherregal, einem Sessel und einem Tisch eingerichtet, auf dem ein halb fertiges Puzzle lag. Außerdem gab es zwei Stühle und unzählige Kisten voll ausgedienter Spielsachen.

»Das ist mein Refugium. Hier stört mich niemand ...«

»Ich wünschte, ich hätte auch so eine Zuflucht«, sagte Evalyn. Gleichzeitig war sie betroffen, wie einsam Neds Leben zu sein schien.

»Hast du in der Zwischenzeit wieder von der Crème de Menthe genascht?«, fragte Ned nach einer Weile grinsend.

»Nein. Vater hat den Barschrank abgeschlossen. Hast du dir wieder einen Bourbon genehmigt?« Ihr kam der Gedanke, dass Ned in seinem Versteck alles Mögliche aufbewahren mochte.

»Pssst.« Ned warf einen Blick über die Schulter. »Ich schätze, wir gehen jetzt besser zurück«, sagte er dann seufzend. »Die Gäste meiner Mutter werden sich schon fragen, wo ich abgeblieben bin.«

»Es sind *deine* Gäste«, entgegnete Evalyn. »Es ist doch deine Geburtstagsparty!«

Ned lächelte. »*Ich* habe sie nicht eingeladen. Du bist die Einzige, die ich Mum gebeten habe einzuladen!«

Evalyn gefiel die Party. Die Gäste bildeten zwei Teams, die jeweils Begriffe darstellten, die die Gegenmannschaft erraten musste. Evalyn war unter den Besten und vergaß vorübergehend, dass sie ein pummeliges Landei war. Als die Kutsche vorfuhr, um sie heimzubringen, bedankte sie sich überschwänglich bei ihrer Gastgeberin. »Herzlichen Dank für diesen wundervollen Nachmittag, Mrs. McLean. Es war toll!«

»Warum nennst du mich nicht Mummie, Evalyn? Es kommt mir vor, als würden wir uns seit einer Ewigkeit kennen.«

16. KAPITEL

Evalyns neue Gouvernante hieß Hortense Lion und war den Walshs von einer renommierten Agentur empfohlen worden. Nachdem Carrie sich eine Weile mit ihr im sonnigen Salon unterhalten hatte, schickte sie nach ihrer Tochter und machte diese mit ihrer neuen Anstandsdame bekannt. Evalyn musterte die dunkelhaarige Frau mit dem komischen französischen Akzent sehr genau und kam zu dem Schluss, dass mit ihr nicht gut Kirschen essen war. Dennoch reichte sie ihr höflich die Hand.

»Sehr erfreut, Ihre Bekanntschaft zu machen.«

»Enchantée, Mademoiselle«, sagte die junge Frau und ergriff anmutig die widerwillig dargebotene Hand.

Ich wette, sie ist gar keine echte Französin, dachte Evalyn grimmig. Ich werde sie bald enttarnt haben ...

Aber schon bald stellte sich heraus, dass Mamselle die französische Sprache so perfekt beherrschte, dass ihre Herkunft unzweifelhaft schien. Morgens weckte sie ihren neuen Schützling, indem sie ihm die Bettdecke wegzog und fröhlich rief: *»Alors. Lève-toi, petite paresseuse.«* Zu ihrer eigenen Verblüffung begann Evalyn den Tag fortan mit neuem Elan und guter Laune.

In der Schule war jedoch ein Ende ihrer Sorgen nicht abzusehen. Nur zu deutlich empfand sie dort die lange Liste ihrer Unzulänglichkeiten. Sie war eine schlechte Schülerin, sprach mit dem schweren Akzent der Minenstädte des Westens und kam sich verglichen mit den Töchtern der Washingtoner Patriarchen furchtbar ungelenk und derb vor. Die hübsche Jessica, die keinen Hehl aus ihrer Verachtung für das Mädchen aus den Bergen machte, wurde jeden Tag mit der Kutsche zur Schule gefahren. Jedes Mal, wenn ihr Blick auf Evalyn fiel, rümpfte sie so demonstrativ die Nase, dass Evalyn ihr am liebsten vors Schienbein getreten hätte. Aber die Tage, da sie Probleme mit Handgreiflichkeiten aus der Welt schaffen konnte, waren vorbei, und so musste sie eine Alternative finden.

Eines Abends klopfte sie an die Tür zum Arbeitszimmer ihres Vaters, trat ein und stand nervös auf dem großen blaugoldenen Aubusson-Teppich. Der Mahagonischreibtisch ihres Vaters war sehr ordentlich: Papiere lagen fein säuberlich in Drahtablagen, Familienfotos in silbernen Rahmen, darunter eins von ihr als Kleinkind in einem weißen Rüschenkleid, und eine große mit einem weißen Löschblatt bezogene Walze, die mit verschiedenen Hieroglyphen bedeckt war, standen daneben. Die zahlreichen Schubladen, deren Inhalt sie einst hatte näher erforschen wollen, waren, wie sie wusste, abgeschlossen. Ihr Vater diktierte gerade seinem Sekretär Terry Wickerman und warf seiner pummeligen Tochter über den Rand seiner Lesebrille hinweg einen fragenden Blick zu.

»Evalyn?«

»Vater«, begann sie schüchtern. »Darf ich dich etwas fragen?«

Tom lehnte sich in seinem Sessel zurück. »Lass uns eine Pause machen, Terry. Wir arbeiten später weiter.«

Als Terry durch die Verbindungstür in sein eigenes Büro verschwunden war, fragte Tom: »Stimmt etwas nicht, Liebes?«

»Vater, glaubst du, du könntest dir eine Kutsche und ein Pferd für mich leisten?«, fragte Evalyn zögernd.

Auf Toms Zügen spiegelte sich eine Mischung aus Belustigung und Ernst.

»Und wofür brauchst du eine eigene Kutsche?«

Evalyn erzählte ihm nicht die ganze Wahrheit. Stattdessen murmelte sie mit dem wie sie meinte genau richtigen Maß an Sehnsucht: »Ich möchte wissen, wie das ist, mit der Kutsche in die Schule zu fahren! Andere Mädchen in meiner Klasse werden auch mit der Kutsche gebracht!«

»Mädchen in deiner Klasse haben ihre eigene Kutsche?«, fragte Tom ungläubig und wölbte die buschigen Brauen. Seine Augen blitzten belustigt.

»Nicht direkt ... Sie werden in der Familienkutsche gebracht ... Aber ich hätte gerne eine eigene.« Sie trat unruhig von einem Fuß auf den anderen und verdrehte den einen Fuß so stark, dass der Knöchel fast den Boden berührte.

Sie hörte die Schritte ihrer Mutter draußen auf dem Flur, und gleich darauf kam Carrie herein.

»Evalyn«, sagte sie streng. »Müsstest du nicht Tonleitern üben? Ich wollte gerade zu dir ins Musikzimmer.«

»Unsere Tochter hat mich gerade um ein eigenes Pferd mitsamt einer Kutsche gebeten, damit sie in der Schule Eindruck schinden kann!«

Carrie machte große Augen. »Du wirst doch nicht ernsthaft ...«

Aber Tom musterte das erwartungsvolle Gesicht seiner Tochter und dachte an die Zeiten, da es ihm schlicht unmöglich gewesen wäre, einen so extravaganten Wunsch zu erfüllen. Er konnte nicht widerstehen.

»Warum nicht, Carrie?«, sagte er leise. »Das ist doch nur eine Kleinigkeit ... Wenn ihr doch so viel daran liegt! Ich werde eben für ein paar Jahre ein Gespann mieten.«

Zwei Tage später traf Evalyn bewusst etwas verspätet in der Schule ein. Stolz saß sie in einer brandneuen blauen Victoria-Kutsche, die von zwei gepflegten Ponyfüchsen gezogen wurde. Ein schwarzer Kutscher mit Seidenzylinder und weißen Handschuhen half ihr so ehrerbietig beim Aussteigen, als wäre sie eine Herzogin. Evalyn hatte die nötige Arroganz für ihren großen Auftritt daheim vor dem Spiegel in ihrem Schlafzimmer geprobt, und nun ahmte sie Mrs. McLeans leicht schräge Kopfhaltung und ihren stolzen Gesichtsausdruck nach.

Jessica Stanford und ihre Freundinnen beobachteten sie von einem Fenster des Klassenzimmers aus, und Evalyn registrierte mit stillem Entzücken die vor Staunen geöffneten Münder der Mädchen. Als sie später erklärte, sie könne nicht zu einer zusätzlichen Unterrichtsstunde in Betragen bleiben, weil »ihre« Kutsche sie pünktlich abholen würde, um sie zu den McLeans zu fahren, erntete sie erneut unverdienten Respekt. Die Mädchen liefen herbei, um die neue Kutsche zu bestaunen, und Jessica Stanford stand plötzlich ganz allein da. An diesem Tag gab es kein abfälliges Getuschel über »Miss Piggy«.

Am Abend sagte ihr Vater beim Abendessen: »Nun, Evalyn, du bist so still! Willst du uns nicht erzählen, was für ein Gefühl es war, in deiner eigenen Kutsche in der Schule vorzufahren?«

Evalyn warf einen Blick auf die erwartungsvollen Gesichter am Tisch: ihr Vater mit seiner sympathischen Unkonventionalität; ihre Mutter, die eher besorgt dreinschaute; Mamselle, die bereits erklärt hatte, die Idee sei *»très drôle«*, und Vinson, der lachend meinte, das alles wäre »zum Brüllen«.

»Es war sehr schön, Vater«, antwortete sie wahrheitsgemäß. »Jetzt sehen die Mädchen mich mit anderen Augen. Ich habe heute viele Freundschaften geschlossen!«

»Und das hat dich glücklich gemacht?«

Evalyn seufzte. »Ja. Allerdings werde ich das Gefühl nicht los, dass wenn sie mich vorher nicht gemocht haben, sie mich auch jetzt nicht mögen sollten, ganz egal, wie viele Kutschen ich habe!«

»Reichtum verändert weniger denjenigen, der in seinen Genuss kommt, als vielmehr das Verhalten anderer ihm gegenüber«, erklärte Tom. »Du musst dir selbst treu bleiben. Es ist allein deine Entscheidung, ob du jeden Morgen auf diese ziemlich extravagante Art zur Schule fahren willst.«

Evalyn stützte die Ellbogen auf den Tisch. »Ja, das will ich! Es gefällt mir, extravagant zu sein. Ich wünschte, ich könnte mir das Haar rot färben und sie alle schockieren.«

Ihr Vater musste wider Willen laut lachen. Evalyn registrierte das Gelächter, das sie ihm immer wieder entlocken konnte, mit Befriedigung. Ihre Mutter ihrerseits war entsetzt.

»Nur über meine Leiche! Wenn ich dich dabei erwische, dass du etwas in dieser Art versuchst, Evalyn, versohle ich dir den Hintern!«

Evalyn zog einen Schmollmund. »Das glaube ich nicht, Mutter«, entgegnete sie und schob trotzig das Kinn vor. »Das verstößt gegen den guten Ton. Ich glaube, du würdest mir nicht einmal dann den Hintern versohlen, wenn ich mir das Gesicht anmalen und auf den Händen in die Schule laufen würde!«

»Treib es nicht auf die Spitze, Fräulein.«

»Im Übrigen bin ich dreizehn und damit zu groß, um versohlt zu werden – *selbst* von der eigenen Mutter.«

Tom spürte die aufkommende Spannung und mischte sich ein, bevor Carrie die Geduld verlor.

»Ich habe interessante Neuigkeiten für dich, Tochter, wenn du mir gestattest, auch ein Wort zu sagen. Wenn du dich benimmst und von Mamselle ordentlich Französisch lernst, nehme ich dich nächstes Jahr im April wieder mit nach Europa. Der Präsident hat mich gerade zum Commissioner der Weltausstellung im kommenden Jahr in Paris ernannt.«

Evalyn hatte schon von der Ausstellung gehört; einige ihrer Klassenkameradinnen würden mit ihren Eltern hinfahren. Sie legte die Dessertgabel aus der Hand und schlug eine Hand vor den Mund.

Vinson strahlte stolz und sagte sehr langsam und deutlich: »*Unser* Vater wird die Vereinigten Staaten von Amerika in Europa vertreten? Und die Weltausstellung in Paris wird die größte ihrer Art sein ... es wird Exponate aus aller Welt geben.« Er richtete den Blick auf seinen Vater und fügte in triumphierendem Tonfall hinzu: »Und Vater und ich fahren im März nach Ouray.«

Evalyn sprang auf, warf sich auf den Teppich und versuchte, die Beine ihres Vaters zu umschlingen.

»Darf ich mitkommen? O Papa, bitte nimm mich mit. Ich werde auch brav sein. Ich tue alles, was du willst. Paris ist mir nicht so wichtig, aber bitte lass mich mit nach Ouray fahren.«

»Sie hat Schule!«, wandte Carrie ein.

Evalyn brach in Tränen aus. »Ich hasse die Schule. Aber wenn du mir erlaubst mitzukommen, Papa, werde ich mich furchtbar anstrengen, fleißig lernen und dir und Mutter keine Sorgen mehr machen ... solange ich lebe! Und ich werde Französisch lernen. Versprochen, versprochen, *versprochen* ...«

Tom warf seiner Frau einen Blick zu und tätschelte peinlich berührt die Hand seiner Tochter. »Das liegt ganz bei deiner Mutter.«

Er wandte sich seinem Sohn zu. »Ich möchte, dass Vinson mitkommt, weil es wichtig für ihn ist, etwas über Camp Bird zu erfahren. Immerhin wird er eines Tages der Geschäftsführer sein – vorausgesetzt, ich habe die Mine bis dahin nicht verkauft.«

Vinsons Wangen glühten vor Stolz. Er schaute seine Schwester an und erklärte: »Mädchen können keine Goldminen verwalten! Sie wissen nicht, wie man so etwas macht.«

»O Vater«, jammerte Evalyn verletzt mit Tränen in den Augen. »Lass mich doch mitkommen. Ich liebe doch Ouray und den Westen so sehr.«

»Es wäre wie in alten Zeiten, wir alle vier in Ouray. Na, was meinst du, Carrie?«

»*Ich* kann nicht mitkommen, Tom«, entgegnete diese. »Ich muss zwei Wohltätigkeitsbasare organisieren und auch mit den Vorbereitungen für Paris anfangen. Wir werden einen ganzen Berg von Gepäck mitnehmen müssen, und was Evalyn betrifft ...« Sie warf einen nachdenklichen Blick auf ihre Tochter.

Evalyn saß wieder an ihrem Platz und blickte flehend zu ihrer Mutter auf.

»Wenn ich dir erlaube, deinen Vater nach Ouray zu begleiten, versprichst du dann, mit Mamselle fleißig Französisch zu üben und dich auch sonst zu benehmen?«

»Ich verspreche es, Mutter.«

Nach dem Essen lief Evalyn zu Annie, fiel ihr um den Hals und rief: »O Annie, ich habe wunderbare Neuigkeiten! Ich fahre nach Ouray. Ich fahre heim, *heim*.«

Carrie, die eben auf dem Weg nach oben war, kam hinzu.

»Evalyn«, sagte sie kühl. »Beherrsch dich! Haltung ist in unseren Kreisen unverzichtbar!«

Evalyn verstummte sofort. Carrie setzte ihren Weg fort, wohl wissend, dass ihre Tochter nur wartete, bis sie außer Hörweite war, um ihrer Freude wieder freien Lauf zu lassen.

Vielleicht bin ich zu streng mit ihr, dachte sie, als sie ihr Zimmer betrat und die Tür hinter sich schloss. Aber ich habe Angst um sie. Was soll aus ihr werden? Sie glaubt immer noch, sie könnte sich hier genauso benehmen wie in Ouray. Sie begreift nicht, was geschehen ist. Es gibt kein Zurück in ein normales Leben; wir müssen in dieser neuen Welt bleiben, Teil davon sein, in ihr strahlen, sie überleben. Wenn man so reich ist wie wir, gibt es keinen Mittelweg, der in Frage kommt.

Sie seufzte. Der Umgang mit der obersten Schicht hatte eine tiefe Unruhe in ihr geweckt. Nicht etwa, dass sie sich unzulänglich fühlen würde, nein, viele Menschen, die sie hier kennen gelernt hatte, waren weder so belesen noch so kultiviert wie sie selbst; sie nährte vielmehr eine ganz andere Furcht. In dieser neuen Welt ersetzten großspuriges Auftreten und ebensolche Reden viel zu oft das Denken. Bei Leuten, deren Familien seit Generationen vermögend waren, hatte sie eine gewisse Größe erwartet. Stattdessen hatte sie festgestellt, dass viele Menschen, die von ererbtem Vermögen lebten, zweidimensional waren, unreif, als kämen sie nie über das Kindheitsstadium hinaus. Die Versuchungen waren zahlreich, und die Möglichkeiten, ihnen nachzugeben, vielfältig. Viel zu häufig war Stil Ersatz für Moral.

Und mein armes Kind ist spontan, unschuldig und dickköpfig und ahnt nichts von den Gefahren, denen es ausgesetzt ist.

Bei dem Gedanken an Vinson wurde ihre Laune ein wenig besser. Wenigstens er war vernünftig und besaß ein gutes Maß an Weitsicht.

17. KAPITEL

Es war komisch, wieder in Ouray zu sein. Evalyn merkte, dass ihr Vater es eilig hatte, zur Mine zu kommen, als er sie vom Bahnhof aus direkt zum Stall führte, wo ein Sechsspänner für sie bereitstand. Der Wagen gehörte zum Camp Bird und brachte regelmäßig die Goldbarren von der Mine zur Eisenbahn, die sie zur Münzanstalt in Denver weiterbeförderte.

Es dämmerte bereits, und das nebelverhangene Amphitheater schimmerte unwirklich durch Alpenglühen und weißen Schnee. Evalyn hatte weder Zeit in die Stadt zu gehen noch ihre Freunde zu besuchen.

Die Canyon Creek Road war mithilfe von Schotter neu befestigt worden, aber immer noch schmal und gefährlich, und Evalyn, die sie noch nie in einem Wagen befahren hatte, wurde beim Anblick des steilen Abhangs unmittelbar neben ihr ganz übel. Um sich abzulenken, konzentrierte sie sich auf die Pferde und auf die Muster, die die Geschirre auf ihren verschwitzten Körpern hinterließen.

Aber schon bald drang etwas anderes an ihre Ohren, etwas, woran Evalyn in Washington oft gedacht hatte: die Geräuschkulisse von Camp Bird. Je näher sie kamen, desto lauter wurde sie; das rhythmische Hämmern der Stampfmühle, das Rattern des Förderlifts und das Echo, das von den Talwänden zurückgeworfen wurde. Tom wurde sehr still, sein Gesicht war ernst, die Augen halb geschlossen, als lausche er jeder einzelnen Nuance der Kakophonie, die der Lohn für sein Durchhaltevermögen, seine Intuition und jahrelange Mühsal war.

Als sie die letzte Kurve der gewundenen Straße hinter sich ließen, erleuchteten riesige Strahler, die knapp 50 Meter über dem Boden angebracht waren, alles in einem grellen bläulichen Licht.

»Da ist die neue Stampfmühle«, erklärte Tom und zeigte auf ein großes Gebäude mit langgezogenem Satteldach.

»Was sind denn das alles für Gebäude, Vater?«, rief Vinson aus.

»Neue Lagerräume, ein Labor, eine Erz-Prüfstelle, neue Häuser für den Verwalter und seinen Stellvertreter ...«

Das dreistöckige Hotel, das den Arbeitern als Unterkunft diente, ragte vor ihnen auf; die Fenster waren erleuchtet, und der Schnee auf dem Dach glitzerte im elektrischen Licht.

»Warum hast du überall diese grellen Lampen anbringen lassen, Vater?«

»Weil das hier eine *Goldmine* ist. In der Mine und der Stampfmühle wird rund um die Uhr gearbeitet, und das Lager muss Tag und Nacht, Sommer wie Winter, bewacht werden. Die Wachleute müssen sehen können, wer Camp Bird betritt oder verlässt.«

»Können wir in unserem alten Haus wohnen, Vater?«

»Nein, Evalyn. Man hat ein Cottage im Lager für uns hergerichtet.«

»Aber ich möchte meine Freunde sehen.«

»Natürlich wirst du sie sehen.«

Am Morgen stand Evalyn auf, als das erste Tageslicht über den Rand der Fensterbank des neuen Häuschens in Camp Bird kroch. Sie schlüpfte in einen dicken Wollpullover und in eine Hose mit Hosenträgern, die sie in einem Schrank entdeckt hatte, rollte die Hosenbeine hoch und betrachtete verzückt ihr Spiegelbild. Sie vergrub die Hände in den Taschen und hüpfte vor dem Spiegel auf und ab. Dann schlich sie in Mamselles Zimmer, um ihr zu sagen, dass sie zum Frühstück runterginge, sie selbst aber noch eine Weile im Bett bleiben könne. Ihre Gouvernante stand in ihrem warmen Morgenmantel am Fenster und beobachtete durch einen Spalt zwischen den Vorhängen das Haus gegenüber. Evalyn folgte ihrem Blick und sah Mr. Cahill, den stellvertretenden Geschäftsführer von Camp Bird, der sich gerade vor seinem Badezimmerfenster rasierte.

»Warum spionieren Sie Mr. Cahill aus, Mamselle?«

Mamselle lachte. »Ich spioniere ihn nicht aus, ich bewundere ihn. Er ist doch ein sehr gut aussehender Mann, oder?«

»Ich werde ihm sagen, dass Sie ihn hübsch finden. Er wird nämlich mit uns frühstücken.«

»Sag ihm das ja nicht ...« Die Gouvernante lehnte sich abrupt zurück und starrte Evalyn entgeistert an. »Wo hast du denn diese scheußlichen Kleider her? Zieh das sofort aus. Du bist eine junge Dame und kein Minenarbeiter!«

»Kleider sind hier oben unpraktisch. Ich will mit dem Förderwagen fahren!«

»Mon Dieu«, flüsterte ihre Gouvernante und warf wieder einen Blick aus dem Fenster, diesmal auf die Kabel der Förderwagenanlage, die zwei Meilen des Tals überspannten und bis an den Rand des Bergbassins reichten. Von dort wurde das Erz in Waggons zur Stampfmühle transportiert, deren gedämpftes Hämmern durch das Tal hallte. Männer fuhren mit den leeren Waggons hinauf zur Mine.

»Sie müssen nicht mitkommen, Mamselle.«

Die Gouvernante entspannte sich. »Du könntest herausfallen! Das wäre dein Tod! Hast du deinen Vater um Erlaubnis gefragt?«

»Noch nicht.« Evalyn grinste. »Vin und ich wollen warten, bis er beschäftigt ist!«

Wenige Minuten später betraten Jim Cahill und der Manager von Camp Bird, John Benson, das mollig warme Esszimmer. Tom lud die Männer ein, am Tisch Platz zu nehmen. Einer der Köche aus dem Hotel war rübergekommen, um ihnen das Frühstück zuzubereiten. Aus der Küche duftete es himmlisch nach Kaffee und leckerem Essen.

Evalyn genoss die Anwesenheit der Männer am Tisch. Sie liebte die Stärke und Selbstsicherheit, die sie ausstrahlten. Vinson saß an einem Ende des Tisches und hörte ihnen aufmerksam zu, als wäre er selbst schon erwachsen. Ihr Vater erkundigte sich nach einem neuen Stollen, und die Männer unterhielten sich angeregt.

»Er wird mit dem oberen Förderkorb verbunden«, erklärte Jim Cahill. »Gleich oberhalb der zweiten Ebene.«

»Vater, was ist ein Förderkorb?«, wollte Vinson wissen.

»Ein Lift im Inneren des Berges, Vinson. Er bringt die Arbeiter hinunter in die Mine und auch wieder heraus. Letztes Jahr hat es in einer von ihnen einen Unfall gegeben. Ein Mann hat dabei eine Hand verloren!«

»Dann kann er ja gar nicht mehr arbeiten, Vater.«

»Das stimmt, aber ich habe für ihn und seine Familie gesorgt. Es wird ihnen an nichts fehlen.«

Als die Tür aufging und Mamselle erschien, erhoben sich die Männer. Tom stellte sie vor; sie lächelte beide flirtend an. Sie duftete nach Eau de Toilette und trug ein Wollkleid mit enger Korsage. Als sie Platz genommen hatte, registrierte Evalyn, dass Jim Cahills Blick immer wieder verstohlen auf dem Busen ihrer Gouvernante ruhte, während diese ihn durch die Wimpern hindurch mit dem Hauch eines Lächelns auf den Lippen beobachtete.

Nach dem Frühstück begleiteten Evalyn und Vinson ihren Vater in sein Büro. Tom nahm auf seinem hölzernen Drehstuhl Platz und war bald in allerlei dringende Angelegenheiten vertieft, die seine ganze Aufmerksamkeit erforderten. Die Kinder blickten durch das Fenster auf den Ort weiter unten im Tal und vor allem auf die Stahlseile, an denen die Waggons mit dem Erz aus der Mine herabschwebten.

»Vater, dürfen wir mit dem Lift rauffahren?«, fragte Vinson leise.

»Bitte, Vater ...«, bettelte Evalyn.

Tom hatte zu arbeiten, aber er sah ein, dass die Kinder beschäftigt werden mussten, sei es auch nur, um sie davon abzuhalten, Unsinn zu machen. Er schickte nach John Benson.

»John, wenn Sie rauffahren, nehmen Sie die beiden doch bitte mit, ja?«

»Klar.«

Tom wandte sich seinem Sohn und seiner Tochter zu. »Zieht euch warme Jacken an und dazu die Wollmützen, die eure Mutter eingepackt hat, und die Handschuhe. Und ihr tut *alles,* was Mr. Benson euch sagt.«

John Benson führte die Kinder auf die Plattform hoch oben an der Mühlenwand – die Endstation des Lifts – und half ihnen mit sicherer Hand in einen Waggon, der eben seine Erzladung in die Mühle abgelassen hatte. Er stieg nach ihnen ein, legte einen Arm um die beiden und wies sie an, ganz still zu sitzen und sich gut festzuhalten.

Eine Minute später schwebte der Waggon schwankend an den Seilen über der Schlucht.

Evalyn kniff die Augen zu; ihr Magen fühlte sich an, als wäre er abgesackt, und einen Moment fürchtete sie, sich übergeben zu müssen. Als der Waggon jedoch klappernd weiter aufwärts schwang, machte sie die Augen wieder auf und linste über den Rand des Waggons hinweg, der hoch über dem Abgrund schwebte. Hier oben wehte ein eisiger

Wind, und sie war dankbar für den hohen Kragen des Pullovers und die warme Mütze, die ihre Ohren schützte. Vinson neben ihr starrte wie gebannt auf die Förderwagen, die mit grauem, goldhaltigem Quarz beladen an ihnen vorbei zu Tal fuhren.

Als sie oben ankamen, sorgte John Benson dafür, dass seine Schützlinge sicher aus dem Waggon stiegen, und brachte sie zur Laderampe, wo die eintreffenden Wagen gefüllt wurden. Die Luft war voll von Staub und dem Klappern der Steine, die in die Stahlwaggons fielen. Im Schutz des Berges war die Luft jedoch wärmer, sodass sie die Mützen und Handschuhe auszogen und in ihre Taschen stopften.

John gab dem Vorarbeiter ein Zeichen. »Pass auf die Kinder auf, Mike. Ich bin in einer halben Stunde zurück. Das ist Mr. Jones«, erklärte er dann den Kindern. »Bleibt bei ihm, und tut, was er sagt.«

Schmutzige, staubbedeckte Männer kamen in einem eisernen Förderkorb aus dem Schacht gefahren.

Als John Benson gegangen war, fragte Vinson den Vorarbeiter, ob er und Evalyn mit dem Förderkorb in die Mine hinunterfahren dürften.

»Ich denke schon«, entgegnete der ebenfalls schmutzige Vorarbeiter lächelnd. »Aber es ist ein langer Weg bis ganz unten – über 300 Meter.«

»Das macht uns nichts aus«, antwortete Evalyn großspurig.

Sie stiegen in den kleinen Käfig, und der Fahrstuhl trug die drei zügig hinab ins Innere des Berges. Sie stiegen aus, und der Lift setzte sich sofort wieder nach oben in Bewegung.

Es war ein komisches Gefühl, hier unten festzusitzen, so weit weg vom Sonnenlicht. Schmale Gleise, auf denen die Loren fuhren, führten in den schwach erleuchteten Stollen.

Überall um sie herum tropfte Wasser, und sie hörten das Scharren und Hämmern der Arbeiter in den anderen Gängen. Evalyn und Vinson folgten den Schienen ein Stück, schauten sich um und versuchten festzustellen, wo genau an der Canyon-Wand sie sich befanden.

»Habt ihr genug gesehen?«, fragte Mike Jones, ging mit ihnen zurück und rief per Signal den Fahrstuhl.

»Nicht nötig«, meinte Evalyn und deutete auf die senkrechte Leiter, die seitlich am Schacht angebracht war. Sie war direkt im Felsen befestigt und für Notfälle gedacht.

»Wir können hier hinaufsteigen!« Sie dachte an Vinsons Worte, dass Mädchen nicht in der Lage wären, eine Goldmine zu verwalten, und sie wollte ihm und dem Vorarbeiter dazu noch beweisen, dass man Mädchen nicht unterschätzen sollte.

»Nein, ganz sicher nicht!«

Evalyn drehte sich mit der eisigen Überheblichkeit, die sie so lange vor dem Spiegel geübt hatte, zu ihm um.

»Wir wollen aber da raufsteigen!«, erklärte sie hoheitsvoll. »Und es ist unsere Mine!«

»Bitte, Mr. Jones«, bat auch Vinson und lächelte den Mann an.

Der Vorarbeiter war gut in seinem Job, aber ungeübt im Umgang mit verwöhnten Kindern. Er fürchtete, dass sie sich bei ihrem Vater über ihn beschweren würden, wenn er ihnen ihre Bitte abschlug, und er hing an seinem Job in Camp Bird. Es gab keine andere Mine mit Freizeiteinrichtungen und einem Zimmer in einem Hotel erster Klasse, das einen nach der Schicht erwartete. In keiner anderen Mine dauerten die Schichten maximal acht Stunden mit vier Stunden Pause dazwischen, damit der Staub sich legen konnte und die Lungen der Arbeiter geschont wurden. Und so entschied er in einem Augenblick der Schwäche, den Walsh-Kindern ihren Willen zu lassen. Er dachte nicht darüber nach, ob die Kinder körperlich überhaupt in der Lage waren, eine senkrechte Stahlleiter hinaufzusteigen.

Anfangs stiegen Evalyn und Vinson voller Elan aufwärts, aber als der Boden unter ihnen in bedrohliche Ferne gerückt war und das Ende der Leiter immer noch unendlich weit weg zu sein schien, wurde Evalyn klar, dass ihr Einfall zweifellos in die Kategorie fiel, die ihr Vater als »Plan B« bezeichnet hätte. Vinson, der ihr vorankletterte, verfehlte eine Sprosse und klammerte sich einen bangen Moment lang an der Leiter fest, bis er den Mut aufbrachte, weiterzuklettern.

Evalyn blickte nach unten und erstarrte. Der Boden schien jetzt meilenweit entfernt zu sein. Unmittelbar unter ihr auf der Leiter war der Vorarbeiter. Sie schaute in sein verschwitztes Gesicht, ahnte jedoch nicht, dass er sich innerlich selbst einen Idioten schalt.

»Nicht nach unten sehen«, befahl er angespannt. »Wir haben gleich den nächsten Stollen erreicht. Klettert weiter.«

Aber die Sprossen waren kalt und feucht, und Evalyns Hände waren zu klein und schwach für die ihr abverlangte Arbeit. Vinson kam auch immer langsamer voran.

»Ich hasse diese Leiter«, flüsterte er plötzlich in verzweifeltem Tonfall. Noch während er sprach, löste sich die Sprosse, auf der er eben noch gestanden hatte, und landete klirrend tief unten im Schacht. Ihm passierte nichts, aber er weinte vor Angst. Evalyn wich der herabfallenden Eisensprosse aus und umklammerte jene in ihren Händen noch fester.

»Ich kann nicht weiter …«, bekannte sie verängstigt, da ja die nächste Sprosse fehlte.

»Keine Angst«, entgegnete Mike Jones betont gelassen. »Ich hebe dich hoch, bis du an die nächste Sprosse herankommst. Es ist alles in Ordnung, Vinson«, fügte er hinzu. »Wir haben es gleich geschafft.«

Vinson stieg noch eine Sprosse höher, und Mike Jones hob Evalyn hoch, bis sie an die nächste Sprosse heranreichte.

»Braves Mädchen, gut so ... Jetzt ist es nicht mehr weit«, sagte er so aufmunternd wie möglich, obwohl er kaum noch etwas sehen konnte von dem kalten Schweiß, der seinen ganzen Körper bedeckte, ihm in die Augen lief und seine Handflächen glitschig machte. »Halt dich nur fest, dann kann dir nichts passieren!«

Evalyn unterdrückte ihre Furcht und versuchte so zu tun, als befänden sie sich auf der Dachbodentreppe in ihrem alten Haus in Ouray. Aber das Tropfen und die Echos im Schacht machten solcherlei Fantasien unmöglich.

Als sie den Wartungstunnel erreichten, warteten starke Arme bereits darauf, die Kinder heraufzuziehen und in Sicherheit zu bringen.

John Benson brüllte mit bebendem grauen Schnauzbart. »Sie sind gefeuert, Jones. Man sollte Sie erschießen!«

Vinson sah den Gesichtsausdruck des Vorarbeiters. Sein Gerechtigkeitssinn regte sich. Er erinnerte sich nur zu gut, dass er und seine Schwester den Mann überredet hatten, ihnen den Aufstieg über die Leiter zu erlauben, aber gerade als er etwas sagen wollte, eilte schon sein Vater herbei. Tom war außer Atem, er war kreidebleich, und sein Haar war ganz durcheinander. Er schloss seine Kinder in die Arme und funkelte seinen Vorarbeiter zornig an.

»Fast hätten Sie meine Kinder umgebracht, Jones!«, bellte er den Mann an, der beschämt ob seiner eigenen Dummheit den Kopf hängen ließ. »Sie werden nie wieder in dieser Mine arbeiten und auch in keiner anderen Mine in diesem Land.«

Tom nahm Evalyn und Vin bei der Hand, brachte sie

schweigend mit dem Förderwagen nach unten und führte sie, eine Hand jeweils auf einer Schulter der beiden, in sein Büro. Aber sobald die Tür hinter ihnen zugefallen war, drückte er sie ganz fest an sich, die Kraft seiner Erleichterung war so mächtig wie eine unterdrückte Naturgewalt.

»Gott sei Dank«, flüsterte er. »Gott sei Dank, dass euch nichts passiert ist!«

»Es geht uns gut, Vater«, flüsterte Evalyn.

»Ihr habt doch versprochen, artig zu sein«, schimpfte Tom, als er sich wieder beruhigt hatte. »Ihr habt mich enttäuscht. Es war sehr dumm, diese Leiter hinaufzuklettern.«

»Es tut mir sehr Leid, Vater.«

»Es war meine Schuld«, sagte Vinson. »Bitte wirf Mr. Jones nicht raus, Vater«, fügte er hinzu, und nun liefen ihm die Tränen über das Gesicht, die zu vergießen er vorher zu stolz gewesen war. »Ich habe ihn überredet. Er wollte es nicht erlauben. Ich dachte, es würde ein großer Spaß werden.«

Tom hörte ihm aufmerksam zu. Seine Züge wurden weicher, und er legte seinem Sohn eine Hand auf den Kopf.

»Ich habe ihm Angst gemacht!«, gestand Evalyn. »Ich habe ihn so angeschaut ...« Sie zog die Brauen zusammen und starrte ihren Vater mit verschränkten Armen grimmig an.

»Ich glaube, du wirst in deinem Leben noch vielen Leuten Angst machen! Aber ganz egal, was ihr gesagt oder getan habt, Jones ist ein erwachsener Mann, und er kannte die Gefahr.«

Später wiederholte Vinson seine Bitte. Diesmal griff er auf eine Strategie zurück, von der er sicher war, dass sie seinen Vater dazu bringen würde, seine Meinung zu ändern.

»Seine Familie wird *Hunger* leiden, Vater.«

Toms Gesichtsausdruck veränderte sich kaum merklich. »Also gut«, gab er schließlich nach. »Jones kann bleiben. Aber keiner von euch wird noch einmal einen Fuß in diese Mine setzen.«

»Aber Vater ...«

»Kein Aber. Bei künftigen Besuchen in Ouray werdet ihr beide unten in der Stadt bleiben!«

Am nächsten Tag brachte Mamselle Evalyn runter nach Ouray. Evalyn konnte es kaum erwarten, ihr altes Zuhause wiederzusehen, und lief ihr voraus den hölzernen Gehweg der Fifth Avenue entlang, auf dessen Planken sie so oft herumgesprungen war und dessen sämtliche Unebenheiten ihr so vertraut waren wie ein alter Freund. Das Haus sah unverändert aus – freundlich und bescheiden mit der Veranda, den zwei Gaubenfenstern und dem Lattenzaun rund um den Garten, als würde es nur auf ihre Heimkehr warten. Anschließend gingen sie zu ihrer alten Schule, wo Evalyn Mamselle bat, auf dem Flur zu warten, während sie ihr ehemaliges Klassenzimmer betrat. Alle Augen richteten sich auf sie und starrten sie an.

»Hallo, wie geht es dir, Evalyn Walsh?«, fragte Mrs. Hurlburt. »Kehrst du doch noch nach Ouray zurück?«

Evalyn genoss es, im Mittelpunkt zu stehen. Ihre früheren Klassenkameradinnen bombardierten sie mit Fragen. Sie erzählte ihnen von Washington und ihrer neuen Schule, sogar von der blauen zweisitzigen Viktoria und dem Kutscher. Während sie diese Episode erzählte, veränderte sich die Atmosphäre; sie wusste selbst nicht, wie es geschah, aber als sie zu Ende erzählt hatte, schwiegen alle, und sie war nicht mehr eine von ihnen. Evalyn kam es vor, als würde sich eine eisige Hand um ihr Herz schließen.

Sie versuchte, den Fehler wieder gutzumachen. Sie berichtete ironisch von dem Haus am Le Roy Phelps Place und dem Personal, machte damit aber alles nur noch schlimmer.

»Ich gehe jetzt besser«, sagte sie schließlich verunsichert. »Meine Gouvernante wartet.«

Ihre ehemaligen Klassenkameradinnen schnappten nach Luft.

Nach der Schule passte sie ihre alte Freundin Faith Thompson ab, aber Faith legte ihr gegenüber eine verletzende Zurückhaltung an den Tag. Sie warf Mamselle einen Seitenblick zu, schenkte Evalyn ein scheues Lächeln und meinte, sie müsse ihrem Vater im Laden helfen. Sie hastete davon und blickte nur einmal mit einem entschuldigenden gezwungenen Lächeln über die Schulter zurück.

Nicht anders erging es Evalyn mit all ihren anderen alten Freundinnen. Sie waren höflich, aber plötzlich distanziert, so als sprächen sie nicht mehr dieselbe Sprache.

Warum kann mich bloß niemand mehr leiden?, fragte sich Evalyn niedergeschmettert. Ich habe doch nichts Furchtbares getan und habe sie doch alle so schrecklich gern! Sie blickte auf den Mount Hayden, den Mount Abraham, das rote Amphitheater, und dachte: Ich hätte euch nie verlassen dürfen. In Zukunft werde ich euch nicht mehr sehr oft zu sehen bekommen. Ich muss jetzt ein reiches Mädchen sein.

Nur Dewdrop, den sie in den Ashenfelter-Stallungen besuchte, benahm sich ihr gegenüber so wie immer und rieb seine samtige Nase an ihrer Schulter. Evalyn fütterte ihn mit Zuckerwürfeln, die er so sehr liebte. Sie wäre gerne ausgeritten, aber da Mamselle nicht reiten konnte, meinte Tom, dass sie sich bis zu ihrem nächsten Besuch in Ouray würde gedulden müssen. »Ich möchte nicht, dass du allein ausreitest, Evalyn!«

»Aber warum denn nicht, Vater? Ich kenne hier jede Straße ...«

»Tu einfach, was ich dir sage, Evalyn«, entgegnete er schroff. »Ich bin ein vielbeschäftigter Mann.«

Mamselle, die bei der Aussicht, bald nach Paris zu reisen, ganz aus dem Häuschen war, redete von nichts anderem mehr als von Kleidern. Sie erläuterte ihr auf Französisch, was gerade modern war, zeigte ihr verschiedene Roben in Magazinen und forderte ihren Schützling auf, ihr den einen oder anderen Satz nachzusprechen.

»Voilà une robe ... et voilà des bijoux ...«

Das Bild zeigte eine Frau mit Wespentaille in einem Chiffon-Kleid mit engen Ärmeln und Spitzenmanschetten über dem Handgelenk. Sie trug ein Kollier um den Hals, Diamantringe an der Hand und saß zurückgelehnt auf einer Chaiselongue.

»Die *Bijoux* gefallen mir«, erklärte Evalyn.

»J'aime les bijoux«, verbesserte Mamselle. »Sprich Französisch. Du hast deiner Mutter versprochen, dir Mühe zu geben.«

Evalyn gehorchte, aber die Französin schien nicht sonderlich beeindruckt. Um so empfänglicher schien sie für die bewundernden Blicke zu sein, die Jim Cahill ihr zuwarf, wenn sie am Fenster stand und ihn dabei beobachtete, wie er das Gelände überquerte.

In dieser Nacht hörte Evalyn, wie Mamselles Tür geöffnet wurde, hörte die Treppe knarren und anschließend die Hintertür leise ins Schloss fallen. Sie stieg aus dem Bett und ging ans Fenster. Ihre Gouvernante hastete verstohlen über die offene Fläche zwischen dem Cottage und dem Haus des stellvertretenden Verwalters. Drüben öffnete sich die Tür wie von allein, um sie hereinzulassen.

Was will sie nur um diese Zeit bei Mr. Cahill?, fragte sie sich verwundert. Sie blieb noch eine Weile am Fenster, aber im Nebenhaus blieb es dunkel, sodass sie sich nach einer Weile wieder hinlegte.

Vinsons Schrei aus dem Nebenzimmer ließ sie kurz darauf hochfahren.

»Mutter! *Mutter!*«, rief er in einem Tonfall blanken Entsetzens. Evalyn lief hinüber zu seinem Zimmer, aber ihr Vater war vor ihr dort.

»Beruhige dich, es ist alles gut, du hast nur schlecht geträumt ...«

Aber Vinson lag kreidebleich da, blickte aus unnatürlich glänzenden Augen zu ihnen auf und schüttelte den Kopf.

»Mamselle scheint ja einen tiefen Schlaf zu haben!«, bemerkte Tom, als die Gouvernante sich nicht blicken ließ.

»Sie schläft nicht. Sie ist zu Besuch bei Mr. Cahill.«

Ihr Vater schien verblüfft und musterte sie dann mit sonderbarem Blick. »Was du nicht sagst.«

»Was hast du denn geträumt?«, fragte Evalyn beim Frühstück.

»Ich kann mich nicht erinnern. Ich weiß nur noch, dass es um uns ging.« Er warf seiner Schwester einen bedeutungsvollen Blick zu. »Ich meine, um dich und mich, Evalyn.«

Als Mamselle sich immer noch nicht blicken ließ, erbot sich Evalyn, nach oben zu gehen und sie zu wecken.

»Mamselle hat uns verlassen«, teilte ihr Vater ihnen kurz angebunden mit.

Die beiden Kinder starrten ihn verdattert an.

»Sie hat uns *verlassen*?«

»Ich bin ihr heute Morgen begegnet«, sagte Tom, »als sie gerade heimkam ... von einem Spaziergang. Sie wollte mit dem ersten Zug nach Denver fahren. Und jetzt kommt, Kinder. Ihr müsst euch ein oder zwei Stunden in meinem Büro beschäftigen, und ihr werdet diesen Raum nicht – unter keinen Umständen, habt ihr verstanden? – ohne meine ausdrückliche Erlaubnis verlassen. Habe ich mich deutlich genug ausgedrückt?«

»Ja, Vater.«

Tom betrachtete seine beiden Kinder beunruhigt. Höchste Zeit, sie heimzubringen.

Er stand vom Tisch auf. Er musste noch etwas in die Wege leiten, bevor sie nach Washington zurückkehrten. Ouray brauchte eine Bibliothek, und es gab da einen Architekten namens Keith aus Indianapolis, der ihm wärmstens empfohlen worden war. Er wollte ihm schreiben und ihn bitten, einen Entwurf zu zeichnen, den er dann Bürgermeister George Scott und dem Stadtrat von Ouray zeigen wollte. Das wäre ein sinnvolles Geschenk an die Stadt, die ihm so sehr am Herzen lag.

18. KAPITEL

Paris war eine völlig andere Welt.

Die Walshs hatten fast den gesamten zweiten Stock des Elysée Palace Hotels auf den Champs-Elysées angemietet. Nachdem sie nach der langen Reise gründlich ausgeschlafen hatten, liefen Evalyn und Vinson von einem Zimmer zum anderen und blickten staunend hinunter auf die mit Kopfstein gepflasterten Boulevards mit ihren langen Baumreihen und eleganten Kutschen. Von der Suite ihrer Eltern aus konnten sie sogar ein Stück des *Arc de Triomphe* sehen. Mit ihren Eltern unternahmen sie einen ersten Ausflug zur Weltausstellung, und mit Annie gingen sie in den Gärten des Louvre spazieren. Es ärgerte sie, dass sie wieder einmal keinen Schritt allein machen durften. Aber es hieß, wegen der Weltausstellung wären Tausende von Touristen angereist, und es wäre viel zu gefährlich, wenn sie sich alleine auf den Straßen herumtrieben. Dem ängstlichen Tonfall ihrer Eltern war zu entnehmen gewesen, dass sie diese Warnung ernst meinten.

»Sie befürchten, jemand könnte euch entführen!«, vertraute Annie ihnen an. »Wisst ihr, was Kidnapping ist?«

Sie lachten. »Das würde niemand wagen!«, rief Evalyn aus. »Ich würde ihm die Augen auskratzen!«

Annie seufzte. »Ich fürchte, auch wenn du dich aufführst wie eine Furie, hättest du gegen richtige Entführer keine Chance. Sie würden dir die kurzen Hammelbeine lang ziehen. Da bist du nur ein schwaches kleines Mädchen.«

Vinson freundete sich bald mit einem englischen Jungen namens Jonathan Ainsworth an, der mit seinen Eltern im selben Hotel wohnte. Die Familie wollte den Sommer in Le Touquet verbringen und lud Vin dorthin ein.

»Ich würde viel lieber mit Jonathan aufs Land fahren, als in Paris zu bleiben. Wir könnten fischen gehen, schwimmen und das alles.«

Tom und Carrie holten diskret Erkundigungen ein, ehe sie einwilligten, und schon bald darauf blieb Evalyn allein zurück. Sie spürte das Kribbeln in der Luft, schaute sich vom Hotelfenster im zweiten Stock aus die modisch gekleideten Menschenmassen an, die die Champs-Elysées hinunterflanierten, betrachtete ihr eigenes einsames Spiegelbild und tröstete sich mit Schokoladenkeksen.

Paris war im Weltausstellungsfieber. Ein ganzes *Quartier* – das *Gros Caillou* – war für den Verkehr gesperrt und der *Exposition Universelle* überlassen worden. Das Ausstellungsgelände schloss auch die Champs-Elysées, die Esplanade des Invalides, die Quais, den Trocadero und den Champ-de-

Mars ein. Verschwenderische neue *Palais,* die speziell als Ausstellungsräume für die Vertretungen aller Herren Länder errichtet worden waren, schmückten diese Viertel mit beinahe babylonisch anmutender Pracht. Sie waren mit großzügigen Treppenhäusern und Galerien ausgestattet, mit Kuppeldächern, auf denen Wimpel und Nationalfahnen wehten. Auf dem Champ-de-Mars, im Schatten des Eiffelturms, auf dessen Spitze die Tricolore stolz über Paris flatterte, befand sich das *Palais des Mines et de la Métallurgie.* Unter den Exponaten befand sich auch eins aus Colorado, das eine Goldmine namens Camp Bird darstellte.

Das Wetter hätte besser nicht sein können. Ostersonntag und Ostermontag brachten die Besucher der Ausstellung Picknickkörbe mit. Es war die erste Ausstellung in Paris seit elf Jahren, und die Pariser genossen das internationale Flair. Geduldig standen sie an den Eingängen Schlange, suchten sich zum Essen schattige Plätzchen und probierten anschließend jauchzend zwei der Ausstellungswunder aus: das bewegliche Pflaster und die elektrische Straßenbahn, die Besucher von einem Ort zum nächsten brachte.

Tom und Carrie hatten einen vollen Stundenplan; ihre verantwortungsvolle Position ließ ihnen wenig Zeit für privates Vergnügen. Sie gaben Dinnerpartys und veranstalteten *soirées musicales* und Banketts im Ritz, zu denen sie Politiker, Vertreter der Pariser *Haute volée* und sonstige Prominenz einluden.

Annie begleitete Evalyn nur zu gerne auf die Ausstellung, sie fand dieses Abenteuer direkt vor ihrer Haustür nicht minder spannend als Evalyn selbst. Sie zeigte ihrem Schützling *Le Vieux Paris,* eine Rekonstruktion des mittelalterlichen Paris in Höhe des Pont de l'Alma unmittelbar am Seine-Ufer, mit Fachwerkhäusern und zinnenbewehrten Türmen. Das »Alte Paris« erstreckte sich bis zur neuen *Pas-*

serelle, einer provisorischen Fußgängerbrücke, die gegenüber des Palais der Land- und See-Streitkräfte die Seine überspannte.

»Wusstest du, dass Menschen in solchen Häusern gewohnt haben, lange bevor Amerika entdeckt wurde?«

»Natürlich weiß ich das, du dummes Ding! Sollen wir uns jetzt die Camp-Bird-Ausstellung ansehen? Ich kann es gar nicht erwarten!«

Der »Minen- und Metallurgie-Palast« war ein imposantes Gebäude mit Bogen-Galerien und Kuppeln, an denen Wimpel träge im Wind wehten. Schon nach wenigen Minuten hatten sie gefunden, was sie suchten: »Camp Bird Mine, Ouray, Colorado, USA.«

Evalyn fühlte, wie ihr Herz sich zusammenzog. Hier, mitten auf der großen Pariser Weltausstellung, stand ein maßstabgetreues Modell von Camp Bird! Aber von den Menschen, die es sich anschauten, wussten nur sie und Annie um die vielen Jahre bis zur Entdeckung der Mine und dass dies Thomas F. Walsh, der so respektvoll in der gedruckten Legende genannt wurde, beinahe das Leben gekostet hatte. Sie sahen zu, wie das »Erz« in die Miniatur-Stampfmühle gebracht und pulverisiert wurde, um dann den Extraktionsprozess zu durchlaufen, bei dem das Gold aus dem Gestein herausgelöst und in Barren gegossen wurde.

»Sieh nur«, flüsterte Annie entzückt. »Da ist das Hotel, und da sind Ashenfelters Stallungen, die Molkerei und das Verwalterhaus – sogar der Mount Abraham; es ist alles so naturgetreu!«

Evalyn las den Begleittext. »Camp Bird wurde 1896 vom heutigen Besitzer, Mr. Thomas F. Walsh entdeckt. Die Mine produziert durchschnittlich Goldbarren im Wert von 5000 $ täglich.«

»Hast du das gesehen, Rawlinson?«, rief jemand hinter

Evalyn sehnsüchtig aus. »Das achte Weltwunder – eine *private* Goldmine! Jeden Tag ein neues Vermögen! Was meinst du, wie groß der Anteil ist, der in Walshs Tasche wandert?«

Evalyn war entsetzt, dass völlig fremde Leute so über ihren Vater sprachen, trotzdem wartete sie neugierig auf die Antwort.

»Mindestens sechzig Prozent, würde ich meinen!«, entgegnete eine zweite Stimme. »Immerhin wird sein Jahreseinkommen auf 1,2 Millionen Dollar geschätzt – möglicherweise das höchste weltweit.«

Der andere Mann pfiff leise. »Das ist geradezu unanständig!« Dann fragte dieselbe Stimme scherzhaft: »Er hat nicht zufällig unverheiratete Töchter?«

Evalyn drehte sich um und starrte die beiden Männer an, denen die Stimmen gehörten. Beide trugen graue Seidenkrawatten und Zylinder und hatten gepflegte Schnauzbärte mit dünnen gewachsten Enden. Einer von beiden hielt einen Spazierstock mit silbernem Knauf in der Hand.

Evalyn blickte verächtlich von einem zum anderen und herrschte sie lautstark an. »Wenn Sie zwanzig Jahre lang tagtäglich *Ihr* Leben riskiert hätten, würden Sie wahrscheinlich nicht so dummes Zeug von sich geben über Dinge, von denen Sie ganz offensichtlich nichts verstehen.«

Annie zupfe sie am Ärmel. »Evalyn, um Himmels willen!«

Evalyn ließ sich wegführen. »O Gott, ist das nicht die Walsh-Erbin?«, hörte sie jemanden flüstern.

Annie kniff sie in den Arm und zischte ihr ins Ohr: »Mach nicht so ein Theater.«

»Aber es macht mich wütend, zu hören, dass die Leute dummes Zeug über Vater erzählen«, erwiderte sie heftig.

Sie warf einen Blick zurück, während Annie sie fortzog.

Die beiden eleganten britischen Gentlemen blickten ihr lächelnd nach und schienen verwirrt. Plötzlich und schmerzhaft fühlte sie sich selbst wie ein Exponat; sie hatte sich in jemanden verwandelt, der ihr fremd war, jemanden, über den man tuschelte und den man die Walsh-Erbin nannte.

»Warum können wir nicht einen langen Spaziergang machen und uns Paris ansehen? Ich meine, das echte Paris ... Wo uns niemand kennt«, bettelte sie. »Außerhalb des Ausstellungsgeländes.«

Annie war dankbar für jede Lösung, die es ihr erlaubte, Evalyn weiteren potenziellen Provokationen zu entziehen.

»Also gut, aber du hältst deine Zunge im Zaum, verstanden!«

Sie verließen das Gebäude und hatten wenige Minuten später das Ausstellungsgelände hinter sich gelassen.

Evalyn konnte gar nicht genug bekommen von allem, was es in der Stadt zu sehen und zu hören gab. Die Pariserinnen trugen allesamt Sommerkleider, deren Säume und Schleppen über das Pflaster schleiften, dazu hohe enge Spitzenkragen, flache Hüte, die mit Tüll oder Federn verziert waren und wie durch ein Wunder auf kunstvollen Hochfrisuren thronten, und Handschuhe. Die Herren trugen Seidenzylinder, Melonen oder Strohhüte und schmale Krawatten zu Flügelkragen; viele führten einen Spazierstock mit sich. Aber der eigentliche Höhepunkt war für Evalyn Paris selbst: die hohen Gebäude mit den schmiedeeisernen Balkongeländern; die glänzend schwarzen, leuchtend gelben und dunkelblauen Kutschen; die von Pferden gezogenen Omnibusse, das Rattern der Räder und das Klappern der Hufe; sogar der Geruch der Pferdeäpfel, der sie an daheim erinnerte. Aber anders als in Washington herrschte in Paris eine Atmosphäre, die zu sagen schien: »Vergnügen ist keine Option, sondern der alleinige Sinn des Lebens.«

Die Gedanken an Washington weckten die Erinnerung an das Haus der McLeans in der First Street; an den samstäglichen Tanzunterricht und Ned; an Friendship, wo dieser ihr seine Zuflucht gezeigt hatte, während sie ihn insgeheim für sein sonderbares einsames Leben bemitleidet hatte.

Ich hätte nie gedacht, dass ich Washington vermissen würde, dachte sie. Warum sieht man vieles erst aus der Ferne?

Eine alte Frau in einem zerlumpten schwarzen Kleid lehnte an einer Hauswand und hielt den Passanten eine emaillierte Blechtasse hin, in der sie ein paar Münzen klappern ließ. Im Vorbeigehen sah Evalyn, dass die Tasse genauso aussah wie jene, die ihr Vater auf seinen Ausflügen in die Berge mitgenommen hatte. Sie lief zurück und legte das Kleingeld aus sämtlichen Taschen in die Tasse. Die Frau blickte sie aus in den Höhlen versunkenen Augen verblüfft an.

»Wie viel hast du ihr gegeben?«, wollte Annie wissen.

Evalyn zuckte die Schultern. »Alles, was Papa mir heute Morgen gegeben hat! Etwa fünfhundert Francs.«

»Er sollte dir nicht so viel Geld geben!«

»Er dachte, damit kämen wir eine Weile aus.«

»Und wovon sollen wir auf unserem Ausflug durch diese große fremde Stadt leben?«

»Leg du es aus, Annie. Vater wird dir deine Ausgaben erstatten.«

»Ich habe nur vier Francs dabei ...«

Plötzlich schnappte Annie nach Luft und schlug eine Hand vor den Mund.

»Was ist denn?«

Die Haushälterin starrte auf ein Plakat, das für eine Vorstellung in einem Tanzlokal namens Moulin Rouge warb; auf dem Bild lupften tanzende Mädchen ihre Röcke und zeigten einem männlichen Publikum ihre Rüschenunterröcke.

»Sieh nicht hin!«, rief Annie schockiert. »Das ist skandalös!«

Aber an fast jeder *colonne Moris,* an der sie vorbeikamen, hing dasselbe Plakat, und Evalyn betrachtete es neugierig.

Es war bereits Mittag, als sie die Place Pigalle erreichten. In den Straßenlokalen drängten sich Pariser Bürger und Touristen, und die verführerischen Düfte nach Suppe, Knoblauch und frischem Brot stiegen ihnen in die Nase.

»Ich sterbe vor Hunger«, stellte Evalyn fest. »Lass uns Mittag essen.«

»Ich habe nicht genug Geld dabei. Aber wir könnten uns zumindest setzen und ...«

Aber Evalyn starrte auf die dekorativen Windmühlenflügel, die die Fassade eines Gebäudes in Form einer Mühle schmückten. Über der Tür prangte in roten Lettern der Name ›Le Moulin Rouge‹.

»Ist das nicht das Etablissement, in dem die Tänzerinnen ihre Unterhosen zeigen?«, fragte sie Annie leise. »Sollen wir einen Blick hineinwerfen?«

»Nur über meine Leiche!«

Zwei junge Frauen mit flammend roten Haaren und Rouge auf den Wangen schlenderten vorbei und warfen den Männern aufmunternde Blicke zu. Sämtliche Männer an den Tischen der Straßencafés folgten ihnen mit den Augen; einige lächelten nur, während andere den jungen Frauen Komplimente zuriefen.

»Hör auf, sie anzustarren!«, schimpfte Annie. »Das sind Bordsteinschwalben!«

»Was heißt das?«

Annie machte ein grimmiges Gesicht. »Das hat dich nicht zu interessieren, kleines Fräulein. Und ich rufe uns jetzt eine Droschke.«

Als sie am Abend im Bett lag, ließ Evalyn den Tag noch einmal Revue passieren. Sie dachte an die »Bordsteinschwalben«, wie Annie sie genannt hatte, die geschminkt umherlaufen durften, sich die Haare färbten und von allen bewundert wurden.

Am nächsten Morgen, unmittelbar bevor sie mit Annie aufbrach, rieb sie mit einem feuchten Finger die rote Farbe vom Einband des Reiseführers und malte sich die Wangen rot an.

»Großer Gott«, hauchte Annie, als sie ihren dreizehnjährigen Schützling so auf die Straße laufen sah. »Was hast du nur wieder angestellt! Du siehst ja aus wie ein Flittchen!«

Aber Evalyn war vollauf damit beschäftigt, die Frauen vom Vortag nachzuahmen. Ein Mann kam ihr entgegen, und sie warf ihm einen koketten Blick zu, den sie sich von den hübschen Rothaarigen abgeguckt hatte. Er blieb stehen, drehte den Kopf, grinste und lupfte den schwarzen Zylinder mit einer anzüglichen Vertrautheit, die Annie erblassen ließ. Dann drehte er um und kam immer noch lächelnd auf sie zu, den Blick unverwandt auf Evalyn geheftet.

»Weg!«, rief Annie und fuchtelte mit dem rechten Arm herum, als wäre er einer der streunenden Kater, die sich in Ouray in ihren Garten geschlichen hatten, um der Nachbarkatze den Hof zu machen.

Sie packte Evalyn am Arm und zerrte sie schimpfend zurück zum Hotel.

»Ich habe doch nur ein bisschen geschauspielert«, protestierte Evalyn und versuchte vergeblich, sich aus Annies eisernem Griff zu befreien. Die Haushälterin steuerte schnurstracks auf Carries Zimmer zu. Carrie nahm gerade in einem Second-Empire-Bett mit weißem Himmel ihr Frühstück zu sich. Sie lehnte an dicken Kopfkissen, und das Haar hing ihr zum Zopf geflochten über der Schulter. Sie stutzte und starrte ihre Tochter verständnislos an.

»Evalyn, was um alles in der Welt hast du da im Gesicht!«

»Sie hätten sie sehen sollen, Mrs. Walsh!«, rief Annie aufgebracht. »Sie hat sich angemalt, als ich einen Moment nicht hingesehen habe, und als wir draußen auf der Straße waren, hat sie einem wildfremden Mann schöne Augen gemacht wie ... wie eine ...« Sie brach ab, warf einen Blick auf Evalyn und fuhr in gedämpftem Tonfall fort. »Ich kann nicht länger die Verantwortung für sie übernehmen, wenn sie sich so benimmt! Ich meine ... ich kann nicht für ihre Sicherheit garantieren!«

Carrie erblasste und schob ihr Frühstückstablett zur Seite. »Wasch dir sofort das Gesicht, Evalyn«, befahl sie eisig. »Und wenn du wieder anständig aussiehst, kommst du hierher zurück. Ich werde mit deinem Vater sprechen!«

Als Evalyn in das Zimmer ihrer Mutter zurückkehrte, war dieses leer, aber die Verbindungstür zum Ankleidezimmer ihres Vaters stand offen. Sie hörte seine tiefe, beruhigende Stimme.

»Sie ist nur ein unschuldiges Kind, Carrie! Das war doch nur eine Albernheit ...«

»Solche Albernheiten sind aber gefährlich! Es ist höchste Zeit, dass wir ihr die Grenzen aufzeigen, Tom. Ich meine es ernst. Das ist kein Spiel. Ist dir eigentlich klar, was hätte passieren können ... wenn Annie nicht bei ihr gewesen wäre? Ich will gar nicht daran denken.«

Evalyn schlich davon. Warum machte ihre Mutter nur ein solches Theater? Man könnte meinen, sie hätte eine Bank überfallen!

Sie ging zu Annie, die jedoch nicht in der Stimmung war, sie zu trösten.

»Diesmal werden sie dich bestrafen, Fräulein«, verkündete Annie. »Und da ich an dich gekettet bin wie eine Fußfessel, werde ich mitbestraft!«

Zwei Tage später saß Evalyn mit Annie in einer Kutsche und fuhr quer durch Paris. Es war feucht und bewölkt. Die kräftigen Gerüche der Stadt drangen durch die offenen Droschkenfenster: Pferdeäpfel und Urin, Kaffee und Blumenduft von den Ständen der *Fleuristes,* die ihre Ware einfach auf dem Gehweg ausstellten. Dann wandelte sich die städtische Szenerie; die elegant gekleideten Leute waren verschwunden, stattdessen sahen sie eine erschöpft und ärmlich wirkende Menschenmenge. Evalyn bat den Kutscher anzuhalten, damit sie aussteigen und sich umsehen konnte, aber er teilte ihr mit, dass er strikte Anweisungen habe, und die Kutsche rollte in unvermindertem Tempo weiter. Er sollte seine Fracht im Couvent du Sacre-Cœur in der Rue de Picpus abliefern, und Carrie hatte Evalyn eine solche Standpauke gehalten, dass diese keinen Ungehorsam wagte.

»Ich schicke dich für eine Weile in ein Kloster, das mir von einer Freundin empfohlen wurde, Evalyn. Dein Vater und ich haben keine Zeit, dich ständig im Auge zu behalten, und bei den Nonnen bist du gut aufgehoben. Außerdem bekommst du täglich Französischunterricht!«

»Aber ich bin doch hier auch gut aufgehoben, Mutter!«, protestierte sie.

Carrie musterte sie streng und sagte gefährlich leise: »Du wirst tun, was ich sage, Evalyn.«

Das Kloster in der Rue de Picpus 35 war ein Sandsteinbau, der bis an die Straße reichte; die Fenster im Erdgeschoss waren vergittert. Aber im Inneren gab es schimmernde Parkett- und Fliesenböden, und es duftete nach Bienenwachs. In einer Nische bei der Treppe stand eine Statue des Sacred Heart umgeben von Vasen mit tiefblauen Iris. Eine junge Nonne nahm sie in Empfang und führte sie eine geschwungene Holztreppe hinauf zu einem Zimmer im rückwärtigen Teil des Gebäudes. Durch die Fenster war ein gepflegter Garten zu sehen, der von Kieswegen durchzogen war; sogar ein flüchtiger Blick auf alte Grabsteine war möglich. Abgesehen von einem Kruzifix hoch oben an der Wand waren Wände und Fußboden des Raumes leer. Es gab zwei schmale Betten mit weißem Bettzeug. Auf jedem lag ein schlichtes weißes Kleid mit einem kurzen weißen Schleier.

Evalyn kam ein schrecklicher Verdacht. »Was sind das für Kleider?«, fragte sie die Nonne.

»Ils sont pour vous«, entgegnete die Schwester mit der sanften Stimme. *»Vous devez vous changer et mettre cette robe-là.«* Sie nahm eins der Kleider und hielt es Evalyn hin.

»Das kann ich nicht anziehen!«, widersprach Evalyn mit einem nervösen Kichern, als die Nonne hinausgegangen war. »Ist dir klar, was das ist, Annie? Eine Schwesterntracht!«

»Gefängniskluft!«, brummte Annie säuerlich. »Nenn die Dinge ruhig beim Namen.« Sie ließ den Blick grimmig durch den spartanischen Raum schweifen, in dem die beiden Betten fast den ganzen Platz an den Wänden einnahmen. »Ich hoffe, es macht Ihnen nichts aus, das Zimmer mit mir zu teilen, Miss«, fügte sie hinzu, »aber das wurde so verfügt, damit ich besser auf Eure Hoheit aufpassen kann!«

»Es macht mir ganz und gar nichts aus, das Zimmer mit dir zu teilen«, entgegnete Evalyn hitzig. »Ich verstehe allerdings nicht, warum man mich behandelt wie eine Kriminelle. Ich habe doch nichts Schlimmes getan!«

Ihre Stimme bebte. Annie legte tröstend die Arme um sie.

»Natürlich nicht, du dummes Ding. Aber du kannst auch nicht herumlaufen und jedes Flittchen nachahmen, das du siehst. Deine Mutter macht sich Sorgen um dich. Sie will nur sichergehen, dass dir nichts passiert. Und sie hofft, dass du hier zumindest ein klein wenig Französisch lernst.«

»Nein, sie hat mich nicht aus Sorge weggeschickt; sie wollte mich nur loswerden«, entgegnete Evalyn leise.

Tage verstrichen, und nach einer kurzen Eingewöhnungszeit fügten die Neulinge sich in das Klosterleben ein. Annie behielt allerdings ihre säuerliche schottische Sicht der Dinge bei: Für sie war das Kloster ein heidnischer Ort, an dem das Oberhaupt der katholischen Kirche verehrt wurde. Evalyn ihrerseits fand die neue Erfahrung so faszinierend, dass sie beschloss, zumindest für eine Weile mitzuspielen.

»Ich werde eine kleine Nonne!«, teilte sie Annie mit. »Immer noch besser, als mich zu Tode zu langweilen!«

Annie beobachtete Evalyn verstohlen, wie sie in ihrem weißen Habit lautlos und mit zu Boden gerichtetem Blick die gebohnerten Flure hinunterglitt, artig vor der Mutter Oberin knickste und den Kopf unter dem weißen Schleier senkte. In der Kapelle betrachtete Evalyn die gewölbte Decke, die hohen Buntglasfenster in Rosa-, Grün- und Blautönen, die flackernden Kerzen, die weißen Rücken der Nonnen, die ihr im stillen Gebet vorkamen wie Geister. Sie hörte den weichen Klang der Angelusglocke über ihnen. Sie erfand aufregende Übersetzungen der lateinischen Inschrift *»Fiat illud quod tam sitio«* an einer der Kapellenwände.

Schon bald stellte sie befriedigt fest, dass sie Eindruck machte. Die Anerkennung gab ihr Auftrieb, sodass sie sich in ihren Studien ermutigt fühlte und tatsächlich im Französischunterricht Fortschritte machte.

Als ich hergekommen bin, dachte sie, wobei sie ihr Umfeld unter gesenkten Lidern verstohlen beobachtete, haben sie mich für irgendeine Delinquentin gehalten. Sie haben ja nicht geahnt, dass ihnen eine Heilige ins Haus geschneit ist. Wenn die Nonnen Mutter Bericht erstatten, wird sie einsehen, dass sie mir unrecht getan hat!

Sie wartete ungeduldig darauf, wieder aus dem Kloster entlassen zu werden, aber zwei Wochen verstrichen, und in den kurzen Briefen ihrer Eltern deutete nichts darauf hin, dass diese beabsichtigten, sie in absehbarer Zeit zurückzuholen. Stattdessen las sie in der Zeitung, die Annie sich mit einem kleinen Schmiergeld über eine Laienschwester besorgt hatte, von der privaten Dinnerparty, zu der ihr Vater eine Reihe illustre Gäste geladen hatte. Er hatte einen Ausflugsdampfer auf der Seine für geschätzte 40.000 $ in einen schwimmenden Palast verwandeln lassen.

»Und das nur für eine Dinnerparty!«, schnaubte Annie missbilligend. »Dein Vater ist verrückt!«

»Er tut das zum Ruhme Amerikas!«, ereiferte sich Evalyn. »Damit will er nicht angeben!«

Aber zu wissen, dass ihre Eltern das Tagesgespräch der französischen Hauptstadt waren, verstärkte nur ihr Gefühl von Einsamkeit. Warum sollten sie bei dem Leben, das sie führten, auch nur einen Gedanken an ihre ungehorsame, störrische Tochter vergeuden?

»Tu es une bonne fille«, lobte die Mutter Oberin Evalyn eines Tages draußen im Garten und tätschelte dabei ihre Hände. Die alte Nonne saß in einem mit Rollen versehenen Stuhl, der für gewöhnlich – wie auch jetzt – von der jungen Schwester geschoben wurde, die Evalyn und Annie bei ihrer Ankunft auf ihr Zimmer gebracht hatte.

»Merci, *ma mère*«, erwiderte Evalyn und hielt den Blick auf den Kies und die Einfassung des gepflegten Blumenbeetes gerichtet.

»Gefällt es dir hier?«, fragte die alte Nonne hierauf auf Englisch.

Evalyn zuckte die Achseln. »Es ist nett«, antwortete sie, um nicht unhöflich zu sein.

»Das hier ist ein interessanter und sogar historischer Ort, Evalyn«, fuhr die Nonne fort. »Warst du schon auf dem Friedhof?«

»Nein, *ma mère*.«

»Dann komm, Kind, ich zeige ihn dir.«

Der Friedhof war mit einer Mauer vom Garten getrennt. Die junge Nonne öffnete das quietschende Eisentor. Als Evalyn begann, die Inschriften auf den Grabsteinen zu entziffern, ging ihr auf, dass dies kein gewöhnlicher Friedhof war; die Namen waren allesamt die von Prinzessinnen, Herzoginnen und Baronessen. Ziemlich weit hinten befand sich ein ganz einfacher Grabstein, auf den die Klostervorsteherin Evalyn aufmerksam machte. Sie las den Namen und machte große Augen. Aufgeregt wandte sie sich der Mutter Oberin zu.

»Lafayette ... Dieser Mann war so wichtig für Amerika, *ma mére* ... Liegt er wirklich hier begraben?«

»Ja, Evalyn. Der Marquis de La Fayette wurde hier bestattet.«

Evalyn zeigte auf ein weiteres Tor, hinter dem sich ein schlichter Grashügel befand.

»Und was ist das?«

»Frag nicht, Kind. Du würdest nur Albträume bekommen!«

Abends auf ihrem Zimmer zeigte Evalyn vom Fenster aus in Richtung Friedhof und sagte: »Lafayette liegt hier begraben!«

»Ich weiß«, entgegnete Annie. »Ich habe mir den Friedhof angesehen, während du vollauf damit beschäftigt warst, den Schwestern dein Theater vorzuspielen. Aber ich wette, sie haben dir nicht erzählt, dass sich auf dem kleinen eingezäunten Friedhof dahinter das Massengrab von 1300 kopflosen Leichen befindet. Während du die Heilige Evalyn gespielt hast, hat der Hausmeister mir alles über das Grab erzählt. Er spricht fast so gut Englisch wie ich. Wir sind umgeben von Geistern, mein armes Mädchen. Die Toten wurden direkt von der Guillotine hergebracht, die nur ein Stück weiter die Straße runter stand! Die Köpfe wurden später in Säcken gebracht und einfach oben auf die Leichen gekippt! Ströme von Blut müssen damals durch die Straßen geflossen sein!«

In der Nacht wachte Evalyn in Panik auf, ihr Herz klopfte bis zum Hals. Die leeren Augenhöhlen von 1300 Totenschädeln starrten sie an.

Sie weckte Annie. »Das war nur ein böser Traum«, murmelte diese. »Leg dich wieder hin, und lass uns noch etwas schlafen, ja?«

Aber Evalyn schlüpfte stattdessen zu Annie unter die Bettdecke.

»Ich muss weg hier«, flüsterte sie und umklammerte Annies Hand. »Ich kann hier nicht länger bleiben. Ich werde gleich morgen früh mit der Mutter Oberin sprechen. Sie wird Mutter eine Nachricht schicken.«

Nach dem Frühstück suchte Evalyn die Mutter Oberin in deren Büro auf.

»Ma mère«, begann sie und knickste ehrerbietig. »Ich würde gerne mit Ihnen sprechen, wenn Sie einen Moment Zeit für mich hätten.«

»Handelt es sich um eine spirituelle Angelegenheit, *ma petite?*«

Ihr Tonfall war so sanft, dass Evalyn überzeugt war, bereits gewonnen zu haben, und so neigte sie den Kopf und murmelte leise: »Ja.«

Die Nonne lächelte. »Setz dich, mein Kind. Ich glaube, ich weiß, was du mir mitteilen willst. Ich beobachte dich schon eine ganze Weile. Du trägst dich mit dem Gedanken zu konvertieren, habe ich Recht? Du möchtest Katholikin werden wie dein Vater, stimmt's?«

Evalyn war im ersten Moment sprachlos. Sie hob den Kopf und blickte der Nonne in die Augen.

»Aber mein Vater geht noch nicht einmal in die Kirche, *ma mère*«, platzte es aus ihr heraus.

»Trotzdem habe ich dich beobachtet. Du besitzt eine natürliche Frömmigkeit und hast dich bei uns wunderbar eingefügt.«

»Ich ... könnte Katholikin werden«, sagte Evalyn langsam. Der Gedanke reizte sie und war darüber hinaus in ihrer gegenwärtigen Situation diplomatisch sinnvoll.

Die alte Nonne nickte zufrieden. »Und vielleicht möchtest du ja zu gegebener Zeit eine von uns werden? *Le Bon Dieu* wäre hoch erfreut ... Hast du schon darüber nachgedacht, Evalyn?«

Panik erfüllte Evalyn. Es kam ihr vor, als wäre sie in ihre eigene Falle gelaufen.

»Denk darüber nach, mein liebes Kind. Ich werde dafür sorgen, dass man dich einweist.«

Annie lachte schallend, als Evalyn ihr alles erzählte.

»Sie hat gesagt, Gott würde sich darüber freuen!«

»Es würde ihn vielleicht belustigen«, entgegnete Annie, »aber das dürfte auch alles gewesen sein.«

»Es geht mir auf die Nerven, dass hier offenbar alle glauben, er würde in Lauerstellung oben auf einer dicken weißen Wolke hocken. Ich denke, er hat Wichtigeres zu tun, als zu beobachten, was ich so treibe. Ich meine, die Welt ist groß, oder?«

»Für dich aber offenbar nicht groß genug, sonst hätten deine Eltern uns nicht hierher verbannt«, bemerkte Annie säuerlich.

»Annie, wir müssen hier raus. Sie versuchen, eine Nonne aus mir zu machen!«

»Das hättest du dir überlegen sollen, bevor du dich aufgeführt hast wie eine Dirne!«

Evalyn blickte auf das grinsende Gesicht ihres ehemaligen Kindermädchens und erwiderte hitzig: »Ich hatte doch keine Hintergedanken. Ich habe nur geschauspielert. Aber jetzt müssen wir von hier verschwinden, bevor es zu spät ist.«

»Ich habe mir einen Fluchtplan ausgedacht«, raunte sie Annie zu, als sie sich beim Mittagessen wiedersahen. »Ich habe mir alles bis ins kleinste Detail überlegt ...«

Annie formte mit den Lippen stumm die Worte »Sei still«. Eine der Nonnen las aus einem Buch mit dem Titel *»L'histoire d'une Âme«*, während die anderen mit gesenktem Blick ihre Suppe löffelten.

Noch am selben Nachmittag adressierte Evalyn einen Umschlag, und am Abend kurz vor der Vesper gingen sie und Annie zum Seiteneingang und baten die Novizin, die dort saß, ihnen zu gestatten, den Brief aufzugeben.

»Er ist an meine Mutter«, erklärte Evalyn. Die Novizin musterte sie argwöhnisch. »Eine Privatangelegenheit. Es ist wirklich wichtig!«

»Wartet, ich werde nachfragen ...«

Sobald das Mädchen fort war, schob Evalyn den schweren Riegel zurück, öffnete die Tür, und sie und Annie hasteten die Rue de Picpus hinunter. Annie hielt die erste Droschke an, die ihnen begegnete, eine alte Viktoria, die von einem Schimmel mit verletzten Knien gezogen wurde.

»Elysée Palace Hotel, Monsieur!«, rief sie dem Fahrer zu und schob Evalyn rasch auf den Sitz.

»Vite! Vite!«, drängte Evalyn atemlos und warf einen Blick zurück auf die Klostertür, in der jetzt das blasse Gesicht der Novizin zu sehen war, die ganz offensichtlich nach ihnen Ausschau hielt.

Carrie zog sich gerade um für das Bankett, das sie und Tom am Abend zu Ehren des französischen Ministers für Industrie und Handel gaben. Sie trug das Kollier, das Tom ihr in Washington geschenkt hatte, und steckte sich gerade die Rubinohrringe an, die er ihr erst gestern bei Cartier gekauft hatte. Sie hörte ein leises Klopfen an der Tür ihres Ankleidezimmers.

»Entrez«, rief sie lachend. Seit Evalyn sicher im Kloster untergebracht war, fühlte sie sich viel entspannter. Sie hatte erwartet, ihren Mann zu sehen, stattdessen tauchten im Spiegel zwei Nonnen auf. Sie schnappte nach Luft und fuhr herum. Da erst erkannte sie die beiden verlegenen *sœurs.*

»Was um alles in der Welt macht ihr denn hier? Müsstet ihr nicht in der Rue de Picpus sein?«, sagte sie und musste wider Willen beim Anblick Evalyns und Annies im Nonnenhabit lachen.

Evalyn stieg der vertraute Duft des Parfums ihrer Mutter in die Nase. Sie war nach der Fahrt quer durch die Stadt müde; sie hatte die ganze Zeit aus dem Rückfenster Ausschau nach einer sie verfolgenden Kutsche mit einer wutschnaubenden Mutter Oberin an Bord gehalten. Jetzt da sie endlich in Sicherheit war, wäre sie ihrer Mutter am liebsten um den Hals gefallen, aber sie suchte auf Carries Gesicht vergeblich nach einem Hinweis der Freude darüber, sie zu sehen.

»Sie waren grausam zu mir, Mutter!«, jammerte sie.

»Tom«, rief Carrie mit mühsam unterdrückter Hysterie. »Komm rüber, und sieh dir an, wer gerade eingetroffen ist!«

Tom, der sich eben eine Fliege band, kam aus seinem eigenen, angrenzenden Ankleidezimmer, völlig unvorbereitet auf den Anblick Evalyns und Annies im Habit. Er lachte schallend.

»Meine Güte, Tochter«, keuchte er, als er wieder sprechen konnte. »Du schaffst es immer wieder, mich zu verblüffen.«

»Ich hasse es, eingesperrt zu sein. Ich lasse mich nicht einsperren!«, rief Evalyn, stampfte zornig mit dem Fuß auf und riss sich den Schleier vom Kopf, den sie völlig vergessen hatte, bis sie sich im Spiegel sah. »Bitte schick mich nicht zurück. Es war, als wäre ich lebendig begraben! Und ihr habt mich einfach dort gelassen«, fügte sie hinzu und brach in Tränen aus. »An einem Ort, an dem Tausende von kopflosen Leichen begraben liegen.«

Tom schaute sie verständnislos an.

»Was redest du denn da, Evalyn?«, schimpfte Carrie stirnrunzelnd. »Was soll das?«

»Opfer der Guillotine«, erklärte Annie. »Sie wurden auf dem Klosterfriedhof bestattet!«

»Schon gut, Liebes«, sagte Tom und schloss seine weinende Tochter in die Arme. »Davon haben wir nichts gewusst. Niemand wird dich zurückschicken. Aber wie hast du es geschafft zu entkommen?«

Während Evalyn von ihrer Flucht berichtete, verbarg Carrie ihr Gesicht hinter einer Hand, um ihr Lächeln zu verbergen. Kurz darauf sagte sie jedoch streng: »Wenn du nicht im Kloster bleiben willst, muss ich eine Gouvernante für dich finden. Ich habe Annie mitgebracht, damit sie mir zur Hand geht. Nicht als deinen persönlichen Babysitter.«

»Du kannst gerne eine Gouvernante einstellen, Mutter. Alles ist besser als die Rue de Picpus!«

Im Stillen fragte sie sich, warum sie ihrer Mutter nicht mehr einfach um den Hals fallen konnte. Auf einer Welle der Einsamkeit erkannte sie, dass der Boden, der in einer Beziehung erst verloren war, sich nicht so leicht zurückerobern ließ.

19. KAPITEL

Ein paar Tage später wurde Evalyn in den elterlichen Salon gerufen. Auf dem Sofa saß eine junge Frau in einem blauen Kleid und mit schwarzem Strohhut, die sich mit ihrer Mutter unterhielt.

»Das ist Mademoiselle Raye«, stellte Carrie die Fremde vor. »Sie wird dich überallhin begleiten und dir Französischunterricht geben.«

Mamselle stand auf, und Evalyn gab ihr die Hand, wobei sie die grauen Augen, die sanfte Art und den ebenso dezenten wie feinen Duft ihres Parfums registrierte. Sie mochte sie auf Anhieb.

»Es freut mich sehr, deine Bekanntschaft zu machen, Evalyn«, sagte ihre neue Gouvernante auf Englisch, mit starkem französischen Akzent. »Wo möchtest du denn heute gerne hingehen?«

»Bleiben Sie bitte innerhalb des Ausstellungsgeländes, Mamselle«, mischte Carrie sich sofort ein und warf ihrer Tochter einen warnenden Blick zu. »Es ist Evalyn strikt untersagt, das Gelände ohne unsere ausdrückliche Erlaubnis zu verlassen!« Sie wandte sich an ihre Tochter. »Du kannst Mamselle das Camp-Bird-Modell zeigen.«

»Ja, Mutter«, antwortete Evalyn unterwürfig.

Nachdem Evalyn Mamselle das Exponat gezeigt hatte, verließen sie das *palais,* schlenderten den Champ-de-Mars hinunter und gingen zum *Château d'Eau,* dem Wasserturm, wo ein Wasserfall in ein Becken rauschte und Myriaden aufspritzender Wassertropfen in der Sonne funkelten wie Diamanten. Über die dahinter liegenden Arkaden gelangten sie zum *Palais de l'Electricité* und dem Riesenrad.

Evalyn blickte daran hoch. Die Fahrgäste schienen begeistert und zeigten einander aufgeregt verschiedene Sehenswürdigkeiten, während das Rad sich ganz langsam drehte.

»Haben Sie Höhenangst, Mamselle?«

»Ich mag große Höhen nicht«, antwortete diese, »aber die Fahrt geht ja nur über zwei Runden.«

In der Nähe des Riesenrades befand sich ein Andenkenladen mit einer gestreiften Leinwandmarkise. Evalyn schaute sich die Auslage an und wählte schließlich eine Miniatur des Turms von Monsieur Eiffel, der am Ende des Champ-de-Mars aufragte.

»Ist das ein Geschenk für jemand Besonderen?«, fragte Mamselle lächelnd.

»Für einen Freund daheim in Amerika. Er heißt Ned.«

Mamselle kaufte zwei Fahrkarten erster Klasse, und Evalyn stieg mit ihr in eine der Gondeln am äußeren Rand des Rades. Kurz darauf setzte sich das Rad in Bewegung, und Evalyn genoss die Aussicht auf Paris: die Fenster mit ihren Gauben, die Türme der Conciergerie, die goldene Kuppel von *Les Invalides* und das ganze Weltausstellungsgelände mit seinen bunten Fähnchen und der ausgelassenen Atmosphäre.

»Was halten Sie vom Eiffelturm?«, fragte sie Mamselle.

»Man gewöhnt sich daran. Er steht ja inzwischen schon seit elf Jahren hier.«

»Vater findet ihn großartig. Er ist an unserem ersten Tag in Paris schon mit uns hinaufgestiegen, und ich hatte noch Tage später Pudding in den Beinen. Mutter war der Meinung, ich sollte unten bleiben, aber es hat sich der Aussicht wegen gelohnt!«

»Tust du immer, was du willst?«, fragte ihre Gouvernante freundlich.

»Ich denke schon ...«

»Liegt das daran, dass du eine Erbin bist?«

Evalyn dachte darüber nach. »Ich betrachte mich selbst nicht als solche, Mamselle! Ich habe schon immer – wann immer möglich – das getan, was mir Spaß machte, lange bevor Vater Camp Bird entdeckt hat. Ich bin schon immer gerne aufgefallen.«

»Und warum das, Evalyn?«

Evalyn zuckte die Schultern. Sie konnte ihrer Gouvernante nicht erklären, dass sie sich die meiste Zeit unsichtbar vorkam und das Gefühl hatte, auf ihre Existenz aufmerksam machen zu müssen, um sich nicht in Luft aufzulösen.

»Du bist eins der reichsten Mädchen der Welt«, fuhr Mademoiselle Raye kopfschüttelnd fort. »Du wirst immer Aufsehen erregen, ob du es nun willst oder nicht.« Sanft fügte sie hinzu: »Findest du es gut, *alles,* was dir gefällt, zu besitzen und zu tun?«

Evalyn blickte unschuldig mit hochgezogenen Brauen zu ihr auf. »Wozu sollte so viel Geld denn gut sein, wenn nicht, um sich jeden Wunsch zu erfüllen?«

Mademoiselle Raye musterte sie ernst. »Alles im Leben hat seinen Preis, *ma petite*«, sagte sie leise. »Das ist eine der Grundregeln des Lebens.«

»Das klingt ja so, als wäre es unglücklich, solches Glück zu haben wie wir«, rief Evalyn in einem Anflug entsetzter Erkenntnis aus.

Noch während sie sprach, kroch ihr ein kalter Schauder den Rücken hinauf. »O bitte, sagen Sie so etwas nicht, Mamselle. Wenn Sie wüssten, wie hart Vater gearbeitet hat ... Es hat ihn fast das Leben gekostet.«

Ihre Augen füllten sich mit Tränen, aber sie wischte sie hastig fort und wechselte das Thema. »Sehen Sie nur, dort! Ist das nicht unser Hotel?«

Sie befanden sich am höchsten Punkt der Fahrt, als das Riesenrad plötzlich stehen blieb und keine Anstalten machte, weiterzufahren. Ihre Gondel schaukelte im Wind. Sie befanden sich hoch oben über der Menge der Ausstellungsbesucher, gefangen in einer kleinen Gondel; Mademoiselle Raye blickte hinunter auf die nach oben gewandten Gesichter – Frauen hielten mit einer Hand ihren Hut fest, und ihre Mienen drückten Sorge um die Fahrgäste des Riesenrades aus.

»*Zut*«, stöhnte sie. »Es ist kaputtgegangen.«

Evalyn erkannte, dass ihre Gouvernante wirklich Angst hatte. Sie unterdrückte ihr eigenes Gefühl des Verlassenseins und versuchte, Mamselle abzulenken.

»Unsinn«, sagte sie fröhlich. »Es hat nur angehalten. Die Aussicht von hier oben ist umwerfend. Es geht gleich weiter!«

Ein Arbeiter kletterte am Gerüst des Rades hinauf bis zu ihrer Gondel und erklärte ihnen, was passiert war. Er sprach Französisch und sehr schnell, sodass Evalyn Mühe hatte, ihn zu verstehen. Er reichte ihnen einen Korb herein und kletterte hinunter.

»Wir werden Stunden hier festsitzen, *ma petite*«, sagte die Gouvernante leise.

Evalyn hörte die Furcht in ihrer Stimme. Sie untersuchte den Korb genauer und entdeckte, dass er eine Brotzeit enthielt. »Wunderbar«, jauchzte sie. »Sehen Sie doch, Mamselle: Käse, Brot und Obst.«

»Wie kannst du in einer solchen Situation nur ans Essen denken?«

Evalyn zuckte die Achseln. »Ich bin aus Colorado ganz andere Höhen gewöhnt als das hier.«

Sie erwähnte jedoch nicht, dass sie noch nie allein am Rand eines Abgrunds gestanden hatte und auch sie alles andere als begeistert war, in der schwankenden Gondel festzusitzen. Trotzdem naschte sie an der verschmähten Mahlzeit der Gouvernante, nachdem sie ihre eigene Portion gegessen hatte, und gab sich alle Mühe, Mamselle bei Laune zu halten, indem sie ihr von Amerika, von Washington und Ouray erzählte. Sie berichtete, wie sie und ihr Vater sich im Schneesturm verirrt hatten, wie sie auch bei ihm gewesen war, als er die ersten Proben der verlassenen Mine Gertrude gesammelt hatte; sie plapperte einfach drauflos, erzählte irgendwas, nur damit die junge Französin nicht länger so entsetzt nach unten schaute.

Evalyn registrierte erfreut, dass ihre Begleiterin sich tatsächlich entspannte, während sie ihr gebannt lauschte. Aber die Stunden verstrichen, die Sonne ging unter, und plötzlich war es abgesehen von den blinkenden Lichtern unten in der Metropole dunkel. Der Eiffelturm war erleuchtet, und die Spitze strahlte grell wie ein großer Stern. Sämtliche Palais auf dem Champ-de-Mars strahlten. Sie konnte die *Pavillons des Puissances Étrangers* sehen, die sich in der Seine spiegelten, und die angestrahlte Pracht der *Porte Monumentale* neben dem *Place de la Concorde.*

Mamselles unverwechselbarer Duft wehte Evalyn in die Nase.

»Was ist das für ein Parfum, Mamselle?«

»Muguet.«

»Es duftet wunderbar. Wo kann ich welches kaufen?«

»Gar nicht. Es kommt aus Caillan, meiner Heimatstadt im Süden. Meine Großmutter, die eine *sorcière* ist, stellt es aus kleinen weißen Maiglöckchen her.«

»Was ist eine *sorcière?*«, fragte Evalyn nach einer Weile.

»Eine Hexe!«

Evalyns Kinnlade klappte herunter, und sie starrte ihre Begleiterin, deren Silhouette sich scharf von den Lichtern der Stadt abhob, zweifelnd an.

»Nun ja, *Hexe* ist vielleicht nicht das richtige Wort«, fuhr

Mamselle lachend fort. »Aber sie ist eine sehr weise alte Frau!«

Nach einer Weile fragte Evalyn zögernd: »Mamselle, haben Sie einen Bewunderer ... jemand Besonderes?«

Sie wollte sich schon für die indiskrete Frage entschuldigen, als Mamselle leise antwortete. »Es gibt da jemanden, den ich sehr gerne habe, und ich glaube, er mag mich auch. Aber er ist verheiratet, es ist also *sinnlos* ...« Sie zog die Schultern hoch und hob die Hände.

In der folgenden Stille hörte Evalyn das Quietschen und Knarren der im Wind schaukelnden Gondeln. Und sie hörte, wenn auch ganz verhalten, die Traurigkeit in der Stimme der jungen Frau an ihrer Seite.

»Ich fühle mich manchmal zu ... verheirateten Männern hingezogen«, fuhr die junge Frau leise fort. »Sie wirken so viel klüger und freundlicher ...«

Evalyn war ein wenig schockiert von diesem Geständnis, ließ sich aber nichts anmerken. »Lebt er in Paris?«

»Nein, in der Nähe von Caillan. Er besitzt viel Land, ein großes Haus, Pferde – und er hat fünf Kinder! Ich bin in Paris, weil ich von ihm wegkommen wollte!« Lachend zuckte sie die Achseln. »Es ist wie ein Kampf mit mir selbst, *ma petite;* – ich muss ihn gewinnen!«

Evalyn schwieg eine Weile; ihr war bewusst, dass sie Einblick in Abgründe bekommen hatte, von denen sie bislang noch nie etwas geahnt hatte.

»Es muss seltsam sein zu wissen, dass man wirklich geliebt wird! Ich frage mich, ob ich das je erleben werde.«

Mamselle wandte ihr langsam den Kopf zu und fragte sehr sanft: »Warum nicht?«

»Weil ich reich bin. Und ... unsichtbar.«

»Was redest du denn da! Du bist stark und hübsch, Evalyn!«

Gerührt und verblüfft schossen Evalyn Tränen in die Augen. Sie wischte sie fort.

»Sind Sie jetzt ruhiger, Mamselle? Obwohl wir hier festsitzen?«, fragte sie schließlich, um die Stille zu brechen.

Die Gouvernante lachte. »Ja, und das habe ich nur dir zu verdanken.« Sie blickte in den Nachthimmel. »Ich fühle mich, als würde mein Kopf in den Sternen schweben!« Sie wandte sich wieder Evalyn zu und fügte leise hinzu: »Hast du wirklich vor nichts Angst, oder möchtest du nur, dass andere das glauben?«

»Das ist nur ein Eindruck, Mamselle. Ich habe Angst, dass mir etwas Furchtbares passieren wird, wenn ich ihn nicht aufrecht erhalte!«

Die Gouvernante ergriff wortlos ihre Hand. Nach einer Weile fragte sie zögernd: »Du wirst doch ... niemandem von meinem kleinen Geheimnis erzählen, oder?«

»Selbstverständlich nicht!«

Die Gouvernante lächelte. »Es war dumm von mir, es zu erwähnen.«

Als das Rad sich endlich wieder in Bewegung setzte und die Fahrgäste wohlbehalten ausgestiegen waren, fuhren Evalyn und Mamselle in einer Droschke zurück zum Hotel.

Tom und Carrie hatten zwischenzeitlich die Polizei eingeschaltet, ihren geplanten Opernbesuch abgesagt, in sämtlichen Krankenhäusern nachgefragt und das gesamte Ausstellungsgelände nach ihrer Tochter und der Gouvernante absuchen lassen. Sie waren überzeugt davon, dass Evalyn entführt worden war, und warteten halb verrückt vor Sorge auf eine Lösegeldforderung.

»Ich weiß nicht, wie du das machst, Evalyn«, sagte Carrie schluchzend vor Erleichterung, »aber was du auch tust und wohin du auch gehst, immer stößt dir etwas zu!«

»Das Riesenrad ist von ganz allein kaputtgegangen!«, protestierte Evalyn und fügte zornig hinzu: »Warum gibst du immer mir die Schuld an allem, Mutter? Ich habe nichts getan!«

»Das brauchst du auch nicht, Kleines«, sagte Mademoiselle Raye leise, ehe sie sich an ihre Arbeitgeberin wandte. »Sie können stolz auf Ihre Tochter sein, Madame. Sie hat die ganze Zeit über die Ruhe bewahrt; sie hat mir Geschichten erzählt, weil sie wusste, dass ich Höhenangst habe. Sie hat sich ihre eigene Furcht nicht anmerken lassen. Sie ist das tapferste und aufmerksamste Mädchen, das mir je begegnet ist.«

Das Lob machte Evalyn ganz verlegen; noch nie hatte jemand so über sie gesprochen. Aber Carrie blieb unverändert bleich und unversöhnlich.

»Tapferkeit und Leichtsinn – Evalyn verwischt die Grenze gerne«, sagte sie spröde.

Später, auf ihrem Zimmer, fragte Evalyn ihre Gouvernante: »Mamselle, was haben Sie vorhin damit gemeint, dass ich gar nichts zu tun brauche, dass mir immer wieder solche Missgeschicke passieren?«

Die Französin stand am offenen Fenster. Unter ihr zog der abendliche Verkehr der Champs-Elysées vorbei: lange Schlangen von Kuschen mit schimmernden Laternen. Sie schenkte ihrem Schützling ein Lächeln.

»Du wirst das Unglück immer anziehen, *ma chérie*, wahrscheinlich, weil du es offenbar brauchst. Aber im Laufe der Zeit, mit den Jahren wirst du dich verändern. Du wirst Frieden brauchen!«

»Wenn ich bei Ihnen bin, fühle ich mich ganz entspannt, Mamselle«, gestand Evalyn nach einer Weile. »Und ich *würde* meine Französischkenntnisse *gerne verbessern*, ganz ehrlich!«

Die Gouvernante reichte ihr ein Stück Papier, auf dem ein Gedicht stand.

»Was ist das?«

»Das ist eine leichte Art zu lernen. Es ist ein Gedicht, das von dir handelt. Wir sprechen morgen darüber.«

»Haben Sie es selbst geschrieben?«, fragte Evalyn skeptisch.

»Ja! Und jetzt gute Nacht. Ich muss nach der ganzen Aufregung des heutigen Tages dringend ins Bett. Wir sehen uns morgen früh, und dann unterhalten wir uns darüber, was du vom Leben erwartest. *Dors bien.*«

Ich will geliebt werden, dachte Evalyn in einem Anflug schonungsloser Ehrlichkeit, als die Tür hinter Mamselle ins Schloss fiel. Das ist das Einzige, wofür es sich zu leben lohnt.

Sie überflog das Gedicht, ohne es zu verstehen. Am Morgen konnte sie es Mamselle immerhin vorlesen, auch wenn ihr Akzent eher nach Colorado als nach Paris gehörte.

Petite fille eclose
Avec tes epines et tes roses
Sur ta joue vagabonde
Que le soleil inonde
Une larme a jailli
Venue de l'infini.

Mamselle übersetzte ihr den Text:

»Erblühtes Mädchen
Mit deinen Dornen und Rosen
Über deine von der Sonne geküssten Wange
Rinnt eine Träne
Entsprungen der Unendlichkeit.«

»Aber Sie haben doch gesagt, das Gedicht handle von mir!«, sagte Evalyn verständnislos.

»Tut es doch! Dein Leben beginnt erst. Denk immer daran, dass nichts auf der Welt dich zerstören kann ... es sei denn, du lässt es zu.«

Evalyn brauchte eine Weile, um diese Botschaft zu verdauen. Die Vorstellung, dass sie ihr Schicksal in der Hand hatte, verlieh ihr ein Gefühl persönlicher Überlegenheit, das ihren inneren Aufruhr für Tage zur Ruhe brachte.

Georges Nagelmackers, Vorsitzender der *Compagnie Internationale des Wagon-Lits,* war ein guter Freund geworden.

»Ihr müsst euch unbedingt Belgien anschauen«, sagte er zu Tom, als er und seine Gattin zusammen mit den Walshs im Ritz speisten. Carrie, eng geschnürt, trug ein elegantes Kleid aus cremefarbener Seide von Jacques Doucet mit einer Korsage und Ärmeln aus Spitze, *ottoman broderie* und *mousseline de soie.* Sie folgte der Unterhaltung der Männer mit halbem Ohr, während sie die Karte studierte und sich letztlich für *melon frappé* und *filets de Soles au Champagne* entschied. Sie dinierte gerne im Ritz. Das Essen war superb, der legendäre Escoffier kochte, und selbst für Pariser Verhältnisse war der Speisesaal atemberaubend elegant mit seinen riesigen Fenstern zum Garten, den immensen Spiegeln und den mit rosa Brokat bezogenen *Fauteuils.*

»Es gibt da jemanden, der dich gerne kennen lernen würde, Tom«, fuhr Georges fort. »Mit dem Zug ist es nur ein Katzensprung. Ich würde einen Sonderzug einsetzen, und du könntest die ganze Familie mitnehmen ...«

Der Ober kam, um ihre Bestellung aufzunehmen. Der Weinkellner wartete geduldig, bis Tom seine Wahl getroffen hatte – Meursault und Château Lafitte 1875.

»Und wer ist dieser Unbekannte, den ich treffen soll, Georges?«, wollte Tom wissen. »Warum tust du denn so geheimnisvoll?«

Georges senkte die Stimme. »Dieser Jemand ist fasziniert von dem, was du erreicht hast. Er hält dich für einen Midas und ist überzeugt davon, dass sich wiederholen ließe, was dir schon einmal gelungen ist.«

Carrie mischte sich ein. »Tom hat genug geleistet!«, sagte sie spröde. »Ich möchte unter gar keinen Umständen, dass er wieder seine Gesundheit aufs Spiel setzt. Wer ist denn dieser Mensch, dass er sich einbildet, wir hätten nichts Besseres zu tun, als auf sein Fingerschnippen hin nach Belgien zu fahren?«

»Sein Name ist Leopold zu Sachsen-Coburg, Mrs. Walsh«, antwortete Georges mit blitzenden Augen.

»Und in welcher Branche ist er tätig?«

»In einer ganz besonderen«, sagte Mrs. Nagelmacker leise und beugte sich mit einem sanften Lächeln über die Blumendekoration. »Er ist König.«

»Was meint ihr?«, fragte Tom seine Kinder am folgenden Morgen beim Frühstück. »Habt ihr Lust auf einen Ausflug nach Belgien, um einen sehr wichtigen Mann kennen zu lernen?«

Vinson, der inzwischen aus Le Touquet zurückgekehrt war, spitzte die Ohren.

»Und was will er von dir, Vater?«

»Er ist neugierig, mein Sohn – auf Camp Bird und auf mich.«

Evalyn nahm sich ein drittes Croissant und bestrich es dick mit Aprikosenmarmelade.

»Dürfen Mamselle und ich auch mitkommen?«

»Selbstverständlich, Evalyn«, sagte Tom schmunzelnd. »Was sollten wir denn ohne dich machen?«

»Wer ist dieser Mann überhaupt?«, fragte seine Tochter. »Irgend ein langweiliger Bergbauexperte?«

Ihre Eltern tauschten verschwörerische Blicke aus. Sie hatten beschlossen, die Identität oder besser das Amt des Mannes, den sie in Georges' Begleitung aufsuchen würden, erst im letzten Moment zu enthüllen.

»In gewisser Weise hat er schon auch mit Bergbau zu tun. Sein Name ist Leopold zu Sachsen-Coburg«, meinte Tom belustigt, wohl wissend, dass der Name ihnen nichts sagen würde.

»Hmmm ... Nie gehört«, bemerkte Evalyn entsprechend gelangweilt.

Mamselle hingegen machte große Augen, aber auf den warnenden Blick Carries hin legte sie eine Hand auf den Mund und schwieg.

Die Walshs reisten in einem Sonderzug, den Georges Nagelmackers für sie organisiert hatte, nach Belgien. Zu Mittag speisten sie fürstlich und entspannten sich anschließend im Salon, der mit echten Orientteppichen, Vorhängen und Gemälden ausgestattet war, und ließen sich von livriertem Personal Kaffee servieren. Evalyn saß mit Mademoiselle Raye am Fenster und blickte hinaus auf die vorbeifliegende Landschaft Nordfrankreichs. Eine Weile sprach sie Sätze auf Französisch nach: *»J'aime la compagne ... Je suis en route pour la Belgique ...«*, und versuchte dann, Mamselle für Kartentricks zu begeistern, die Vinson ihr beigebracht hatte. »Sehen Sie«, rief sie triumphierend, als es ihr gelang, das Herz-As zu erraten, das Mamselle aus dem Spiel gezogen und anschließend an einer beliebigen Stelle wieder zwischen die anderen Karten gesteckt hatte. »Ich habe Zauberkräfte!«

»Tu es une vraie magicienne«, pflichtete Mamselle ihr lachend bei.

Carrie beobachtete den Austausch zwischen ihrer Tochter und der Gouvernante. Evalyn ist ruhiger geworden, sagte sie sich. Vielleicht wird sie ja langsam erwachsen. Die Gouvernante hat wirklich einen guten Einfluss auf sie.

Und dann sah sie den Blick, den Mamselle Tom zuwarf. Er schien nichts zu merken, da er ganz vertieft in seine Unterhaltung mit Georges war.

In St. Hubert, einem kleinen verträumten Bahnhof in den Ardennen, stiegen sie aus. Zwei Kutschen warteten auf sie, beide mit einem livrierten Fahrer und zwei livrierten Lakaien besetzt. Nach einer förmlichen Begrüßung des Gesandten, der geschickt worden war, um sie abzuholen, wurde ihr Gepäck auf den Kutschendächern verstaut und festgezurrt. Mamselle, die mit ihrem kleinen Koffer in der Hand hinter Evalyn stand, stolperte über einen hervorstehenden Kopfstein, knickte um und ließ den Koffer fallen. Tom bückte sich sofort, um ihn aufzuheben, und gab Anweisung, ihn mit dem übrigen Gepäck zu verstauen.

»Haben Sie sich verletzt, Mamselle?«, fragte er freundlich und reichte ihr die Hand.

»Es geht schon wieder. Vielen Dank.«

Minuten später rollten sie durch den Wald, mit je zwei Lakaien stocksteif hinten auf dem Trittbrett der Kutsche stehend. Wie in den Bilderbüchern von Aschenputtel, dachte Evalyn. Punkt Mitternacht würden die Lakaien sich in Mäuse verwandeln und die Kutschen in Kürbisse ... und die Walshs wären wieder einfache Leute aus Ouray in Colorado.

»Das sind die Ardennen, der größte Wald in Belgien«, erklärte Tom seiner Familie.

Evalyn genoss das viele Grün um sich herum, die Sonnenstrahlen, die schräg durch das Laub fielen, das lichte Unterholz, die Glockenblumen, das Vogelgezwitscher.

»Ich glaube, eine Fee hat uns verzaubert«, flüsterte sie Mamselle zu.

»Oh, ich glaube, die Magie liegt ganz woanders«, entgegnete Mamselle so leise, dass nur Evalyn sie hören konnte. Evalyn schaute sie an und sah, dass der Blick der Gouvernante auf ihrem Vater ruhte, und ihr entging auch nicht, dass ihre Mutter, die bislang die Landschaft betrachtet hatte, zu der jungen Französin herüberschaute.

Dann tauchte zwischen all dem Grün ein echtes Schloss auf, und die Illusion des Märchenhaften verstärkte sich. Der Palast war mit Efeu berankt, hatte Türme mit Schlagläden an den Fenstern und ein steiles schiefergedecktes Dach.

Die Kutschen fuhren polternd über die Zugbrücke in den Innenhof, wo sie von sechs Jägersleuten in grüner Kluft erwartet wurden, die rechts und links der breiten Steintreppe zum Palasteingang Aufstellung bezogen hatten. Sie hoben Jagdhörner an die Lippen und bliesen einen Willkommensgruß, der laut durch den Wald hallte und die Vögel im näheren Umkreis erschrocken auffliegen ließ.

Evalyns Kinnlade klappte herunter. Dann trat ein hochgewachsener Mann mit dichtem Vollbart aus dem Schloss. Evalyn sah, dass er leicht humpelte, als er die Treppe herunterkam.

»Ist das der Minen-Mensch?«, flüsterte sie, eingeschüchtert von der Haltung des Fremden, der Ehrerbietung der Jäger ihm gegenüber und der Schönheit der Märchenwelt, in die sie versetzt worden war.

»Ja, genau, Evalyn«, bestätigte Carrie. »Aber du musst dich jetzt tadellos benehmen. Dieser Herr ist nämlich kein gewöhnlicher Bergbauer. Das ist Leopold II., König von Belgien.«

»Ein *echter* König, Mutter?«, hauchte Evalyn, der das Herz plötzlich bis zum Hals schlug. »Er sieht gar nicht wie einer aus.«

»So echt wie ein König nur sein kann!«, antwortete Carrie ein bisschen nervös.

»Ich dachte immer, Könige würden eine Krone tragen«, raunte sie ihrem Bruder beim Abendessen zu.

Vin folgte ihrem Blick zu ihrem Gastgeber am Kopfende des Tisches. Er hatte eine große Nase und einen traurigen Gesichtsausdruck, der nur hin und wieder durch ein Lächeln gebrochen wurde.

»Man kann wohl kaum von jemandem erwarten, dass er jeden Tag mit einer Krone herumläuft, oder?«

»Ich an seiner Stelle würde es tun!« Sie ließ den Blick über die anderen Personen am Tisch schweifen, konnte jedoch keine Frau entdecken, die ihrer Vorstellung von einer Königin entsprochen hätte. »Ob er wohl verheiratet ist?«

Vinson zuckte die Schultern.

Der König machte sich hungrig über seine Mahlzeit her und verwickelte Tom in ein Gespräch. Evalyn hörte, wie ihr Vater Leopold von der Entdeckung der Mine erzählte. Vinson lauschte aufmerksam; er konnte von der Geschichte nicht genug bekommen.

»Er scheint einen Narren an Vater gefressen zu haben«, flüsterte Evalyn kurz darauf, »aber offenbar hat ihm noch nie jemand gesagt, dass man nicht mit vollem Mund spricht!«

»Er ist ein König!«, hielt Vinson ihr entgegen.

»Das ist Vater auch.«

»Stimmt«, pflichtete Vinson ihr lachend bei. »Er ist der König von Colorado – und das ist etwa sechsmal so groß wie Belgien.«

»Dann wären *wir* ja Prinz und Prinzessin!«, rief Evalyn und lachte.

Als sie drei Tage später im Sonderzug nach Paris zurückfuhren, kamen die Felder und Bauernhöfe der »gewöhnlichen« Welt Evalyn bereits fremd vor. Ihre Gouvernante las, und Vinson blätterte in einem Katalog über diese verrückte neue

Erfindung, nach der alle Jungen ganz verrückt waren. Diese Maschinen hatten große blitzende Scheinwerfer, große Räder, ein Lenkrad und wurden Automobile genannt.

Carrie setzte sich zu ihrer Tochter.

»Nun, Evalyn, hat dir unser Aufenthalt in Belgien gefallen?«

»Sehr, Mutter«, antwortete Evalyn, erfreut über die unerwartete mütterliche Aufmerksamkeit. »Ich habe darüber nachgedacht, dass König Leopold in all den Jahren, in denen Vater in den Bergen auf Goldsuche war, in Schlössern gelebt und alles besessen hat, was das Herz begehrt. Wir haben kaum etwas von seiner Existenz geahnt, und ganz sicher hätte ich mir nie träumen lassen, dass wir einmal seine Gäste sein würden!«

»Das Leben, Evalyn, hält immer mehr für einen bereit, als man erwartet.«

»Für mich auch, Mutter? Es gibt so vieles, das ich gerne tun würde!«

»Das wird die Zeit zeigen«, erwiderte ihre Mutter lächelnd. »Aber denk daran, Evalyn, Vergnügen und Disziplin müssen sich immer die Waage halten. Der Mensch mag denken, aber Gott lenkt!«

Evalyn wollte fragen, ob das nur für Männer galt oder auch für Frauen, überlegte es sich aber dann anders. »Wird Vater den König wieder besuchen?«

»Ich weiß es nicht. Aber *er* wird nach Paris kommen. Er hatte uns auf sein Schloss eingeladen, weil er sich mit deinem Vater über Bergbau unterhalten wollte. Er besitzt eigene Goldminen, weißt du. Im Kongo!«

Vinson blickte von seiner Zeitschrift auf. »Das ist in Afrika«, erklärte er mit einem ironischen Lächeln, »nur für den Fall, dass dies meinem Schwesterchen vorübergehend entfallen wäre!«

Evalyn trat nach dem Schienbein ihres Bruders, aber der wich ihrem Fuß geschickt aus. Mamselle blickte von ihrer Lektüre auf und warf ihr einen überraschten Blick zu. Evalyn widerstand der Versuchung, es nochmal zu versuchen; aus irgendeinem Grund, der ihr selbst nicht ganz klar war, wollte sie, dass Mamselle stolz auf sie war.

»Und er kommt bald nach Paris!«, fuhr Carrie fort. »Er wird eine Suite in unserem Hotel beziehen.«

Es ist wie ein Spiel, dachte Evalyn – ein König, Schlösser und Sonderzüge –, oder als lebten wir auf den Seiten eines Romans. Aber anders als bei einem gewöhnlichen Roman war das Ende dieser Geschichte noch ungewiss, und das stimmte sie ein wenig ängstlich.

20. KAPITEL

König Leopold kam nach Paris, und die Walshs gaben ihm zu Ehren ein Bankett. Vor zwei Jahren haben wir noch in Ouray gelebt, dachte Evalyn staunend, während sie die Vorbereitungen für das große Ereignis verfolgte. Damals kannte über die Grenzen Colorados hinaus niemand auch nur unseren Namen. Vater war krank und schien vom Pech verfolgt zu sein. Und jetzt richtet er Bankette aus und hat einen König zum Freund! Ist denn alles im Leben nur eine Frage des Geldes?

Nein, es geht um mehr!, sagte sie sich gleich darauf voller Stolz und Liebe. Sie dachte an das, was Mamselle über Magie gesagt hatte, und beobachtete, wie mühelos es ihrem Vater immer gelang, eine ungezwungene, entspannte Atmosphäre zu schaffen. Er scherzte mit dem Hawaiianischen Gitarren-Orchester, das seine Instrumente stimmte und sich unter

Palmen platzierte, die bis an die Decke des Bankettsaales reichten. Sie sah, wie er aufblickte, als ihre Mutter in ihrem neuen Kleid aus irischer Spitze über schimmernder Seide eintrat, sah, wie er zu ihr ging und beinahe ehrfürchtig über das erlesene Kleidungsstück strich.

»Es ist wunderschön«, hörte sie ihn flüstern. »Ich habe einmal jemanden gekannt, den es auch begeistert hätte.«

Evalyn sah Verständnis und Mitgefühl in den Augen ihrer Mutter, als diese ihm die Hand auf den Arm legte.

Später sagte sie zu Vin: »Vater war heute Abend tief bewegt. Manchmal gehen ihm Kleinigkeiten sehr zu Herzen, aber ich verstehe nie, warum.«

»Evalyn, wusstest du eigentlich, dass dein Gesicht leuchtet, wenn du von ihm sprichst?«

»*Dich* liebe ich genauso«, erklärte Evalyn offen und schloss den Zwölfjährigen in einem Anfall schwesterlicher Zuneigung in die Arme. »Wenn du nicht gerade mit den neuen Wörtern angibst, die du aufgeschnappt hast.«

Der König blieb eine Woche in Paris, ehe er nach Belgien zurückkehrte, versprach jedoch, die Walshs im kommenden Jahr in Amerika zu besuchen.

Der Sommer war vorbei. Die Bäume entlang der Pariser Boulevards verloren ihr Laub. Am 10. November schloss die Weltausstellung ihre Tore, begleitet von anerkennenden Worten und leiser Wehmut. Über 43 Millionen Eintrittskarten waren verkauft worden. Manch einer sprach scherzhaft von der Zukunft, von der Weltausstellung, die in einhundert Jahren stattfinden würde, organisiert von den eigenen Urenkeln zur Feier der Jahrtausendwende. Aber solcherlei Überlegungen schienen ziemlich weit hergeholt. Die Welt ihrer Urenkel würde zweifellos ganz außergewöhnlich sein; Energie würde durch Elektrizität geschaffen, und aller Wahrscheinlichkeit nach würden auch Automobile zum Alltag gehören – zumindest zu jenem wohlhabender Leute.

Frankreich ehrte Tom, indem es ihm den Orden der *Légion d'Honneur* – der Ehrenlegion – verlieh. Die Verleihung wurde im Élysée Palace vom Präsidenten persönlich vorgenommen.

Die Walshs nahmen Abschied von den staubigen Straßen der Stadt, die sie während der vergangenen Monate ins Herz geschlossen hatten und in deren Rinnsteinen sich inzwischen das letzte Herbstlaub türmte. Ihr Gepäck wurde zum Gare St.-Lazare gebracht, von wo aus es nach Cherbourg transferiert wurde. Sie verabschiedeten auch Mademoiselle Raye, der Tom einen dicken Umschlag in die Hand drückte. Die Gouvernante dankte ihm mit stiller Würde und steckte das Kuvert ungeöffnet ein.

»Wir stehen in Ihrer Schuld, Mademoiselle. Sie haben Evalyn sehr geholfen, und dank Ihnen hat sie eine schöne Zeit in Paris verlebt. Ich danke Ihnen dafür.«

»Sie sind zu freundlich, Monsieur«, entgegnete sie errötend und schaute Tom ein wenig länger als nötig in die Augen. »Ich werde die Zeit mit ihr nie vergessen.«

Evalyn verabschiedete sich in ihrem Zimmer von der Gouvernante.

»Ich werde Ihnen schreiben«, sagte sie ob der bevorstehenden Trennung todtraurig. »Und irgendwann müssen Sie uns in Amerika besuchen, oder wir sehen uns hier in Paris wieder.«

»Aber natürlich, *ma chérie*.«

»Ich weiß nicht, was ich ohne Sie machen soll, Mamselle«, fuhr Evalyn, ergriffen von der Emotionalität des Augenblicks fort. »Nachdem ich aus Ouray weggezogen war, kam es mir vor, als würde ich einen Sack Wackersteine mit mir herumschleppen – bis ich Sie kennen lernte.

Und jetzt muss ich zurück nach Washington und so tun, als ob ich jemand anderes wäre; meine wahren Gefühle passen irgendwie nicht in das neue Leben, das ich führen muss.«

»Aber, *ma petite,* deine Gefühle sind deine ganz persönliche Wahrheit; es ist völlig richtig, sie zu ergründen, um herauszufinden, wer du bist. Du wirst nie ein normales Leben führen und wirst alle Kraft brauchen, die du aus dir selbst schöpfen kannst.«

Das klang für Evalyn wenig erquicklich.

»Aber ich will ein ganz normales Leben haben; ich bin doch nur ein ganz normales Mädchen.«

»Nein, nicht mehr, Evalyn. Du bist jetzt die Walsh-Erbin und wirst ein Leben im Rampenlicht führen! Ist das denn nicht das, was du wolltest?«

Evalyn schüttelte den Kopf. »Nein. Das Rampenlicht beleuchtet nur das, was die Leute glauben, das ich besitze; nicht mich!«

An Bord des Ozeandampfers *St. Paul* traten sie die Überfahrt von Cherbourg nach New York an. Tom war wortkarg und in sich gekehrt und verbrachte die meiste Zeit in seiner und Carries Kabine, wo er über Dinge nachgrübelte, die er für sich behielt. Evalyn sah, dass er des Öfteren die Unterlippe unter dem Schnauzbart vorstreckte, wenn er an Deck stand und über das Meer blickte.

Es ist Camp Bird, sagte sie sich. Er kann es kaum erwarten hinzufahren. Insgeheim dachte sie bereits darüber nach, wie sie ihn überreden konnte, sie mitzunehmen.

Aber als sie ihren Vater offen fragte, ob er sich Sorgen wegen der Mine machte, erlebte sie eine Überraschung.

Er verpasste ihr spielerisch eine Kopfnuss und sagte: »Ich habe darüber nachgedacht, dass unser Haus in Washington weder groß noch luxuriös genug ist, um einen König zu beherbergen.«

»Was macht das schon? Ich mag diesen alten König sowieso nicht! Ich hätte aber nichts dagegen, wenn du ein größeres Haus kaufen möchtest, Vater. Dann möchte ich gerne eine eigene Suite und ein privates Badezimmer mit goldenen Wasserhähnen! Wir könnten doch überschüssiges Gold aus der Mine ... für die Armaturen und das alles verwenden.«

Evalyn machte nur Spaß und freute sich, dass es ihr tatsächlich gelang, ihren Vater zum Lachen zu bringen.

»Um Himmels willen, Evalyn, red nicht solch einen Unsinn«, mischte sich ihre Mutter ein. »Niemand hat goldene Wasserhähne!«

»Ich möchte, dass die Wände meines Zimmers mit rosa Seide bespannt werden«, sagte Evalyn schmollend, während sie ihren Vater im Auge behielt und sich weitere extravagante Wünsche ausdachte, um ihn zum Lachen zu bringen. »In dem Haus am Le Roy Phelps Place hat Mutter es nicht erlaubt.«

»Ich denke, das Budget dürfte für rosa Wände reichen«, meinte Tom, »und was goldene Wasserhähne anbelangt ...«

»Sei nicht albern, Evalyn«, schimpfte Carrie.

Evalyn machte einen Schmollmund und blickte zu ihrem Vater.

»Die Innenministerin hat entschieden«, sagte er schmunzelnd mit einem Blick auf seine Frau. »Aber sag mal, Kleines, wie kommst du darauf, dass es in der Mine ›überschüssiges Gold‹ gibt?«

»Sie macht doch nur Spaß«, meldete sich Vin zu Wort. »Aber sag, wie viel willst du für das neue Haus ausgeben, Vater?«

»Ach, vielleicht eine Million Dollar oder so«, gestand Tom und tätschelte seinem Sohn den Kopf. »Glaubst du, das wird reichen? Und weitere zwei Millionen sind vorgesehen, um es nach dem Geschmack deiner Mutter einzurichten ...«

Am Abend unterhielten Evalyn und Vin sich leise über das neue Haus, das ihr Vater zu bauen beabsichtigte.

»Er will Millionen dafür ausgeben«, sagte Vin nachdenklich. »Wenn man bedenkt, dass viele Menschen mit weniger als einhundert Dollar im Jahr auskommen müssen ...«

»Und wenn uns das Geld ausgeht?«, sagte auch Evalyn besorgt.

»Das wird es nicht«, entgegnete Vin. »Aber ich hätte nichts dagegen, wenn wir viel weniger hätten, natürlich vorausgesetzt, dass es Vater gut ginge. Ich habe die Zeit gehasst, als er so bedrückt und krank war und ständig in die Berge zog.« Nach kurzem Schweigen fügte er hinzu: »Weißt du, Schwesterchen, ich hätte *schrecklich gerne* ein eigenes Automobil, und wenn wir nicht mehr reich wären, würde ich nie eins bekommen!«

Als sie in New York eintrafen, brachte Tom seine Familie im Waldorf unter und ging dann mit seiner Frau neue Winterpelze kaufen. Evalyn hätte sie gerne begleitet; sie wollte mit ihren Eltern zusammen sein, aber sie erkannte gleich, dass ihre Mutter es vorzog, mit ihrem Vater allein zu sein.

Ich wünschte, sie würde mich so lieben, wie sie Vater und Vinson liebt, dachte sie sehnsüchtig. Das zog einen noch düstereren Gedanken nach sich, und sie fügte laut hinzu: »Ich wünschte, sie würde mich überhaupt lieben.«

An diesem Nachmittag schrieb sie an Mamselle.

> *Ich vermisse Sie. Es war viel schöner, als ich Sie noch um mich hatte und nicht immer alleine war. Ich danke Ihnen, dass Sie so geduldig mit mir waren, mir zugehört haben und mir Französisch und alles andere beigebracht haben.*

Als sie daheim in Washington eintrafen, war ihr Gepäck bereits angekommen. Annie, die von New York aus gleich weitergefahren war, hatte Evalyns Sachen ausgepackt und etwas auf die Frisierkommode gelegt, das sie in einem Seitenfach ihrer Reisetruhe entdeckt hatte – eine kleine Flasche mit einem Glasverschluss. Auch geschlossen verströmte der Flakon einen wundervollen Duft, und Evalyn kam es sofort so vor, als wäre Mamselle bei ihr im Zimmer. Um das Geschenk war ein blaues Stück Papier gewickelt. Evalyn löste das Band, mit dem es festgebunden war. Die Nachricht lautete:

> *»Petite magicienne, rappelle-toi – la vie c'est le sublime courage de ceux qui ne veulent pas être vaincus.«*

Sie tupfte sich ein wenig von dem wundervollen Muguet auf, ging mit dem Zettel zu ihrem Schreibtisch, holte ihr französisches Wörterbuch hervor und übersetzte die Nachricht ins Englische: »Kleine Zauberin, denk immer daran, dass das Leben der erhabene Mut derer ist, die sich nicht unterkriegen lassen.«

Am Abend sagte sie bei Tisch: »Ich habe in meinem Gepäck ein Geschenk von Mamselle gefunden. Einen Flakon von ihrem schönen Parfum und einen Brief.«

»Wir müssen eine andere Gouvernante für dich finden, Evalyn, und ich hoffe, du wirst dich gut mit ihr verstehen.«

»Ihr könntet doch Mademoiselle Raye fragen, ob sie nach Amerika kommen will! Ich will niemand sonst ...«

»Schade, dass du nicht daran gedacht hast, als wir noch in Paris waren«, sagte Tom. »Aber ich sehe keinen Grund, weshalb ich ihr nicht schreiben sollte, um sie zu fragen, ob sie ...«

Er verstummte, als er Carries gerunzelte Stirn bemerkte.

»Glaubst du denn, sie würde überhaupt herkommen wollen?«, fragte Vinson. »Die lange Seereise ganz allein ...«

»Das würde ihr nichts ausmachen«, entgegnete Evalyn leise. »Sie ist doch erwachsen!«

Carrie machte ein nachdenkliches Gesicht. »Wir sprechen später darüber.«

Nach dem Essen suchte Tom seinen Architekten Henry Anderson auf dem Bauplatz auf, den er an der südöstlichen Ecke der Massachusetts Avenue Northwest und Twenty-First Street erworben hatte. Das Grundstück befand sich in der Nähe einer ganzen Reihe herrschaftlicher Anwesen der Superreichen in diesem neuerdings so beliebten Bezirk.

Als sie mit ihrer Mutter allein war, lenkte Evalyn das Gespräch wieder auf Mademoiselle Raye.

»Du hast das französische Fräulein sehr gern, Evalyn, das weiß ich, aber es erscheint mir doch ein wenig extravagant, sie zu bitten, eine so weite Reise auf sich zu nehmen, zumal es hier in Washington genug geeignete Gouvernanten gibt.«

»Wie Mademoiselle Lion?«, entgegnete Evalyn ironisch und bezog sich auf den fragwürdigen nächtlichen Besuch der Dame bei Mr. Cahill.

»Nein, Evalyn. Das war ein Fehlgriff.«

»Aber ich *will* Mademoiselle Raye!«

»Warum?«

»Weil sie meine Freundin ist. Sie gibt mir das Gefühl, *echt* zu sein!«

Carrie legte die Stirn in Falten. »Was ist denn das für ein Unsinn? Du weißt sehr gut, dass du echt bist. Du brauchst nun wirklich keine Gouvernante, die dir das sagt! Und offen gestanden, *ich* möchte sie nicht hier haben, Evalyn ... und mitansehen, wie sie deinem Vater schöne Augen macht!«

Evalyn starrte sie verdattert an. »Aber Mutter, sie hat nie, *niemals* ...«

»Das ist mein letztes Wort, Evalyn.«

Evalyn sprang auf und lief auf ihr Zimmer. Sie warf sich

auf das Bett, weinte bitterlich und schlug mit den Fäusten auf die Kissen ein. Nachdem ihre Tränen versiegt waren, las sie noch einmal die Zeilen ihrer Freundin.

»Mamselle hat Recht!«, sagte sie laut. Sie besprenkelte sich großzügig mit Muguet und fügte grimmig hinzu: »Ich lasse mich nicht unterkriegen!«

21. KAPITEL

Evalyn beschloss nicht nur, keine Lady zu werden, sondern darüber hinaus ihr Haar wellen zu lassen und es gescheitelt und bis über die Ohren zu tragen wie die Schauspielerin Edna May. Diese neue Frisur wurde speziell für sie von Jules, dem Starfriseur der Avantgardisten der Washingtoner High Society nachempfunden und mit Unmengen von Haarspray gefestigt. Die Mädchen in der Schule starrten sie an, aber das bestärkte Evalyn nur darin, die Frisur beizubehalten, was sie auch tat, bis ihre Ohren vom Haarspray ganz gelb waren und die Schuldirektorin sich schriftlich bei Carrie beschwerte.

Auf Miss Royces Brief hin betrat Carrie eines Morgens mit entschlossener Miene und einer Haarbürste das Zimmer ihrer Tochter, aber Evalyn entzog sich dem mütterlichen Einsatz. Sie war wild entschlossen, niemanden an ihre Haare zu lassen.

»Nein, Mutter. Ich bin alt genug, mein Haar so zu tragen, wie es mir gefällt.«

Ihre Mutter presste die Lippen zornig zu einem schmalen weißen Strich zusammen. »Warum machst du nur immer solchen Ärger, Evalyn? Warum kannst du nicht so sein wie dein Bruder?«

»Weil ich es nicht kann, Mutter. Weil ich *ich* bin. Verstehst du das denn nicht?«

Als Carrie wutschnaubend das Zimmer verlassen hatte, betrachtete Evalyn sich im Spiegel, sprühte noch mehr Haarspray auf ihre Frisur und redete sich ein, dass sie ihr noch gefiel.

Carrie ging zu Tom.

»Dieses Kind macht mich wahnsinnig«, schimpfte sie. »In dieser Frisur werden sich Mäuse einnisten, wenn das noch lange so weitergeht!«

Tom, der Spannungen innerhalb der Familie hasste und sich in diese typischen Frauenprobleme nicht hineindenken konnte, ging zu seiner Tochter, um ein versöhnliches Gespräch mit ihr zu führen.

»Hör mal, Evalyn«, begann er. »Kann ich irgendetwas tun, um dich dazu zu bewegen, deine Meinung über diese Frisur zu ändern?«

»Ob du etwas *tun* kannst, Vater?«, wiederholte sie frech und fügte dann in ernstem Tonfall hinzu: »Du könntest mir einen Diamantring schenken.«

Evalyn rechnete damit, dass ihr Vater lachen oder schimpfen würde, aber stattdessen senkte Tom die Stimme.

»Also, wenn du dich wieder so frisierst, dass deine Mutter nichts mehr an deinen Haaren zu meckern hat und dir diese auch wieder hinter die Ohren kämmst, wie es brave Mädchen tun, schenke ich dir einen Diamanten, der so groß ist, dass deinen Freundinnen die Augen übergehen!«

Evalyn schwieg. Sie wünschte sich seit Jahren echten Schmuck und wusste, dass sie eigentlich noch zu jung dafür war. Und doch hatte sie plötzlich das Gefühl, dass sie ihren Willen zu leicht bekam, dass ein auf diese Weise erlangter Diamantring irgendwie wertlos war. Sie wusste, dass Vinson Toms ganze Strenge zu spüren bekommen hätte und gezwungen worden wäre, das zu tun, was man von ihm verlangte. Ein Teil von ihr sehnte sich nach den gleichen festen Grenzen und dem persönlichen Respekt, der damit einherging.

Aber sie sagte nur: »Abgemacht, Daddylein.«

»Das bleibt aber unser kleines Geheimnis«, fügte Tom mit einem komplizenhaften Zwinkern hinzu, belustigt über diesen neuen Kosenamen. Zögernd fügte er hinzu: »Du solltest versuchen, dich besser mit deiner Mutter zu verstehen, Tochter.«

»Ich weiß«, gab Evalyn seufzend zu. »Aber irgendwie gelingt es mir einfach nicht. Es geht immer etwas schief. Vielleicht, wenn wir für eine Weile nach Ouray zurückgingen ...«

Tom lachte. »Das werden wir, alle zusammen, kommenden Sommer, und zwar für volle zwei Monate, Evalyn. Die neue Bibliothek soll im Juli fertig werden, und zu diesem Anlass möchte ich ein großes Fest veranstalten. Zufrieden?«

»Und alle werden eingeladen?«

»Natürlich. Ich werde sogar einen Sonderzug für unsere Freunde aus Denver organisieren.«

Nachdem ihr Vater gegangen war, dachte Evalyn über das nach, was er über ihre Beziehung zu Carrie gesagt hatte.

Vielleicht *ist* es wirklich meine Schuld, gestand sie sich ein. Warum muss ich sie auch ständig provozieren? Sie wusste die Antwort hierauf sehr gut. »Ich will, dass sie mich *wahrnimmt.* Wenn sie mich wirklich lieben würde, würde ich mir nicht solche Mühe geben aufzufallen.«

Sie fühlte sich nach dieser Erkenntnis höchst unwohl, als hätte sie erkannt, dass sie sich auf einer gewissen Ebene selbst fremd war.

Natürlich erfuhr Carrie von dem Diamanten. Als das Kästchen von Tiffany geliefert wurde, war sie gerade in der Eingangshalle und sah es, bevor es in Toms Arbeitszimmer gebracht wurde. Aufgrund des Absenders war klar, dass es sich um ein Schmuckstück handelte, und sie vermutete, dass es sich um ein weiteres Geschenk für sie selbst handelte. Als sie jedoch nichts mehr davon sah und hörte, wurde sie misstrauisch und fragte Evalyn geradeheraus, ob ihr Vater ihr Schmuck geschenkt hatte.

Evalyn hatte ihre extravagante Frisur aufgegeben und trug das dunkle Haar wieder brav gekämmt und mit einem Samtband zum Pferdeschwanz gebunden.

Evalyn verabscheute Lügen; sie antwortete wahrheitsgemäß.

»Ja, Mutter. Vater hat mir einen Diamantring gekauft!«

Carrie stürmte aus dem Zimmer ihrer Tochter geradewegs in Toms Büro.

»Du hast versprochen, es mir zu überlassen, Evalyn zur Räson zu bringen, Tom. Und jetzt erfahre ich, dass du sie dazu überredet hast, ihre lächerliche Frisur aufzugeben, indem du ihr einen Diamanten geschenkt hast! Ich kann nicht glauben, dass du dich zu etwas so Absurdem hast hinreißen lassen! Dabei hattest du mir dein Wort gegeben, dich nicht in ihre Erziehung einzumischen.«

Tom seufzte. »Es tut mir Leid, Liebes, aber ich konnte nicht länger mit ansehen, wie die Stimmung zwischen euch immer angespannter wurde. Ich dachte, es würde eurer Beziehung gut tun, wenn ich sie nur dazu brächte, sich von diesem Krähennest zu verabschieden ... und ein kleiner Diamant schien mir ein geringer Preis dafür zu sein.«

»Tom, offensichtlich hast du jedes Maß verloren! Du hast einem Mädchen von noch nicht einmal 15 Jahren einen Diamanten geschenkt, nur um zu erreichen, dass es sich die Haare wäscht. Du wärst weniger großzügig, wenn Vinson aus der Reihe tanzen würde.«

»Das ist allerdings richtig, Carrie! Aber Vinson wird eines

Tages ein Mann sein; und die Erwartungen, die an einen Mann gestellt werden, sind einfach größer.«

»Das stimmt nicht! Frauen haben es auch schwer; auch sie haben Rückgrat bitter nötig.«

»Ich glaube, daran mangelt es Evalyn nun wirklich nicht«, entgegnete Tom. »Sie ist schon immer so mutig gewesen wie ein Mann. Aber hier ging es darum, sie dazu zu bringen, sich von ihrer neuen Frisur zu verabschieden, ohne unnötige Strenge anzuwenden.« Neckend fügte er hinzu: »Sie ist inzwischen eine junge Dame, Carrie, und zu alt, um übers Knie gelegt zu werden.«

»Es gibt *Väter,* die ihren Töchtern sehr wohl noch den Allerwertesten versohlen würden«, entgegnete Carrie grimmig.

»Das ist doch nicht dein Ernst, Carrie. Und falls doch, kann ich dir nur sagen, dass ich meiner Tochter niemals auch nur ein Haar krümmen würde, und wenn es um mein eigenes Leben ginge.«

Evalyn trug den funkelnden Diamanten an der rechten Hand und genoss die neidischen Blicke ihrer Schulkameradinnen.

»Du Angeberin! Aber was sollte man sonst von der Tochter eines Neureichen erwarten?«, höhnte Jessica Stanford, als sie den Diamanten an Evalyns Finger sah.

Emma Clarendon, eine Freundin von Jessica, fügte hinzu: »Nachfahren von Einwanderern, die auf der *Mayflower* nach Amerika gekommen sind, sollten nicht gezwungen sein, mit Leuten zu verkehren, die von irischen Bauern abstammen.«

Evalyn brannten sämtliche Sicherungen durch. Vor ihrem Auge sah sie das Gesicht ihres weltgewandten freundlichen Vaters.

»Stimmt, wir sind viel zu gut für euch«, sagte sie mit durchdringender Stimme. »Irlands Kultur war das einzige Licht im Dunkel Europas, als eure Vorfahren noch barbarische Analphabeten waren!«

Jessica funkelte sie hasserfüllt an. »Hüte deine Zunge, Evalyn Walsh. Nur weil dein Vater das Glück hatte, eine Goldmine zu finden, bildest du dir ein, du könntest reden, wie dir der Schnabel gewachsen ist.«

»Ich habe schon immer gesagt, was ich denke«, konterte Evalyn. »Und daran wird sich jetzt ganz sicher nichts mehr ändern, Fräulein Hochnäsig.«

Von beiden unbemerkt war Miss Royce hinzugekommen und hatte den Wortwechsel zwischen den Schülerinnen gehört. Sie beorderte beide Mädchen in ihr Büro.

»Jessica Stanford«, begann sie streng, »ich schäme mich für dich. Gute Manieren vergisst man nicht bei der erstbesten Provokation.« Dann wandte sie sich an Evalyn. »Und was dich betrifft, Fräulein, solltest du wissen, dass man in der Schule keine Diamanten trägt! Wir können uns wirklich etwas darauf einbilden, wenn es uns jemals gelingen sollte, eine Lady aus dir zu machen.«

»Ich will gar keine Lady werden!«

Die Rektorin musterte sie mit kalten, abschätzigen Augen. »Es wird immer offensichtlicher, Evalyn, dass du in diesem Punkt Erfolg haben wirst! Ich möchte dich aber darauf hinweisen, dass auf unserer Schule kein Platz mehr für dich ist, wenn du auf dieser Einstellung beharrst.«

Die Tanzstunden bei den McLeans gehörten der Vergangenheit an, und Evalyn hatte noch keine Gelegenheit gehabt, Ned das kleine Andenken zu überreichen, das sie in Paris für ihn gekauft hatte. Aber Carrie hatte anderweitig Unterricht für ihre Tochter in einer renommierten Tanzschule namens

Select Dancing Academy organisiert, sodass die Samstagnachmittage weiterhin ausgefüllt waren. Evalyn hatte mit der Zeit Gefallen am Tanzen gefunden und war inzwischen sogar richtig gut, wofür sie insgeheim Mrs. McLean und ihren gut gemeinten Rat verantwortlich machte.

Als sie sich in den Spiegeln betrachtete, die in Abständen an der Wand angebracht waren, stellte sie entzückt fest, dass sie in letzter Zeit viel schlanker geworden war und sogar anmutig wirkte, wenn sie in ihrem weißen Kleid in den Armen ihres Partners vorbeiglitt. Sie war im vergangenen Jahr stark gewachsen, und aus dem Mädchen, das seinerzeit nach Paris gereist war, war nun eine richtige junge Dame geworden, mit langem lockigem dunklem Haar.

Sie dachte oft an Ned. Er war wie sie selbst ein Außenseiter. Sie vermisste das unausgesprochene Verständnis zwischen ihnen, als hätten sie sich auf einer Ebene verstehen können, zu der andere keinen Zugang hatten.

Ich frage mich, wann ich ihn wiedersehe, grübelte sie. Früher oder später müssen wir uns ja über den Weg laufen.

Tatsächlich tauchte Ned einige Wochen nach Beginn des Frühjahrskurses in der Select Dancing Academy auf und starrte Evalyn an, als sähe er ein Gespenst.

Als die Musik endete, kam er direkt auf sie zu.

»Du hast dich verändert, Evalyn«, sagte er unbeholfen. »Früher warst du ein richtiges Pummelchen.«

»Vielen Dank auch.«

»Hat es dir in Paris gefallen?«

»Mir ist dort eine ziemlich wilde Geschichte passiert, woraufhin meine Eltern mich für eine Weile ins Kloster gesteckt haben.«

Ned lachte schallend. »Ich bin sicher, sie hatten allen Grund dazu. Aber dir scheint es gut bekommen zu sein. Du hast dich in eine wahre Schönheit verwandelt.«

Evalyn wurde bei diesem Kompliment ganz warm ums Herz.

»Ich habe dir ein Souvenir mitgebracht«, sagte sie leise. »Ich habe es allerdings nicht dabei. Ich hatte ja keine Ahnung, dass du heute hier auftauchen würdest.«

»Darf ich vorbeikommen und es mir abholen?«

Am folgenden Tag kam er zum Le Roy Phelps Place und wurde in den Salon geführt. Durch das offene Fenster sah er das Hausmädchen in den Garten hinausgehen, wo Evalyn im Schatten einer Trauerweide auf einem weißen Eisenstuhl saß. Sie trug ein hellrosa Kleid, und die Lockenpracht fiel ihr offen über die Schultern.

Sie balancierte einen Schreibblock auf den Knien; es sah aus, als würde sie einen Brief schreiben. Als das Hausmädchen sie ansprach, sprang sie sofort auf und eilte in den Salon.

»Ned ...«, sagte sie ein wenig atemlos. »Ich dachte schon, du würdest nicht mehr kommen!«

»Aber du hast doch gesagt, du hättest mir aus Paris etwas mitgebracht.«

»Es ist oben in meinem Zimmer. Ich hole es.«

Sie rannte davon. Als sie zurückkam, registrierte Ned, dass sie ihr Haar in Ordnung gebracht hatte und einen wundervollen Duft verströmte.

»Hast du dein Haar nur meinetwegen zusammengebunden?«

Evalyn machte ein verärgertes Gesicht. »Sei nicht albern, Ned. Heute ist Sonntag. Mutter würde sich nur aufregen, wenn ich nicht ordentlich frisiert zum Essen käme.«

»Ich hätte nicht gedacht, dass *dich* das kümmert! Was ist das für ein Parfum?«

»Es heißt Muguet! Meine französische Gouvernante hat es immer benutzt. Ich war übrigens gerade dabei, ihr zu schreiben.«

Evalyn reichte ihm das Miniaturmodell des Eiffelturms, das noch immer in das gestreifte Papier eingeschlagen war. Ned packte das Präsent aus und hielt das Modell anschließend auf der offenen Hand.

»Und wozu soll das gut sein? Ist das ein Briefbeschwerer?«

»Es hat keine Funktion; das ist der Pariser Eiffelturm.«

»Das weiß ich auch. Vater hat erst kürzlich von dem Riesenwirbel erzählt, den seine Errichtung verursacht hat. Trotzdem danke, dass du an mich gedacht hast«, fügte er verlegen hinzu. »Ich werde ihn in meinem Zimmer auf den Kaminsims stellen und an dich denken!«

Als er fort war, kam Annie mit einer Vase Hyazinthen herein. Sie stellte sie auf den Tisch am Fenster und warf Evalyn einen verstohlenen Blick zu.

»Hast du dir einen Verehrer angelacht?«

»Sei nicht albern, Annie!«

»Sieh sich das einer an: Sie platzt beinahe vor Selbstgefälligkeit.«

Evalyn betrachtete sich im Spiegel, zog das Band aus den Haaren und streckte Annie die Zunge heraus.

»Wenn du frech bist, überlege ich mir das mit dem kostenlosen Rat, den ich dir geben wollte, nochmal«, schimpfte die Haushälterin mit gedämpfter Stimme.

»Welchen Rat?«, fragte Evalyn lachend.

»Über Männer! Du musst sie im Unklaren lassen. Sag einem Mann niemals, dass du ihn liebst, Kleines. Und frag ihn nie, ob er dich liebt!«

O Annie, dachte Evalyn, was weißt du schon von diesen Dingen?

Aber von da an tanzten Evalyn Walsh und Ned McLean im Tanzunterricht bei jeder Gelegenheit miteinander, bis ihr Lehrer schließlich vorsichtig anmerkte, dass es besser wäre, möglichst oft den Partner zu wechseln, um sich von vornherein daran zu gewöhnen, mit verschiedenen Leuten zu tanzen.

Neds Vater schenkte seinem Sohn ein Auto.

»Es ist ein DeDion-Bouton«, erklärte Ned Evalyn. »Ein französisches Fabrikat. Ich habe es in einer Zeitschrift gesehen, und Vater hat es extra zu meinem Geburtstag herbringen lassen. Es macht unglaublichen Spaß, damit zu fahren.«

Als Evalyn daheim davon erzählte, stand Vinson der Neid ins Gesicht geschrieben.

»Dieser Glückspilz!«, rief er in einem für ihn völlig untypischen leidenschaftlichen Ausbruch. »Ich würde alles dafür geben, mit ihm zu tauschen!«

Carrie blickte von dem Katalog auf, in dem sie gerade blätterte. »Aber du bist doch noch ein Kind!«, sagte sie in neckendem Tonfall und schenkte ihrem Sohn ein liebevolles Lächeln.

»Es ist zumindest hilfreich für den Fahrer, wenn er bis ans Lenkrad heranreicht«, fügte Evalyn gehässig hinzu.

»Ich bin kein Baby!«, protestierte Vinson. »Ich bin zwölf!« Er sprang auf und funkelte sie böse an.

»Kinder, Kinder ...«, ermahnte Carrie die beiden.

»Ned ist viel zu jung für ein eigenes Automobil«, sagte ihr Vater entschieden. »John R. verwöhnt ihn.«

»Sei doch nicht so spießig, Vater«, stöhnte Evalyn, warf sich lachend in einen Sessel und musterte ihren Bruder auffällig wachsam. »Ich möchte auch irgendwann eins ... wenn ich älter bin.«

»Mädchen können kein Auto fahren«, erklärte Vinson.

»Natürlich können sie.«

»Sie wären gar nicht in der Lage, den Motor anzukurbeln.«

»Ich werde dir zeigen, wie wir zu kurbeln in der Lage sind!«, rief Evalyn und stürzte sich auf ihren Bruder. Vin flüchtete durch die Terrassentür in den Garten. Sie lief ihm nach, und als er stehen blieb und sich ihr zuwandte, sah sie, dass sein Gesicht ernst und zornig war.

»Ihr haltet mich alle für ein verweichlichtes Kleinkind!«, klagte er. »Aber eines Tages werde ich es euch zeigen.«

»Ach Vin, sei doch nicht albern. Ich habe es doch gar nicht so gemeint ...«

Aber Vin war fort.

Als sie am folgenden Samstag mit Ned tanzte, flüsterte er ihr ins Ohr: »Lass uns verschwinden und mit meinem neuen Auto eine Runde drehen.«

Evalyn brauchte nicht lange darüber nachzudenken. Ihre Mutter würde ihre Eigenmächtigkeit zwar missbilligen, aber sie brauchte ja nichts davon zu erfahren.

»In Ordnung. Wir treffen uns draußen.«

Sie schlüpfte aus dem Tanzsaal, zog ihre Straßenschuhe an, setzte den weißen Strohhut auf, steckte ihn mit einer Haarnadel fest und lief nach draußen zu Neds Automobil. Es war wunderschön, lackiert in einem satten Grünton, mit Lederpolstern und Messingscheinwerfern. Auf dem hohen, an einen Kutschbock erinnernden Vordersitz war Platz für zwei. Ned half Evalyn beim Einsteigen, nahm den Hut ab und kurbelte den Motor an. Der erwachte mit einem Stottern zum Leben, und kurz darauf schnaufte das Gefährt durch den Washingtoner Verkehr, wobei Ned bei Bedarf die Hupe betätigte, ohne Rücksicht auf die Kutschpferde, die in Panik die Ohren anlegten und die Augen verdrehten.

Als sie die Stadt hinter sich gelassen hatten, gab Ned Gas, und der Wagen schoss mit atemberaubenden dreißig Meilen in der Stunde dahin. Evalyn hielt ihren Hut fest. Sie fühlte den Sommerwind auf der Haut, wischte die Insekten fort, die ihr ins Gesicht geweht wurden, und blickte zurück auf die Staubwolke, die sie aufwirbelten. Nicht einmal beim Reiten hatte sie solche Euphorie empfunden. Ned schien das Fahrzeug völlig im Griff zu haben, auch wenn er einige Kurven so schwungvoll nahm, dass Evalyn ein oder zwei Mal befürchtete, das Auto würde umkippen.

Sie hielten vor einem Farmhaus, das Erdbeeren mit Sahne anpries. Evalyn lachte atemlos. Ihr Hut war verrutscht und ihr Haar vom Fahrtwind völlig zerzaust. Sie nahm den Strohhut ab und versuchte, ihr langes Haar mit den Fingern zu kämmen.

»Du bräuchtest eine Art Windschutz vorne, und ich hätte einen Schleier so groß wie ein Zelt brauchen können: Ich habe die halbe Mückenpopulation des Landes verschluckt! Trotzdem war es wunderbar!«

Ned schaute ihr einen Moment dabei zu, wie sie ihr Haar bearbeitete. Dann beugte er sich unvermittelt zu ihr hinüber und flüsterte ihr ins Ohr: »Du bist ein echter Kumpel, Evalyn Walsh. Ich denke, wir sollten heiraten!«

Evalyn fühlte seinen warmen Atem auf der Wange wie eine Liebkosung. Es war ein komisches Gefühl, überhaupt liebkost zu werden, und sie antwortete nicht. Obgleich er ganz sicher nur Spaß machte, besaß dieser Augenblick eine Intimität, die völlig neu für sie war und die ihr Herzklopfen verursachte. Aber als sie sich ihm zuwandte und den unsicheren Ausdruck auf seinem Gesicht sah, dachte sie, er habe Angst vor der eigenen Courage bekommen, und lachte.

»Ist das alles, was du dazu zu sagen hast?«, fragte Ned.

»Was erwartest du denn von mir? Das kann doch wohl nicht dein Ernst gewesen sein!«

»Doch, allerdings«, erwiderte er grimmig.

»Aber du bist doch erst sechzehn und ich noch nicht fünfzehn. Ich darf ja noch nicht mal eine Hochfrisur tragen!«

»Das heißt nicht, dass wir uns nicht verloben können. Es braucht doch außer uns niemand etwas davon zu erfahren.«

Evalyn legte eine Hand an seine Wange, aber seine Lippen suchten hungrig die ihren, feucht und weich. Sie wich zurück.

»Du bist wunderschön«, sagte er mit belegter Stimme.

Evalyn fühlte sich wie eine Königin, wie der Mittelpunkt des Universums, so lebendig wie noch nie. Das Gefühl, schön zu sein, war eine völlig neue Erfahrung für sie, aber wie berauschend es auch sein mochte, umworben zu werden, wusste sie doch, dass Ned ihr den Antrag nur aus einer Laune heraus gemacht hatte.

»Ich möchte mich noch nicht verloben, Ned, mit niemandem«, sagte sie nach einer Weile. »Ich weiß noch nicht einmal, ob ich mich überhaupt irgendwann verloben werde. Und du kannst dir auch nicht sicher sein! Nicht wirklich!«

Seine Züge verdüsterten sich. »Red nur weiter, los, sag mir, dass ich warten muss, bis du vierzig bist.«

Dann lächelte er, und lachend wie Kinder nahmen sie an einem Tisch auf der schattigen Terrasse Platz und bestellten zweimal Erdbeeren.

Sie ließen sich Zeit und genossen die prallen süßen Früchte mit Bergen von kühler frischer Sahne. Scheu hielten sie sich an der Hand.

Vom anderen Ende der Terrasse aus beobachtete ein anderes junges Paar sie neugierig. Die junge Frau trug einen Verlobungsring am Finger, und Evalyn ging durch den Kopf, wie schön es sein musste, jemanden zu haben, der einen bis ans Ende seiner Tage anbetete. Insgeheim überlegte sie, ob Ned dieser jemand für sie sein könnte, schalt sich dann aber eine dumme Gans. Er war nur der Junge aus der Tanzschule, der ihr immer auf die Zehen getreten war.

Als sie heimkam, rechnete sie damit, wegen ihrer Verspätung Ärger zu bekommen, aber ihre Mutter war nicht da, und ihr Vater saß in seinem Arbeitszimmer. Sie ging auf ihr Zimmer und ließ die Einzelheiten des Ausfluges mit Ned noch einmal genussvoll Revue passieren. Nachdem sie den Hut abgenommen, sich das Gesicht gewaschen und das Haar gebürstet hatte, klopfte sie an Vinsons Tür. Sie konnte es kaum erwarten, ihr Geheimnis mit ihm zu teilen, und als sie keine Antwort erhielt, drehte sie den Porzellanknauf und öffnete die Tür; das Zimmer war leer. Auf dem Schreibtisch ihres Bruders lehnte eine Nachricht. Sie brauchte einen Moment, um zu begreifen, dass sie an sie adressiert war.

Liebes Schwesterchen,
ich bin fort auf Abenteuersuche.
Alles Liebe, Vin.

Evalyn starrte den Zettel einige Sekunden verständnislos an, ehe seine Bedeutung langsam in ihr Bewusstsein drang. Sie schaute sich im Zimmer um: Alles war so wie immer. Er kann noch nicht weit sein, dachte sie. Ob er es wirklich ernst meint?

Das Herz schlug ihr plötzlich bis zum Hals, als würde es die Antwort kennen. Sie schnappte sich den Zettel und lief nach unten. Als sie die Eingangshalle durchquerte, traf sie auf Annie.

»Annie, hast du Vinson gesehen?«

Die Haushälterin schüttelte den Kopf. »Ist er nicht auf seinem Zimmer?« Sie musterte Evalyn stirnrunzelnd. »Stimmt etwas nicht?«

Evalyn schwenkte den Zettel vor ihrem Gesicht. »Er ist weggelaufen ...«

Sie versuchte, die Tränen der Angst zu unterdrücken, aber als sie die Tür zum Arbeitszimmer erreichte, liefen sie ihr in Strömen über das Gesicht.

Tom brütete über den Bauplänen des neuen Hauses, als Evalyn hereinplatzte. Er erkannte auf den ersten Blick, dass etwas Ernstes passiert sein musste; es ging nicht um eine Auseinandersetzung mit ihrer Mutter. Er legte Henry Andersons Pläne und Berechnungen beiseite, nahm ihr den Zettel aus der Hand und überflog ihn. Er stand auf, kam um seinen Schreibtisch herum und legte die Arme um sie.

»Vinson wird zurückkommen, Liebes«, sagte er ruhig. »Und jetzt hör auf zu weinen. Wir durchsuchen das Haus.«

Er rief nach Terry, bald darauf waren alle Angestellten alarmiert, und das Haus wurde vom Dachboden bis zum Keller gründlich durchsucht. Evalyn schaute in jedem Schrank und jeder Kammer nach; von ihrem Bruder fehlte jede Spur.

Als sie ins Arbeitszimmer ihres Vaters zurückkehrte, telefonierte der gerade mit der Polizei. Evalyn hörte, wie die Haustür geöffnet und wieder geschlossen wurde; die Schritte in der Halle gehörten zu ihrer Mutter. Ihr Vater machte ein ernstes, sorgenvolles Gesicht, als er den Hörer auf die Gabel zurücklegte.

»Hast du etwas von ihm gehört, Vater? Oder die Polizei?«

»Nein. Aber er hat einen von meinen Sechs-Schuss-Revolvern mitgenommen und dazu sechs Patronen!«

Evalyn schlug eine Hand vor den Mund.

»Beunruhige deine Mutter nicht unnötig. Sag ihr nichts von der Waffe.«

»O mein Gott!«, hauchte Carrie kurz darauf, als sie die

Nachricht gelesen hatte. »Was hat er nur vor? Ganz allein da draußen in der großen Stadt!«

»Er wird schon bald wieder hier sein. Es ist Sommer, er wird also nicht erfrieren. Außerdem hat er viele Freunde. Jedes Kind reißt irgendwann mal aus.«

»Ich bin nicht weggelaufen, Vater.«

»Ein solches Abenteuer wäre für ein Mädchen auch noch viel gefährlicher«, antwortete Tom.

Evalyn seufzte tief.

Die Nacht schien kein Ende zu nehmen. Niemand machte ein Auge zu. Die Polizei, die sie in Abständen anriefen, wusste auch nichts Neues zu berichten. Als Tom um sechs Uhr morgens erschöpft und den Kopf auf die Hände gestützt an seinem Schreibtisch saß, hörte er, wie die Haustür leise geöffnet und wieder geschlossen wurde. Vin schlich ins Haus und erschrak fast zu Tode, als sein Vater plötzlich vor ihm stand.

Tom knipste schweigend das Licht an und musterte seinen jungen Sohn. Als Erstes hielt er Ausschau nach Verletzungen, aber er sah nur eine schuldbewusste Miene und Erschöpfung. Dann fiel sein Blick auf die Waffe, und er streckte wortlos die Hand aus. Vinson gab ihm den Revolver, und sein Vater stellte erleichtert fest, dass noch alle Kugeln da waren.

Dann tat Tom etwas für ihn völlig Untypisches: Er stieß seinen zwölfjährigen Sohn unsanft in sein Arbeitszimmer, schloss die Tür, legte den Jungen über das Knie und versohlte ihn mit einem Lederpantoffel.

»Das ist nicht dafür, dass du weggelaufen bist«, knurrte er, »sondern dafür, dass du die Waffe und die Patronen genommen hast. Was hast du dir nur dabei gedacht?«

Vin gab keinen Ton von sich. Auf eine Art war er beinahe froh über den väterlichen Zorn.

Aber als er wieder aufrecht stand, beklagte er sich wütend unter Tränen, die er nicht länger zurückhalten konnte: »Alle hier halten mich für den kleinen lieben Schatz, der nie Ärger macht und alles tut, was man ihm sagt. So bin ich aber nicht! Ich wollte einmal etwas Eigenständiges tun, ich wollte ein Abenteuer erleben, bevor es zu spät ist! Du hast so viele erlebt, Vater ... und nur weil wir reich sind, werde ich wahrscheinlich kein einziges erleben.«

Toms Zorn verrauchte. Trauer und Bedauern stiegen in ihm auf.

»Das Leben hält noch genug Abenteuer für dich bereit, von denen du jetzt noch nichts ahnst, mein Sohn. Aber jage deiner Familie nie wieder einen solchen Schrecken ein, hörst du?«

Vinson schmollte zwei Tage lang, aber da die Schulferien bevorstanden und mit ihnen der Urlaub in Colorado näher rückte, vergaß er die Demütigung und verlor – zumindest fürs Erste – kein Wort mehr über seine Sehnsucht nach Abenteuern. Irgendwie hatte er das Gefühl, seinen Standpunkt klar gemacht zu haben.

»Würdest du gerne noch eine weitere Mine finden, Vater?«, fragte Evalyn einige Wochen später, als sie im Zug nach Westen saßen.

»Sicher.«

»Aber warum? Brauchst du noch mehr Geld? Wird der Bau des neuen Hauses teurer, als du dachtest?«

Tom lachte. »Wir besitzen bereits mehr Geld, als wir je ausgeben könnten, Evalyn, auch wenn ihr alle euch noch so anstrengen würdet! Nein, heute geht es mir beim Prospektieren nur noch darum, mit meinem Verstand gegen die Natur anzutreten und zu gewinnen!«

Er war bester Laune und strich seinem Sohn beim Sprechen in einer entschuldigenden Geste über den Kopf.

»Würdest *du* gerne eine Goldmine entdecken, Vin?«, fragte Evalyn daraufhin.

»Nein«, entgegnete der Junge nach einem Seitenblick auf seinen Vater. »Was ich mir am meisten wünsche, ist ein eigenes Automobil.«

Evalyns Kopfhaut prickelte, dann jagte ihr ein Schauder den Rücken hinunter. Vin schaute bettelnd zu seinem Vater, und Tom schmunzelte. »Du möchtest also dein eigenes Auto. Nun, noch bist du etwas zu jung, aber später ...«

»Schenk ihm keins, Vater!« Die Worte waren heraus, noch bevor sie sie bewusst geformt hatte, und sie überraschten sie selbst ebenso wie ihre Familie. Ihr Vater und ihr Bruder starrten sie an, Ersterer aufmerksam und Letzterer grollend. Ihre Mutter wollte etwas sagen, überlegte es sich jedoch anders und biss sich stirnrunzelnd auf die Lippen.

»Sei nicht so ein Spielverderber, Evalyn«, maulte Vin. »Nur weil Mount Vernon Vater gebeten hat, eine andere Schule für dich zu suchen, heißt das nicht, dass du anderen alles vermiesen musst!«

Hierauf wusste Evalyn keine Antwort. Sie schämte sich ihrer Schulkarriere, war jedoch andererseits auch erleichtert, bald von dieser Schule wegzukommen. Sie wünschte nur, sie hätte ihren Eltern diese weitere Sorge ersparen können.

Toms Züge verdüsterten sich, und er musterte seinen Sohn aus zusammengekniffenen Augen.

»Du bist noch viel zu jung, um auch nur an Automobile zu denken«, brummte er. Nach einer Weile zeigte er auf die endlose Weite der Prärie mit ihren zahlreichen Siedlungen.

»Als ich diese Ebene vor dreißig Jahren durchquert habe, war sie noch so gut wie unbewohnt.«

»Damals hast du sicher nicht geglaubt, du würdest eines Tages dieselbe Strecke im Zug zurücklegen, um deine eigene Goldmine aufzusuchen und eine Bibliothek zu eröffnen, die du deiner Wahlheimatstadt gestiftet hast, oder?«, meinte Vin.

»Nein, Sohn, ganz sicher nicht!«

»Werdet ihr, du und Mutter, anlässlich der Eröffnung ein Fest veranstalten?«, wollte Evalyn wissen, aufgeregt bei dem Gedanken an die Ausgelassenheit, in die sie vielleicht mit einbezogen werden würde.

Carrie blickte lachend zu Tom.

»Natürlich!«, antwortete dieser lächelnd. »Und ob wir eine Party schmeißen!«

»Und ... dürfen Vin und ich auch hingehen?«, fragte sie mit einem entschuldigenden Blick auf ihren Bruder.

»Ich wüsste nicht, warum nicht. Zumindest könnt ihr zum Essen bleiben ... vorausgesetzt, ihr benehmt euch!«, sagte Carrie.

Evalyn holte tief Luft und blickte über die flachen Felder von Kansas. Sie konnte es kaum erwarten, endlich die Rockies am Horizont auftauchen zu sehen.

22. KAPITEL

Carrie erklärte, im Hotel oben im Camp Bird bekäme sie Kopfschmerzen.

»Es liegt nicht nur an der zusätzlichen Höhe, Tom. Es ist auch der unablässige Lärm der Stampfmühle und der Förderbahn!«

»Das ist doch Musik, Carrie!«, entgegnete Tom mit blitzenden Augen. »Aber wir können auch eine Etage im Beaumont mieten, wenn dir das lieber ist.«

»Nein. Bitte lass uns in der Fifth Avenue wohnen wie früher!«, bettelte Evalyn. »Das wäre toll ...«

Schon am nächsten Tag zogen die Walshs in das alte Holzhaus ein, das früher einmal ihr Zuhause gewesen war.

Evalyn war am Morgen schon früh auf, überglücklich, wieder in ihrem alten Zimmer zu sein. Ihr Vater war bereits zum Camp Bird aufgebrochen, aber der Rest der Familie schlief noch. Die Luft war frisch, und der Mount Hayden war in strahlendes Sonnenlicht getaucht.

Als Erstes machte sie sich auf, die neue Bibliothek in Augenschein zu nehmen, die ganz in der Nähe des Krankenhauses der Schwestern errichtet worden war – im palladischen Stil mit Kolonnade und einem Glockenturm mit quadratischer Uhr und Kuppeldach. Ihr ging das Herz auf vor Stolz.

Sie ist wunderschön, dachte sie. Und in Anbetracht der seltenen Bücher, die ihr Vater erworben hatte, beherbergte die Bibliothek eine der kostbarsten Sammlungen des Westens.

Am meisten freute sie sich jedoch auf die bevorstehende Feier. Sie malte sie sich aus, als sie sich zum Reitstall der Ashenfelters aufmachte, um Dewdrop zu besuchen. Er wieherte, kam sofort herüber, um die Nase an ihrer Schulter zu reiben, und musterte sie aus melancholischen Augen ohne einen Hauch von Vorwurf.

»Ich wusste, dass *du* mich nicht vergessen würdest!«, flüsterte sie und gab ihm einen Zuckerwürfel nach dem anderen. Der Wallach kaute genüsslich. Evalyn strich mit den Händen über seine Flanken und stellte fest, dass er in bester Verfassung war. Sie kraulte ihn zwischen den Ohren und drückte ihm einen Kuss auf die Stirn.

»Du bist das liebste Pferd auf der ganzen Welt«, sagte sie zärtlich. »Du ahnst ja gar nicht, wie sehr ich dich vermisst habe! Morgen machen wir einen schönen langen Ausritt, versprochen!«

Am nächsten Morgen jauchzten die Geschwister vor Vergnügen, als ihre Pferde den Staub der Schlucht aufwirbelten. Sie waren allein in der kühlen Bergluft und der Stille, in der nur das Rauschen des Flusses und das ferne Grollen der Stampfmühlen zu hören waren, weit fort von Washington und den Beschränkungen, die im Laufe einiger weniger Jahre ihr Leben so eingeengt hatten. Evalyn trug einen schwarzen Hosenrock und ritt im Herrensitz. Sie genoss den Duft des Windes und die Wärme von Dewdrops Fell an ihren Schenkeln. Sie trug keine Handschuhe, da sie es vorzog, die alten Zügel und Dewdrops drahtige braune Mähne in den Fingern zu spüren. Der Wildnis ist es gleich, ob man reich ist oder arm, dachte Evalyn, sie schenkt jedem das Gleiche: die Berge, den Schatten unten in den Schluchten, den unverwechselbaren schweren Kieferndùft.

Maria, die in einem Haus in Denver lebte, das Tom für sie gekauft hatte, reiste zur Eröffnung an. Sie hatte zugenommen, und der gequälte Ausdruck, der seit dem tragischen Tod ihres Mannes ihre Züge überschattet hatte, war verflogen.

Paul begleitete sie. Er war inzwischen zwanzig und Teilhaber eines Mietstalls in Denver, ein Geschäft, das er und sein Partner gemeinsam aufgebaut hatten.

Tom, der ihn jahrelang nicht gesehen hatte, klopfte ihm auf die Schulter.

»Wie geht es dir, Paul?«

»Sehr gut, Onkel.«

»Was macht das Geschäft?«

Paul antwortete, dass es floriere. Auf dem Weg zum Beaumont, wo Tom Zimmer für sie reserviert hatte, schaute er sich in Ouray um und blickte aus zusammengekniffenen Augen zu den Bergen.

»Ich hatte ganz vergessen, wie hübsch diese Stadt ist.«

»Nirgendwo ist es schöner!«, pflichtete Tom ihm wehmütig bei. »Kommt rüber zum Haus, sobald ihr so weit seid«, sagte er beim Abschied vor dem Hotel. »Carrie kann es gar nicht erwarten, euch wiederzusehen ...«

Evalyn sollte diesen Nachmittag nie wieder vergessen.

Das Mittagessen war vorüber. Sie wollte reiten gehen, aber ihre Mutter wies sie an, dazubleiben und beim Abräumen und Spülen zu helfen.

»Du wolltest doch hier wohnen, Evalyn, und hier gibt es nun einmal kein Personal – abgesehen von Annie, aber die hat weiß Gott schon genug zu tun! Du hast offenbar vergessen, dass wir heute Abend Gäste haben!«

Evalyn stöhnte innerlich, gehorchte jedoch und half Annie, den Salon herzurichten.

»Ich habe Paul seit vier Jahren nicht gesehen. Als wir Tante Maria das letzte Mal besucht haben, war er nicht in der Stadt. Und er ist auch nicht mit nach Irland gekommen.«

»Er ist jetzt ein erwachsener Mann!«, sagte Annie. »Er hat ein eigenes Geschäft, um das er sich kümmern muss!«

»Weißt du noch, wie er weggelaufen ist, als sein Vater erschossen wurde ... wie er sich in unserer Scheune versteckt hat? Danach ist er so still geworden. Ich hoffe sehr, dass er inzwischen etwas gesprächiger ist.«

»Manche Leute reden mehr als andere«, entgegnete Annie streng. »Aber das heißt nicht, dass die, die stiller sind, nicht um so mehr *denken.* Und dieser Junge hat weiß Gott Grund zum Nachdenken.«

Evalyn spürte, dass man ihr etwas verheimlichte. Sie musterte Annie forschend, aber das Gesicht der Haushälterin war unergründlich.

»Was meinst du damit, Annie?«

Durch das offene Fenster hörten sie das Tor knarren, dann Stimmen und Schritte auf dem Kiesweg. Evalyn warf einen

Blick hinaus und sah Tante Maria die Haustür ansteuern. Ihr folgte ein junger Mann. Er war groß und schlank und trug einen grauen Anzug, Hemd und Krawatte.

»Sie sind da!«, rief sie, rannte zur Tür und riss sie schwungvoll auf.

»Tante Maria, wie schön, dich wiederzusehen!«

Sie blickte zu Paul und drückte seine dargebotene Hand. Sie registrierte, dass seine Hände kräftig und voller Schwielen waren.

»Erinnerst du dich noch an mich?«, fragte er, bog den Oberkörper zurück und betrachtete sie aufmerksam. »Wir haben uns ja eine Ewigkeit nicht mehr gesehen!«

»Natürlich erinnere ich mich an dich, Paul Lafferty!«

Er hatte graue Augen, tiefer liegend, als sie sie in Erinnerung hatte. Sein Kinn war kantiger geworden, und seine Oberlippe zierte ein Schnauzbart. Nur das Lächeln erinnerte an den Jungen, der er einmal war.

Als Carrie ihre Gäste in den Salon führte, blieb Evalyn einen Moment in der Diele zurück und fragte sich, warum ihr Mund plötzlich so trocken war und ihr Herz jagte, als wäre sie gerannt.

Maria zeigte sich entzückt von den Kleidern, die Carrie ihr aus Paris mitgebracht hatte. Später gingen sie zu Ashenfelters, um sich die schwarze Stute anzusehen, die Tom ihr als Geschenk mitgebracht hatte.

»Ein Damenpferd«, sagte er. »Sie heißt Rebecca. Man hat mir versichert, sie wäre sanft wie ein Kätzchen!«

Maria hielt die Nase an den exquisit gearbeiteten Damensattel, der einen kräftigen Ledergeruch verströmte.

»Du verwöhnst mich viel zu sehr, Tom ...«

Sie stieg auf, und Evalyn gab ihr unter Pauls aufmerksamen Blicken ein paar Tipps zum Reiten im Damensattel.

»Drück den linken Fuß fest in den Steigbügel, Tante Maria, und das rechte Bein klemmst du fest um den Knauf. Das ist dein einziger Halt!«

»Meine Güte, Evalyn, was wird man sich noch alles ausdenken, um uns das Leben schwer zu machen? Ich habe überhaupt keine Kontrolle über das Tier, und mir tut jetzt schon der Rücken weh!«

»Ach was, reite sie einfach im Herrensitz, Tantchen, und scher dich nicht um den ganzen Kram«, rief Evalyn, nachdem sie sich eine Weile angeschaut hatte, wie ihre Tante sich quälte. »Benutz einen ganz normalen Sattel, und begründe einen neuen Trend in Denver. Ich reite auch im Herrensitz, wann immer ich kann!«

Sie wandte sich ihrem hoch aufgeschossenen Vetter zu, der ihnen belustigt zusah.

»Was meinst du, Paul? Möchtest du eine Mutter mit einem Rückgrat wie ein Korkenzieher?«

Paul schmunzelte. »Sie hat Recht, Mutter. Begründe einen neuen Trend daheim in Denver.«

»Ich denke, ich werde Rebecca lieber vor meinen Landauer spannen und darauf verzichten, mich im Sattel zu quälen. Als Reiterin gebe ich, fürchte ich, keine besonders gute Figur ab!«, entgegnete Maria seufzend.

»Wir erwarten Besuch«, teilte Carrie ihrer Tochter am folgenden Tag mit. »Ein gewisser Mr. Edwin Hartland und sein Sohn.« Evalyn hatte noch nie von ihm gehört.

»Und was will er hier?«

»Er ist im Bergbau tätig. Er reist extra aus London an, um sich Camp Bird anzusehen. Er wird auch zur Einweihung der Bibliothek bleiben.«

Diese Neuigkeit löste bei Evalyn die Alarmglocken aus. Sie fing ihren Vater ab, als er am Abend von der Mine zurückkam, und fragte ihn ohne Umschweife: »Vater, glaubt dieser Mr. Hartland vielleicht, du würdest ihm Camp Bird verkaufen?«

Carrie kam hinzu, hörte die Frage und starrte ihren Gatten entgeistert an.

»Das würdest du doch nicht tun, oder, Tom?«

Tom seufzte. »Er vertritt ein Londoner Syndikat, das die Mine kaufen möchte, Carrie. Ich habe nicht die Absicht zu verkaufen, aber wir können ihn trotzdem höflich empfangen, finde ich.«

Carrie schüttelte den Kopf. »Es wäre dumm von dir, ihn anzuhören, Tom Walsh. Gott hat dir etwas Einzigartiges geschenkt. Wirf es nicht fort.«

»O Carrie ...«, murmelte Tom. »Es besteht wirklich kein Grund zur Sorge. Was immer mit der Mine geschieht, ich werde vorher gründlich darüber nachdenken.«

Edwin Hartland und sein Sohn Jack trafen am Ende der Woche ein. Tom fuhr zum Eisenbahndepot, um sie abzuholen, und brachte sie zum Abendessen mit nach Hause.

Edwin Hartland war Carrie gegenüber charmant und wusste witzige Anekdoten aus London zu berichten, wobei er gekonnt den Cockney-Akzent imitierte und alle zum Lachen brachte. Jack war in Vins Alter, und die beiden Jungen waren bald unzertrennlich. Jack kam morgens mit einem der Goldtransporte vom Camp Bird herunter und verbrachte den Tag bei seinem neuen Freund in Ouray, oder aber Vinson fuhr rauf zur Mine. Tom hatte sein Verbot, das es seinen Kindern seit ihrem Abenteuer damals untersagte, die Mine zu betreten, aufgehoben. Sie waren keine Kinder mehr, und die Gäste wollten unterhalten werden.

Und so durfte Vin mit Jack in der Gondel zur Mine fahren und anschließend mit dem Förderkorb hinunter in die Stollen. In Ouray erforschten sie den Box Canyon, wo der Canyon Creek River sich in eine tiefe Schlucht stürzte, und inspizierten den Goldfischbestand im warmen Thermalteich im Chipeta Park, einer der touristischen Attraktionen Ourays.

Als Evalyn versuchte, sich den Jungen bei ihren Ausflügen anzuschließen, musste sie feststellen, dass sie unerwünscht war.

»Wir wollen keine *Mädchen* dabei haben«, hörte sie Jack Vinson zuflüstern. »Stimmt's?«

»Stimmt«, stimmte Vin zu, wenn auch ein klein wenig beschämt.

Evalyn fühlte einen Stich in ihrem Herzen. Vinson hatte sie verraten, war ganz automatisch in die geschlossene, geheime Welt der Männer übergetreten.

»Ich kann auch alleine ausreiten«, brummte Evalyn rebellisch. »Wer braucht schon kleine Jungs?«

Paul, der eben mit seiner Mutter vom Beaumont Hotel herübergekommen war, bot ihr seine Gesellschaft an. Er warf Carrie bei seinem Vorschlag einen fragenden Blick zu; diese nickte, da sie sich gerne in Ruhe mit Maria unterhalten wollte.

Evalyn zog ihre Reitsachen an, und sie und ihr Cousin gingen zu Ashenfelters, wo sie Paul mit Dewdrop bekannt machte. Kurz darauf saßen sie beide im Sattel und ritten aus der Stadt, Evalyn auf ihrem Pony und Paul auf einem grauen Wallach, der nach einer der örtlichen Minen Bachelor getauft worden war. Evalyn ritt voraus. Sie freute sich über die Gelegenheit, ihrem Vetter die Welt zu zeigen, die sie so liebte.

»Du hättest uns nach Irland begleiten sollen«, sagte sie ein wenig später, als sie Seite an Seite dahinritten, begleitet vom leisen Klirren der Hufeisen, die stellenweise auf nackten Fels oder Steine trafen. »Es war ein komisches Gefühl, das kleine Haus zu sehen, in dem mein Vater und deine Mutter früher gelebt haben. Es gehört jetzt einem ehemaligen Schulkameraden von ihm. Es hat ein Strohdach und nur drei Zimmer. Unsere irischen Vettern haben wir allerdings nicht kennen gelernt.«

»Ich konnte wegen des Geschäfts nicht aus Denver weg. Aber eines Tages werde ich das nachholen. Ich bin wirklich neugierig auf Irland und unsere Verwandten dort.«

Evalyn war sich seiner Nähe überdeutlich bewusst. Er saß ganz lässig auf dem Pferd – der geborene Reiter. Und er war ein erwachsener Mann; er handelte überlegt und entschlossen, wie jemand, der wusste, was er wollte, und sich nicht darum scherte, was es kostete.

Wie Vater, dachte sie erfreut. So völlig anders als die verwöhnten reichen Jungen, mit denen sie in der Select Academy tanzte und deren Fragen allzu oft darauf abzielten zu ergründen, wie groß das Vermögen ihres Vaters tatsächlich war. So anders als Ned McLean, dessen Atem zu oft nach Bourbon roch. Paul strahlte eine Ernsthaftigkeit und Reife aus, die ihr ein Gefühl der Sicherheit vermittelten, aber auch jenes von Schmetterlingen im Bauch. Sie fragte sich, woran das liegen mochte. Bei ihren Begegnungen als Kinder hatte sie nicht so empfunden.

Sie musste an die Nacht denken, da sie ihn in der Scheune in Ouray entdeckt hatte, mit glasigem, starrem Blick. Sein Vater war erschossen worden, und er war in seinem Entsetzen davongelaufen. Heute sah er nicht aus wie jemand, der vor irgendetwas davonlief.

»Evalyn, bedrückt dich etwas?«

Sie schaute in seine durchdringenden grauen Augen, wollte ihn aber nicht an jene tragische Nacht erinnern.

»Ach, Paul, ich ... ich habe nur Angst, dass Vater die Mine verkaufen könnte. Ich bin sicher, dass Mr. Hartland alles daransetzt, ihn zu überreden.«

»Warum fragst du Mr. Hartland nicht einfach?«, meinte Paul nach einer Weile. »Dann weißt du es!« Er betrachtete seine Cousine eine Weile schweigend und fügte dann sanft hinzu: »Ist das alles, was dich beschäftigt, oder gibt es da noch mehr?«

»Wie kommst du darauf?«

»Du wirkst so besorgt. Was deinen Vater betrifft, solltest du dir keine Sorgen machen, dass er sein Vermögen verlieren könnte. Falls er die Mine verkaufen sollte, dann zu einem angemessenen Preis!«

Evalyn nickte. »Ich weiß. Er ist jetzt schon einer der wohlhabendsten Männer der Welt.«

Sie zuckte bei diesen Worten die Achseln, um ihm zu zeigen, dass diese Tatsache sie nicht über die Maßen beeindruckte, beobachtete ihren Vetter jedoch verstohlen. Wie stand er wohl zum Reichtum ihres Vaters? Ihre Worte schienen bei ihm weder Neid noch Gier zu wecken, wie sie befriedigt feststellte.

»Es ist ein bisschen so, als trüge er die Last der ganzen Welt auf seinen Schultern, nicht wahr?«, bemerkte Paul nach einer Weile. »Aber dein Vater ist wie Atlas; er hat breite Schultern!«

»Magst du ihn, Paul?«

»Ich mag ihn und schätze ihn, sehr sogar. Du kannst dich glücklich schätzen, einen solchen Mann zum Vater zu haben – egal ob arm oder reich.«

»Du scheinst mir ein ziemlich kluger Bursche zu sein, Paul Lafferty«, meinte Evalyn nach einer Weile.

»Sag so was nicht«, entgegnete er düster. »Ich habe einmal einen unverzeihlichen Fehler gemacht.«

Evalyn musste wieder an das denken, was Annie am Tag seiner Ankunft gesagt hatte – dass es vieles gäbe, worüber er nachzudenken habe.

»Was für einen Fehler, Paul?« Sie sah, wie seine Züge sich anspannten.

»Ich spreche nicht darüber.«

Sie ritten weiter. Evalyn erzählte von Europa, von Paris und der *Exposition Universelle,* von der netten Gouvernante, die ihr eine wahre Freundin geworden war. Sie erwähnte sogar das Kloster in der Rue de Picpus.

»Ich wette, du weißt nicht, wo Lafayette begraben liegt!«, sagte sie lachend.

»Stimmt«, gab Paul zu und warf ihr einen neugierigen Blick zu. Er lächelte immer noch über die Geschichte ihrer Flucht aus dem Kloster. »Aber ich werde es wohl bald erfahren.«

»Auf einem Friedhof hinter dem Couvent du Sacré-Cœur, umgeben von einem Haufen anderer Aristokraten.«

»Und was hast du gemacht, wenn du dich nicht gerade hautnah mit der Revolution befasst hast oder aus irgendwelchen Klöstern geflüchtet bist?«, fragte er ein wenig später.

»Ich war zu Besuch bei einem echten König.«

Sie berichtete ihm von ihrer Reise nach Belgien in dem Sonderzug mit eigenem Salon, von dem Schloss inmitten der Ardennen und dem König mit dem langen Vollbart. Rückblickend fand sie die Ereignisse sogar noch aufregender als zu dem Zeitpunkt, da sie sie erlebt hatte.

»... Und Vater und Mutter haben für Leute mit Adelstiteln Bälle und Soirees gegeben.«

»Und das hat sie nicht eingeschüchtert?«

»Ich glaube, sie fanden es vor allem ermüdend. Vater lässt sich nicht so leicht von Dingen, für die andere ihre Seele verkaufen würden, beeindrucken. Natürlich genießt er es, reich zu sein, aber das Einzige, was ihm wirklich imponiert, ist Stärke – egal welcher Art!«

Einige Minuten später zeigte Paul in Richtung Camp

Bird. Das Dröhnen der Stampfmühlen war jetzt deutlicher zu hören. »Vielleicht sollte ich das nicht fragen, aber ... hattest du je das Gefühl, das Ganze wäre ... zu viel des Guten?«

Sie hatten den Canyon Creek erreicht, und Evalyn ließ Dewdrop trinken. Das Leder knarrte, als sie sich in die Steigbügel stellte, und der Wind spielte mit ihrem Haar. Sie sah ihren Cousin nicht an. Ihr anfänglicher Enthusiasmus schien verflogen zu sein.

»Im Gegenteil«, antwortete sie dumpf. »In gewisser Weise ist es nicht genug! Das ist ja das Problem mit Geld. Es nimmt den ganzen Raum ein ... stellt neue Regeln auf. Es fordert dein *Leben*!«

»Ich wusste gar nicht, dass du eine solche Philosophin bist«, bemerkte Paul in einem überraschten, respektvollen Tonfall. »Wenn es nur an dir läge, wärst du dann zufrieden, wenn du gerade genug hättest, um deine Grundbedürfnisse zu befriedigen?«

»Meine Güte!«, rief Evalyn lachend bei dem Gedanken, für den Rest ihres Lebens nur *genug* Geld zu haben, um ihren Lebensunterhalt zu bestreiten. »Natürlich nicht. Denk doch nur an all die Dinge, die ich jetzt haben kann und an die sonst nicht im Traum zu denken wäre ... Europareisen, wann immer mir danach ist, schöne Kleider ... und vor allem – wenn ich älter bin – Berge von Schmuck. Dazu Häuser, Personal ... alles Dinge, von denen ich mir früher in meinen kühnsten Träumen nicht hätte vorstellen können, sie eines Tages zu besitzen.« Sie zuckte die Achseln angesichts dieser Fülle von Möglichkeiten, die ihr allesamt das Herz wärmten. »Offen gestanden will ich *alles*, und das *für immer*.«

Paul sagte nichts dazu. Evalyn schaute ihn an und sah, dass er sie mit ausdrucksloser Miene musterte.

»Möchtest du absteigen und dir einen Moment die Beine vertreten?«, fragte er.

Als sie nickte, hob er ein Bein über Bachelors Hals und ließ sich vom Pferderücken gleiten. Gleich darauf reichte er ihr die Hand, um ihr beim Absteigen behilflich zu sein. Sie stieg aus dem Sattel, und sie gingen Seite an Seite zu Fuß weiter, gefolgt von den schnaubenden Pferden, die mit dem Schweif lästige Insekten vertrieben. Paul bückte sich und hob ein Stück Quarz vom Boden auf.

»Du hältst mich bestimmt für verwöhnt und gierig, stimmt's?«, fragte Evalyn nach einer Weile schüchtern. »Wahrscheinlich denkst du an die Kluft zwischen Armen und Reichen ... Aber um die Wahrheit zu sagen, Paul, ich bin froh, dass ich auf der richtigen Seite des Abgrunds stehe. Die andere Seite – bevor Vater die Mine entdeckt hat – war beängstigend ...«

»Und du glaubst, die Seite, auf der du jetzt stehst, ist weniger beängstigend?« Als sie hierauf nicht antwortete, fügte er hinzu: »Evalyn, der eigentliche Abgrund klafft nicht zwischen Reichen und Armen.«

»Nicht?«

Paul warf ihr einen Blick zu, der sie davor warnte, ihn auszulachen. »Die eigentliche Kluft besteht zwischen Menschen, die in der Lage sind zu lieben, und denen, die es nicht können!«

»Was redest du denn da, Paul?«, sagte sie steif und streichelte den Hals ihres Ponys. »Willst du damit sagen, ich wüsste nicht, was Liebe ist?«

Ihre Wangen röteten sich. Hier im Canyon zu sein, ganz allein mit Paul Lafferty, und mit ihm über Liebe zu sprechen ...

»Ganz im Gegenteil«, entgegnete Paul mit fester Stimme. »Jemand wie du ist mir im ganzen Leben noch nicht begegnet, Evalyn Walsh.« Er wurde ganz rot im Gesicht, hob eine sonnengebräunte Hand und streichelte zärtlich ihre Wange.

»Du bist das wundervollste Mädchen, das ich je kennen gelernt habe.«

Evalyn fühlte seine Finger auf ihrer Wange. Verwirrt wandte sie sich ab und murmelte, dass es an der Zeit wäre umzukehren, aber ihr Herz schlug in einem völlig neuen Rhythmus gegen ihren Brustkorb.

Am Abend, als alle bei Tisch saßen, begegnete Evalyn Pauls Blick, wurde jedoch abgelenkt, als Edwin Hartland sagte: »Sie kennen doch Lord Rawlinson, Miss Walsh? Sie sind sich auf der Weltausstellung begegnet, glaube ich.«

Evalyn brauchte einen Moment, um zu begreifen, dass er sich auf die Szene bezog, die sie im *Palais des mines et de la métallurgie* gemacht hatte. Brennende Röte überzog ihre Wangen.

Ich hätte mir denken können, dass dieser Mann in das Syndikat involviert ist, dachte sie und versuchte krampfhaft, das Erröten unter Kontrolle zu bringen, was ihr jedoch nicht gelingen wollte; im Gegenteil, ihre Wangen fühlten sich immer heißer an. Die Familie musterte sie neugierig, ihre Mutter mit einem verwirrten Stirnrunzeln. Aber Evalyn spürte Pauls ermutigenden Blick und holte tief Luft.

»Ja. Ich bin Lord Rawlinson bei der Camp-Bird-Ausstellung im Palais des mines begegnet. Er hat laut darüber spekuliert, wie viel vom Ertrag der Mine wohl in Vaters Taschen landet.«

Hierauf folgte verlegenes Schweigen. Edwin Hartland warf Tom einen verstohlenen Blick zu, aber der lachte nur.

»Darüber spekuliert wohl jeder.«

»Aber Vater ...«

Evalyn fühlte, wie Annie, die gerade Gemüse servierte, ihr die Finger einer Hand schmerzhaft ins Schulterblatt grub.

»Was hast du dir nur dabei gedacht, alle derart in Verlegenheit zu bringen«, schimpfte die Haushälterin, als die Mahlzeit vorbei war. »Warum kannst du nicht einmal den Mund halten!«

Die Gäste waren ins Beaumont zurückgekehrt, und ihre Eltern und Vin begleiteten sie. Evalyn war allein mit der Haushälterin.

»Irgendetwas geht da vor, Annie. Rawlinson und seine Partner versuchen, Camp Bird in ihren Besitz zu bringen! Hartland haben sie vorgeschickt, und er wird Vater bearbeiten und ihm Honig ums Maul schmieren, bis er bekommen hat, was er will.«

»Hältst du deinen Vater für einen Dummkopf?«

Aber trotz aller Versuche, ihre Ängste zu beschwichtigen, fand Evalyn in dieser Nacht keinen Schlaf. Um ein Uhr früh schlüpfte sie aus dem Bett und schlich hinüber in das Zimmer ihres Bruders. Vin schlief tief und fest.

»Vin!« Sie schüttelte ihn. »Vin, ich muss mit dir reden! Es ist wichtig!«

»Waaaa ...? Um Himmels willen, Evalyn ... Was machst du denn hier?«

Sie setzte sich auf die Bettkante. »Pssst. Sei leise! Hör zu, Vin, ich rieche Verrat! Ich glaube, Hartland steckt mit diesem Lord Rawlinson, der in Paris auf der Ausstellung war, unter einer Decke. Sie wollen Camp Bird in ihren Besitz bringen, egal wie!«

Vin setzte sich auf. »Vater wird nicht verkaufen«, sagte er verschlafen. »Worüber machst du dir Sorgen? Er würde Camp Bird nie verkaufen.«

»Ach nein? Auch dann nicht, wenn man Druck auf ihn ausübt und ihm einen ordentlichen Preis bietet?«

Vin antwortete nicht.

»Wir müssen uns etwas ausdenken, um Hartland zu vergraulen«, fuhr Evalyn fort.

»O nein, bitte keinen deiner Tricks, Evalyn. Mir gefällt, dass er hier ist. Jack ist mein Freund!«

»Möchtest du eines Tages Camp Bird besitzen oder nicht?«, fragte Evalyn heftig, sprang auf und stürmte aus dem Zimmer.

Am Morgen kam Jack gleich nach dem Frühstück vorbei, und er und Vin kündigten an, zur Mine hinauffahren zu wollen.

»Willst du mit, Evalyn?«, fragte Carrie.

»Sie würde uns doch nur ein Ohr abkauen«, brummte Jack. Evalyn bekam den Kommentar mit, wartete darauf, dass ihr Bruder sie verteidigte, und war wütend, als dieser nur lachte.

»Nein, Mutter!«, entgegnete sie stolz. »Nicht heute Morgen. Paul und ich reiten zusammen aus!«

Evalyn blickte den Jungen in hilflosem Zorn nach, als sie zur Kutsche liefen. Sie zog ihre Reitkleidung an und ging zu Ashenfelters, wo sie mit Paul verabredet war. Obwohl sie zu früh dran war, wartete er bereits auf sie. Kurz darauf waren die Pferde gesattelt, und sie ließen die Stadt hinter sich.

»Paul, findest du, ich rede zu viel?«

Er legte den Kopf in den Nacken und lachte. »Wie kommst du darauf?«

»Ach, Jack hat etwas in der Art gesagt.«

»Und *du* lässt dich beeindrucken von etwas, das dieser Wicht von sich gibt?«

Evalyn entspannte sich. Die Furcht, das Gefühl, unsichtbar zu sein, waren verflogen. Immer wenn ich mit ihm zusammen bin, kommt es mir vor, als wäre alles am rechten Platz, staunte sie und lächelte ihn an, als sie sich im Sattel vorbeugten, um anzugaloppieren. Mit mir im Mittelpunkt.

Am 24. Juli übergab Tom den Bürgern von Ouray die neue Bibliothek in einem feierlichen Akt. Er organisierte einen Sonderzug, der 18 Freunde der Familie aus Denver und Colorado Springs nach Ouray brachte – unter ihnen Gouverneure, die Bürgermeister beider Städte und die Postbeauftragten nebst Ehefrauen – und ließ insgesamt 130 Gästen im Bankettsaal des Beaumont Hotels ein Fünf-Gänge-Menü servieren. Der Raum war mit Rosen und Grünpflanzen aus den Bergen um Ouray und mit unzähligen funkelnden Lichtern geschmückt.

Ein Redner nach dem anderen brachte seinen tief empfundenen Dank für das unschätzbar großzügige Geschenk des Gastgebers an die Stadt zum Ausdruck. Anschließend sprach Tom von der Verpflichtung eines jeden seinem Nächsten gegenüber und von der Freude, die es ihm und Carrie bereitete, Ouray dieses Geschenk machen zu können.

Evalyn, Vin, Jack und Paul saßen zusammen an einem Tisch, und als das Orchester anfing zu spielen, stand Paul auf.

»Hätten Sie vielleicht Lust zu tanzen, Miss Walsh?«, fragte er lächelnd und verneigte sich galant vor ihr.

Entzückt sprang Evalyn auf. Sie waren das erste Paar auf der Tanzfläche. Sie sah, wie der Gouverneur ihre Mutter zur Tanzfläche führte, um den Ball zu eröffnen, und als sie ihrem Blick begegnete, wusste sie, dass ihr wieder einmal Ärger bevorstand.

»Paul«, flüsterte sie ihm ins Ohr, »das hatte ich völlig vergessen. Ich darf eigentlich nicht tanzen. Mutter ist da sehr pingelig.«

»Nicht einmal mit deinem Cousin?«

Sie errötete, war sich des Zaubers, den er verströmte, und des Zusammengehörigkeitsgefühls nur zu bewusst. Mit blitzenden Augen funkelte sie ihn an. »Nicht einmal mit meinem Cousin!«

Carrie war bei ihnen, kaum dass die Musik verstummt war.

»Ich denke, es ist Zeit für dich, schlafen zu gehen, Schatz«, raunte sie Evalyn zu. Dann wandte sie sich an ihren Neffen und fügte mit mildem Vorwurf hinzu: »Sie ist noch keine fünfzehn, weißt du, Paul ... und wir sind in der Öffentlichkeit. Es war ausgemacht, dass sie beim Tanzen zuschaut – eine Weile!«

Paul machte ein betretenes Gesicht.

»Dein Vater bringt dich jetzt heim, Evalyn«, fuhr Carrie fort. »Geh und hol deinen Schal.«

Als ihre Mutter ging, um Vinson mitzuteilen, dass es Zeit war heimzufahren, warf Evalyn einen Blick zurück und bedeutete Paul mit einem kaum merklichen Nicken, ihr zu folgen.

Unauffällig verließ er den Bankettsaal und stieß zu Evalyn, die draußen auf dem Flur auf ihn wartete.

»Da du morgen nach Denver zurückfährst, wollte ich dir gute Nacht sagen und dir dafür danken, dass du mir eine so schöne Zeit in Ouray beschert hast«, sagte sie leise und nahm schüchtern seine Hand.

Hinterher konnte Paul sich nicht mehr genau erinnern, wie es dazu gekommen war, dass er seine vierzehnjährige Cousine plötzlich in den Armen hielt und ihr seine Liebe gestand.

23. KAPITEL

»Die Welt gehört ebenso mir wie allen anderen! Was glaubt dieser kleine Blödmann eigentlich, wer er ist?«, brummte Evalyn, immer noch wütend über die Abfuhr des jungen Jack Hartland. »Ich kann nach Camp Bird fahren, wann immer ich will!«

Sie vermisste Paul. Die halbe Nacht hatte sie an nichts anderes denken können als an den Kuss auf dem Flur des Beaumont Hotels, und ihre Aufregung war immer stärker geworden. Seine Worte – *»Ich liebe dich, Evalyn Walsh. Ich werde dich immer lieben ...«* – hallten noch in ihrem Kopf. Etwas tief in ihrem Innersten, etwas, das sie noch nicht verstand, war erwacht und stellte prompt Forderungen. Einerseits sehnte sie sich zurück in Pauls Arme, aber andererseits wäre sie gerne zurück in die Geborgenheit und Sicherheit der Kindheit geflüchtet. Aber ich werde ihn bald wieder sehen, dachte sie. Auf der Rückfahrt nach Washington übernachten wir in Denver.

Vin und Jack fuhren ohne sie zur Mine, und sie folgte ihnen trotzig allein. In gemächlichem Tempo ritt sie auf Dewdrop die Canyon Creek Road hinauf. Als sie vor den Stallungen von Camp Bird abstieg, kam ihr Vater in Begleitung von Mr. Hartland herüber und begrüßte sie mit einem Kuss. »Ich hoffe, du warst unterwegs auch vorsichtig, Tochter!«, flüsterte er streng.

»Natürlich war ich das, Vater.«

Tom wandte sich an einen Stallburschen und bat ihn, zwei Pferde zu satteln.

»Darf ich dich und Mr. Hartland begleiten, Vater?«, bettelte Evalyn leise. »Ich bin auch ganz still.«

Tom warf seinem Gast einen fragenden Blick zu. Edwin Hartland entgegnete lächelnd, dass er entzückt wäre über ihre Begleitung.

»Vielleicht haben die Jungen ja auch Lust mitzukommen«, meinte Tom. »Wir reiten nur ein Stück die Sneffles Road hinauf; Mr. Hartland möchte gerne ein paar von den alten Claims sehen.«

»Ich frage sie«, erbot sich Evalyn. »Weißt du, wo sie stecken?«

»Im Labor.«

Evalyn hatte ihren Bruder und seinen Freund bald gefunden. Sie beschäftigten sich allerdings weniger mit dem Prozess, der Erz in Gold verwandelte, als damit, grinsend ein Foto zu betrachten, das Jack hastig in die Tasche stopfte, als sie hinzukam. Die beiden machten keinen Hehl aus ihrer Verärgerung über diese Störung.

»Was ist das für ein Foto?«, fragte Evalyn.

»Das ist nichts für Mädchen!«

Evalyn registrierte, dass ihr Bruder errötete, und auch der panische Unterton in seiner Stimme entging ihr nicht. Sie warf einen Blick auf Jack und sah, dass dieser breit grinste.

Sie versuchte, ihm das Foto wegzunehmen, als ihr dies jedoch nicht gelang, unterdrückte sie ihren Ärger und fragte: »Wollt ihr mit ausreiten? Vater und Mr. Hartland reiten die Sneffles Road rauf.«

Vin war sofort Feuer und Flamme. Eifrig wandte er sich an seinen Freund.

»Kommst du mit, Jack? Da oben gibt es ganz viele alte Stollen und verlassene Blockhütten. Oberhalb der Baumgrenze ist es super – wunderschön und einsam. Dort oben gibt es nur Adler und Murmeltiere.«

»Im Stall gibt es ein ganz braves ruhiges Pony – genau das Richtige für dich«, sagte Evalyn zuckersüß. Jack lehnte dennoch ab.

»Ich reite nicht so gerne«, erklärte er und fügte, als er Vins Reaktion sah, hinzu: »Ich bin letztes Jahr böse gestürzt.«

»Der beste Weg, Stürze zu überwinden, ist der, gleich wieder in den Sattel zu steigen!«, verkündete Evalyn entschieden. Sie fasste spontan den Entschluss, dass, wenn dieser Wurm sie begleitete, sie ihm ihre Reitkünste vorführen würde, um ihn von seiner herablassenden Art Mädchen gegenüber zu kurieren. Wir werden ja sehen, wer hier der Waschlappen ist, dachte sie.

Vinson und Jack begleiteten sie zum Stall, aber Tom war nicht mehr dort; Mr. Hartland sagte, er wäre von John Benson gerufen worden, habe aber gemeint, sie sollten vorausreiten, er käme nach.

»Dein Vater hat gesagt, du kennst den Weg, Vin ... und Evalyn natürlich auch«, fügte er hastig hinzu, als er ihrem grimmigen Blick begegnete.

Er schaute seinen Sohn an und fragte ihn, ob er den Goldgewinnungsprozess jetzt verstanden habe. In seiner Stimme schwang jedoch ein eigentümlicher Tonfall mit, der die Geschwister veranlasste, einen Blick zu tauschen.

»Selbstverständlich kenne ich den Weg«, erklärte Evalyn. »Ich bin ihn winters wie sommers geritten oder gefahren, Mr. Hartland, einmal sogar in einem Schneesturm!«

»Wenn ich mich recht erinnere, wart ihr *nicht* auf dem Weg, als ihr in den Schneesturm geraten seid, du und Vater, darum wärt ihr ja in dieser Nacht fast umgekommen«, bemerkte Vin spöttisch.

Evalyn warf ihrem Bruder einen giftigen Blick zu, und Vin hatte sofort ein schlechtes Gewissen. Er steckte in der Zwickmühle: Einerseits wollte er seiner Schwester nicht in den Rücken fallen, andererseits genoss er es, bei seinem neuen Freund im Mittelpunkt zu stehen.

»Du bist eine mutige junge Dame«, sagte Edwin Hartland.

Na also, dachte Evalyn befriedigt.

»Ich frage mich, ob Mr. Hartland überhaupt reiten kann«, raunte sie Vin kurz darauf zu, als ihre Gäste beide außer Hörweite waren, »oder ob sie *beide* Weicheier sind.«

Vin fühlte sich sichtlich unbehaglich. Aber er verstand, worauf seine Schwester hinauswollte. Wenn sie Tom vor Augen führten, dass Mr. Hartland ein Schwächling war, würde das ganz sicher dessen Einfluss auf ihren Vater untergraben.

»Lass es uns herausfinden«, schlug Evalyn vor. »Lass uns ein Stück galoppieren, solange Jack noch darüber nachdenkt, ob er seinen kostbaren Hintern einem Pferd anvertrauen will oder nicht!«

»Lieber nicht, Evalyn ...«

»Du bist ja auch schon ganz verweichlicht«, spottete sie. »Vergiss nicht, dass dieser Mann versucht, Vater dein Erbe abzuschwatzen!«

Vinson war von Natur aus ein freundlicher Mensch und konnte einfach nicht schlecht von ihren Gästen denken. Aber er liebte seine Schwester und fühlte sich schuldig, weil er sie im Stich ließ. Vielleicht hatte sie ja Recht. Vielleicht war er *wirklich* ein Weichei, jemand, der sich viel zu leicht rumkriegen ließ, und jeder wusste das außer ihm selbst. Plötzlich kam ihm die Idee, seinen neuen Freund mit seinen Reitkünsten zu beeindrucken, gar nicht mehr so dumm vor.

»Also gut!«, antwortete er leise. »Ich bin dabei.«

Sie schlichen sich in den Stall, wo die Pferde schon gesattelt bereitstanden, schwangen sich auf die Rücken ihrer eigenen Reittiere und hatten schon fast die Canyon Creek Road erreicht, ehe die Hartlands wussten, wie ihnen geschah.

»Kommt zurück! Heh, kommt her, sage ich«, rief Edwin Hartland ihnen hinterher.

Aber Evalyn ignorierte ihn. Dicht gefolgt von Vin preschte sie die steinige Bergstraße entlang. Jauchzend folgte sie Dewdrops geschmeidigen Bewegungen und trieb ihn zu noch höherem Tempo an, ohne den weißen Schaum zu beachten, der sich auf seinem dunklen Fell bildete, und ungeachtet der steilen Schlucht gleich neben der Straße. Der plötzliche Energieschub war nicht nur aus dem Wunsch heraus entstanden, Jack Hartland und seinem Vater zu beweisen, was Mädchen zu leisten imstande waren; in ihm entlud sich die ganze Anspannung und Verwirrung der letzten Woche. Im Rausch der Geschwindigkeit fühlte sie sich frei von allem, das über sie hereingebrochen war und sie ihrer Freiheit beraubt hatte.

Donnernder Hufschlag ertönte hinter ihnen, und als sie zurückblickten, sahen sie durch eine Staubwolke hindurch Mr. Hartland, der ihnen nachjagte und ihnen zurief, sie sollten anhalten, was Vin und Evalyn jedoch nur dazu anspornte, noch schneller zu werden. Sie hatten beinahe Ouray erreicht, ehe sie ihre Pferde zügelten. Erst jetzt nahm Evalyn Dewdrops keuchenden, gequälten Atem wahr und ließ sich sofort entsetzt und von Schuldgefühlen geplagt zu Boden gleiten.

»Dewdrop!«, rief sie verzweifelt. »Mein armer Dewdrop ...«

Aber das Pony ließ kraftlos den Kopf hängen und drückte das Maul in den Straßenstaub. So blieb der Wallach eine ganze Weile stehen, während Evalyn seinen Hals streichelte und beruhigend auf ihn einredete. Als ihr klar wurde, dass er den Kopf nicht mehr heben konnte, brach sie in Tränen aus, liebkoste ihr geliebtes Pony und schluchzte: »Es tut mir ja so Leid, Dewdrop. Ich habe nicht nachgedacht ... Ich wusste ja nicht ...«

Aber Dewdrop erholte sich nicht. Er war alt, und die wilde Jagd hatte ihn seiner letzten Kräfte beraubt. Er sank auf die Knie und rollte seitwärts in den Staub. Evalyn warf sich auf ihn, umarmte ihn und scherte sich nicht darum, dass sie sich Gesicht und Arme mit Schaum und Schmutz verschmierte.

Es dauerte nicht lange, bis Tom sie einholte. Ihm bot sich ein herzzerreißender Anblick: Evalyn weinte bitterlich, die Arme um den Hals des toten Dewdrop geschlungen, sein Sohn stand hilflos mit tränenüberströmtem Gesicht daneben; Edwin Hartland saß noch im Sattel, mit der Situation sichtlich überfordert.

Tom stieg ab und näherte sich seiner Tochter. Er atmete schwer, auf seinen angespannten Zügen sah man den Zorn.

»O Vater, der arme Dewdrop … O *Vater* …«, jammerte Evalyn.

Aber in den Augen ihres Vaters lag nur kalte Verachtung.

»Wie oft habe ich dir eingeschärft, rücksichtsvoll mit Tieren umzugehen, Evalyn, aber du hattest wieder einmal nur dein eigenes Vergnügen im Sinn. Dewdrop war alt und verbraucht. Es hätte dir klar sein müssen, dass er einem solchen Galopp nicht mehr gewachsen ist.«

Evalyn neigte den Kopf und weinte, als würde ihr Herz zerbrechen, aber ihr Vater ließ sich von ihren Tränen nicht erweichen.

»Wenn du auch nur zwei Sekunden an ihn gedacht hättest anstatt an dich selbst, hättest du das gewusst, Tochter«, fuhr er kalt fort. »Aber natürlich war dir wieder einmal alles egal – der Schrecken, den du Mr. Hartland und mir eingejagt hast, oder dass du deinen jüngeren Bruder überredet hast, bei diesem halsbrecherischen Unsinn mitzumachen. Ich habe fest damit gerechnet, euch mit gebrochenem Hals unten in der Schlucht wiederzufinden!« Er wandte sich seinem Gast zu. »Es war sehr mutig von Ihnen, ihnen nachzureiten, Edwin. Sie kennen die Straße nicht und sind ein beträchtliches Risiko eingegangen!«

Vinson warf einen Blick auf seine Schwester, mied jedoch ihren Blick. Sie hielt immer noch ihr totes Pony umklammert.

»Es tut mir Leid, Vater!«, jammerte sie schluchzend. »Ich kann gar nicht sagen, wie sehr.«

»Ihr müsst endlich lernen, Verantwortung für euer Handeln zu übernehmen!«, sagte Tom grimmig und blickte von einem seiner Kinder zum anderen. »Was der Berg uns geschenkt hat, darf euch nicht blind machen für die Gefahren, die er birgt. Ihr seid selbst verantwortlich für das, was ihr tut. Das ist das Wesen und der Preis des menschlichen Lebens!«

Als sie wieder in Camp Bird eintrafen, führte er seine Kinder in sein Büro und teilte ihnen müde mit: »Wie kann ich an Camp Bird festhalten, wenn ich jedes Mal, wenn ich herkomme, an nichts anderes denken kann als daran, die Mine abzustoßen, bevor einer von euch hier ernsthaft zu Schaden kommt?«

»Der Schuss ging nach hinten los, würde ich sagen«, seufzte Vin später, als er und Evalyn allein waren. »Ich hätte nicht auf dich hören dürfen.«

»Ach, verzieh dich. Sieh dir doch lieber dein schmutziges Foto an, ja!«, herrschte Evalyn ihn an.

»Das war kein schmutziges Foto«, erwiderte Vin. »Es war ein Foto von ...«

»Pos!«, beendete Evalyn den Satz für ihn. »Dicken fetten hässlichen Hinterteilen!«

Sie fühlte sich geschlagen und fragte sich, ob sie vielleicht zu den Leuten gehörte, denen das Leben keinen Fehler verzieh. Mehrere Nächte in Folge weinte sie sich wegen Dewdrop in den Schlaf. Für eines war sie allerdings dankbar: Paul war nicht Zeuge des Zwischenfalls gewesen. Wenigstens würde er sie wegen ihrer Dummheit nicht verachten. Als sie an die gemeinsame Zeit zurückdachte und an den Kuss vor seiner Abreise, an sein geflüstertes *Ich liebe dich, Evalyn Walsh. Ich werde dich immer lieben ...*, fühlte es sich an, als hätten ihre Knochen sich in Pudding verwandelt.

Ihr war klar, dass ihr Leben sich veränderte. In zwei Jahren würde sie ihr Haar aufstecken dürfen und die Metamorphose in eine andere Spezies vollziehen – eine junge Frau. Sie konnte es kaum erwarten. Jetzt gab es etwas Konkretes, worauf sie sich freuen konnte.

Ich liebe dich auch, Paul, dachte sie. Du machst mich so glücklich.

Ende August kehrten die Walshs nach Washington zurück. Ihr Zwischenstopp in Denver war für Evalyn eine herbe Enttäuschung, da Paul nicht in der Stadt war. Er habe kurzfristig nach Boulder gemusst – geschäftlich – erklärte Tante Maria; ganz bestimmt würde es ihm sehr Leid tun, sie verpasst zu haben.

Evalyn kam auf eine neue Schule – das kleine, erlesene Holten Seminary – und tröstete sich damit, dass sie Paul im folgenden Jahr wieder sehen würde.

»Ich bin wirklich sehr froh, dass du nach Ouray gekommen bist«, schrieb sie ihm. »Jetzt hänge ich wieder in der Schule und träume von unseren Ausritten. Wenn wir uns das nächste Mal sehen, werde ich richtig erwachsen sein.«

In diesem Winter bekam sie reichlich Gelegenheit, sich ein detailliertes Bild von den Vorteilen des Erwachsenseins zu machen. Auf einer Party, die ihre Mutter für Alice Roosevelt gab, der Debütantin aus dem Weißen Haus, versteckte Evalyn sich in Carries Kleiderschrank und beobachtete hinter Samt, Seide und Pelzen versteckt die Präsidententochter, sah, wie sie ihr Haar richtete und sich an der Frisierkommode das Gesicht puderte. Sie schnappte nach Luft, als sie sah, wie sie der bildhübschen Gräfin Cassini, der Tochter des russischen Botschafters, eine Zigarette anbot. Schockiert und atemlos beobachtete sie, wie die beiden jungen Debütantinnen zusammen rauchten und lachten.

Sie sehnte sich danach, so zu sein wie diese eleganten und exotischen jungen Frauen, auch wenn sie wusste, dass ihr Mut nicht über die Wände des Zimmers hinausreichte. Sobald sie das Zimmer verließen, würden sie sich wieder in »Ladys« verwandeln. Sie lernte so langsam die Regeln der High Society, in die ihre Familie so bereitwillig aufgenommen worden war, registrierte die feinen Nuancen und verschaffte sich einen Eindruck davon, wie aufregend diese Welt war.

Sie wünschte sich nichts sehnlicher als einen Brief von Paul, aber obgleich seine Mutter an Weihnachten schrieb, kamen von ihm nur ein paar kurze Zeilen, in denen er der ganzen Familie Weihnachtsgrüße übermittelte.

Aber er hat mich *geküsst,* sagte sie sich. Er hat gesagt, er *liebt* mich ... Und doch schickt er mir nicht einmal eine Zeile ...

Sie kämpfte ihren Zorn nieder, aber das alte Gefühl, unsichtbar zu sein, nagte wieder an ihr.

Ihre Leistungen in der neuen Schule waren miserabel. Fächer wie Englisch und Mathematik deckten ihre Schwächen auf. Ihr gesprochenes Französisch war gut, aber ihre Grammatikkenntnisse waren derart mangelhaft, dass ihre Lehrerin sich die Haare raufte.

»Evalyn, wie kannst du eine Sprache sprechen ohne Kenntnisse ihrer Grammatik?«

Evalyn gab sich Mühe, aber das Lernen war schrecklich langweilig verglichen mit den Gedanken an den letzten Urlaub in Ouray und an Paul. Ich wünschte, ich könnte ihm schreiben, grübelte sie, aber was, wenn er nicht antwortet? Dann käme ich mir furchtbar blöd vor!

»Sie ist sehr klug«, erklärte die Rektorin Evalyns Eltern, »aber es mangelt ihr an Selbstbewusstsein. Wirklich sehr schade ...«

»Wie kann es ihr an Selbstbewusstsein mangeln?«, hörte Evalyn Carrie ihren Vater fragen. »Sie ist immer ein so lebhaftes und extrovertiertes Mädchen gewesen!«

Aber schon bald wurde die Toleranz ihrer neuen Schule auf eine harte Probe gestellt. Im Etikettekurs machte Evalyn ihrer Verzweiflung Luft, als sie für ihre Ungeschicklichkeit beim Knicksen gerügt wurde sowie für ihre Tagträumerei, als die Lehrerin ihnen vorführte, wie man in männlicher Begleitung korrekt eine Treppe hinauf- und hinunterschritt.

»Miss Carson«, sagte sie, »Etikette legt alberne Vermutungen zugrunde. Warum müssen wir uns immer den Kopf darüber zerbrechen, was Männer denken? Warum können wir nicht beispielsweise einen Mann einfach zum Tanzen auffordern, wenn uns danach ist?«

Ein Raunen ging durch die Reihen, aber Evalyn hatte sich festgebissen.

»Warum sollten wir einem Mann nicht sagen dürfen, dass wir ihn gerne wiedersähen, und warum sollten wir ihm nicht einen Antrag machen, wenn wir ihn doch lieben? Warum müssen wir unser ganzes Leben nur immer tatenlos abwarten und zusehen, wie das, was wir uns wünschen, uns entgleitet?«

Ihre Klassenkameradinnen schnappten erst nach Luft, dann kicherten sie.

»Wirklich, Evalyn, du bist unmöglich!«, schimpfte Miss Carson empört.

»Miss Carson, ich bin in den Bergbaustädten des Westens aufgewachsen, in denen Frauen mehr Freiheiten besitzen als die wohlhabendsten Ladys hier in Washington! Wenn eine Frau darauf warten soll, dass ein Mann ihrem Leben erst einen Sinn gibt, wird sie entweder vergeblich warten, oder aber ihr Glück wird von kurzer Dauer sein! Und was das Knicksen betrifft«, fügte sie verächtlich hinzu, »ist das pure Servilität!«

An diesem Abend nahm Carrie ihre Tochter beiseite und zeigte ihr die Nachricht der Rektorin, die ihr überbracht worden war.

»Ich verstehe einfach nicht, warum du immer so provokativ sein musst, Evalyn. Wie *konntest* du nur so etwas sagen?«

»Aber es ist doch wahr, Mutter.«

»Du wirst dich gleich morgen für dein ungehöriges Benehmen entschuldigen!«

»Nein«, entgegnete Evalyn trotzig. »Das werde ich nicht!«

Sie suchte ihren Vater in seinem Arbeitszimmer auf. Er würde sowieso bald von ihrem Benehmen erfahren, und sie wollte ihm ihren Standpunkt klar machen. Er hörte ihr aufmerksam zu.

»Habe ich Unrecht, Vater?«, fragte sie errötend.

Tom seufzte. »Es gibt gewisse Konventionen, Tochter, und das weißt du sehr gut. Ob diese Zwänge immer Sinn machen, sei dahingestellt, aber die Gesellschaft toleriert keine Verstöße gegen diese Richtlinien und bestraft jene, die die Grenzen überschreiten. Die Fragen zur erzwungenen Abhängigkeit der Frauen haben deine Lehrerin vor den Kopf gestoßen, vermutlich weil sie ihr die eine oder andere unangenehme Wahrheit vorgehalten haben. Dafür solltest du dich entschuldigen. Und was das Knicksen betrifft – ich muss gestehen, dass ich persönlich diese Geste schon immer für fragwürdig gehalten habe. Meine Tochter muss sich vor nichts und niemandem verneigen – außer vor Gott!«

Am nächsten Tag sagte Evalyn zu Miss Carson: »Es tut

mir Leid, dass ich Sie in Verlegenheit gebracht habe, Miss Carson, aber das, was ich gesagt habe, stimmt! Und ich werde auch nie wieder vor jemandem knicksen!«

Die Lehrerin schüttelte den Kopf. »Ich stelle hier die Regeln auf, Evalyn, und nicht meine Schülerinnen«, sagte sie ruhig. »Wenn du das nicht akzeptieren kannst, ist es vielleicht besser, wenn du dir eine andere Schule suchst.«

Ende September kam ein dickes Kuvert aus London. Es enthielt ein offizielles Kaufangebot von Edwin Hartlands Mandanten für Camp Bird.

Carrie war entsetzt.

»Verkauf nicht, Tom«, flehte sie. »Denk nicht einmal darüber nach. Du hast dich von diesem Edwin Hartland einwickeln lassen.«

Tom seufzte. »Hör zu, es stimmt, dass ich über seinen Vorschlag nachgedacht habe. Sag mir, warum ich nicht verkaufen sollte, Carrie. Bergbau ist kein leichtes Geschäft; es ist mit so vielen Gefahren verbunden. Nimm nur die Kinder: Jedes Mal, wenn sie in der Mine sind, kommt es zu einer Beinahe-Katastrophe. Ich möchte in andere, weniger riskante Branchen investieren!«

»Um Himmels willen, Tom, du besitzt Land, durch das eine sechs Meilen lange Goldmine führt. Welche Investition könnte sicherer sein als diese? Du kannst die Kinder ja von Camp Bird fern halten, wenn du dir ihretwegen Sorgen machst.«

»Nein, Carrie. Jedes Mal, wenn ich nach Ouray reisen würde, würden sie mich anbetteln, mitkommen zu dürfen, und ich würde es ihnen doch nicht abschlagen können! Wenn ich verkaufe, kann ich ein paar neue Abenteuer wagen. Ich könnte in Aktien investieren, in Immobilien, in handlichere Besitztümer. Außerdem musst du den Tatsachen ins Auge sehen, Carrie: Das Gold wird nicht ewig reichen!«

Carrie erbleichte. »Und wir werden nicht ewig leben! Aber mein Gefühl sagt mir, dass es ein Fehler wäre zu verkaufen. Wenn man bedenkt, was du durchgemacht hast, um die Mine zu finden ... wie oft du dein Leben aufs Spiel gesetzt hast ... Es ist, als würdest du einen Teil deiner Seele verkaufen. Als würdest du ...«

»Das ist ja schön und gut«, fiel Tom ihr ins Wort, »aber wenn mir etwas zustieße, wie solltest du dann mit eintausend Minenarbeitern und der Verwaltung eines Riesenunternehmens wie Camp Bird zurechtkommen?«

»Hältst du mich für so unfähig?«, fragte Carrie erbost.

»Ganz und gar nicht, Liebes«, entgegnete Tom beschwichtigend. »Ich habe nur dein Wohl im Sinn. Außerdem bin *ich* für Müßiggang nicht geschaffen. Ich *brauche* eine Herausforderung im Leben! Und wenn ich die Mine verkaufen würde, hätte ich genug Kapital für ein neues Projekt, für das ich mich seit einiger Zeit interessiere.«

Evalyn und Vin waren in das Gespräch hineingeplatzt, und nun rief Evalyn aus: »Ich weiß, was es ist!«

»Tatsächlich, Tochter?«, fragte Tom mild, jedoch mit stählernem Blick.

Evalyn ließ sich davon jedoch nicht einschüchtern. »Es ist der alte König, nicht wahr? Er hat dein Interesse an seinen Vorhaben in Afrika geweckt, habe ich Recht?«

Tom war sichtlich verärgert.

»Du besitzt ein erstaunliches Gespür, Tochter. Und ja, im Kongo gibt es Gold, Kupfer, Zink und Gott weiß was noch alles, das nur darauf wartet, aus der Erde geholt zu werden! Ich habe die Ingenieurberichte gesehen. Camp Bird ist nichts verglichen mit dem, was an Erträgen aus den Investitionen in Afrika hereinkäme!«

Carrie stöhnte entsetzt. »Tu es nicht, Tom. Ich flehe dich an. Ich *weiß* es einfach. Verkauf die Mine nicht und vor allem, lass dich nicht auf Geschäfte mit diesem König ein.«

»Bitte nicht, Vater«, stimmte Evalyn ein.

Toms Züge verdüsterten sich. »Nun, jetzt weiß ich wenigstens, welchen Standpunkt meine Frauen vertreten«, sagte er grimmig und wandte sich an Vinson. »Und was ist mit dir? Was rätst du mir?«

»Ich bin erst 13, Vater«, sagte der Junge, der sich inzwischen im Stimmbruch befand, »aber ich denke, du solltest das tun, was du für richtig hältst!« Nach einem Seitenblick auf seine Schwester fuhr er mit dem ernsten Tonfall bedingungsloser Loyalität fort. »Es ist deine Mine und dein Geld, und niemand hat das Recht, dir vorzuschreiben, was du damit tun sollst.«

Carrie schüttelte ungläubig den Kopf und verließ den Raum.

»Du kleine Ratte«, zischte Evalyn den Tränen nah. »Ich rede nie wieder ein Wort mit dir.«

Sie folgte ihrer Mutter. Ihre Gedanken wirbelten durcheinander: Camp Bird im Besitz fremder Leute ... dann würde sie Ouray nie wieder sehen. Aber noch viel schlimmer war das Gefühl in ihrem Bauch, das sie vor einer Gefahr warnte, die sie nicht konkret benennen konnte.

Ihre Mutter lag im Bett. Sie hatte die obersten Knöpfe ihres Kleides geöffnet, lag ausgestreckt auf dem Rücken und betupfte sich die Stirn mit einem in Kölnisch Wasser getränkten Baumwolltuch.

»Geht es dir nicht gut, Mutter?«

»O Evalyn«, entgegnete Carrie gepresst. »Was hältst du von alledem?«

Evalyn setzte sich auf die Bettkante, erfreut über das mütterliche Vertrauen.

»Ich denke wie du, Mutter. Es fühlt sich falsch an! Und das nicht nur, weil ich Ouray dann nicht wiedersehen würde.«

»Dein Vater ist nicht gierig, Evalyn. Du weißt selbst, wie gutherzig und großzügig er ist. Aber er braucht eine Herausforderung im Leben und glaubt, er könne das, was ihm einmal gelungen ist, in noch größerem Maßstab wiederholen.« Carrie musterte ihre Tochter sorgenvoll. »Aber Camp Bird lässt sich nicht wiederholen, und wenn Vater tausend Jahre alt würde. Das war ein ganz besonderes Geschenk ... das er erhalten hat, weil er es verdient hat! Ein solches Geschenk gibt man nicht einfach so her.«

»Ich weiß, Mutter«, stimmte Evalyn ihr düster zu.

Aber Tom schloss den Handel mit Hartland ab. Der Vertrag wurde von seinen Anwälten, der Kanzlei Guggenheimer, Untermyr and Marshall in der Bond Street 30, New York City, aufgesetzt, und er reiste zur Unterzeichnung nach New York. In dem Vertrag stand, dass er in Dollar, Erz und Aktien bezahlt werden würde, und die Summe war so gewaltig, dass er reicher sein würde, als er sich in seinen wildesten Träumen je hätte vorstellen können, selbst wenn er nie wieder einen Tag arbeitete.

Er war fast zweiundfünfzig.

Nach der Unterzeichnung machte er einen Spaziergang und bestaunte die vielen neuen Gebäude wie das Park Row Building und den neuen Wolkenkratzer in der Fifth Avenue, der sich noch im Bau befand. Er war beeindruckt von den rasanten Veränderungen der Stadt und verglich seine aktuellen Lebensumstände mit jenen des neunzehnjährigen Jungen, der er gewesen war, als er das erste Mal einen Fuß auf diesen Kontinent gesetzt hatte. Aber in seinem Herzen fühlte er sich, als sei eine unsichtbare Nabelschnur durchtrennt worden, als müsste er jetzt noch einmal seinen Weg machen. Er hatte die Vorbehalte seiner Frau und Tochter in den Wind geschlagen; es machte aus verschiedenen Gründen Sinn zu verkaufen, aber er musste sich eingestehen, dass es für ihn und seine Familie das Ende einer Ära bedeutete.

Und doch *ist* eine Veränderung notwendig, grübelte er. Sie öffnet mir die Zukunft. Ich muss weitergehen.

Der Verkauf wurde abgewickelt. Am 1. Mai 1902 erhielt Tom in der Kanzlei seiner Anwälte 3.100.000 $ ausbezahlt. Zusätzlich verpflichteten sich die Käufer, ihm ein Viertel der Nettoerträge der Mine auszuzahlen, bis er insgesamt weitere 2.000.000 $ erhalten hatte. Hinzu kamen Aktien im Wert von 100.000 $. Da er bereits mehrere Millionen in Wertpapieren und Immobilien angelegt hatte, summierten sich seine Einkünfte auf einen beträchtlichen Betrag.

Er war in seiner Suite im Waldorf und zog sich eben für ein Abendessen mit seinem ehemaligen Partner David Wegg um, als ein Page ein Telegramm brachte. Tom riss die Nachricht auf und überflog den Text. Seine Kehle zog sich zusammen, und als er weiche Knie bekam, tastete er blind nach einem Stuhl.

> BEDAURE ZUTIEFST DIR MITTEILEN ZU MÜSSEN DASS MARIA HEUTE BEI EINEM UNFALL GETÖTET WURDE STOPP CARRIE

Tom saß eine Weile regungslos da. Er hörte die Geräusche der Stadt, das Klappern von Hufen, das Rattern von Kutschrädern, die Rufe der Zeitungsjungen, die gedämpfte Geräuschkulisse des Hotels. Das alles drang wie aus weiter Ferne in sein Bewusstsein. Viel realer war für ihn eine junge

Frau in einem königsblauen Mantel, die oben auf einem Pferdewagen den Hals reckte, um einen letzten Blick auf Vater und Schwester zu werfen. Jahrzehnte war sie ein ebenso selbstverständlicher Bestandteil seines Lebens gewesen wie die Luft, die er atmete. Er schickte David Wegg eine Nachricht und bat diesen, ihn zu entschuldigen. Er verbrachte den Abend ganz allein, in Gedanken in die Vergangenheit vertieft.

Am nächsten Morgen stieg er in den ersten Zug nach Denver. Bei seiner Ankunft erfuhr er die Einzelheiten des tragischen Vorfalls. Maria war in ihrem neuen Landauer unterwegs gewesen, der von ihrer neuen Stute Rebecca gezogen wurde. Der Fahrer hatte gehalten und Maria die Zügel übergeben, um ein Hindernis aus dem Weg zu räumen. Maria war aufgestanden, um die Zügel zu ergreifen, als etwas das Pferd erschreckt hatte. Rebecca war mitsamt dem Landauer in halsbrecherischem Tempo losgestürmt. Maria waren die Zügel aus der Hand gerissen worden, und da sie keine Möglichkeit gesehen hatte, das durchgehende Pferd zu bremsen, hatte sie nicht lange gezögert, vom Wagen zu springen. Unglücklicherweise hatte sie sich in ihren langen Röcken verheddert und war so unglücklich auf die Straße gestürzt, dass sie sich einen Schädelbruch zuzog.

Bei seiner Grabrede erzählte Tom mit fester Stimme von ihrer gemeinsamen Kindheit und den Abenteuern, die sie auf dem Weg nach Amerika überstehen mussten. »Ich fühle mich gesegnet und geehrt, eine Frau wie sie zur Schwester und Freundin gehabt zu haben.«

Toms Familie war ebenfalls zur Beerdigung angereist, und Evalyn und Vin lauschten seinen Worten mit Tränen in den Augen. Evalyn war sich trotz ihrer tief empfundenen Trauer der Gegenwart ihres Cousins in der Bankreihe vor ihr sehr bewusst. Paul trug einen neuen schwarzen Anzug und starrte unverwandt auf den Sarg seiner Mutter. Ihr Herz blutete für ihn; impulsiv streckte sie den Arm aus und nahm seine Hand. Sie fühlte sich warm an, dazu rau und schwielig wie in ihrer Erinnerung. Er zuckte zusammen, erwiderte dann jedoch den Druck.

»Diese verfluchte Stute ...«, sagte er später ausdruckslos. »Wenn wir doch nur geahnt hätten ... Aber bis zu diesem Tag war sie eigentlich nie besonders schreckhaft.«

»Du gibst doch nicht Vater die Schuld?«

Paul schüttelte den Kopf. »Natürlich nicht! Das hätte mit jedem Pferd passieren können!«

Es war aber nicht irgendein Pferd, sondern das schicke Damenpferd, das Papa Tante Maria geschenkt hat und von dem es hieß, es sei lammfromm. Und das genau an dem Tag, da ihr Vater den Verkauf von Camp Bird besiegelt hatte.

Evalyn verdrängte den Gedanken.

»Zeigst du mir deinen Mietstall?«, fragte sie Paul. »Deine Mutter war so stolz auf das, was du und dein Partner aufgebaut habt.«

Im Stall atmete sie den vertrauten geliebten Geruch nach Pferden, Heu, Pferdeäpfeln und Leder tief ein.

»Ich würde dich gerne viel häufiger sehen, Paul«, sagte Evalyn schüchtern und streichelte dabei die Nase einer Fuchsstute. »Es war schön mit dir in Ouray. Ich vermisse unsere gemeinsamen Ausritte ...« Sie errötete. »Das Tanzen und ... eben alles ...«, schloss sie unbeholfen. Sie brachte es einfach nicht über sich, über die erregende Berührung seiner Lippen zu sprechen oder seine Worte an jenem letzten Abend.

»Wirklich?«, fragte er leise.

»Ich habe mich so real gefühlt. Du bist der zweite Mensch in meinem Leben, der mir dieses Gefühl gegeben hat.«

Paul versteifte sich. »Und wer war der andere?«

»Die Gouvernante, die ich in Paris hatte!«

Die Stute legte die Ohren an, als Paul laut auflachte.

»Du verstehst es wirklich, einem Mann zu schmeicheln.«

»Ich wollte nicht ...«, stammelte sie und errötete noch heftiger. »Was ich damit sagen will, ist ... wirst du uns in Washington besuchen kommen? Du kannst bleiben, solange du möchtest.«

Paul schaute in ihr erwartungsvolles Gesicht, seufzte und nahm ihre Hand.

»Kleine Cousine«, sagte er sanft, »glaubst du, das wäre klug?«

»O ja, und ob. Natürlich wäre es das.«

»Wir beide haben einander sehr gern.«

»Und?«

»Du weißt ebenso gut wie ich, wohin das führen könnte. Wir gehören verschiedenen Welten an, du und ich. Und deine Eltern haben ... andere Pläne mit dir.«

Evalyn verfluchte die brennende Röte, die ihr Gesicht überzog. Sie kam sich vor wie ein fünfjähriges Kind.

»Hat jemand mit dir über mich gesprochen?«

Paul antwortete nicht gleich. Schließlich sagte er: »Nein, Evalyn. Zumindest nicht in letzter Zeit ... Allerdings hat Mutter mich nach unserem letzten Besuch in Ouray darauf aufmerksam gemacht, wie verschieden die Welten sind, in denen wir leben. Sie meinte auch, deine Eltern hätten sicher große Pläne mit dir.«

»Na und? Ich bin nicht ihr Eigentum! Wenn ich dich heiraten wollte, müssten sie mir schon zuhören. Immerhin bin ich fast *sechzehn.*«

Er schenkte ihr ein trauriges Lächeln und drückte ihr einen Gegenstand in die Hand.

»Sechzehn ist noch sehr jung. Du wirst mich vergessen.«

»Nein ...«

Sie schaute auf ihre Handfläche und sah ein Stück Quarz.

»Das habe ich im Canyon aufgehoben«, flüsterte er ihr ins Ohr. »An jenem letzten Tag ...«

»Paul trägt den Verlust so würdevoll, wie es zu erwarten war«, bemerkte Carrie auf der Heimfahrt im Zug. »In ein paar Tagen wird es allerdings schwer für ihn werden – dann kommt die Leere.«

Sie verfiel wieder in Schweigen. Evalyn spielte in ihrer Rocktasche mit dem Stein, den Paul ihr geschenkt hatte. Sie hatte das Gefühl, dass sie platzen würde, wenn sie nicht gleich von ihm sprach.

»Er ist anders«, sagte sie zögernd. »Er hat etwas Besonderes an sich.«

»Er ist ein außergewöhnlicher junger Mann!«, pflichtete Tom ihr bei. »Ganz der Vater.«

»Der Tod der armen Maria ist vielleicht ein Omen«, sagte Carrie unvermittelt, so leise, dass sie beim Rattern der Räder kaum zu verstehen war, »Ich denke, du solltest versuchen, vom Verkauf zurückzutreten!«

»O ja, tu das«, stimmte Evalyn ihr zu.

»Carrie«, entgegnete Tom ungeduldig, »bitte überlass den Aberglauben mir, ja? Der Handel ist abgeschlossen!«

Carrie verstummte wieder, und Evalyn musterte ihren Vater nervös.

Tom holte Marias Foto aus seiner Brieftasche. Das Bild war Jahre zuvor in Leadville gemacht worden und zeigte eine junge Frau, das Haar hochgesteckt und von klassischer Schönheit.

Adieu, Maria, dachte er. Ich werde dich niemals vergessen. Und auch wenn ich hundert werde, wird das Leben nie wieder so sein wie bisher!

Als einige Wochen später ein Brief von Toms Anwälten mit der Kopie eines Schreibens der Anwälte der Käufer eintraf, dem zufolge bei der Überschreibung von Camp Bird ein Fehler passiert war, sprach Carrie von einem Wink des Schicksals. Zwanzig Meilen Wasserleitungen, die für den Betrieb der Mine unerlässlich waren, waren nicht im Vertrag aufgeführt.

»Das ist die Chance, es dir noch einmal zu überlegen, Tom«, flehte sie. »Ohne Wasserleitung werden sie dir die Mine nur zu gerne zurückverkaufen.«

»Aber es handelt sich nur um ein Versehen, Carrie. Es war nie meine Absicht, ihnen die Wasserleitung vorzuenthalten«, widersprach er. »Und du weißt sehr gut, dass ich zu meinem Wort stehe.«

Er wies seine Anwälte an, einen entsprechenden Vertragszusatz aufzusetzen, und als alles unter Dach und Fach war, machte er seinen Freunden ein paar Geschenke, darunter David Wegg, dem er 100.000 $ überwies, und spendete großzügig an diverse caritative Einrichtungen.

Dann eröffnete er seiner Familie, dass er den Sommer mit ihr in Europa verbringen wolle – fast als könnte er es nicht ertragen, länger in Amerika zu bleiben, nachdem Camp Bird nicht mehr ihm allein gehörte.

»Können wir vor der Abreise noch einmal das neue Haus sehen, Vater?«, bat Evalyn. »Ich weiß, dass es noch nicht fertig ist, aber ich würde es mir trotzdem gerne von innen anschauen.«

Das Haus wurde jetzt schon als »Twenty Twenty – Zwanzig Zwanzig« bezeichnet, da dies die Hausnummer war, die es nach seiner Fertigstellung bekommen würde, und Carrie verwandte bereits jetzt viel Zeit auf die Innendekoration. Sie war fest entschlossen, das Haus in ein Kunstwerk im Stil der Belle Epoque zu verwandeln, einen Palast der schönen Künste.

Das Haus hatte fünf Stockwerke und sechzig Zimmer. Das Art-Nouveau-Treppenhaus aus massivem Mahagoni war jenem des Ozeandampfers *Majestic* nachempfunden, das ihr so gut gefallen hatte. Die Treppe führte in einem großzügigen Schwung hinauf zu einer Orchestergalerie und setzte sich dann bis zur ersten Etage geteilt fort. Hier gelangte man auf eine Galerie mit schlanken ionischen Mahagoni-Säulen, die den darüber verlaufenden offenen Flur stützten. Eine riesige Buntglaskuppel bedeckte das Treppenhaus, darüber befand sich noch ein weiteres Stockwerk mit einem großen Oberlicht. Hier, auf der obersten Etage, befanden sich der Ballsaal und die Zimmer der weiblichen Hausangestellten sowie ein kleines Theater für Vinson. Darüber wiederum befand sich der Garten, zu dem man über schmale Treppen gelangte und von dem aus man einen atemberaubenden Blick über ganz Washington hatte.

Es würde zwei Haupteingänge geben, einen in der Massachusetts Avenue, über den man direkt in die große Eingangshalle gelangte, und einen zweiten mit einer gläsernen *porte-cochère* speziell für Kutschen in der 21st Street. Dieser zweite Eingang würde über eine eigene Diele mit einem französischen Kamin aus weißem Marmor verfügen. Der Dienstboteneingang wiederum befand sich auf der Rückseite des Gebäudes.

Es gab eine Bibliothek, einen riesigen Salon, einen sonnigen Wintergarten. Hinter dem Salon – erreichbar über eine Falttür – befand sich das Musikzimmer mit einer Barockorgel. Über dieses Zimmer gelangte man in ein Speisezimmer, das jenem König Leopolds nachempfunden war. Gleich daneben befand sich ein Servierzimmer, von wo aus eine schmale Treppe in ein verborgenes Zimmer zwischen zwei Stockwerken führte, zu dem man ansonsten nur von Toms Büro im darüberliegenden Stock aus Zugang hatte.

In dieser geheimen Kammer ließ Tom seinen Tresor installieren.

Im Erdgeschoss waren Küche und Hauswirtschaftsräume untergebracht, Aufenthaltsräume für die Angestellten sowie die Schlafzimmer des männlichen Personals. Hinter dem Haus wurden Stallungen und Unterkünfte für die Pferdepfleger errichtet.

»Was glaubst du, wann die Arbeiten abgeschlossen sein werden, Tom?«

»Ende des Jahres, Liebes. Und dann wirst du alle Hände voll zu tun haben, es zu möblieren. Aber bis es soweit ist, lass uns nach Europa reisen.«

Er will den König besuchen, dachte Evalyn, der es gar nicht gefiel, dass ihr Vater möglicherweise Geschäfte mit einem Mann machen würde, der ihr auf den ersten Blick unsympathisch gewesen war.

24. KAPITEL

Im Herbst 1903 kehrten die Walshs nach Washington zurück und zogen schon kurz darauf in das neue Haus an der Massachusetts Avenue 2020, wo alles nur vom Feinsten und Teuersten war. Allein der elektrische Otis-Fahrstuhl hatte 5000 $ gekostet. Er glitt fast lautlos von einer Etage zur anderen, getäfelt mit dunklem polierten Mahagoni. Die Firma Otis hatte außerdem ein elektrisch betriebenes Laufband eingebaut, das Küche und Speisezimmer verband. Die meisten Schlafzimmer hatten ein eigenes marmornes Bad. Im dritten Stock befand sich eine Suite, die eines Königs würdig war, entworfen im Hinblick auf den geplanten Besuch König Leopolds.

Evalyn liebte das neue Haus, die Eingangsportika mit ihren rosa Marmorsäulen, den Empfangssaal, der drei Stockwerke hoch bis zur Buntglaskuppel reichte, die vergoldeten Täfelungen, die geschwungene ypsilonförmige Treppe. Sie war entzückt vom Salon im Louis-XIV-Stil, dessen Wände mit rosa Damast bespannt waren und dessen Decke Fresken pausbäckiger Cherubim zierten und an den das Musikzimmer mit der Orgel grenzte. Carrie hatte die renommierte Innenausstatterin Mrs. Anna Jennesse Miller engagiert, ihr zu helfen, das Haus zu dekorieren und zu möblieren, und war von der darauf folgenden Flut an Entscheidungen schier überrollt worden. Sie hatte sich mit Dekorateuren, Kunsthändlern, Möbelschreinern und Teppichhändlern auseinander setzen müssen. Teppiche waren aus Persien geschickt worden, Gemälde von den Händlern auf dem Boulevard Poissonnière in Paris und von der Avenue Louise in Brüssel. Flämische Wandteppiche zierten die Wände, und die Bibliothek war mit kostbaren, seltenen Büchern bestückt.

Aber am meisten von allem beeindruckten Evalyn ihre eigenen Zimmer. Sie wanderte durch mehrere Zimmer, die alle zu ihrem ganz persönlichen Reich gehörten und deren Wände wie im Salon mit rosa Seidendamast bespannt waren: ein geräumiges Wohnzimmer, ein Schlafzimmer und ein Badezimmer. Die Türgriffe waren vergoldet, ebenso die Badarmaturen.

Sie war erst siebzehn, fand es aber selbst bemerkenswert, wie sehr ihr Gefühl für Luxus sich in nur wenigen Jahren verändert hatte. Die Begeisterung über das neue Zuhause war nicht ganz so überschäumend, wie sie es noch drei Jahre zuvor gewesen wäre. Es war, als wäre etwas in ihrem Inneren versteinert. Es erfüllte sie mit einem gewissen Argwohn, dass sie alles, was sie sich wünschte, auch bekam, und das fast sofort. Die Toilettenartikel auf ihrer Frisierkommode hatten goldene Verschlüsse oder Griffe, aber das bedeutete ihr längst nichts mehr. Nichts von der ganzen Pracht, die sie umgab, konnte sich in Evalyns Augen mit den Fotos in schlichten Silberrahmen auf dem Kaminsims messen – Bilder von ihrem Vater, ihrer Mutter und Vin – und mit ihren alten Reitstiefeln, die sie in einem Koffer aufbewahrte und die noch nach Dewdrop rochen; oder auch mit dem Stück Quarz aus Ouray, das Paul ihr in die Hand gedrückt hatte und das sie heute in ihrem kleinen Schmuckkästchen aufbewahrte.

Als ihr Vater jedoch augenzwinkernd fragte: »Und, sind deine Zimmer nach deinem Geschmack, Tochter? Wir haben sogar etwas von dem ›überschüssigen‹ Gold verarbeitet, um dir eine Freude zu machen«, lachte sie und umarmte ihn.

»Du bist der liebste Vater auf der Welt.«

Sie fühlte sich ihrem Vater jetzt sehr nahe. Auf ihrer Europareise hatten sie wieder König Leopold getroffen, der sich gerade im Kurort Bagnères-de-Luchon in den Pyrenäen aufhielt. Die Fahrt dorthin hatte fünfzehn Stunden in Anspruch genommen.

Evalyn war von Luchon ganz entzückt gewesen, weil es sie an Ouray erinnerte. Die blaulila Berge reichten fast bis in den Ort hinein, und das Städtchen selbst war reizend – voller hübscher Häuschen mit schmiedeeisernen Balkongittern. Sie hatten mit dem König diniert, und sie hatte sogar seine Mätresse kennen gelernt, ein neunzehnjähriges Mädchen namens Baronne Vaughan. Fasziniert hatte sie registriert, dass der König die Baronne als *»très jeune«*, also sehr jung, bezeichnete und sie ihn als *»très vieux«* – sehr alt.

In Luchon hatte ihr Vater dem König auch mitgeteilt, dass er nicht in dessen Projekte in Südafrika investieren werde.

»Ich habe gehört, dass die Zustände dort unten im Kongo katastrophal sein sollen, Evalyn«, hatte er ihr auf der Rückreise anvertraut. »Ich habe Erkundigungen einholen lassen, und ich werde mein Geld lieber dort investieren, wo ich sehe, was damit geschieht, anstatt es in ein Abenteuer zu stecken, das auf Ausbeutung und Brutalität beruht.«

Evalyn hätte jubeln können. Ihre Mutter war ebenfalls überglücklich gewesen, und sogar Vin hatte sich erleichtert geäußert.

Vinson war inzwischen 15. In seinen Räumen in 2020 türmte sich alles, was er sich je gewünscht hatte: ein Waffenkoffer, Regale voller Bücher, ein Schiffsmodell aus reinem Silber, ein ausgestopfter Alligator, zwei komplette Rüstungen mit Schild, eine Silberskulptur eines Mannes zu Pferd, die Bronzeplastik eines Pferdes, ein Elfenbein-Elefant. Neben seinem Bett stand eine gerahmte Fotografie seines Helden, des Rennfahrers Comille Jenatzki – den alle wegen seines roten Bartes nur Red Devil nannten –, der am 2. Juli in einem Mercedes das Gordon-Bennett-Straßenrennen gewonnen hatte. Das Rennen, das in Irland stattgefunden hatte, war mit einer verblüffenden Geschwindigkeit von über einer Meile in der Minute gefahren worden.

»Ich wünschte, ich hätte ein Auto«, gestand Vin seiner Schwester. »Ich hoffe, du fällst mir nicht wieder in den Rücken, wenn ich Vater darauf anspreche!«

»Du bist noch zu jung, Vin!«

»Sei doch nicht so eine Spielverderberin!«

Die kostbarsten Besitztümer des Jungen befanden sich in dem kleinen Theater neben dem Ballsaal. Hier gab Vinson einige Wochen nach dem Umzug seine ersten Zaubervorstellungen und verschwand wie Houdini aus verschiedenen Behältnissen, in die er sich zuvor hatte sperren lassen, zauberte Kaninchen aus Hüten und vollführte wirklich verblüffende Kartentricks. Zu seinen Auftritten lud er alle seine und

Evalyns Freunde und Freundinnen ein, darunter auch Katherine Elkins und Flora Wilson, die eine hübsche Singstimme hatte.

Tom saß ganz hinten im halbdunklen Zuschauerraum und schaute sich um. Sein Haus war fertig und fantastisch ausgestattet, seine Frau war entspannt und lachte, sein kluger sanftmütiger Sohn, den er mit jedem Tag mehr liebte, begeisterte das Publikum, und auch seine kratzbürstige, kapriziöse und eigenwillige Tochter schien glücklich zu sein. Sie war nie eine gute Schülerin gewesen, und nachdem sie übereingekommen waren, dass eine Verlängerung ihrer Schulzeit wenig sinnvoll wäre, war sie richtiggehend aufgeblüht. Sein pummeliges Entlein entwickelte sich vor seinen Augen zum stolzen Schwan.

Evalyn verbrachte viel Zeit an dem weißen Klavier im Ballsaal und probierte verschiedene Melodien aus; vielleicht, sagte sich Tom, fand sie ja in der Musik Ersatz für die Abenteuer im Westen, die sie mit dem Umzug hatte aufgeben müssen. Sie hatte sogar Dr. James Wheaton Howard von der St. Aloysius Church, den Organisten, den Tom bisweilen zur Unterhaltung seiner Gäste engagierte, gebeten, ihr Orgelunterricht zu geben, und wenn sie übte, hallte es durch das ganze Haus. Sie hatte in Washington doch noch Freunde gefunden und saß gerade enthusiastisch applaudierend neben der jungen Flora Wilson, die laut »Bravo« rief ...

Die Freunde des jungen Zauberkünstlers stimmten ein und trampelten mit den Füßen, bis die Wände zitterten.

Tom ging das Herz auf vor Liebe und Stolz. Als das Licht anging, lächelte er die Gäste seiner Kinder an und sah all die strahlenden jungen Gesichter um sich herum. Jetzt ist die gesegnete Erntezeit angebrochen, dachte er, die Saat ist aufgegangen und hat sich prächtig entwickelt.

Die jungen Leute baten Flora, für sie zu singen. Sie warf einen fragenden Blick auf Carrie, die aufmunternd nickte.

Evalyn beriet sich kurz mit Flora, ging dann zum Klavier und fing an zu spielen. Flora räusperte sich, und kurz darauf erfüllte ein altes Lied das obere Stockwerk des herrschaftlichen neuen Hauses in der Massachusetts Avenue.

»Believe me, if all those endearing young charms,
Which I gaze on so fondly today,
Were to change by tomorrow, and fleet in my arms,
Like fairy gifts fading away!

Thou wouldst still be adored
As this moment thou art
Let thy loveliness fade as it will,
And around the dear ruin each wish of my heart
Would entwine itself fervently still.
For the heart that has truly loved never forgets
But as truly loves on to the close ...«

Tom fühlte, wie seine Kehle sich zusammenzog. Er dachte zurück an jene Nacht in Leadville vor vielen Jahren, an dem eine junge hübsche Frau dasselbe Lied gesungen und sich dabei auf dem Klavier begleitet hatte. Er blickte zu Carrie hinüber; sie hat sich nicht verändert, sagte er sich. Er legte diskret einen Finger an die Lippen und schickte ihr stumm einen Kuss. Dann, den Blick auf die flinken Finger seiner Tochter geheftet, die geschickt über die Tasten flogen, hörte er aus den Tiefen seiner Erinnerung die leicht lispelnde Stimme seiner kleinen Schwester Peggie und fühlte sich für einen Moment nach Carraig Mór zurückversetzt, wo die obere Türhälfte offen stand und die abendliche Brise den Slievenamon hinunterwehte.

Die neue Walsh-Residenz wurde schon bald zum Ort der ausschweifendsten Veranstaltungen der Crème de la Crème. Am 8. Dezember 1903 schrieb der *Evening Star* über die erste größere Dinnerparty dort, zu der zahlreiche Senatoren nebst Gattinnen, der belgische Botschafter sowie zahlreiche andere mächtige und einflussreiche Freunde der Familie geladen waren.

»Mr. und Mrs. Walsh haben am gestrigen Abend in ihrer neuen Residenz in der Massachusetts Avenue zu einem Dinner geladen, das in jeder Beziehung zu den denkwürdigsten gesellschaftlichen Ereignissen in der Geschichte unserer Hauptstadt zählt. Die Tafel war mit ausgesuchten gelben Orchideen geschmückt, deren Farbe wunderbar harmonierte mit der superben Dekoration der Anrichte, auf der ein Service aus reinem Gold – natürlich aus der Camp-Bird-Mine – bereitstand, das zu diesem Anlass zum ersten Mal benutzt wurde.«

Evalyn, die den Artikel im Salon ihrer Mutter las, sagte: »Wir stehen neuerdings ständig in der Zeitung.«

Carrie blickte von dem Katalog auf, in dem sie blätterte.

»Das stimmt, Evalyn. Und ich schätze, das wird auch so bleiben, solange wir leben.«

»Aber findest du es nicht auch seltsam, dass sich hinterher niemand mehr an uns erinnern wird? Nach all diesem Brimborium wird in mickrigen hundert Jahren schon niemand mehr wissen, dass es uns je gegeben hat.«

Carrie zuckte die Achseln. »Ist denn das so wichtig, Liebes? Immerhin sind wir dann längst in der Obhut Gottes.«

»Das ist eine nette Sicht der Dinge, Mutter. Glaubst du, dass Gott auch Dinnerpartys veranstaltet?«

Carrie lachte, wenn auch ein wenig vorwurfsvoll.

»Ich glaube, seine Partys werden noch denkwürdiger sein als unsere«, fuhr Evalyn fort. »Aber ich möchte lieber nicht so lange warten. Ich würde wahnsinnig gerne auf den Ball gehen, den du für Alice Roosevelt veranstaltest.« Mit angehaltenem Atem wartete sie auf die Antwort ihrer Mutter.

»Dazu bist du noch zu jung! Du wirst dich noch ein Jahr gedulden müssen!«

»Aber Mutter ...«

»Glaub mir, ich weiß, was das Beste für dich ist, Evalyn.«

Evalyn sah den entschlossenen Zug um Carries Mund und wusste, dass jeder Widerspruch zwecklos war. Sie verkniff sich jedes weitere Wort, wissend, dass sie die mütterliche Geduld bereits stark strapaziert hatte.

Dabei bin ich schon siebzehn, murrte sie innerlich.

Am Tag des Balls verfolgte sie die Vorbereitungen wehmütig. Treibhauspflanzen trafen kistenweise ein. Die Hausmädchen bohnerten das Parkett im Louis-XIV-Salon und im Ballsaal, dessen Wände mit edlem gelbem Brokat bespannt waren. Die rosa Marmorwände der Korridore im Erdgeschoss, die vergoldeten Gesimse, Türklinken und Stuckornamente – alles funkelte und glänzte im Licht der fünfarmigen goldbronzenen Wandleuchter.

Bevor die ersten Gäste eintrafen, nahm das Violin-Quintett auf der Orchesterempore Platz, dort wo die Treppe sich gabelte. Evalyn wartete auf ihre Chance und versteckte sich hinter den Grünpflanzen.

»Beachten Sie mich gar nicht«, bat sie die Musiker. »Ich möchte nur zusehen. Ich bin auch ganz still!«

Von ihrem Beobachtungsposten aus sah sie, wie die Paare nach oben oder unten gingen, so dicht an ihrem Versteck vorbei, dass sie die weiß behandschuhten und befrackten Herren und ihre elegant gekleideten und mit kostbaren Juwelen geschmückten Gattinnen, deren Röcke raschelten wie Berge von Seidenpapier, hätte berühren können, wenn sie nur den

Arm hinter den Palmen hervorgestreckt hätte. Sie wusste, dass jeder Gast das Haus mit einer »kleinen Aufmerksamkeit« verlassen würde: ein Spitzenfächer mit Schildpattgriff für die Damen und Bleistifte aus purem Gold für die Herren. Die Präsente lagen in Körben in der Bibliothek bereit.

Dorthin schlich Evalyn, als alle nach oben gegangen waren. Es roch nach alten Büchern und Lederbindungen. Sie nahm einen der Fächer, lief dann zum Fahrstuhl und fuhr hinauf zu ihren Zimmern im ersten Stock.

Zu den Klängen von Johann Strauss, die gedämpft zu ihr drangen, holte sie die kleine mit Intarsien verzierte Schmuckschatulle aus ihrer Frisierkommode. Als Erstes nahm sie nach dem Öffnen Pauls Stück Quarz heraus. Sie hob den Stein an die Lippen und warf ihn dann auf das Bett.

Was soll ich mit dir?, fragte sie sich zornig. Du machst mich nur traurig. Und du bist nur ein wertloser alter Stein.

Und doch wusste sie, dass sie ihn nicht wegwerfen konnte. Sie legte den unscheinbaren Stein zurück, baute sich dann vor dem Spiegel auf, legte das Kollier mit Türkisen und Perlen, das ihr Vater ihr geschenkt hatte, als sie mit ihm zum Mittagessen war, dazu die dezenten Perlenohrringe, die sie von ihrer Mutter zum Geburtstag bekommen hatte, und ihren Diamantring an. Sie trug Rouge auf Wangen und Lippen auf, fächerte sich vor dem Spiegel Luft zu, stellte sich vor, sie trüge ein Ballkleid und tanzte durch das Zimmer. Nächstes Jahr, dachte sie. Bitte mach schnell. Dann bin ich endlich erwachsen und frei. Dann gehört mir die Welt, die ganze weite Welt!

Aber die ausgelassene Stimmung hielt nicht an. Sie ließ den Fächer sinken, betrachtete einen Moment die Brüsseler Spitze und fragte sich, warum ihre Schönheit ihr so wenig bedeutete. Sie konnte sich an eine Zeit erinnern, da sie den Fächer als das Hübscheste, Exquisiteste betrachtet hätte, das sie je gesehen hatte. Was, wenn Geld und Besitztümer so waren wie Drogen, wenn man immer mehr und mehr davon brauchte, um sein unersättliches Verlangen vorübergehend zu stillen? Sie verspürte wieder die alte Einsamkeit, als wäre inmitten der Ausgelassenheit, die durch das Haus hallte, ein dunkler Schatten auf sie gefallen. Sie entkleidete sich, badete und legte sich ins Bett, ließ jedoch die Nachttischlampe brennen und legte den Diamantring, die Ohrringe und das Kollier daneben. Sie schimmerten kalt, ein blutleerer Ersatz für Liebe und Leben.

Sie war fast eingeschlafen, als sie ein leises Klopfen an der Tür hörte, sich schläfrig aufsetzte und rief: »Herein.«

Es war Vinson in einem karierten Morgenmantel. Mit ihm kam die Tanzmusik in den Raum, wurde jedoch wieder gedämpft, als er die Tür hinter sich schloss.

Er setzte sich ans Fußende des Bettes.

»Ich konnte nicht schlafen. Ich möchte mal wissen, wie viele Gäste hier sind.«

Evalyn zuckte die Achseln. »Dreihundertfünfundzwanzig, habe ich vorhin den Butler sagen hören. Für mich klingt es, als wären es Tausende – sie tanzen und trinken, als würde beides in Kürze verboten.«

»Und sie verdanken alles nur Vaters Glück!«, fügte Vin trocken hinzu. Er musterte sie eine Weile ernst, ehe er fortfuhr. »Ich mache mir Gedanken über Glück, Schwesterchen. Ich meine, dem einen schenkt es ein unermessliches Vermögen in Form einer Mine wie Camp Bird, während viele Menschen nicht wissen, woher sie das Geld für die nächste Mahlzeit nehmen sollen.«

Er nahm das Türkiskollier vom Nachttisch und ließ es durch die Finger gleiten.

»Vater hat die Mine nicht beim Würfeln gewonnen«, entgegnete Evalyn und dachte an die vielen Abende in Ouray, an denen er bei Minusgraden völlig erschöpft heimgekommen war. »Ich kann mich besser daran erinnern als du, weil du noch so klein warst. Er hat schrecklich viel gearbeitet, sich immer neues Wissen angeeignet und sein Ziel nie aus den Augen verloren. Das war kein Glück.«

Vinsons Züge erhellten sich.

»Und noch etwas«, fügte Evalyn lächelnd hinzu. »Camp Bird wird auch den Kauf des Autos finanzieren, das du dir so sehr wünschst!«

Vinson schenkte ihr ein scheues Lächeln. In der Gesprächspause bemerkten sie, dass der Lärm im Haus nachgelassen hatte.

»Ich glaube, die Störenfriede gehen heim«, sagte Vin. »Wurde ja auch Zeit.«

Von der Straße drang das Knirschen von Kutschrädern und das Klappern von beschlagenen Hufen herauf, vermischt mit lauten fröhlichen Stimmen.

Vin lachte. »Es ist eine Kunst, sich zu amüsieren, stimmt's?« Ein ironisches Lächeln umspielte seine Lippen. »Ein Talent, das *dir* in die Wiege gelegt wurde.«

Das stimmt nicht, dachte Evalyn.

»Wenn dieses Haus einmal mir gehört«, verkündete Vin großspurig, »darfst du vielleicht auch zu meinen Bällen kommen.«

Evalyn warf ein Kissen nach ihm, als er hierauf eilig das Zimmer verließ. Als er fort war, konnte sie jedoch nicht einschlafen. Endlich kehrte im Haus Ruhe ein. Der Wecker zeigte halb fünf. Evalyn stand auf, schlüpfte in einen warmen Morgenmantel und ging hinaus auf die Galerie. Im Dunkeln wirkte das Haus sogar noch größer. Sie fuhr mit dem Fahrstuhl hinauf in den obersten Stock und bückte sich nach etwas, das auf dem Boden lag. Es war eines der Präsente, ein goldener Stift. Sie steckte ihn ein und verließ rastlos den Ballsaal, um die Treppe zum Dachgarten hinaufzusteigen. Von hier, am Rand des Flachdaches, konnte sie über die schlafende Stadt blicken. In der Ferne waren die dunklen Umrisse der Washington Cathedral zu erkennen. Sie wandte sich Richtung Westen. Dort, tausend Meilen entfernt, lag Denver. Dort war Paul.

25. KAPITEL

Der Sommer kehrte zurück und verwandelte Washington in einen Glutofen. Der Präsident bat Tom, nach Colorado zu reisen und seinen Einfluss geltend zu machen und dazu beizutragen, eine brenzlige Situation zu meistern. Die Minenarbeiter streikten, und im ganzen Staat herrschte Unruhe.

Evalyn war entzückt, als ihre Großmutter, Arabella Reed, die Familie zu sich nach Denver einlud. Die alte Dame war inzwischen gebrechlich und musste sich beim Gehen auf einen Stock stützen. Sie hatte Toms Angebot, ihr ein größeres Haus zu kaufen, ausgeschlagen und führte ein stilles Leben mit ihrer Haushälterin und Gesellschafterin, einer Frau namens Rose.

Nach den großzügigen Räumen in der Massachusetts Avenue 2020 fand Evalyn das mit Holzschindeln verkleidete Häuschen ihrer Großmutter beengend. Sie vermisste ihren Vater, der die meiste Zeit fort war und kreuz und quer durch den ganzen Staat reiste, während ihre Mutter sich um Vin sorgte, der daheim geblieben war. Er befand sich wegen eines Hautausschlags, der im Frühjahr das erste Mal aufgetreten war und bislang auf keine Behandlung angesprochen hatte, in ärztlicher Obhut.

Da ein Besuch in Ouray nicht geplant war, war die Aussicht, Paul wiederzusehen, Evalyns einziger Lichtblick. Sie hatte ihm geschrieben, dass sie für einige Zeit in Denver sein würde, in einem bewusst unbeschwert gehaltenen Brief voller Klatsch und Tratsch aus der Hauptstadt.

Sie wünschte, Tante Maria wäre noch am Leben. Ganz abgesehen von der Freude, *sie* zu sehen, wäre sie auch automatisch Paul begegnet. Aber Paul hatte das Haus seiner Mutter verkauft und den Erlös in sein expandierendes Unternehmen gesteckt. Er selbst wohnte jetzt in einer Junggesellenpension, hatte ihr Vater ihr erzählt.

Freut mich sehr, dass ihr in der Stadt seid. Komme Sonntag um 15 Uhr vorbei, wenn es recht ist. Paul

Die Nachricht lag eines Morgens mit der übrigen Post im Briefkasten.

Evalyn bereitete sich sorgfältig auf seinen Besuch vor. Sie trug keine Mädchenkleider mehr, und er würde sie zum ersten Mal in einem bodenlangen Rock sehen. Sie wählte ein figurbetontes Tageskleid aus Musselin mit hohem Spitzenkragen, weich fallenden Ärmeln, die an den Handgelenken gerafft waren, und einem ausgestellten Saum, der bis auf den Boden reichte.

»Darf ich mir das Haar hochstecken, Mutter? Bitte? Immerhin werde ich in vierzehn Tagen achtzehn!«

»Willst du dir das Haar hochstecken, nur weil dein Cousin zu Besuch kommt?«

»Ach lass sie doch«, meinte Arabella lächelnd. »Das Kind kann es nun einmal nicht erwarten, erwachsen auszusehen.«

Als Paul am Nachmittag klopfte, öffnete ihm eine junge Lady, die er kaum wieder erkannte. Elegant, in einem edlen Kleid, eng geschnürt, das Haar aufwendig frisiert, mit Perlohrringen und einem Diamantring an der rechten Hand, sah seine Cousine Evalyn aus wie ein Modell aus einem Hochglanzmagazin, ein fremdes Wesen, das nichts mehr gemein zu haben schien mit dem Mädchen, das ihn auf seinen Ausritten in den Ouray Canyon begleitet hatte.

Sie sah den erwartungsvollen Ausdruck auf seinem Gesicht, sah, wie seine Pupillen sich bei ihrem Anblick weiteten und er kaum merklich zurückzuckte. Er küsste sie auf die Wange.

»Evalyn, bist du das wirklich? Ich hätte dich fast nicht wieder erkannt!«

Dabei ist er derjenige, der sich verändert hat, dachte sie. Er war definitiv kein Junge mehr, sondern ein Mann, der mit beiden Beinen fest im Leben stand. Er trug einen hellgrauen Flanellanzug und unter dem hohen Hemdkragen eine sorgfältig gebundene blaue Seidenkrawatte. Evalyn erkannte sofort, dass er sich für diese Begegnung mit der gleichen Sorgfalt zurechtgemacht hatte wie sie selbst, und während Rose ihnen zum Abendessen kalten Braten und Pickles servierte, musterte Evalyn ihn verstohlen. Er sah gelegentlich zu ihr hinüber, lächelte komplizenhaft wie vor zwei Jahren, jedoch reservierter, als wäre sie eine Fremde. Seine Selbstsicherheit verlieh ihm Charisma, und Großmutter Reed war hingerissen.

»Du siehst wirklich sehr gut aus, Paul, so erfolgreich!«, sagte auch Carrie.

Er schien sich über das Kompliment zu freuen. »Wir haben expandiert, Tante Carrie. Wir – mein Partner Martin Moore und ich – konnten kürzlich eine Reihe guter neuer Kunden für uns gewinnen. Wir haben das Nebengebäude gekauft und dadurch viel mehr Platz als vorher. Wir haben uns vorgenommen, der größte Mietstall der Stadt zu werden.«

»Bravo!«, rief Evalyn aus.

Er wandte sich zu ihr, vom allgemeinen Interesse offenbar ein wenig in Verlegenheit gebracht.

»Aber jetzt habe ich genug von mir erzählt! Erzählt mal, wie es euch so ergangen ist in den letzten Monaten!«

Evalyn war nicht sicher, ob Paul sich wirklich dafür interessierte oder ob er nur aus Höflichkeit fragte. Seine Augen waren unergründlich, aber seine Haltung drückte volle Aufmerksamkeit aus. Da sie ihn beeindrucken wollte, erzählte sie von dem neuen Haus in der Massachusetts Avenue.

»Es hat sechzig Zimmer, Paul, es ist also Platz genug für Gäste, falls du uns mal besuchen möchtest. Wir haben 23 Hausangestellte ... es gibt einen Fahrstuhl ... König Leopold von Belgien wird uns besuchen ... falls du ihn kennen lernen möchtest ...«

Pauls Aufmerksamkeit schwand, und seine Augen wurden stumpf. Evalyn hatte das Gefühl, eine einmalige Chance vertan zu haben.

»Du musst uns unbedingt wieder besuchen«, sagte Großmutter Reed, als er sich verabschiedete. »Evalyn langweilt sich hier, und Tante Carrie würde dich natürlich auch gerne wieder sehen ... Es ist so erfrischend, junge Leute um sich zu haben.«

»Danke, Ma'am ...«

Als er ging, richtete er den Blick noch einmal auf Evalyn und ließ ihn dort verweilen. Etwas Trauriges und Hungriges flackerte kurz in seinen Augen auf, erstarb jedoch gleich wieder.

»Nun, Evalyn, dieser junge Mann scheint ja viel von dir zu halten!«, meinte ihre Großmutter, als die Tür hinter ihm ins Schloss gefallen war.

»Setz ihr nicht solche Flausen in den Kopf, Mutter!«, schimpfte Carrie.

»Woher willst du das wissen, Grandma?«, fragte Evalyn leise, als ihre Mutter außer Hörweite war. »Ich meine, dass er mich mag? Mir kam es vor, als würde er mich gar nicht beachten!«

Arabella Reed lächelte. Evalyn ging durch den Kopf, dass das Haar der alten Dame die gleiche Farbe hatte wie der silberne Knauf ihres Gehstocks.

Arabella lachte glockenhell. »Mein liebes Kind, es gibt zwei Dinge, die man nicht unterdrücken kann, und das sind Husten und die Liebe!« Sie tätschelte ihrer Enkelin die Hand. »Aber dir werden noch viele Verehrer zu Füßen liegen, ehe du im heiratsfähigen Alter bist. Du willst dich doch sicher nicht gleich vom Ersten erobern lassen.«

Ich will keine anderen Verehrer, dachte Evalyn, ich will nur ihn.

Tage vergingen, aber Paul ließ sich nicht wieder blicken. Evalyn fühlte sich in ihrem Stolz verletzt. Der Spiegel verriet ihr, dass ihre Reize eines Prinzen würdig gewesen wären; ihr Herz sehnte sich nach der Seelenverwandtschaft, die sie in Ouray verspürt hatte, und von Gewissensbissen geplagt träumte sie davon, wieder seine Lippen auf den ihren zu fühlen. »Ich liebe dich!«, hatte er damals gesagt. Und nun benahm er sich, als wäre zwischen ihnen nie etwas gewesen.

»Mutter, ich möchte gerne einkaufen gehen«, verkündete Evalyn eines Morgens.

»Wir können gerne heute Nachmittag einen Einkaufsbummel unternehmen«, entgegnete Carrie. »Was möchtest du denn kaufen?«

»Ach, ich weiß nicht ... Ich möchte mich nur umsehen. Es ist lange her, seit wir in Denver eingekauft haben.«

Sie bestellten für zwei Uhr eine Droschke. Es war ein sonniger Tag, nicht zu heiß, ideal für einen Spaziergang, meinte Evalyn und überredete ihre Mutter, sich in der Sherman

Street absetzen zu lassen. Den Fahrer wiesen sie an, sie später vor dem Capitol wieder abzuholen.

Carrie merkte schnell, dass der Einkaufsbummel mehr oder weniger direkt zu einem Mietstall namens Lafferty and Moore führte.

»Sieh doch, Mutter ... Pauls Unternehmen. Lass uns reingehen und ihn besuchen.«

»Evalyn!«, schalt Carrie verärgert. »Das war also der Grund, weshalb du heute in die Stadt wolltest! Du machst dich ja lächerlich, Kind!«

Paul saß in einem Drehsessel an seinem Schreibtisch. Als seine Tante und seine Cousine hereingeführt wurden, bot er ihnen sofort an, Platz zu nehmen.

»Wir waren zufällig in der Nähe«, erklärte Evalyn. »Ich war zwei Jahre nicht mehr hier, und Mutter war neugierig.«

»Würdest du gerne die Stallungen sehen, Tante Carrie?«

Carrie dachte an Pferdeäpfel, Stroh und den Saum ihres bodenlangen Kleides.

»Um ehrlich zu sein bin ich etwas müde.«

»Aber ich möchte alles sehen!«, rief Evalyn und sprang auf. »Zeig mir die Umbauten und Neuerungen!«

»Es hat sich nicht viel verändert, seit du das letzte Mal hier warst.«

Evalyn hörte den Stolz in seiner Stimme, als sie ihm aus seinem Büro folgte. Als sie durch die Tür nach draußen traten, kam von der Straße eine junge Frau in den Hof. Sie hielt ihren Rocksaum hoch, um ihn nicht zu beschmutzen. Ihre Züge erhellten sich, als sie Paul entdeckte, und sie warf einen neugierigen Blick auf Evalyn.

»Das ist Miss Moore«, stellte Paul vor, »die Schwester meines Geschäftspartners. Amelia, darf ich dir meine Cousine, Miss Walsh, vorstellen?«

Sie gaben sich die Hand. Miss Moore war sehr schlank mit

hübschen braunen Augen und dunklem Haar unter einem modischen Hut.

»Martin ist noch nicht vom Mittagessen zurück«, teilte Paul ihr mit. »Er sagte, er käme etwas später.«

Das Mädchen ging wieder, und Cousin und Cousine setzten ihren Weg fort.

Evalyn trug Lackleder-Stiefeletten und überquerte vorsichtig den mit Kopfstein gepflasterten Hof zwischen Büro- und Stallgebäude. Paul bot ihr seinen Arm an, und sie hielt ihn einen Augenblick mit halb geschlossenen Augen; sie war selig.

»Paul«, sagte sie schließlich verzweifelt, als sie sich dem Ende ihres Rundgangs näherten. »Als ich das letzte Mal hier war, hast du mir etwas geschenkt. Ich habe es gehütet wie einen Schatz, und ich habe auch nicht vergessen, was du damals gesagt hast ... Jetzt bin ich alt genug, oder? Ich bin kein Kind mehr.«

Sie waren allein in der Sattelkammer. Sie waren umgeben von Trensenzäumen, Sattelböcken, Fahrgeschirren, Steigbügeln und Martingalen und Regalen voller Pferdedecken. An der gegenüberliegenden Wand stand ein Medizinschrank und daneben ein gusseiserner dickbauchiger Ofen. Es roch vertraut nach Leder und Lederfett.

Paul musterte sie einen Moment. Dann hob er ihr Kinn an, umschloss ihr Gesicht mit beiden Händen und küsste sie leidenschaftlich. Als er ihre Hand ergriff, fühlte er den Diamantring, den ihr Vater ihr geschenkt hatte.

»Ein Geschenk von Vater ...«

Er hob ihre Handfläche an die Lippen. Seine stille Intensität schien Antwort genug zu sein auf ihre Frage, aber sein Tonfall klang zurückhaltend, als er schließlich sprach.

»Liebste Evalyn, ich habe viel über uns nachgedacht ...«

Evalyn wartete. Ihr Herzschlag beschleunigte sich; sie bekam kaum noch Luft. Würde er ihr jetzt einen Antrag machen?

»Du kannst jeden Mann haben, den du willst. Es würde mich nicht wundern, wenn du Herzogin wirst. Aber wenn ich eine reiche Frau heiraten und von ihrem Geld leben würde, käme es mir vor, als ... als würde ich meiner selbst beraubt!«

»Aber wir *lieben* einander«, protestierte Evalyn, und Tränen schossen ihr in die Augen. »Was redest du denn da?«

»Ich wünschte bei Gott, es gäbe eine Lösung«, seufzte Paul.

»Du willst also die Frau, die du liebst, aus deinem Leben gehen lassen ... obwohl sie deine Liebe erwidert und nichts falsch gemacht hat ... nur, weil ihr Vater ein reicher Mann ist?«

Pauls Züge wirkten plötzlich angespannt. »Ich wünschte ... O Gott, Evalyn, du ahnst ja gar nicht, wie sehr ...«

»Dann tu etwas.«

»Ich habe schon sehr früh gelernt, dass Impulsivität fatale Folgen haben kann«, entgegnete er düster. »Und um die Wahrheit zu sagen, ich habe gemerkt, wie der Reichtum dich verändert. Du verwandelst dich in einen anderen Menschen.«

»Nein, das stimmt nicht! Ich bin immer noch dieselbe! Sag mir, inwiefern ich mich verändert habe, und ich mache es rückgängig.« Sie hob eine Hand und streichelte seine Wange. »Ich *brauche* den Reichtum nicht, Paul.«

»Ach nein?«

Sie umklammerte mit festem Griff seine Hand. »Aber *warum* können wir nicht gemeinsam reich sein? Was ist daran falsch?«

»Nichts!«, erwiderte er mit einem freudlosen Lachen. »Aber nicht mit *deinem* Geld.«

»Willst du mir damit sagen, dass ich die Wahl habe?«, fragte sie leise. »Dass ich mein Vermögen aufgeben muss, wenn ich deine Frau werden möchte?«

»Das würde ich niemals von dir verlangen, Evalyn! Du würdest mich eines Tages dafür hassen. O meine liebste Evalyn, du liebst das alles, und wer könnte es dir verdenken? Genieße es; sei glücklich.« Mit belegter Stimme fügte er hinzu: »Ich werde immer für dich da sein. Ich werde dich nie vergessen.«

»Ich hasse dich, Paul Lafferty!«, rief sie verletzt und kämpfte gegen die Tränen an. »Du kannst mich vergessen, wann immer du willst!«

Was macht das schon?, sagte sie sich ein paar Tage später. Für wen hält er sich eigentlich? Es gibt noch viele andere Fische im Meer. Immerhin bin ich eine reiche Erbin, und ich kann *jeden* haben! Von mir zu erwarten, auf *Millionen* zu verzichten ... Und ich habe mich vor ihm erniedrigt.

»Falls Paul noch einmal vorbeikommt, sagst du ihm bitte, ich wäre nicht da?«, bat sie ihre Mutter.

»Aber natürlich, Schatz. Ich verstehe dich, und ich denke, das ist sehr klug von dir. Es wäre wirklich sehr dumm ...«

Aber Evalyn sah Paul doch noch einmal, bevor die Walshs aus Denver abreisten. Sie blickte ihm vom Fenster aus nach, als er langsam fortging. Er war gekommen, und Rose hatte ihm wie besprochen ausgerichtet, sie sei nicht da. Es war sieben Uhr am Abend, und im Laternenlicht wirkte er wie vergoldet. Sie war kurz davor, ihm nachzulaufen, wollte an die Scheibe klopfen und ihn irgendwie zurückholen. Aber ihr Stolz war zu mächtig. Durch den Spitzenvorhang hindurch blickte sie ihm nach, bis er nicht mehr zu sehen war.

Als sie zum Abendessen hinunterging, fragte Carrie, ob sie geweint habe.

»Ich habe ein trauriges Buch gelesen, Mutter ...«

Paul, o Paul ...

Noch Tage später benahm Evalyn sich so sonderbar, dass Carrie Tom, als er von seiner Rundreise zurückkehrte, erzählte, dass seine Tochter tagelang ständige Unterhaltung in Form von Kartenspielen, Einkaufsbummeln und dergleichen verlangt hatte.

»Sie ist noch jung!«, erwiderte Tom. »Bestimmt langweilt sie sich in Denver, wo sie doch alle ihre Freunde in Washington hat!«

Arabella führte Carrie in die Christian Science Religion ein.

»Es gibt nichts Erbaulicheres als das Gebet, Carrie«, erklärte sie ihrer Tochter, als diese ihr von Vins hartnäckigem Ausschlag erzählte. »Gebete werden immer erhört.«

Als die Familie wieder in Washington vereint war, bestand Carrie darauf, mit Vin zum Handauflegen in den Christian Science Tempel zu gehen. Nach einer Woche war der Ausschlag fast völlig verschwunden, abgesehen von einigen roten Quaddeln am Kinn.

Evalyn registrierte, dass er in ihrer Abwesenheit gewachsen war; er hatte sich zu einem schlanken, gutaussehenden Jungen mit einer seltsamen Mischung an Eigenschaften entwickelt: schelmisch, aber reserviert, sanftmütig, aber mit eisernem Willen. Die Geschwister waren enge Freunde. Sie brachte ihn oft zum Lachen und lenkte sich selbst damit ab. Sie hatte Angst vor seiner Abreise ins Internat, wenn sie den ganzen Tag nichts anderes zu tun haben würde, als über Pauls Zurückweisung nachzudenken.

Carrie ihrerseits war zu einer eifrigen Anhängerin der neuen Religion geworden. Die Bibellektüre nahm einen großen Teil ihrer Zeit.

»Begleite mich doch zum Tempel, wenn du Lust hast,

Evalyn«, sagte sie eines Tages, als ihre Tochter über Langeweile klagte. »Immerhin ist Gott die wichtigste Person in unserem Leben.«

»Wenn ich konvertieren wollte, Mutter, würde ich lieber Katholikin werden als Anhänger der Christian Scientists! Katholizismus hat Stil!«

Carrie schnalzte mit der Zunge. »Wie kannst du nur so respektlos sein? Man sollte einen besseren Grund haben, sich einer Religion anzuschließen! Und ich dachte, die Zeit im Kloster hätte ...«

»Mich bekehrt? Nicht unbedingt!«

Himmel, dachte Evalyn, warum muss ich meine Mutter nur immer gegen mich aufbringen?

Am Abend vor Vins Rückkehr in das Internat gab Tom eine Dinnerparty für seine Freunde aus der Politik. Unter ihnen befanden sich auch der Kriegsminister William Howard Taft und der Militärattaché des Weißen Hauses, Archibold Butt. Evalyn schaute bei den Vorbereitungen zu.

»Kommen auch Musiker?«, fragte sie ihren Vater.

»Heute nicht, Tochter. Da deine Mutter nicht da ist, wird es ein reiner Herrenabend.«

Das brachte Evalyn auf eine Idee.

»Heute Abend kommen ein paar Spießer zum Abendessen«, sagte sie zu Vinson. »Alles schrecklich wichtige Leute. Was hältst du davon, ihnen ein bisschen Dampf zu machen?«

Vin musterte sie argwöhnisch und lachte dann.

»Was schwebt dir denn vor?«

»Du kennst doch die Orchesterempore auf der Treppe?«

Vin nickte.

»Und du kennst den bemalten Paravent zwischen Empore und Speisesaal?«

»Klar.«

»Ich denke, wir könnten für etwas Unterhaltung sorgen.«

Später am Abend stutzte der korpulente Kriegsminister Taft, als er gerade an seinem Champagner nippen wollte – eine Erbse war seitlich gegen seine Nase geprallt. Gleich darauf verspürte der gutaussehende Archibold Butt, der sich in seiner Uniform so gerade hielt wie ein Besenstiel, einen Stich an der Oberlippe. Das Projektil landete auf dem Tisch. Er hob es auf und begutachtete es: eine harte getrocknete Erbse.

»Das kam von da!«, rief Archie aus und zeigte auf die Wand zum Nebenraum. Tatsächlich handelte es sich um einen Raumteiler aus Leinwand, auf der Nymphen und Schafhirten in einem friedlichen Arkadien dargestellt waren. Seine scharfen Augen entdeckten das kleine Loch in der Leinwand und das Blasrohr, das hindurchgesteckt war. Er sprang auf.

»Gentlemen, ich fürchte, wir stehen unter Beschuss!«

Hierauf folgte ein Augenblick der Bestürzung, dann brach am Tisch Gelächter aus.

Tom lief hinaus auf den Flur und sah gerade noch, wie seine beiden halbwüchsigen Kinder mit Blasrohren in der Hand zum Fahrstuhl flüchteten.

»Kommt sofort her, ihr beiden.« Mit strenger Miene beorderte er sie in die Bibliothek und schloss die Tür hinter ihnen.

»O Vater«, sagte Evalyn lachend, »bitte schimpf nicht. Wir wollten doch nur die Stimmung etwas auflockern.«

»Wir haben nur ein ganz kleines Loch in den Paravent gebohrt«, fügte Vin hinzu, »und du musst zugeben, dass sie alle schrecklich langweilig aussehen.«

Evalyn sah das vertraute Zucken in den Enden von Toms Schnauzbart.

»Verschwindet, euch knöpfe ich mir morgen vor«, sagte er.

Major Butt klopfte kurz und trat ein.

»Wie ich sehe, haben Sie die Schuldigen dingfest gemacht, Tom!«, sagte er und wandte sich mit gespielter Strenge an die beiden jungen Leute. »Bei wem von euch beiden darf ich mich für die schmerzende Lippe bedanken?«

»Ich bitte um Entschuldigung, Major«, sagte Evalyn und blickte mit gesenktem Blick durch dichte Wimpern hindurch zu ihm auf. »Aber Sie müssen zugeben, dass es ein guter Schuss war!«

Nun kam auch Willie Taft hinzu.

»Jemand hat mir die Nase ausgerenkt«, erklärte er vorwurfsvoll.

»Es tut mir sehr Leid, Sir«, sagte Vinson grinsend.

Taft reichte ihm die Hand. »Wie wäre es mit einem Waffenstillstand, junger Mann? Dürfen wir jetzt zurück an den Tisch und gefahrlos zu Ende essen?«

Aber am folgenden Tag sah Tom den Zwischenfall weniger humorvoll.

»Dass meine eigenen Kinder – achtzehn und sechzehn Jahre alt – so albern sind! Vor allem von dir bin ich enttäuscht, Tochter. Ich hatte gehofft, du würdest langsam erwachsen.«

»Wir sind auch ganz zerknirscht, Vater«, entgegnete Evalyn und ließ den Kopf hängen. »Das war wirklich sehr ungezogen von uns – und das ausgerechnet als der arme, halb verhungerte Mr. Taft richtig reinhauen wollte.«

Befriedigt registrierte sie das widerstrebende väterliche Gelächter.

»Tut so etwas nie wieder, verstanden! Auch wenn es euch noch so großen Spaß macht, mit der Absurdität zu kokettieren, bringt ihr euren Vater mit solcherlei Kindereien schrecklich in Verlegenheit.«

»Wir sind nochmal ungeschoren davongekommen«, stellte Evalyn später fest.

»Stimmt«, gab Vin zu. »Aber ich denke, Vater hat Recht. Wir sollten wirklich erwachsen werden. Ich werde mich in der Schule richtig ins Zeug legen und ein starker Mann werden, der ihm eine echte Stütze ist!«

Er warf Evalyn einen verstohlenen Blick zu, als rechne er damit, dass sie sich über ihn lustig machen würde, aber sie sagte nur ruhig: »Gut so! Es war wirklich ein alberner Streich, und wenigstens einer von uns sollte Vater stolz machen!«

Vinson stand zu seinem Wort. Als Schüler der Hill School in Pottstown begann er, als Redakteur und Journalist für den *Dial,* die dortige Schülerzeitung, zu arbeiten, und diese neuen Aufgaben machten ihm einen Riesenspaß. Mit einer Feierlichkeit, die seine neue verantwortungsvolle Position mit sich brachte, erklärte er seiner Schwester, dass sie sich um ihre Bildung kümmern müsse, bevor es zu spät war.

»Du kannst nicht mit dem Wissensstand einer Wilden durchs Leben gehen«, eröffnete er ihr an einem der Wochenenden, die er daheim verbrachte. »Immerhin bist du eine junge Dame aus gutem Hause!«

»Das Thema Schule hat sich für mich erledigt!«, entgegnete Evalyn. »Und ich versuche seit Jahren, euch klar zu machen, dass ich gar keine Dame sein will – egal ob jung oder alt!«

Vin seufzte verzweifelt. »Und was hast du dann vor?«

»Ich möchte sein wie Calamity Jane – du erinnerst dich doch an Vaters Geschichten über sie aus der Zeit, da er und Tante Maria kurz nach ihrer Ankunft in Amerika in Leadville gelebt haben. Sie hat gesagt und getan, was sie wollte, und hat es sich gut gehen lassen.«

Vin runzelte ärgerlich die Stirn. »Du kannst nicht so sein wie Calamity Jane. Du bist eine reiche Erbin und lebst in

Washington. Warum versuchst du nicht, unseren Eltern Freude zu bereiten, indem du dir gewisse Fertigkeiten aneignest, dich umschaust und herausfindest, was dir liegt, worin du gut bist?«

»Ach Vin, du weißt doch, dass ich zu nichts tauge ...«

Als sie wieder allein war, sagte sie sich: »Ich kann mich nicht verrückt machen wegen eines Mannes, der mich nicht genug liebt, um mich glücklich zu machen. Wenn ich doch nur ganz allein fort könnte – vielleicht nach Europa ...« Sie seufzte und stützte den Kopf in die Hände. »Oder sonst wohin, wo ich mich amüsieren und vor mir selbst flüchten kann.«

Evalyns Geistesblitz kam bei einer Unterhaltung mit ihrer Freundin Flora. Flora nahm seit einiger Zeit Gesangsunterricht, meinte jedoch, dass sie noch viele Stunden bräuchte, um wirklich gut zu werden.

»Ich wünschte, ich könnte nach Paris; dort gibt es die besten Lehrer.«

Evalyn dachte an die französische Hauptstadt, an das Abenteuer Weltausstellung, Mamselle und das Riesenrad. Sie hatte noch ein paar Tropfen des kostbaren Muguet-Parfums, auch wenn sie es nicht länger benutzte, und hin und wieder holte sie den Flakon hervor und erfreute sich an dem Maiglöckchenduft. Sie hatte sich schon oft gefragt, was aus ihrer Gouvernante geworden sein mochte. Sie hatte ihren Vater einmal gebeten, Erkundigungen einzuholen, aber jedes Mal, wenn sie nachgefragt hatte, hatte es geheißen, er habe noch nichts gehört.

»Sie kann sich doch nicht in Luft aufgelöst haben, Vater«, hatte sie sich ereifert, als sie das letzte Mal von Mademoiselle gesprochen hatte. »Es muss doch möglich sein, sie ausfindig zu machen!«

»Ich weiß, Evalyn, aber es gibt da gewisse Schwierigkeiten ...«

Etwas an der Art, wie er das sagte, weckte in ihr den Verdacht, dass er ihr etwas verheimlichte.

Ich werde Sie finden, Mamselle, hatte sie sich geschworen. Eines Tages werde ich das Geheimnis lüften und Sie selbst aufspüren. Und wenn das Glück Sie verlassen hat und es Ihnen nicht gut geht, habe ich Geld genug, um Ihre Probleme aus der Welt zu schaffen.

Und die beste Möglichkeit, das Rätsel zu lösen, bestand darin, nach Frankreich zu reisen.

»Du *kannst* nach Paris gehen!«, eröffnete Evalyn Flora. »Ich glaube, ich wüsste da einen Weg. Wie würde es dir gefallen, wenn wir beide gemeinsam nach Frankreich reisen würden?«

»Ganz allein? Ist das dein Ernst?«

»Überlass nur alles mir!«

Später an diesem Abend erklärte Evalyn ihren Eltern, dass das Nichtstun sie langweile und sie gerne Französisch und Musik studieren wolle. Tom und Carrie musterten sie argwöhnisch.

»Ist das dein Ernst, Tochter?«, fragte Tom misstrauisch. »Ich hatte bisher immer den Eindruck, dass du alles verabscheust, was auch nur im Entferntesten mit Lernen zu tun hat!«

»Es *ist* mein Ernst. Es stimmt, dass ich die Schule gehasst habe, aber es wäre etwas anderes, Französisch und Musik von Privatlehrern zu lernen. Mein Französisch ist nicht schlecht, aber noch lange nicht perfekt.«

Carrie traute ihren Ohren nicht.

»Ich habe einen furchtbaren Akzent«, fuhr Evalyn fort. »Und es gibt nur eine Möglichkeit, ihn loszuwerden.«

»Du meinst, du willst nach Frankreich?«

»Genau, Mutter. Wenn ich nach Paris ginge, könnte ich Französisch- und Musikunterricht verbinden.«

»Ich müsste sie begleiten«, meinte Carrie mit einem Blick auf Tom. »Sie kann unmöglich allein nach Europa!«

»Nein, das müsstest du nicht, Mutter. Flora möchte auch nach Paris – du weißt ja, was für eine hübsche Stimme sie hat –, und sie braucht Gesangsunterricht. Wir könnten uns zusammen ein kleines Appartement nehmen.«

Tom schmunzelte, und Carrie lächelte säuerlich.

»Ihr zwei alleine in einer Wohnung? In Paris? Zwei junge Mädchen? Unmöglich, Evalyn, und das weißt du auch!«

Andererseits hielten Tom und Carrie große Stücke auf Flora und wussten, dass es ihr mit ihrer Gesangsausbildung ernst war. Schließlich schlugen Tom und Carrie vor, dass Flora und Evalyn auf ihre Kosten nach Paris reisen sollten, dort aber unter allen Umständen bei jemandem wohnen müssten, der ihnen bekannt war.

Flora jubelte, und Carrie begann, sich um die Unterkunft und Aufsicht der Mädchen in der französischen Hauptstadt zu kümmern. Mrs. Fanny Raven, eine Lady, die sie während der Weltausstellung in Paris kennen gelernt hatte und die man wohl als *Grande Dame* bezeichnen mochte, wurde angeschrieben. Sie schickte Carrie ein Antworttelegramm, in dem sie sich entzückt äußerte, die beiden Mädchen den Sommer über bei sich aufzunehmen.

»In Paris hältst du dich bitte an das, was Mrs. Raven sagt«, ermahnte Carrie ihre Tochter. »In jeder Beziehung, hörst du! Wenn du mir das nicht versprechen kannst, kann ich dich nicht gehen lassen. Du bist noch ein junges Mädchen, und ganz egal, was du vom Leben zu wissen *glaubst*, du weißt gar nichts.«

Evalyn versprach es. Es war allseits bekannt, dass sie zu ihrem Wort stand, und somit war die Sache perfekt. Außerdem entschied Carrie, dass Annie die Mädchen begleiten sollte.

Im September 1904 schifften Evalyn und Flora mit Annie auf der *SS Deutschland* nach Cherbourg ein. Tom hatte Evalyn einen Kreditbrief über 10.000 $ mitgegeben, der alle Ausgaben in Paris decken sollte. Als die beiden jungen Frauen ihre Kabine betraten, war diese mit frischen Blumen geschmückt, und auf dem Tisch lagen Nachrichten beider Elternpaare, die ihnen eine gute Reise und eine produktive Zeit in Paris wünschten. Evalyn bedankte sich in einem überschwänglichen Brief bei ihren Eltern. »Ihr Herzallerliebsten, ihr seid ja so wunderbar, und ich bin so unbeschreiblich glücklich!«

Es war das erste Mal, dass sie ohne ihre Eltern verreiste, und sie war fest entschlossen, diese Chance zu nutzen. Sie und Flora verbrachten ihre meiste Zeit im Raucherzimmer der ersten Klasse, wo sie sich mit den männlichen Mitpassagieren unterhielten. Die meisten anderen Frauen hatten sich in ihre Kabinen zurückgezogen, sodass niemand da war, der ihr Benehmen hätte missbilligen können, nicht einmal Annie, die seekrank im Bett lag. Sie lernten William Gibbs McAdoo und seinen Bruder Henry kennen, die den ersten Tunnel fertig gestellt hatten, der unter dem Hudson River herführte.

»Es muss Spaß gemacht haben, sich unter dem Fluss durchzubuddeln!«

Die McAdoos machten verdutzte Gesichter. »Mag sein, Miss Walsh, auch wenn wir es damals nicht so empfunden haben!«

»Wie schade, dass Sie keinen Tunnel unter dem Atlantik bohren können, um uns diese unangenehme Überfahrt zu ersparen!«

Die Ingenieure lachten. »Das wäre allerdings ein völlig anderes Paar Schuhe. Und eine so lange Fahrt unter der Erde wäre sicher auch kein reines Vergnügen.«

William zog eine Zigarre aus der Tasche und fragte die Damen, ob es sie störe, wenn er rauchte.

»Kein bisschen«, entgegnete Evalyn. »Im Gegenteil. Ich würde es selbst gerne probieren.«

Kurz darauf hielt sie zu Floras Verblüffung eine brennende Zigarre in der Hand, aber schon nach den ersten Zügen gab sie den Gedanken, das Rauchen anzufangen, wieder auf. Sie hustete, bis ihr die Tränen kamen.

»Nur Plan B«, gestand sie, eine Redewendung ihres Vaters aufgreifend. »Männer müssen mit Stahl ausgekleidete Lungen haben ... oder gilt das nur für Ingenieure?«

Ihre neuen Freunde lachten und versicherten ihr, dass es nur eine Frage des Durchhaltevermögens wäre, aber Evalyn hatte Zigarren bereits für immer abgeschworen.

»Ich bin nie seekrank gewesen«, gestand sie Flora später, »aber vom Rauchen wird mir schlecht!«

»Zigarren sind auch viel zu stark. Ich habe es mal mit Zigaretten versucht, und die waren gar nicht so übel.«

Am darauffolgenden Abend beschloss Evalyn, es mit einer Zigarette zu probieren. Sie hielt sie etwas unbeholfen in der langen Zigarettenspitze. Sie fühlte sich sehr erwachsen, und zum ersten Mal seit einer Ewigkeit war sie sehr, sehr glücklich.

Die McAdoo-Brüder begleiteten die beiden jungen Damen und Annie auf der Zugfahrt von Cherbourg nach Paris.

»Werden Sie uns besuchen?«, fragte Evalyn beim Abschied. »Wir wohnen 187 Rue de la Pompe.«

»Natürlich«, versprachen die Herren und lupften den Hut, als ein Kofferträger das Gepäck der jungen Frauen zu einer wartenden Kutsche brachte.

Kurze Zeit später erreichten Evalyn, Flora und Annie

Mrs. Ravens Wohnung. Ein Dienstmädchen öffnete ihnen, und Evalyn und Flora wurden von einer älteren Frau mit vollem, sorgfältig frisiertem weißen Haar empfangen, die ihre jungen Gäste in einen exquisiten Salon führte.

»Wie schön, dich wiederzusehen, Evalyn. Bei unserer letzten Begegnung warst du noch ein kleines Mädchen!«

»Ich kann mich gar nicht erinnern, wann das war, Mrs. Raven.«

»Ach, vor vier Jahren, als du mit deinen Eltern hier warst. Ich habe ihnen ein Kloster für dich empfohlen, aber soweit ich weiß, hast du deinen Aufenthalt dort vorzeitig abgebrochen.«

Evalyn wusste nicht, was sie darauf erwidern sollte. Dies war also die Frau, der sie damals zu verdanken gehabt hatte, dass man sie einsperrte.

»Ihr könnt mich Tante Fanny nennen«, fuhr Mrs. Raven freundlich fort und blickte von einer zur anderen. Dann gab sie dem Dienstmädchen ein Zeichen. »Mimi zeigt euch eure Zimmer, und wenn ihr ausgepackt habt, trinken wir zusammen Tee. Um halb neun wird das Abendessen serviert.«

Evalyn und Flora folgten dem Mädchen über den glänzenden Parkettboden zu zwei kleinen Zimmern mit Blick auf einen Innenhof. Evalyn musste an die Rue de Picpus denken und verspürte einen ersten Anflug von Platzangst.

»Wenn wir hier bleiben, wird sie uns einengen bis zum Gehtnichtmehr«, raunte sie Flora zu. »Wir brauchen unsere eigene Wohnung!«

»Sag du ihr das, Evalyn«, entgegnete Flora und verdrehte die Augen. »Ich werde das ganz sicher nicht tun.«

Später, als sie aus kleinen Porzellantassen Tee tranken, beantwortete Evalyn Tante Fannys Frage, ob die Zimmer ihnen zusagten.

»Sie sind sehr hübsch. Das Problem ist nur ... beim Lernen brauche ich viel Platz zum Auf-und-ab-Gehen!«

Tante Fanny musterte sie forschend. »Ich wusste ja gar nicht, dass du eine so ernsthafte Schülerin bist, mein Kind. Ich gratuliere dir zu so viel Eifer.«

»Also, ich ... Flora und ich ... wir brauchen mehr Platz. Wir haben überlegt, uns eine eigene Wohnung zu mieten.«

Tante Fanny war erst einmal sprachlos.

»Nun, da ihr eine Anstandsdame braucht, könntet ihr höchstens in diesem Gebäude etwas mieten. Zufällig *ist* tatsächlich ein Appartement frei, oben unter dem Dach. Allerdings wird es dort im Sommer ziemlich warm ...«

»Oh, das würde uns ganz bestimmt nichts ausmachen.«

»Wenn ich euch das erlaube, dann nur unter zwei Bedingungen, und ihr müsst mir euer Wort geben, euch daran zu halten!«

»Selbstverständlich, Tante Fanny.«

»Ihr müsst mich über jeden Besuch informieren, und ihr dürft das Haus nur in meiner oder Annies Begleitung verlassen.«

Evalyn seufzte. Großer Gott, das ist nicht fair!, stöhnte sie innerlich. Werde ich überhaupt irgendwann mein eigenes Leben leben dürfen? Sie warf Flora einen Blick zu und sah die Aufregung ihrer Freundin angesichts selbst dieses kleinen bisschens Freiheit.

Dennoch erklärten sie sich mit Tante Fannys Bedingungen einverstanden und konnten schon nach wenigen Tagen ihr eigenes Reich beziehen. Die Wohnung umfasste ein Wohnzimmer, zwei Schlafzimmer, eine Dienstbotenkammer, ein kleines Bad und eine Küche. Die beiden Mädchen teilten Tante Fanny mit, dass ihre ersten Gäste die Brüder McAdoo sein würden. Sie hatten sie am Samstagabend zum

Dinner eingeladen – die schriftliche Einladung war bereits an ihr Hotel abgeschickt worden.

»Sehr schön, meine Lieben, aber da es ungehörig wäre, den Abend allein mit zwei Herren zu verbringen, werde ich ebenfalls kommen!«

Als Evalyn in der darauffolgenden Woche einen elektrischen Brougham mietete und Tante Fanny davon in Kenntnis setzte, dass sie mit Mr. Henry McAdoo eine Ausfahrt durch den Bois de Boulogne plane, teilte diese ihr mit, das wäre sehr nett, vorausgesetzt, Annie würde sie begleiten.

Evalyn gehorchte widerwillig. Sie wollte ihre Anstandsdame nicht verärgern, wortbrüchig werden oder ihren Ruf kompromittieren. Und so sehr sie sich auch bei Flora beklagte, gestand sie sich insgeheim doch ein, dass die Welt ihre Geheimnisse und Konventionen hatte und Regelverstöße tatsächlich gefährlich waren.

»Ich wünschte, wir könnten richtig frei sein, Flora. Du weißt schon, so wie Männer!«

»Du bist aber kein Mann! Und das hier ist die schönste Zeit in deinem Leben, vertu dich da bloß nicht. Wenn du erst verheiratet bist, ändert sich alles – und das nicht immer zum Besten.«

Evalyn lachte. »Was bist du doch für eine Zynikerin, Flora Wilson! Ich bin fest entschlossen, ein wunderbares Leben zu haben! Aber erst muss ich noch etwas erledigen. Ich muss Mamselle Raye finden.«

»Warum ist das für dich denn so wichtig?«

»Sie war mir eine Freundin, als ich dringend eine brauchte.«

Jedes Mal, wenn sie den Eiffelturm sah, musste sie an ihre Fahrt mit dem Riesenrad denken und daran, dass Mamselle ihr immer das Gefühl vermittelt hatte, wichtig zu sein, nicht etwa, weil sie reiche Eltern hatte, sondern weil sie selbst ein einzigartiger und wertvoller Mensch war.

Sie vertraute Henry McAdoo an, dass sie eine alte Freundin ausfindig machen wolle. Er notierte sich die Einzelheiten und versprach, sich mit einem Privatdetektiv in Verbindung zu setzen.

Der Bericht, der drei Wochen später eintraf, war für Evalyn ein Schock.

»Mademoiselle Jeanne Marie Raye«, hieß es in dem Bericht des Detektivs, »starb am 6. September 1902 im Kindbett. Sie hinterließ einen Sohn, der heute bei ihrer Großmutter lebt. Sie war unverheiratet.«

»O mein Gott«, flüsterte Evalyn am Abend in ihr Kissen. »Gott, warum hast du das zugelassen? Mamselle war so gut, so rein ...«

Sie dachte tagelang an nichts anderes. Wer war der Vater des Kindes, und warum hatte er sie nicht geheiratet? Es musste dieser Mann gewesen sein, den sie erwähnt hatte, der mit den Pferden.

»Alles im Leben hat seinen Preis, ma petite. Das ist eine der Grundregeln des Lebens ...«, hatte die Französin einst gesagt.

Schrecklich, schrecklich, schrecklich, weinte sie in ihr Kissen. Warum hatte sie einen so hohen Preis zahlen müssen? Sie war jung, hatte es nicht leicht und wollte doch nur leben! In diesem Moment schien es Evalyn nicht mehr so sehr eine Frage des »Preises« zu sein, sondern einer geheimen Kraft, eines unterschwelligen Stromes, der einem im Dunkeln auflauerte.

Die Trauer stürzte sie in einen emotionalen Tumult, der jeden Gedanken an Paul verdrängte. Sie hatte immer fest daran geglaubt, Mamselle wiederzusehen und sie mit ihren perfektionierten Französischkenntnissen zu verblüffen. Ganz bestimmt hätte ihre ehemalige Gouvernante sich gefreut, dass es ihr so gut ging. Jetzt da sie wusste, dass es kein solches Wiedersehen geben würde, war sie von einer Panik erfüllt, die ihre geheimsten Ängste widerspiegelte. Das Leben war zerbrechlich und gnadenlos. Man musste es mit beiden Händen packen, ehe das Eis unter einem einbrach, alles tun, was man wünschte, ehe es zu spät war.

Eines Morgens, als sie mit Flora beim Gesangsunterricht war, entwischte Evalyn Tante Fannys wachsamen Augen, indem sie vorgab, nur kurz frische Luft schnappen zu gehen. Sie lief auf direktem Wege zum nächsten Friseur – Georges –, der nur einen Blick auf ihr dunkelbraunes Haar warf und sich strikt weigerte, es ohne schriftliche Einwilligung ihres Vaters rot zu färben.

»Unmöglich, Mamselle. Ohne Papas Erlaubnis kann ich das nicht tun, Mamselle ...« Hierauf fuhr er sich mit einem Finger über die Kehle, um ihr den Ernst der Situation zu verdeutlichen.

Evalyn sagte sich, dass Männer Feiglinge waren, und beschloss, die Sache selbst in die Hand zu nehmen. Von Georges Salon aus ging sie in die *pharmacie* und kaufte eine Flasche Haarfärbemittel, deren Etikett ein professionelles Resultat garantierte. Es war schon immer ihr Traum gewesen, rote Haare zu haben so wie früher ihr Vater, und sie sah nicht ein, weshalb sie der Natur nicht auf die Sprünge helfen sollte, jetzt da der einzige Mensch, nach dessen Anerkennung sie sich gesehnt hatte, tot war. Am Abend trug sie das Färbemittel auf und benutzte sogar ein wenig mehr als angegeben.

»Wenn schon, denn schon!«, sagte sie sich. Als sie am nächsten Morgen aufwachte, sah ihr Haar seltsam aus: Es war stellenweise rot, aber teilweise auch grün und gelb. Sie stieß einen spitzen Schrei aus.

Flora kam angelaufen und schlug bei ihrem Anblick eine Hand vor den Mund.

»Mein Gott, Evalyn«, keuchte sie. »Diesmal hast du wirklich den Vogel abgeschossen!«

Annie kam von dem Schrei alarmiert hinzu. »Was ist denn das für ein Lärm?«, fragte sie unwirsch und blieb wie angewurzelt stehen, als sie das Spiegelbild ihres jungen Schützlings sah. »Wenn dein Vater dich so sehen könnte, würde er dich einsperren. Und zu Recht, du bist nämlich verrückter als die Irren in Bedlam!«

Evalyn brach in Tränen aus. »Sei nicht so gemein, Annie. Es sollte ganz anders aussehen!«

»Was sollen wir jetzt tun?«, fragte Flora. »So kann sie sich jedenfalls nicht auf die Straße wagen.«

»Ich muss zu Georges«, schluchzte Evalyn.

»Georges?«

»Der Friseur. Er ist schuld. Wenn er sich gestern nicht geweigert hätte, mir das Haar zu färben, wäre ich nie auf die Idee gekommen, das Färbemittel zu kaufen! Jetzt ist er meine einzige Rettung!«

Sie wickelten Evalyns verschandeltes Haar in ein Kopftuch und brachten sie zu Georges, dessen Salon sie später mit kupferroter Haarpracht verließ. Sie war ganz aufgeregt und betrachtete sich immer wieder im Spiegel. Sie sah völlig verändert aus, sicher auch glamourös, aber mit einem neuen Hauch von Künstlichkeit, der nicht so recht zu ihrer Jugend passen wollte.

Flora und Annie, die zwischenzeitlich einkaufen gegangen waren, kamen sie abholen. Sie schnappten nach Luft.

»Lasst uns zu Worth's gehen!«, rief Evalyn aus, als sie den Salon verließen. »Ich muss etwas zum Anziehen kaufen, das zu meinem Haar passt!«

Sie kaufte mehrere hübsche Kleider, darunter eins aus gelbem Samt mit Spitze und Diamantenbesatz.

»Du tickst nicht ganz richtig«, meinte Flora kopfschüttelnd. »Was ist nur los mit dir, dass du dich plötzlich so seltsam benimmst? Es kommt einem fast vor, als würdest du vor etwas weglaufen. Warum entspannst du dich nicht einfach? Du brauchst niemandem etwas zu beweisen; du *musst* doch nicht alles haben. Du musst dir doch nicht das Haar rot färben und gelbe Samtkleider tragen. Du warst doch vorher bildhübsch!«

»Sei doch nicht so spießig!«, stöhnte Evalyn und kaufte schwarze Spitzenunterwäsche.

Fanny Raven war wütend, als sie sah, was Evalyn angestellt hatte.

»Wenn du mich vorher gefragt hättest, Evalyn ...«, schimpfte sie.

Evalyn, die plötzlich fürchtete, Tante Fanny könnte ihren Eltern von ihrer letzten Eskapade berichten, setzte ihren ganzen Charme ein.

»Ich weiß, dass ich das nicht hätte tun dürfen, liebe Tante Fanny«, erwiderte sie eilig. »Aber genau darum habe ich dich nicht gefragt. Sag, könntest du dir vorstellen, heute Abend in die Oper zu gehen? Ich habe ein hübsches neues Kleid, das ich gerne zeigen möchte.«

Tante Fanny sparte sich jeden Kommentar, als Evalyn am Abend in dem gelben Samtkleid mit der Spitze und den Diamantsternen erschien.

»Ich habe einen neuen Fiat gekauft«, gestand sie der Anstandsdame. »Gelb, passend zu meinem Kleid. Ich bin sicher, er gefällt dir. Erlaubst du mir, dich zu chauffieren?«

Tante Fanny machte ein Gesicht, als wüsste sie nicht recht, ob sie lachen oder weinen sollte.

»Was ist eigentlich los mit dir, Evalyn?«, fragte sie sanft.

»Warum? Nur weil ich mir von meinem Taschengeld ein

paar Kleinigkeiten geleistet habe? Ich habe doch nichts Unanständiges getan!«

»Aber wenn du so weitermachst, wird bald nichts mehr von dem Geld deines Vaters übrig sein!«

»Ach was. Er hat so viel davon, dass es unmöglich ist, alles auszugeben.«

Flora schüttelte den Kopf. »Aber sie versucht es mit aller Macht!«, sagte sie kichernd.

Plötzlich lachte Tante Fanny, ein melodischer, glockenheller Ton, der vom Kristalllüster zurückgeworfen wurde und im Raum hallte.

»Ich weiß nicht, was die jungen Damen meiner Generation von dir halten würden, Evalyn«, meinte sie, »aber vielleicht würden sie dich um deinen Mut und dein Streben nach Freiheit beneiden!«

Mut, dachte Evalyn am Abend bitter, als sie ein unscheinbares Stück Quarz in der Hand hielt, hat mich bisher nicht weitergebracht. Und meine Freiheit habe ich bereits verloren.

Evalyn lernte in Paris eine ganze Reihe von Amerikanern kennen, und irgendwann erfuhren Tom und Carrie in Washington, dass ihre Tochter in ihrem gelben Fiat in ganz Paris unterwegs war, immer auf der Jagd nach Vergnügung, als gäbe es kein Morgen.

Tom schickte ihr ein Telegramm, in dem er sie aufforderte, umgehend heimzukommen. Evalyn antwortete, sie habe noch viel zu lernen und müsse bis zum Frühjahr bleiben. Dann zog sie los, um noch mehr Kleider, einen Zobelmantel, Schuhe und Handschuhe zu kaufen. Ihr Vater telegrafierte, dass er ihr den Geldhahn zudrehen würde und Mrs. Wickerman, Terrys Frau, käme, um sie zu holen.

Die Frau traf tatsächlich kurz darauf in Paris ein, nahm Evalyn unter ihre Fittiche und kehrte mit ihr an Bord der *SS*

Deutschland zurück nach New York. Während der ganzen Überfahrt hatten sie mit stürmischem Wetter zu kämpfen, und als sie schließlich im Hafen von New York einliefen, war das Schiff von einem Eispanzer umschlossen.

Tom hatte Evalyn eingeschärft, wirklich alles, was sie gekauft hatte, zu verzollen, aber sie nahm es damit nicht so genau. Sie hatte acht Truhen mit Kleidern, Pelzen und Accessoires dabei, und es war ihr zu mühsam, alles einzeln aufzulisten. Außerdem, sagte sie sich, würde es viel zu lange dauern, das alles zu verzollen.

Tom und Carrie waren extra angereist, um ihre Tochter abzuholen, und wie üblich wohnten sie im Waldorf. Evalyn fiel ihnen mit Tränen in den Augen um den Hals. Aber erst als sie in ihrer Hotelsuite waren und Evalyn das Kopftuch abnahm, sahen sie, wie verändert ihre Tochter aussah.

»Dein Haar!«, rief Carrie mit erstickter Stimme und hob eine Hand an den Hals, als bekäme sie keine Luft mehr. »Was hast du mit deinem Haar gemacht? Ich dachte, Paris würde dir einen gewissen Schliff verleihen, aber stattdessen ...«

Das Telefon klingelte. Der amerikanische Zoll verlangte Mr. Walsh zu sprechen. Tom lauschte der amtlichen Stimme und musterte dabei seine Tochter mit hochgezogener Braue. Sie zuckte die Achseln und versuchte zu lächeln.

»Ja ...«, sagte er in den Hörer. »Ich verstehe ... vermutlich nur ein Missverständnis. Ich fahre sofort zum Zoll!«

Er legte auf und wandte sich an seine Tochter.

»Nun, junge Dame, es scheint, als hättest du bei deiner Aufstellung der zu verzollenden Güter das eine oder andere vergessen. Dein Gepäck wurde inspiziert, und dadurch sind die Lücken in deiner Liste aufgefallen. Jetzt wird man dich in eine Zelle sperren und den Schlüssel wegwerfen!«

Evalyn machte ein so erschrockenes Gesicht, dass ihr Vater lachen musste.

»Schon gut, ich fahre hin und bezahle das Bußgeld. An die 1500 Dollar! Ich werde ihnen sagen, du wärst nicht ganz richtig im Kopf.« Streng fügte er hinzu: »Und wenn ich ehrlich bin, Tochter, habe ich manchmal das Gefühl, dass das stimmt!«

Als das Gepäck in Washington eintraf, konfiszierte Carrie sämtliche Kleider, die Evalyn in Paris gekauft hatte.

»Aber Mutter ...«

»Kein Aber, Evalyn. Diese Kleider sind viel zu erwachsen für dich. Wann wirst du endlich vernünftig werden?«

Inzwischen war der Ansatz von Evalyns dunklen Haaren zu sehen, aber Carrie erlaubte ihr nicht, ihn nachfärben zu lassen.

»Du wirst wieder brünett, mein Kind, so wie Gott und die Natur es vorgesehen haben. Bis dahin lässt du dich nirgendwo ohne Hut sehen und betest, dass dein Haar bis zum Debütantinnenball nachgewachsen ist.«

»Das ist unfair«, schimpfte sie, weinend vor Frustration. »Ich fand die Kleider wirklich schön. Und mein Haar wird niemals bis Ende Januar nachgewachsen sein.«

Sie fing an, eine Gästeliste aufzusetzen, die Carrie überprüfte.

»Meinst du, ich sollte auch Paul einladen, Mutter?«, fragte sie unglücklich.

»O Evalyn, er würde wohl kaum den ganzen weiten Weg aus Denver anreisen!«

Meine Welt bricht bereits auseinander, dachte Evalyn. Früher einmal hatte ich Paul und eine wunderbare Freundin; jetzt hat *er* mich verlassen, und *sie* ist gestorben.

Die Erinnerung an Mamselle veranlasste sie, ihren Vater zur Rede zu stellen. »Vater, wusstest du, dass Mamselle gestorben ist?«

Tom seufzte und wich ihrem Blick aus.

»Warum hast du mir nichts davon gesagt?«

»Ich wollte dir nicht wehtun. Außerdem ist sie unter Umständen gestorben, die ...«

»Von denen ein anständiges Mädchen nichts wissen darf? Ich lebe doch nicht in einem Vakuum, Vater. Ich weiß, was passiert ist, und ich hasse den Mann, der dafür verantwortlich ist. Man sollte ihn an den Eiern aufhängen.«

Ihr Vater starrte sie darauf so schockiert und verlegen an, dass sie kehrtmachte und den Raum verließ.

Vinson war endlich stolzer Besitzer eines Autos, eines Pope-Toledo. Der Wagen war ein Geschenk seines Vaters, und er fuhr ihn sportlich. Vin besaß einen selbstbewussten Ernst und schien mit seiner Schwester unzufrieden. Evalyn entgingen die bewundernden Blicke ihrer Mutter nicht, wann immer ihr Sohn in der Nähe war.

»Warum konntest du dich in Paris nicht benehmen?«, fragte er, als sie zum ersten Mal nach ihrer Ankunft allein waren.

»Ich habe nichts Falsches getan!«, erwiderte sie hitzig. »Wer hat das behauptet?«

»Niemand! Aber wir haben gehört, dass du andauernd in der Oper warst und dem Vergnügen nachgejagt bist, als würdest du nur für den Augenblick leben! Mutter und Vater haben sich so darauf gefreut, dass du ernsthaft lernst und ein bisschen kultivierter und gebildeter zurückkommst. Stattdessen ...« Er zeigte kopfschüttelnd auf ihr Haar.

»Komm mir nicht so, Vin. Sie würden mich auch dann nicht wahrnehmen, wenn ich zur perfekten Dame mutierte. Und was das Leben für den Augenblick betrifft ...« Ernst schaute sie ihn an. »... manchmal habe ich das Gefühl, dass es wirklich so ist. Ich habe das Gefühl, dass die mir zur Verfügung stehende Zeit für Glücklichsein langsam, aber sicher zerrinnt!«

»Was redest du da? Du bist jung und hast das ganze Leben noch vor dir. Fürchtest du dich davor zu heiraten? Ist es das?«

»Jetzt klingst du schon wie Flora Wilson. Ich habe beschlossen, nie zu heiraten, also brauchst du deinen Atem auch gar nicht auf dieses Thema zu verschwenden.«

Vinson lachte. »Ich bin jedenfalls froh, dass du wieder da bist«, sagte er versöhnlich und fügte mit gedämpfter Stimme hinzu: »Jetzt kommt hier endlich wieder Leben in die Bude.«

»Ich denke doch«, entgegnete Evalyn und entspannte sich etwas. »Was hältst du von einer Spritztour in deinem neuen Wagen?«

Stolz kutschierte Vin seine Schwester zu Freunden in Maryland.

»Du bist ein guter Fahrer«, stellte sie fest. »Vater ist stolz auf dein Geschick.«

»Ich bin besser als Ned McLean!«, erwiderte Vin. »Wir fahren hin und wieder Rennen gegeneinander, und ich gewinne fast immer!«

»Mutter mag ihn nicht besonders! Sie sagt, er wäre verwöhnt.«

»Wir sind *alle* verwöhnt.«

Vin gab Gas. Der Wärter an der Mautstelle von Sligo in Maryland hob entsetzt eine Hand, als das Fahrzeug mit den beiden jungen Leuten mit dreißig Meilen in der Stunde, also ganze vierundzwanzig Meilen schneller als erlaubt, durch das Dorf brauste.

»Die erlaubte Höchstgeschwindigkeit innerhalb einer geschlossenen Ortschaft beträgt sechs Meilen in der Stunde«, teilte Evalyn ihrem Bruder mit. »Falls es dich interessiert. Und der Mann wollte dich stoppen und die Straßengebühr kassieren.«

»Wozu halten, um sechzig Cent zu bezahlen, Schwesterchen. Er würde uns doch nur ein Ohr abkauen.« Vin grinste sie an. »Er wird die Mautgebühr schriftlich einfordern.«

Während der Wagen zügig über die Landstraße rollte, ging Evalyn durch den Kopf, wie attraktiv ihr Bruder geworden war, wie sehr sie ihn liebte und was für ein guter Fahrer er war. Warum also nagte diese leise unbestimmte Furcht am Rande ihres Bewusstseins?

Ned McLean schaute vorbei. Er war nicht mehr der schlaksige Junge, der Evalyn seinerzeit zu einer Fahrt in seinem neuen Auto eingeladen hatte. In den Monaten ihrer Abwesenheit hatte er genau wie Paul ein gewisses *savoir-faire* entwickelt. Er wurde in den Wintergarten geführt, wo Evalyn im Sonnenschein, der durch die Buntglasscheiben fiel, gerade frühstückte.

»Welch ein Anblick!«, rief Evalyn aus, als sie ihn sah. »Du und Vin entwickelt euch zu richtig gutaussehenden Kerlen.«

Ned verneigte sich mit übertriebener Galanterie, richtete sich jedoch hastig wieder auf und starrte sie an.

»Was um alles in der Welt hast du mit deinem Haar gemacht, Evalyn?«

»Gefällt es dir nicht?«, fragte sie mit gespielter Gleichgültigkeit, hob den Kopf und schob eine Hand an ihre Frisur. »Ich dachte mir, es wäre witzig, zur Abwechslung eine andere Farbe auszuprobieren.«

Er lachte. »Es ist ... prima.«

»Du warst immer schon ein echter Schatz, Ned«, seufzte sie, aufgemuntert von der Erkenntnis, dass Ned ein wahrer Freund war, fast der einzige wahre Freund, den sie noch hatte. Er kritisierte sie nicht und urteilte auch nicht über sie.

Ned schien sich über das Kompliment zu freuen. »Wirklich?«

»Ja. Du scherst dich einfach nicht um das, was die Leute denken.«

»Ich kann andere Leute nicht ausstehen. Konnte ich noch nie … dich natürlich ausgenommen, Evalyn.«

Sie stand halb auf und küsste ihn auf die Wange, wobei sie traurig registrierte, dass sein Atem nach Bourbon roch.

Plötzlich trat ein neuer Glanz in Neds Augen. Er hob Evalyns Kinn an und hätte sie geküsst, hätten sich nicht durch den Salon Schritte genähert.

»Das ist meine Mutter!«, sagte Evalyn und fuhr zurück, wobei sie sich ihrer Erleichterung ein wenig schämte.

Carrie erfasste die Situation auf den ersten Blick.

»Ah, Ned«, sagte sie höflich und reichte ihm die Hand. »Wie geht es dir?«

Ned drückte die dargebotene Hand. »Gut, vielen Dank, Mrs. Walsh. Ihnen auch, hoffe ich?«

Hoppla, dachte Evalyn und beobachtete, wie diese beiden Menschen versuchten, ihr Unbehagen voreinander zu verbergen. Neds Weltgewandtheit schien urplötzlich von ihm abzufallen, und ihre Mutter gab sich auffällig steif. Wann werde ich sie endlich davon überzeugen können, dass Ned und ich nur Freunde sind?

»Den Umständen entsprechend«, hörte sie ihre Mutter antworten. »Wir haben gerade schlechte Nachrichten erhalten. Der Bruder meines Mannes ist gestorben!«

»Onkel Michael!«, rief Evalyn. »Wir haben ihn seit Jahren nicht gesehen. Wie ist er denn gestorben?«

Carrie gab nur einen nichtssagenden Laut von sich.

Ned machte ein betroffenes Gesicht. »Mein aufrichtiges Beileid. Heißt das, dass Sie in Trauer sind?«

»Natürlich. Immerhin war er ein naher Verwandter …«

Nach einem kurzen Austausch weiterer Höflichkeiten verabschiedete Ned sich und ging.

»Ich hoffe, du hast ihm keinen falschen Eindruck vermittelt, Schatz«, sagte Carrie, als er gegangen war. »Bei Männern muss man sehr vorsichtig sein.«

26. KAPITEL

Tom fuhr nach Denver, um alles Notwendige für Michaels Beerdigung zu veranlassen; er trauerte um den Bruder, den er gehabt hatte, um den leidenschaftlichen Sechzehnjährigen, der in Carraig Mór am Feuer gestanden und die Zustände in seinem Vaterland angeprangert hatte. Er hatte ihn seit 1897 nicht gesehen. Tatsächlich waren sie sich in all den Jahren, die sie beide in Amerika gelebt hatten, nur sehr selten begegnet. Michael hatte schon vor langer Zeit die Dynamik verloren, die ihm in seiner Jugend eigen gewesen war. Die Jahre in der Armee hatten ihn hart gemacht; seine Verwundungen hatten zu seiner Entlassung geführt, und desillusioniert war er dem Alkohol verfallen, bis er schließlich an Leberversagen gestorben war. Sein Tod veranlasste Tom, an vergangene Zeiten zu denken, als das Leben noch jung war und mitsamt seinen Geheimnissen vor ihnen lag. Er war selbst überrascht davon, wie tief der Verlust seines Bruders ihn traf. Er wusste, dass es nicht allein um Michael ging. Vielmehr bedauerte er, dass er ihn vernachlässigt hatte, und trauerte um das, was hätte sein können. Er kleidete sich ganz in Schwarz und bestand darauf, dass Carrie und die Kinder es ihm gleich taten, aber er sah seiner Frau an, dass es ihr gegen den Strich ging, dass die ganze Familie nun in Trauer herumlaufen musste wegen eines Verwandten, den sie im Grunde kaum gekannt hatten.

Evalyn sah Ned erst an Weihnachten wieder. Ihre Familien begrüßten einander nach der Messe an Heiligabend. Die McLeans sprachen den Walshs höflich ihr Beileid aus. Nachdem sie sich einige Minuten mit Carrie unterhalten hatte, wandte Neds Mutter sich an Evalyn und legte einen Arm um sie.

»Wie geht es meinem Mädchen?«

»Danke gut, Mummie.«

»Und wann kommst du uns das nächste Mal auf Friendship besuchen?«

»Sobald die Trauerzeit vorbei ist, denke ich.«

»Wie schade, dass du jetzt auf deinen Debütantinnenball verzichten musst. Ich habe mich so darauf gefreut – und Ned ebenfalls.«

Evalyn seufzte. Sie war tief enttäuscht, dass ihr Vater darauf bestanden hatte, alle Feiern bis auf weiteres abzusagen. Aus den Augenwinkeln sah sie ihn und Vin mit John R. sprechen, der sie mit herzlichen Weihnachtswünschen förmlich überschüttete.

Als Mrs. McLean sich wieder Carrie zuwandte, beugte Ned sich herüber und fragte leise: »Die ganze Saison ist ohne dich sterbenslangweilig!«

»Was glaubst du, wie ich mich erst fühle! Dabei habe ich meinen Onkel kaum gekannt.«

»Das machen wir wieder wett«, sagte Ned komplizenhaft und sprach noch leiser. »Was hältst du davon, wenn wir ...« Er wollte eben eine Fahrt in seinem Wagen vorschlagen, diesmal nach Baltimore, verstummte aber, als er gewahr wurde, dass beide Mütter zuhörten.

»Wie gedenkst du, es wettzumachen, Ned?«, fragte Carrie lächelnd, aber Ned wich der Frage aus und meinte, dass es schade wäre, an Silvester nicht feiern zu dürfen. Er habe sich so darauf gefreut, wieder mit seiner ehemaligen Tanzkurspartnerin zu tanzen, und es sei doch wirklich Pech, dass sie nun den ganzen Spaß versäumen würde. »Evalyn tanzt Walzer wie keine andere.«

Vin kam hinzu und hörte den letzten Satz.

»Ach wie schön«, sagte er grinsend. »Ich kann mich noch gut an die Zeit erinnern, da Annie sie gewaltsam zum Tanzunterricht bei euch zu Hause schleifen musste!«

»Halt die Klappe, Vin. Damals war ich doch noch ein Kind!«, schimpfte Evalyn und stampfte mit den Füßen auf, um sich zu wärmen.

Die Chauffeure fuhren mit den Wagen vor, und nach gegenseitigen besten Wünschen bestiegen beide Familien ihre Fahrzeuge und fuhren heim.

»Was hältst du von Ned McLean?«, fragte Carrie Vinson später, als sie allein waren.

»Ned ist in Krisenzeiten ein großartiger, zuverlässiger Freund, Mutter. Wenn er nicht saufen würde wie ein Loch, könnte ich mir keinen besseren Mann vorstellen.«

»In welcher *Krisensituation* hast du denn je gesteckt, dass du Ned McLeans Hilfe gebraucht hättest?«, fragte seine Mutter verblüfft.

»Nicht ich, Mutter.« Vin log unbehaglich und dachte zurück an ein Autorennen in Virginia, bei dem er im Graben gelandet war.

Als sie am Abend allein mit Tom im Schlafzimmer war, sprach Carrie ihren Mann auf die McLeans an und äußerte sich besorgt über die Zukunft ihrer Tochter.

»Ich weiß, dass sie groß im Verlagsgeschäft sind, aber das ist noch keine Garantie für ein glückliches Leben. Der Junge ist viel zu verwöhnt, um einen guten Ehemann abzugeben. Er ist in der Überzeugung groß geworden, dass seine Wünsche im Universum oberste Priorität haben.«

»Mag sein«, entgegnete Tom, »aber Evalyn ist eigensinnig genug, wirklich jedem Kopfzerbrechen zu bereiten!«

»Das Leben einer Frau ist völlig anders, Tom. Evalyn ahnt gar nicht, wie anders. Wenn erst Kinder da sind, verändert sich alles grundlegend. Dann wird sie gar keine Zeit mehr haben, an sich zu denken; dann dreht sich in ihrem Leben alles nur noch um den Nachwuchs. Und Ned trinkt. Vinson hat es mir erzählt.«

»Viele junge Männer trinken, aber viele hören irgendwann ganz von alleine damit auf. Alles, was wir tun können, ist, dafür zu sorgen, dass sie möglichst viele andere in Frage kommende junge Männer kennen lernt.«

»Eine Zeit lang war sie, glaube ich, in ihren Vetter Paul verliebt«, meinte Carrie nach einer Weile zögernd.

Tom war sichtlich überrascht. »Ein großartiger junger Mann! Aber ich nehme an, es war nur eine Laune? Es war doch nichts Ernstes, oder, Carrie?«

Carrie zögerte und schüttelte dann den Kopf.

Da sie Trauer trugen und den Winter über auf Feierlichkeiten jedweder Art verzichteten, herrschte im Haus trübe Stimmung, und es gab für die 23 Hausangestellten wenig zu tun. Evalyn blies Trübsal. Sie ging hinauf in den Ballsaal und stellte ihn sich voller Gäste vor, die gekommen waren, um ihrer Einführung in die Gesellschaft beizuwohnen, hörte das ›Pling‹ der Violinen, die von den Musikern gestimmt wurden, sah die kostbaren Seiden- und Satinroben der Damen, die weißen Handschuhe der Herren ...; dann holte die Wirklichkeit sie wieder ein, und der Saal lag verlassen vor ihr. Seufzend dachte sie an ihr weißes Moiree-Kleid, das sorgfältig in Seidenpapier verpackt im Schrank lag.

»Ich wünschte, Menschen würden nicht sterben«, maulte sie. »Das ist sehr egoistisch, wenn man es genau bedenkt.«

Sie reichte einem imaginären Partner die Hand und fing an zu tanzen.

Carrie, die auf der Suche nach ihr war, blieb in der halb offenen Tür des Ballsaales stehen und sah zu, wie ihre Tochter mit geschlossenen Augen zu Musik tanzte, die nur sie hören konnte. Der Anblick berührte sie, und Evalyn tat ihr Leid.

Der Fahrstuhl kam heraufgefahren, und ein junges Hausmädchen trat zu ihr. »Ma'am, Mr. McLean ist unten. Er möchte Miss Evalyn besuchen. Ich habe ihn in die Bibliothek geführt.«

»Evalyn!«, rief Carrie. »Du hast Besuch!«

Ihre Tochter brach ihr ganz privates Ballett ab.

»Mutter ... Ich habe dich gar nicht kommen hören ...«

»Ned wartet unten.«

»Oh klasse! Dann erfahre ich ja endlich alle Neuigkeiten.« Freudig lief sie an ihrer Mutter vorbei zum Fahrstuhl.

»Es ist schwer für Evalyn«, sagte Carrie nach dem Abendessen zu Tom. »Sie hat sich so auf ihr Debüt gefreut, und jetzt sind ihre ganzen Pläne zunichte gemacht worden, und sie muss zu Hause sitzen, während ihre Freundinnen sich amüsieren. Und Ned McLean macht es nur noch schlimmer, wenn er herkommt und ihr alles haarklein berichtet.«

»Was hältst du davon, wenn wir mit ihr nach Europa fahren?«, schlug Tom vor. »Vin muss in Kürze zurück aufs Internat, und ich sehe keinen Grund, weshalb wir nicht für ein paar Monate mit ihr verreisen sollten. In Europa könnte sie sich amüsieren!« Mit einem schiefen Lächeln fügte er hinzu: »Diesmal allerdings unter elterlicher Aufsicht!«

»Und sie wäre raus aus Ned McLeans Wirkungskreis«, stimmte Carrie zu und fügte mehr zu sich selbst hinzu: »Was mich betrifft, ist mir das das Wichtigste!«

Vin kehrte zurück aufs Internat, und am 7. Januar 1905 schifften Mr. und Mrs. Walsh mit ihrer Tochter auf der *SS Deutschland* nach Italien ein. Das Wetter in Rom war bei ihrer Ankunft mild, und Evalyn unternahm zahlreiche Ausflüge, um sich die Sehenswürdigkeiten der Metropole anzusehen, meist in Begleitung ihrer Eltern, gelegentlich jedoch auch mit Annie. Besonders gefiel ihr die Pincio-Terrasse, von wo aus man weit über die Stadt blicken konnte. Sie liebte die warmen ockerfarbenen Mauern der Stadt, die das Sonnenlicht reflektierten, das tiefe Blau des Tiber, der sich durch das Häusermeer wand, die antiken Monumente des Forums und des Kolosseums sowie die majestätischen Zypressen in der Ferne. Gierig nahm sie die fremdländische Atmosphäre in sich auf, die Sprachmelodie, den Anblick der vielen zerlumpten Bettler, für die sie regelmäßig ihre Geldbörse leerte, die Offiziere in glänzenden Stulpenstiefeln und federbesetzten Hüten, die ihr im Vorbeigehen feurige Blicke zuwarfen, die eilig vorbeihastenden Priester in ihren schwarzen Roben und ebensolchen Hüten, die Frauen, die schwere Körbe voller Wäsche oder Obst auf dem Kopf balancierten, die schwer beladenen Esel und die Gerüche – eine faszinierende Mischung aus Kaffee, Gewürzen, Leder und überlasteter Kanalisation.

Freunde besuchten sie im Hotel und machten die Walshs mit ihren einheimischen Freunden bekannt. Evalyn bekam wieder mit, dass man sie als »Walsh-Erbin« bezeichnete, und registrierte die Unterwürfigkeit der *maîtres d'hôtel* mit Verdruss. Längst war ihr das kriecherische Getue um ihre Person lästig geworden.

In ihrem Hotel fand ein Ball statt, und Evalyn machte sich unter den wachsamen Blicken ihrer Mutter dafür zurecht. Sie zog ein schlichtes Kleid aus hellblauem Tüll an und legte als Schmuck lediglich die Perlenohrringe an, die sie von ihrer Mutter geschenkt bekommen hatte.

»Nein, du kannst weder das Türkiskollier noch den Diamantring tragen, Evalyn«, befand Carrie streng. »Du bist eine junge Dame und kein Christbaum!«

Ihre Mutter gestattete ihr, sich ganz leicht die Nase zu pudern, Rouge hingegen lehnte sie ab. »Du bist eine junge amerikanische Lady und kein Variété-Star!«

»Blablabla«, brummte Evalyn in sich hinein. »Immer bekomme ich gesagt, was ich nicht ...«

Als ihre Mutter kurz abgelenkt war, griff Evalyn auf den alten Trick mit dem färbenden Reiseführereinband zurück, der für reichlich Farbe auf Lippen und Wangen sorgte. Annie, die ihre Tricks jedoch inzwischen alle kannte, nahm sofort ein feuchtes Tuch und wischte das Rot wortlos ab; anschließend stand sie mit den Händen auf den Hüften da und blickte Evalyn nach, als diese ihren Eltern nach unten folgte.

Evalyn nahm mit ihrer Mutter an einem Ende des Ballsaales Platz und wippte im Takt der Musik mit dem Fuß, während ihr Vater verschwand, um sich mit Bekannten zu unterhalten. Nach einiger Zeit kehrte er mit einem eleganten jungen Mann zurück.

»Das ist Prinz Paolo Coronna«, sagte ihr Vater. »Prinz, darf ich Ihnen meine Frau, Mrs. Walsh, und meine Tochter Evalyn vorstellen?«

Der Prinz küsste den Damen die Hand.

»Darf ich um diesen Tanz bitten, Miss Walsh?«, fragte er dann in akzentfreiem Englisch und neigte respektvoll den Kopf.

»Herzlich gerne, Prinz«, entgegnete Evalyn, stand auf und ließ sich auf die Tanzfläche führen. Die zwölf Geiger stimmten »An der schönen blauen Donau« an, begleitet von einer Harfe und zwei Celli, die dekorativ zwischen deckenhohen Topfpalmen platziert waren. Evalyn ließ den Blick über die Schulter ihres Tanzpartners hinweg durch den Saal schweifen – sie sah Männer im Frack und mit weißen Handschuhen und Frauen mit unterschiedlich tiefen Dekolletés, von denen die meisten kostbaren Schmuck trugen. Frustriert sagte sie sich, dass das Türkis-Perlen-Kollier wunderbar mit ihrem Kleid harmoniert hätte.

Aber nachdem sie eine Weile in den Armen ihres Partners durch den Saal getanzt war, vergaß sie ihren Ärger und konzentrierte sich ganz auf das Tanzen und die Freude, die es ihr bereitete.

Ich bin ja so froh, dass wir nach Europa gekommen sind, dachte sie. Anstatt mich in Washington zu Tode zu langweilen, bin ich hier in Rom und tanze mit einem echten Prinzen! So viel Spaß habe ich seit Jahren nicht gehabt.

Als die Musik verstummte, waren ihre Wangen gerötet, und sie war leicht außer Atem.

»Wie gefällt Ihnen Rom, Miss Walsh?«, fragte Prinz Paolo und musterte sie mit sichtlichem Wohlgefallen. »Entspricht es Ihren Erwartungen?«

»Ich würde sagen, dass es meine Erwartungen übertrifft, Prinz. Die Stadt besitzt einen ganz eigenen Zauber, den ich nicht erwartet habe.«

Evalyn war sehr zufrieden mit ihrer Antwort. Der Prinz lächelte, als hätte sie ihm ein persönliches Kompliment gemacht, aber dann erstarrte das Lächeln, als er den jungen Mann sah, der sich hinter ihrem Rücken näherte. Evalyn drehte sich um, gerade als ein großer blonder, ausgesprochen gutaussehender Mann zu ihnen stieß und sich vor ihr und dem Prinzen verneigte, um gleich darauf das Wort auf Italienisch an Letzteren zu richten.

»Mi piacerebbe molto fare la conoscenza di questa bellissima donna.«

Prinz Paolos Züge verdüsterten sich, aber er kam dem Wunsch des jungen Mannes nach und machte ihn mit Evalyn bekannt.

»Miss Walsh, das ist Prinz Alberto Galtieri. Prinz, Miss Evalyn Walsh.«

Evalyn reichte ihm die Hand, die Prinz Alberto sogleich an die Lippen hob.

»Darf ich um den nächsten Tanz bitten?«, fragte er mit starkem italienischen Akzent, und schon wirbelte Evalyn in den Armen des zweiten Prinzen an diesem Abend durch den Saal. Über seine Schulter hinweg lächelte sie Prinz Paolo Coronna zu, der sichtlich erzürnt auf seiner Unterlippe kaute.

»Ihr Freund ist gar nicht begeistert davon, dass Sie ihm die Tanzpartnerin entführt haben!«, bemerkte sie, aber Prinz Alberto zuckte nur die Achseln. Sie machte noch einige Bemerkungen, aber der Prinz zog nur entschuldigend die Schultern hoch. »Sie sollten Englisch lernen, Prinz Alberto«, sagte sie streng, als er sie zum Abendessen an den Tisch führte.

Der Prinz nickte und fragte dann leise: »Und Sie ... Italienisch? Nein?«

Evalyn lachte. »Touché. Offen gestanden bin ich eine ziemliche Ignorantin.«

Sie sah, dass er sie nicht verstanden hatte.

»Ich bin nicht sehr gebildet«, erklärte sie. »Ich habe ... mehrmals die Schule gewechselt ...«

Ihre Mutter, die sich ihnen eben näherte, hörte, was sie sagte, und war alles andere als erfreut. Der junge Prinz hingegen schien amüsiert von der Offenheit der jungen Amerikanerin.

»Ah, *Schule*!«, seufzte er, schüttelte den Kopf und hob beide Hände. »Eine *bellissima* wie Sie würde in Italien keine Schule besuchen! Sie würde allerdings von einer Gouvernante überallhin begleitet.« Wieder schüttelte er den Kopf.

Evalyn unterdrückte ein Lachen, und als sie sich später mit ihrer Mutter zurückzog, um schlafen zu gehen, hörte sie Prinz Alberto Galtieri ihren Vater fragen: »Hätten Sie etwas dagegen, wenn ich Ihre Tochter morgen besuche?« Befriedigt sah sie aus den Augenwinkeln, dass Prinz Paolo, der etwas abseits stand, die Szene sichtlich verärgert verfolgte.

»Um Himmels willen, Evalyn«, schimpfte ihre Mutter, als sie oben waren. »Du kannst doch nicht herumlaufen und allen in Frage kommenden jungen Männern erzählen, du seist ungebildet.«

»Warum nicht? Das entspricht doch so ziemlich der Wahrheit.«

Carrie seufzte. »Es wirft kein gutes Licht auf dich, Kind. Nette Männer interessieren sich nicht für ungebildete Mädchen!«

»Das glaube ich aber doch!«, konterte Evalyn. »Männer sind da nicht anders als Frauen: Sie können keine steifen Spießer leiden!«

Annie wartete in ihrer Suite auf Evalyn.

»Wie war's?«, fragte sie neugierig, als Evalyn sich mit einem Stöhnen der Erschöpfung auf das Bett warf.

»Es war *fabuloso*!«, entgegnete Evalyn, setzte sich auf und schlang die Arme um die angezogenen Knie. »Nicht ein Prinz, sondern gleich *zwei* haben mir schöne Augen gemacht!«

Annie schnappte nach Luft und grub Evalyn auf der Suche nach den Häkchen ihres Korsetts die Finger in die Rippen. Sie drehte sich zu Annie um und fügte hinzu: »Wusstest du, dass ich *bellissima* bin? Wusstest du, dass ich ...« Kichernd imitierte sie den Akzent ihres Tanzpartners: »Wundärübsch« bin?

Annie schürzte die Lippen und brummte in breitem schottischem Akzent: »Halt still; ich versuche, dir dieses Kleid heil auszuziehen! Wenn du so zappelst, wird es noch zerreißen!« Dann fügte sie hinzu: »Lass dir ein paar oberflächliche Komplimente nicht zu Kopf steigen! Sie haben es auf dein Geld abgesehen, Mädchen, mehr nicht!«

Als sie später im Bett lag und über den vergangenen Abend nachdachte, stellte sie verwundert fest, dass etwas Bemerkenswertes geschehen war: Sie war nicht mehr unsichtbar!

Am Morgen öffnete sie eine große Präsentschachtel, deren Duft den Inhalt verriet, noch bevor sie den Deckel geöffnet hatte. Sie enthielt einen Riesenstrauß weißer und gelber Rosen. Auf der beiliegenden Karte stand knapp: »Mit den besten Grüßen von Prinz Alberto Galtieri.«

»Ist das zu fassen?«, rief sie Annie zu, als sie den Deckel abnahm. »Blumen! Für *mich*!«

Von da an begann jeder Tag mit einem Karton voller Blumen. Prinz Alberto kam gegen elf vorbei, und sie führten eine wenn auch noch leicht stockende Unterhaltung. Er hatte ihren Rat befolgt und arbeitete offensichtlich an seinen Englischkenntnissen.

»Sie machen sich«, sagte sie lobend, als er gleich mehrere fehlerfreie Sätze sprach. Mit seinem guten Aussehen, seiner Haltung und dem blonden Haar entsprach er eher als Prinz Paolo Coronna ihrer Vorstellung von einem echten Prinzen.

Eines Morgens sagte er, dass er Evalyn und Mrs. Walsh gerne seiner Mutter vorstellen würde.

»Vielleicht möchte sie mit uns hier im Hotel zu Mittag essen?«, entgegnete Carrie.

Drei Tage später fand sich die Mutter des Prinzen zum Mittagessen im Hotel ein, ganz in Schwarz gekleidet, mit echter schwarzer Spitze und ohne Schmuck. Sie war eine schlanke, hoheitsvolle Frau mit blassem Teint und ergrauendem Haar.

»Siehst du, Evalyn«, sagte Carrie nach dem Essen. »Eine wahre Lady trägt ihren Schmuck nicht zur Schau, als würde sie einer umherziehenden Theatertruppe angehören. Juwelen trägt man nur zu den richtigen Anlässen!«

Evalyn rümpfte die Nase. »Wahrscheinlich besitzt sie keinen nennenswerten Schmuck.«

Als die *principessa* die Walshs jedoch zum Dinner in den Palazzo Galtieri einlud, musste Evalyn einsehen, dass sie sich gründlich geirrt hatte. Auf dem Busen der Principessa ruhte ein Kollier mit Diamanten, wie sie es noch nie gesehen hatte.

Die hätte ich auch gerne, dachte Evalyn. Wie groß sie sind! Ich glaube, sie würden mir ausgezeichnet stehen.

Als sie dies später ihrer Mutter gegenüber erwähnte, lachte diese spöttisch. »Das sind Familienerbstücke, Evalyn. Wenn du sie haben willst, gibt es nur einen Weg an sie heranzukommen.«

»Mutter!«, rief Evalyn empört. »Ich dachte, du wolltest eine Prinzessin aus mir machen.«

»O nein, Schatz«, entgegnete Carrie und lachte erneut leicht spöttisch. »Aber ich glaube, Prinz Alberto hat so etwas im Sinn. Wir sind zu ihrem Maskenball eingeladen worden.«

»Carrie«, wandte Tom missbilligend ein, »setz dem Mädchen keine Flausen in den Kopf. Morgen sind wir beim Papst, und ich möchte, dass sie dort demütig auftritt, anstatt nichts anderes im Sinn zu haben als kindische Spekulationen über junge Burschen mit Titeln so lang wie dein Arm, aber mit leerem Bankkonto!«

Evalyn gab sich alle Mühe, bei der Papstaudienz am nächsten Tag bescheiden und demütig auszusehen. Sie und Carrie waren von Kopf bis Fuß in obligatorisches Schwarz gehüllt, komplett mit schwarzen Handschuhen und schwarzer Spitzenmantilla. Zwei Schweizer Gardisten in mittelalterlicher blaugelb gestreifter Kluft mit brünierten Helmen ließen sie ein.

»Wie ich wohl in einem solchen Kostüm aussehen würde?«, sagte Evalyn leise. »Ich meine auf dem Maskenball«, fügte sie eilig hinzu, als sie den Blick ihrer Mutter sah.

»Du wirst nicht als Schweizer Gardist auf den Ball gehen, Evalyn, dessen kannst du dir sicher sein«, sagte Carrie ruhig.

Sie wurden von Kardinal Merry de Val empfangen. In karminroter Robe, mit einer Goldkette um den Hals, an der ein mit Juwelen besetztes Kreuz baumelte, war er eine beeindruckende Erscheinung – eine Mischung aus Macht und dem Auftreten eines gebildeten, kultivierten Mannes von Welt. Ein ganz in schwarzen Satin gekleideter Diener erschien und führte sie einen langen Flur hinunter zu einem karg eingerichteten Raum, in dem ein Mann in bodenlanger weißer Robe mit einem kleinen goldenen Kruzifix um den Hals und weißer Kappe auf dem Kopf saß. Evalyn wusste gleich, dass sie keinen Geringeren vor sich hatte als Papst Pius X., Pontifex Maximus, Oberhaupt der größten christlichen Kirche weltweit.

Tom fiel vor ihm auf die Knie und küsste seinen Fischerring. Evalyn und Carrie folgten seinem Beispiel, aber der Ring wurde ihnen entzogen. Evalyn dämmerte, dass es nur Angehörigen der heiligen katholischen Kirche vergönnt war, dieses spezielle Schmuckstück zu berühren. Ihr Vater war Katholik, wenn auch kein praktizierender, sie und ihre Mutter nicht.

Der Papst wechselte mithilfe eines Dolmetschers ein paar höfliche Worte mit ihnen: Er hoffe, dass sie ihren Aufenthalt in der Ewigen Stadt genossen.

Tom sprach von den Katakomben, dem Forum und dem Kolosseum. Er schien so bewegt, wie seine Frau und Tochter ihn noch nie gesehen hatten; als wäre er ein kleiner Junge, der gerade ein unglaubliches Abenteuer erlebte.

Hinterher sprach er tagelang immer wieder von der Audienz.

»Dass ich seiner Heiligkeit wahrhaftig begegnet bin – das war das Außergewöhnlichste, was ich je erlebt habe. Was sie wohl damals in Irland gesagt hätten, wenn sie gewusst hätten, dass ich eines Tages seinen Ring küssen würde?«

Schließlich konnte Evalyn nicht länger an sich halten. »Dass du seinen blöden alten Ring geküsst hast? Er sollte vielmehr deinen küssen. *Du bist* derjenige, der echte Abenteuer bestanden hat, Vater, der reale Gefahren bewältigt und Durchhaltevermögen bewiesen hat! Was hat dieser alte Papst je geleistet, abgesehen davon, dass er in seinem Palast herumsitzt und alle zu Tode langweilt? Was würde er wohl tun, wenn er bei 20 Grad unter null in einen Schneesturm geriete oder in eine Grube voller Klapperschlangen fiele? Tot umfallen würde er.«

Tom lachte herzlich. »Eins muss man dir lassen, Tochter, du besitzt die Gabe, Verklärtes zu entzaubern und auf seine wahre Größe zurechtzustutzen. Komm her, und gib deinem alten Vater einen Kuss.«

Evalyn gehorchte. Sie nutzte die Gelegenheit, um ihm leise zuzuflüstern: »Bei dem Maskenball im Palazzo Galtieri nächste Woche ... findest du nicht, dass ich hübsch aussähe in einer Schweizer Gardisten-Uniform?«

»Höchstens Plan B, Evalyn! Du hast gehört, was deine Mutter gesagt hat. Anständige junge Damen tragen keine Herrenkleidung, nicht einmal auf einem Maskenball.«

»Sei doch nicht so spießig, Vater. In Colorado habe ich auch Hosen getragen.«

Tom seufzte. »Wir sind hier in Rom, und du kennst doch das alte Sprichwort: ›Bist du in Rom, benimm dich wie die Römer‹!«

»Wenn das so ist, schlagen wir sie eben mit ihren eigenen Waffen!«, brummte Evalyn nach kurzer Überlegung.

Evalyn besuchte den Ball im klassischen weißen Kostüm

einer römischen Dame der Antike. Sie sah umwerfend elegant aus; ihre grünen Augen und dunklen Haare, der makellose helle Teint und die perfekt gerundete Figur erregten allseits Bewunderung. Am attraktivsten von allem aber war ihre Unsicherheit, die Frische ihrer Unschuld, beides Attribute, derer sie sich gar nicht bewusst war.

Auch diesmal wieder war Carrie dabeigeblieben, während sie sich ankleidete, und Annie hatte sie mit Argusaugen beobachtet, damit sie nicht doch mit künstlich gefärbten Wangen und Lippen aus dem Haus ging. Aber Evalyn hatte es gar nicht nötig, ihre Schönheit künstlich hervorzuheben. Es machte sie stolz, dass man sie mit Prinz Alberto Galtieri in Verbindung brachte. »Prinzessin Evalyn Galtieri«, sagte sie vor sich hin und lauschte dem Wohlklang des Titels. Das klang doch viel aufregender als Mrs. Soundso.

Der Prinz zeigte Evalyn und ihrer Mutter den *palazzo,* der sich seit Generationen im Familienbesitz befand. Der Palast verfügte über eine massive Steintreppe, die fünf Stockwerke hinauf bis zur Terrasse ganz oben unter dem Dach führte. Hier standen Evalyn und Carrie zwischen den korinthischen Säulen, die das Dach stützten, und blickten über die dunstige Stadt hinweg bis zur Kuppel des Petersdoms. Dann führte er sie durch die Empfangsräume, die reich geschmückt waren mit Gemälden aus der Renaissance, Porträts und Plastiken, mit Schnitzereien verzierten Eichentruhen, massiven Eichentischen und Wandteppichen, auf denen Nymphen und Faune sich in ländlicher Idylle verlustierten. Abschließend stiegen sie hinunter zu den schattigen Gärten, wo Neptun Wasser in ein Steinbassin spie und schmiedeeiserne Blumengefäße schier überquollen von Geranien in kräftigen Farben. Musik wehte hinaus auf die Kieswege. Evalyn nahm die selbstverständliche Eleganz in sich auf. Auch die Blicke, die die anderen Gäste ihr und dem Prinzen zuwarfen, entgingen ihr nicht. Am Ende des Balls hatte sie sich entschieden, sein Werben anzunehmen.

Aber in der Nacht, als sie wach lag, zu erschöpft, um einzuschlafen, stiegen aus ihrem tiefsten Inneren Gedanken auf. Sie hatte das Licht ausgeknipst und lag im Dunkeln des Zimmers, das nur schwach von grauem Licht erhellt wurde, das durch die Schlitze der Jalousien hereinfiel. Sie bewegte die Beine, fühlte die frische Kühle der Laken und fragte sich, wie es wohl wäre, das Bett mit dem Prinzen zu teilen. Sie dachte zurück an sein Gesicht beim Abschied. Er hatte sich lächelnd über ihre Hand gebeugt, aber seine Augen waren eiskalt gewesen.

Wie wäre es wohl, wenn er an ihrer Seite läge, ihn atmen zu hören, mit ihm zu schlafen, seine Kinder zu bekommen und fern von daheim in diesem fremden Land zu leben? Das waren die Realitäten, die sie gründlich durchdenken musste, denn sie würden ihr Leben bestimmen. Wie oft würde sie dann noch nach Ouray kommen? Oder auch nur nach Amerika? Und schließlich die Frage: Würde sie Paul je wieder sehen? Sie war nicht mehr wütend, wenn sie an ihn dachte, nur traurig.

Das Gefühl der Verwundbarkeit, die Vorstellung, dass alle Menschen, die ihr etwas bedeuteten, Tausende Meilen entfernt sein würden, verursachte ihr Übelkeit. Die Ehe, jede Ehe, erschien ihr plötzlich wie ein gefährliches Spiel mit vielen Unbekannten.

Am Morgen weckte Carrie sie sichtlich erregt.

»Das war ein wirklich wundervoller Abend, nicht wahr, Liebes? Hast du je etwas so Umwerfendes wie diesen Palast gesehen?«

In ihrer Stimme schwang eine unausgesprochene Frage mit, auf die Evalyn gerne so geantwortet hätte, wie ihre Mutter es sich wünschte. Die Gedanken der vergangenen Nacht erschienen ihr angesichts der Begeisterung und Erwartungen ihrer Eltern albern, die zu sagen schienen: Welches Mädchen, das bei klarem Verstand ist, gibt einem echten Prinzen einen Korb? Dies ist das nächste Kapitel deiner Lebensgeschichte!

Waldo Story, ein amerikanischer Bildhauer, der in Rom lebte, teilte jedoch ihre persönlichen Vorbehalte und gab diesen damit neue Nahrung. Er war auch auf dem Maskenball gewesen und hatte Carrie und Evalyn in sein Atelier eingeladen. Zwei Tage darauf besuchten sie ihn. Während ihre Mutter sich mit einem anderen Gast über eine Marmorbüste austauschte, nahm er Evalyn beiseite.

»Und wie geht es der *principessa* an diesem wunderschönen römischen Morgen?«

»Ach, Mr. Story, nennen Sie mich nicht so. Es kommt mir vor, als geriete mein Leben außer Kontrolle.«

Waldo musterte sie kurz, erkannte ihren Zwiespalt und sagte: »*Waldo,* Evalyn! Wenn Sie mich mit Mr. Story ansprechen, komme ich mir steinalt vor. Ich will Sie nur eins fragen: Wird der schönste Palast Ihnen das Herz wärmen, wenn Sie ganz alleine in Ihrem Trakt sind, während Ihr Ehemann sich mit seiner Mätresse vergnügt?«

Evalyn war schockiert, aber der Künstler fuhr unbeirrt fort. »Sie sind ein nettes amerikanisches Mädchen, und dieser glamouröse Haufen mit seinen vielen piekfeinen Titeln ist aalglatt. Sie machen sich unglücklich, wenn Sie diesen Schnösel heiraten! Natürlich ist es Ihre Entscheidung, aber ich persönlich würde von einem solchen Schritt dringend abraten!«

Evalyn sagte nicht viel dazu, begann aber, die Amerikanerinnen, die in die italienische Aristokratie eingeheiratet hatten, genauer zu beobachten, und das, was sie hinter dem falschen Lächeln und dem Glitzern spürte, stieß sie ab. Ihr entging nicht, dass ihre Männer sie nicht aus den Augen ließen, als wären sie willenlose schmuckbehangene Kleiderständer, entmündigt, bevormundet, sogar verängstigt; *Produkte*, nicht *Personen*, dachte sie.

Und wenn Galtieri ihr ständig Vorschriften machte, was sie zu tun und zu lassen habe, wenn er sie beobachtete und sie ihrer amerikanischen Art wegen verachtete?, fragte sie sich.

Ich könnte immer noch weglaufen, antwortete die alte Evalyn.

Aber eine neue Reife widersprach: Du kannst nicht länger vor allem davonlaufen. Von jetzt an musst du zu deinen Entscheidungen stehen und mit ihnen leben.

Ich wäre seine Gefangene, antwortete die innere Stimme. Ja, genauso würde es sein. Er würde durch mich zu Reichtum gelangen, und ich wäre seine Gefangene.

Ihr wurde richtig schlecht bei dem Gedanken an den großen Fehler, den sie beinahe gemacht hätte.

Bei ihrem nächsten Besuch in Waldos Atelier musterte dieser sie fragend.

»Hat die reiche Erbin den Kopf verloren, oder spielt sie geschickt ihre Trümpfe aus? Kaufen Sie sich lieber ein Auto als einen Prinzen. Der Wagen gibt wenigstens keine Widerworte!«

»Ich habe tatsächlich letztens einen wunderschönen roten Mercedes gesehen.«

Waldo lachte schallend.

Als Evalyn am Abend allein mit ihrem Vater im Salon der elterlichen Suite war, zog sie ihn ins Vertrauen.

»Kann ich mit dir reden, Vater?«

Tom stand gedankenverloren am Fenster und hatte den Blick auf den Tiber und die belebten Straßen Roms geheftet. Er fuhr herum und musterte sie besorgt.

»Geht es um den Prinzen?«

»Ja, Vater.«

»Trägst du dich mit dem Gedanken, ihn zu erhören?«, fragte er leise und fügte eilig, so als fürchte er sich vor ihrer Antwort, hinzu: »Ich bin mir nicht sicher, ob er dich glücklich machen würde, Evalyn. Ich denke, du bist noch viel zu jung. Und die Geldgier steht ihm ins Gesicht geschrieben – auch wenn er mich bisher noch nicht um Geld gebeten hat. Dein Bruder hat geschrieben und meint, du solltest ihn unter gar keinen Umständen heiraten, während deine Mutter zu glauben scheint ... Aber es ist dein Leben, Tochter. Was sagst *du*?«

»Ich habe nicht die Absicht, ihn zu heiraten, Vater«, entgegnete Evalyn ruhig. »Ich hätte viel lieber einen neuen roten Mercedes!«

Toms polterndes Gelächter hallte durch den hohen Raum, bis sogar die Fresken und Stuckdekore zu vibrieren schienen.

»Das lässt sich machen«, keuchte er schließlich. »Ich schicke Livy Beeckman in Paris ein Telegramm. Er wird sich um den Transport kümmern.«

»Können wir nach Venedig fahren, sobald der Wagen da ist?«

»Natürlich! Auf nach Venedig!«

Er tätschelte ihre Hand. »Ich mag Frauen, die wissen, was sie wollen!«

Sie engagierten einen Chauffeur, fuhren mit dem Auto nach Venedig, mieteten sich in einem Hotel am Canale Grande ein und besichtigten San Marco und den Dogenpalast. Als sie zurück ins Hotel kamen, erwartete sie eine Nachricht; Prinz Alberto Galtieri ließ Grüße ausrichten und würde am Morgen wieder vorbeikommen.

»Ich hätte wissen müssen, dass er uns nachreist! Ich will nicht, dass er mich verfolgt!«, schimpfte Evalyn und bat ihre Mutter, dem Prinzen auszurichten, sie fühle sich nicht wohl.

Nachdem der Prinz am nächsten Tag nach ihr gefragt hatte und unverrichteter Dinge wieder gegangen war, dachte sie, die Luft wäre rein, aber als sie mit Annie das Hotel verließ, tauchte urplötzlich Prinz Alberto in einer der mit Kopfstein gepflasterten Seitenstraßen auf.

»Miss Walsh«, sagte er mit einer tiefen Verneigung. »Ich bin hoch erfreut zu sehen, dass es Ihnen besser geht!«

»Wir müssen abreisen, wenn ich nicht vor die Tür kann, ohne dass er mir auflauert!«, eröffnete Evalyn ihren Eltern am Abend. »Es verdirbt alles. Ich will ja nicht direkt unhöflich sein, aber was erwartet er denn, wenn er mich nicht in Frieden lässt?«

Zwei Tage später verließen sie Venedig mit dem Ziel Monte Carlo, auch wenn Carrie sich darüber beschwerte, wieder packen zu müssen, nachdem sie gerade erst ausgepackt hatte.

In Monte Carlo stiegen sie im Hotel Metropole ab, ganz in der Nähe des berühmten Casinos mit den traumhaften Gärten.

»Es sieht aus wie an der nordafrikanischen Küste«, rief Carrie mit einer Geste aus, die die Palmen und das Azurblau des Wassers einschloss.

»Nach allem, was ich gehört habe, kleidet man sich in Nordafrika anders als in Europa, Mutter. Und dort gibt es auch kein Glücksspiel. Was meinst du, können wir auch mal unser Glück versuchen?«

»Ganz bestimmt nicht. Junge Damen haben in Casinos nichts verloren!«

Nach einem Blick auf das enttäuschte Gesicht ihrer Tochter zeigte Carrie auf die schroffen Berge, die entlang der südfranzösischen Küste verliefen.

»Was hältst du stattdessen von einer Autofahrt über die Corniche?«

»Darf ich fahren? Traust du mir das zu, trotz der Serpentinen?«

»Selbstverständlich! Ich bin stolz auf meine Auto fahrende Tochter.«

Entzückt von so viel mütterlichem Vertrauen bestellte Evalyn den Wagen, schickte den Chauffeur fort, und schon kurz darauf fuhren die beiden Frauen in einem Fahrzeug, das sogar die verwöhnten Bürger des wohlhabenden europäischen Fürstentums beeindruckte, die gewundene Corniche entlang. Sie trugen spezielle Mäntel und Kopfbedeckungen mit einem feinen Musselinschleier, der ihre Gesichter schützte. Als sie rechts ranfuhren, um die Aussicht zu bewundern, sahen sie weit unter sich die langgezogene Bucht und den felsigen Isthmus, der ins Meer hinausragte. Evalyn holte die Karte aus dem Handschuhfach, aber kaum dass sie sie auseinander gefaltet hatte, wurde sie von einer Böe erfasst, die sie gegen die Windschutzscheibe drückte. Ihre Mutter löste das widerspenstige Blatt und breitete es über ihren Knien aus.

»Das ist die Altstadt von Monaco«, erklärte Carrie. »Da am Ende der Landzunge, und die Türme mit den Zinnen gehören bestimmt zum königlichen Palast!« Sie ließ den Blick die Bucht entlangwandern. »Und da drüben ist schon Italien. Wie winzig dieses Fürstentum doch ist!«

»Es ist nur ein Pickel an der Küste Frankreichs, Mutter! Vater sagte heute Morgen, dass ganz Monaco nur knapp zwei Quadratkilometer groß ist. Verglichen mit unserem Landbesitz in Colorado ...«

»Würdest du tauschen?«, fragte Carrie lächelnd.

Evalyn schüttelte den Kopf. »Nicht um alles in der Welt. Manchmal ... manchmal wünschte ich, wir wären nie von dort weggegangen, Mutter.«

Carrie musterte das plötzlich so nachdenkliche Gesicht ihrer Tochter eine Weile schweigend.

»Denkst du oft an Ouray?«, fragte sie schließlich.

»Ja ... und an Denver.«

»Du meinst an Paul?«, fragte Carrie sanft.

Evalyn neigte den Kopf. »Er hat mich zurückgewiesen, weil ich reich bin.«

Carrie schnaubte. »Er hätte ja wohl kaum von dir verlangen können, alles aufzugeben, um die Frau eines Mietstallbesitzers zu werden. Das wäre niemals gut gegangen.« Sanft fügte sie hinzu. »Nicht wahr, Schatz ... Denk doch nur daran, wer du bist und welche grenzenlosen Möglichkeiten dir offen stehen.«

»Aber er ist sein eigener Herr, Mutter. Wie ein Fels. Und ich brauche einen solchen Mann.« Sie blickte zu ihrer Mutter. »Ach, du verstehst das ja doch nicht ...«

»Ich verstehe mehr, als du glaubst, mein liebes Kind. Natürlich solltest du einen Mann mit Charakter und Persönlichkeit heiraten, aber es soll jemand sein, der etwas darstellt.«

Evalyn seufzte.

»Dein Vater hat Neuigkeiten aus Denver«, fuhr Carrie freundlich fort. »Ich wusste nicht, wie ich es dir sagen sollte. Deshalb wollte ich auch diese Fahrt mit dir unternehmen ... damit wir uns ungestört unterhalten können.«

»Was für Neuigkeiten denn?«

»Dein Cousin Paul hat geheiratet!« Carrie legte ihrer Tochter mitfühlend den Arm auf die Schulter. »Er hat vergangenen Donnerstag die Schwester seines Geschäftspartners geheiratet. Ihr Name ist Amelia Moore.«

Das Gefühl des Verlustes traf Evalyn wie ein Schlag in die Magengrube. Tränen schossen ihr in die Augen, und sie wischte sie zornig fort. Sie dachte an die schlanke braunäugige Miss Moore, die sorgfältig den Rocksaum gelupft hatte, als sie den Hof des Mietstalls betrat.

»Ich wünschte, ich hätte nie Zeit auf ihn verschwendet«, sagte sie leise. »Ich bin ja so dumm. Wahrscheinlich hat er ihr schon die ganze Zeit den Hof gemacht.«

Carrie holte ein Taschentuch hervor und trocknete ihrer Tochter die Tränen.

»Weine nicht, mein armer Schatz. Dein Herz ist noch jung, und die Wunde wird heilen! Ich frage mich, ob der hartnäckige Prinz Alberto dir auch hierhin nachreisen wird«, fügte sie nach einer Weile neckend hinzu.

»Wer weiß. Wen interessiert das? Ich wünschte wirklich, sie würden alle nach Hause in ihre Palazzi fahren und mich in Ruhe lassen!«

Es war stattdessen Prinz Paolo Coronna, der offenbar von der Abfuhr seines Rivalen erfahren hatte, der einige Tage später in Monaco auftauchte und ihr mitteilte, er habe eine Suite im nahegelegenen Hôtel de Paris bezogen.

In Begleitung ihrer Mutter oder Annies gestattete Evalyn ihm, sie auf ihren Ausfahrten zu begleiten. Wieder wurden täglich Blumen für sie abgegeben, diesmal Orchideen oder rote Rosen.

»Und was hältst du von *diesem* Prinzen, Evalyn?«

»Er spricht gut Englisch, Mutter, sodass ich wenigstens verstehe, was er sagt.«

Carrie lud den Prinzen zum Lunch ein. Zwei amerikanische Ladys, die sie in Monte Carlo kennen gelernt hatte, Mrs. Fulton und Mrs. Proctor, waren ebenfalls eingeladen.

Evalyn, die draußen auf der Terrasse neben Prinz Paolo

saß, genoss den Blick auf das in der Sonne funkelnde Meer und die Palmen, die sich träge in der Seebrise wiegten. Im Hafen dümpelten Segelyachten mit eingeholten Segeln, und in der Ferne erhob sich der Felsen von Monaco mit den Türmen des fürstlichen Palastes. Die steinerne Balustrade, die die Terrasse zum Meer hin einfasste, war mit Glyzinien berankt, die gerade in voller Blüte standen. Die herabhängenden fliederfarbenen Blüten des Blauregens wirkten im Schatten tieflila und verströmten einen intensiven süßen Duft, der fette schwarze Bienen mit dunkelblauen Flügeln anzog.

Evalyn sah, dass der *maître d'hôtel* einen blonden jungen Mann an den Nebentisch führte, und realisierte verblüfft, dass es sich um Prinz Alberto Galtieri handelte. Er verneigte sich in ihre Richtung.

»Prinz Alberto«, rief Carrie. »Sie müssen sich zu uns setzen!« Kurz darauf hatte Evalyns Verehrer allen Damen am Tisch die Hand geküsst, sich vor Tom und Prinz Paolo verneigt und wurde Evalyn gegenüber platziert.

Im Verlauf des Mittagessens wuchs die Anspannung am Tisch merklich. Mrs. Proctor äußerte, dass es schier unglaublich wäre, nicht mit einem, sondern gleich mit zwei Prinzen an einem Tisch zu sitzen, und fügte fröhlich-neckend hinzu, dass wohl beide Herren sich in Evalyn verguckt hätten.

Evalyn wand sich innerlich und versuchte, so gut es ging, Galtieris Lächeln zu meiden.

»Sie 'aben ganz Räscht«, sagte er. »Wälschär Mann könntä einär Frau mit dän Augän einär Madonna widärstähen?«

Evalyn sehnte das Ende der Mahlzeit herbei. Sie hörte Prinz Paolo lakonisch entgegnen, dass man gar nicht anders könne als überwältigt zu sein von so viel Schönheit, sie aber sicher keinen Mann verdiente, der ihre Muttersprache nicht ausreichend beherrschte, um sich auch in jeder Situation verständlich zu machen.

Prinz Alberto stand auf, griff nach seinem Glas und kippte seinem Rivalen seinen Rotwein ins Gesicht. Dann verneigte er sich vor seiner Gastgeberin und ging. Coronna wischte sich schweigend und äußerlich ruhig die roten Tropfen vom Gesicht und betupfte die Flecken auf seinem weißen Leinenanzug, aber Evalyn spürte den schwelenden Zorn hinter der Fassade der Gelassenheit. In seinen Augen lag ein mörderischer Ausdruck.

»Sie haben ihn provoziert, Prinz«, sagte sie und schaute ihm fest ins Gesicht. »Und ich möchte keinen von Ihnen beiden je wieder sehen!«

»Deine beiden Verehrer haben sich ja ganz schön daneben benommen«, meinte ihr Vater hinterher schmunzelnd. »Und ich hatte mich auf ein unbeschwertes Mittagessen gefreut!«

»Es ist, als würden zwei Goldsucher einen Claim abstecken, Vater«, entgegnete Evalyn. »Galtieri bildet sich ein, ich gehöre ihm, weil er sich solche Mühe gegeben hat, mich zu umwerben, und der andere räumt sich die gleichen Rechte ein, weil er zuerst da war. Jetzt haben sie sich beide disqualifiziert.«

Prinz Alberto sprach jedoch schon am nächsten Tag wieder vor, und als Annie ihn in ihrer Verzweiflung zu verscheuchen suchte, verlor er die Beherrschung und wurde ausfallend.

»Ich habe für den Rest meines Lebens genug von Prinzen!«, teilte Evalyn ihren Eltern am Abend mit. »Ich würde am liebsten heimfahren.«

In dieser Nacht dachte sie an Paul, an ihre gemeinsamen Ausritte in Ouray, das Gefühl der Zusammengehörigkeit, das beim Anblick seiner vertrauten Züge ihr ganzes Sein erfüllt hatte. Sie stellte sich ihn mit einer anderen Frau vor dem Altar vor, hörte ihn leise »Ja, ich will!« sagen, sah, wie er Amelias Hand nahm und einen goldenen Ring an ihren Finger steckte.

Was kümmert mich das, sagte sie sich wütend. Soll er seine Miss Moore nehmen, ich nehme mir jeden, der mir gefällt ...

27. KAPITEL

Evalyn kehrte in bestem Einvernehmen mit beiden Eltern in die Staaten zurück. Sie fühlte, dass sie in Italien gereift war. Sie war bei der Aussicht, einen Prinzen zu heiraten, nicht aus dem Häuschen geraten, und sie war auch das ständige Reisen und die vielen neuen Eindrücke leid geworden. Washington mochte ja nicht den geschichtlichen Hintergrund oder die kulturelle Vielfalt einer Metropole wie Rom besitzen, aber sie liebte die Atmosphäre dort, die Schlichtheit des Georgetown-Backsteins, und sie genoss es, wieder von vertrauten Menschen und Stimmen umgeben zu sein. Das Weiße Haus erschien ihr in seiner schlichten Architektur ebenso elegant wie die *palazzi* in Italien.

»Amerika hat auch seine angenehmen Seiten!«, verkündete sie ihrer Familie.

»Und das merkst du jetzt erst?«, rief Vin aus. »Amerika, Schwesterherz, ist das beste Land auf der Welt!«

Er war aus dem Internat heimgekommen und hatte es kaum erwarten können, alle wiederzusehen. Er hatte seine Schwester umarmt, sie hochgehoben, dann auf Armeslänge von sich gehalten und abschätzend betrachtet.

»Du hast dich verändert. Du hast diese unschuldige unbeholfene Art verloren ...«

»Also wirklich, Vin!«, rief Carrie empört.

»Ich meine, sie hat die unschuldige Art verloren und nicht ihre Unschuld, Mutter!«

Evalyn schlug spielerisch nach ihm, aber er lachte nur und wich ihr mühelos aus.

»Du bist hier derjenige, der sich verändert hat!«

Sie war ehrlich verblüfft. Es war keine physische Veränderung; der Wandel reichte viel tiefer. Vins angeborene, natürlich-elegante Art trat jetzt erst richtig zutage. Er war geistreich und wortgewandt, anderen gegenüber feinfühlig und dazu überaus charmant; und er hatte außerdem sein bislang bestes Zeugnis erhalten. Sein Vater strahlte vor Stolz, und Evalyn sah, dass er seinen Sohn mit langen anerkennenden Blicken musterte, ohne dass dieser sich dessen bewusst wurde.

»Es ist mir altem Goldsucher eine große Befriedigung, zu wissen, dass mein Sohn sich zu einem so anständigen, ansehnlichen jungen Mann entwickelt!«, sagte er schließlich.

»Vater! Du bist doch nicht alt!«, protestierte Evalyn. »Du bist doch erst 55, noch ein ganz junger Hüpfer!«

Das ansteckende Lachen ihres Vaters erfüllte den Raum. »Also, so hat mich noch niemand genannt, Evalyn, auch nicht bevor meine Haare ergraut sind ...«

»Der Hauch von Grau verleiht dir ein distinguiertes Aussehen, Tom Walsh«, mischte Carrie sich ein. »Deine Tochter hat ganz Recht; du bist noch ein junger Mann!«

Inzwischen war es Sommer geworden, und die Hitze nahm mit jedem Tag zu. Sogar im geräumigen 2020 war es stickig und schwül. Es war an der Zeit, dass sie ihre erste Saison in Newport auf Rhode Island verbrachten, einer Perle unter den exklusiven amerikanischen Ferienorten, wo sich im Sommer die Elite des Landes einfand. Tom hatte von Cornelius Vanderbilt II. für den Sommer ein Ferienhaus gemietet. Vin hatte Vanderbilts Sohn, Reggie, bereits kennen gelernt; er war ebenso wie Vin ein leidenschaftlicher Autoliebhaber, der ihm mit glühendem Eifer von seinen Ausfahrten in Newport und von den Fußgängern, die er schon umgefahren hatte, berichtet hatte.

»Bisher hat er sich noch immer aus der Affäre ziehen können«, sagte Vin.

»Er hat das Problem mit Geld gelöst«, bemerkte Tom, »und das ist in meinen Augen nicht unbedingt das, was Ehre und Anstand gebieten würden.«

Evalyns ganzer Stolz – der rote Mercedes, der zwischenzeitlich aus Europa eingetroffen war – begleitete sie in die Ferien, zusammen mit Emile, dem ebenfalls importierten Chauffeur.

Das Erste, was Evalyn an Newport auffiel, war der Geschmack von Salz in der Luft und der allgegenwärtige Geruch nach Meer.

»Es ist eine Wohltat, der Schwüle Washingtons entronnen zu sein«, seufzte Carrie und drückte sich erneut ein mit Kölnisch Wasser getränktes Taschentuch in den Nacken. Sie warf einen Blick auf ihre Kinder. »Und es freut mich, dass ihr beide den Sommer über von jungen Leuten eures Standes umgeben sein werdet.«

»Ach Mutter«, stöhnte Vin. »Wen interessieren schon ›junge Leute unseres Standes‹? Ich will nur eins: Auto fahren!«

Das Haus in Newport hieß »Beaulieu«. Es stand in der Bellevue Avenue, einem von üppigen Bäumen gesäumten Boulevard, an dem die Sommerresidenzen der wohlhabendsten Menschen der Welt lagen. Beaulieu, Hausnummer 614, verfügte über ein Torhaus und eine gewundene Zufahrt, die zu einem Herrenhaus aus rotem Backstein und rotbraunem Sandstein inmitten gepflegter tiefgrüner Rasenflächen mit Blick auf den Atlantik führte. Die Sommerresidenz lag ganz in der Nähe von Mrs. K. Vanderbilts fantastischem, antiken griechischen Vorbildern nachempfundenem Marmorpalast.

Am ersten Urlaubsmorgen standen die Geschwister am Rand der Rasenfläche in der Sonne. Tief unten sahen sie den Cliff Walk, die Gull Rocks und das rauschende Meer, das die Felsen mit einer weißen Schaumschicht überzog. Das Wasser war kristallklar, in Ufernähe türkisfarben und weiter draußen dunkler, changierend in Richtung Amethyst.

»Ich wollte dich schon längst über Italien ausfragen!«, sagte Vin mit einem komplizenhaften Grinsen. »Wie ich höre, hast du zwei armen, leidenschaftlichen Verehrern großen Kummer bereitet.«

»Ich habe mich für ein Auto entschieden, falls es das ist, was du meinst, Vin.«

Vin brach in schallendes Gelächter aus. »Dafür übrigens vielen Dank. Ohne dich hätte ich ja wohl kaum Gelegenheit, diesen Sommer einen Wagen mit satten 40 Pferdestärken zu fahren. Ich wusste übrigens, dass du nicht so blöd sein würdest, einen dieser Kerle zu heiraten, Schwesterchen. Was wäre denn aus uns geworden, wenn du Tausende Meilen weit weg gewohnt hättest? Heirate einen Amerikaner. Das ist mein brüderlicher Rat!«

»Sieht ganz so aus, als würde mir nichts anderes übrig bleiben«, seufzte sie. »Mutter wollte nach Newport, weil sie hofft, mich hier verkuppeln zu können. Wir hätten ebenso gut nach Bar Harbor fahren können, dort wäre es deutlich kühler gewesen.«

»Aber sie weiß, dass die McLeans dort sind, und sie möchte nicht, dass du mit Ned zu vertraut wirst.«

»Ned und ich sind nur Freunde«, entgegnete sie ärgerlich.

»Wenn es nach Mutter geht, schließt du hier einen Haufen neuer Freundschaften.« Vin zeigte auf die eleganten Häuser entlang der Küste mit ihren perfekten Rasenflächen, die bis hinunter an die Klippen reichten. »Aber da Newport die versnobteste Stadt des Universums ist, solltest du darauf gefasst sein, dass jeder auf dich herabsieht, dessen Vermögen auch nur drei Jahre älter ist als das unsere!«

»Ich gebe nichts auf solchen Unsinn«, erklärte Evalyn. »Der alte Vanderbilt hat mit einem 100-Dollar-Kredit angefangen. Seine Familie mag ja heute die reichste auf der Welt sein, aber sie haben genauso angefangen wie Vater.«

»Reggie hat sich das nicht völlig zu Kopf steigen lassen«, entgegnete Vin. Er zeigte über Sheep Point Cove auf The Breakers, das prächtige Anwesen von Cornelius Vanderbilt II., das im Übrigen das größte in ganz Newport war.

»Der Kamin in der Bibliothek stammt aus einem echten französischen Schloss und ist mit einer Inschrift versehen, die besagt, dass man nichts auf weltliche Güter geben soll, weil letztendlich nur Weisheit zählt!«

Evalyn wandte sich lächelnd ihrem Bruder zu. »Ja ... eins von wenigen Dingen, die man nicht kaufen kann.«

»Aber Schwesterchen, wir sind beide noch viel zu jung, um weise zu sein«, erwiderte ihr Bruder mit einem schiefen Grinsen.

Am kantigen Kinn ihres Bruders vorbei betrachtete Evalyn das glitzernde Meer, das sich unablässig kraftvoll gegen die Felsen warf, und hörte die heiseren Schreie der Seevögel, die scheinbar schwerelos durch die Luft segelten. Einen Moment kam ihr Bruder ihr vor wie ein Schatten in der Sonne.

»Können wir uns nicht einfach nur amüsieren, wenigstens für eine Weile?«, fuhr er tatendurstig fort.

»Ich sehe keinen Grund, warum wir uns nicht dauerhaft amüsieren sollten!«

Vins spöttischer Warnung zum Trotz wurden die Walshs von der feinen Gesellschaft Newports akzeptiert. Obgleich sie wusste, dass dies ihre eigentliche Einführung in ein Leben als junge Frau im heiratsfähigen Alter war, war Evalyn fest entschlossen, diesem Sommer so viel Vergnügen abzugewinnen wie nur möglich. Sie brauchte noch eine Atempause, ein letztes frivoles Abenteuer, bevor sie sich ernsthaft daranmachen würde, einen Partner fürs Leben zu finden. Carrie war der Prinz, den sie schon zum Ehemann für ihre Tochter erkoren hatte, durch die Lappen gegangen; sie hatte bereits mit der Planung des Balls begonnen, den sie im kommenden Winter in Washington geben würde, um ihre Tochter offiziell in die Washingtoner Gesellschaft einzuführen.

Evalyn und Vin fanden bei den jungen Leuten in Newport schnell Anschluss und wurden zu allerlei Bällen und festlichen Empfängen zu Ehren der diesjährigen Debütantinnen eingeladen. Tagsüber waren sie entweder zum Mittagessen oder zum Tennisspielen eingeladen, oder sie unternahmen gemeinsame Ausfahrten in Evalyns Mercedes. Allerdings hatte ihr Vater ihnen eine Einschränkung auferlegt: Er wollte nicht, dass sie ganz allein mit dem neuen Wagen unterwegs waren.

»Lasst euch von Emile chauffieren, wohin ihr wollt! Immerhin habe ich ihn zu eben diesem Zweck eingestellt. Ihr jungen Leute könnt gerne euren Spaß haben, gerne auch ein Glas Champagner trinken und das Fahren einem anderen überlassen.«

Sie fügten sich. Das Leben war nie erfüllter gewesen. Schwester und Bruder genossen es, nach so langer Trennung wieder zusammen zu sein. Sie sprachen viel von Ouray und versprachen einander, eines Tages gemeinsam dorthin zurückzukehren, auch wenn die Mine nicht mehr ihrem Vater gehörte. Sie sprachen von ihrer Reise nach Irland, davon, wie seltsam es gewesen war, die Heimat ihres Vaters zu sehen, und inwieweit dieser Besuch ihre Sicht der Dinge verändert hatte.

»Eines Tages fahren wir wieder hin!«, sagte Vin; Evalyn stimmte zu. Und wenn sie an Paul denken musste, verdrängte sie den Gedanken entschieden.

»Unsere Kinder sind so unzertrennlich wie Zwillinge«, sagte Carrie eines Tages zu Tom. »Sie haben sich noch nie so nahe gestanden.«

Tom nickte. »Es ist gut zu wissen, dass sie immer füreinander da sein werden, Carrie ... ich meine, wenn es uns nicht mehr gibt.«

»Ach Tom!«, schalt Carrie. »Dass du an einem so traumhaften Sommertag so düsteren Gedanken nachhängen kannst!«

Sie musterte ihn eindringlich. Es gab etwas, das sie in letzter Zeit beunruhigte – Träume, aus denen sie verängstigt aufschreckte, die sie jedoch gleich wieder vergaß. Ihr kam der Gedanke, dass es Tom möglicherweise genauso ging, und sie fragte sich, ob er in letzter Zeit vielleicht verstärkt über die eigene Sterblichkeit nachdachte.

Nun, mit ihm ist jedenfalls ganz sicher alles in Ordnung, sagte sie sich, als sie ihren glücklichen, lächelnden Mann betrachtete. Er wird noch mindestens zwanzig Jahre leben!

Eines Morgens bat Vin Emile, den Mercedes vorzufahren.

»Ich möchte, dass Sie mich in die Thames Street fahren«, teilte er dem Chauffeur mit. »Ich bin mit Reggie Vanderbilt zum Mittagessen verabredet.«

Emile gehorchte, und kurz nach zwölf machten sie sich auf den Weg. Kurz bevor sie die Thames Street erreichten, forderte Vin Emile auf, rechts ranzufahren.

»Hier, Emile«, sagte er und reichte dem Mann ein Bündel

Dollarnoten. »Gehen Sie irgendwo etwas essen, und warten Sie auf dem Memorial Boulevard auf mich – an der Ecke Bellevue. Ich hole Sie um vier Uhr dort ab.«

»Aber Master Vinson ...«

»Ich weiß, ich weiß ... Hör zu, Emile, ich will nicht lügen – ich will dieses Monster selbst fahren. Wenn es nach Vater ginge, bekäme ich nie die Gelegenheit.«

Allein und nervös aß Emile zu Mittag und verfluchte sich selbst, dass er sich dazu hatte verleiten lassen, gegen die Anweisungen seines Arbeitgebers zu verstoßen. Punkt vier war er an der Ecke Bellevue Avenue und Memorial Boulevard, aber auch nach einer Stunde hatte Vin sich noch nicht blicken lassen. Nach weiteren 30 Minuten kehrte der Chauffeur zu Fuß zurück nach Beaulieu, wo sein Arbeitgeber ihn bereits wutschnaubend erwartete.

»Vinson wurde verhaftet!«, bellte Tom. »Wegen Geschwindigkeitsüberschreitung. Polizeichef Crowley bringt ihn nach Hause! Hatte ich Sie nicht ausdrücklich angewiesen, das Steuer nicht aus der Hand zu geben?«

Emile zog die Schultern hoch und gestikulierte mit den Händen. »Ich weiß, Sir, aber was sollte ich denn tun? Er hat mich einfach nicht gelassen.«

Später sagte Tom seinem Sohn gehörig die Meinung.

»Ich weiß nicht, was du dir dabei gedacht hast, junger Mann, aber du hast gegen das Gesetz verstoßen!«

»Es tut mir Leid, Vater. Ich wollte nur ausprobieren, was der Wagen so leisten kann. Ich bin ein guter Fahrer.«

»Das weiß ich, aber Newport ist nicht der richtige Ort, um deine Fahrkünste unter Beweis zu stellen! Du bist verhaftet worden. Du bist nur deshalb nicht angezeigt worden, weil du mein Sohn bist. Diesmal hast du noch Glück gehabt. Wenn so etwas noch einmal vorkommt, werde ich den Mercedes allerdings abschaffen müssen.«

»Ja, Vater«, sagte Vinson kleinlaut; er schämte sich, dass man ihn geschnappt hatte. Noch während er die Worte sprach, wusste er, dass er sich nicht an die Weisungen seines Vaters halten würde.

Samstag, der 19. August 1905 begann als weiterer strahlend schöner Tag dieses perfekten Sommers. Evalyn stand spät auf, ließ sich Kaffee und Orangensaft bringen und badete ausgiebig, ehe Annie kam, um ihr Korsett zu schnüren.

»Was hast du heute vor, Kind?«

»Wir fahren zum Clambake. Mrs. Clement Moore hat uns zum Mittagessen eingeladen.«

Evalyn wählte eine Bluse aus Batist und einen modischen Rock mit angedeuteter Schleppe. Die Bluse war sehr elegant und an Manschetten und Kragen mit gerüschtem Musselin besetzt. Die Ärmel waren sehr schmal geschnitten und reichten bis über die Handgelenke hinaus, sodass sie ihre Hand zur Hälfte bedeckten.

»Du siehst bezaubernd aus«, stellte Annie fest, nachdem sie Evalyn frisiert hatte und ihr Werk betrachtete. »Bleib der Sonne fern, sonst siehst du bald aus wie ein Wasserspeier, so wie damals, als du dir noch die Wangen rot angemalt hast.«

Evalyn kicherte. »O Annie, ich war wirklich ein unmögliches Gör. Danke, dass du es mit mir ausgehalten hast.« Sie drückte Annie einen Kuss auf die Stirn und bemerkte zum ersten Mal die grauen Strähnen an ihren Schläfen.

Es klopfte, und gleich darauf drang Vins ungeduldige Stimme durch die Tür. »Beeil dich, Schwesterchen, wir kommen zu spät.«

Evalyn setzte ihren breitkrempigen Strohhut auf, steckte ihn mit Haarnadeln fest, breitete anschließend einen dünnen Schal darüber, den sie unter dem Kinn verknotete, raffte ihren Rock zusammen, warf Annie eine Kusshand zu und eilte nach unten. Draußen auf dem Hof war das tuckernde Geräusch des Mercedes-Motors zu hören, vermischt mit Vins und Emiles Stimmen. Sie warf einen Blick in die Bibliothek. Die Fenster standen offen, der Raum war erfüllt von Licht und Schatten und den Gerüchen des Gartens.

Ihr Vater war allein und las Zeitung. Er blickte über den Rand seiner Lesebrille hinweg zu ihr auf; er war der Inbegriff von Entspannung und Zufriedenheit.

»Vin und ich sind dann weg, Vater. Wir fahren nach Clambake ... Mrs. Moore hat zum Mittagessen eingeladen.«

»Vin hat mir davon erzählt. Viel Spaß.«

Als er den Motor aufheulen und den Kies in der Auffahrt knirschen hörte, stand Tom aus seinem Sessel auf und trat ans Fenster. Er blickte dem Wagen nach, der der gewundenen Zufahrt folgte und dann auf der Bellevue Avenue rechts abbog. Der uniformierte Chauffeur hielt sich sehr gerade, und die Freude an seiner Arbeit war ihm auch aus der Entfernung anzusehen. Vin sagte etwas zu seiner Schwester, und Tom konnte den neckenden Tonfall hören, wenn er auch die Worte nicht verstand. Schal und Hutkrempe verbargen Evalyns Gesicht. Sie hob eine Hand, als der Wagen am Tor abbog.

Gestern, dachte Tom, waren sie noch Kinder. Heute sind sie Bastionen der Zukunft.

Der Clambake Club in Easton's Point bot einen Panoramablick auf Küste und Ozean. Bruder und Schwester wurden von ihrer Gastgeberin empfangen und waren bald in eine angeregte Unterhaltung mit ihren neuen Freunden vertieft, unter ihnen auch die junge Witwe Eloise Kerohan, die bereits eine Teeparty für Evalyn gegeben hatte.

Zum Mittagessen gab es Champagner. Die Kohlensäure prickelte noch in Evalyns Adern, als sie um vier vom Clambake aufbrachen. Sie hatten versprochen, auf der Rückfahrt Eloise Kerohan und zwei weitere Freunde, James Oelrich und Herbert Pell, mitzunehmen.

Eloise machte Vinson schöne Augen und sagte kokett: »Reggie Vanderbilt sagt, du wärst der beste Fahrer in Newport, Vin ... Nach ihm natürlich!«

Vin strahlte. Emile wollte eben den Damen in den Wagen helfen, als Vin ihn eindringlich ansah und sagte: »Emile, ich werde fahren.«

Emile versteifte sich. »Sie wissen, wie Ihr Vater dazu steht, Mr. Vinson«, sagte er leise. »Beim letzten Mal ...«

»Herrgott, es ist doch nur ein Katzensprung. Ich verspreche auch, den Wagen nicht zu fahren, solange wir in Newport sind! Nur heute ... Und wir tauschen wieder, bevor wir nach Bellevue kommen.«

»Gute Idee«, sagte jemand. »Ich möchte mal sehen, was Vin aus der Mühle rausholt.«

Die Freunde stiegen ein. Emile kurbelte widerstrebend den Motor an und nahm auf dem Notsitz Platz. Vinson strahlte über das ganze Gesicht, als er mit einer Fehlzündung, die alle zusammenzucken ließ, losfuhr. Kurz darauf überholte er andere Fahrzeuge auf der Straße. Auf der Anhöhe hinter dem Strand gab er Gas und raste die Tuckerman's Avenue hinunter.

Während des Mittagessens hatte es geregnet. Die Straße war nass und die Luft kühl. Evalyn, die mit einer Hand ihren Hut festhielt und die pure Lebensfreude genoss, die sie erfüllte, realisierte plötzlich beunruhigt, dass sie viel zu schnell waren. Ein ungutes Gefühl überkam sie wie eine Sonnenfinsternis, die einen Augenblick das Tageslicht verdunkelt. Kurz darauf gab es einen lauten Knall, der wie ein Gewehrschuss klang. Der Wagen schlingerte unkontrolliert. Emile wurde in den Graben geschleudert. Jemand schrie. Evalyn drückte auf der Suche nach Halt mit aller Kraft den Ellenbogen gegen die Tür. Die Haarnadeln lösten sich, und Hut und Schal wurden in den Straßenstaub geweht.

»Ein Reifen ist geplatzt!«, rief Vinson, dessen Stimme mit einem Mal sehr jung und unsicher klang. »Verdammt!«

Evalyn sah, wie die Fingerknöchel ihres Bruders am Lenkrad weiß hervortraten; trotz aller verzweifelter Versuche, den roten Mercedes wieder unter Kontrolle zu bringen, schleuderte dieser immer noch wild von einer Seite der Fahrbahn auf die andere. Sie erreichten in beängstigendem Tempo die Brücke, die den Fluss überspannte, der von Easton's Pond zum Meer strömte.

Wie aus weiter Ferne vernahm Evalyn das Splittern von Holz, als hätte es nicht das Geringste mit ihr, Vin und ihren Freunden an diesem unbeschwerten Sommertag zu tun. Dann wurde ihr schwarz vor Augen.

Als sie wieder zu sich kam, lag sie mit dem Gesicht in Schlamm und Wasser und verspürte starke Schmerzen, die in Wellen ihren ganzen Körper durchströmten, als sie versuchte, sich zu bewegen. Sie erkannte, dass sie unter dem Wagen eingeklemmt war, der zur Hälfte im Fluss lag. Von irgendwo her hörte sie eine Stimme.

»Nicht bewegen, Ma'am.«

»Ich bin okay«, antwortete sie zähneklappernd. »Ich glaube, mein Bein ist gebrochen, aber ansonsten ist alles in Ordnung.«

Dann wurde der Wagen vorsichtig angehoben, und sie wurde ans Ufer gezogen.

Jemand versuchte, ihr etwas einzuflößen.

»Ich bin Arzt«, sagte der Mann, als sie das Glas wegschieben wollte. »Das wird Ihnen gegen die Schmerzen helfen.«

Aber Evalyn, durchnässt, schlammverschmiert und unkontrolliert zitternd, sah sich suchend um. Sie sah die kleine Menschenmenge, die sich an der Unfallstelle versammelt hatte, sah unter ihnen einige sehr blasse Leute, die sie kannte: Alfred G. Vanderbilt und Fifi Potter Stillman, die ihren wunderschönen Mantel aus irischer Spitze auszog und ihr umhängte. Sie sah Mrs. Oelrich, James' Mutter, die ihrem völlig verschmutzten humpelnden Sohn in ein Auto half. Aber von Vinson fehlte jede Spur.

»Vin!«, rief Evalyn und wandte sich dann wieder an den Doktor. »Wo ist mein Bruder?«

»Er ... ist okay ...«

Aber Evalyn wusste, dass, wenn dem so wäre, niemand ihn davon abhalten könnte, an ihrer Seite zu sein.

»Bitte, ich will ihn sehen. Bitte lassen Sie mich ihn sehen ...«

»Er wurde ... verletzt. Er wird gerade verbunden.«

Evalyn entging das Zögern in der Stimme des Arztes nicht. Lieber Gott, betete sie, und Tränen liefen ihr über das Gesicht und in den Mund, bitte lass das alles nur einen bösen Traum sein.

»Vin!«, rief sie noch einmal, und ihre Stimme klang fremd und schwach in ihren eigenen Ohren.

Zwei Polizisten hoben sie auf eine Trage und trugen sie an dem Unfallfahrzeug vorbei. Als sie hinüberschaute, sah sie, dass die Vorderräder abgerissen worden waren und ein Holzbalken, der offensichtlich vom Brückengeländer stammte, den Wagen von einem Ende zum anderen durchbohrt hatte wie eine mittelalterliche Lanze.

»Bruder«, flüsterte sie. »Vin. O Vin ...«

Die Träger beeilten sich, sodass sie die Blutschlieren auf dem Fahrersitz und die Lache auf dem Boden nicht sah.

Dann erblickte sie ihren Vater. Er kam besorgt, aber gefasst auf sie zu. Die Erleichterung durchströmte sie und verdrängte vorübergehend die Schmerzen.

Aber er war unnatürlich blass. Seine Lippen schimmerten bläulich, seine Pupillen waren geweitet, und auf seinem Gesicht lag ein Ausdruck, wie sie ihn noch nie zuvor gesehen hatte: der Ausdruck eines Menschen, der Höllenqualen litt. Aber er nahm ihre Hand, und sie fühlte, wie seine Kraft in sie strömte und sie beruhigte. Er küsste sie auf die Stirn.

»Wie geht es dir, mein armer Schatz?«

»Gut, ich bin okay ... Wo ist Vin?«

»Dein Bruder wurde ins Krankenhaus gebracht«, entgegnete er ausdruckslos und breitete eine warme Decke über sie. Dann wandte er sich ab, um einer blutverschmierten Eloise Kerohan vorsichtig in einen Gig zu helfen. Eloise stand unter Schock und weinte, ihr Haar war völlig zerzaust, ihr Kleid zerrissen.

Der Krankenwagen kam, die Pferde waren schaumbedeckt, nachdem sie in vollem Galopp den Memorial Boulevard hinuntergeprescht waren.

»Bring mich nach Hause, Vater. Sag ihnen, sie sollen mich nach Hause bringen.«

Eine Woche später berichtete der *Newport Journal and Weekly News:*

> *Am Samstagnachmittag ereignete sich der erste tödliche Autounfall in Newport, bei dem Vinson F. Walsh, Sohn von Mr. und Mrs. Thomas F. Walsh aus Washington, ums Leben kam. Ihre Tochter, Miss Evalyn Walsh, trug einen Beinbruch davon. Die anderen Insassen – Mrs. James L. Kerohan, Mr. James Oelrich, Mr. Herbert Pell und der Chauffeur – wurden leicht verletzt. Der Unfall, der durch einen geplatzten Reifen bei*

überhöhter Geschwindigkeit verursacht wurde, ereignete sich am östlichen Ende der Straße von Easton's Beach, auf der Holzbrücke über dem kleinen Fluss, der ins Meer strömt.

Der junge Walsh hatte bei dem Unfall ein schweres Hirntrauma davongetragen und lag bereits im Sterben, als die Rettungskräfte vor Ort eintrafen. Der Tod trat unmittelbar nach seiner Einlieferung ins Krankenhaus ein. Am Samstagabend wurden seine Sterblichen Überreste nach Beaulieu gebracht. Der Trauergottesdienst findet am Montag um 10 Uhr in jenem Raum statt, in dem Miss Julia Dent Grant am Freitag vor sechs Jahren mit Prinz Cantacuzene von Russland vermählt wurde. Vinson Walsh war in der ganzen Stadt als wagemutiger Fahrer bekannt.

Evalyn, die mit Schmerzen oben in ihrem Zimmer lag, ahnte nicht, dass die Leiche ihres Bruders umgeben von Kränzen und Beileidsbekundungen im Raum unter ihr aufgebahrt war und der Trauergottesdienst bereits im Gang war. Im Haus war es unnatürlich still; sie hörte kaum etwas, abgesehen von leisen Schritten und gedämpften Stimmen hier und da, aber noch glaubte sie, die gedrückte Stimmung wäre auf ihren eigenen Zustand zurückzuführen. Der Arzt war gegangen, und die Pflegerinnen machten es ihr so bequem wie eben möglich. Ihre Eltern besuchten sie in normaler Kleidung und gaben sich unbeschwert. Sie akzeptierte, dass Vin im Krankenhaus lag und sie tapfer sein musste.

»Wann darf ich ihn besuchen?«, fragte sie. »Ich muss ihn unbedingt sehen ...«

»Noch nicht. Aber wir müssen für ein paar Tage fort.«

»Um bei Vin zu sein?«

»Ja.«

Sie neigten die Köpfe, und sie sah lautlose Tränen über das Gesicht ihrer Mutter rinnen.

»Ich werde wieder ganz gesund, Mutter«, sagte Evalyn. »Versprochen.«

Tom und Carrie räumten das Haus Cornelius Vanderbilts und bezogen mit ihrer verletzten Tochter eine Suite im Garden City Hotel auf Long Island. Sie blieben an ihrer Seite, bis das gebrochene Bein vom Knöchel bis zur Hüfte eingegipst und sie endgültig außer Gefahr war. Erst dann kamen ihre Eltern urplötzlich um Jahre gealtert zu ihr und teilten ihr mit, dass ihr Bruder tot war.

»Und ich hatte nicht einmal Gelegenheit, Abschied zu nehmen«, weinte sie. »Wo ist er, Vater? Wo ist sein Grab?«

»In Washington«, antwortete Tom leise. »Auf dem Rock Creek Cemetery.«

Evalyn dachte an diesen stillen Ort mit seinen patrizischen Monumenten und Bäumen. Für Vin, der so voller Leben gewesen war?

»Bringt mich nach Hause«, bat sie flüsternd. Sie schniefte, und ihr Mund war voller salziger Tränen; ihre Augen waren verquollen und rot, aber ihr Verstand beharrte darauf, dass dies ein schrecklicher Fehler war, dass das alles unmöglich wirklich passieren konnte, dass sie alle einen Albtraum erlebten.

»Zurück nach 2020, Schatz? Bist du sicher?«

»O nein. Alle seine Sachen sind dort!«

Sie konnte nicht zurück in das Haus, das erfüllt war von Vinson, der Erinnerung an ihn und seinen Sachen.

Evalyn kämpfte, ging aber trotz allem in dem aufgewühlten Meer von Trauer und Schmerz, das über sie hereinbrach, unter. Die Schmerzen im Bein wollten einfach nicht nachlassen. Sie bekam Morphium, aber die Qualen waren trotzdem unerträglich; die Nächte waren endlos, und sie fand keinen Schlaf. Ihr wurden immer größere Mengen an Morphium verordnet, bis sie schließlich zehn Körnchen täglich bekam, aber der Schmerz fand dennoch Stellen ihres Körpers, die nicht betäubt waren. Die Trauer um Vinson war allgegenwärtig, ein wildes Tier, das Tag und Nacht in ihrem Inneren tobte.

Ich habe mich nicht einmal von dir verabschiedet ... O Vin ... mein geliebter Bruder ...

Die langen Tage und noch längeren Nächte schlichen vorbei. Eine Flut von Beileidsbekundungen traf ein, darunter auch ein Brief von Paul.

> *Liebe Tante Carrie, lieber Onkel Tom, liebe Evalyn,*
> *ich kann gar nicht in Worte fassen, wie tief ich euren schrecklichen Verlust nachempfinde. Die furchtbare Nachricht hat uns am Dienstag erreicht.*
> *Ich denke mit großer Sympathie an Vin zurück. Nie werde ich die glückliche Zeit vergessen, die wir alle in Ouray verlebt haben in jenem wundervollen Sommer 1901. Er liebte das Leben und die Menschen, am meisten aber seine Familie. Sein Tod ist ein herber Verlust für die Gesellschaft, denn er war dazu ausersehen, eine wichtige Persönlichkeit im amerikanischen Leben zu werden. Wir fühlen mit euch.*
> *Amelia und ich schicken außerdem herzlichste Wünsche, dass Evalyn sich möglichst bald von ihren Verletzungen erholt.*
> *Alles Liebe*
> *Paul*

»Wir«, dachte Evalyn, als sie den Brief ein zweites Mal las. »Wir fühlen mit euch ... Die glückliche Zeit, die wir alle in Ouray hatten ... Alles Liebe!«

Sie fuhr mit dem Finger über die Unterschrift, den langen senkrechten Strich des P.

Nun, Amelia, du hast ihn bekommen, und das einzig Anständige ist, euch beiden alles Glück der Welt zu wünschen. Es war nur eine alberne Verliebtheit. Ich habe sie fast überwunden.

Der Schmerz sprang sie von neuem an, als wolle er sie für diese Lüge bestrafen.

»Ich brauche mehr Morphium«, rief sie, und die Krankenschwester kam herbeigeeilt.

Etwa zwei Monate später versuchte sie zum ersten Mal wieder aufzustehen. Gestützt von den beiden Krankenschwestern stand Evalyn auf dem linken Bein und sah zu ihrem Entsetzen, dass das rechte Bein mehrere Zentimeter kürzer war und nicht bis auf den Boden reichte. Als sie es leicht belastete, durchzuckte sie sofort ein so heftiger Schmerz, dass sie aufschrie. Man brauchte ihr nicht erst zu sagen, dass die beiden Enden des Oberschenkelknochens nicht wieder zusammengewachsen waren. Die Ärzte hatten gepfuscht.

Man verordnete ihr wieder Bettruhe. Ihr einziger Trost war das Grammofon, auf dem sie Tag und Nacht unablässig Schallplatten abspielte. Freunde kamen sie besuchen. Ned McLean, der sich einen widerspenstigen Schnauzer hatte wachsen lassen, brachte ihr die neuesten Grammofonplatten und tat alles nur Erdenkliche, um sie aufzumuntern.

Die Ärzte untersuchten sie immer wieder, fertigten neue Röntgenaufnahmen an, debattierten stirnrunzelnd und verließen den Raum, um sich mit ihren Eltern zu besprechen.

Sie bekam einen Teil des Gespräches draußen vor der Tür ihres Zimmers mit. Ihre Mutter schluchzte, und ihr Vater erklärte, die Entscheidung läge bei ihr, Evalyn.

»Was für eine Entscheidung soll ich fällen?«, fragte sie, als sie wieder hereinkamen.

Ihr Vater antwortete langsam, beinahe tonlos: »Die Ärzte sagen, du stehst vor einer schweren Entscheidung, Evalyn ...« Seine Stimme brach, und er beugte den Kopf. Sie sah, wie grau sein Haar geworden war, wie eingefallen seine Wangen waren und wie ungesund seine Gesichtsfarbe.

»Du meinst, ich könnte sterben, Vater?«, fragte sie leise.

Er nickte schweigend. Ihre Mutter setzte sich auf die Bettkante und nahm ihre Hände.

»Und was ist die Alternative, Mutter? Für immer hinken?«

»Du könntest ... dein Bein verlieren.«

Evalyn ließ sich in die Kissen zurücksinken und starrte an die Decke. Noch vor wenigen Monaten hatte sie in Rom Walzer getanzt, war durch Venedig geschlendert und hatte in Monte Carlo zwei Prinzen ausgelacht, die sie zu ihrer Frau hatten machen wollen. Es war erst kurze Zeit her, dass sie mit ihrem geliebten Bruder, dem sie so nahe gestanden hatte, in den Clambake Club gefahren war. Was war aus dem Mädchen mit der heilen Welt und der großen Zukunft geworden? Jetzt war ihr geliebter Bruder tot, sie musste mit ansehen, wie ihre Eltern vorzeitig alterten, und sie selbst schwebte in Lebensgefahr oder lief zumindest akut Gefahr, bald als einbeiniges Wesen herumzulaufen, verkrüppelt bis ans Ende ihrer Tage. Sie wagte noch nicht einmal, an das Schicksal zu denken, das sie erwartete.

»Was ist passiert?«, fragte sie leise. »Warum ist alles schief gegangen?«

Ihr Vater stöhnte laut.

»Wenn die Berge mich doch nur gewarnt hätten«, weinte er. »Hätten sie doch nur gesagt: ›Wir schließen einen Handel: unser Gold für das Leben deiner Kinder‹ ...« Benommen blickte er sich um.

Die Krankenschwestern betrachteten ihn mitfühlend; Tränen glitzerten in ihren Augen.

Er schlug mit der Faust in seine offene Hand.

»*Warum?*«, wiederholte er mit vor Schmerz unnatürlich hoher Stimme und verließ fluchtartig den Raum.

Als Ned McLean sie am Nachmittag besuchte, erzählte sie ihm von der schrecklichen Wahl, die sie vor sich hatte. Sie sprach sehr leise, und ihre Stimme klang so monoton, als wäre sie in Trance. In ihrem durch Morphium benebelten Zustand schien das alles weit weg zu sein.

»Entweder ich lasse mein Bein amputieren, Ned, oder ich ... werde sterben!«

Ned war sichtlich erschüttert. »Ich habe noch nie solchen Unsinn gehört! Du bist neunzehn Jahre alt! Ich fahre sofort nach Hause und spreche mit meinem Vater!«

»Was sollte er denn in dieser Sache ausrichten können?«

»Wenn irgendjemand weiß, wer dich gesund machen kann, dann Pop! Er ist nicht umsonst Zeitungsmagnat! Er hat nicht die *Washington Post* gekauft, ohne zu wissen, wo der Hase langläuft.«

Gleich am nächsten Tag brachte Ned seinen Vater mit zu Evalyn. John R.s Anwesenheit füllte den ganzen Raum aus; seine Härte und unerschütterliche Selbstsicherheit waren für sich allein schon tröstlich. Aber er war die Sanftmut in Person, als er sich nun ans Bett der Kranken setzte und ihre Hand nahm.

»Also, was sagst du, Evalyn? Bist du bereit für eine aufwändige Operation, durchgeführt vom besten Mann auf diesem Gebiet? Ich kenne nämlich jemanden, der dich in null Komma nichts wieder auf die Beine stellt.«

»Sie meinen eine Operation, die den Bruch richtet? Damit ich das Bein nicht verliere?«

John R. nickte, sein nachdenkliches, berechnendes Gesicht war seltsam weich und voller Mitgefühl.

»Natürlich. Ich bin dabei«, sagte Evalyn leise. »Ich würde alles dafür tun ...«

Ihre Augen füllten sich mit Tränen, aber ihr Herzschlag beschleunigte sich; neue Hoffnung stieg in ihr auf angesichts der festen Überzeugung dieses Mannes, dass das Leben sich in allem seinem Willen beugte. »Ich habe keine Angst vor einer Operation; sie können mich von Kopf bis Fuß aufschneiden, wenn es ihnen nur gelingt, mein Bein zu retten!«

John R. warf seinem Sohn einen Blick zu, der so viel besagte wie: »Na, habe ich dir nicht gesagt, dass dein Pop das in Ordnung bringt?«

Er bedeutete Tom und Carrie, ihm nach draußen zu folgen.

Der Name des Arztes war John Millar Turpin Finney, und auf seinem Gebiet war er unschlagbar. Er arbeitete am John Hopkins Hospital in Washington, und als er Evalyn untersuchte, versuchte er gar nicht erst, den Ernst der Lage herunterzuspielen.

»Sie müssen dringend operiert werden, sonst wird Ihr Bein nie heilen.«

Er fischte einen kleinen Terminkalender und einen Füller aus der Kitteltasche. »Schauen Sie«, sagte er und begann, auf ein leeres Blatt zu zeichnen. »Das ist der Bruch. Inzwischen ist die Fraktur so alt, dass ein Teil des Knochens abgestorben ist, ich muss also die toten Abschnitte entfernen und die beiden Bruchenden mit Silbernägeln neu verbinden. Es wird eine sehr lange und riskante Operation werden.«

»Werde ich hinterher noch hinken?«

Der Arzt sah ihr fest in die Augen. »Ich kann nicht garantieren, dass das nicht der Fall sein wird. Ich werde versuchen, den Längenunterschied zu korrigieren, so gut es geht.«

Evalyn musterte ihn einen Moment und fragte dann leise, aber gefasst: »Wie stehen meine Chancen, die Operation zu überleben?«

Der Raum füllte sich mit Stille. Die Krankenschwestern senkten den Blick und starrten auf ihre Hände. Tom und Carrie blickten angespannt auf den Arzt, der sich mit dem Daumen die Unterlippe rieb und seine mutige Patientin mit Respekt musterte.

»Fifty-fifty«, sagte er freundlich. »Mehr kann ich nicht verprechen. Ich möchte Sie nicht belügen, Evalyn.«

Evalyn hörte die Stille; sie besaß eine ganz eigene Substanz und Präsenz. Warum, fragte sie sich seltsam distanziert, bilden Menschen sich immer ein, sie hätten Probleme, wo gar keine sind? *Ich* habe ein echtes Problem. Ich stehe mit dem Rücken an der Wand. Und jetzt wird es mich auch nicht retten, dass ich die Walsh-Erbin bin.

Sie blickte zu ihrem tief bekümmerten Vater. »Es liegt bei mir, Vater, nicht wahr? Niemand kann mir diese Entscheidung abnehmen.«

Er nickte. »Nur du kannst das entscheiden«, bestätigte er sehr leise.

Evalyn wandte sich an Dr. Finney, registrierte seine ernste Professionalität, seine fast priesterliche Ausstrahlung, die klaren Konturen seiner feingliedrigen Hände.

»Wozu würden Sie raten, wenn es um Ihre Tochter ginge?«

»Ich würde ihr dasselbe sagen, was ich Ihnen gesagt habe! Allerdings würde ich mein eigenes Kind nicht selbst operieren!«

Evalyn kämpfte ihre Ängste nieder. *»Lauf nicht weg, son-*

dern stell dich Schwierigkeiten ...«, hatte ihr Vater ihr oft geraten. Jetzt war sein Gesicht sehr bleich, eingefallen und angespannt, aber der entschlossene Zug um seinen Mund war derselbe geblieben.

Ich werde mich nicht unterkriegen lassen von Knüppeln, die das Schicksal mir zwischen die Beine wirft, sagte sie sich und fühlte eine Woge des Stolzes und des Zorns in sich aufsteigen. Ich bin Tom Walshs Tochter.

»Also gut«, sagte sie mit gezwungener Unbekümmertheit. »Dann los. Operieren Sie. Allerdings möchte ich, dass der Eingriff zu Hause vorgenommen wird!«

»In diesem Fall müssen Sie umgehend nach Hause«, entgegnete der Chirurg entschieden. »Wir haben keine Zeit zu verlieren.« Er warf wieder einen Blick in den kleinen schwarzen Terminkalender. »Ich operiere am Freitag.«

Bevor er ging, nahm er die kleine Phiole mit dem Morphium an sich.

»Wie viel davon bekommt sie?«, fragte er ihren behandelnden Arzt leise.

»Sie hat große Schmerzen ... Etwa zehn Körnchen ... Manchmal auch mehr ...«

Dr. Finney war sichtlich schockiert. »Das könnte sich als ein größeres Problem entpuppen als die Fraktur!«, grummelte er kopfschüttelnd.

Die Nacht vor der Operation verbrachte Annie in Evalyns Zimmer in 2020. Evalyn redete in den Nachtstunden ohne Unterbrechung, als erwarte sie am Morgen der sichere Tod und als wollte sie aus jeder noch verbleibenden Sekunde das letzte Quäntchen Leben herauspressen. Sie sprach von Kindheitserinnerungen, von Ouray, und als sie kurz schwieg, dachte sie an den Sommer 1901 und den Ausritt mit Paul, den Exkurs in die Liebe.

Ich habe ihn vergessen, versicherte sie sich. Es ist vorbei ...

Trotzdem sagte sie zu Annie: »Annie, ich möchte, dass du etwas für mich tust, für den Fall, dass ich sterben sollte.«

»Red nicht solchen Unsinn. Du schaffst das!«

»Ich weiß. Nur für alle Fälle ...«

»Natürlich, Kind, alles, was du willst!«, entgegnete Annie und wischte sich diskret mit einem Zipfel des Bettlakens eine Träne vom Gesicht.

»In meinem Schmuckkästchen befindet sich ein Stück Quarz. Wenn es zum Schlimmsten kommt, möchte ich, dass du es an Paul schickst.«

Annie nickte. Sie schien nicht überrascht zu sein.

Die ersten Sonnenstrahlen des anbrechenden Tages fielen auf den rosa Damast an den Wänden.

»Ich fühle mich wie ein zum Tode Verurteilter«, flüsterte Evalyn. »Vielleicht ist das mein letzter Sonnenaufgang! O Annie, ich habe solche Angst!«

Die Haushälterin, der es vorkam, als würden ihre Augen Löcher in ihren Kopf brennen, sagte in ihrem warmen Dialekt: »Du hattest doch sowieso noch nie einen Blick für Sonnenaufgänge übrig!« Sie drückte das Mädchen an ihre Brust und flüsterte ihr ins Ohr: »Weißt du noch, was dein Vater immer über Mut gesagt hat?«

Evalyn nickte. *»Mut ist das Fundament, auf dem alles andere aufbaut.«*

Das medizinische Personal traf ein und begann in Evalyns rosagoldenem Badezimmer mit den Vorbereitungen. Bald darauf verbreitete sich der Geruch nach Desinfektionsmittel in der ganzen Suite; ein Geruch, der Gefahr signalisierte. Auf Krücken humpelte sie in den improvisierten Operationssaal. In der Mitte des Badezimmers war ein Operationstisch aufgestellt worden, und gleich darüber hatte ihr Vater eine große Lampe anbringen lassen. Daneben stand ein kleinerer

Tisch, auf dem fein säuberlich verschiedene chirurgische Instrumente aufgereiht waren.

»Ich will jedes Messer und jede Säge sehen!«, teilte sie Dr. Finney mit. »Sie werden nicht an mir herumschneiden, ehe ich nicht weiß, was für Instrumente Sie verwenden werden.«

Dr. Finney war es nicht gewohnt, dass seine Patienten Forderungen dieser Art stellten, und der Mut der Neunzehnjährigen brachte ihn ein wenig aus der Fassung. Aber er kam ihrem Wunsch nach und zeigte ihr die Lanzetten, Skalpelle und chirurgischen Sägen.

»Alles klar, Evalyn?«, fragte er sanft, nachdem sie alles gesehen hatte. »Wir wären dann soweit.«

Als Evalyn zu sich kam, war es später Abend. Sie lag ausgestreckt auf dem Rücken in ihrem eigenen Bett und hatte furchtbare Schmerzen. Ihr operiertes Bein war eingegipst und wurde von einem Flaschenzug und Gewichten hochgehalten. Dr. Finney und ihre Eltern saßen an ihrem Bett, aber seltsamerweise sah sie sie doppelt. Sie wirkten wie ätherische Wesen, die sich je nach Lichteinfall verfielfältigten. Aber das Gesicht ihrer Mutter, als sie sich über sie beugte, war ihr, obwohl doppelt, nie lieblicher erschienen.

»Sie wacht auf!«, sagte Carrie leise.

»Ich sehe euch alle doppelt«, flüsterte Evalyn schwach. »Wer ist echt und wer falsch?«

»Das ist eine optische Täuschung, die von der Anästhesie hervorgerufen wird«, erklärte Dr. Finney beruhigend. »Das geht vorbei. Die Operation ist gut verlaufen, Evalyn. Wie fühlen Sie sich?«

»Furchtbar. Die Schmerzen sind ... *unvorstellbar*.« Sie schnappte nach Luft, als sie über sie hereinbrachen und sie in die schwarze Welt zurückstießen, aus der sie eben erst erwacht war. »Gebt mir Morphium ...« Sie schloss die Augen.

Der Arzt musterte ihre Eltern streng.

»In Ordnung«, sagte er grimmig, »aber nicht mehr lange.«

Es dauerte fünf Monate, bis Evalyns Bein verheilt war. Auf dem Rücken liegend, das Bein in der Streckvorrichtung, von Schmerzen und allerlei anderen Unannehmlichkeiten geplagt, halb wahnsinnig von dem Juckreiz unter dem Gips, erkannte Evalyn, dass die Welt ein sehr sonderbarer Ort war und ihr eigener Platz darin mehr als wacklig. Sie erkannte, dass das Wichtigste im Leben die Menschen waren, die man liebte. Sie hatte diese Weisheit schon immer akzeptiert, aber bis dahin die Tiefe ihrer Wahrheit nicht erfasst.

Ihre neuen philosophischen Erkenntnisse hätten ihre Genesung beschleunigen können, wäre da nicht ein Umstand gewesen, der für alle immer offensichtlicher wurde: Evalyn war morphiumsüchtig. Da ihre Genesung fortschritt, reduzierte der Doktor die Dosierung täglich ein wenig. Aber die Gier nach der Droge veranlasste sie mehr als einmal zu dem Versuch, sich aus dem Bett fallen zu lassen, um die Treppe hinunter und zur nächsten Apotheke zu kriechen, wo sie den Apotheker mit vorgehaltener Waffe zur Herausgabe seiner Morphiumreserven zwingen wollte. Die Krankenschwestern hielten sie von ihrem Vorhaben ab; Annie kam herbeigeeilt und schrie, dass sie noch das Wunder zunichte machen werde, das Dr. Finney an ihrem Bein vollbracht habe.

»Bitte, Annie ... Bring sie dazu, mir mehr Morphium zu geben. Ich ertrage das nicht ...«

Aber die Ärzte blieben hart: Es war höchste Zeit, die

Sucht zu besiegen, und für sie bestand kein Zweifel daran, dass sie sie besiegen würden.

Ihr Vater setzte sich zu ihr, und sie sah, wie sehr er gealtert war; er sah jetzt viel älter aus als 55.

»Ich will nicht mehr leben«, flüsterte Evalyn tonlos. »Der Preis ist zu hoch!«

Hierauf folgte ein Moment der Stille, in dem ihre Worte mit ihrem ganzen Pathos und ihrer Verzweiflung in der Luft zu hängen schienen. Tom beugte den Kopf.

»Evalyn, ich würde nichts lieber tun, als dir die Schmerzen zu ersparen. Ich würde alles dafür tun, Vinson ins Leben zurückzuholen und dich gesund zu wissen«, sagte er in einem gequälten Tonfall, den sie noch nie an ihm gehört hatte und der sie beinahe noch mehr erschreckte als ihre eigene Situation. »Ich würde jedes Körnchen Gold suchen und dem Berg zurückbringen! Ich würde mich bis zu meinem Tod nur dieser einen Aufgabe widmen ...« Seine Stimme brach, und er barg den Kopf in den Händen.

Evalyn blickte auf sein gebeugtes Haupt, und in ihr reifte der Entschluss, ihre Sucht zu besiegen, koste es, was es wolle. Ich schaffe es!, schwor sie ihm stumm. Für dich, liebster Vater.

Hiernach ertrug sie die Entzugserscheinungen mit stoischer Geduld, nahm die immer kleineren Dosen ein und dankte Gott, als die Gier langsam abnahm. Tief im Inneren nagte jedoch weiter die Angst. War sie tatsächlich geheilt? Oder hielt sie die Sucht nur vorübergehend in Schach, darauf wartend, sie in einem schwachen Moment zu erwischen?

Am 18. März 1906 wurde Evalyns Gips abgenommen. Sie stellte fest, dass sie das Bein völlig problemlos zu allen Seiten bewegen konnte. Dr. Finney maß beide Beine; das rechte

Bein war immer noch ein ganz klein wenig kürzer als das linke, aber er ging nicht weiter darauf ein, sondern gratulierte ihr vielmehr zu ihrer Genesung. »Sie werden wieder laufen können.«

Evalyn musterte ihn forschend und fragte leise: »Werde ich hinken?«

Er seufzte. »Ein klein wenig vielleicht. Minimal. Sie können die eine Schuhsohle dicker machen lassen. Niemand wird etwas merken.«

Ich bin noch keine zwanzig, dachte Evalyn, und werde den Rest meines Lebens ein klein wenig hinken. Mamselle Raye hatte Recht. *Alles im Leben hat seinen Preis.* Aber warum muss er so hoch sein? Warum müssen wir, Vin, Vater, Mutter und ich selbst einen so schrecklich hohen Preis zahlen?

Zwei Wochen später wurde Evalyn in ihren Salon getragen, wo Dr. Finney und ihre Eltern auf sie warteten. Dies war der Augenblick, dem sie voller Hoffnung und Angst entgegengefiebert hatte.

»Jetzt wollen wir die Sache mal gründlich testen. Sind Sie so weit, Evalyn?«, sagte der Doktor.

Sie nickte, und man half ihr hoch, bis sie auf ihrem ›guten‹ Bein stand. Sie war nach Monaten der Bettruhe so schwach, dass sie fürchtete umzufallen, sobald die Krankenschwestern sie losließen. Aber deren starke Arme stützten sie zuverlässig. Als sie auf dem linken Bein das Gleichgewicht gefunden hatte, forderte Dr. Finney sie auf, das rechte Bein zu belasten, was sie flüchtig an eine Geschichte aus dem Neuen Testament erinnerte.

»Machen Sie einen Schritt, Evalyn. Gehen Sie!«

Auf die Krankenschwestern gestützt, bewegte sie das rechte Bein vor, setzte es ab und verlagerte zögernd ihr Gewicht darauf. Staunend und dankbar stellte sie fest, dass es sie ohne Schmerzen trug. Sie machte noch einen Schritt. Sie konnte sich so frei bewegen, wie es ihr geschwächter Zustand erlaubte. Sie war so euphorisch, dass sie hätte tanzen mögen. Ihr war klar, dass das rechte Bein ein klein wenig kürzer war, als es sein sollte, aber sie konnte schmerzfrei gehen.

Sie schaute Dr. Finney an, und Tränen schossen ihr in die Augen.

»Danke«, sagte sie schlicht.

Er lächelte sichtlich erleichtert.

»Das ist allein *Ihr* Verdienst, Evalyn. Daran dürfen Sie nie zweifeln. Und da es Ihnen gelungen ist, das durchzustehen, die Morphiumsucht zu besiegen, den Schmerz niederzukämpfen, bis zuletzt durchzuhalten, müssen Sie wahrlich einen Kern aus Stahl besitzen. Sie sind ein außergewöhnlicher Mensch und dürfen sich nie etwas anderes einreden. Es war mir eine Ehre, Sie zu behandeln!«

Tom und Carrie lächelten unter Tränen.

»Nun, Liebes, was würdest du gerne tun, um deine Genesung zu beschleunigen?«, murmelte Tom ergriffen.

»Können wir nach Colorado fahren?«, bat Evalyn leise. »Ich habe so viel Zeit in einem Krankenzimmer verbracht, dass ich mich danach sehne, die frische Luft der Rockys zu atmen.« Sie warf einen Blick auf ihre Eltern und fügte leise hinzu: »Dort waren wir glücklich, nicht wahr? Vielleicht kehrt das Glück ja dort zu uns zurück.«

Sie legte eine Hand auf den Hinterkopf, der fast kahl war nach sieben Monaten des Liegens.

»Und dort kann ich in aller Ruhe abwarten, bis ich wiederhergestellt bin!«, fügte sie hinzu und lächelte schief. Unvermittelt füllten sich ihre Augen mit Tränen. »Ich wage es gar nicht, in den Spiegel zu sehen.«

»Wir kaufen ein Haus in Colorado«, versprach Tom. »Würde dir das gefallen?«

»O ja, wenn wir uns das leisten können, Vater.«

»Das können wir, Evalyn«, antwortete er trocken. »Kein Problem.«

Tom erwarb ein Anwesen namens Wolhurst in Douglas County, etwa zwanzig Meilen von Denver entfernt. Der Besitz umfasste fünfhundert Morgen Land, ein hübsches geräumiges Haus, Stallungen und parkähnliche Gärten.

Das Haus, das einem typisch englischen Landhaus nachempfunden war, war 1890 von Senator Edward Wolcott gebaut worden. Die weitläufigen Empfangsräume hatten an der Decke massive Eichenbalken, und jeder einzelne verfügte über einen riesigen offenen Kamin. Dazu gab es eine achtzehn Meter lange Bibliothek, ein Billiardzimmer, eine Remise und ein Verwalterhäuschen, alles mit Blick auf einen künstlichen See, auf dem Schwäne herumschwammen. Die geschwungene Zufahrt wurde von Eschen und Kiefern gesäumt.

Tom war froh, wieder in Colorado zu sein. Alles war besser, als in 2020 zu bleiben und so zu tun, als könnte ihr Leben so weitergehen, als wäre nichts passiert. Der erste Jahrestag von Vins Tod rückte näher, und die eben erst einigermaßen bewältigte Trauer kochte wieder hoch, so als hätte der tragische Unfall sich erst am Tag zuvor ereignet. Sie würden in der neuen Umgebung zumindest nicht ständig an den Sohn erinnert werden, den sie verloren hatten.

Am 19. August 1906, dem ersten Jahrestag von Vinsons Tod, stand Tom bei Tagesanbruch auf, wanderte um den See herum und setzte sich eine Weile unter die Bäume, derart von seelischem Schmerz überwältigt, dass er weder das Plätschern des Wassers noch die Morgenbrise oder das erste zaghafte Vogelgezwitscher wahrnahm.

Mein Sohn, mein Vinson ... Als du noch ein kleiner Junge warst und dir wehgetan hast, habe ich dich in den Armen gehalten und dich getröstet. Und als ich deinen Körper gesehen habe, so leblos und still im Krankenhaus, wollte ich dich in die Arme schließen, dich trösten und dir versichern, alles würde wieder gut werden ...

Tom blickte durch das Sommerlaub hinauf in den Himmel, der immer heller wurde. Das Schluchzen, das sich aus seiner Kehle kämpfte, wehte als erstickter gequälter Laut am Ufer entlang.

»Das ist ein Anblick, den kein Vater ertragen müssen sollte«, schrie er unvermittelt und schlug mit den Fäusten auf die feuchte Erde ein. »Der Leichnam seines Sohnes! Du hast mich gebrochen, großer Gott im Himmel. Du hast mich vernichtet ...«

Evalyn hatte die ganze Nacht kein Auge zugetan. Als sie die Schritte auf dem Kies unter ihrem Fenster gehört hatte, war sie aufgestanden, um zu sehen, wer schon auf war, und hatte spontan beschlossen, sich ihrem Vater anzuschließen. Als sie sich angezogen hatte, war er allerdings nirgends mehr zu sehen, und so verließ sie das Haus durch die Hintertür, humpelte langsam den unbefestigten Weg entlang, der von Baumwollbäumen gesäumt und mit weißen Baumwollbällchen bedeckt war. Sie ging in Richtung See. Die Laute, die ihr Vater in seinem Schmerz von sich gab, kamen über das Wasser zu ihr, und die grenzenlose Qual, die aus ihnen sprach, schockierte sie.

Außer Sichtweite ließ sie sich am Fuße eines Baumes ins Gras sinken und weinte herzzerreißend. Erst ein Jahr war es her, dass sie voller Vorfreude auf einen weiteren wundervollen, unbeschwerten, sorglosen Tag aufgewacht war. Nur ein winzig kleines Jahr!

Sie dachte an Paul, aber der Schmerz war gedämpft. Sie wollte ihn nicht mehr sehen, weder ihn noch seine Frau, von der sie gehört hatte, sie sei schwanger.

Ihr Bein begann zu schmerzen. Der Schmerz wanderte vom Hüftgelenk bis hinab zum Knöchel, tanzte auf und ab, als spiele er auf ihren Knochen ein Klagelied. Sie sah Vinsons Gesicht, so wie es an jenem schicksalhaften Morgen ausgesehen hatte, sah die seidige Haartolle, die ihm in die Stirn fiel, das Grinsen auf dem Gesicht des Siebzehnjährigen, halb Junge, halb Mann und so erpicht darauf, sich zu beweisen. So witzig und doch tiefgründig, so konzentriert beim Autofahren. Wenn der Reifen nicht geplatzt wäre ... Oder eine halbe Meile früher geplatzt wäre ... Wenn sie ihren Vater nie um den Wagen gebeten hätte, sondern stattdessen einen der Prinzen geheiratet hätte und in Europa geblieben wäre ...

Sie zog die Knie an, schlang die Arme um die Beine, vergrub das Gesicht in ihrem Rock, wiegte vor und zurück und trocknete lautlos ihre Tränen. Sie sehnte sich danach, die Arme ihres Vaters zu spüren, sehnte sich nach Trost, irgendeinem Trost, der ihre Qual linderte. Aber sie wollte ihn in einem Augenblick wie diesem nicht stören. Sie würde warten, bis er sich wieder ein wenig gefasst hatte, und bis dahin wollte sie einfach mit ihm gemeinsam wachen. Er brauchte ja nichts davon zu wissen.

Nach einer Weile hörte sie Schritte. Er kam auf sie zu, und sie drückte sich an den Stamm der Eiche, aber er sah sie trotzdem; durch die tanzenden Schatten kam er zu ihr, hob ihr Gesicht an, wischte ihr die Tränen von den Wangen und legte ihr eine Hand auf den Kopf. Dann half er ihr aufzustehen, legte ihren Arm um seine Taille, und sie kehrten wortlos zum Haus zurück.

Carrie kam ihnen in der Eingangshalle entgegen. Sie war sehr blass und sah angespannt aus.

»Ich habe mich schon gefragt, wo ihr steckt.«

Sie registrierte ihre eingefallenen Gesichter, die Spuren des Weinens. Ihr Mund zuckte, und gleich darauf liefen auch ihr Tränen über das Gesicht. Tom und Evalyn schlossen sie in die Arme, und so blieben sie eine Weile stehen, einander gegenseitig stützend und schützend.

In den folgenden Tagen spürte Evalyn die Stille, die in die Herzen ihrer Eltern einzog. Sie waren wie Marionetten, die sich einer bestimmten Choreografie folgend bewegten, nachdem der Vorhang gefallen und das Licht ausgegangen war.

Jetzt liegt es an mir, sie ins Leben zurückzuholen, sagte sie sich.

28. KAPITEL

An Silvester 1907 waren die Walshs wieder in Washington. In ihr Leben war so etwas wie Normalität zurückgekehrt. Die Sohle von Evalyns rechtem Schuh war jeweils unterlegt worden, sodass man ihr Humpeln kaum bemerkte, außer wenn sie besonders müde war. Sie entwickelte großes Geschick darin, ihre Behinderung in der Öffentlichkeit zu verbergen, aber daheim benutzte sie noch häufig die Krücken. Sie besuchte Partys und gab auch eine eigene, aber der Debütantinnenball, auf den sie sich einmal so gefreut hatte, fand nie statt.

Mit ihrer Genesung kehrte auch das alte Gefühl des Unsichtbarseins zurück. Der Verlust eines geliebten Menschen beinhaltete mehr als Einsamkeit; er erschütterte das eigene Begriffsvermögen bis in die Grundfeste, so wie ein Erdbeben einem das Vertrauen in den Boden unter den eigenen Füßen nimmt. Ganz egal, wie viel Vin auch an ihr auszusetzen gehabt hatte, hatte er sie doch durch und durch gekannt, hatte gewusst, wer sie war. Niemand konnte ihn ersetzen. Und ihre Mutter, von der Evalyn insgeheim gehofft hatte, sie würde sich ihr jetzt zuwenden, trauerte mit Inbrunst heimlich um den Sohn, bei der Evalyn sie das eine oder andere Mal überraschte. Für ihre Mutter schien der tragische Verlust ihres Kindes eine ganz private Angelegenheit zwischen ihr selbst und Gott zu sein.

Eines hatte allerdings geholfen, die düsteren Schatten ein wenig aufzuhellen: Die Republikaner hatten ihren Vater zu ihrem Senatskandidaten erkoren.

»Du wärst ein großartiger Senator, Papa!«, sagte Evalyn. Wie stolz Vin gewesen wäre, dachte sie, erwähnte seinen Namen aber nicht.

Tom erklärte sich zur Kandidatur bereit, nutzte jedoch die Gelegenheit, seine Ansichten über angehäuftes Vermögen kundzutun. Die *Denver Post* brachte Ausschnitte aus seiner Ansprache auf der Titelseite.

> *Akkumulierter und konzentrierter Reichtum, egal ob es sich um Geschäfts- oder Privatvermögen handelt, bedeutet, der Menge ein Leben individuellen Besitzes, individueller Unabhängigkeit, ja beinahe individueller Existenz abzupressen ... Ich denke, wir sollten eine neue Basis schaffen, um die Massen hierfür zu entschädigen.*

Sein politischer Gegner, Simon Guggenheim, der große Schmelzhütten-König, schlug ihn um Haaresbreite. Tom schien darüber jedoch nicht sonderlich enttäuscht zu sein.

Im Laufe des Jahres traf Evalyn sich immer häufiger mit Ned McLean. Sie gingen aus, er besuchte sie zu Hause; er war ihr Freund und Vertrauter. Manchmal schlug er halb scherzend, halb ernsthaft vor, sie sollten heiraten, worauf sie achselzuckend meinte, ja, vielleicht sollten sie das wirklich. Aber schon am nächsten Tag stritten sie wieder. Der Alkohol machte Ned sehr besitzergreifend, und Evalyn konnte seine wirren Besitzansprüche nicht ertragen; sie hasste es, wenn er sich von einem Moment zum nächsten von einem einfühlsamen Freund in einen rohen Klotz verwandelte.

»Ich werde keinen Säufer heiraten!«

»Ich bin kein Säufer.«

»Ach nein? Auf der Party gestern Abend warst du so blau, dass du dir einen Schal um die Schulter binden musstest, um deinen Ellbogen zu stützen.«

Ned stürmte wütend davon. Er war es gewohnt, dass man ihm alles durchgehen ließ, dass jede seiner Launen Gesetz war. Er hatte nie so etwas wie Disziplin gekannt, hatte nie auf die Freuden des Augenblicks verzichten müssen, war nie gezwungen gewesen, für seinen privilegierten Status auch nur einen Finger zu krümmen. Und doch strahlte er manchmal eine Verwundbarkeit aus, die Evalyn rührte. Ihr war bewusst, dass es zwischen ihnen ein ganz spezielles Band gab, das noch stärker geworden war, als sie vor einer lebenswichtigen Entscheidung gestanden und er ihr Mut und Hoffnung geschenkt hatte. Aber nicht einmal diese enge Beziehung konnte seinem ständigen Alkoholmissbrauch standhalten.

Ich habe die Nase voll von Ned, sagte Evalyn sich. Er verfolgt mich, betrinkt sich und benimmt sich unmöglich. Ich werde ihm zeigen, dass andere Mütter auch nette Söhne haben. Ich habe noch andere Verehrer, und es gibt auch noch andere Dinge, über die es sich nachzudenken lohnt!

Als Ned auf einer Party den Arm um sie legte und lallend fragte, ob das hübscheste Mädchen in ganz Washington Lust habe zu tanzen, fuhr sie herum und fauchte: »Lass mich in

Frieden, Ned McLean. Du bist schon wieder betrunken! Ich will nichts mehr mit dir zu tun haben.«

Ned war völlig entgeistert und entfernte sich schwankend.

»Ich habe mit Ned gebrochen«, teilte sie ihrer Mutter mit. Carries Erleichterung entging ihr nicht, aber die gähnende Leere in ihrem Herzen, als Tage verstrichen, ohne dass Ned sich meldete, bereitete ihr doch Kopfzerbrechen.

Ich kann nicht mit ihm, und ich kann nicht ohne ihn, sagte sie sich unglücklich. Warum wird man so leicht von Dingen und Menschen abhängig? Aber ich werde ihn nicht anrufen, und ich werde auch nicht zu ihm fahren. Wenn ich ihm etwas bedeute, wird er das Trinken aufgeben.

Sie füllte ihre Tage mit Ausgehen, Spritztouren und Besuchen bei Freunden. Eine ihrer Freundinnen, Katherine Elkins, war gerade in der Presse Gegenstand wilder Spekulationen. Sie war in den letzten Wochen immer wieder in Begleitung des Herzogs von Abruzzi gesehen worden, einem Mitglied der königlichen Familie Italiens, der als Befehlshaber einer Flotte italienischer Kriegsschiffe in den USA weilte. Katherines Vater, Senator Elkins, besaß Eisenbahnlinien und Kohlegruben in West Virginia. Evalyn dachte an ihre eigenen Erfahrungen mit italienischen Prinzen, musste jedoch zugeben, dass der Herzog aus anderem Holz geschnitzt war. Er war ein erwachsener Mann, und es war nicht zu übersehen, dass er und Katherine einander aufrichtig liebten.

»Wirst du ihn heiraten, Katherine?«, fragte Evalyn eines Tages, als sie ihre Neugier nicht länger zügeln konnte. »Er ist einfach göttlich!«

Ein Schatten huschte über Katherines Züge.

»Ach Evalyn, ich wünschte, das Leben wäre nicht so kompliziert. Das Problem ist, dass es – da er in der Thronfolge rangiert und ich nicht – eine morganatische Heirat sein müsste.«

»Was ist denn das?«

»Ich müsste ausdrücklich auf jeden königlichen Status für mich selbst und meine Kinder verzichten! Und dazu wäre ich nicht bereit, Evalyn«, erklärte sie stolz. »Ich will in meiner eigenen Ehe nicht niedriger eingestuft sein als mein Mann.«

Eines Nachmittags rief Mrs. McLean Evalyn an und fragte sie in verschwörerischem Tonfall von Frau zu Frau, ob Evalyn so nett wäre, sie zu informieren, sobald Katherine ihre Verlobung bekannt gab. Es war Evalyns erster Kontakt mit den McLeans, seit sie mit Ned gebrochen hatte, und die freundliche, vertraute Stimme seiner Mutter riss die Wunde wieder auf.

»Das wäre ein Knüller für die *Post*, Liebes, wenn sie als erste Zeitung bekannt geben könnte, dass ein amerikanisches Mädchen in die italienische Königsfamilie einheiratet.«

»Sie wird sich nicht auf eine Ehe zweiter Klasse einlassen, Mummie, dazu ist sie zu stolz!«

»Das Mädchen wäre verrückt, sich eine so einmalige Chance entgehen zu lassen«, erwiderte Mrs. McLean. Dann fügte sie sanft hinzu: »Ned vermisst dich, Evalyn. Du weißt doch, wie viel du ihm bedeutest ... wie sehr er eure Freundschaft braucht ...« Ihr Tonfall wurde einschmeichelnd. »Wollt ihr euch nicht wieder vertragen?«

»Wir sind nach wie vor Freunde«, sagte Evalyn höflich. Sie wollte nicht über Ned sprechen, schon gar nicht mit seiner Mutter, und so wechselte sie das Thema und scherzte über ihre eigenen Erlebnisse mit italienischen Prinzen. »... aber bei mir war es natürlich etwas anderes. Katherine ist wirklich verliebt ...«

»Das klingt ein bisschen so, als würdest du sie beneiden,

liebes Kind. Bereust du, beiden einen Korb gegeben zu haben?«

»Gar nicht, abgesehen davon, dass ich in Italien geblieben wäre, wenn ich einen von ihnen erhört hätte ...« Ihre Stimme brach. »... dann wäre es nie zu dem Unfall in Newport gekommen, und ...« Den Schmerz niederkämpfend, der immer noch tagtäglich darauf lauerte, sie in einem schwachen Moment zu erwischen, fügte sie hinzu: »... dann wäre Vin heute noch am Leben.«

»Mein armes liebes Kind, ich wollte keine Wunden aufreißen.«

»Ach Mummie«, weinte Evalyn. »Der Schmerz ist fast ständig da. Ich kann ihn einfach nicht für längere Zeit verdrängen.«

»Komm uns besuchen, dann kannst du mir so richtig dein Herz ausschütten! Es gibt nichts Besseres, als sich den Schmerz von der Seele zu reden, um Trauer zu bewältigen.«

Aber Evalyn lehnte ab. Wenn sie Mrs. McLean besuchte, würde sie unweigerlich Ned begegnen.

»Vielen Dank, aber im Augenblick habe ich einfach keine Zeit. Wir werden den Sommer in Colorado verbringen, und wir stecken mitten in den Reisevorbereitungen.«

Ein paar Wochen später war Evalyn wieder in ihren geliebten Bergen. Mehrere Freunde hatten sich den Walshs angeschlossen, und jeder Tag war ausgefüllt mit verschiedenen Aktivitäten. Evalyn initiierte für den Herzog von Chambrun, einen ihrer Gäste, ein Picknick auf dem Pike's Peak. Eine Weile sah es so aus, als könnte sich zwischen ihnen eine Romanze entwickeln. Aber als sie darüber nachdachte, wie es wohl wäre, Schlossherrin auf Chambrun zu werden, kam sie zu demselben Ergebnis wie seinerzeit in Italien. Sie wusste, dass ihre Mutter hoch erfreut wäre, wenn sie in den Adel einheiratete, aber der Gedanke, irgendwo anders als in Amerika zu leben, war ihr immer noch unerträglich. Sie liebte den Herzog nicht wirklich, und so langsam empfand sie den Heiratsmarkt als ein wahres Minenfeld, ermüdend und gefährlich.

»Die eigentliche Kluft besteht zwischen Menschen, die in der Lage sind zu lieben, und denen, die es nicht können!«, hatte Paul einmal gesagt.

Er war inzwischen Vater geworden; er und Amelia hatten einen Sohn. Er unternahm keinen Versuch, Evalyn wiederzusehen, obwohl ihr Vater die drei hin und wieder besuchte, wenn er in Denver war, und berichtete, dass das Geschäft weiter florierte, nachdem die beiden Partner auf Automobile umgestiegen waren. Sie selbst empfand jedoch nach wie vor ein Gefühl diffusen Verlustes, wenn sie an ihn dachte. Werde ich dich denn niemals wieder sehen, Paul? Hast du mich wirklich vergessen?

Evalyn feierte ihren 21. Geburtstag auf Wolhurst, hörte die vielen Trinksprüche zum Champagner und schaute sich später das Feuerwerk an, das die Vögel in den Gärten des Anwesens aufschreckte. Nachdem die Gäste zu Bett gegangen waren, schlenderte sie allein durch den Garten, für den ihr Vater 10.000 Dollar für Rosenbäumchen und 1000 für Sonnenblumen ausgegeben hatte. Insgeheim fragte sie sich, wie ihre Zukunft aussehen mochte.

Bis zum Jahreswechsel 1908 traf Evalyn Ned immer noch gelegentlich bei gesellschaftlichen Anlässen, sprach jedoch kaum ein Wort mit ihm, obgleich es ihr immer noch einen Stich versetzte, wenn sie ihn dabei ertappte, wie er sie sehnsüchtig anblickte und sich dann eilig abwandte. Sie musste immer an die Worte seiner Mutter denken *»... Er braucht deine Freundschaft ...«*

Unangenehme Erkenntnisse stiegen aus ihrem tiefsten Inneren auf. Sie dachte daran, dass sie an ihrem nächsten Geburtstag 22 wurde, und wie sehr sie sich auch bemühte, dies zu verdrängen, machte es ihr Angst. Trotz des Reichtums ihres Vaters riss die Männerwelt sich nicht mehr so um sie, wie es einmal der Fall gewesen war.

»Den nächsten Antrag, den ein Amerikaner mir macht, werde ich annehmen!«, schwor sie sich, weil sie ernsthaft fürchtete, als alte Jungfer zu enden. »Vorausgesetzt er ist ein anständiger Mensch und liebt mich aufrichtig.«

Und so kam es, dass sie den gutaussehenden Billy Hitt im Frühling auf einer Party im Williard Hotel in Washington ermutigte, als er ihr Avancen machte. Billy machte ihr die ganze Saison über den Hof, kam zum Mittagessen oder holte sie zum Pferderennen ab, und als es schließlich wieder soweit war, nach Wolhurst zu reisen, um dort wie jedes Jahr den Sommer zu verbringen, lud sie ihn ein, sie zu begleiten. Aber im Grunde wusste sie, dass zwischen ihnen keine wirkliche Beziehung bestand.

Spielt das denn eine Rolle?, fragte sie sich. Sie wählte ihre Garderobe für den Urlaub aus, betrachtete gelangweilt und lustlos ein Kleid nach dem anderen. Spielt es wirklich eine Rolle, ob mein zukünftiger Mann und ich uns aufrichtig lieben? Billy ist nett und anständig, und Ned scheint mich ebenso wie Paul vergessen zu haben. Und warum auch nicht, schließlich bin ich ein Krüppel.

Als das Telefon läutete, nahm sie arglos den vergoldeten Hörer ab.

»Hallo?«

»Evalyn, du hast Hitt nach Colorado eingeladen. Was soll das?«

Es war Ned.

Seine Stimme nach so langer Zeit zu hören, hatte eine sonderbare Wirkung auf Evalyn. Es war, als hätte sie endlich ein verloren gegangenes Teil des Puzzles wiedergefunden, das ihr Leben war. Ihre Freude war jedoch nur von kurzer Dauer. Ned klang überaus zornig, wenn auch nüchtern, wie sie ihm zugestehen musste.

»Hör auf, mich zu behandeln, als hättest du irgendwelche Besitzansprüche«, zischte Evalyn. »Es geht dich nichts an, wen ich nach Wolhurst einlade!«

»Was findest du nur an ihm? Wenn du dich mit *dem* einlässt, verlange ich meine Briefe zurück!«

»Ich werde dir sagen, was ich an ihm finde: Er trinkt nicht, und er ist zuverlässig. Und wenn du deine Briefe zurückhaben willst, komm her, und hol sie dir! Ich werde sie dir nicht zuschicken!«

Ned legte abrupt auf. Als er sich am nächsten und auch am übernächsten Tag nicht meldete, fragte sie sich, ob sie ihn diesmal endgültig vergrault hatte. Die Vorstellung stimmte sie wieder traurig. Widerwillig gestand sie sich ein, dass das Band zwischen ihnen noch bestand; dass sie trotz allem Gefühle für Ned hegte, die sie nicht ignorieren konnte. Diese Nähe wieder zu verlieren, käme einem emotionalen Bankrott gleich.

Außerdem braucht er mich, sagte sie sich. Im Gegensatz zu Paul *braucht* er mich ...

Bis zum Ende der Woche hatte die Situation sie halb wahnsinnig gemacht, aber sie tat ihrer Mutter dennoch den Gefallen, an ihrem Dinner zugunsten des Roten Kreuzes teilzunehmen. Obwohl Billy Hitt nicht dabei sein konnte, wählte Evalyn für den Abend ihr hübsches smaragdgrünes Kleid von Worth. Das Kleid stand ihr besonders gut, betonte ihre Augenfarbe und ihr glänzendes dunkles Haar. Sie strich mit der Hand über die Seidencorsage, betrachtete ihre schlanke Erscheinung im Spiegel und lächelte bei der Erinnerung daran, wie sie einst immer wieder heimlich versucht hatte, sich die Wangen zu schminken, während Annie mit einem nassen Lappen auf der Lauer lag. »Wie kindisch ich doch war«, sagte sie zu ihrem Spiegelbild. »Aber jetzt bin ich kein Kind mehr. Bald werde ich 22.«

Das kam ihr sehr alt vor – wichtige Entscheidungen und Verpflichtungen rückten unaufhaltsam näher. So viele Freundinnen von mir sind bereits verheiratet, dachte sie. Ich mag Billy, aber ...

»O Ned«, flüsterte sie, als die Verzweiflung aus ihr hervorbrach. »Wir kennen uns seit einer Ewigkeit, und ich würde dich ja auch heiraten. Wenn nur ...«

Als das Essen vorüber war und die Gäste sich verabschiedeten, trat der Butler diskret an Evalyn heran und flüsterte ihr ins Ohr: »Sind Sie für Mr. Edward McLean zu sprechen, Miss?«

Evalyn entschuldigte sich und folgte ihm aus dem Raum.

Ned wartete in der Diele die als *porte-cochère* diente. Er machte ein finsteres Gesicht und betrachtete sich in dem vergoldeten Spiegel, der fast die ganze Wand einnahm. Obwohl Evalyns Herz bei seinem Anblick vor Freude einen Sprung machte, gab sie sich nonchalant und begrüßte ihren Gast, als wäre zwischen ihnen nie ein böses Wort gefallen.

»Wie geht es dir, Ned?«

»Ausgezeichnet, Evalyn. Und selbst? Du siehst aus, als ginge es dir blendend«, fügte er steif hinzu, aber Evalyn sah die Bewunderung in seinen Augen und registrierte darüber hinaus, dass er, obwohl es nach halb neun war, stocknüchtern zu sein schien.

»Ja, das stimmt«, entgegnete sie lächelnd. Da Ned sich sichtlich unwohl fühlte und die Dienstboten, die zwischen Küchentreppe und Salon hin und her eilten, nicht blind waren, fügte sie hinzu: »Sollen wir vielleicht in die Bibliothek gehen? Dort können wir ungestört reden.«

Ned nickte, und sie betraten gemeinsam das Sanktuarium, das Lieblingszimmer ihres Vaters. Sie hatte kaum die Tür hinter ihm geschlossen, als er anfing, sich zu beklagen.

»Du kannst so nicht weitermachen und mich wie einen Aussätzigen behandeln, Evalyn. Ich habe dich immer geliebt, und du empfindest genauso für mich. Bitte versprich, dass du mich heiraten wirst. Wir sind füreinander bestimmt.« Nach einer kurzen Pause fügte er traurig hinzu: »O Evalyn, hast du denn ein Herz aus Stein? Ich habe aufgehört zu trinken und arbeite sogar. Ich könnte es nicht ertragen, dich zu verlieren.«

Evalyn stählte sich gegen die aufsteigende Welle der Zärtlichkeit.

»Sie haben mich auf Probe eingestellt – als Nachwuchsreporter der *Post*«, fuhr er fort. Er fischte ein Notizbuch und mehrere Bleistifte aus der Tasche. »Siehst du – allzeit bereit. Aber ich habe genug davon, zu versuchen, ohne dich zu leben!« Er musterte sie einen Moment schweigend, fiel dann auf die Knie und ergriff ihre Hand. »Bitte heirate mich. Es ist mir sehr ernst.«

Ein prickelnder Schauder lief ihr bei diesem Antrag über den Rücken, der nichts mehr von der Scherzhaftigkeit der vorherigen Anträge hatte. Er war das Zeichen einer neuen Reife.

»Ich schwöre dir, Evalyn, dass ich mein Leben ordnen und ein gesundes Fundament für unsere Ehe schaffen werde, wenn du Ja sagst. Ich bin sicher, du wirst mir dabei helfen ... Es gibt nichts, was wir nicht gemeinsam erreichen könnten.«

Evalyn sah schon, wie sie diesem verwöhnten Abkömmling einer angesehenen amerikanischen Familie etwas von der Härte Colorados einimpfte.

Sie ließ ihre Hand in der seinen ruhen und sagte sanft:

»Wenn du mich wirklich heiraten willst, Ned, musst du mit Vater sprechen!«

Sie wusste, dass die Handlung, bei ihrem überlebensgroßen Vater um ihre Hand anzuhalten, der sicherste Gradmesser dafür war, wie ernst Ned es tatsächlich meinte. Er stand auf und holte tief Luft.

»Gut. Ich werde ihn morgen aufsuchen. Aber bevor ich um seinen Segen bitte, mein Schatz, möchte ich etwas von dir hören.« Er nahm ihre beiden Hände und drückte sie in Herzhöhe an seine Brust. »Willst du, das Einverständnis deines Vaters vorausgesetzt, meine Frau werden, Evalyn Walsh? Willst du mich heiraten?«

Evalyn schaute in seine Augen, sah die Unsicherheit in ihnen, seine Liebe und seine Entschlossenheit. Mit einem sonderbaren Gefühl der Distanziertheit hörte sie die Schritte des Butlers auf dem Flur und den Verkehrslärm draußen auf der Straße. Ihr war klar, dass sie an einem entscheidenden Punkt in ihrem Leben angelangt war: Wenn sie Ned jetzt zurückwies, würde sie ihn aller Wahrscheinlichkeit nach endgültig verlieren. Sie fühlte sich berauscht von dem Bewusstsein ihrer Macht, in das sich Liebe mischte, Vertrauen und Hoffnung in die Zukunft.

»Ja«, antwortete sie knapp. »Wenn Vater uns seinen Segen gibt, werde ich dich heiraten.«

Als Ned gegangen war, fragte Evalyn sich, ob seine Entschlossenheit auch tatsächlich Bestand haben würde. Sie wusste, wie sehr ihre Eltern ihn einschüchterten, und er wusste auch sehr gut, dass weder Tom noch Carrie begeistert sein würden, ihn zum Schwiegersohn zu bekommen.

»Wenn er den Mut aufbringt, mit Vater zu sprechen«, sagte sie sich, »dann hat er auch genug Charakterstärke, seine Versprechen zu halten – nicht mehr zu trinken, ein guter Ehemann zu sein und wenn es soweit ist ... ein guter Vater.

Immerhin werde auch ich nicht jünger. Ich muss langsam schauen, dass ich unter die Haube komme. Und er kann so liebenswert sein, wenn er will, so witzig und ein so wundervoller Freund ... Mutter wird ihre Meinung schon ändern, wenn sie sieht, wie sich alles zum Guten wendet.«

Am nächsten Morgen vertraute Evalyn sich ihrem Vater an. Sie wusste, dass er immer im Morgengrauen aufstand, und arrangierte es so, dass sie miteinander reden konnten, noch bevor irgendjemand im Haus auf war.

Tom saß in einem einfachen Morgenmantel in seinem Lieblingssessel am offen Fenster seines Arbeitszimmers im ersten Stock. Von draußen drang lautes Trällern, Zwitschern und Pfeifen herein, frische kühle Morgenluft erfüllte den Raum, und die Morgensonne warf kleine lila und blaue Flecken auf seinen Schreibtisch.

Er schaute von den Dokumenten auf, die er gerade las, als seine Tochter in einem rosa Crêpe-de-chine-Negligee eintrat und leise die Tür hinter sich schloss.

»Vater ...«

Ihre Stimme klang atemlos. Tom bemerkte ihr Humpeln, als sie den Raum durchquerte, und die nie verheilte Wunde in seinem Herzen schmerzte bei dem Anblick.

»Was gibt es denn, Schatz? Setz dich doch.«

Evalyn nahm auf dem Ledersessel Platz, beugte sich vor und verkündete: »Ned war gestern Abend hier. Er hat mich gefragt, ob ich seine Frau werden will!«

Tom nahm die Lesebrille ab. Er beschäftigte sich gerade mit einem Bericht über ein neues Wunderelement namens Radium und plante, zum Gedenken an seinen toten Sohn eine Treuhandgesellschaft zur weiteren Erforschung des Stoffes einzurichten.

Evalyns Neuigkeit überraschte ihn nicht weiter. Ned hatte ihr schon so viele Anträge gemacht, dass das Ganze schon ein Familienwitz war. Er seufzte. »Das muss dann wohl Antrag Nummer 52 sein!«

»Ganz so viele waren es dann doch nicht, Vater!«

»Und, hast du ... wieder einmal Ja gesagt?«

»Unter Vorbehalt. Ich habe ihm gesagt, er müsse erst dich fragen.«

Toms nachsichtiges Lächeln erlosch. Er musterte seine Tochter eindringlich.

»Das klingt ganz so, als wäre es diesmal ernst.«

»Das ist es. Er will dich heute aufsuchen.«

Ihr Vater war sichtlich überrumpelt. Evalyn sah, wie er den Füller in die Hand nahm und gleich wieder zurücklegte. Sie sah einen Schriftzug auf dem Papier, auf dem er sich Notizen gemacht hatte, und entzifferte die Worte. »Vinson Walsh Memorial Fund.«

O Papa, dachte sie, ich bin in einem ungünstigen Moment gekommen.

Aber ihr Vater schien ganz auf das Thema ihrer Heirat konzentriert zu sein. Beinahe streng sagte er: »Und was möchtest du, das ich ihm sage, Evalyn? Meine Antwort hängt von dir ab. Möchtest du ihn heiraten oder nicht? Ich weiß, dass der Junge seine Fehler hat, aber er kann kein schlechter Kerl sein, sonst hättest du ihn schon lange abgeschrieben! Du könntest jeden haben, und das weißt du auch.«

Evalyn holte tief Luft. »Ich will ihn haben, Vater. Er hat versprochen, mir ein guter Mann zu sein, und ich glaube, dass er dieses Versprechen halten wird! Er trinkt nicht mehr und hat sogar einen Job bei der *Post*.« Sie atmete tief durch. »Außerdem, Vater«, fügte sie hinzu, »muss ich mich den Tatsachen stellen. Ich *kann nicht* jeden haben. Ich bin ein Krüppel.«

Ihr Vater war sichtlich erschüttert. Er beugte den Kopf und starrte auf seinen Schreibtisch.

»Es macht mich nicht mehr traurig«, fügte Evalyn sanft

hinzu. »Aber ich muss der Realität ins Auge sehen. Und ich kenne Ned so gut und so lange. Außerdem weiß er von der Behinderung und stört sich nicht daran ...«

Als ihr Vater wieder zu ihr aufblickte, glänzten seine Augen von Tränen.

»Wie die Jahre vergehen! Die Zeit rast!«, sagte er leise. »In der einen Minute braucht mein Baby noch Windeln, und in der nächsten will es heiraten. Ich muss inzwischen wirklich furchtbar alt sein!«

Evalyn ging um den Schreibtisch herum und küsste ihn auf den Kopf, dort wo das Haar schütter wurde. »Du bist so jung wie eh und je, Vater«, flüsterte sie und fügte aus Mitgefühl für den gealterten, traurigen Patriarchen mit dem eisernen Willen hinzu: »Und ich liebe dich über alles!«

Um Viertel vor zwei erschien Ned an der Haustür. Evalyn sah gleich, wie nervös er war, aber sie war nicht geneigt, es ihm leichter zu machen.

»Jetzt ist es also so weit!«, sagte sie fröhlich, als sie ihn den Flur hinunter zum Fahrstuhl begleitete. »Jetzt bist du fällig, und es gibt kein Zurück. Ich habe mit Vater gesprochen, und er erwartet dich!«

Ned stöhnte. »Alles wäre mir lieber, als mich dem Löwen in seiner Höhle zu stellen und ihn um die Hand seiner Tochter zu bitten! Lieber würde ich die Niagarafälle überqueren ... aber für dich werde ich es tun, Evalyn. Wenn das nicht Beweis genug ist für meine Gefühle dir gegenüber, weiß ich auch nicht!«

Als die Fahrstuhltüren hinter ihnen zuglitten, stellte sie sich auf die Zehenspitzen und küsste ihn. »Viel Glück! Er wird dich schon nicht erschießen!«

Ned rückte seine Krawatte zurecht, holte tief Luft und klopfte an die Tür des Arbeitszimmers, wo Tom ihn bereits erwartete. Evalyn wartete draußen und lauschte angespannt dem unverständlichen Gemurmel, das durch die Tür drang. Als ein Hausmädchen vorbeikam, tat sie so, als würde sie den Inhalt einer Vitrine mit Proben aus Colorado betrachten, darunter ein Goldnugget, ein Andenken an Camp Bird.

Sie sah, wie der Butler auf ein Klingelzeichen ihres Vaters hin unten im Erdgeschoss die Eingangshalle durchquerte und mit dem Fahrstuhl in den ersten Stock fuhr. Dann beobachtete sie, wie er den Salon ihrer Eltern betrat und im Gefolge ihrer bleichen Mutter wieder herauskam, die Evalyn einen Blick zuwarf und ihr zuraunte: »Warte oben, Liebes. Wir kommen dann rauf in deinen Salon.«

Ihre Mutter war sehr blass und still gewesen, seit Evalyn ihr beim Frühstück die Neuigkeit kundgetan hatte, aber bisher hatte sie sich mit keinem Wort dazu geäußert, wie sie zu der Entscheidung ihrer Tochter stand.

Eine Viertelstunde später kam ihre Mutter zu ihr.

»Nun, Mutter?«

»Dein Vater und Ned unterhalten sich noch ... in sehr freundschaftlichem Ton«, sagte Carrie und lächelte, wenn auch ein wenig unglücklich. »O Evalyn, bist du auch ganz sicher, dass du das wirklich willst?«

»Das bin ich, Mutter. Wir können zusammen so viel machen, Ned und ich. Er ist ein anständiger Kerl. Und er hat sich verändert und ist viel erwachsener geworden. Er macht bei der *Post* eine Ausbildung zum Journalisten ... und er trinkt auch nicht mehr. Außerdem sind wir die besten Freunde.«

Carrie nickte skeptisch.

Als die Männer zehn Minuten später zu ihnen stießen, wirkte Ned auf Evalyn beinahe euphorisch. Er folgte ihrem Vater herein und gab ihr mit erhobenem Daumen ein verstecktes Zeichen.

»Also, es ist alles geklärt«, sagte Tom. »Der Junge ist fest entschlossen, dich glücklich zu machen.« Er grinste. »Und er weiß, dass er es mit mir zu tun bekommt, wenn er das nicht tut! Wir werden also die Verlobung bekannt geben, sobald ihr euch auf ein Datum geeinigt habt!«

Evalyn umarmte erst ihren Vater und dann ihre Mutter.

Dann nahm Ned ihre Hand und schaute ihr lächelnd in die Augen. »Ich kann es gar nicht erwarten, es meinen Eltern zu sagen. Sie haben immer gehofft, dass du diejenige sein würdest, Evalyn, das weißt du ja!«

Er wandte sich an Tom und Carrie. »Mummie hat eine Schwäche für Evalyn, seit sie mir damals in den alten Tanzstunden-Tagen in der First Street vorgeworfen hat, ich hätte ihr den Fuß gebrochen!«

Carrie schenkte ihrer Tochter ein unsicheres Lächeln. »Den Fuß gebrochen, Evalyn? Was ist denn das für ein Unsinn!«

»Nur eine Ausrede, Mutter! Du weißt doch sicher noch, wie viel dir an diesem Tanzunterricht lag, während meine Einstellung dazu eine völlig andere war.«

Ned küsste Carrie in einer überschwänglichen Geste die Hand. »Wenn ich es Ihnen zu verdanken habe, dass sie am Tanzunterricht in der First Street teilgenommen hat, Ma'am, stehe ich tief in Ihrer Schuld.«

Carries Lächeln erlosch. Aber sie gratulierte den beiden jungen Leuten, wie Tom auch, und zog sich mit ihrem Mann zurück.

Als die Tür hinter ihnen ins Schloss fiel, holte Ned eine kleine Lederschatulle aus der Jackentasche, öffnete sie und nahm einen umwerfenden Diamantring heraus, den er Evalyn ansteckte.

»Er ist wunderschön, Ned ... mein zweiter Diamantring!«, fügte sie neckend hinzu.

Ned war im ersten Moment sprachlos, dann verfinsterten sich seine Züge. »Wer hat dir den Ersten geschenkt?«

»Mein Vater, Dummkopf.«

Ned packte sie und zog sie auf das Sofa, wo er sie lange und leidenschaftlich küsste.

An diesem Abend waren die Walshs nach Friendship eingeladen, und im großen Salon brachten beide Elternteile einen Trinkspruch auf das junge Paar aus.

»Auf Evalyn und Ned. Gott segne die beiden und schenke ihnen alles Glück dieser Welt!«

»Amen!«, fügte John R. hinzu.

Die Gläser wurden gehoben und der Champagner getrunken. Anschließend unterhielten sie sich über die Zukunft des jungen Paares – wo sie leben würden und wann die Hochzeit stattfinden sollte. Carrie bevorzugte natürlich Washington, während Evalyn Ouray als künftigen Wohnort vorschlug, was jedoch auf wenig Gegenliebe stieß.

»Du kannst von Gästen nicht erwarten, dass sie einen so weiten Weg auf sich nehmen, Schatz.«

Evalyn und Ned tauschten einen Blick, und nach einer Weile ließen sie die Eltern allein und flüchteten in den Garten. Sie gingen zu den Zufluchten aus Kindheitstagen, die Stallungen, Neds Spielhaus, und er erinnerte sie an das erste Mal, da er sie als Zwölfjährige hergeführt hatte.

»Ich wusste damals schon, dass du ein echter Kumpel bist!«, sagte er.

»Ich bin kein ›Kumpel‹, sondern deine Verlobte!«

Ned umarmte sie, hob ihr Gesicht an und suchte ihre Lippen. Seine Hand wanderte zu ihrer Brust und streichelte diese zärtlich.

»Ich kann es gar nicht erwarten, endlich mit dir verheiratet zu sein!«, flüsterte er ihr heiser ins Ohr.

Evalyn spürte die Sinnlichkeit seiner Berührung und schloss die Augen. In diesem Moment erschien ihr das Leben wieder lebenswert. Nicht nur, dass die ganze Welt wieder vor ihr lag, dazu noch das geheimnisvolle Reich der Sinne, das ganze Universum der Liebe. Der leichte Druck von Neds Hand bewegte sich auf ihre Brustwarze zu, und sie zuckte zusammen, als er diese drückte.

Er küsste sie erneut, leidenschaftlich, und flüsterte: »Der Heilige Geist wohnt also doch nicht auf dem Grund einer Flasche Bourbon!«

Evalyn rückte von ihm ab. Ihre Wangen waren gerötet, und sie lachte zittrig, als sie in sein eifriges Gesicht schaute. Sie wusste, dass er seit Tagen nur Wasser getrunken hatte und seine Leidenschaft ein Rausch der Sinne und nicht des Alkohols war.

Sie strich sich eine Haarsträhne aus dem Gesicht, sah ihn schüchtern an und fragte: »Kommst du diesen Sommer mit uns nach Colorado?«

»Versuch mal, mich daran zu hindern!«

Tom war von der Republican Convention in Chicago zum Vertreter Colorados gewählt worden. Er unterstützte den Präsidentschaftskandidaten William Howard Taft, und Chicago war ihre erste Station auf ihrem Weg nach Westen. Es gab unzählige gesellschaftliche Verpflichtungen, denen sie nachkommen mussten, aber Ned und Evalyn fanden dennoch Zeit für sich. Ned trank immer noch keinen Alkohol, und Evalyn war glücklich und stolz auf ihn.

Sie fuhren weiter nach Wolhurst. Evalyn liebte dieses Anwesen, und sie wusste, dass es ihrem Vater genauso ging. Als der Wagen durch die Toreinfahrt fuhr, sah Evalyn das Schild, das am Torpfosten angebracht war:

Das Schießen auf Vögel auf dem Anwesen ist untersagt.
Thomas F. Walsh, Wolhurst Estate.

Das ist wieder mal typisch Vater, dachte sie und hatte plötzlich einen Kloß im Hals.

Mr. Cousins, der Verwalter, hatte das Haus wie gewöhnlich für ihre Ankunft vorbereitet und hieß sie willkommen.

Am 4. Juli 1908 wurde Evalyns und Neds Verlobung im *Denver Republican* bekannt gegeben, und Ned wurde zu seiner großen Freude als Redakteur der *Washington Post* bezeichnet.

»Sieht aus, als wäre ich befördert worden«, verkündete er, die Zeitung schwenkend. »Das ist ja wohl das Mindeste«, entgegnete Evalyn. »Ich will einen richtigen Journalisten zum Mann!«

Bei ihrer Ankunft im Westen legte Ned eine Cowboykluft an, komplett mit hochhackigen Stiefeln, Chaps, Gürtel mit Messingbeschlägen, einem Holster mit einer echten 44er und einem blutroten Halstuch.

»Du siehst aus wie Billy the Kid«, stellte Evalyn fest und rannte los, um den Fotoapparat zu holen.

An diesem Abend knallten die Champagnerkorken, und ein großes Feuerwerk erhellte den Himmel mit einem wahren Funkenregen, aber das junge Paar trank nur Wasser und Orangensaft; sie waren glücklich, hielten Händchen, tuschelten in der lauen Nachtluft und wünschten, sie wären allein.

»Diese Hochzeit wird *das* gesellschaftliche Ereignis des Jahres!«, schrieb Neds Mutter aus Maine. »Warum richten wir sie nicht hier in Bar Harbor aus? Wäre das keine gute Idee?«

Evalyn las den Brief laut vor, als sie Ned jedoch anschließend fragte, was er davon hielt, war dieser kurz angebunden, ja fast ärgerlich.

»Meine Güte, Evalyn – müssen wir diesen ganzen Quark

einer Hochzeit im großen Stil wirklich mitmachen? Das ertrage ich nicht!«

Evalyn starrte ihn entgeistert an. Sie *wünschte* sich eine große Hochzeit, war ganz aufgeregt bei der Vorstellung, an ihrem persönlichen Ehrentag der Star zu sein, Mittelpunkt eines Ereignisses, von dem Zeitungen im ganzen Land und sogar in Europa berichten würden.

»Du bist die netteste Exhibitionistin, die ich kenne!«, hatte Alice Roosevelt einst zu ihr gesagt. Das hatte sie nur im ersten Moment schockiert; aber es stimmte, und ihre Hochzeit würde der beste Beweis dafür werden.

Sie sah Ned flehend an.

»O Ned, bitte, ich wünsche mir so sehr eine riesige Hochzeit mit allem Drum und Dran. Ich freue mich so darauf, Mutter steckt mitten in den Vorbereitungen, und der Entwurf für mein Kleid ist in Arbeit – Meterweise Spitze und eine endlos lange Schleppe. Es wird toll werden, der schönste Tag in unserem Leben ... Wir werden umgeben sein von einem Meer von Blumen, dazu Orgelmusik und alle unsere Freunde ...«

»Tausend Langweiler«, brummte Ned, »die uns zu Tode langweilen werden!«

Jeden Morgen traf ein dicker Stapel Glückwunschschreiben für die frisch Verlobten ein, darunter eine Karte von Paul und Amelia Lafferty, die ihnen alles Glück der Welt wünschten. Evalyn legte sie zu den anderen. Sie stellte sich Paul auf ihrer Hochzeit vor, wie er an der Seite seiner Frau dasaß, während sie und Ned sich das Jawort gaben ... vielleicht würden sie ja gar nicht kommen!

Einen Moment lang hatte sie das ungute Gefühl, dass etwas nicht so war, wie es sein sollte, aber sie zuckte die Achseln und verdrängte die Zweifel. Beim Anblick des hochherrschaftlichen Salons auf Wolhurst, wo auf dem Kaminsims und jedem Tisch Glückwunschkarten standen, kehrte ihre gute Laune zurück.

Aber je mehr Briefe und Karten kamen, desto stiller wurde Ned.

Am 22. Juli brachen Ned und Evalyn zu einer Fahrt mit dem Auto auf, mit Maggie Buggy, der Sekretärin ihrer Mutter, als Anstandsdame, und Platt, der Emile als Chauffeur abgelöst hatte, am Steuer. Als sie sich Denver näherten, wandte Ned sich Evalyn abrupt zu und sagte: »Lass uns heiraten!«

»Aber du hast mir doch schon einen Antrag gemacht!«, entgegnete Evalyn lachend. »Schon vergessen?«

»Du weißt, was ich meine. Lass uns *jetzt gleich* heiraten!«

»Jetzt, in dieser Minute?«

»Warum nicht? Sei kein Frosch. Wenn du mich liebst, ersparst du mir eine Prunkhochzeit mit Horden von Gästen. Heirate mich jetzt, auf der Stelle, Evalyn Walsh!«

Evalyns erste Reaktion war ein Lachen. Aber schon bald ging ihr auf, dass Ned es ernst meinte und sogar ein gewisser Reiz in der Spontaneität und Ungehörigkeit des Vorschlags lag.

Maggie war entsetzt. »Was würde Ihre Mutter dazu sagen? Evalyn, Sie dürfen nicht im Traum daran denken.«

»Warum nicht?«

Sogar der für gewöhnlich eher phlegmatische Platt war sichtlich schockiert. Seine Kinnlade klappte herunter, als Ned ihm, als sie gerade an einem Laden vorbeifuhren, befahl: »Fahren Sie rechts ran. Ich mache mich auf die Suche nach einem Telefon und kümmere mich um eine Lizenz.«

Ned wandte sich mit hochgezogenen Brauen Evalyn zu, als wolle er fragen: »Bist du dabei oder nicht?«

Sie lachte, beeindruckt von seinem Mut.

»Du bist unmöglich, Ned McLean! Aber ... gut!«, fügte

sie hinzu, als sie das glückliche Leuchten in seinen Augen sah. »Tun wir's, wenn dir so viel daran liegt. Ich bin sogar einigermaßen angemessen gekleidet!«

Sie trug ein weißes Kleid aus feinem Wollstoff und einen Hut mit weißen Straußenfedern. Sie stieg aus dem Wagen und breitete dabei die Arme aus, als wolle sie davonfliegen. »Das Beste daran ist, dass ich in meinem geliebten Colorado heiraten werde!«

Maggie tauschte einen Blick mit dem Chauffeur, der grinsend die Achseln zuckte.

Ein paar Stunden später wurden Evalyn und Ned in der Episcopal Church St. Mark's getraut. Die Braut hielt den kleinen Strauß Veilchen umklammert, den der Bräutigam auf die Schnelle besorgt hatte. Sie sah sehr jung und ernst aus; sie war erfüllt von Liebe und Entschlossenheit. Sie schwor sich, dafür zu sorgen, dass diese Ehe funktionierte. Wenn sie auch sonst in ihrem Leben nichts richtig gemacht hatte, ihre Ehe würde ein Erfolg werden. Sie heiratete einen Mann, der sich einen Teufel darum scherte, ob sie eine reiche Erbin war, und das allein machte sie zum glücklichsten Mädchen auf der Welt. Und sie heiratete ihn hier, zu Hause, in ihrem wunderschönen Colorado, im Schatten ihrer geliebten Berge, die einst ihrem Vater ihre Reichtümer preisgegeben hatten.

Als die Zeremonie vorbei war, wurden sie von den engsten Freunden, die auf Neds Einladung hin sofort herbeigeeilt waren, in die Arme geschlossen. Anschließend fuhren sie alle gemeinsam zurück nach Wolhurst.

Carrie hörte das Gelächter und sah den Wagen die schattige Zufahrt heraufkommen. Sie bekam vor Erleichterung ganz weiche Knie und musste sich hinsetzen. Sie hatte Evalyn und Ned zum Mittagessen zurückerwartet, aber inzwischen war es nach zwei Uhr, ohne dass sie etwas von ihnen gehört hatte. Es war ihr sehr schwer gefallen, ihre Nervosität vor den Hausgästen zu verbergen.

Seit Vins Tod wurde sie von einer ganzen Reihe von Ängsten geplagt. Sie war dankbar für den Beistand, den sie bei Christian Science erfuhr, und für die Erleichterung, die ihr das Gebet verschaffte. Aber ihre Frömmigkeit hatte ihr die geheime Angst nicht nehmen können, dass sie auch ihre Tochter durch einen Autounfall verlieren würde. Tom war an diesem Tag in Kansas City, und sie hatte seit dem frühen Morgen mit seltsamen Vorahnungen zu kämpfen. Als Evalyn und Ned nicht zum Mittagessen zurück gewesen waren, hatten diese bösen Vorahnungen sich erst in Furcht und schließlich in Panik gesteigert.

Der Wagen kam zum Stehen. Das Motorengeräusch erstarb, und Platt, der ein verdächtig argloses Gesicht machte, sprang herab. Ned stand bereits neben der Hecktür und half Evalyn beim Aussteigen; ihre verschwörerischen Mienen machten Carrie stutzig. Sie blickte auf Maggie Buggy und erkannte sogleich die Unsicherheit im Blick ihrer Sekretärin, als würde diese ihr die Neuigkeit, die die jungen Leute zu verkünden hatten, am liebsten ersparen. Sie registrierte die roten Wangen und die Erregung ihrer Tochter und stählte sich innerlich.

»Was ist passiert?«, fragte sie. »Hattet ihr einen Unfall?«

»Gewissermaßen, Mutter«, sagte Evalyn atemlos. »Ned und ich haben geheiratet!«

Carrie schnappte nach Luft. Im ersten Moment glaubte sie, Evalyn mache einen Scherz, aber dann sah sie den glänzenden goldenen Ring an der Hand ihrer Tochter. Zunächst überlagerte der Schock jede andere Emotion außer dem Verlangen zu weinen. Alle Pläne, alle Vorfreude waren schlagartig zunichte gemacht. Dass sie nicht einmal bei der Trauung ihrer Tochter *anwesend* war! Was würde Tom dazu sagen?

Würde er verletzt sein, wütend? Wie konnte ihr Kind nur so gedankenlos sein?

Als Evalyn die Reaktion ihrer Mutter sah, machte sie plötzlich ein bedrücktes Gesicht, als ginge ihr erst jetzt auf, dass sie hätte nachdenken sollen, bevor sie sich auf Neds verrückten Vorschlag einließ; als realisiere sie erst jetzt, dass es noch andere Menschen gab, denen persönlich etwas am größten Abenteuer ihres Lebens gelegen war.

»Es tut mir Leid ...«, sagte sie lahm, und das Feuer in ihren Augen erlosch. »Ich habe nicht nachgedacht ... Bitte sei nicht böse, Mutter. Wir sind glücklich. Ned fand den Gedanken an eine Riesenfeier einfach unerträglich ... Wir fahren heute Abend nach Colorado Springs und beginnen dort unsere Flitterwochen. Wir haben ein Telegramm an Neds Eltern nach Bar Harbor geschickt.«

Carrie dachte an ihre Vorahnung, ihrem Kind könnte etwas Schreckliches zugestoßen sein. Wenigstens hatte sich diese Angst als nicht gerechtfertigt erwiesen, und das junge Paar sah wirklich überglücklich aus, also sollte sie das Beste daraus machen. Sie zwang sich zu lächeln und umarmte das frisch vermählte Paar mit Tränen in den Augen.

»Ich gratuliere euch!«, schluchzte sie. »Ich hoffe, ihr werdet so glücklich, wie Tom und ich es sind.« Sie trocknete ihre Tränen und läutete. »Jetzt gibt es zur Feier des Tages aber erst einmal ein richtiges Hochzeitsessen!«

Evalyn machte sich auf die Suche nach Annie und teilte ihr die Neuigkeit mit, aber zu ihrer Verblüffung brach die kleine Haushälterin in Tränen aus.

»Warum konntest du nicht warten wie ein anständiges christliches Mädchen? Und dein Vater ist nicht da ... und die ganzen Vorbereitungen ...«

»Heute ist mein Hochzeitstag«, sagte Evalyn nach einer Weile traurig. »Und alle weinen!«

»Was hast du denn erwartet?«, entgegnete Annie und wischte sich die Tränen vom Gesicht, ehe sie die junge Braut umarmte. »Aber was geschehen ist, ist geschehen, meine Kleine, und ich wünsche euch beiden ein langes Leben und viel Glück!«

Schon bald prosteten Freunde und Hausgäste den Frischvermählten zu und machten sich über ein köstliches Gourmetmahl her. Ned und Evalyn tranken nur Wasser und ließen sich kaum eine Sekunde aus den Augen. Nach dem Essen fuhr Platt sie zum Bahnhof, wo sie in den Zug nach Colorado Springs stiegen.

Es war schon spät, als sie das Antlers Hotel erreichten, wo man ihnen kurzfristig eine Suite reserviert hatte. Das Restaurant war schon geschlossen, aber sie schlenderten Arm in Arm zu einem Lokal, das die ganze Nacht geöffnet hatte, und wählten als Hochzeitsmahl Lammkoteletts und Ginger Ale.

»Mrs. McLean!«, sagte Ned und prostete ihr zu. »Auf dich, uns und die Zukunft!«

Evalyn stieß mit ihm an.

»Auf das Leben«, flüsterte sie schüchtern.

Und Ned, der seine Braut förmlich mit den Augen verschlang, wiederholte leise: »O ja, mein Schatz, auf das Leben.«

Zurück im Hotel ging Evalyn ins Bad und schloss leise die Tür hinter sich ab. Sie zog sich aus, badete und betrachtete sich kritisch im Spiegel. Die verhasste Narbe war lang und weiß, ein schmales Band auf ihrem Schenkel, dort wo er aufgeschnitten worden war. Bei dem Gedanken, dass Ned sie nackt sehen und berühren würde, wurde ihr Mund ganz plötzlich trocken.

Sie griff nach einem der schlichten Baumwollnachthemden mit langen Ärmeln, die Annie ihr eingepackt hatte. Als sie ins Schlafzimmer zurückging, lag Ned bereits im Bett. Befangen durchquerte sie das Zimmer und schlüpfte zu ihm unter die Decke. Er hielt sie einen Moment in den Armen, ehe er sich über sie beugte und das Licht löschte.

In der Dunkelheit stieg ihr der Geruch seines Körpers und seines warmen Atems in die Nase, und sie hörte das dumpfe Pochen seines Herzens. Sie fühlte, wie seine Hände sachte ihr Nachthemd hochzogen, ihre Narbe ertasteten und eine Weile dort verweilten, ehe Ned sie küsste und dann ihren ganzen Körper beinahe ehrerbietig erkundete. Sie fragte sich, wo er die zärtlichen Liebkosungen gelernt hatte, die ihr Schauder über den Rücken jagten, und schnappte nach Luft angesichts der Intimität seiner Zärtlichkeiten und der Lust, die sie in ihr weckten; nach anfänglichem Zögern ließ sie sich mitreißen von einer Leidenschaft, die sie sich nie hätte träumen lassen. Als sie aufschrie, bedeckte Ned ihr Gesicht mit Küssen.

»Es ist alles gut, mein Schatz«, flüsterte er. »Alles ist gut. Schlaf schön ...«

29. KAPITEL

Tom ließ sich weder durch Gesten noch durch Worte den Schock darüber anmerken, dass er seine Tochter nicht zum Altar führen würde. Diese spontane Hochzeit sah ihr so ähnlich, dass er darüber gelächelt hätte, wenn seine Enttäuschung, am wichtigsten Tag ihres Lebens nicht an ihrer Seite gewesen zu sein, nicht so groß gewesen wäre. Das Gefühl der Isolation, das ihn seit Vinsons Tod quälte – so intensiv, wie er es nicht einmal in den entlegensten Regionen der Rockies verspürt hatte – kehrte zurück und nagte an seiner Seele. Er wusste, dass der Reichtum ihm mehr genommen als gegeben hatte: seinen Sohn, seinen Frieden, seine Hoffnungen für die Zukunft. Der Reichtum hatte darüber hinaus eine schon immer unberechenbare Evalyn in eine kapriziöse junge Frau verwandelt. Ihm war klar, dass er selbst auch Schuld an dieser Entwicklung hatte: Er hatte ihr alles geben wollen – und wollte es noch. Und der übermäßige Stolz, dies möglich machen zu können, hatte, wie er sich zuweilen eingestand, seinen gesunden Menschenverstand getrübt. Wie hätte sie sich mit der Disziplin, die einem das Leben in Colorado abverlangte, entwickelt, wenn er Camp Bird nie entdeckt hätte? Wäre sie mit dreißig schon verbraucht und mit vierzig alt gewesen? Oder hätten ihre angeborenen Vorzüge sie zu einer vorsichtigen und charaktervollen Frau heranreifen lassen?

Er hätte gerne mit Carrie darüber gesprochen, sei es auch nur zu seiner eigenen Beruhigung. Aber Carrie war in diesen Tagen so eingespannt in ihre Wohltätigkeitsarbeit und ihre Religiosität, dass sie keine Zeit für ihn hatte. Und Menschen, die man liebte, durfte man nicht um Zeit bitten.

Die McLeans kamen sofort nach Wolhurst, als sie von der Blitzhochzeit erfuhren. Als die Brautleute aus Colorado Springs zurückkehrten, brachen sie mit beiden Elternpaaren zu einem mehrwöchigen Aufenthalt in der Sommerresidenz der McLeans in Bar Harbor auf. Aber Evalyn und Ned sehnten sich danach, allein zu sein und sich auf irgendein Abenteuer einzulassen, das den Beginn ihres Ehelebens markieren würde.

»Wir brauchen *richtige* Flitterwochen!«, sagte Ned. »Ferien mit den Eltern sind ja ganz nett, aber wir sind jetzt Mann und Frau!«

»Frau und Mann, meinst du«, entgegnete Evalyn kichernd. »Offenbar hast du noch ein kleines Problem mit deinen Prioritäten!«

Sie waren in ihrem Schlafzimmer in der Sommerresidenz der McLeans in Bar Harbor. Ned schloss Evalyn lachend in die Arme und ließ sich mit ihr auf das Bett fallen. »Ich liebe dich, Evalyn. Es macht Spaß, mit dir zusammen zu sein. Und ich bin ja so froh, dass du mich genommen hast.«

»Ich habe einen ganzen Monat lang kaum etwas anderes getan, als dich zu *nehmen*.«

Ned grinste. »Wo würdest du gerne richtige Flitterwochen verbringen?«

»Wir ganz allein?«

»Nun ja, abgesehen von einem Chauffeur, der außerdem die Rolle meines Leibdieners übernehmen könnte. Und du wirst auch ein Mädchen brauchen. Gott behüte uns davor, ganz alleine zurechtkommen zu müssen!«

»Ich bin ganz alleine zurechtgekommen und Vinson auch ... früher ... als wir noch arm waren.«

Ned küsste ihr Stirnrunzeln fort und die Tränen, die ihr bei der Erwähnung ihres Bruders in die Augen gestiegen waren.

»Aber seit Vater das Gold gefunden hat«, flüsterte sie, »bin ich schrecklich verwöhnt. Ich muss die verwöhnteste Tochter der Welt sein.«

»Unsinn. Du hast für jemanden von zweiundzwanzig Jahren schon mehr als genug Kummer erlebt.« Er strich sachte mit der flachen Hand über ihr verwundetes Bein und beugte sich über sie, um sie zu küssen. »Ich bin hier derjenige, der verwöhnt ist!«

»O ja, das weiß ich!«, flüsterte Evalyn, auch wenn sie tief berührt von seiner Geste und seinem Eingeständnis war. »Das habe ich schon immer gewusst! Wann hätten deine Eltern dir je etwas verwehrt? *Mich* hat wenigstens meine Mutter immer wieder gebremst.«

»Und wo soll der verwöhnte Junge jetzt mit dir hinfahren?«, fragte Ned nach einer Weile neckend. »Europa, Ägypten, Türkei, Timbuktu?«

Evalyn setzte sich kerzengerade auf und wandte sich zu ihm.

»In Europa war ich schon, aber Ägypten würde mich reizen ... und die Türkei.« Sie lachte aufgeregt. »Wir könnten erst nach Europa reisen und von dort aus weiterfahren!«

»Wir sollten uns Zeit lassen«, sagte Ned. »Sechs Monate oder so. Eine richtig große Rundreise.«

Beide Elternpaare zeigten sich verständnisvoll. »Ihr werdet Geld brauchen«, sagte Tom zu seiner Tochter und griff in die Schreibtischschublade. »Ich will nicht, dass dir unterwegs die Mittel ausgehen.«

Sogar Evalyn, die seit so vielen Jahren im Überfluss lebte, schnappte nach Luft, als sie den Scheckbetrag las.

»Einhunderttausend Dollar sind aber wirklich sehr viel Geld, Vater!«

»Findest du?« Er musterte sie mit sonderbarem Blick. »Nun, ich habe euch noch nichts zur Hochzeit geschenkt. Ich möchte, dass du dir selbst kaufen kannst, was dir gefällt!«

Am Abend zeigte Ned ihr den Scheck seines Vaters.

»Vater wollte sich nicht von Tom Walsh übertrumpfen lassen!« Er lachte. »Er musste unbedingt gleichziehen! Aber er hat deutlich gemacht, dass das Geld als Grundstock für unsere gemeinsame Zukunft gedacht ist.«

»Und wie hoch ist der Scheck?«

»Hunderttausend natürlich!«

»Lass uns sparsam sein«, entgegnete Evalyn, »und ihnen zeigen, dass wir sehr wohl vernünftig sein *können*!«

»Wenn ich annehmen müsste, das wäre dein Ernst, würde ich die Scheidung einreichen, Evalyn.«

Das war natürlich scherzhaft gemeint, aber Evalyn registrierte mit Unbehagen den rastlosen Zug um seine Mundwinkel.

»Ich bin nicht eben bekannt dafür, vernünftig zu sein«, sagte sie. »Das solltest du eigentlich am besten wissen!«

»Ich weiß es, Liebes«, erwiderte Ned lachend. Er stürzte sich auf sie und küsste sie wild. »Was zur Hölle sollte ein Mann mit einer vernünftigen Frau anfangen?«

Am Tag ihrer Abfahrt wurde ihr gemeinsamer Packard, ein gelber Roadster mit rotem Seitenstreifen, vorsichtig in den Laderaum des Schiffes verfrachtet. Evalyn und Ned standen am Kai und schauten eine Weile zu. Maggie Buggy, die während der Reise als Evalyns Mädchen eingesetzt war, war bereits an Bord, und Platt kümmerte sich darum, dass ihr Gepäck auf ihre Kabinen gebracht wurde.

Ned und Evalyn umarmten ihre Eltern, gingen die Gangway hinauf und blieben alle paar Schritte stehen, um zu winken. Ihre Kabine war mit edlem Mahagoni getäfelt, die Decke zierte ein Fresko, und überall standen Blumen und Karten mit den besten Wünschen für eine gute Reise.

Als das Schiff den Long Island Sund hinauffuhr, blickte Evalyn zurück auf die Freiheitsstatue, und plötzlich kam ihr das Leben wie die Gezeiten vor: Jede Flut brachte neues Treibgut mit sich, und jede Ebbe trug etwas mit sich fort.

Ich bin *verheiratet!*, dachte sie und warf einen Blick auf Ned. Ich werde den Rest meines Lebens an der Seite dieses Mannes verbringen ...

Eine zurückgedrängte Unsicherheit stieg in ihr auf: Werden wir uns verändert haben, wenn wir aus Europa zurückkehren? Wird das gemeinsame Reisen uns verändern? Wird Ned genug von mir haben oder ich von ihm? Einen kurzen Moment verspürte sie ein Gefühl der Beklemmung.

Vielleicht wäre es ja mit Paul genauso gewesen! Es ist mir

gleich! Ich werde mein Leben genießen; dazu ist es da. Und vor allem werde ich meine Flitterwochen genießen.

Ein paar Tage später sagte Platt zu ihr: »Ich frage mich, ob Sie es im Packard bequem genug haben werden, Madam ... immerhin wären wir mit mir und Maggie zu viert, und dazu kommt das Gepäck. Der Kofferraum wird aus allen Nähten platzen! Und wir werden weite Strecken zurücklegen ...«

Sie standen an Deck. Evalyn hielt die Reling umklammert und betrachtete den wässrigen Horizont, der tagein, tagaus unverändert schien; am liebsten hätte sie das stählerne Monstrum von einem Ozeanriesen, das sich so langsam vorwärtsbewegte, angeschoben. Der salzige Wind war kalt, aber sie trug einen Kaschmirmantel und einen ebensolchen Schal, dazu einen Hut mit Musselinschleier, der ihr Gesicht schützte. Platt hatte einen mit Pelz verbrämten Mantel an. Sein vorsichtiger Tonfall ließ Evalyn aufhorchen.

»Was versuchen Sie, mir zu sagen, Platt? Dass der Wagen nicht groß genug ist? Dass wir einen anderen brauchen?«

»Der Packard wäre ideal für *zwei* Personen, Madam, dann ließe sich das überschüssige Gepäck leicht auf dem Rücksitz verstauen ...«

Evalyn lachte. »Sie meinen, wir sollten einen zweiten Wagen kaufen und als Konvoi fahren?«

»Ich denke, das wäre für Sie ganz zweifellos um vieles komfortabler, Madam. Mr. McLean könnte den einen Wagen fahren und ich den anderen!«

Beim Abendessen sagte Evalyn zu ihrem Mann: »Ich habe heute mit Platt gesprochen. Er ist der Ansicht, dass es bei dem vielen Gepäck im Packard für vier Personen eng werden könnte.«

»Und was sollen wir mit dem Packard machen, wenn wir

einen größeren Wagen kaufen? Sollen wir ihn im Hafen zurücklassen?«

»Nein. Aber wir könnten einen zweiten Wagen dazukaufen! Ich hätte unheimlich gerne noch einen Mercedes! Ich war so verrückt nach meinem alten, bis ... bis ...« Ein Schatten huschte über ihr Gesicht.

»Einen zweiten Wagen kaufen? O Evalyn.« Ned lachte kopfschüttelnd. »Du bist ja schlimmer als ich!«

»Trotzdem macht es Sinn. Mit zwei Fahrzeugen kann man nicht liegen bleiben; wir hätten immer eine Ausweichmöglichkeit. Vergiss nicht, dass wir sehr weite Strecken zurücklegen werden.« Mit leiser, belegter Stimme fuhr sie fort: »Und falls es jemals einen Unfall gäbe, könnte der zweite Wagen ebenfalls sehr nützlich sein.«

Ned suchte den Funker des Schiffes auf und schickte ein Telegramm nach Paris, in dem er einen Mercedes anforderte, der nach Amsterdam überführt werden sollte, wo sie in zwei Tagen einlaufen würden. »Aber keinen roten!«, instruierte Ned. »Gelb! Er muss gelb sein!«

Ein riesiger zweisitziger Mercedes stand in Amsterdam auf dem Kai für sie bereit. Evalyn hatte nicht damit gerechnet, dass er so groß sein würde: Sie betrachtete den großen geschützten Motor und die riesigen Scheinwerfer und sagte sich, dass sie noch nie einen so großen Wagen gesehen hatte; er war sogar größer als jener, der Vinson das Leben gekostet hatte. Er war leuchtend gelb.

»Den wirst du niemals fahren können!«, teilte sie Ned mit, nachdem sie die Schlüssel entgegengenommen hatte. »Das ist kein Auto, sondern eine Lokomotive!«

»Du meinst also, ich kann ihn nicht fahren?«

Ned half Evalyn beim Einsteigen, hüllte sie fürsorglich in eine Decke und nahm dann auf dem Fahrersitz Platz. Platt reichte ihm eine Schutzbrille und kurbelte dann den Motor an; der zündete fast sofort mit lautem Getöse, anschließendem kehligem Schnurren und einer schwarzen Abgaswolke.

»Halt deinen Hut fest, Evalyn. Nächster Halt Berlin!«, rief Ned über den Motorenlärm hinweg und legte den ersten Gang ein. Evalyn wurde in die Polster gedrückt, als der kraftvolle Wagen vorwärts schoss. Sie blickte zurück und sah, dass Platt ebenfalls startete, mit einer sichtlich nervösen Maggie neben sich.

»Fahr langsam«, sagte sie. »Warte auf Platt.«

»Der geht schon nicht verloren«, entgegnete Ned knapp. »Er hat eine Karte dabei.«

Tage verstrichen. Städte kamen und gingen – Dresden, Leipzig, Köln. Überall, wo sie Station machten, unternahmen sie einen Einkaufsbummel. Ned kaufte seiner Braut als Hochzeitsgeschenk einen goldenen Koffer für ihr Reisenecessaire, eine exakte Replik des Koffers, der sich im Besitz der Kronprinzessin von Deutschland befand. Evalyn kaufte sich einen Chinchilla-Mantel. In Leipzig kamen sie zu dem Schluss, dass der Packard neben dem Mercedes schäbig wirkte, und so ersetzten sie ihn durch einen zweiten Mercedes.

Evalyn verschloss die Ohren vor der inneren Stimme, die sie gelegentlich ermahnte, die Extravaganzen nicht auf die Spitze zu treiben. Ich bin in den Flitterwochen; wenn ich mich nicht einmal in den Flitterwochen amüsieren darf, wann dann? Wozu hat Papa mir das viele Geld gegeben, wenn nicht dazu, es auszugeben?

Sie besuchten Wien und fuhren weiter nach Konstantinopel. Für Evalyn war es der aufregendste Teil der bisherigen Reise, als sie am Goldenen Horn eintrafen und vor ihnen die Minarette und Kuppeln der Hauptstadt des Osmanenreiches auftauchten. Aber hier herrschte eine spürbar gespannte Atmosphäre, da eine Gruppe aufrührerischer Dissidenten, die sich die Jungen Türken nannten, versuchte, den Sultan zu stürzen.

»Ich würde den Sultan gerne kennen lernen!«, teilte Evalyn dem amerikanischen Botschafter, John Leishman, mit, der seit vielen Jahren mit ihrem Vater befreundet war. »Glauben Sie, es besteht eine Chance, das zu arrangieren?«

Er lachte. »Sie sind so direkt wie Ihr Vater.«

»Und ich würde schrecklich gerne einen Blick in seinen Harem werfen.«

Der Botschafter lachte schallend und fragte scherzhaft, ob sie denn gar keine Angst habe, dass der alte Knabe sie gleich dort behalten könnte.

»O nein. Wenn er es versuchen würde, würde er Ned schon bald Geld anbieten, damit er mich zurücknimmt!«

»Das stimmt«, pflichtete Ned ihr bei. »Die Jungen Türken könnten einpacken. Evalyn hält nämlich nicht viel von Beschränkungen: Sie würde ihnen die Arbeit abnehmen!«

Ein paar Tage später waren Evalyn und Ned zum Kaffee in den königlichen Palast geladen. Ihr Gastgeber war ein gebeugter, hässlicher alter Mann mit rot gefärbtem Bart, der einen Fez mit einem riesigen Smaragd trug. Abd-ul-Hamid war Sultan eines Reiches, das sich in Glanzzeiten von Persien bis vor die Tore Wiens erstreckt hatte. Der Kaffee wurde in kleinen diamantbesetzten Tassen serviert, während der Sultan von bewaffneten Leibwächtern in seidenen Roben umgeben war. Evalyn starrte staunend auf dieses exotische Umfeld, bis ihr fast die Augen aus dem Kopf fielen. Später, als sie von einem Eunuchen in den königlichen Harem geleitet wurde, musste Ned, der sich sichtlich unwohl fühlte, im Salon auf sie warten.

In diesem Trakt des Palastes, der alle männlichen Blicke

abschirmte, außer jene der Eunuchen und des Sultans persönlich, saßen übergewichtige Frauen gelangweilt auf Diwans herum. Einige waren alt, andere jung, aber alle sahen sie unglücklich aus. An diesem traurigen und deprimierenden Ort trank Evalyn noch mehr starken schwarzen Kaffee und gestattete den Haremsdamen, ihre Kleider zu begutachten und sie über einen Dolmetscher mit Fragen zu bombardieren. Eine der Frauen trug einen großen blauen, in Gold gefassten Edelstein um den Hals. Evalyn überlegte, ob es sich um einen echten Saphir handelte. Sie hatte noch nie einen dieser Größe gesehen – oder von so außergewöhnlicher Farbe.

Rückblickend kam es Evalyn Jahre später merkwürdig vor, dass sie beim Anblick des Steins nicht einmal den Hauch einer Vorahnung gehabt hatte.

»Das ist nicht richtig«, sagte sie am Abend zu Ned. »Der Harem ist nichts anderes als ein Luxusgefängnis! Die armen Frauen – ihre Seelen werden zerstört, um dieser fetten Kreatur und seinem tyrannischen System zu dienen. Hier ist wirklich dringend ein Aufstand fällig, aber es sind die Frauen, die rebellieren sollten!«

»Hört, hört«, sagte Ned schmunzelnd. »Ich bringe dich wohl besser weg von hier, bevor du uns noch ins Gefängnis bringst!«

»Wohin fahren wir als Nächstes?«

»Nach Ägypten! Okay?«

Diese Flitterwochen waren aufregend und ermüdend. Sie legten die typische weite Wüstenkleidung an und ritten auf Kamelen zu den Pyramiden, umringt von einer Schar gleichermaßen berittener Bediensteter. Anschließend reisten sie nach Jordanien; sie fuhren im Konvoi in zwei Viktorias, die von jeweils vier Pferden gezogen wurden, begleitet von einer bewaffneten Eskorte von neun arabischen Reitern, die sie großzügig entlohnten. Sie lernten Nomaden kennen, die ihnen mit Neugier begegneten und Evalyn beäugten wie ein vom Himmel gefallenes Kuriosum. Sie schwammen im Jordan, zum Entzücken der männlichen arabischen Zuschauer, von denen viele bisher noch nicht einmal das Gesicht einer fremden Frau gesehen hatten, geschweige denn einen weiblichen Körper in einem Badeanzug. Aber Evalyn, die nicht schwimmen konnte, wurde von der Strömung erfasst und wäre beinahe ertrunken. Ned musste sie an den Haaren aus dem Fluss ziehen, angefeuert von den applaudierenden Schaulustigen.

Als Evalyn schließlich in Sicherheit war und Maggie sie in dicke Handtücher gewickelt hatte, zauberte Ned eine Flasche Whisky hervor, und erst da wurde Evalyn bewusst, dass er die ganze Zeit eine Kiste davon mitgeführt hatte. Ihr war zum Weinen zumute.

»O Ned, bitte sag mir nicht, dass du wieder mit dem Trinken angefangen hast.«

»Natürlich nicht. Ich habe den Whisky aus rein medizinischen Gründen mitgebracht.« Er schenkte ihr einen Schluck ein. »Hier, trink das. Du brauchst es. *Ich* brauche es!« Und zu Evalyns Bestürzung nahm er einen großzügigen Schluck.

Die Araber waren empört. Ihre Religion verbot Alkohol, und ihre Missbilligung war greifbar. Die Atmosphäre schlug um. Evalyn lehnte es ab, den Whisky zu trinken. Sie fühlte sich hundeelend, sie fror bis auf die Knochen, spürte die Kälte bis in ihre Seele hinein. Sie realisierte, dass sie glücklich war, solange ein Abenteuer dem anderen folgte; sobald eine Pause eintrat, war sie aber auf unangenehme Weise mit sich selbst konfrontiert. Und das Ich, dem sie dann begegnete, war einsam und ziemlich verzweifelt. Die Ehe hatte nichts geändert; im Herzen war sie noch dasselbe kleine Mädchen aus den Rockies, das sich davor fürchtete, sich selbst zu verlieren.

Vin wusste, wer ich wirklich bin, dachte sie, aber er ist tot. Paul wusste, wer ich bin, und er hat eine andere geheiratet. Ned hat überhaupt keine Ahnung, wer überhaupt irgendjemand ist. Warum habe ich ihn bloß geheiratet? Was soll ich jetzt tun?

»Ich will nach Hause!«, flüsterte sie Maggie unglücklich zu und schaute sich dabei ängstlich um.

Ned hörte, was sie sagte. Er seufzte laut und genehmigte sich gleich noch einen Schluck.

»Das nächste Schiff von Jaffa läuft morgen aus. Das schaffen wir nie!«

»Doch, wenn wir einen Sonderzug mieten!« Sie blickte auf die wachsende Zahl von Schaulustigen, ausnahmslos Männer. Sie schienen näher zu kommen und die Reisenden mit einer Neugier zu umringen, die bedrohlich wirkte. Sie diskutierten untereinander und musterten Evalyn mit glänzenden Augen und unübersehbarer Lüsternheit. »Ich muss weg von hier! Bitte, Ned!«

Als die Umstehenden den ehelichen Zwist registrierten, kamen sie noch näher, grinsten und machten auf Arabisch wohlmeinende Ratschläge, bis Ned auf einer Woge der Solidarität zu schwimmen schien.

»Also gut«, sagte er schließlich und verdrehte die Augen in der theatralischen Geste eines Mannes, dessen Geduld auf eine harte Probe gestellt wird. Evalyn erkannte, dass er tatsächlich für sein Publikum spielte und sie selbst ihm in diesem Moment weniger wichtig war als diese Schar fremder Männer. Sie verspürte das unangenehme Gefühl von Entfremdung und Verrat, was sie flüchtig daran erinnerte, wie ausgeschlossen sie sich gefühlt hatte, als Vin sie vor all den Jahren vor Jack Hartland hatte auflaufen lassen.

Warum geben sie sich überhaupt mit uns ab, dachte sie wütend, wenn es ihnen doch tatsächlich nur darum geht, sich gegenseitig auf die Schulter zu klopfen? Aber gleich darauf sagte sie sich, dass Vin nur ein Junge gewesen war, ein Junge, dem es nicht vergönnt gewesen war, zum Mann heranzureifen.

Sie mieteten sich einen eigenen Zug und traten die lange Rückfahrt nach Paris an, beide Automobile und ihr Gepäck waren in acht Waggons untergebracht. Als sie in Frankreich eintrafen, waren sie pleite, stiegen aber dennoch im Bristol Hotel an der Place Vendôme ab, von wo aus Evalyn nach Hause telegrafierte und um mehr Geld bat. Ihr Bein tat weh, sie litt an einer Neuralgie und fragte sich, ob sie die Neigung dazu möglicherweise von ihrer Mutter geerbt hatte. Maggie war erschöpft, und Evalyn gönnte ihr eine Erholungspause. Ned schlief wie ein Toter.

Tom schickte ihr umgehend einen Scheck, aber John R.s Telegramm drückte nur Entsetzen ob der Extravaganz seines Sohnes aus und forderte ihn zur sofortigen Heimkehr auf.

»Keine Angst!«, sagte Ned. »Wir reisen erst heim, wenn er sich wieder beruhigt hat!«

Nach ein paar Tagen Ruhe fühlte Evalyn, dass ihre Energie zurückkehrte. Die Stadt lockte, und sie bat Ned, sie in Paris herumzufahren.

»Platt wird dich fahren.«

»Ich will aber nicht, dass Platt mich fährt«, entgegnete sie trotzig. »Ich will, dass du das machst. Ich lasse mich gerne von meinem Mann chauffieren!«

Sie hüllte sich in den neuen Chinchilla-Mantel und eine Pelzmütze, und Ned fuhr sie durch die Stadt, an die sie sich so gut erinnerte, mit ihren eleganten Gebäuden und hübschen Balkonen. Sie folgten dem Seineufer, kamen an Notre Dame vorbei, dem Place de la Concorde, den Champs-Élysées. Wehmütig dachte sie zurück an die Zeit, da sie als Schulmädchen hier gewesen war, Camp Bird noch ihrem Vater gehört hatte, Vinson noch lebte und die Welt sich den eben erst zu Reichtum gelangten Walshs erschloss. Und sie dachte an die Zeit, die sie hier mit Flora verbracht hatte, die einzige Zeit in ihrem Leben, da sie zumindest ein gewisses Maß an Autonomie genossen hatte.

Als sie zum Eiffelturm aufblickte, erinnerte sie sich daran, wie sie diesen damals vom Riesenrad aus gesehen hatte, und plötzlich hörte sie Mademoiselle Rayes Stimme wie das Läuten einer fernen Glocke: »Alles hat seinen Preis, *ma petite*. Das ist eine der Grundregeln des Lebens.«

Sie fröstelte, obgleich sie in einen Kokon aus Decken gehüllt war. Ein ziehender Schmerz begann an ihrem Schenkel und wanderte bis in ihren Knöchel hinab.

O Vinson ... Vinson! Sie versuchte, gegen die Depression anzukämpfen, unter der sie litt, seit sie beinahe im Jordan ertrunken wäre. Sie blickte auf Ned. Sie waren seit Monaten in den Flitterwochen und ständig zusammen. Sie waren Freunde, aber er schien ihr die Leidenschaft, nach der sie sich so schmerzlich sehnte, nicht geben zu können; es gelang ihm einfach nicht, zu ihrem wahren Ich vorzudringen. Manchmal herrschte Stille zwischen ihnen, und sie spürte, dass das Schweigen endlos anhalten würde, wenn sie die Leere nicht mit irgendeinem aberwitzigen Kommentar ausfüllte, mit irgendetwas, das ihn zum Lachen brachte.

Die halbe Zeit führe ich mich auf wie ein Kleinkind, nur zu seiner Belustigung, ging es ihr durch den Kopf.

Langsam fühlte sie sich wie ein Geist, der nur durch seine eigenen Zaubertricks sichtbar wurde, aber ansonsten nicht existierte. Liegt es daran, dass Ned und ich uns zu ähnlich sind? Sind wir zu viel zusammen? Warum kann er mich nicht sehen? Ich würde mein wahres Ich aus der Flasche lassen, wenn er nur sehen könnte, wer ich wirklich bin. Er könnte mir Frieden geben. Und ich weiß, dass es den gibt, fügte sie ein wenig traurig hinzu bei der Erinnerung an ihr kurzes, weit zurückliegendes Glück.

Sie wandte sich ihm zu, sah jedoch gleich, dass er mit den Gedanken ganz woanders war.

»Ich habe mir noch kein Hochzeitsgeschenk gekauft!«, verkündete sie, bemüht, die Atmosphäre aufzulockern. »Vater hat gesagt, ich soll mir etwas Schönes aussuchen!«

»Aber du hast dein ganzes Geld doch schon ausgegeben!«, entgegnete Ned ärgerlich. »Und ich meins! Jetzt sind wir arm wie die Kirchenmäuse!«

»Nein, sind wir nicht.«

»Ich möchte mal wissen, was du tun würdest, wenn du von einem normalen Einkommen leben müsstest.«

»Das sagt der Richtige!«, erwiderte sie empört. »Du bist keinen Deut besser als ich. Und überhaupt, wozu soll Geld gut sein, wenn nicht, um es auszugeben?«

Ned seufzte. »Und was möchtest du kaufen?«

»Ich weiß nicht. Lass uns zu Cartier fahren!«

Sie fuhren den Quai d'Orsay entlang. Evalyn dirigierte ihn zur Rue de la Paix Nr. 13, eine Adresse, die sie noch gut kannte.

Bei Cartier erinnerte man sich noch genau an sie und empfing sie mit entsprechender Ehrerbietung.

»Madame, herzlichen Glückwunsch zur Hochzeit. Wir haben davon gelesen ...«

»Das ist mein Mann, Mr. McLean.«

Ned schüttelte dem Mann die Hand.

»*Enchanté, Monsieur.*«

Sie wurden in einen Nebenraum geführt. »Was können wir heute für Sie tun, Madame?«

Evalyn erklärte ein wenig atemlos: »Wir fahren bald heim und haben nicht mehr viel Bargeld, aber Papa hat gesagt, ich solle mir ein Hochzeitsgeschenk kaufen.«

»Selbstverständlich, Madame. Was schwebt Ihnen da vor?«

»Ich weiß nicht. Vielleicht ein Kollier ...«

Ned begegnete dem Blick des Juweliers.

»Führen Sie sie nicht mit extrem extravaganten Stücken in Versuchung. Wir sind eben erst aus Konstantinopel zurück, wo ihr fast die Augen aus dem Kopf gefallen sind. Ich musste sie gewaltsam aus dem Serail entfernen.«

Evalyn ignorierte Neds Versuch, Monsieur Cartier in ein Gespräch von Mann zu Mann zu verwickeln.

»Mir wurde gestattet, den Harem des Sultans zu besuchen«, erklärte sie Letzterem. »Aber ich kann Ihnen versichern, dass ich nicht erst überredet werden musste, ihn wieder zu verlassen. Auch wenn die Frauen unglaublich kostbare Juwelen trugen – mir ist vor allem ein außergewöhnlich schöner und großer Saphir aufgefallen –, sahen sie traurig aus, dick und resigniert.«

»Was andere ins Unglück stürzt, scheint bei dir das Gegenteil zu bewirken«, meinte Ned. »Stimmt es nicht?«, fragte er, an seine Frau gewandt. »Aber Evalyn lässt sich nicht so leicht vom Unglück unterkriegen.«

Evalyn konnte nicht anders als dem zuzustimmen. Es schmeichelte ihrem Selbstbildnis.

Cartier forderte Evalyn und Ned auf, am Fenster Platz zu nehmen, wo das Winterlicht am besten war, und wenige Minuten später lag vor Evalyns Augen ein Kollier, wie sie es noch nie gesehen hatte. Auf schwarzem Samt ruhte eine Reihe von in Platin gefassten Diamanten, in der Mitte eine riesige Perle, von der wiederum ein großer Smaragd baumelte. Unter dem Smaragd hing ein ungewöhnlich großer Diamant, der in der Wintersonne funkelte und blitzte. Evalyn schnappte nach Luft. Das Geschmeide raubte ihr schier den Atem. Sie hatte sich oft gefragt, warum sie Schmuck so sehr liebte;

schließlich waren es nur Steine, die der Erde entrissen worden waren; warum besaßen sie dann, gereinigt und geschliffen solche Macht über sie? Als sie nun dieses besonders schöne Stück bewunderte, glaubte sie, zu wissen, warum: Es war nicht nur so, dass Juwelen die Essenz der Farbe und das Mysterium des Lichts einschlossen, sie symbolisierten auch Unvergänglichkeit; sie würden alles überdauern.

»Der Diamant wird Stern des Ostens genannt, Madame. Es ist ein außergewöhnlicher Edelstein; einer der schönsten auf der ganzen Welt. Er hat 92 ½ Karat ... Der Smaragd 34 ½ Karat ...«

»Darf ich es anlegen?«

»Mais certainement.«

Evalyns Hände zitterten, als sie sich das Kollier umlegte.

»Die Perle ist ebenfalls ein besonders schönes Exemplar, Madame ... 32 ½ Gran ...«

Evalyn betrachtete sich im Spiegel, sah direkt über dem Stern des Ostens ihren Puls pochen. Die Edelsteine funkelten feurig.

Ich bin sterblich, dachte Evalyn, aber diese funkelnde Pracht ist es nicht. Im Gegensatz zur Liebe, erkannte sie bitter, wird sie ewig Bestand haben.

Sie wandte sich Ned zu. »Ich muss es haben. Ich kann mich nicht mehr davon trennen.«

»Warum erkundigst du dich nicht nach dem Preis? Das könnte deiner Begeisterung einen Dämpfer aufsetzen.«

Sie richtete den Blick wieder auf Monsieur Cartier.

»Sechshunderttausend Francs, Madame«, sagte er so ruhig, als ginge es um den Preis eines Hutes.

»Nur einhundertzwanzigtausend Dollar, Evalyn!«, bemerkte Ned fast beiläufig. »Aber lass dich davon nicht abhalten!«

Hierauf entstand eine Pause. Evalyn erblasste und zögerte. Sie dachte an ihren Vater und an das viele Geld, das er ihnen bereits geschenkt hatte. Aber als sie dann wieder das Kollier anschaute, wuchs ihre Entschlossenheit. Immerhin war Schmuck wie dieser eine echte Investition. Er würde seinen Wert behalten, egal, was auch passierte. Und da der 15. Dezember war, würde sie sich das Kollier eben als Hochzeits- und Weihnachtsgeschenk in einem leisten.

»Es wird auch mein Weihnachtsgeschenk«, sagte sie ganz leise zu Ned. »Der Name an sich ist schon beinahe ein Omen.«

»Wie meinst du das?«

»Stern des Ostens. Er hat den drei Weisen aus dem Morgenland den Weg nach Betlehem gewiesen!«

Ned unterdrückte ein Stöhnen und hob beide Hände. »Du meinst den Stern *im* Osten, Evalyn! Und genau dort sollte auch dieser hier sein – nicht hier als sündige Versuchung.«

Evalyn ignorierte ihn und wandte sich wieder an Cartier.

»Also gut«, flüsterte sie. »Ich nehme es ... allerdings habe ich das Geld im Augenblick nicht.«

»Das macht gar nichts, Madame«, entgegnete Pierre Cartier glatt. »Wenn Sie und Mr. McLean mir eine Empfangsbestätigung quittieren, reicht mir das. Sie können auch in Raten zahlen.«

Ned und Evalyn unterschrieben, und ein Angestellter trocknete die Tinte mit einem Löschblatt.

»Sie haben eine große Investition getätigt«, teilte der berühmte Juwelier ihnen mit, während das Kollier eingepackt und ihnen überreicht wurde. »Wenn Sie an weiteren exquisiten Stücken interessiert sind, könnte ich ...«

»In nächster Zeit nicht«, sagte Evalyn ein wenig nervös.

Pierre Cartier verneigte sich, und die jungen Leute traten hinaus in die dämmrigen Straßen von Paris, mit einem Samtkästchen, in dem ein atemberaubendes Kollier mit dem berühmten Stern des Ostens ruhte.

»Du hättest das Ding nicht kaufen dürfen!«, sagte Ned beim Abendessen, als sie es um den Hals trug. »Es starrt mich anklagend an! Wir können bei der Einreise nach Amerika nicht einmal den Zoll bezahlen.«

»Ich schmuggle es ein!«, erklärte Evalyn. »Kein Problem.«

»Wenn du das tust, wirst du das Kollier nie wieder in der Öffentlichkeit tragen können, zumindest nicht in den Staaten.«

»Wenn du mich lieben würdest«, sagte Evalyn traurig, »würdest du nicht so reden. Immerhin findest du es ganz selbstverständlich, selbst immer genau das zu tun, was du gerade willst.«

Sie verbrachten Weihnachten in Paris. Für Evalyn war es ein einsames Fest, trotz der Telegramme von daheim. Aber zu ihrer Erleichterung trank Ned über die Feiertage kaum etwas und überschlug sich den Freunden seines Vaters gegenüber, die sie in der Metropole besuchten, förmlich vor Liebenswürdigkeit. Als sie zu Beginn des neuen Jahres an Bord des Schiffes gingen, das sie in die Staaten zurückbringen sollte, stellte Evalyn fest, dass die Decke und die Wände ihrer Kabine mit Orchideen bedeckt waren.

Sie schnappte überwältigt nach Luft und fühlte sich schlagartig besser. Die Depression der vergangenen Wochen war ihrer unwürdig. Ned liebte sie also *doch*.

»Ich danke dir, Liebling!«, rief sie aus und fiel ihm um den Hals.

»Denk nur nie, dass ich dich nicht liebe, Evalyn!«, sagte er neckend. »Das hat mich mein letztes Bargeld gekostet!«

Sie küsste ihn, aber schon nach wenigen Minuten wurde er unruhig und meinte, er müsse kurz an Deck.

»Versprich mir, dass du nicht in die Bar gehst!«, bat sie leise.

»Heh, Evalyn, du willst mich doch nicht einsperren, oder? Ich möchte unter Leute!«

»Versprich mir nur, dass du nichts trinkst.«

Ned versprach es mit schlecht verhohlener Verärgerung. Als er jedoch ein paar Stunden später zurückkam, hatte er eine Alkoholfahne. Evalyn, die in der mit Orchideen geschmückten Kabine auf ihn gewartet hatte und sich nach Liebe und Zärtlichkeit sehnte, konnte ihre Enttäuschung nicht verhehlen und brach in Tränen aus.

»Ich habe dir zuliebe über Weihnachten nichts getrunken!«, nuschelte Ned mit schleppender Stimme. »Und ich lasse mir verdammt nochmal von niemandem Vorschriften machen, auch nicht von meiner Frau.«

Er hat es versprochen und hat sein Wort gebrochen, dachte Evalyn. Ich kann ihm nicht vertrauen; ich werde ihm nie wieder vertrauen können. Er wird immer unberechenbar sein. Er hat gesagt, was ich hören wollte, um mich zu kriegen, und jetzt fühlt er sich unantastbar, weil er mich bekommen hat! Er hat mich rumgekriegt, und jetzt muss ich für den Rest meines Lebens bei ihm bleiben!

Aber schon am nächsten Tag bat Ned sie um Verzeihung.

»Ich will ja damit aufhören, Evalyn, ehrlich. Himmel, ein neues Jahr hat begonnen. Darf ich nicht ein bisschen feiern?«

Er legte die Arme um sie und küsste sie, und Evalyn erwiderte den Kuss. Sie schämte sich. Vielleicht hatte sie ja wirklich überreagiert.

Es war eine stürmische Überfahrt, und Evalyn war froh, als sie wieder in Washington war, in der Sicherheit und Vertrautheit des großen Hauses in der Massachusetts Avenue 2020.

Es war himmlisch, wieder von ihren liebevollen Eltern

umarmt zu werden, mit Fragen zu ihrer Reise bombardiert zu werden, sie lachen zu hören und das alles ohne eine Spur von Vorwurf wegen der Unsummen, die sie und Ned ausgegeben hatten.

Zur Feier des Tages speisten sie bei den McLeans in ihrem Haus in der First Street, in dem höhlenartigen Speisesaal, dessen Wände mit Gobelins behängt waren. Tom beugte sich zu seiner Tochter hinüber und fragte: »Und, hast du dir etwas Hübsches als Hochzeitsgeschenk ausgesucht, Evalyn?«

»Das habe ich, Vater. Wir haben eine Empfangsbestätigung unterschrieben. Es ist wunderschön, aber Hochzeits- und Weihnachtsgeschenk in einem!«, fügte sie eilig hinzu. »Ich habe es hier. Schließ die Augen, dann lege ich es an.«

Das Kollier befand sich in ihrem samtenen Handtäschchen, und sie beugte sich hinab, um den Schmuck herauszuholen. Ihr Vater schloss gehorsam die Augen, und der Rest der Anwesenden sah neugierig zu. Als er die Augen wieder aufschlug, pfiff er anerkennend.

»Der Diamant heißt Stern des Ostens«, sagte Evalyn und schaute in die Runde, gierig nach Zustimmung.

»Sag mal, Evalyn«, meinte ihr Vater trocken. »Hast du den Zoll darauf bezahlt, oder ist das eine alberne Frage?«

»Ich habe es eingeschmuggelt!«, gestand sie.

Sie sah den Ausdruck blanken Entsetzens auf den Gesichtern ihrer Schwiegereltern.

»Das könnte unser Ruin sein!«, sagte John R. und blickte von einem zum anderen. »Ich sehe schon die Schlagzeilen in den Konkurrenzblättern: ›Schwiegertochter von Zeitungsmogul schmuggelt Juwelen ins Land‹!«

»Ich gehe gleich morgen früh hin und regle das«, sagte Tom besänftigend. »Es wird keine Probleme geben. Ich schenke es meiner Evalyn gerne. Ich werde meinen Anwalt veranlassen, zu erklären, sie sei ein wenig ... labil.« Er tippte sich an die Stirn und warf Evalyn einen halb strafenden, halb entschuldigenden Blick zu. »Und dass sie einfach vergessen hat, den Schmuck zu verzollen.«

Carrie und Mrs. McLean schwiegen, Erstere stirnrunzelnd, während Letztere in ihr Glas starrte.

»Gefällt es euch nicht?«, fragte Evalyn kleinlaut, verletzt von der wenn auch nicht ganz ernst gemeinten Bemerkung ihres Vaters, sie sei nicht ganz richtig im Kopf.

»Ein solches Schmuckstück am Hals eines Kindes zu sehen, macht mich krank!«, zischte ihre Schwiegermutter in einem für sie völlig uncharakteristischen Ausbruch. »Du solltest das Kollier umgehend zurückgeben.«

»O Evalyn«, sagte Carrie später, als sie mit ihrer Tochter allein war. »Du wirst dein Glück nicht in materiellen Dingen finden. Alles, was du hast, darin zu investieren, wird dir nie Zufriedenheit schenken. Du musst endlich anfangen, deinen Blick nach innen zu richten! Bist du mit Ned nicht glücklich?«

Evalyn erinnerte sich noch gut, dass ihre Mutter gegen diese Ehe gewesen war, und darum log sie. »Doch, natürlich.« Im Stillen fügte sie widerwillig hinzu: Ich weiß es noch nicht. Es ist noch zu früh, das zu sagen.

Plötzlich fühlte sie sich sehr müde, und sie wollte weinen. Das Leben benahm sich nicht so, wie es sollte, und das Glück stellte sich nicht ein, wenn es sollte. Und überhaupt war nichts so, wie es sein sollte.

»Ich bin schrecklich müde, Mutter. Sei mir nicht böse, aber ich muss dringend ins Bett ...«

Sie ging auf ihr Zimmer und setzte sich vor den Spiegel. Der feurige Diamant, der Smaragd, die große Perle, sie alle schimmerten auf ihrer von feinster Spitze bedeckten Brust.

Sie nahm das Kollier ab und stand auf, um nach Esther zu läuten, damit diese ihr beim Entkleiden half. Sie raffte ihren weit schwingenden Satinrock und ging zu ihrer Schmuckschatulle. Ihr Blick fiel auf das Stück Quarz, das sich so unscheinbar ausnahm neben seinen so viel schöneren Verwandten. Ihre Finger schlossen sich um den rauen Stein, und sie schloss die Augen. Sie sah das unbeschwerte Mädchen mit dem offenen Haar vor sich, das an der Seite des jungen Mannes mit den sanften Augen durch die Berge von Ouray ritt.

Du kannst sagen, was du willst, sagte sie zu dem Quarz, als sie den Deckel der Schmuckschatulle zufallen ließ, aber ich werde das Kollier nicht zurückschicken. Warum sollte ich auf etwas verzichten, das mir so viel bedeutet? Jeder, der heute am Tisch saß, besitzt alles, was er sich nur erträumt!

Ned kam erst spät zu Bett. Sie wachte auf, als er sie streichelte, aber er war ziemlich betrunken und bald eingeschlafen.

30. KAPITEL

Ich bin schwanger!«

Evalyn verkündete diese Neuigkeit so sachlich wie möglich, aber innerlich war sie so aufgeregt, als hätte in der Menschheitsgeschichte noch nie eine Frau ein Kind erwartet. Es war Mai 1909. Die Kirschbäume blühten, und Washington und die ganze Welt wirkten besonders strahlend, wie in Feststimmung, als freuten sie sich mit ihr über dieses ganz persönliche Wunder.

Neds Gesicht drückte freudige Verblüffung aus, wie ein

Mann, der bei seiner Partnerin eine seltsame Macht entdeckt hat, über die näher nachzudenken er nicht wagt.

»Meine Güte, Evalyn. Bist du dazu *wirklich* imstande?« Er umarmte sie und hielt sie dann zärtlich auf Armeslänge von sich. »Ich vergaß ... wir müssen jetzt sehr, sehr vorsichtig mit dir umgehen.«

Als sein Atem ihr ins Gesicht wehte, roch sie den Bourbon der vergangenen Nacht, der sie an ihre größte Rivalin erinnerte, die seine erste Geliebte gewesen war und immer noch Macht über ihn besaß.

»Die beste Möglichkeit, gut zu mir zu sein ...«, sagte sie und legte eine Hand auf ihren Bauch. »... zu uns ... besteht darin, dass du aufhörst zu trinken.«

Ned seufzte. »Das werde ich. Ich werde damit aufhören. Aber du auch, Evalyn. Du hast gestern Abend ziemlich viel Champagner getrunken.«

»Ich schwöre feierlich, dass ich keinen Tropfen Alkohol mehr trinken werde, bis dieses Kind auf der Welt ist! Ich werde alles tun, was Ärzte Schwangeren raten: mich bewegen, ausruhen, viel Wasser trinken ...« Sie lachte. »Du hast einen völlig anderen Menschen vor dir. O Ned, ist das nicht großartig?«

Ned suchte offenbar nach Worten. Er blickte auf ihren Bauch.

»Bist du dir ganz sicher, Evalyn?«, fragte er leise. »Man sieht gar nichts.«

»O ja, ich bin sicher, Dummkopf. Aber es sind noch sieben Monate, bis es soweit ist. Bevor die Schwangerschaft vorüber ist, werde ich aussehen wie ein Walfisch, und du wirst mich nicht mehr hochheben können, selbst wenn du wolltest.«

»Lass es uns den Eltern sagen!«

Carrie stiegen Tränen in die Augen. »Das ist wunderbar ... das sind die schönsten Neuigkeiten, die ich mir nur vorstellen kann ... O Evalyn, du musst jetzt sehr auf dich aufpassen. Das bist du dem Kind schuldig, das du unter dem Herzen trägst. Keine langen Nächte mehr! Er geht jetzt vor!«

»Das weiß ich. Er hat absolute Priorität. Nicht wahr, mein kleiner Schatz?«, flüsterte sie mit Blick auf ihren flachen Bauch.

Sie tranken Tee im Wintergarten von 2020. Draußen wanderte das Sonnenlicht über den Garten zur Pergola mit ihren Rankpflanzen, Blumen, Backsteinmauern und Ziersäulen.

»Woher willst du wissen, dass es ein Junge wird?«, sagte Tom schmunzelnd und setzte seine Tasse ab. Seine Wangen waren gerötet – etwas, das seine Tochter schon länger nicht mehr an ihm gesehen hatte.

»Ich weiß es einfach, Papa. Es ist so ein Gefühl.«

»Hast du dir schon einen Namen ausgedacht?«, fragte Carrie.

»In diesem Punkt ist Evalyn der Boss!«, sagte Ned lächelnd, als sie sich ihm zuwandte.

»Du solltest ihn nach Neds Vater John nennen«, schlug Tom vor. »Das würde John R. gefallen.«

»Ich würde ihn viel lieber nach dir benennen, Vater!«, entgegnete Evalyn. »Aber ich habe mich bereits entschieden, und ich bin sicher, ihr alle werdet das verstehen!« Sie blickte von ihrem Mann zu ihren Eltern. »Ich will, dass er Vinson heißt«, sagte sie leise.

Tom wandte abrupt den Kopf ab und blickte hinaus in den Garten, streckte dann die Hand aus und legte sie seiner Tochter auf den Kopf. Carrie kam zu ihr, um sie in die Arme zu schließen.

»Wie seltsam das alles ist«, sagte sie leise. »Das Leben geht weiter ... nach allem, was geschehen ist. Aber wir haben auf Gott vertraut ...«

»Natürlich haben wir das, Mutter! Du hast doch nichts dagegen, ihn Vinson zu nennen, oder, Schatz?«, fragte sie Ned.

»Selbstverständlich nicht«, entgegnete der und machte der emotionalen Spannung mit einem Lachen ein Ende. »Vinson war der beste Fahrer, den ich je gekannt habe. Wenn unser Sohn auch nur annähernd so wird wie er ...«

Evalyn sah, wie ihr Vater kreidebleich wurde.

»Geht es dir nicht gut, Vater? Du bist in letzter Zeit so blass.«

»Mir geht es gut«, sagte Tom. Er lächelte in die Runde. »Ich gratuliere euch beiden. Ihr habt uns sehr glücklich gemacht.«

Er stand auf und bedeutete Ned, ihm in sein Arbeitszimmer zu folgen.

Evalyn wusste, dass ihr Mann einen weiteren Scheck von ihrem Vater erhalten würde. Er bekam monatlich eintausend Dollar von John R., nicht annähernd genug, um seinen aufwändigen Lebensstil zu finanzieren. Geschenke in Höhe von zehntausend Dollar im Monat von Tom waren keine Seltenheit. Einmal hatte Evalyn sich sogar eingemischt.

»Vater, Ned ist noch extravaganter als ich. Du solltest ihn nicht noch ermutigen!«

»Wozu ist Geld denn da?«, hatte Tom erwidert. »Camp Bird übertrifft alle Erwartungen; der Aktienanteil, den ich behalten habe, wirft eine beträchtliche Dividende ab – allein in diesem Jahr mehr als eine halbe Million«, fügte er hinzu und kniff sie in die Wange.

»So viel, nur aus der Mine?«

»Es ist mehr als genug Geld für alles da, wovon du und Ned glaubt, ihr bräuchtet es zu eurem Glück.«

Evalyn sagte ihrem Vater nicht, dass ihr Glück und Neds nicht unbedingt ein und dasselbe waren. Er musterte sie abschätzend, aber sie wäre lieber gestorben, als ihm zu verraten, dass Ned oft die ganze Nacht unterwegs war, ohne dass sie gewusst hätte, wo er sich herumtrieb.

Später kam ihr Vater ins Wohnzimmer, klopfte an die offene Tür und überzeugte sich mit einem raschen Blick davon, dass sie alleine war.

»Komm nur rein, Vater.«

Tom schloss die Tür hinter sich, ließ sich auf einem Stuhl nieder und schaute seine Tochter an.

»Ich wollte nur wissen, ob es irgendetwas gibt, was du und Ned gerne hättet? Etwas, das euch beiden gleichermaßen Freude bereiten würde!«

»Also ...« Evalyn dachte an ein Anwesen in Colorado, das sie und Ned im vergangenen Jahr gesehen hatten. Damals hatten sie sich gesagt, dass es schön wäre, ein eigenes Ferienhaus für den Sommer zu haben. »Falls das Sears Estate irgendwann zu verkaufen wäre ...«

Ihr Vater grinste. »Ich habe genug gehört, Evalyn!« Dann fügte er hinzu. »Übrigens, Tochter, ich trage mich mit dem Gedanken, Wolhurst umzubenennen.«

Evalyn war überrascht. »Aber warum denn? Was stimmt denn nicht mit dem Namen?«

»Nichts. Aber ich denke an einen anderen Namen, der dazu passen würde und mir viel besser gefällt.«

Evalyn hörte die Wehmut in seiner Stimme. »Und welcher Name soll das sein?«

»Clonmel!«, sagte Tom, und plötzlich lag in seinen Augen wieder dieser abwesende Ausdruck, als hätte er sich selbst durch Zeit und Raum in eine andere Welt versetzt. »Das kommt aus dem Irischen, weißt du«, fügte er hinzu, und sie hörte die Wehmut in seiner Stimme, als die Worte von seiner Zunge rollten, als würde er sie streicheln: »Cluain Meala: Honigwiese ...«

Er sah sie an, seufzte und fuhr dann fort: »Ich werde alt, und wie alle alten Kreaturen kann ich einfach nicht anders, als an zu Hause zu denken! Wir verbringen den August auf Wolhurst – oder Clonmel, wie es fortan heißen wird. Willie Taft kommt uns dort besuchen! Er wird derjenige sein, der die Umbenennung vornimmt.«

Evalyn mochte William Howard Taft, der inzwischen Präsident der Vereinigten Staaten war. Mit gemischten Gefühlen dachte sie daran zurück, wie Vinson den Staatsmann seinerzeit mit dem Blasrohr mit Erbsen beschossen hatte.

»O Papa, ich möchte auch da sein, wenn der Präsident kommt!«

Er betrachtete sie zärtlich. »Hältst du das für klug, ich meine, jetzt wo du in anderen Umständen bist? Die lange Fahrt ... und später die Rückreise?«

Sie wollte schon erwidern, dass die Fahrt ihr egal wäre, ihr Baby sowieso daheim in Colorado geboren werden sollte und sie bis zur Geburt dort bleiben wolle. Aber dann dachte sie an das schutzbedürftige, kostbare Wesen, das in ihr heranwuchs, und die Anstrengungen der weiten Reise.

»Du hast Recht, Papa. Ich werde hier bleiben. Mein Kind geht vor!«

Neds Eltern waren auch entzückt von der Neuigkeit.

»Ich wusste ja, dass du ein schlaues Mädchen bist«, teilte John R. Evalyn mit. Er strahlte seinen Sohn an, so als wolle er sagen, dass der offensichtlich aus gutem Holz geschnitzt war und zumindest eines richtig machen konnte.

Mrs. McLean brachte Evalyn in ihren Salon und riet ihr, sich an folgende Routine zu halten: täglich in zügigem

Tempo spazieren gehen, ein Schläfchen am Nachmittag und abends früh schlafen legen. »Und dann später, wenn der Geburtstermin näher rückt, ist es im Interesse des Babys das Beste, wenn du Ned keinen ... Verkehr mehr mit dir gestattest. Ich hoffe, du vergibst mir, dass ich das erwähne!«

Evalyn errötete bis in die Haarwurzeln. Sie hatte sich selbst deswegen schon Gedanken gemacht. Wie macht man Liebe, wenn man fett ist wie eine Seekuh? Ihre eigene Mutter hätte ein so delikates Thema niemals angesprochen.

»Weißt du schon, welcher Arzt die Entbindung vornehmen soll, Evalyn?«

»Bis dahin ist noch viel Zeit, Mummie«, sagte Evalyn lahm. »Ich habe noch nicht darüber nachgedacht.«

»Trotzdem ...«

Einen Moment hatte Evalyn das Gefühl, dass ihre Schwiegermutter mehr wusste als sie. Wie war so eine Geburt eigentlich? Frauen, die schon eine hinter sich hatten, senkten jedes Mal die Stimme, wenn man darauf zu sprechen kam, und sprachen nie in Gegenwart von Frauen darüber, die noch keine Kinder hatten.

»Hast du etwas dagegen, wenn ich Dr. Whitridge Williams vorschlage?«, hakte Mrs. McLean nach. »Er ist der Leiter des John Hopkins.«

»Aber das ist doch ein völlig natürlicher Vorgang«, entgegnete Evalyn ärgerlich und störte sich an dem Gedanken, dass überhaupt ein Arzt sie betreuen sollte. »Warum machen also alle ein solches Aufhebens darum? Die meisten Frauen auf der Welt kommen auch ohne Arzt zurecht!«

»Trotzdem ...«

Ehe Mrs. McLean fortfahren konnte, betrat Ned mit seinem Vater den Raum, nahm seine Frau beiseite und reichte ihr eine kleine rechteckige Schachtel. Sie enthielt einen schlichten Platinring, in weißen Satin gebettet, der rundum mit glitzernden Diamanten besetzt war.

»Ein Familienerbstück«, erklärte er. »Vater und Mutter möchten, dass du ihn bekommst.«

Aber noch während sie ihre Freude über das unverhoffte Geschenk zum Ausdruck brachte, schnappte sie Fetzen des Wortwechsels zwischen ihren Schwiegereltern auf und hörte John R. sagen: »Ich hoffe, du hast ihr keine Angst gemacht«, und darauf die ernste Antwort seiner Frau: »Das arme Ding weiß ja nicht, was es erwartet, vor allem nach dem Unfall vor vier Jahren. Das wird bestimmt ...«

»Was wird es, Mummie?«, fragte Evalyn, durchquerte den Raum und trat vor sie. »Was für ein Zusammenhang soll zwischen dem Unfall und der Geburt bestehen?«

»Kein direkter, Evalyn«, antwortete Mrs. McLean sofort. »Nur dass du nach der Operation sehr geschwächt warst. Sie hat dich viel Kraft gekostet. Du solltest also die beste verfügbare medizinische Betreuung bekommen. Es ist immer klug, auf alles vorbereitet zu sein!«

Evalyn entgegnete schlicht: »Ich werde zum Wohl des Babys alles tun, was nötig ist, also mach dir keine Sorgen. Dir scheint nicht klar zu sein, dass ich fast 23 bin und stark wie ein Pferd.«

Sie registrierte das Mitgefühl der älteren Frau nur am Rande.

Im September verschlang Evalyn die Zeitungsberichte über die Reise des Präsidenten nach Colorado. Abgebildet waren Fotos von ihm und ihrem lächelnden Vater, mit Vizepräsident Fairbanks und wachsamen Leibwächtern des Geheimdienstes.

Etwas nagte an Evalyn, als sie die Pressefotos anlässlich der Umbenennung von Wolhurst betrachtete. Ihre Mutter sah gut aus, wenn auch ein wenig pummelig in ihrem weißen Kleid und dem Federhut. Ihren Vater umgab jedoch eine übernatürliche Aura, die ihr zu denken gab.

»Vater sieht nicht gut aus«, sagte sie leise. »Er wirkt angespannt!«

»Es geht ihm gut«, meinte Ned, der einen Blick über ihre Schulter warf. »Er hat etwas abgenommen, aber das ist doch nichts Schlimmes! Es ist sicher sehr anstrengend, Taft zu unterhalten. Sieh dir nur diese Masse an und die Energie, die er ausstrahlt!«

Evalyn lächelte. Der joviale Präsident mit dem weißen Schnauzer amüsierte sich sichtlich: Er hatte den Kopf zurückgelegt und lachte, und sein Anzug vermochte seine Korpulenz bei aller Eleganz nicht zu verbergen. Hinter ihm stand ihr Vater: Das Lächeln erstarb auf ihren Lippen, als sie erneut sein Gesicht betrachtete. Im direkten Vergleich mit dem stämmigen, lebhaften Taft wirkte er regelrecht eingefallen. In seinen Augen lag ein gehetzter Ausdruck, und der hängende graue Schnauzbart schien seine Züge herabzuziehen, als wäre der Bart bleischwer.

Es wurde Dezember. Alles war bereit für die Geburt des Babys. König Leopold schickte als Geschenk eine goldene Wiege, und Carrie und Mrs. McLean stellten gemeinsam die Babyausstattung zusammen.

»Du wirst doch das Taufkleidchen der McLeans verwenden, oder?«, fragte ihre Schwiegermutter, und Evalyn versprach es.

Es ging ihr gut. Ned trank nur noch sporadisch und war sehr um sie bemüht; sie verbrachten viel Zeit gemeinsam in ihrer Suite und sprachen von dem Kind.

»Um diese Zeit nächstes Jahr werden wir mit den Vorbereitungen für seinen ersten Geburtstag beschäftigt sein!«, sagte Ned tröstend, als sie sich ängstlich zu der Tortur äußerte, die vor ihr lag. »Das ist doch etwas, worauf du dich freuen kannst, oder?«

Evalyn stellte sich vor, wie ihr Baby sie anlachte, und ihr ging das Herz auf. »Ich kann es gar nicht erwarten, ihn zu sehen. Ich bin gespannt, wie er aussehen wird. Ich frage mich ...«, fügte sie halb zu sich selbst hinzu, »ob er Ähnlichkeit mit Vin haben wird ...«

Am 14. Dezember erwachte Evalyn vor dem Morgengrauen von einem stechenden Schmerz, der von ihrem Kreuz ausstrahlte. Sie hielt die Luft an und wartete, aber der Schmerz verebbte wieder. Eine halbe Stunde später kehrte er zurück, noch heftiger als zuvor, und dann wieder, in kürzerem Abstand.

Es geht los!, dachte sie mit einer Mischung aus Furcht und Freude. Aber es gibt nichts, wovor ich Angst haben müsste! Ein paar Kontraktionen sollten eine Evalyn Walsh McLean nicht umwerfen!

Der Schmerz kam wieder, und als das erste Tageslicht in den Raum kroch, stieß sie Ned mit dem Ellbogen an.

»Waaaas?«, fragte er verschlafen.

»Das Baby kommt!«

Ned zuckte zusammen, als hätte er einen Stromschlag erlitten. Er stand sofort auf und schaltete die Nachttischlampe an.

»Bist du sicher? Ich rufe den Doktor ...«

Evalyn holte scharf Luft, als eine weitere Wehe ihren Körper durchstach wie ein glühendes Messer. Ned musterte sie zögernd.

»Hol nur meine Mutter«, keuchte sie. »Sie wird wissen, was zu tun ist.«

Ihre Mutter kam, und auch Dr. Williams von John Hopkins traf wenig später ein. Stunden vergingen, und Evalyn kam es vor, als wäre sie in eine teuflische Welt gestoßen worden, die von einem Dämon namens Schmerz regiert wurde. Mit aller List und Tücke versuchte sie, ihm zu entkommen. Sie klammerte sich schwer atmend an das Kopfende des Bettes und richtete den Oberkörper auf, als die nächste Wehe kam, aber die Mühe war vergebens. Die Qualen schlugen über ihr zusammen wie eine Springflut, elementar und erbarmungslos, jenseits ihrer Kontrolle. Sie hörte schauderliches Stöhnen und Schreien und registrierte kaum, dass sie selbst diese animalischen Laute ausstieß. Sie hörte leise Stimmen: »Ich wage es nicht, ihr in diesem Stadium Morphium zu geben, das wäre zu gefährlich für das Kind.«

Draußen schneite es, und alle Geräusche schienen irgendwie gedämpft.

Jemand kühlte ihr die Stirn, hielt ihre Hände. Wie durch einen Nebel drang die Stimme ihrer Mutter zu ihr durch. Der Nebel lichtete sich einen Moment, und sie sah die Gesichter ihrer Eltern, ihre Sorge, ihr ergrautes Haar, aber dann zerrte der Dämon sie erneut mit sich fort und entführte sie an einen noch entlegeneren Ort seines Königreiches.

Tage vergingen, und die Folter wurde immer schlimmer. Ihr ganzer Körper bebte, jeder Muskel zitterte vor Erschöpfung. Aber das Baby kam immer noch nicht.

»Pressen, Evalyn!«, sagte ihre Mutter leise und angespannt. »Kannst du etwas fester pressen?«

Es war der vierte Tag.

Sie mobilisierte ihre letzten Kräfte und presste. Sie fühlte, wie etwas riss und warmes Blut zwischen ihren Beinen floss. Aber das Baby kam immer noch nicht.

»Ihr Muskeltonus hat sich nie erholt«, hörte sie den Doktor wie aus weiter Ferne sagen. »Wir müssen das Kind mit der Zange holen, sonst ist es verloren.«

Evalyn verlor immer wieder die Besinnung. Sie fühlte den Wattebausch mit dem Chloroform vor ihrer Nase kaum, unmittelbar bevor der Arzt in den Geburtskanal schnitt und ihren Sohn mithilfe einer Zange auf die Welt holte.

Das Baby gab einen leisen Schrei von sich. Evalyn lag da wie tot. Carrie betrachtete ihr winziges, nasses, mit Blut und weißer Schmiere bedecktes Enkelkind mit mühsam unterdrückten Tränen. Sein Kopf war seltsam verformt, lang und schmal und eingedrückt.

»Sein Kopf!«, rief sie aus.

»Wir lassen Dr. Cushing kommen«, sagte der Doktor.

»Den Gehirnspezialisten?«, fragte Ned mit erstickter Stimme.

»Ja ... nur um ganz sicher zu gehen.«

Es war der 18. Dezember 1909. Die Welt draußen lag unter einer dicken Schneedecke.

Ned arrangierte einen Sonderzug, der Dr. Cushing aus Baltimore brachte. Tom kam, um sich seinen Enkelsohn anzusehen. Es schien, als hätte er sich von dem anstrengenden Sommer erholt, wenngleich er immer noch sehr dünn war. Als er in die Wiege schaute, wurde er von einem Hustenanfall gepackt und musste sich abwenden.

Carrie betrachtete ihn sorgenvoll. Der Arzt runzelte die Stirn.

»Die Bronchien, Mr. Walsh ...«

Tom schüttelte kaum merklich den Kopf und bedeutete dem Arzt zu schweigen.

»Es ist schon gut«, sagte er. »Nur eine leichte Bronchitis. Die Kälte ...«

Tom war bereits bei einem Spezialisten gewesen und wusste, dass er den Winter eigentlich nicht zu Hause verbringen sollte.

Als feststand, dass Evalyn sich erholen würde und auch

das Baby sich hartnäckig ans Leben klammerte, teilten Tom und Carrie ihrer Tochter mit, dass sie in den Süden nach Palm Beach reisen würden.

»Nur für ein paar Wochen, Schatz«, sagte Tom und nahm ihre Hand. »Der Doktor meint, das wäre notwendig für meine alten Lungen. Ende Februar sind wir zurück.«

Aber er setzte sich zu ihr und hielt noch lange ihre Hand.

Evalyn war sehr schwach. »Ich werde euch vermissen«, sagte sie. »Ich wünschte, ich könnte mitkommen.«

Tom schien sich nicht von ihr trennen zu können. Mit abwesendem Blick strich er über das Satinlaken, spielte mit dem Spitzenbesatz ihres Kopfkissens.

»Gott schütze dich, mein Schatz«, sagte er schließlich und erhob sich, um zu gehen. Aber er zögerte wieder, blickte in die Wiege seines kleinen Enkelsohnes und berührte die winzige Hand. An der Tür blickte er noch einmal zurück. Evalyn sah, dass seine Augen lange auf ihr ruhten, bevor sie zur Wiege wanderten und wieder zu ihr zurück, so als wolle er sich das Bild genau einprägen. Dann lächelte er und war fort.

31. KAPITEL

Evalyn erwachte oft in der Dunkelheit und lauschte. Wenn sie sich anstrengte, konnte sie die Geräusche hören, die sie so liebte: die leisen Atemzüge ihres Sohnes, der in seiner goldenen Wiege direkt neben ihrem Bett schlief. Beruhigt schlief sie wieder ein. Dann, eine Stunde später, erwachte sie erneut, und die Prozedur wiederholte sich: Sie lauschte, bis sie ihn atmen hörte. Wenn das Baby schrie, rief sie die Kinderschwester, die den Kleinen wickelte, ihr anschließend in die

Arme legte und wartete, bis sie ihn gestillt hatte. Sie bestand darauf, obgleich man sie gewarnt hatte, sie sei nicht kräftig genug und es würde ihre Figur ruinieren. Man sagte ihr außerdem, sie solle ihn nur alle drei Stunden trinken lassen.

»Es wird seinen Magen ruinieren, Madam, wenn Sie nicht eine sehr strikte Routine einhalten«, behauptete die Kinderschwester.

»Papperlapapp!«, entgegnete Evalyn. »Dann wäre der Mensch längst ausgestorben. Frühere Generationen haben sich auch nicht um solche Dinge geschert. Ich werde mein Baby füttern, wenn es schreit, so wie die Natur es vorgesehen hat!«

»Aber Madam, Sie sind noch so schwach.«

»Ich bin schwach, aber nicht tot.«

Das Baby entwickelte sich prächtig. Sein Schädel nahm nach und nach eine normale Form an, und seidiger dunkler Flaum bedeckte die Fontanelle, an der fast unmerklich der Puls seines Lebens pochte. Zwischen den Mahlzeiten schlief er, die kleinen Hände lagen rechts und links von seinem Gesichtchen. Als Evalyn einen Finger in seine winzige Faust legte, umklammerte er diesen, als handle es sich um eine Rettungsleine aus einer anderen Welt. Manchmal zuckte er im Schlaf und warf die Ärmchen zurück, als wollte er einen Angriff abwehren. Sein Mund erinnerte an eine Rosenknospe, er hatte das Gesicht eines Engels, seine Finger waren runzlig und seine Nägel perfekt manikürt. Jedes Mal, wenn sie ihn küsste, bekam er ihre Nase ins Auge.

Evalyn sang für ihn, alte Lieder, die sie ihren Vater hatte singen hören, Lieder aus Irland. Manchmal verzogen seine Lippen sich zu einem Lächeln.

»Sehen Sie doch!«, sagte Evalyn zu der Kinderschwester. »Er lächelt!«

»Er hat nur Blähungen, Madam. Er ist noch zu jung, um zu lächeln!«

»Natürlich lächelt er«, widersprach Evalyn bestimmt. »Oder glauben Sie vielleicht, ich würde mein eigenes Baby nicht kennen?«

Freunde und Verwandte kamen mit Geschenken und Glückwünschen, der Präsident war einer der ersten Gratulanten. Unter den schriftlichen Nachrichten befand sich auch eine höfliche Karte aus Denver: »Herzlichste Glückwünsche. Amelia und Paul.«

Die Zeitungen bezeichneten das Neugeborene als »Hundert-Millionen-Dollar-Baby«, was Evalyn zum Lachen brachte.

»Du wirst sehr reich sein«, sagte sie ihm, »aber ganz so reich dann doch nicht. Schon gar nicht, wenn dein Vater so weitermacht!«

Ned war an den meisten Abenden aus, als wolle er verlorene Zeit wettmachen, und wenn er in den frühen Morgenstunden heimkam, schlief er im Raucherzimmer. Aber tagsüber war er ganz der aufmerksame Ehemann, setzte sich für eine Stunde zu ihr und berichtete ihr vom aktuellen Washingtoner Klatsch, während er seinen Sohn in der Wiege schaukelte.

»Das ist mal eine Alternative zum goldenen Löffel, was, Evalyn?«, meinte er lachend. »Eine Wiege aus massivem Gold!«

»Dem Baby ist das egal. Er will nur Wärme, Liebe und Geborgenheit.«

Evalyns Eltern schrieben über die warme Sonne in Florida und dass sie sich auf ihre Heimkehr freuten. Aber dann, ganz plötzlich, kamen keine Briefe mehr aus Palm Beach, und als Evalyn daraufhin selbst schrieb, erhielt sie keine Antwort.

Als sie das Hotel anrief, in dem ihre Eltern abgestiegen waren, teilte man ihr mit, dass diese abgereist seien.

»Warum melden Vater und Mutter sich nicht?«, fragte sie Ned. »Da stimmt doch etwas nicht.«

Ned war noch nie gut darin gewesen, seine Gefühle zu verbergen. Evalyn las in seinen Zügen, sah seinen Kummer und sein Mitgefühl neben der Unfähigkeit, ihr den Grund mitzuteilen.

»Was ist los, Ned?«, drängte sie ihn. »Du verheimlichst mir etwas!«

Als er nicht antwortete, setzte sie sich im Bett auf. »Sag es mir.«

Das Baby wachte auf und fing an zu weinen. Evalyn streckte die Hand aus und schaukelte es, bis es sich wieder beruhigt hatte.

»Ich will die Wahrheit wissen, jetzt gleich«, sagte sie leise.

Ned setzte sich zu ihr. »Ich wusste nicht, wie ich es dir sagen sollte, Evalyn. Deinem Vater geht es nicht gut ...«

»Nicht gut! Was heißt das? Sieh mich nicht so an, Ned, spuck es aus!«

»Das heißt ... er hatte eine Lungenblutung!«

Evalyn fiel erschüttert in die Kissen zurück. Sie musste an das gequälte Husten denken, das ihr Vater sich bei seinen Expeditionen in die Berge um Ouray geholt hatte. O liebster Vater, dachte sie. Die Berge haben vor langer Zeit deine Lungen kaputtgemacht.

»Bleibt er in Florida, oder kommt er zurück?«, fragte sie leise. »Hier gibt es die besten Ärzte.«

»Deine Mutter ist mit ihm nach Texas gefahren, nach San Antonio!«

»Warum?«

»Sie hat irgend so ein Mitglied der Christian Scientists geholt, eine Quacksalberin, wenn du mich fragst. Angeblich hat sie ein Allheilmittel erfunden! Deine Mutter würde auch glauben, dass der Mond aus Licht gemacht ist, wenn einer dieser religiösen Fanatiker es nur überzeugend genug behauptete!«

»Sie weiß einfach nicht, was sie tun soll! Schnell, Ned, wir müssen nach San Antonio.«

»Evalyn, du musst verrückt sein! Du kannst noch nicht reisen.«

Aber Evalyn war bereits aufgestanden und klingelte nach der Kinderschwester und Esther, damit diese ihr beim Ankleiden half.

»Ich möchte stündlich ein Telegramm, in dem Sie mir berichten, wie es dem Baby geht«, wies sie die Kinderschwester an. »Jede Stunde, haben Sie verstanden!«

Die Schwester war sichtlich beunruhigt. »Jawohl, Madam.«

Als sie in San Antonio eintrafen, stellte Evalyn fest, dass ihre Eltern ein kleines Cottage gemietet hatten und ihr Vater von einer Frau ohne jegliche medizinische Ausbildung versorgt wurde. Sie war Mitglied der Christian Scientists und hatte Carrie versprochen, eine Heilung durch die Kraft des Glaubens zu bewirken. Tom lag in einem kleinen Schlafzimmer, und Carrie kam Evalyn vor wie in Trance.

Evalyn erkannte auf den ersten Blick, dass ihr Vater Schmerzen hatte, die er mit derselben Zähigkeit ertrug, mit der er bisher alle Widrigkeiten im Leben gemeistert hatte. Es brach ihr das Herz, ihn so krank und schwach zu sehen, seine letzte Kraft aufbietend, um die Reaktionen seines Körpers auf die unerträglichen Schmerzen zu beherrschen.

Sie wandte sich um und zischte der Frau an seinem Bett zu: »Raus, Sie verantwortungslose Kuh. Wenn Sie Texas bis morgen früh nicht verlassen haben, lasse ich Sie wegen illegalen Praktizierens verhaften!«

»Ich wusste, dass es nicht allzu lange dauern würde, bis du kommst, Evalyn. Ich fürchte, meine Zeit ist abgelaufen, Schatz ...«

Ned machte den besten Arzt in San Antonio ausfindig; er kam und verschaffte dem Sterbenden mit Morphiuminjektionen Linderung. Die Reise hatte Evalyn sehr angestrengt, und sie spürte nur zu deutlich, dass sie noch nicht wiederhergestellt war, als ihr Vater endlich in friedlichen Schlaf fiel. Aber sie gab ihrer Erschöpfung nicht nach, sondern schickte Telegramme an die besten Ärzte Amerikas, die den Sterbenden behandeln sollten. Eine Woche später reiste Dr. Lewellys Barker aus Baltimore an.

Da erst brachten sie Tom heim in die Massachusetts Avenue 2020 – in einem Sonderzug, der ihren eigenen Waggon sowie einige Gepäckwagen als Ballast zog.

Sie betteten ihn in sein Zimmer, während Evalyn ins Kinderzimmer zu ihrem Sohn eilte.

Baby Vinson schien es bestens zu gehen – der Kleine lächelte, gurgelte und versuchte nach den Reihen kleiner bunter Bälle über seinem Bettchen zu greifen. Die Schwester holte ihre Notizen und las Evalyn die Daten der Gewichtszunahme des Säuglings vor. Aber er schien seine Mutter nicht wiederzuerkennen, was dieser einen schmerzhaften Stich versetzte.

»Er ist erst vier Monate alt«, tröstete Carrie sie. »Du warst mehrere Wochen weg. In diesem Alter ist das Erinnerungsvermögen noch nicht ausgeprägt.«

Evalyn nahm ihn hoch und brachte ihn zu ihrem Vater.

»Das ist dein Großvater, Vinson«, flüsterte sie ihrem Sohn ins Ohr. »Wenn du nur halb so ein Mann wirst, wie er einer ist, wirst du deine Mutter schrecklich stolz machen!«

»Welch ein Unsinn, Evalyn«, murmelte Tom, aber seine Züge erhellten sich, als sie ihm das Baby in den Arm legte.

»Du hast zugenommen, seit ich dich das letzte Mal gesehen habe«, stellte er fest. Er berührte die kleine speckige Hand seines Enkels.

Das Baby griff nach dem Finger seines Großvaters. Evalyn beugte sich über die beiden. Vinson blickte zu ihr auf und krähte vergnügt.

Und er erinnert sich doch an mich, dachte sie glücklich. Natürlich tut er das.

Als sie ihrem Vater das Baby wieder abnahm, flüsterte dieser ihr ins Ohr: »Ich werde bald sterben, Kleines, aber ich lasse dich in besten Händen zurück!«

»O Vater«, sagte Evalyn mit erstickter Stimme. »Ich würde alles hergeben, wenn es dich nur gesund machen könnte ...«

»Psssst, Schatz.« Er legte eine ausgemergelte Hand auf ihre. »Ich möchte ein schlichtes Begräbnis – keine Blumen, keine Musik ... und nur im engsten Familien- und Freundeskreis.«

»Ja, Vater ...«

Als Carrie eintrat, fügte er so leise, dass nur Evalyn es hören konnte, hinzu: »Und pass auf deine Mutter auf.«

Tom fühlte, wie er an einen Ort entglitt, an dem es weder Schmerzen noch Mühen gab. So ist das also, dachte er, der letzte machtlose Abgang! Das ist also der Augenblick, da wir unseren Willen aufgeben.

Er konnte nicht mehr sprechen, hörte aber seine Frau und seine Tochter miteinander flüstern. Dann hörte er noch andere einstmals geliebte leise Stimmen. Sie waren ihm sehr vertraut.

Evalyn wich ihrem Vater nur von der Seite, um nach ihrem Baby zu sehen. Sie dachte an sein Leben, seine Fairness, seine Entschlossenheit und seine Sanftmut, daran, wie er unermüdlich jahrein, jahraus in den Bergen nach Gold gesucht hatte, bis seine Gesundheit ruiniert war. Sie dachte an seine Großzügigkeit, nachdem er Camp Bird gefunden hatte. Sie dachte an die Freunde, die er gewonnen hatte, von Königen und Präsidenten bis hin zu Zufallsbekanntschaften, die er mit seiner Freundlichkeit bezaubert hatte. Sie dachte an den Beitrag, den er auf dem Gebiet der Bergbautechnik geleistet hatte, an die Bewässerung ausgedörrter Länder im Westen, die Wissenschaft, und an die schönen Häuser und Anwesen, die er erworben hatte. Sie weinte still, als sie an Vinsons Tod dachte, dieser große Kummer, den er als Strafe für seine Nachsichtigkeit empfunden hatte. Sie grübelte über die Zerstörung seiner Lungen nach, den Preis, den er dafür gezahlt hatte, dass er es mit den Rockies aufgenommen hatte.

Hatte es je zuvor einen solchen Mann gegeben? Was hätte der junge Immigrant wohl gesagt, wenn man ihm seine Zukunft geweissagt hätte, als er 1869 in Queenstown auf dem Kai gestanden hatte, um sich in die neue Welt einzuschiffen? Oder in jener weit zurückliegenden Nacht im Schneesturm, als der Tod mit eisiger Hand nach ihnen gegriffen hatte?

Ein paar Tage später, am 8. April 1910 um 11 Uhr 25, starb Thomas Francis Walsh, vier Tage vor seinem sechzigsten Geburtstag. Evalyn, die seine Hand hielt, spürte den Augenblick, da sein Puls aufhörte zu pochen. Sie beugte sich über ihn, küsste seine Stirn und legte die Wange an seine in dem Versuch, seinen letzten Atemzug in sich aufzunehmen.

»Adieu, geliebter Mann«, flüsterte Carrie, als sie die Lippen ihres toten Gatten küsste.

»Sag niemals Adieu«, flüsterte Evalyn durch den Strom ihrer Tränen hindurch. »Sag Auf Wiedersehen ...«

Am folgenden Tag lautete die Schlagzeile auf der Titelseite

der *Washington Post:* »THOMAS F. WALSH IST TOT.« Alle Zeitungen des Landes brachten einen Nachruf.

Fast sofort traf eine Flut von Telegrammen und Beileidsschreiben ein. Ein Telegramm aus Denver von Gouverneur John F. Shafroth las Evalyn gleich mehrfach:

> *GANZ COLORADO TRAUERT MIT IHNEN. IHR VERLUST TRIFFT DEN GESAMTEN WESTEN. SEIEN SIE UNSERES TIEF EMPFUNDENEN MITGEFÜHLS VERSICHERT.*

Sie suchte nach einem anderen Telegramm, das sie schließlich auch fand. Dort stand:

> *MEIN HERZLICHSTES BEILEID PAUL.*

Carrie ging auf ihr Zimmer, ließ die Jalousien herunter und weigerte sich, irgendjemanden außer ihrer Tochter zu sehen.

»Ich kann nicht zur Beerdigung deines Vaters gehen«, teilte sie Evalyn mit. »Ich könnte es nicht ertragen mit anzusehen, wie sie seinen Sarg in die Grube hinablassen ... Bitte bleib bei mir.«

Evalyn dachte an den letzten Wunsch ihres Vaters und versprach es.

Am folgenden Tag um 15 Uhr wurde im Salon ein Trauergottesdienst abgehalten. Evalyn schaute die Trauergäste an – Präsident Taft, Admiral Dewey, John R. McLean, David Wegg ... Es war ein trauriger und beinahe stummer Abschied ohne Musik oder Blumen. Die Gebete wurden gesprochen, und dann brachte man Tom zur Familiengruft auf dem Rock Creek Friedhof, wo er an der Seite seines einzigen Sohnes bestattet wurde.

Evalyn stieg hinauf zum Dachgarten und lauschte den

Geräuschen, als der Sarg ihres Vater durch die *porte-cochère* in der 21. Street und zum Leichenwagen getragen wurde. Sie hörte, wie die Tür des Leichenwagens hinter den sterblichen Überresten ihres Vaters zugeschlagen wurde; dann sprangen die Motoren an, und mehrere Fahrzeuge fuhren die kurze Zufahrt hinunter. Es kam ihr vor, als würde ihr Herz jeden Moment zerspringen.

Als der Trauerzug weg war, hastete sie hinab ins Arbeitszimmer ihres Vaters im ersten Stock, setzte sich an Toms Schreibtisch und ließ den Blick um sich schweifen. Die Jalousien waren heruntergelassen, und im dämmrigen Licht tanzten Staubflöckchen. Kleine Farbkleckse, die von den Buntglasscheiben herrührten, lockerten den Schatten auf. Sie blickte auf den genieteten Ledersessel, auf dem sie an jenem Morgen, da sie ihrem Vater von Neds Antrag erzählt hatte, gesessen hatte.

Ihr Blick fiel auf die beiden Fotografien auf dem Schreibtisch ihres Vaters, die eine von ihr selbst und Carrie, in einem schlichten silbernen Rahmen, und dazu die alte Aufnahme von ihr als Kleinkind in einem weißen Rüschenkleid.

Was ist aus den Fotos von Vinson geworden, die früher hier standen, fragte sie sich.

Sie öffnete eine Schublade; sie war voller Papiere. Sie zog eine zweite auf, und Vinson lächelte zu ihr auf. Das Bild war in jenem letzten Sommer in Newport entstanden. Vinson trug sein unwiderstehliches Lächeln zur Schau, ein eleganter junger Mann, der das ganze Leben noch vor sich hatte. Sie wischte die Tränen fort, die auf das Glas fielen.

Sie suchte weiter. Unter dem Foto fand sie einen Umschlag, der sich weich anfühlte. Sie nahm ihn heraus und entleerte den Inhalt auf den Schreibtisch. Stirnrunzelnd betrachtete sie die verblichenen Samtbänder.

Evalyn legte alles in die Lade zurück und schloss diese

wieder. Neue Tränen liefen in warmen Strömen über ihre Wangen; sie schmeckte sie in ihrem Mund.

»Wir sehen uns wieder, Papa«, versprach sie ihm leise.

32. KAPITEL

Deine Mutter kann nicht so weitermachen!«, sagte Ned einige Monate später. »Schließt sich bei zugezogenen Jalousien den ganzen Tag in ihrem Zimmer ein ...«

»Sie trauert! Sie und Vater waren 31 Jahre verheiratet. Sie gibt sich die Schuld an seinem Tod und sagt, dass sie nur darauf wartet, ihm zu folgen.«

Ned schnitt eine Grimasse. »Also wenn du mich fragst, ich finde das makaber. Kannst du nicht irgendetwas tun, damit sie damit aufhört?«

»Sie interessiert sich für nichts außer dem Baby. Ich habe versucht, mit ihr über Vaters Vermögen zu sprechen, aber sie hat mich nur mit leerem Blick angestarrt und gemeint, das Geld habe sie nie interessiert.«

»Es würde sie sehr schnell interessieren, wenn keins mehr da wäre«, brummte Ned säuerlich. »Aber die Antwort auf das Problem liegt auf der Hand: das Baby. Soll sie sich um klein Vinson kümmern. Sie können den Sommer in Bar Harbor verbringen, während ich eine Weile mit dir verreise, als Abwechslung und zur Erholung. Wir müssen auch hin und wieder mal etwas Zeit für uns haben.«

Evalyn blickte in das eifrige Gesicht ihres Mannes. Er war seit der Geburt des Babys so liebevoll gewesen und nach dem Tod ihres Vaters wie ein Fels in der Brandung. Und sie *war* tatsächlich körperlich und seelisch erschöpft, ausgelaugt und anämisch, wie der Arzt gemeint hatte, eine Seereise und ein Tapetenwechsel dürften ihr also tatsächlich gut tun. Aber das Baby zurücklassen?

»Wo möchtest du denn mit mir hin?«

»Nach Frankreich, Evalyn. Ich möchte wieder mit dir nach Paris. Du warst immer glücklich dort. Genau genommen hast du fast ein ganzes Jahr Hölle hinter dir!«

»Aber ich kann Vinson doch nicht zurücklassen!«

»Und dein Mann? Ist der so unwichtig, Evalyn?«, fragte er zornig. »Unsere Ehe? Deine Gesundheit? Was für einen Stellenwert habe ich eigentlich bei alledem? Vinson ist ein Wonneproppen, und deine Mutter wird endlich aus ihrer Apathie gerissen, wenn du ihn ihrer Obhut überlässt. Oder willst du, dass sie deinem Vater nachfolgt?«

Evalyn wusste, wann sie geschlagen war. Sie suchte ihre Mutter auf.

Carrie lag in ihrem abgedunkelten Zimmer auf dem Bett und starrte an die Decke. Sie war abgemagert, und ihr Gesicht war so weiß wie das Laken.

»Hast du Kopfschmerzen, Mutter?«, fragte Evalyn, setzte sich zu ihr auf die Bettkante und nahm ihre Hand.

»Nein, Liebes. Ich habe nur ... an die vielen schönen Tage und Jahre gedacht. Ich fühle mich wie amputiert. Jeden Tag wird die Gewissheit, dass ich sein Gesicht niemals wieder sehen werde, unerträglicher. Wenn ich daran zurückdenke, wie jung und glücklich wir in Leadville waren ... Und jetzt soll ich ohne ihn alt werden ...«

»Dann siehst du dich sicher nicht in der Lage, dich um das Baby zu kümmern. Ned und ich möchten in Urlaub fahren. Er möchte mit mir nach Europa!«

»Aber Evalyn, Vinson ist doch erst sieben Monate alt.«

»Ein Grund mehr. Wir können nicht fahren, wenn du dich nicht bereit erklärst, ihn in unserer Abwesenheit zu versorgen. Ich würde ihn niemandem sonst anvertrauen, und Ned und ich brauchen dringend etwas Erholung! Wir haben im vergangenen Sommer schon keinen Urlaub gemacht.«

»Ich weiß, ihr Armen«, jammerte Carrie. »Das vergangene Jahr muss euch sehr mitgenommen haben. Die Schwangerschaft, die Geburt und dann der Tod deines Vaters, noch bevor du dich richtig erholt hattest! Ned war in dieser Zeit großartig. Ich weiß gar nicht, was wir ohne ihn gemacht hätten.«

Ned war *wirklich* wunderbar gewesen, musste Evalyn zugeben. In der schlimmsten Zeit ihres Lebens war nichts von dem egoistischen Trinker, den sie so oft erlebt hatte, zu sehen gewesen. Jemand anderes war zum Vorschein gekommen, ein Mann, den sie anbetete, ein aufmerksamer und kompetenter Lebensgefährte. Sie hatte sich von neuem in ihn verliebt und freute sich auf die gemeinsame Zeit mit ihm allein.

Warum kann es nicht immer so sein?, fragte sie sich. Aber das spielte jetzt kaum noch eine Rolle; sie war sicher, dass er endgültig ein neues Kapitel in seinem Leben aufgeschlagen hatte. Die Vaterschaft hatte ihn reifen lassen, wie sie es erwartet hatte.

»Dann kümmerst du dich um das Baby, Mutter? Ich halte es nämlich für keine gute Idee, ihn mit nach Frankreich zu nehmen!«

Bei diesen Worten erwachte Carrie zu neuem Leben.

»Nach Frankreich! Über diesen grässlichen Ozean? Das will ich doch nicht hoffen! Der arme kleine Wurm ...«

Am Abend hatte Carrie ihr Zimmer verlassen und ging mit dem Baby im Garten spazieren. Ned und Evalyn brachten sie und Vinson noch nach Bar Harbor, ehe sie selbst nach Europa abreisten.

In Paris wohnten sie wie früher im Bristol Hotel. Es ist komisch, wieder in der Stadt zu sein, die schon Dreh- und Angelpunkt so vieler entscheidender Ereignisse in meinem Leben war – meine erste Europareise, meine »Lehrzeit im Ausland«, meine Flitterwochen, dachte Evalyn, als sie am ersten Urlaubsmorgen aufwachte. Aber erst jetzt, als junge, seit zwei Jahren verheiratete Frau, fühlte sie sich entspannt, was die körperliche Seite ihrer Ehe anbelangte. Ned hatte sie die halbe Nacht geliebt, und die Gier, die er an den Tag gelegt hatte, hatte sie ebenso überrascht wie erregt, auch wenn sich ihr flüchtig die Frage aufgedrängt hatte, ob die Leidenschaft tatsächlich *ihr* galt oder dem Körper in seinen Armen.

Ned warf das Laken auf den Boden und betrachtete seine nackte Frau, die quer auf dem großen Bett lag, das offene Haar in dunklen Wellen über die Kissen gebreitet. Obwohl es dämmrig war, konnte er erkennen, wie anmutig ihr Körper war, der sich fast vollständig von Schwangerschaft und Geburt erholt hatte. Sein Blick fiel auf die lange weiße Narbe an ihrem rechten Schenkel. Evalyn bemerkte seinen Blick und zog das Laken wieder über sich.

»Du bist wunderschön«, sagte Ned ernst. »Und ein ständiger Quell der Versuchung ... Allerdings fürchte ich, dass ich tot umfalle, wenn ich nicht bald Frühstück bekomme.«

Er beugte sich über sie, und als er sie küsste, legte sie die Arme um seinen Hals. »Du *liebst* mich doch, Ned, oder?«

Er hob den Kopf, um ihr ins Gesicht zu sehen, und lachte kurz.

»Was für eine dumme Frage, Evalyn. Wie kannst du so etwas fragen ... vor allem nach einer Nacht wie der gestrigen.«

Sie wusste, dass es nicht die richtige Frage war. Sie dachte an Annies Worte: *»Sag einem Mann niemals, dass du ihn liebst, und frag ihn nie, ob er dich liebt!«*

War das mein Fehler?, fragte sie sich und hatte ein ganz

schlechtes Gewissen, als die Erinnerung an Paul sie übermannte.

Sie ließ sich aus dem Bett gleiten und schlüpfte in ihren Morgenmantel aus Seide und Spitze. Während Ned Frühstück bestellte, durchquerte sie den Raum, zog die elfenbeinfarbenen Vorhänge zurück und blickte durch die Schlitze der Schlagläden. Ned folgte ihr und öffnete die Balkontüre. Die warme Morgenluft trug den Großstadtlärm herein und den Duft von Kaffee und frischem Brot.

»Paris erwartet Sie, Madame McLean ...«

Evalyn lachte und fühlte sich plötzlich wieder wie 18.

Nach dem Frühstück badete sie und wählte dann ein Kostüm von Paul Poiret, ein giftgrünes Kleid mit weich drapiertem Rock, der am Saum so schmal wurde, dass sie nur ganz kleine Schritte machen konnte. Viele Frauen trugen zu der neuen Mode einen Gurt, der große Schritte verhinderte, um sich nicht durch eine zu raumgreifende Bewegung den Rock zu zerreißen.

»Ich glaube nicht, dass diese alberne Mode sich halten wird«, brummte sie, als das Mädchen das Kleid im Rücken schloss. »Sie lassen uns ausgerechnet in dem Jahr, in dem die Suffragetten demonstrieren, durch die Gegend trippeln.«

Sie vervollständigte ihr Outfit mit einem großen Hut, dessen Krempe auf der einen Seite hochgesteckt und mit verschiedenfarbigen Federn verziert war, deren Schattierungen von kühlem Limonengrün bis zu Flaschengrün reichten. Ned betrachtete sie kritisch im Spiegel.

»Du siehst keinen Tag älter als zwanzig aus.«

Sein Kompliment beschwor schmerzliche Erinnerungen herauf. Sie war auf Wolhurst zwanzig geworden, knapp ein Jahr nach Vinsons Tod, und der Tag war überschattet von der Trauer ihres Vaters gewesen. Und jetzt quälte sie die noch nicht verheilte Wunde, die sein eigener erst so kurz zurückliegender Tod geschlagen hatte.

»Lass uns einkaufen gehen, Ned ...«

Sie kaufte Kleider bei Jacques Doucet und Modelle aus Rohseide bei Paul Poiret. Am Abend trug sie zum Abendessen den Stern des Ostens an einem Platinband im Haar. Alle Augenpaare im Restaurant waren auf die junge Frau geheftet, deren kostbarer Kopfschmuck grün und feurig-weiß funkelte, und die allgemeine Aufregung erinnerte sie an die Aufmerksamkeit, die sie vor Jahren erregt hatte, als sie in einem gelben, mit Diamanten besetzten Samtkleid in die Oper gegangen war.

Ned kaufte einen Sportwagen von Fiat und engagierte einen Chauffeur, aber das Prickeln, das sie damals bei ihren Touren durch Paris verspürt hatte, blieb aus.

Schließlich musste sie sich selbst eingestehen, dass, so unerklärlich dies auch sein mochte, nichts mehr dasselbe war wie früher. Sie suchte Vergnügen da, wo sie es früher gefunden hatte, aber auch wenn alles noch so war wie damals, war sie irgendwie darüber hinausgewachsen. Sie empfand die warmen Tage als unerträglich stickig; das Kopfsteinpflaster, die Gehwege und die Gebäude saugten die Sommerhitze förmlich auf, um sie dann wieder abzustrahlen.

Ich welke, dachte Evalyn verzweifelt.

Ob Ned es genauso empfand? Jagte auch er ewig dem Vergnügen hinterher, weil er sonst nichts mit seinem Leben anzufangen wusste? Aber jetzt *gab* es sehr wohl etwas, wofür es sich zu leben lohnte.

Aber jedes Mal, wenn sie ihren Sohn erwähnte, spielte er ihre Sorge herunter.

»Um Himmels willen, Evalyn, es muss doch noch ein Leben nach dem Mutterwerden geben! Bist du mit mir zusammen oder nicht? Was ist aus dem impulsiven, lebenslustigen Mädchen geworden, das ich geheiratet habe?«

Sie telegrafierten täglich nach Bar Harbor, und Carrie versicherte ihnen in ihren Antworten, dass es dem kleinen Vinson prächtig gehe.

»Siehst du, es geht ihm gut. Kein Grund zur Sorge. Also hör endlich auf, überzureagieren, und lass uns Spaß haben, Evalyn. Nach dem Jahr, das hinter uns liegt, haben wir uns ein bisschen Spaß verdient!«

Früher wäre es ganz leicht gewesen. Sie versuchte, Ned die Freude zu machen, aber sie war nicht mehr mit dem Herzen dabei. Sie verbrachte ein paar Tage mit ihm in der Bäderstadt Vichy, trank das Quellwasser und gewann große Summen im Casino, blieb aber ruhelos.

»Was willst du eigentlich?«, fragte sie eines Abends beim Essen. »Ein Tag ist wie der andere ... Es ist so, als würdest du nach dem Goldschatz des Kobolds suchen, von dem Vater uns erzählt hat!«

»Komm mir nicht auf die irische Art, Evalyn Walsh«, entgegnete er und schaute sie mit einem unsicheren Lächeln an. »Den Goldschatz habe ich bereits. Das, wonach ich suche, ist das unzähmbare Mädchen, das ich früher gekannt habe.«

»Aus dem unzähmbaren Mädchen ist eine Frau geworden! Was du suchst, ist der Alchemist!« Evalyn war selbst von ihren Worten erschrocken, die viel bedeutungsvoller schienen, als es ihre Absicht gewesen war.

Aber Ned lachte nur. Er bestellte zwei Brandys und kippte sie kurz hintereinander hinunter. Dann reichte er ihr mit einem entschlossenen Lächeln die Hand, führte sie nach oben in ihre Suite und fing an, sie zu entkleiden. Als ihr Kleid zu Boden glitt und Ned sie auf das Bett warf, hatte Evalyn plötzlich das Gefühl, dass ihre Intimsphäre missachtet wurde. Sie wusste, dass sie in diesem Moment für Ned als Frau existierte, nicht jedoch als Person.

Sie stieß ihn von sich. »Ich bin furchtbar müde, Ned. Und wir haben uns doch gestern erst geliebt.«

»Ich wusste gar nicht, dass diese Art von Vergnügen rationiert ist.«

Er starrte sie mit zornsprühenden Augen an, trat vor den Spiegel, wo er seine Fliege geraderückte, und ging zur Tür.

»Schlaf gut, mein Schatz. Ich gehe aus.«

Am nächsten Morgen erhielt Evalyn einen Brief von ihrer Mutter.

> *Vinson geht es gut, er bekommt gerade einen weiteren Zahn. Er ist ein richtiger Wonneproppen, und ihr braucht euch um ihn wirklich keine Sorgen zu machen. Wir verbringen den Tag draußen im Garten, und für gewöhnlich schläft er die ganze Nacht durch.*

Evalyn las die Zeilen noch einmal und wusste selbst nicht, warum sie sich plötzlich so unbehaglich fühlte. Sie dachte an ihren Sohn, an sein kleines engelhaftes Gesichtchen, die speckigen Beinchen, mit denen er kräftig strampelte, die kleinen plumpen Fäuste, und vermisste ihn schmerzlich. Er ist 3000 Meilen entfernt, sagte sie sich, auch wenn er in den besten Händen ist, die man sich nur wünschen kann. Die Entfernung schien ihr unerträglich. Sie sehnte sich danach, ihn zu halten, ihn atmen zu hören, zu sehen, wie er beim Füttern die Zehen abwechselnd krümmte und streckte. Seine Abwesenheit schuf eine Lücke und bedrückte sie zunehmend.

Um sich von den Gedanken an das Baby abzulenken, legte sie den Brief aus der Hand und wandte sich Ned zu, der seinen Kaffee trank und lustlos in seinem Frühstück stocherte. In den vergangenen zwei Tagen war der aufmerksame Ehemann, den sie schätzen gelernt hatte, verschwunden. Im Moment hatte er noch seinen Morgenmantel an und war unrasiert. Er hatte eine kräftige Alkoholfahne, und seine Augen waren blutunterlaufen; er war die halbe Nacht unterwegs gewesen.

Nur um irgendetwas zu sagen, fragte sie: »Kommst du heute Morgen mit mir einkaufen?«

»Heiland, Evalyn, hast du noch nicht genug eingekauft? Wo willst du denn noch hin?«

»Zu einer Modistin, von der ich gehört habe ... sie heißt Chanel.«

Das Telefon klingelte, und Evalyn nahm den Hörer ab.

»Ja bitte?«

»Hier ist ein Gentleman, der Sie sprechen möchte, Madame.«

»Und wer ist es?«

Die Rezeptzionistin senkte die Stimme. »Monsieur Cartier, Madame.«

»Er soll raufkommen.«

Ned blickte sie über seine Kaffeetasse hinweg fragend an.

»Wer stört uns denn so früh?«

»Es ist halb zwölf, Ned«, entgegnete sie ärgerlich. »Und ich freue mich über den Besuch.«

Pierre Cartier trug einen langen Mantel und austernfarbene Gamaschen und hielt seinen hohen schwarzen Seidenhut in der rechten Hand. Er trat auf den rosablauen Perserteppich und verneigte sich mit würdevoller Eleganz.

Ned stöhnte hörbar, aber der Juwelier schien nichts davon zu bemerken.

»Ich hoffe, es geht Ihnen gut, Madame ... Monsieur?« Er warf einen wissenden Blick auf Ned, der übellaunig am

Tisch saß, und fügte geschmeidig hinzu: »Aber vielleicht komme ich ungelegen? Ich werde ein anderes Mal wiederkommen.«

»Nein, nein, Monsieur Cartier«, sagte Evalyn schnell. »Bitte setzen Sie sich doch. Möchten Sie einen Kaffee?«

»Nein, vielen Dank, Madame.«

Ned stand auf und entschuldigte sich. Er ging ins Schlafzimmer und schloss geräuschvoll die Tür hinter sich.

»Sie müssen meinen Mann entschuldigen. Er ist heute Morgen nicht er selbst. Er hatte eine ... lange Nacht.«

Cartiers Lächeln sagte ihr, dass er bestens verstand.

»Ich war sehr betroffen, als ich vom Tod Ihres Vaters erfahren habe, Madame«, sagte er freundlich. »Darf ich Ihnen mein Beileid aussprechen?«

»Danke.«

Evalyn fragte sich, was der Grund für Cartiers Besuch sein mochte. Bestimmt war er nicht nur gekommen, um ihr sein Beileid kundzutun. Er griff in die Innentasche seines Mantels und holte ein in braunes Papier eingeschlagenes und mit Wachs versiegeltes Päckchen heraus.

»Was haben Sie denn da?«, fragte sie lachend. »Ich hoffe, Sie wollen mich nicht mit einem extravaganten Stück in Versuchung führen.«

»Nein, Madame, aber ich möchte Ihnen eine Geschichte erzählen.« Er musterte sie einen Moment eindringlich, ehe er fortfuhr. »Wenn ich mich recht erinnere, haben Sie mir bei unserer letzten Begegnung erzählt, Sie wären in der Türkei gewesen und Ihnen wäre ein Besuch im Serail des inzwischen verstorbenen Sultans gewährt worden?«

»Ja. Ein Harem voller dicker Frauen.«

»Ich erinnere mich. Und Sie erwähnten, glaube ich auch, dass Sie am Hals einer der Damen einen großen blauen Edelstein gesehen haben?«

Evalyn dachte zurück an jenen Tag ihrer Hochzeitsreise. Das Bild eines übergewichtigen hübschen Mädchens mit einem riesigen blauen Edelstein um den Hals tauchte vor ihr auf.

»Das stimmt. Was ist damit?«

Cartier lächelte ein wenig geheimnisvoll. »Wie Sie wissen, gibt es das Osmanische Reich nicht mehr. Die Dame, die seinerzeit dieses Juwel getragen hat, wurde erstochen.«

Evalyns Augen weiteten sich.

»Bei dem Stein, den sie trug, handelte es sich mit ziemlicher Sicherheit um den Hope Diamanten«, fuhr Cartier fort. »Das ist ein blauer Diamant, einer der seltensten Edelsteine der Welt.«

Nachdem er sich der gebannten Aufmerksamkeit seines Gegenübers absolut sicher sein konnte, erzählte Cartier Evalyn mit wenigen Worten die Geschichte dieses Diamanten. Er berichtete ihr, wie der Stein zur Zeit der Regentschaft Ludwigs XIV. von Indien nach Frankreich gebracht wurde, wo er lange Zeit zu den Kronjuwelen gehörte, um dann nach der Revolution in den Besitz eines Engländers namens Lord Francis Hope zu gelangen, der ihn in den Anfangsjahren des 19. Jahrhundert an einen türkischen Sammler verkaufte.

»Gehe ich recht in der Annahme, dass Sie dieses Kleinod mitgebracht haben, Monsieur Cartier?«, fragte Evalyn leise mit einem Blick in Richtung Schlafzimmertür. »Dass es sich genau genommen in eben diesem Päckchen befindet, das Sie in der Hand halten?«

»So ist es, Madame.«

»Und Sie möchten mir den Diamanten zeigen?«

»Wenn Sie ihn sehen möchten. Er ist zweifellos einen Blick wert.«

Pierre Cartier brach die Siegel auf und hielt Evalyn gleich

darauf einen großen blauen, in Gold gefassten Edelstein an einem Diamantkollier vor die Augen.

»Ist das der Schmuck, den Sie bei der Haremsdame gesehen haben, Madame?«, fragte er leise.

Evalyn starrte wie gebannt auf das Kollier. Die Farbe des Steins war einzigartig; ein Blau, wie man es in einer Höhle unter einem tropischen See erwarten würde.

»Ich denke schon«, sagte sie leise. »Ich kann mich nicht genau erinnern. Wie sind Sie in seinen Besitz gelangt?«

»Ich habe ihn von einem Mann namens Rosenau gekauft. Er hat eine große Anzahl Juwelen erworben, die bis vor kurzem dem ehemaligen Sultan gehörten ...«

Ned kehrte zurück, rasiert und angezogen. Er blickte von seiner Frau auf den berühmten Juwelier und auf den funkelnden Diamanten. Mit hochgezogener Braue trat er näher, ein spöttisches Lächeln auf dem Gesicht.

»Lassen Sie mich das Ding an Evalyns Hals sehen!«, rief er aus. »Möchtest du das Kollier nicht umlegen, Liebes?«

»Bitte, Monsieur«, entgegnete Pierre Cartier hastig und hob dann abwehrend eine Hand, als Ned nach dem Schmuck griff. »Fassen Sie es nicht an. Es heißt, der Stein brächte Unglück. Manche behaupten sogar, auf ihm laste ein Fluch.«

Ned verharrte mitten in der Bewegung, blickte den Juwelier einen Moment irritiert an und lachte dann. »Das kann doch nicht Ihr Ernst sein! Ich habe noch nie einen solchen Unsinn gehört!«

Cartier zuckte kaum merklich die Achseln. Dann sagte er: »Mag sein, aber es scheint, als wäre bisher jeder, der ihn einmal besessen hat, von einer Tragödie heimgesucht worden.«

Evalyn verspürte ein Prickeln im Nacken, das sie von früher kannte. Angst durchströmte sie, und einen Moment lang brachte sie keinen Ton heraus.

»Warum haben Sie ihn dann hergebracht?«, fragte Ned ärgerlich. »Wollen Sie uns mit einem Fluch umbringen ... mit *blauem* Zauber?« Er deutete auf den Stein in Cartiers Hand. »Haha.«

»Sei nicht albern, Ned!«, schimpfte Evalyn.

Cartier lächelte die jungen Leute an. »Nichts dergleichen, Monsieur, das versichere ich Ihnen. Aber ich erinnere mich daran, dass Madame einmal sagte, dass Dinge, die anderen Unglück brächten, bei ihr das Gegenteil bewirkten.«

»Das stimmt«, bestätigte Evalyn so bestimmt sie konnte. »Aber nur, weil ich nicht abergläubisch bin! Oder nur selten!«

»Meine Frau ist halbe Irin und so abergläubisch, wie man nur sein kann!«, stellte Ned fest. »Wenn Sie aber glauben, Sie könnten mein Interesse an dem Ding wecken, indem Sie mir solche Märchen erzählen, vergessen Sie's!« Er griff nach dem Schmuck, drehte ihn herum, begutachtete ihn und hielt ihn ins Morgenlicht, sodass sein Gesicht einen Moment von tiefblauem Feuer angestrahlt war. Er wandte sich wieder an Cartier. »Zweifellos ein schönes Stück! Wo genau kommt er her?«

»Es heißt, er sei einst das Auge einer Hindu-Gottheit gewesen.«

Evalyn lief ein Schauder den Rücken hinunter.

»Wie viel?«

Cartier schien von Neds Direktheit einen Moment aus dem Konzept gebracht, aber noch ehe er antworten konnte, mischte Evalyn sich ein.

»Monsieur Cartier, ich danke Ihnen vielmals, dass Sie uns den Schmuck gezeigt haben, aber ich bin nicht daran interessiert, ihn zu erwerben.«

Sie sah das Licht des Auges der Gottheit blau in Neds Händen brennen und versuchte, das Gefühl zu rationalisieren, dass sie möglichst großen Abstand zu dem Kollier vor ihr wahren sollte. »Die Fassung gefällt mir nicht.«

Cartier erhob sich und verneigte sich. Er ließ sich keinen Hauch von Enttäuschung anmerken. Er legte den Schmuck zurück in das Kästchen, tauschte noch ein paar Höflichkeiten mit Evalyn aus und zog sich zurück.

»Und du bist wirklich nicht interessiert?«, fragte Ned, als die Tür sich hinter ihm schloss. »Habe ich richtig gehört? Kein Interesse an einem der berühmtesten Edelsteine der Welt? Bis das wirklich du, Evalyn? Oder bist du vielleicht krank?« Er fühlte ihre Stirn und ließ die Hand von dort zu ihrem Hals und ihrem Busen wandern. »Ja ... ich fühle da tatsächlich ein leichtes Fieber!«

»Nicht jetzt, Ned.«

Ned zog die Hand zurück und schmollte.

»Ich habe anderes im Sinn«, sagte Evalyn versöhnlich. »Vor allem einen kleinen Kerl namens Vinson. In Mutters Brief von heute Morgen steht, er hätte noch einen Zahn bekommen.« Sie schüttelte den Kopf; ihre Stimme zitterte. »Ich vermisse ihn so sehr, Ned! Ich habe genug von Paris. Können wir nicht nach Hause fahren?«

Ned seufzte. Er blickte auf sein bleiches Gesicht im Spiegel.

»Du hast Recht, Evalyn!«, sagte er nach einer Weile. »Zuhause und Vinson! Zerbrich dir meinetwegen bloß nicht den Kopf! Lass uns unsere Sachen packen. Wir reisen baldmöglichst ab.«

Abrupt wandte er sich ab, trat ans Fenster und blickte hinab auf den Place Vendôme.

Evalyn hörte ihn leise murmeln: »Ich wünschte bei Gott, das Leben wäre nicht so unerträglich langweilig!«

Als sie in Washington eintrafen, kam Paris Evalyn bereits vor wie ein Traum. Sobald der Wagen vor der *porte-cochère* in der Massachusetts Avenue 2020 hielt, eilte sie zum Fahrstuhl und hinauf ins Kinderzimmer, wobei sie die Anstandsregeln verfluchte, die es ihr verboten zu laufen. Die Kinderfrau kam, um sie zu begrüßen, aber Evalyn stürzte an ihr vorbei zu Vinson, der größer und kräftiger als bei ihrer Abreise in seinem Laufstall herumkrabbelte. Sie nahm ihn hoch und bedeckte ihn mit Küssen, euphorisch bei der Berührung seiner samtigen Wange und dem Geruch, den sie immer mit Milch und Seife assoziierte. Das Kind schaute sie aus großen neugierigen Augen an, wandte sich dann seiner Großmutter zu, die Evalyn nach oben gefolgt war, und streckte die Arme nach ihr aus.

Evalyn kam es vor, als würde ihr Herz zu Eis gefrieren. Er kennt mich nicht mehr, dachte sie. Er hat mich vergessen.

»Es ist wie beim letzten Mal«, flüsterte sie erstickt. »Aber dieses Mal hat er mich völlig vergessen.«

»Gib ihm etwas Zeit«, entgegnete Carrie begütigend und nahm das weinende Kind auf den Schoß. »Das wird schon wieder. Setz dich einfach hin, und warte, bis er von sich aus auf dich zugeht.«

Evalyn gehorchte. Vinson, der sich inzwischen wieder beruhigt hatte, musterte seine Mutter von Carries Schoß aus mit einem perplexen Gesichtsausdruck, als erinnere sie ihn an jemanden, den er einfach nicht einordnen konnte. Nach ein paar Minuten, in denen sie sich mit ihrer Mutter unterhielt und Desinteresse an ihm vortäuschte, krabbelte er plötzlich zu ihr und griff mit einem lauten Schrei nach ihren Knien. Evalyn unterdrückte die Tränen, als sie ihn hochnahm und drückte.

Ned kam später herauf. Er war zurückhaltender, weniger überschwänglich, aber er brachte seinen Sohn zum Lachen, indem er mehrmals hereinkam, um sofort wieder durch die Kinderzimmertür auf den Flur hinauszuspringen.

»Er ist wirklich ein reizender kleiner Kerl, Evalyn!«, rief er später aus. »Ich wusste gar nicht, dass Kleinkinder so unterhaltsam sein können!«

Sie lachte. »O Ned, du bist sein Vater. Und er braucht dich so sehr.«

»Glaubst du das wirklich?«, fragte er sichtlich erfreut. Nach einer Weile fügte er nachdenklich hinzu: »Ich schätze, ich sollte ein guter Dad sein und ihm zuliebe das Trinken aufgeben ...«

»Das ist nur eine Frage deiner Prioritäten«, entgegnete Evalyn sanft. »Und ich denke, dass er es verdient, an erster Stelle zu stehen.«

In den kommenden Tagen beobachtete Evalyn, wie Ned sich zu einem wundervollen Vater entwickelte. Er schaukelte das Baby auf den Knien, sang ihm lustige Lieder über einen indischen Radscha und einen Frosch vor, die auszogen, um sich eine Frau zu suchen. Vinson lachte mit seinem unwiderstehlichen Glucksen. Carrie lachte ebenfalls und nannte ihren Enkel ihr »Püppchen«.

Der Umgang mit ihm hatte sie jünger gemacht, und Evalyn freute sich über die Veränderungen an ihr; sie hatte wieder zugenommen und sah mindestens zehn Jahre jünger aus. Aber tief in Evalyns Herzen nagte prickelndes Entsetzen bei dem Gedanken, dass Vinson sich ihr, seiner Mutter, nicht wieder zugewandt hätte. Nur eine Woche hätte vielleicht gereicht, und es wäre zu spät gewesen, um den innigen Kontakt wiederherzustellen, der sie beide einst vor dem Schatten des Todes bewahrt hatte.

»Sei nicht albern«, schalt Carrie, als Evalyn ihr von ihren

Ängsten erzählte. »Du warst doch nur ein paar Monate weg!«

Aber Evalyn blickte auf Vinson und sagte: »Aber woher solltest du das wissen, mein kleiner Schatz? Du musst geglaubt haben, ich hätte dich verlassen.«

Ned trank kaum noch. Fast täglich beschäftigte er sich mit seinem Sohn und kroch mit ihm auf dem Fußboden des Kinderzimmers herum.

»Wir Jungs müssen zusammenhalten!«, flüsterte er dem Jungen zu, der mit den Armen ruderte und bei seinen Späßen vor Vergnügen krähte. Er zeigte auf die Kinderfrau und Evalyn. »Siehst du das ›Mörderische Duo‹? Lass dich von ihnen bloß nicht gängeln, mein Kleiner. Du musst ihnen zeigen, wer die Hosen anhat.«

Die Kinderfrau, die einen ausgeprägten Sinn für Humor hatte, lachte schallend. »Er trägt Windeln, Mr. McLean! Und das wird auch noch eine ganze Weile so bleiben.«

Warum ist Ned nur so widersprüchlich und kontrastreich?, fragte Evalyn sich beim Anblick ihres Mannes. Warum ist er zu liebevollster Sensibilität ebenso fähig wie zu bodenloser Unausstehlichkeit? Warum kann ich mich nicht auf ihn verlassen, mich entspannen und aufhören, ständig stark sein zu wollen? Er will alles, aber wie soll ich mein ganzes Ich einem Mann schenken, der sich von jetzt auf gleich in einen mir völlig fremden Menschen verwandeln kann?

Manchmal fragte sie sich, ob sie glücklicher geworden wäre, wenn ihr Vater Camp Bird nie gefunden hätte, wenn er nie emigriert und sie selbst in Irland zur Welt gekommen wäre. Sie stellte sich vor, wie sie in einem kleinen strohgedeckten Cottage lebte, unter sich das weite grüne Tal und über sich den hoch aufragenden Slievenamon, den Frauenberg.

Ich habe Vettern in Irland, dachte sie. Einer von ihnen ist ungefähr in meinem Alter. Vater hat sich immer für das Geschehen dort interessiert.

»Weißt du, was in Irland vorgeht?«, fragte sie ihren Schwiegervater, als sie ihn am Abend sah.

»Es rappelt ganz schön!«, entgegnete der sichtlich überrascht. »Ich wusste gar nicht, dass du dich für Politik interessierst!«

»Was meinst du damit, dass es ›rappelt‹?«

»Nun ja, sie wollen ein Home Rule. Aber das House of Lords in London – das das Veto inne hat – will nichts davon wissen. Allerdings könnte es gut sein, dass man ihm schon bald die Zähne zieht«, fügte er schmunzelnd hinzu. »Das Problem mit der Macht ist, dass, wenn man sie ausspielt, man sie irgendwann verliert.«

Im November erhielt Ned einen Brief von Cartier in der Fifth Avenue, New York, in dem stand, dass Monsieur Cartier in Bälde an Bord der *Lusitania* aus Europa eintreffen würde und auf die Ehre einer Begegnung hoffe.

Ned zeigte Evalyn den Brief, als sie sich für ein Abendessen mit Reggie Vanderbilt zurechtmachten. Er legte das Schreiben auf ihre Frisierkommode, während Esther ihr das Haar richtete. Evalyn las ihn und bedeutete dem Mädchen, dass es sich zurückziehen könne.

»Ich wusste, dass der Kerl es nicht dabei belassen würde!«, sagte Ned, als sie allein waren.

»Was meinst du damit?«

Ihre Blicke trafen sich im Spiegel. »Natürlich möchte er *dich* sehen. Wo sonst sollte er jemanden finden, der reich und extravagant genug ist, um dieses Kollier zu kaufen? Und wer sonst sollte es in Anbetracht seiner Geschichte kaufen wollen?«

»Aber Ned, ich will es doch gar nicht! Das habe ich ihm doch gesagt!«

»Noch nicht. Aber so, wie ich dich kenne, Evalyn McLean, wird sich das noch ändern. Und du wirst es aus eben denselben Gründen haben wollen, aus denen du mich damals ganz spontan geheiratet hast – du wirst es als Herausforderung sehen! Du wirst die Möglichkeit, dass es der Fehler deines Lebens sein könnte, mit einem Schulterzucken abtun.« Sie schaute ihn an, und ihre Augen füllten sich mit Tränen.

»Das meinst du doch nicht wirklich, Ned! Ich habe dich aus Liebe geheiratet. Und ich liebe dich immer noch.«

»Tust du das?«

Sie betrachtete die Falten der Frustration auf dem Gesicht ihres Gatten. Vielleicht braucht er etwas, das ich ihm nicht geben *kann,* dachte sie, und vielleicht kann er mir nicht geben, wonach ich mich sehne.

»Du willst doch nicht etwa heulen, oder, Evalyn?«

Aber als er die Tränen in ihren Augen sah, wurden seine Züge weicher. Er legte den Arm um seine Frau und drückte ihr Gesicht an seinen Bauch.

»Heh«, sagte er, »komm schon ...«

Er hielt sie eine Weile und tätschelte ihren Rücken. Dann zog er sie fester an sich und bog ihren Kopf zurück. Seine Lippen fanden die ihren, und sein Kuss wurde fordernder. Evalyn rückte von ihm ab.

»Nicht jetzt, Ned. Wir müssen uns fertig anziehen, sonst kommen wir zu spät! Warte, bis wir wieder zu Hause sind.«

Sie lachte ausweichend und wischte Puderflecken von seinem gestärkten Hemd. Neds Augen funkelten zornig.

»Du schiebst in letzter Zeit immer irgendeine Entschuldigung vor, Evalyn. Wenn es nicht Vinson ist, dann irgendetwas anderes ... alles ist dir recht. Was dachtest du denn, worum es beim Heiraten geht? Mutter-Vater-Kind-Spielen? So *zu tun,* als wäre man erwachsen?«

Evalyn weigerte sich, sich in einen Streit verwickeln zu lassen. Sie sah ihn im Spiegel an und verzog den Mund.

»Sei nicht böse. Du weißt sehr gut, dass wir alle Zeit der Welt haben, erwachsen zu werden. Heute Nacht ... und morgen Nacht ...«

Sie lachte ein wenig verführerisch, aber Ned wandte sich ab, sodass sie nicht sah, dass seine Züge sich verfinsterten. Sie spürte, wie ihr etwas entglitt, als gäbe der Boden unter ihren Füßen nach.

33. KAPITEL

Madame«, sagte Pierre Cartier. »Sie haben noch nie so strahlend ausgesehen.«

Sie saßen im Louis-XIV-Salon in der Massachusetts Avenue 2020, und Evalyn entging nicht, dass ihr Besucher sich mit Kennerblick umsah.

»Das macht das Mutterglück«, entgegnete sie lächelnd. »Als wir uns das letzte Mal in Paris gesehen haben, habe ich mich nach meinem Baby gesehnt! Jetzt habe ich ihn die ganze Zeit um mich und bin nie glücklicher gewesen!«

Cartier nickte.

»Wenn Sie noch einmal wegen des Hope Diamanten gekommen sind, fürchte ich, dass Sie Ihre Zeit verschwenden, Monsieur«, sagte Evalyn freundlich.

»Ich möchte weder Ihre noch meine Zeit verschwenden, Madame«, erwiderte der Juwelier. »Es stimmt allerdings, dass ich ihn dabei habe.«

Er nahm ein kleines Päckchen aus der Innentasche und

legte es auf sein Knie. »Ich habe die Fassung geändert.« Er blickte von dem Päckchen auf sie, seine Finger waren bereit, es auszupacken. »Sie erlauben, Madame?«

»Wenn Sie meinen, bitte sehr, aber ich habe mich entschieden.«

Cartier schälte die Lederschatulle aus dem Papier.

»Sie werden sich erinnern, dass die letzte Fassung aus Gold war. Ich habe mir etwas anderes einfallen lassen.«

Er klappte den Deckel hoch, und zum Vorschein kam ein Diamanten-Kollier, von dem der große blaue Stein baumelte, den Evalyn schon in Paris gesehen hatte. Aber jetzt war er in Platin gefasst und von weißen Diamanten umrahmt. Im winterlichen Licht des Salons schimmerte seine seltene Farbe wie eine kristallisierte Mittsommernacht oder wie das Blau mancher Augen je nach Lichteinfall. Dann fiel ihr wieder ein, dass er ursprünglich das Auge einer Gottheit gewesen war, herausgerissen und angeblich mit einem Fluch behaftet. *Welch ein Unsinn,* dachte sie.

»Gefällt Ihnen die Fassung jetzt besser, Madame? Es sind sechzehn weiße Diamanten im Tropfen- und Smaragdschliff. Das Kollier selbst ist mit 45 Diamanten besetzt. Der Stein hat 45 Karat ...«

Der »Stein« funkelte sie an, hypnotisierte mit seinem Zynismus und seiner seelenlosen Perfektion.

»Es ist hübsch«, gab Evalyn mit leisem Unbehagen zu und rang um Vernunft. »Die weißen Diamanten heben das Blau noch hervor ... Aber das heißt nicht, dass ich ...«

»O nein, ich weiß Ihr Urteil zu schätzen, Madame. Ich kenne Ihr Interesse an Edelsteinen und habe das Stück lediglich mitgebracht, um es Ihnen zu zeigen. Ich zweifle nicht daran, dass ich unter den amerikanischen Sammlern und Kennern einen Käufer für ein so einzigartiges Stück finden werde.«

Er verstummte, schaute sich um und senkte die Stimme. »Aber vielleicht darf ich Sie um einen Gefallen bitten?«

»Und der wäre, Monsieur Cartier?«

»Ich möchte das Kollier nicht gerne im Hotel lassen und es auch nicht mit mir herumtragen. Außerdem möchte ich es nicht in der Obhut einer Person lassen, die empfänglich ist für ... seine dunkle Seite.« Er warf ihr einen Seitenblick zu, als er den Deckel zuklappte. »Da ich weiß, dass Sie damit keine Probleme haben, dachte ich mir, Sie würden es vielleicht – nur über das Wochenende, verstehen Sie mich richtig – ...«

»Aufbewahren?«, fragte Evalyn, als er nicht weitersprach.

»Ja ... Aber das war vielleicht vermessen von mir?«

Evalyn fühlte sich geschmeichelt, aber aus dem Bauch heraus wollte sie ablehnen. Sie dachte darüber nach. Warum sollte sie das Kollier nicht über das Wochenende aufbewahren und dem weltgewandten charmanten Monsieur Cartier diesen Gefallen tun? Warum sich vom Aberglauben davon abhalten lassen?

»Ganz und gar nicht«, entgegnete sie liebenswürdig. »Das Kollier wird hier sicher sein, Monsieur. Zu unserem Personal gehören 15 Privatdetektive und mehrere Leibwächter ... wegen unseres Sohnes«, fügte sie eilig hinzu, als sie die Verblüffung ihres Gastes sah.

Nachdem Pierre Cartier sich verabschiedet hatte, ging Evalyn hinauf in ihre Suite. Auf der Galerie traf sie auf Esther, die einen Stapel frisch gewaschener Laken trug. Sharon, die zehnjährige Nichte des Hausmädchens, die mit Carries Erlaubnis bei ihrer Tante schlafen durfte, solange ihre eigene Mutter krank war, half ihr. Das Kind war zu einem Viertel schwarz und bildhübsch, mit schräg stehenden schwarzen Augen.

»Guten Morgen, Ma'am.«

Evalyn lächelte die beiden an, öffnete die Tür zu ihrem neuen Wohnzimmer, nahm das Kollier aus seiner Schatulle, betrachtete es eine Weile und legte es dann mit dem Gefühl, sehr mutig zu sein, um. Der Stein war atemberaubend, das musste sie zugeben, als sie ihr Spiegelbild betrachtete, so schön wie der Stern des Ostens, nur dass sein Feuer noch viel geheimnisvoller wirkte. Wie sollte man eine Farbe beschreiben, die derart mit dem Licht spielte? Nicht preußischblau, nicht pekingblau, nicht saphirblau und nicht meerblau. Und das bei einem *Diamanten!*

Draußen auf der Straße ertönte der Knall einer Fehlzündung, so laut wie ein Schuss. Evalyn zuckte zusammen und wurde aus ihrer Träumerei gerissen. Als sie wieder in den Spiegel sah, schien es, als würde der Stein sie anschauen, als würde sich eine dunkle Pupille in seiner Mitte mit unpersönlicher Bosheit weiten. Ihr Herz setzte einen Schlag aus.

Ich lasse mich von solchem Unsinn nicht einschüchtern, dachte sie.

Im Kinderzimmer nebenan erwachte Vinson von seinem Mittagsschlaf und fing an zu weinen. Evalyn reagierte wie immer auf das leiseste Geräusch und sah, wie die Kinderfrau in ihrer gestärkten weißen Uniform sich über das Kinderbettchen beugte.

»Armes kleines Häschen ...«, murmelte sie, als sie den Jungen herausnahm, dessen Gesicht vom Weinen gerötet war. »Hast du wieder Zahnweh ...«

Das arme kleine Häschen sah seine Mutter und streckte die Arme nach ihr aus. Evalyn nahm ihn und liebkoste ihn. Er hörte auf zu schluchzen. Mit großen Augen starrte er auf den Edelstein auf ihrem Busen und versuchte, ihn zu greifen.

Evalyn hielt seine Hand fest. Einen Augenblick lang verspürte sie blankes Entsetzen. Was Pierre Cartier von dem

Stein erzählt hatte, die Bilder, die ihrer eigenen Fantasie entsprungen waren, all das stürzte auf sie ein. Die Kinderfrau sah ihr Gesicht und lachte.

»Wenn es nach ihm ginge, würde er auf einem besonders exquisiten Beißring herumkauen, Mrs. McLean.«

»Nehmen Sie ihn«, sagte sie beunruhigt. »Ich möchte nicht, dass er das Kollier anfasst!«

Vinson protestierte.

»Du willst doch nicht den schönen Schmuck deiner Mutter kaputtmachen«, sagte die Kinderfrau besänftigend.

Evalyn nahm das Kollier ab und steckte es in die Tasche. Dann hob sie ihren Sohn wieder auf den Arm, warf ihn in die Luft und fing ihn wieder auf, bis er lachte. Ein unverkennbarer Geruch breitete sich aus; Evalyn rümpfte die Nase.

»Ich glaube, hier könnte jemand eine frische Windel vertragen«, sagte sie an die Kinderfrau gewandt, die ihr Vinson sofort abnahm, um ihn zu wickeln.

Evalyn blickte ihnen nach und fragte sich, warum sie sich von einem dummen Aberglauben derart beeindrucken ließ. Aber was auch immer der Grund war, sie wollte nicht, dass er den blauen Diamanten in ihrer Tasche anfasste.

Ihr süßer kleiner Schatz würde bald seinen ersten Geburtstag feiern. Bald würde es ein Jahr her sein, dass sie sich vier endlose Tage lang gequält hatte, um ihn auf die Welt zu bringen. Und erst acht Monate, seit ihr geliebter Vater gestorben war. O Vater, flüsterte sie, als der Schmerz zurückkehrte und an ihrem Herzen zerrte. Ich werde deinen Tod nie verwinden.

Sie kehrte zurück auf ihr Zimmer, legte das Kollier in die Schatulle und betrachtete dann die Fotografie ihres Vaters auf ihrer Frisierkommode. Er sah so distinguiert und elegant aus, und der amüsierte Zug um seinen Mund wärmte ihr das Herz. Dann blickte sie in ihre eigenen gehetzten Augen im

Spiegel und wunderte sich über das Gefühl der Einsamkeit, das offenbar nichts und niemand vertreiben konnte.

Beim Abendessen erzählte sie Ned von ihrem Besucher und dem, was er mitgebracht hatte.

»Habe ich es dir nicht gesagt, Evalyn? Und, wirst du das Ding kaufen?«

»Natürlich nicht! Und das habe ich Monsieur Cartier auch mitgeteilt. Allerdings habe ich mich damit einverstanden erklärt, das Kollier über das Wochenende für ihn aufzubewahren.«

Plötzlich wurde Evalyn bewusst, wie Ned dies interpretieren würde – dass sie nur eine schwache und dumme Frau war, Wachs in den Händen des durchtriebenen Franzosen.

Er lachte laut. »Es über das Wochenende aufbewahren, ja? *Aufbewahren?* Meine Güte, der Kerl hat wirklich Nerven!«

»Warum sagst du das?«

»Das liegt doch auf der Hand! Das ist doch nur ein Trick, um dich rumzukriegen!«

Evalyn versteifte sich, antwortete jedoch nicht. Ein Streit war das Letzte, was sie wollte. Heute Abend brauchte sie aus Gründen, die ihr selbst nicht ganz klar waren, menschliche Wärme, ein Gefühl der Geborgenheit, den Arm ihres Mannes um ihre Schultern und den Schutz seiner Liebe.

»Ich habe keinen Grund, meine Meinung zu ändern«, sagte sie mit einem Anflug von Koketterie. »Immerhin habe ich alles, was ich mir wünsche ...« Sie blickte Ned in die Augen und fügte hinzu: »Nicht nur ein herzallerliebstes Baby, sondern dazu noch einen wundervollen Ehemann.«

Sie wollte sagen: »Ich fühle mich unsicher, Ned. Jemand wandelt über mein Grab. Nimm mich in die Arme, lieb mich, gib mir das Gefühl, dass mir nichts passieren kann.«

Sie hatte bewusst ein Kleid angezogen, von dem sie wusste, dass es ihm besonders gut gefiel. Sie hatte es in Paris bei

Caillot Sœur gekauft; es war im Empire-Schnitt geschneidert, aus schwarzem Satin und schwarzer Spitze mit dezentem tiefen Dekolleté. Sie hatte sich so frisiert, wie er es besonders gern hatte, die dunklen Locken umrahmten ihre Stirn. An Schmuck trug sie lediglich eine einreihige Perlenkette. Sie forschte in seinem Gesicht nach Anzeichen der Lust, aber Ned wirkte irgendwie nervös.

Der Butler kam mit der Käseplatte herein. Ned winkte ab, schob seinen Stuhl zurück und stand auf.

»Ich muss los. Warte nicht auf mich ...«

Evalyn war zutiefst enttäuscht.

»Könntest du nicht heute Abend zu Hause bleiben ... bei mir?«, sagte sie leise, beinahe flehentlich, aber Ned ging nicht darauf ein.

»Ich bin verabredet, Evalyn. Ich kann die Leute nicht einfach versetzen, oder?«

»Und mit wem bist du verabredet? Vielleicht könntest du absagen ... nur dieses eine Mal?«

Ungeduld spiegelte sich auf seinem Gesicht. »Du weißt sehr gut, dass ich nicht einfach so in letzter Minute Verabredungen platzen lassen kann.«

Er ging. Evalyn trank ihren Kaffee allein. Sie dachte darüber nach, den Abend in Gesellschaft ihrer Mutter zu verbringen, bis ihr einfiel, dass Carrie mit Vertretern des Roten Kreuzes zusammen war und erst spät zurück sein würde. Sie ging ins Kinderzimmer, um nach Vinson zu sehen. Sie hatte ihn vor dem Essen zu Bett gebracht, ihm ein Wiegenlied vorgesummt und zugesehen, wie ihm die Augen zufielen, aber weil sie wusste, dass er die Augen sofort wieder aufmachen und sie anklagend ansehen würde, wenn sie versuchte, sich leise wieder hinauszuschleichen, hatte sie das gedämpfte Läuten zum Abendessen ignoriert, bis er wirklich eingeschlafen war.

Ned war verärgert gewesen, dass sie verspätet zu Tisch erschienen war. Sie nahm an, dass das auch ein Grund war, weshalb er darauf bestanden hatte, seine Verabredung einzuhalten. Er hatte sich oft genug darüber beklagt, dass sie nichts als das Baby im Kopf hatte.

Nun tauchte das Kaminfeuer das Kinderzimmer in einen weichen flackernden Schein. Das Kindermädchen las beim Licht einer einzelnen Lampe.

»Er ist nicht aufgewacht, seit Sie gegangen sind, Madam«, sagte sie leise, als Evalyn an das Bettchen trat und auf ihren Sohn hinabblickte, dessen Wangen von einem rosigen Hauch überzogen waren. Sie hätte ihn am liebsten an sich gedrückt und mit Küssen bedeckt, ihn geweckt und mit ihm gespielt. Stattdessen begnügte sie sich damit, ganz sachte eine Hand auf seinen Kopf zu legen, und genoss die Berührung des seidenen Babyhaares.

Die Aussicht auf einen Abend ganz allein versetzte sie in Panik. Die Stunden, die vor ihr lagen, kamen ihr unendlich lang vor. Sie dachte daran, einen ihrer unzähligen Freunde anzurufen, aber auch der Gedanke erschien ihr nicht sonderlich verlockend. Ihr Bein schmerzte wie so oft, wenn sie müde war. Sie humpelte ins Schlafzimmer und legte sich ins Bett. Dann nahm sie den Hope Diamanten noch einmal aus der Schatulle auf ihrem Nachttisch und betrachtete ihn. Seine Farbe war im schwachen Licht gedämpft, aber es kam ihr vor, als würde sie seine Macht in den Fingern spüren, überraschend kalt und doch beinahe lebendig. Könige und Kaiser hatten ihn in Händen gehalten, er hatte die Hälse von Konkubinen geschmückt, war das Auge einer Gottheit einer heidnischen Welt gewesen. Wütend über sich selbst legte sie ihn zurück. Monsieur Cartier würde ihn an Montagmorgen wieder abholen, und sie wollte keinen Gedanken mehr daran verschwenden.

Ihre Gedanken wandten sich anderen Dingen zu, Dingen,

von denen sie nicht wusste, wie sie mit ihnen umgehen sollte – zum Beispiel die Angelegenheit mit dem Anwesen ihres Vaters. Ihre Mutter hatte keine Ahnung von geschäftlichen Dingen und hatte sie um Rat gefragt. Evalyn hatte sich an Ned wenden wollen, obwohl sie genau wusste, dass jeder Rat seinerseits tatsächlich von seinem Vater kommen würde, aber das brauchte ihre Mutter ja nicht zu erfahren. Sie fragte sich, wohin Ned so eilig verschwunden war. Ob er wieder trank? Wenn ja, würde er am Morgen wieder unausstehlich sein.

Ned kehrte erst bei Tagesanbruch heim. Evalyn wachte gerade auf, um ihn zu fragen, wo er gewesen war, aber er wich ihr aus. Er schien angetrunken zu sein, aber nicht mehr als sonst. Er kam nicht zum Frühstück, und gegen Mittag ging Evalyn rauf, um zu fragen, ob er zum Mittagessen zu erscheinen gedachte. Er stieg aus dem Bett, aber als er sein Ankleidezimmer ansteuerte, sah Evalyn die Rötung an seinem Hals.

»Was ist das, Ned?«

»Was meinst du?«

»Dieser rote Fleck! Entweder wirst du krank, oder aber jemand hat dich gebissen!« Ned legte das Rasiermesser aus der Hand, hob seine Frau hoch und setzte sie erst draußen auf dem Flur wieder ab. Dann schlug er ihr die Tür vor der Nase zu. Evalyn drückte die Klinke herunter.

»Ned, mach sofort die Tür auf. Ich will wissen, warum du mit Abdrücken nach Hause kommst, die eine andere Frau an deinem Hals hinterlassen hat ...«

Ned sperrte auf, steckte den Kopf zur Tür heraus und zischte: »Weil ich mal wieder etwas erleben wollte, wenn du es genau wissen willst. Zu Hause ist das ja nicht mehr drin.« Darauf schloss er die Tür wieder.

»Ist sie eine Hure?«, rief Evalyn durch die Tür.

»Nein!«, entgegnete er nach kurzem Schweigen zornig.

»Wer ist sie?«

Ned antwortete nicht gleich. Dann sagte er brutal: »Sie ist eine überaus begehrenswerte Frau.«

Evalyn blieb lange reglos auf dem Flur stehen, unfähig, sich zu rühren. Tränen quollen aus ihren Augen und tropften auf den Teppich.

Als sie sich schließlich umdrehte, fiel ihr Blick als Erstes auf die Schatulle mit Pierre Cartiers Kollier. Sie nahm es heraus und legte es trotzig an.

Wenn ich keine Liebe haben kann, dachte sie, werde ich mir eben das Beste und Extravaganteste von allem anderen nehmen. Sie betrachtete ihr Spiegelbild, das funkelnde Juwel auf ihrem Busen, die blitzenden Diamanten. Ich werde dieses Kollier besitzen und tragen, und es soll ruhig mal versuchen, mir zu schaden. Was kümmert mich sein lächerlicher Fluch? Wenn ich kein Leben haben kann, das lebenswert ist, ist auch alles andere, das die Welt mir bietet, wertlos. Aber ich werde bis zu meinem Tod lächeln und allen etwas vormachen.

Sie wandte den Kopf und schaute auf das Foto ihres Vaters, der sie unverwandt anzusehen schien. Trauer übermannte sie. Vater, Vater, warum musstest du sterben? Du hast dein ganzes Leben geschuftet wie ein Tier. Du hast dein Eldorado gefunden. Jetzt habe *ich* die Sorgen am Hals, aber warum, *warum* nur kann ich mir nicht ein klein wenig Glück kaufen?

Das Bedürfnis nach Trost, nach Verdrängung war übermächtig. Sie lehnte sich zurück in die zerknitterten Satinlaken und schloss die Augen. Als Ned sein Ankleidezimmer verließ, ging er an ihr vorbei aus dem Zimmer. Sie hörte, wie seine Schritte sich entfernten.

Morphium – der Gedanke kam ganz plötzlich. Das ist das Einzige, was mir helfen kann, den Schmerz des Lebens zu ertragen. Aber sie verwarf den Gedanken sofort wieder, erschrocken, dass er überhaupt aufgetaucht war; sie wusste noch zu gut, wie schwer es ihr gefallen war, die Sucht zu besiegen. Sie sah sich verzweifelt nach etwas um, das sie von der Droge und der schmerzhaften Leere in ihrem Inneren ablenkte. Der Hope Diamant umschmeichelte ihren Hals wie eine Liebkosung.

Als Pierre Cartier am Montag kam, um das Kollier abzuholen, teilte Evalyn ihm mit, dass sie es kaufen wolle. Er schien nicht sonderlich überrascht und teilte ihr leise mit, dass es 154.000 Dollar koste.

»Allerdings gibt es da noch etwas – bevor ich unterschreibe, möchte ich noch etwas mehr über die Vergangenheit des Steins wissen. Was ist beispielsweise aus dem ersten Besitzer geworden?«

»Dem ersten Europäer, meinen Sie, Madame? Das war ein gewisser Tavernier. Manche behaupten, er hätte den Diamanten gestohlen, 1668 glaube ich ...«

»Ja, ja, aus der Augenhöhle eines Hindu-Götzen. Und was wurde aus ihm?«

»Er wurde von Wildhunden gefressen, Madame.«

Evalyn schluckte. »Und was passierte dann?«

»Der Stein wurde von Ludwig XIV. gekauft und Teil der französischen Kronjuwelen.«

»Und der König?«

»Er starb an Blutvergiftung, und alle seine Kinder starben vor ihm.«

Evalyn starrte das Schmuckstück an. »Solche Dinge passieren auch ohne Fluch ...«

»Gewiss, Madame! Nach dem Tod des Königs blieb der Diamant bis zur Revolution Bestandteil der Kronjuwelen.«

»Sie wollen mir doch nicht erzählen, der Diamant sei die Ursache der Revolution?«

»Ganz sicher nicht, Madame. Die Revolution entstand aus der miserablen politischen Führung über einen langen Zeitraum. Ich erzähle nur auf Ihren Wunsch hin, was man dem Stein angedichtet hat.«

»Entschuldigen Sie, Monsieur. Bitte fahren Sie fort.«

Cartier neigte den Kopf. »Der Diamant wurde während der Revolution aus dem Louvre gestohlen und gelangte nach London, wo er in zwei Hälften geteilt wurde, die meisterhaft geschliffen und poliert worden sind. Der größere der beiden Diamanten wurde von einer Handelsbank-Familie namens Hope erworben – daher der Name.«

»Und was ist aus der zweiten Hälfte geworden?«

»Das entzieht sich meiner Kenntnis, Madame.«

»Und zweifellos hat man den Stein für jeden Todesfall in der Hope-Familie verantwortlich gemacht?«

»Das glaube ich nicht, Madame, aber die Familie hat tatsächlich einige Tragödien erlebt. Schließlich hat Sir Francis Hope, ein glückloser Gentleman, ihn auf Drängen seiner Familie an einen Händler veräußert, der ihn wiederum dem türkischen Sultan verkaufte.«

»Und was aus ihm und seinem Reich geworden ist, wissen wir ja!« Evalyn dachte an den Kaffee, den sie mit diesem Sultan getrunken hatte, und an sein Frauengefängnis, das sich Harem nannte. »Und das alles nur wegen des Diamanten! Sein Untergang hatte natürlich nichts mit der Tyrannei seines Regimes oder schlicht mit dem Fortschritt zu tun!«

Cartier schmunzelte. »Wie ich sehe, sind Sie nach wie vor nicht überzeugt davon, dass der Stein Unheil bringt, Madame! Ich war schon immer beeindruckt von Ihrem ... gesunden Menschenverstand, wenn ich das so sagen darf.«

»Sie müssen der erste Mensch sein, dem er bislang aufgefallen ist!«, sagte Evalyn mit einem leicht hysterischen Lachen. »Ich werde Ihren Diamanten kaufen und den ganzen Unsinn, der ihn umrankt, schlicht ignorieren. Wenn ich in Raten zahlen dürfte ...«

Bevor er ging, stellte Evalyn Pierre Cartier noch eine letzte Frage.

»Sagen Sie mir doch, von welchem Götzen der Stein angeblich entwendet wurde, Monsieur?«

Cartier zögerte. »Das ist nur eine Legende, Madame ...«

»Trotzdem ...«

»Einer Göttin aus der wedischen Mythologie. Sita. Der Diamant soll eins ihrer Augen gewesen sein.«

Dass er nicht ihre Nase war, habe ich mir schon gedacht, sagte Evalyn sich ärgerlich, es sei denn, sie war irgendwie mit Ned verwandt. Aber auch seine ist noch nicht ganz blau.

Sie lachte in sich hinein und läutete, damit jemand Monsieur Cartier hinausgeleitete.

Emily McLean war entsetzt, als sie erfuhr, dass ihre Schwiegertochter den Hope Diamanten erworben hatte. Sie stattete ihr am Dienstagmorgen einen Besuch ab, und Evalyn beschloss, ihr die Neuigkeit beizubringen, bevor sie es von ihrem Sohn erfuhr. Das Kollier lag in der Schatulle neben ihr, und sie klappte den Deckel auf, um es Mrs. McLean zu zeigen.

»Du verschwendest dein Vermögen mit solch überflüssigen Dingen!«, rief ihre Schwiegermutter aus. Dann nahm sie das Kollier heraus und betrachtete es anerkennend. »So schön es auch sein mag, du wirst es noch nicht einmal tragen können, weil es so behaftet mit endlosen Tragödien ist. Wie viele Leben hat der Stein überschattet oder zerstört?«

»Es ist nur ein Stein, Mummie, auch wenn manche sagen, man solle ihn nicht einmal anfassen! Ich persönlich bin der

Überzeugung, dass er ebenso wenig wie jeder gewöhnliche Stein die Macht besitzt, Leben zu vernichten. Und selbstverständlich werde ich den Schmuck tragen!«

»Ich habe gehört, er stamme von einem Götzen aus dem Osten. Dann befand er sich im Besitz von Leuten wie Marie Antoinette ...« Mrs. McLean legte das Kollier zurück. »Und wir alle wissen, wie es ihr ergangen ist!«

»Die französische Revolution wurde nicht von einem Diamanten ausgelöst, Mummie«, entgegnete Evalyn und musste an ihr Gespräch mit Pierre Cartier denken. »Soweit ich weiß, war sie lange überfällig.«

Evalyn ließ den Deckel mit einem Knall wieder zuschnappen. Aber ihre Schwiegermutter war nicht mehr zu bremsen.

»Er hat das Leben so vieler anderer Menschen zerstört.«

»Jeder erlebt irgendwann einmal eine Tragödie, Mummie. Das ist der Lauf des Lebens.«

Diese Bemerkung ließ Mrs. McLean aufmerken.

»Bedrückt dich etwas, Evalyn?«, fragte sie nach kurzem Schweigen leise. »Du siehst irgendwie angespannt aus, bist nicht du selbst ...«

Evalyn zuckte die Achseln.

»Hat es mit Ned zu tun?«, wollte ihre Schwiegermutter mit gedämpfter Stimme wissen.

Evalyn ließ ihr Schweigen für sich sprechen.

»Trinkt er wieder zu viel?«

»Er geht jede Nacht aus. Er trifft sich mit jemandem.«

»Er ist im Grunde ein guter Junge«, sagte seine Mutter nach einer Weile. Sie senkte die Stimme. »Und du bist eine Frau, und eine Frau hat Mittel und Wege, einen Mann zu halten!«

Aber ich will gar nicht wissen, wie man einen Mann hält, dachte Evalyn zornig. Ich will ihn nicht an mich binden, indem ich ihn verführe oder an seine Sinnlichkeit appelliere.

Ich will ihn halten, weil er mich liebt, weil er mich entdecken will, weil ich ihn zur Treue animiere, weil es Dinge an uns und in der Welt gibt, die wir gemeinsam entdecken wollen ...

Aber die Angelegenheit war zu delikat, und so zog sie es vor, nicht zu antworten.

»Du musst den Schmuck zurückgeben, Evalyn. Schick ihn diesem Franzosen zurück, auf der Stelle!«

Evalyn zuckte niedergeschlagen die Schultern. »Also gut, wenn dir so viel daran liegt, Mummie. Ich sorge dafür, dass er ihm noch heute ausgehändigt wird!«

Und tatsächlich schickte sie noch am selben Nachmittag jemanden mit dem Kollier zu Cartier. Am darauffolgenden Tag sandte der den Schmuck zurück, mit einer Karte, auf der stand, dass der Diamant jetzt *ihr* gehöre und er gegenwärtig kein Interesse an einem Rückerwerb habe.

Evalyn nahm ihn aus der Schatulle und starrte ihn ein wenig entsetzt an. Was habe ich getan? Was habe ich nur *getan?* Nicht einmal der Juwelier will ihn zurückhaben, obwohl er den Preis hätte herunterhandeln können. Habe ich einen Edelstein gekauft, auf dem ein Fluch lastet, der mich bis in alle Ewigkeit verfolgen wird?

Aber gleich darauf gewann der gesunde Menschenverstand wieder die Oberhand. Ich bin hier diejenige, die lebt, also habe ich auch die Macht. Ich kann es mit jedem alten Diamanten der Welt aufnehmen!

Die Presse bekam Wind von der Geschichte, und es trafen Briefe von Menschen ein, die gehört hatten, dass Mrs. Evalyn Walsh McLean die neue Eigentümerin des Hope Diamanten war. Sie warnten sie vor dem Fluch. Eine der Absenderinnen war die Schauspielerin Mary Yohe, die frühere Ehefrau von Lord Francis Hope, den seine Familie 1902 gezwungen hatte, das Geschmeide zu verkaufen.

»Sehen Sie zu, dass Sie den Stein wieder loswerden«, riet

sie eindringlich. »Sie ahnen ja gar nicht, was Sie sich aufgehalst haben. Er hat mein Leben zerstört. Lassen Sie nicht zu, dass er das Ihre ruiniert!«

Evalyn war von den Warnungen verunsichert, klammerte sich aber erneut an die Vernunft. Waren diese Leute denn alle verrückt? Erwarteten sie wirklich, dass sie sich von ihrer Hysterie anstecken ließ?

»Das ist alles Unsinn«, teilte sie ihrer Sekretärin Nancy mit, die ganz eingeschüchtert von der Sache schien. »Verbrennen Sie die Briefe einfach. Lassen Sie sich davon nicht verrückt machen ... Was ist *das* denn?«, fragte sie gleich darauf mit einem freudlosen Lachen, als Nancy die Hand ausstreckte, um ein weißes Blatt Papier vor ihr zu verbergen.

Die Nachricht war mit der Feder in Druckbuchstaben geschrieben, mit grüner Tinte und in ungewöhnlicher Schrift. Die Buchstaben waren extrem groß, die Schrift exotisch, mit einer kleinen Zunge am Ende jedes Wortes, als wäre die Feder schwungvoll vom Papier gezogen worden.

RAVANA WARTET

Die Zeichnung unter der Nachricht war in ihrer Ausführung sehr ausdrucksstark. Die beiden Frauen starrten sie an. Außerirdisch und männlich, mit zehn Köpfen und ebenso vielen Gliedmaßen, wirkte die Gottheit abstoßend und monströs.

»Es ist eine Art Götze«, flüsterte Nancy. »Wenn Sie mich fragen, Mrs. McLean ... also für mich sieht er aus wie eine mutierte Spinne ...« Sie drehte sich zu Evalyn und fügte hinzu »... kurz vor dem Angriff.«

In dieser Nacht träumte Evalyn von ihm, dem Spinnenmann. Sie fuhr mit einem Schrei aus dem Schlaf hoch und streckte die Hand nach Ned aus. Aber Ned schlief inzwischen in seinem Raucherzimmer und war nicht da. Sie setzte sich auf und knipste das Licht an. Ihr Blick fiel auf die Schmuckschatulle. Dort ruhte Sitas fehlendes Auge.

In Gedanken ging sie fieberhaft die Warnungen durch und blieb an der grässlichen Zeichnung vom Vortag hängen, dem Spinnenmutanten. *Ravana?* Den Namen hatte sie noch nie gehört.

Du würdest verrückt werden, wenn du allen Unsinn glauben würdest, schalt sie sich.

Am Morgen meinte Maggie Buggy, als sie auf dem Flur an ihr vorbeikam: »Da hat aber jemand schlecht geschlafen!«

»Ich hatte einen Albtraum.«

»Das liegt an diesem Ding«, sagte Maggie verschwörerisch und warf einen Blick über die Schulter. »Lassen Sie den Stein um Gottes willen segnen. Das ist der einzige Weg, ihm den Teufel auszutreiben.«

»Wovon sprichst du, Maggie?«

Maggie presste die Lippen zusammen. »Das wissen Sie sehr gut – von Ihrem neuesten Spielzeug.«

»O Maggie ...«

»Monsignor Russell kann das übernehmen. Er ist ein wundervoller Mann.«

Ein paar Tage später ließen Evalyn und Maggie den Stein in der eiskalten Sakristei der Kirche tatsächlich segnen. Evalyn breitete den Schmuck auf einem Samtkissen aus, und der Priester legte seinen Talar an. Als er fertig war, registrierte Evalyn, dass das Licht, das durch das Fenster hereinfiel, dunkler geworden war. Sie warf einen Blick nach draußen und sah, dass der Himmel sich verdunkelt hatte.

Der Priester stimmte ein Gebet an und hob beschwörend die Hände. Das Licht nahm noch weiter ab. Es blitzte, dann hallte ein Donnergrollen durch die Kirche, gefolgt von einem weiteren Blitz, der den Raum vorübergehend in blendendes Licht tauchte. Von draußen drang ein ohrenbetäubendes Getöse herein.

Maggie erbleichte und klammerte sich an Evalyn.

»Was um alles in der Welt ist das?«

Aber der Priester schien ungerührt und setzte die lateinische Intonation fort, mit der er die Macht des Allmächtigen anrief. Evalyn stand stocksteif da, schockiert von dem so plötzlich aufgezogenen Gewitter und halb hypnotisiert von der lateinischen Litanei.

»Wenn der Fluch jetzt nicht beigelegt ist, dann besteht keine Hoffnung mehr.« Maggie reagierte nicht. »Hoffnung ... Hope ...?«

Maggies Pupillen waren geweitet, und sie ging nicht auf Evalyns Wortspiel ein.

Evalyn öffnete ihren langen Zobelmantel, legte das Kollier um und verbarg es unter dem Kragen.

»Ich danke Ihnen, Monsignore«, sagte sie und drückte dem Geistlichen diskret ein Kuvert in die Hand. »Vielen Dank.«

Er geleitete sie hinaus. Draußen hatte das Unwetter sich wieder verzogen, und die Wolkendecke war aufgerissen. Gleich gegenüber sahen sie jedoch die schwelenden Überreste eines Baumes, der vom Blitz gespalten worden war.

»Allmächtiger Gott«, flüsterte Maggie. »Sehen Sie das?«

»Natürlich sehe ich es! Der Blitz hat eingeschlagen. Na und? So was passiert doch ständig.«

»Nein, das stimmt nicht!«, widersprach Maggie.

Nein, das stimmt nicht, gab Evalyn ihr insgeheim Recht. O Gott, sind hier tatsächlich Mächte im Spiel, die unser Begriffsvermögen übersteigen?

Auf der Heimfahrt in der Limousine mit Chauffeur sagte Evalyn kaum ein Wort, während Maggie wie ein Wasserfall über ihr sonderbares Erlebnis redete.

»Kein Wort zu meiner Mutter, Maggie«, warnte Evalyn schließlich. »Sie würde sich nur schrecklich aufregen.«

»Meine Lippen sind versiegelt! Je weniger ich an dieses Ding denken muss, desto besser.«

»Jetzt ist er ja gesegnet worden.«

Maggie nickte. »Und das ist auch gut so.«

Evalyn begegnete im Rückspiegel dem neugierigen Blick des Chauffeurs.

»Sie brauchen nicht zur *porte-cochère* zu fahren«, sagte sie. »Wir steigen hinter dem Haus aus.«

Als sie durch den Dienstboteneingang das Haus betraten, nahm Maggie ihren Arm.

»Was ist denn, Maggie?«

»Evalyn, sehen Sie denn nicht ... der Boden hier draußen war *trocken*.«

Ich glaube das einfach nicht, dachte sie. Laut sagte sie: »Das Unwetter muss sich auf ein sehr kleines Areal beschränkt haben. So etwas kommt vor.«

Im Sonnenlicht wirkten das Haus und der Kutschhof so anheimelnd und normal, dass ihre Ängste verflogen. Sie lief die Küchentreppe hinauf, begierig, ihrem Mann von ihrem morgendlichen Abenteuer zu berichten. Sie sehnte sich danach, die Kluft zwischen ihnen zu überbrücken. Sie gab sich die Schuld an seiner Untreue. Sie hatte ihn vernachlässigt. Sie konnte ihm verzeihen, und dann würden sie noch einmal von vorn anfangen. Sie würde sich mehr Zeit für ihn nehmen und ein bisschen weniger Zeit mit Vinson verbringen ...

»Ist Mr. McLean da?«, fragte sie den Butler.

»Nein, Madam. Mr. McLean hat das Haus vor etwa einer Stunde verlassen.«

»Und Master Vinson? Ist er im Kinderzimmer?«

»Mrs. Walsh ist mit ihm draußen im Garten.«

Evalyn lief durch den Salon und verließ das Haus durch den Wintergarten. Ihre Mutter schob den knarrenden Kinderwagen zwischen den Sträuchern und jungen Bäumen des Gartens her.

»Hallo, Mutter«, sagte sie fröhlich.

»Du hast mich erschreckt, Liebes. Vinson und ich schnappen gerade etwas Luft.«

Das dick eingemummte Kleinkind saß aufrecht im Wagen und blickte mit großen neugierigen Augen die Welt an. Speichel lief ihm über das Kinn.

»Ma-ma«, rief er laut, als er sie sah, und winkte mit den Händen, die in kleinen Fäustlingen steckten. Sie bückte sich, um ihn zu küssen, und fühlte das Gewicht des Kolliers unter dem Mantel an ihrem Hals.

»Nächste Woche ist dein Geburtstag, junger Mann«, sagte sie. »Wir geben eine Baby-Party.«

»Was hat ein Kind seines Alters denn von einer Party?«, fragte Carrie lachend.

»Mutter, hin und wieder muss er auch mit anderen Kindern zusammenkommen! Sonst denkt er noch, er wäre ein Erwachsener!«

»Ich habe mich gefragt, wo du steckst!«, sagte Carrie nach einer Weile.

»Maggie und ich haben einen kleinen Ausflug gemacht.«

Sie fragte sich schon, ob es nicht dummer Aberglaube gewesen war, den Diamanten segnen zu lassen. Ihre Mutter hatte sie ebenso wie Mrs. McLean gebeten, den Schmuck zurückzugeben, und sie mochte sich ihre Reaktion gar nicht vorstellen, wenn sie ihr erzählte, was sich an diesem Morgen ereignet hatte. Es gibt eine Erklärung, sagte sie sich. Es muss eine geben! In diesem Land gibt es allerlei sonderbare sehr lokale Wetterphänomene.

»Möchtest du einen Tee, Mutter?«, fragte sie, ehe ihre

Mutter fragen konnte, wo sie und Maggie gewesen waren. »In meinem Salon?«

»Nein, danke, Kind, nicht jetzt.«

Evalyn entschuldigte sich und ging ins Haus. Ihre Schuhe klapperten laut auf dem Parkett. Das ganze Haus schien widerzuhallen. Gott allein wusste, wo Ned steckte oder wann er heimkommen würde.

Sie ging zum Lift und drückte auf den Knopf. In ihrem Salon legte sie den Mantel ab, setzte sich einen Augenblick an die Frisierkommode und betrachtete den Diamanten im Spiegel.

Jetzt bist *du* gezähmt, dachte sie mit grimmiger Befriedigung. Du kannst versuchen, was du willst, aber dir wurden die Krallen gezogen!

Sie läutete.

Kurz darauf klopfte es an die Tür. Es war Esthers Nichte Sharon.

»Man hat mir erlaubt, auf das Läuten hin zu kommen, um nach Ihren Wünschen zu fragen, Ma'am.«

»Ich hätte gerne Tee, Sharon.«

»Jawohl, Madam.«

Evalyn entging nicht, dass die mandelförmigen schwarzen Augen des Mädchens auf das Kollier geheftet waren.

»Diamanten!«, erklärte sie. »Mein neues Kollier. Wie findest du es?«

Das Mädchen betrachtete das Schmuckstück staunend und lächelte dann verzückt. »Es ist wunderschön«, flüsterte sie schüchtern und kam näher, um es sich genauer ansehen zu können. Ehe Evalyn reagieren konnte, hob die Kleine die Hand und berührte den Stein.

»Nicht!«, rief Evalyn scharf.

»Bitte entschuldigen Sie, Ma'am!« Sharon wich sofort wieder zurück.

»Unsinn, es ist nichts. Ich habe überreagiert. Du kannst nichts kaputtmachen.«

Als sie wieder allein war, griff Evalyn nach der gerahmten Fotografie ihres Vaters. Du hättest es mir gegönnt, Vater, auch wenn du den Kauf nicht gebilligt hättest! Oh Gott, wie sehr ich dich vermisse ...

Sie streifte die Schuhe ab und spürte den Schmerz in ihrem verletzten Bein, als sie es belastete. Sie sah sich im Drehspiegel, eine junge Frau, mit Schmuck behängt, der weder zur Tageszeit noch zu ihrem Kleid passte, die humpelte wie eine Greisin.

Warum dauert das mit dem Tee nur so lange?, fragte sie sich nach einer Weile. Es muss schon 20 Minuten her sein, dass ich darum gebeten habe. Sharon sollte doch in der Lage sein, diesen einfachen Wunsch in der Küche auszurichten.

Sie läutete wieder.

Diesmal kam Annie mit einem silbernen Tablett, auf dem eine silberne Teekanne, ein Milchkännchen sowie eine Tasse mit Untertasse standen.

»In diesem Haus könnte man glatt verdursten!«, sagte Evalyn ärgerlich. »Es muss eine halbe Stunde her sein, dass Sharon hier war.«

Die Haushälterin war ungewöhnlich still. Evalyn blickte auf und registrierte erst jetzt die unnatürliche Blässe der Frau.

»Was ist denn, Annie?«, fragte sie leise. »Ist etwas passiert?«

»Es ist die Kleine. Sharon«, antwortete Annie stirnrunzelnd. »Wir haben nach dem Doktor geschickt. Ich gehe besser gleich wieder nach unten.«

Nein!, dachte Evalyn und eilte ihr nach. Es kann unmöglich ein Zusammenhang bestehen zu ... Ich weigere mich, so etwas auch nur eine Sekunde zu glauben.

»Wann ist es denn passiert?«, fragte sie, als sie und Annie mit dem Fahrstuhl nach unten fuhren.

»Vor einer Viertelstunde. Sie wollte Ihnen den Tee bringen, ließ dann aber plötzlich das Tablett fallen und fing an am ganzen Körper zu zittern.«

Esther war bei ihrer kleinen Nichte. Das Kind lag auf dem Sofa im Salon des Dienstbotentraktes, atmend, aber ohne Bewusstsein.

Als der Arzt kam, verließ Evalyn den Raum und kehrte auf ihr Zimmer zurück. Das Telefon läutete, und sie nahm erleichtert den Hörer ab, sicher, dass es Sharon wieder gut ging. Aber es war Ned.

»Ich bin bei der *Post.* Ich komme später, Evalyn, also warte mit dem Essen nicht auf mich.«

»O Ned, es hat hier einen Zwischenfall gegeben. Die kleine Sharon, Esthers Nichte ...«

»Was ist mit ihr?«

»Sie hatte einen Anfall!«

Neds Schweigen verriet seine Verwunderung darüber, dass sie wegen einer solchen Lappalie so aufgebracht schien.

»Das kommt bei Kindern schon mal vor. Das wird schon wieder. Außerdem ... sie gehört zum *Personal.*« In die hierauf folgende Stille hinein fügte er hinzu: »Weshalb regst du dich darüber so auf?«

»Ich rege mich nicht auf.«

»Ach, übrigens, ich habe heute einen Vetter von dir getroffen«, sagte er gut gelaunt. »Der Mann ist mir zum ersten Mal begegnet.«

»Wer war es denn?«

»Ein Mr. Lafferty. Er war ein Gast beim Lunch. Ist geschäftlich in Washington ... irgendwas mit Automobilen ... Er hat sich nach dir erkundigt.«

Evalyn blieb fast das Herz stehen.

»Ich hoffe doch, du hast ihn gebeten vorbeizukommen.«

»Er war praktisch schon wieder auf dem Heimweg, Evalyn ... Er nimmt den Nachtzug.«

Evalyn legte auf. Sie versuchte, das Ausmaß der Verzweiflung zu begreifen, die so plötzlich über sie hereinbrach; wie eine Naturgewalt, der sie wehrlos ausgeliefert war.

Sie ging in eine Ecke des Raumes und hob den Teppich an. Darunter befand sich ein Päckchen mit einem weißen Pulver. Sie hatte einem Apotheker viel Geld dafür bezahlt, dass er es ihr mit der Post schickte. Sie mischte es mit etwas Bourbon aus dem Barschrank in Neds Ankleidezimmer, schluckte das Ganze und legte sich aufs Bett.

Endlich Linderung!, dachte sie, als Alkohol und Morphium ihren Organismus durchströmten, jede Zelle ihres Körpers sich entspannte und sie endlich Frieden fand.

34. KAPITEL

Nach Sharons Tod verschwammen die Tage ineinander. Auf Vinsons Geburtstagsparty beglückwünschten Freunde seine Mutter zu ihrer Gelassenheit. Weihnachten kam und ging. Evalyn aß kaum etwas. Es gab die üblichen Feierlichkeiten, und sie trank viel Champagner. Sie trug den Hope Diamanten um den Hals oder im Haar, manchmal trug sie ihn sogar zusammen mit dem Stern des Ostens, dazu Diamantarmbänder an den Handgelenken. Sie bevorzugte die neue Empire-Mode aus Paris – Kleider aus steifer, farbintensiver Seide, die bis knapp über den Knöchel reichten – und verzichtete auf ein Korsett, ein ebenfalls neuer Trend bei sehr schlanken Frauen. Sie lachte zu laut. Sie beklagte sich nicht mehr, wenn Ned die ganze Nacht wegblieb. Manchmal war ihr übel, manchmal schlief sie in einem Sessel oder auf dem Sofa zu unmöglichen Zeiten ein, und wenn sie dann aufwachte, stellte sie fest, dass jemand vom Personal sie zugedeckt hatte.

Ihre Mutter beobachtete sie besorgt. »Du brennst die Kerze an beiden Enden ab, Evalyn. So kannst du nicht weitermachen!«

»Unsinn, Mutter. Ich war nie glücklicher!«

Baby Vinson war in ihrer Gegenwart unruhig, und auch wenn sie durch den Raum tanzte, um ihn zum Lachen zu bringen, schaute er sie nur skeptisch an.

Es wurde Frühling, mit ihm kam das Tauwetter. Carrie war nach Palm Beach gefahren, schrieb aber regelmäßig und rief an. Für Evalyn gab es gute und schlechte Tage, Tage, an denen sie sich besser in der Gewalt hatte, sich sicherer war, alles im Griff zu haben.

Es tut mir gut; ich kann damit aufhören, wann immer ich will ...

Aber tief im Inneren wusste sie in Augenblicken schmerzhafter Selbsterkenntnis zwischen zwei Dosen, dass ihr Allheilmittel sich in ein Monster verwandelt hatte. Täglich brauchte sie ein wenig mehr Morphium. Es war relativ leicht zu beschaffen, wenn man nur ein wenig einfallsreich war; wenn es kein Morphium gab, dann eben Laudanum, wenn nicht Laudanum, dann Chloral. Sie fälschte Rezepte und zahlte Apothekern jeden Preis. Der betäubte Frieden erleichterte ihre Sorgen und all ihre Ängste, außer einer, die immer stärker wurde – woher sollte sie die nächste Dosis bekommen? Und dahinter, tiefer und verzweifelter, die Frage, was um alles in der Welt sie sich da antat?

Ned musterte sie, aber sie brauchte ihn nicht mehr. Das Fehlen jedweder Kritik ihrerseits, egal ob offen oder angedeutet, schien ihn zu verunsichern. Als er eines Nachts in ihr Bett kam und hungrig nach ihr griff, wandte sie sich von ihm ab.

»Wie du willst, Evalyn«, knurrte er zornig. »Aber gib nicht mir die Schuld, dass unsere Ehe am Ende ist!«

Je tiefer sie in die Sucht schlitterte und je größer die Tagesdosis wurde, desto mehr zog sie sich zurück. Manchmal war ihr so schlecht, dass sie sich erbrechen musste. Dann trug sie den Dienstboten auf, eventuellen Besuchern oder Anrufern zu bestellen, sie sei nicht da, verbrachte den ganzen Tag bei zugezogenen Vorhängen auf ihrem Zimmer und rührte die Mahlzeiten, die man ihr brachte, kaum an. Ned war fast den ganzen Tag außer Haus, in seinem Büro bei der *Post* – behauptete er zumindest.

Im April kehrte Carrie aus Florida zurück, und obgleich Evalyn den Dienstboten befohlen hatte, ihr auszurichten, sie habe Kopfschmerzen und wolle nicht gestört werden, kam Carrie sofort nach oben.

»Evalyn, was soll das? Warum verkriechst du dich hier? Wenn du so schlimme Kopfschmerzen hast, dann geh zum Arzt ...« Sie zog die Vorhänge zurück, wandte sich dem Bett zu und schlug eine Hand vor den Mund.

»O mein Gott, du bist krank!«

»Ich bin nicht krank, Mutter!«

»Du bist ganz abgemagert und dazu weiß wie die Wand! Und deine Augen ... sehen irgendwie komisch aus. Evalyn, was hast du dir angetan? Ich werde sofort den Doktor kommen lassen!«

»Nein, Mutter! Bitte lass mich in Ruhe. Ich versichere dir, dass alles in Ordnung ist ... Ich bin nur müde ... Lass mich jetzt schlafen, und dann sehen wir uns heute Abend beim Essen. Es war gestern sehr spät ...«

Als ihre Mutter gegangen war, ließ Evalyn, die sich vor dem Nachmittag und Abend fürchtete, einen Wagen vorfahren. Sie hüllte sich in einen warmen wollenen Mantel, setzte einen Hut mit Schleier auf und fuhr mit dem Lift nach unten.

Sie schickte den Chauffeur weg und fuhr selbst die Massachusetts Avenue hinunter. Sie war wie in Trance. Sie hatte weder etwas Konkretes vor noch ein bestimmtes Ziel. Sie ignorierte das Hupen anderer Autofahrer und die Fahrzeuge, die ihr ausweichen mussten. Eine Frau schrie sie hysterisch an – etwas Unfeines, das sie gar nicht wirklich wahrnahm.

Ich werde nach Friendship fahren, dachte sie nach einer Weile, als die Benommenheit so schlimm wurde, dass sie nicht einmal mehr sicher war, auf welcher Straßenseite sie sich befand. Mummie wird dort sein. Sie war immer wie ein Fels in der Brandung.

Sie hörte Reifen quietschen, gefolgt von einem dumpfen Knall und einem metallischen Knirschen. Ihr Kopf schlug gegen das Lenkrad, dann wurde alles schwarz.

»Sind Sie in Ordnung, Ma'am?«

Eine Stimme mit irischem Akzent, ein roter Oberlippenbart, blaue Augen. Aber die Uniform verscheuchte die Illusion, ihr Vater sei bei ihr. Evalyn nickte und war sich nur am Rande der Menschenmenge gewahr, die sich um sie scharte. Sie hob den Kopf und starrte auf das Fahrzeug, mit dem sie zusammengestoßen war, eine alte Rostlaube. Ein Mann, ganz offensichtlich der Besitzer, saß benommen auf dem Bürgersteig, während sein Wagen von ein paar hilfsbereiten Männern an den Straßenrand geschoben wurde.

»Ich hoffe, es ist niemand ...«

»Nichts Ernstes, Ma'am. Ein Krankenwagen ist schon unterwegs. Allerdings ist ein erheblicher materieller Schaden entstanden.«

»Ich komme für alles auf. Aber einen Krankenwagen brauche ich nicht.«

»Würden Sie mir bitte Namen und Adresse nennen, Ma'am?«

»Ich bin Mrs. Edward McLean. Meine Adresse lautet ...« Aber einen erschreckenden Moment lang war sie ihr entfallen, und sie durchsuchte das Labyrinth eines Gehirns, das das Denken aufgegeben hatte. »2020 Massachusetts Avenue, Northwest. Bitte benachrichtigen Sie meinen Mann.«

Der Polizist notierte sich etwas. Sein Partner kam hinzu.

»Die McLeans, denen die *Post* gehört?«, fragte er.

Evalyn nickte. Ihr Kopf fühlte sich an, als würde er jeden Moment platzen, und sie verspürte unerträgliche Schmerzen hinter den Augäpfeln.

Sie hörte mit halbem Ohr zu, wie die beiden Beamten über sie sprachen, dann sagte einer von ihnen: »Keine Sorge, Madam. Wir werden Ihren Mann benachrichtigen.«

Ned traf ein, als die Sirene des nahenden Krankenwagens gerade ertönte. Er war derselbe Ned wie nach dem Tod ihres Vaters – ruhig, pragmatisch, beschwichtigend. Der Eigentümer des beschädigten Fords wurde sofort entschädigt; er bekam ein Bündel Banknoten in die Hand gedrückt. Auch die Situation mit der Polizei entspannte sich schlagartig.

»Meiner Frau geht es in letzter Zeit nicht gut«, erklärte Ned den Beamten. »Sie befindet sich in ärztlicher Behandlung und hätte das Bett gar nicht verlassen dürfen.«

Er half Evalyn aus dem Wagen, half ihr in seinen eigenen, schloss die Türen und fuhr los.

»Die erste Frage, Evalyn, lautet: Musst du ins Krankenhaus, oder soll ich dich nach Hause fahren?«, sagte er ruhig.

»Nach Hause!«

Er brachte sie zurück zur Massachusetts Avenue 2020, trug sie halb zum Fahrstuhl und hinauf in ihren Salon.

»So«, sagte er, als er sie auf das kleine Sofa legte. »Und jetzt will ich wissen, was das alles zu bedeuten hat? Du bist offensichtlich gefahren wie eine Wahnsinnige! Du kannst von Glück sagen, dass dir nichts passiert ist und du auch niemanden umgebracht hast.«

Evalyn fing an zu weinen. Sie lehnte den Kopf in die Kissen und ließ den Tränen freien Lauf. Sie flossen in Strömen. Sie weinte um ihr verpfuschtes Leben, um ihre Kindheit, die unwiderruflich vorbei war, um ihren toten Vater und ihre verlorene Liebe, um den Bruder, der das Mannesalter nicht erreicht hatte, um den erst kurz zurückliegenden Todesfall im Haus, für den sie sich irgendwie mitverantwortlich fühlte. Sie weinte wegen des Unfalls, von dem sie das Hinken zurückbehalten hatte, um die Ehe, die ihr nicht das geben konnte, was sie brauchte, weil sie sich selbst zerstörte mit ihrer Sucht, wo sie doch die Ehefrau und Mutter sein sollte, die sie so gerne wäre.

Ned schaute sie an, aber ihre Tränen machten ihn nur ungeduldig.

»Was ist los mit dir, Evalyn? Ich kenne dich nicht mehr.«

»Ich nehme Morphium«, flüsterte sie. »O Ned, ich dachte, es würde nichts passieren, wenn ich nur ein klein wenig nehme, aber ich habe es nicht mehr unter Kontrolle!«

Neds Miene verfinsterte sich. Er antwortete nicht sofort, aber er setzte sich zu ihr, und nach einer Weile nahm er ihre Hände in seine.

»Du bist ja eiskalt«, sagte er und fügte dann sanfter hinzu: »Warum hast du das getan, Evalyn? Nach dem Unfall hast du doch damit aufgehört ... Damals warst du so stark und tapfer! Warum hast du dich diesem Teufelszeug wieder ausgeliefert?«

»Ich weiß es nicht ... Ich war unglücklich! Seit du mir gesagt hast, dass du ...«

Ned fiel ihr ins Wort. »Mach mich nicht dafür verantwortlich, Evalyn!«, sagte er ärgerlich und rückte von ihr ab. »Du hast eine furchtbare Wahl getroffen, aber es war trotzdem allein deine Entscheidung! Du weißt, was passiert, wenn du so weitermachst. Das ist Sklaverei, vielleicht sogar der Tod. Du musst aufhören. Denk an Vinson.«

»Oh, das tue ich. O Ned, ich werde damit aufhören. Ich verspreche es.«

»Wann? Jetzt gleich?«

»Natürlich. Aber jetzt muss ich ins Bett, die Kopfschmerzen bringen mich noch um.«

Ned half ihr in ihr Schlafzimmer. »Bist du ganz sicher, dass ich keinen Arzt rufen soll?«

»Ich brauche nur Schlaf. Wenn ich mich nach dem Aufwachen nicht besser fühle, lasse ich ihn rufen. Und bitte beunruhige Mutter nicht damit ... Würdest du mir beim Ausziehen helfen?«

Er löste die Häkchen auf der Rückseite ihres Kleides.

»Ich hätte große Lust, diesen blauen Diamanten zu verscheuern. Wer weiß, ob er nicht Schuld ist an unserer Misere.«

»Nein, Ned! Ich glaube wirklich, dass er *mir* Glück bringt. Ich hatte ihn bei dem Unfall bei mir, und es wurde niemand ernsthaft verletzt. Und du warst erreichbar, und auch die Polizei hat mit sich reden lassen. Warte nur – er wird mir durch diese Krise helfen.«

»Du hattest ihn *bei* dir? Mitten am Nachmittag?«

»Ja. Ich trage ihn ständig. Ich lasse mich nicht von einem dummen Stein oder von einem albernen Aberglauben tyrannisieren.« Sie hob die Stimme. »Ich werde das nicht zulassen!«

Ned ging. Evalyn zog ihr Kleid aus und ging zu Bett. Sie schlief unruhig, geplagt von seltsamen Träumen, in denen verschiedene Tiere kamen, um sie anzustarren und anschließend untereinander über sie zu sprechen. Als sie erwachte, war der Tag schon weit fortgeschritten, und ihr ganzer Körper schrie nach dem Suchtmittel. Sie dachte an das Versprechen, das sie Ned gegeben hatte. »Morgen«, sagte sie leise. »Morgen höre ich auf.« Sie ging zu einem ihrer Verstecke, fand ihr Pulver, mixte es eilig und trank gierig, um dann ungeduldig auf die Ekstase der Linderung zu warten.

Aber mit der körperlichen Linderung kamen auch Selbstverachtung und Furcht. Sie wusste sehr wohl, wohin dieser Weg sie führen würde – unausweichlich. Sobald sie wieder sie selbst war, dank der Droge, die ihr vorübergehend Normalität verschaffte, sah sie die Zukunft klar vor sich: eine schwache und welke Gestalt, die niemand anderes war als sie selbst, mit leerem Blick, sabbernd. O Gott, lass mich nicht zu einem solchen Wrack verkümmern. Befrei mich von der Sucht.

Nur du kannst dich davon befreien, Evalyn, antwortete eine kalte innere Stimme. Es ist eine harte und schwierige Reise, aber es liegt nur bei dir.

Sie rief den Arzt an. Innerhalb von nur einer Stunde war er da.

»Ich hatte einen Autounfall!«, teilte Evalyn ihm mit. Dr. Hardin maß ihren Blutdruck, fühlte ihren Puls, hörte ihr Herz ab, untersuchte ihre Augen und bekundete Sorge.

»Sie gehören ins Krankenhaus.«

»Nein. Kein Krankenhaus.« Sie streckte die Hand aus und griff nach seinem Ärmel. »Ich brauche Ihre Hilfe. Ich muss Ihnen etwas beichten, und Sie dürfen nicht über mich urteilen. Ich bin morphiumsüchtig.«

Der Doktor betrachtete sie schockiert und besorgt.

»Ich war schon einmal süchtig, vor sechs Jahren, als ich bei dem Unfall, von dem ich Ihnen erzählt habe, so schwer verletzt wurde«, fuhr sie fort. »Ich habe die Sucht damals bezwungen, aber jetzt hat sie mich wieder in ihren Klauen. Und diesmal komme ich nicht alleine davon weg.« Demütig fragte sie: »Werden Sie mir helfen?«

»Der Trick besteht darin, nach und nach davon loszukommen«, entgegnete der Arzt schließlich. »Wie viel nehmen Sie?«

Evalyn sagte es ihm und sah, wie seine Augen sich weiteten.

Bevor er ging, stellte der Doktor ein Fläschchen auf den Nachttisch.

»Wenn es gar nicht anders geht, nehmen Sie einen Teelöffel davon ... aber nicht mehr als einen Teelöffel.«

»Ist das Morphium?«

»Nein. Ein Ersatzmittel. So, und jetzt zeigen Sie mir Ihr Versteck. Sie haben doch eins, oder?«

Evalyn zählte im bußfertigen Tonfall eines Sünders bei der Beichte verschiedene Stellen im Zimmer auf. Er ging von einem Versteck zum anderen, vom Teppich zu einer Geheimschublade in ihrem Sekretär und sammelte ihren gesamten Vorrat ein.

»Das ist alles. Mehr habe ich nicht. Vernichten Sie alles!«

Der Arzt ging und versprach, am nächsten Morgen vorbeizuschauen. Als er kam, fand er Evalyn im Koma vor. Die grüne Flasche, die er ihr dagelassen hatte, war leer.

Es dauerte zehn Tage, ehe Evalyn wieder zu sich kam.

Zwei ihr unbekannte Krankenschwestern saßen an ihrem Bett. Der Arzt unterhielt sich an der Tür mit Ned und sagte gerade etwas von einem Sanatorium.

»Nein! Wenn sie schon eingesperrt werden muss, dann richten wir hier ein Sanatorium ein. Wir könnten das oberste

Stockwerk umfunktionieren. Ein Entzug in einem gottverdammten Irrenhaus würde sie um den Verstand bringen!«

»Ich lasse mich nicht einsperren!«, flüsterte Evalyn. »Versucht ja nicht, mich einzusperren!«

Sofort waren sie bei ihr.

»Wie fühlst du dich?« Neds Stimme. Sie schlug die Augen auf, fokussierte einen Moment ihre Umgebung und schloss sie gleich wieder vor Schmerz.

»Grauenhaft!«

»Was willst du?«

»Ich will kämpfen, und ich will gewinnen.«

Die Tage verstrichen. Die harte Zeit der Prüfung hatte begonnen. Evalyn lief die ganze Nacht, auf beiden Seiten von einer Krankenschwester untergehakt. Jedes Mal, wenn sie versuchte zu schlafen, krochen albtraumhafte Kreaturen unter ihrem Bett hervor und griffen mit langen Klauen nach ihr. Sie hörte sie, sah sie, roch sie.

»Das bilden Sie sich nur ein, Mrs. McLean, hier ist nichts«, versicherten ihr die Schwestern.

»Sie *sind* hier!«, schrie Evalyn. »Sehen Sie doch!«

Aber die Krankenschwestern tauschten nur wissende Blicke.

Tagsüber war es leichter; sie konnte sogar etwas ungestörten Schlaf nachholen.

Als der Doktor eines Morgens vorbeischaute, sagte sie zu ihm: »Ich bin zu jeder Therapie, die Sie empfehlen, bereit. Zu jedem Test. Wenn Sie Morphiumtabletten hier auf dem Nachttisch zurücklassen, werde ich sie nicht anrühren!«

Der Arzt blickte von Ned zu Evalyns Mutter, die sorgenvoll dreinblickte, und zu den Krankenschwestern.

»Ich werde sie nicht anrühren«, wiederholte Evalyn. »Ich brauche diesen Test. Wenn ich das schaffe, bin ich geheilt.«

Ned nickte, und der Arzt stellte ein Fläschchen mit weißen Pillen auf den Nachttisch.

Den ganzen Tag widerstand Evalyn der Verlockung. Sie versuchte zu lesen, aber die Worte tanzten vor ihren Augen. Ihre Mutter versuchte, Konversation zu betreiben, aber Evalyn antwortete nur knapp und zusammenhanglos.

»Wie geht es meinem Baby?«, fragte sie immer wieder. »Wie geht es meinem Vinson?«

»Bestens, Evalyn.«

»Ich will ihn sehen.«

Carrie brachte das Kind zu seiner Mutter. Evalyn streckte die Arme nach ihm aus, und Carrie legte das Kind hinein. Evalyn hielt den kleinen Jungen so fest und schaute ihn mit so flammendem Blick an, dass er anfing zu weinen. In Carries Augen standen Tränen, als sie ihrer Tochter das schreiende Kind wieder abnahm.

»Du hast einen guten Grund, wieder gesund zu werden. Er braucht dich, Evalyn! Oder möchtest du, dass er ohne dich aufwächst?« Sie blickte auf das Glas mit den Tabletten auf dem Nachttisch. »Lass sie mich wegwerfen.«

»Nein!«, entgegnete Evalyn entschieden. »Sie bleiben! Sie sind der Inbegriff meiner Qualen und mein Test!«

Carrie brachte Vinson hinaus und wiegte ihn in den Armen, bis er eingeschlafen war. Anschließend ging sie auf ihr eigenes Zimmer. Die Furcht, die an ihr genagt hatte, seit Camp Bird von Tom entdeckt worden war, hatte sich zu blanker Panik gesteigert. Sie hatte bereits die beiden Menschen verloren, die ihr am meisten bedeutet hatten, und nun sah es ganz so aus, als würde Evalyn sich selbst zugrunde richten.

Sie kniete sich neben das Bett und betete.

Es wurde Nacht. Evalyn fand keinen Schlaf. Ihre Welt hatte sich auf ein Fläschchen mit weißen Tabletten reduziert.

Sie lag auf der Seite und starrte die Pillen an. Mächte, die sie kaum wiedererkannte, versuchten, ihren Willen zu brechen. Nur eine, flüsterten sie, nur eine einzige kleine Pille. Es wird schon nicht schaden, und anschließend kannst du deinen Kampf fortsetzen. Dr. Hardin hat doch gesagt, du sollst dich langsam entwöhnen ...

Dann hörte sie wieder das Echo der Stimme ihrer Mutter: »Willst du, dass er ohne dich aufwächst?«

»Nein!«, rief sie laut und schleuderte das Fläschchen auf den Boden. Die Krankenschwestern waren sofort bei ihr.

»Was ist passiert?«, fragten sie ihre schweißgebadete Patientin. Sie blickten von der kleinen Flasche auf dem Fußboden zu Evalyn.

»Ich möchte aufstehen und etwas herumgehen«, sagte diese leise und stieg aus dem Bett. Ihr Körper war glitschig von Schweiß; er bedeckte sie wie Öl, lief zwischen ihren Brüsten hinab, ihren Rücken hinunter und verströmte dabei einen beißenden Geruch.

»Ich brauche ein Bad«, flüsterte sie, während sie vor Vinsons Zimmer auf dem Flur auf und ab ging. »Ich werde mein Kind nicht wieder sehen, ehe ich es nicht geschafft habe, von diesem Teufelszeug loszukommen! Ich habe es nicht verdient, ihn vorher zu sehen. Ich bin ein Mensch und kein Tier!«

Am Morgen sagte der Doktor: »Gut gemacht. Aber denken Sie daran: kein Alkohol und keine Zigaretten. Nichts von alledem, bis Sie vollständig geheilt sind! Sonst besteht die Gefahr, dass Sie rückfällig werden.«

Evalyn nickte. Sie war erschöpft. Die Glasflasche wurde auf den Nachttisch zurückgestellt. Heute war die Versuchung nicht mehr ganz so groß. Sie brauchte dringend Schlaf.

Nach einer Weile, die ihr vorkam wie eine Ewigkeit, erwachte sie endlich aus einem friedlichen Schlaf, in einer Welt, die sie verloren geglaubt hatte, einer heilen Welt, in der allein das Atmen eine Wohltat war. Sie fühlte sich ausgelaugt, wie durch die Mangel gedreht. Und sie stellte erfreut fest, dass ihre Laken und ihr Nachthemd ausnahmsweise nicht schweißnass waren.

»Würden Sie meinen Mann herbitten?«, bat sie eine der Krankenschwestern, nachdem man sie gewaschen, parfümiert und frisiert hatte.

Kurz darauf kehrte die Krankenschwester zurück und teilte ihr mit, dass Mr. McLean nicht zu Hause sei.

»Wo ist Ned?«, fragte Evalyn Carrie, als diese mit dem Frühstückstablett hereinkam. »Ist er bei der *Post*?«

»Ich weiß es nicht, Evalyn«, entgegnete ihre Mutter. »Aber ich bin sicher, dass er bald wieder da sein wird.«

Evalyn frühstückte und schmeckte staunend den köstlichen frisch gepressten Orangensaft und den aromatischen Kaffee, als koste sie beides zum ersten Mal in ihrem Leben.

Aber Ned kam erst am Nachmittag, und auch dann blieb er am Fußende des Bettes stehen und blickte sie mit versteinerter Miene an.

»Ich bin geheilt!«, sagte sie.

»Ach ja?«, entgegnete er müde.

»Spiel dich ja nicht als Moralapostel auf, Ned McLean, das steht dir nicht zu!«, fuhr Evalyn ihn an. »Du bist sicher der schlechteste Ehemann in ganz Washington! Soweit ich informiert bin, warst du gestern Nacht wieder nicht zu Hause.«

Neds Züge verdüsterten sich. Er machte Anstalten zu gehen.

»Geh nicht ... Sieh doch ...«

Sie nahm die Flasche vom Nachttisch, entfernte den Stöpsel und sah hinein.

»Siehst du ... Ich brauche sie nicht ... Ich brauche sie nicht mehr!«

»Selbstverständlich nicht!«

Ned nahm ihr die Pillen aus der Hand, steckte sich eine Hand voll in den Mund und kaute sie.

»Was tust du da?«, schrie Evalyn entsetzt.

»Das ist kein Morphium«, entgegnete Ned. »Das sind nur Placebos. Hast du wirklich geglaubt, der Arzt würde Morphium an *dein* Bett stellen?«

Ned ging. Er wolle zurück in die Redaktion, sagte er. Aber er kam auch an diesem Abend nicht nach Hause, und so rief Evalyn ihn schließlich im Büro an.

»Ned, willst du denn gar nicht heimkommen?«

»Nein. Heute nicht.«

»Aber ich brauche dich!«

»Das ist hart. Aber nachdem ich ja der schlechteste Ehemann in ganz Washington bin, kannst du nicht ernsthaft damit gerechnet haben, mich zu sehen.«

Evalyn fühlte sich plötzlich wieder schrecklich allein gelassen.

»Wenn du nicht nach Hause kommst, dann ... dann trinke ich einen doppelten Bourbon auf Eis.«

Sie hörte ihn am anderen Ende scharf Luft holen, dann sagte er gepresst: »Du weißt, was das bedeuten würde! Aber ich lasse mich von dir nicht mehr erpressen, Evalyn Walsh! Trink, wenn du es für richtig hältst! Es ist deine Beerdigung ... und natürlich Vinsons. Aber ich werde nicht nach Hause kommen!«

Er legte auf. Verzweifelt rief Evalyn den Doktor an, der eine Nummer hinterlassen hatte, unter der er in einem Hotel in Baltimore erreichbar war.

»Ich habe Ned gerade eröffnet, dass ich mir einen Drink genehmigen werde. Er weigert sich, nach Hause zu kommen.«

Eine Sekunde herrschte Stille, ehe der Arzt antwortete: »Evalyn, ziehen Sie sich an, und kommen Sie her! Sofort!«

Sie gehorchte. Sein Befehl vermittelte ihr ein Gefühl der Sicherheit. Jedes Handeln war Erleichterung und Ablenkung. Sie trug ihrer Sekretärin auf, ihr eine Suite in Baltimore zu reservieren, bestellte dann ihren Wagen und nahm die Krankenschwestern mit.

Als sie im Hotel in Baltimore eintraf, wartete Dr. Hardin bereits auf sie.

»Ned will also nicht nach Hause kommen, und Sie wollen sich deshalb betrinken?«, fragte er ernst.

»Das stimmt.«

»Finden Sie das erwachsen?«

»Ich dachte, Sie hätten Verständnis und Mitgefühl!«

»Das Leben hält Besseres für Sie bereit, als zu trinken und Mitleid zu erregen!«

Evalyn bestellte ein ganzes Tablett voller Cocktails. Ein Ober brachte die Bestellung und stellte die Drinks auf den Tisch. Sie drückte ihm zehn Dollar in die Hand. Er bedankte sich und ging.

Als die Tür sich hinter dem Mann geschlossen hatte, rechnete Evalyn damit, dass der Arzt die Cocktails wegschüttete. Aber er blieb ganz ruhig auf der anderen Seite des Kamins sitzen und betrachtete sie müde. Er rührte sich auch nicht, als sie aufstand, um sich ein Glas zu nehmen.

Als ihre Hand sich um das Glas legte, spürte sie die Verachtung des Arztes. Plötzlich sah sie sich selbst als verwöhnte egozentrische Frau, die zu lange alles bekommen hatte und die ausschließlich an sich dachte. Aus irgendeinem Grund fiel ihr etwas ein, das ihr Vater vor langer Zeit einmal gesagt hatte: *»Übe dich in Mut, Tochter. Übe dich in Zähigkeit! Menschen ohne Durchhaltevermögen knicken beim leisesten Lufthauch um!«*

Sie trank die Cocktails nicht. Sie wich zurück, sah sich selbst mit den strengen Augen des Arztes und wunderte sich über die Intensität des Impulses, der sie zerstört hätte. Zum ersten Mal kam ihr der Gedanke, dass Enttäuschungen zum Leben gehörten und niemand gegen Hindernisse gefeit war, die einem in den Weg gelegt wurden.

Sie setzte sich wieder. Winzige Bläschen perlten an der Oberfläche der Cocktails, als wollten sie sie ermutigen, dem Schicksal eine lange Nase zu zeigen. Aber der starre Blick des wachsamen Doktors, der sich in den vergangenen Wochen so sehr für ihren Entzug eingesetzt hatte, erinnerte sie an den Preis, den sie dafür würde bezahlen müssen. Sie dachte an die Macht der Drogen und die Macht des Alkohols, an die Einsamkeit und den Schmerz, am Leben zu sein. Und nach einer Weile nahm sie beschämt einen Cocktail nach dem anderen und schüttete ihn in die Erde der Kübelpalme vor dem Fenster.

Sie sah den Doktor an und streifte ihre Handschuhe über.

»Wo wollen Sie hin, Evalyn? Es ist mitten in der Nacht.«

»Ich habe ein Kind und Verantwortung. Ich fahre nach Hause!«

35. KAPITEL

Als es Frühling wurde, reiste Evalyn in Begleitung Maggie Buggys erneut nach Paris.

»Ich brauche nur ein paar neue Kleider«, teilte sie Ned mit und lehnte ab, als er anbot, sie zu begleiten. Der tatsächliche Hintergrund für die Reise war jedoch der Versuch, das Gefühl der Ganzheit zurückzuerlangen. Allein in Paris würde sie vielleicht die *joie de vivre* wiederentdecken, die sie im letzten sorgenfreien Sommer ihrer Jugend empfunden hatte, als sie mit Flora Wilson dort gewesen war.

»Das war die schönste Zeit meines Lebens«, erklärte sie Maggie, als sie der französischen Küste entgegenblickten, die am Horizont immer größer und größer wurde. »Flora hatte Recht ... Als ich das letzte Mal mit Ned hier war ...«

»Noch sind Sie nicht tot. Sie sind 25 ... gerade mal den Kinderschuhen entwachsen!«

Sie saßen auf dem Deck der Ersten Klasse, ihre Hüte zum Schutz gegen den Seewind in Musselinschleier gehüllt. Ganz in der Nähe lehnte ein Pärchen an der Reling; ihre leisen, verschwörerischen Stimmen wurden ihnen mit dem Wind zugetragen. An der Hand der Frau steckte ein Ring mit einem von Diamanten eingefassten Saphir.

Maggie starrte hin und flüsterte dann: »Aber *ihn* hätten Sie daheim lassen können, Evalyn.«

»*Ihn?* Maggie?«

»Sie wissen genau, was ich meine ...«

»Bitte!« Evalyn schnalzte ärgerlich mit der Zunge. »Fangen Sie nicht wieder davon an!«

»Ich weiß ... Ich weiß ... Aber ich war an jenem Tag dabei ... als Monsignor Russell ...« Maggie senkte das Kinn und fuhr noch leiser fort. »Und ich kann mich noch gut an das erinnern, was ich gesehen und gehört habe. Wenn Sie mich fragen, sollten Sie dieses verfluchte Kollier nicht mehr tragen.«

»Würden Sie mir bitte gestatten, selbst über mein Leben zu bestimmen?«, entgegnete Evalyn schroff. »Ich habe es geschafft, von der Morphiumsucht loszukommen, und ich werde mich ganz sicher nicht von einem Stück Karbon beherrschen lassen. Und genau darum gedenke ich es sehr wohl zu *tragen*!«

Maggie holte tief Luft. »Alles andere«, fuhr Evalyn fort und wandte sich ihrer Begleiterin zu, »ist undenkbar. Und vergessen Sie nicht, dass wir den Stein haben segnen lassen. Also hören Sie auf, mir damit auf die Nerven zu gehen.«

In der hierauf folgenden Stille kam ein Steward, der ihnen Decken anbot, die sie über ihre Knie breiteten.

»Das neue Schiff, auf dem wir zurückfahren werden, klingt nach einem Wunder«, sagte Maggie nach einer Weile. »Es heißt, es wäre so lang wie vier ganze Häuserblocks.«

Evalyn lachte. Maggie war so berechenbar.

»Ich glaube, Sie genießen Luxus noch mehr als ich, Maggie. Wir müssen bis zum 10. April in Cherbourg sein. Die Hälfte all unserer Bekannten wird an Bord sein.«

»Man sagt, ein luxuriöseres Schiff wäre noch nie über das Meer gefahren«, entgegnete Maggie.

»Dann müsste es ja gerade Ihre Kragenweite sein!«

Maggie machte aus ihrer Vorfreude keinen Hehl. Sie dachte an die Beschreibungen des Schiffes: Aubusson-Teppiche an den Wänden, Axminster-Teppiche auf den Fußböden, ein elegantes Lesezimmer für Damen mit einem großen Erkerfenster und offenem Kamin. Sie sandte ein Dankgebet zum Allmächtigen, dass sie das Glück hatte, bei Millionären angestellt zu sein.

»Aber finden Sie den Namen nicht auch etwas ungewöhnlich?«, sinnierte sie. »*Titanic* klingt so wuchtig ...«

In Paris wohnten Evalyn und Maggie im Bristol. Die Kastanienbäume entlang der Pariser Boulevards trugen neues Laub, Kopfsteinpflaster und Straßencafés verströmten eine Atmosphäre etablierter Zivilisiertheit und Lebensfreude, die Evalyn so liebte. Es dauerte nicht lange, und sie hatte die meisten Couture-Häuser aufgesucht. Bei Maison Jane erwarb Evalyn ein paar Abendkleider aus Chiffon und Mousseline. Sie ging zu Worth, Paul Poiret und Jacques Doucet, dessen Seidenentwürfe sie wirklich begeisterten. Und ihr gefiel der neue V-Ausschnitt, auch wenn dieser von Moralaposteln angeprangert worden war und die Ärzte warnten, die Trägerinnen würden sich eine Lungenentzündung holen.

Bei einer *soirée* im Ritz genoss sie in vollen Zügen, dass sie in ihrem orientalisch anmutenden blauen Satin-Kleid und dem Hope Diamanten als Kopfschmuck im Mittelpunkt der allgemeinen Aufmerksamkeit stand.

»Ich hoffe doch, Sie tragen heute Abend kein Blasrohr bei sich?«, fragte eine humorvolle Stimme dicht neben ihrem Ohr.

Sie schaute sich um und blickte in ein lachendes, attraktives Gesicht, das sie schon länger nicht mehr gesehen hatte. Es gehörte Major Archibold Butt, Präsident Tafts Assistenten, den sie und Vinson einst mit Erbsen unter Beschuss genommen hatten.

»Mein lieber Archie, Sie haben mich erschreckt! Aber Sie werden erleichtert sein zu erfahren, dass Sie einen geläuterten Menschen vor sich haben.«

»Das ist wirklich beruhigend, Evalyn. Man kann schon nervös werden, wenn man Sie sieht. Es ist eine Ewigkeit her, dass wir uns das letzte Mal getroffen haben.«

»Seit Vaters Tod. Ich war im vergangenen Jahr aus dem Verkehr gezogen. Ich war lange krank.«

Er musterte sie eindringlich, sah die Fältchen um Augen und Mund und schaute dann auf den blauen Stein, der ihren Kopf schmückte.

»Ich hoffe, es geht Ihnen wieder gut. Darf ich Ihnen zu Ihrem exquisiten Schmuck gratulieren«, fügte er hinzu. »Ist das der berühmte Diamant?«

»Das ist er! Und ich bin froh, dass Sie ihn nicht als berüchtigt bezeichnet haben. Es macht mich rasend, wenn die Leute sich aufführen wie Idioten! Aber was führt Sie nach Paris?«

»Geschäfte und Vergnügen. Ich komme gerade aus Rom; ich hatte eine Audienz bei Seiner Heiligkeit. Und jetzt soll ich dem Präsidenten berichten.«

»Sehen Sie deshalb so zufrieden aus?« Evalyn senkte die Stimme und fügte in verschwörerischem Tonfall hinzu: »Oder gibt es noch einen anderen Grund dafür, Archie? Ich habe da Gerüchte gehört ...«

Archie lächelte, beugte sich zu ihr hinunter und gestand: »Ich habe mich verlobt, Evalyn. Mit der wunderbarsten, liebenswertesten Frau der Welt. Wir haben es noch nicht bekannt gegeben«, fuhr er fort, »aber ich weiß, dass unser Geheimnis bei Ihnen gut aufgehoben ist. Es handelt sich um Miss Williams.«

»Oberst Williams' Tochter?«

Er nickte. »Wir werden die Verlobung in zwei Monaten bekannt geben. Wir wollen im Frühjahr heiraten. Ich kann es gar nicht erwarten, sie wieder zu sehen. Ich trete am zehnten die Heimreise an.«

»Doch nicht etwa ... Sie reisen auch mit der *Titanic* zurück in die Staaten ...?«

Sie fragte sich, warum es im Raum plötzlich dunkel wurde, warum das Stimmengemurmel zu einem leisen Hintergrundgeräusch verblasste, warum ihre eigene Stimme in ihren Ohren blechern klang, als käme sie aus weiter Ferne. Sie hörte Archies Stimme und seine offenkundige Beunruhigung.

»Ist mit Ihnen alles in Ordnung, Evalyn?«

Die Gäste um sie herum hielten die Luft an, als sie wankte und ihr Glas fallen ließ. Archie stützte sie, half ihr zu einem Sofa und sank vor ihr auf die Knie.

»Das ist nur ein Ohnmachtsanfall. Halten Sie den Kopf gesenkt. Lassen Sie mich das Ding halten«, fügte er hinzu und nahm ihr den Kopfschmuck mit dem Diamanten ab, der ihr in die Stirn gerutscht war. »Machen Sie sich um den Schmuck keine Sorgen. Entspannen Sie sich. Ich rufe Ihren Fahrer.«

»Was war denn der Grund für den Schwächeanfall gestern Abend?«, fragte Maggie am nächsten Morgen.

»Ich habe keine Ahnung, Maggie!«

Evalyn saß im Bett, ein Frühstückstablett neben sich. Ihr Kleid vom Vorabend hing über einem Stuhl, das Kollier mit dem Hope Diamanten thronte oben drauf. Die Steine glitzerten in der Morgensonne.

»Ich hatte nur zwei Gläser Champagner getrunken«, fuhr sie fort. »Ich war stocknüchtern, als ich hergekommen bin!«

»Ich hoffe, Major Butt hat nicht geglaubt, Sie wären ...«

Evalyn nippte an ihrem Kaffee und schüttelte den Kopf.

»Natürlich nicht. Hör zu, Maggie ...«, fuhr sie zögernd fort. »Ich habe beschlossen, die Rückfahrt an Bord der *Titanic* zu stornieren. Der Termin ist zu knapp; wir hätten nicht genug Zeit, um all das zu tun, was wir möchten.«

Maggie war sichtlich enttäuscht. »Und das nach all der Mühe, die ich mir gemacht habe, damit Sie die beste Kabine bekommen ...«

»Wir buchen stattdessen auf der *Silver Star.* Sie sticht eine Woche später in See, und somit hätten wir noch ein paar Tage in Paris zu unserer Verfügung.«

»Haben Sie etwas Bestimmtes vor? Sie haben doch niemanden kennen gelernt, oder?«

»Gestern im Ritz? Ich muss doch sehr bitten, Maggie. Immerhin bin ich eine verheiratete Frau. Übrigens, wo wir gerade beim Thema sind ... schick doch bitte Ned ein Telegramm, und informiere ihn über die Änderung des Plans.«

Als Maggie gegangen war, dachte sie zurück an ihre Worte. Ob sie sich noch einmal verlieben könnte? War Liebe Illusion oder Wirklichkeit? Wäre mit Paul alles anders geworden? Dann dachte sie an den kleinen Vinson. »Du wirst immer oberste Priorität haben, mein Schatz«, sagte sie seufzend.

Weniger als vier Wochen später kehrte Evalyn, zu schockiert, um weinen zu können, heim in ein Land, das gelähmt war vor Entsetzen. Ned schien froh, sie zu sehen, und umarmte sie liebevoll.

»Ich bin ja so froh, dass du umgebucht hast. Der arme Butt. Der Präsident ist untröstlich. Hast du davon gehört, dass er an Bord geblieben ist, obwohl er sich hätte retten können?«

»Ich weiß. Archie hat sein Leben für Frauen und Kinder geopfert.«

»Und Astor ist ebenfalls wie ein wahrer Gentleman gestorben«, fuhr Ned fort. »Und der arme alte Strauss ... Seine Frau wollte ihn nicht verlassen, Evalyn. Hast du davon gehört?«

»Sie hat ihn geliebt, Ned, und er hat sie geliebt!«

Ned machte ein Gesicht, als würde er jeden Moment in Tränen ausbrechen, und drückte sie dann erneut fest an sich. »Wärst du auch bei mir geblieben?«

Evalyn wusste nicht, was sie darauf antworten sollte.

»Ich wäre bei dir geblieben!«, verkündete er.

Evalyn glaubte ihm. In Krisensituationen war Ned ein wahrer Held, und dieses Wissen war Teil des Bandes zwischen ihnen. Sie hatte plötzlich einen Kloß im Hals.

»O Ned ... Hoffentlich geraten wir nie in eine solche Situation.«

Nachdem er seine Mutter einen Moment lang argwöhnisch beäugt hatte, breitete der kleine Vinson die Arme aus und rief: »Mama!«

Evalyn nahm ihn hoch und bedeckte sein Gesicht mit Küssen, während Carrie ihr mit großmütterlichem Kummer von seiner neuesten Entdeckung berichtete: das Wort »Nein«.

»Er hat es *geschrien,* als ich versucht habe, ihn mit Pflaumenmus zu füttern, Evalyn.«

»Ich bin froh, dass er das gelernt hat, Mutter. Es ist in jeder Sprache das wichtigste aller Wörter!«

Sie ging zeitig zu Bett. Sie brauchte Schlaf; sie glaubte immer noch das Vibrieren der Schiffsmotoren zu spüren und zitterte innerlich ob der Tragödie, die so viele Menschen getötet hatte, die sie kannte – und der sie selbst nur um Haaresbreite entkommen war. Sie ließ den Blick durch das Zimmer schweifen und sah, dass ihr Gepäck bereits ausgepackt war – alles bis auf die Schmuckschatulle, die Esther nicht anrührte.

Als Ned um vier Uhr morgens zurückkehrte, ging er in ihr Zimmer. Sie wachte auf und blickte ihn argwöhnisch an, als er sich zu ihr auf die Bettkante setzte.

»Ich habe dir noch gar nicht gesagt, wie sehr ich dich vermisst habe, altes Mädchen!«, sagte er beschwipst. »Und der Gedanke, dass du beinahe auch an Bord gewesen wärst ... Ohne dich wäre es einfach nicht mehr dasselbe gewesen.«

»Ach nein?« Sie klaubte ein langes blondes Haar von seinem Ärmel.

Ned betrachtete es ärgerlich.

»Menschen verlieren ständig Haare, Evalyn. Das hat nichts zu bedeuten«, verteidigte er sich.

»Ich wünschte, ich könnte dir glauben!«

»Natürlich kannst du mir glauben. Ich habe in der ganzen Zeit, die du weg warst, nur an dich gedacht! Ich weiß, dass ich nicht der perfekte Ehemann gewesen bin; ich will, dass alles anders wird. Ich werde von jetzt an kürzer treten ... Was meinst du? Sollen wir die Vergangenheit hinter uns lassen und uns auf die Zukunft konzentrieren?«

Das deckte sich so mit ihrer eigenen Sehnsucht, dass ihr unwillkürlich Tränen in die Augen schossen. Sie schaute in das eifrige Gesicht ihres Mannes und suchte seinen schwarzen Abendanzug dann nach weiteren blonden Haaren ab, fand jedoch keine.

»Wo sollen wir den Sommer verbringen?«, fragte Ned. »In Colorado? Bar Harbor? Newport? Ich persönlich würde für letzteres plädieren. Dort ist am meisten los.«

Newport?, dachte Evalyn. Wie Vinson würde ich am liebsten *Nein* schreien. Ich könnte behaupten, ich wollte diesen Ort nie wieder sehen. Aber das wäre gelogen. Newport ist ein Teil von mir. Falls dort ein geliebter Geist herumspukt und die Tuckerman's Avenue entlang oder in der sanften Brise der Easton Bay schwebt, werde ich ihm nur zu gern begegnen!

»Wenigstens war Alfie Vanderbilt nicht an Bord der *Titanic*«, sagte Ned plötzlich. »Welch ein Glück, dass er in London geblieben ist. In den ersten Berichten hieß es, er sei ertrunken.«

Plötzlich erinnerte Evalyn sich an Alfies bleiches Gesicht auf der Easton Bridge vor sieben Jahren, und sie brach in Tränen aus.

»Nicht doch«, sagte Ned begütigend und tätschelte ihre Hand. »Ich hätte dich nicht stören sollen. Schlaf gut, wir reden morgen früh weiter.«

Sie fuhren nach Newport.

Evalyn suchte jeden Ort auf, an dem sie und Vin in jenem schicksalhaften Sommer gewesen waren. Am 19. August zog sie alleine los und fuhr dieselbe Strecke vom Clambake Club die Tuckerman's Avenue hinunter zur Easton Bridge. Sie stieg aus dem Wagen und starrte hinab in den Fluss, der unschuldig vom Easton's Pond in die Bucht strömte.

Wie sollte man die Zeit zurückdrehen, die Geschichte umschreiben? Wenn doch nur *irgendetwas* die fatale Fahrt an jenem Tag verhindert hätte. Dann wäre Vin heute noch am Leben, einer der begehrtesten Junggesellen des Landes, und die Mütter der feinen Gesellschaft würden sich um ihn reißen.

Wieder daheim suchte Evalyn die Fotos ihres Bruders heraus. Lange betrachtete sie den hübschen, lebenslustigen Siebzehnjährigen und fuhr mit dem Finger über das vertraute selbstsichere, leicht belustigte Lächeln. Die Augen, die ihr aus der Vergangenheit entgegenblickten, waren voller Jugend und Erwartung.

Vin, geliebter Bruder, ich habe nie Abschied von dir nehmen können. Und ich werde es auch nie können, auch wenn das Wort an sich schon Unsinn ist. Aber wenn ich mein Leben in den Griff bekommen will, muss ich jetzt Auf Wiedersehen sagen ... bis irgendwann ...

Evalyn stürzte sich in das brodelnde Gesellschaftsleben. Sie gab eine Party für zweitausend Personen. Die Esstische waren 22 Meter lang und mit je 100 Personen besetzt. Bei Tisch wurden die Gäste von Paul Whitemans dreißigköpfiger Jazzband unterhalten, und zum anschließenden Tanz spielte die Meyer Davis' Band auf.

Sie gab eine Dinner Party für Neds Tante Mamie und Onkel George. Ein beschaulicher Abend mit nur 48 handverlesenen Gästen.

Was kann ich tun, damit es etwas Besonderes wird?, fragte sie sich und hatte eine Idee. Jeder Tisch wurde mit Drahtschirmen geschmückt, die mit blühenden Orchideen, einem Brunnen und blinkenden Lichtern versehen waren. Das Dinner kostete alles in allem 48.000 Dollar.

Aber das Vergnügen des Sommers neigte sich dem Ende zu. Aus Bar Harbor traf ein Telegramm für Ned ein. Es kam an einem ganz besonders schönen Tag, an dem Tante Mamie vorbeigekommen war, um mit Evalyn ihre eigene bevorstehende Gartenparty zu besprechen. »MUMMIE SCHWER ERKÄLTET STOPP KOMMT SOFORT NACH HAUSE.«

Mamie sagte die Party sofort ab und reiste mit ihrem Neffen und dessen Frau nach Maine.

Mrs. McLean lag gegen einen Berg von Kissen gelehnt in ihrem Bett in der Sommerresidenz in Bar Harbor. Sie empfing die Familie mit pfeifender Stimme und versuchte zu lächeln, sah aber wächsern aus und hatte Atemnot. John R. saß an ihrem Bett. Im ganzen Haus war es unnatürlich still; nur die leisen Schritte der Dienstboten waren zu hören, vermischt mit dem gedämpften Rauschen des Meeres, das durch die offenen Fenster hereingetragen wurde.

Man hatte nach Dr. Barker, Mrs. McLeans Hausarzt, geschickt, aber der hielt sich in North Carolina auf, und die 1300 Meilen ließen sich nicht an einem Tag bewältigen. Der Zustand der Kranken verschlechterte sich über Nacht zusehends.

Am 8. September traf ein übernächtigter Dr. Barker in Bar Harbor ein und wurde sofort ins Krankenzimmer geleitet. Die Familie wartete währenddessen unten im Salon, und alle schauten sich sorgenvoll und schweigend an.

Evalyn nahm Neds, der an der offenen Terrassentür stand, überdeutlich wahr, ebenso John R., der rastlos auf und ab ging, und Tante Mamie, die neben ihr saß und sich immer wieder nervös räusperte. Sie registrierte, wie die Spitzenvorhänge sich bauschten, wie die gestreifte Markise das Sonnenlicht dämmte, bemerkte das monotone Ticken der Uhr auf dem Kaminsims.

Sie hatte schreckliche Angst. Sie liebte und achtete die Frau, die in dem Zimmer über ihnen um ihr Leben rang. Sie erinnerte sich nur zu gut daran, wie sie ihr seinerzeit geholfen hatte, sich mit dem Leben in Washington abzufinden.

Die Decke knarrte; sie hörten, wie oben leise eine Tür geschlossen wurde und der Doktor die Treppe herunterkam.

Sie erhoben sich.

Dr. Barker betrat den Salon, blickte ernst auf John R. und schüttelte den Kopf.

»Lungenentzündung ...«

Ned zog Evalyn durch die geöffnete Tür hinaus auf den Rasen.

»Hat Mummie diesen verfluchten Diamanten je berührt?«, fragte er zähneknirschend? »Der, von dem du sagst, er würde *dir* Glück bringen?«

Evalyn roch seine Bourbon-Fahne. Jenseits des Gartens sah sie den Ozean in der Sonne funkeln. Sie erinnerte sich daran, wie Mummie sie besucht hatte, nachdem sie den Stein von Pierre Cartier erworben hatte.

»Vielleicht einmal ... Kurz nachdem ich ihn gekauft habe ... Aber ...«

»Es ging ihr gut, bis dieses verfluchte Ding aufgetaucht ist!«, schrie Ned. »Sie war immer gesund wie ein Pferd! Du solltest ihn auf den Müll werfen! Und weißt du was? Wenn du es nicht selbst tust, werde *ich* es tun!«

Evalyn antwortete nicht. Dies war weder der richtige Ort noch der richtige Zeitpunkt für einen Streit. Sie hatte entschieden, sich bezüglich des Diamanten von niemandem beeinflussen zu lassen, aber auch wenn sie sicher war, dass die gegenwärtige Situation nichts mit dem Edelstein zu tun hatte, jagte ihr ein Schauder über den Rücken.

»Ich hoffe, du hast nie zugelassen, dass Vinson ihn berührt!«, zischte Ned.

Evalyn wurde sehr blass und schüttelte den Kopf. Sie dachte zurück an den Moment panischen Entsetzens, als Vinson nach dem Stein gegriffen hatte und sie eben noch verhindern konnte, dass er ihn packte.

»Nein, nie ... Und das werde ich auch nie zulassen ...« Sie blickte zu Ned, der schwer atmend vor ihr stand. »Ich verspreche es, Ned. Nur über meine Leiche.«

»Oder seine«, entgegnete Ned brutal. »Und genau das ist es, wovor ich Angst habe ... dass es *ihn* trifft.«

Evalyn kämpfte gegen die irrationale Furcht, die knapp außer Reichweite lauerte.

Hatte sie den Stein in Paris nicht bei sich gehabt, und hatte sie nicht die Reservierung der Schiffspassage storniert, die sie das Leben hätte kosten können? Aber der arme Archie hatte ihn angefasst, und bei dieser Erkenntnis wurde ihr ganz übel. Der arme Archie und seine arme Verlobte Miss Williams ...

Die Familie wachte Stunde um Stunde an Mrs. McLeans Bett. Der Priester kam und betete. John R., dessen kraftvolles, markantes Gesicht aschfahl war, sprach mit leiser Stimme liebevoll mit seiner Frau. Schließlich winkte er den Arzt herbei, der den Puls der Patientin fühlte. Mit ernster Miene und aufrichtigem Mitgefühl wandte er sich an John R.

»Es tut mir sehr Leid, Mr. McLean ...«

John R. küsste seine Frau auf den Mund, flüsterte ihr etwas zu, das sonst niemand hören konnte, und schloss ihre Augen.

Ned bekam einen Weinkrampf und warf sich auf ihren leblosen Körper.

»Mummie, Mummie, o *Mummie* ...!«

Wie das Heulen und Wehklagen eines Verdammten, ging es Evalyn durch den Kopf, die ihre eigenen Tränen schmeckte.

Als das Trauerjahr vorbei war, sah Ned mit schlecht verhohlener Verzweiflung, wie seine Frau sich wieder zum Ausgehen zurechtmachte. Er sah sie mit anderen Männern tanzen, und er konnte seine Eifersucht nicht verbergen; er verdächtigte jedes männliche Wesen, sie verführen zu wollen. Oft lehnte er es ab, sie zu begleiten, zog alleine los und weigerte sich am Morgen preiszugeben, wo er gewesen war.

»Das spielt doch keine Rolle, Evalyn. Wenn du unbedingt auf diese lächerlichen Partys gehen willst, heißt das noch lange nicht, dass ich sie mir ebenfalls antun muss.«

Ich frage mich, dachte Evalyn, ob wir Vertrauen zueinander hätten, wenn wir weniger reich wären. Wer auch immer gesagt hat, dass Besitz einen besitzt, hatte vollkommen Recht.

Warum sich dann nicht davon frei machen?, fragte prompt eine innere Stimme, die sie flüchtig an Paul Lafferty mit dem klaren, forschenden Blick erinnerte.

Sie beantwortete die Frage ehrlich: Weil ich zum jetzigen Zeitpunkt ohne Besitztümer nicht wüsste, wie und wovon ich leben sollte!

»Es liegt bei dir zu versuchen, ihn zur Vernunft zu bringen«, teilte Alice Longworth, geborene Roosevelt, Evalyn eines Abends mit, als sie über Neds häufige Alleingänge sprachen. »Die meisten Männer sind wie streunende Kater! Wenn es nach ihnen ginge, würden sie ihre ganze Zeit im Little White House verbringen.«

»Wo?«

Alice musterte sie fragend und lachte dann.

»Hast du noch nichts davon gehört? Dein eigener Schwiegervater hat es ins Leben gerufen. Es liegt hinter den Büros der *Post.* Ein hübsches kleines Haus mit einer gut bestückten Bar, rosa Schlafzimmern und willigen jungen Frauen!«

»Du meinst, ein Bordell?«, rief Evalyn entsetzt aus.

»Um Himmels willen nicht so laut! Es gibt hier kaum einen Mann, der noch nicht dort gewesen ist, und du siehst ja selbst, wie weltmännisch sie wirken. Aber die Mädchen aus dem Little White House wüssten da ganz anderes zu erzählen. Kürzlich wurde einer von ihnen der Schädel eingeschlagen: Sie kam einer Champagnerflasche in die Quere, mit der jemand um sich geworfen hatte, aber das Ganze wurde vertuscht.«

»Du meinst ... sie ist *gestorben*?«

Alice nickte.

»Geld«, sagte Evalyn abfällig. »Du musst nur genug davon haben, dann brauchst du nie zu fürchten, die Konsequenzen deines Handelns tragen zu müssen!«

»Du hast es gerade nötig, dich über Geld zu beklagen!«, entgegnete Alice. »Sieh dich doch an, trägst die teuersten Kleider und dazu den berühmtesten Edelstein der Welt!«

Evalyn zuckte die Schultern. Sie beobachtete die Männer in Abendgarderobe und versuchte, sie sich im Alkohol- und Sinnesrausch vorzustellen.

»La nuit tous les chats sont gris«, murmelte sie.

»Was sagst du?«

»Das ist ein französisches Sprichwort. ›Nachts sind alle Katzen grau.‹«

»Stimmt!«, entgegnete Alice und lachte herzlich. Leise fügte sie hinzu: »Wenn du deinen eigenen Kater von solcherlei Vergnügungen abhalten willst, musst du ihn begleiten, wenn er ausgeht! Das ist der einzige Weg, ihn an der Leine zu halten!«

»Ich habe ehrlich gesagt keine große Lust, den Katerdompteur zu spielen – oder einen fauchenden, kratzbürstigen Kater an der Leine auszuführen. Außerdem ist er größer und stärker als ich!«

Obwohl beide Frauen herzlich lachten, war Evalyn fest

entschlossen, einen letzten Versuch zu unternehmen, ihre Beziehung zu Ned zu retten. Sie gestand sich jedoch ein, dass sie ihm nicht verzeihen könnte, falls er tatsächlich zu den Gästen des Little White House gehörte.

Als sie das Etablissement am nächsten Tag ihm gegenüber en passant erwähnte, entgegnete er, er habe noch nie davon gehört.

»Sag mal, Ned«, fragte sie erleichtert, »was würde dich eigentlich richtig glücklich machen?«

Ihr Ehemann blickte sie überrascht an.

»Glück gibt es nicht auf Bestellung, Evalyn! Wenn wir eins gelernt haben sollten, dann das!«

»Ich weiß. Aber wenn wir beispielsweise eine Farm kaufen und einen Teil des Jahres dort leben würden ... würde dir das gefallen?«

»Würdest du das für mich tun? Washington aufgeben?«

Sie nickte.

»Du bist sehr gut zu mir, Evalyn«, sagte er leise. »Ich bin kein sehr guter Ehemann, aber ich habe dich gern ... sehr sogar ...«

Evalyn schluckte. »Ich habe letztens ein Inserat gesehen«, fuhr sie fort. »Die Black Point Farm in der Nähe von Newport steht zum Verkauf. Was würdest du dazu sagen, wenn wir ...«

»Großartig! Das ist ja gleich um die Ecke von Alfie und Reggie Vanderbilt!«

O bitte, lieber Gott, betete Evalyn, lass das den Wendepunkt sein. Ich erwarte gar nicht, je wieder so glücklich zu sein, wie ich es in Ouray war oder mit Paul, nachdem ich den Fehler gemacht habe, beiden materielle Güter vorzuziehen. Aber ich werde meinen Teil geben, ich werde die beste Ehefrau der Welt sein, wenn du Ned und mir noch einmal einen Neuanfang gewährst.

36. KAPITEL

Evalyn wich ihrem Mann kaum noch von der Seite. Sie begleitete ihn auf seine Landpartien und verzichtete auf die gesellschaftlichen Events, die sie so liebte. Sie lernte, ein Gespann zu lenken, reiste mit ihm zum Fischen und Jagen nach Quebec, und zahlreiche Lachse und Karibus mussten diese Entscheidung mit dem Leben bezahlen. Der Ned, den sie auf diesen Ausflügen kennen lernte, war ein völlig anderer als der Kosmopolit der Washingtoner Highsociety – er war jungenhaft in seiner Begeisterung, aufmerksam und amüsant. Fast liebte sie ihn wieder, wenn auch auf eine zurückhaltende, vorsichtige Art.

Die Black Point Farm wurde zu einer Zuflucht. Umgeben von 30 Dienstboten kam Evalyn sich so wohl behütet vor wie in einem Kokon. Der Krieg, der in Europa ausgebrochen war, war hier nur ein Murmeln, ein Grollen aus weiter Ferne.

Am 4. Juli kam Reggie Vanderbilt in Black Point vorbei und schlug einen Besuch im Casino am Narragansett Pier vor, um dort den Unabhängigkeitstag zu feiern.

Evalyn verzichtete. Sie wollte Vinson nicht allein lassen, der sie immer ganz traurig ansah, wenn sie ihm mitteilte, dass sie ausgehen wolle. Und sie wollte auch nicht, dass Ned hinging.

»Du brauchst ja nicht mitzukommen, wenn du nicht willst, aber du kannst auch nicht dein ganzes Leben damit verbringen, dieses Kind zu verhätscheln.«

Nein, dachte Evalyn mit einem plötzlichen Anflug von Zorn. *Du bist* es, den ich ständig verhätscheln muss. Aber sie verriet ihre Sorge nicht, er werde bis in die frühen Morgenstunden hinein spielen, brachte Vinson zu Bett und versprach ihm, noch einmal nach ihm zu sehen, wenn sie zurück war. Dann stieg sie zu Ned in ihren neuen Isotta-Fraschini; sie trug ein kleines Beutelchen Diamantschmuck bei sich, den sie später anlegen wollte. Mit einer gemieteten Fähre überquerten sie die aufgewühlte Narragansett Bay, begaben sich zum Hotel und zogen sich zum Abendessen um.

Ned und Reggie trafen im Casino auf ein paar Freunde, und schon bald floss der Alkohol in Strömen. Nach dem Essen lehnte Evalyn alles ab außer schwarzem Kaffee, und als sie schließlich zum Roulettetisch gingen, war sie als Einzige nüchtern. Ned saß an einem anderen Tisch. Evalyn spielte zurückhaltend und verlor. Ihre Antennen waren ganz auf das ausgerichtet, was ihr Mann am Nebentisch tat, aber sie konnte ihn nicht sehen wegen der Menschenmenge, die sich um seinen Tisch geschart hatte. Sie entschuldigte sich und ging zu ihm rüber. Einen Moment blieb sie hinter dem Croupier stehen, der Ned eindringlich musterte. Über dem Tisch lag gespannte Erwartung, wie wenn ein Mann auf einem Drahtseil über einen Wasserfall balanciert.

Als ihr Blick auf Ned fiel, sank ihr das Herz. Er bot einen sonderbaren Anblick. Seine Augen waren glasig, und sein Mund stand leicht offen; Speichel lief ihm über das Kinn, und er schien kaum noch etwas um sich herum wahrzunehmen. Vor ihm lag ein unordentlicher Haufen Chips. Auch diese schien er gar nicht zu registrieren, und seine Bewegungen wirkten unkoordiniert.

»Was geht hier vor?«, fragte sie scharf. Sie hatte ihn noch nie so gesehen, nicht einmal wenn er volltrunken gewesen war.

»Wonach sieht es denn aus, Lady? Dieser Gentleman schuldet dem Haus 55.000 Dollar.«

»Tut er das, ja?« Evalyn hob die Stimme, sodass jeder im Raum sie hören konnte. »Er ist ganz offensichtlich zu nichts mehr in der Lage, schon gar nicht zum Roulettespielen. Er ist mein Mann, und ich werde ihn jetzt nach Hause bringen.«

Sie legte Ned eine Hand auf die Schulter und schüttelte ihn sanft. »Komm, Ned. Zeit zu gehen.«

Ned machte Anstalten aufzustehen. Der vom Croupier alarmierte Casino-Inhaber eilte mit Füllfederhalter und Schuldschein herbei.

»Sie müssen das unterschreiben, Sir«, sagte er und legte beides vor Ned auf den Tisch. »Sie schulden dem Haus ...«

»Er wird gar nichts unterschreiben«, protestierte Evalyn. »Sie sind selbst schuld. Sie hätten ihn nicht spielen lassen dürfen. Es würde mich nicht wundern, wenn Sie ihn vergiftet hätten.«

»Er wird das Casino nicht eher verlassen, bis er unterschrieben hat!«

Evalyn blickte in das weiche, gierige Gesicht, und mörderischer Zorn stieg in ihr auf.

»O nein«, sagte sie gefährlich leise. »Er wird nichts dergleichen tun. Wie kommen Wichte wie Sie eigentlich auf die Idee, Sie würden mit allem durchkommen?« Sie legte einen Arm um Ned. Ich wünschte, ich hätte eine Waffe, dachte sie. Ich könnte die ganze Bande von Blutsaugern umbringen.

»Reggie!«, rief sie.

Reginald Vanderbilt kam von seinem Tisch herüber und fand Evalyn im Zentrum einer kleinen, faszinierten Menschenmenge vor.

»Ich kann sehr laut und durchdringend schreien, Mr. Wieauchimmersieheißen«, warnte sie den übergewichtigen Casino-Betreiber. »Die Polizei wäre in wenigen Minuten hier. Wenn Sie das wollen, bitte.«

Reggie half Ned zur Tür. Die Menge machte ihnen Platz.

»Das wird ein Nachspiel haben«, zischte der Manager wütend.

Evalyn zitterte vor Wut über die Blutsauger, die ständig auf der Lauer lagen, über den Rückschlag in ihrer Beziehung zu Ned, nachdem sie sich solche Mühe gegeben hatte, sie zu kitten, und über die Gewissheit, dass wenn sie nicht dazugekommen wäre, er unterzeichnet hätte, was immer man ihm vorlegte.

»Er braucht einen Arzt«, sagte sie zu Reggie, als sie zurück im Hotel waren. »Ich habe ihn noch nie in einem solchen Zustand erlebt, auch dann nicht, wenn er den ganzen Tag getrunken hat. Er kommt mir fast wie ein gedoptes Pferd vor!«

Zwei Tage später bestätigten die Ergebnisse der Blutproben, dass man Ned etwas in den Drink geschüttet hatte.

»Du bist ein leichtes Ziel für Betrüger aller Art. Du hättest uns ruinieren können. Ist es das, was du willst? Vinsons Erbe durchbringen? Warum bringst du dich in eine Lage, in der zwielichtige Gestalten mit dir machen können, was ihnen gefällt? Ich dachte, das alles läge hinter dir.«

»Du bist selbst auch keine Heilige«, verteidigte sich Ned.

»Das habe ich auch nicht behauptet. Aber ich bringe deshalb noch lange nicht unsere Existenz in Gefahr. Und genau das tust du, Ned.«

»Das ist doch mal was anderes, oder?«, entgegnete er gehässig. »Vor zwei Jahren warst du der Junkie.«

»Aber ich habe damit aufgehört, Ned. Ich habe das Morphium aufgegeben. Bitte hör auf zu trinken; ich rühre aus Solidarität auch keinen Tropfen mehr an.«

Neds Lachen klang hohl.

»Hör zu, morgen Abend sind wir im Marble House«, fuhr sie flehend fort. »Willst du nicht ausnahmsweise einmal nur Wasser trinken? Ich halte mich auch daran.«

Im Marble House fand ein »Chinesischer Ball« statt, den Mrs. Alva Vanderbilt Belmont in der chinesischen Pagode veranstaltete, die hinten im Garten errichtet worden war, mit Blick auf den Cliff Walk und das Meer. Es war ein komisches Gefühl, so nah bei Beaulieu zu sein, dem letzten Haus, in dem Vinson gewesen war.

Der Ball war eine leuchtende Angelegenheit. Als es dunkel wurde, wurden der Rasen und die rote Pagode mit Laternen beleuchtet, der Marmor des Herrenhauses schimmerte, und Stimmgemurmel und Gelächter der Gäste vermischten sich mit dem Rauschen des Meeres. Alvas Tochter Consuelo war ebenfalls anwesend. Sie war mit dem neunten Duke of Marlborough verheiratet und Mutter zweier Söhne.

»Ich reise nächste Woche zurück nach England«, erzählte sie Evalyn. »Aber seit Kriegsbeginn ist alles so unsicher, dass ich ganz krank bin vor Sorge wegen der Überfahrt. Es heißt, die deutsche Marine sei im Atlantik sehr präsent.«

»Aber sie würden doch sicher keinen Transatlantik-Dampfer angreifen!«

»Vielleicht nicht, aber ich habe trotzdem Angst.«

Sie kamen auf das Frauenwahlrecht zu sprechen, das Consuelo sehr am Herzen lag und mehr noch ihrer Mutter, die bereits zu den führenden Persönlichkeiten der amerikanischen Frauenbewegung gehörte.

»... Wir müssen unsere politischen Ziele für die Dauer des Krieges zurückstecken, aber hinterher ...« Mit gesenkter Stimme fuhr Consuelo fort. »Mutter wird keine Ruhe geben, bis den Frauen Gerechtigkeit widerfahren ist! Hast du ihr neues Teeservice mit ›Frauenwahlrecht‹ auf jeder Tasse und Untertasse gesehen?«

Evalyn verneinte lachend, aber insgeheim dachte sie, als sie ihre bemerkenswerte Gastgeberin beobachtete, die unter ihren Gästen wandelte: *Diese* Frau hat wirklich ein Ziel vor

Augen, eine Leidenschaft. Evalyn wusste, dass Alva Smith die New Yorker Gesellschaft vor 40 Jahren gezwungen hatte, die neureiche Vanderbilt-Familie zu akzeptieren, in die sie eingeheiratet hatte. Später hatte sie derselben Gesellschaft die Zunge herausgestreckt, sich scheiden lassen und einen anderen reichen Mann namens Oliver Belmont geheiratet. Heute war sie Herrin über zwei große Häuser und ein Heer von Dienstboten. Und trotzdem steckte sie ihre beträchtliche Energie in eine Sache, die ihr weltlich betrachtet keinen Vorteil brachte, sondern mit der sie sich vielmehr nur reichlich Ärger einhandelte.

Was treibt solche Frauen an?, fragte sie sich. Vielleicht brauche ich auch so etwas – Leidenschaft, Visionen ... ein größeres Ziel als nur die Rettung meiner Ehe mit Ned.

Sie blickte hinab auf den blauen Diamanten, der auf ihrem Busen ruhte. Er schien zu sagen: »Aber ich bin deine ganze Leidenschaft.«

O nein, das bist du nicht, dachte sie grimmig. Ich habe dich in deine Schranken verwiesen!

Sie wurde von einem Aufschrei vom anderen Ende des Raumes aus ihrer Träumerei gerissen.

»Wie können Sie es wagen?«

Mrs. Vincent Astor starrte hoheitsvoll auf Ned. Sie war hochrot im Gesicht. Ned sah leicht zerzaust aus und war ganz offensichtlich betrunken. Er grinste dümmlich.

O Gott, was hat er jetzt wieder angestellt? Evalyn ging hinüber und legte ihm eine Hand auf den Arm.

»Komm, Ned, Zeit nach Hause zu gehen.«

»Nein!«, schrie er und schüttelte ihre Hand ab. »Du willst mich wohl loswerden, Evalyn, damit du dich mit diesen aalglatten Kerlen amüsieren kannst.«

Er zeigte mit einer vagen Geste auf die anwesenden Herren. »Diese lüsternen Böcke ... Glaubst du, ich weiß nicht, was los ist? Haha ... Glaubst du, ich weiß nicht, wie sie sind? Und was für eine du bist?«

Evalyn schämte sich zu sehr, um zu antworten. An ihrer Seite waren Harold Vanderbilt, ihr Tischherr, sowie seine Schwester, die Herzogin von Marlborough. Die beiden sahen sie mitleidig an und taten so, als hätten sie nichts gehört.

»Ich fahre nach Hause«, teilte sie Ned mit. »Du kannst ja noch bleiben, wenn du willst.«

»Es ist widerwärtig, wenn du mich fragst«, rief Ned ihr nach. »Machst für jeden dieser Kerle die Beine breit ...«

Hinterher mied Ned jegliche Konfrontation mit seiner Frau und verließ Newport gleich am nächsten Morgen. Evalyn suchte persönlich ihre Gastgeberin vom Vorabend auf, um sich bei ihr für das Benehmen ihres Mannes zu entschuldigen.

»Machen Sie sich deswegen keine Gedanken, Evalyn«, sagte Alva Belmont mitfühlend. »Wir wissen alle, dass Sie keine Schuld trifft. Hören Sie, ich gebe morgen eine kleine Party für Consuelo und würde mich sehr freuen, wenn Sie auch kämen ... allein!«

Evalyn schlug die Einladung aus. Sie wusste, dass man sie bemitleidete. Sie wusste nicht, wo Ned war, aber sie war sicher, dass er sich zu sehr schämte, um ihr in die Augen zu sehen.

Alleine wäre ich besser dran, ging es ihr durch den Kopf. Ganz egal, wie sehr ich mich auch bemühe, meine gesamte Existenz ist an seine Launen geknüpft.

Ned war nach Bar Harbor gefahren. Als er anrief, um sich zu entschuldigen und ihr zu sagen, dass er sie über alles liebe, teilte Evalyn ihm mit, dass sie ihn nie wieder sehen wolle.

Er fing an, ihr sehnsüchtige Telegramme zu schicken.

Evalyn ignorierte sie, aber als der Strom der Telegramme auch nach Tagen nicht abriss, die manchmal in einem ganz privaten Geheimcode gehalten waren, den sie in den ersten Tagen ihrer Ehe ersonnen hatten, wurde ihr wieder leichter ums Herz.

Vielleicht liebt er mich ja wirklich, dachte sie. Vielleicht ist unsere Ehe doch noch zu retten. Immerhin gibt es nichts Wichtigeres auf der Welt als die Liebe. Wie der Glaube vermag sie Berge zu versetzen. Und wie der Glaube kann sie einen Alkoholiker läutern und ihn wieder zum Mann machen ... So etwas hat es schon gegeben; es *kann* wieder gelingen.

Ihren Freunden entging die Veränderung an ihr nicht.

»Du siehst viel besser aus, Evalyn«, meinte Alice Longworth. »Darf ich fragen, ob Ned etwas damit zu tun hat?«

»Er ist ganz zerknirscht. Er möchte, dass wir wieder zusammenkommen.«

»Nun, du darfst auf keinen Fall zu schnell nachgeben. Männer wissen Dinge, die sie ohne Anstrengung bekommen, nicht zu schätzen. Und du solltest tatsächlich gründlich darüber nachdenken, ob du ihm überhaupt verzeihst!«

»Ich habe bereits darüber nachgedacht, Alice. Ich muss einfach sicher sein, wirklich alles versucht zu haben ... Vinson zuliebe ... Und auch meinetwegen!«

Das nächste Telegramm von Ned lautete: »DRINGENDE UNTERLAGEN MÜSSEN UNTERZEICHNET WERDEN STOPP MUSS DICH UNBEDINGT SEHEN.«

War das eine List, oder gab es tatsächlich Angelegenheiten zu regeln, die ihre Unterschrift erforderten? Vinson beobachtete Evalyn ängstlich beim Frühstück, als sie das Telegramm las.

»Ist es von Papa?«

»Ja, Schatz.«

»Kommt er bald nach Hause?«, fragte er sehnsüchtig.

Evalyn schaute in die unschuldigen sehnsüchtigen Augen ihres Sohnes, und das Bewusstsein seiner Verwundbarkeit und Einsamkeit traf sie tief.

»Wir werden bald bei ihm sein«, entgegnete sie. »Freust du dich?«

Das strahlende Gesicht ihres Sohnes sprach Bände. Sie schickte Ned ein Telegramm, in dem sie ihm mitteilte, dass sie den Nachtzug nehmen werde, und eine Weile malte sie sich das Leben aus, das sie miteinander führen könnten in einer Atmosphäre von Liebe und Versöhnung. Mein Gott, flüsterte sie, als bei der Aussicht auf einen nüchternen und zuverlässigen Ned ihre Hoffnung aufkeimte. Das Leben könnte paradiesisch sein.

Aber nur eine Stunde vor ihrer Abreise erhielt sie eine weitere telegraphische Nachricht: »DU BRAUCHST NICHT EXTRA ZU KOMMEN ES SEI DENN DU WILLST ES.«

Evalyn ging auf ihr Zimmer und wies das Mädchen an, ihre Koffer wieder auszupacken. Lange saß sie schweigend da.

Er ist krank, dachte sie. Es ist keine gewöhnliche Krankheit, sondern hat etwas mit dem Verstand zu tun! Er hat lange bevor wir uns kennen gelernt haben einen Knacks bekommen. Ob sie es gewusst haben – die McLeans? War ihnen bewusst, wie stark die Störung war? Haben sie ihn mit einem Seufzer der Erleichterung in meine Obhut gegeben, froh, endlich jemanden gefunden zu haben, der sich fortan um ihn kümmert?

Er hätte ein wundervoller Mann sein können, beharrte ihr Stolz.

O ja, antwortete sie, aber stattdessen spielt er alberne Spielchen und ergötzt sich an seiner Macht, andere zu verletzen. Ob er heilbar ist? Wie viel von meinem Leben sollte ich noch dazu aufwenden, ihn zu unterstützen? Wäre es nicht für uns alle – Vinson eingeschlossen – das Beste, ihn endgültig zu verlassen?

Sie verriegelte die Farm in Black Point und mietete einen Flügel im ersten Stock des The Breakers, dem größten Hotel in Palm Beach und Namensvetter des berühmten Hauses in Newport. Aber sie machte sich Sorgen um Vinson; er wurde immer ernster. Er sprach immer wieder von seinem Vater.

»Ich dachte, wir würden bald wieder bei Papa sein. Ich mag Palm Beach nicht. Mutter, ich dachte, wir würden zu Papa fahren. Wann fahren wir ...?«

»Ich weiß es noch nicht, Schatz.«

»Wann kommt er uns holen?«, hakte er beharrlich nach.

Mein kleiner Sohn ist so erwachsen verglichen mit seinem Vater. Er leidet, aber er hat Durchhaltevermögen. Er führt nicht einmal das Leben eines Kindes. Er verbringt so viel Zeit mit Erwachsenen, dass er nicht einmal mehr spricht wie ein Kind. Vielleicht wird er ja eines Tages das Ansehen seiner Familie wiederherstellen!

Sie beschloss, Palm Beach zu verlassen. Sie kaufte ein Häuschen in Hot Springs in Virginia. Dort, weitab von neugierigen Blicken, wollte sie die Trennung von Ned besiegeln, ein neues Leben beginnen und irgendwie das gebrochene Herz ihres Sohnes heilen.

Aber Ned bombardierte sie wieder mit Telegrammen. »BIN GANZ VERRÜCKT NACH DIR MEIN SCHATZ STOPP VERLASS MICH NICHT.«

Evalyn fühlte sich wie auf einer emotionalen Achterbahnfahrt. Sei nicht dumm, ermahnte sie sich.

Sie hielt an ihrem Vorhaben fest und stieg in den Zug nach Hot Springs.

Ned, der von seiner Sekretärin über das Vorgehen seiner

Frau informiert wurde, stieg in Jacksonville in den Zug, um seine Familie zu überraschen.

Vinson jubelte, als er seinen Vater sah. »Danke, Mama«, sagte er überglücklich.

Ned sah großartig aus – attraktiv, fesch, elegant – und völlig nüchtern. Kaum zu glauben, dass das derselbe Mensch war wie der wirrköpfige beleidigende Trinker, der sie in der Öffentlichkeit so bloßgestellt hatte.

Die Liebe ist wie eine Wüstenpflanze, dachte sie. Es scheint, als hätte die anhaltende Trockenheit sie vernichtet, aber nur ein paar Tropfen Wasser genügen, um sie wieder zum Blühen zu bringen. Tränen schossen ihr in die Augen.

Ned schloss sie in die Arme.

»Ich liebe dich so sehr, Evalyn«, flüsterte er ihr ins Ohr. »Ich weiß, dass ich dich nicht verdient habe. Ich habe mich schlimmer benommen als ein Schwein. Ich habe dich im Stich gelassen! Können wir es nicht noch einmal versuchen? Und diesmal *verspreche* ich dir, dass es gut geht! Ich will keinen Alkohol mehr sehen, solange ich lebe. Ich könnte es nicht ertragen ... meine beste Freundin und mein einziges Kind zu verlieren ...«

In diesem Moment war es leicht, ihn wieder zu lieben. Und als Vinson sich mit anbetungsvollem Blick an seinen Vater lehnte, stieg ungebeten Hoffnung auf ein neues Kapitel in ihr auf.

Was soll ich jetzt tun?, fragte sich Evalyn. Die Scheidung einreichen oder es ein allerletztes Mal versuchen?

Vater hat nie aufgegeben, sagte sie sich nach einer Weile. Wenn *er* sich einmal zu etwas entschlossen hatte, ist er auch dabei geblieben. Ich muss dasselbe tun! Ich muss Ned irgendwie vor sich selber retten. Er spielt eine wichtige Rolle in Vinsons Leben, ich kann nicht zulassen, dass er sich selbst zerstört!

Vielleicht wenn wir wieder auf dem Land leben ... Aber nicht in Black Point; es liegt zu dicht bei Newport. Da wäre noch Belmont, das Gestüt in Leesburgh, Virginia, das Ned von dem Geld gekauft hat, das Mummie ihm hinterlassen hatte.

»Wenn wir es noch einmal versuchen, Ned, möchtest du dann in Belmont leben?«

Er schien erfreut.

»Aber was ist mit deinen Freunden, Evalyn? Immerhin bist du eine Stadtmaus.«

»Ich war ein Mädchen vom Lande, lange bevor wir uns kennen gelernt haben, Ned McLean. Ich kann meine Freunde weiterhin sehen, wenn mir danach ist. Aber ich weiß, wie wichtig *dir* deine Pferde, Hunde und Waffen sind!«

Die elterliche Versöhnung wirkte beruhigend auf Vinson, der sich in die Kindheit zurückfallen ließ, entzückt von den neuen Spielsachen, die sein Vater ihm mitgebracht hatte, sowie vom Anblick seiner wiedervereinten Eltern. Ned stand zu seinem Wort: Er blieb trocken, und das Zusammenleben mit ihm verlief harmonisch. Er war ganz vertieft in die Beschäftigungen auf dem Land. Das Leben verlief beschaulich und ausgefüllt. Vinson bekam eine Gouvernante und erwies sich als ausgezeichneter Schüler, der seine Eltern schrecklich stolz machte.

Ned ritt jeden Tag. Er gab auch Vinson Unterricht, der gute Fortschritte machte.

»Kann ich einen Bruder bekommen ... Oder eine Schwester?«, fragte er seine Mutter eines Tages beim Mittagessen.

»Ich wollte das Thema auch schon ansprechen«, meinte Ned. »Vinson und ich würden uns über eine Vergrößerung der Familie freuen!«

»Bitte!«, bettelte Vinson und blickte von einem zum anderen, etwas verblüfft von der plötzlichen Fröhlichkeit am Tisch. »Wo kommen die Babys überhaupt her?«

»Sie werden von Feen gebracht«, entgegnete Ned. »Das stimmt doch, oder, Evalyn? Von der schönsten Fee auf der ganzen Welt.«

»Glaubst du, du bist der Aufgabe gewachsen?«, entgegnete Evalyn mit einem glücklichen Lachen.

Es wird alles gut, dachte sie. Alles wird gut. Das Leben verläuft wieder in den richtigen Bahnen, und alles wird gut.

37. KAPITEL

Evalyns zweiter Sohn wurde am 31. Januar 1916 geboren, und diesmal ging alles viel leichter als beim ersten Mal. Sie nannten ihn John nach Neds Vater. Als sie ihn zärtlich an die Brust legte, fragte sie sich, ob er und Vinson zu gegebener Zeit das Verlagsimperium ihres Großvaters übernehmen würden.

»Zwei Brüder«, sagte sie zu einem ekstatischen Ned. »Die idealen Geschäftspartner!«

»*Zwei* Brüder?«, neckte Ned sie. »Nur zwei?«

»Du solltest einer Frau, die eben erst ein Kind geboren hat, nicht noch ein drittes vorschlagen!«, rief sie aus. »Und wenn du es doch tust, darfst du dich nicht wundern, wenn sie dir ein Veilchen verpasst.«

Ned lachte und brachte sich außer Reichweite in Sicherheit.

»Es stimmt, wir haben nur zwei Zeitungen«, sinnierte er nach einer Weile und setzte sich zu ihr ans Bett. »Aber wer weiß, vielleicht werden es ja eines Tages noch mehr. Ich habe da Pläne ...«

Evalyn war glücklich. Die Vorstellung eines nüchternen und fleißigen Ned, der die Zügel der Macht übernahm und ein noch größeres Imperium schuf, war extrem befriedigend. Er hatte sein Versprechen von vor einem Jahr gehalten – oder doch beinahe. Wenn er doch trank, dann in Maßen. Sie hatte ihn nie wieder betrunken erlebt.

Ich bin stolz auf dich, Ned McLean, dachte sie und drückte ihren zwei Tage alten Säugling an die Brust, der aus halboffenen milchig-blauen Augen zu ihr aufblickte. So stolz auf meine ganze Familie, fügte sie hinzu und schaute zärtlich auf ihren geliebten Vinson, der sich mit einem Ausdruck entzückten Staunens über sein neues Geschwisterchen beugte; ihr Blick wanderte von ihm zu ihrer Mutter, die strahlend hinter ihm stand und ihren neuen Enkel bewunderte.

John R. wurde angekündigt. Wie ein Wirbelwind fegte er ins Zimmer, das er wie gewöhnlich sofort mit seiner Vitalität ausfüllte, küsste Evalyn auf die Stirn und betrachtete dann den schlafenden jüngsten McLean.

»Gut gemacht, Evalyn. Ich habe ja immer gewusst, dass du ein gutes Mädchen bist!«

»Das hast du beim letzten Mal auch gesagt, Pop«, bemerkte Evalyn spöttisch. »Du tust ja gerade so, als hätte ich dir einen ganz persönlichen Dienst erwiesen!«

»Das hast du auch. Ich brauche Enkelsöhne als zukünftige Verleger der *Post* und des *Enquirer* – ist es nicht so, Carrie?«

Carrie nickte abwesend. Sie bückte sich, um zu hören, was Vinson ihr zuflüsterte, und gleich darauf verließen sie beide das Zimmer.

John R. blickte auf Ned, der mit übergeschlagenen Beinen in einem Sessel neben dem Bett saß.

»*Du* siehst aus, als wärst du hoch zufrieden mit dir!«

»Und?«, entgegnete Ned lakonisch. »Ich habe ja auch allen Grund, zufrieden zu sein!«

»Er ist der Meinung, ich sollte baldmöglichst die Produktion fortsetzen, nur für den Fall, dass du noch eine Zeitung kaufst!«, sagte Evalyn.

John R. lachte und musterte seinen Sohn dann streng.

»Nur schade, dass ich auf meine Enkel warten muss. Du wärst nicht einmal in der Lage, eine Zeitung zu führen, wenn dein Leben davon abhinge.«

»Es wird dich überraschen, das zu hören, Pop«, entgegnete Ned angespannt, »aber es könnte gut sein, dass Evalyn und ich unsere eigene Zeitung kaufen.«

»Ich rate dir, dein Geld auf etwas Sinnvolleres zu vergeuden, Evalyn. Kauf dir noch einen Diamanten zu dem blauen dazu ... Du hast ihn doch noch? Ich habe ihn nie an dir gesehen.«

»Mummie mochte ihn nicht, darum habe ich ihn nie in der First Street oder auf Friendship getragen. Aber Ned kann ihn dir zeigen, wenn du möchtest.«

»Edelsteine halten den Wert«, fuhr John R. fort, als Ned die Lederschatulle geholt hatte und seiner Frau reichte.

»Das sage ich auch immer.« Evalyn lachte. »Ich sage Ned immer wieder ...«

»Vorausgesetzt, sie sind versichert, was deine nicht sind«, fiel ihr Ehemann ihr ins Wort.

John R. pfiff beeindruckt, als er den Hope Diamanten in dem offenen Kästchen liegen sah.

»Ein wundervolles Stück, Evalyn, aber gefährlich. Du solltest ihn in einem Tresor aufbewahren!«

»Unsinn!«, entgegnete sie. »Ich weiß ja nicht, was er alles angestellt hat, bevor ich ihn gekauft habe, aber mir bringt er Glück. Ich betrachte ihn als eine Art Talisman. Ich hatte ihn bei der Geburt hier bei mir, und du weißt ja selbst, wie gut diesmal alles gelaufen ist. Und du hattest auch Glück ... du hast einen zweiten Enkelsohn bekommen. Also beklage dich nicht über den Diamanten! Im Übrigen fasst ihn außer mir niemand an!«

»Eine wirklich außergewöhnliche Farbe ...«, sagte ihr Schwiegervater. »Ich habe meiner Emily Saphire gekauft, aber das Blau lässt sich mit diesem hier nicht vergleichen. Kein Wunder, dass du so daran hängst. Schade, dass er einen so schlechten Ruf hat.«

»Du bist doch nicht abergläubig, oder, Pop?«

Er richtete seinen intelligenten, leicht verschlagenen Blick auf sie und lachte abschätzig.

»Es würde mich nicht wundern, wenn dieser Franzose die Schauermärchen nur erfunden hat, um dein Interesse zu wecken. Aber eins weiß ich bestimmt: Glück hat man, wenn man seinen Verstand benutzt, und es verlässt einen, wenn man das nicht tut. Deine kleine irische Seele sucht nach Gründen, die nichts mit dir persönlich zu tun haben.«

Ehe sie ihn daran hindern konnte, nahm er das Kollier aus der Schatulle und hielt es bewundernd ins Licht.

»Wo wir gerade von Irland sprechen«, fuhr er fort und legte das Schmuckstück zurück. »Allmählich sieht es aus, als würde die Spannung in der alten Heimat deines Vaters eines Tages zu einem großen Knall führen.«

»Wie kommst du darauf?«

»Eine Amateurarmee, die sich die ›Volunteers‹ nennt, ist durch die Straßen Dublins gezogen – sie haben komplett in Uniform mit aufgesteckten Bajonetten diverse Übungen ausgeführt! Und die britische Regierung steckt nur den Kopf in den Sand und bildet sich ein, der Sturm würde vorbeiziehen, wenn sie ihn nur lange genug aussitzt!« Er lachte böse. »Ich genieße es richtig mit anzusehen, wie diese arroganten Snobs ihr eigenes Grab schaufeln.«

»Du bist ein solcher Zyniker, John R.! Ich muss Nancy unbedingt sagen, sie soll die Artikel über Irland aus der *Post* ausschneiden ...«

Carrie trat ein, gefolgt von Vinson. Er versteckte etwas hinter seinem Rücken.

»O Mutter, lass mich sehen«, rief er aus und stürmte auf das funkelnde Kollier zu. Evalyn hielt ihn mit ausgestrecktem Arm davon ab, den Edelstein anzufassen, und ließ den Deckel zuschnappen.

»Nein, Schatz.«

Vinsons Züge verfinsterten sich. »Ich wollte es doch nur *ansehen.*«

Carrie legte ihm eine Hand auf die Schulter. »Vergiss das Kollier. Zeig deiner Mutter die Karte.«

»Für das Baby«, sagte der Junge und hielt ein zusammengefaltetes Stück steifes cremefarbenes Papier in die Höhe. Evalyn nahm es entgegen, faltete es auseinander und sah die kindliche Zeichnung einer unförmigen weiblichen Gestalt, die auf ein Strichmännchen-Baby hinabblickte, das in etwas lag, das wohl eine Wiege sein sollte. Die Frau war rosa ausgemalt und das Baby blau. Darunter stand: »HERZLICH WILLKOMMEN KLEINER BRUDER.«

»Hast du das selbst gemalt, Vinson?«

Der Junge nickte stolz und versuchte, seinem kleinen Geschwisterchen sein Werk zu zeigen.

»Das Baby kann noch nicht lesen«, erklärte Evalyn ihm sanft. »Aber er hat dich ganz doll lieb.« Sie drückte ihren Ältesten. »So wie wir alle!«

»Darf ich jetzt die Kette ansehen?«, fragte Vinson und blickte aus unschuldigen Augen zu seiner Mutter auf. »Ich verspreche auch, sie nicht zu zerkratzen.«

»Nicht jetzt, Schatz«, entgegnete Evalyn, beunruhigt von der Panik, die ihr Herz ergriff.

John R. stand auf, um zu gehen.

»Sobald du dich dazu in der Lage fühlst, möchte ich, dass du als Gastgeberin eine Dinnerparty bei mir in der First Street ausrichtest, Evalyn. Wie in den alten Zeiten. Na, was meinst du?«

Evalyn dachte an die großen hallenden Räume in der Washingtoner Residenz ihres Schwiegervaters, wo sie einst tanzen gelernt hatte und ein ungeschickter schlaksiger Junge ihr ständig auf die Zehen getreten war.

»Ich erinnere mich noch daran, wie ich das erste Mal dort war«, sagte sie. »Mummie war so süß. Nur ihr ist es zu verdanken, dass ich doch noch Geschmack am Tanzen gefunden habe.«

Sie sah, wie John R. sich augenblicklich in sich zurückzog, sah die Einsamkeit in seinen Augen bei der Erwähnung seiner Frau, und hätte sich auf die Zunge beißen mögen.

»Es ist verdammt schwierig, alt zu werden«, sagte er plötzlich düster. »Es ist keine Entwicklung, es wird einem untergeschoben. Dem Alter ist man machtlos ausgeliefert.«

Wir sind nie auf das Alter vorbereitet, dachte Evalyn und betrachtete das nachdenkliche Gesicht ihres Schwiegervaters. Und das *ist* seltsam, obwohl wir dieses Phänomen doch tagtäglich überall um uns herum beobachten.

»Ich freue mich schon darauf, deine Party zu organisieren!«, sagte sie laut. »Und wen möchtest du diesmal einladen, Pop? Hast du einen neuen politischen Protégé?«

John R.s Schnauzbart zuckte, und seine listigen Augen verengten sich.

»Ein Senator aus Ohio – Warren Harding. Er hat mich kürzlich aufgesucht, zu einem Gespräch von Verleger zu Verleger!« Er lachte. »Seine kleine Zeitung ist natürlich verglichen mit der *Post* und dem *Enquirer* nur ein Käseblatt, aber ich mag ihn. Und ich werde ihn unterstützen!«

Er küsste Evalyn auf die Stirn und ging.

Der Winter ging in den Frühling über. Am Ostermontag saßen Evalyn und Carrie draußen im Garten des Hauses in der Massachusetts Avenue 2020. Evalyn schaukelte mit einer Hand die Wiege des Babys, das längst von allen nur noch Jock genannt wurde, und hielt in der anderen ein Glas Limonade. Vinson, dessen Fantasie vom Krieg in Europa beflügelt wurde, baute gerade für seine Spielzeugsoldaten einen »Armeestützpunkt« im Gebüsch. Carrie las. Ned kam mit gelangweilter Miene aus dem Haus und ließ sich auf einen freien Liegestuhl fallen.

»Nun, Ladys, wo soll es denn diesen Sommer hingehen?«

»Nach Bar Harbor«, entgegnete Evalyn. »Das ist das Beste für die Kinder.«

»Virginia«, entgegnete Ned. »Das wäre das Beste für Ned.«

Carrie blickte von ihrem Buch auf und sagte: »Wir können uns wirklich glücklich schätzen, dass unsere größte Sorge die ist, ob wir den Urlaub nun in Maine oder in Virginia verbringen sollen, findet ihr nicht auch? Wenn man bedenkt, was in Europa los ist ...«

»Dieser blöde Krieg!«, schimpfte Ned. »Alle gehen sich an die Gurgel, und das für nichts und wieder nichts! Sie werden uns noch mit reinziehen, wenn sie nur können!« Er wandte sich wieder an seine Frau. »Sogar deine kleine Insel vor der europäischen Küste ist auf den Zug aufgesprungen.«

»Du meinst Irland?«

Ned nickte.

»Was ist passiert? Was gibt es Neues?«

»Bei der *Post* heißt es, in Dublin habe es einen Aufstand gegeben!«

Evalyn setzte sich abrupt auf.

»Wann?«

»Heute! Offenbar nichts wirklich Ernsthaftes ... Ein paar Rebellen haben das Hauptpostamt und noch ein paar andere Schlüsselgebäude besetzt. Man rechnet damit, dass die Briten Truppen mit schwerer Artillerie aufmarschieren lassen, um den Parvenüs das Handwerk zu legen.«

»Wenn du dich einmal fragen würdest, wessen Land es ist, kommst du vielleicht auch darauf, wer hier die Parvenüs sind«, sagte Evalyn ärgerlich.

Was wird noch geschehen?, überlegte sie und dachte an ihren Vater und sein reges Interesse an allem, das mit Irland zu tun hatte. Die Rebellen haben keine Chance gegen ein ganzes Empire.

Ihren ursprünglichen Urlaubsplänen zum Trotz verbrachten die McLeans den Sommer in Washington. Carrie organisierte mit ihren Freundinnen und Bekannten Hilfsdienste für die vom Krieg betroffenen Menschen, indem sie warme Kleidung für Flüchtlinge für den bevorstehenden Winter nähten. Ned arbeitete immer intensiver in der Redaktion der *Washington Post,* als wäre er fest entschlossen, die Versprechen zu untermauern, die er seiner Frau gegeben hatte, und seinem Vater zu beweisen, dass er sich irrte, was ihn, seinen Sohn, betraf.

John R. andererseits begann, sich aus der Zeitung zurückzuziehen.

»Es geht mir gut, alles in Ordnung«, teilte er Ned schroff mit, als dieser ihn anrief, um sich nach seinem Befinden zu erkundigen. »Ich habe in letzter Zeit ein wenig Verdauungsprobleme, das ist alles. Geh mir mit deiner Fürsorglichkeit nicht auf die Nerven, ja?«

Als sein Vater sich eine ganze Woche lang nicht bei der Zeitung hatte blicken lassen, suchte Ned ihn daheim in der First Street auf und berichtete hiernach Evalyn, dass der alte Herr sich sehr merkwürdig benehme.

»Er wollte nicht mit mir sprechen. Er hatte die ganze Zeit einen schrecklichen Schluckauf!«

Megget, der Leibdiener seines Vaters, rief am nächsten Tag an. Evalyn nahm den Anruf entgegen.

»Mr. McLean wirft Aktien im Wert von Millionen von Dollar aus dem Fenster.«

Evalyn alarmierte Ned, der Dr. Adolph Meyer, Professor für Psychiatrie an der John Hopkins University, bat, nach dem alten Herrn zu sehen. Der Arzt bescheinigte ihm eine geistige Verwirrtheit, aber John R. schaffte es, mithilfe seiner Privatdetektive nach Friendship zu entkommen und sich dort zu verschanzen.

»Ich werde nicht rauskommen, und ich erschieße jeden, der versucht das Haus zu betreten. Vor allem meinen Sohn«, fügte er hinzu. »Mein Sohn ist mein Feind!«

Der Arzt konnte John R. schließlich dazu überreden, ins Krankenhaus zu gehen. Später teilte er Ned und Evalyn mit, dass der alte Mann nicht mehr lange zu leben habe.

»Sie können ja selbst sehen, dass er sich eine starke Gelbsucht zugezogen hat. Ich bedaure zutiefst, Ihnen das sagen zu müssen, aber ich fürchte, es handelt sich um Leberkrebs.«

Ned war schockiert. »Wie kann das sein, so plötzlich?«

»Krebs ist eine seltsame Krankheit. Sie kann jahrelang schlummern und dann ganz plötzlich ausbrechen. Hat Ihr Vater in letzter Zeit vielleicht einen Schock oder irgendein Trauma erlitten?«

Ned starrte seine Frau an.

»Er hat ein weiteres Opfer gefunden!«, zischte er. »Vor ein paar Monaten hat Pop ihn angefasst. Das Ding ist wie eine Schlange, die ihr Gift bis ins Herz dieser Familie versprüht. Eines Tages wird er uns noch alle umbringen.«

Der Arzt war sichtlich perplex. »Wie meinen, Mr. McLean ...?«

»Er spricht vom Hope Diamanten!«, erklärte Evalyn, bemüht, ihre eigene Nervosität zu verbergen. »Er gibt einem Edelstein die Schuld an der Erkrankung seines Vaters. Und da behaupten Männer immer, *Frauen* seien hysterisch.«

An diesem Abend brachte Ned seiner Frau Blumen mit.

»Ich mache dir immer wieder Vorwürfe wegen des Kolliers, Evalyn«, sagte er zerknirscht. »Wir sind vernünftige Menschen, und wenn du so daran hängst, solltest du es auch behalten. Ich schätze, ihm so viel Aufmerksamkeit zu widmen ist für sich allein schon unchristlich!«

»Monsignor Russell wäre in diesem Punkt bestimmt ganz deiner Meinung!«

»Was hat denn der Pfarrer mit dem Diamanten zu tun?«

Evalyn zuckte die Achseln. Sie wollte Ned nicht ausgerechnet jetzt erzählen, dass sie den Diamanten hatte exorzieren lassen.

»Ich meinte nur aus rein katholischer Sicht«, sagte sie hastig.

Als er am Abend aus dem Krankenhaus zurückkam, ließ Ned sich in einen Sessel fallen, schaute seine Frau konsterniert und fassungslos an und schüttelte den Kopf.

»Sie sagen, Pop hat nur noch eine *Woche*, Evalyn. Ich kann es einfach nicht fassen! John R. McLean, Zeitungsmogul und der reichste und gefürchtetste Mann in Washington ... mein Vater ... hat nur noch eine *Woche* zu leben!«

Er schlug sich mit der flachen Hand auf die Stirn. »Er

muss sterben, Evalyn. Er muss von dieser Welt Abschied nehmen, ob es ihm gefällt oder nicht!«

»Das müssen wir alle einmal, Schatz ... irgendwann.«

Als er gegangen war, holte sie ihren blauen Diamanten hervor. Sie legte ihn in ein kleines mit Intarsien geschmücktes Kästchen, das sie seit ihren Mädchenjahren besaß, drehte den kleinen Messingschlüssel herum und verbarg das Kästchen in ihrem Sekretär.

Ich sperre dich weg, teilte sie dem Stein in Gedanken mit. Egal, was andere sagen, ich verbanne dich! Niemand wird mich je dazu bringen, zu erlauben, dass dich irgendjemand berührt!

Sie legte den Schlüssel in die Schublade ihrer Frisierkommode und betrachtete einen Moment die Fotos in den silbernen Rahmen. Tom Walsh blickte sie mit der alten Heiterkeit an, daneben Ned, jung und lässig, und Carrie, die inzwischen von ihrer Wohltätigkeitsarbeit für Kriegsopfer ganz in Anspruch genommen wurde, mit ihrem ersten Enkel auf dem Arm. Dann Vinson im Halbprofil, ernst und liebenswert, und der kleine Jock, der staunend und neugierig in die Welt blickte.

Schließlich schaute sie sich die Bilder von Mummie an, die schon nicht mehr unter ihnen weilte, und die von John R., dem die letzte Reise bevorstand.

Ned und ich sollten noch ein Kind bekommen, dachte sie, als wollte sie den Triumph des Lebens über den Tod noch einmal besiegeln. Für John wäre es sicher schön, ein etwa gleichaltriges Geschwisterchen zu haben. Vinson hatte diesbezüglich zurückstecken müssen, was sie heute als Fehler betrachtete. Ich werde Pop gleich morgen sagen, dass es noch mehr McLeans geben wird. Ich werde eine große, unschlagbare Familie in die Welt setzen. Und ich werde mir keine Sorgen mehr machen. Sie dachte an Pauls Worte vor so langer Zeit: *»Die eigentliche Kluft besteht zwischen Menschen, die in der Lage sind zu lieben, und denen, die es nicht können.«*

Sie erinnerte sich an ihren Ritt durch den Canyon – an die Unbeschwertheit und Lebensfreude der Jugend, die erwartungsvolle Vorfreude auf die Zukunft, die Kleider, Juwelen und grenzenloses Glück verhieß ...

In dieser Nacht schrie sie im Schlaf. Ned fuhr hoch und schüttelte sie. Zitternd und schluchzend wachte sie auf.

»Es ist alles gut, Evalyn, es war nur ein böser Traum.«

»Gott sei Dank«, flüsterte sie. »Ich bin ja so froh, dass du da bist, Ned.«

Sie setzte sich auf und schwang die Beine aus dem Bett.

»Wo willst du hin?«

»Nach den Kindern sehen.«

»Denen geht es gut. Bleib, ich gehe.«

»Nein! Ich muss mich persönlich davon überzeugen, dass mit ihnen alles in Ordnung ist. In meinem Traum hat ... etwas sie beobachtet.«

»Was war es denn?«

»Ich weiß es nicht. Es war wie ein Schatten. In einer Ecke des Kinderzimmers.«

Sie schauderte. Der Traum verblasste, aber ein bitterer Nachgeschmack des Bösen blieb zurück.

Im Kinderzimmer war alles ruhig; im Nachtlicht war zu erkennen, dass Vinson und das Baby tief und fest schliefen.

»Du musst gestern Abend zu viel Wein getrunken haben«, bemerkte Ned, als sie ins Bett zurückkam.

»Ich wünschte, wir könnten zurück nach Friendship«, sagte Evalyn leise.

»Warte, bis Pop gegangen ist«, entgegnete Ned und zog

sie an seine Schulter. »Ich bin kein sehr guter Sohn gewesen, nicht wahr? Und auch kein guter Ehemann. Aber ich werde dafür sorgen, dass du stolz auf mich bist, wenn ich die Leitung der *Post* und des *Enquirer* übernehme. Wart's nur ab, Evalyn ...«

Evalyn hörte den Schmerz in seiner Stimme und wusste, dass er nicht wieder einschlafen würde. Sie blieb wach neben ihm liegen, hielt ihn in den Armen und erwiderte seine Küsse.

»Ich fahre morgen früh mit dir ins Krankenhaus!«, versprach sie.

»Nein. Wir gehen abwechselnd. Es ist Zeit, bei ihm zu wachen, bis es soweit ist.«

Ned hatte Recht. Zehn Tage später, am 8. Juni 1916, verstarb John R.

38. KAPITEL

1918/1920

Am 28. Juli 1918 brachte Evalyn einen weiteren gesunden Jungen zur Welt, den sie nach seinem Vater Edward nannten. Sie hätte das Baby gerne auf Friendship bekommen; sie hatte das Gefühl, dass sie und ihre Kinder dort am sichersten waren. Aber das Anwesen war in ein Sanatorium für verwundete Soldaten umfunktioniert worden – jene, die das Glück gehabt hatten, das weltweite Gemetzel zu überleben.

Ihr Zimmer in 2020 quoll förmlich über von Blumen. Glückwunschkarten und Telegramme stapelten sich zwischen den Familienfotos. Immer wenn sie die Aufnahmen

Vins und ihres Vaters anschaute, fragte sie sich, ob die beiden sehen konnten, was in ihrem Leben geschah. Hier bin ich, Mutter von drei Söhnen, erzählte sie ihnen, das Neugeborene auf dem Arm. Drei Kinder, die ich behüten werde wie meinen Augapfel. Sie küsste das Baby auf den Kopf, und der kleine Junge zappelte in ihren Armen. Dieses Wunder, der Sieg des Lebens, machte sie euphorisch. Was für eine Schande, dass John R. nicht lange genug gelebt hatte, um den neuesten Familienzuwachs mitzuerleben.

Aber sie wusste auch, dass die wahre Welt *da draußen* völlig außer Kontrolle geraten war. Furchtbare Dinge geschahen, und niemand, auch nicht die Reichsten oder die Mächtigsten, waren dagegen gefeit. Die Romanow-Dynastie, ein uraltes Königsgeschlecht, war innerhalb von Sekunden ausgelöscht worden.

Wahrscheinlich haben sie ihr Dasein als selbstverständlich angesehen. Ich wünschte so sehr, wir könnten wieder nach Friendship gehen. Nimmt dieser Krieg denn gar kein Ende mehr?

Monate verstrichen: Evalyn trieb Sport, um ihre Figur wiederzuerlangen.

»Kinderkriegen ist ja gut und schön, aber für die Muskeln ist es der reinste Mord«, grummelte sie. »Aber ich sterbe lieber, als wieder das Pummelchen zu werden, das ich früher war. Nie wieder will ich Miss Piggy aus den Bergen sein.«

Das brachte sie zum Lachen. Befriedigt beobachtete sie, wie ihr Körper dünn wurde, bis ihre Abendkleider wieder saßen wie angegossen. Sie freute sich auf den Oktober, wenn König Albert von Belgien und seine Gemahlin, Königin Elisabeth, nach Amerika kommen würden. Sie und Ned waren sicher, zu ihrem Empfang im Weißen Haus geladen zu werden. Aber im Oktober war Präsident Wilson krank, und das Weiße Haus konnte nicht zur Unterhaltung des Königspaares eingesetzt werden, sodass Vizepräsident Marshall Carries Angebot, den Empfang in die Massachusetts Avenue 2020 zu verlegen, dankend annahm. Die zahlreichen Gäste waren ausschließlich Vertreter elitärster Kreise. Evalyn trug ein Abendkleid aus blassgrünem Crêpe de Chine mit der modernen tief angesetzten Taille und einem Rock, der bis auf halbe Wadenhöhe reichte. Sie trug den Stern des Ostens als Kopfschmuck; eine Hermelinstola vervollständigte ihre Garderobe.

»Ich habe Ihren Onkel, König Leopold, gekannt, Hoheit«, erzählte sie König Albert im Laufe des Abends. »Er hat uns zu einem Ausflug in die Pyrenäen eingeladen und versprochen, uns hier zu besuchen, ist aber nie gekommen!«

»Ich bin entzückt, diese Unterlassungssünde nachgeholt zu haben, Madame!«, entgegnete der König lächelnd. »Und meine Gattin möchte Ihre Mutter für ihre Verdienste auszeichnen.«

Später am Abend verlieh die Königin Carrie den »Orden der Elisabeth, Königin von Belgien« für ihr Wirken auch für belgische Kriegsversehrte. Carrie strahlte und sah so jung aus wie seit Jahren nicht mehr. Warum nur ist ein Lebensinhalt ein solcher Jungbrunnen? Nur tatenlos herumzusitzen macht einen träge und alt. Aber ich habe auch einen Lebensinhalt: meine Kinder ... und Ned.

Sie nahm sich ein Glas Champagner.

Ich sollte das Zeug nicht trinken, dachte sie plötzlich. Davon bekomme ich nur wieder Albträume.

Nachdem die Gäste gegangen waren, ging Evalyn hinauf ins Kinderzimmer. Alles war ruhig. Die Kinderfrau war noch da; sie las beim schwachen Schein der Lampe am Kamin. Als Evalyn hereinkam, lächelte sie und legte das Buch beiseite.

»Bleiben Sie nur sitzen«, sagte Evalyn leise. »Ich bin nur zu aufgedreht, um schlafen zu können. Um diese Nachtzeit habe ich immer das Gefühl, als wandle jemand über mein Grab. Es kommt mir vor, als gäbe es etwas, gegen das ich ankämpfen muss.«

»Vielleicht nennt man es deshalb die Geisterstunde.«

Evalyn schauderte. Sie wünschte, Ned wäre zu Hause, aber er war mit einem der Gäste gegangen und hatte versprochen, in ein oder zwei Stunden zurück zu sein. Ihre Mutter hatte sich zurückgezogen. Die Dienstboten hatten ebenfalls Feierabend.

Evalyn ging die Galerie hinunter und blickte über das geschnitzte Geländer hinweg in die Eingangshalle im Erdgeschoss.

Vater würde die Treppe zwei Stufen auf einmal nehmend herauflaufen, dachte sie liebevoll bei der Erinnerung an die erste Zeit nach dem Einzug in dieses Kunstwerk von einem Haus. Damals war er noch ein junger Mann, der erst kürzlich von Ouray in die Hauptstadt umgezogen war! Wie sicher und geborgen ich mich fühlen würde, wenn er noch bei uns wäre.

Sie schlich die Treppe hinunter und dachte dabei an die ersten Bälle in diesem Haus und an die ausgelassene junge Schar, die eben diese Treppe hinauf- und hinuntergestiegen war.

Sie öffnete die Tür zur Bibliothek und knipste das Licht an. Das war der Raum, in dem Ned um ihre Hand angehalten hatte. Sie konnte beinahe noch sein ernstes junges Gesicht sehen und hören, wie er versprach, was er doch nicht halten konnte.

Aber inzwischen ist er gar nicht so übel, sagte sie sich und ließ den Blick durch das Zimmer schweifen. Solange ich bei ihm bin, benimmt er sich. Und ich bemühe mich, möglichst oft bei ihm zu sein.

Die Bände, die ihr Vater mit solcher Begeisterung erworben hatte, füllten die Regale entlang der Wände, in Saffian- und anderes Leder gebunden, zahlreiche sehr alte Erstausgaben, aber auch viele Bücher jüngeren Datums. Ihr Blick fiel auf die Enzyklopädie, deren Bände einen halben Regalboden einnahmen.

Daran habe ich nie gedacht, als ich mich damals für Sita und den ganzen Unsinn um den Diamanten interessiert habe, sagte sie sich. Wenn es sich um einen echten Mythos handelt, müsste ich darin etwas darüber finden.

Sie suchte den richtigen Band heraus und legte ihn auf den Tisch. Schon wenige Minuten später hatte sie die Geschichte von Sita gefunden, die den Hindu-Gott Rama geheiratet hatte.

Sie zog sich einen Stuhl heran. Plötzlich kam ihr der Raum mit der lackierten Holztäfelung und den endlosen Bücherreihen beklemmend vor. Sie setzte sich, den Blick auf den Text geheftet, und ihr gefror das Blut in den Adern. Auf der Seite vor ihr prangte eine Zeichnung, die sie schon einmal gesehen hatte – der abscheuliche Spinnenmann. Eilig las sie den dazugehörigen Text. Es kam ihr vor, als wären die Worte nur für sie allein gedruckt worden.

Ravana hatte Sita geliebt und in sein Königreich entführt. Aber *er* war kein gewöhnlicher Herrscher gewesen. Das Ungeheuer mit den vielen Gliedmaßen und den zehn Köpfen war kein Geringerer als der hinduistische Dämonenkönig. Evalyn schrie auf und klappte das Buch hastig zu.

O Gott ... O Gott ... Und oben in dem Kästchen habe ich ... ihr Auge ...

Der Raum schien sie zu beobachten, die Weisheit von Jahrhunderten schien machtlos in den Regalen. Irgendwo ganz in der Nähe, unsichtbar, lauerte *er.* Sie hörte, wie die Haustür geöffnet und wieder geschlossen wurde, hörte Schritte die Eingangshalle durchqueren.

Jemand stand an der Tür.

Evalyn war außer Stande, den Kopf zu drehen.

»Ich habe Licht gesehen. Warum bist du denn um diese Zeit noch auf?«

Es war Neds Stimme, und er klang ein wenig streitsüchtig.

»Ich möchte, dass die Kinder Tag und Nacht bewacht werden«, sagte sie beinahe hysterisch. »Von bewaffneten Leibwächtern!« Sie brach in Tränen aus.

»O Evalyn ... was soll denn das? Du weißt doch sehr gut, dass unsere Sicherheitsmaßnahmen sehr umfassend sind. Komm«, sagte er und legte ihr eine Hand auf die Schulter. »Es war eine lange Nacht!«

Der Krieg machte endlich eine Pause. Der Waffenstillstand wurde im November unterzeichnet, und nachdem auch die letzten Kriegsversehrten Friendship verlassen hatten, wurde das Anwesen in leicht angeschlagenem Zustand an die McLeans zurückgegeben. Evalyn, die es kaum erwarten konnte, mit ihren Kindern an den sichersten Ort zurückzukehren, den sie kannte, beauftragte sofort ein ganzes Heer von Handwerkern mit der Renovierung.

Im Februar zog die Familie im Konvoi wieder in Friendship ein. Das Baby lag in einer Korbwiege, die Ned ins Haus trug; der kleine Jock trippelte neben der Kinderfrau her, und die Dienstboten schleppten die Koffer ins Haus. Megget, den Ned nach dem Tod seines Vaters als seinen Privatsekretär übernommen hatte, trug Kisten voller Akten. Vinson half begeistert mit und brachte seine Teddybären ins Kinderzimmer. Als er zurückkam, drückte Evalyn ihm eine Hutschachtel in die Hände, die er ebenfalls nach oben bringen sollte.

»Lass ihn helfen!«, sagte sie zu Carrie. »Es tut ihm nicht gut, wenn ihm immer alles abgenommen wird.«

Als der Junge zurückkam, gab Evalyn gerade Esther Anweisungen. Aus den Augenwinkeln sah sie, wie ihr Sohn nach etwas griff, das in seinem Blickfeld lag. Als sie sich umdrehte, erkannte sie, dass es sich um das Intarsien-Kästchen handelte, in dem sie den Hope Diamanten aufbewahrte.

»Nicht, Schatz ... das nehme ich!«

»Was ist da drin, Mutter?«

»Nur eins von meinen Schmuckstücken.«

»Darf ich es sehen?«

»Nicht jetzt, Liebling. Das Kästchen ist abgeschlossen.«

»Ist es die Kette mit dem blauen Edelstein? *Nie* darf ich sie mir ansehen«, schmollte Vinson und verfolgte, wie seine Mutter den kleinen Messingschlüssel einsteckte.

Die Jungen wurden in dem riesigen Kinderzimmer mit den frisch tapezierten gelben Wänden untergebracht. Ihre Mutter sorgte dafür, dass stämmige Männer mit automatischen Pistolen in unsichtbaren Holstern sie den ganzen Tag über bewachten und auch nachts vor der Kinderzimmertür Wache standen.

Tage vergingen. Die Kinder entwickelten sich prächtig, und Evalyns Ängste legten sich etwas. Ihre Fantasie war mit ihr durchgegangen. Tagsüber war Ravana nur eine alberne Gestalt, ein Dämon aus einem heidnischen Mythos, nicht wert, dass sie sich seinetwegen den Kopf zerbrach. Der Diamant stammte ursprünglich wie alle Edelsteine aus den Tiefen der Erde, so wie das Gold von Camp Bird. Sie schlief wieder besser.

»Fahr mit mir zum Kentucky Derby nach Churchill Down«, bat Ned im Mai.

Evalyn hätte gerne abgelehnt. Sie dachte an ihre drei kleinen Söhne im Alter von neun und drei Jahren und zehn Monaten. Aber dann dachte sie an Ned. Durfte sie es wagen, ihn allein nach Kentucky fahren zu lassen? Sie erinnerte sich noch sehr gut an jene Nacht im Casino von Narragansett, in der nur ihr Eingreifen verhindert hatte, dass er alles unterschrieb, was der Betreiber ihm vorlegte.

»Meine Güte, Evalyn, deine Mutter wird sich um die Kinder kümmern. Sie liebt Friendship, und du könntest sie in keiner besseren Obhut zurücklassen!«

Evalyn wusste, dass das stimmte. Sie wusste auch, dass das anarchische und aufbrausende Element im Charakter ihres Mannes jederzeit wieder an die Oberfläche kommen konnte. Zurzeit wurde es nur von Disziplin und dem häuslichen Leben in Schach gehalten. Aber fort von daheim, im Kreise seiner Kumpel und alten Freunde, vertraute sie nicht darauf, dass er ohne Alkohol leben würde. Es wäre verheerend, wenn die neuen Horizonte, die sich für ihn auftaten, jetzt da Senator Warren Harding wahrscheinlich zum Präsidentschaftskandidaten der Republikaner ernannt werden würde, wegen irgendwelcher Ausschweifungen zunichte gemacht würden. Ned hatte den alten Protegé seines Vaters mit der *Washington Post* und dem *Cincinnati Enquirer* unterstützt und steuerte nun auf einem Kurs, der zu Einfluss und Macht führte. Wenn ihn etwas vor sich selbst retten konnte, dann Prestige, und sie würde nicht zulassen, dass irgendetwas dazwischenkam. Wenn sie ihn nach Virginia begleitete, würde er weniger trinken und spielen und vor aller Welt eine gute Figur machen.

»Also gut, ich werde dich begleiten. Aber ich möchte, dass noch zwei weitere bewaffnete Leibwächter auf Friendship eingestellt werden.«

»Was für ein Aufhebens du immer machst, Evalyn«, brummte Ned ärgerlich. »Den Kindern wird nichts passieren! Ich werde Megget anweisen, persönlich ein Auge auf sie zu haben.«

Sie wusste, dass die Kinder so gut beschützt wurden, dass nur ein Einsatzkommando bis zu ihnen vordringen konnte, und doch war die Unruhe am Tag ihrer Abreise wieder da. Ihr Gepäck war bereits nach unten gebracht worden, und sie wählte noch den Schmuck aus, den sie mitnehmen wollte. Sie entschied sich für zwei Diamantarmbänder und ein dazu passendes Kollier. Einen Moment dachte sie daran, auch den Hope Diamanten einzupacken. Sie war schon mehrfach gefragt worden, warum sie ihn nicht mehr trug und ob sie sich womöglich davor fürchtete. Sie holte das Intarsienkästchen hervor, konnte aber den Schlüssel nicht finden.

»Ich bin sicher, dass ich ihn in diese Schublade gelegt habe«, murmelte sie und breitete die Batisttaschentücher auf dem Boden aus. »Wo kann er nur sein? Vielleicht weiß Esther etwas.«

Sie läutete, aber Esther wusste auch nichts über den Verbleib des Schlüssels. Evalyn wurde ganz flau. Sie stellte das Kästchen zurück und betrachtete sich im Drehspiegel: eine junge Frau, blass und sichtlich beunruhigt, in einem cremefarbenen Seiden-Leinen-Kostüm mit tiefer Taille und einem Hut, dessen breite herabhängende Krempe fast das ganze Gesicht verbarg. Ned rief von unten herauf. Sie ging rüber ins Kinderzimmer und küsste und umarmte ihre Söhne zum Abschied.

»Denk immer daran, dass du während unserer Abwesenheit der Mann im Haus bist«, sagte sie zu Vinson. »Pass auf Großmutter auf und tu, was sie sagt.« Der kleine Junge schaute mit feierlichem Ernst zu ihr auf.

»Kommst du bald wieder, Mutter?«

»Sehr bald. Versprochen.«

Als sie im Wagen saß, blickte sie zurück und sah sein kleines ernstes Gesicht oben am Kinderzimmerfenster. Vinson blickte dem Wagen nach, bis er um eine Kurve und außer Sichtweite verschwand; er winkte traurig. Evalyn würde dieses Bild ihr Lebtag nicht mehr vergessen.

Als sie Louisville in Kentucky erreichten, war das Gefühl drohenden Unheils so stark geworden, dass Evalyn davon richtig schlecht war. Ned machte eine Bemerkung über ihre Blässe, aber sie wagte nicht, ihm zu sagen, was sie bedrückte. Ganz gleich, von welcher Warte sie es auch betrachtete, sie konnte keine reale Gefahr für ihre Kinder erkennen. Und doch konnte sie die beklemmende Furcht nicht abschütteln, die sich wie ein Panzer um ihr Herz gelegt hatte.

Schließlich kam sie zu dem Schluss, dass die Vorahnung, die mit jeder Minute stärker wurde, sich auf ihren eigenen Tod bezog. Da die Kinder gesund und gut behütet waren, konnte die absolute Gewissheit einer bevorstehenden Tragödie nur so erklärt werden. Als sie sich damit beruhigen wollte, dass sie bei bester Gesundheit war, musste sie sich gleich darauf vor Augen halten, dass der Tod jederzeit und völlig unerwartet zuschlagen konnte wie eine Klapperschlange. Sie fragte sich, woher der tödliche Schlag kommen würde – sie war ganz sicher, dass er unmittelbar bevorstand. Was sie dabei am meisten bedrückte, war der Gedanke an die Trennung von ihren Kindern, vor allem von Vinson, zu dem sie eine besonders enge Beziehung hatte. Aber solange ich es bin und keiner von ihnen ...

Das Kentucky Derby zog an ihr vorüber, als würde jemand anders den ganzen Rummel erleben. Die anschließende Feier ließ sie tapfer über sich ergehen. Sie lauschte angestrengt nach einem Geräusch knapp außer Hörweite.

Am folgenden Morgen, einem Sonntag, klingelte das Telefon in ihrer Suite. Ned ging ran. Er klang unfreundlich, ärgerlich über die Störung. Sein Tonfall änderte sich aber fast sofort. Er senkte die Stimme.

»Wann ist das passiert? ... Ich verstehe ...« Er legte auf, blickte auf Evalyn und griff nach ihrer Hand.

»Das war Dr. Mitchell«, sagte er langsam. »Vinson ...« Sein Tonfall veränderte sich, und er zögerte. »Er hat eine leichte ... Grippe. Ich habe ihm gesagt, dass wir sofort zurückkommen.«

Evalyn stockte der Atem. Sie setzte sich ruckartig auf.

»Er hat früher schon Grippe gehabt und es gut überstanden. Ist es diesmal schlimm?«

»Nein. Kein Grund zur Beunruhigung. Aber so wie ich dich kenne, denke ich, sollten wir den nächsten Zug nehmen.«

Evalyn kleidete sich hastig an, und sie begaben sich zum Bahnhof. Als sie dort ankamen, blieb ihr fast das Herz stehen: Ihr persönlicher Waggon war an eine Lokomotive gekoppelt, mit nur einem einzigen weiteren Waggon als Ballast. Und da wusste sie mit lähmender Gewissheit, was es mit der quälenden Vorahnung auf sich gehabt hatte. Es konnte nur einen Grund geben für diesen Sonderzug: Die Lage war ernst. Ned, der an diesem Morgen so still und aufmerksam ihr gegenüber gewesen war, verheimlichte ihr etwas.

O Vinson, dachte sie, o mein lieber kleiner Schatz. Jetzt verstehe ich alles. Es ist schon zu spät.

Vinsons Leichnam war in seinem Bett aufgebahrt. Er sah aus, als würde er schlafen. Ein völlig verzweifelter, kreidebleicher Megget berichtete ihnen, was sich zugetragen hatte.

»Wir sind auf dem Anwesen spazieren gegangen, und Vinson bat darum, das Gelände zu verlassen. Ich sah keinen Grund, es ihm zu verbieten; es war alles ruhig, die Sonne schien, und es herrschte kein Verkehr. Also sind wir durch das Tor, und kurz darauf sahen wir auf der anderen Straßenseite einen Mann, der einen Karren schob.

»Das ist Jeff«, rief Vinson.

Megget richtete den Blick auf Evalyn. »Er war früher einmal Gärtner auf Friendship, Ma'am. Als Vinson ihn erkannte, rannte er sofort los. Unglücklicherweise fuhr gerade in diesem Moment ein Auto um die Kurve. Der Fahrer bremste. Er fuhr nicht schnell, kam aber nicht mehr rechtzeitig zum Stehen und fuhr gegen Vinson. Es war kein sehr heftiger Aufprall; Vinson wurde mehr oder weniger nur vom Kühler zu Boden geworfen, aber er schlug mit dem Kopf auf. Ich hob ihn auf. Er schien unverletzt zu sein, blickte auf seine staubigen Kleider und meinte, seine Großmutter würde böse sein. Also klopften wir seine Kleider aus, und er ging an meiner Hand mit mir zurück durch das Tor.«

Megget wischte sich die Tränen aus den Augen.

»Mrs. Walsh hat nach dem Doktor geschickt. Er untersuchte ihn und stellte fest, dass er sich nichts gebrochen hatte, meinte aber auch, er könne nicht sagen, ob er innere Verletzungen davongetragen hätte.« Meggets Stimme war inzwischen nur noch ein Flüstern, und er fuhr sich erneut mit einer Hand über die Augen. »Es tut mir so unendlich Leid, Ma'am ... So Leid ...«

Evalyn starrte auf den weinenden Mann und die tief in den Höhlen liegenden Augen ihrer Mutter und schwieg.

Warum kann ich nicht weinen?, fragte sie sich. Warum bringe ich keinen Ton heraus?

Carrie putzte sich die Nase und sagte leise: »Evalyn ...

Seine letzten Worte waren, dass er dich mehr liebte als Gott.«

Vinsons kleiner weißer Sarg wurde einige Tage später neben dem seines Großvaters und seines Onkels in der Familiengruft beigesetzt.

»Jetzt bin ich alt«, flüsterte Evalyn, als sie an der Seite ihrer Mutter den Friedhof verließ, der die Menschen beherbergte, die sie am meisten liebte. »Ich werde nie mehr jung sein.«

39. KAPITEL

Evalyn haderte mit ihrem Schicksal. Manchmal war der Schmerz so unerträglich, dass sie überzeugt davon war, ihn nicht zu überleben. Seine Spielsachen, seine Bücher, das halbfertige Puzzle, der neueste »Armeestützpunkt«, den er erst am Morgen seines Todes eingerichtet hatte und den niemand anrühren durfte, ehe seine Mutter ihn gesehen hatte, seine allgegenwärtige Präsenz, das alles zerriss sie förmlich. Sie machte sich bittere Vorwürfe, dass sie ihn allein gelassen hatte, schuf Szenarien, in denen sie ihre Reise nach Kentucky absagte, stellte sich vor, wie sie in der letzten Kurve der Zufahrt, als sie Vinsons kleines Gesicht am Kinderzimmerfenster sah, dem Chauffeur befahl anzuhalten und Ned mitteilte, er solle ohne sie fahren.

Wenn sie allein war, drückte sie Vinsons Spielsachen an ihre Brust, streichelte seine Lieblingsteddybären, benetzte ihr abgewetztes Plüschfell mit Tränen. Wenn ich doch nur daheim geblieben wäre ... dann wäre mein süßer kleiner Junge jetzt noch am Leben ...

Ihren beiden anderen Söhnen zuliebe verbarg sie das Ausmaß ihrer Trauer und unterdrückte ihre Wut auf Ned, der sie überredet hatte, ihn nach Kentucky zu begleiten. Sie trug nur noch schwarz, so wie auch ihre Mutter und Ned. Sie versuchte, Erstere zu trösten, ließ sich aber selbst nicht helfen. Sie versuchte, dem kleinen Jock zu erklären, dass sein großer Bruder zu Gott gegangen war.

»Gott ist böse!«, sagte der kleine Junge mit Tränen in den Augen. »Ich hasse Gott!«

»Nein, nein, Gott ist gut ...«

Sie versuchte, überzeugend zu sprechen. Sie versuchte zu verstehen, zu akzeptieren. Aber sie fühlte nur einen bodenlosen Abgrund, in dem Einsamkeit und Verlust widerhallten.

»Er hat Vinson so sehr geliebt, dass er ihn ganz bei sich haben wollte, verstehst du ...«

Du bist wirklich ein Ungeheuer, Gott, warf sie ihm im Stillen vor. Und ich werde dir niemals verzeihen!

Berge von Beileidsbekundungen trafen ein. Freunde suchten sie auf; sie fühlten sich sichtlich unbehaglich, wussten nicht, was sie sagen sollten. Evalyn brachte den Namen ihres toten Kindes nicht über die Lippen. Monsignor Russell sprach vom Paradies und der Sonderstellung, die Kinder in Gottes Königreich einnahmen. Evalyn wollte nichts davon hören.

Ein Brief mit dem Vermerk »Persönlich« traf ein. Nancy legte ihn für ihre Arbeitgeberin beiseite, aber Evalyn schaute gar nicht hin.

»Kümmern Sie sich darum ...«, wies sie ihre Sekretärin an.

Nancy nahm den Brief und warf einen Blick auf die Briefmarke.

»Er ist aus Denver, Mrs. McLean ...«

Evalyn schaute sich die Handschrift an und steckte das Kuvert ein.

Als sie sich am Abend bettfertig machte, holte sie den Brief wieder hervor. Sie wusste, von wem er war. Sie holte sich eine Nagelfeile und schlitzte den Umschlag auf.

Meine liebste Evalyn,
ich habe die schreckliche Nachricht gehört und wünschte aus tiefster Seele, ich könnte etwas tun. Bitte sag mir, wenn es irgendetwas gibt, das in meiner Macht steht, das ich für dich tun kann, um dir in diesen schrecklichen Zeiten zu helfen. Arme kleine Kusine. Ich fühle mit dir.
Paul.

Sie fuhr mit einem Finger über seine Unterschrift und hörte seine Stimme: *»Ich werde immer für dich da sein …«*

Abgesehen von Jock sprach niemand von Vinson. Ned sagte überhaupt wenig, um seine Frau zu schonen. Er schien in der Lage zu sein, den Schmerz zu verdrängen, ihn irgendwohin zu verbannen, wo er ihn nicht in jeder Minute quälte.

Evalyn versuchte, ihm zu verzeihen, war aber unfähig, mit ihm über Vinson zu sprechen; jedes Mal, wenn sein Name fiel, wurde sie von einer Trauer überwältigt, die so frisch war wie am Tag seines Todes.

Wenn sie allein war, betäubte sie ihren Kummer mit Alkohol – Gin oder Wodka – und spülte sich den Mund anschließend mit einem Pfefferminz-Mundwasser aus, damit ihr Atem sie nicht verriet. Sie dachte auch an Morphium, widerstand aber der Versuchung. Jetzt lockten sie andere, noch verhängnisvollere Versuchungen. Ich wünschte, ich könnte sterben, dachte sie; ich würde überallhin gehen, um aus dieser Welt wegzukommen. Sie dachte an Schlaftabletten und den friedlichen Abgang, den sie ihr verschaffen könnten. Aber dann sah sie Jock und den unruhigen, schwierigen Edward vor sich; beide brauchten sie.

Alle brauchen mich, dachte Evalyn. Aber was *ich* brauche, ist weit und breit nicht in Sicht. Was würde ich nicht darum geben, wieder ein sorgloses junges Mädchen in Colorado zu sein!

Sie dachte an den blauen Diamanten in dem Intarsienkästchen in ihrem Sekretär. »Ich sollte ihn wirklich in einen Tresor legen oder ihn in den Potomac werfen«, brummte sie. »Aber ich weiß immer noch nicht, was ich mit dem verfluchten Schlüssel gemacht habe.«

Als Evalyn eines Morgens ihr Zimmer betrat, wo Esther eigentlich das Bett frisch beziehen sollte, ertappte sie das Dienstmädchen dabei, wie es verstohlen etwas in eine Schublade der Frisierkommode legte.

Als sie Evalyn sah, zuckte sie zusammen, schob die Lade hastig zu und ging zum Bett, wo sie begann, energisch die Laken abzuziehen.

»Was hast du in die Schublade gelegt, Esther?«, fragte Evalyn, verblüfft über das schlechte Gewissen, das aus jeder Bewegung des Dienstmädchens sprach.

»Nur ein paar Taschentücher, Ma'am.«

Evalyn ging zu ihrer Kommode, zog die Schublade heraus und leerte den Inhalt auf den Teppich. Ein paar ordentlich gefaltete Taschentücher mit Spitzenrand fielen heraus. Aber auch ein kleiner harter Gegenstand, der gegen den Fuß des Bettes prallte. Sie hob ihn auf, starrte ihn einen Moment an und richtete dann einen fragenden Blick auf Esther. Die schwarze Frau riss die Augen auf, die Pupillen von Furcht geweitet.

»Also«, sagte Evalyn gefährlich leise. »Wir wissen beide, dass dieser Schlüssel verschwunden war! Sag mir die Wahrheit, Esther. Hast *du* ihn gerade eben in die Schublade zurückgelegt?« Sie hob die Stimme. »Hattest *du* ihn die ganze

Zeit? Hast du *jemals* in meiner Abwesenheit das Kollier herausgenommen?« Ihre Stimme klang jetzt unnatürlich schrill, und sie fing am ganzen Leib an zu zittern. »Hast du Vinson *irgendwann* damit spielen lassen?«

»Nein, Ma'am.«

Carrie, die Evalyns zornige Stimme gehört hatte, kam hinzu. Sie schloss die Tür hinter sich.

»Evalyn, man kann dich bis in die Küche hören!«

»Geh, Mutter. Das hier ist wichtig.«

Evalyn krallte eine Hand in Esthers Haar. »Sag die Wahrheit, oder ich bringe dich um.«

Das Mädchen weinte und hielt schützend beide Arme vor das Gesicht.

»Ich habe ihn nicht genommen«, schluchzte sie. »Ich habe ihn *gefunden.*«

»Und *wo* hast du ihn gefunden?«, fragte Evalyn in mörderischem Ton.

»O Ma'am, ich hatte Angst. Ich konnte es Ihnen nicht sagen ... Ich habe ihn ... im *Kinderzimmer* gefunden.«

Mit zitternden Händen nahm Evalyn das Kästchen aus dem Sekretär, steckte den Schlüssel ins Schloss und sperrte es auf. Die lederne Schatulle darin ließ sich leicht öffnen, und der Hope Diamant funkelte sie auf seinem Samtkissen unschuldig an. Sie nahm ihn heraus und schleuderte ihn quer durch den Raum. Esther flüchtete. Carrie wartete. Ihre passive Haltung wirkte beruhigend auf ihre Tochter, die sich auf das Bett sinken ließ und den Kopf in den Händen verbarg.

»O Mutter ... Ich wünschte, ich wäre tot!«

Carrie setzte sich zu ihrer Tochter und streichelte ihre Hände. Evalyn spürte die Kraft, die von ihr ausging, den Glauben und die Akzeptanz. Sie schloss ihre ergraute Mutter in die Arme.

»Liebste Mutter ... du warst immer so tapfer. Du hast Vinson ebenso sehr geliebt wie ich.«

»Bitte Gott um Hilfe, Evalyn!«

Evalyn rückte von ihr ab. »Nein, Mutter. Er hat mir schon zu viel genommen!«

Sie stand auf und hob den Diamanten auf, der als glitzernder Haufen in einer Ecke lag.

»Was soll ich damit tun?«

»Was immer du auch tust, rede dir nicht ein, er sei für das Unglück verantwortlich, Evalyn! Das wäre heidnisch. Es ist nur ein Aberglaube, der auf einem alten Sanskrit-Gedicht beruht!«

Diamanten und Götzen, Gedichte und Tod, dachte Evalyn. Ich habe den Bezug zur Realität verloren, zur normalen Welt, jener Welt, die Gott den Lebenden zugedacht hat.

»Evalyn«, fuhr Carrie leise fort. »Glaubst du, es würde dir vielleicht helfen, wenn du für eine Woche oder so nach Ouray fährst?«

An diesem Abend holte Evalyn das alte Stück Quarz aus der Schmuckschatulle und wog es in der Hand. Dann schrieb sie an Paul Lafferty.

> »Ich kann dir gar nicht sagen, wie sehr ich mich gefreut habe, von dir zu hören. Ich fahre nach Ouray, Paul. Besteht vielleicht die Möglichkeit, dass du mich dort ein oder zwei Tage begleitest? Ich muss mit dir reden, bevor ich den Verstand verliere.«

Die Antwort kam telegraphisch. »LASS MICH WISSEN WANN DU DORT BIST STOPP WERDE IM BEAUMONT WOHNEN.«

Sie läutete nach Esther.

»Ich muss dich um Verzeihung bitten«, sagte sie. »Ich war außer mir. Es tut mir Leid.«

»Ist schon gut, Ma'am«, entgegnete das Mädchen nervös. »Furchtbare Dinge sind geschehen.«

»Esther, ich möchte dich um einen Gefallen bitten!«

»Einen Gefallen, Ma'am?«

»Würdest du mir ein paar Kleider von dir borgen?«

Einige Tage später fand Ned, als er heimkam, einen kleinen weißen Umschlag mit einer Nachricht von Evalyn vor.

> *Lieber Ned,*
> *ich bin für ein paar Tage nach Colorado gefahren. Ich werde nicht auf unserem Anwesen wohnen, sondern in Ouray. Wenn du mich erreichen willst, kannst du ein Telegramm ans Beaumont Hotel schicken. Ich reise unter dem Namen Lawson.*

Der Zug fuhr in den Bahnhof von Ouray ein, und Evalyn stieg aus und schaute sich um. Obwohl es August war, war die Luft rein und frisch. Eine friedliche Atmosphäre herrschte in dieser Stadt, die im Schutz der Berge ein beschauliches Dasein führte. Der Bahnhof war erweitert worden; es gab neue Lagerhäuser, Waggons wurden auf neue Nebengleise geschoben, sie sah sogar einen Waggon mit der Aufschrift *Camp Bird Mine.* Eine Kutsche vor der Tür trug die gleiche Aufschrift. Evalyn erregte kein Aufsehen: eine schlichte und völlig in Schwarz gekleidete Frau mit einer Gobelin-Reisetasche und einem breitkrempigen Hut, der ihr Gesicht zur Hälfte verdeckte. Sie fuhr mit der wartenden vierrädrigen leichten Kutsche zum Beaumont. Und stellte erfreut fest, dass es seine Eleganz bewahrt hatte und immer noch das schönste Hotel des Westens war. In der Lobby standen immer noch Vitrinen mit Gesteinsproben aus den örtlichen Minen, darunter auch stolz präsentierte Stücke aus Camp Bird.

Alleinstehende Frauen, die im Beaumont abstiegen, hatten Seltenheitswert, und der Angestellte am Empfang musterte Evalyn einen Moment zweifelnd. Er überlegte sogar, ob er den Manager zu Rate ziehen sollte. Der Damen-Eingang befand sich eigentlich seitlich am Gebäude, aber diese Lady war vorne hereingekommen.

Evalyn stellte fest, dass er eine Ähnlichkeit mit den Carlssons hatte, mit denen sie auf der Schule gewesen war. Haben wir uns gekannt, als wir noch in den Windeln lagen?

»Sechs Dollar die Nacht, Ma'am.«

Evalyn entging der herablassende Tonfall nicht. »Das geht in Ordnung.«

»Wird Ihr Ehemann später noch zu Ihnen stoßen, Ma'am?«

»Nein«, erwiderte Evalyn pikiert. »Ich brauche niemanden, der mir die Hand hält, jedes Mal, wenn ich in einem Hotel absteige.«

Der Portier schien ein wenig verunsichert. Sie muss Lehrerin sein, sagte er sich. Andererseits sieht sie nicht wie eine aus ... und eine Nutte ist sie auch nicht.

Evalyn zog die Handschuhe aus, um sich ins Register einzutragen. Als der Portier sichtbar zusammenzuckte, blickte sie ihn an. Er starrte auf ihre Hände mit den funkelnden Diamantringen.

»Ich bleibe zwei Tage«, teilte sie ihm mit. »Mein Vetter, Mr. Lafferty, wird heute Abend nach mir fragen. Wir haben eine Familienangelegenheit zu besprechen.«

Die Lobby füllte sich mit Männern. Der Direktor der Miner's and Merchant's Bank, die sich in einer Ecke des Hotels befand, sperrte seine Geschäftsräume ab und steuerte geradewegs auf den Speisesaal zu. Das Klirren und Klappern von Geschirr und Besteck erfüllte die Luft, vermischt mit köstlichen Gerüchen. Vater hat oft hier zu Mittag gegessen, dachte sie. Sie sah ihn vor sich, wie er vorgebeugt dasaß, ganz vertieft in ein Gespräch über das Minengeschäft.

Der Portier läutete, und ein Page erschien, der ihr die Tasche abnahm. Sie folgte ihm zu der großen zentralen Treppe, die sie das letzte Mal im Alter von 15 Jahren hinaufgegangen war. An den Wänden hingen immer noch Bilder lokaler Szenerien, und über dem Geländer lag eine Navajo-Decke. Sie ging am Bankettsaal vorbei, passierte die Stelle, an der ein junger Mann vor vielen Jahren ihr Gesicht mit beiden Händen umfasst und sie geküsst hatte. Der Page schloss ihre Zimmertür auf, stellte ihre Tasche ab und übergab ihr den Schlüssel. Sie gab ihm ein Trinkgeld, und er starrte mit großen Augen auf die Fünf-Dollar-Note.

»Vielen Dank, Ma'am ...«

Als er gegangen war, sperrte sie ab, ging zum Waschtisch, schüttete etwas Wasser in die Schüssel, nahm die Ringe ab und wusch sich Hände und Gesicht. Das Doppelbett war verlockend; sie war schrecklich müde von der Reise. Aber sie würde sich später ausruhen.

Im Laufe des Tages fand Evalyn zunehmend Gefallen daran, inkognito zu reisen. Sie schlenderte durch die Stadt und blieb vor der Walsh Bibliothek mit dem Glockenturm stehen. Vor langer Zeit gab es eine Feier, bei der der Prinz von Ouray seine Freunde bewirtet und der Stadt diese Bibliothek geschenkt hat. Ich war dabei! Ich habe mit jemandem getanzt, der mich geliebt hat ...

Sie ging die Fifth Avenue entlang und blieb eine Weile vor dem mit Holzschindeln verkleideten Haus stehen, das einmal ihr Zuhause gewesen war. Sie stützte sich auf den Lattenzaun und blickte zu dem Fenster hinauf, von dem aus sie ihrem Vater an einem verschneiten Septembermorgen nachgeblickt hatte, als dieser zu seiner entscheidenden Expedition in die Berge aufgebrochen war. Ein junges Gesicht tauchte am Fenster auf und blickte neugierig zu ihr herab. Mein Zimmer!, dachte sie und ging weiter. Und ein Mädchen in dem Alter, in dem ich selbst damals war! Beinahe kommt es mir vor, als wäre ich es, die auf das dumme Ding hinabblickt, das gekommen ist, um seine Kindheit zurückzuholen!

In den Straßen wimmelte es von Wagen, Kutschen und berittenen Minenarbeitern aus den Bergen. Touristen flanierten die Main Street hinunter. Es gab neue Boutiquen, neue Lebensmittelläden, eine neue Drogerie. Passanten schenkten ihr keine weitere Beachtung, auch wenn gelegentlich ein Mann im Vorbeigehen grüßend an seinen Hut tippte. Niemand erkennt mich!, dachte sie mit einer Mischung aus unerwarteter Freude und gekränkter Eitelkeit.

Sie kehrte zurück ins Beaumont, das sie durch den Haupteingang betrat, und warf einen Blick in die Bar, wo mehrere Männer saßen. Plötzlich sehnte sie sich nach einem doppelten Bourbon on the Rocks, und dann noch einem und noch einem, bis sich seliges Vergessen einstellen würde. Aber sie ging nach oben, setzte sich ans Fenster und blickte auf die Main Street hinab, beobachtete die Leute, die unter den Markisen der Geschäfte auf der gegenüberliegenden Seite vorbeigingen, und versuchte, sich die zu den jeweiligen Füßen dazugehörigen Leute vorzustellen.

Sie warf einen Blick auf die Uhr. Sie hatte noch Zeit für ein Schläfchen; dann würde sie zum Bahnhof gehen und Paul vom Zug abholen. Wie viele Jahre war es her, seit sie sich das letzte Mal gesehen hatten? 15? Und doch kam es ihr vor, als wäre es erst gestern gewesen.

Am Abend wartete sie auf dem Bahnsteig. Sie hörte das Pfeifen des nahenden Zuges, sah die Rauchsäule vor dem dunkler werdenden Himmel, und dann glitt das stählerne Ungeheuer quietschend und zischend in den Bahnhof. Sie sah die aussteigenden Fahrgäste: eine Familie, ein junges Pärchen, eine Frau mit Kind, eine alte Dame mit ihrer Tochter, eine Gruppe von Minenarbeitern, mehrere Männer mittleren Alters, möglicherweise Ingenieure, ein paar Touristen. Träger eilten herbei; Gepäck wurde aus den Waggons geladen. Sie wartete. Es stieg niemand mehr aus. Der Zug war leer.

Er ist nicht gekommen!, dachte sie todtraurig. Er ist nicht gekommen ...

Erst da bemerkte sie den stämmigen Mann mit der Reisetasche, der direkt vor ihr stand und sie fragend musterte. Sie registrierte den dicken ergrauenden Schnauzbart, die grauen Schläfen, die tief liegenden, von Krähenfüßen umgebenen Augen, die sie mit ehemals vertrauter Konzentration anschauten.

Sie streckte im selben Moment die Arme nach ihm aus, da er die seinen öffnete.

»Liebste Evalyn«, sagte er, die Lippen an ihrer Stirn. »Es ist so schön, dich wiederzusehen!«

Evalyn schloss die Augen. Er war da! Wirklich! Sie spürte seine Kleidung, seine Wärme, seinen Herzschlag.

»War es zu viel verlangt, dich zu bitten herzukommen?«

Er blickte lachend zu ihr herab.

»Du weißt sehr gut, dass ich für dich bis ans Ende der Welt gereist wäre.«

Sie verkniff sich die Frage, die sich ihr aufdrängte: Weiß Amelia, dass du so weit gefahren bist, nur um mit mir zusammen zu sein?

»Du hättest nicht zum Bahnhof kommen und ganz alleine

hier warten müssen. Du hättest im Hotel bleiben sollen«, sagte er.

»Niemand hat mich erkannt. Wie lange kannst du bleiben, Paul?«

»Bis morgen. Ich muss mit dem Abendzug zurück.«

»Schon so bald.«

»Da ist meine Familie«, sagte er sanft. »Und mein Geschäft läuft auch nicht von allein.«

»Natürlich«, entgegnete Evalyn. »Du musst mich für schrecklich selbstsüchtig halten. Aber ich bin wirklich verzweifelt. Ich brauche meine Wurzeln, Paul. Es kommt mir vor, als hätte ich sie verloren. Ich weiß nicht, was los ist; ich weiß nicht mehr, wer ich bin ...«

»Bist du wirklich so blass, oder liegt das nur am Licht?« Er hakte sie unter. »Und du zitterst. Wann hast du das letzte Mal etwas gegessen? Lass uns ins Beaumont gehen und einen Happen essen, dann kannst du mir alles in Ruhe erzählen.«

In dieser Nacht lag Evalyn lange wach. Nur wenige Türen weiter schlief der Mann, den sie geliebt hatte und den sie wieder lieben könnte, ein Mann, von dem sie seit Jahren träumte. Sie hatten zusammen zu Abend gegessen, und sie hatte ihm ihr Herz ausgeschüttet. Er hatte ihre Hand berührt, seine Finger auf ihre gelegt, seine mitfühlenden, liebevollen Augen waren die ganze Zeit auf ihr Gesicht geheftet. Als sie anschließend nach oben gegangen waren, hatten sie an der Stelle, an der er sie vor so langer Zeit geküsst hatte, innegehalten.

»Weißt du noch, Paul?«

»O Evalyn, glaubst du, das könnte ich je vergessen?« Er lachte, und seine Finger berührten die ihren flüchtig, wie zufällig.

Er liebt mich immer noch. Es ist alles noch da ...

Sie lag im Halbdunkel; ein Lichtschimmer fiel vom Flur durch den Türspalt herein, und die Straßenlaternen warfen Schatten an ihre Zimmerfenster. Ihr Nachthemd aus Seide und Spitze fühlte sich unendlich zart an verglichen mit den gestärkten Laken und der Daunendecke. Ihr Körper war gebadet und parfümiert, ihr Haar gebürstet. Würde er kommen? Minuten verstrichen. Der Mahagonischrank, die Frisierkommode mit den viktorianischen Beinen, der ovale Spiegel mit seinen nächtlichen Mysterien, der Waschtisch mit Schüssel und Wasserkrug – sie alle schienen Verschwörer zu sein.

Nur eine einzige Nacht in seinen Armen!

Jemand ließ ein Bad ein. Die Stimmen und das Gelächter aus der Bar verstummten. Sie hörte, wie unten der Vordereingang abgeschlossen, ein Riegel vorgeschoben wurde. Schritte verharrten draußen vor ihrer Tür. Sie hielt die Luft an. Die Schritte gingen weiter.

Sie wartete noch ein paar Minuten, stieg dann aus dem Bett und schlüpfte in ihren Morgenmantel. Er war ganz nah; vielleicht wartete er ja auf sie.

Plötzlich jaulte ein paar Häuser weiter ein Hund auf, ein ängstliches Jaulen wie ein Klagelaut. Sie ging ans Fenster und zog die schweren Vorhänge beiseite.

Hinterher wunderte sie sich über die vollkommene Stille. Kein Laut war zu hören, als der einsame Reiter die dunkle Straße heruntergeritten kam. Er saß vornübergebeugt im Sattel, hinter sich die Säcke mit den Gesteinsproben, mit aufgeschnallter Schaufel und Spitzhacke. Sein Gesicht wurde von seinem Hut verborgen, aber sie konnte seinen drahtigen Schnauzbart und die starken müden Hände sehen, die die Zügel hielten.

Es ist schon nach Mitternacht, dachte sie. Und wir schreiben das Jahr 1919! Wer sucht denn heute noch in den Bergen nach Bodenschätzen? Sie blickte dem Reiter nach, bis er lautlos aus ihrem Blickfeld verschwunden war, zog die Vorhänge zu und legte sich ins Bett. Die Welt schien wieder normal, erfüllt von alltäglichen Geräuschen. Sie hörte Festlärm aus der Second Street und Husten aus dem Nebenzimmer.

Vielleicht ist ja noch nichts verloren, dachte sie nach einer Weile. Vielleicht *ist* alles noch da, nur eben außerhalb meiner Reichweite ... Vater und Vin und Vinson ...?

Ihr Blick fiel auf den Lichtschimmer unter der Tür.

Ich weiß, dass du nicht zu mir kommen wirst, Paul, dachte sie nach einer Weile. Und ich werde nicht zu dir gehen. Die Zeit dafür ist vorbei.

Paul sah am nächsten Morgen aus, als hätte er die ganze Nacht kein Auge zugetan. Aber er langte beim Frühstück kräftig zu und fragte sie, ob sie Lust habe, mit ihm auszureiten, so wie früher.

»Das ist 18 Jahre her. Und ich habe seitdem kaum im Sattel gesessen«, sagte sie lächelnd. »Aber ich habe trotzdem meine alten Reitsachen mitgebracht. Nur für alle Fälle.«

»Wir können bei Ashenfelters Pferde mieten ... Allerdings wird dein Bein dir morgen bestimmt zu schaffen machen!«

Eine Stunde später ritten sie gemächlich in Richtung Camp Bird und kamen an einigen reiterlosen Pferden vorbei, die von Minenarbeitern gemietet und am Zielort zurückgeschickt worden waren, mit am Sattelknauf verknoteten Zügeln.

Als sie sich der Mine näherten, hörten sie den Lärm der Stampfmühle immer lauter, bis der ganze Canyon von Donnergrollen widerzuhallen schien. Schließlich sahen sie die große Mine vor sich, eine eigenständige kleine Stadt.

Am Eingang wurden sie aufgehalten.

»Wir sind Touristen«, erklärte Paul.

»Das hier ist eine Goldmine, Sir. Es gibt keine Besichtigungen!«

Als sie wieder zurückritten, sagte Evalyn spöttisch: »Ich besitze immer noch ein großes Paket Aktien an der Mine sowie mehrere Hundert Hektar Land in der Gegend.«

»Los, lass uns zurückgehen und ihm sagen, dass du Aktionärin bist, dann rollen sie den roten Teppich für dich aus.«

Evalyn schnaubte nur, und Paul lachte.

Sie folgten der Canyon Creek Road zurück ins Tal. Weit unten konnten sie Ouray sehen, eingebettet in eine Viertelmeile Talsohle. In der blauen Ferne wachte der Mount Abraham über seine Welt.

»In sechs Wochen kommt der Schnee«, sagte Evalyn. »Die ganze Schlucht wird zuschneien, und eine dicke Schneedecke wird die Berge bedecken; die Kiefern werden aussehen wie Schneemänner. Und an den Abenden wird das Heulen der Kojoten zu hören sein.«

Die Wehmut in ihrer Stimme entging ihm nicht.

»Bist du müde, Evalyn?«

Sie schüttelte den Kopf, blind vor Tränen.

Als sie sich Ouray näherten, verließen sie die Straße.

»Ich möchte die Stelle finden, an der wir das letzte Mal die Pferde getränkt haben ... wo du mir das hier geschenkt hast ...« Sie fischte den kleinen Quarzbrocken aus der Tasche.

Paul nahm ihn, wog ihn in der Hand und gab ihn zurück.

»Ich wollte dir alles geben«, sagte er nach einer Weile leise, »aber du hattest schon alles! Das war der Hauptgrund für alles Weitere ... zu wissen, dass ich dir nie den Lebensstandard bieten könnte, den du gewohnt warst.«

Evalyn seufzte. Schweigend ritten sie weiter. Er half ihr aus dem Sattel, und sie standen eine Weile Seite an Seite da, während ihre Pferde aus dem Bach tranken. Evalyn kam es vor, als wären aus ihren Fußsohlen Wurzeln gewachsen, die sie mit der geliebten Erde verbanden, als hätte die Vergangenheit sie eingeholt.

»Vater dachte damals, das hier wäre der gefährlichste Ort auf der Welt für uns!«, flüsterte sie. »Dabei waren wir hier sicher, Vinson und ich.«

Unvermittelt zog Paul ihren Kopf an seine Schulter.

»O Evalyn, ich kann deine Qualen nicht ertragen. Wenn ich an das junge, blühende, lachende, ausgelassene Mädchen zurückdenke ... das mein Herz berührt hat ...«

Evalyn zuckte die Schultern und ließ ihren Tränen freien Lauf. Nach einer Weile fing sie an zu zittern, schüttelte Pauls Arme ab und schrie ihren Schmerz in den Canyon hinaus.

»Mein Sohn ist tot ...«

Paul biss die Zähne zusammen, aber er machte keine Anstalten, sie zurückzuhalten. Das Echo wurde zurückgeworfen, als teilten die Berge ihren Kummer. »Mein Sohn ist tot«, seufzten sie, Echo auf bitteres Echo. »Mein Sohn ist tot ...«

Evalyn sank auf den steinigen Boden. Paul setzte sich zu ihr und nahm sie in die Arme.

»Du bist ja ganz kalt.«

»Und du bist so warm«, sagte sie nach einer Weile, wischte sich mit dem Ärmel über die Augen und nahm seine Hand. »Das warst du immer. Ich habe von einem Leben mit dir geträumt.«

»Ich musste deine Wahl respektieren, Evalyn. Ich war so erfüllt von sinnlosem jugendlichem Stolz. Sei mir deswegen nicht allzu böse.«

»Aber du bist nie wiedergekommen, nicht einmal zu Besuch. Du warst ab und zu in Washington – Ned ist dir einmal begegnet – und hast dich nie gemeldet ...«

»Aber es ist kein Tag vergangen, an dem ich nicht an dich gedacht hätte. Ich bin mehrmals an eurem Haus in der Massachusetts Avenue vorbeigegangen, aber ich habe es einfach nicht über mich gebracht zu läuten. Es kam mir vor, als wärst du zu Glas geworden. Ich konnte die Unwirklichkeit der Welt, die du für dich gewählt hattest, nicht ertragen!«

»Du klingst so streng. Wie Vater.«

»Nicht wie *er*!«, entgegnete er mit einem knappen Lachen. »Dein Vater war ein Gigant, ein Mann von der Sorte, die Grenzen überschritten und diese Nation aufgebaut haben! Wenn er eine Generation später geboren worden und in Irland geblieben wäre, wäre er heute ganz sicher Teil der Bewegung, die das ganze britische Empire erschüttert, das möglicherweise sogar seine Stellung als Weltmacht verlieren wird. Ich werde nach Irland reisen, bevor ich sterbe, sei es auch nur, um ihm und meiner Mutter zu gedenken! Ich werde die Vettern aufsuchen, die wir nie kennen gelernt haben, und sehen, was sie aus ihrem Leben gemacht haben!«

Evalyn blickte aus vom Weinen geröteten Augen zu ihm auf.

»Und was dich und mich betrifft«, fügte er sanft hinzu, »was hältst du heute von uns?«

»Wir sind nicht mehr dieselben«, sagte sie traurig. »Die Jahre haben uns unwiderruflich verändert. Aber ich wünschte, ich wäre wie Vater und es gäbe auch für mich Neuland zu erobern und Grenzen zu überschreiten.« Mit einem zittrigen Lachen fügte sie hinzu: »Ich glaube, ich könnte es mit jeder Grenze aufnehmen!«

»Vor dir liegt mehr als eine Grenze, Evalyn«, sagte er nach einer Weile. »Du bist in der Lage, es mit dem ganzen Horizont aufzunehmen!« Er drückte ihr einen Kuss auf die Stirn und küsste ihre Hände. »Und du brauchst diesen Stein nicht, den du mit dir herumträgst.«

Evalyn holte den Quarz aus der Tasche. Sie betrachtete ihn eine Weile und ließ ihn dann durch die Finger gleiten.

»Du hast Recht!«, sagte sie. Der Stein fiel klappernd zu Boden und verlor sich zwischen seinesgleichen.

Paul reiste am Abend ab. Evalyn blickte dem Zug nach, wie er die Gleise hinunterschnaufte. Paul kehrte zurück zu seiner Familie, seiner Zukunft, seinem Geschäft, und morgen würde sie nach Washington zurückkehren, um ihr Leben als eine der wohlhabendsten Frauen der Welt fortzusetzen.

Ich werde mein Leben anderen Menschen widmen!, dachte sie. Sie sind das Einzige, was wirklich zählt.

Noch war ihr Leben nicht zu Ende. Sie musste aus der ganzen Entschlossenheit und Mühe, der Klugheit und dem Erfolg, den Fehlern, den Enttäuschungen und dem Leid doch etwas gelernt haben. Eine Kraft vergleichbar mit jener, die sie gekannt hatte, konnte künftige Generationen stählern.

In ihrem Herzen hörte sie die Worte, die Mamselle vor all den Jahren zu ihr gesagt hatte: *»Denk immer daran, dass das Leben der erhabene Mut derer ist, die sich nicht unterkriegen lassen.«*

Sie drehte sich um und betrachtete das natürliche Amphitheater, glaubte das Klirren beschlagener Hufe auf einer steinigen Straße zu hören, sah einen flüchtigen Moment einen erschöpften Mann auf einem strauchelnden Nig.

»Ich bin stark, Vater. Ich werde weitergehen ...«

NACHWORT

Für deine irischen Verwandten, Tom, bist du eine verklärte Legende. Ich wusste nicht, was wahr ist und was Dichtung, aber mir war von Anfang an klar, dass ich dich für mich allein würde finden müssen, um deine Geschichte schreiben zu können.

Also flog ich im September 1998 in Begleitung meines Bruders und eines Cousins endlich von Dublin aus nach Denver, Colorado, von wo aus wir nach Ouray weiterfuhren.

Es war schon Abend, als wir endlich in dem Ort ankamen, den du seinerzeit zu deiner Heimat erkoren hast, in diesem entzückenden Tal in den Rockies, in fast zweieinhalbtausend Metern Höhe. Es kam uns vor, als würde sich Shangri-La vor uns auftun: Die Stadt tauchte in den Furchen der Berghänge auf, von der Abendsonne in warmes Licht getaucht, überwältigend in ihrer Schönheit. Wir fuhren die Main Street hinunter, ohne so recht zu wissen wohin, bogen links ab und stellten den Wagen ab. Wir hatten keine Ahnung, wo wir dich finden würden, aber plötzlich standen wir vor einem Gebäude aus rotem Backstein mit einer kleinen weißen Kuppel. Nicht die Eleganz des Bauwerks faszinierte uns, sondern der Schriftzug in fetten Lettern direkt unter dem Dach: WALSH LIBRARY. Unsere Kindheit war von deiner außergewöhnlichen Lebensgeschichte voll gewesen. Und hier hatten wir dich nun gefunden, sofort, nach einer Reise von viertausend Meilen; perfekter hättest auch du es nicht hinbekommen.

Ein paar Häuser weiter befand sich das Ouray County Museum in einem Gebäude, das früher einmal das Krankenhaus der Betschwestern war. Wir gingen hinein und sagten am Empfang unsere Namen. Tom Walsh!, riefen sie aus. Sie sind mit *ihm* verwandt? Es war, als wärst du erst gestern gestorben! Die Museumsleiterin, Anne Connell Hoffman, führte uns ins »Walsh Zimmer«, eingerichtet wie dein Salon zu Zeiten deiner großen Entdeckung. Und dort, auf einer Schneiderpuppe, hing die elegante Abendgarderobe, die du 1906 getragen hast, als du einer der wohlhabendsten Männer der Welt warst. Ich legte eine Hand auf den Ärmel.

Etwas später fuhren wir die gefährliche Canyon Creek Road hinauf zum Imogene Basin zwei Meilen oberhalb der Stadt, zum Camp Bird. Wir konnten es gar nicht erwarten, sie endlich zu sehen – die private Goldmine unseres Urgroßonkels Tom Walsh aus Clonmel.

Die Mine gibt es nicht mehr, sie wurde 1995 geschlossen. Übrig sind nur noch die Erzabfälle, ein kleiner Berg fein zermahlenen Gesteins und Tausende Brocken Quarz. Die große Seilbahn, die einst den ganzen Canyon überspannt hat, ist weg, und auch von dem Hotel Erster Klasse, das du seinerzeit für deine Arbeiter errichtet hast, ist nichts mehr übrig. Aber die Atmosphäre dort kündet noch von deiner Kraft. Hast du mich gehört, als ich geflüstert habe: »Wir sind Margarets Urgroßenkel aus Irland. Einhundert Jahre sind vergangen!«

Ich habe drei Jahre gebraucht, um deine und Evalyns Geschichte in einem Roman niederzuschreiben. Das war keine leichte Aufgabe, Tom, nicht nur wegen der Herausforderung, Fakten und Fiktion auseinander zu halten, sondern weil deine Saga um so außergewöhnlicher wurde, je länger ich mich damit beschäftigte. Ich habe so vieles Faszinierende zugunsten des Erzählflusses auslassen müssen.

Es gibt nur sehr wenige Geschichten wie deine auf der Welt. Weit fort vom zerrissenen Irland hast du es mit den Naturgewalten aufgenommen und so lange gekämpft, bis du sie bezwungen hattest.

Aber Evalyn lernte die bösen Kräfte kennen, die mit grenzenlosem Reichtum einhergehen, und sie unterlag, Tom – du hast das Ausmaß ihrer Niederlage nie erfahren.

Verzeih mir die fiktiven Passagen; sie waren für die Verwirklichung des Romans unverzichtbar. Ich wünsche dir Glück und Frieden im Großen Unbekannten jenseits der Berge.

ANMERKUNG DER AUTORIN

Bei diesem Buch handelt es sich um einen Roman, und auch wenn er auf einer wahren Geschichte beruht, sind die den verschiedenen Personen zugedachten Gedanken und Gefühle das Produkt meiner Fantasie.

Carraig Mór ist Fiktion; Tom Walshs Cottage stand in der Nähe von Lisronagh im Schatten des Slievenamon in der County Tipperary. Kilduncan House ist ebenfalls meine Erfindung, aber repräsentativ für zahlreiche Häuser irischer Großgrundbesitzer jener Zeit.

Ich habe Originalmaterial aus der damaligen Zeit zitiert wie beispielsweise Artikel aus dem *Leadville Chronicle* über Tom Walshs Hochzeit, den Brief von Tom an David Wegg, als er praktisch ruiniert war, Toms Gefühle über seinen angehäuften Reichtum, die er 1907 gegenüber der *Denver Post* zum Ausdruck brachte, die Zeitungsberichte über den Autounfall, bei dem Vinson ums Leben kam, und den Artikel über die erste große Abendveranstaltung der Walshs in der Massachusetts Avenue 2020.

Thomas Francis Walsh hat im Alter von zwei Jahren seine Mutter verloren. Ihr Name war Brigid Scully. Sein Vater heiratete wieder, Margaret Cunningham, meine Ururgroßmutter. Peggie war also Toms Halbschwester. Er hatte noch weitere Geschwister, die in diesem Buch nicht erwähnt werden.

Maria Walsh heiratete Art O'Lafferty, einen Constable aus Leadville. Soweit ich weiß, war er kein ehemaliger Scout. Ich weiß nicht, wie viele Kinder die beiden hatten. Der Unfall, bei dem Maria in meinem Buch zu Tode kommt, hat in Wahrheit Carries Schwester Lucy das Leben gekostet.

Paul Lafferty ist ein rein fiktiver Charakter, aus erzählerischen Gründen von mir erfunden.

Meine Recherchen zu diesem Roman haben mich auf eine faszinierende Reise geführt – nach Denver, Ouray und Camp Bird, Leadville, Newport, Rhode Island, Nashville, St. Louis, Boston, Massachusetts und Washington D. C.

Ich durfte mir die Walsh-Residenz in der Massachusetts Avenue 2020 NW ansehen (die heute die indonesische Botschaft beherbergt), und es war ein unbeschreibliches Gefühl, die Treppe hinaufzugehen in dem Bewusstsein, dass Tom und Carrie, Evalyn und Vin dieselben Stufen hinaufgegangen sind, denselben Handlauf berührt haben.

Im Smithsonian – wo ihm ein ganzer Raum gewidmet ist – habe ich lange vor dem Hope Diamanten gestanden, sein Feuer bewundert und ihn mir am Hals seiner letzten Besitzerin vorgestellt.

In Paris habe ich so viele Stationen Evalyns wie möglich nachvollzogen, war in der Rue de Picpus im Couvent du Sacré-Cœur, in dem sich in den vergangenen 100 Jahren nicht viel verändert hat.

Außerdem haben meine Recherchen mich in die Kurstädte Vichy und Bagnères-de-Luchon in den Pyrenäen, nach Monaco und so weiter geführt, auf der Spur der Menschen, die in der Belle Epoque zu den wohlhabendsten ihrer Zeit zählten.

In dieser Zeit lernte ich auch meinen entfernten Cousin Joseph Gregory kennen, Evalyns Urenkel. Joe war so freundlich, mir Fotografien zur Verfügung zu stellen.

In Paris hatte ich das Vergnügen, John McLean, Evalyns Enkel, zu begegnen. Beide Begegnungen haben meine Odyssee der Fiktionalisierung einer der außergewöhnlichsten Lebensgeschichten der Welt vervollständigt und abgerundet.

Mary Ryan

Mary Ryan ist in Dublin geboren und aufgewachsen.

Heute lebt sie mit ihrem Mann in Südfrankreich.